用声音记录中国

高　岩　主编

历史文化卷

传承者的牧歌

执行主编　樊新征

团结出版社

用声音记录中国·历史文化卷
《传承者的牧歌》

出版前言

广播究竟可以怎样？

1996 年，我从中国人民大学哲学系硕士毕业进入中央人民广播电台，新闻和广播都是零基础。我的第一个广播作品，题目是“中国传统文化的现代化问题”，主任看到文稿的第一感觉想必是有些“惊诧”，担心这学生今后如何培养。那场景的尴尬令我把那个题目清楚地记到如今，在广播这个行当里摸爬滚打时间越久，我便越发能想象他肯让那篇既无新闻由头、又没有生动案例、似论文非论文的“录音报道”播出去，需要怎样的包容。

2000 年，由我主笔的纪念中华人民共和国成立 50 周年的作品《天安门的记忆》，获得了中国广播电视新闻奖一等奖，文稿被刊登在《中国广播报》头版，一整版。广播报编辑送来报纸的时候坦率地说：“这节目听着那么好，看文字好像没什么啊。”又一次尴尬。但也大概正是从那时起，我清晰地意识到，在各种传播方式当中，音频有其独特的规律。

此后的职业历练中，我曾经关注过音响与广播作品的意境创造，关注过如何通过控制节奏创造作品的风格，关注过音频调查报道与文字、视频的异同……但是随着广播频率不断扩容，尤其是 2008 年开始的新闻广播全面提速，这些问题成为“细枝末节”。中国之声靠海量信息和快速反应确立了自己的市场地位，在一个七八年的新周期里，一大批视野开阔、头脑灵活、综合素质很高的新生代广播人，通用的表达方式是文字资讯和电话连线。在那个阶段这是再正确不过的选择，就像当年窑洞里的延安新华广播电台，首要的任务是信息传播。

但历史总是螺旋式上升的，当所有传统媒体在移动互联网的飞速发展面前失去了信息传播的速度优势，对传播品质的追求成为专业媒体人不约而同的目标。文字、声音、影像，不同传播方式的“特性”反倒在追求品质的过程中日益得到凸显，大众的归大众，专业的更专业。

遗憾的是，由于传播学教育中音频专业的薄弱甚至缺失，加之广播人对声音本身关注度的断断续续，在音频创作上走弯路的远非我这样一个非科班出身的人。2015年年底，中央人民广播电台在台长的率领下，以前所未有的规模和力度投入声音纪录片《致我们正在消逝的文化印记》的创作。这是一系列纯声音的产品，我们采制了大量的音响，启用了做广播特写最有经验的老编辑，调集了最优秀的播音员和录音师……第一期作品出炉，作为主创的一名年轻记者在录音棚里眼眶湿润，感慨“广播原来可以这样”，其实这已是她从名校新闻专业硕士毕业、在中国之声工作的第五年。

广播究竟可以怎样？这正是我们这套丛书所试图呈现的。声音传播确有其自身的特殊性，它能够在传递主体信息的同时，以独特的方式唤起回忆、构建画面、引发联想、激发情感、触动思考，因此音频创作有其自身的规律。这套系列丛书是从中国之声近十年的节目中选出的250多个优秀样本，文本配合可以扫码收听的音频，可以原原本本地展现创作者的思维过程：怎样运用采访对象的音响、环境音响、音乐音效，如何通过文本的结构实现音频的节奏……我想，无论对于音频从业者还是学界研究者，这都是一个现实的、高水准的、丰富的案例库。

音频有规律，又无定法。入选这套案例集的作品，除了专业水准，也照顾到了作品类型，更看重突破创新。读者从中可以看到前文提及的《致我们正在消逝的文化印记》这样的声音纪录片；可以看到首次将新闻与广播剧结合的新闻广播剧《遇见海昏侯》；可以看到向以德行滋养风气的大师致敬的《先生》；也可以看到全程无解说地解读一座城市的《厦门——声音印象》；可以看到两条线索共同行进、形式独特的《麦收时节：双行线》；也可以看到将书信朗读和采访报道相结合的《家书里的中国》等等。由此可以看到，声音表达有多种可能。

当然，所有作品的一个共同特点是全部出自国家新闻广播中国之声。它们首先是新闻，它们以“声音”的形式，真实地记录着时代、社会和人生。在《我的高考》《再回1976的唐山》里，你听到的将是一部部口述的历史；《深度调查卷》为你展开的则是优秀的广播调查记者，在十年的跨度中刻录下的活生生的社会现实，其复杂、精彩，远超时髦的“非虚构写作”。一转眼，其中很多现象已经沉淀为历史，其中很多细节仍令人唏嘘。

尽管听觉在获取信息的效率上低于视觉，但它是唯一不影响人体其他器官使用的信息接收方式。这种独一无二的“伴随性”，不仅使广播一直拥有庞大的受众基数，也使其成为互联网强烈冲击下最坚强的传统媒介。在世界各国不同的传播环境下，广播市场普遍表现稳健，甚至呈现一定的上升势头。正因如此，音频已经成为当下传媒界普遍关注的领域。这套案例集的出版，或许恰逢其时。

编辑出版这套丛书的过程持续了一年多的时间，其间目录不断修改补充，主要原因是我们在实践中不断地有新创意、新作品出炉，我总希望能把最新鲜的、最有代表性的、最有参考价值的作品收录进来，送给在音频世界中探索的同行，送给对音频感兴趣的学子，也送给我们自己。

昨天，我们把广播做成了这样，明天我们可以将广播做成怎样?

高　岩

2018年6月

序

让声音更有“厚度”

在一些人眼中，新闻似乎就是“短平快”的代名词，非时效不新闻。的确，及时抵达新闻现场、报道新闻事件，是记者的天职。但要说起媒体的责任与义务，却绝不应仅限于此，比如此卷作品谈及的历史传承与文化保护，亦应成为关照的对象。

文化植根于社会生活中，是一个民族的灵魂与命脉。伴随着现代化的进程，传统文化的式微已成为不争的事实。面临危机，所以更需要传承。“承”，或许力所难及，但“传”，媒体人责无旁贷。记录、保存、传播、延续，记者手中的话筒，如实复制着时代变迁、文化流变，呼唤公众文化保护意识的觉醒；与此同时，新闻报道也因此彰显了批量化生产所不能匹及的厚重感与纵深感。

于是，中国之声的同仁们以责任为笔，以情怀为墨，仰望历史，对话文化。本册收录的作品，30 万字的容量，700 多分钟鲜活音响，“原汁原味”再现着文化的多姿多彩，力图唤醒听众的集体记忆。

记录与反思，我们制作声音的档案。优秀的中华传统文化，曾孕育了无数繁荣盛世，如今却在社会的发展与动荡中，逐渐被人遗忘。尤其是青年人，有时间打网游，没时间看展览。那些青瓦白墙的遗迹、咿咿呀呀的唱腔、质朴无华的玩意儿，离他们的生活似乎太远了些，无法发自内心地产生认同感。也正因为这样的被漠视，很多传统文化已经陷入流失、破坏甚至是消逝的窘境。我们关注中国美食的精致、中国功夫的传奇，关注古建筑的优雅、古长城的壮美，用“声音纪录片”的形式，让文化依托各种载体，得以真实生动地再现。声音报道听似娓娓道来，实则暗藏紧迫与危机，听众自然而然地会在共鸣中引发关注。

讲述与刻画，我们关注个人的命运。文化之所以独特，就在于它是非物质的，是活态的，是流动的，其精髓与发展流变，无一例外都在历代传承人的身上得到了具象化。能够在短短数分钟里，听一段跌宕起伏的故事，感受一段悲欢离合的人生，体味声音背后的情怀与温度，这对于习惯了新闻快餐的受众来说，是不是显得尤为可贵？当耐得住寂寞、为后生晚辈持起指路明灯的先生，谈起他倾注毕生心血的文化；当垂垂老矣、却依然执着于技艺坚守创新的工匠们，把玩介绍他最得意的佳品；当普通人家的老者诵读着几十年前的家书、向子孙传承家风家训，相信更多人的心会被触动。

呈现与表达，我们打造听觉的盛宴。如何让声音通过耳朵直达心灵深处？为了这句话，作为广播人的我们，使尽了浑身解数。一篇报道中有多达十几个音源进行声场转换，用现场录制的音效塑造特定空间，用细节描写补充声音留白，增加现场感和逼真度……也许有人觉得新闻是“快消品”，但对每位编辑记者来说，文化新闻更应是经得起时间打磨的“经典款”。 事实上，在受到新媒体巨大冲击的时代，广播也只有紧扣自身的声音优势，回归音响本身，才不会在自己的优势领域被其他媒体超越。

笛卡尔说，我思，故我在。对于有担当的媒体而言更应是，我记录，故我在。客观真实呈现文化转型期的冲突、矛盾与无奈，让传统文化的记忆能够更多地定格在受众脑海中，为了让“中国之声”不负“责任至上”四字，我们一直在努力。

樊新征

2018 年 6 月

目 录

系列报道：先生（第一季）

系列报道：先生（第二季）

系列报道：致我们正在消逝的文化印记（生态季）

系列报道：致我们正在消逝的文化印记（中华美食）

系列报道：致我们正在消逝的文化印记（中国功夫）

特别报道：可有百鸟朝凤时

特别策划：保卫乡愁

系列报道：拿什么保护你，我的万里长城

系列报道：大运河后申遗时代

系列报道：那年我高考

特别策划：纪念唐山大地震 40 周年

新闻广播剧：遇见海昏侯

特别报道：两次道别

系列策划：家书里的中国

城市声音标识：厦门——声音印象

系列报道：先生（第一季）

按语：

先生，不仅是一种称谓，更蕴含着敬意与传承。可堪称先生之名者，不仅要在某一领域独树一帜，更要有着温润深厚的德性、豁达包容的情怀，任风吹雨打，仍固守信念。在市场强势奔袭的时代，先生们还需耐得住寂寞、挡得住诱惑，为后生晚辈持起读书、做人的一盏灯。中国之声特别策划《先生》，用声音记录先生们的所思、所想、所为，向以德行滋养风气的大师致敬，为他们的成就与修为留痕。

该系列报道获国家新闻出版广电总局2016年年度创新创优大奖。

总策划：高岩

编审：樊新征、王磊

许渊冲：诗千首，恰少年

作者：沈静文

播出日期：2016 年 5 月 30 日

许渊冲，翻译家。1921 年生于江西南昌，20 世纪 40 年代开始涉足文学翻译，师从钱钟书，出版著作 150 余种。译作涵盖中、英、法等语种，并形成韵体译诗的方法与理论，在翻译界有“英法翻译唯一人”之称。1999 年，被提名为诺贝尔文学奖候选人。2010 年，获得“中国翻译文化终身成就奖”。2014 年，获得国际翻译界最高奖项——“北极光”杰出文学翻译奖，成为该奖项自设立以来首位获奖的亚洲翻译家。

许渊冲夫人照君：他作息时间都乱了，习惯晚上干工作、搞翻译。以前每天本来是凌晨三点左右睡，能睡到早上八九点，现在睡不着了！一直到天亮。

第一脚踏进许渊冲先生家，十平方米左右的客厅和餐厅没有开灯，但冰箱、电饭锅、餐桌，旧家当一览无余。进门左手边是一间储物室改成的工作室，只有三四平方米的样子。上午十点半，许先生似乎刚起床，坐在老式沙发上，慢慢起身往外走。夫人照君并没有伸手相扶，只是笑盈盈地看着他穿过昏暗狭窄的客厅，到朝阳的书房坐下。

95 岁的体面经不起太仔细的打量。先生左侧眼镜片的右上角碎成了好几小块儿，白衬衫的袖口磨毛了边，大概是怕着凉，裤管紧紧地扎着。说到翻译，他的声音慢慢大起来。

许渊冲：西方是拼音文字，英、法、德、意、西，拉丁语系有 90% 可以对等，所以他们翻译可以对等。但中文和英文不同，只有 40% 到 50%，只有一半可以对等。不对等的一半怎么办呢？所以我们要发挥主观能动性，尽量用最好的中文来翻译，而不是对等。

“为了更美，没有什么清规戒律不可以打破”，贝多芬的这句话常被许渊冲引述，进而形成了他独有的翻译“三美”论——意美、音美、形美。许渊冲说，在他

许渊冲先生与夫人照君

记者沈静文与许渊冲先生

之前，中文诗翻译简单直白。《诗经》中的“昔我往矣，杨柳依依。今我来思，雨雪霏霏”，被译成“很久以前我离开时，杨柳清新。现在我回家去，雪下得大”，意境全无。而许渊冲翻译讲究的是情景交融。

许渊冲：去的时候杨柳舍不得我走，回来的时候大雪又把杨柳压弯了。就是王国维那句话，写的是景，景里有感情。雨雪和战争一样，把战士压弯了腰。所以我翻译的是：I come back now，snow bends the bough。不但翻译了意思，还翻译了感情。

1938 年，许渊冲考入了刚成立不到一年的国立西南联合大学外文系。清华、北大、南开等大学教授云集在低矮简陋的茅草教室，国文课的教学阵容“空前绝后”——闻一多讲《诗经》，冯友兰讲哲学，柳无忌讲西洋文学，萧乾谈“创作与译诗”……许渊冲学会了诗，更认识了美。而在英文老师钱钟书那里，他第一次领教了翻译的难处：“无色玻璃般的翻译会得罪诗，有色玻璃般的翻译又会得罪译。”

许渊冲：他（钱钟书）说他赞同无色玻璃，他认为我的翻译是有色玻璃。我后来想想，翻译没有无色玻璃，不可能无色，它总要改变的，只是改变多少而已。

记者：钱钟书先生接受您的观点了吗？

许渊冲：文字上他并没有接受我的观点，但他说，我戴着手铐脚镣跳舞，灵活自如。

17 岁的少年在南中国的抗战烽火里经历了最好的时光。谈及“最难忘”，许渊冲答得斩钉截铁。

许渊冲：1939 年，我大一的时候受到两个人的影响，老师就是钱钟书，同学就是杨振宁。杨振宁善于发现问题，我们同班。过去分词一般表示被动，但是在课文里没有表示被动。杨振宁能够发现这个问题，而我们全班其他人都没有发现。

许渊冲眼中的杨振宁敏而好学，而在杨振宁眼中，同窗好友懂翻译、更懂美。

杨振宁：他从英文诗翻译出来的中文诗，念起来像中文诗。他的中文诗翻译成英文诗，念起来像英文诗。这是多半的翻译工作者不会做或不注意做，而很多人非常喜欢的。

虽有同窗之谊，境遇却不尽相同。20 年后，杨振宁荣膺诺贝尔物理学奖，而许渊冲，直到 2014 年，才获得国际翻译界最高奖项——“北极光”杰出文学翻译奖。

许渊冲：我 95 岁了，得这三个大奖都是 90 岁以后啊！

这是一段漫长而孤独的路程。许渊冲坚持，“译诗不是为了使诗人流传后世，而是使人能分享诗人美的感情”。翻译界“求真”还是“求美”的争论从未停止。谈到学术观点之争，95 岁老人的少年心性似乎一下子被触发，寸步不让地维护着自己毕生的主张。

许渊冲：斗争主要是我和王佐良，王佐良怎么样呢，我准备了材料了！（站起拿材料）

照君：小心，小心，没有睡好觉……

时间的银河里，师友之情、同行之谊灿若繁星，夫人照君则是宁静的满月。被打成“牛鬼蛇神”，因为翻译而挨鞭子……这些常被他人叹息的命运的困厄，照君缄口不提，却执着于先生的生活起居。

照君：他脾气很急，我说该吃饭了该睡觉了，他说他能睡得着吗，他翻译到这个地方，正在节骨眼上，躺下也白躺。

夫妻执手 57 年，95 岁的许渊冲只有照君和一份对翻译的狂热，其他的无可无不可。83 岁的照君就只有许渊冲，其他的无可无不可。

照君：反正凑合着吧，主要是精神愉快，许先生的事业有成，我们俩就特别高兴。

说是凑合，并没有凑合。许渊冲还在坚持着每天数小时的工作，他希望在五年内译完《莎士比亚全集》。

记者手记：

我是记者沈静文。也许是因为前晚失眠，夫人说话时，许渊冲闭着眼仰靠在沙发上，像是要睡着似的。其中或许有一刻，他会想起他儿时最崇拜的三姑爹式一叔，当式一叔写的剧本《王宝钏》在闪耀着霓虹灯的伦敦和纽约上演时，小小的渊冲曾听大人说过，英国的萧伯纳都喜欢式一叔的作品，他回国时带的银圆一辈子都用不完。

许渊冲的书房里齐齐塞下了自己的 150 多部译作，从《诗经》《楚辞》到《唐诗三百首》《宋词三百首》《牡丹亭》《桃花扇》《长生殿》……他的桌椅就在向阳的窗下，手边是裸露的暖气片，脚下是从未装修过的水泥地面。“大富翁”的梦想丢在了童年，而他尽毕生之力所做的，向世界传播中国文化之美，似无止境。

王小谟：人生没有不可能

作者：张明浩
播出日期：2016 年 5 月 31 日

王小谟，中国工程院院士，著名雷达工程专家，“中国预警机之父”。先后主持研制中国第一部三坐标雷达、第一部中低空兼顾雷达等世界先进雷达，主持研制中国第一代机载预警系统。2013 年 1 月，王小谟荣获国家最高科学技术奖。

稍加留意就会发现，78 岁的王小谟走起路来有一点儿轻微的跛脚。这不是因为年龄，而是因为 2006 年的一场车祸。当时 68 岁的他，腿部粉碎性骨折，被紧急送进医院，却又查出了淋巴癌。

王小谟：我没有什么感觉，几个化疗做完以后，我做得也很好。再说，就是死了我也不遗憾，该做的事儿也做了不少。

所有人都觉得王小谟或许会在病床上度过余生。没想到半年后，他又出现在预警机试验场。

车祸和癌症的鬼门关都能闯过来，在王小谟的人生中，没有什么不可能。

少年时，他酷爱京剧，唱念做打有板有眼。他想要一台能唱京戏的收音机，却因为家里没钱而不能如愿。于是 12 岁的他就自己动手做了一台，把不可能变成了可能。

王小谟：20 世纪 50 年代的时候，买一台收音机是很奢侈的。我就到中药铺买一块自然铜，用一根铁丝与它连接，实际上就变成了一个半导体的二极管了，再接一个天线和一个地线，做完以后呢，就听见广播了，高兴得不得了。

也许是命中注定，能做出收音机的少年没有去学京剧，而是考入了北京工业学院无线电系。

王小谟：我喜欢玩儿，京剧也没丢，就参加了京剧社。也喜欢开摩托车，学校有几辆摩托车，所以就玩儿。玩儿的时间比较多，考试也没有好好准备，那会儿就 5 分制，得了 2 分，2 分就是不及格了。

没人相信王小谟这样的学生能有出息，可是，毕业设计时，他首次应用最佳相速方法设计雷达天线，获得优秀毕业设计，又一次把不可能变成可能。

毕业分配到南京第14研究所，参了军的王小谟拿到的第一个重要任务也曾经被视为一个不可能完成的任务，研制三坐标雷达——当时世界上最先进的雷达。

王小谟：1961年，中苏关系不好，原来苏联人援助“三坐标雷达”，撤销之后没有了，只剩下资料，这点儿资料我很快就看完了，还要广泛地搜集国外的资料，那会儿没有网络，只能天天去杂志上找。

刚刚摸到门道，政治形势就急转直下，王小谟被打成“反动学术权威”，整整闲置了两年时间。好不容易恢复了研究，他又和近千名同事被派到贵州都匀的大山深处，去组建电子工业部第38研究所。

王小谟：连镇子都没有，“山散洞”，“山”要靠山，“散”要分散，“洞”要进洞，我们38所四周都是山，旁边有一个生产队，全部都是农田。要去市里，有20公里的小路，要开一个多钟头的车。

时代的湍流中，世界上最先进雷达技术的梦想似乎渐行渐远。可在王小谟的字典里，没有“不可能”。资料是英文，学俄语的他就重起炉灶学英文；在机房赋闲两年，他就利用机会全面掌握了计算机技术。条件稍有好转，他马上重新投入了三坐标雷达的研究。1983年，在接到任务的22年之后，中国的三坐标雷达终于在遥远的大山深处，在王小谟团队的手中诞生了。

20世纪90年代，海湾战争让人们看到了国家装备预警机的紧迫性，王小谟开始策划和主持国产预警机的研发工作。但起步之初，遇到的不是技术问题，而是质疑。

王小谟：都认为自己做不了，要买。当时预警机要求很迫切了，担心中国人做不出来，后来我们这帮人认为我们自己能做。

这时的王小谟已经年过六旬，却依然气势如昨，认准了就不信有什么不可能。在西北茫茫戈壁的试飞现场，夏天像蒸桑拿，冬天像进冰柜，别人担心他的身体，他却全然不理会。

王小谟：试飞时飞机噪声特别大，一去试飞至少四五个小时，最多的话能到六个小时，上面没厕所，那真是个麻烦事儿，肚子不舒服的话就不敢去，也不敢喝水。

记者张明浩采访王小谟

仅用时一年，第一架国产预警机的地面样机完成。又过一年，样机上天试飞。2009 年，在国庆 60 周年的阅兵仪式上，国产预警机空警 2000 首次亮相，率先飞过天安门广场。

2009 年阅兵式实况：气势磅礴的空中梯队呼啸而至，率先飞过天安门广场上空的是多机编队的领队梯队，带队长机是空警 2000 预警机……蓝天骄子，携雷霆之势，展空中雄姿。

如今，中国的雷达和预警机已经站在世界前列，王小谟也已年近八旬。一般这样的年纪，早已颐养天年，可王小谟却说，他要让国外的同行追着自己干。这，没有什么不可能。

王小谟：什么是真正的领先，在预警机领域，外国人都看着中国人怎么做，然后跟着做，这就叫领先。

记者手记：

我是记者张明浩。采访中，王小谟先生一开口就把我镇住了，底气十足，声若洪钟，根本就不像是一位78岁老人的样子，年轻时玩京剧打下的底子果然不是虚的。我们开玩笑地问他，如果当年18岁时去了看中他的北方昆曲院，如今艺术界就又多一个艺术家吧。他哈哈大笑，自豪地告诉我们，当年他学京剧的同学已经出了好几个名角了。虽然最后从事了科学研究，但京剧这一爱好却伴随了王小谟的一生。甚至在腿部粉碎性骨折又查出淋巴癌的时候，他都要拉着二胡，美美地唱上一段。王小谟说，人生有低谷，但心情从来没有低谷。

聂石樵：三寸笔，耦而耕

作者：张棉棉

播出日期：2016 年 6 月 1 日

聂石樵，山东蓬莱人。1949 年考入北京辅仁大学国文系，师从著名学者王国维亲传弟子刘盼遂，长期从事古代文学教学与研究，曾任中国诗经学会顾问、中国屈原学会副会长等职。研究范围囊括从先秦到晚清几乎全部中国古代文学史，且在每一个领域皆成就斐然，先后撰写了《先秦两汉魏晋南北朝文学史》《唐代文学史》等，著作达四五百万字，主张"以史证诗"，探索出一套重史料、重考证、富有特色的文学史编撰方法。

聂石樵先生与夫人邓魁英，求学时同班，工作后同系。他们本给书房起斋名为"耦耕居"，"耦而耕"出自《论语·微子》篇，意为两人同时耕耘。但遗憾的是，一间狭小的房子里放不下两张书桌，所以"耦耕居"终究没有叫响，还是现在的斋名"三通居"更贴切，书房、客厅、餐厅通用。

小小的三通居里，除了老式沙发和桌子，其他的都是书。在初夏阳光斑驳的光影下，各种版本的书册或明或暗，其中最新的是中华书局 2015 年出版的 12 卷共 13 册《聂石樵文集》。聂先生没事就去摸摸，仿佛手中握住的不仅是散发着油墨味的纸张，更是那些弓着腰伏案的岁月。

聂石樵：把我过去的工作做了一个总结，看了以后得到一点儿安慰，我自个儿感觉我这一辈子没白过。

北京师范大学的于丹教授是聂先生的弟子，她集光环与争议于一身。20 年了，在她眼中，外面的世界翻天覆地，而恒定不变的却是先生家里的宁静与淡泊。

于丹：我第一次踩上去的油漆斑驳的老地板如今还是那个样子，我第一次看见先生那个老旧的玻璃门书橱里头，堆着满满的、密密的书，现在只好在书橱外、在桌沿上堆起更多的书。家里植物、动物、书香、墨香，一切都是宁静、安稳的，你总会觉得有人在用心地守着一份恒定不变。

夫人邓魁英女士这样评价聂石樵，他这一辈子只做了三件事：念书、教书、写书。成为辅仁大学同窗时，聂先生就是有名的规矩人、书呆子。

记者：聂老师，当年是您先主动追求的邓老师吗？

聂石樵：我追求的她。

邓魁英：他就会念书，真能念书，我取长补短，最贪玩儿，到冬天天冷了还没有结冰，我就想着去滑冰、打球，他只是拉着我去图书馆。

至今不会烧开水、不会玩扑克牌，甚至年轻时家就在北京什刹海边上，都没能学会游泳。聂石樵爱书成痴，心无旁骛，无关岁月，更不惧干扰。哪怕在“文化大革命”期间，他都笔耕不辍，坚持完成了包括《杜甫选集》在内的多部作品。

邓魁英：那会儿叫地下工厂，并没有跟任何人说，只有我们两个人知道，早上去写政治材料，然后跟着学生看大字报，帮着学生抄大字报，（写书）都是晚上的时候干。

“不动感情的不能写，拿不准的更不能写”。聂石樵著文学史的突出特色，是重视文学史料的考辨，这既考验古文功底，又是个苦差事。多少个日日夜夜，他在书海中苦苦求索，力图做到无征不信。严谨已经成了他多年的习惯，尽管已是初夏，衬衫最上面的扣子仍然系得一丝不苟，一如当年在辅仁大学的深深庭院中等待邓魁英那样。踏踏实实地做学问，聂石樵有三个看家秘诀：“坐得住”“多读书”“不做官”。

聂石樵：第一个问题你得坐得住，不要到处去跑。有的老师讲，“我游遍了五大洲”，怎么做学问？怎么看书？第二个就是要读书多，书好比水，教师好比鱼，水多大，鱼就能游多宽。第三个就是淡泊名利，我就一心干我的事业。

不做官，也不计较功名。聂石樵当过最大的官，是学科教研室主任，甚至连他一开始带的博士生，都是挂在启功先生名下的。学生过常宝教授说，聂先生当时也是年逾古稀，默默地帮 80 多岁的启功先生指导学生，且这一帮就是多年，被同事们戏称为北京师范大学的“老雷锋”。

过常宝：启先生很忙，他有很多的社会兼职，既是书画家，又是文物鉴定专家，也是古代文学学者，所以启先生的博士生全部都是由聂先生或者是邓先生带出来的。

如今，聂先生已经 90 岁高龄，耳朵背，却坚持不戴助听器，仿佛刻意要与喧

聂石樵、邓魁英在家中

记者张棉棉采访聂石樵

聂石樵在家中

聂石樵在家中

器的世界保持点儿距离。虽著作等身，但在新媒体上搜索“聂石樵”三个字，内容却少得可怜。在夫妇二人的心里，这一生最重要的就是遵从当年刘盼遂先生的话：做个读书人。

邓魁英：人必然容易产生攀比的心理，谁上谁不上，当我们有点儿意见的时候，就想起刘先生跟他说的：“石樵，咱们不是念书人吗？咱们不是读书人吗？”点破一句话，受益终身，他总想，我就是念书人哪。

记者手记：

我是记者张棉棉。大师，本应高山仰止，更何况是聂石樵这样独自著书四五百万字的史学通才。没想到，在20多平方米的“三通居”里见到的，是如此低调而又随和的瘦削老者。夫人邓魁英说，他倔强得很，拒绝助听器、拒绝拐棍。我猜想，这是聂先生潜意识里拒绝向岁月低头。身体原因所限，与聂先生对话已经有些困难，但90岁高龄的他仍然坚持要亲自把著作从过人高的书架上找出来，一板一眼地念给记者听。这让记者仿佛看到在过去若干年里，聂先生用一摞一摞卡片整理文件、在四五百万字稿纸上一遍一遍誊改书稿的身影。聂先生口口声声把自己定位为“教员”，尽管开枝散叶、桃李无数，却一度找不到将毕生所得出版的门路。“板凳需坐十年冷，文章不写半句空”，粗茶淡饭可甘之如饴，步履维艰中仍率性而为，时代需要这样的先生。

吴孟超：肝胆两相照，不老柳叶刀

作者：肖源

播出日期：2016 年 6 月 2 日

吴孟超，著名肝胆外科专家，中国科学院院士。他最先提出中国人肝脏解剖"五叶四段"理论，在国内率先突破肝叶手术禁区，成为中国肝脏外科的开拓者和主要创始人。2005 年，吴孟超获国家最高科学技术奖，2011 年，国际小行星中心将 17606 号小行星永久命名为"吴孟超星"。

上午八点半，吴孟超先生走进东方肝胆外科医院的手术室，向助手交代了一句"切口切小点儿"，便走出门外，做着术前准备工作。

吴孟超：刷两遍，这都要洗干净，还有指尖这一块儿。

如果不是颧骨处的老年斑和从手术帽里钻出的几根白色长眉，很难想象，眼前这个眼疾手快、动作沉稳的主刀人，已经 94 岁高龄了。

这样的年纪，这样的地位，在外人来看是惊叹；可在与吴先生一起工作 30 多年的叶志霞看来，每一次主刀都是风险。

叶志霞：拿到那么高的奖，这么大年纪，其实只要开一天刀，都是有很大的风险的，但是他没有把这个变成自己的一个包袱，他总是这样说，不要怕，就去做，只要这个事情是对病人有利的，怕什么，不要紧。

这样的信念从先生决定学医之时就已经在心里扎根，而帮他植下信念的是当时的同学、后来的妻子吴佩煜。那是 1940 年，18 岁的吴孟超抱着去延安抗日的决心，从马来西亚回国，但迫于时局，最后辗转来到迁往昆明的同济大学附中。

吴孟超：同济的理、工、医三个系最有名，我想报工科。因为我小的时候家里做过米粉生意，种橡胶什么的，这些都是靠手技的，所以我想学工。吴佩煜说学医好，她劝我，工程建设是对国家有贡献，学医对人类更有贡献。

就这样，一对情侣携手走上了从医之路。从 1956 年开始，在著名外科学家裘法祖的指导下，吴孟超选定肝胆外科为研究方向。三年之后，容国团成为中国第一

5月24日上午，
吴孟超查看患者的片子和检查单

5月23日下午，吴孟超接受中国之声专访

个世界冠军的那一年，吴孟超头一回将肝胆内部复杂的血管结构完整地呈现在中国医学界面前，也引起了国际医学界的关注。

吴孟超：容国团拿了乒乓球第一，这样让我想起来了，乒乓球也是塑料，大家几个人就拿乒乓球，一下子就熔解了。结果这个模型做出来以后，我就写了一篇学术报告，人家邀请我到国外讲课，就这么出名了。

如今，妻子已于五年前离世，享年89岁。吴孟超仍然每天忙碌在医院里，身后的履历足以担得起“贡献”二字：中国第一具结构完整的人体肝脏血管模型从他手中诞生；他总结出的肝脏解剖“五叶四段”理论一直沿用至今，成为探索肝脏新手术的理论依据和技术保障；他发明了“常温下间歇肝门阻断切肝法”，突破以前患者做肝叶切除时体温必须保持在32摄氏度的障碍；他还主刀了世界首例中肝叶切除手术并获得成功。

患者：我是从福建过来的，他们不让我挂您的号，说要预约。由于我的肝、肾有问题，我希望您能帮我看看……

每周二的门诊，每周至少两三台手术，这是吴先生的工作节奏。长期在他身边工作的张鹏说，在外人看来高山仰止的顶级专家，其实要请他看病，并不难。

张鹏：只要是来找他看病的，到他办公室不管是认识不认识、预约不预约都没关系，他都会看，而且他一看片子之后，就会去看 B 超，B 超如果说能做手术的话，好，住下来吧，住哪个科，他什么时候给你开刀都安排好。

相比对患者的仁心，东方肝胆医院外科医生杨田却说，吴先生对身边的医生相当严苛。

杨田：他所收治的病人，对我来说就是 VIP 的待遇。我们完全不敢怠慢。因为老先生会严格地看你写的病历，如果你的病历里面有一点儿小的差错，他就会来责骂你、训斥你，我是经常会受到这种待遇的。

可杨田和同事们都明白，这份严苛成就了多少人。吴先生就像一棵大树，在岁月的流逝中，开枝散叶。

杨田：我们医院这么多肝脏科、胆道科，每一个科室的主任，在全国来说都是赫赫有名的教授，这些主任、这些教授都是得到吴老传承的。

上午九点半，患者体内巴掌大小的血管瘤被成功取出，各项指征正常。

吴孟超：好了，切下来了，花掉多长时间？

护士：15 分钟。

吴孟超：出多少血？

护士：150 毫升。

吴孟超：好，冲洗。

吴孟超走出手术室，背着手，侧着脑袋，逐个地趴在其他房间的观察窗口巡看，像个监督学生上自习的班主任。

张鹏：他不过瘾就会到各个手术室溜达，就是馋手术，正好碰到别人困难的时候，他不管人家让不让上，不过人家也不敢不让他上啊！他就赶紧去洗手，“我来，还没有我快，磨磨叽叽的”。

显然，这一刻，其他手术室没有吴孟超认为的“困难”。他有些落寞地踱出手术室，翻看第二天的手术安排。

吴孟超：明天有什么手术？有没有我的？没有排，没有人排我。

护士：您休息休息吧。

吴孟超：排吧！怎么搞的，一个都没排，你去找一个。

记者手记：

我是记者肖源。大海退潮后，海边的沙滩上，留下许多被搁浅的小鱼，在烈日下等待它们的，似乎只有死亡。但有一个孩子，一条一条地捡起这些小鱼，重新放归大海。

过路的人问："孩子，那么多小鱼，你捡得过来吗？一条小鱼而已，有谁会在乎呢？"孩子一边不停地往海里放鱼，一边说："你看，这一条在乎，那一条也在乎。"

吴孟超就像故事中的这个孩子。60年来，心无旁骛，坚定地站在自己选择的道路上，积以跬步，终成千里。

吴孟超说，为医之道，最要紧的，是一个"德"字。对病，要快、要准、要狠；对人，要慢、要拙、要仁。这是恩师裘法祖教导他的，而吴孟超，也是这么教导他的学生的。

医者仁术，仁德者寿。手术台前，抛起高温消毒后的手术衣，双臂顺势滑入袖中，我相信，这个94岁的老人，正年轻。

郑敏：哲学在左，诗歌在右

作者：冯会玲

播出日期：2016 年 6 月 3 日

郑敏，唯一健在的九叶派诗人。1920 年生于北京。1939 年考入西南联合大学外文系，后又转入哲学系，这期间受老师冯至先生影响开始诗歌创作。1948 年赴美留学，攻读英美文学硕士学位。1955 年回国后，进入北京师范大学外语系从教。1981 年，诗集《九叶集》出版，郑敏因此与穆旦、王辛笛等九人并称为九叶诗派，在中国现代主义诗歌中独树一帜。

郑敏：请进！请进！

记者：给您送一束花儿。

郑敏：哎呀，这个花儿太艺术了。

记者：您喜欢就好。您身体还好啊？

郑敏：还可以。我也不记得我多少岁，快 100 岁了。

记者：对，忘掉年龄是最好的。

郑敏：日子快得就像翻日历那么快。

虽已是初夏，郑敏先生依然穿着一件枣红色毛衣，一头银发长过肩头，黑色的发卡随意别着，任头发四散飞扬。不是想象中老人的模样，却有想象中诗人的神韵。

记者：诗人都是要长发飘飘的感觉。

郑敏：我是不想梳纂儿，但是我觉得短发也不太想要。确实我有过一阵刚剪短的时候，那简直就好像四五十岁的，不像我了。看着太年轻了，我不想演那个年轻的角色。诗人不是两只脚扎扎实实地插在地球上的，可能那样的话她就不会写诗了，干脆每天就写日记什么的了。我觉得人有脚踩两只船的需要，一只是扎扎实实的物质世界，另一只是丰富多彩的精神世界。

也许是经常沉浸在自己精神世界的缘故，96 载时光似乎并没有在郑先生身上留下太重的印迹。不用拐杖，行走便利；不戴助听器，交谈自如。飞逝的日子虽然让她无法清晰记得自己的年纪，哲学和诗，却似乎无比活跃地在她的脑际盘旋。

记者：您这一辈子如何在哲学和诗之间找到一个特别好的契合点？

郑敏：我前两天还问我自己呢，我觉得是永远不会有答案的。哲学是永远没有固定的答案的。

记者：那诗呢？

郑敏：诗有一个好处，可以代表现在的自己，你要替别人写就不见得对了，可是你自己如果有一个角度，就知道你自己目前是在哪一种状态或阶段。

1939 年，19 岁的郑敏考进西南联大，度过了她心里“最幸运的岁月”。20 世

青年郑敏

纪 40 年代的昆明云集了中国几乎所有的大学者，氛围平等而开放。闻一多上课时叼着烟斗，黑板上一个字也不写；沈从文刚好相反，特别爱板书。卞之琳诗人气质浓郁，汤用彤个子小，嗓门却特别大。在这思想自由碰撞的氛围中，郑敏滋生了对诗的兴趣。大三时，她心存忐忑地将自己的诗作递给时任德文教师的冯至先生，得到了温暖而真诚的鼓励："可以写下去，但这条路很难走。"这一句话，让郑敏与诗歌结下了数十载的缘分。1949 年，她的首部诗集在巴金先生的编辑下得以出版。

（郑敏《春荫的愤怒》）

春天的赤脚在门外闪过 / 然而她是不自由的 / 小草们在地下哼哼着 / 我门前的合欢树冠像黑丝网 / 把自己的影子投向天空

1981 年，郑敏与几位诗友将写于 20 世纪 40 年代的诗歌整理出来，推出合集《九叶集》。"绿叶"，是他们对自己诗歌的定位，即主流正统之外的点缀。但恰恰是这本《九叶集》成为 20 世纪 80 年代新诗觉醒的先声，北岛等朦胧诗人看到诗集曾大吃一惊："我们想做的事情，20 世纪 40 年代的诗人竟然已经做了。"

诗人总是特立独行的，学哲学的女诗人更是不同寻常。北京师范大学章燕教授是郑敏先生的学生，在她的记忆里，当年的英美文学课是坐在郑先生家的沙发上听的，吃着点心，喝着茶。

章燕：她的教学方式是很自如、很潇洒的。不是跟你一本正经、板起面孔来教学，她都是结合自己创作的亲身体验，还要结合她对当代中国诗歌的一些问题来进行探讨。她作为知识分子对我影响最大、也令我非常倾心的，就是她不断地追问的精神。

郑先生从不喜欢聊家常，开口不是中国诗歌，就是中西方文化交流，从中到西，由古至今。对这个世界，她永远充满孩童般的好奇。

章燕：她满脑子都是大的哲思问题，我觉得她生命里就渗透了对学术、人文和人类的关怀的情怀。

记者：而且这种关怀好像不随她年龄的增长而变化。

章燕：不随她年龄的增长而衰退。她一直是这样，非常敏锐地去观察，去积极地思考。

郑敏先生在作报告

郑敏：知识是让我感到最幸福、最甜蜜的东西了。我愿意跟得世界的节奏，我不愿意落后。

记者：每天还是带着特别多的好奇来看这个世界？

郑敏：我的整个生命里都充满了好奇，没有好奇我就太沉闷了。

岁月让郑敏选择性地忘记了很多事。比如她曾受聘为美国加州大学客座教授主讲中国诗歌，并赴世界各地讲学；比如她的诗歌《世纪的脚步》入选21世纪诗歌排行榜第一名。如今仍留刻在脑海中的，就是一辈子的心头好——哲学与诗歌。

郑敏：我不过是一个小小的生命在这儿就是了，我可以站在自己这个角度，觉得这个恐怕不太对，那个恐怕更对些，而且我还有机会跟人交流，这已经是件很幸福的事了。

记者手记：

我是记者冯会玲。郑先生的茶几上，摆着一幅和老伴童诗白先生的合影，背景是蓝天碧海，郑先生的大红纱巾随着海风飘起来。俩人在美国留学时相遇，互问方知是西南联大校友，两个月后便闪电式结婚。童诗白先生后来成为我国电子学学科的奠基人，俩人一生的最大共同爱好是音乐。2005年，童先生就去世了，可采访中，郑先生却告诉我，老伴去上班了，每天晚上吃完饭才回来。

说起哲学问题，说起诗，96岁的老人仿佛瞬间激活了所有的脑细胞，古今中外，侃侃而谈，稍不留神，就无法跟上她的逻辑。原来，96岁也可以自如地拥有诗和远方，该留下的留下，该淡忘的淡忘。

方汉奇：三尺讲台，一世书香

作者：章成霞
播出日期：2016 年 6 月 12 日

方汉奇，新闻史学家。1926 年生于北京。1951 年起先后在上海圣约翰大学、北京大学和中国人民大学任教，从事新闻史教学研究超过 60 年。所著的《中国近代报刊史》《中国新闻传播史》等成为国内新闻专业最权威的新闻史学教科书。

五月的早晨，人民大学校园里的月季正开得姹紫嫣红。90 岁的方汉奇先生随手拍了一张照片，给远在美国的儿子发微信："今天早上的人大小花园仍然春意盎然。"

方汉奇：微信真好，你看微信能传照片，还能传语音。这是人大老师的群，这是方家亲戚的群，这个是学生……

不仅熟练使用微信，方先生还是国内最早一批网民，在微博更是轻松收获了 160 多万粉丝。他喜欢和来访者用相机的自拍模式合影，也不拒绝和别人互加微信关注。他说，年龄不是障碍，他对什么都感兴趣。

方汉奇：我对什么都感兴趣，马克思的那句话，凡是人类感兴趣的，我都感兴趣。新闻工作者感兴趣的，应该是所有人都感兴趣的。

也许是出于这样的好奇心，1950 年，当方汉奇从苏州国立社会教育学院新闻系毕业，阴差阳错地来到上海新闻图书馆工作时，面对浩如烟海的旧报纸，他居然饶有兴趣地一份份读了下去。

方汉奇：那又是一个富矿——图书馆有 500 多种报纸，《申报》《新闻报》是全套的。多少的时间投入都不嫌多，这工作太好了，整天看报。我就住在图书馆楼下底层的宿舍，楼上就是报纸，钥匙在我手里。除了日常生活之外，时间都是自己的，礼拜天也可以利用。

三年多的时间，细细地研读了已出版 78 年的 2.7 万多份《申报》，这一生方先生的目光再也没有离开新闻史。而后从北大到人大任教，他成了中国新闻史学研究的开拓者，也成了深受欢迎的一代名师。

方汉奇在书房工作（章成霞摄）

方汉奇的书房（章成霞摄）

有学生谈起方先生的课，用八个字形容：满座叹服，惊为天人。他讲梁启超，随口就可以背出一篇千字政论，一边背诵，一边踱步，兴之所至，旁若无人；讲到一个历史人物或事件，他能讲出与此相关的正史、野史，就像在说单口相声，常让学生听得忘了下课。弟子王润泽教授说，很多史料都在他的脑子里。

王润泽：他的课上得好极了，很多史料都在他的脑子里串成串了，拎出一个点来，围绕着这个点的很多当时的掌故、著名的人物、彼此之间的关系，大事件、小事件，还有事件之间的相互关联，他全都讲得清楚，所以他是一个历史大家。

方先生却说，他不过是站好一班岗而已，课讲不好的老师，该打屁股。

方汉奇：把课讲好是理所当然的事情。课讲不好，该打屁股。但是师不必贤于弟子，弟子不必不如师。一代人有一代人的任务。学问不是你一个人都能做完的，让年轻人接着做。我作为这个学科的一个时间段的工作者，我就站好我自己这班岗。

但很多人并不知道，为了站好这班岗，他在半个多世纪的时间里日积月累做了十万张资料卡片，最后又全部捐给了学校。

方汉奇：卡片就是图书馆那种书名卡，有一个标题提示内容，然后中间就是你摘录的文字，摘录的文字是对你从事某一个方面的研究有用的第一手材料，然后注明它的出处。做卡片实际上就是一个工具，是一种手段。这种手段我尽量介绍给年轻人。

为了站好这班岗，他坐得了冷板凳，守得住旧书斋。50多万字的《中国近代报刊史》，他订正前人错误200余处，是迄今为止被引证最多的新闻学专著。之后，

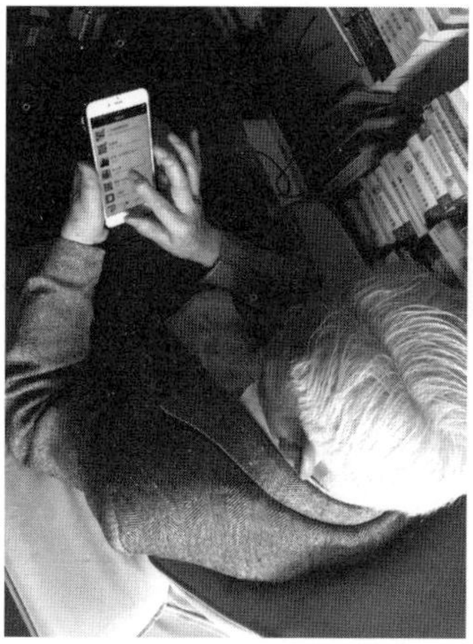

方汉奇在看微信（章成霞摄）

2015 年方汉奇与同事甘惜分合影（方汉奇提供）

他组织编写《中国新闻事业通史》，耗时 13 年;《中国新闻事业编年史》，历时超过 20 年。这些都成为中国新闻史研究最权威的教材。

方汉奇：当好老师你首先就得当好学生。你就得学习，就得看书，看书就会有一些感触，有一些感触你就有一些冲动，想完成一点儿什么任务，这个成果就这样一个一个地实现了。

而在后学者的眼里，默默站岗的老师，已化身为中国新闻史研究的“指路人”。

王润泽：他这种基础性的研究工作，对于我们后来者，那简直是功德无量的。就像是中国第一幅地图一样，没有地图，你怎么知道重要的矿产在哪里、重要的河流在哪里、重要的城市在哪里，哪有这种概念啊。

年华似水，校园里永远不缺少青春的面孔。90 岁老人，终难躲过岁月的侵袭，方先生每天吃八种药维持身体的正常运转，但岁月似乎又从未让他真正老去，他依然目光敏锐、思路清晰。他还在继续写着日记，不是用纸笔，而是用电脑。几个月后，他的第 50 名博士研究生即将报到。

方汉奇：历史有很多偶然的东西，大的周期个人是没法左右的，在这个大的趋势当中做好自己的工作，把握住有利的机会，能够做到这样就可以了。

记者手记：

我是记者章成霞，坐在方先生的书房里，仿佛进入一座书的城堡。十来平方米的空间四壁皆书，从地板直抵天花板，并向过道蔓延，只留一方书桌用以工作，一条沙发用来待客。如果将书架上的书拿开，后面竟然还藏着一层书。原来，这是方先生特意设计的。为了方便找书和拿书，他甚至专门购置了梯子和望远镜。

书城围住了方先生，却从未让他放弃对城外的好奇。在和方先生相互关注微信账号时，我发现，他的微信名是英文“coco”，一问才知道，这是方先生儿子家宠物狗的名字。失笑之余，不禁感慨，90 岁的方先生竟然是那么新潮，或许因为他毕生研究的不是其他历史，而是新闻史。

李道增：一生的剧场

作者：王楷

播出日期：2016年6月13日

李道增，1930年出生于上海，清末重臣李鸿章家族的后代。师从著名建筑学家梁思成，1952年毕业于清华大学建筑系，之后留校任教，曾任清华建筑学院第一任院长，1999年入选中国工程院院士。在中国剧院设计和研究领域堪称开山第一人，北京天桥剧场、中国儿童剧场等均为其代表作；出版长达150万字的巨著《西方戏剧剧场史》，成为国内首部跨越戏剧与建筑两个学科的学术专著。

仲夏夜，清华园。月光倾泻在一座砖红色的圆形建筑上，格外典雅。清华人把这里叫“大剧场”，也叫“大讲堂”，艺术又学术。舞台上正在上演中央芭蕾舞剧团的《罗密欧与朱丽叶》，一位耄耋老者坐在前排，和全场观众一道如痴如醉。他，就是这座建筑的总设计师——李道增。

李道增：每个剧场的地点都不一样，南方北方也不一样，要求也不一样。我们一开始就找了专门搞声学的人，参加我们的队伍，比较讲究质量。

清华的剧场，声效却堪与国家大剧院媲美。包括这座剧场在内的整组建筑——新清华学堂，2011年落成，这既是李道增先生的封山之作，也是他献给清华百年华诞的礼物。17岁进入清华，从此未曾离开，在夫人石青心里，先生无疑想为母校建一座最好的剧场。

石青：先生讲的是，作为一个剧场一定是要让演员好演，导演也觉得很容易在里面作他的文章，让观众能得到感情的互相交流。

1947年，李道增以高分考取了清华大学电机系。作为“晚清重臣李鸿章家族的后代”，李道增形容自己的家庭是“半新不旧，不中不洋”，实际上，他的国学和英文都非常出色。或许正是这中西合璧的教育背景，让李道增入校不久，便对建筑产生了浓厚的兴趣。彼时，著名建筑学家梁思成、林徽因夫妇刚刚从美国回来，在清华创建了建筑系。他们那部创中国古建筑研究之先河的《中国建筑史》让李道增着

李道增先生在病房接受记者王楷采访

了迷，人生便这样掉转了船头。

当年的清华建筑系只有20多名学生，但梁思成和林徽因两位先生执教却毫不含糊，重专业更重国学，重理论更重实践。梁思成曾感慨：“城里到处是房子，但是缺少建筑。”这句话，在李道增心里回荡了一辈子。

1952年，李道增毕业留校，成为梁思成先生的助教和“左膀右臂”，他选择了剧场建筑作为毕生的方向，而他此生最大的遗憾，则是与国家大剧院的设计擦肩而过。

1958年，为庆祝建国十周年，国家大剧院的建设被提上议事日程。几经评比，当时年仅28岁的李道增主持设计的方案被选中。

石青：当时李先生刚升了讲师，带了12个高班同学，就是毕业班同学来做这个设计，就是这么多人。那时候一天等于二十年，真的，敢想敢干，没日没夜。

清华大学从建筑系、土木系等抽调了300名精兵强将，具体设计方案及图纸全部如期完成。可到了破土动工的时候，却因经费有限被叫停。这一等，就是40年。

石青：应该说国家大剧院当时不建，是最大的一个事。建了就是一个历史性的、很重要的建筑。

1997年，国家大剧院重新招标，最终三个备选方案之中，仍有一个出自李道增之手。遗憾的是，经过漫长的论证与等待，李先生的设计落选了。即便如此，从而立的血气方刚，到古稀的从心所欲，40年的等待并没有消磨掉李道增先生对建筑的热爱，因为建筑，是足以烙在人心里的存在。

石青：我也问过先生，你做了这么多，你最喜欢哪一个啊？他说，盖起来的我都喜欢；没有盖的，我虽然遗憾，但也都是很喜欢的。

建筑是凝固的音乐，更是文化积淀的艺术，剧场建筑又是最复杂、设计难度最高的建筑。如今，李道增的弟子中有10多人专门从事剧场设计，他每每鼓励学生，不能就建筑论建筑，而要从社会、经济、文化各个层面着眼。弟子何红雨说，最近李先生向他们推荐的，是美联储前主席格林斯潘关于金融领域的观点，称对思考建筑有帮助。

何红雨：比如说我们作为学生提出的一个思路，他很少驳回说你这个不行、不可以，他会说，嗯？可以考虑，我们再看看。他的思维方式是开放的。这一点对我们的帮助特别大。

自20世纪90年代至今，我国新建和改建剧场达数百个，连一些县城也拥有了大剧院，其中60%以上占地面积在1万至5万平方米之间。在李道增看来，剧场规模太大并不可取。他一生坚持，建筑师得像裁缝一样，讲究“量体裁衣”，神居于形。

李道增：有很多建筑师不甘于做服务工作，总觉得你必须听我的，这就颠倒过来了。

记者手记：

我是记者王楷。在李先生家中有一幅肖像画，是他亲手为夫人绘制的素描，一尺见方，微微泛黄。我忍不住问，先生年轻时是什么样？石青女士笑，称刚认识李道增那会儿，他忙起来没日没夜、蓬头垢面，有时倒在椅子上就睡。平时身上穿着满是补丁的棉袄、裤子，一副不修边幅的“拼命三郎”形象。

主持设计新清华学堂时，李先生已将近80岁高龄，仍是那个著名的“拼命三郎”，亲自画图，事必躬亲，夜以继日。弟子中流传，80岁的他，骑着电动自行车飞快地在校园里疾驰。别人笑着喊他：“李先生，您可千万不能再这样了啊！”他却一脸得意的模样。他亲手设计的建筑永远矗立在时光里，而他心中对于真和美的渴望，也将永远不会停息。

乐黛云：采撷东西，和而不同

作者：王宗英

播出日期：2016年6月14日

乐黛云，苗族，北京大学中文系教授、博士生导师、中国比较文学学科拓荒者。1987年出版的《比较文学与中国现代文学》奠定了中国比较文学的基础，1988年出版的《比较文学原理》成为比较文学研究的经典教科书。她还率先在北京大学比较文学研究所建立起中国大陆第一个比较文学方向的硕士点、博士点和博士后流动站。

乐黛云：我早就退休了。从北大退休以后就在北外，他们聘请我做兼职教师，一共招了八个博士生……

乐黛云笑意盈盈地靠坐在椅子上，虽然已是85岁高龄，却依然满头黑发，思路敏捷，语言轻快。眉宇间当年意气风发的影子仍依稀可见。

乐黛云：那个时候五所大学都录取了我，有北京大学、中央大学、中央政治大学……我就一心一意要上北大。可是那个时候正好是围城的时候，1948年，我们家里都不赞成我来，一个18岁的小姑娘到了北京以后举目无亲，可那个时候我就是一心要革命，虽然并不知道革命是什么，就坚决上北京来了。

从不左顾右盼，也不犹豫彷徨，乐黛云的性格中有一种天生的执着与激情，积极向前是她人生的底色。她是北大学生运动的积极参与者；曾作为唯一代表到捷克斯洛伐克参加世界学生大会；曾经和同学一起秘密出版地下刊物；即便办一本杂志，也要起个《当代英雄》这样扎眼的名字。

乐黛云：那个时候我在中文系当教师支部书记，我就觉得我们应该有一个年轻人自己的杂志，应该有些新的东西，所以叫作《当代英雄》。后来他们就说我们这个太狂妄了，当代英雄是无产阶级，你们这叫什么英雄，后来因为这个就变成了“右派”了。我们一共有八个人，都是中文系的年轻教师。

被打成“右派”下放到北京远郊劳动改造，“文化大革命”中又被迫到江西办

已经 85 岁的乐黛云接受记者王宗英专访

草棚大学，20 年的时光打磨，乐黛云并没有因为命运的困厄而变得谨小慎微。“文化大革命”刚一结束，国内有了来自欧美国家的留学生。别人唯恐避之不及，她却并不在意。

乐黛云：正好那个时候是 1978 年，因为跟外国人接触是很害怕的，觉得是很麻烦的事情，不知道什么时候出什么问题，没有人愿意去。

乐黛云被安排成为留学生的老师。谁知这一安排，竟改变了她的后半生。

乐黛云：我在备课时就突然发现，中国现代文学离开了西方文学是不可能讲的，因为都是在西方文学的影响下发展的。所以我自己就觉得要做现代文学，必须要有一个外国文学的参照。

年过半百的乐黛云一如年轻时那般充满激情，她在北京大学不断开设新课，从“比较文学原理”到“二十世纪西方文艺思潮与中国小说分析”，从“马克思主义文论：东方与西方”到“比较诗学”……选课的学生遍及中文、英语、西语各系，教室总因太小而一换再换。

乐黛云：文学总会有一些相通的地方，这是无可置疑的。可是我们在做文学的时候，必须要看到它们的不同，因为如果不了解差别，完全变成一样的，不会再有很多不同颜色的东西，文化就很难再发展了，就是中国古代所讲的“和而不同”。

在她的学生、中国社科院研究员张锦看来，乐先生的课之所以广受欢迎，不仅因为比较文学独特的视角，更因为她一直保持的先锋姿态。

张锦：可能建立这个学科在很多人那里就是占山为王，会被固定下来。但是，乐老师不墨守成规，她后来又把物理学的理论和比较文学结合起来。在我做博士论

乐黛云夫妇与学生张锦在一起（张锦提供）

在北大读三年级时的乐黛云
（图片来自乐黛云散文集《四院 沙滩 未名湖》）

文的时候，我用到了福柯的一个概念，叫“异托邦”，乐老师就希望把这个新的思考和比较文学联系起来。

中国比较文学的拓荒者、学科建制的第一人、博导、教授，这样的成就在外人看来高山仰止，然而乐黛云先生最热衷的却是鼓励后学。

张锦：即使你跟她的学术观点有很大的冲突，她也是依然非常鼓励，为之欣喜，而不是说像有些学科的长老，他成为这个学科的障碍，就好像要从他那获得合法地位，可是乐老不是，她就是希望我扶你一程，把你送上去，让你走得更好。

如今已经85岁的乐黛云先生，仍然保持着先锋的姿态，她的下一本著作《跨文化对话方法论探索》已经启动。

乐黛云：因为这个没有人做过，还是一个新的想法，一个新的探索。如果还能活十年，我就把它写出来，就是觉得有理想的话不能随便放弃，再大的困难也没有关系，应该做一点儿事情，为国家有担当。

记者手记：

我是记者王宗英。不少学术圈外的人听说乐黛云，是因为她的先生——哲学家汤一介。两人在未名湖畔携手漫步，一圈又一圈，从中年到老年，曾是燕园一景。几年前，夫妻俩曾出版过一本随笔集，书名叫《同行在未名湖畔的两只小鸟》。两年前（2014年），汤一介先生走完人生最后一程，上千名社会各界人士前往送别。乐先生以“你的小黛”向相伴60年的丈夫做最后的书面告别。她写道：“未名湖畔，鸟飞何疾，我虽迟慢，誓将永随。”然而，据说葬礼当天，乐先生始终以微笑示人，眼见有人湿了眼眶，她反倒安慰起送别者，希望他们能坚强面对，还有别的大事要做。

张存浩：急国家之所急

作者：刘祎辰
播出日期：2016 年 6 月 15 日

张存浩，1928 年生于天津，中国科学院院士、著名物理化学家、中国高能化学激光奠基人、分子反应动力学奠基人之一。曾多次荣获国家自然科学奖、科技进步奖，2013 年获国家最高科学技术奖。2016 年 1 月 4 日国家天文台将编号 19282 的小行星命名为“张存浩星”。

出身科研世家、初次谋面的张存浩先生，如邻家长者，儒雅、热情、谦和。尽管受腰痛困扰，走路微微倾向一边，他仍面带微笑，张罗着招待来访的客人。这位清瘦老人的手势和语速都略显迟缓，实在难以与他“张着急”的绰号联系起来。先生听闻，说自己认准的事儿，的确是着急得很。

张存浩：对自己说好听点儿呢，就是有点儿只争朝夕的想法，此时不干，更待何时？

1950 年，22 岁的他拗着将他从小带大的姑母的意思，便是如此急切地放弃了在美国继续攻读博士学位的机会，瞒着家里人买了船票，执意回到当时条件非常艰苦的祖国。

张存浩：当时就是觉得美国人帮着蒋介石跟我们打内战，欺负我们。后来抗美援朝开始了，总想着一有机会就要回国，不在那儿呆了。

回国后，张存浩开始了“急国家之所急”的研究之路。一句话，中国缺什么、什么落后，张先生就忙着研究什么，抓紧赶上去。28 岁，他就站在了我国首届自然科学奖的领奖台上，他和同事们一起研制的水煤气合成液体燃料——人造石油的高效催化剂和流化床工艺，达到世界领先水平；36 岁，正值国内火箭技术从无到有的年代，他又转行在火箭推进剂及其燃速理论上取得突破。1973 年，刚刚被下放回来的张存浩，在一穷二白的条件下，组建了化学激光实验室。

张存浩：我们当时胆儿也比较大，很大的包袱倒也没有。当时做水煤气也是，因为没有石油不能打仗，所以只能说我们为了适应国家需要做了这个石油。化学激光，也不能吹这个牛，做出来了就证明我们当时多准确，当时只是觉得有可能做出来，觉得外国人能干的，我们也能干。

正是这道高能的化学激光，2013 年为张存浩赢得了迄今为止只有 25 人获得的国家最高科学技术奖。然而在 20 世纪 80 年代，化学激光研究并不被看好，资料、仪器、设备样样都缺，甚至科研经费都成了问题。没有钱怎么办？张先生的“急脾气”又上来了，当机立断，借！

张存浩：当时跟国防科工委借过钱，这三十万元是有的，而且很准确。

1986 年，转机出现了。“863 计划”将高能激光作为重点内容，可令人发愁的是，认同化学激光的专家并不多。张存浩又急了，甚至和同行们打起了赌——别的激光研究的经费，化学激光只要十分之一，一样能研究出成果。

张存浩：1986 年的时候我们就去开会了，国防科工委想规划一下，但当时就说，要自由电子激光。化学激光？不要！我们当时就说，我们也还是有前途的，说不要也没什么根据。

大概是这劲头实在打动人，经费真的有了，但也真的只有十分之一。当时自由电子激光取得了两千万元经费，而化学激光只有四百万元。张存浩硬是凭借这有限的经费，研制出我国第一台连续波氧碘化学激光器，带领化学激光成为高能激光领域的一枝独秀。

20 世纪 90 年代，张存浩先生调任国家自然科学基金委员会主任，这回让他着急的是国内优秀科研人才断档。从海外吸引人才靠的是项目，但是没有启动资金怎么办？

中科院院士包信和：大概是 1994 年的时候，基金委推出一个国家杰出青年基金。当时我刚回国，这不仅是钱的问题，而是这个领域要被大家认可。对我这个研究组从初创开始，慢慢成长到一定的规模，起到了非常大的帮助。

包信和并不知道，这笔国家杰出青年基金，是张存浩先生连续两次上书国务院的结果。

张存浩：这方案是连夜赶出来的，他们还给方案起了个名称叫“连夜稿”。我老催着人家。

在学生、中科院院士杨学明看来，正是这条路，让青年学者们的科研项目能够落地生根，这是张先生对后辈们最实实在在的提携。

杨学明：这个基金对科学人才的发展非常重要，让你觉得有做下去的信心和支柱。它造就了一大批青年科学家，现在新当选的大部分院士，都是拿到过这个基金的。

88岁高龄，科研是做不了了，张存浩先生又在替年轻人的成长着急，举荐他们申报国内外科技奖项。在张先生这里，安享晚年是只求心安，而非身安。

张存浩：给他们创造条件，很难说是最好的，但是比较好的条件，让他们可以上去竞争。做这个事情，我还是无怨无悔。

记者手记：

我是记者刘祎辰。是时光，让张先生一点点慢下来。他的学生说，先生直到几年前还记忆力超群。但坐在我面前的老人，追忆往事时，一些片段已经需要停下来寻思很久，手抬起来，微微晃着，似乎要在过往的岁月中打捞些什么。

先生的客厅里、书桌上，并没有如想象般堆满科研书籍，更多的是字画卷轴、古典唱片。与夫人迟云霞携手走过60多年，夫人称先生是“绝好的人”。两人从没拌过嘴，最大的共同爱好就是古典音乐。夫人说，从前先生经常一进门就开心地放声歌唱，她就知道，一定是又有什么难题被解决了。

孙家栋：寄豪情，问苍穹

作者：冯会玲、张棉棉

播出日期：2016 年 6 月 16 日

孙家栋，1929 年生于辽宁营口。我国运载火箭与卫星技术专家、中国科学院院士、国家宇航科学院院士。曾担任我国“东方红一号”卫星技术总负责人、探月工程、北斗导航工程首任总设计师。先后荣获“两弹一星”功勋奖章、2009 年国家最高科学技术奖等荣誉。第 148081 号小行星被命名为“孙家栋星”。

第一颗人造地球卫星、第一颗遥感探测卫星、第一颗探月卫星嫦娥一号……中国航天史上一个又一个第一次，87 岁的孙家栋都亲自参与。一回回坐在发射场，总还是像第一次一样，心脏“怦怦”跳的声音都能清晰地听见。

孙家栋：有一次天气不好，又打雷又下雨。最后逼着搞气象的人：你无论如何给我讲清楚，五分钟以后这块云彩到底过去没过去。

记者：好难为做气象的呀。

孙家栋：最后就抓住这个窗口了。火箭发射出去以后，几分钟的工夫，地面的全部用电都停了，你说你那是一个什么心情?

1958 年，孙家栋在苏联学习了七年飞机发动机专业，带着亮闪闪的金质奖章回国，却从事了长达九年的导弹研制。之后又被钱学森先生亲自点将，在要资料没资料、要经验没经验、要专家没专家的窘境下，研制“上得去、抓得住、听得着、看得见”的卫星。

孙家栋：唉，难到什么程度呢？第一，不知道这个事怎么干；第二，大家都没干过；第三，你要干这件事情，要用的东西，什么都没有。可以说是一穷二白。

1970 年，孙家栋参与研制的中国第一颗人造地球卫星“东方红一号”发射成功，那一年，他 41 岁。

孙家栋：那天公布了以后，我们坐车就往天安门跑，到天安门进不去了，已经人山人海了，都在庆祝。

孙家栋先生接受记者冯会玲采访

孙家栋先生为“全国青少年科技创新大赛”获奖者颁奖

记者：当时站在天安门广场多幸福啊。

孙家栋：我不是搞文学的，形容不出来这些，哈哈……

半个世纪的航天路，有起也有伏。每一次都如履薄冰，一夜夜辗转反侧，一遍遍回想每一个环节，但有时失败仍猝不及防。

孙家栋：每一次发射也没有一个人敢说是绝对成功的。投资要十个亿，初期干的时候，一个型号干十年，干的人加起来又有十万人，这么大件事，最后按按钮的时候掉链子了，你能受得了吗？

记者：尤其您……

孙家栋：尤其你是技术牵头的人。第一次，我们改进人家的导弹，只上去了21秒。

记者：上去21秒，就下来了？

孙家栋：掉下来了，离你这么几百米远掉下来了。脑袋里就没有一分一毫的想法，说我搞这个东西上去还会下来？那时候就傻眼了，就蒙了。尤其是你在大沙漠里面，站在东边，发射点正好在西边那个位置，那时候太阳已经下山了，半边天都是红的。

那幅场景深深刻在孙家栋心头，隔多少年想起，依然清晰如昨。冰天雪地，几百人在大沙漠里弯着腰一寸寸寻找碎片，有人忍不住一边捡一边抹眼泪。连着几天，孙家栋和同事们几乎把那片沙子扒了一层，逐一检查，终于发现了问题所在。

孙家栋：一块小碎片一块小碎片对接起来，最后发现，就是一根导线断了，剩这么一米多长，通过X光一照，里面是断的。正是遇到这样几次大的失败，认识到质量就是生命，质量就是航天的一切。

中国航天科技集团运载火箭技术研究院“长征三号”甲系列运载火箭总设计师姜杰感慨：孙先生就像是后辈心中的“定海神针”。

姜杰：火箭直接入轨，发射高轨道卫星，最终由孙老拍板。甚至已经80多岁的孙老还爬上发射塔架，亲自检查，在关键性问题上孙老绝不放过。

航天科技集团五院北斗导航卫星系统总设计师谢军说，孙老的认真劲儿有时真是让人汗颜。

谢军：在发射场，由于工作人员不小心，发动机的口上，边缘给碰了一下。想看这个发动机损坏的那个地方，结果老爷子直接就趴着钻进去，当时也是快80岁的时候。

孙先生腰椎间盘突出很严重，离开拐杖，走路就是件不易的事。没人知道近80岁的孙家栋趴在地上看发动机还记不记得腰痛，更不会有人知道，近80岁还要担任中国绕月探测工程“嫦娥工程”总设计师，这个选择，需要多大的魄力。

嫦娥奔月，一朝梦圆是幸运，可，万一失败了呢？

“嫦娥一号”卫星顺利完成环绕月球的信号传来，航天飞行指挥控制中心内，大家振臂欢呼、拥抱、庆祝。那一刻，亿万观众通过电视屏幕看到了孙家栋，他默默转身，老泪纵横，低头掏出手绢，一遍遍地擦泪。

孙家栋：生在中国这片热土上，能有幸从事航天事业，这种成就感确实一生都忘不了的。所以有的人问我说，您搞了这么多颗卫星，您感觉哪一颗卫星最令您激动。我跟他们说，这很难分清，每一次都有它难办的事情。

“总设计师”的头衔要承担多大压力，孙先生从不说；站在国家最高科学技术奖的领奖台上，他却一再告诉别人：我是替所有的航天人去领奖。

孙家栋：航天事业绝对是一个群体，不靠集体的成就，不靠天时、地利、人和，就绝对不行。

记者手记：

我是记者冯会玲。孙家栋先生是一个特别爱笑的人，回忆当年从零开始画图纸的战战兢兢，他忍不住地笑；想起发射某颗卫星前的深夜，同事因为焦虑过度想延迟发射，他也笑。放在他办公室橱柜里的照片，几乎都是他开怀大笑的模样。经历了一次次惊心动魄的考验，或许所有的得失与过往，在他心里，都可以付之一笑。

采访中，孙家栋先生说了多次——可惜我不是作家，描述不出卫星发射成功那一刻是有多幸福。我多想告诉老人家，纵使文字能描述万千种幸福滋味，只是他心中的星空与明月，又有几人能够写透？

谭元寿：最好的传承就是口传心授

作者：何源

播出日期：2016 年 6 月 17 日

谭元寿，1928 年出生，著名京剧表演艺术家，“谭派”第五代传人。17 岁为荀慧生配演老生，21 岁自行挑班，1954 年加入北京京剧院。代表作有传统戏《定军山》《打金砖》及现代戏《智取威虎山》等。他在《沙家浜》中饰演的郭建光，给几代人留下了深刻印象。

记者：您现在还经常吊嗓子吗？

谭元寿：吊嗓子，练练功啊。

记者：一个星期练几次啊？

谭元寿：（谭立曾——谭元寿之子：每天遛弯都活动）楼底下转一圈，活动活动。

1928 年，谭元寿出生时，谭派已经声名显赫。曾祖谭鑫培自不必说，父亲谭富英又创新了“新谭派”，被誉为“四大须生”之一。

5 岁，程砚秋带着他唱《汾河湾》；8 岁，尚小云告诉他，等你长大了，我带你唱戏。然而，含着“金钥匙”出生的谭元寿，10 岁时依旧被祖父谭小培送入科班“富连成”，一呆就是七年。

记者：这是谭家老传统，爷爷带着孙子去学戏。我听说您也是祖父送去的。

谭元寿：对。

记者：您还记得当时您祖父跟老师说了什么吗？

谭元寿：送科班的师傅，要求严格，拿刀劈子打人。师傅三板子下去，手指甲就会出血，但跟头还要接着翻。一年只放四天假，腊月二十三回家，腊月二十七就得返校演出。想跟父亲诉诉苦，谁知谭富英说：你挨的打，连我三分之一都不及。

记者：我听说您在富连成学了七年，自己说就跟蹲大狱似的？

谭元寿：就是跟蹲大狱一样，不许出去，不许出大街门，一年三百六十多天，

记者何源采访谭元寿

毛泽东主席在书房接见谭富英和谭元寿

没有别的，天天就是唱戏、学戏。

挨的打历历在目，但轮到送自己的孙子、第七代传人谭正岩上戏校的时候，谭老先生依然对校长说：我知道如今新时代不许打人，但我的孙子除外，他如果该打，你们也得打。

继承了谭派风格，又借鉴了余派的表演，谭元寿嗓音高亢、文武兼备。加入北京京剧院后，他先后尝试了《智取威虎山》《青春之歌》一系列现代戏，最深入人心的莫过于《沙家浜》中饰演的郭建光。因为他的出色表演，这出戏很快成为现代戏的经典，家喻户晓。他更曾创造过连演40场的纪录。在儿子谭孝曾口中，父亲谭元寿对表演的执着几乎到了“偏执”的程度：

谭孝曾：在后台我跟了他几十年，每次7点半开戏，5点准时到。自个在那儿把自己的化妆盒、镜子再擦干净一点儿，把服装再看一看，熨平整没有，厚底粉白了没有，都是一样一样地查。等戴上盔头了，较真儿，快上场了，都到台帘了，我们还要举着一个小镜子，还照呢。什么时候这人该上台了，这镜子才撒手。

为了让一些老唱段继续流传，2000年，已经72岁的谭元寿参与了给谭富英早年唱段“音配像”的工作。在出演《问樵闹府·打棍出箱》时，他突如其来的一个跟头，引得满场人一阵惊呼。

记者：我听说您当年72岁的时候，还亲自翻过一次吊毛。

谭元寿：团里的负责人，给找了一个替身，说我年纪大了，怕摔坏了。这么样全安排好了，我也没说，那时候应该打一下招呼，但我没打招呼。

记者：您当时早就想好了？

谭元寿：当时我心里有底。我想给我爸爸录像，如果我翻一个吊毛还得找替

谭元寿家四处可见他在舞台上的照片

身，那就不完美了。结果到那天的时候，把这个吊毛翻了，大伙全惊讶了。

说话过程中经常需要停顿，微微喘气——如今谭元寿已经很少登台，不过最近，家成了他的另一个舞台，他正试图把部分传统戏重新整改，传授给年轻人。

谭立曾：比如《问樵闹府·打棍出箱》这出戏，现在只有我父亲一个人会，下一代没人会了，有危机感了。他一定要把这些谭派艺术精品传下去。

记者：您还亲自教啊?

谭元寿：教啊。

谭立曾：连说唱带动作，今天说两小时，明天说两小时，分着说吧，一出戏给他说完了。

谭元寿：主要是传承问题，继承好、发扬好。这个传承啊，不是那么简简单单的，口传心授是最好的。

记者手记：

我是记者何源。当我敲开了谭元寿先生家门的时候，他执意起身向前迎接，接过我手中的花儿，又认真地读了我的名片。没有想象中京剧泰斗的倨傲，更没有长者的威严。历经 170 余载，到如今已传至第七代的谭派，称得上是京剧界的传奇。谭孝曾说，父亲谭元寿反复强调，“孝和义”是他们的传家宝，“唱戏要高调门，做人要低调门”。

采访最后，我提出想合影留念的想法。谭老先生于是站得笔直，镜头里他的表情，如 50 年前在《沙家浜》中的一样。

系列报道：先生（第二季）

按语：

从第一季到第二季，中国之声特别策划《先生》始终把目光聚焦在跨越时代的、各领域蔚为大成的泰斗级人物身上，除了卓越的学术成就和文化思想，他们本身也是时代的一部分。在《先生》第二季中，12位先生里年纪最大的95岁，最小的也是80多岁，平均年龄在90岁以上。他们历经了时代的变迁，人生选择也同步了家国的历史进程。中国之声以音视频全媒体记录的方式进行抢救性采访，描摹大师的背影，传递他们的声音，传承他们的精神，真正担当起了国家级声音档案的责任。

策划：高岩

编审：樊新征、王磊

叶嘉莹：诗，让我们的心灵不死

作者：杨宁、陈庆滨
播出日期：2017 年 8 月 7 日

叶嘉莹（右一）少年时与大弟叶嘉谋、小弟叶嘉炽合影

街边采访：听她讲古典诗词的时候，你会完全被她震惊，她像是海洋一样，你觉得在她面前自己就是一滴水。

街边采访：她说，“即使我要倒下，我也要倒在讲台上”。那句话给我有特别大的震撼力。

叶嘉莹，1924 年生于北京。毕业于北京辅仁大学国文系，现任南开大学中华古典文化研究所所长。20 世纪五六十年代曾执教于台湾大学，并赴美国哈佛大学、密歇根州立大学讲学。1969 年迁居加拿大温哥华，受聘不列颠哥伦比亚大学终身教授，1991 年当选为加拿大皇家学会首位中国古典文学院士。作为在海外传授中国古典文学时间最长、弟子最多、成就最高、影响最大的华裔女学者，2016 年，获得“影响世界华人终身成就奖”。

叶嘉莹：我现在活了快一个世纪了，我这一辈子要做的就是把中国的吟诵传下去。

（叶嘉莹吟诵《饮湖上初晴后雨》）水光潋滟晴方好，山色空蒙雨亦奇。欲把西湖比西子，淡妆浓抹总相宜。

2017 年 5 月 20 日，南开大学迦陵学舍。每逢周六，平日里静谧的小院准时热闹起来。旁听者早早来到，将还算宽敞的客厅挤得满满当当。93 岁的叶嘉莹先生由人搀扶着，慢慢走向客厅中央，气质怡然。

叶嘉莹：其实诗歌是有生命的，那个生命到现在也是活的，所以诗歌里不但有感发的生命，而且是生生不息的，可以一生二，可以二生三的。

这座以她的号“迦陵”命名的中式书院，于叶先生而言，不仅是她漂泊半生、终于归根的“家”，更是她赋予诗词以生命，给世人以感动的文化传承之地。

叶嘉莹说，她想打开一扇通向诗词国度的门，如同老师顾随那样。犹记得 1942 年国文系二年级时第一次聆听顾先生的课，“恍如一只被困在暗室之内的飞蝇，蓦见门窗开启”。

叶嘉莹：他上课可有意思了，他从来没有课本。他是从作诗讲到做人的，是一种哲理，是诗歌里真正的感发。真正认识到诗词里的一种有灵性的、真正的生命，是顾先生教给我的。

生于战乱，长于动荡，叶嘉莹历经了去国离乡的悲哀与痛楚。时代的洪流里，忧患接踵而来。17 岁时失去母亲，她写了八首《哭母诗》，52 岁时女儿去世，她写了十首《哭女诗》。“天以百凶成就一词人”，一生经历的大悲大苦太多，近百年的

私立北京輔仁大學獎證

學生葉嘉瑩年二十一歲在本校文學院國文系三年級肄業今因三十二年度成績爲全班第一應給予勤字獎章以示鼓勵此證

校長陳垣

中華民國三十三年九月　日

右图 1：叶嘉莹在辅仁大学就读时的成绩证书

右图 2：1979 年初，叶嘉莹第一次从北京至天津，南开大学的老师们在车站迎接

右图 3：叶嘉莹和孩子们在一起

右图 4：叶嘉莹与外孙女思勤在温哥华家中后院

岁月，很多事情叶先生都已经记不真切了，但诗词成了她最重要的陪伴，一生的起伏尽在这抑扬顿挫的平平仄仄里。

叶嘉莹：“夔府孤城落日斜，每依北斗望京华”，那个时候我到台湾大学去教书，大概 20 世纪 50 年代初吧，我就常常做梦回到故乡，当时叫北平。讲课的时候讲到这一句时我就非常感动，几乎要落泪的感觉。

漂泊流离数十载。1978 年春天的一个傍晚，叶嘉莹独自穿过温哥华市郊的树林给祖国寄信，希望回国教书，这是她与命运最后的也是最坚决的抗争。

叶嘉莹：我结婚不是我的选择，我去台湾也不是我的选择，去美国也不是我的选择，留在那么美好的加拿大温哥华，这都不是我选择的，这是命运的安排。只有回国来教书是我一生一世的、我唯一的自己的选择。

1979 年，叶嘉莹第一次站在了南开大学的讲台上。没有教材，直抒胸臆，让学生们耳目一新，常常听到不肯下课。“白昼谈诗夜讲词，诸生与我共成痴”，一时传为佳话。

学生徐晓莉：我在窗户上挂了两小时，就这么挂在外边听，两节课下来手都酸了。

从 1945 年大学毕业至今，叶嘉莹在讲台上站了整整 72 年。她说，古典诗词是宝贵的传统文化瑰宝，我如不尽到传承的责任，前对不起古人，后对不起来者。2016 年，92 岁高龄的她精心编辑了《给孩子的古诗词》一书；今年（2017 年），她常常深夜为这本书一字一句录制吟诵和讲解，独坐书房，与古人共赏一轮明月。

叶嘉莹：有时候常常引用我的老师说过的一句话，以吾生的觉悟做有生的事业，以悲观的心情过乐观的生活，个人不管以空间、时间来说都是渺小而且短暂的，但文化是永恒的。

记者手记：

我是记者杨宁。一个小男孩曾问叶嘉莹：什么是诗？叶先生反问：你的心会走路吗？小男孩疑惑地摇了摇头。叶先生笑了笑，问男孩的故乡在哪里，是否会想念那里的亲人？男孩回答得干脆：故乡远在河南开封，常想爷爷奶奶。先生点头说：对了，想念就是心在走路，而用美好的语言将这种想念表达出来，就是诗，所以，诗就是心在走路。

近一个世纪的人生，如今生活只剩下一人独居、“剩菜剩饭一热就吃了”的简单，但诗词对叶嘉莹来说，并非苦中寻得的慰藉，而是她的理想、她的生命、她的全部。“读古典诗词究竟有什么用”，这是叶嘉莹经常被问及的另一个问题。先生一言以蔽之：诗，让我们的心灵不死！

潘际銮：骑自行车的“90后”院士

潘际銮先生漫画像（孔颖绘）

作者：张棉棉、李竟成

播出日期：2017年8月8日

潘际銮，焊接工程专家，1927年出生于江西瑞昌。1980年当选为中国科学院院士。1993年4月出任南昌大学校长。现任中国焊接学会理事长、国际焊接学会副主席等职。他身上有太多重量级的第一，他是全国第一条高铁的铁轨焊接顾问，中国第一座自行设计的核电站的焊接顾问，曾成功研制居国际领先水平的爬行式弧焊机器人，科研成果价值高达千亿。

博士生孙其星：潘老师今年90岁了，每天都坚持往返六公里。我们学生曾不止一次提出，我们接送他往返，但他坚持自己来办公室。

潘际銮：我这一辈子主要做了三件事：第一件事，中国的第一个焊接专业是我创立的；第二件事，我创建了南昌大学；第三件事，我在几十年里，为中国工业经济建设做了很多工作。

潘际銮曾一度被称为“90后”网红院士，源于那张流传甚广的照片。夕阳下，潘先生乐呵呵地蹬着辆半旧的自行车，满头银发、穿一件红马甲的夫人李世豫坐在后座上，歪着头，展开一只手臂。画面定格在清华园的林荫道上，空气仿佛都变得温暖而甜软。

记者：您现在还骑车吗？

潘际銮：当然啦，不骑车我怎么过来？骑电动车，从家里骑电动车到这里要15分钟。

潘际銮与妻子李世豫在清华的办公室内

有人说，那个年代的人很稳。爱上一个人，就是一辈子，做一份工作，就坚持几十年。潘际銮的毕生才华，就是这样毫无保留地献给了他所热爱的焊接事业。

清华机械工程系焊接馆，“潘际銮”三个字高挂在门厅的墙壁上，居于一堆名字里最顶头的位置。1955 年，28 岁的潘际銮在这里筹建新中国第一个焊接专业，从零开始的事业，让很多人不解。有人甚至笑话李世豫：“你男朋友是焊洋铁壶还是修自行车的？”

潘际銮：航母、航天器都是靠焊接才能做出来，所以现在看起来，焊接专业越来越重要，跟当时大家的理解完全不一样。

20 世纪 60 年代初，完成我国自主生产的第一套核反应堆焊接工程；70 年代末，研制成功独具特色的电弧传感器及自动跟踪系统；80 年代，在我国自行建设的第一座核电站——秦山核电站担任焊接顾问；进入新世纪，攻克高铁轨道焊接接口难题，造就中国时速……潘际銮用一个个这样的节点，焊接起了一份辉煌的个人履历。

潘际銮：一根钢轨，钢厂只能生产 100 米长，2.2 万公里的高铁全部都是一点点焊起来的，焊了八十几万个头，一个接一个，这个技术是我们自己的。我们高铁上连一个钢镚都不会倒。连欧洲也做不出来，日本也做不出来，美国人还想学我们的技术。

今年整整 90 岁的潘际銮，正在寻求突破，如何让 100 万千瓦的核电站能够正常运转。目前攻关目标是能承受 700 多摄氏度高温的焊点。

潘际銮：这个关键部件我把它焊出来，那个东西一分钟转 1 500 转，要转 60 年不出问题。

潘际銮用一生的时间，让自己的国家在焊接领域站在了世界前沿，“国家”二字在他心里绝非一个空洞的概念。1944 年，从江西老家逃难到昆明的潘际銮以云南省第一名的成绩考入西南联大。

（潘际銮朗诵《西南联大校歌》）万里长征，辞却了五朝宫阙，暂驻足衡山湘水，又成离别。绝徼移栽桢干质，九州遍洒黎元血。尽笳吹，弦诵在山城，情弥切。　千秋耻，终当雪。中兴业，须人杰。便一成三户，壮怀难折。多难殷忧新国运，动心忍性希前哲。待驱除仇寇，复神京，还燕碣。

读书的目的，就是为国家做贡献。

潘际銮：说实话读书真不是为文凭，我们就是勤奋学习，就是要把日本人打回去。

西南联大，成了潘际銮一生都放不下的“情结”。65 岁出任南昌大学校长，之后十年，他一直试图在南昌大学推行西南联大的办校理念，坚决实行“学分制”、“淘汰制”和“滚动竞争制”。人们看到了一向随和的潘际銮罕见的“倔强”，南昌大学则在他任校长的第五年，进入“211 工程”的大学行列。

潘际銮：我想学西南联大的学分制，就是不及格再修，但是中国不允许五年毕业，开除也不行。当年，如果你开除了学生，他可能自杀。后来我就去请示当时的省委书记吴官正，他说你要开除哪个学生，我就给他安排工作。他一说我就放心了，然后我去了第一年就开除了四十几个人。

75 岁卸任南昌大学校长，潘际銮又回到清华大学，继续骑着自行车在家和机械工程系焊接馆之间穿梭。80 岁时，他还在一年中最寒冷的季节，穿着厚棉袄，深夜里站在铁轨边上，测定钢轨的焊接工艺。在北京大学教了一辈子书的夫人李世豫，

潘际銮作为我国第一条高铁的铁轨焊接顾问，在查看焊接点的情况

潘际銮携妻将子抵达南昌就任南昌大学校长

永远是他最坚强的后盾。

潘际銮：她生孩子我都不知道。

李世豫：他不知道，他出差了，年轻的时候他老是下工厂。

潘际銮：生第一个孩子我没看见，她也没让我知道，生第二个孩子的时候我也不知道，生第三个孩子我才知道。年轻人有的是一股傻劲儿，一心在那儿干活，家里的事一概都没管。

虽然丈夫听起来曾是那么“不通情理”，但采访中，86 岁的李世豫的目光却始终没从他身上移开过。丈夫蹙眉，她神色凝重；丈夫说到得意处眉飞色舞，她在一旁笑得像个孩子。90 岁的潘际銮每天还要在实验室工作十个小时，抽空骑车带她去买菜。

记者手记：

我是记者张棉棉。采访中两件小事深深触动了我：第一件，是潘先生对新技术的熟练运用。与先生约好采访那天，不巧下了大雨，他和夫人被困在了路上。我正在焦虑，却看到微信视频电话打来，两位老人挤在小小的视频框里，争相对我说着抱歉。第二件，是潘先生的简朴。作为已经成名半个多世纪的焊接泰斗，他的办公室只有大约十平方米，除了书桌、沙发以及堆得满满当当的书，再无其他。我希望到他家里看看，一向随和的先生却拒绝了我，理由是家里比办公室更简陋。

巫漪丽：一生只守一架琴

作者：冯会玲
播出日期：2017 年 8 月 9 日

巫漪丽，1931 年生于上海，中国第一代钢琴家。曾师从意大利著名音乐家梅百器，与钢琴家吴乐懿、傅聪等同门学艺。1954 年，担任北京中央乐团第一任钢琴独奏家，是《梁山伯与祝英台》小提琴协奏曲钢琴部分的首创者及首演者。

录音师杨四平：她给我们的印象是弱不禁风的，但她一坐到钢琴前面，根本不像八九十岁人弹出的声音，所以我说她的每一个音符像裹着芬芳的露珠，在荷叶上跳动。

巫漪丽：我一辈子想的都是跟音乐做伴儿。我们这些人就是老知识分子，就是有一点，不求闻名于诸侯。

86 岁的巫漪丽颤颤巍巍地走上舞台，扶着钢琴缓缓坐下，足足十秒后，关节已经变形的双手才轻触琴键。一曲《梁祝》如泣如诉，在她的指尖下倾泻而出。黑白键上的灵动，让人丝毫感觉不到耄耋老人的迟缓。这架钢琴，巫漪丽已经整整厮守了 80 年，而这首《梁祝》，也不知在她心中起起落落地过了多少遍。

巫漪丽:《梁祝》是 1959 年的献礼作品，人家都要求听《梁祝》，没有钢琴伴奏，我就从资料室去借了总谱来，花了三天三夜写好，所以我是《梁祝》钢琴伴奏的首创者跟首演者。

巫漪丽与钢琴结缘，源自 6 岁时跟随舅舅看的一场电影，男主角弹奏的钢琴曲萦绕在耳边挥之不去，小小年纪的她竟然失眠了。

巫漪丽：那个曲子原来是肖邦的《即兴幻想曲》中间的主调，那个调子使我感觉到钢琴是个很美妙的东西。我就跟妈妈说我要学，妈妈拗不过我。

学钢琴第一年，她就拿了上海儿童音乐比赛钢琴组第一名。9 岁起师从意大利著名音乐家梅百器，19 岁，巫漪丽与上海交响乐团首次合作演奏《贝多芬协奏曲》，轰动上海滩。1955 年，24 岁的巫漪丽成为北京中央乐团第一任钢琴独奏家，并曾受到周恩来总理接见。

从孩童到白发，巫漪丽和钢琴不知道登上过多少个大大小小的舞台，而她记忆里最特殊的舞台，当属抗美援朝慰问志愿军时那硝烟滚滚的土地。

巫漪丽：当时总的领队是贺龙，京剧方面有梅兰芳、程砚秋、盖叫天，还有马思聪和周小燕，我就给这些人伴奏。钢琴是他们从地底下埋了 25 米挖出来的，键子都不大全，但志愿军非常热情。

钢琴，不仅给巫漪丽带来了无限荣耀，也让她结识了一生的挚爱、中央乐团第一任小提琴首席杨秉荪。两人在北京成家，无论收入有多低，住得有多挤，有琴的地方就是舞台，琴瑟和鸣，就是幸福的日子。

记者：有一些文章评价说您在跟杨先生一起合作的时候，在舞台上您总是甘于做绿叶。

巫漪丽：对，我愿意做绿叶。

“文化大革命”期间，杨秉荪获刑入狱，被判刑十年，巫漪丽无奈与爱人天各一方。

1983 年，巫漪丽赴美深造，之后定居新加坡。辗转多年，曾经的辉煌已归于平静，她以教琴为生，几十年踽踽独行，窘迫到房子都是与别人合租。让她能略有慰藉的，就是有学生拿了大奖，或是在异国他乡听到有人弹起熟悉的《梁祝》。

巫漪丽：反正我的生活跟人家不同。

记者：有什么不同？

巫漪丽：独行侠。

记者：那一个人在租住的房子里您会感觉到孤独吗？

巫漪丽：弹钢琴就不孤独了。

巫漪丽在琴键上品味着不一般的人生滋味，但无论身在何处，她从不曾忘记前辈的嘱咐：用钢琴弹好中国乐曲。

巫漪丽：贺绿汀先生觉得应该把中国作品弹好。他说如果不好好弹，永远是在纸上，这句话给我印象很深。外国钢琴作品分好多时期，有每个时代的风格，中国钢琴作品也应该有风格。而且中国作品来源更多，有戏曲的、民间乐曲的、歌舞的，所以一辈子也学不尽。

2008 年，几经周折，77 岁高龄的巫漪丽终于如愿出了第一张钢琴独奏专辑，收录了《松花江上》《娱乐升平》等多首中国风曲目。6年后，83岁的巫漪丽又出版了第二张个人专辑。她特意托朋友从新加坡给身在美国的前夫杨秉荪带去，即使隔山跨海，还是想跟最在乎的人一起分享。2017年6月，巫漪丽荣获世界杰出华人艺术家大奖。然而，与喜讯同时传来的，还有杨秉荪病逝的噩耗。

奖杯被放在了角落，巫漪丽默默地换上白色上衣，把自己关进录音棚里，又弹起《梁祝》，不用曲谱，一气呵成。弹到哭坟，她似乎把全身气力都集中在指尖，让悲伤在琴键上四溅；转到化蝶，她柔情似水，像是告别，又似倾诉。巫漪丽的几位知心朋友在录音棚外默默倾听——这是不可复制的《梁祝》，这是她在弹奏自己的一生。

记者手记：

我是记者冯会玲。86岁的巫先生，台上神采奕奕，台下只能一步一步慢慢地挪动。盛名之下，她在新加坡的日子其实过得并不宽裕。朋友赠送才算有了新衣，背包破了也不在意。至今不用手机，与外界联络，都还靠一笔一画书信往来。因为合租，她每天都要错开室友休息的时间弹琴，每年都要早做准备，万一房东变卦，到底该搬到哪里？可是，这些在她心里似乎早已激不起一丝涟漪。如今，她还常常一个人去听音乐会，要关注世界音乐的潮流。不久，她的第三张专辑即将出版。于她而言，所谓幸福就是，一辈子只够爱一个人，只愿守一架琴。

阮仪三：古城保护，能按住一个是一个

作者：方亮

播出日期：2017 年 8 月 10 日

阮仪三，83 岁，江苏苏州人。现任同济大学国家历史文化名城研究中心主任、建筑与城市规划学院教授、博士生导师。山西平遥古城和云南丽江古城保护的主要倡议者，首批“全国十大历史文化名镇”中有五个镇的保护规划出自阮仪三之手，曾先后获得联合国教科文组织遗产保护委员会颁发的 2003 年亚太地区文化遗产保护杰出成就奖、法国文化部“法兰西共和国艺术与文学骑士勋章”。

学生：他看到很多这样破坏的行为，会非常的愤慨，从心里头觉得着急、伤心。

同事：阮老师他不仅是学者、专家，是保护历史文化遗产方面的“斗士”，同时他也是老师。

阮仪三：我这一辈子跟历史古城、古镇结下了不解之缘，我为这些保护而竭尽全力，屡战屡败，屡败屡战。光说说道理，光谈谈文章，这不是我们所要做的，我是保护的行动派。

阮仪三：平遥拆得很慢，为什么会慢？钱少，再加上文物部门的人经常在那儿干涉，说这个东西你们不要随便拆。那么我说你们不要拆了，我给你们另外做个规划，不一定非要拆了城墙、拆了马路才能发展城市。

阮仪三的传奇，从“刀下留城救平遥”“以死保周庄”开始。20 世纪 80 年代，中国进入发展加速期，各地纷纷开始拆老城建新城，平遥也不例外。1980 年，阮仪三还只是位讲师，人微言轻，他只能趁着当地因为缺钱，拆迁暂停的空当，和同济大学建筑系的学生们白天实地考察，晚上不眠不休，做出整体保护旧城、另起炉灶发展新城的规划，然后自己背着图纸上北京搬救兵。

阮仪三：郑老（郑孝燮）和罗老（罗哲文）是全国政协委员，他们一到了之后，省长就出来了，省委书记就出来了。这个郑老很有意思地说，“来，拿个笔，

2013，在阮仪三基金会新绛工作营，为营员讲解木结构原理

拿个纸来”，他就写，“阮仪三平遥历史名城保护规划是‘刀下留城’的规划”，“刀下留城”就是这么来的。

在当时的全国政协城建组组长郑孝燮、文化组组长罗哲文等专家的过问下，阮仪三牵头的保护规划终于变成了红头文件。“刀下留城救平遥”就此成为美谈。

1997 年 12 月，联合国世界遗产委员会正式将平遥古城列为“世界文化遗产”。也正是从平遥开始，阮仪三率先提出了“古城保护规划”这一课题。1985 年起，原建设部委托同济大学开办了“城市建设领导干部培训班”“历史文化古城保护培训班”，阮仪三长期担任班主任。

阮仪三：关键的人物，建设科长、城建局长、管城市的人大常务会主任都弄到同济大学去培训。你说没钱？我说不要你出钱，免费的！你过来，然后我给你们上课，免费地上课。两个月后再回去，下半年再来上两个月课，再来人，一批一批的，包括江南水乡周庄、同里、乌镇……

阮仪三的“执着”是出了名的。2000 年，为了发展周庄的旅游，苏州市规划

绛守居园岑楼

阮仪三 1982 年手绘山西新绛隋代园林遗址

从新绛鼓楼看钟楼

阮仪三 1982 年速写画

修建一条公路，准备从周庄的西北侧穿镇而过。一直关注周庄保护、曾主动上门为当地政府送上规划方案的阮仪三认为，这条路显然会破坏周庄的整体格局，坚决反对，他说："实在没办法了，开路的话，我就躺到马路上去，让汽车把我轧死算数。"

阮仪三：该骂的就要骂，骂就是用比较激烈的语言让他晓得痛。同时，其他看骂的人，他也觉得骂到点子上也痛快，也能受到教育。你假如用比较平婉的语气，他还不觉得这是问题呢。

生活在上海，任教于同济，阮仪三对上海的古建筑保护格外关注。上海外滩号称"万国建筑博览会"，但也同样纠结着城市发展与遗产保护的矛盾。什么样的建筑可以进入外滩，阮仪三的眼里揉不进沙子。

阮仪三：有几幢楼，一幢联谊大厦，一幢金陵大厦，一幢文汇报大楼，我说这三幢楼，破坏了我们老外滩传统的轮廓线，这三个房子都应该腰斩！都应该杀头！报纸上登了，所以这也引起人家跳起来了。设计这三个房子的两个老先生都打电话给我："阮仪三，你胆子这么大？我杀你的头！"我也不回答他。但是这么说以后，外滩再也没进来其他建筑了。

（东方卫视）以色列总理内塔尼亚胡2013年参观上海犹太难民纪念馆现场音频：新开张的大西洋咖啡馆位于虹口提篮桥地区的上海犹太难民纪念馆内。坐在舒适的藤椅上，内塔尼亚胡和夫人兴致勃勃地品尝了咖啡馆里的第一杯咖啡。

上海北外滩舟山路附近的提篮桥地区，曾是"二战"期间两万多犹太人逃离纳粹魔爪的中国避难所，这条有着重要历史文化意义的诺亚方舟，当初若非阮仪三及时插手，只怕也难逃被拆的命运。

阮仪三：我看见了在隔壁的一个教研室，有两个老师在那里画那个地区的规划图，我问："这块地是虹口地区的吗？"他说："是啊。"我又问："这要规划犹太人保护区吗？"他回答说："上面没有关照我们要保护啊……"我就去查了，一查果然没有，我觉得应该补上。没有人管那就我管！

看得见还要留得住，有些地方的古城和古建筑虽然留下来了，但过度的商业化却让其失去了原有的风貌。凡此种种，阮仪三从不客气。

阮仪三：当面就给我讲，"阮老师，这个事情你不要来多管闲事，你保护住这些古城就完成你的任务了"。我们做保护为的是什么？是为了留存祖国优秀文化遗产，然后顺便发展了旅游，但是这一下子路就走偏掉了。所以现在看到很多城市，我觉得很悲哀的，千城一貌，万屋一面。

阮仪三说，几十年为古城保护奔走呼吁，其实更多的是失败而非成功。但自己是古城保护的行动派，要屡败屡战，为了中国城市的历史，为了被人们遗忘的城镇和村落。

阮仪三：我想到小时候，外婆给我们唱歌，催我们入眠时候的情景。但是，外婆桥，外婆桥，桥要在，河要在，那个历史的场景才能留住了，你就会马上想起你的外婆。

记者手记：

我是记者方亮。阮先生的学生告诉我，那些只要阮仪三一到，好像什么东西就都不能碰了的说法，其实是对保护的误解，不过，往往需要阮先生出面的时候，就是要强调底线的时候了。就像阮先生办公室里的那块匾，上面写的是“挽狂澜于既倒，救文物于危难”，锋芒毕露。可能在阮先生心中，从来都不在乎自己的率性坦诚会不会造成难堪，甚至在他看来，有时只有靠激烈的语言才能让当事者警醒。他说：“古城保护，十个指头按不住全部，我按住一个是一个，希望大家跟我一块来按。”

戴逸：半生心血，一部史书

作者：刁莹

播出日期：2017年8月11日

戴逸，历史学家，中国清史学界领军人物。1926年生于江苏常熟，毕业于北京大学历史系，新中国成立后在中国人民大学任教至今。戴逸一生钻研清史，出版了《中国近代史稿》《明清史》《清通鉴》《清代人物传稿》等30多部著作。2002年，我国清史编纂工程正式启动，戴逸任清史编纂委员会主任。2013年，获得第二届吴玉章人文社会科学终身成就奖。

张宏杰（历史学博士）：他是一个理想主义者，他身上有着一种今天已经非常稀缺的单纯、真诚和古道热肠。

戴逸：我就是读书的一辈子，我搞学生运动也是搞了一个孑民图书馆，并不是完全离开书本，一直是跟书本紧密地结缘。

尽管依旧笔耕不辍，经常外出讲学，书房的两个角落还是显示出戴逸已是91岁的耄耋之年。厚厚的书本、笔记和信件之间摆放着大小厚薄不一的放大镜，坐在书桌前伸手就能够到；门口的暖气管上挂着五六个不同长短和材质的手杖。每天工作至少6小时，戴逸几乎所有的精力都投入到了《清史》的编撰之中。

戴逸：小心翼翼、谨慎从事、诚心恳恳、精打细磨，反复地审查，反复地修改，我们自己认为我们是站在时代的最前列创作了这部历史，尽了最大的努力。

按照中国历史的传统，每个新时代都要为前朝修史。清朝灭亡距今100多年，《清史》的编撰如今已进入最后时刻，共100册。在91岁的戴逸心里，这是一生中最后也是最重要的工作。

戴逸：中华人民共和国成立已经半个多世纪了，应该集成这样一个史记。二十四史，从司马迁开始，几千年没有中断，这是中国文明的一个重要特点，没有一个国家有这样长的历史记录，我们也不能让这个历史记录断了。

记者：《清史》就要问世了，您的这一段工作也告一段落了，之后还准备干什

91 岁的戴逸依然每天伏案工作至少 6 个小时

反复审改的《清史》样稿

么呢?

戴逸：92 岁我就退休了，现在我还要上班。就是希望这本书弄好了，其他都没想。

从 2003 年立项到预计 2018 年出版，《清史》的编撰历经十五载，凝结的却是戴逸几十年的心血。

1955 年，他在中国人民大学开设中国近代史课程，开启了高校系统讲授中国近代史的先河，引起了历史学家吴晗的注意。三年后，周恩来总理委托吴晗找人编修《清史》，戴逸自然成为最佳人选之一，32 岁的他就这样与清史编撰工作结缘。1978 年，戴逸受命组建清史研究所。清朝档案浩如烟海，尽管故宫保留了大部分，但还是有大量遗失的资料要一点一点收集回来。

戴逸：大家不知道有那么多档案，把档案差一点儿当废纸卖掉了，装了八千麻袋送到造纸厂，后来被人家发现了，把它寻回来的。

历史是关于时间的命题，时间对一位老人而言却是最奢侈的。在戴逸的期望里，《清史》的问世只是个引子，清史研究还要在一代代学者的探索里继往传承。

戴逸：有很多问题还没有解决，应该继续研究。譬如中国为什么到清朝形成了大一统的国家？为什么清朝的现代化开始得晚，本来中国也是世界前列的一个国家，为什么没有能够比较早地发动产业革命、跟世界齐头并进？这都是要深入进行探讨的问题。

戴逸常说，一个民族如果忘记了过去，就不能正确地面对现在和未来。教书育人六十余载，桃李满天下，他鼓励弟子大胆思考，有贯通古今的现代视野，也有世界角度的超前眼光。

戴逸：我们要赶紧，不能够落在世界的后头。我希望我们的青年人学会做人做事的本领，学会专业知识，能够为更加美好的中国的前途奋斗。

毕生研究清史，戴逸的第一个专业却是与历史毫不沾边的铁道管理。1944 年高中毕业后，他考入了上海交通大学。大二时抗战胜利，北京大学从昆明回迁，途经上海时开设考场，戴逸毅然舍弃了已完成两年的上海交通大学学业，考入北京大学，转而走上了史学研究之路。这个选择在当时很多人并不理解，因为在那个重理轻文的年代，学铁道管理意味着金饭碗，而学历史则可能是毕业就意味着失业。

戴逸：我从小就喜爱历史。当时抱着侥幸心理，我也不知道我能不能考上，结果一考就考上了。我那次选择是正确的，到现在我还是无怨无悔。

他人生中最重要的两个选择，除了改专业，还有改名字。戴逸原名戴秉衡，内战爆发后，因参加学生运动遭到国民党特务缉捕，被时任北大校长胡适亲自保释出狱后，22 岁的他在党组织的安排下连夜逃离北京，奔赴解放区。"戴逸"之名由此而来。

戴逸：当时规定，凡是到解放区的都要改名，我就想我改什么名呢？我逃跑的，所以就改叫"逸"吧，因为"逸"就是逃走的意思。

其实对于戴逸而言，这个"逸"字除了逃跑，更多时候意味着"超逸"。人如其名，他正是如此超脱了世俗悲喜，安心于浩瀚史册，倾半生心血，成就一部不朽史书。

记者手记：

我是记者刁莹。采访结束，戴逸先生执意要送我们，可能是坐得久了，他撑着座椅扶手两次试着站起来，但却没有成功。就是这样时常被病痛折磨，先生却依然坚持每天伏案工作至少 6 个小时。

戴逸的书房不到十平方米，几乎没有任何装修，一套用旧的桌椅，一副简陋的床铺，摆得满满的书架，书桌上铺满《清史》的样稿。简单、朴素，一如他的人格。人生经历了家国沦丧和解放复兴，倾尽心血的《清史》编撰也曾一波三折，戴逸坚信“板凳须坐十年冷”，在修史的寂寥事业里固守着一个历史学家的现世情怀。

一生修史，青丝成银发，回顾人生，戴逸说自己只是看书、教书、写书，没有做什么别的，殊不知笔尖起落，正是书生报国。

崔昆：81岁起笔，著就特殊钢百科全书

作者：张明浩

播出日期：2017年8月14日

崔昆，1925年生于济南。中国工程院院士，华中科技大学教授，著名金属材料专家。从事材料科学教学与研究工作69年，创造性地研究和开发了一系列高性能新型模具钢，撰写完成我国首部全面系统介绍特殊钢的百科全书，为发展我国新型钢种做出杰出贡献。

夫人朱慧楠：早上6点起来收拾一下，或者做一点儿家务事，这就是他的休息。然后写他的书，200万字现在还在一个字一个字地敲出来。

崔昆：我这一辈子，不谦虚地说，就两个词概括了——一个“勤奋”，一个“报国”！我们做的是一般人都可以做到的！

江城武汉的夏，少不了雨水的滋润，洗净铅尘的喻家山下华中科技大学院士楼里，92岁的崔昆早早地坐到书桌旁，为再版自己的专著忙碌着。

崔昆：出版了之后，慢慢就发现要不断跟国际接轨，这样的话钢的出产产品外国人知道，进出口都很方便。所以这几年变化很快，我就开始修改。

这本名为《钢的成分、组织与性能》的专著共1574页，200万字，是我国首部全面系统介绍特殊钢的“百科全书”。但谁能想到，2006年提笔写书时，崔昆已是81岁高龄。学生柳林说，为完成这一艰巨工程，他自学计算机软件，亲自收集每一份文献，编辑每一张图片。

学生柳林：他自己买的电脑，所有的材料、所有的文字，一个个敲进去，他下载了一个图形编辑软件，自己把图片导进去，在那上面进行修改。

崔昆这辈子就像自己的专业一样，千锤百炼。

少年时，家乡济南被日寇占领，燕京大学毕业的父亲毅然离开被日本人接管的洋行，并鼓励儿子离开沦陷区，到大后方去继续读书。

崔昆：高中毕业以后，日本人（搞）奴化教育，我父亲就说，你无论如何不要

崔昆、朱慧楠 1953 年结婚照

崔昆先生夫妇近照（肖艺九摄）

在这儿读，绝对不给日本人做事。我们拿了一点儿很简单的行李，有时搞个架子车，有的时候就走路，通过河南的封锁线，从西安到宝鸡到广元、绵阳最后到了成都，一共走了 81 天。

1944 年，崔昆考入西迁四川乐山的武汉大学机械系，一门心思就是好好读书。

崔昆：我在大学读的机械系，包括汽车、加工机床、动力，一个专业就是一门课程。第二年我就得了全系第一。

1948 年，崔昆以优异成绩毕业，留校任教。中华人民共和国成立后，百废待兴，钢铁成为工业脊梁，而高性能特殊钢，更是托举一个国家钢铁工业水平的巨臂。但是当时的武汉大学，并没有这个专业。

崔昆：那是 1958 年春天，听说去苏联学习，将来回来就能够把这个专业办好。我了解以后，莫斯科钢铁学院应当是苏联这个专业最好的学校，所以我就在那儿呆了两年，一方面听些课，另外，还做些实验研究。

1960 年，崔昆学成回国。那时，我国工业生产急需高性能新型模具钢，却无力自主生产，进口价格是普通钢的十倍以上。崔昆心急如焚，和同事们加紧建设实验室。

崔昆：有些学校能买的帮着买，买不到的盐浴炉等实验设备，就自己动手做。在苏联又带回一些图纸，一些测试仪器。我们自己做。

那时候没有温控自动化技术，他们只能用最“土”的办法控温——眼睛紧紧盯着温度显示仪，往往一盯就是一个通宵。

崔昆：就用眼睛来控制，如果温度高一点儿就停一停，温度低一点儿就把闸合上去。所以就是靠手动来控制，那个控制就比较难了，要聚精会神地在仪表那里观察。

而每一场实验，崔昆都坚持亲自在场。

崔昆：超过 10 摄氏度实验就不够准确，会影响实验结果，所以我们必须要亲自去。这个不准的话，会前功尽弃。

1964 年，中华人民共和国成立第 15 个年头，崔昆带领同事建成了装备完整的金属材料与热处理实验室，新模具钢制成的模具打破了国外垄断。

20 世纪 80 年代，国家进入改革开放的大发展时期。每当新钢种出产，崔昆便背着沉重的“铁坨坨”，风尘仆仆地赶往全国各家单位试用，乐此不疲。

青年崔昆与同学在莫斯科留学合照

崔昆先生在实验室

"勤奋励志助学金"捐赠签约时合影

崔昆：那时候火车挤得不得了，有的时候没有位置坐，更不用说卧铺了。我有几次站着，从北京一直站到武汉，尽量不喝水，避免去厕所。当时我要托运，很麻烦的，因为一点点儿的钢筋都要办手续。所以我就自己带着去了，省事。

崔昆先后研制出十种自主知识产权新型模具钢，在数十家工厂得到应用，按当时的标准，累计创造直接经济效益两亿多元。学生熊惟皓说，如今已经 92 岁的崔先生，依然持续关注着学科新动向和新的研究方法。

学生熊惟皓：他现在还在关注着这个学科发展的一些前沿动态，并且经常和我们讨论这个方面的成果。

而崔昆说，走在学生的前面，这是为师者的基本要求。

崔昆：为什么呢？你不能完全靠学生搜集资料，因为你是老师，必须先走在前面。

生活中的崔昆，一件衬衣可以穿 30 年，但是对家庭困难学生却非常慷慨。2013 年，他和夫人朱慧楠将全部积蓄 420 万元捐出，设立“勤奋励志助学金”，每年资助 45 名本科生，每人 8 千元。

崔昆：我们两个人商量，就是要雪中送炭，帮助那些家庭困难但又勤奋努力学习的学生。因为我们毕业的时候两手空空，现在有些积蓄都是国家给的，用不完还给老百姓这是很自然的事情。

记者手记：

我是记者张明浩。崔昆先生今年 92 岁，夫人朱慧楠 89 岁。夫人身体不好，如今还是崔先生买菜做饭。而学化学出身的朱慧楠教授，则用厨房里那个不大的电子秤，精细地搭配着每顿饭的各种食材。两位老人，已经这样认认真真地一起生活了 64 年。

崔先生说自己写书有四个要求：一是全，二是新，三是严，四是用。所谓“严”就是书里内容的出处一定要严格。不是你的，一定要把出处明确地标示出来。曾经有一次，崔昆自己带的博士生发表论文时，也署上了他的名字。崔昆发现后严厉地批评学生是给自己帮倒忙！他说：“搞科学研究的人，要遵守科学道德；维护科学尊严，贵在诚信自律。”或许，和炼钢一样，只有一丝不苟、诚信自律，才能锻造出钢铁般屹立的人格吧。

宿白：浩瀚大海从不喧嚣

作者：章成霞

播出日期：2017 年 8 月 15 日

宿白，1922 年出生于辽宁沈阳，1944 年毕业于北京大学史学系。中国佛教考古和新中国考古教育的开创者，北大考古系第一任系主任。作为历史考古学集大成者，宿白在宗教考古、建筑考古、印刷考古和版本学等领域的造诣为学界所公认，著有《白沙宋墓》《藏传佛教寺院考古》《中国石窟寺研究》等著作，2016 年获得首届中国考古学会终身成就奖。

学生李志荣："经师易遇而人师难求"，对我而言，对很多人而言，宿先生是"人师"，而不仅仅是教给你知识的"经师"。

宿白：我这一辈子，这书没法看完，总是有需要看的，所以说书海无涯，书像海似的，没有边……

北京，蓝旗营。盛夏的阳光穿过窗外的松树照进先生位于一楼的家，投下斑驳的影子。95 岁的宿白已经很少出门，白天，他惯常坐在客厅的藤椅上，缓慢地摇着一把蒲扇，与书为伴，淡然沉静。只有在提及他干了一辈子的考古时，屋里的空气才活跃了起来。

宿白：考古这东西实际上是个破坏的工作。现在我们搞考古的人并不是需要多做一些工作，能不做还是不做，保持在那。等到条件更好的时候再做这工作不是更好吗？虚心是重要的，你不要吹嘘自己有什么重要发现，是不是真发现那还成问题呢！

昼对夜，宿对白。1922 年 8 月，宿白在沈阳出生。同年，北京大学考古学研究室成立。时代，在他的前半生不曾平静。军阀割据、日军侵华、解放战争……而他似乎于乱世之中树立了一道屏障，从 1940 年进入北大求学，到 82 岁离开讲台，始终埋首于历史考古的一方天地，波澜不惊。即便被学界视为中国考古泰斗，他给自己的标签也只有一个：北大教员。

宿白：因为我有兴趣，我是学历史的，历史和考古分不开。历史是文献记载，考古是实际工作，所以，你要做历史就得做考古，要是做就得长期做下去，不是长期做就不是真正的做考古的人。

求学时代，宿白的先生辈中大师云集。他听容庚先生讲卜辞研究与金石学，汤用彤先生讲佛教史、魏晋玄学，冯承钧先生讲中西交通史。

走上讲台后，宿白把毕生所得又原原本本地传承给了学生。著名考古学家徐苹芳、张忠培、“敦煌女儿”樊锦诗……这些旁人眼中熠熠闪光的名字，都出自他门下，也都要尊称他一声“先生”。

北京大学考古文博学院院长杭侃：他是一个百科全书式的人物。宿先生讲课干货特别多，讲稿都是经过反复修改的、密密麻麻的，板书又特别快，字写得也好，画画得也好，同学有时候想跟上他都会很困难、很吃力。上完了课之后会觉得收获很大。

他对学生严格，对学术同样严谨。20世纪 50 年代起，宿白与日本学者打了一场

右图 1：1957 年，宿白先生（右四）带领考古专业学生调查南响堂石窟

右图 2：1998 年，宿白先生在北京大学百年校庆考古校友大会上讲话

右图 3：2001 年，79 岁的宿白先生为博士生上课

右图 4：2001 年，宿白先生在家中书房

长达数十年的学术官司。宿白在善本古籍中发现了有关云冈石窟重修情况的记载，推翻了日本学者长广敏雄提出的云冈石窟分期方法论。作为佛教考古的权威，长广敏雄两次撰文激烈反驳，1982 年，宿白再次撰文回击。

宿白：对我们的发现他们开始有点儿怀疑。后来证明我们的发现是真实的，是靠得住的，那他也就没话可说了。我们的研究，很多都是新发现的。外国人他毕竟还是外国人，掌握中国的材料不可能有中国人自己清楚。

时隔近半个世纪，直到 1990 年，长广敏雄才终于承认："宿白教授的推论当无误。"对云冈石窟的研究，让宿白成为中国佛教考古的开创者，也最终确立了中国石窟寺考古学的国际学术地位。

对宿白而言，考古之路苦难艰辛，却又充满未知的精彩。他的考古生涯"第一铲"，是 1951 年在河南禹县主持挖掘白沙宋墓。1957 年，由他执笔的发掘报告《白沙宋墓》出炉，成为新中国考古报告的奠基之作。此后，宿白入西藏普查文物。"文化大革命"中，西藏很多寺庙被毁。他所记录的图像资料，为寺庙修复提供了依据。

宿白：我当时到哪个地方做记录都是画图。大的寺院毁得比较厉害，根据我的那个图，把后来破坏的地方做了一些恢复，这是重要的工作。

宿白先生家共有四个房间，其中三间是书房，当初在夫人极力争取之下，卧室才幸免被书占领。晚年不再授课，宿白把毕生藏书捐赠给了北大图书馆，第一阶段就整理装运图书一万多册，金石拓本一百多种。

学生李志荣：始终也没有不舍。宿先生也说，他在北京求学期间，几乎所有时间都是在北京大学图书馆度过的。宿先生觉得他一辈子如果还有一点儿成绩的话，那是北京大学图书馆给他的。

家中的几大本相册，记录下了他奔波于各地考古现场的身影和那些他曾经流下汗水的地方。如今常居家中，考古专业书籍、后辈送来的研究论文，也依然放在触手可及之处，这是他从未荒芜的精神世界。

记者手记：

我是记者章成霞。宿白先生很喜欢藏族哲理诗集《萨迦格言》中的一句话："山间的小溪总是吵闹，浩瀚的大海从不喧嚣。"我问他的学生，先生是一个怎样的人？

宿白先生（后排居中）和北大考古专业1956级学生在云冈石窟实习

宿白先生和1956级学生在故宫太和殿

有人说“纯粹”，有人说“干净”。宿先生的女儿说，父亲做了一辈子考古，自己从不搞收藏。采访宿白先生时，他说：“我的工作也没什么特别的，我没有什么可以采访的。”始终平静而淡然。也许，考古就是一个寂寞的领域。如何在一生的岁月长河中，专注学问、不事浮华，时间已经给出了答案。

钟山：没有空防就没有国防

作者：郭淼、刘会民
播出日期：2017 年 8 月 16 日

钟山，1931 年生于成都。我国防空导弹专家、低空防空导弹武器的开拓者和技术带头人、中国工程院院士、国际宇航科学院通讯院士。先后两次获得国家科技进步特等奖，领衔研制的武器已装备于我国陆、海、空三军，其中两种武器参加国庆 50 周年阅兵式。

钟山院士同事马翰秋：当年我们在研制“红旗-7”的时候，有句俗话是“搞导弹的不如卖茶叶蛋的”。我们队伍里也流行一句话：“跟着钟山干，都是穷光蛋；就是穷光蛋，也要拼命干。”因为大家知道，“跟着钟山干，年年有改善；跟着钟山干，人人是好汉”。

钟山：没有空防就没有国防，没有国防就没有强大的国家。中国要强大，的的确确要提高我们中国的防空技术。

2017 年 7 月 30 日上午，中国人民解放军以一场气势磅礴的沙场阅兵庆祝建军 90 周年。已经 86 岁高龄的钟山院士早早守候在电视机旁。

阅兵直播新闻：现在看到的，就是由刘明豹少将领队的地空导弹方队。地空导弹方队，由“红旗-9B”和“红旗-22”两型地空导弹武器系统组成……

看着新一代地空导弹亮相接受检阅，钟山难掩内心的激动，也不禁回望自己与导弹相伴的一生。

中华人民共和国成立后不久，18 岁的钟山从重庆大学数学系弃笔从戎，投身解放军。1958 年 3 月，以优等生身份毕业的钟山被选调到新组建的国防部第五研究院二分院工作，从此开始了毕生从事的导弹事业，并逐渐将研究重点转入地空导弹。

钟山：应该说我们搞防空导弹是从无到有。原来没有，是零啊！ 1958 年至 1962 年这几年，又是中国很困难的时期，还吃不饱饭。那时候我们就是拼了命，白天搞试验，晚上只睡两三个小时。能够把导弹搞上天是唯一的想法。

按照“先仿制，后改进，再自行设计”的思路，钟山所在的团队在 1964 年成功生产出以仿制苏联“萨姆-2”导弹为主的“红旗-1”导弹，两年多后又自行研制出了“红旗-2”导弹。就是这些“红旗”系列导弹，1965 年到 1967 年，多次将侵犯我领空、不可一世的美国新型 U-2 高空侦察机成功击落，成就了一段至今仍被军迷津津乐道的传奇故事。

钟山先生与试验人员共饮庆功酒

从 1968 年起，国民党空军被迫停止派遣 U-2 高空侦察机进入大陆纵深活动。1972 年，美国总统尼克松访华，承诺停止一切在中国大陆的侦察飞行。

钟山：“红旗-2”，它的特点就是比“红旗-1”高度更高、距离更远，更主要的是抗干扰，特别针对这个 U-2 飞机，打得很准。所以 9 月的时候一上去，“红旗-2”命中了第五架 U-2 飞机。大家一看，那么高度命中并打下 U-2 飞机，在实际当中还没有遇到过，再也不敢来了。

钟山院士传记封面

1980 年，一个艰巨而紧迫的天字号任务交给了二院——研制“红旗-7”导弹武器系统。“红旗-7”被看作我国填补空白的第二代武器系统，钟山被任命为该系统的总设计师。

钟山：世界上各个国家都在研制低空、超低空的导弹，所以这个时候一定要加快完成防空导弹。这是为国家、为国防，越快越好。

钟山先生在型号设备舱中检查工作

“红旗-7”是一个比较复杂的武器系统，仅全系统的电子元器件数量就多达五万多件。为实现国产化，钟山带领团队攻克了一道又一道难关，荒漠中动辄几个月的靶场试验，一干就是8年。

1988年春天，钟山率领试验大军深入西北大漠，准备进行“红旗-7”的定型试验。但天有不测风雨，当试验进入30分钟准备时，忽然刮起六级大风，遮天蔽日的飞沙走石让所有人心里都打起了鼓——“红旗-7”能否经受住考验，试验是否按计划进行?

钟山：5、4、3、2、1，还是决定要发射出去，最后在黄昏之中一剑命中，直接打到机动导弹（靶机），说明了导弹的确有机动能力。这一打落，首长亲自到会上说，你们这个试验队，在六级大风中能打中，的确是过硬的。

每次试验对钟山和他的团队来说都是一次巨大的考验。一次，“红旗-7”要进行双目标的拦击试验，但一号靶机到达预定空域后，二号靶机却没有出现。在一号靶机即将燃料耗尽的最后两分钟，二号靶机终于进入空域。随着两发导弹相继飞出，两架靶机几乎同时坠落。“双靶开花”的情形让钟山至今难忘。

钟山：哎呀，真是高兴，一辈子都忘不了！所以我说：“姊妹相继腾云天，各奔东西自觅伴。瑶池同开花两朵，霞光异彩照宇寰。”

几十年的防空导弹事业，让钟山有了一肚子惊险刺激的故事和人生感悟。如今，他经常带着这些故事和感悟走进校园。他说，要把这些分享给年轻人，也让更多的人投身于国家的科技事业。

钟山：大学、中学、小学，都分别去过。主要的意思，就是想让大家努力学习我们的科技，要发展我们的导弹，要提升我们国家的实力，使中小学生很好地热爱祖国、热爱科技、热爱航天。

记者手记：

我是记者刘会民。有句话叫“身经百战”，钟先生却开玩笑说，他是“身经百弹”。在他的衣柜里，有一件具有静电屏蔽功能的米白色风衣。每次打靶试验时，他都会穿上。而每次打靶成功，他都要在这件风衣上标记一颗五角星。因为见证了钟先生一次次化险为夷的神奇经历，这件风衣又被大家称为“成功服”。每次打靶成功，先生还会和大家一起跳舞，并激动地赋诗一首。这些诗集结起来，竟成一本

钟山院士与整装待发的武器装备

诗集，和“成功服”一起，忠实记录着那些艰苦而辉煌的岁月。

打靶试验28次，打弹120多发……回首50多年科研一线的砥砺前行，钟先生用“衣带渐宽终不悔”来为自己的导弹研制生涯做注解。他说，这是他最喜爱的一句古诗。

李锡胤：一个纯粹的读书人

作者：肖源、毛更伟、迟嵩
播出日期：2017 年 8 月 17 日

李锡胤，1926 年生于浙江绍兴，辞书学家、语言学家，俄罗斯联邦国家奖“普希金奖章”获得者。主编或参编多部俄汉词典，2006 年荣获首届辞书事业终身成就奖。精通俄语、英语、法语。善作古诗词，诗集《霜天星影》一版再版。

黑龙江大学俄语系教授、博士生导师荣洁：他始终是一个知识分子，而且是传统的、真正意义上的知识分子。你听一下我导师的笑声，只有心里特别特别干净的人，才能笑出这么爽朗的声音。

李锡胤：我自己给自己评价，写墓志铭的时候，我是这么写的，李锡胤是大时代当中的一条小爬虫，给人民做了一点儿小事情。

91 岁的李锡胤先生幽默风趣，说起健康状况，自称是“五项全能”。

李锡胤：以前都是早上八点第一节课，教务处的来了，在门口看着，晚到的人，都给你记上，要扣你分数的。我现在是五项全能运动员，吃喝拉撒睡。哈哈哈……

其实，李锡胤何止“五项全能”？！一代大师的学贯东西，后生晚辈已很难企及。

荣洁：中文系那些特别著名的教授，搞元曲时如有问题都请教他。英语系有个王教授，英语方面如有问题也找他。

而这些，得益于他相对复杂的教育经历。从 1944 年到中华人民共和国成立前，李锡胤先后在五所大学里辗转完成学业。

李锡胤：我在绍兴中学毕业后，就到圣约翰大学去学习了，专门学英语。圣约翰大学有个法语老师非常好，我就又选了法文。

一年后，李锡胤转到复旦大学继续学习英语。因日军入侵，逃亡到浙江大学龙泉分校继续学业。抗战胜利后，李锡胤与同学一起前往台湾，考取台湾师范学院，又因在台湾参与“沈崇案”学生请愿活动遭当局抓捕，逃回大陆。旋即北上燕京大学，跟随费孝通学习社会学。

李锡胤：后来因为中华人民共和国成立后，中国和苏联签署了友好同盟互助条约，斯大林派了好多专家到中国来，需要翻译。黑龙江大学，那时候叫哈尔滨外国语专门学院，培养俄语人才，所以我就学俄语了。

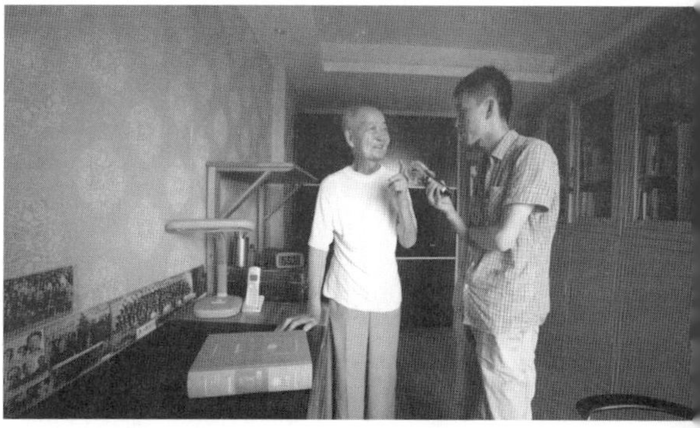

李锡胤先生的书桌周围，贴满了师友学生的照片。他说，看到他们，我就不敢干坏事

比起颠沛流离的学生生涯，在哈尔滨的日子，是李锡胤最安稳的时光。在这里，他翻译作品，教书育人，编纂词典。

李锡胤：我们当时学习的时候，只有一本日本人编的日俄词典，日本字典汉字很多，根据汉字猜想。所以我们现在要补充中国这个缺陷。当时说你们编字典抄抄写写的，不能评职称，我们说行，不能评职称就不能评职称，我们还是老老实实地编字典。辞典编完之后给奖励，就是给一封表扬信。

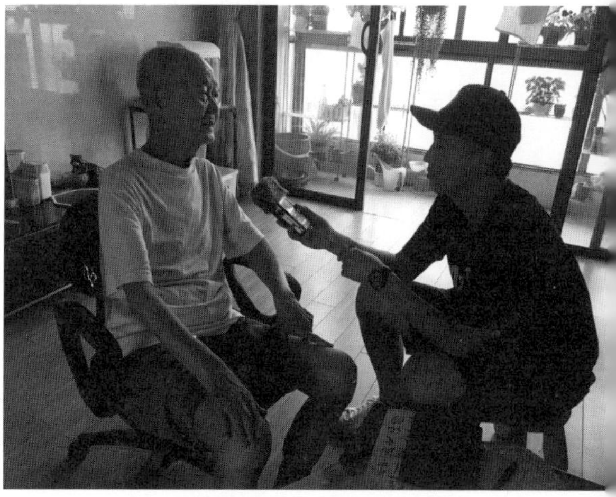

记者江晓晨采访李锡胤先生

这部编纂了40年的四卷本《俄汉详解大词典》，如今是最权威的俄汉工具书。除了词典，李锡胤还翻译文学、哲学、社会科学甚至自然科学著作。他翻译的《老人与海》因为风格简洁，最接近原作，引发了国内对原著的更多关注、研究与一再重译，成为汉译经典的标志。在文学翻译理论上，李锡胤提出

这个皮箱，伴随李锡胤先生走南闯北，从绍兴中学读书时一直用到现在

"近似"和"应变"两个尺度。用他的话说，就是要"活译"。

李锡胤：不要死译，要活译。要把原来作品的精神面貌交给读者。你要把原文吃透了，用中文的形式表达出来。

俄语原文"七月最后的一天；方圆千里都是俄罗斯——我的故土"，却在李锡胤的笔端这样流出："七月将尽；极目千里，伸展着我的故土——俄罗斯。"至今，黑龙江大学俄语系教授荣洁都记得导师李锡胤的话。

荣洁：他说，你要是想了解一部作品，必须先了解这个人，想翻译一部作品，必须了解作家当时创作背景。他对世界的一切都充满好奇。

在李锡胤这面大旗之下，黑龙江大学成为国内俄语人才培养的高地。说起学生的成绩，李锡胤说那都是他们自己奋斗的结果。而谈起自己的工作，李锡胤却说，都是夫人刘英的功劳。1959 年，李锡胤与刘英结为夫妻。那一年，李锡胤 34 岁，刘英 25 岁。

刘英：他没有别的爱好，就是喜欢看书。年轻时候，跟他结婚后，说去看看电影吧，到了电影院，你一回头，不见人影了。干啥啊，回家睡觉去了。他说看电影迷糊。他生活不行，这不怪他，他工作太忙了，太认真了，你给他把饭菜做好了，叫他吃，他说等会儿，我再看一段。

2015 年，89 岁的李锡胤办理退休，迁居上海，与女儿一起生活。离开哈尔滨之前，他把自己的五千本藏书，捐给了他学习、工作 65 年的黑龙江大学。

李锡胤：现在我人老了，年轻人用书，（所以想把希望留给年轻人）青年是我们的未来，我总是相信这一点。

1926 年，李锡胤的父亲从《诗经》里挑了"锡胤"二字作名，希望儿子长命百岁，福及子孙。李锡胤的一生，福之所及，又何止一家之子孙。

李锡胤：（用俄语读）人最宝贵的是生命，生命属于每个人只有一次。人的一生应当这样度过：当他回首往事的时候，不因虚度年华而悔恨，也不因碌碌无为而羞愧……

记者手记：

我是记者肖源。告别李锡胤先生时，他送给我一幅小字，那是英国历史学家汤因比的一段话：只有当中国文化的精髓引领人类文明时，世界历史才能找到真正的归宿。字，写得拙朴而真趣。他的书法、诗词与翻译一样，令后辈高山仰止。

颠沛流离中求知若渴，先生，也曾是学生；将一个甲子用在了语言学教研上，学生，终归成了先生。91岁了，李锡胤说，他不怕死，就怕进图书馆——没读过的书，太多了。

赵忠贤：板凳坐得十年冷

作者：冯会玲

播出日期：2017 年 8 月 18 日

赵忠贤，1941 年出生，中国科学院院士，中国高温超导研究奠基人之一。人类发现超导百余年来，高温超导研究总计有两次重大突破，他所在的团队都做出了重大贡献：独立发现液氮温区高温超导体，以及发现系列 50K 以上铁基高温超导体并创造 55K 纪录。2017 年荣获国家最高科学技术奖，同年获得影响世界华人大奖。

中科院物理研究所所长王玉鹏：他爱憎分明，性格很鲜明的一个人，都知道他这种很直率的性格。科学上就是越直率越好，用不着绕弯子，一就是一，二就是二。

赵忠贤：我做研究真的从来没想过拿奖。我的个人想法，我们做科学研究实际第一是在为人类的文明添砖加瓦，就像加上一滴水吧，汇集到人类文明的长河之中；第二是满足国家的科技发展的需求。

1987 年，美国物理学会年会在纽约举行，这个被称为“物理学界摇滚音乐节”的大会临时增加了“高临界温度超导体专门会议”，只能容纳一千人的大厅挤进了三千人侧耳聆听。报告从晚上七点半开始，一直讲到凌晨三点一刻。46 岁的中国科学家赵忠贤是当晚五十一名报告人中，最耀眼的五个“特别报告人”之一。

赵忠贤：只有五个是特约报告，其他人都是每个人讲五分钟，（最后）一直讲到凌晨三点。

那是那个年代中国人在国际学术舞台上少有的亮相，同时也标志着中国高温超导研究跻身国际行列。

超导体在能源、医疗、信息、交通等领域具有重要的应用价值，是 21 世纪战略性技术储备之一。从 1911 年人类发现超导现象到现在，百年间，各国科学家为了寻找超导材料，苦苦摸索。中国超导研究起步时，就已经整整落后了 50 年。赵忠贤和他的团队在极其艰苦的条件下，硬是追上了世界一流研究者的步伐。

赵忠贤：干劲很足，但条件确实非常差，当时我们自己绕个炉子烧样品。临界温度高了以后，原来的测量系统就要进行改造，好多设备都是马上自己现做的。我们那个时候夜里不睡觉，困了就在椅子旁边靠靠，有事儿叫起来再继续干。

如今已是南京大学物理学院教授的闻海虎曾在上研究生时重复赵忠贤做过的实验，测一条曲线要不休不眠两天两夜才能完成。他感慨，赵忠贤他们一穷二白起步，设备修了又坏，坏了又修，实在无法想象那该有多难。

闻海虎：就盯着仪器上的表一个一个地记录，不像现在都是计算机采集，计算机一敲就出来了。那个时候每变一个温，你要调一下气压、气流，等温度稳定了，在表上读一个数把它记录下来。测一个曲线花了两天两夜，中间没休息。

在美国的那场报告结束后，赵忠贤回到北京，脱下西装，换上夹克，蹬上三轮去买蜂窝煤。一时间，院士蹬板车传为美谈。赵忠贤知道后乐呵呵反问：院士就不烧蜂窝煤了？

赵忠贤：国外开会，（因为）你那个报告说你很神奇，到家来了，没蜂窝煤了，那你怎么办？必须你自己去蹬板车。正好我在美国买了一个照相机，儿子说试试看好用不好用，我一蹬板车，他往下一按相机，照片就出来了。我们那个年代的人这种事情都认为是很正常的。

院士家要烧蜂窝煤，要存大白菜，还要一边看书一边看孩子。与众不同的是，赵忠贤看娃有绝招——撒一把爆米花在干净的床单上，让儿子转着圈捡着吃，吃完了他再撒一把。赵忠贤笑称一举三得，让孩子多爬，还有助于提高智力。

对赵忠贤来说，生活的不易，实验设备的简陋，都不算什么，寻找液氮温区的高温超导体甚至室温超导体才是日夜萦绕在他心头的主题。

赵忠贤：超导体几千种了，应用的没有几个，原因在哪儿呢？因为好多材料还有其他性能。譬如说超导性有了，通电流怎么样，加磁场怎么样，机械性能怎么样，等等……在其中选择能用的材料很少，所以要不断地找，还要找更好的。这是一个永恒的主题，不断前进的主题。

百年探索，任何一点突破都举步维艰，失败似乎总是接踵而来。一拨又一拨的人心灰意懒地散去，或转了研究方向，或下海经商，赵忠贤还是不挪动半步，铁了心地要扎根超导研究。

赵忠贤：热爱它，就是热爱它，想做高温超导体，我这个思想、这个方向没有改变过。

毕业于中国科技大学的赵忠贤念旧，他常常会想起寒冬腊月，课上到一半，讲台上的先生吆喝着大家一起跺脚取暖；也记得张宗燧先生，再冷的天，常能讲出一身汗，热得要脱掉蹭满粉笔灰的毛衣。他当然更不敢忘记当年先生们的教导：安心为国家做贡献，哪怕苦守冷板凳。

赵忠贤：给我们上课的有严济慈，力学系上课的是钱学森，给数学系上课的是华罗庚。他们上课的时候不管教学大纲，他们想怎么讲就怎么讲。科大力学系的第一届学生到了暑期毕业，钱学森是系主任，说他们的基础还没打好，晚毕业半年，再补基础。我们当时没想太多，就是要好好学习，在科学上能够老老实实地干事情。

板凳坐得十年冷，凭借超导研究获得国家最高科技奖，年逾古稀的赵忠贤却没有半点儿停歇。他心里较的劲儿，就是超导研究突破的每一步，中国人绝不能再落下，要走在前面。

赵忠贤：我们通过一番努力，也许没有得到重大的结果，但是我们做的东西，就是给后人，给下一代人，他们会在这个基础上有所发展。

记者手记：

我是记者冯会玲。老家辽宁的赵忠贤有着东北人的幽默，别人问他，一辈子耗在超导一件事上，不枯燥吗？他答，我们每天也有新发现，就跟爱打麻将的人一样，分大和、小和，很有意思。别人开玩笑说他最初的那些设备实在是土得掉渣儿，他一本正经解释，那些土大炮可都是有功之臣，绝口不提当年到底有多难。可是心里哪能没有遗憾？他也忍不住感慨：当年要是有现在1%的条件，我一定比现在做得好。不管中国的超导研究为世界瞩目，还是历经低谷，他始终不离不弃，就是因为他坚信：大树只有扎根下去，才能枝繁叶茂。

邬沧萍：莫道桑榆晚，仍存万里心

初到美国留学的邬沧萍先生与燕京大学才女李雅书及亲戚的孩子

作者：刘祎辰
播出日期：2017 年 8 月 21 日

邬沧萍，1922 年生于广州。1946 年毕业于岭南大学经济系，1950 年获得美国纽约大学工商管理硕士学位。1951 年回国，执教于辅仁大学，后并入中国人民大学。他参与了我国第一次人口普查，为计划生育政策建言献策；他创办了我国第一个人口研究机构、第一个人口学系、第一份人口学学术期刊；培养了新中国第一批研究人口学及老年学的硕士生、博士生，是我国人口学、老年学的开拓者和奠基人。

家政人员夏阿姨：他退休以后出了六七本书，现在视力不好了，就用口述的方式，我们给他打出来。

95 岁的老人大抵应是有些迟缓、虚弱的，但邬沧萍先生却行动敏捷、声音洪亮，说到兴奋处腾身而起，全不见耄耋老人风烛残年的模样。

邬沧萍：这一辈子我认为还是很幸运的。我一生当中没有因病住过医院，我的零件都是原装的，除了牙，下牙没有了。

2016 年，完成最新力作的邬沧萍先生

邬沧萍佐证自己幸运的另一点，是即

便在战火纷飞的年代，他也没有失过学。年幼的他随家人从广州逃到澳门，从澳门再到香港，在日本侵略者的铁蹄下辗转求生。也正是这样的经历，让他1951年毅然携妻儿回国。

邬沧萍：我是这么幸运的一个人，一直能念到大学，还出国留学好多年，不管怎样，我已经占了很大的便宜了。我觉得我应该回国，用所学知识回报祖国。

1953年，邬沧萍参加了全国第一次人口普查，由此和人口学结了缘。

邬沧萍：原来我们认为中国人四万万同胞，后来参加第一次人口普查之后，我们的人口是六万万，所以我觉得中国问题严重了。但是后来讨论人口问题变成禁区。马寅初、陈达，都是全国最知名的社会学家，全军覆没了。

人口问题自此成了“高压线”。直到1971年中国加入联合国，国际社会认为人口问题最严重的是中国，这一研究才又提上了日程。但那时候，邬沧萍已经50岁了。

邬沧萍：真正来讲，将近50岁才搞人口研究。如果活到60岁，就没有搞多少年，活到90岁了，搞了四五十年，所以跟健康很有关系，我还是很有运气的。

在很多人看来，50岁距离退休已经不远，但对于邬沧萍来说，那才是他一生学术生涯的真正开端。

1979年3月，由邬沧萍起草的全国第一份人口研究报告《对控制我国人口增长的五点建议》递交至国务院。1982年，“计划生育”作为基本国策写入宪法。但仅仅两年后，他又开始呼吁重视老龄化问题。

邬沧萍：我提出计划生育的时候，就已经考虑到早晚一定会提出老龄化这个问题，这两个有必然的联系。当时我给国务院起草研究报告，就建议中国要严格控制人口，提倡鼓励生一个，坚决杜绝生三个。结果只允许生一个，所以老龄化加速了。我很快就提倡要建立老年学科。当时还有人认为我破坏计划生育，但是计划生育也是我提出来的，我怎么会破坏。

未富先老的中国社会，该如何应对人口老龄化？邬沧萍认为，一是让劳动力充分就业；二是提高全民健康水平，健康老龄化。他笑称，这两点自己就是“活招牌”。身体好，所以83岁才离开人大人口所的办公室，退休后平均每两年都会有新书问世。

2017年6月，邬沧萍先生在清华大学“老龄社会问题研究中心”庆典上发言

邬沧萍：我现在还有两本书要写。一本叫新修社会老龄学，第一版出过了，第二版不能不修改；另外还有写一个老年价值论的提纲。很多人觉得老年人出书只是挂名，但我不是。

邬沧萍评价自己的一生，迈过每个沟坎他都称之为“幸运”。但在学生姜向群看来，与其说是幸运，不如说是先生乐观。少年时代凄惶终日的迁徙也好，“文化大革命”期间的三次下放也罢，光是发妻李雅书教授瘫痪在家的这20年，日子都够难捱。但这些，他从来不说。

姜向群：20多年来一个病人在家里，他都能以积极的心态面对，一直照顾伺候，没有耽误工作。能够看得开，不是像有的人一味地去抱怨，而是向前看，对过去的事情放得下，对未来一直抱有进取的精神。

每天六到八小时的读书写作，眼睛花了，拿着放大镜看；打字费劲，就培养保姆代劳；外文原版资料行距狭小，于是看一遍就换一种颜色做批注。邬沧萍在身体力行着他的老年价值论，与岁月争朝夕。

邬沧萍：我就觉得我的时间根本不够用。每个人都应该在老年发挥他的正能量，事实上是可能的。体能会降低，记忆力也会降低，你一直在用脑的话，思维能力一般降低得很慢，甚至某种程度上能够有创新的思维。

记者手记：

我是记者刘祎辰。时间的河流无疑是残酷的，有些人泅渡，消解了健康与曾经的满怀壮志，但邬沧萍先生却用自律与达观作桨，扬帆近一个世纪，他的扁舟之上，留下的都是岁月的馈赠。采访当中，他不断用手在双膝上轻抚，我以为他是和一般老年人那样畏寒，他却说这是使自己腿脚保持灵活的自创按摩。

先生每日八小时的工作，或是在客厅，或是在书房。无论哪里，一抬眼，对面墙上都挂着夫人和子女的照片。夫人已经故去，子女都在国外，邬沧萍却不愿离开“空巢”投奔子女。他说想孩子时随时可以视频，但自己在国内，还有那么多研究可以做，他还有时间、有健康，还有价值可以创造，那便不能停歇。

韩美林：艺术，必须有民族性

作者：何源

播出日期：2017年8月22日

韩美林，1936年生于山东。国家一级美术师，在绘画、书法、雕塑、陶瓷等诸多艺术领域都有很高造诣。他的作品风格独到，大处气势磅礴，小处洞察精微，尤其善于汲取两汉以前文化和民间艺术精髓。2005年，韩美林为北京奥运会设计了申奥标志和吉祥物“福娃”。2015年，被授予“联合国教科文组织和平艺术家”称号。

韩美林助手：（他属于）既是天才，又很勤奋的那一类人。他每天都起得特别早，工作时间特别长，又读很多书。

学生：老师虽然经历了无数苦难，却依然能用爱去温暖、感动别人。

韩美林：我这辈子就是一个老牛，干活吧！搞艺术也是这样，爱自己的事业，认为自己是一个老牛，总能闯出一点儿事情。

记者：这里大概有多少件作品？

讲解：他一共有三个馆，分别在北京、杭州、银川。杭州、银川各有1 000多件，北京馆最多，有2 000多件……

北京，韩美林艺术馆，从书法、绘画，到陶瓷、雕塑、美术设计，不同尺寸、风格、门类的艺术品，难以想象全部出自一人之手。而这上千件作品，只是韩美林毕生作品的冰山一角。

讲解：这是卡纸装饰画鱼，一共画了103条鱼。是一个上午画完的。

记者：一个上午画完这么多？

讲解：而且形象不一，他的艺术创作力特别丰富。

艺术馆中，还藏着一个迷你馆——韩美林工作室。上百平方米的房间，被一张几十米长的大工作台分成两半。笔、纸、颜料、如山的书籍从地面摞到台面，两侧墙根堆着画框、雕塑。

记者：刚才在展厅里，看到的作品就有5 000幅。

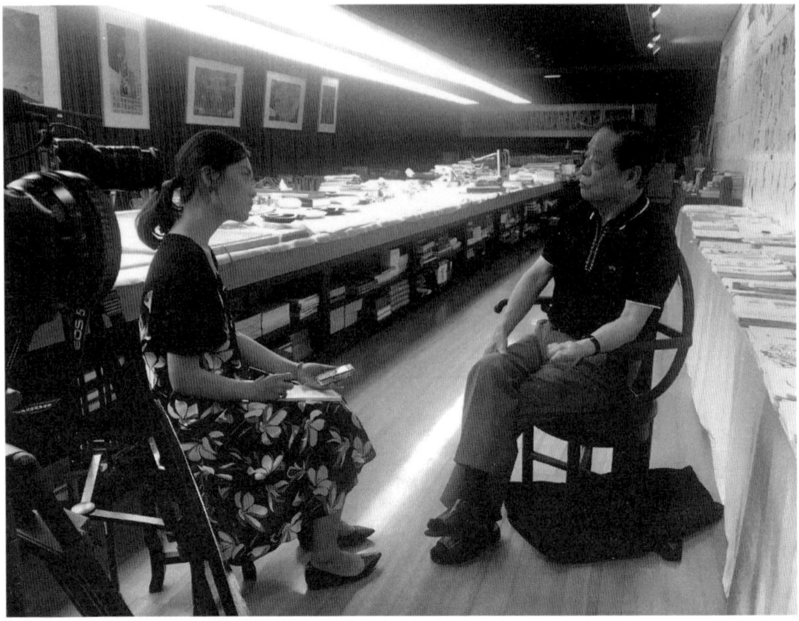

韩美林先生接受记者何源采访

韩美林先生雕塑作品——母与子

各种形态的猫头鹰

福娃手稿

韩美林：随心所欲，一上午画几十张。现在画的没有齐白石多，也画不过毕加索，他们都 70 000 多张，我才 10 000 多张。我来画，你来看一下。是不是，你看……

话音未落，纸已铺开，一匹马已奔腾纸上，顽童似的微笑再次浮现在他脸上。

韩美林作画，最爱以动物为主题。画如其人，向真向善，童心未泯，完全看不出他曾经历了多舛的命运。“文化大革命”期间，他在上海偶遇昔日留学生同学，被人扣上了“买卖国家军事机密”“反革命修正主义分子”的罪名。

韩美林：批斗对象反革命，坐监狱受罪，手筋挑的，这个骨头是断的，这个指甲不是人长的（正常）指甲的样子。监狱出来，去工厂劳动，给了我一个六平方米小屋子，不大管我了，我就研究古文字。

遭受四年七个月的牢狱之灾，韩美林的脚骨碎成 40 多块，右手筋被挑断，虎口和大拇指之间隆起一块断骨、肌腱、血管扭在一起的硬疙瘩。他却痴心不改。字、画、瓷、雕，都出自近乎被废的右手。

记者：看到您的一幅书法作品上写着“行苦”。

韩美林：行路难的意思。人生道路把苦字放到头里，你就不怕了。把甜放到头里，就处处碰壁。艺术家是掌勺的，生活里面的酸甜苦辣就是油盐酱醋，你该苦的时候为什么不苦？就要苦。

从 1977 年开始，韩美林每年都要带着学生，开着他的“艺术大篷车”，到民间采风，从山东、河南到江浙水乡。40 年间，驶过了 90 万公里。

韩美林：下到钢厂做钢，下到印染厂学印染。到了老百姓这里，跟着唱，同画、同写、同唱，这样才行。记住藏族民歌：“站在石头上等情郎，旁边这个和尚都来回了好几趟。”没有公式化，概念化。

一路上遇见的剪纸、年画、佛像、泥塑、草编……样样都能在他作品中找到踪迹。韩美林说，广袤的土地就是自己不竭的创作源泉。

韩美林：天天唱一条大河，郭兰英的歌别人怎么都仿不了。其实很简单，艺术家创作的时候，随心所欲，构思游动，就写出旋律来。画画也是，脑子里面游动，线条跟旋律一样。一个民间的东西，一个古代的东西，都是没有条条框框，没有什么限制的。

记者：您的意思是，民间跟远古的东西，特别接近艺术的本质？

韩美林：对。艺术是没有“法”的，这是艺术规律。“三面五调，七法八发”，学出来是一个匠人。

向着民间，向着远古。20 世纪 80 年代，贺兰山峭壁上祖先凿刻的朴拙图案，让韩美林震惊于这种“古老的现代美”。

韩美林：我发现贺兰山岩画时顿悟。它让我有一个转折点，我必须走中国的道路。世界任何东西都可以全球化，唯一艺术全球化就完了，一辈子走不出去。必须有民族性。

韩美林艺术馆中，有一幅三层楼高的作品，浓淡相间、错落有致地排列着一个个字非字、画非画的象形符号——这就是《天书》的一部分。2006 年，《天书》完成，收录了他三四十年间搜集的几万个古汉字。虽然这些字的意义已湮没于历史，但其神韵对中华古文化的提炼却撼人心魄。

韩美林：当时搜集金文、甲骨文、陶器，里面有一些不认识的字。古文字学家不要，但我要。那么简略，没有条条框框。古老的东西完全可以复活。

记者手记：

我是记者何源。韩美林先生爱画动物，尤爱画马，戏称“马瘾上来，拦也拦不住”。他笔下的马，线条朴拙，姿态奔逸，身形丰满却不失风骨。他说他喜欢马的精神，因为马的一生，是站着的，站着吃、站着睡，绝对不下跪。11 岁时，他送哥哥参军。部队转移安置伤员后，受伤的马无从牵走，只得枪毙。一时间，马哭、饲养员哭、战士哭，那场面成了他毕生心中难平的痛处。他的《骏马图》，题上了李贺的诗：“此马非凡马，房星本是星，向前敲瘦骨，犹自带铜声。”（《马诗（四）》）

系列报道：致我们正在消逝的文化印记（生态季）

按语：

曾经，大自然的鬼斧神工衍生了无数灿烂的文化，然而沧海桑田，生态巨变，又让曾经鲜明的文化印记逐渐消隐。从敦煌到草原，从泉城到洛阳，从洞庭到渤海，每一个地方，都有着深厚的文化之根，也有着隐隐的文化之痛。中央人民广播电台特别策划《致我们正在消逝的文化印记（生态季）》，记录自然与人类、生态与文化间的碰撞、纠结，并以此向天道、向大自然的规则致敬。

远涉流沙望敦煌

作者：丁飞、张磊

播出日期：2016 年 3 月 28 日

敦煌西湖自然保护区

“黄河远上白云间，一片孤城万仞山。羌笛何须怨杨柳，春风不度玉门关。”

羌笛、杨柳、玉门关。这里，是敦煌。历史上，它是西域进入中原的门户，也是丝路通往西方的要道。

那些公元 4 世纪到 11 世纪的壁画与雕塑，那些数以万计、载有各种文字的赤轴黄卷，那些因月牙泉、胡杨林、戈壁滩而生发出的佳作名篇，共同形成了独特的敦煌文化。而它现在却在经历一场旷日持久的生态危机。危机的源头，是水。

诗人方健荣：我们小时候，十三四岁，假期同学们就会组织去月牙泉，那时可以直接从北山爬上去，山很高，水面很大，好像要掉进泉里去一样。但现在月牙泉水面缩小了三分之二，你看那泉水，都没有什么活力了。

诗人方健荣儿时“差点掉进去”的月牙泉，身处沙山，形如弯月，因“亘古沙不填泉，泉不涸竭”而成为奇观。“四面风沙飞野马，一潭云影幻游龙”的吟咏让无数人心驰神往。如今，这湾碧水却日益“消瘦”“憔悴”了。方健荣在散文中，心疼地将月牙泉比作敦煌的“泪眼”：“当那首《月牙泉》回荡耳畔时，我们听到的不是美，而是一种担心，担心有一天这只泪眼会枯萎，一朵绝世花朵一般，会从人间天堂里凋谢……”

20 世纪 60 年代，因上游修建水库，敦煌境内的地表水相继断流，湖泊干涸、

孙志成忧心忡忡地看着已经枯死的胡杨树

泉水垂危。原本水深 12 米、水面 20 多亩的“沙漠第一泉”月牙泉，历经千年，没有被沙海侵蚀，却在 21 世纪险些枯竭，水深不足 2 米。

拯救敦煌、守望敦煌。为了阻止库木塔格沙漠的东进，敦煌的最西端建起了西湖保护区，并于 2003 年晋升为国家级自然保护区。然而，和 40 年前比，如今区内草地面积萎缩了 50%，湖泊水减少了 73%，沼泽面积减少了 40%。

西湖自然保护区科研管理科科长孙志成：这片地方 20 年前都是水面。

记者：哎呀，天哪！这是……

孙志成：这是碱吧，盐碱。

只有极少数植物能在这种盐碱地里生存，胡杨树便是“极少数”中的特殊高大乔木。孙志成说，即使是生命力最顽强的胡杨，也有忍耐的极限——地下水在 6 米以下便不能存活，而现在水位只有 2 米多。茫茫戈壁，本该到处是高大茂密的防风屏障的胡杨林，然而树干一碰便折断，一踩竟化为粉尘。

记者：薄薄脆脆的。

孙志成：我们敦煌的胡杨树还有一个特点，大部分没有生育能力。因为地下水和干旱环境的限制，它维持生命都很难了，哪还有生育能力啊？

（杨显惠的散文）

我喜欢疏勒河，

因为那一片又一片长满河岸的胡杨林。

沟里有地下水渗出来，

长满河岸，

沟里的胡杨林就格外高大茂密。

这是作家杨显惠眼中1965年敦煌的胡杨林，而如今这里最高大的胡杨不过六七米，那些已经枯死倒地的，似乎仍奋力地阻挡着掠过的沙粒，然后在自己周围形成一个个土包，护林员们管这儿叫“胡杨墓地”。敦煌市民张先生看不得胡杨被塑造得过于悲壮，却深知悲剧的源头。

张先生：小时候我父亲从西湖砍了一棵粗的胡杨木，把树心掏空，小孩站里面摔不倒、磕不着，可以学步。我的哥哥从筒里长大，我从筒里长大，我妹妹从筒里长大。总觉得砍了它会长起来，用完了还会有，谁承想砍了没有再长起来。水越来越少，胡杨已成了记忆。

树木没了生命，沙漠更加肆虐。库木塔格沙漠以每年二到四米的速度向敦煌逼近，鸣沙山的风沙打在莫高窟的雕像和壁画上，“像一张砂纸在上头磨来磨去”。被誉为古丝绸路上“明珠”的莫高窟，遭遇了各类病害：起甲、变色、空鼓、酥碱、脱落。敦煌研究院保护所副所长汪万福说，如果没有保护，“明珠”总有一天会黯淡。

汪万福：我在现场试过，一点儿都不夸张。就咱们这么坐着聊天，85窟起甲严重的壁画，它就会掉下来。

从拖拉机运沙到与美国合作库顶防护工程，敦煌研究院的“治沙”攻坚战已经打了整整半个世纪。汪万福知道，所有的努力只是延缓“变坏”的速度，到今天，问题依然不可小觑。

汪万福：通过我们的努力，只能是减缓风沙对它的危害。有些人说，莫高窟的风沙问题解决了，我说：“怎么可能呢！”

《汉书·地理志》记载：“敦，大也。煌，盛也。”谁能料到，生态巨变会让这些“大而繁盛”的文化瑰宝逐渐掩埋在岁月的尘沙里。月牙泉的水、保护区的胡杨林、莫高窟的沙，都在无声地见证着这场变迁。

敦煌的辉煌在历史，敦煌的未来在生态。

请君只看洛阳城

作者：季苏平

播出日期：2016 年 3 月 29 日

（诗词赋吟诵）……翩若惊鸿，婉若游龙。荣曜秋菊，华茂春松。仿佛兮若轻云之蔽月，飘飖兮若流风之回雪……

公元 222 年，曹植到京都洛阳朝觐，归渡洛水，写下旷世名篇《洛神赋》。1 800 年的沧海桑田让今天的人们很难想象，怎么可能在洛阳偶遇水中女神。在很多人刻板的印象中，洛阳都是一座土黄色的城市。

然而坐在洛阳新城区的办公大楼里，洛阳文物考古研究院院长史家珍说，这座楼的下面就是洛河故道，洛阳也曾是一座水上都城。

史家珍：那个时候洛阳的水量是非常大的。为什么会有《洛神赋》，是一条小河的话，大诗人不会发出那样的感慨。

地处黄河中游，洛水之滨，洛阳自古被华夏先民认为是“天下之中”。帝喾、唐尧、虞舜、夏禹等神话多传于此，105 位帝王在此定鼎九州。史家珍说，洛阳堪称黄河流域最灿烂的文化明珠，水是这座城市的灵魂，也造就了她历史上的黄金时代。

史家珍：洛阳有水，适宜居住，文人雅士，当时的人才都聚集在这里，班固的《两都赋》、张衡的地动仪、蔡伦的造纸术、左思的《三都赋》等都诞生于此，洛阳真的是开创了历史文化长河中一个又一个黄金时代。

谢新要：在我小的时候，有很多大帆船，五六十吨的大帆船，运来什么木材呀……

在老船长谢新要的记忆中，并不遥远的过去，黄河的涛声令人惊惧，黄河的帆船好多好大，自己的村子也是喧哗热闹的。

谢新要：他们一来就可热闹呢。在我印象里，街上两边的老房子里都是做生意的，生活也相当安稳。

白马寺（树林里的鸟鸣声，功课声）

依傍黄河，水系纵横，佛教也乘水而来，中国第一座佛寺——白马寺就建立在洛阳，并拥有了中国佛教“祖庭”“释源”的名号。

白马寺（暮鼓声，晨钟声）

就在黄河支流伊河岸边，伴着龙门山色，焦建辉研究著名的石窟造像已有近20年了。

焦建辉：印度佛像的衣着都是袒露右胸和肩膀，而龙门的佛像，完全表现的就是当时社会上层，文人士大夫的衣着。

（电影《神都龙王》片段）大唐，我的母国；洛阳，我魂牵梦绕的故乡，见识到了吧？这就是“神都洛阳”！

名流聚集、文化繁盛，这样的黄金时代如今却只能在影视剧中回想遐思。虽然龙门石窟的宏大与精美依然震撼，白马寺的暮鼓晨钟依然雄浑悠远，但今天的洛阳只是中国千百个普通的旅游城市之一。

游客1：洛阳就是一个普通的二三线城市。

游客2：到市区看了看，如果不是导游介绍，我都感觉不到是在古都旅游。

这里是陇海铁路边的含嘉仓遗址。历史上，因为洛阳城人口众多，稻谷、黄米也顺水从各地运来，大大小小的仓窖曾为洛阳一景。

王炬：这里头有好几百个仓窖呢，里面有粮食的就把它对外展示，剩下的都回填了……

记者：火车来回的震动对这些遗址没有影响吗？

王炬：有影响。但是没有办法，陇海铁路每三分钟过一列火车。

当陇海铁路穿过洛阳城，当焦枝铁路桥、黄河大桥、二广高速公路桥次第通车，黄河水系在运输上的作用渐行渐远，水，作为经济文化的大动脉开始淡出洛阳的历史。黄河的暴戾脾气也被水利工程驯服，黄河湿地更被列为保护对象。与水相邻，伴水而生慢慢变成这座古城口耳相传的历史。

老奶奶：我们铁谢就是渡口，渡口就是这样拉着：“哎嗨，哎嗨，拉呀，拉呀！”就是这样。

记者：您那时候多大岁数？

老奶奶：我那时候小着嘞，才十几岁。

在铁谢渡口边的村庄里，一位80多岁的奶奶晒着太阳，丈夫当年喊过的号子依旧清晰，只是已与伊人一起成为深埋的记忆。黄河上的大帆船早已退出了历史，以至于小浪底都没有必要为航运留下通道。

老船长谢新要如今还会给乡亲们修修小木船。

记者：现在还有没有人造大船，运输用的大船？

谢新要：现在没有了。自从黄河大桥通了以后，现在都是用车辆运的，大船现在都没有了。

史家珍在洛阳从事了几十年的考古工作，见识了洛阳城太多的繁盛与荣光，对于这座古都因水而兴、因水而衰的变迁感慨不已。纵观整个黄河流域的大小城市，文化的褪色，以洛阳最为典型。

史家珍：时代在变迁，（黄河）漕运地位的减少，洛阳的城市地位也在下降，不再是我国的政治、文化中心城市，成为一个普通的旅游城市。过去的一些东西是非常辉煌的，现在大家都有点纠结、有点遗憾。

坐落于市中心的明堂、天堂是洛阳旅游的必选项目。金碧辉煌的大殿里，不少游客很乐意花上一笔不算昂贵的费用，打扮成女皇武则天的模样拍照留念。只不过如今这里与女皇唯一的联系只是地下那方中心柱的遗址罢了。

记者：黄河在哪个位置？

王炬：黄河在我们的北面。

记者：咱们在这里看不见？

王炬：看不见，被建筑挡住了。

天堂，曾是唐朝洛阳最高的建筑，如今，站在复原后的天堂最高处，已经看不到“黄河之水”。洛阳城，也看不出别样的颜色。

遥望洞庭山水色

作者：徐菁，尧遥

播出日期：2016 年 3 月 30 日

从岳阳楼眺望洞庭湖（徐菁摄）

（配乐朗诵）予观夫巴陵胜状，在洞庭一湖。衔远山，吞长江，浩浩汤汤，横无际涯；朝晖夕阴，气象万千。

洞庭天下水，岳阳天下楼。公元 1046 年，北宋庆历六年，范仲淹受好友滕子京之约为重修岳阳楼作记，望着随信寄来的一幅《洞庭晚秋图》，范仲淹挥毫写下全文 368 字的传世名篇《岳阳楼记》。

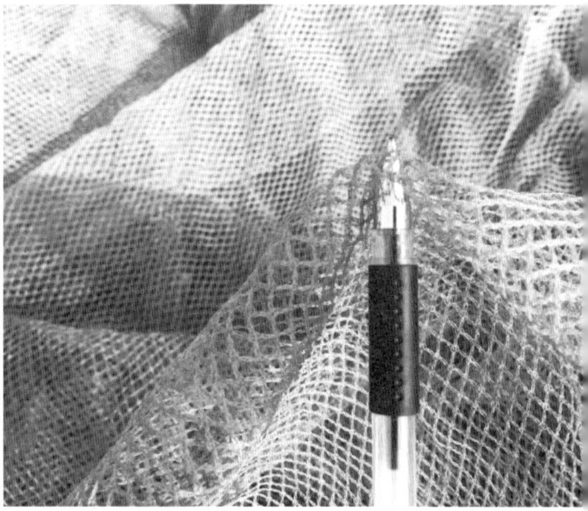

连笔尖都难以穿过（海网特写　徐菁摄）

滕子京修建的岳阳楼早已不复存在，如今这座清代复建的岳阳楼依然每天游人如织，但长期从事岳阳地方志研究的杨一九常常叹息，历代文人墨客远眺八百里洞庭的心境已很难体会。

杨一九：八百里洞庭讲的是周长，现在周长算起来可能还不少，但实际上里面很多已经不是湖面了。现在像我们去君山，从君山去建新，那以前都是在湖中游。

作为中国第二大淡水湖，洞庭湖面临的最大窘境是缺水，主湖泊面积从清末的 5 000 多平方公里萎缩到 2014 年

江豚保护志愿者向记者介绍海网（徐菁摄）

的2 000多平方公里。大旱，越来越频繁地光顾洞庭湖，2011年旱情最严重时，干涸的河底长满蒿草。

湖广熟，天下足。鱼米之乡衍生了繁盛的文化，更聚集了稠密的人口。人们依水而居，也向湖水无尽索取。20世纪60年代以来，洞庭湖经历了长期大规模的“围湖造田”。十多年前，为了盲目追逐经济效益，人们又在湖中湿地盲目种植被称作“抽水机”的速生杨树，加之非法采砂，以及上游来水急剧减少，泥沙淤积，洞庭湖水面消失过半。

更令人痛心的是，网箱养殖、农用化肥、生活污水、企业污水都在不断恶化着洞庭湖的水质。虽然，洞庭湖治理工程从20世纪80年代就已经启动，30年间出台过各种方案，可从2003年到2013年的十年中，洞庭湖劣五类水质占比达5%，四五类水质分别为49%和46%，二三类水质断面已经消失。

南宋诗人陆游曾在《入蜀记》中记录下它们成群出没的景象。“巨鱼十数，色苍白，大如黄犊，出没水中；每出，水辄激起，沸成白浪。真壮观也。”然而，2007年8月，白鳍豚被宣布功能性灭绝，和它同

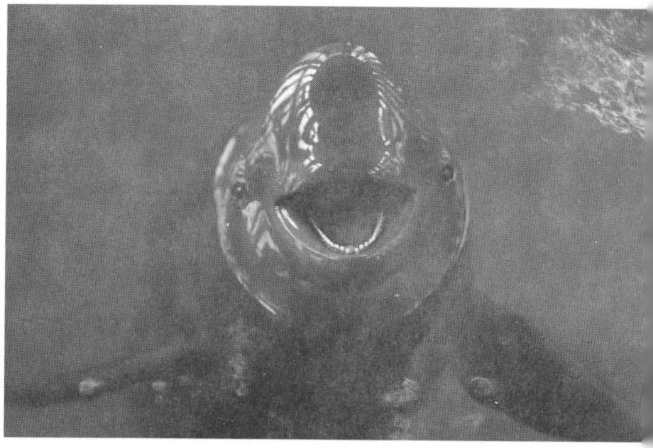

江豚的微笑（徐典波摄　岳阳江豚保护协会提供）

码头边堆积的海网（徐菁摄）

岳阳楼（徐菁摄）

一种属的江豚数量也只剩下不到 1 200 只。2012 年春天，在短短 46 天内，洞庭湖区甚至出现 12 头江豚密集死亡，震惊全国。

已过古稀之年的李水生从小在洞庭湖边长大，退休之后，他花了两年多的时间完成了百米长卷《洞庭百鱼图》。他告诉我们，洞庭湖曾经有超过 120 多种鱼类，而现在常见的已不到 20 种，很多鱼种都只能在画里才得一见。

李水生：这是胭脂鱼，它最小的时候，是这种偏蓝的颜色。长大了一点儿，或者是黄色，或者是紫红色。再长大一点儿，到了十来公斤，就变成红色的了。

记者：那现在这种鱼还多吗?

李水生：现在这种鱼也已经绝迹了。

尽管鱼类资源已经枯竭到如此地步，尽管政府部门不断严加治理，可在洞庭湖，仍能见到细密得连一支签字笔都无法穿过的“绝户网”。

岳阳市民：这儿一围起来，至少都是几百亩。你看这个网眼，这么小的鱼都打起来了，你说（湖里）还有什么鱼？这是断子绝孙的做法。

北宋诗人梅尧臣曾经写道：“风帆满目八百里，人在岳阳楼上看。”如今，连通长江和三湘四水的洞庭湖航道依然繁忙，但风帆早已不见踪影，取而代之的是各种用钢铁铸造的现代化船舶。李水生也只能用手中的画笔，去复刻时光里的风帆点点。

李水生：这个船是“宝古子”船，我们岳阳的“铲子船”，四川的长船，还有好几种船。船的型式与太湖的就不一样。有的船还能走“八面风”，风从这面吹过来的时候，船帆可以对着风逆行。这个就是风网船，船尾是用来晒鱼的。

穿梭于洞庭湖上的钢铁巨轮不仅改变了洞庭的山水之色，更搅动着整个水系的生态系统，长期研究白鳍豚与江豚的专家、中科院水生所研究员王丁说，白鳍豚、江豚的灭绝、减少，就是向人类不断发出的生存警告。

王丁：所有的原因都是由人引起的，这里面就包括渔业、航运、水利设施建设、污染等。如果长江流域不能支撑白鳍豚和江豚的生存，那意味着，也是警告我们，有一天它可能无法支撑我们人类自身的生存。

在《岳阳楼记》中，范仲淹这样写道：“至若春和景明，波澜不惊，上下天光，一碧万顷；沙鸥翔集，锦鳞游泳；岸芷汀兰，郁郁青青……”但愿，这八百里洞庭好风光不仅仅只是一篇千古文章。

且忆清泉石上流

作者：何源、刘颖超、王成林

播出日期：2016年3月31日

赵孟頫的《趵突泉》诗云："泺水发源天下无，平地涌出白玉壶。谷虚久恐元气泄，岁旱不愁东海枯。云雾润蒸华不注，波涛声震大明湖。时来泉水濯尘土，冰雪满怀清兴孤。"

趵突泉，天下第一名泉。在历代吟咏她的诗词歌赋中，以元代诗人赵孟頫的这首最为形象传神。只是，现代人难免疑惑，如此"云雾润蒸""波涛声震"的气势描写的真是趵突泉吗？因为，这些年和趵突泉绑在一起的高频词是"停喷"。

王鸿福：你现在看不见了，这个泉水现在是27.91米。

记者：啊，这个数记得这么清楚啊！

王鸿福：过去我都记在本上。每天都得看，不看心里就不得劲。家里人也会习惯问，今天水到哪里了？

今年82岁的王鸿福，几乎在济南生活了一辈子。他念叨的数字，是每天报纸登出的趵突泉"水位线"。20多年前，趵突泉开始间歇停喷，1981年、1986年、1999年……最长的一次长达926天。如今，对于老济南人来说，27米是一条刺眼又痛心的红线。

王鸿福：20年前，不单是不冒了，这个底下可以进去扫树叶了，趵突泉……现在保泉保得还行……这个水，要是再下到27米，就一点儿都不能冒啦。

由于地下水系相连，这一条线所展示的，更是整个济南城泉水的枯荣。济南素以"泉城"盛誉闻名，城内曾经百泉争涌，"家家泉水，户户垂杨"。

记者：这儿写的：饮用泉水，请勿污染。

王鸿福：过去这个水可以喝。泉城这个护城河里的水都能喝，现在都不行了。

记者：家里头有泉眼？

王鸿福：有。那个时候的水都能喝，里面的鱼儿来回游。

记者何源听徐家茂老人讲述趵突泉的变迁

曲水亭街，老街日落

曲水亭街附近的老院子和门口的对联

有几年时间，王鸿福就住在“曲水亭街”附近的小院里。在他的记忆里，“七十二名泉”，珍珠泉、金线泉、豆芽泉，都是能叫得上名字的；那些叫不上名字的，20 世纪 60 年代护城河内的老城区里有 2 000 多处，分散在泉城人家院子里，流过厨房、客厅。他的老邻居，卧室床下就有一口泉。而王鸿福本人，更在卧室墙根凿了个洞，引泉水沐浴。

王鸿福：过去五六道的水里都有鱼。我在这儿住的时候，穿个窟窿，我在里面洗澡。

“清泉称人意，古巷烹茶香。”王鸿福说，过去讲究的人家，洗衣、做饭用自家泉水，唯独喝的水，要靠“水夫”从东护城河，或者杜康泉等地取了水送来。交一个水牌，换一担 60 斤水，月底结账。

王鸿福：两个轱辘的，就拿上面弄个木桶子，从这个上面舀了水挂上，一家一户地送。

后来，有了自来水，送水的轱辘车逐渐消失了；大片的老院拆了，起了高楼，夹在其中的泉眼自然被吞噬掩埋，全城只剩下 100 多处。再后来，为了保泉，济南人的饮用水逐渐由地下水换成了黄河水，如今济南人喝的水，是混杂了十分之一泉水的黄河水。但“戒不掉”泉水的老济南人，仍会赶到为数不多的取水点，背一桶泉水回家。

记者：骑摩托车多长时间骑过来？

打水人：来回 40 分钟。

记者：哦……来回 40 分钟打两桶水啊。

打水人：嗯。以前有自来水的时候，没来过。

记者：这水泡茶是特别好喝吗？

打水人：口感好，没有那个漂白粉味。

半个多世纪之前，这片地下水系，供养了不到 50 万人口；如今，有超过 700 万人在此生活。济南市名泉保护办公室丁大尧说，这些年生活和工业用水激增，泉水补给区地表硬化，都是地下水位告急的原因。为了保住泉城的“泉”，他们提出了“增雨、置采、补源、控流、节水”的十字方针，苦苦保住了趵突泉 12 年没有停喷。

丁大尧：2000 年以前，济南市公共管网用水都是地下水，现在已经控制在 10% 以内；五个水库在重点渗透带放水补源。控制泉水的流量，比如说趵突泉，白天作为景观用水，夜间可以让它少流一点儿。

趵突泉的停与喷成了整个国家关注的新闻，但徐家茂老人挂心的绝不止一条趵突泉水位线。今年已 83 岁的他，一生都在为保泉奔走。

如今的大明湖，早已是一片大明

昔日护城河今日已变景观

王府池子跳水者

曲水亭街附近的老院子和门口的对联

取水人

站在从西护城河去往大明湖的游船上，他告诉身旁的年轻人：“这大明湖里的每一滴水，原本都来自济南城里的泉。”泉水丰沛的年代，一个珍珠泉系足以填满大明湖。而如今，不仅引来了趵突泉，还不得不依靠周边水库“补源”。

记者：现在哪儿有荷花啊？

徐家茂：原来这儿都是荷花。建公园以前，水面 70% 都种水生物，荷花、芦苇、蒲菜。这是湖民种田的地方，就是土地。养虾、养鱼。

半个世纪前，这片泉水湖就是周遭百姓耕作的田园。白莲藕、蒲菜、湖虾都是上佳食材；荷花梗、芦苇根也是能卖上好价钱的中药材。市井百姓在船上随手摘几个莲蓬就吃，文人贤达则偏爱“碧筒饮”——用荷叶盛上美酒，从荷茎末端吸着喝，感受“酒味杂莲香，香冷剩于水”的美妙。

如今，与趵突泉一样，大明湖也起了围墙，成了公园。拆掉的古城墙砖砌出了分明的湖水形状，挖深湖底、清出淤泥，最后一批湖民也被“收编”成了园林工人。

徐家茂：通过挖湖让湖面以水生植物为主，改变成一片大明湖了。为什么它不能种了？你现在挖2米多，种什么东西能长出来了？

记者：您喜欢现在的大明湖吗？

徐家茂：很难说，还应该说喜欢……那个时候是景致，但是它发展了。现在改成游览区了，不是以生产为主了，不一样了。

“四面荷花三面柳，一城山色半城湖”。如今，似乎所有的零件都还散在，但交织在一起的那份景致，就只能留在老济南人的记忆里了。

父亲的草原，母亲的河

作者：吴喆华、宝音

播出日期：2016 年 4 月 1 日

（马头琴长调）敕勒川，阴山下。天似穹庐，笼盖四野。天苍苍，野茫茫。风吹草低见牛羊。

初春，内蒙古锡林郭勒盟，西乌珠穆沁旗，冬天的积雪还未散尽，堆在泛黄的草地上，又化成一湾湾浅滩。此时，正是牧民接羊羔的繁忙时节。一只刚刚出生的羊羔落在远山角落，被母羊舔干之后，在低低的草里，悠悠地站起来。44 岁的牧民都日斯哈拉其木格，哼着歌把羊羔接回棚圈。

其木格：羊可有意思了，下羊羔，羊全回来了。你看，这是刚生的。毛给舔干了，（羊羔）自然就站起来了，现在把它赶回去。接羊羔的时候一般两个人，骑马过来，再赶回去。

其木格从小跟着母亲在牧区长大，如今跟哥哥一起经营着八千多亩的草场，养了近千只羊。在她儿时的记忆里，哪里有草原，哪里就有牧人，哪里有牧人，哪里就有长调。可如今，蒙古包变成了砖房，全家兄弟姐妹八个，会唱长调的也只有她一个了。

其木格：以前草多，夏天长得特别高，起码到网围栏这么高。现在哪儿有啊，就这么一点儿。那时候哪有那么近啊，放羊，特别遥远，早晨赶羊，晚上有时候不回来。那时候没有网围栏，羊到哪儿我们就到哪儿。你刚才看到的羊，一看到人就跑过来了，因为喂草喂料啊，以前哪儿有啊，以前不用喂，草多。放羊跟谁说话啊，就只能唱歌。

和其木格不同，蒙古族歌唱家德德玛 13 岁就离开了阿拉善盟额济纳旗。虽然久居城市，但她仍然记得小时候唱的《劝奶歌》——那是一首春天的长调，唱给草原上初生的羊羔。

德德玛：羊生了但不让羊羔吃奶，就这么搂着它脖子，然后把它的孩子放进去，让它跪在那儿吃奶，完了牧羊人就在边上唱，都是这么唱《劝奶歌》，一唱它就要孩子吃奶了。所以很多长调民歌的产生，估计就是生活当中这么来的。

春天的长调还有人传唱，春天的草原却变了模样。68岁的德德玛正准备排一部有关生态保护的音乐剧，她非常痛心，家乡竟成了沙尘暴的发源地。

德德玛：像我的家乡额济纳旗有八道桥，名字叫一道桥、二道桥、三道桥直到八道桥。过去这个八道桥下面是八条河，现在没了，就剩一道桥有河了，那七道桥下的河全干了。光剩桥了，没水了。过去草长得非常茂密，现在就差很多，比如说今年雨水不错，整个是绿地毯。雨水不好或不下雨就完蛋了，那整个就是“秃子的脑袋”，这儿有草，那儿没有草的，变化还是很大的。

（电影《狼图腾》片段）

毕力格：他们会来这里，就是因为把自己的土地糟蹋了。草原的土壤太薄，绝对不是种田的地方！

主任：老毕力格，东边正在闹饥荒，他们不到这儿来开荒，你说他们还有什么办法！

这部电影，记录了20世纪60年代开垦草原的历史。内蒙古师范大学地理科学学院海山教授研究说，实际上，草原的退化从清末就开始了，20世纪五六十年代以来的农垦，80年代以来的草场承包，90年代以来的开矿挖煤，都对草原生态产生了难以逆转的破坏，而近年降雨量的减少更是雪上加霜，以至于牧民祭敖包的传统仪式也发生了变化。

海山：阴历的五月初开始，大概一个月祭敖包。阳历的话就是六月到七月初，这段时间雨已经开始下了，所以过去不是求雨，过去是感恩。现在变成了祈雨，祈求你下点儿雨，我们实在受不了，旱得不行了，这是文化的东西。

内蒙古草原监督管理局陈永泉局长则认为，人畜矛盾、过度放牧也是草原退化的主要原因。

陈永泉：因为草原上过去人很少，现在人多了。人多都要吃饭，吃饭怎么来呀，草原主要是生产性收入，就是天然的放牧方式获得的经济效益。所以说，人多，吃得就多了，羊牛也就多呀，牛羊一多，践踏草原就严重了，导致草原退化、

草原上到处可见网围栏

草原的草剩下薄薄一层

德德玛接受记者采访

蒙古包成为牧人的储藏室

沙化。

草原在变，牧民的生活也在变。虽然还会时常唱起长调，但其木格早已经不是传统意义上的牧民。如今她住在可以烧暖气的砖房里，草场被长长的铁丝网圈成了一个一个围栏，家里的蒙古包早已变成了储物的仓库。每年夏天，她和丈夫都会去旅游景点演唱，赚的钱差不多抵得上一年放牧的收入。眼见着那达慕大会成了热门旅游项目，她也琢磨着把自家的草场打造成旅游景点，多赚些钱。

其木格：以前起码一个公社才会开那达慕会，哪有每天都有那达慕会，现在个人也能开那达慕会了。而且以前是在苏牧嘎查，现在是在屋里头。买门票一百多元一两个人看，我哥说，要门票的话就不去了，算了吧，在电视上也能看。

长调依然在牧区里流传，旅游景区的舞台上、饭店里、各种那达慕大会上，处处都能飘出长调声。西乌旗里去年组织长调比赛，多人报名，甚至建立了一个专门唱长调的微信群，但其木格总觉得现在的长调已经没有了从前的味道。

其木格：我的微信群里有 70 多个人，一到晚上就在群里唱。长调长调，是唱不完的调，有的歌一天一宿也唱不完，特别长，歌词多。以前唱的长调现在年轻人真的唱不了，唱起来没有以前的味道。

内蒙古大学艺术学院教授杨玉成和其木格有着同样的感觉，直到有一天，躺在呼伦贝尔的草原上，杨玉成突然明白了，为什么他听不懂长调。

杨玉成：我躺在草丛中，旅游点上空突然飘起了优美的长调，当时放的是（蒙古语）《走马》，听着我就感觉掉下眼泪来，因为我真正地感受到原来长调是蒙古的草原、蒙古的蓝天、蒙古流淌的小河“咕咕”的声音，也有远处牛羊的叫声、蓝天上飞翔的百灵鸟的歌唱、蛐蛐的声音，还有微风的声音，各种各样的声音混在一起。所以那天我才真正领略到了什么是长调，长调本身就是草原的一部分，所以我也懂了我的家乡为什么后来就没有了长调，为什么城里边的长调我就听不懂。

其木格的独生子在呼和浩特读书，因为从小在外上学，放牧的本事已经不会了，对长调也不感兴趣。其木格希望他毕业后能在城市找个工作，自己就在草场放牧养老。不管怎样，但她也希望，儿子的心里可以一直都有那么一首歌，歌里有父亲的草原、母亲的河。

听，海哭的声音

作者：张棉棉、杜震

播出日期：2016 年 4 月 2 日

“东临碣石，以观沧海。水何澹澹，山岛竦峙。树木丛生，百草丰茂。秋风萧瑟，洪波涌起。日月之行，若出其中。星汉灿烂，若出其里。”

公元 207 年，曹操北征乌桓得胜归来，途径碣石山，望着波涛壮阔的渤海，写下一首踌躇满志的佳作——《观沧海》。有考证认为，碣石山原本位于河北省乐亭县，临近滦河入渤海口，后在岁月更替中，逐渐沉入大海。

63 岁的安金龙，祖祖辈辈都住乐亭县马头营镇捞鱼尖村，他不知道这片大海的下面是不是真的有一座让曹操诗兴大发的碣石山，但他知道，渤海这片广袤的海域，夏无酷暑，冬无严寒，千百年来，哺育着海岸线上每一个以海为生的人家。

记者：过去咱们最好的时候，一网下去能有多少鱼啊？

老安：那可了不得了，那种大眼鱼，就是鲅鱼，一网能有好几千条，一条四五斤。

记者：那是什么时候啊？

老安：（一九）八几年的时候吧。其实大部分的鱼，假如有 100 种鱼，就有 80 种来渤海产卵，渤海地处温带，一到五月，鱼就跑到这儿来产卵。

安金龙黑黄黑黄的脸上尽是海风刻下的一道道皱纹，他 18 岁开始下海驶船，与风浪相伴了 40 多年，当过号子手、驾手，也当过船长。

如今，GPS 代替了指南针，机帆船代替了木制渔船，手机上的日历、时间准得让人再也不用担心会忘记出海走了多少天，“号子一喊浪靠边”的船工号子也让位给了柴油机的轰鸣。但穿着黑色外套、白色雨靴的老安站在码头上，望着远处海天一线间的各种渔船，一脸茫然。

老安：这鲅鱼快绝种了，鲅鱼只剩山东黄海还有了，咱们这儿基本上没有了。你看，塔嘛、鲁子、铜锣、黄花、对虾、螃蟹，这些都没了，基本上不说绝种，一

码头上老安落寞的背影

渔船上的人们捡着网里的小鱼小虾，偶尔会有些“海龙”

渔家几乎人人都会做的以小白虾为原料的虾酱

远看像蚊帐一样的渔网

年也捞不到几个。

记者：那现在一网下来能捞着些什么鱼呢？

老安：现在只能捞些小螃蟹啥的，都是小的鱼虾，没大的了。

秦皇岛渔政监察大队负责人魏学军说，这几年，随着渔业资源的衰减，渔民为了获得比较好的收益，竟然用上了一些极端的捕捞工具，扫过之处，留下片片死海。

魏学军：比如说泵吸耙刺，即便没有把小鱼虾捕捞起来，这种行为也会把泥沙底质的海底给翻起来，会把一些底栖类的贝类、生活范围比较小的海洋生物破坏了。你即使没有捕捞到它，它的生存环境也不存在了。

相比过度捕捞，更让人揪心的是污染。唐代骆宾王曾有诗云："渤海三千里，泥沙几万重。"被山东半岛和辽东半岛环抱的渤海，水体循环能力在我国近海中是最弱的。遗憾的是，现代人虽然懂得这一道理，却仍然无休止地向渤海排污。李明辉养了五六年的海参，这几年因为海洋污染，养殖成本直线上升。

李明辉：我们采用砂滤罐过滤，或者是200亩的网带过滤，只能过滤水中的杂质，不能过滤水中的毒素，只能靠药物来解除其中的毒素，无形当中加大了生产成本。

来自陆地的工业污水、农业污水、生活污水，以及前几年康菲石油的严重漏油污染，使得海水荒漠化和富营养化同时发作，渤海日渐憔悴，赤潮频发。

李明辉：尤其是在晚上，你看海水有亮光，它是一种荧光藻。白天的时候你看海水是发红的，原来即便有赤潮也是几十年不遇，现在基本上一年爆发个两三次很正常，所以大量外海的贝类几乎没剩什么了。

海浪涌上滩涂，又徐徐退去，仿佛大海母亲的抚摩。这里的确也是渤海各种鱼类产卵的温床，但中科院海洋研究所所长孙松却说，如今，本应物产丰富的滩涂已经变得一塌糊涂。

孙松：我们在过去60年间从海洋获取了超过60亿吨的鱼类，但是同时我们也向海洋里面排放了超过60亿吨的废物和垃圾。包括我们现在大量地填海，很大程度上破坏了海洋原来的海岸线，大量湿地消失了，更加严重的是一些海洋生物的产卵场、育幼场和它要洄游的"家乡"没有了，这些生物资源就受到了破坏。

夕阳的余晖中，出海的渔民们满载而归，岸边的渔村升腾起袅袅炊烟，这是沿海渔民们最传统，也是最温情的一种生活方式。但河北省文史馆特邀研究员梁勇说，随着滩涂的破坏，这样的生活方式已经不复存在。

梁勇：过去比如渔民要吃蔬菜，海边的菅棚可能就是他们的主要资源；如今我们把滩涂变成了一片烂泥，菅棚生活的生态环境就没有了，渔民的膳食结构就改变了，很多过去的炊事方式，比如做饭的工具会逐步消失，实际上对我们文化是很严重的耗竭和影响。

老安的父亲、祖父、太祖父都是渔民，他的儿子也是渔民，他以前一直觉得靠海吃海，自己的后代也会一直受到大海的恩泽。可如今，当村子里越来越多的年轻人选择出外打工，老安不得不考虑，自己正在上学的孙子未来是否也应该离开大海？

老安：能不为子孙后代想吗？养鱼也不行了，出海也不行了，可想又有什么用？只能供孩子好好上学，让他出息了以后找个别的工作。

捞鱼尖村对面，是著名的菩提岛，岛上有座保佑渔民的潮音寺。这座曾经香火旺盛的寺庙，如今已是人迹罕至。海风吹过，挂着风铃的经幡随风摇曳，仿佛在召唤人们：“听，海哭的声音……”

系列报道：致我们正在消逝的文化印记（中华美食）

按语：

饮食对于中国人而言，从来都不是为了简单地果腹。从食材的获取到烹饪的过程再到菜品的名称、就餐的仪式，几乎每一味食物都蕴含着中华民族的习惯、性格甚至思想和哲学。然而，民俗的流变、健康的理念、环境的影响、传承的断档却让曾经的一些美食如今在餐桌上越来越难觅踪迹了。从满汉全席到徽州糕饼，从水席到盆菜，当美食的记忆渐行渐远，遗憾的绝不仅仅是口腹之欲。中央人民广播电台特别策划《致我们正在消逝的文化印记（中华美食）》，以声音纪录片的形式，介绍中华菜品的传承创新，记录传承人的自觉坚守，挖掘深蕴其中的文化内涵，述说饮食民俗的岁月流变。

策划：高岩

编审：王磊

千年水席今安在?

作者：何源、赵飞、胡晓辉

播出日期：2017 年 4 月 24 日

四月的洛阳，牡丹盛开。而在洛阳水席第六代非遗传承人裴五江的手中，一道以海参、鱿鱼、鸡肉等十几种原材料切细丝调味，点缀蛋皮雕刻的牡丹燕菜也正徐徐绽开。

记者：这个萝卜丝从准备到用花了多长时间啊?

裴五江：四个多月。

记者：这么长时间，为什么?

裴五江：得经过一段时间的冷冻，然后切成丝、水泡，再拍粉、蒸制，最后放冷库……

浇上高汤，一朵娇黄的牡丹花便绽放在汤面之上，花艳、菜香、汤鲜，酸辣爽滑。这道牡丹燕菜历来被列为洛阳水席的首菜。

裴五江：武则天做才人的时候，饮毒酒而用萝卜救了命。她当皇帝后，有菜农抱了一大袋萝卜送到宫廷。御厨高超的技艺再加以山珍海味，烹制了一道汤羹，武皇说有燕窝之味，随即赐名为燕菜。

1 300 多年前的唐武周时期，毗邻大运河的洛阳城，经济繁荣、商贾云集。各国使者纷至沓来，在一睹盛唐繁华市井之后，偶尔会有幸被女皇赐一席国宴。这“唐宫宴”有杯盘碗盏不下数十个，一道吃完再上一道，如行云流水一般；菜式又多半以汤水为主，甚至号称有“龙肝、凤髓、豹胎、鹿尾”等珍奇用料。

相传，这就是水席的由来。

传说已不可考，但以羹汤辅菜，的确是唐代最被推崇的烹饪方式。刘禹锡诗中就有“千里水葵羹”的说法。裴五江说，如今的洛阳水席包含八凉十六热共二十四道菜，鸡鸭鱼肉、鲜货、菌类、时蔬无不入馔，葱扒虎头鲤、云罩腐乳肉、海米升百彩……各样菜式变化无穷，但必以汤水佐味。

洛阳水席，还最讲究格式。菜序有前八品、四镇桌、八中件、四扫尾。

裴五江：前八品有“服、礼、韬、欲、艺、文、禅、政”八个字。

记者：比如说？

厨子：“政”，就是以帆船的形式出现。唐太宗说过，水能载舟亦能覆舟，帆船就是代表政治。

记者：我觉得这“礼”比较有意思。

厨子：代表礼仪之邦，分三六九等，排列有序。

记者：而且方方正正。

厨子：对。

如今，洛阳老城狭窄的巷子中，四处可见打着“正宗水席”横幅招揽生意的店家。一个小小的洛阳城，单以“某某水席”命名的餐馆就超过160个。然而，这号称源于庙堂、格式讲究的宴席对于很多南来北往的食客来说，除了统一留下“汤汤水水、一酸一辣”的印象外，似乎并没有太多的感受。

记者：都说吃水席，你们觉得吃什么就是水席了？

记者何源采访河南省餐饮饭店协会副会长陈玉田

国家级非物质文化遗产水席技艺传承店、中华老字号，民间有“不进真不同，未到洛阳城”之说

洛阳管记水席

游客：有汤有水？燕菜？别的也就没什么了。

记者：觉得好吃吗？

游客：觉得口味酸酸的。

记者：您就吃了个小碗汤？感觉怎么样？

游客：感觉跟我们东北的酸辣汤挺像的。

除了食材简单、味道平庸，更令人费解的是，虽然满街飘摇的都是正宗水席的招牌，菜单却家家不同，糖醋里脊、地三鲜、青瓜紫菜汤也堂而皇之地夹杂其中。难道水席就没有固定标准吗？河南省餐饮饭店协会副会长陈玉田说，还真没有。

记者：判断一个水席的标准到底是什么？

陈玉田：没有固定的标准。上菜有制式，但是每个菜的内容都有变化，口味也有变化。有几个大菜是都有的，比如燕菜、连汤肉片，这都得有。但不是说大家都一样。

从钟鸣鼎食、食材珍奇、文化韵味深刻的“唐宫宴”到如今做工粗糙、半成品浇汤就能上桌的“75 元 4 人团购餐”，这 1 300 多年间，水席究竟经历了什么？洛阳文化学者张元纯认为，“此水席，早已非彼水席”。北宋灭亡、南宋定都应天府之后，繁华的陪都洛阳城从此风光不再。而洛阳水席的前身——逐渐由宫廷宴演变成的“官席”，也随着衣冠南渡而式微不振。

张元纯：由于经济凋敝，原来深厚的洛阳文化，就沉淀到了民间。饮食上就非常简单了，有红白大事要办，富贵人家就按照官席的形式，八个凉菜十六个热菜，就叫“三八席”；穷人家就“八大碗、五大碗”，这就是洛阳民间席，一直延续到解放后。

虽然形式上模仿了官席，但耗费巨资的食材，民间如何能承担？于是渐渐地，山珍海味就逐渐被替换成了自家吃的鸡鸭，再不济一点儿的，就干脆用红薯或面疙瘩代替，与曾经的官席早已有了本质的不同。

张元纯：到了后期，要应付婚宴，不想用“三八席”的名字，就把“洛阳水席”的名字用上了，但实际内容已不是官席的内容。这样嫁接了一下，从此开始把民间席叫成了洛阳水席，做的跟现在街上见到的水席差不多，结果文化也错位了。

裴五江说，其实 2013 年他们曾协助有关部门制定过一套洛阳水席的菜单，细化了二十四道菜的构成和每一道菜的用料，但由于缺乏强制性，直到今天市场上仍是各说各的。

裴五江：因为啥，各方面的原材料，为了利润。比方说连汤肉片，它的要求一个是马蹄葱，一个是西红柿，一个是里脊肉。其他的，加上平菇、笋片，使这个菜品看起来比较杂，形不成规范，整个发展就要滞缓。

标准缺失、菜品粗糙、口味平淡，也难怪“水席”沦落成旅游团餐。在洛阳旅游学校，记者恰巧碰到烹饪班正在上水席课。

老师：洛阳终年少雨干燥，所以古代百姓膳食主要以汤水为主。我们再来说燕菜……

坐第一排的小胖子悄悄告诉记者，虽然他们的长辈对水席都很有感情，但大多数同学不会选择水席作为将来的方向。他们更爱去北京、上海学西餐。

记者：你想将来专门干这个吗？

学生：这个应该不会。毕竟做水席只有在洛阳，如果去外面很少人知道。

水席与龙门石窟、洛阳牡丹并称为洛阳“三绝”。然而，人们可以在令人震撼的龙门石窟雕刻中追忆盛唐气象，在洛阳牡丹的繁花似锦中感受千年古都的风韵，但在纷杂的各式洛阳水席中，却很难体味到这号称“千年宴席”的一丝余韵了。

右图1：洛阳水席几大主菜

右图2：洛阳水席前八品（近景）

右图3：洛阳老街满是水席招牌

右图4：洛阳旅游学校的同学说“不会做水席了”

满汉全席忆京华

作者：刘飞、庞丹阳、钱成
播出日期：2017 年 4 月 25 日

罗汉大虾，虾头油焖、虾尾油炸。

于鹏：罗汉虾其中一种吃法是炸。包裹着虾泥子，把虾仁打成蓉，加上蛋清，抹在虾尾上。另外，虾的头部要焖。

于鹏，北京老字号庆云楼的行政主厨，曾在著名的仿膳饭庄学厨。

于鹏：要焖十分钟左右，把比较稀的汁收得比较浓稠了。这个菜我们平时不做，只有满汉席宴会才做。

虾头油焖，色泽红亮，甜咸适口；虾尾油炸，金黄澄亮，外酥里嫩。九只虾，两种吃法，中间由雕刻的凤凰盘饰分隔。上红下黄，外形凸起似袒腹大肚罗汉，取十八罗汉之意。这是传说中满汉全席的一道菜品，但是于鹏并没见过真正的满汉全席。

杨冬冬：这个原版的东西展现在这儿，谁也没见着过。

杨冬冬算是第四代仿膳宫廷菜传人，37 年前开始学厨，比于鹏高一个辈分。他曾参与过两次复刻所谓“满汉全席”。但杨师傅说，其实满汉全席真正什么样，他的师父也没见过。

在大多数中国人的认知里，虽然从来没有亲眼见过满汉全席，但总觉得大抵与徐克电影《满汉全席》里介绍的并无二致。总归是，山珍海味，珍馐美肴，皇家气象，是为中华饮食之巅峰。

然而，故宫方面曾明确，“满汉全席”在清朝宫廷并不真实存在。在记录清朝法规的《大清会典》中，历史学家们从未找到过“满汉全席”一词。

有一种说法是，清乾隆年间，李斗所著《扬州画舫录》中，记录了一份菜单，称其“所谓满汉席也”。据文化学者韦明铧考据，在扬州，满汉席曾是官场菜。

韦明铧：满汉席主要是说乾隆皇帝南巡的时候，扬州盐商和官方会准备这样一

场丰盛的宴席来招待皇上，这不表示在李斗的时代才在扬州流行。皇帝走了以后，也会举办这样的宴席，通常作为一种厚礼赠送给路过扬州的达官贵人。

杨师傅说，满汉全席的菜单其实更多地是通过师承、文献发掘而形成的。

杨冬冬：满汉全席也好，吃三天也好，真正的回不去了，只是靠记载，只能是这么一个叫法。满汉全席，实际就是开顿饭嘛。

没有清晰、翔实的菜谱记载，但满汉全席却始终被认为是宴席之最，历史上也有很多人多次想要复刻这份神秘。

20 世纪 80 年代，位于后海的仿膳饭庄应外宾的要求就曾经复刻过满汉全席。那时候，杨师傅还是小学徒，只能帮着准备食材。

杨冬冬：那阵厨房应该是三四十人吧，准备了一个月左右。我当时剥个鹿皮、分割肉啊，长见识。压力非常大，老得问师父，“是不是从这儿下刀啊”？

说起最终呈上的那桌佳肴，杨师傅至今仍感叹不已。

杨冬冬：金碧辉煌的，非常耀眼。

右图 1：于鹏厨师摆盘（钱成 摄）

右图 2：圆梦烧饼

右图 3：罗汉大虾

右图 4：豌豆黄

每个盘子底下要带金托儿，再加上黄台布一衬托，非常豪华。金光耀眼，就是要那效果。

于鹏：而且，菜品的做工也特别精细。比如，蛤蟆鲍鱼做出来就像一个小蛤蟆。做工精细，再加上盘饰，宫廷菜的气派就一下体现了。

不过，这样的复刻也只有过有限的几次，大多是出于研究或接待外宾的要求。如今，想要在餐桌上体味这样的宫廷气象，已没有可能。原因之一就是食材。

于鹏：像抓炒驼峰，那东西就很难吃啊，就是块油嘛，而且特别膻。确实是好东西，但做起来非常费劲。那炒的过程当中"嘣"啊，炸块大油那是什么劲头儿啊，"乒了乓啷"。

相声《报菜名》的菜谱据说就来自满汉全席。包括《扬州画舫录》记载在内的，流传的满汉席或宫廷菜的菜品中，不乏珍贵食材。熊掌、猩唇、驼峰、鹿尾……原本的食材，如今有些已经禁止捕猎或食用，菜品也就随之消失了。

于鹏：也没什么可惜的，保护动物嘛。只是说实话，你这手艺没地方施展了。发熊掌、拔熊毛，这些只能是在技艺里了。所以说，想恢复规整的原来那种满汉全席可能性不太大。

杨冬冬：应该恢复不了了。

于鹏：如果恢复得不到位就不叫恢复。像熊掌现在有替代品——有个模子，做的蛋皮，里面包上其他一些什么的，是个熊掌的形状，但它不是那么回事儿，倒不如不恢复。

清代文人袁枚在《随园食单》中写道："豆腐得味，远胜燕窝，海菜不佳，不如蔬笋。"

宫廷菜讲究，但老师傅们说，这不是单靠食材名贵，更是靠蕴含在食物当中的那份文化。

杨冬冬：像一品豆腐，其实就是豆腐。

于鹏：在豆腐上体现出四君子梅兰竹菊……二三十年前，一人500元，合一个人一个月工资了，冲着满汉全席的名气，感受一下这文化。中国文化其中之一就是一个吃的文化。

而如今，在于鹏看来，随着生活节奏的加快，像自己的老顾客宋老先生那样会吃的，少了。

于鹏：谁吃饭还提前好几天去预订？打一个电话恨不得马上就能吃上。宋老先生来了以后不点菜，先找厨师长聊天问问传承，对了才吃，不对就走。我跟你说，我吃过的什么味道，你们这个什么味道，有什么差别。首先要好吃，再有传承、文化。

会吃的少了，会做的也少了。跟于鹏学厨时间最长的徒弟学了七年多，现在也已经走了。而七年时间，师爷那辈儿的杨师傅，刚刚能上灶。

于鹏：将来不会再有一个徒弟愿意在你身边学十年、二十年的了，传承就成问题。

杨冬冬：一代代越传越轻。

于鹏：都这么绕世界跑，这儿给开 3 000 元，那儿给开 4 500 元，呆几天就又走了。我觉得现在是一过程，老传统可能面临被淘汰。

从庆云楼窗口望去，什刹海的景色尽收眼底。先有什刹海，后有北京城。周边的恭王府、醇亲王府的飞檐斗拱依然彰显着这里曾经的富贵。只是，岸边环绕的酒吧、各色风味的餐馆，会让满汉全席成为越来越久远、越来越模糊的传说吧……

正是河豚欲上时

作者：李婧、景明
播出日期：2017 年 4 月 26 日

正是河豚上市的时节。在被称为“河豚之乡”的江苏扬中，特级河豚烹饪大师孔庆璞熟练地将油在大锅中烧热，放入河豚肝脏和春笋翻炒。

孔庆璞：跟熬制的河豚油煸炒一下，把河豚油的香味融进竹笋里，再加鱼，味道特别特别的鲜香。

两条收拾停当、圆鼓鼓的河豚被小心翼翼地码放在锅里，加入清水。

大火煮开，改小火炖煮 35 分钟至 40 分钟，等不到端上桌，香味就飘过来了。用筷子轻轻挑开鱼肉，顿时鲜香扑鼻，鱼白比刚出锅的豆腐花还要嫩。

58 岁的孔庆璞打理着这家以河豚为招牌菜的餐厅，这个春天生意格外红火。尽管作为“扬中河豚文化”代表性传承人，做河豚的手艺在当地堪称一绝，他却总是不忘回味“从前的味道”。

孔庆璞：当年野生的河豚，在村头烧，村尾都能闻到香味。特别的鲜香，所以我们这儿自古就有这么个说法：“拼死吃河豚。”

河豚，是原本多见于我国长江中下游的珍稀鱼类，与鲥鱼、刀鱼一起并称为“长江三鲜”。春天，河豚从大海洄游到长江产卵，这时肉质最为肥美，所谓“一朝食得河豚肉，终生不念天下鱼”。然而，如此美味却充满了神秘的危险，河豚毒素是自然界毒性最强的非蛋白物质之一，0.5 毫克就足以致命。因此，河豚烹饪，历来都有很多讲究。

孔庆璞：河豚宰杀后，挖眼睛、破肚，把内脏和鱼鳃拿出来，因为这些包括鱼血都是有毒的。宰完之后要清点这些有毒的器官，深埋或者焚烧；不断地注水，让河豚血液随着流水带走。古时候做河豚之前都要进行祈祷，都要烧上一炷香。

尽管古人早已懂得了以高温烹制或中草药浸泡去除河豚毒性的方法，但历史上因为吃河豚致死的事仍时有发生。孔庆璞说，小时候，吃河豚有很多规矩，比如邻

即将出锅的红烧河豚

河豚刺身

居来家里吃河豚，一定会带5分钱硬币放在桌上。

孔庆璞：我当时就纳闷为什么要给钱，后来才知道这是一种流传了几百年乃至上千年的民俗，就是告诉人们我是自己花钱来吃的，一旦有问题责任自负。

从苏东坡、梅尧臣到鲁迅，都留下不少赞美河豚的佳句，最耳熟能详的莫过于苏东坡的“蒌蒿满地芦芽短，正是河豚欲上时”，也是这位著名的雅士，曾经号称：吃河豚“也值得一死”。

正是因为食用河豚有风险，1990年，原卫生部发布《水产品卫生管理办法》，明确规定“河豚不得流入市场”，然而，一纸禁令并没能杜绝人们“拼死吃河豚”的勇气，倒是让食用河豚进入了政策的灰色地带。扬中市河豚协会会长何百彩说，在1600多年前就开始吃河豚的扬中，民间食用河豚从来没有被禁绝。

何百彩：既然民俗决定了，禁是禁不了的，就应该加强引导。

争论、调研整整持续了26年。直到去年（2016年），农业部、国家卫计委和国家食药监总局才印发文件，有条件放开养殖河豚的生产经营：放开品种仅限养殖红鳍东方豚和养殖暗纹东方豚，禁止加工经营所有品种的野生河豚，河豚养殖加工企业需要具备特定资质……尽管有诸多限定，被禁锢了近30年的河豚产业还是一下子步入了春天。

何百彩：扬中市河豚协会成立了河豚烹饪的培训学校，我们有整套的培训教材，同时进行严格的考试，过关了才能发给河豚烹饪厨师证，才能上岗。我们扬中烧河豚的厨师很多，不完全统计就有五六千人。

不过，如今即便没有禁令，想吃野生河豚恐怕也不可能了。从20世纪90年代开始，野生河豚数量便急剧减少，几近绝迹。

扬中市何家港闸，66岁的渔民周桂英百无聊赖地坐在渔船上。

周桂英：这个河里污染太大，对我们航道也有影响，不好捕鱼。

记者：现在这个航道和您小时候的比变窄了吗？

周桂英：变窄了！

随着河豚养殖、经营的合法化，如今，在扬中品尝河豚并非难事，在淡水环境下养殖了三年的河豚，毒素含量也大大降低，还不到一年生野生河豚的7%，吃河豚似乎也不必“冒死”了。

何百彩：我们曾经和南京师范大学生命科学学院有合作，对扬中市场上的菊黄豚的毒素进行检测，发现它的毒素很低很低了。

而在国家特级河豚烹饪师王世平看来，野生河豚经历了洄游过程，其鲜美和滑嫩，是养殖河豚无法相比的。

王世平：它的香味也好，它的肉质也好，必须三年以上才能成鱼，它吃的食物是长江里的小鱼、小虾、小贝壳；不是像养殖场喂点儿饲料那样，口感、肉质包括香味、鲜味都要差一点儿。

美味背后，更让人动情的是每年河豚上市时家族聚餐的回忆。

王世平：我们家里每年清明节祭祀都是用河豚。每当看到用河豚祭祀先人的时候，都回忆几十年前和家人在一起，一块块河豚大快朵颐的场景，享受河豚的美味给我们带来无比的快乐，每当这个时候感到鼻子有点酸酸的。

2004 年以来，扬中市每年都会办河豚文化节，扬中市河豚协会会长何百彩说，为的就是对河豚的食俗文化进行抢救。2017 年 3 月 18 日，扬中市河豚文化节启动仪式上，1 000 尾河豚被放流长江，游向大海。人们期待着它们明年春天的洄游，也追忆着长江里经常捕获河豚的那些年景。

盆菜香里叙亲情

作者：刘祎辰、李强、郑澍
播出日期：2017 年 4 月 27 日

“大杂烩”这个词，实在算不得褒奖，但美食家庄臣也同意这样粗略地打个比方。一只大盆，蔬菜打底，鱼肉海鲜层层叠压，越往上食材越金贵。由于沾着“盆满钵满”的好意头，近些年盆菜风头渐盛，成为广东不少地方的酒楼节庆大菜，电商平台上的店家也不计其数。然而，庄臣却对这些完全看不上。

庄臣：把很多东西，只是拼在一起，那就是一盆菜，不是文化意义上的盆菜。如果你想吃到盆菜的本味，还是要去农村。

为什么是农村？相传南宋末年，宋帝逃难途经南粤乡野，饥寒交迫。当地居民纷纷献出家中食物，仓促之间以大木盆盛载，仅有的好东西都摆在最上层，与今天盆菜的“锦绣于外”如出一辙。虽没有文史记载可考，但关键信息还是说明：盆菜是属于乡村的记忆。

香港元朗，隔着马路对望，一边是天水围密集高耸的公屋，一边是鳞次栉比的村舍。天水围早已经没有了“围”，屏山却仿佛驻在了旧时光里，恬淡安逸。男子至今保留着丁权，可以兴建房屋。屏山三围六村都属邓氏，迄今屹立 700 多年的邓氏宗祠，青砖雕梁、门庭宽阔，是香港保存最完好、规模最大的宗祠之一。

中午，邓氏宗祠“钦点翰林院庶吉士”牌匾下，二十几围圆桌依次铺开，大红桌布甚是喜气。添丁从来都是围村族人的大事，和每次亲族团聚一样，盆菜依然是餐桌上的主角。80 多岁的邓发祖老人坐在祠堂门前纳凉。

记者：您从小就在祠堂吃盆菜吗？

邓发祖：是啊，很好吃。

记者：那时候就是他们做吗？

邓发祖：一开始是爷爷，然后是他的爸爸，现在是孙儿，他是这里的“御厨”。

老人口中的他，是今年 35 岁的邓建鹏。宴席傍晚六点开始，邓建鹏清晨八点就站在灶头前。与酒楼里名贵食材堆叠的盆菜不同，围村盆菜的中流砥柱永远是猪肉。头天宰杀的本地猪肉仔细清洗，切成一寸的带皮肉方，与片糖、南乳、各色香料一起，在展臂才能合抱的大铁锅里，炖煮出朴拙的香气。

邓建鹏：我们的盆菜是有十道菜的。萝卜是没有味道的，腐竹、猪皮、鱿鱼，味道也没那么重，主要是靠那个猪肉肉汁一层一层往下跑。

猪肉满含油脂的香味，在过去很长的岁月里，是人们清苦的生活中与喜庆、隆重联系得最紧密的味觉符号。

邓建鹏：上面是那个鸡汁煲的花菇，那个鱼丸都是自己做的，还有神仙鸭和虾。每一个村的这个做法其实都不一样的。

如果说，菜蔬、腐竹、猪肉是所有盆菜的“标配”，那么摆在表面上的那些，就更像是每个围村、宗族之间各不相同的食物密码。对郑发祖老人来说，这串密码最重要的，是一道神仙鸭。元朗曾经菜园水

邓建鹏一家四代，百年前就为围村团聚打理盆菜

店里“发哥”吃盆菜，横跨各年龄段，常客一枚

平凡的食材，熟悉的味道

塘遍布，村人多养鸭。神仙鸭正是用三斤重米鸭，酿入冬菇、洋葱、大头菜，加入玫瑰露，上锅蒸煮而成。

郑发祖：那个神仙鸭很好吃。原来每家都会做，传男不传女，现在很多人都不会了。

记者：为什么不传女？

郑发祖：会流传给别人的嘛。现在都很少人会做了。

相比于神仙鸭传男不传女的神秘，在距离屏山23公里路程的深圳下沙村，盆菜的密码则简单亲切许多——每个盆菜上不多不少18只炸金蚝。之所以是蚝，下沙村族中长者，黄氏宗亲会理事长黄灿华说，与下沙人曾经的谋生之道密不可分。

黄灿华：我们以前养蚝嘛，我们养蚝的地盘从现在世界之窗门口，到上步码头西部大桥底，再到流浮山白泥、元朗河（香港），整个海面养蚝的面积，我们下沙占了超过80%。

如今的下沙早已没有了村的模样，养蚝的村民得益于城市化的改造住进了高楼，曾经的祠堂早已没了踪影，外来人口开始大量涌入，曾经的人情味、浓烈盛大的盆菜宴也几乎没有了踪影。想着为宗族凝聚力做些什么，20世纪90年代中期，下沙人开始逐渐恢复盆菜宴，2002年甚至创下了万人大宴的吉尼斯世界纪录。

黄灿华：用盆菜祭祖啊，一直有这样的文化传统。如果一个地方，城市改造也好，更新也好，没有一个中心点，一个宗族就走散了。2002年元宵，很多宗亲啊，东南亚、香港，很多侨胞都说他们要来看看热闹，结果那年我们办了5 000多桌。

万人筵席之上，多少人是在重温味觉记忆、多少人只是来尝个新鲜热闹已不可考，不过近些年来，下沙已经越来越少举办规模如此浩大的盆菜宴。下沙盆菜的主厨黄灵兴年事渐高。

黄灵兴：我70多岁了，很累的，每次都有年轻人来帮手，不过他们了解多少我就不知道。去哪里买货，每一桌一个东西要买半斤还是几两，就是我们几个老人家知道，年轻人都不知道。

记者：那这些您得让他们知道啊？

黄灵兴：电脑里存了底。

日头西沉，鞭炮声四起。邓氏宗祠里灯火通明，赴宴的宗亲们陆续到了，神仙鸭红亮的色泽微微泛着油光。忙碌一天的邓建鹏站在祠堂门前，终于可以歇一口气了。

邓建鹏：以前天水围那边全都是田，还有水塘啊，现在都没有了。而且到这个年代，我爸的儿子，还有我爸爸朋友的儿子，感觉都没那么亲了。小时候大家也一起玩啊，但是长大出去做工、读书啊，慢慢就没那么熟悉。现在很多外来的，所有村都是这样。

邓建鹏在香港一间知名酒店集团工作六年，七年前辞职回家做盆菜，他不是没有过纠结。但他说父亲20年前开店专门做盆菜，就是为了留住屏山盆菜的味道，自己不学，或许这味道就真的断了。

一生一世徽州饼

作者：季苏平、张秋实、汪娜
播出日期：2017 年 4 月 28 日

四月的徽州，正是多雨的季节，寒霜褪尽，鸟语虫鸣，农事也开始繁忙起来……

当小麦的颗粒日渐饱满，徽州迎来了这个时令特有的一道美味——绿豆糕。

记者：这个糖、油的比例大概是多少？

糕饼师傅：这个糖和油是各一半，熟粉和豆粉是各一半。

熟面粉、绿豆粉、糖、油混合在一起，放入磨具，压实，抹平，轻轻磕打几下，形状精巧、淡黄细腻的绿豆糕就落在案板上，30 分钟大火蒸熟，最终造就了这带着节令气息的糕饼。

泡上一杯略带青涩的黄山毛峰，品上一块香甜还略带沙爽的绿豆糕，在地道徽州人、徽州糕饼博物馆馆长胡国训看来，这道徽州端午必备的美食自有一番难以言传的美妙滋味。不过，胡国训也清楚，多糖多油的传统已经不再是现代人的最爱。

徽州居民：端午节偶尔吃，反正现在很少吃了。

徽州居民：一般绿豆糕都很甜，有的绿豆糕会比较油。

各式各样的徽州糕饼，曾经是徽州人一生一世的印记，它们贯穿着一年中每一个特定的时刻。大年初一发“元宝”。清明的艾叶粿，端午的绿豆糕，立秋尝鸡蛋饼，重阳吃重阳粿，冬至祭祖用族饼，腊八备“年糕”，除夕“果子”装满盒。

胡国训：我们徽州人其实人生的每一个节点，都和糕饼有一些渊源，有一些深厚的文化底蕴和联系。

从呱呱坠地到拜师求学，从长大成人到离家谋生，胡国训说，过去，徽州人每一个重要的人生节点，都留下了糕饼的味道。

胡国训：十三四岁往外一丢，生在徽州前世不修。成年以后到别人店里去打工。这时候家里人都会做一些干粮，这就产生了黄山烧饼：用我们的梅干菜和肉制成，既有一定保质期，口感又比较好。

离开喧嚣城市，驱车半小时，就能寻找到制作最具代表性的徽州糕饼——黄山烧饼所需的食材。

黄山市西溪南村村民吴玉松说，温润阳光晾晒出油光黄黑、香味扑鼻的徽式梅干菜是制作黄山烧饼的主要原料。

记者：这个要晒多长时间呀?

吴玉松：先煮，再晒。

梅干菜切碎，与雪白的猪肉肥膘、盐粒、辣椒粉末混合，加上另一位村民王剑锋自制的菜籽油，搅拌均匀，就成了黄山烧饼的馅料。

记者：这是菜籽油吗?

王剑锋：对。

当面皮包裹上馅料，经过适中的炭火烤制，黄山烧饼正式出炉。

记者：味道怎么样?

游客：好，非常好!

当年，徽商就这样带着家乡的味道走出徽州，走向全国，乃至世界，走出了徽商鼎盛的三百年。然而，吴玉松说，过去徽州家家户户都会做的黄山烧饼，在如今的乡村已经难觅踪影。

吴玉松：现在农村都不做了，都是买。以前家家户户都做，现在图方便了。以前，一家一户，都有两头猪，现在没有猪了，猪都不养啦!

其实，黄山烧饼、绿豆糕、顶市酥、徽墨酥还是为数不多依然能品尝到的徽州糕饼。更多风味各异的徽州糕饼，却只能藏在人们的记忆中、书本的笔墨里。用糕饼注解的人生也早已变了模样。而曾经和徽州糕饼如影随形的节气时令也乱了节奏。

记者：咱们村里青年人现在都不在村里生活啦?

王剑锋：都是在外打工为主。

记者：像清明节、重阳节，这样的节日都会回来吗?

王剑锋：在外打工的人都是重要节日才回来，不重要的节日回来干吗啊?

2011 年，在胡国训的努力下，消失了 150 多年的徽州糕饼老字号——胡兴堂在古徽州一条著名商业街市——屯溪老街重新开张。寻找符合时代口味的老糕饼成

黄山果糖

徽饼

了这个老字号的卖点。然而，清淡的味道，现代的烘焙手法，这还是真正的徽州糕饼吗？

胡国训：按照原来的样子去做是会阻碍传承的，因为现代人已经不能接受原来的口味啦，久而久之，这样东西就会没有市场，就会消失。

徽文化专家汪炜清楚，有人吃，徽州糕饼和蕴含在其中的味道才能活下去。想要让徽州糕饼活下去，还需要把它印在人们味蕾的记忆里。

汪炜：糕饼是我们徽州文化有形的表现，它能够通过徽州糕饼传下去，这就是徽州文化的博大精深。

屯溪老街是黄山旅游的必到之处，来往的游客常常在胡兴堂驻足，选购一些徽州糕点作为特产带回去。

徽州人，曾经巧妙地利用自然赋予的食材，打磨出各式各样的美味糕饼，并将它们与自然的每一个时令、与人生的每一个节点巧妙地融合在一起。如今，那一生一世，连接着人生与时光的况味不知道还有多少人能够品得出来……

草里藏珠九门头

作者：解朝曦、张子亚、洪波、黄颖、肖燕、李永光、张玲

播出日期：2017年5月2日

冠豸山的风清凉如水，温柔的阳光倾泻而下，这个早晨，位于福建西部的连城在慢慢苏醒。

张光裕：老板娘，来来来，九门头，漂亮的来，牛舌峰，割到这边来，对对，肚尖，这边割下来。

此时，县城中心的莲花市场已是人头攒动。张记美食店店主张光裕天没亮便来到这里，为烹制客家名菜九门头购置食材。

九门头，源于明清时期，制作过程相当繁复。要选取刚刚宰杀的牛，号称“倒地牛”的九个精华部位——牛舌峰、牛百叶、牛心冠、牛肚尖、牛峰肚、牛心血管、牛腰、牛肚壁、牛里脊，意喻一台汉戏中的旦、花、丑等九种角色。

张光裕做九门头15年，如果说这道菜就是他生活的中心，那么做菜的过程则浸润了他全部的人生态度。

百叶的清洗要精致再精致。

张光裕：这牛百叶，要一页一页翻开来洗，像翻书一样。

根据肌理不同，牛的九个部位要如同工艺品般被悉心雕刻成花状、条状、片状、块状。

张光裕：像牛肚尖，要切小的花，正方形。切成0.3厘米见方。要切但又不能切断，藕断丝连的感觉。

米酒自酿，中草药就地取材。

张光裕：把米酒倒进去，再放点中草药，叫作辣薯，房前屋后都有种的，中草药祛风湿。

大火开锅，食材下锅的顺序绝对不能错。

张光裕：牛心、牛舌、牛肚先下，百叶最后下，水一烧开，马上就好。多开一

张光裕现场做九门头

九门头九种食材

会儿就不脆了。

在米酒草药汤中稍稍涮几分钟，九门头即可出锅，搭配葱姜末等作料，红黄白绿。轻咬一口，鲜美脆嫩，萦绕唇齿舌尖。

清朝光绪年间，福建名儒张鹏翼品尝了九门头后，写下诗句“草里藏珠少人问，脆声嗦嗦隔山闻”。罗士卿一直致力于研究客家文化，对九门头自然特别关注。

罗士卿：这道菜取自牛的九个最活动的部位，所以这个肉吃起来很脆。这边咬，山的那边都听得到。人家把这道菜起了个名字叫作“一盘九脆”。

一口粗朴牛杂，一口清香米酒，全身的热量开始升腾。这一刻，时光仿佛停滞。

明清时期，连城一带盛产木材和草纸。因水运发达，船工这一职业日渐兴盛。为祛除体内湿气，船工们自成良医，时常煎煮辣薯、香藤根等中草药饮服。后来，有船工将便宜的牛杂加入草药汤和米酒涮煮，无心插柳，成就了九门头这道绝佳美味。

罗士卿说，九门头其实最能代表客家简朴、新鲜、本真的饮食文化。

罗士卿：这里头叫自种、自养、自采、自捞、自捕。还有一个特点，在原汁原味的基础上，追求至味，就是最佳的那种味道。

不过，就地取材、新鲜纯粹，使九门头成为名菜珍馐，也使它面临异地推广的困难。此前，张光裕计划在广州开分店，主打九门头，却一直未能成行。

张光裕：到外面去，食材难找。倒地黄牛、辣薯、香藤根难找。洗好九门头，邮寄到外地，（九门头）隔了一天，味道差很多。

同样的问题也困扰着连城客家美食协会会长王金明。2004 年，在北京举办的一次美食大赛上，由于用的是北京的食材，品评的专家们并不买账。

王金明：（有人）吃那个牛百叶，结果连牛百叶也不脆。很多人就不吃。（听说这是）中国名菜很多人不理解。

让他最感失落的是，受食材所限，一些外地的客家菜饭店甚至把九门头的九种部位简化成了三种。而即便在连城，九门头的味道也有了变化。70 多岁的老食客黄坚几乎每天早晨都要来一份九门头，对这种变化最有体会。

黄坚：过去的时候，配料比较少。除了盐巴，完全是土生土长的东西。过去也没有味精这个东西。小时候吃的东西原汁原味，现在有点儿加工了。

为了保持口感脆嫩，传统的九门头是作为早餐食用的。然而，随着生活节奏的加快，在连城，越来越多的年轻人吃早餐更钟情于港式快餐。

罗士卿：为什么早上吃？主要是早上杀牛，洗干净一切，当时煮。那个味道一般来说现在比较难找到，非常清脆，很嫩，一种清香。

传承，是所有独特美食得以发展的秘诀。作为九门头的传承人，张光裕千方百计地把在厦门咖啡馆里打工的儿子张宏伟拉回连城传承衣钵。

张光裕：人家问你九门头怎么炒，你说不会，这不大讲得过去。父母亲会的东西，你总要懂得点儿。

然而，儿子人回来了，心却还在厦门，在“开一个自己的咖啡馆”的梦想里。

张宏伟：刚开始有点儿抵触，过来切点儿姜和配料。切的时候想着（的是咖啡）磨豆（的过程）。后来（咖啡梦想）慢慢地放到心里去了。

偶尔心情难以平复，张宏伟会到连城唯一一家咖啡馆里安静地坐坐，闻一闻咖啡的香气。儿子的不甘心，张光裕看在眼里。他不知道儿子的梦想有没有可能重新生发？也不知道制作九门头的手艺能否传承下去？

巧手花馍传周礼

作者：肖源、刘涛

播出日期：2017年5月3日

清明节前后，渭北高原上的麦子，拔节疯长。

黄河以西二十里，陕西合阳县护难村的行俊肖老人，一大早就起来和面，她应了客人的邀约，要制作一对老虎花馍，这是普遍流行于我国北方的、用面捏制的艺术品。

行俊肖：你看这面，现在就是面光了，手光了，盆光了。这就达到了和面的要求了。面不好就做不了好活儿，这是一连贯的。

面团在暖和的地方，饧三四十分钟，水分完全渗入面粉的每一个分子当中。面筋发挥着它的作用，硬邦邦的面团，变得柔软起来。行俊肖切出一小块儿，放在左手掌心，用右手的小鱼际揉搓着。

记者：这工具也都是手边上的东西？

行俊肖：嗯，不值钱，但又离不了。

顶针、小梳子、镊子、剪刀、笔帽……日常的这些小物件，都成了行俊肖最称手的工具。一块块不同大小的面块，在行俊肖的手上，变成了一个个或圆或扁、形态各异的花馍零件。

行俊肖对老伴说：赶紧烧火。老汉整天就是火工，给我烧火。

面，发上三五十分钟，再上锅蒸三五十分钟，雪白的花馍出锅。行俊肖戴上眼镜，和好染料，一手端着馍，一手捏着画笔。

行俊肖：蒸馍做得再好，染得不好也不行，这就叫过渡色，深桃红、浅桃红、金黄色、黄色、皂绿色、浅蓝的。

半个小时后，一对插在大馄饨上的小老虎，出现在行俊肖的手中。形态俊俏可爱，麦香浓郁，扑鼻而来。

出壶口，过龙门，蜿蜒的黄河在合阳县境内放缓了脚步。花馍，也叫面花，就

上锅蒸上四五十分钟，蒸透了的花馍，才容易长时间存放

行俊肖制作的花馍零件

在黄河东岸这个小地方生长着。

相传，周文王的妻子太姒就出生在这里，而诗经的开篇《关雎》，吟唱的就是这对夫妻的爱情故事。合阳县文化馆原副馆长史耀增说，因着这样的文化传统，花馍，便不只是食物了。

史耀增：应该说，周礼具体体现在合阳面花上。比如要走亲戚，要祭祀祖先，祭祀神灵，要给人们祝福，都是要用相应的面花来表示。我认为合阳的面花，就是礼的承载物。

这些花馍，以花鸟鱼虫、飞禽走兽为原型，有寓意天作之合、浑全圆满的婚俗花馍；有给长辈拜寿的祝寿花馍；有祝福新人早生贵子的麒麟送子；也有期盼孩子活泼灵气的鱼儿变娃……它们的身上承载着千百年来的一方民俗。

行俊肖：就像蒸这个插花馄饨，是结婚用的。花鸟虫鱼气象新，蔬菜水果情谊真。蔬菜水果代表的就是柴米油盐酱醋茶，不能说天天吃肉喝酒，这就是好夫妻，也要有磕磕碰碰，也有酸辣苦甜，这才是体现夫妻的真爱、真情。

史耀增常常折服于这些关中妇女的奇思妙想。

史耀增：她确实奇思妙想，但是又非常合情合理。不同的节令、不同的面花，到每一个人的手里创作又不一样，就完全表现出一种个性。

曾经自家制作的花馍，如今已经变成了可以卖钱的工艺品。行俊肖做的十二生肖，拇指大小，一枚15元。因为是省级非物质文化遗产传承人，行俊肖每年还要在县里开上几次讲座。既能赚钱，还能出名。但对于花馍，行俊肖却有着自己的忧虑。

行俊肖：徒弟的话，得有二十来个，四十多岁以上的六十岁以下的，年轻的像二三十岁的少。民间工艺，年轻人嫌赚钱慢，不愿意学，都看不上这个事儿。

行俊肖：你给我把那个拿一下，勤肖。

行俊肖的徒弟刘勤肖：什么？

行俊肖：眼镜……

徒弟刘勤肖：是这个吗？

三十岁的张瑞红，论起来，应该算是行俊肖的徒孙辈了，也是行俊肖手下为数不多的、对这项传统手艺感兴趣的年轻人。

张瑞红：这就是业余的一点儿爱好，年轻人不学这个，基本上都出去打工了。面花，学的话有个过程，必须学个几年才能自己独自去做，比较慢。年轻人嫌这个见效比较慢，所以他们就出去打工。

平常，行俊肖会坐着老伴的三轮车，走街串巷招收学员。

如今，花馍挣钱，也不愁销路。但在史耀增看来，市场拯救了花馍，也困扰着花馍。

史耀增：把这个作为一种挣钱的手段，并不像过去那种农村妇女，完全是出于一种对民间艺术的喜爱。现在学习的这些人，这个文化内涵是什么，他们不知道，也不想知道。所以把原来这种传承体系打破了。市场经济往往有一些我们无可奈何的地方。

做的人不走心，用的人就更不明白花馍背后的文化与用意。文化在流变，生活的节奏在加快，原有的民间仪式感在渐渐淡化，没有了仪式感，花馍的功能也就弱化了一大半。

史耀增：仪式都比不上过去了，没有那么庄重，淡化得厉害。现在进一步，更简化了，干脆不蒸馍了，拿一袋面、一壶油，表示我把这个花馍给你带来了，但实际上这个仪式感完全没有了。

阳春三月，行俊肖家院子里两棵二十年树龄的杏树，抽着新芽。枝头满满的粉色的花，招来蜜蜂“嗡嗡”地穿梭忙碌。老祖先们留下的手艺，在行俊肖与她的徒子徒孙之间，手口相传。

行俊肖的徒孙：看我做的这个尾巴。

行俊肖：爪子绞得太靠后了。绞到正确的地方，看着就顺眼。

行俊肖的徒弟：师父，您看，这个肚子肥的程度怎么样啊?

行俊肖：头没捏起来，头捏起来就精神了。

花馍，是行俊肖的绝活儿，但行俊肖害怕，这活儿真的“绝”了。她说，希望自己百年之后，还有人在传承这门手艺。

行俊肖：70 岁了，再能做几年呢?！我死的时候只要把手艺留下来就好了，我再也不求什么。

系列报道：致我们正在消逝的文化印记（中国功夫）

按语：

“南拳和北腿，少林武当功。太极八卦连环掌，中华有神功”。武术，是中国“国术”，既讲究形体规范，又讲究精神传意；既追求动静结合，也追求内外兼修，是中国传统文化的重要印记。漫长的历史演进过程中，中国功夫繁衍流变，派系林立，拳种纷显。在武侠小说和影视作品里，中国功夫混杂着民族情怀和电影特技，许多武侠人物被一步步推向神坛。实际上，随着冷兵器时代的结束，传统武术逐渐失去了其实战意义，很多流派和技法面临失传。一代宗师现在哪里？中国功夫路在何方？中央人民广播电台特别策划《致我们正在消逝的文化印记（中国功夫）》，探寻传统武术的门道、精神、传承和发展。

策划：高岩

编审：刘黎

少林棍，能否再舞一千年

作者：王逸群

播出日期：2017 年 7 月 3 日

1982 年，动作影片《少林寺》公映，在一毛钱票价的时代创造了亿元票房奇迹。《少林寺》掀起世界武术热，成了功夫片难以逾越的经典。

千年古刹，嵩山少林，早已因少林功夫驰名中外。武术技艺和套路之外，佛教信仰、禅宗智慧，都是少林功夫的题中应有之义。拳法为基础，兵器是延伸，少林棍是少林武僧使用最多、最常规的武器之一，被奉为“百兵之祖”。

22 岁的延洛法师，老家在河南周口农村。从小浸润武侠情结的他，9 岁开始在少林武校习武，7 年前，依靠童子功和二指禅绝技，来到梦想中的“武术大学”少林寺。

延洛法师：我比较喜欢少林棍，少林棍是每个少林人练少林功夫必须接触的一个兵器，这个棍法也能彰显少林功夫，少林和尚的慈悲之心。唐朝的时候，十三棍僧救唐王，他是棍僧，拿着这个棍，只需要把敌方给制服，而不是杀害他。

源于生活，随处可寻，长短皆可，变枪变刀，少林寺武僧团总教头延庄法师解释，这就是少林棍的奥妙。

延庄法师：棍就有这个特点，只要有，随时随地，拿起来就能用，学了棍能衍变成任何兵器。它很多招式都是源于日常生活。烧火棍用我们河南话那叫劈柴，拿着都能用，战争来了自卫防身都可以。这在我们这儿都是一种生活方式，它取之于生活，用之于生活。

记者：那咱们现在这个棍法大概有多少套？

延庄法师：现在大概 30 套没问题。

记者：那顶峰的时候历史上能有多少套？

延庄法师：其实 100 套和 1 套是一样的，它不过是不同的组合变化而已。就像你学汉字一样，你能掌握多少汉字，你算不清的……

少林棍僧图

南北朝时期开始，少林寺经历过三次浩劫。1928年军阀混战，火烧少林寺。最衰败的时候，整个寺院只剩下十个老僧人。少林功夫讲究言传身教，除此之外，功夫的传承还需要文字记载，千年流变，浩劫洗礼，即便少林寺和民间人士抢救回了不少经书、拳谱，但终归是少了。

延庄法师：其实消失也就消失了，没有必要去追究它，因为失去了，任何东西它有生，它有灭，有灭它还有生，是一个循环往复的过程，没有必要去纠结它失传和再生的问题。

少林寺把时间和汗水的见证，定义为功夫。在少室山上种药、种庄稼，这些都在功夫行列，而武术就是“搏杀”二字。

延庄法师：任何武术，现在所总结的都是技术成分，是前人用生命和鲜血总结的、凝聚的一种文化形式，是搏杀技能。现在大家所探讨的也是能用和不能用，技术都是小道。像我们通过练习少林功夫，感悟的是一种大无畏的精神、勇猛向前的精神。

如今，少林棍的精妙，多展示于表演的场合，延岐法师说，具备实战性的一些老拳法因为没有观赏性，练习的人也越来越少。

延岐法师：老的拳法现在很多人也不再练了。这些拳法看着非常不好看，它每个动作都有点儿收，因为你收的时候是等待爆发，但是现在你表演得多的话，要让人看明白动作，它就需要一种舞台效果，慢慢就偏表演了。

推广少林功夫，这是少林寺方丈释永信 20 多年来一直在做的事。少林武僧团六七十人，主要任务就是交流表演，已先后在 60 多个国家和地区进行过功夫表演。不论是在外演出还是宣传推广，少林功夫更多体现的是艺术表演成分，因为“顾客就是上帝”。少林寺也因此被质疑在商业化的道路上越走越远。

延庄法师：在我们这儿保护的是源头就行了，但是出去怎么发展，根据情况。我们要变的，不变是不行的，根据不同的要求。像还有演出、电视剧、舞台剧找我们，你给我们编十分钟的武打节目。怎么办？编啊，有什么关系，不编你学那么多干什么，你还当教练什么的。这都是客户的要求，客户是上帝，他要什么你得给他什么。其实表演的套路都是假想，不是真的，只是说传承的是一种积极的形式而已。

外出交流表演，影视剧拍摄，开办少林文化中心……少林寺似乎越走越远了。仅在美国，少林文化中心就有 30 多个，未来还将在非洲“开花结果”。而在国内，少林功夫的外部发展则更加复杂。粗略统计，仅登封这座所谓的武术之城，大大小小几十家武术学校，都打着“少林功夫”的名头。

凌晨五点，晨曦微露，大雄宝殿内《楞严咒》准时唤醒了嵩山少林寺。伴随着击鼓声，僧人们开始绕佛念经。

延庄法师：我们做好我们的事情，我们是源头。保护、传承是我们的使命，不让千年的香火在我们手里断了。任何事情法无定法，随缘生法。我们就是一代一代言传身教，一千年了，我们就靠这个。

咏春拳，“一代宗师”今安在

作者：刘飞、郑澍
播出日期：2017 年 7 月 4 日

咏春拳，源自川滇边区，流行于福建，成名于佛山。20 世纪初，阮奇山、姚才、叶问，并称佛山“咏春三雄”，名重一时。姚忠强是姚才之孙。承袭姚氏咏春，蛇形手最为出名。

姚忠强：我们是刚柔并济，以柔为主。

看似绵软，实则拳快而防守紧密。

姚忠强：在外面看起来这个咏春软手软脚的，它里面是很带内劲的。你力气大，我不能够力气大对你。攻击和防守，要旋转啊。比如，这个人脾气大，你不是跟他顶，而是化解掉。顺势而为，柔软一点儿。做人的道理，练拳的境界。

在佛山，咏春拳已发展出几个宗支门派，各派用的“yǒng”字并不相同，有永远的“永”，口字旁的“咏”，言字旁的“詠”。据佛山武术协会统计，当地现有咏春拳馆 100 多家。但是，在佛山，采访咏春拳，姚忠强却是联络到的著名拳师中唯一肯说话的。沉默源自 2013 年一场在全国媒体上被炒得沸沸扬扬的“内讧”事件。

2014 年 11 月 11 日，福建省福州市申报的咏春拳成为第四批国家级非物质文化遗产代表性项目。佛山咏春的申遗之路却并不顺畅，在佛山武术协会会长刘永峰心里，这对佛山来说是莫大的遗憾：

刘永峰：我们一直和政府推荐的是集体。如果说你觉得只有一个“yǒng”字，其他那些全部不是正宗的，我就改掉你，这没有必要。文化不是谁正宗不正宗，而是现在谁发展得好不好、传承得好不好的问题。

历史上，咏春拳从来不是一个职业，理解成“强身健体”的业余爱好可能更恰当。姚忠强的职业身份是酒店采购员，他 5 岁开始练拳，2002 年 38 岁时跟兄弟一起成立了一家咏春拳馆，面向社会招收学员。

佛山禅城区临近南海的一处老房子，到了周五傍晚，一层的卷帘门拉起，姚忠

姚忠强（左一）与徒弟演示黐手
（记者官文清摄）

咏春拳馆学员练习，拳师姚忠强教授小学员
（记者官文清摄）

强从酒店采购员变身为姚氏咏春拳馆执行馆长。

咏春拳的套路主要有小念头、寻桥和标指。只一套小念头，姚忠强就练了五年。他说，当年父亲要求他的习法，他已经不能用来要求徒弟了。

姚忠强：父亲他说，打好基础，咏春拳是一步一个脚印的。将来你去传承给徒弟。满满的一碗清水，一碗一碗地倒下去，倒到最后一碗，你说会不会满？不能满。所以，要我们几兄弟多下苦功。现在练五年的徒弟都已经是毕业很久的了。

姚忠强：左手、右手，一、二、三，马步做好……

带着一名七八岁的学员，姚忠强放慢动作，打了几遍新教的套路。小学员有时会分不清左右，练拳时，细小的胳膊一下下打向木桩，像是不怕疼，休息间隙，要抓紧打手机游戏。

姚氏咏春以快著称，但这速度，如今却有些赶不上现代生活的节奏。拳馆的管理方式和健身房类似，短则花一千元学一个月，长则掏八万元成为终身学员，练习时间不再以“年”计数，每周投入的时间限于周末两个晚上。

作为佛山武术协会的会长，刘永峰建议咏春拳师在套路设计、传承方式等方面都要顺应时代，有所创新。

刘永峰：现代人时间都很紧，我们就让他编一套比较适合现代人的套路。有些传承人的家里人就不愿意再学习了，所以我们这边学校建立了传习所，让我们的学生去和师父学。

如今，咏春拳已纳入了中国武术段位制，在刘永峰看来，核心都是为了传承。

刘永峰：段位制是为了更好地传承，把它标准化，都会有要求完成的动作和技术。因为各个门派跟师父以前都是口传身授，他们的东西有点儿害怕拿出来。但是我们和他讲，一个拳术要推广发展好，慢慢大家都愿意把核心的动作拿出来。

去年，姚忠强入选佛山第四批市级非遗传人，拳馆也成为保护传承基地。他特意将口授的“姚氏咏春秘笈”写好、装裱，挂在拳馆内。

姚氏咏春拳秘笈：姚氏咏春誉万家，摊绑扣伏与擒拿，来留去送甩手冲，柔刚并济重腰马……

出于谨慎，姚忠强已五年没收过入室弟子。他说，从爷爷那辈开始，就不把当拳师、教咏春当作一个营生，只为传承。

姚忠强：我们这个馆，不知道什么时候拆。最好不要是天价的房子，我真的租不起。现在有些咏春拳馆只能说“你到公园的第二棵树下等我们”，这就麻烦了，我们要有生存的地方。

饮茶间，拳师姚忠强说，随时都可练习归肘手腕（记者刘飞摄）

武当剑，谁能仗剑任逍遥？

作者：吴喆华、恒巴特

播出日期：2017 年 7 月 5 日

“北崇少林，南尊武当”。相传一代宗师张三丰，在道教圣地武当山悟出“内家拳法”，注重内功和阴阳变化，自成一派。武当剑，实质是武当派内家拳法的延伸，是武当山诸多剑法的统称，虽“剑无成法”，却能因敌变幻，刚柔相济，端倪莫测，曾有“天下第一剑”的美名。

钟云龙：剑它带有神气，有杀伤力，练剑的最高境界，就是人与剑结合。

出生于 1964 年的钟云龙，是武当三丰派第十四代传人。1983 年，19 岁的他来到武当时，山上大小门派有 11 个，对外统称武当派，现在只剩下三丰派、龙门派、华山派等六七个门派。

钟云龙：如果门派传承没有规矩，将是很泛滥的，中国道教门派有四百多，四百多派如果都有的话就乱套了，没有了的、失传了就不可再立了，只能成为历史。

武当派声名显赫，前来挑战者众多。钟云龙 21 岁被武当山派出，到衡山、崂

武当山被称为“仙山”

山、终南山等地学习功夫，24 岁云游归来，任武当山道教协会武术总教练，负责武当山规模宏大的紫霄宫的安全。他说，彼时上门切磋的练家不少，“有时候一天好几拨”。

钟云龙：他就说他找过很多地方都没有敌手，我一掌把他打到那个殿堂里边去了。他可能是练过散打的，我上去给他两个拳一摆，当时他就咳嗽了，我就知道他受伤了，蹲在地上吐血了。

钟云龙最后一次切磋比武是在 23 年前。一位自称欧洲武术创始人的意大利武士来到紫霄宫大院，在和钟云龙比武过程中被推倒，受了轻伤，此后，没有安全措施的比武被严禁。出门云游切磋，钟云龙也屡屡碰壁。

钟云龙：过去叫江湖规矩，如果我到你那里去，我可以到你家里去吃住，跟你学。你可以组织你的同辈师兄弟，或者把你练得好的徒弟都组织起来交流，有这个氛围。但是现在没什么江湖、武林这个东西了。武术为什么说不行了呢，一个安全意识强了，你犯了法哪儿都跑不了，再一个就是交流的环境没有了。

没有了实战的环境，功法就无法提高，武术也容易沦为自娱自乐的套路。如今，很多古老剑法，逐渐成为传说。剑只能用作收藏或者表演，它的材质，

记者采访钟云龙

钟云龙弟子陈师行在拍摄央广短片

钟云龙道长表演武当剑

也从硬变软，舞起来“呼呼”作响。

钟云龙：它是那种铁皮，应该说是钢皮做成的，一抖起来晃晃的。你试一下，它“咔嚓”“啪”响一下。过去的剑哪会有“啪”这种响声的。很多铸剑师给我送剑，没有一把是我满意的，有些做得太花，做得很复杂，其实用不成。我现在还收藏着的是20世纪80年代的那把剑，那把剑现在生锈了，也很不好看了，跟着我一起走了很多年。

江湖没了，留下舞台。过去练剑，一练功力，二练身法、手法，苦练几年才能摸剑。现在几天就能速成一套剑法，只练套路，谁的花哨，谁就能在表演中获得掌声。以蹲马步为例，传统武术中小马步是两步半，大马步是三步半，现在舞剑的人一上台，马步一跨就四步以上，为了好看。

钟云龙：他下面什么都没动，只是使劲地在叫，把样子做出来就行了，不一定有功夫。像我们学剑，刺出去这一剑我是留有余地的，万一人家变了怎么办，我还可以变。现在这些剑刺出去就刺出去，反正没有什么危险。

厌倦了烦琐的事务性工作，2003年，钟云龙归隐深山，潜心修炼，研究道家文化。在武当山后山峭壁上的一个山洞，钟云龙一呆就是五年。

钟云龙：那几年主要是想修行。那个地方没电，把手机一关，天黑了就睡觉，那个山上，天黑了，黑乎乎的，前面就是悬崖，很高的悬崖，所以一般人找不到的。

钟云龙离开紫霄宫后，武当山里一个明显的变化是，庙观里的道人逐渐不练功夫了，而接待游客的任务越来越重。

新闻播报：据统计，2016年，武当山共接待中、外游客760.7万人次，实现旅游收入43亿元，同比增长15.24%、18.42%。

20世纪90年代，每年的游客十几万人次，如今，一年几百万。武当功夫自然成了当地旅游的名片。武当山周边武馆林立，各门各派拉开阵势招兵买马，大小几十个武馆中，不少是外来的教练开的，传授的也不是武当功夫。

钟云龙：很多人自己去编一个所谓的功夫套路，是什么时候，什么老师傅，临终时候床底下压的一个东西给我了，那是金庸小说中喜欢编的故事。过去没有什么特别的剑谱、拳谱给谁，过去都是口口相传的。

2009年，当地政府决定重振武当雄风，钟云龙出山，给武术院校的教练们培训武当功夫，普及“两拳一剑”——武当拳、武当太乙拳、武当剑。四个月后，再回山洞，已无法居住，“仙山”里，从此再无隐士。

钟云龙：现在你怎么隐？山里面也不允许生火，生火都没办法。如果你特意把那个地方挖一块地，马上就有人来追究你的责任了，环境变了。

去年，钟云龙离开武当山，带着几十个徒弟，远走贵州福泉，在一座新建的太极宫里做住持。他曾向师父许下诺言，终身不离武当，此番出走，爱剑的钟云龙，没有带走一把武当剑。

太极拳，阴阳两仪谁主沉浮

作者：张闻、朱宏源

播出日期：2017 年 7 月 6 日

黄河岸边，清风岭上，河南温县陈家沟被认为是太极拳的发源地。洛河水清，黄河水浊，两河交汇，形成一幅天然的太极阴阳图。这里的村民相信，天下虽大，太极成于陈家沟却是必然。

黄满堂：太极拳在其他地方不行，只能在陈家沟。陈家沟和这个河洛交汇处，就是几公里，河洛交汇形成一个天然的太极图。另外，南边是黄河，北边是太行，阴阳非常好，它是聚焦点。

太极拳为明末清初陈王廷所创，讲究以静制动，以柔克刚。300 多年后，陈氏太极不再是一枝独秀，太极拳早已流派纷呈。2006 年，太极拳被列入中国首批国家级非物质文化遗产名录。

谢江海是陈家沟第一个考上北京体育大学的年轻人，现在在北京教拳，在他看来，太极拳之所以神秘，和它“看不见，只能摸得着的气息”有关。

谢江海：很多人都觉得太极拳很神秘，运气怎么怎么样，那是金庸的小说在电影里的表现。有没有气息，有，没有那么神奇，但是你很难找到它，即使你找到它了，你也很难驾驭它，很难掌握它，这就是我们所谓的太极里边的气息或者所谓的气走丹田。

传播至今，太极拳已经成为世界上参与人数最多的武术运动项目，全世界的太极拳习练者高达三亿之众。香火旺了，争议也随之而来。

两个月前，一场实战搏击与传统太极之间的比赛，引发中华武坛前所未有的大地震。综合格斗（MMA）教练徐晓东约战太极拳师雷雷，二三十秒的对决，雷雷毫无还手之力，一时间太极拳陷入史无前例的信任危机。

6 月 26 日，混元形意太极拳掌门马保国带着妻子和徒弟来到上海，挑战徐晓东，因各种原因，约战终止。

上左：太极拳发源地陈家沟

上右：太极拳博物馆

中左：王占国，生于温县陈家沟，陈式太极拳第十二代传人

中右：王占国弟子在练习太极拳

下图：太极拳博物馆外景

尽管名门正派的传承人纷纷站出来要迎接挑战，但即使在陈家沟内部，大家也承认，如今的太极，花架子多，定力难寻。陈式太极拳第十二代传人张福旺无奈地说，很多徒弟刚进门，就急着要出师。

张福旺：学个三年两年就跑了，家穷的去找个工作，做个保安。太极十年不出门啊，哪有那么简单就学到功夫的。你培养他出来刚刚拿了一两次推手冠军，这不是正好刚进门吗？！人才都流失了。功夫的“功”字，你把它拆开看，是一个时间的工，再加上一个力气的力。你要长时间地下力气，才能换来这个功夫。

“徒弟”二字，对张福旺来说，只是众多来学拳者的一个称呼。在现代社会，那些追求养生的弟子，另一个身份是教练的顾客。而从小进行专业太极训练的孩子，叫运动员更为合适。

张福旺：90% 来学者都是为了健身的，甚至更多，但绝不是 100%。我还是在当地，坚持培养我的梯队，虽然很困难、很艰难，但我一直坚持在做。

中华人民共和国成立后，国家体委统一编订了简化的太极套路，学练太极拳的人遍及全国。发展至今，太极拳又被分为比武用的太极拳、体操运动用的太极操和太极推手。太极拳的技击技艺，几乎湮灭在历史沉沙中。陈氏太极拳第十二代传承人王占国表示：

记者：这些孩子在学太极拳的过程当中，会和学其他拳种的人交手吗？

王占国：有，我们这个比赛是公开性的，只不过在这个固定的规则范围之内，像推手也是一样的。太极拳里含竞技的动作，有些现在用得很少了，有些时候你参加比赛了，一瞬间他就用一个动作，会给对方造成伤害。

采访中，两位有过体育训练基础的记者，与 65 岁的陈氏太极传承人黄满堂过招。

黄满堂：你按我这个方向，就这样。

记者：啊啊啊啊！

黄满堂：你要多少，我就给你多少。

围观村民：他都不上步，他要是上步你就完了……

老人的手很柔软，一旦对上，就像棉花裹铁，两个小伙子，较不上劲儿，推不动人，败下阵来。视觉上，他们瞬间被反关节拿住。

太极拳看似虚虚实实，真真假假，在拳师谢海江看来，太极拳走到 20 世纪的尾声，逐渐往养生和竞技两条路上分向而行。经历千锤百炼，习得真功夫越来越难。

谢海江：为了推广太极拳而不得不舍去一些精华的东西，或者所谓的一些比较难学、比较难懂的东西。咱说白了，它就是个生意，我收徒也是为了最起码补贴家用。

清晨六点，陈家沟巨型的八卦图广场上，三五成群穿着传统太极服饰的阿姨们悠然地打着传统套路。远处陈式太极拳第十二代传人王占国，带着一批身着运动服的姑娘小伙儿，沿阶梯上下折返，训练体能。太极的阴阳两面，奇妙地在陈家沟的一片广场上彼此缠绕。

张福旺：陈家沟有句话叫“上至哼哼”，就是老年人走路“哼哼”走不动了；“下至哝哝”，小孩会站的时候，给我“哝哝”一个；“大人小孩都会扑腾”，陈家沟从古至今就有武术的氛围。

八卦掌，何处是江湖

作者：周益帆、杜震
播出日期：2017年7月7日

八卦掌、太极拳和形意拳并称为中国传统武术三大内家拳，为清代河北文安人董海川所创，因拳理建立在《易经》八卦理论基础之上而得名。八卦掌讲究以“走圈”制敌，踢打摔拿招式皆备，先在北京一代流传，发展百余年，已遍及全国。赵大元是八卦掌第四代传人。

赵大元：八卦是转圈的，它的力量的变化、技术的变化，都按照八卦的理论走。董海川收了很多徒弟，现在还在各地传承的，尹氏、程廷华、樊氏（即樊志涌）、梁氏、宋氏，主要是这几支。

2008年，八卦掌入选第二批国家级非物质文化遗产名录，传承人任文柱也是文安人，他说，练八卦掌，得先从站桩开始。

任文柱：那时候也没有表，吸一口气，一吸一出，叫一口气。就站着数着记着，站了一百口气了，我再站一百一十口气、一百二十口……宜增不宜减。

赵大元也从小习武，步伐、掌法、腿法……每个动作都经历过数以亿计的重复。

赵大元：我是瘦小型的。当时老师就跟我讲，你练技术跟他们的练法不一样。你要找技巧，要灵活。你练冲劲，切纸条、打报纸，很难很难的，这一打报纸就飘了。一进门门口，挂一纸条，出去扇十下，进门开门扇十下，到那儿“啪啪”使劲两下，一开始宽点儿，然后再窄点儿，窄点儿的切折了再短点。

任文柱的武校已经营16年，每年招200人。教学员的学费和外出表演赚的钱，维持着武校的运营。武校的孩子们得过很多奖，可任文柱心里还是很纠结，希望政策能给传统武术多一些关照。

任文柱：国家投入的是竞技，对于传统武术国家没有扶持基金。（学生）他得吃饭、工作、娶妻生子。（比如）明年全运会，我们拿不到奖牌不行。这个竞技武

国家非遗代表性传承人任文柱

任文柱与习武小朋友

赵氏擒拿训练

术，是上提气。可是传统的内家拳，什么形意、太极、八卦是下沉气。练了八卦掌，竞技完不成任务，练了竞技完成任务，我八卦掌就失传了。

北京，国际关系学院体育馆内，73 岁的赵大元每周六带学员训练，雷打不动。他气质温和，练武时却招招刚猛有力，动静之间，判若两人。

退休前，赵大元还有一个身份——中国公安大学副教授，擅长擒拿格斗，从事军警实用教学。赵氏擒拿以八卦掌为基础，尤其讲究实战技能。

赵大元：我到国外教学，对方误认为我是翻译，因为我胳膊那么细、那么瘦，还戴个眼镜，他们主教练还有点儿看不起我，他说赵教授，我们能不能演练一下？我说可以啊。先派练跆拳道的那个，确实承认，他的踢板力度很大、速度很快的，他起高脚，我一个侧蹬脚，蹬到他裆，给他支住了。又来个练泰拳的，他一拳就来了，我两肘一拱他，推开他，我一掏他小辫，揪住一拧，一跪，膝盖直接顶他喉咙上了。这小子起来之后还不明白，还指着我说“no”。

不论是日常教学生，还是到国外交流，赵大元一直尝试着给各方普及一个思路，那就是传统武术和竞技体育不能混为一谈。

赵大元：生死搏击，只要达到目的，任何手段都可以使。凡是体育竞赛规定的犯规动作、禁打部位恰恰是我们传统武术必须要打的。如果你按体育竞赛的方法训练，时间长了就养成了错误的动作。

退休后，跟着赵大元学习八卦掌的学员不少，多以强身健体为目的。几十年的教学生涯，让他形成了依靠更新学科知识，传承中国传统武术的思路。武术拳理和中国哲学，西方医学与物理学，在功夫里相容相生。

虽然他还在坚持教学生实战技能，却不得不承认，实战的土壤已不复存在，就像老舍在小说里描述的：“枣红色多穗的镖旗，江湖上的智慧与黑话，义气与声名，武艺、事业，都梦似的变成昨夜的。”赵大元最怕学生丢了攻防意识，没了攻守防卫，就丢了武术的魂。

赵大元：现在中国传统武术界普遍成为学套路的了，不讲实用技术，不进行实战训练。现代人根本不懂，套路是实战技术的组合，这样的话中国传统武术里面很多实战的技术和理论，就会大量地流失了。

讲究慢工出细活的中国功夫，似乎和这个时代格格不入。彼时的武林可能正在逝去，但中华武德和武术精神，永远不该被轻视。

赵大元：中国武术，就像一把灵魂的刻刀，它无时无刻地不在雕琢你的灵和肉。武术技能的哲理包含了我们中国传统文化的内涵，指导你怎么去认识世界、看待世界，怎么去对待世界，练武的最终目的是悟道。

赵大元给学员上课

特别报道：可有百鸟朝凤时

按语：

为实现已故导演吴天明的遗愿，电影制片人方励不惜一跪院线经理、二跪观众网友，为电影《百鸟朝凤》争取上映空间和关注，同时，也把唢呐这门久违的民间艺术推到了公众面前。数百年来，唢呐曾是婚丧嫁娶场上风风光光的主角，而今却在时代车轮碾压之下，落得消弭凋零、难以为继。影片中，新老两代“唢呐匠”在现实冲突中挣扎、无奈、坚守的匠人精神，令人动容；而屏幕外，如何传承民族文化根脉，不让《百鸟朝凤》这样的艺术成为绝响，更发人深思。中国之声特别策划《可有百鸟朝凤时》，通过诉说唢呐技艺兴衰，聚焦传统文化在现代化进程中的没落与复兴。

可有百鸟朝凤时

作者：何源、刘飞、庄胜春、雷恺、陈屹

播出日期：2016 年 5 月 23 日

作为音乐指导，陕西省省级唢呐非遗传承人郭玉生在电影《百鸟朝凤》里，就是那支幕后的“唢呐”。

郭玉生：这是吴导的心愿，就是采用陕西的地方音乐写一部电影。

“礼乐文化”自古是中华文明的根基，从祭祀、征战，到婚丧嫁娶，音乐伴随着中国人从生到死。

在陕西农村娃郭玉生的印象里，过去十里八村的红白喜事，都离不开那唢呐艺人翻动的手指和喇叭口飞出的高亢音符。

除了报酬丰厚，唢呐匠更是受人尊敬的行当。但俗话说：“百曲好唱，唢呐难吹。”想成为坐在太师椅上受礼的乐师，首先要吃得了这背后的苦。

（电影片段）

焦三师父：来，把河里的水吸上来，你记着，芦苇秆只能刚刚伸进水面。等你把水吸上来，才能回家！

郭玉生：开始我也练过。盛一瓢水，然后就那么不断地吹，让碗里的泡不要断。唢呐里面有一个技巧，叫作循环换气。必须不能让水泡停，用鼻子呼吸。唢呐发的音不能停，一分钟、五分钟、十分钟都不能停。

过去，农村没有什么娱乐活动，见了唢呐班，稀罕得不得了，每每围得个人山人海、水泄不通。乡里镇上的班子，旺季几乎天天都得吹唢呐。不少唢呐艺人都有看家绝活，冬天手不僵，夏天口不干。其中的门道，不仅要学，更得悟。

郭玉生：那个时候的老艺人，他们都是民间艺人。你问他哪个调调该怎么吹，他说，就那么吹，你看着他吹。他不会讲，不会用文字、纸谱记录下来。自己就要琢磨，人家吹的时候就要常看，手型、口型。这个很难，不是一下子就能掌握的。

然而，随着20世纪90年代以后越来越多西洋乐器的引进，唢呐匠的光环慢慢消退了，地位甚至变得尴尬起来。用郭玉生的话说，唢呐还在，可被大乐队“吃掉了”。

郭玉生：现在唢呐班不叫唢呐班，叫乐队。现在人家要你带长号、小号、电子琴，都得要。过去唢呐班请去的，都是坐在那儿吹。现在需要有音响、地毯，带动作、带表演。有时候他们也需要给吹个老曲牌，那我们就吹个传统的；人家要说，来一段现代的，我们就吹段现代的。

（电影片段）

长生，你咋不行接师礼？

接个锤子，我跟天鸣啥关系。

别太当回事儿，随便吹吹就得了。哎，歇了。

飘荡了千百年的唢呐声，如今别说入心，连入年轻人的耳，都难。

年轻人：给你双倍的钱，你不要吹了！

听的人少了，干这一行的人也渐渐没了心气。郭玉生所在的陕西合阳县剧团，吹唢呐的虽仍有二十七八岁的年轻人，但再难觅娃娃学技艺的身影。就连他这个非遗传人，也仅收到两个徒弟。

郭玉生：年轻人现在喜欢现代的、流行的。现在乡下红白事儿，就吹流行音乐，比如《妹妹你坐船头》、潘长江的《过河》，这些都吹。老的曲牌，他们听不懂。因为只有市场需要你，你才能生存下去，市场不需要，你就生存不下去。现在咱传承人的责任，就是如何把民间的东西传承下去，培养现代观众，让他们接受这些东西。

坚持，是匠人的本钱，“吹唢呐是个匠活儿”，只有把唢呐吹到骨子里，才能传承下去。《百鸟朝凤》原著作家肖江虹说，小说里的这句话，被原封不动地搬上了荧幕。

肖江虹：在这个速度决定一切的时代里边，实际上我们就是需要有慢下来的一种精神，一种工匠精神。其实做一个匠人还不够，还要有匠心，秉持对从事的这门艺术的敬畏心，如履薄冰地去做。

秉承着对传统文化传承的不舍，72 岁高龄的吴天明导演坚持拍摄这部向唢呐匠人致敬的《百鸟朝凤》。他说，片子不是拍给现在的观众看的，而是给未来的人们看的。制片人方励，以下跪的“非常”方式让更多人知道了《百鸟朝凤》，也让更多人以电影的形式，听到了唢呐。

方励：年轻的朋友问这个问题，他说客观上讲我们就是不喜欢听唢呐，现代了，用他的话讲，就是优胜劣汰。我说，历史的发展没有任何人知道，每个民族必须要有自己的文化特征，一个民族没有自己的语言、文化，那它是什么呢?

一跪，或许能挽回一部电影的票房、让更多人关注唢呐，但在《百鸟朝凤》原著作家肖江虹心里，传统技艺的传承困境，却远非一部电影能够破解。

肖江虹：唢呐是一个意向。中国乡村在现代化中，文化层面和精神层面出现大面积的坍塌，其实不光是唢呐这个东西，更多的是唢呐代表的几百年积淀下来的，属于精神层面、道德层面的气质和气息。乡村那种诗意社会已经不在了。民间的民俗、民风，或者是一种精神层面的东西，其实更多的是普通的、底层老百姓的坚守，不是几个吹唢呐的师傅就能守得住的，它更多的生命力来自民间。

中国民间乐器超过 4 000 种，可陕西省音乐家协会主席尚飞林说，从小学音乐课本开始，就偏爱讲贝多芬、莫扎特，支持孩子学习民乐的家长更是凤毛麟角。

尚飞林：我认为现在专业的音乐工作者都应该起到引导的责任。如果不去引导，最后所有的艺术的发展，走到最后都可能只剩一个“钱”字。

2006 年，唢呐艺术被列入第一批国家级非物质文化遗产名录。十年过去了，唢呐的推广仍迫在眉睫。仅靠喟叹和悲壮拯救不了传统文化，《百鸟朝凤》制片人一跪之下，已然让不少文化人感觉“尊严”尽失。那么，守住传统文化的尊严靠什么? 如果传统艺人不仅有坚守，也有创新、融合；如果文化资本不仅追逐利润，也关注民族文化的根基与传承；如果我们的政府和民间机构在推进文化发展过程中不仅有方向，更有方法，中国传统文化可有百鸟朝凤时?

特别策划：保卫乡愁

按语：

“我们从哪里来，要到哪里去？”随着城镇化建设的步伐加快，我国的自然村落正在以每天200个的速度消亡，具有较高保护价值的传统村落数量更是已不到5 000个。2011年，全国政协委员冯骥才向国家领导人建言紧急抢救古村落。2012年，住建部牵头多个部委启动保护计划，分两批将1561个有重要保护价值的村落列入中国传统村落名录。2013年年末，中央城镇化工作会议又提出要让城市融入大自然，让居民“望得见山，看得见水，记得住乡愁”。然而，如何珍藏心底的那一抹乡愁呢？保护古村落，其实就是一场保卫乡愁之战。中国之声特别策划《保卫乡愁》，走访8个省市自治区的20多个典型传统村落，采用样本调查加广播纪实的手法，真实记录了古老村落的现状与困境，探求保护发展之路。

策划：高岩

编审：陈俊杰

无奈的小屯村

作者：季苏平、李健飞
播出日期：2014 年 10 月 1 日

云南，气候独特，山清水秀。294 个古村落被列入中国传统村落名录，排名全国第一。不少古村落依托独特的地理优势、人文景观和传统文化开发旅游，大理州喜洲村和双廊村、沧源县翁丁村、腾冲县银杏村，都已声名在外，旅游带动了当地村民致富，又推动了古村落的保护工作。但是，在成百上千个古村落中，实现利用与保护“双赢”的毕竟是少数，很多村落还是处于起步阶段的“困难户”，保护工作任重道远。云南楚雄的小屯村就是一个典型代表。

云南楚雄彝族自治州安乐乡小屯村和北京的距离是：三个小时的飞机，三个小时的高速，外加两个小时颠簸的山路。

当车拐弯进入到一片山间平坦的坝子上，小屯赫然出现在我们眼前。三百多间青黑瓦、黄泥墙、木门窗的古朴民居依山铺陈开去，层层叠叠，煞是壮观……这就是小屯，1 561 个列入中国传统村落名录中的一员。这里逾八成房屋的年龄都超过一百岁，有的建于几百年前的明清时代。

孙宗旺，小屯村村委主任，他在这里已经生活了大半辈子。此刻，他正带着我们走进村口的寺庙——玉皇阁。

记者：咱们建筑的特色是什么呢?

孙宗旺：四合五天井，就是有正房，有面房，两面有厢房，中间是通着的，两边还有矮房。

记者：是四副还是四合?

孙宗旺：四合，就是四面合在一起。

在小屯村，这种四面房屋合拢，中间和四角共五个天井的建筑形制并不是家家都能盖得起的。整个村除了玉皇阁以外，还有三座大院被完整保护下来，这也是小屯村能够入围中国传统村落名录的重要原因。

踏着村中的石板小径，听着耳边此起彼伏的犬吠鸡鸣，闻着乡间的稻草清香，我们走进小屯村最大的院落王家大院。这座曾经的地主豪宅，土改时被分给了四户人家居住。王兴礼和他 80 多岁的老父亲就是其中一户。

走进老宅，一切关于恬静乡村的幻想都在现实面前支离破碎。墙壁漆黑一片，这是经油烟岁月熏蒸的结果。此刻是正午时分，开灯才能看清房子里的一切：没有一件家具，唯一的床板上放着一床长年没有洗过的被子，被子的本来颜色已很难辨别，屋子里蚊蝇肆虐。用家徒四壁来形容老宅或许都显得苍白。

记者：今天中午你吃什么？

王兴礼：炒一点儿刁瓜吃。

记者：这就是你们家的厨房？你们家就只有这个电饭煲吗？在哪里炒菜呢？

王兴礼：电磁炉。

记者：家里的调料只有盐吗？

王兴礼：还有一点猪油和香油。

老宅的生活不仅仅贫困还极不方便，没有下水管道设施，没有厕所，甚至连自来水用起来都不太方便。

记者：这水看上去不是很干净。

旁观者：这是瓦沟的雨水。

记者：这个从瓦沟上流下来的水是会做处理还是直接吃呢？

王兴礼：直接吃。

记者：但是这个水上有一些漂浮物呀。

王兴礼：就是这样吃的。

说话间，漂浮物扭动了一下身子。

贫穷，是小屯村的现状，这对于生活在这里的王兴礼和村民来说是不幸的，但对于小屯村而言，这也是其能够保存至今的唯一理由。

在小屯村，凡是条件稍微好一点儿的，多多少少都会捯饬捯饬房子。

多年前的一场大火把方加明家的老屋夷为平地，他决定盖一座钢筋水泥的洋房。两层平顶砖房四四方方，是各地农村洋房的标准式样。小楼外立面的瓷砖在阳光下熠熠生辉，在以土黄色为基调的小屯村格外显眼。方加明站在新房前，说话的底气都很足。

方加明：首先，建成水泥结构比土木机构要牢靠，防震；其次成本算下来还要比盖瓦房便宜一些。现在防治水土流失，瓦片不让随便烧了嘛！另外木料又贵。

除了经济上的考量，洋楼比土房子敞亮、干净、方便，这是村里人的普遍看法。谁家有钱不是建座小洋楼，谁会费力不讨好地翻新上百年的旧房子。

方加明：这是肯定的，如果有钱谁不愿意住洋房呀！

记者：大家有钱都不会把房子修成原来那个样子？

方加明：原来那种房子不好看，土房子，又有灰尘，六七月的时候蚂蚁、蚊子都很多。

记者：住着也不舒服是吗？

方加明：环境条件差呀！

小屯在安乐乡算穷的，安乐乡在牟定县也不富裕，而牟定县在整个楚雄排名靠后。但正是贫穷让这里的百年建筑得以保存，也正是因为贫穷，百年老宅却又面临生存危机。

风吹雨打、水毁风蚀的侵害无法避免，但牟定县宣传部部长窦小军更为忧心的是小屯村不断加速的失血现象。

窦小军：现在在村子里很难看到年轻人，也就是农忙和春节的时候回来一下，平时在村子里剩下的就是老人和孩子，常住（人口）确实处于一个减少的趋势，他们特地回来盖房子的冲动不太强了，很多人在县城、州府买了商品房。

贫穷让年轻人走出去，赚到了钱的年轻人却并不愿意回到村庄。别说保护老房子，连盖新房的都少之又少。如果没有了造血功能，传统村落的保护成了无源之水。

能让年轻人回来吗？小屯村村委主任孙宗旺能想到的办法就是搞旅游。

孙宗旺：如果说把这个地方围绕着白马山开发，开发成一个旅游景点会好些。

记者：除此之外也没什么特别好的产业？

孙宗旺：没有，就是农业了。

搞旅游，做起来显然不是易事，一个“钱”字就让孙宗旺伤透了脑筋。国家投资的几百万显然是杯水车薪，如何能够吸引投资呢？

在报道的开头，我们就介绍了小屯村的地理位置，相信三个小时的高速和两个小时的山路，就会把大部分游客挡在了外面；而且小屯村距离最近的乡镇开车也要十分钟，村里一个像样的饭店和商店都没有。更何况，山清水秀的云南并不缺少小屯村这样的自然景色，仅靠 300 座几百年前的老屋能引来游客，能招来商吗？也有不少投资商到小屯村看过，但无一例外都没了下文。

小屯村背后的山脊上，是今年刚刚种植的千亩冬桃。这些两年后才能上市的水果能否改变小屯人的生活，又能否保卫住小屯村，抑或这样的希望太过沉重！

偏僻、贫穷、落后、留不住人，这是我们记者在走访 8 个省市自治区的 20 多个村庄后，归纳出古村落的共同困境；生存、富裕、进步，又是这些村落共同的愿望。在实现愿望的道路上，有的村落还在等待中迷茫，有的已经迈出第一步，有的已取得成效。这些成功的经验和失败的教训，能给和小屯村一样困惑的村庄带来什么启示呢？

别出心裁的李家山

作者：肖源、李楠
播出日期：2014年10月2日

山西省李家山村，位于吕梁市临县。同样是处于深山，同样是交通不便，相比云南楚雄小屯村的默默无闻，李家山却已小有名气。这一切都源于一个人，画家吴冠中。

25年前，吴冠中偶然到访，立刻被这个深藏于黄土高原腹地的小村落所吸引，他不吝赞美之词，写道："与世隔绝的桃花源，走遍全世界都再难找到。"

从此，李家山成了很多艺术界人士采风的必选之地。2012年底，我国首批传统村落名录公布，李家山位列其中。如今的李家山，每年都会有不少海内外艺术界人士慕名而来。

一条黄河，划开秦晋两省。山西一侧的吕梁碛口镇，石砌的窑洞与街道，依稀可见当年的繁华。碛口镇西南，直线距离五华里之外的李家山村，实际走起来，却足足多了一倍的路程。

步行上山，狭窄的水泥路，错不开车。转过无数的弯道，七八层的石砌窑洞，错落地叠放在黄土高原上，像一幅简单而安静的水墨画。

十年前，村里有200户，如今只剩不到50口人。52岁的村民李泉生已经算是村里的年轻人。

李泉生：像我就算年轻的，要不就是七八十岁的老人。年轻人都在城里打工，干得好也罢，赖也罢，都不愿意在农村。

两层的四合院，二十多眼石砌窑洞，这是李泉生的家。窑洞已经开发成客栈，妻子杨艳梅负责打点。两儿一女在外打工不愿回来。

四合院用料精致、手工精良，能看出来当年院落主人十分讲究，但如今这些砖雕木刻的精细中却透着沧桑。

李泉生：在我小的时候，这个院子上下一层、二层就住一百多口人，我们一大家子。李家山的这个风水好嘛，凤凰展翅的形状，咱们现在住的这个是凤凰的一只翅膀，山那面又是另一只翅膀。

说话间，李泉生被妻子叫去帮忙了。秋季，尤其是即将到来的国庆节，是两口子一年中最忙的时候。自从被列入国家首批传统村落，外面来采风、写生、摄影、游览的人逐渐多了起来。在外打工的李泉生也回到家里帮忙。

李泉生："十一"就是人最多的时候，偶尔香港、台湾（游客）还有老外也不少。就不用我出去打工了，三万元左右的收入，甚至好点儿的话，差不多达到四万元，就不错了。

在村里，四川传媒学院摄影系的一百多名学生特意来李家山采风。带队教师袁帅说，吃住两天，学生们给村里留下了上万元。

袁帅：肯定是原生态了，民俗民风。最大的特色就是和地貌在一块儿的这种窑洞，现在其他地方几乎没有了。

也有从辽宁、北京来寻清静的人。

女游客：这边还有点儿淳朴的民风呢，我喜欢这边，安静、淳朴，人也少。

男游客：这儿的建筑，尤其那砖雕，仔细地看，太棒了。人家这才是过日子，完全充满生活气息的。

甚至还有香港来内地开眼界的。

香港游客：非常好，因为很特别。

记者：很特别？

香港游客：嗯。没有见过，讲真话在这里比较安静，香港没有这样的地方。

吴冠中，给李家山带来了改变，但改变意味着突破，突破预示着破坏，开发与保护这一相伴相生的矛盾活生生地摆在了眼前。

如何既能最大限度地创造效益为村民增收，又能有效地保护赖以生存的文化之根？李家山又该怎样延续这样的自然状态？又能延续多久？

虽然每到这个季节，络绎不绝的游客会让李泉生的腰包鼓起来，但一年四季也仅限于这几个月。在漫长的冬季里，李泉生及李家山村就像猫冬的黑熊一样无人问津。

的确，除了自然景色和原生态的生活方式之外，李家山一无所有。

李泉生：没有任何娱乐项目，你也开展不起来，这个地形还有交通都是问题，能够原生态肯定就是因为落后，才能保留它原来的东西。

李泉生看得很清楚，保护传统村落的原始味道，与发展旅游项目之间的矛盾又实在无法调和。

李泉生：搞旅游吧，这是相互矛盾的。要保持原汁原味原生态的这个吧，它又比较落后；一维护吧，它就改变了原来旧的模样，再修的话可能搞艺术的再也不会来了。

在碛口风景名胜区管理局总工程师高侯平看来，村民们对生活方式的追求，使得保护村落的完整性越来越艰难。

高侯平：古村落的消亡是迟早的事情，要完整地把这个古村落状态延续下去，这是不可能的，它本身有个自然消亡的状态。但是我们尽量让这段消亡的时间拉长，尽量用我们有限的精力和财力去保护它。

北京的一位游客担心，自己的儿孙还能不能看到活的历史？

北京游客：当下，不输就是赢。再走两百年，让你的儿子的孙子再想辙怎么弄。咱们现在要做的应该是给你的儿子把这些保护好，让他们带着妻儿来这儿还能看到。

保护与发展，关系复杂又棘手。也正因此，李泉生的儿女们始终不愿回到李家山。

李泉生夫人：他们可能也不愿意，不想在这个农村呆，说在农村没有出息。

游客：如果他们的下一辈不会传承下去，民俗这一块可能就快没了，这跟接力棒似的，你有人传，没人承，那你传承不下去，可能就会断掉了。

怎样找到发展与保护的平衡点？碛口风景名胜区管理局的担子很重，困惑也不少。

总工程师高侯平：我们政府只能在有形的方面去抢救性地保护，房子我们一修缮，它可能再保存 50 年没问题，但是里面的人呢？物是人非啊。

记者：那这一部分靠什么？靠旅游吗？

高侯平：旅游恰恰是最有效的补充。为什么？如果游客去，想看这种生活的话，老百姓哪怕是表演，也是一种传承。

基于这样的思路，李家山有了属于自己的独特规划。

记者肖源在山西李家山村采访

高侯平：李家山村落的本体利用方面、旅游设施方面，有一些内容是纯旅游的项目，有一些是展示性地利用。

就好比规划自然保护区，李家山村子是核心区，不容许有半点儿的破坏，哪怕拆一砖、毁一瓦都不行。

山下是缓冲区，可以搞开发，建宾馆，开饭店，设商铺。游客在缓冲区游玩购物，要进核心区必须步行上山，最大可能地减少破坏。

高侯平：作为古村落民居聚居形态，李家山现在写生的、摄影的，大中专学校学生去的比较多，那我们可以把这部分开展旅游活动。或者我们在李家山下面开辟一个专题旅游活动的场所，这就是我们的适度旅游开发。

保护在继续，开发也已经启程。国庆节就在眼前，游客应该不会太少。李泉生两口子心情不错。

李家山的开发大幕已经开启，能否像设计者预想的那样，找到保护与开发的平衡点呢？这个设计又能否给远在千里之外的云南小屯村提供一点儿借鉴呢？这势必需要时间去验证，而评判的标准是，像一位游客说的那样，50 年后，当儿孙看到李家山景象时，应该和吴冠中画作中的、父辈照片里的以及李泉生记忆深处的一样，这个问题才算找到了答案。

腊铺村的荆棘路

作者：宝音、曾艺馨、郭长江、许新霞
播出日期：2014 年 10 月 3 日

在内蒙古呼和浩特市土默特左旗，有一个四百年历史的古老集镇——毕克齐镇。清朝初期，大批山西人“走西口”来到这里，形成了毕克齐镇腊铺村的独特社会文化结构。

在当地提起腊铺村，必定要说到一项国家级非物质文化遗产——脑阁。脑阁是一种集戏剧、杂技、美术、舞蹈、音乐为一体的民间艺术。“脑”是方言，意思是将物品或人高高地扛起。所谓“阁”，就是一个捆绑焊接得结结实实的特制铁架子。演出时要将架子固定在一男子身上，架子上站着儿童表演。一架就是一台戏。

很长一段时期，这个有着独特文化的村子被历史尘埃掩埋，被世人遗忘。如今，腊铺村迎来了发展的转机，但是留住它着实不易。

62 岁的老胡，胡连刚，是腊铺村非物质文化遗产“脑阁”的传承人。在他看来，脑阁自三百年前从山西引进到腊铺村，早已超越一般的表演，成为村子里的信仰，不可或缺。

胡连刚：咱们这个地缘文化就是各村各户都有自己的社火。

记者：这都是历史上传承下来的？

胡连刚：嗯，逢年过节这也是不可缺少的一种文化。

记者：也算一种信仰了。

胡连刚：那的确是农民的一种信仰，尤其在我们腊铺村，这是个大信仰。

凭借非物质文化遗产“脑阁”，腊铺村入选全国传统村落名录，腊铺古村等来了难得的发展机遇。但能不能把握住机遇，胡连刚心里没底。

外面的世界发展太快，村子里的生活却一成不变。越来越多的年轻人走出村子淘金，胡连刚发现，在老一辈人心底的至宝“脑阁”的传承成了问题。

脑阁传承人胡连刚向记者介绍脑阁历史

腊铺村现存古院落外墙

记者：这儿也挺缺人的，您着不着急？

胡连刚：着急了哇，慢慢找吧，这也是长期的工程。

人去后楼也空，腊铺村村支书冯天亮说，村内现存十多处清代至民国时期的建筑，保护完整的也只剩两户。

记者：像这个宅子算保存完整的？

冯天亮：现在就算是保存完整的。

记者：这样规模保存下来的村子里有几户？

冯天亮：有两户，现在前面还有一户。

记者：那其他都是啥规模？

冯天亮：其他现在都不全了。

按照官方统计，“腊铺村全村共计 310 户，户籍人口 1 098 人”。1 098 人大多只是户口本上的名字，如今的腊铺村早已没有往日的热闹，多了些萧条。

村中的巷道几乎见不到人影，不高的院墙后也难觅人的声响，反倒是沟渠里和路边堆放着形形色色的垃圾。世代生活在这里的村民在思考，腊铺村的出路在哪儿？

“成也萧何，败也萧何”，村委会主任任恒毛认定，要结合“脑阁”发展民俗村。

任恒毛：在腊铺村建传统村落，旅游的人来参观完古村落，顺便来脑阁演绎基地参观文化遗产脑阁，看完表演去农家乐吃农家饭，这就是一体化的。

任恒毛口中的一体化似乎简单了些。然而当地还是聘请了专业设计团队，完成了初步设计方案。美丽蓝图就在眼前，但前进的脚步却被资金困住。按照设计方案，腊铺村将在原有基础上进行仿古式维修，土默特左旗住建局分管副局长王瑞说，以腊铺村现有状况，资金将有一个大的缺口。

王瑞：如果按那个古建筑“修旧如旧”标准做的话，每一家都得几万元，量非常大。我估计是逐步地弄。不可能一次性把这几百户全弄了。投入上还需要一大块儿，后期费用比较大。

一户就需要上万元，几百户就是数百万的修缮费用。这是一道简单的数学题，但对于腊铺村却是一道迈不过去的坎儿。

王瑞说，现在首先是保护，保护好了才能谈发展。但是，风蚀雨侵在加速，城镇化在加快，人走了，屋倒了，还怎么谈保护？腊铺村还能等到资金到位的那一天吗？

胡连刚老人也不知道自己能不能等到腊铺村重现辉煌的时刻，但村委会主任描绘的蓝图还是给他带来了希望。

胡连刚：民俗村发展起来，变成旅游景点，不仅是年轻人，老汉们也受益。如果我们这儿形成旅游景点了，我们的脑阁也就有了展示的机会了。

因为资金短缺，机遇摆在眼前的腊铺村就像缺了润滑油的机器，吃力地转动却很难获得前进的动力。同样因为钱的问题，更多的传统村落只能继续等待、渐渐消失。宁夏隆德的梁堡村就是其中之一。

清晨六点半，这个坐落在六盘山下的小村落已经从睡梦中醒来。坐东朝西的长方形古堡前，隆德县文物管理所所长刘世友将村子的历史娓娓道来。

刘世友：现在我们看到的这个堡址呢，据我们考证，就是宋代的一个防御设施。经过一千多年时间，现在堡址里面住了 17 户人家……

贴在门洞上方的“国泰民安”对联已经发白。进入古堡，房屋沿路相对而建，往里走，一连四五家的大门口都堆满了发霉的小麦秸秆，院门都上着锁，里面的房屋已成废墟。

村支书刘锦堂说，村里原本有 196 户人家，现在常住的只有 138 户。

刘锦堂：都在外面打工，在外面租房子，户口还在这儿。

村民刘昌伯的家在村子中最为醒目，看似陈旧的土坯院落，门口雕有仙鹤和鹿的图案。院子中只有一条石板路能走人，其余地方都有一两寸深的泥水，房顶上也长了青苔。正屋房门上方挂着一个木制牌匾，“世德堂”三个字模模糊糊能看得清。

进到屋里，即便是白天，也得开灯才能看见房梁上精致的斗拱和木雕。墙上挂着条幅，写着“祖医荣德”。73 岁的刘昌伯继承了从祖上传下来的正骨手艺。

记者：一年能有多少收入？

刘昌伯：一年两三千元。

村支书刘锦堂说，村子入选第一批中国传统村落名录后，包括香港、美国等境内外的游客偶尔会来参观考察，但这并没有从根本上改变村民的经济状况。2013 年，村里年人均纯收入仍然只有 2 900 元。

刘锦堂：咱们希望能弄个旅游景点，弄个农家院，农民能增加一点儿收入嘛。

传承了数百年的“世德堂”，地基下陷，随时可能坍塌。刘昌伯没钱重修，只能看着。尽管隆德县建设局在今年6月对传统村落做了一个保护性规划，但因为没有资金，规划也只能停在纸面上。

建设局项目办主任陶利：就是一对矛盾。要是重新改造翻修，好像又没有价值和意义了。现状保存又太危险了。想法就是尽量能把那个东西保存下来，想办法把院内的排水基础做好。具体做了一个建设方案，但咱们县太穷了，经济落后，没有资金就没有办法进行。

刘昌伯说，他有一个女儿、三个儿子，都已经分门立户。即使有一天，儿子有了钱，在城里买了房，老人还是希望留在这里。

刘昌伯：城里糟糕得很，吵得很，呆着不安宁，还是乡下好，就喜欢呆在老地方。

刘昌伯所热爱的村子，未必是其他人心中的挚爱。因为没有建设维修资金，传承上百年的梁堡村进入了一个死胡同。房子没钱修，旅游业就很难带动，人均收入2 900元的村民只能出走，村子更空了。缺少了外力牵引，梁堡村以及和它一样的众多传统村落，能否在荆棘丛中蹚出一条路？这个问题其实早有答案。

大多数的古老村落在时间的长河里是自然消亡的，但还有一部分村落，它的消亡或改变则是人为造成的，有政策的冲击，有人的意识因素，在城镇化的诱惑面前，这些村落呈几何速度的方式在消亡。

传承人刘昌伯

院门上的记忆

从高处眺望梁堡村

房梁上的百年雕花图案

渐失原貌的庄河村

作者：张筱璇、杜震、纪俨玲
播出日期：2014 年 10 月 4 日

除了经济落后、年久失修外，村民自觉保护意识不强也是造成古村落渐渐失去原貌的重要原因。近年来，随着经济条件的改善，乡亲们热火朝天地整修村容村貌、翻建房屋住宅，传统房屋和街巷的古朴典雅之美反而与人们渐行渐远。

王进勤：这里过去是兵家必争之地，明隆庆初年，从浙江义乌招了三千名义乌兵在这边镇守，形成了后来这些村庄，既有北方典型民居的特征，也有闽、浙等南方风格。

燕山深处、长城脚下，始建于明朝嘉靖、隆庆年间的抚宁庄河村，至今已有四百多年历史，是长城沿线古村落经典代表之一。

这里的民居特点突出，却没能入选中国传统村落名单。

秦皇岛市政协原副主席王进勤曾用一年多的时间在这里拍摄传统民居。然而在拍摄过程中，王进勤发现，如今的庄河古民居和他记忆中的渐行渐远。

王进勤：随着经济条件的改善，村民门对老房子进行翻建，有的屋顶上由小青瓦变成了彩钢瓦了。古门楼、木雕、砖雕、石雕，这些在整修过程中拆下来以后，城里有钱人上那儿收去，古民居就看着它在消失。

走进如今的庄河村，明代形成的街巷式布局至今规整清晰，在相对偏僻的小巷里，依然保留着古朴自然的鹅卵石院墙。而在一些相对宽阔的街道上，类似的鹅卵石院墙已经抹上了一层水泥；原先由青石板铺成的街道，如今也被水泥路取代。

正值秋收，装满玉米、板栗的农用卡车不时轰鸣着呼啸而过。

姜宗和，庄河村村支部书记，他祖祖辈辈都生活在这里。在他的记忆里，小时候的庄河村多是木结构、小青瓦的老房子，村中的土路一到下雨天就显得有些泥泞。但是变化从 20 世纪 90 年代悄悄地开始了。

为了改善乡亲们的生活条件，村里曾组织集体修路；进入21世纪，在新农村建设、“创建文明生态村”等一系列政策的指导下，庄河村曾系统地改造过村容村貌，一度成为河北省“文明生态样板村”。

与此同时，乡亲们对自家房屋的翻建和买卖也从未停歇。

在原先村口的位置上，几栋砖石结构的房子油漆斑驳，墙上的标语依稀可见。有村民告诉记者，近年来，村中多了不少新建筑。

村民：老房子都拆了，这个门、盖的这房子都是后来改的，原先那都是瓦的门楼子。

村民提到的“老房子”，是庄河村“五正六厢”的传统民居。村中的老宅子大多是“五间正房、六间厢房”，房屋坐北朝南，格局十分规整。随着近年来各家各户的整修和翻盖，“五正六厢”的院落正在减少，民居入口处传统门楼也逐渐变成更宽的铁门。这其中就包括村支部书记姜宗和的宅子。

姜宗和：原来我这门楼子可好呢，前面是门楼子，中间还有屏障。（记者：您家多少也有点儿改动。）后来改造了，这个是我自己盖的。

在庄河村村民眼中，老宅子和旧街道固然令人怀念，如今的水泥马路和新房子却带来了实实在在的便利和舒适。村民王凤一说，比起过去，大部分乡亲更喜欢改造之后的庄河。

王凤一：大家伙儿一起唠嗑的时候，好像没有人说以前的老房子有多好，如果让人选，人都选现在，没有选以前那样的。

王进勤说，站在老百姓的角度，改善生活条件无可厚非。在改造房屋时，“修旧如旧”固然有利于保留传统，但投入很大。对村民来说，加盖彩钢顶，或是用混凝土浇筑建房，显然更具性价比。

王进勤：他们也想把这个房屋改造得好一点，对于“修旧如旧”的保护也想做，但苦于资金不够。像这样把房子一拆，混凝土一垒，然后搭个彩钢瓦，非常简单，但你要采用以前的风格修起来，要有能工巧匠啊。

如何唤起村民自觉保护传统建筑的意识呢？在庄河村几公里之外的“山里人家”度假村的经理申志俊认为，旅游产业的发展，或许可以让村民认识到老房子的经济价值。

申志俊：要把它保存完好了以后能够带来财源才行，最起码的，观光游客一看，你家是大瓦房我不去，我就想看看你家过去那个房子。这对老百姓提高自己的认识可能也有好处。

而王进勤则认为，要想保护好乡村传统民居，仅靠民间力量很难完成。更多的工作，还需政府部门出面。

王进勤：我想首先，要有人做古民居、古村落的规划设计；其次，对这些保护性的修缮和改造，政府应该给予一定的政策补助；最后，应该有一个机构去管理它。应该有一个部门，明确管古村落的保护与开发。

从住建部的调研中我们注意到，古村落所居住村民保护意识薄弱是造成古村危机的重要原因，而要解决这个问题，除了要加大宣传外，更重要的则是改善他们的居住条件、提高生活质量。老话不是说“仓廪实而知礼节，衣食足而知荣辱”吗?相信庄河村人的保护意识也会渐渐觉醒，只是，那一天还有多远?

说到保护意识，随着宣传力度的加大，不少古村落里居民已经开始转变，但面对城镇化和工业化的强大冲击，“保护”二字说时容易做时难。如何协调开发与保护的关系？考验着村民的决心，也考验着政府部门的智慧。

葛村的拉锯战

作者：姚东明、景明、栾红
播出日期：2014年10月5日

葛村，位于江苏省镇江。葛村始建于南宋，村里至今还有60多处的古建筑或老房子、两处市级文保单位。在它的身上有很多标签，如“江南最古村落”“千年古镇”“最美古村落”。虽然没有入选中国传统村落名单，但葛村在业内依旧很有名，让它扬名的是发生在村里旷日持久的“拆”与“保”的拉锯战。五年来，葛村一直处在拆迁与保护的纠葛中，且去留之争愈演愈烈。其实，这样的“战争”在很多古村落中曾经上演或正在上演，这样拉锯战于保护无益，于开发也不利，但是它就是那么真真切切地发生着。

这里是葛村的解氏宗祠，砖木结构，庭院里的青石板上布满了苔藓。宗祠始建于明代中期景泰年间，已有500多年历史。

在葛村，八成以上的人都姓解，当地念“嗨”。以前，村民一年数次在祠堂祭祖或团拜，如今这里已经变成葛村的中老年人活动中心，墙上挂着他们的书法作品。

解洪亮：这个修缮过了，这个没动，这个是明朝的，清朝修缮过了。那边有个碑，乾隆年间修缮过了，重修后还有个记载。

解洪亮，今年80多岁了，曾住东葛村，后因政府拆迁，早已搬离葛村。葛村20多位村民曾自发组织了古村文物保护委员会，解洪亮任办公室主任。自从村民们集资修缮了解氏宗祠后，他每天呆在这里，接待来参观的客人。

记者：现在每天过来参观的人多吗？

解洪亮：今年相对少一些，前几年很多。每天都不少。

记者：都是些什么方面的？

解洪亮：各界的，有文物方面的，有新闻方面的。那时候牵扯到拆迁不拆迁的问题。

在葛村，关于拆迁与保护的拉锯战已经持续了 5 年。

2009 年，镇江推出“镇江新区万顷良田建设工程”，按照规划，村民全都要搬迁到城镇，政府集中对农田进行管理，除了田地，村民的房屋也在征收之列。

2011 年，政府工作人员喊着“大干一百天”的口号进驻葛村丈量房屋面积时，却意外地遭到葛村部分村民的强烈反对。村民解柏顺就是其中的一位。

解柏顺：人都有一个祖宗，我们姓解，我们有把祖宗留下的传给后人的义务。社会在发展，我们也承认文物保护应该跟社会发展同步，但尽量要把祖先保留下来的给后人一个记忆。

有没有保护价值，村民说了不算。南方工业大学建筑学院教授汪永平带领学生进行了测绘，认为葛村有整体性保护的价值。

汪永平：还有比葛村更好的村子。他们认为葛村不怎么样，但是比葛村更好的村子都被拆掉了。

保卫葛村，保卫历史，一场与拆迁对峙的保卫战就此打响，村民坚持认为应该整体保护。大批的媒体记者、专家学者加入到了保卫的一方。也就在这个时候，名不见经传的葛村扬名了，并意外地获得了“最美古村落”的称号。随着名气大增，政府组织的拆迁工作也陷入了僵局。

那么，拆迁一方的主体——当地政府部门为什么不支持“整体性保护”？理由很简单，葛村没有头衔。

从 2007 年起，葛村曾两度申请国家级和省级的历史文化古村，都意外地落选。两次中国传统村落名录也没有收录葛村。在镇江新区社会发展局副局长席宏荣看来，如此一来，只需要保护几处文物就行。

席宏荣：作为古村落保护，就是要整体保护，不拆迁，其他村没有纳入名录，该拆的还是拆。古建是保护下来的。

席宏荣认为，也正因为保护价值不大，拆迁才是葛村的最好出路。

席宏荣：葛村那地方实际上没有什么发展，房子都破了。除了那两个好的东西，那是古建，即使老百姓要拆，政府也不会答应的啊。市里的拆迁是要补那么多钱的，但是你要自己买商品房。新区这里有规定，不给你钱，按你多大面积给你补

解柏顺带着记者看葛村古建筑

贴房子。另外学校、幼儿园、菜市场全部都给配到位了。

事实上，在葛村支持政府拆迁的人不在少数，准确地说，应该是大多数。朱大娘一家七口人挤在四间房里。要想走进她家，需要先跨过门前一摊散发着恶臭的死水。

朱大娘：这电灯电线也老化了。在安置房小区里面干干净净的，空气也好些。关键是这里的环境问题，以前还有路灯呢，现在都没人管了。

朱大娘的话很实在，在这里住了几十年的人，谁不想改善一下居住环境，就算不为了自己，为了儿女也应该争取一下。

刘黎明，在葛村经营一家小型超市。超市不大，黑糊糊的墙上起了墙藓。大屋作为仓库堆放着货物，小屋作为卧室，摆了一张床，风扇“呼呼”地赶着蚊子。

刘黎明：有小孩的，现在大队不批地方，人家要结婚的，没有房子，也买不起商品房，当然希望拆迁了。

整体性保护的忠实拥趸解柏顺也深知同村人的苦恼。

解柏顺：5 年下来了，原来 25 岁的小伙子现在 30 岁了，原来 20 岁小伙子，现在 25 岁了，面临婚期了，继续要用房子了。老百姓的愿望是怎么样把这个问题沟通好，这是很重要的问题。

拆迁不是解决问题的唯一办法，可惜解柏顺无法提出更好的办法了。

葛村一些村民曾为了推动拆迁，反复到政府部门表达诉求。去年 6 月，当地政府又推出了一个新的拆迁方案。

解洪亮从解氏宗祠办公室的柜子中间，将一幅巨大的拆迁方案示意图抽出来。示意图显示，要将村里的 9 处古建筑集中保护起来，以解氏宗祠为中心，远处的古建将迁建到附近。

这九处古建都曾在第三次全国文物普查中被列为不可动文物。但是村民认为，9 处太少了，他们自己统计了一次。

村民：应该有 67 处的，以前拆掉了 5 处。东南大学来了，规划了保留 46 处。大家认为这个还可以。

葛村北马路对面是高层公寓“镇江新苑”，崭新的楼房对葛村人无疑是个巨大的诱惑，但现在看来，诱惑变成现实越来越艰难了。

村民和政府部门的分歧仍在，至于谁更有道理，我们也无法做出评价。但一个现实是，葛村的很多古建早已年久失修，榜眼第屋顶瓦掉落，院内杂草丛生，更鼓楼堆着废弃的木材。解蕻玺居住在一间上千年的老房子里，后厢房早已倒塌。

解蕻玺：不管，政府就不管。坏了就让它坏了。

类似这样的老房屋在葛村并不少见，还有保护的意义吗？谁来保护呢？靠什么保护呢？更为关键的是，如果仅仅是涉及钱的问题倒容易解决了，偏偏不仅仅是钱的问题。

新区社会发展局负责文物保护的副局长席宏荣：有些破落的归到村集体，新区里面出钱恢复过来了。但是私人的话，就比较麻烦。因为经过“文化大革命”，好多古建是几家合住到一起的，将来存在产权问题，产权难明晰，你怎么修，修了以后给谁？这都是很纠结的矛盾。

拆不了，保不动。五年过去了，此刻，葛村的老房子正在破败。解洪亮默默地将挂在宗祠正厅里的拆迁示意图收了起来。

拉锯战的结局是什么？

席宏荣：反正这样一闹，新区不拆了。拆它干什么呢？不拆了。

去年，在中国文联副主席、中国民协主席冯骥才的密切关注下，中国传统村落保护与发展研究中心曾派出工作小组，到葛村调查，工作人员实地考察发现，葛村作为一个传统村落，农耕时代所创造的文化遗存已经不多，与“最美古村落”所应有的完整性显然不相符，这也是造成“拆”与“保”争执不下的原因之一。但尽管如此，葛村仍然值得大家关注，千千万万个葛村正在经历同样的命运。大量的自然村都没有“国”字保护招牌，没有“国”字招牌的村落及其乡土古建值不值得保护呢?

列入传统村落名录仅仅是保护工作的起点，即使有了“国”字招牌，想保护和发展也不是那么容易。既缺少保护的资金，又鲜有懂得如何发展的人才。虽然残酷，但这正是“保卫乡愁”的现实起点。除了意识觉醒，我们更需有所作为。

钱从哪里来?

作者：庄胜春

播出日期：2014 年 10 月 6 日

我国传统村落保护和发展的困境都是相似的。要么缺资本，没法保护古建筑，哪怕只是村落的外在形态，都已存留堪忧；要么缺人气，无法重现乡村内在肌理，给村落以活力和未来；更有甚者，恐怕也是绝大多数村落两者都缺，乡愁难安。

虽然残酷，但这正是“保卫乡愁”的现实起点。除了意识觉醒，更需有所作为。入选住建部传统村落，能获得 300 万用于基础设施建设的中央投入，文保单位、“美丽乡村”项目也能或多或少带来一些财政支持，但如果仅仅依靠这些钱，还是没法承担起保卫乡愁的重担。当政府没法儿大包大揽时，说服社会资本的投入就变成了唯一的选择。那么，怎样才能让这些资金流到古村的保护工作上来？一些地方已经在做尝试，效果如何？

张四新：我们站的这个渔梁坝始建于隋末唐初，也称之为“徽商之源”，徽商要出去，都得到渔梁坝这里转运、乘船……

这已经不知道是安徽歙县住建委主任张四新第几百次站在新安江边，介绍这座古坝和依坝而生的小村了。

他的名字里，“四新”对应“四旧”，不难猜出他出生的年代，大破大立，如今他出生地原有的三层木结构明代老楼、上小学的老祠堂，都已消失。在很大程度上，他的工作就是在保卫他的乡愁。

但是，对于当地很多村民来说，“乡愁”不应该与“住得简陋”画等号。张四新指向了紧挨着老村的一片即将竣工的公租房。

记者：这公租房是什么概念，老房子的产权还留着吗？

张四新：他们本身就住在公房里，我给他们腾挪出来。外面需要居住的，也可以租给人家，也可以领养（老房子），那老房子不就完全保护下来了嘛。

旅游价值高，距离县城近，既是收费的景区，又是原住民的社区，这使得渔梁坝村不愁社会资本的进入。

张四新不时停下脚步，“老房子外观保存住，这儿未来弄几个酒吧，那儿未来弄几个民宿”，眼中写满希望。而就在几个小时前，在距离县城六公里外的雄村，完全是另外一种状态，步伐也要急促得多。

张四新：对这种房子，修理之后，政府会给一定的资金补助，一般情况下有三五千元的。

记者：有没有即便政府拿了钱，他们也不愿意修的？

张四新：有。

记者：那怎么办？

张四新：那没办法……

村口宽阔的江水，宏大的竹山书院，记载着这里曾经的活力，但随处可见的断壁残垣，倚门而坐、面容愁苦的老农，又使得这一大片青砖灰瓦的建筑显得死气沉沉。政府没法大包大揽修房子，想把村民迁出、引入社会资本，很多房子又是多家共住，很难有一致的意见。

张四新：原来有一家旅游公司，最后搞得半死不活，最后还是政府给接盘过来，现在还是政府在运营。搞这个古村落旅游，首先得有思想，否则有钱反而很麻烦。

近300万的中央财政专项投入显然不够，地方政府的配套资金又不能顺利到位。一位西部地区的基层干部说，中央没有硬性投入的要求，他们没有压力，又因为短期难以收获政绩，更是缺少积极性。抛出的“砖”想要引出“玉”，并不容易。但即使有了地方的配套资金，财政力量也难以大包大揽，那就需要吸引社会资金这块“玉”，但社会资金从何而来？又如何让它投放得无所顾忌？

建筑方：我们已经准备砍掉了，没想到居然又发芽了。

卢丁方：好兆头，老树发新芽，老房子也迎来了第二春！

在浙江松阳杨家堂村的一处老屋院里，一棵被砍得只剩半米高的柚子树，居然发出了新芽。松阳有八个村落进入住建部名录，其中不少整村都完好保存了土坯夯筑的老屋，族规家训仍在墙上清晰可见。浙江松阳住建局局长卢丁方感慨，当地在经济发展方面后知后觉，反而留下了这原始的乡愁。

卢丁方：老百姓的房子租给我，20 年，一个月一平方米 10 元左右，5 年一递增。做这个肯定要有卖点，做高端民宿，最有特点的做土灶台……

院子里，有工人正在用传统工艺夯墙，有工人正在做木雕。力图呈现老屋原貌的工艺，成本远远高于简单的推倒重建，一栋好一点儿的老房子甚至就要花几百万元。

卢丁方：政府投资要投几百万肯定有问题，所以让两个集体企业来做。你把这么破的房子都能做得这么好以后，就是一个标本、一个示范。所以那次来村里开了个会，每个人积极性都非常高，每个人都要修缮，我们政府就出政策就行……

一边让工程企业做样本，一边联动当地不同村落策划统一的旅游线路，发展画家村、民俗村等不同的村庄样态以吸引社会资本，回过头来再用项目反哺工程企业，卢丁方干劲十足。但是他也有担忧：当下在村集体收回房屋、统一承包经营，采用合作社形式统一经营之外，比较好的保护发展模式有合法征迁挂牌出让，但成本太高；退而求其次的租赁，却被限制了 20 年上限，社会资本刚刚赚钱，就面临续租的不确定性，让人心里没底啊！

卢丁方：我们建议在国家层面，让这 3 000 个传统村落集体土地上的房子能够交易、买卖，范围就局限在这 3 000 个村子里。但这能否做到，就是另外一回事了。

卢丁方说的其实是深层次的土地流转问题，可以理解，当社会力量将真金白银投到古村的开发上，谁也不希望再上演北京通州宋庄“画家村”的投资悲剧。另一方面，如果真的有针对性地放开了土地交易，又该如何保证村里人不被误伤，在城市生活仍然缺乏保障的情况下轻易地失去了托底的村庄呢？

传统村落千姿百态，遇到的难题也千差万别，而即便解决了钱的问题，修缮了老屋，发展了旅游，看起来的兴旺，也有更长远的隐忧藏在其中：再过二三十年，村中的老辈人去后，谁住古村，谁帮我们保卫那一抹乡愁？

激活村庄

作者：庄胜春
播出日期：2014 年 10 月 7 日

保护古村落，除了意识觉醒，更需有所作为。各地许多村落正因为年轻人纷纷外出打工而成为“空巢村”，但事实上，如果没有原住民，村规、民俗、村里的历史记忆都将随之消失，即便守住了村落的躯壳，没有人气，就没了乡村的肌理和文化，乡愁仍然无处安放。如何能让乡亲们在古村落中受益，从而意识到保护古村落的重要性？如何通过留住原住民来留住古村落的“魂”呢？

灰瓦白墙间，一条古驿道贯穿，宗祠里曲声悠悠，每户人家都在院墙缝里撒上花种，谁家长出的花最好看，谁家就最有面子。

家门口又都摆好了石凳，夕阳西下，对街而坐，白发垂髫不亦乐乎。这里是浙江松阳县界首村，经过整治，这里干净整洁又保留了原始风貌。

记者：这里有没有做什么主题项目？

卢丁方：没有，他们还是以居住为主，其实这是最好的状态……

说话的人，是松阳县住建局局长卢丁方，他想了很多办法，为传统村落引入社会资本、抢救老房子，当他走到这里时，整个人是最放松的。这时记者的问题，似乎有些煞风景。

记者：这种村子，再过几年，老人都过世了，没有产业的话，年轻人可能不会再回来，有什么解决方案？

卢丁方：是，就得有产业，要不然他们不回来就没有了。所以得留得住人呀。

除了茶叶等农作物的种植，发展旅游是卢丁方给县里很多传统村落开出的药方，而且他很清楚，要想疗效好，必须有差异化，避免千村一面。

但资本不是想来就来，游客不是想有就有，想把年轻的村民留在家乡，就更是难上加难，怎么办？

陆端平：这个得跟搞卫生的说。

村干部：今天这个水有点而浑，平常清得多。

从松阳北上，在杭州市桐庐县——《富春山居图》的主要取景地，一连串村庄干净整洁，桐庐县建设局局长陆端平看到一处水口略微混浊，马上就皱起了眉头，但实际上，水里的鲤鱼仍然清晰可见。不少游人组团到此，看花海，游村舍，品新茶，吃农家饭。但如果你抱着探索“传统村落秘境”的心态到了这儿，可能会有点儿失望——马赛克墙砖、罗马柱阳台和占比不多的白墙青瓦、土坯石砖交织在一起，串联村庄的，除了古朴的石子路、砖块路，也有乌黑的柏油路。

陆端平解释说，改革开放后不少村民“先富起来”，免不了拆老屋、建新房，能够留下一些大户人家的老屋或者祠堂，已属不易。他们现在已经严格控制拆房、改房，要求新房子按照统一的杭派风格来建。但他更强调的是：传统村落不是几栋老房子那么简单。

陆端平：不仅仅是房子，应该是一种生活的机理。你看这街巷不宽，不是高楼大厦，但很舒适。田野、水系，有一种原始生态的农耕文化（的感觉），并不等于所有的古建筑堆在一起就是传统村落。

文化的载体，是人。

在桐庐县荻浦村，村干部介绍，2 000 多村民只有 100 多人常年在外地所谓的“大城市”打工。

村干部：我们这里真正跑得很远去打工的，蛮少的，他们都是在附近。

到县城或是开发区来回几十分钟的车程，把打工者的夜晚留在了村庄。即便只是“睡村”，生活的气息也得以留存。当地干部的体会是：城镇化大潮中，需要更好地统筹城乡，而不是让城市入侵乡村。但是，长三角地区先发优势明显，才使得很多小城人并不以到北上广打工为荣；对于更广阔的、老村更多的后发区域来说，城镇化的脚步很难跟得上村落凋敝的节奏。除了尽量留住村庄，期待着现在的年轻人年老了还能回得来，还有什么办法能让年轻人现在就回到家乡，激活村庄？

村民大爷：这个木头是祠堂里面的。

张四新：不能放在外面呀，要放到里面去。

村民大妈：外面大家要坐啊。

张四新：那换个凳子啊。

村民大妈：晚上这里好多人，纳凉、跳舞。

记者：你家年轻人在家里吗？

村民大妈：在后面（住着）呢。

记者：也在村里住？

村民大妈：对。

记者：做什么呢？种田还是盆景？

村民大爷：现在种田就是种盆景，花农嘛！

这里，是安徽歙县卖花渔村，上千年来，这个山窝里的村民一直以卖花谋生，这期间又升级做了盆景。20 世纪六七十年代一度中断，后来慢慢恢复，特别是最近几年，进城打工的年轻人学会了电商，把盆景搬上了互联网，年均收入几十万元的人家不在少数。

老屋庭院摆满盆景，清水从山上流下，村里 80% 的年轻人都在家里忙着浇水剪枝。

记者：这是您房子吗？老房子？

洪永杰：对，住在这儿。

洪永杰 18 岁出村，在外打了 12 年工，前不久彻底告别城市的出租屋，回到这栋建于民国时期的家宅，空间虽然狭小，但是冬暖夏凉，室内也装饰一新。

洪永杰：我自己想回来的。当时打工也没多大意思。

记者：是看周围邻居盆景都做得不错？

洪永杰：对。我现在把手艺学好，再慢慢开始搞，这个是凭本事吃饭。

当地干部告诉记者，对于这样的村庄，只需要适当地引入社会资本，搞一些民居、展馆，政府再出钱做好污水处理等基础设施，就能持久发展。但是，正像手艺得慢慢学，产业的培育也离不开基础和耐心，加上必需的教育医疗等公共服务，传统村落又能否等得及？

过去七天，我们剖析了一些传统村落的样本，其中揭示的问题与困惑，不是一时一地所特有。我们也介绍了一些地方开始尝试的保护和发展的路径，不一定放之四海而皆准，但也有必要相互提醒和借鉴。

除了来自基层的摸索，更有自上而下的试验，我们已经有了哪些有益的尝试？在尝试中又会面临什么新的问题？该去如何化解新的矛盾？

保护，不是阻挡文明进入

作者：孙鲁晋

播出日期：2014 年 10 月 8 日

从云南楚雄到山西吕梁，从宁夏隆德到江苏镇江，从内蒙古土默特左旗到浙江桐庐……关于传统村落的保护，有来自基层的摸索，更有自上而下的试验，但却不约而同地遇到了“人走屋塌”的困境，或是过度商业化的尴尬。保护就是保守吗？开发就是破坏吗？怎么去寻找保护与发展的平衡点？

燕山深处、长城脚下，始建于明朝嘉靖至隆庆年间，至今有 400 多年历史的古村落——庄河村亟待抢救。

王进勤：随着经济条件的改善，村民们对老房子进行翻建，有的屋顶上由小青瓦变成了彩钢瓦了。古门楼、木雕、砖雕、石雕，这些在整修过程中拆下来以后，城里有钱人上那儿收去，古民居就看着它在消失。

村里一些相对宽阔的街道上，类似的鹅卵石院墙已经抹上了一层水泥；原先由青石板铺成的街道，如今也被水泥路取代。

住建部县镇建设管理办公室副主任、中国传统村落保护发展委员会工作组组长方明认为，“乡愁”是中华民族的凝聚力和向心力所在，但目前社会民众对此认知远远不够。

方明：大家现在已经意识到了，这是我们老祖宗留下的好东西，认为是历史遗存，我们应该去保护它，但没有把它当成我们整个中华民族文化复兴的源泉，也没有把它当成我们将来复兴的主要战场。

山西吕梁李家山村，首批入选《传统村落名录》，但在当地人眼中，保护传统村落的原始味道与发展旅游项目之间的矛盾很难调和。

村民李泉生：搞旅游吧，这是相互矛盾的。要保持原汁原味原生态的这个吧，它逐渐要损坏了。一维护吧，它就改变了原来旧的模样。再修建后，可能搞艺术的再也不会来了。

李家山的困惑在很多地方都存在，在方明看来，传统村落保护工作接下来要进行全面的顶层设计，帮助传统村落规划保护措施，因地制宜地寻找符合当地实际情况的发展之路。

方明：我认为，从全国应该怎么去考虑，建设时序保护的轻重缓急，包括到底未来我们的目标是什么，我认为还缺少更全面的纲领。大家现在都很着急，因为每天都有人在破坏，所以我们开展了这项工作，但是接下来我觉得需要全面地去设计。亟须在各地建设一批示范和样板，集中一些有优势的专家去实实在在保护和发展好，有些是保护好，有些地方要更新，将来让各地去学习。

“样板间”在一些地方已初具规模。具有 1 000 多年历史的浙江桐庐荻浦村，曾闲置的牛栏房，如今却是大名鼎鼎的风情咖啡屋，石头垒起来的墙，木制的花窗、门、桌椅，房屋保持着原汁原味的风貌。

清华大学建筑学院教授、古建筑保护研究专家罗德胤：大家觉得很好奇，牛栏改成咖啡馆，都想去体验一下，很受欢迎，那个牛栏就保下来了，村里所有人的牛栏都不拆了。村里头的一些老房子不一定马上能产生价值，但是有一个东西已经产生价值了，那就不拆了，这个过程自然而然就转化了人的观念，所以我们现在做得好的样板能够推出来，对周围的小范围的地区能够产生一定影响，如果真的好，那会对全国产生影响，这是通过样板间来改变人的观念。

在浙江，一些地方通过引进社会资金取得了保护与经济效益“双赢”的效果，但短期盈利不是社会资本希望的，他们更盼望的是长期的获益。如何让政策与保护工作更加配套，其中尤为迫切的是土地政策能不能调整？

高楼林立的繁华吸引大批农村居民涌向城市，他们离开故乡，村中留守的只有老人和孩子。让人留下，比让建筑留下更难。

碛口风景名胜区管理局总工程师高侯平：我们政府只能在有形的东西方面去抢救性地保护，房子我们一修缮，可能再保存 50 年没问题，但是里面的人呢？物是人非啊。

暮气沉沉的村子，出路在何方？罗德胤很焦急。

罗德胤：城里人得到了更好的发展，下一步，国家有责任去拉平乡村的生活，不能够完全达到城市生活的水平，但是起码差距要缩小，很多基础设施要建，比如说，村村通公路。

2014 年 4 月，财政部表示，未来三年中央财政将统筹整合专项资金，投入 100 多亿元集中保护传统村落，今年将启动 650 个左右村落保护工作。那么，在保卫乡愁的重要阶段，钱该怎么用，劲该往哪使？罗德胤给出了他的建议：

罗德胤：第一步是要把握节奏，就怕一哄而上，因为文化遗产跟其他不一样，文化遗产做错了就很难改正的，不可逆的事情，所以要非常小心。节奏上要特别注意，不能一下子摊得太大，得分批来做。第二步要做好培训，因为大多数的基层干部和技术人员，他们都不知道传统村落怎么保护，正确的道路、正确的技术是怎么样的，那么就要做培训，要大范围地培训。第三步要有一批古村落树立成保护和发展成功的案例，现在这个也很少，这是目前要做的比较具体的三件事。

传统村落保护是一个系统工程，恐怕没有立竿见影的良方。我们的系列报道《保卫乡愁》就是想呼吁，当“乡愁”与时代发展的大潮交织时，那些承载了乡村过往文明和印记的传统村落能留住一些，就多留住一些。

也许某一天，你会亲眼看到一个传统村落正在大拆大建，或是粉饰一新，请您发出质疑的声音；也许某一天，你会被告知，老家的宅子值得保护，请您多尽一份心力；也许某一天，你会看到一个有关传统村落保护的靠谱的公益项目，请您伸出援助之手。我们呼吁政府、社会组织，和每一个个体一起来关注和努力，“保卫乡愁”是我们共同的战役。

系列报道：拿什么保护你，我的万里长城

按语：

长城，是世界上规模最大的单体线性文化遗产。它是我国古代不同时期为了抵御塞北游牧部落的侵袭而修筑的浩大军事工程。多少年过去，如今人们仍然讲颂着它的故事。“不到长城非好汉”，更多人登上长城，领略它的雄伟壮阔。然而，被写入国歌的“长城”，如今像八达岭、山海关一样保护得好的，只有不到10%。更多的长城在荒漠戈壁、在无垠草原、在人迹罕至的地方，正慢慢消失，亟待“救援”。那些满身“伤痕”、已无法辨认出是长城的长城，我们该如何照护和抚慰？中国之声系列策划《拿什么保护你，我的万里长城》，全部情感定位，凝结在一个词——我的。

样边长城:“就这么看着它变了模样”

作者：丁飞

播出日期：2015 年 10 月 12 日

样边长城，位于河北省张家口市最东边的怀来县，紧挨着北京。“样”，取“样板”之意，这段只有三公里的长城，是当年明代徐达将军在此修建，为筑造长城的人参观打样的“样板间”。

20 世纪 80 年代起，李鼎元就在这儿巡查了，如今他是怀来县博物馆馆长。记者徒步走过的路，是碎石、残片、野草覆盖着的土路。两侧的城墙不少已经坍塌、脱落，或者残缺不全。有好几段路，都是手脚并用爬过来的。仰头远望，看不见一个垛口。伸手摸到的每一寸砖石，没有一点儿温度，仿佛泣诉着穿越数百年的冷清与孤寂。

李鼎元：20 世纪 80 年代前，当地老百姓很穷，家里盖房子没砖，就到长城这里拆砖。一个毛驴能驮 4 块砖，一个人只能背 1 块。咱们刚才路过的村里边肯定有很多长城砖建起的房子。

李鼎元说，20 世纪 80 年代前，城墙上那些凹凸形的垛口被村民拆光了。而如今的模样，则属于自然风化。尤其是下雨天，雨水钻进来，砖石很快就开了，倒塌在路中央，每年有三五处。我抬起头，眺望远方清隽雄奇的山脉，和这段几乎无人探访的长城。李馆长安慰我，“这里还算保护得好的”。

李鼎元：这个不算严重的，这是好的！其他的，都只剩一条线了，都不是墙了，你看不出来是墙！最明显的就是陈家堡长城，就只剩那么一溜弯弯曲曲的石头。如果不去维修，很快地，再过个十年八年，反正每年倒一点儿。还有的地方，当初土建的，现在就是一溜土了。

样边长城按照属地原则，由附近的乡镇管辖，县里不定期，一年巡查两三次。然而说是“巡查”，并没有记录，说是“管理”，也并没有任何经费来抢修。样边，和怀来县管辖下的其他 60 多公里长城一样，处于自生自灭的状态。

李鼎元：现在我们没有办法防止它倒塌。因为地方没钱，一分钱也没有。就像我们怀来县，是吃饭的财政，就只能给人开工资了。村里是要求村干部当长城保护员，但一点经费也没有，一点儿补助也没有，我们一年连一双鞋也没买过。

根据 2006 年颁布实施的《长城保护条例》，“长城所在县级以上地方人民政府应当将长城保护经费纳入本级财政预算”。然而长城所在的县大多是贫困县，财政吃力，何来的“保护经费”呢？抢修，是要做规划上报的，张家口市长城保护管理处主任王刚说，规划也需要钱，哪里做得起呢？

王刚：做规划也需要钱啊。比方说县里想做这个工程，就得先做规划，这就需要花费四五十万元。一旦国家文物局不批，钱就白花了。所以规划也做不起，只能一直往下拖。

2012 年 6 月，历经 5 年的调查和认定，国家文物局首次公布，我国历代长城总长度为 21 196.18 千米，分布在全国 400 多个县。而国家每年对于文物保护投入的几十亿元经费中，用于长城保护的钱约 1 亿元。近年来中央财政更是累计投入 18 亿元，应不算少。参与长城调查的中国文化遗产研究院文物研究所专家张依萌说，钱不是不够，而是去了别的地方。

张依萌：原来的做法是，以开发为主要目的，可能就是看哪里好看，就把钱主要花在这些好看的地方，比如大境门、八达岭。实际上这忽略了急需保护的长城。很多长城在荒漠戈壁里、草原上，方圆几公里、几十公里范围内没有人，这些长城，你要不要保护呢？

近年来，国家用于长城抢险加固的经费比例已逐年增加，但也阻挡不住多年失修带来的毁坏。根据权威统计，两万多公里蜿蜒绵长的长城，如今像八达岭、山海关一样保存好的，已不足 10%。记者走过的样边长城，尚在其中。张依萌认为，“我们的工作相当于在补课”，再不抢救，长城将慢慢“消失”。

张依萌：大约有三分之一处于基本要消失的状态。保护不好的，要从卫星照片上才能看出是长城，站在现场，看到的只是一个缓坡，一个土垄。两万多公里，是不可能完全修复的。现在的任务是什么，就是那些急需保护的，快塌了的，把它们保护好，别让它们继续被破坏。

长城管理处：一个人拉起来的队伍

作者：丁飞

播出日期：2015 年 10 月 13 日

从 2013 年起，每年春天，45 岁的王刚都会背上几十斤重的干粮和水，带着大皮尺、激光测距仪和 GPS 定位仪，徒步走在张家口市的野长城上。三月底四月初的河北，天儿还很冷，路上碰到野兽和蛇，都是常有的事。只有一点，到了晚上想跟老乡借宿一宿，还真不太容易，即便他亮出工作牌——张家口长城保护管理处处长。

王刚：现在我们全算下来，两年走的路至少有 300 公里。300 公里指的是长城，还不算我们走的其他的路，全靠一双脚。

记者：为什么之前没有人做?

王刚：这个工作量太大了，没人想做。

两年，每年四次，每次一个半月，无论风雨，王刚用脚走出了 300 公里的“长城”。而张家口市管辖下的长城却有 1 800 公里，照这个速度，至少还要十年。后来他不再是“光杆司令”，有了唯一一位战友。两个人走，天太冷，就停下；三万元经费一用完，就回来。王刚说，长城被破坏得很严重，根本认不出来。要保护，得先有专业人士花笨功夫，给“变了样”的长城贴上标签。

王刚：在那儿让人能一眼看出是长城的，已经比较少了。大多数都是北京人说的“野长城”。也就是说，专业的人如果不指认，好多人都不认为它是长城。老百姓因为根本不知道那是长城而做的一些事儿，很容易毁掉这些“野长城”。

记者：所以我们必须把它们标出来。

王刚：一个，是要标注，是要跟当地的政府交代，这是长城。另外一个，是要及时发现问题，及时处理。

这就是长城保护的定期巡查制度。王刚将通过徒步测绘，画出一张清晰的“张家口长城地图”。识别长城，需要专业技术人员。他想增加人手，让保护的长城速度快于长城消亡的速度，但编制只有两个，哪儿去加呢？而他所在的长城管理处，这个科级单位，已经是河北省至今唯一一个专职保护长城的专业机构了。省里尚且如此，更何况县里？专人负责、专业保护，县里根本做不到。承德市宽城县文广新局局长陈艳军也有同感。

陈艳军：如果对长城进行保护，加以指导，可能能培养起一批人来。现在根本没有专业的人，我们只能让别人不拿长城砖，别拆长城，也就只能做到这一点。

专业人士的匮乏，是文物保护系统的普遍问题，并非只有长城存在。长城在县里，但县里要保护它，却困难重重。目前，各地执法者依据的，主要是颁布近十年的《长城保护条例》和相关规定。中国文化遗产研究院文物研究所专家张依萌说，2006 年《条例》才首次明确规定，修路、建设必须绕过长城。

张依萌：当时是第一次做了这个规定，当基础设施建设和长城保护发生冲突的时候怎么办。像修路，有两个办法，要么架桥，从上面通；要么打隧道，从下面穿。而之前就是直接在长城上打开缺口，这个情况现在杜绝了。

《条例》毕竟是原则性的，而细则性的总体规划却迟迟没有出台。县里着急，没有细则，只有原则，该如何执法呢？县里最关心的钱，条例上说，“县级以上地方人民政府应当将长城保护经费纳入本级财政预算”，可这指的到底是哪一级政府呢？

2014 年，国家文物局在《长城“四有”工作指导意见》中规定：“在农村和郊野里的长城建设控制地带，应自长城保护范围边界外扩不少于 500 米作为边界。”可王刚走过的长城，就在老百姓家的田地里，该怎么管呢？

王刚：保护长城和建设控制地带，野外甚至都扩到 500 米，这个是不现实的。张北的长城，就在老百姓的田里头。别说 50 米了，连 5 米都不到。难道让人家别种地了？实际问题特别多。整个一段长城全在田里，两边就是老百姓的田，长城就在田地里。

越下到县里，问题就越多。王刚的徒步，也有了更多的意义。他告诉我，不能急，一步步来，先有专人，再谈其他。去年，他曾在报纸上发表文章写道：“长城巡查，乍暖还寒、任重道远，但对长城保护的作用却显而易见。今后，我将继续坚定实践。”

长城文保员："青黄不接"的民间护卫队

作者：丁飞

播出日期：2015 年 10 月 14 日

秦皇岛市抚宁区大新寨镇界岭口村，有这样一群村民：他们穿着军绿色工作服，脚踏迷彩胶鞋，平日里激昂地哼着自编的小曲儿，每天满头大汗地往返于长城上下。如果刚巧走在你前面，你会看见他们背上那四个大字：长城保护。

抚宁有 21 个长城文保员，每人分一段，徒步巡查全区 142.5 公里的长城。这个职务，既是义务的，也是兼职，有时还很危险。到今天，59 岁的乔国华守着他的 8 公里长城，守了 12 年。

乔国华：人家说，也可能给你补偿点儿，也可能不补，你愿不愿意干？我说愿意干，保护长城嘛，就这么着。巡查之后，写写记录，哪旮旯长城有破损情况。

记者：有没有不服教育的人？

乔国华：没有不服的。破坏的地方，就是发现有游客在长城背块砖，有人汇报给我，"看你管不管"。我等到他下来，跟他说，这砖是国家重要保护文物之一啊。他挺不愿意，我给他（看）工作证，他乖乖地把砖放我家里了。

（长城文保员的日记）

7 月 20 日，星期六，天气晴。午后两点半，带着镰刀，沿长城巡视，发现 8 号楼有坍塌迹象，如不马上修复，可能一下暴雨，就有危险了。

发现破损，上报县里；发现破坏，好言教育。21 个普通村民用最朴素、最传统的方式守护着长城。

记者：您今年 59 岁了，再做几年，后面有没有人继续做，来接班？

乔国华：这得实话实说，没有了。我儿子儿媳都在北京工作。村里的年轻人……一般年轻人没有愿意干这个的。

记者：那接下来怎么办呢？

乔国华：我觉得只要我身体行，只要没病，我就能爬上来。

抚宁的长城文保员，平均年龄56岁，都是四五十岁开始做的，他们一直住在长城脚下，对这片土地有感情，如今每年每人县里补贴1 000元，已然满足。但年轻人不一样，娶媳妇要盖新房，房子就建在长城主线上的古城堡间。从山上看下去，灰房顶的老建筑和红房顶的现代楼，横七竖八地交错在一起。县里也没办法，抚宁文物管理所所长杨大海每年手里握着6万元财政拨款，可他怎么算都不够花。

杨大海：6万元对于140多公里的长城，那是杯水车薪。

记者：现在6万元，每年用在哪里？

杨大海：第一部分是文保员的工资。第二部分就是开两次会，半年的时候有一次培训会，到年底有个总结会。

记者：那用在文物身上的呢？

杨大海：基本上就没有了。

钱怎么花，杨大海的首选，是保证村民的付出能有一点儿物质回报。今年他拟了一份《长城保护工作的建议》，其中写道："长城保护是一项辛劳艰苦又高危性的工作。培养一批素质高、有文化、年轻的长城文保员势在必行。建议按长城公里数下拨经费，一公里6 000元。"可到了市里，抚宁已经算最好的，一年能给6万，有的县一分钱也没有。没有钱，义务保护能持续多久呢？

绵延两万公里的长城，遍布在半个中国。多年来，民间的热情和力量在以各种方式被点燃、被调动。内蒙古锡林郭勒盟，牧民组成的"马背文物保护队"，在草原上以流动的方式保卫长城；宁夏盐池县，企业家和社会人士出钱，认领一段长城参与守护；英国人威廉·林赛，13年坚持在长城沿线捡垃圾、办虚拟展，致力于把保护长城的课程开到中国大学里来。

中国长城学会副会长董耀会表示：长城这么大的体量，它的保护工作仅仅靠政府的文物部门，是不行的；让三五个人把全县的长城看护起来，是不行的。这样的保护工作，需要动员社会力量参与。万里长城非常伟大，虽然修建它的每一块砖、每一块石头、每一锹土，都很普通。我相信，由一个又一个、无数的长城保护志愿者构建起来的保护长城的"长城"一定是伟大的。

一张爷爷辈的老照片，流传到儿孙的手中，是一个家的精神血脉；一座祖先世代修筑的万里长城，蜿蜒在崇山峻岭间，是一个民族的灵魂图腾。这段特殊的城墙，无论古今，都是"团结统一、爱好和平、勤劳勇敢、自强不息"精神的最佳注脚。

系列报道：大运河后申遗时代

按语：

2014 年 6 月 22 日，大运河申遗成功，成为我国第 46 个世界遗产项目。贯穿中国南北的运河，这次申遗点遍及 8 个省市的 27 座城市，一时万众欢腾。绵延 1000 多公里的大运河是我国唯一仍“活”着的线性遗产，用“好事多磨”来形容大运河的申遗过程再合适不过，它的申遗之路走了 8 年。艰难的申遗征途在宣布结果的那一刻圆满结束，但这并非保护与发展大运河的终点，而是新的起点。大运河申遗成功百天之际，中国之声推出特别策划《大运河的后申遗时代》。四篇报道当中，您始终能听到同一个人——舒乙的声音，他是大运河申遗的第一批倡议者、申遗过程的见证者，也是大运河保护的观察者。

流淌的运河

作者：刘飞、王成林、相旺

播出日期：2014 年 10 月 1 日

山东省济宁市的鱼台县，渔民齐大爷划着一叶木船，横穿大运河河道，到这片相连的孟楼湿地打鱼草，这样一天能省下几十元喂鱼的饲料钱。

齐大爷停了船，跳到渔民老张的机油船上，捡了他刚打的莲蓬给记者，三人边吃边聊。

渔民老张：以前我记事的时候，上济宁都用那种木帆船，都是走这个航道。都要拉纤，木船就喊着号子在那儿拉。现在都是大船了，要拉也拉不动了。十来岁的时候，下水没有这么脏，像俺这下湖不用带水，你直接捧起来就喝，水真是很清澈。我去下网，哪里逮鱼我都能看见。

这里是大运河的北方河道，有些年景免不了天旱水少，比如今年。几年前，这里的水因为富营养化，有阵子还是红褐色的。2007 年，孟楼湿地开始退耕还湖，开挖、疏浚航道十公里。如今，渔民老张、老齐又能在这里打鱼、摘荷叶、打莲蓬。他们说，只要有水就有希望。

老张：要打莲蓬，远的话就用篙钩一钩。一般是坐着小船去，用手往下拽。

划着木船的老齐，完全不知道大运河申遗，这只是他家旁边的一条河，他打鱼草要经过的地方。已经换了机动大船的老张倒是清楚申遗这件事，他说，现在你来，我们在这儿打鱼，明年再来，就有船在这等着拉旅游的客人了。

老张：像你明年再来的话，就有小船在这儿等着，像我这样的船都闲不了。到时候不用逮鱼了，你弄个小船也不用下水了，小船下去溜一圈还 50 元呢，这不都是经济收益啊。包括济南、青岛的很多游客都要莲蓬，我发几箱过去，他们有的都不知道有那么大莲蓬。

横穿微山湖的京杭运河，有东西两条航道。老张、老齐家附近的，是湖西的航道。相比湖中清悠的水波声、鸟鸣声，河道边一处码头一直是隆隆的装卸货物的噪声。

这种声音，成了和船主老贾一家交谈中不断的背景音。老贾家这趟船已经跑了一个多月，从济宁微山到徐州，再到苏州，然后返回，运砂石等建筑材料。船上设施几乎和家里一样，电视、空调、灶台都有，就是要多用一台发电机。

老贾媳妇：跟在家是一样的，一年四季在船上。船就是家，一般不下去。

记者：外面的公鸡和狗都是您养的？

老贾媳妇：是的。哈哈哈！养狗就是看看家，就怕有贼啊。鸡养着玩的，鸡是大吉大利。船上信这个，就是让它叫叫。我们船上最辛苦了。睡得好好的，说卸货了就得卸货了。我们就是挣这两个辛苦钱。大风大雨，叫你过船闸你也得过。

记者：赶上过？

老贾媳妇：那肯定，几十年了，能没赶上过。那也是怕危险，怕撞人家船了，也是害怕。

过闸，是整个航运中，船主最担心的环节。检查站收费、通知过闸时间不定，有时还堵船，一堵就是十天半月。

老贾：我们之前就堵了半个月。吃喝都有卖的，有专门的小货船。

记者：一直在河上漂着会感觉没劲吗？

老贾：哪里会。等闸的时候比一个庄上的人都多。等半个月那是一千多条船在那儿等。没活儿就几个人打打牌。

记者：您一直在大运河河道上跑？

老贾：对。一直在大运河上跑。

记者：您知道今年大运河申遗吗？申请世界文化遗产？

老贾：哪有什么文化遗产……（不知道）

就是这样从古至今、南来北往的船，诠释着大运河的生命活力。

在济宁城区的老运河边上，济宁市文物局副局长杨义堂讲着运河和济宁的故事。虽然城区老运河段不是申遗河段，如今也在治理清淤，打造成了城市景观带。

大运河申遗成功，杨义堂的自豪和喜悦自不用说。他告诉记者，以后就得按《世界遗产公约》来保护了。

杨义堂：大运河申遗只是三分之一的河道和一些点段，整个大运河还长着呢。过去的很多文化遗产都是凝固的历史遗迹，现在大运河还是流动的、为人民造福的一条大运河。

正是流动的大运河，让世界文化遗产在这里不再只是文物部门的事。因为它至今都还是沟通南北的重要内河航道。

济宁市港航局局长玄志祥说，大运河申遗成功，接受采访的政府机构不少，但很少有人会找到他们。但是，没有运输，哪里还叫运河呢？

玄志祥：利用应该说是最好的保护。现在社会上也有一些观点，认为申遗成功了很可能对运河的利用会产生冲击和影响，认为把它保护起来，封存起来放到保鲜盒，那样可能是对它的一种保护。但我不这么认为。申遗成功之后也不能作为古董一样存放起来，要发挥它本身应有的、更大的价值。对一些特殊的区段，我们要增加保护设施。发挥好作用才能让人们了解它真正的价值，运河运河，不“运”怎么叫“运河”呢。

对于大运河，称它为文化遗产，不如叫文化继承。大运河的水还在流淌，还在继续讲着它的故事……

童谣：济宁州，太白楼，三岁的小孩儿糟老头。济宁州，赛银窝，白银圆，大铜铬，南门枕着运粮河，交通方便行商多。南门外，买卖忙，生意兴隆数玉堂，一天门，南门口，老运河，长又长……

作为大运河沿线的历史文化名城，济宁曾因大运河的通航而兴盛，一度成为北方的商业重镇。时至今日，济宁城区仍然保留着竹竿巷等带有大运河特色的街道，汶上南旺水利枢纽更是可与都江堰工程相媲美。

中国著名文学家老舍之子、高级工程师，同时也是推动大运河申遗工作开展的第一批倡导者舒乙先生，在他看来，运河就该像济宁段这样绵延流淌。

舒乙：里面的运输非常繁忙，有很大的经济实用价值，而且管理得非常好，繁忙得要命。过去由南往北运粮食，现在由北往南运建筑材料，所以实际上，上海浦东是这条运河运过去的。半条运河的运输量，相当于三条北京到上海的高速公路，加一条北京到上海铁路的运输总量，这是没有问题的。现在活跃得要命，繁荣得要命。所以联合国的官员一看，哎哟，这个运河怎么这么忙啊。

申遗成功，保护大运河，并不意味着静止。提到运河现在的航运，舒乙的形容是“繁荣得要命”。活着，不管是申遗前后，都该是它最真实可贵的样态。

落选之痛

作者：栾红

播出日期：2014 年 10 月 2 日

九月中旬，徐州市所属的新沂市窑湾古镇荷花开得正艳，但游客寥寥。附近宾馆的服务人员小何百无聊赖地玩着电脑。

小何：六月份我刚来的时候，那会儿人特别多，房间天天都住满客人，学生都放假了嘛。现在人少。“十一”人可能就多了。

小何是窑湾人，早年在外打工。2008 年，窑湾古镇开发旅游景区，渐渐地，她和附近村里的小伙伴们都回了家，做了服务员、导游、售票员。小何和很多工作在窑湾的人一样，对刚刚过去的大运河申遗，显得并不在意。

记者：你知道这边申遗的事情吗?

小何：不知道。

记者：咱们这儿没人讨论过这事?

小何：也听说过，但是具体不知道怎么回事。

窑湾古镇，从地图上看是一个对勾形状，地处京杭大运河拐弯处，这里曾经有过大量烧制陶器的窑场，故名窑湾。窑湾有很多传说，项羽在这里起义，韩信在这里点将，关羽在这里拴马……到了明清两代，漕运鼎盛，日过桅帆千杆，夜泊舟船十里，窑湾又成了京杭大运河最重要的码头之一，被称作“小上海”“黄金水道金三角”。

窑湾是徐州市此前唯一确定的运河申遗点。窑湾最终落选，也意味着徐州出局。这一切让景区的顾问索增仓心痛不已。

索增仓：我们也不好插手这个事儿，很悲哀的事情。按道理，窑湾这个运河申遗项目绝对能占到优势的，这次无缘了。很难受，不去吧，又想去，去了吧，心里很难受。

索增仓今年已过七旬，自幼生在新沂，幼时记忆中，窑湾曾经非常繁华。火车没有水运发达，当时，周边好多乡镇去窑湾交粮食。连云港、临沂、淄博、徐州、蚌埠等地的人都来窑湾拿货。他小时候不敢去窑湾，怕被人挤到。

但是窑湾经历了战争和“文化大革命”，老建筑被锯了，海船、石头都被撬了。索增仓说，尽管窑湾不复之前的辉煌，但那是真实的美，政府后来搞旅游开发，新建、重建了很多建筑，反而失去了古镇的风韵。

索增仓：作为申遗聚落遗址，这是金牌子，花钱买不到的，好像是断臂的维纳斯，把臂给接上了。维纳斯断臂了，这是真实的美啊，接上了就显得有点做作了。

提及申遗未果，对每一个热爱窑湾、热爱徐州的人都是揭开一处伤疤。徐州市文广新局文物处处长赵玉会说：难啊，尤其是申遗成功那几天。刚开始第一天、第二天，徐州媒体也宣传啊，也报道了，徐州也有申遗点了。后来听说没有徐州了，来问怎么回事儿。

徐州是最早的 18 个“元老级”运河城市之一，徐州编撰出台了《中国大运河（徐州段）遗产保护规划》，并对运河沿线的俞家大院、乾隆行宫等明清古建筑进行了保护性修复。

虽然运河沿线的文物很多，但最终，只有“窑湾镇历史街区”被正式列入“大运河申报世界文化遗产预备名单”。

赵玉会：其实徐州申遗点应该是很多的，只不过，古建筑没那么有特色。不像窑湾古镇，面积大，影响力大，曾经以为是“小上海”一样，历史的风貌保留得比较完整。

努力 8 年，窑湾古镇在申遗最后关头落榜。赵玉会说，这跟窑湾古镇修复、重建程序有关。

赵玉会：窑湾边做边设计方案，另外，好多工艺没有按照以前的来做，有些是用水泥做的。

如今的窑湾古镇已经成了远近闻名的景区，后申遗时代怎么做？窑湾镇党委副书记、骆马湖旅游发展有限公司常务副总经理嵇超说，今后要把文物保护放第一位。

嵇超：这一块儿，就是主管部门怎么安排，我们就怎么做。我们主要是搞开发，不能代表政府，我们积极配合（政府）。

记者：旅游开发和文物保护冲突的时候呢？

嵇超：把保护放在第一位，开发放在第二位，我们还是以保护为主。保护之余我们再做旅游。

一直参与窑湾申遗工作的新沂市博物馆馆长程东辉说了未来的计划。

程东辉：加强管理，从政府认识的高度，专门成立了窑湾保护处，沿街商铺做了统一管理，取缔了零散的、分散的、缺少地方特色的商铺。一切按照规划来，要按国家、省市来的专家的一些技术要求，规范操作。新建筑可能要被拆除。

他们都相信，不久的将来，窑湾仍可以加入到大运河世界遗产的大家庭中来。

而一直守候窑湾的索增仓老人还在写书，写窑湾的历史和现在。

徐州并不孤独，2008 年，大运河沿线建立 35 个申遗联盟，2013 年年初，35 个城市调整为 27 个，8 个城市在申遗的最后阶段出局。

舒乙，作为推动申遗工作开展的第一批倡导者，他表示，之所以徐州等地在最后阶段被剔除，是为了确保申遗成功。而这些城市在今后应该和其他申遗成功的城市一样，严格按照世界遗产的标准，争取将来补录。

舒乙：将来条件成熟了，有个捆绑，有个扩大，还是大运河文化遗产，条件够了，其他部分可以进来。如何保证呢？现在，第一个是要明文规定申报制度和审批制度，只有这样，确保不会任意地开发、任意地破坏，不会以新取旧。第二个是要建立非常严格的监测系统，发现破坏之后，立刻要制止。第三个是要有学习制度。世界文化遗产要有遗产的标准，其中最重要的两个标准：原真性和完整性。材料、工艺、所有设施，不可以用新的材料取代，不可以用新的工艺取代。完整性是地方设施建筑和保护的内容要完整、一致。

重拾运河的尊严

作者：刘飞
播出日期：2014 年 10 月 3 日

大运河河北段的华家口和谢家坝，被称作“糯米坝”，坝体是用灰土加糯米浆逐层夯筑。它们是大运河上仅有的两处“糯米坝”。

相传，清朝末年，当地一位谢姓乡绅出资建起了“谢家坝”。2014 年晚秋，站在坝上，村民罗大爷回忆了他儿时这里的繁荣景象。

村民罗大爷：那时候运河没干过。咱这条河，也叫鱼河。反正我小时候，咱们连镇这个地方，是个水旱码头。过去渔船也好，运货的船也好，几乎不断。那时候打鱼的船，打个四五十斤的鱼，是个平常的事。铁路也在连镇中间穿过，运河也从连镇中间穿过，所以连镇这个地方你别看不起眼，原来是比较繁华的。

如今，这里除了偶尔有村民路过，早已没了南来北往的热闹。随着断航、河道干涸，水旱码头的繁荣景象似乎早已在人们记忆中淡去。

前些年，大运河河北段以一个并不华丽的转身，再次走入公众视线。彼时，媒体报道，“河北沧州大运河受污染成天然垃圾场”。

村民罗大爷：这就不太自觉了，往里面倒垃圾。也是常年没水闹的。那个地方往上，还不得倒进有两米多高（的垃圾）去呀。哪能没臭味儿呢?

记者：都堆在道路上来了?

村民罗大爷：对，都堆上来了。

罗大爷说，也都知道这是大运河，还有个坝，但都图方便。

谢家坝所在的沧州市东光县文保所所长李天峰说，垃圾污水会腐蚀坝体。

李天峰：原来这个垃圾也是上百年的垃圾，因为这些村都是上百年的古村落，垃圾就往里倒，容易腐蚀这个坝体，造成坝体脱落。埋了有一半那么高。然后全清出来了，清干净，这个工程当时干了一个多月，人力、机械全上了。

2006 年 12 月，大运河被列入《中国世界文化遗产预备名录》。南运河河道、华家口和谢家坝等点段也在《中国大运河河北段遗产保护规划》中被列为“高级”。

随着申遗工作的推进，对大运河河北段的治理也开工了。

河北省大运河联合申报世界文化遗产办公室主任王玉芳：现在北方已经把这个废弃的河道当作垃圾场，往里头扔垃圾、倒脏水。我们是拿它当一个工程来做的，就是清环境，全部清了，把粪坑填平，把踩草挪了弄干净，然后让它长出草来，老百姓也受益。

王玉芳说，好在倒垃圾对河道结构破坏不大，把脸洗干净了就能看了。河底曾被垃圾掩埋的一些文物，也能再见天日。

王玉芳：尽管没有水，但是保持了很好的原真性和完整性，河道它就是真实的当时的河道。刚才看到的沉船，这是金代的沉船，沉船扎到这里面说明从金代到现在，河道没怎么变，要是变了的话你就找不到这船了。

原真性，是王玉芳一再强调的。脸洗干净了，就不再化浓妆、不要整容。比如，对“糯米坝”的修复，并没有用新的建筑材料，而是采用古法，灰土掺糯米浆。东光县文保所所长李天峰介绍，光是灰土和糯米浆的比例就经过多次试验。

李天峰：仿照过去的工艺，当时在修缮的时候是一块块实验的，掺多少灰、掺多少糯米，然后打出一块灰块来，跟那儿做对比，多次试验基本差不多了，再开始正式生产几块再往上整。

大运河申遗办公室专家谢青桐曾在接受媒体采访时说，“运河申遗成功，是还给运河以尊严”。昔日的垃圾场、龙须沟，变成了现在的青青草原。

河道干涸，河底长出青草，所以就常有附近村民到大运河里放羊。

不过，大运河不该恢复有水有船的状态吗？这也是大部分北方河段所面临的选择。对此，各方观点不一。有人支持引水恢复通航；有人则觉得，文物河道保护好，环境景色保持好，赏心悦目就行。

在陆路、轨道交通发达的现在，河北大运河申遗办主任王玉芳表示，河北沧州段通航意义不大。

王玉芳：看看沧州现在这交通，很便利，到北京才50多分钟啊，根本用不上坐船了。可以通水，岸上干干净净、河水清澈见底，把文化发掘出来，然后让运河还有一股清澈的水，能让人们体会到这是河，要不然它是地球上的一道伤疤。

站在河道边，罗大爷也说还是希望能有水，说着说着，眼前好像又浮现了往昔的模样。

村民罗大爷：作为这儿的人来讲，都希望常年有水。净化空气，一到夏天起码是凉快凉快。作为这儿的人都愿意这样。过去，沿运河的，没人吃井水，都吃河水。有的推着河水还去卖，推着推车，挑着担子，干净得很。

进入世界文化遗产名单的点段是幸运的。但大运河绵延上千公里，申遗可以让它们也洗干净脸吗？舒乙，作为推动申遗工作开展的第一批倡导者，他认为没有被保护起来的大运河点段，首要工作就是保护，不要青青草原背后却流淌着“龙须沟”。

舒乙：有一些没有被保护的地方，可能还被当作下水道啊，泄洪的道啊。没有申遗的那些地方，保护毋庸置疑是头等任务。工业化的结果是把废水往里排，北边没有水了，就成了枯干的一个河床，本来非常清楚、非常漂亮的槽型。如果都长满青草，旁边是柳树，那漂亮到极点，绵延几百公里，不得了。虽然没有水，但是看起来非常壮观。真有好看的地儿，我在河北就发现了长着青青的草的河床，旁边的古老的柳树还都在，一群小白羊在里面吃草，要都变成这样该多棒！可是你没走多远，就是又黑又臭的龙须沟，这样下去就完了。

旧瓶装新酒

作者：栾红
播出日期：2014年10月4日

晚上七点半，杭州市武林门码头，游客坐在船上的木桌旁，品茶看夜景，等着“夜游运河”观光船开动。观光船仿造明清时代的槽坊船，古色古香的外表之下是沃尔沃的发动机。

这是“夜游运河”开展的第六个年头了。船上的导游小罗说，以前外面一片漆黑，讲解也没有什么激情，现在随着古桥的翻修、古建的重新利用，一趟夜游下来，讲解的时间都不够用。

小罗：有些东西我们感觉讲得不够，像一个富义仓，完全可以讲一个小时，如果有时间的话，很多故事，现在“越剧王子”赵志刚的赵氏工坊这些都在里面。

富义仓，位于杭州市拱墅区，始建于清代光绪年间，与北京的南新仓并称为“天下粮仓”。富义仓做过军用仓库，做过职工宿舍，如今经修缮后，就像槽坊船一样，已经有了新的发动机。这里已经变成文化创业产业园，十余家企业入驻。涵山堂就是其中一家。

进了涵山堂，设计简单大方的桌椅充满了复古的味道，这里除了卖家具、瓷器，还举办茶道培训班，传播中式生活美学。涵山堂的主人包文伟说，当时创业时，害怕人气不足，但是富义仓拯救了他们。

包文伟：说白了我们可能在杭州也没有那么大的影响力，但是我们完全就靠这里，一个是富义仓地脉的气息，一个是我们这里传递的精神状态。

大运河申遗成功了，包文伟欣喜的同时还有些担忧。

包文伟：申遗成功以后，政府对这个地方的期许可能就更高了，当我的租约到期以后，还能不能在这里继续这样的状态。（政府）没有表态。

有这种想法的，并不是只有包文伟一个人。杭州元启环境艺术设计有限公司总经理史新华这几天心里也有离别的思绪。

史新华：有幸在这儿办公，我们觉得这个都是可遇不可求的。但是另一方面呢，也特别担心，就是政府会不会有别的规划。

运河穿过，两岸留下了很多运河人家的旧居。而曾作为工业重镇的拱墅区，废弃的旧厂房比比皆是。如今，拱墅区旧瓶装起了新酒，文化创意产业在旧房子里兴起，所有的产业园都有一个共同的名字——运河天地。

司文阁用毛笔将创意画在纸上，分别取材于拱宸桥和香积寺。司文阁是中国美术学院美术中心的总策划，2008 年，他将运河旁的旧船厂改造成了浙窑公园，驻守五年，在运河旁设计、烧制陶艺。

司文阁：我们每年都参与杭州市的城市旅游纪念品的研发，也包括运河的纪念品，我们基本上每年都会获得一两个奖项。这同时传达了我们运河文化，因为这些纪念品未来都会被游人带回千家万户。有好几个项目也是跟旅游互动相结合的，比如“陶艺动手游”，陶艺的创作体验，这也是面向全社会的、开放式的。

开放是所有文创园区的特点。拱墅区文化创意产业办公室主任孙益芳表示：像浙窑、“40166”、富义仓在宣传册上成为一个市民的体验点。整个产业在转型升级，整个城市的区域在转型升级，产业和城市日益在融合。

漫步走过拱宸桥，来到桥弄街，一路上能看到沿运河的住家与埠头、合院式的传统民居、20 世纪早期的里弄建筑、20 世纪五六十年代的简易公房、20 世纪 80 年代的“筒子楼”。有的变成了咖啡馆，外面还立着“运河诗歌大赛”的黑板，有的变成了博物馆，可以亲眼看见折扇、陶艺等传统艺术品是如何出炉的，有的阳台上晾着居民的衣物，传来饭菜的清香。

大运河旅游开发的棋盘中，杭州市已经下了很多步，牵头与其他运河旁城市成立旅游联盟，向国际推广大运河旅游项目；建立运河旅游集散中心；举办运河庙会，每一个运河城市都有一艘船；为未来的运河旅游客船招商引资……而杭州市旅游委员会副主任赵弘中说，整个规划都会保证原汁原味的运河生活。

赵弘中：原来在规划的时候，我们就在沿线恢复了寺庙、富义仓，原汁原味地保护运河。富义仓现在成为老百姓的精神粮仓，里面开茶馆，展示运河的文化，开电影院，还有书店，让市民能够在富义仓感受当时的历史文化内涵。而这些地方全都改造成为让居民能照常在里面生活，有些房子拿出来做民宿，有些房子拿出来做博物馆，这些房子都保持了原真的生活场景。

舒乙，作为推动申遗工作开展的第一批倡导者，在他看来，后申遗时代，搞开发不能让原居民远走高飞。

舒乙：比如说非常古老的民居，已经很破败了，21 世纪了，外表不动、格局不动、肌理不动，但内部一定要动，换成现代化宜居的设施。里面腐朽的材料总要换掉，大的、好的宅子要变成博物馆。要避免的一个情况就是，原居民都没了，全部是外来户。有无数的博物馆，有无数的原居民，这里的原居民还从事着某一种土特产的生产，地方性很强，语言等等都保留，这样才是一个正常的发展道路。也不要一窝蜂地商业化，那样就不是居民的东西了。大运河申遗之后，有很多事情要做，尤其是要设立一个大家都遵守的管理条例。

世界遗产大会一声锤响，申遗成功了，但不意味着画上了句号。保护运河又有了新的起点，保护和传承运河文化，继续让运河“活着”、繁华着、喧闹着，让运河再活一两千年，才是大运河在后申遗时代的真正主题。

系列报道：那年我高考

按语：

1977 年，因“文化大革命”中断十年的中国高考制度得以恢复，这是一个国家和几代人命运的拐点。恢复高考重新打通了普通个体公平向上的通道，让中国迎来了尊重知识、尊重人才的春天，同时也为我国在新时期的强国战略、大国崛起奠定了人才基础。2017 年是恢复高考 40 周年。在这 40 年岁月流转之中，中国发生了翻天覆地的沧桑巨变，中国高考制度也历经了种种变革；但在这 40 年之中，高考所承载的个人梦想与“中国梦”始终并肩前行。

中国之声纪念“恢复高考 40 年”特别策划《那年我高考》，请刘震云、罗中立等不同领域代表性人物回望自己的高考经历，讲述自己的人生故事。一组“恢复高考 40 年”的口述历史，既是口述者本人个体生命的刻度，也是中国社会蓬勃发展、不断前行的映照，更是“中国梦”在我们身边的真实生长。

总策划：蔡小林

编审：魏漫伦、任捷

罗中立：蹚过那条河

作者：章成霞、陈鹏
播出日期：2017 年 5 月 22 日

罗中立：如果没有参加高考的话，我现在退休了，就跟以前的工友师兄弟、师傅，坐在一起打打麻将、喝喝小酒。

我们每次进城都是走河边，但是大雾在那个地方聚集，你听得见摆渡的桨的声音，但看不见人。你就要直着嗓子喊“过……河……”！船上有一个马灯，河水清澈见底。

罗中立画过很多过河的场景。1977 年，他蹚过人生中最重要的一条河，考入四川美术学院油画系，成为恢复高考后的首届大学生。那年他 29 岁，已经在达县钢铁厂当了 10 年锅炉工。

罗中立：那个时候很荣耀，穿一身劳保服，有劳保皮鞋，有手套。每个月还有白糖，还有一点儿猪油，在那个年代这些都是稀缺物资。那时候真的觉得我终于脱掉了知识分子的皮，走进了工人阶级队伍，成为他们的一员。非常高兴，在车间里

罗中立在大学时候的留影

罗中立大学时代在画室

面干活非常卖力。

大喇叭广播：凡是符合招生条件的工人、农民、上山下乡和回乡知识青年、复员军人、干部和应届高中毕业生均可自愿报名，并可根据自己的爱好和特长选择几个学校和学科类别。

罗中立：1977 年恢复高考，四川美院到我们这个地方来招生了，那时候我已经准备成家了，把木匠请到家里面来管吃管住，做一套家具安家。那时我夫人就是当时的女友打电话就说，爸爸妈妈说，机会送到家门口了，达县这么多画画的，你的学生都去考了，你应该去报名。她妈妈是达县唯一一所高中的校长，“文化大革命”受冲击，剃阴阳头。但是一旦有这种春风吹醒，一旦有这种机会出现，知识分子骨子里那种对学习、对读书的爱就冒出来了，他们还是希望能够抓住这个机会，所以我就马上去报名了。

报名的那个黄昏、那个夜晚的每一个细节，罗中立至今清晰如昨。

从锅炉房下班，背着画架，沿着大巴山下的州河，摸黑走了十几里山路，等他赶到县城的招生组，报名却截止了。

罗中立：他们已经关门了。负责的是一个军代表，就很正儿八经地跟我说：报名时间已经截止了，你只有明年再来报名。我说明年我的年龄就过了，他一本正经，就说按规矩办，公事公办。

幸好招生组里有一位罗中立从前就读四川美院附中的老师，网开一面，他成为考区最后一名报考者。

1977 年冬天，罗中立和全国 570 多万考生一道，走进了尘封十年的高考考场。

作品《过河》88×100cm 1980 年

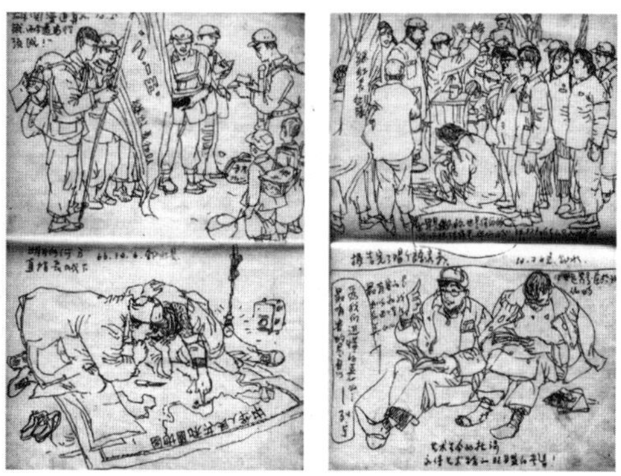

罗中立的连环画

罗中立：非常紧张，那一天，我的印象是紧紧张张地进去，然后非常焦虑地走出来，总觉得自己的答卷没有答完美，时间不够。一直到发通知之前还是非常焦虑的。

浩劫过后，春风扑面，四川美术学院宽松自由的环境，让日后中国画坛炙手可热的罗中立、何多苓、张晓刚、周春芽等一批画家在长江之滨的重庆黄桷坪纵情成长。

罗中立："文化大革命"结束了，重新回到学校已经是一种大开放、变天的感觉，可以自由地画画，大家可以高声说话，没人说你是"白专"。所以真的是很痛快的四年，人生中最美好的四年。

20世纪80年代初，各种艺术流派随着国家的开放涌入中国，山城重庆也不例外，年轻的艺术家们迫切想要证明自己。1980年夏天的四川美院，灯火彻夜不熄，罗中立和同学们都在为第二届全国青年美展挥洒激情。大巴山，一次次浮现在他的眼前。

罗中立：我住的那一家姓邓，老人叫邓开选。第一次吃他们那个红薯洋芋，只有一点点儿米，他们就一定要把白米给我们吃。这种深刻的画面感，从那时候起一颗种子就播下去了，在我内心深处。所以这一次我就想画一个农民。

嵌在内心深处，淳朴、勤劳、坚忍的中国农民形象，此时渐渐清晰。他要画一幅极度写实的农民头像，并且用领袖画的巨幅尺寸。罗中立最终将这幅画命名为《父亲》。

罗中立："文化大革命"结束了，我下意识地，不能再重复标准化、模式化、假大空的"红光亮"了，一定是要画得很真实的。每天就把同学画完的颜色板都拿过来做肌理，用馒头干掉的渣渣和在里面，做得很粗糙。做了底之后再在上面慢慢地、一笔一抹地画出来。

高2米、宽1.5米的画布，金色背景上，一张古铜色的老农面庞，一道道沟壑般的皱纹，残缺的牙齿、干裂的嘴唇、稀疏的须发纤毫毕现，双手捧着一只粗瓷茶碗，指缝中还残留着泥垢，眼神在幽暗的光影里朦胧不清。

罗中立：很多关心我的朋友说，那画就是画了也不要参加展览。因为那时候受极"左"思潮的影响，当时大家还心有余悸，"那幅画有点凶险，你最好是不要拿去"。把那个时代只有可以画领袖的大尺寸的、肖像式的（画作），你把它转换成一

作品《父亲》

作品《父亲》各阶段草稿合照

个普通的衣食父母——我想用这样一种方式、这样一个尺寸的转换来说出我们这个时代的转折，一个真正的改革开放，一个真正的人文精神的时代。

《父亲》以无可比拟的优势获得第二届全国青年美展一等奖。罗中立说，当他抱着刚出生的儿子，从中央人民广播电台的节目中得知获奖消息的瞬间，和那天他敲开县委招待所的门报名参加高考一样，永生难忘。

罗中立：当时班上的同学都说，罗二哥踩了狗屎运了，请客！请客……

如今，油画《父亲》游走于世界各地的展览，成为中国"最忙"的老人。已经退休的罗中立，依旧在他挚爱的校园里画着他挚爱的画。

即便40年过去，那场考试，还像刀一样刻在罗中立的记忆中。

罗中立：我是在达县第一高中，主楼教学楼底层进门的第二间的前排靠左边的窗口，我的座位我记得很清楚。

有人说，1977年没有冬天。恢复高考，像春天一样，孕育了无数青春的梦想。这，也是一个国家充满力量的重新出发！

大学毕业后，苗文明被分配到延安中学教书。至今，他能叫出自己做班主任时所带大部分学生的名字

苗文明的延水谣

作者：肖源、刘涛

播出日期：2017 年 5 月 23 日

苗文明：如果没有高考，我可能还在农村当民办教师。那个时候我一个月工资 18 元，当民办教师后我们家生活条件已经改善了。我回去说要考大学，我爸爸不同意，我妈妈不同意，我三个妹妹也不同意，最不同意的是我哥哥跟我嫂子——“你走了，这一家人咋办呢？”

62 岁的苗文明已经从延安中学退休。他清晰地记得，40 年前恢复高考的消息，给他和全家人带来的强烈冲击：是守住这每月 18 元的工资，还是到未知的世界去看看？他掂量出了轻重。

苗文明：县城有我一个同学，他爸爸是教育局的，知道这个消息以后，直接就跑来跟我说，赶快复习，马上恢复高考了。底下人谁也不知道怎么考，多少年没考了，复习能复习什么？无非就是高中课本：一本代数，一本几何，一本物理，一本化学，就这几本书。怎么复习？每天晚上别人睡了，我在那儿看，就是两个多月。

寻访任教旧址过程中，苗文明（左二）偶遇40年前教过的学生

晚上看得瞌睡了，头拿凉水一洗，不瞌睡了，再看。

在那个年代，恢复高考，并没有完全消除人们对拥有知识的疑惑：那么多有文化的学者、有知识的青年，不还是在延川的沟沟坎坎刨土吗？不是都说知识越多越反动吗？

看着儿子痴呆呆地就要高考，妈妈问他，考上大学，生活会比现在当民办教师还要强？苗文明告诉妈妈，肯定能有好光景。妈妈帮着瞒过家里的七位反对者，支持他偷偷地参加了高考。

苗文明：家家户户那时候墙上都有广播，广播通知我去体检。我哥哥骑着车子跑来："你说你不考，人家叫你体检？！"我说考咧。体检完了以后搞政审，学校的、公社的都盖了章。我哥哥就是村里大队书记，我回去盖章，他不给我盖，章在箱子里锁着。我笑了一下，拿钳子把他那个锁子一扭，拿出来自己盖上。这下他也没招了，说你考是考了，体检不一定能录取你。

等待，总是让人心焦。苗文明每天出工，都不停地眺望村里通往外面的那条路。

苗文明：正月十六我担两筐子粪，上到半山，沟底下邮递员来喊我，我当时一听到这个消息，就把扁担一丢往下跑。我跑下来一看通知书，说这不对，我报的陕西师大数学系、化学系，怎么录取的是生物系？什么是生物我都不知道。但我一想，管它啥，反正上大学了，走！

苗文明是延川县南河公社在1977年考上的唯一一名大学生。但家里人却没觉得自豪。当晚，他家窑洞里坐了满炕的人。

苗文明：买了车票，家里人不让我走。我就买了两瓶酒，把酒往炕上一放，说：“你们都听着，大学我考上了，票我也买下了，明天早上我就走了。谁也挡不住，你们就不要挡了。”

苗文明自己喝了壮行酒，一早坐车到延川，再转车上延安，歇上一宿，又换上长途汽车到铜川，最后转火车奔了西安。到了西安火车站，他一眼就看见了陕西师范大学红灿灿的迎新生大横幅。那一刻，苗文明觉得，此前所有的倔强、执拗，都值得。

苗文明：我一到陕师大以后，再也不能回家了，没路费了，我也没有问家里要一分钱。我当时在校园里，可以说是穿得最烂的，我去报到穿的什么，再就没有换过衣服。

在西安公路学院工作的二哥答应，可以承担他上学的花销。

苗文明：一开学，这个教材书要收钱。第一年我没有钱，我去问我二哥要 20 元。结果我二哥说他也没有，他给我去借，第二天他就给我送过来了。这之后我再也没有问他要过一次钱。

陕北的困苦，困不住信天游嘹亮在沟峁之间。物质的匮乏，丝毫没有影响求知的快乐。宿舍里像比赛似的，看谁读书睡得晚，起得早。苗文明们就像遭了年馑的荞麦苗子，一沾雨露，就苍翠挺拔。

苗文明：原来当民办教师，想要看书但没有书。现在有了书，确实很珍惜时间。我四年八个假期都在校，不回家，像《中国通史》《红楼梦》之类的，图书馆什么书我都借着看。

1982 年 1 月，苗文明从陕西师范大学毕业。回到陕北，在延安中学执教生物。这一年，党的十二大确立了教育在整个社会主义现代化建设中的战略地位。

苗文明：这是毕业证书，1978 年 2 月至 1982 年 1 月，在我校生物系修业四年期满，准予毕业，我是 1982 年 1 月 18 日跑到延安中学报到的。

村里人觉得，你娃念了四年书，还是回到山旮旯里，也飞不老高啊。后来苗文明让他母亲坐着飞机从延安飞到西安，这事儿在村里可闹出了动静：

苗文明：1986 年，我儿子出生了，我母亲在延川，我把她接来，住了几天我说：“您坐飞机到西安去转转。”去了以后，她要回去，我说：“您为啥要回去？”她说：“我回去给他们夸嘛，他们当财主的，汽车没见过，我坐过汽车、坐过飞机、坐

苗文明带记者寻访考上大学之前、他所任教的小学旧址

过火车，我比他们活得强。”

这下子，像苗文明那样上大学，成了当地人供孩子念书的动力。

苗文明：毕业以后，我到延中教学。教了三十几年，培养出去的学生也比较多，个人生活条件也比较好，对国家来说贡献也不小，培养了很多学生。

（指着毕业照）这些学生，你看，这叫李冰，这孩子当时演过电影；这个叫孙衡，现在在上海复旦大学；这个叫张东胜，现在工作在旧金山。现在这些学生，他们的孩子基本都已经上大学了，所以现在已经两代人了。这个苏东朝，上学的时候，整天都背一盘象棋，最爱下象棋了……

退休后的苗文明，仍然在当地一家私立中学任教。他说，其实自己的履历表特别简单，从一个讲台换到另一个讲台。在他的心里，没有什么比教后生们念书长本事更重要的事情了。

刘震云：风在我心中

作者：张棉棉
播出日期：2017 年 5 月 24 日

刘震云在北大读书时留影

刘震云：如果没有 1977、1978 年的高考呢，我也有可能跟我表哥一样，会是一个建筑工地的搬砖的。高考，它把一个像草芥子一样、沙子一样的刘震云，荡来荡去、荡来荡去，把他荡成了一个作家。

没去搬砖的刘震云，把自己 1978 年参加高考的经历，写进他的第一篇小说《塔铺》。在这篇作品里，刘震云写了一群和他一样的青年，他们游走在社会的各个角落，找寻着命运的出口，高考来了！在中断十余年之后。

刘震云：所有人知道有这个机会，所有人都想来参加这种考试，再没有像 1977 年和 1978 年有那么多的考生，11 年的积压，突然出现另外一条通道，是知识的一个通道，给人打开另外一个窗口。因为大家一无所有，当世界出现一种机会的时候，还是想把这个机会给抓住。

刘震云近照

14 岁时，因为长得高，家里给虚报了年龄，刘震云参军去了甘肃。

刘震云：基地全部是戈壁滩，特别的干燥，嘴唇好多天全是裂的，老是流鼻血。但是，那总比在河南的农村好一些，因为在那儿，你起码能够吃上白馍，所以虽然生活环境并不是特别的好，但是有时间可以学习。

在戈壁滩的日子，战友兄弟的宽厚润泽着刘震云，这些暖意也浸润到他后来的作品里。

刘震云：我们连队厨房那个地方有一盏灯，还有我特别爱去的一个地方是锅炉房，那里烧锅炉的是个河南的上蔡人，叫李上进。我为了纪念他就给他写进去了。他夜班饭就几个包子，在烧的锅炉旁边上搁着，烤得焦黄，味道也挺好的。我进去了，他对我说："你吃一个吧。"然后我就吃了一个。"你再吃一个吧。"我就再吃了一个。他说："你再吃一个。"我说："我不能再吃了。"

记者：吃不下了？

刘震云：不是吃不下了，我吃得下，一共五个包子，我吃了两个。我说我全吃了的话，你吃什么呀。你看，他就对我特别的宽厚和善良。

在刘震云一部作品的扉页上印着这样两行字：风从哪里来，风在我心中。在得知恢复高考后，已经当了五年兵的刘震云心中，有风轻轻拂动了。

刘震云：我也知道1977年可以开始高考了，我就跟我们副指导员谈，我说："指导员要不我别当兵了，我回家去考试吧。"他说："你回去也行，因为我也给你用不上劲。"所以我就回家了。

回到河南老家，刘震云在一所中学当上了民办老师，白天上课，夜晚复习。那盏小煤油灯，照亮寒夜里冷透的屋子，也点燃他心里模糊的念想。他得去延津以外的地方。

刘震云：就是一盏小煤油灯，有着像豆一样的那种灯头的亮，寒风吹着，窗户密封得又不太好，所以每一个考生都跟一个小鬼似的，就在那儿影影绰绰的。第二天早晨，你发现每个人鼻子里全部都是煤油灯熏出来的那种特别黑的东西。

5月复员，7月高考，刘震云以1978年河南文科状元的优异成绩，被北京大学中文系录取，和他一起参加高考的弟弟考入西南政法大学。这下子，刘震云的父亲威风了！

刘震云：我没什么，我弟弟也没什么，就是我父亲疯了。他就拿着两个录取通知书蹲在街头，然后碰到人就说："你看这个事儿很难办。"人家说："怎么了老刘？"

刘震云出版的图书在欧洲的书摊上

他说："你看吧，这个录取通知书有时候你真看不明白，你得帮我看看，你看北京大学都知道是在北京，这个西南政法学院你知道在哪儿吗？西南有多大？"其实，这学校的录取通知书里肯定写得特别明白——在重庆哪个地方，人家说："老刘你家好事啊！"我爸说："这不是好事，我发愁啊！"人家说："老刘行了。"他怎么会不明白，就是显摆吧！跟范进似的。

儿子中了状元，就能去大城市，就能有工作，就能找上媳妇。父亲在街头蹲了好几天，刘家的喜悦令周围乡里啧啧称赞。

考上北大，刘震云的第一封信就是写给了当年鼓励他的万指导员，指导员在回信上写了三个字："特别好！"

在北大上学时，有一天，正在北京出差的万指导员特意到学校来看他。刘震云从 12 元的助学金里拿出 7 元，请老大哥吃北京烤鸭。临走时，指导员塞给他一个信封。

刘震云：他说："小刘，我来北京，也不知道该给你买什么，现在我又不是你指导员，你是我的弟弟，你哥给你一点儿钱，你自己买去得了。"当时我一摸信封还挺厚的，因为那个时候最大的人民币是十元的。我说："指导员这……这……这不合适。"他说："怎么不合适，走吧！"然后我就装起来了，我就走……突然又转身，我想起来了，"指导员再见！"我给他敬了个礼，他也给我敬了个礼。

未名湖畔的这个军礼，烙在了刘震云的心里。

刘震云：我走了好远，回头看，指导员还在那儿站着呢。回到学校，我一查，70多元，那个时候一个国家干部的月工资也就四五十元。1977、1978年的高考，就是往不同的方向给人提供了一个可以改变的基础。高考的断裂和它的出现，关系到这个时代、千百万人命运之间的奇妙的变化。

以高考为题材创作的小说《塔铺》开启了刘震云的文学之路。他的这篇代表作，恰好诞生在恢复高考十周年的1987年。这或许也是他内心的一个敬礼。

从《塔铺》，到《一地鸡毛》《温故一九四二》《一句顶一万句》，有评论说：刘震云是用最幽默的方式来表达最深刻的哲理，用最简约的方式来描写最复杂的事物，用最质朴的语言来搭建最奇妙的艺术结构。

尽管他的作品被翻译成20多种语言，在多个国家出版，获得国内外多项大奖。但1978年的高考，在他眼里，或许是他人生最重要的一座奖杯。近40年过去，说起高考，刘震云还是兴味盎然。

刘震云：百分制的话，我每科都在80多分，历史、地理分都不会低，比如像87分、88分，数学的话好像也是86分。

记者：一下就把别人比下去了。

刘震云：嗯，所以我是河南文科的状元嘛！

王永：下苦功在少年

作者：刘飞、张建亚、王利

播出日期：2017 年 5 月 25 日

王永：比如说，一群人见面后相互握手，每个人暗记自己握过手的次数，要你证明握过奇数次手的人数是偶数。

这是 1978 年中国科学技术大学首届·第二期少年班面试时的一道题。如今，已经是中科大信息科学技术学院副院长的王永，清晰地记得自己当年的考试，那年他 15 岁。

王永：人家都说你（上）少年班，你一定是上学比较早。其实我 9 周岁才开始上学。我爸爸妈妈都是属于家庭出身不好，所以在“文化大革命”期间是受冲击的。当时就给我爸爸扣了个帽子——反动的学术权威。家里的生活自然就很不寻常，也就没有考虑到我上学的问题。

小时候，王永是玩扑克牌识数，看连环画认字。父母恢复工作后，王永才走进小学，直接念了三年级。他上初中时，“开门办学”被视为教育战线的新生事物。

王永：那个时候就觉得上课是太可有可无的事了。当时是学校里面搞什么演出，到粉碎“四人帮”，我记得当时我还讲相声，叫《帽子工厂》，当时很有名的……

就在王永说着相声到处巡回演出时，恢复高考了，学校也恢复了正常的教学秩序。高一的王永竞赛分数比高中毕业班学生还高，被推荐参加 1978 年的高考，没想到考了全县第一。王永的父亲接到了县里通知中科大少年班要招生的电话。

王永：我爸爸就没问我，直接当家了，考！都知道宁铂的故事，如果能考上就跟被宣传得家喻户晓的人物成同学了。当然，对小孩来讲还是比较兴奋的。

1978 年 3 月 8 日，中科大第一期少年班开学，宁铂等 21 名少年大学生平均年龄只有 14 岁。这些小小少年成为当时全中国青少年的偶像和家长的期盼。

就在中科大第一期少年班开学十天后，全国科学大会召开。

邓小平说，在人才的问题上，必须打破常规去发现、选拔和培养杰出的人才。

伴着科学的春天，中科大也迎来了1978年夏季第二期少年班的大学生。

王永：第一期（少年班招生）就是看你聪明不聪明，做智力测验。第二期就要先按高考招生大纲单独命题。因为决定招了，高考已经都过去了。由科大的老师来（单独）命题出了一套卷子。他们讲工作量巨大，相当于全国组织一次小高考——全国29个省、市、自治区的招生组专门来给他们做科大招考的这套题目。也就是说，（做）这套题目达到一定的分数，就被认为可以达到进入本科学习的标准了。

诺贝尔奖获得者李政道先生曾向中央建议，参考培训芭蕾舞演员的方式，从全国选拔部分十三四岁左右有培养条件的少年到大学里去培养，在中国培养一支少而精的基础科学工作队伍。中科大少年班的出现，正是因材施教的一种尝试。

王永：要承认人的智力发育有早有晚。像我的同学有小学时就能做微积分做得很溜的。这样一来，你还让他天天窝在小学里，从初一、初二一直往上走，那不也多少有一种不科学。所以，让这些孩子能够在这样的年龄，达到这样的接受水平的情况下，去学习大学的知识。但是，如果让这些够上大学水平的孩子直接上大学的普通班去，人家都比他大好多岁，他会觉得很不舒服，很多关心的事情、看问题的视角就不对（不同），他就不是同龄的玩伴。

王永和同学们把电影《女跳水队员》的主题歌，选为少年班的班歌，就是为了时时提醒自己：下苦功在少年。

在当时拍摄的一张课堂照片上，系着红领巾的少年大学生踩着凳子，踮着脚在黑板上演算数学题。这群人们眼里的“神童”，有的还带着在家玩的铁环走进了大学校门。懵懂间，心里已经种下能力越大责任越大的种子。

王永：记得我们要是晚上吃过饭，聊会儿天，只要时间聊得多了，就说算了算了，赶紧学习去了。就说我们在这儿这么浪费时间，将来给我们写传记的人怎么来讲这件事？那会儿都觉得将来有人会来帮自己写传记的。

虽然他们的智力发育比同龄人早，但他们毕竟都是第一次离开家的孩子。和王永同宿舍的谢彦波，年龄最小，当时只有12岁。

王永：有一天（谢彦波）买了运动裤，见到汪老师来了，他就对汪老师说你把我的裤子这地方掏一个洞，（要不然）小便不方便。汪老师说好，知道了。然后就回去掏完了之后锁好边，让他试行不行。这个事情完全是儿子跟妈妈说的话。

小时候，王永从新闻里知道了国外有种“高空无人侦察机”，搞不懂怎么就“无人”了，还能搞侦察。为着这份好奇，他在大二选择学习自动控制，后来在南京航空航天大学继续深造，读完硕士、博士，回到了中科大任教，为了儿时的梦想，一直研究振动主动控制、飞行器制导与控制。

王永：小的时候，我认为有一个要干成什么事的愿望可能更重要。其实现在有不少孩子，少年班考取录取通知书都发到他那儿了，他还放弃上少年班。从家长到老师都是以上什么学校为目的，这是非常糟糕的。你上了这个学校之后还有什么样的目标？因为人生不是以上到某一个大学为结束的。

似水流年，归来仍是少年。每年，王永都会给科大少年班的新生上研讨课，作为老师、作为学长。

张嘉振：回自己的祖国去

作者：丁飞

播出日期：2017 年 5 月 26 日

张嘉振：如果当年没考大学，我可能会去农村做一名赤脚医生。下乡呗，就像我哥哥姐姐一样，因为我父亲就是一名医生。做一份普通的工作，很难有机会能学这个知识。

2017 年 5 月 5 日，我国上空第一次飞翔着中国人自己研制的新一代大型喷气式客机——作为中国商飞北研中心副总设计师的张嘉振，此刻，心绪激荡。

现场宣布：C919101 架机状态正常，准备完毕，是否放飞？请指示！——同意放飞！

电视直播：我们看到飞机正在滑动，现场响起了热烈的掌声！

现场宣布：我宣布，C919 大型客机首飞任务圆满成功！

八年前，48 岁的张嘉振在聘任合同书上签字，成为中国商飞引进的第一位海外专家。这位欧洲空客集团的高级工程师，回到阔别 20 年的祖国。两个月后，他受邀参加中华人民共和国成立 60 周年国庆观礼。站在天安门广场，他被这里雄浑壮丽的一切感染着、激动着。

张嘉振在家中排行第六，比五个哥哥姐姐都幸运的是，1977 年他一上高中就赶上了国家恢复高考，打住了念完三年就下乡的念头。因为数理成绩好，他高二就被推荐“试考”一次，摸摸底。1978 年，张嘉振和从兵工厂赶回来的二哥、从农村回来的三哥一起走进考场。整个考场他年龄最小，却是最轻松的。

张嘉振：1978 年当时觉得考试挺好玩，因为跟高年级学生一块儿考，也不是自己想上大学。先考了四科，觉得还可以。老师就告诉我最后一科是语文，你不考了。其实语文答卷我也答了，自己心不甘，看题目挺好玩的，但后来全划掉了。

第二年，他又和大哥一起考。兄弟四人高考用的同一份复习资料，谁也舍不得往上画一笔。在录取率不足 5% 的那两年，张家考出四个大学生。

张嘉振先生接受记者丁飞采访

张嘉振：当时借一本复习资料相当相当困难，没有书可看。“文化大革命”期间学的东西非常有限。我们家因为“文化大革命”前我哥哥们就考大学，他们有一套比较完整的数学、物理书。有书了就可以学。

中国引进第一架空客飞机的1985年，张嘉振正在哈尔滨工业大学力学系攻读硕士。这一年，国家提出“支持留学，鼓励回国，来去自由”，一场史无前例的“出国潮”席卷全国：上海复兴路的三角花园里人头攒动，大家自发聚集、交流着留学信息；北京的外国驻华使馆前排起长龙，一批批青年怀揣梦想踏上异国求学之路。

每一座大学，都成了没有围墙的“外国语大学”，张嘉振也把大把时间给了英语。

张嘉振：当时我们就觉得学英语有前途，那会儿中央人民广播电台开了一个英语课，很多人跟着电台学英语。大学期间我在英语上花了最多时间。当时中英友好奖学金全校老师都考试，英语都不好，选不出来人。整个哈工大及格的只有三个，我还及格了，挺骄傲的。

哈工大力学系后来培养了我国航天领域的多位领军人物，很多人是张嘉振当年的同窗，他是极少数进入航空领域的。航空工业被认为代表着现代工业的最高水准，当年国内对此还不是十分了解。张嘉振出国前和航空唯一的关联，只有大学里才能看到的《航空知识》那本杂志和每天都会拉响的防空警报。

张嘉振：当时大学有非常稀少的几本杂志，《航空知识》主要介绍军机，米格21、米格23，特别是我们在黑龙江整天拉空袭警报、防空警报，满大街都贴着各种飞机，哪个飞机有什么性能，它教你，来了空袭怎么进防空洞、原子弹轰炸的时候该怎么样，飞机是怎么投弹的。

1988年，27岁的张嘉振带着用八百元置装费做的西服和锅碗瓢盆等家当，第一次坐飞机飞往九千公里外的陌生国度，从此进入航空——这一被欧美发达国家垄断的高精尖领域——直到20年后的一通电话。

张嘉振：2009年元旦，姜丽萍（注：音）从国内给我打电话，她知道我们想回国，说中国要搞大飞机了，现在正招人，你们要不要回来？我就把简历发给她了，就是想回来。国家派你出去的，一个人出国花的这些钱是多少人卖多少双袜子给你挣出来的外汇。从来没想过不回来，但（关键是）什么时候回来。

2009年的中国，比世界上任何地方都充满生机，30年改革开放和高速发展让中国进入一个与国际社会全面接轨的创新时代。国家提出了一系列引进海外高端人才的优惠政策，越来越多的海归回国创业，张嘉振成为“千人计划”归来的第三批海外专家。此时的他已年近半百，是掌握国际大型民用客机结构强度和复合材料设计的顶尖人才。

可是，中国人要造自己的大飞机，尚在零起点处徘徊。

张嘉振：我们的管理体系是最致命的。我当时出了一个题给年轻同志，算一架飞机的疲劳寿命。当时我让三个人算，给了我六个结果，每个人算出来两个结果。这些结果之间差了好几十万倍、上百万倍。算法之间差异很大的，但飞机设计不行，特别是民机，没有一个规范。规范就是强制性的，必须按照一种方法去做。这个事给任何人来做，结果应该都一样。

从“零”到上天，中国人用了九年。从张嘉振开始，中国商飞累计签约海外高层次人才 128 人。一批批海外留学生学成归来，带回了最先进的学科技术和管理理念，为中国的大飞机项目不断注入新的灵感和血液。

张嘉振：这是自己的飞机，这是一份感情，在国外是一份工作。特别像我们这些公派出国的，国家的高考制度，考后念大学，到硕士，再从博士和博士后，都是国家出钱。为国家做点儿事，是应该的回馈。

带着爱国的情感造出来的中国大飞机，那一定是很舒适、很温暖的吧!

忻力：给高铁造“心脏”

作者：冯烁、郭淼、姜文婧
播出日期：2017年5月27日

忻力：没有高考的话我就有可能在当工人，也有可能跟我师兄一样去开工厂、去赚点儿小钱。

1978年，21岁的忻力背着铺盖卷，从家乡宁波坐了50多个小时的绿皮火车，来到位于峨眉山脚下的西南交通大学。他没有想到，自己未来的岁月都将和火车的速度绑在一起。

忻力：绿皮车，窗子是打开的，夏天风一吹挺凉快的。那前面是蒸汽头，风一吹，灰全吹进来了，下车满脸都是灰的。

这个灰头土脸的小小少年就是中国中车株洲所的首席设计师忻力。

1973年高中毕业的忻力进入一家塑料厂做工人，乡下的生活平静而安定，在那里，有一个人的身影改变了他的选择。

忻力：有一个工程师，戴着个眼镜，夹着个破饭盒，当时他在工人当中威望很高。我就崇拜有技术的人，我当初就想自己应该去当个工程师。

在那个年代，梦想显得那么遥远和奢侈，忻力从一名小学徒变成了模具工人。当他决定就这样在乡办企业干下去的时候，1977年10月，恢复高考的消息传来，忻力毫不犹豫地选择报考。

忻力：什么都没有复习就去考了一下。记得第一题是通分，我都不晓得通，通分都错了。

这一次，忻力没能成为1977级27.3万名大学生当中的一个，他落榜了。当1978年春天来临，他再一次选择奔赴高考的战场。那时，全厂只有他一人报考备考，他被视为异类，厂里开会时，领导时不时就把他当后进典型批评一通，就连当小学老师的母亲也不看好儿子。

忻力：我母亲说我可能考不上，基础太差了，因为我母亲是小学教师。当时我

中国中车株洲所首席设计师忻力接受记者冯烁采访

知道她也有点儿激将法，因为我这人也有点儿逆反心理，她说考不上我偏要去好好干，我觉得我好斗，我要去斗一斗。

没有像样的教材和辅导资料，忻力就管姨妈借来高中的课本，为了能充分准备英语考试，忻力揣着工资跑到宁波市百货商店买了一台 30 多元的收音机，每天收听电台的英语教学节目。直到现在，忻力还记得那时候学习的英文单词。

忻力：每天固定时段，晚上大概八九点钟。备考很用功，早上因为那时候还在上班，五点多钟就起来，脑子总在想那些题，会考哪些东西，就是好像钻进去出不来那种感觉。

这一年，忻力的努力没有白费，一张带蓝色格子的印刷纸寄到了他的手里。

忻力：我在楼上，我外婆在楼下，她告诉我来信了，我估计是这个录取通知书到了，很高兴！这楼梯还绊了我一下，我就往下跳，没有一阶阶走下来，就跳下来的。

1978 年 10 月，忻力脱下工装走进坐落在峨眉山脚下的西南交通大学。

忻力：每天就吃完晚饭赶紧上教室，然后上了教室以后就发觉到八点，很多同学陆陆续续都来了，教室里又很吵，那时候我发现寝室的同学都上教室去了，寝室很安静。八点多就又背起书包回到寝室复习、学习。

忻力从小就很安静，说话也不紧不慢，但了解他的人都知道，他骨子里有股韧劲儿。大学毕业后，忻力被分配到株洲研究所从事变流器研发，特别是核心部件 IGBT。然而这项技术诞生 30 多年来，一直被德国、日本等制造强国把控，直到 1995 年忻力开始研发。

忻力：IGBT 应用技术，这种大功率，我们完全可以说自己是第一家给中国国内供货。2009 年的夏天，刚开始搞的时候，晚上都是通宵地干，人都有点儿坚持不住，实验人员是三班倒，但技术人员一下子人不够，我的徒弟们，他们晚上手机都是开着。

2014 年 6 月，我国自主研制具有完全知识产权的 8 英寸 IGBT 芯片成功下线。忻力说，我们终于打破了发达国家的长期垄断，从此中国高铁不再被别人牵着走，而是可以自主自由地跑了。

央视纪录片《超级工程 2》：这个神秘的部件叫作 IGBT，我们知道列车高速奔跑的动力来源于电力，而 IGBT 正是对高速列车复杂电力系统进行控制的芯片。可以毫不夸张地说，这里生产的芯片就是高铁机车的心脏。

为了让中国高铁更快、更安全地奔驰，忻力和他的团队，攻克了一个又一个技术难关，不断突破高铁的速度极限。目前全世界最先进的 IGBT 生产线只有两条，其中一条就在中车株洲所。

忻力：现在这个经过很多改进，应该说是从技术上已经达到了国际先进水平，调速范围更广了，调速性能更好了，车子能够跑得快了。

《新闻联播》：今天上午 11 点 20 分，两列中国标准动车组以超过 420 公里的时速在即将投入运营的郑徐高铁线上交会而过，相对速度超过 840 公里，交会全程不到 2 秒……

从时速 80 公里的蒸汽火车，到自主开发时速 380 公里的“和谐号”动车组，再到时速 600 公里的实验机车组，中国高铁的速度不断被刷新的同时，也改变着这个世界的空间距离。说走就走的旅行，不再是一句潇洒的口头禅，而是一种再寻常不过的生活方式。

胡震：蛟龙出海

作者：刁莹、郭淼

播出日期：2017 年 5 月 31 日

胡震：如果没有高考的话，我基本上就是在我们镇上，当个什么工人或者当一名什么企业的会计之类的。因为我数学比较好，我老爸也是镇上的会计。

蛟龙号副总设计师胡震，虽然没有子承父业，但他一辈子也在计算着数字，只不过，他计算的是深海潜水器的深度。

就在本月的 23 日，也就是九天前，在马里亚纳海沟的挑战者深渊，“蛟龙号”成功完成了世界最深处下潜。

胡震：现在我们探测深海，有很多国外的技术是跟着我们在往前推进，国外的一些以前比较领先的技术已经在为我们配套。由以前的跟跑转到并跑，然后转向领跑，我们要引领深海技术的发展。

胡震说，在我国深海探测技术从跟跑到领跑的转换过程中，自己能尽一点儿心力，那是他最开心的事情。1985 年，胡震在填报高考志愿时，并没有太多人生的规划。

胡震：那一年高考的语文试题太难了，我们语文都考得真是一塌糊涂。感觉这个作文好像还没怎么思考，就赶快写，感觉时间不够了。那一年语文我都没考及格，总分 120 分才考了 60 多分，我们一个班 30 多个人，考及格的就一两个人，超过 72 分的。我们前一年，1984 年是数学特别难，考及格的很少，到我们那一年是语文特别难。

尽管语文考得不理想，但凭着优异的数学、物理等科目成绩，胡震还是被衡阳工学院计算机应用软件专业录取。

胡震：我觉得高考对我个人来讲，就是从农村进入了城市，然后我就进入了一个新的天地，感受肯定是特别不一样的。第一次坐那么长途的火车——其实上火车也是第一次——一个人“咚咚咚”背个包就上学去了，到学校接触的东西跟平时的

胡震先生在办公室

东西完全是两回事儿。我知道了通过学习能够得到什么，通过学习对我自己以后的人生有什么样的意义。

20 世纪 80 年代，知道计算机的人还很少，更别说来自江阴乡下的胡震。

胡震：我上中学的时候哪知道什么叫计算机，像农村的话，根本就不知道有计算机这回事儿，只知道有计算器。上大学第一次进入我们学校的机房，那时候学校的机房是大计算机，叫 WAX 系统，感觉好大的一个家伙，这么个大家伙放在这个大机房里，还要开着空调，进去还要换鞋子。

打下了计算机基础，研究生期间又进行了自动化知识的系统学习，喜欢读《海底两万里》的胡震最终与海洋结缘，致力于自己热爱的深海载人潜水器的设计和研发。而陪伴着他的却是十年的寂寞。

投入少、条件差，身边的许多同事陆续离开了海洋科研岗位，能吃苦的胡震却选择了坚守和等待。

胡震：我们做了一台潜水器，还到处去跑市场，去中海油帮人上平台，免费给人家干活，看看到底我们做的潜水器跟我们实际的工程的需求能否衔接，回来再改进，不断地深化，虽然钱很少，但是做了很多事情。总感觉我们国家在这方面迟早是要发展的，开发海洋，特别是以后海洋安全方面肯定要靠自己，不可能总靠国外的技术。

海风和烈日让胡震的皮肤变得黝黑，不像设计师，却更像渔民。虽然常年与海洋打交道，胡震晕船却很严重。

胡震：咬着牙坚持，如果是晕船的状态就爬起来干活，干完后再爬回床上。我晕得最厉害的还是我们1 000米海试的时候，一出去就遇上台风了，所以就晕得七荤八素的，躺在床上起不来了。

十年光阴，青年变壮年，2002年6月，胡震终于等来了人生的第一个“国字号”项目——蛟龙号潜水器的正式立项。

胡震：感觉是百年一遇的这种项目。因为很多老科学家、老专家跟我们也经常说，他们干了一辈子的海洋科研，但是从来没有遇到过这么大的项目，这是一辈子的机遇，所以还是非常兴奋的。

从研发到测试，再到交付使用，“蛟龙号”成了胡震最亲密、最挚爱的伙伴。

胡震：在刚开始海试的时候，设计这个潜水器的设计师肯定要第一个下的，我们所里的设计师四个人申请下潜，由党委讨论同意，然后写承诺书，因为大家觉得到深潜还是有一定的风险。到了海上试验呢，遇到了很多的困难，技术上有很多挑战。有一次，其实已经决定第二天我下潜了，我都做好准备了，第二天早上醒来跑到那里，说你不能下，让我在水面全面负责这个技术的保障，万一你也下去了，潜水器在下面出了故障，上面没人能处理得了。从那次以后我就再也不能下海，一直呆在水面指挥所里。

没有和“蛟龙”一起潜海，成了胡震最大的遗憾。为了给“蛟龙”起个响亮的名字，他可是费尽心思。

胡震：我们项目组还有上级机关起了好几个名字，包括“蛟龙”，包括从《诗经》、从传统文学著作里挑了一些有特色的名字，比如“采薇”，《诗经》里的“采薇”，反正好几个，然后让领导来批示，看哪一个最好，最后写的是“蛟龙”。

俄罗斯一位科学家说过，谁占领了海底，谁就拥有了海洋。“蛟龙号”深潜可至7 000米，而这个深度已经覆盖了全球99.8%的海域。

胡震：到达深海的探测，最终还是要到海底。“蛟龙号”它可能不是直接形成一个产业，像大飞机或者是什么汽车形成一个产业，而它的意义在于未来。比如说资源，包括生物资源和矿物资源，海洋是一个大宝库，未来我们人类的生存发展最终是要靠海洋的，这个才是“蛟龙号”的意义所在。

海底两万里，“蛟龙号”只是起点。代表我国近十几年技术成果结晶的 4 500 米载人潜水器瞄准了海底资源的开发和利用，胡震又转战成了这个项目的总设计师。

在他的梦想里，不远的将来，我国还要建立深海空间站，把科学家送到海底，利用更多的手段长期在海底进行探测、观测、检测和试验。

18 岁，第一次离家，第一次坐火车，第一次独自远行到 1 200 公里的地方，去学习从来没见过的计算机。32 年过去，胡震已经成为深海装备研发的领军人物，他深深迷恋着这片深蓝色的大海。

胡震：所以说好了，这一次 4 500 米潜水器，我一定要下！

鲁绍臣：大山里的传奇

作者：沈静文、吴善阳

播出日期：2017 年 6 月 1 日

鲁绍臣：其实我很难想象我不参加高考，现在会在哪里，因为从初中开始我就要参加高考，我就想要读大学。即使是我高考第一年不像现在这么顺利，我恐怕也无论如何都会选择复读。

上午 9 点 40 分，复旦大学。刚刚结束的是一堂“《资本论》及其手稿”的哲学课。从云南昭通的漫漫群山到上海复旦的三尺讲台，19 年，鲁绍臣最知道自己走过的万水千山。

鲁绍臣：其实我昨天晚上几乎没有睡觉，基本一晚上在备课。我是差不多 5 点钟才到家的，睡到 6 点 30 分起来，把我小孩送到学校，然后再来上课的。

到上海、上复旦、当老师，鲁绍臣成为大山里的一个传奇，一直是远近乡邻用来教育孩子的榜样。1998 年，鲁绍臣揣着录取通知书，从云南省昭通市镇雄县泼机镇张基屯村出发时，并不知道上海市杨浦区邯郸路 220 号到底有多远，几天才能到达。他从村里翻山越岭到昭通，就用了 12 个小时，再从昭通乘汽车到昆明转火车。两天两夜，2 000 多公里，他一路抱着自己的行李，不敢撒手。

鲁绍臣：我第一次去报到的时候，因为很小，又不太熟，从来没有去过外地，抱着自己的箱子，很害怕被别人拿走。中途有一个大叔看我这个小孩挺可爱的或者是挺可怜的，想请我吃饭，我也不敢吃他请我吃的饭。

上大学的喜悦，去大城市的向往，还有那许多对未来的朦胧憧憬，并没有打消鲁绍臣内心深藏的忐忑。家里种的那几亩田，如何才能支撑 4 年里几万元的学费和生活费？

鲁绍臣：（学费）我印象中应该是 4 500 元。学校减免了一半，我自己交一半。看我考了那么好的大学，这家拿一点儿、那家拿一点儿表示祝贺和支持，亲戚也给了一点儿，拿着这些钱来了上海。当时来心里也是很没底的，也很害怕，担心以后怎么办。我当时就跟我妈妈说，您不用担心。因为贷款（政策）还没出来，我就说我可以去勤工俭学。

鲁绍臣嘴里说得响亮，可是心底却一片惶恐，父亲有伤残，母亲得独自操持一大家子的生活。正当全家人为鲁绍臣的学费发愁时，央行颁布《助学贷款管理办法》，我国助学贷款制度开始起步。1999 年，国家助学贷款试点工作正式在北京、上海、天津等 8 个城市启动。

鲁绍臣：一知道有贷款这件事情，我就跟我爸爸说，我不需要你们再给我借任何的钱。虽然我当时对贷款是陌生的，也不知道流程，当时也没有现在所谓的信用体系，这些都没有，银行卡当时我也是第一次才办……我对贷款这件事情也不是很排斥。他们后来才告诉我，我是第一批贷款中的第一个，我后来吃了一惊，我说怎么我会变成第一个？其实当时有的学生是把贷款这件事情视为一件不怎么能够愿意接受的事情。

虽然没有个人征信系统，没有芝麻信用评分，没有实物质押担保，但贫困大学生抵押了对未来人生的信心，国家收获的是未来社会的希望。

鲁绍臣：记得当时场景是在叶耀珍楼的一个小教室里面，所有的学生都没有贷过款，也没有填过贷款合同，都不知道哪些东西是不能改、不能动的，就觉得这里填错了再改一改就好了嘛。我记得当时负责贷款的浦发银行的人就说带了双倍的合同来，发现都不够，因为同学们第一次都不知道如何去填。

到今天，通过 18 年摸索，国家助学贷款不仅可以在大学校园里申请，还能在家乡先办好贷款再去上学。而相对于以前的助学金政策，助学贷款是提前一步把责任和义务交给了大学生自己。

鲁绍臣：虽然有的人会说以前不收学费多好，我也不用贷款了，客观现实是大学收学费了，实际上它也是逼迫你去承担你的责任，毕竟大学不是义务教育。债务和责任其实是同一回事情。它给我最大的一个感受就是，这下知道自己是成年人了，是有责任的。

对于借贷者，完成借款手续、拿到钱也仅仅是事情的一半。21 世纪初，“大学生逃避还贷”曾是频繁见诸报端的关键词。鲁绍臣则认为，一个成年人，就不能逃避自己的责任。

鲁绍臣：我记得我完全还了应该是 2004 年，那年硕士还没有毕业。当时也没

鲁绍臣（居中）与记者吴善阳（右）、沈静文在复旦大学

有想到说这个还没有到期为什么要提前还，我不希望它变成我生活中需要花很多的精力去处理的事情，当时就赶快还了。

为了让自己能担得起责任，鲁绍臣努力做好自己力所能及的事情。

鲁绍臣：我本科没有谈恋爱，我当时在学校的组织部勤工助学，我要帮他们去拿信件啊，诸如此类的，基本上只能在课间的间隙去拿，很多时候都是跑步的，生活非常紧张。这个时候要去想象很悠闲地谈恋爱，好像当时就觉得几乎不可能。而且当时我连怎么去谈恋爱都不知道，我想想要一起去逛街、一起去喝咖啡、一起去干什么的话，这个多浪费钱、多浪费时间啊！

如果说，助学贷款是有温度的造血干细胞，输向受助者，鲁绍臣们的努力则使受助者的肌体活化，焕发出更大的生机。

鲁绍臣：实际上在借国家政策的血液来发展和培育自己血液，几年下来，我还是蛮感恩政策的。自己某种程度上也是抓住了机会，整个生活的状态是在逐步地改善。

教育部数据显示，2016 年，我国资助普通高校学生 4 281.82 万人次，资助金额 955.84 亿元，比上年增加 12.72%；全年共发放国家助学贷款 263.21 亿元，占高校资助总额的 27.54%，是高校资助资金的重要组成。贫困大学生因此有了完成大学教育的保障，有了更多实现梦想的可能。

黄实现：奔着大国工匠去

作者：杨宁、景明

播出日期：2017 年 6 月 2 日

黄实现：如果没有高考的话，我现在肯定和好多的人一样，在城市的某个角落奔波，在工地上粉刷、砌墙，在做城市里的“蜘蛛侠”。

2011 年，一个炎热的夏日午后，徐工重型结构车间里，一群工人围着车床急得打转。这是公司刚进口的一台卧式对镗加工车床，造价几百万元，此刻却怎么也挂不上挡。一个瘦高的小伙子，从电工包里翻出螺丝刀，大喊一声：“拆！”这个喊“拆”的小伙子叫黄实现，这是他参加工作的第一天。

黄实现：刚工作的时候，什么设备、机器都敢修，好多工友就给我起了这样一个名字，叫“疯子黄”。其实我小时候就喜欢拆东西，什么闹钟、手表啊，有的拆了还能修好，有的时候拆了就修不好，不可避免地被妈妈暴打一顿。

靠种地和节衣缩食，妈妈把黄实现送到县城里的私立中学念书，在妈妈心里，儿子读了好中学就能考上好大学。文理分科的时候，黄实现不想违拗妈妈的心愿，学了文。

黄实现：但事实上我喜欢理科，比如物理。有一堂实验课叫摩擦生电。老师提醒我们不要用手去摸小球，但我还是出于好奇心，啪！摸了一下，被电了一下。在那之后，我就感觉电挺神秘的。

黄实现赶上了高考高峰车。2007 年，全国高考报名人数首次突破千万，创纪录的达到 1 010 万。如今，回忆起那一年的高考，很多人都有着和黄实现一样的感叹：数学太难了！

黄实现：就是那一年，一大批人都栽在数学上了。最终成绩没有上二本线。当时我表哥在老家开了一个维修家电的铺子，他就跟我说，上学也是为了找个好工作，不如就踏踏实实地学一门技术，有个一技之长。

物理实验课被电的感觉，一直让黄实现有种莫名的好奇。他想上职业学校，去

黄实现在自己工作的车间里

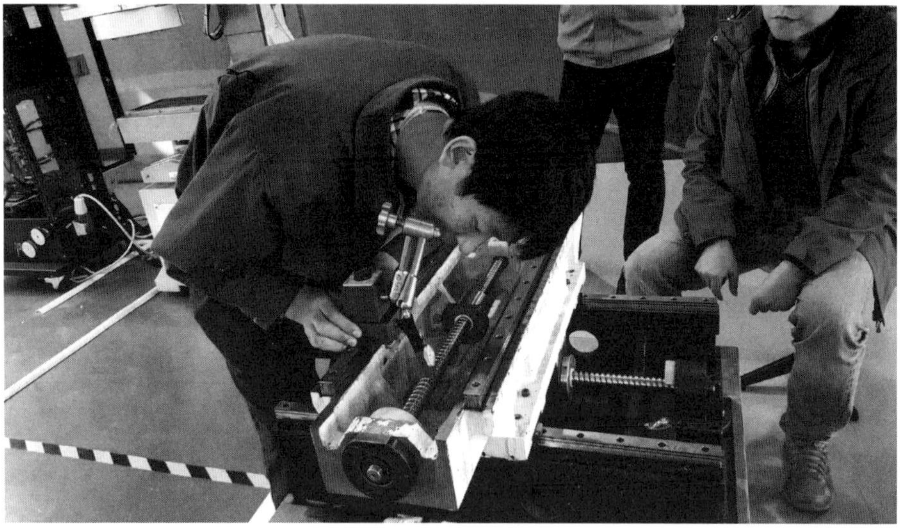

黄实现模拟竞赛训练

学一门跟“电”有关的手艺。但一心想让儿子读本科的母亲坚决不同意。长这么大，黄实现第一次伤了妈妈的心，他没有选择复读，而是进入徐州技师学院机电一体化专业学习。

2007年，江苏省22万人进入职业学校；也是这一年，全国有10个省的高职院校初次就业率超过本科。

2011年7月，黄实现毕业。他没有像表哥一样成为电器铺的老板，而是进入了中国工程机械领军企业——徐工集团。同年，徐工成为行业首个出口超10亿美元的企业，“徐工制造”遍布全球147个国家和地区。

黄实现：其实维修工像医院里的“急诊医生”，需要你什么都会，不能有短板。流水线、设备大多都是进口的，更新换代得特别快，所以常有“疑难杂症”。这就要求我们要比操作工人更熟悉这种设备，才能做到“手到病除”。记得刚工作的时候，我师父说维修工的思维能力非常重要，得“心手合一”，所以那时候我就疯狂地训练过一阵子九连环和魔方。

刚参加工作的半年时间里，黄实现所在的维修部，共接到过4 800多个故障报告；身高1.8米的他，450多次爬上三层楼高、不足半米宽的行床，在独木桥般的平台上操作；在机床淤泥里摸爬滚打的时候更是不计其数，但遇到的问题永远不尽相同。

黄实现：其实在学校的时候我主要是学机电的，对数控机床说实话就是“零基础”。好多机床都是进口的，没几个人懂。大约有半年吧，就带着面包、馒头，泡在车间里。也没老师，也没教材，有的就是一些说明书，都非常的厚，10厘米左右。对着设备，捋线，尝试调试各种各样的参数。那时候就把这些代码和参数都抄在小纸条上，随时拿出来背，上千个技术参数刻在了我脑子里一样，真是钻进去了。半年后，我这个车间的报修率越来越低。

骄人的业绩让黄实现有机会代表徐工参加全国职工技能大赛，2015年，他获得全国第七。2016年，二次征战，他得了第一名。

黄实现：我妈妈知道了之后就只说了这么一句话：没想到我这么笨的孩子还能取得这个成绩。后来，那年春节的时候，我妈买了当时最大的一挂鞭炮。

“疯子黄”升级成“黄大仙”，车间里流传着这样的段子：“大仙一出手，难题绕着走。”今天，28岁的黄实现，已是徐工最年轻的维修大师。车间的荣誉墙上，黄实现名字后面赫然排列着“全国劳动技能奖章”“江苏制造工匠”一个个闪耀的奖项。

黄实现：其实我就是一名普通的维修工人，是技术为我赢来的尊重。我很幸运，毕业之后就从事自己喜欢的工作，而且现在又赶上了中国机械制造变革的一个大时代。或许将来的某一天，一个巨大的车间里就只有智能化的生产线和我这样的维修工人了，可能对于我们来说又迎来了一个新的挑战。

黄实现：“实现”这个名字是父母给我起的，就是希望我一生中遇到的困难能顺利地解决，梦想也能顺利地实现。

（媒体报道：）有数据显示，中国制造业产出占世界比重的五分之一，成为全球制造业第一大国。

近年来，前来参加“广交会”的“一带一路”沿线国家采购商不断地增加，为参展的中国制造企业打开了更多面向新兴国家市场的窗口。

国务院日前印发《中国制造 2025》，部署全面推进实施制造强国战略。

如今，徐工制造的超大吨位起重机、超大吨位液压挖掘机，一个个钢筋铁骨的“逆天神器”，开启了机械制造的中国时代。黄实现的梦想，正在实现！

陈曦：我爱这蓝色的海洋

作者：马烨、聂宏杰

播出日期：2017年6月5日

陈曦：紧急状态的时候感觉汗毛都竖起来了，全身肾上腺素急剧迸发。当时参加一个很大的编队航行，突然动力装置出现了故障，发生了险情。第一个是发出了战斗部署，因为那时候已经晚上12点了，每个人都按照自己的岗位各就各位，同时对故障的装备采取了紧急措施，停机然后查明原因，舰艇要采取减速停车的状态，持续了半个小时。

回想起一年前的那次海上遇险，“80后”海军“郑州舰”实习舰长陈曦下意识地双手握紧了驾驶室玻璃窗前的扶手，脸上的神情也变得紧张起来，说完了那个惊险时刻，他有好几秒都没有说话。

陈曦：我感觉我当舰长这段时间，特别是在海上永远都不会睡得很踏实，只要感觉到哪里声音有点儿不同的异响，或者是有一些什么不正常的气味都会马上反应出来，非要把这个原因搞清楚，不搞清楚心里就不踏实。

行进在海上，紧急情况带来的风险相当于陆地上的几何倍数，弄不好舰上的人都会有生命危险。出海时肾上腺素急剧迸发的紧急时刻不知道遇到过多少次。即使是1998年参加高考，陈曦也没有如此紧张过，反而感觉风轻云淡。

陈曦：我们去考试那天，南昌市还给所有高考的学生发了一件黄色的纪念衫。穿上黄色衣服，骑自行车、走路的时候，临时可以不受红灯管制的限制，就为了方便一点儿。印象还是很深刻的。

穿着这件高考纪念衫出行，社会上竭尽全力地提供便利和保障，这在20世纪90年代末已经相当普遍。如今，志愿者自发组织的高考接送车队在许多城市成为一道风景线，就连城市建设施工也会在高考的那几天暂停，高考已经是全社会达成共识的一件大事。

陈曦：自己骑车去的。一般人家都是父母送，我不要我爸爸妈妈送。我自己从小就觉得应该独立一些。我妈妈还让我爸爸偷偷从后面跟着我一直到学校，我不知道啊，回来我爸爸说的。

向往船舶舰艇的陈曦本来想报考大连舰艇学院，但那一年大连舰艇学院在江西不招生，军校没报成，但他在三个志愿栏里填了同一个专业：船舶与海洋工程。

陈曦：估了大概 590 分吧。实际上考了 565 分，坦率地讲当时我很失落。后来家里反正觉得都考成这样了，也没啥好说的，分都出来了，觉得至少肯定能上重点线。我印象里那年整个南昌市的学校整体考得好像比预想差一些。我感觉我们同学里面复读的比以前的要多，很多人第二年考了，因为正好第二年扩招。

最终，陈曦如愿被哈尔滨工程大学船舶与海洋专业录取。他复读的同学第二年也都如愿以偿。1999 年国家对高校进行扩招，大学向更多的人敞开了大门。

告别了家里摆满一面墙的军事书籍，陈曦没让父母陪送报到，从南到北 3 000 多公里，独自一人坐火车从南昌到哈尔滨，火车开的那一瞬间，陈曦的母亲哭了……

四年的本科时光转瞬即逝。在毕业招聘会上，陈曦看到一块蓝色海洋的背板，他，要去找寻他梦中的大海。

陈曦：我就打电话跟我妈妈说，今天海军来招人，然后到舰艇学院学习一年，以后分到部队，在舰艇上工作，我觉得挺好的，我就决定了。我妈妈说你再考虑考虑啊，我说没什么好考虑的，那我就签了啊。（我听说）我奶奶后来跟我妈说，你为什么不飞到哈尔滨去现场阻止他！因为部队招人不需要像地方写一个自传，就是一张表把你的履历写清楚就可以了。我当时去的时候就是很兴奋，待遇什么的我都不问了，我觉得没什么好问的，很想当舰长，正好有这个机会，就相当于我高考的时候错过了考大连舰艇学院，现在又有机会回到了大连舰艇学院，就处于很兴奋的状态，其他问题都觉得没必要谈。

陈曦从军迷成为军人，365 天无论出海还是回港，陈曦和战友都生活在舰上。

陈曦：在家里呆时间长了就觉得很不适应，总想着舰上还有别的事。反正我回家除了休假以外，从来没有超过 24 小时，基本上不会在家过两个晚上，因为过两个晚上我自己都觉得很不舒服，我还是想跟兄弟们呆在一起。

十几个 365 天的反复，从地方高校毕业后入伍的陈曦经历了自己和中国海军的快速成长。

陈曦：我那时候工作的舰艇只有2 000多吨，现在我们的（舰艇）有6 000吨，我们跟俄罗斯海军进行联合演习，搞了这么多年，这种进步是有目共睹的，而且他们也觉得很明显。他们觉得我们装备非常好，比如作战性能、设计理念，生活居住型设计很重要，生活上的设计如果没有足够保障的话，是很难充分发挥舰艇战斗力的。

十几年，陈曦已经习惯在海上与外国军舰的友好问候，也习惯了战备巡逻时国家海上实力的体现。

陈曦：首先，我们在国际水域碰到外国舰机的话，都会很友好地先打个招呼，但是对于我们自己的权益，或者说包括我们的主权领土等，我们的态度要体现得坚决。那时候也没想象自己能够最终走到舰长的岗位上，当时我觉得如果能让我到军舰上工作我就很满意了。

海上有一种别样的“诗和远方”，陈曦的诗里还是大海，再远的远方都有战友兄弟一路相伴。

陈曦：我希望我能够在舰长的岗位上得到充分的历练，多积累一些经验，而且如果有机会的话，我也希望能够到更大的舰艇上去工作。作为舰长来说，要把全舰凝聚起来，大家都能得到充分的锻炼和发展，然后培养出一批人，他们也能够积极地去发掘他们所知道的装备的性能，我们就能把战斗力发挥到最大。

钱颖一：又见水木清华

钱颖一标准照

作者：刘黎

播出日期：2017 年 6 月 6 日

钱颖一：1977 年 12 月 10 日、11 日、12 日，第一天上午政治，下午文科考史、地，理科考理、化，第二天上午数学，下午语文。第三天是加试，可考可不考外语，外语当时不是必考……

揣着北京市密云县塘子中学第 13 考场的准考证，钱颖一敲开了梦想之门，成为恢复高考后清华大学数学专业的首届大学生。

清华求学，哥伦比亚、耶鲁、哈佛深造，斯坦福、马里兰、伯克利任教，归来在母校执教。有人问他，当年，如果没有参加高考，他的人生会是怎样？已经是清华大学经济管理学院院长的钱颖一说，人生没有假设！

钱颖一：我们这一代人，就是高考改变命运。我们那年是各省分着考，每个省都不一样，它不是全国的统一试卷。我们那个作文题叫作《我在这战斗的一年里》，这是北京市的。我们的战斗就是农活。

钱颖一在家里是老大，他就找其他同学的哥哥姐姐借来“文化大革命”前的中学教科书，背到乡下自学。在密云县塘子公社丰各庄插队的四年，钱颖一从未放下过书本，尤其酷爱数学和英语。

钱颖一：生产队是密云县最穷的队，是在山上，我在那儿呆了四年，什么活儿都干过。修水渠、养猪、做饭、挑水抗旱、种菜、割草、种麦子、种土豆、种白薯，我们全都干过。我的英语和数学都是田埂上学的，我念英语，听着就是中央人民广播电台广播英语教学节目，我就跟着那个学。

看着复印纸张发黑的《新概念英语》，钱颖一在知青点坚持自学。

钱颖一：学《新概念英语》学到第四册的时候就难了，我就积累很多很多问题，我可能两三个月回城一次嘛，每次要到梁从诫他们家去一次问这些问题，答疑。梁从诫的太太，我的老师方晶老师，先问她，她不懂了再问她丈夫梁从诫，梁从诫英语也挺好的，他们俩都不懂了，说咱们到里屋去，有一个人，我们都叫他金爸，然后就去问他，他就"哗"都给我们解答了。金爸是谁呢？就是金岳霖。

1977 年 10 月 21 日的《人民日报》头版头条刊发重大消息《高等学校招生进行重大改革》。50 天后，钱颖一和全国 570 多万考生一起走进久违的高考考场，27.3 万人被录取，818 名佼佼者来到向往已久的清华园。

钱颖一：那个时候报考，传统观念是数理化，理科。1977 级和 1978 级很特殊，招生的时候不是所有专业都招，它招得很少。因为那个时候很突然恢复高考，"文化大革命"刚刚结束，只是开放了一部分专业。当时就觉得，我也不一定将来就做数学，但是我觉得数学对学别的全都有用，很天真的一个想法，事实证明是对的。

清华大学的数学专业和北京大学的物理专业，集中了恢复高考第一年各省最高考分的学生。在 39 人组成的清华"数七班"里，学生年龄从 16 岁到 31 岁不等，数学家华罗庚的女儿、丁石孙的儿子都在"数七班"。

钱颖一：我们这个班，很特殊的班。我们那时候都跟现在不一样，什么课难，学什么课。因为大家都被耽误了，所以大家对这个机会都非常珍惜。前面没人指导，也没人告诉我们该怎么办，所以我们也没有那些条条框框。

清华园开放、自由、包容的学术氛围滋养着干涸的青春，钱颖一埋藏心底多年对知识的渴望，尽情地释放。他以优异的成绩提前毕业，作为改革开放后最早的留学生，前往美国深造。

钱颖一：我们说，怎么申请出国？你就写申请，我们搞点推荐信，那时候没有托福，没有 GRE，什么都没有，要交 20 元报名费，我们还申请免交。因为没有规章制度，不知道该怎么办。

1981 年秋天，清华学堂前，自行车后座上放着海鸥 120 照相机，钱颖一和他的五位同班同学自拍留影。他们同时提前毕业，同时申请到了哈佛、斯坦福、普林斯顿和哥伦比亚大学的全额奖学金。

在美国，钱颖一先后取得哥伦比亚大学统计学硕士、耶鲁大学运筹学和管理科学硕士，之后转读哈佛大学经济学博士。在耶鲁，他有了一次特殊的相识。

钱颖一：我那时候认识吴敬琏，他讲中国经济改革问题。我 1983 年 9 月在耶鲁认识他，中国经济的问题都听他说的，说 50 年代改革怎么回事，谁叫孙冶方、顾准，计划经济怎么回事儿，这些我们都不知道。我在农村那么长时间，自然就对中国的社会问题好奇、有兴趣。当然你要对社会问题，对国家命运很关心的，你就会开动脑筋去思考，这跟我后面转学经济学是有关系的。

2016 年，钱颖一获得首届中国经济学奖，这是我国目前规格最高的经济学奖项，旨在奖励在经济学学术研究上做出杰出贡献的经济学家。

2006 年起，钱颖一回国担任清华大学经济管理学院院长，他从经济研究跨界教育改革。近 90 万字两卷本的《大学的改革》，是钱颖一过去十年教育改革探索的成果。这十年，他没有带过一个博士生，没有申请过一笔科研经费，也没有主持过一个研究中心。

钱颖一：教育确实是很重要的领域。过去人口红利，现在消失了，现在要发挥人才红利。咱们又回到 1977 年高考改革，有了高考改革，才为后来的经济改革提供了人才。中国很重要的是改革和开放，开放是靠中国与世界的交流，重要的交流是人，进进出出。没有高考的改革，不可能有后面的人才辈出，也不可能有国际交往。所以，我现在做的这个事情又是一个轮回。

景海鹏：我要飞得更高

作者：刘黎、聂宏杰

播出日期：2017 年 6 月 7 日

景海鹏：今天是高考的第一天，希望同学们能够保持最佳的精神状态，保持一个非常好的心态，发挥出最好的水平。关注考试的每一个细节，不要放过每个题，哪怕是 0.001 分。我相信大家能够心想事成，梦想成真，加油！

神七、神九、神十一，三次飞天，航天英雄景海鹏用不懈的努力告诉我们，仰望星空，更要脚踏实地。回想当年，通过高考改变命运也曾经是他默默藏在心里的愿望。

景海鹏：当时家境不是太好，想走出农村，摆脱这种贫穷落后的面貌。中学六年的梦想就是要高考，考上大学，让父母过上好日子，又想给父母争光，给弟弟妹妹做个表率。

心里铆着这股劲儿，景海鹏一直成绩优秀。念高一时，一次偶遇、一张报纸、一个名字，点亮了景海鹏的飞行梦。

景海鹏：有一天吃完中午饭，我去教室里拿东西，路过报刊栏，上面有一张报纸，报纸上有一个照片，照片上就是一架战斗机，战斗机边上有名飞行员，戴着飞行头盔，穿着皮夹克，看着很帅气，很神奇。我一看文字报道，这个飞行员在空中遇到特殊情况了，把飞机“战鹰”安全地开回来。这个飞行员名字叫张海鹏。我当时就笑了，人家也叫海鹏能当飞行员，我要能当上飞行员多好。

1985 年，空军在山西运城地区招收飞行员，招飞考试的消息层层传达到了景海鹏所在的中学。招飞考试首先要进行严格的体检，合格后再统一参加空军组织的文化课考试。

景海鹏：到高三的时候，有一天班主任就念通知，除了女同学，男同学除了戴眼镜的，希望大家都积极踊跃报名。下课以后我就找班主任老师，我说我要报名。班主任老师说，海鹏，你就别去了。因为我在篮球队上，六年我都没吃过食堂，都是从家里带的馒头、咸菜、辣椒面，他说，根据我这么多年的经验，你去也是白去，你们搞体育的，体检下来不是肝大就是脾大，营养赶不上，估计你验也验不上。

老师说的虽然是实情，但也激起景海鹏那股子倔劲儿。第二天一早，他骑车骑了 15 公里，早早就守在了体检医院的门口，硬是自己争取到了体检机会。

景海鹏：当时学校 12 个毕业班，拉了 80 个同学。第一天下来，剩 20 个，我是其中之一；第二天剩 5 个，我是其中之一；坚持到第三天，最后一关，散瞳，把瞳孔放大，检查你的眼底，那是最后一关，如果你的眼底没有问题，那好了，给你发一个墨镜，就预示着你的身体合格了。

1985 年 6 月 1 日，景海鹏如愿成为一名飞行学员，去保定航校前，父母倾尽所有送他一份礼物。

景海鹏：父亲想方设法赚钱，供着我们兄妹三个上学。当时家里面没有钱，怎么办？父亲就卖笤帚赚点钱，山西煤炭多，离我们家 15 里地有一个车站，给车站的一个煤场看门，一个月赚点钱。上学吃食堂我都吃不起，飞行学院的通知书到了以后，老父亲花几十块钱给我买了一块表，到现在我还保存着这块表，这块表是父亲、母亲对儿子最大的奖赏。

12 年飞行员，20 年航天员，32 年军旅生涯，景海鹏的每一天都面临各式各样的考试。

三年不摸飞机，打牢文化课、身体素质和军事理论的基础；上飞机实操，从最基础的起飞降落练起；飞战斗机，担负作战值班……从入学时的飞行学员历练成合格的飞行员，去掉学员的“学”字，他花了五年多时间。唯有苦学苦练，才能经得住每时每刻都有的淘汰。

景海鹏：身边的战友为了保护一个学校，放弃跳伞机会牺牲了。战友身上发生的事故，也激励着我。飞行部队有两句话：地面苦练，空中精飞。飞行员只有地面苦练，空中精飞才能保证你的技术，技术好了才能保证你的安全。就像我们开车一样，开得越多，越熟练，磕磕碰碰的机会越少。通过自己的准备、自己的努力，提高技艺。艺高人胆大，最后要成为一名真正的战斗员。当飞行员 12 年，我没有因为个人的原因耽误过一个飞行日。

安全飞行 1 200 小时，练就过硬的技术是在做扎实的准备；当飞行员 12 年，除了身体检查，没去过一次医院，身体素质过硬，也是必要的准备。景海鹏成为航天员，并不是偶然。

景海鹏：早期的航天员都是从空军的战斗机飞行员里选的。为什么航天员从飞行员里选，而且飞行时间有一定的要求？因为有空中长期飞行的经验感受，另外是心理素质，我们每天都和生死打交道，随时随地会遇到各种情况，你的思想、你的身体、你的心理、你的综合能力，都在为你的梦想做准备。

1998 年 1 月，景海鹏正式成为我国首批预备航天员。飞行员到航天员，看似有关联，却是完全不同的领域，一切从零开始。

景海鹏：重新坐在教室里面，刚开始确实坐不住，从零开始，学八大系统。把航天员送上天需要火箭，需要飞船，需要测控通信，需要回收着陆发场，等等。不到五年时间，我们学了 8 大类，将近 58 个学科，不知道多少门课。每一次训练完马上就要考核，都要记录在案，纳入执行任务之前的成绩里面。那五年期间，晚上 12 点之前没有睡过觉，都在学习，希望每次考试考出好成绩。

航天任务的选拔近乎残酷，大考小考都要计入成绩，最终决定谁能执行发射任务，全看总成绩单上的排名。从进入预备航天员队列，到 2008 年入选"神舟七号"飞行乘组，首次进入太空，景海鹏经历了十年磨砺。这十年，他只回过三次老家，没有陪父母过过一个春节。

景海鹏：从 1998 年到 2008 年，用了十年的时间才实现自己第一次飞天梦想。如果十年之前有人告诉你，这个事情你要干十年，十年以后还不一定能够梦想成真，你干不干？其实这十年对我来说虽不能叫坎坷，但也遇到过各种各样的困难。

景海鹏的 50 岁生日是在太空度过的，"神舟十一号"发射任务已是他第三次拥抱苍穹。

景海鹏：作为航天员来说，我就是吃这碗饭的，应该时刻做好准备。如果任务需要，随时随地可以往前冲刺。就像百米赛跑一样，发令枪一响，你马上就往终点冲刺了。国家培养一名飞行员多不容易，是用相同体重的黄金堆出来的，何况国家培养一名航天员，要花费多大的代价。时时刻刻做好准备，任组织挑选。这是我真实的心态。

繁忙紧张的训练之余，景海鹏还在西安交通大学攻读电子信息专业的博士，所有的努力只为着那个全新的目标——不远的将来，能去航天员梦想的空间站驻守。

景海鹏：空间站对所有航天员都是一个全新的任务，面对新的任务，我们重新洗牌，重新选拔。对我来说，又会面临一次新的考验。对空间站来说，我也是新兵，要不断地学习，希望自己能够成为下次任务当中的一员。

成为英雄航天员后，景海鹏多次到中学、大学给同学们普及航天知识，用他的亲身经历诠释航天精神，几乎所有的演讲都会提到梦想。

景海鹏：人这一辈子梦想很多，在每个阶段、每个时期都有自己大小不同的梦想，而且梦想是在不断地变化、不断地修正，变成你自己能够够得着、抓得住的，最后变成你自己的梦想。如果站在那个地方很轻松就抓住了，那个东西不是你的梦想。如果你踮起脚跟可以够上，可能接近你的梦想。如果我跳一下，第一次没跳上，没够着，第二次够着，也许可能是你的梦想，可能是适合你自己的梦想。得有梦想，要为实现梦想做努力，要坚守梦想。

景海鹏说，在人生的大考里，梦想就是一盏灯，照亮你前面的路，努力去备考，勇敢去应考，你才能和自己的梦想握手相拥。

景海鹏：今天是高考的第一天，首先想跟今年广大的考生说几句话，人生的每一步都是考试，时时刻刻都面临着选择，面临着选拔，面临着考验。不是说高考之后，考上大学就可以实现你的最大最高的梦想了，人生才刚刚开始。

特别策划：纪念唐山大地震40周年

按语：

2016年7月28日是唐山大地震40周年纪念日。40年前的这一天，河北唐山，短短的23秒，夺走了24万人的生命，也让这个工业城市在震后整整15天里，成了一座孤岛。

时任唐山机场调度室副主任的李升堂和开滦煤矿唐山矿区工会副主席的李玉林都是唐山大地震的幸存者，地震发生时，他们从地面、空中两条线到北京向中央请求支援。大地震震碎了他们的家，也改变了他们的人生轨迹。时隔40年，录音特写《再回1976的唐山》，回顾地震发生、求助、救灾的每个瞬间，以此向死难者哀悼、向救援者致敬。

24万人的生命中，就有田金芳的父母、三个哥哥、两个姐姐。九口之家，只剩了15岁的田金芳和7岁的弟弟。从死亡边缘拉回的生命，因地震而彻底改变。年过五旬的田金芳回望过去的岁月，她这一辈子和那场灾难结结实实地系在了一起。录音特写《一辈子的偿还》，讲述了一个普通家庭的曲折故事，以小人物的命运折射灾难、讲述人性、观察变迁。

再回 1976 的唐山

作者：郭翔宇、肖源、杜震

播出日期：2016 年 7 月 27 日

1976 年 7 月 27 日晚上 11 点，唐山的天气格外闷热，天空出奇地发亮。时任唐山机场调度室副主任的李升堂回忆，他的妻子当时就想到了地震。

李升堂：我老伴就跟我说，哎呀，是不是要闹地震啊。我怕她睡不着，就安慰她说，不要瞎想，夏天都这么热。

同一时刻，开滦煤矿唐山矿区的工会副主席李玉林刚刚升井，在井下连干了两天一夜，回家后他累得连饭都没吃，就一头倒在床上。

7 月 28 日凌晨 3 点 42 分，地动山摇。幸免于难的李升堂从废墟中爬了出来，把一对儿女抱到院子里的树下，转身跑向一公里外的机场调度大楼。但机场的损毁情况让李升堂几乎绝望，调度大楼的八根柱子震断了四根，指挥系统全部瘫痪。李升堂和战友搜遍整个场站，也只找到一部还勉强能用的超短波电台。

李升堂：就剩一台导航台。什么对空台、固定塔台、天线都完了。一共有两架飞机，这个里-2 飞机能飞复杂气象。后来发现那个通讯车还能用，后面坏了，还能派出来，它那上面能发电。

开滦煤矿。李玉林赶紧往矿区赶，他担心井下生死未卜的工友们，站在漆黑的矿山上呼喊，能回应他的，只有武装部干事曹国成、机电科绞车司机袁庆武和矿山救援队司机崔志亮，能找到的，也只有一辆没被震坏的矿山救护车。

去北京！向党中央报告！这是李玉林当时唯一能想到的法子。

李玉林：上北京去的这个念头就是我从家跑到矿里的这个过程当中想到的，我所看到的都是废墟，没有别的了。

震后 30 分钟，一辆红色矿山救护车拉响警报，载着李玉林等四人从矿区开出，一路向西，直奔京城。

向中央请求支援也是李升堂脑子里的唯一念头。他准备启动电台引导飞机飞北京时，却被战友摁住，未经批准，起飞就是违纪。

震后的唐山，开始下雨，李升堂最终拍板。地震后第一架飞往北京的求救飞机在没有导航台，仅靠李升堂肉眼指挥的情况下，冲出跑道，冒雨起飞。

李升堂：这是非常时期的一次特别起飞，我就让调度员，让飞机起飞。就这样，6点多起飞了。

当李玉林的车到达北京时，李升堂所指挥的里-2飞机也顺利降落在南苑机场。两辆车在清晨北京的街头相向疾驰，最终，他们在中南海新华门前相遇。没有寒暄，没有交流，他们心里想的，都是怎么把灾情以最快的速度报告中央。

震后4小时18分。北京，中南海紫光阁。李玉林向中央领导汇报开滦煤矿的灾情，井下还有几千名矿工。

当时的李玉林们并不知道，在开滦煤矿地下590米，数千名逃到大巷上的矿工们正在黑暗中等待着一个命令。时隔40年，机电工人张国成还清晰记得当时的场景。

张国成：当时给我的感觉是工作面垮面了，木板撞掉了。我们从小缝硬挤着出去的，大伙儿从工地下来的工人等着领导指示咱别动，当时组织性特别强，一点儿没乱。

地下搜索紧张而有序地进行着，直到找到最后一名工友，这支数千人的队伍，才开始凭借头顶的矿灯照路，一步步向没有坍塌的井口移动，最终，所有矿工全部安全升井。

唐山机场。李升堂在调度室里守候了一夜，不断调试电台的按钮，生怕错过空中的任何一丝信号。上午9点，震后第5个小时。电台里终于传来了无线电密语对唐山场站的呼叫，要求提供着陆条件。这架2小时前从北京沙河机场起飞的米-8直升机，正是中央派来的第一架救援专机。

随着救援物资到达唐山的，还有向中央汇报灾情又折返回来救灾的李玉林。在赶回开滦煤矿的路上，他扯着嗓子呼喊，把中央已经决定驰援唐山的消息告诉沿途的受灾群众。

李玉林：我把情况跟他们讲，围过来的人越来越多，越来越多。一听说党中央、毛主席采取救援措施了，哎呀，那个口号喊的，我就从来没有听过，那都是发自肺腑的，几乎都是喊破了嗓子那么喊的。很多伤员都在地上躺着，虽然喊不出声音，但是张嘴那劲儿我现在回想起来还记忆犹新。

回到唐山的李玉林才知道，包括他的父母和儿子在内的 14 名亲人都在地震中丧生。草草掩埋至亲后，李玉林又回到矿上，靠着困守唐山的两万多名矿工，开滦煤矿在震后第十天，正式恢复生产。

李玉林：把死者安置好了以后工人都回来了，有排水保矿，有井上恢复建设，清理东西，等等，全部铺开了。十天之后基本矿上全是人，那时候哪家里都有困难，没有没困难的，那也都来。

由于铁路和公路都受到了严重破坏，开辟空中通道是救援的唯一选择。空中救援，在震后 5 小时 18 分后正式开始。然而，电力中断，跑道灯全灭，没有导航设备，唐山机场成了“睁眼瞎”。没有跑道灯，战士们搜罗来了几百盏马灯代替。而来自全国 30 多个机场的 13 种机型，就靠着李升堂用耳朵听音、肉眼观察的方式进行引导，在近千次的余震中起降。最紧张的时候，平均 2 分钟就起降一架飞机，创造了世界航空史上的奇迹。地震后的 14 天关键期内，2 万多名伤员，无数的救灾物资，就从唐山机场那条窄小的跑道上起降。

李升堂：相当难。大航线、小航线、对头起飞、交叉起飞、两头起飞，把一条跑道当两条跑道用，最大限度地提高机场起降率，多运伤员，多运救灾物资。最多一天 360 架，平均每天有 200 架起降。15 天我都没洗脸，都没休息。

8 月 11 日，震后第 15 天，唐山通往外界的陆路，终于打通。

废墟中的唐山，终于不再是一座孤岛。

今年 80 岁的李升堂，左脚有些不灵便，每爬一层楼，都要歇上好一会儿。但要听到头顶有飞机飞过，他还是会兴奋。

而在曾经掩埋遇难者的开滦煤矿沉降区，如今，建起了 2016 年唐山世界园艺博览会园区。经历地震的矿工们早已退休，机电工人张国成退休后喜欢上了摄影，他说，就爱多拍拍现在的新唐山。

张国成：就是在咱们世园会没有搞这个园艺的时候，也照了好多相，现在建好了我又照好多相，这俩一对比，也不用我说别的，就可以看出前后的变化，对不对？

然而，当走到园区中央时，他还是放下了手中的相机，静静地站着。这座寓意凤凰涅槃的主题雕塑“丹凤朝阳”，似乎还在提醒着来这里参观的每一个人，不要忘记这座城市的曾经。

张国成：我在唐山市生活了60多年了。掩埋了遇难者，恢复了家园，唐山市死了20多万人，他还能这样，挺起了腰杆顶天立地，该恢复生产就恢复生产，该怎么生活就怎么生活，很好，这就是唐山人！

一辈子的偿还

作者：肖源、杜震、郭翔宇

播出日期：2016 年 7 月 28 日

（电影《唐山大地震》片段）

元妮：车怎么抖起来了？

大强：天怎么紫了？

元妮：怎么的了这是？

冯小刚导演的电影《唐山大地震》上映至今已六年，55 岁的唐山人田金芳，一直都没有勇气去看。

田金芳：不敢看。他拍的电影肯定特别真实，都是房倒屋塌，都是“咣咣咣”，电闪雷鸣，肯定有这个，因为我经受过。

7 月 28 日，15 岁的田金芳，因为阑尾炎，在唐山工人医院住院。凌晨 3 点 42 分。即便过了 40 年，她依然能清晰地复述当时的场景。

田金芳：晃完以后，“啪”，这一“啪”，当时的时候，静着呢，没声音。就过了不知道多长时间，底下全是喊声，那时候人的声音真正的叫鬼哭狼嚎。等到不多长时间，就听到“嗷”一声叫唤，那就是死了，就是说最后的一口气。

田金芳被挤在废墟下，等着死亡，或者重生。

田金芳：那天晚上，就有人拿着砖头瓦块，“当当当”敲，敲到我那个地方的时候，我也摸着一个东西，我就敲上面的东西，然后上边就开始扒。我快出来的时候，就抬头看，看到解放军戴着五星帽子，穿着军装，他在扒我的时候，那个指甲盖都掉下来了。那时候没有铁器什么的，光用这两只手扒。当时我的头被砸流血，然后他说，小妹妹，把帽子戴上吧，省得受风，我还得去救别人，你赶紧回家吧。

回家。可是，田金芳已经找不到家了。

田金芳：我们家旁边有铁道。我在铁道上站着，一大片，一眼望不到边。哎

每年 7 月 28 号，田金芳都要来纪念墙处，和父母团聚。她说，平常不爱来，一年伤心一次就够了。

呀，我说这上哪儿找去呀。过了不知道多长时间我就看着一只小手，就在这儿自己摇晃着，他就在那房檐上卡着呢。我说我来救你，别着急，别着急。我弟弟听出我的声音了，三姐是我。哎呀，我更着急了，我说别动别动，我弄。

田金芳从废墟中扒拉出了弟弟，九口之家，就剩姐弟俩。

家没了，15 岁的田金芳，带着 7 岁的弟弟，跟着人流，走到了飞机场。

田金芳：在飞机场上呆了六七天，晚上睡觉我们姐弟俩横排着，旁边都是病号。第二天早上一起来，旁边的人都死了，用这么大的大黑塑料袋，特制的，装到大塑料袋里，系上，装到大汽车上，拉走了。

震后的田金芳接了妈妈的班，带着弟弟过着柴米油盐的平淡生活。

电影里，地震给小主人公留下了深刻的心理阴影，田金芳说，她也一样，一些突如其来的场景，会让她的情绪，瞬间失控。

田金芳：一看大黑塑料袋，我那头皮都胀起来，因为当时唐山的所有的这些，都是用大黑塑料袋运走的。今天我因为这个，跟那服务员还闹了一场，来脾气了。我说你们家有红塑料袋啊，你非得给我这个，她说没这么大的。回来以后在半路上我一边骑电动车一边想，跟人家孩子嚷啥啊，孩子人家都不懂。

方达：1976 年的地震，把我妈妈这辈子全都毁了。心里碎得跟渣一样，倒的房子都盖起来了，可我妈妈心里的房子，再也没盖起来。32 年了，老太太就守着这些废墟过日子。

电影里，主人公元妮带着因为地震变成了独臂的儿子，守着心里那个“完整”的家过了一辈子，田金芳也有自己的执拗。

田金芳：那顶军帽到现在我还保存着呢。40 年了，每年我都找这个解放军，而且我到各个部队去找，讲述我这顶军帽的故事，万一要奇迹出现呢？我要找到这位救命恩人，每到一个部队我都要讲这个故事，我讲了 40 年了。

拥军，并在拥军的过程中，寻找那个救过她性命的解放军。为此，田金芳甚至卖了房子，家庭生活也受到了影响——家里人并不十分支持田金芳近乎偏执的做法。

田金芳：我跟我弟弟说，金岭呀，没有解放军就没有姐姐，没有姐姐就没有你，咱们老田家绝根儿了。唐山 7 000 多户啊，断门绝烟，咱姐弟俩算幸运的，为啥？！我呢，完完全全就是感恩，我要感恩一辈子，就是明天要死了，今天我也要感恩。因为解放军给我了一条生命。

没事儿的时候，田金芳就会在网络上搜索这样几个关键词：唐山、地震、老兵。去年，她看到了江苏徐州的一则新闻报道。

田金芳：突然间我看到有一个照片，我说这个人怎么像救我的那个人呢，越看越像。然后我就看他们里面的故事，有一个叫周广军的，他说他的帽子给一个救上来的小女孩戴上了，回到部队的时候，他因为这件事还受到了批评，就因为这军帽没了。他讲的那些话跟我经历的那个39年前的故事，一个字都不差。

周广军，的确是那顶军帽的主人。

当年，周广军从唐山的医院里徒手扒出了田金芳；39年后，田金芳在徐州的医院里，见到了生病卧床的周广军。

田金芳：他在床上躺着的时候，这么半躺着，就是他。我当时就给他跪下了，我就一边哭一边说，我说老大哥你让我找得好苦，我找了39年。

记者：周广军没有认出您来？

田金芳：当时没有认出来。当我把那军帽拿出来的时候，我说你记不记得这顶军帽，你看里边的这个血还都在。他一看这军帽，当时张嘴哭啊，那眼泪"唰唰"地流。

23秒，是大地震抹平唐山的时间；32年，是唐山地震和汶川地震的间距。

方达：你们是唐山的？我也是唐山人，来晚一步啊。

志愿者：来得不算晚，赶紧救人。

物伤其类。从唐山到汶川，电影里的救援场景有现实版本。2008年5月的汶川，有不少来自唐山的救援人员。其中就有田金芳。汶川地震当天傍晚，田金芳瞒着家人，带着银行卡，从北京辗转去了汶川映秀。

田金芳：我在那儿卸车的时候，（捐赠的衣服）上面写的是"唐山地震孤儿捐"，我也没写名字。我在映秀呆了7天，在那个地方的时候，听到广播里说，成立了第一家帐篷小学，没有书和本，没有帐篷。完了我又坐着车到成都，买了70顶帐篷，还有1.7万多元的书本。

时间，难以抚平伤痛；就像地震，无法抹平唐山。

田金芳说，20世纪80年代唐山的地标是小山商场；90年代的，是百货大楼、唐山宾馆；再往后就更多了，国贸、万达广场……当然，还有2008年修起来的地震纪念墙。

女孩 1：怎么这么多名字的，李兰友之女。

妈妈：以前很多人都不知道名字的，只有有在世亲友的给统计下来了。

女孩 2：李丫头、唐小丫、范傻子……

妈妈：有的是他们小名或者不知道大名的那种。

女孩 2：我知道那些不知名的叫什么名字，叫无名氏。

40 个名字一块砖，336 块砖一面墙，22 张墙面上，刻着 24 万有名或者无名的遇难者，其中包括 7 000 多个断门绝烟的家庭。在高度 7.28 米的纪念墙上，55 岁的田金芳费力地找着家人的名字。

田金芳：那儿呢，田玉梅。刚才我看着在那儿，又上哪儿去了？那儿呢，刘玉凤。

田金芳用墙角的石子，把两束黄色的假花，端正地放在刘玉凤三个字的下方。

田金芳：妈妈，我就买了简单的一束小花给你……

一对祖孙，从田金芳的身边经过，但并没有因为她的哭泣而停下来。

男孩：那要是我地震的时候死了？

爷爷：会长命百岁。

男孩：我就不会死，我是金刚，怎么会死呢？

新闻广播剧：遇见海昏侯

按语：

南昌西汉海昏侯墓是目前我国发现的面积最大、保存最好、内涵最丰富的汉代列侯等级墓葬，并于2015年入选“中国十大考古新发现”。2016年年初，备受瞩目的海昏侯墓考古发掘进入关键阶段，“谁是墓主”的谜底即将揭晓。考古以复原历史为已任。比深埋于地底两千多年的奇珍异宝更具价值的，还有被时间长河湮没的历史印记。中国之声新闻广播剧《遇见海昏侯》，首创“录音报道＋历史广播剧”的形式，以报道呈现海昏侯墓考古重大发现，用广播剧还原历史事件，打造出了前所未有的声音产品，也开创了国内“新闻广播剧”的体裁先河。

策划审稿：高岩

导演：权胜

导演在给全体演播人员解读剧本

第 1 回　海昏侯大墓内棺起，汉废帝刘贺渐明晰

撰稿：柴婧、徐菁
制作：权胜、房大文
口述记者：丁飞
历史剧旁白：贾男
播出日期：2016 年 2 月 8 日

第一幕：内棺

记者口述：

近了，离我越来越近。被白色木板层层包裹的那个庞然大物，就是传说中海昏侯的棺柩。它正被高高吊起，悬在半空。这感觉好奇妙，像是一伸手，就能够到它。那里边不会真的躺着一位西汉皇帝吧？历史上在位时间最短的——汉废帝刘贺？海昏侯墓考古发掘专家组组长信立祥说，为了更好地保护，要给它搬个家。

信立祥：棺虽然被压垮了，但里面的文物基本没有移动位置，保存很好。这样

广播剧录制进行中

是不适于做现场清理的。为了确保文物的安全，我们决定采取套箱提取的方法，到文保用房里面做实验室的清理工作。

进入2016年，南昌西汉海昏侯墓还没被开启的部分，就只剩下最后的内棺了。如果说，墓室是个400平方米的大开间，那么核心区主椁室相当于主卧室，有七八十平方米。而内棺正被“全副武装”，以最安全的速度吊上卡车，开往一公里之外的低氧实验室继续清理，短期内不再对外发布消息。

信立祥：我们可以推测的是，里面可能有大量的玉器，另外还有一些非常精致珍贵、墓主最喜欢的东西。最重要的是，可能有墓主人身份的直接证据。

历史上海昏侯家族共有四代，其中以第一代海昏侯刘贺的遭遇最为曲折。他做过皇帝，却在27天后就被废黜。2 000多年后，墓主人第一次离开沉睡的故土，棺木看起来那么平静，里面究竟会藏着什么样的秘密呢？若真是刘贺，他到底是个什么样的人？他登基的那一天，应该不会想到，自己将葬在远离长安的海昏之地吧——

第二幕：继承人

广播剧：

群杂（刘贺家臣）：皇后有诏！快！快点火烛！请殿下拆封看看！

刘贺：我来看看，（念）大行皇帝驾崩，无子嗣，立昌邑王刘贺为太子，承继大统，即刻入长安。

（家臣纷纷跪倒，恭喜王爷贺喜殿下！）

刘贺（高兴，但茫然地）：是我吗？我要当皇帝了？我要当皇帝了！可是，皇上的兄长广陵王尚在，理应传位给他，我只是皇上的侄儿，为什么会是我？

旁白：公元前 74 年，汉昭帝刘弗陵驾崩，没有留下子嗣，立国百年的大汉帝国遭遇到了前所未有的继承人危机。辅国重臣大司马霍光向年仅 15 岁的上官皇后建议，立昌邑王刘贺为太子。就在这个夜晚，原本在自己的封国里安逸玩乐、无拘无束的刘贺，命运发生了翻天覆地的变化。

王吉（刘贺老师、家臣）：殿下！明日您就要启程入长安，老臣平日教您学习治国理政的道理，您总是不以为意，还总是跟厨子马夫之流混在一起。如今您都要做皇上了，若还不知收敛，只怕不能让天下人臣服啊。

刘贺：好啦好啦，老师。等我做了皇上，万人之上，还有谁敢不服气？

王吉：殿下此言差矣！别人姑且不论，这大司马霍光大人，您可不能怠慢。霍光大人辅佐武帝 20 余年，深得信任，武帝临终前，将还是八岁小娃儿的先帝托付给他，这些年来，朝政上的事儿谁不得先问问霍光大人的意见，如今的上官皇后也是霍光大人的亲外孙女。此次由大王来继承大统，虽是皇后下诏，但老臣想着，恐怕还是霍光大人的意思。

刘贺（打断）：你是说我这太子还成了他霍光立的啦？难不成以后要全听他的？

王吉：此人城府极深，大王若是不尊他、敬他、靠他，恐怕会吃亏啊……

旁白：王吉的告诫，刘贺并未放在心上。接到诏书第二日，他便启程踏上了前往长安的路。

王吉：殿下，前面就是灞上，过了灞河就是长安了。到了这儿，您就不能再随

录音师房大文在进行录制

便了。按照礼仪，您是奔丧而来，看见长安就要大哭以示哀痛。

刘贺：哦。可是我这两天嗓子疼，实在是哭不出来呀。

王吉：殿下！前面就是先帝灵柩，大司马霍光大人已在前迎候，请殿下务必下车，恸哭哀悼！

刘贺：好啦好啦，这个我能做到。等会儿，我看看，那个站在最前面的，就是霍光吗？

王吉：正是！

刘贺（张望着嘀咕）：身量不高，看上去倒也是慈眉善目，可是，为什么看到他我的后背就有些发凉呢……

（众大臣小声议论）

霍光：（上前一步）老臣霍光，率众位大人恭迎太子入殿！

旁白：公元前 74 年农历六月初一，在霍光的注视下，昌邑王刘贺接受天子玉玺，登基为新帝，尊上官皇后为皇太后。

第三幕：遐思

记者口述：

突如其来接了诏书，莫名其妙当了皇帝。如此看来，刘贺此后的日子一定和权臣霍光息息相关。霍光为了专权，选择了“生于皇家而不知世事”的刘贺，而刘贺倒也因此迎来了人生中的“巅峰时刻”，坐上皇位。不知他自己是否也对这“天上掉馅饼”的好事，感到欣喜若狂呢？

只是，当时的他，应该无论如何也想不到，仅仅 27 天后，自己就会被霍光罢黜吧？他更想不到，死后将被葬在远离政治中心的偏远之地吧……

第 2 回　墓主人园寝好排场，大司马废帝未血刃

撰稿：柴婧、李竟成
制作：张闻、房大文
口述记者：丁飞
历史剧旁白：贾男
播出日期：2016 年 2 月 9 日

第一幕：墓园

记者口述：

在历史圈，刘贺本不是个重要人物。在位 27 天，能有多少研究价值呢？可就因为他很可能是海昏侯墓的墓主人，而在 2 000 多年后的今天“红”了。人们讨论他，研究他，首先是因为墓本身。海昏侯墓考古发掘专家组组长信立祥是这么评价的。

信立祥：这是目前发现的，结构最完整、布局最清晰、保存最完好的汉代列侯墓园。对于研究西汉列侯的园寝制度，价值巨大。

海昏侯墓所在的墓园，占地 4 万平方米，相当于 6 个足球场大小。中心是 2 座主墓，周围还有 7 座家庭成员的陪葬墓。西边有座真车马坑，下边埋了 5 辆木质彩绘车和 20 匹活马，据说这在全国汉代高等级墓葬中都非常少见。考古队领队杨军给出了目前为止唯一的线索。

杨军：所有证据连接起来，说不定就是那个当过 27 天皇帝的第一代海昏侯刘贺。

查阅历史后人们发现，主人公刘贺本人的命运更加跌宕起伏：他先是昌邑王，后当上皇帝，再被废，最后贬为“海昏侯”。一生短短 33 载，却在王、帝、侯三种身份间转换。在位没有年号，未入《汉书》本纪。这么悲惨的人生，应该是从他“被废”的那一天开始的吧——

第二幕：政变

广播剧：

旁白：公元前 74 年农历六月二十八日，未央宫内，一场秘密会议正在进行。大司马霍光召集群臣，有意废黜刚刚继承皇位 27 天的刘贺。

霍光：昌邑王（加重语气、停顿）昏庸淫乱，长此以往，势将危害宗庙社稷，恐怕难堪大任，众位大人以为如何？

群臣惊愕（支支吾吾地窃窃私语）：呃……呃……

臣 1：皇上已登基 27 日，大司马怎可还称“昌邑王”？怕是大司马已另有打算……

臣 2：陛下自登基后，宠幸昌邑旧属，加封赏赐不断，对辅国重臣却多有不屑，听说大司马甚为不悦哪。

群臣：这……大司马所言……呃……臣等以为……

田延年（剑出鞘声，激昂地）：大司马不必再犹豫了！我田延年追随您多年，深知大司马忠心耿耿，孝武帝都曾将刘氏皇族平安托付给大司马，如今昌邑王昏庸，他那群昌邑国旧属鸡飞狗跳，搅得朝中不宁，一旦天下危亡，吾等有何脸面去见先帝？今日所议之事必须有个结果，谁有异议，我建议，当场格杀！

群臣:（大惊）呃……国之命脉，在大司马之手，一切由大司马做主！由大司马做主！

霍光：好！事不宜迟，咱们即刻朝见太后，向太后进谏！

通传声：太后有旨，宣陛下觐见！

太后：大司马方才有事入奏，此刻但说无妨。

霍光：谢太后！老臣惶恐，冒死进言。先帝早逝，未留下子嗣，臣等迎昌邑王继承大统，未承想，昌邑王登基以来，罪行累累。其一，大丧期间，不见昌邑王丝毫悲哀之心，日日鼓乐歌舞，拒绝素食，强抢民女。（刘贺：司马大人……）其二，在先帝棺柩前接受玉玺，拆封后却随意丢置。（刘贺：我……我没有！）更有甚者，先帝灵柩还停在前殿，昌邑王却命鼓乐喧天，与先帝宫人行淫乱之事……

刘贺：霍光！我没有……

太后（气得发抖，打断）：别说了！你……你给哀家跪下！你也太放肆了！

刘贺（起身跪倒）：太……太后息怒！

霍光：臣等多次向昌邑王谏言，却反遭申诉；昌邑王即位仅27天，已犯下罪行1 127件之多，臣等认为其不能承天命，奉宗庙，恐危害江山社稷，理应罢黜！

太后（停顿一下，深吸一口气）：准！

刘贺（惊慌失措）：太后！朕是天子，这些做臣子的，怎么可以批评朕？他们还要罢黜我？

霍光：殿下！太后既有懿旨，怎能还以天子自居？臣要收回玉玺，交与太后！

（霍光前去收缴玉玺）

刘贺（伏地磕头）：儿臣愚钝！难堪大任，求太后宽恕……求太后恕罪……

旁白：莫名其妙地当了皇帝，却又如疾风暴雨一般被废黜，在霍光的注视下，刘贺踉踉跄跄走进自己在长安的驿馆。

霍光（阴森森地）：来人，对昌邑王严加看管，切不可让他死了。传我的令，昌邑国200余臣属，未尽规劝之责，任由昌邑王放纵，罪责深重，全！部！诛！杀！

旁白：公元前74年，上官太后下诏，命刘贺返回山东的昌邑国，赐汤沐邑2 000户，此前他做昌邑王的全部财产，仍发还给他。仅仅一个月前，到达长安的队伍还浩浩荡荡，如今离开长安，竟只剩夕阳下刘贺孤单落寞的背影。

第三幕：遐思

记者口述：

成也霍光，败也霍光。

27天，一个月都不到，不到20岁的刘贺就这样和皇位打了个“照面”，便擦肩而过，实在是可悲！不过显然，从墓葬出土的文物看，倘若墓主真是他本人，被废后的生活似乎过得还不错：板栗虫草，衣笥钱粮，钟鼎马车，金玉珠辉，放在当年个个都是“高配”，衣食住行莫不奢靡。只是，安睡的地方有一日差点儿被盗墓者盗个精光，再经由考古保护，以另一种方式“重见天日”，这些应该不在他意料之中吧。

第3回　盗墓贼洞穿厚椁板，八村民深夜护荒山

撰稿：柴婧、丁飞
制作：张闻、房大文
口述记者：丁飞
历史剧旁白：贾男
播出日期：2016年2月10日

第一幕：盗洞

记者口述：

主椁室一清理完，底板正中央便出现了一个大洞，洞大得足可以钻进一个人去。4年前，盗墓者从地面垂直打下去，穿破了好几层板，打出了这个14米多深的大洞，光是底板下面就有几十公分厚。那画面触目惊心，感觉像被利剑刺穿了心脏，一直在滴血。

不过，躺着墓主本人的棺柩并没有按常理出现在椁室中央，而是在东北角，这恐怕连盗墓者也没料到。公元318年当地发生大地震，造成椁室坍塌、沉入水中，椁木可能被移动了地方。难怪发掘现场从一开始就都是污水和淤泥；不过还有一种说法，认为墓主生前也许就是睡在房间的东北角，而不是正中央。总之，盗墓者打的洞穿破了椁板，却没有打入棺木。这里因此被保留了下来。

《中国盗墓史》作者、中国人民大学国学院教授王子今说：现在民间的盗墓的规模、参与的人数以及动用的技术手段，都是空前的。考古发掘很少看到没有被盗过的墓，当然盗墓行为也是历代都有。比如秦陵1号大墓，刚刚把夯土揭开，247个盗洞，大概有十几个打到椁室里，重要物品被盗掘一空。

看来，和全国其他被大肆盗掘的汉墓相比，海昏侯墓还算幸运，盗洞刚打好，就被群众发现了——

记者采访发现海昏侯墓的村民老裘

第二幕：举报

广播剧：

老裘：奇怪，你们看那土山顶上怎么回事儿，咋高出个黄土包来？

德华：是啊，你看我家那老黄牛，这几天都不爱在上山吃草了，诡异得很……

菊生：老裘你看，你快看，又来了，那车又来了。

德华媳妇：鬼鬼祟祟的，肯定有问题！

旁白：2011年3月的一个晚上，南昌市新建区大塘坪乡观西村老支书裘德杏发现，一辆面包车开着夜灯，正沿着山路往他家对面的墎墩山上开去。这已经是一周以来的第四次了。村里几个人都觉得，山上不对劲。老裘琢磨，明天一定要到山上去看看。

菊生：你看你看，这地上怎么都是碎木头和煤渣啊！

德华：这儿还有，老裘你过来过来，看见没？铁桶……铲子……这是什么，桌子吗？

菊生：不会是有人盗墓吧，我看小说上说，那铲子叫什么……洛阳铲。

老裘：你们看，这新挖的山包包中间，有个洞，这还不浅哪！

德华：菊生，你胆大，又挖过水井，要不你下去看看？

菊生：下去就下去……

旁白：菊生下了洞，才发现洞足足有十几米深，一共打穿了六七层木头。这可不是小事，得马上报警。他们哪里想得到，就这样掀开了南昌西汉海昏侯大墓的惊天一角。

旁白：大约一个半小时后，县博物馆、县文化局还有市里的同志，都赶来了。傍晚，大伙儿在老裘的带领下上了山。

梁馆长：老裘，这可不得了，你们看看，木炭、胶泥……这墓的做工很讲究啊。你们说打穿的木板有几十公分厚啊，那应该是椁板，看来不是一般的墓葬。老裘啊，你们举报有功啊，这事我们得马上上报！

老裘：梁馆长，这是应该的。

梁馆长：不过，还有个任务啊，今天晚上你们得把这儿守住了。

老裘：守在这儿啊……不会有危险吧。

梁馆长：你看这样行不行，我给你们一人 100 元一晚上，务必把这个现场看住喽，老裘，这个墓不能再被盗了。

老裘：行……

老裘找来七个人，连他，一共八个。两个村干部，六个村民。三月初春时节，山上早晚温差大，几个人每天傍晚带着被子、垫着杂草，哆哆嗦嗦、战战兢兢地爬上墎墩山。

（冷风“呼呼”地吹！）

菊生：哎哟，冻死我了，你们怕不怕？

德华：废话，我腿都在发抖。你不怕？不怕你带着木棍上来干吗……

村民 1：这洞口怪阴森的，怎么睡得着啊？

老裘：睡不着也得睡，一会儿还得换班呢。咱八个人，四个人一组，咱们睡山上这盗洞口，他们四个拿着手电在山脚下巡逻，下半夜轮换。我看你们都赶紧躺好，睡一下，一会儿就得下去换岗了。

德华：看我这冷的，这干的叫什么事，晚上也回不了家。

老裘：好了，德华，坚持！坚持！就这几天。

村民 2：还说话呢！到点了，快！换岗了换岗了，冻死我了。明儿还得多穿一件！

菊生：得，那我们下去了。

旁白：八个普通村民，就这样一边冷得发抖一边尽职地守着古墓，守了整整一周，盗墓者再也没出现。一周后，省里考古所来人了，搭了个小板房，他们继续帮着守。紧接着，县里乡里开始动员大伙迁祖坟。全村共迁祖坟 1 500 多座，前前后后，花了三年多的时间。

第三幕：遐思

记者口述：

正是群众举报，才有了后来考古发掘并震惊全国的西汉海昏侯墓。可总有人不明白，认为考古也是一种“盗”。其实，“不主动挖帝陵”是考古界的一条铁律。文物不可再生，挖掘就是破坏。但现代社会大兴基建、“摸金校尉”频繁出没，都对古墓造成威胁，倒逼考古启动，所以也称为“抢救性发掘”，再不行动，古墓就要毁了。

当然，村民老裘没想到，祖祖辈辈生活的地方，下面竟埋着一代海昏侯。考古队员更没想到，这座墓里此后竟会出土这么多的罕世奇珍！

第4回　是厚葬大墓多酒器，曾贪杯一醉解千愁

撰稿：柴婧、徐菁
制作：张闻、房大文
口述记者：丁飞
历史剧旁白：贾男
播出日期：2016年2月11日

第一幕：回廊

记者口述：

用现代话讲，海昏侯的衣食住行用，在当年绝对算“高配”。那些“高端大气上档次”的器物，即便放在两千多年后的今天，也是精美绝伦、罕世脱俗的。照明，用的是环保雁鱼灯；补品，吃的是冬虫夏草；饮酒，喝的是皇家酿制酒；穿衣，选的是高档丝织品；就连听个音乐，也必须是“编钟铁磬”这样的“交响乐团级”配置。海昏侯墓考古发掘专家组组长信立祥认为，若墓主真是刘贺，拥有这些不足为怪。

信立祥：一个宗室的高级贵族拥有这些东西是不足为怪的。他的父亲刘髆就是汉武帝第五子，汉武帝气魄雄丈，把大量的黄金赏赐给自己的儿子，然后又被他的孙子所继承，这是很正常的。

倘若真是传说中的第一代海昏侯、故昌邑王刘贺，这一切倒也顺理成章。不过，他不到20岁就登基，短短27天又被废，再回到昌邑故地，心境一定发生了变化。那段废帝的时光，他如何度过的呢……

第二幕：故王

广播剧：

刘贺（醉醺醺地）：酒没了，来人，上酒啊！

刘贺夫人：殿下，不能再喝了，您昨天也是不省人事，府里上上下下，这么多事需要您做主呢。

刘贺：府里的事情，夫人你看着办就行了，事事都来问我，烦不烦啊，来来来，继续奏乐！你们！你们继续跳舞！

旁白：公元前74年，刘贺登上皇位仅27天，大司马霍光就以他昏庸淫乱为由，请太后将其废黜。太后令刘贺返回原封国昌邑，不过，他的财产得以保留，又被赐食邑2 000户。没有了身份的拘束，家底儿又厚，刘贺彻底放开了束缚，夜夜笙歌夜夜醉，似乎忘记了当年那大喜大悲的瞬间，直到有一天，老师王吉带来了一个消息——

王吉：殿下！殿下！长安传来的消息，大司马霍光病重过世了！皇上还废掉了霍皇后，下令诛杀霍氏全族！

刘贺（腾一下站起，酒杯“噼里啪啦”碎一地，舞乐突然停止）：什么?！霍光死了?

刘贺：嗯……一开始事事依赖霍光老臣，后来怎就下令诛杀、铲除了呢?……

王吉：听说皇上查出，霍夫人为了让自己的小女儿当皇后，竟派人毒死了皇上的发妻许皇后。事情败露，霍家兄弟竟起了谋反之心，皇上才忍无可忍。

刘贺：毒杀皇后?！谋反?！……还想像当年废黜我一样吗?恶有恶报，痛快啊痛快！

王吉：殿下，这正是老臣担心之处啊。霍光虽然可恶，可是当年殿下能平安返回昌邑，不还是霍光有意保全的结果?当今天子手段非常，任那霍氏一门多么煊赫，弹指间便灰飞烟灭，此时可千万不能让天子对殿下再起疑心哪！

旁白：在王吉的督促下，此后几年刘贺的生活低调了许多。王吉的担心并非多余，在刘贺之后即位的汉宣帝，一直对刘贺颇为忌惮，铲除霍家势力后，他更怕刘贺会东山再起，篡夺皇位。于是给统领原昌邑国故地的山阳太守张敞下了一道密诏。

张敞：（反复念）“严防盗贼，注意往来旅客……”严防盗贼，注意往来旅客……皇上这诏书是何意思呢，（继续念）“严防盗贼，注意往来旅客”。（一拍大腿）哎呀，这“盗贼”，说的一定是昌邑王嘛；“往来旅客”，那就是看看都有谁和他来往嘛。

张敞：山阳太守张敞拜见殿下！

刘贺：张敞？你来做什么？

张敞：快过年了，臣来看看殿下府上祭祀祖先的仪式可都准备好了？

刘贺（心灰意懒地）：祭祀？我一个戴罪之人，逐回昌邑已十年，宗正寺的属籍中还有我这个不肖子孙吗？张大人，你看我还有祭祀列祖列宗的资格吗？

张敞（尴尬）：喀喀……

刘贺（突然地）：张大人，我给皇上写过奏章，可不知皇上看到没有？如今我身患腿疾，整日在府里，哪里也去不了，还能做什么呢？朝廷对我不闻不问这么多年，我怎么说也是先帝子孙，也曾隆登大宝……

张敞（厉声打断）：殿下此言差矣！当今天子治世有方，国泰民安，一片盛世好光景，切切不能再提那过去的事了！臣告辞！

旁白：公元前 63 年，汉宣帝下诏，将废帝刘贺贬为海昏侯，封国在豫章。海昏，是湖边太阳落下的地方。那里，也成了刘贺最终的归宿。

第三幕：遐思

记者口述：

2 000 多年后，南昌西汉海昏侯墓里出土了一包包被泥土包裹的竹简和数以千计的木牍，被考古专家认为具有重要研究价值。据说，木牍上有海昏侯当年写给皇帝的奏章，而记载文献的竹简则很可能是古籍，有他生前收藏阅读的医书、农书等。

刘贺年少时花天酒地，不喜读书，会不会遭遇了“被废”的巨大打击，而有所转性呢？被废 10 余年，贬至海昏后再 4 年，那些年他是如何度过的？出土的木牍上，应该有他真正想说的话吧……

第5回　葬活马彰显墓主贵，迁豫章无冕皇帝惨

撰稿：柴婧、李竟成
制作：满朝旭、房大文
口述记者：丁飞
历史剧旁白：贾男
播出日期：2016年2月12日

第一幕：车马坑

记者口述：

海昏侯墓的西边是座真车马坑，占地80平方米，下面埋了5辆木质彩绘车和20匹活马。活马殉葬，听上去有些残忍，但在马被视为“甲兵之本，国之大用”的西汉，却是墓主身份尊贵的重要信息。从地面往墓里看，马车和马的骸骨痕迹都在，看得清楚，当年应该是分开埋下去的。

海昏侯墓考古领队杨军说：这个车马坑的意义在哪里呢？这是我国长江以南第一次发现的有专门的真车马陪葬的一个墓葬……

汉代礼制中，有句话叫“王侯四乘”。乘坐4匹马的车，是王侯贵族出行的最高配置。古墓里发掘出5辆车、20匹马，正好是4匹马配1辆车，可见墓主身份应该是王侯级别。据说，出土的车马器具有些并不是中原的东西，可能来自西域。当年著名的汗血宝马不就是刘贺的舅公李广利从西域引进的吗？

如今看着车马坑的遗迹，仿佛能听到两千多年前马匹的嘶鸣，它们曾在这片土地上留下了车辙的印迹。不过，马的主人海昏侯到底是要去哪儿呢？倘若真是废帝刘贺，他是在春风得意时前往长安？还是落魄潦倒时远赴豫章……

第二幕：豫章

广播剧：

刘贺夫人：侯爷，走吧，时候不早了，马车已备好，咱该启程了。

刘贺：豫章离昌邑两千多里，今日一走，不知道还能不能回得来，就让我再去父亲母亲的墓前给他们二老磕个头吧。

（两人叹息）

刘贺：造化弄人，造化弄人哪，我此生两度离开昌邑，上一次是去做了皇帝，一路疾奔赶去长安，马都累死了好几匹，这一次——，唉，不说了，启程！

旁白：公元前63年，仅仅做了27天皇帝的刘贺此时被废回昌邑已快11年，汉宣帝下诏，贬刘贺为海昏侯，从昌邑前往位于豫章的封国。此时恰逢农历三月，虽然一路上万物复苏，但刘贺的心情却是灰暗的。一程山路一程水路，带着家眷奴仆和万贯家财，他一路往南，前往那片全然陌生的南方世界……

刘贺：唉，这江上又湿又冷，我的腿疼得受不了了……

刘贺夫人：侯爷，大夫说你这腿疾最怕湿气，可是我们却不得不走这段水路，哪受得了啊。

刘贺：忍忍吧，这一路上谁也不好受，对了，夫人，我床头的那件漆器带上了吗？就是“昌邑九年造”的那件。

刘贺夫人：带上了，您放心吧。

刘贺：还有我读书时用的那盏雁鱼灯，点了灯油从来不会有烟，比直接点火烛那呛人的烟味，真是好太多了。

刘贺夫人：哎哟侯爷，我把昌邑王府能带的东西都带上了，就怕到了豫章那个穷乡僻壤的地方，有钱都买不到东西啊。

刘贺：到底是夫人，那就好……那就好啊。

旁白：当刘贺一行到达豫章时，当地正是梅雨季节。别说华丽的府邸，连暂时容身的土房子，也需要自己动手搭建。

刘贺夫人：侯爷，你看这如何是好，这几间土房虽然是勉强盖起来了，可周围常有野兽出没，附近的林子又全是瘴气，你这腿疾一天比一天重，伺候咱们的奴婢都病了好几个了。

刘贺：这也是没办法的事。谁能想到，我刘贺会落到今天这般田地。昌邑，我怕是此生都回不去了，那就把这儿当成第二个昌邑吧……

旁白：也许是因为思念故乡，也许是怀念从前的锦衣玉食，刘贺将豫章这块暂时定居的地方当成了“南方的昌邑”，和北方那个再也回不去的昌邑，遥遥相对。他生命中最后的几年，便生活在这片土地上。

第三幕：遐思

记者口述：

2 000 多年后，南昌西汉海昏侯墓陆续出土了大量的金器、漆器、玉器和青铜器，既有惟妙惟肖又低碳环保的青铜雁鱼灯，又有金光灿灿、精美绝伦的车马器。其中一件上有“昌邑九年造”的铭文漆器。

汉代长江以南的经济较之此前有了较大发展。如此看来，海昏侯刘贺家族对豫章应该进行了开发和重建。他举家南迁，到底在这片土地上做过些什么？人生的最后 4 年，他又是如何在豫章度过的呢？

第6回　千年后钟磬有余音，公元前蛮荒奏雅乐

撰稿：柴婧、丁飞
制作：满朝旭、房大文
口述记者：丁飞
历史剧旁白：贾男
播出日期：2016年2月13日

第一幕：编钟

记者口述：

（编钟声）

这是海昏侯墓考古发掘时，北回廊出土编钟的一幕。两枚编钟轻轻碰在一起，声音竟还清脆。想来这是它们两千多年来发出的第一声吧……

汉代时期的乐舞称为“百戏”，主要在宫廷表演，到东汉才流传民间。如果说琴、瑟、萧这些丝竹乐器是用来助兴歌舞的，那么，编钟和编磬则是用来彰显王侯身份的。

海昏侯墓考古发掘专家组组长信立祥：用乐制度是中国礼制当中的一项重要内容。《左传》里说，唯器与名，不可以假人。就是按照级别使用的礼器，是不可以随便用的。

而海昏侯墓考古专家组成员杨小林透露的信息似乎能断定，海昏侯当年一定是个“音乐发烧友”。

杨小林：五枚甬钟边缘刻有宫商角徵羽，这是中国传统的五音音阶，另外会看到基本每个编钟上都有调音加工的那个磋磨的痕迹。

墓里出土了众多伎乐俑，有的舞态轻盈，有的跪立伴奏，当年他也一定是坐在几案旁，微醺着欣赏歌舞吧……只是不知他被贬为海昏侯南迁后，人生的最后几年里，还是与音乐为伴吗？

第二幕：建城

广播剧：

家臣：侯爷，大事不好！大事不好！

（家臣连滚带爬地匆匆跑入）

刘贺：什么事？这么慌张？

家臣（吞吞吐吐地）：禀侯爷，昨……昨天刚刚从咱们封地里，从各户人家那儿收上来的粮食，被……被野贼偷走了！

刘贺：什么！

旁白：公元前 63 年，汉宣帝下诏，封故昌邑王刘贺为海昏侯，仅在位 27 天的汉废帝刘贺携家眷，千里迢迢地来到了远离昌邑的豫章郡。筑起了一座土城，挡住了水患，却没能挡住土匪强盗的频频侵扰。

刘贺：咱们封地里 4 000 多户人家交上来的东西，都没了？

家臣：侯爷，这豫章一带早年本来是蛮荒之地，匪徒强盗经常出没，官府不派人守卫，咱们这土城又没什么防御工事，根本经不住折腾啊。

刘贺夫人：那侯爷那些乐器还在吗？赶快！赶快！去看看！

家臣：在，都在，只是粮食被抢了，咱们的东西倒是都安然无恙。

刘贺：甚好！甚好！人人弃我而去，我还能有乐器相伴，想我当年为天子之时……

刘贺夫人（马上制止）：侯爷别再说了，小心隔墙有耳。我看此地不宜久留，咱们还是另找别的地方建城吧。

旁白：为保住家中积蓄，刘贺只好再次迁徙，退守至五十里外，重新选址建城。加强了附近的戒备力量，几次击溃土匪强盗，但也因此心力交瘁，一病不起。

宫廷乐：北方有佳人，绝世而独立。

刘贺：（咳嗽）喀喀……喀喀，（随音乐唱起来）北方……有佳人，绝世……而独立……跳起来，继续跳，不许停！（微醺）

刘贺夫人：行了，侯爷，您别唱了……也别喝了……这时候不早了，咱该休息了。

刘贺：你知道吗……喀……喀，这“北方有佳人，绝世而独立”是我舅公李延年的得意之作啊。若不是它，也不会有他的妹妹、我祖母李夫人后来的被恩宠哪！李夫人当年深得武帝宠爱，她能想到她的孙子今日会落得如此下场吗？（边咳边哭）

刘贺夫人和众妾：侯爷，侯爷您喝醉了。

刘贺（甩开众人）：我没喝醉！你们谁看见我醉了！醉了……醉了多好，醉了我就能回去那故土……醉了我就还是昌邑王刘贺……醉了，醉了我……还是天子！

（众人不知所措，音乐戛然而止）

刘贺：你们……怎么不奏了？连你们也欺负我不成？当年那老贼霍光扶我上皇位，又随手把我拉下来。如今那皇位上的小儿，看不起我，把我贬到这穷乡僻壤之地，连你们……连你们也……（大哭）

刘贺夫人（小心翼翼地）：侯爷，咱们从昌邑府里带过来的弦乐，不符合礼乐规制哪。乐礼森严，天子可以用四架编钟编磬，王可以用三架，您现在为侯，实在不应该用这么多的，若再让谁禀报到长安，被皇上听了去，岂不——

刘贺（气急败坏地）：住口！这宫廷礼乐，自我出生就伴我长大，哪个敢动！不许动我的东西！（踉踉跄跄地，摔门而出！）

第三幕：遐思

记者口述：

2 000 多年后的今天，在距离海昏侯墓不远的地方，有一个乡镇名叫“昌邑”。刘贺当皇帝前，昌邑王一共只两代，都在山东。为何千里之外的江西会有一个同名的乡镇呢？它和刘贺之间一定有着某种联系。听说，乡里唱戏之风盛行，不知是不是西汉废帝刘贺当年被贬至此，爱乐成痴，便也将宫廷遗风留在这里了呢？

第7回　猜墓主生时尊孔子，叹废帝死前始读书

撰稿：柴婧、李竟成
制作：满朝旭、房大文
口述记者：丁飞
历史剧旁白：贾男
播出日期：2016年2月14日

第一幕：屏风

记者口述：

汉代人往生后的居所，也叫主椁室，椁室里的陈列摆设都和生前一样。西边为大堂，东边为寝室，东西之间有门相通。

除了金光闪闪的马蹄金、金饼和金板，西室还出土了绘有孔子像的屏风。当年汉废帝刘贺的爷爷汉武帝刘彻在位时，提出“罢黜百家，独尊儒术”。汉代有钱有地位的人，家里都有屏风。但家里要是有个孔子画像的屏风，绝对比现代年轻人墙头贴明星海报来得时髦。中国人民大学国学院教授王子今说，墓主至少是位尊崇儒学的贵族。

王子今：出土的这件屏风，上面有关于孔子的事迹和孔子的画像，这是非常重要的思想史和文化史的发现。孔子的画像在汉代非常的多，但都是在东汉，儒学的地位在汉武帝以后的西汉有所提升，但还没有到东汉那种程度。这个墓主对孔学对儒家学说是有一定热爱的，至少说是比较熟悉的。

屏风一般是和床榻一起使用的，这和汉废帝刘贺患风湿、走路不方便相吻合。海昏侯刘贺自小长于昌邑，而昌邑历史上曾属鲁国，那是孔子的母国，若墓主真是刘贺，他对儒学和孔子的尊重，便可就此找到历史痕迹。

崇尚“仁义礼智信”的刘贺却因“荒淫无度”被废，只做了27天皇帝。他被历史推着向前，人生的尽头却无尽悲凉。不知道，他一生短短33载，也会在弥留

之际回忆起生前的种种，而感慨万千吗？

第二幕：慨口

广播剧：

旁白：公元前 61 年，海昏侯刘贺已经在豫章生活了两年多。从昌邑王到皇帝，从皇位上被废，再被贬为侯，刘贺早已不再是当年那个只想着吃喝淫乐的纨绔公子哥儿，命运的剧烈转折，给他上了最刻骨铭心的一课。

（梦境）

霍光：昌邑王即位仅 27 天，已犯下罪行 1 127 件之多，臣等认为其不能承天命，奉宗庙，恐危害江山社稷，理应罢黜！

众臣：罢黜！罢黜！罢黜……

刘贺惊醒。

刘贺夫人：侯爷，您又做噩梦了？

刘贺：没事，没事……

孙万世：豫章太守孙万世拜见侯爷。听说侯爷近日身体有恙，臣来看看。

刘贺：无非是腿上的旧疾，和夜里睡得不安稳罢了，无妨。

孙万世：侯爷，可是又想起了以前的事儿？

刘贺（停顿）：当今皇上治世有方，国泰民安，一片盛世好光景，我怎可再惦记着以前的事儿。

孙万世：侯爷，臣斗胆问一句，当年，大司马霍光与太后准备废帝之时，侯爷为何没有坚守宫中，下令斩了大司马。您……后悔过吗？

旁白：在被罢黜帝位的 13 年里，刘贺或许不止一次地问过自己这个问题，如果这一切重新来过，自己会不会依然束手就范，会不会眼睁睁地看着 200 余名昌邑旧属被尽数诛杀。“当断不断，反受其乱”的呼声犹在耳畔。

刘贺（深叹一口气）：唉，岂能不悔，可是当初，京师与宫廷禁卫军尽在霍光掌握之中。斩他？谈何容易！如今想来，我若当年聪明一点儿，像当今皇上一样隐忍些日子，想那霍光年岁已大，终究会死在我前头，到时候再夺回权力，也许今日你我就是在朝堂上对话了。罢了罢了，命该如此啊！

孙万世：臣觉着，侯爷这两年的心境可跟刚来时候不一样了。这床头榻尾都是书简，还有这孔圣人的屏风，臣可是第一回见。

刘贺：本侯少年时不爱读书，十分顽劣，如今看看圣人之道，倒觉得很有些道理。把这夫子的形像摆在床头日日看着，倒是能让人心平气和。

旁白：或许刘贺的确曾努力让自己心平气和，但皇家却未曾放松对他的警惕。他与太守孙万世的对话，被人密告给汉宣帝，宣帝虽不相信刘贺能有什么异动，还是下了诏书，削去刘贺的食邑 3 000 户，仅留 1 000 户。这一次削食邑，给刘贺的精神打击是巨大的。不久，他便卧床不起。

刘贺（虚弱地）：生在帝王家，终究逃不过权力的斗争，斗来斗去，成王败寇……

夫人姬妾子女们（哭）：侯爷……

刘贺（虚弱地）：史官笔下的我，大概就会如霍光所言，是个多行淫乱、大逆不道之辈吧。

旁白：公元前 59 年，海昏侯刘贺在豫章去世。这个短短一生经历了王、帝、侯三种身份的年轻人，在远离故土昌邑、远离首都长安的地方，长眠。当地官府就地对他进行了厚葬。

第三幕：遐思

记者口述：

其实，刘贺不是天生的大奸大恶之人。突然到来的巨大权力，击垮了他的理智，贵族子弟身上不可避免的人性弱点顿时被放大成一个政权难以承受的破坏力，而他自己却浑然不觉。不过，历史的滚滚车轮却未因这失败的 27 天而停止向前。在他之前的昭帝，以及他的继任者宣帝，联手创造了西汉的“昭宣中兴”，而属于他个人的历史，也许正随着海昏侯墓的考古发掘，将以另一种方式讲述与后人听。

特别报道：两次道别

按语：

这是两条很“小”的新闻，小到按某些标准可能不算新闻，无法播发——一个澡堂关门，一座小站、一处道口停用，跟受众中的大多数人有什么关系呢？但事实上，两篇报道都在社交媒体上被广泛转发。我想，新闻的意义除了记录时代，还有沟通人心。可能很多人没有泡过这家澡堂，未曾经过这段铁路，但每个人都在经历时代变迁，也都会面对离别。而每个道别的场景和每个人在离别中的表情，都是时代的一部分。

鑫园浴池

作者：白杰戈
播出日期：2014 年 9 月 21 日

说起鑫园浴池，相信很多老北京都不陌生，这是北京最早的浴池之一，始创于清光绪年间，距今已有 100 多年的历史。当年，家住附近的相声泰斗侯宝林也经常来这泡一泡、冲一冲。

1956 年，浴池公私合营变成了“国企”，这个身份一直延续下来。

昨天，鑫园浴池久违的热闹，很多远远近近的老街坊都特地来到这里，因为今天这家百年浴池就要正式停业了，这也是北京城最后一个国字号浴池。

马文祥：百年老店，明天关张，嘿……

70 岁的马文祥走进什刹海烟袋斜街的鑫园浴池，他在这里洗了 60 年澡。

马文祥：跟这儿洗了 60 年了吧，小时候就来这儿，西四、新街口……这几个浴池，过去都是这儿人多上那儿，那儿人多上这儿，现在好，全关了，没了。

鑫园浴池在清光绪年间，由李莲英的义子开办。今天，是它 100 多年历史的最后一天。

马文祥：这是百年老店啊，这服务态度、服务质量都是相当好的，换了多少任经理、多少服务员了都是这样。大伙儿可都不愿让它关啊，就是涨点价钱，涨一倍的钱，大伙儿都乐意让它留着。

收银台后面贴着价目表：洗浴 15 元，搓澡 20 元，修脚 30 元等等。这是两年前修订后的价钱。

刘女士：最近这一两年，每次来我都说，“你们还没涨价呀”。

79 岁的刘女士骑自行车来，替 85 岁的丈夫吴先生，跟修了 30 多年脚的张师傅道别：

刘女士：张师傅，这是我们老头的心意，几十年了……

她送给张师傅两瓶牛栏山白酒，一包老北京茉莉花茶。两个人握手道别。

张师傅：谢谢……

刘女士：行了，再见了啊！

张师傅：再见了。

张师傅忙得顾不上吃饭，但还是把刘女士送到了大门口。

刘女士：再见了，只能电话问候了。

张师傅：谢谢，多多保重，身体健健康康的啊！

搓澡的田师傅是扬州人，抽屉里留着另一家浴池经理的电话，但是还顾不上打。他抽根烟，喝口茶，里边还有几个顾客排着队等他。他们一边等，一边泡在浴池里聊四合院的往事。

也有年轻顾客，有的是看了新闻来体验一下，还有的以前就来过。

记者：您觉得最留恋这儿的什么？

年轻顾客：大池子呀。

记者：其实现在自己家里洗澡也很方便。

年轻顾客：没这儿爽。自己在家怎么洗也没有在澡堂子洗得舒服。

记者：现在南城还有一些吧？

年轻顾客：贵，不是以前的了。

鑫园浴池的负责人叶峰一遍一遍跟顾客和记者解释，鑫园浴池不会再开了，原因就是成本压力。

叶峰：他们说得都对，什么传统文化的传承、便民，咱们都应该做，但是我们现在支撑不住了，没办法，这市场经济嘛。我们去年赔了 20 来万，我们拿客房的收入来补，今年头八个月我们赔了 12 万元。一月北京市调了电价，五月调了水价，九月一日又调了煤气价，都有影响。咱们还有设备老化，相对的人工成本也上升。中秋节那天得发三薪，我两个业务员、一个烧锅炉的三个人，光一天的加班费就 1 000 多元，但是我那一天的收入才 300 多元。我们公司也是想咱们能坚持下去就坚持下去，现在坚持不下去了，所以没办法。

70 岁的马文祥付了钱，从叶峰手里，最后一次接过鑫园浴池的号牌。

马文祥：来搓一个，洗一个，哎哟，一个北京的文化，就到这儿了。呵呵，就到这儿就要结束啦……

再见啦！五道口！

作者：白杰戈

播出日期：2016 年 11 月 1 日

北京到张家口的铁路是中国人自主建设的第一条铁路，也是京包铁路的第一段。为了迎接 2022 年冬奥会，京张客运专线将在 2019 年完成新建，成为一条高速铁路。受到建设工程影响，北京北站到清河站之间的线路从今天开始停运，有百年历史的清华园站因此废止，曾被戏称为“宇宙中心”的五道口也将不再有铁路道口的功能。连日来，不少民众到现场送别清华园站和五道口，以及有它们相伴的生活。

被城中村包围的清华园火车站，在它 106 年历史的最后几天迎来前所未有的人潮。绿皮车 4472 停在站台，18 岁的宋睿豪扶着 74 岁的姥爷张若愚走下车。

宋睿豪：来来来，照相。我姥爷就是坐这个火车上的大学。

张若愚：1959 年，六分钱、六分钟，就从西直门站到这儿。

宋睿豪：这辈子最后一回了。

清华园站的旧址在清华大学南门附近，有詹天佑题写的站名。

最后一任站长刘凤强：1949 年 3 月 25 号，晚上 22 点。毛泽东、周恩来等西柏坡来的中央领导机关进北京城落脚的第一站，就是在这儿下车的。那时候这里等于是白区与解放区的分界线。

1950 年代，清华大学扩建，清华园站转移到现在的位置，逐渐成为周边高校师生和居民的出行选择。

清华大学教师张永铭：上学的时候，从这里坐车去京郊玩儿，没想到这儿突然要关闭了，只能是坐坐之前的车，走走之前走过的路，见见之前见过的人，纪念一下这辈子最美好的那段时光吧。

张永铭提前买了 10 月 31 日，清华园站最后一天的车票。用火车迷特有的方式，送别这座老车站。

张永铭：而且是买的沿途各站的，一整套：官高、北宅、怀柔北、流水沟、清河……

相比之下，清华园站的工作人员显得平静许多，站长刘凤强忘了买最后一天的火车票留念，只买到了10月28日的。在车站小厨房做的最后一顿午饭，也只是普通的熬白菜和烧鸡翅。

晚上11点，送走最后一趟在清华园站停靠的列车——S232，刘凤强关掉电闸。“清华园站”四个字消失在接近零度的夜色里。

从清华园站向北，穿过北四环，就是五道口。这个以火车道口命名的地方，从荒凉的郊区发展成高校和科研机构的集中区，“五道口”这个名字不再只代表一个铁路道口。

邱宇强：北京语言大学有个别称叫“五道口女子学院”，清华大学有个别称叫“五道口理工学院”，都跟五道口有关。

邱宇强先后在北京语言大学和清华大学念书。2002年，铁路道口旁边，地铁13号线的五道口站开始运营。

邱宇强：我那会儿来北京上大学，就在这儿下的地铁，那是2008年的时候，那会儿还是奥运年。

2008年，奥运会开幕前两天，北京北站到延庆的北京市郊S2线开始运营，京包线和五道口第一次有和谐号列车开行，方便游客和通勤族。而这条线上的绿皮车，乘客越来越少。

清华园站站长刘凤强：有的时候我们站台上，站务员、接车的、公安、行车员，四个人送一个乘客。一个人晃荡晃荡来了，检票，上去了。

火车提速，五道口也成为房价高涨的繁华地段，被戏称为“宇宙中心”。嵌在路面上的铁轨给穿行的车辆制造两声颠簸，火车通过的时候道口封闭，也是匆匆的行人难得停下脚步的几分钟。道口的大喇叭除了反复播放女声警示音，还会传出现场工作人员对讲机通话，或者喝止行人的声音。

昨天深夜11点53分，送走最后一趟通过五道口的图定列车——K273，这个声音也没有忘记道别：“清华园车站再见！五道口再见！再见了同志们！拜拜了您呐！”

午夜的五道口，并没有多少人听到这句道别。而在一天多之前，热闹的周日中

北京和承德之间的普快列车，路经清华园站

不少民众到现场送别清华园站和五道口

和谐号动车组和绿皮普快列车并排在一起，似有历史的交汇感

清华园火车站最后一任站长刘凤强在站前留影

午，外卖送餐员王心科还不知道这个经常挡住他的铁路道口就要停用了。

王心科：真不知道呢。很好，确实很好，最起码不用等了，也不会有那么多车来回地过。有点儿麻烦，影响到速度，还有的时候耽误了时间被客户投诉呢。但是你没办法，也得等，过火车嘛。

而邱宇强是专门回到这个青春记忆里的道口和车站，拍照留念。

邱宇强：来拍拍火车，拍拍即将步入历史的五道口。以前是会觉得不方便，尤其有时候赶时间，一到这儿听到警报“行人车辆请注意，火车就要开过来了”，把我们拦在这儿，那个时候就心急火燎的。结果以后这个地方没有这样的场景了，又挺舍不得的。这趟车我坐过三四趟吧，而且是跟我前女友坐的，觉得很怀念。

邱宇强并不介意提到自己的这段往事。

邱宇强：没事儿，宫崎骏的电影里不是也说，人生就像一趟列车，总有人上车、有人下车。挺好的，就像火车一样，还要往前开嘛。

从今天开始，北京北站也因为京张客运专线的建设暂停运营，开往延庆和八达岭方向的北京市郊S2线，改为从昌平区的黄土店站始发，上午六点半已经开出第一趟车。原本从北京北站开往承德等方向的列车，改为从昌平北站出发。清华园站和五道口的铁轨将逐步拆除，三年后建成的京张客运专线，在这一区段将从地下隧道通过。

系列策划：家书里的中国

按语：

“家庭是社会的基本细胞，是人生的第一所学校。不论时代发生多大变化，不论生活格局发生多大变化，我们都要重视家庭建设，注重家庭、注重家教、注重家风。”——习近平

家书，不仅是家人亲友间沟通信息、表达情感的传统方式，更铭刻着家风家训，凝聚着家国情怀，折射着时代变迁。一封封家书加上背后一个个家的故事，是普通百姓的生活百态，更是中国形象的真实投影。中国之声特别策划《家书里的中国》，从全国妇联征集的2 000多封家信里精选10封，由中央人民广播电台著名播音员用声音加以演绎，再由记者生动的采访加以还原，呈现出一组令人动容的声音产品。

总策划：高岩

编审：樊新征、刘黎

第一篇　贤良传家，等你长大

作者：王娴
播出时间：2017 年 9 月 20 日

家书节选：

2017 年 7 月 18 日，广东省阳江市盛英章写给儿子盛浩然的家书。

浩然吾儿：

今天是个值得纪念的日子，你一周岁了！这样一个特殊的日子，除了礼物外，我想还是得和你聊聊，希望你十八岁的时候再来读一读，知道如何做一个有价值的人。为父搜肠刮肚，送五句话给你。

一、水利万物而不争——做善良之人

善为至宝，一生用之不尽。你接下来的人生，将会去不同的地方，遇到不同的人，这其中当然会有好的、有不好的体验，但等你细细思来，这种遇见本就是一种奇妙而难得的缘分，都值得你用心认真地对待。做一个善良的人，必会被世界温柔以待。

二、合抱之木，生于毫末——做上进之人

要做一个上进的人，你学会翻身、学会爬行，接下来你还要学会独自站立、行走、奔跑，这个过程不容易。等你长大了你会发现，要得到，就要付出。你首先要做的是要保持上进心，正视学习、善于学习，万事万物皆为学问，有本事的不一定有知识，但有知识的一定有本事。孩子，唯有努力，方得自在，且记之、勉之！

三、热情似火——做乐观之人

生活是美好的，但也总会有困顿、挫折甚至是打击的时候，当你冷静下来，勇敢应对，用智慧和健康去解决问题、去战胜困难，那些就会是你酒后吹牛的谈资、是你生活的笔笔财富。

四、宇宙洪荒，唯健康成长远——做健康之人

盛英章全家福（左起：爷爷、奶奶、外婆抱着盛浩然、妈妈谭飘飘、爸爸盛英章）

盛英章和爸爸妈妈一起看家谱

要保持健康的体魄，就必须学会运动。尤其是你现在生活的时代，电子产品发达，娱乐缤纷繁杂，我们希望你，也要求你，必须养成运动的习惯，让它成为你生活的一部分。我会带你去现场看球赛、鼓励你支持自己喜欢的球队，运动是健康的，运动更是快乐的！

五、金之可贵，在于内质——做律己之人

人最大的敌人不是别人，是自己。反言之，人最好的朋友也是自己。人贵自知。前面所说的那么多，每一句话最终还是要靠你自己去严格要求自己、去参、去悟、去践行。学会了律己，就学会了做人。加油吧，孩儿！

长养浩然气，善读百家书。

知行必如一，自成栋梁人。

爸爸

丁酉年六月十五日于城南家中

录音报道：

盛英章：横幅就是两个字，跟北方不一样，要不就是“迎春”，要不就是“幸福”。

和很多邻居一样，盛英章家的大门上也是两个字的横批——“幸福”。

每天下班，盛英章和谭飘飘夫妻俩进门先和小儿子浩然玩一会儿，孩子的一岁生日已经过了两个月，客厅还挂着当时的装饰，盛英章就在那晚给小儿子盛浩然写下了第一封家书。

盛英章：那天晚上，突然觉得一种很强烈的情感要表达，就在那里写啊写。

谭飘飘：我出来还看了他一下。

盛英章：她看我怎么还没睡，问我在那里搞什么东西。（笑）看我在那里写信。写完就发给她啦，后来我又发了朋友圈。

给儿子的家书发在朋友圈，盛英章数了数，有118个点赞的好友，谭飘飘是丈夫完稿后的第一个读者。问她觉得写得好不好，她说，蛮好。

谭飘飘：等他上小学，有基本的文字能力就可以看了。慢慢去体会。

盛英章：我自己也觉得写得可能会大道理一点儿。每次回头看可能会有不同的感受。

谭飘飘：当然最希望小孩子是健康快乐地成长，更遵从自己的内心去生活。

今年，是安徽小伙儿盛英章从华北电力大学毕业来到粤西小城阳江工作的第九年，妻子谭飘飘是本地人，盛英章的父母从安徽老家来到这里，方便照顾小孙子。一家人饭后常聊起的也是过去的事情。

盛英章：我小时候，初中、高中，我爸爸妈妈在外面工作，那时候新媒体没有这么发达，我们很多时候就是靠通信，最主要是汇报一下自己的学习、生活情况，算是一种情感的维系。

盛英章父亲：那时候没有通信那些东西，只能用书信表达。

盛英章母亲：那个纸都很黄了，还在老家留着。

父母从安徽铜陵，8 小时高铁再加 3 小时大巴，跨越 1 500 公里，才能抵达南海之滨的阳江，他们带来老家的土鸡、腌肉、新鲜蔬菜，还有一本厚厚实实的家谱。

盛英章：我老爸带过来的。

盛英章父亲：是我们家谱。

盛英章：贤甚精英，良睿有为。所以叫，贤良传家。

盛英章母亲：不管是家规，还是教育方面，传统要一代一代传下去。

来自安徽铜陵的土鸡和阳江海边的椰肉、椰壳煨成一锅清甜的汤，公公婆婆也和他们的广东儿媳一样，养成了饭前喝汤的习惯。刚过一岁的浩然坐在餐桌的一头，拿一根鸡脚磨牙，啃得正香。

盛英章：基本平时小孩的所有事情都是他老妈搞定，但比如小孩大了怎么教育什么的，她又相对会听我的一点儿。

盛英章母亲：他们两个很好！很通情达理的。我们要说什么话，言语上重一点儿，他们一点儿都不计较。

从家一路向南，开车半小时就能到水清沙白的海滨。盛英章说，自己第一次见到大海就是来阳江工作后，如今这里已经不知道来了多少趟。

盛英章：还是很舒服的感觉。因为看到大海，无边无际的，心情会开阔、舒服。我觉得小孩在有海的地方生长，也是蛮幸福的，可能对海有一种特殊的感情。浩然，不就是无边无际的大海感觉嘛。“养气浩然”，因为是男孩子，想让他成为一个正能量的人。

第二篇　妈妈，我们会好好孝顺您

作者：刁莹

播出时间：2017 年 9 月 22 日

家书节选：

2017 年母亲节，江苏省常州市 35 岁的媳妇魏彦彦写给婆婆章和娣的家书。

亲爱的妈妈：

嫁过来十年了，很少这么酸溜溜地称呼您，但这句“亲爱的妈妈”绝对发自我的内心。这个母亲节，我没有给自己的妈妈写信，我想跟您说说我的心里话。

我们家比较特殊，晨晨的爸爸常年在上海工作，公公也已经病故。平时家里就我们娘仨儿，你我虽是婆媳，却从来没拌过嘴、红过脸，谢谢您把我当成亲闺女一样疼爱。

您是一个普通的农村妇女，十年的共同生活让我充分感受到了您勤俭持家的本领，您常说：“吃不穷、穿不穷，算计不到就受穷。”您从早上五点多就开始忙碌，烧饭、喂鸡、侍弄菜园、去村里的工厂打工，下午接孙女从幼儿园回来，再烧晚饭、收拾家，闲不住，直到晚上九点。您用勤劳让我们家的小日子过得红红火火。我们吃家养的鸡、鸭、蛋和自家田里种的米、菜，既节省了我们的生活开支，又吃得很健康。晨晨今年六岁了，被您抚养得健康快乐。我们生活在农村，您却没有重男轻女的观念，您不舍得给自己花一分钱，但孙女爱吃的河虾不管是 50 元一斤还是 80 元一斤，您都隔三岔五给她买。晨晨常说，我有天下最好的奶奶。

您经常讲：“做人要孝顺，孝顺的人才能算得上好人。”您这样说，也是这样做的，您的婆婆、我们的奶奶 90 岁高龄时摔了一跤，骨盆粉碎性骨折，医生说年事已高不能手术，从此奶奶卧床不起达四年之久，四年里都是您喂奶奶吃饭，给奶奶洗脸、擦身、剪指甲，后来奶奶大小便失禁，也都是您每天为奶奶擦洗、换尿布、换衣服。这些我都看在眼里，我在心里默默对自己说：“以后一定也要像您对奶奶那样对您好。”

您是一名普通的农村家庭妇女，所做的事情也都是日常生活中的小事，但是您质朴的品质，对身为儿媳妇的我影响却很大，继我父母以后，再教我怎样做儿媳、怎样做妻子、怎样做母亲。

妈妈，您辛苦劳作一辈子，您曾说嫁到马家头村就没享过福，直到现在才开始享福，妈妈，我们会好好孝顺您，日子还会更好的！

祝您：身体健康、长命百岁！

儿媳妇：彦彦

录音报道：

江苏省常州市，35岁的魏彦彦每天穿过半座城市，往返于工作单位——常州市住房公积金管理中心和郑陆镇马家头村的家。

魏彦彦：我是在市里上班，每天上下班也要半个多小时，婆婆年纪大了，我们在市里的房子她住不习惯，一辈子都呆在农村，她不想去城里住，她在乡下心情比较舒畅。

丈夫马坚在上海工作，只有节假日才能回来，一家人的交流多在电话里。

魏彦彦：喂，现在到哪儿啦？

马坚：到安徽省内了吧。

魏彦彦：你吃饭了没有？妈妈有话跟你说的。

妈妈：马坚，吃饭了？

马坚：吃过了。

妈妈：路上小心啊。

马坚：你在家里注意身体啊。

魏彦彦：你自己照顾好自己啊。

马坚：嗯，你在家里照顾好老妈啊……

魏彦彦：我丈夫一年365天，估计在家的时间真的都不超过两个月，都是我和我婆婆还有我女儿，婆、媳、祖孙三代三个女人在一起朝夕相处，我遇到了一个能干的婆婆，理解我、心疼我。

今年是彦彦嫁到这个家的第十个年头，除了庆祝结婚纪念日，今年母亲节，彦

魏彦彦（左）的婆婆章和娣和女儿晨晨

南方人买菜果然可以只买一个辣椒

奶奶锄地，晨晨撒下娃娃菜的种子

常州乡下民居的客厅

彦还给婆婆写了封信，感谢这位叫了十年的妈妈。

魏彦彦：我当时就想，给我婆婆写，我可以把我平时想对她说，但是当着婆婆的面又不好意思对她说的话给说出来，通过写信的方式，我可以表达出来，感谢她。

儿媳上班远，婆婆包揽了晚饭。常州人口味清淡，但老家徐州的彦彦爱吃辣，除了家里菜园现摘的青菜，婆婆章和娣会特意骑着电瓶车去两公里外的菜市场买一个辣椒。

婆婆：买一个辣子。

摊主：不远吗？为一个菜椒不划算。

婆婆：不远。

摊主：两公里啊。

在魏彦彦眼里，61 岁的婆婆闲不住，家里的活儿都靠她张罗。不仅如此，老老小小，也是婆婆在照顾。

魏彦彦：她对我爱人的奶奶——也就是我的奶奶，常年如一日地照顾，这都是我嫁过来以后看在眼里的，当时奶奶大小便失禁了，都是我婆婆帮她擦、帮她洗，大概有三四年吧。我也挺感动的，她虽然不说照顾奶奶有多辛苦，但我是看在眼里的。我当时就在想，婆婆做在前面了，我也是儿媳妇，我也应该要做到这样。

常州乡下，客厅按当地习俗摆放着供桌和八仙桌，晚上的休闲都在各自房间，夫妻俩看 40 寸的小电视，家里屏幕最大的电视放在婆婆屋里。

魏彦彦：之前电视没这么大，只有四十几寸的。但是我婆婆年纪大了，说她眼睛花了，模糊的，不太容易看得清楚，然后我们就换了一个 55 寸的，这样屏幕大一点儿，她看起来舒服一点儿。

婆婆：媳妇对我好得不得了，我要什么她都买给我。

九月的下午，常州一天中最热的时候，给村里工厂的食堂做完饭，接完孙女放学，婆婆章和娣又在菜园里盘算起今天的晚饭。

婆婆：这是青菜，那是生菜、菠菜、包菜、花菜、韭菜、玉米……

从幼儿园回来的孙女晨晨也跟在奶奶身后，舀一勺玉米粒喂鸡，提着有半个自己高的水壶浇菜。

孙女：我们的菜园就在那边，有很多树的那边。

奶奶：蓬蒿菜（孙女：蓬蒿菜）、青菜……

第三篇　父爱如山，哪怕当头棒喝

作者：李思默

播出时间：2017年9月23日

家书节选：

1989年8月28日河北省行唐县朱振国写给高中辍学的儿子朱兆丰的家书。

儿子：

你的来信收到了。

你和我们的矛盾，每次嚷你、骂你，并不是因为你学习不好，而是你不够文明的言行，不懂人情事理地顶撞，如在干活、起床、打扫卫生等生活小节上，不听话、不检点引起的。在大的问题上，我们还是尊重你的意见的。

你说上了中学我们整天督促你学习，你自己呢？只是想玩儿，这就产生了矛盾，哪个对？学习不好在社会上混日子也是困难的，正如你写的这封信，连语句都不太通顺，那么多错别字，哪像个中学生写的呀。以后你这样写信、写文书、写合同会被人耻笑、被人小看的。

你说你在家里根本没有威信。威信是自己行为的产物，你的行为合乎道德规范，你就有威信，反之则无。你还说等有了资本再解决，你有了资本就有了威信吗？这是错误的认识，一个人的品行素质不合格，他再有资本也不会让人尊敬，也不会有威信的。

你说了你妈妈的缺点是好叨叨。你妈妈在人情事理上，在农村妇女中，是尊重传统道德的上等人，她有涵养能容纳风云，能委屈忍让。你扪心自问，你从小到大，耗费了父母，尤其是你妈妈多少的心血汗水，我们不求报之涌泉，但也不希望得到孩子的顶撞、忤逆。

你的思想也可能与现在部分大学生思想上的弱点一样：缺乏人生观教育、传统道德教育、艰苦朴素教育，滋长了享乐思想，产生了彷徨、颓废等各种不健康的苗头。

朱家父子合影（前排坐者为朱振国，后排左一为中学时代的朱兆丰）

在老宅院里父子合影

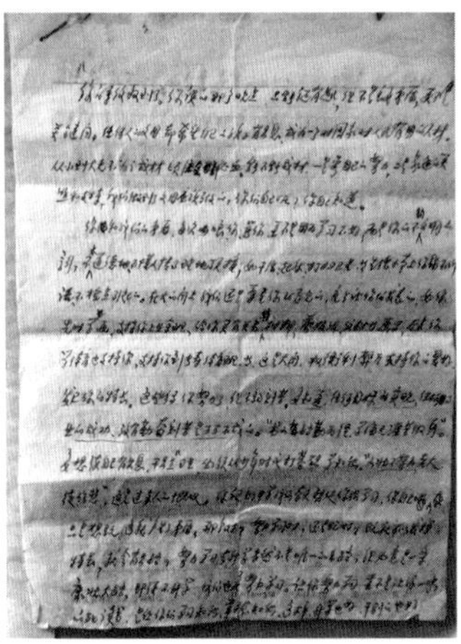

当年的家书已经泛黄

左为朱兆丰 3 岁时第一次和父亲去北京，右为朱家兄弟合影

以上我写的是咱家产生矛盾原因的讨论，是我自己的意见，你三思之。

另外，我再说一下你的前途。现在你在石家庄一家单位看门，这可不叫什么出路和前程，我看这是贪求一时安逸，挣个钱混世罢了。你是没有大志向，没有向社会挑战的勇气，你应该去掌握一两门技术及有关知识，干点儿真正的事业或工作，这才叫出路和前程！

有关你回来继续上高中的想法，我想是可以的，只要你努力是可以考上体育学院的。只要你有上学的机会，我们始终愿意让你学习深造，因为世界上，只有知识是任何人都夺不走的财富。

爸爸

8月28日

录音报道：

1989年8月末的一天，行唐看守所民警朱振国忙于工作，一连几天都没回家了，一向少言寡语的儿子朱兆丰突然来了一封信，让他颇感意外。那一年，朱兆丰18岁，放弃学业离开家，到石家庄打工已经半年。

朱兆丰：觉得上学没什么出路，年轻气盛吧，就跟着我叔叔去石家庄打工了。那个时候我和父亲、和家庭矛盾突出得很，叛逆心特别重，就给我父亲写了一封信。

对于儿子不再学习，出门打工这件事，朱振国一直是不赞同的。信中，一件一件生活中的琐事和不满被儿子罗列出来，朱振国的心猛烈震动。

朱振国：他主要就是觉得在家里没有威信，没有自尊心。我被触动了，也反思了一下，我觉得我在孩子教育方面缺少耐心，缺少宽容，关键是缺少沟通。

有些话，必须马上和儿子说！深蓝色的墨水，五页稿纸，朱振国写下了这封回复儿子的家书，长达两千多字。

朱振国：他那个时候都想不上学了，想减轻点儿我们的经济负担，挣着钱就算了，其实这种想法是错误的。

朱兆丰：本身自己也有一些认识，然后父亲给我写了一封信，我可以说是非常的痛苦……给我打击（触动）挺深刻。

记者：您没想到会有这样一封信，是吧？

朱振国退休后重新编写《朱氏家谱》并进行文学创作

朱兆丰：对。其实我们交流不太多，但是彼此都有默契。现在随着年龄越来越大，有时候总想这个事儿，想起来特别难受。

朱振国：他不敢和我当面说，我是真的很严。我的脾气在家里不容人说话，暴躁点儿。

朱兆丰：（收到信）时间不长我就回来了。父亲给我找了个学校，让我继续上学。

朱振国：收到信最大的转变就是勤奋了、刻苦了，因此考上大学了，我觉着这封信是起到关键作用了。

父亲的家书，打开了朱兆丰的心结。重新回到学校的他发奋学习，第二年考入河北师范大学体育系，如今是河北行唐一中的高级教师。

朱兆丰：我是班主任，现在我和学生之间沟通相当的好，没有代沟，这主要是从父亲这里得到一些启示。

朱振国：老师们说，你这孩子怎么教育的，表现得挺好，在校里威信挺高。

如今，父子俩都很忙碌。虽然仍住在一起，但碰面的时间却很少。和从前不同，朱振国不再批评儿子在生活细节上的懒惰，取而代之的是心疼。

朱振国：基本上常年都是这样。他每天晚上十一点才回来，早上五点半走了，因为他要上早操，我们都见不到面。我觉得孩子挺苦，你说这能睡几个小时的觉？出于这种情况，有的活儿我就干了，也不对他们说了。

周末，父子俩才有难得的相处时光。朱振国在客厅里整理《朱氏家谱》，朱兆丰下厨做饭。

朱兆丰：有空就给我爸爸妈妈做做饭，他们挺辛苦的。

朱振国：我为什么写这个《家谱》啊？写这个《家谱》主要是看到现在家族观念淡薄，亲情关系疏远。叫他们看看这《朱氏家谱》，应该怎么做人、怎么做事、怎么学习，都以之为戒。

父爱如山，哪怕当头棒喝。今年朱兆丰46岁，和父亲写下那封家书时是同样的年纪，这道理如今他是悟透了。

朱兆丰：父爱如山。我父亲平时说话，都是以命令的口气对我们说，我们有时候也容易反感。但是过后想想，好多好多事儿，都是深层的东西，你去理解，就是一座大山。他的爱非常厚重！

第四篇　孩子，你慢慢来

作者：肖源、陈鹏
播出时间：2017 年 9 月 24 日

家书节选：

2016 年元月，四川省雅安市，84 岁的姜遇滨写给外孙女姜菲菲的家书。

菲儿吾孙：

见字如面。

昨日听闻你与母亲电话联系时，言谈中透露出浓浓疲态和诸多不满。对此，外公深感意外，也十分为你担忧。年轻人事务繁杂，恐电话或短信与你交流扰你工作，特手书一封，望乖孙闲暇时候细细阅读，多多自省。

你对母亲说，本来一直从事宣传、文化、团委等自己热爱的工作，结果单位进行岗位调整时，自己却被一下子安排到了窗口部门，从事卫生、计生和妇联的工作，每天面对的都是家长里短、鸡毛蒜皮，处理的也都是家庭矛盾、邻里纠纷。听到这里，外公知道，你又犯了小孩子的心性了。

卫生计生委办和妇联，都是群众工作的第一线，是最锻炼人的地方。你说你想追求琴棋书画诗酒花，每天却必须面对群众的柴米油盐酱醋茶，菲儿啊，外公想告诉你，哪来那么多诗和远方，有的只是当下的人生和身边的人。

其实在我们全家看来，你已经实现了自己的梦想。成为一名人民公仆为人民服务，就是善良的你最好的选择和最真的梦想。外公代表外婆和妈妈，再次祝贺你！

当然，作为一名退休的老公务员，外公深知基层群众工作确实不好做。千人千面，一百个群众就有一百个甚至更多需求。而且群众普遍认为公务员是官，不愿意跟我们交心，尤其是你作为一名外地人，生活习惯不同，风俗不同，甚至语言都可能不通，更难深入群众中了解他们的诉求，更别提走进群众心中。但是，老话说得好，将心比心，以心换心。只要你用心对待群众，他们最后一定能理解

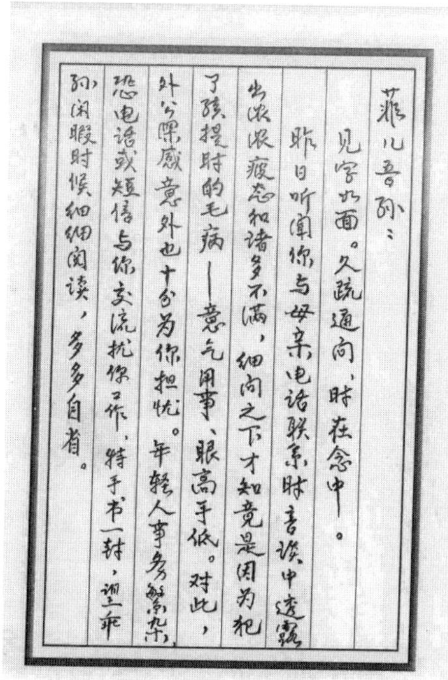

菲儿吾孙：
见字如面。久疏通问，时在念中。
昨日听闻你与母亲电话联系时言谈中透露出浓浓疲态和诸多不满，细问之下才知竟是因为犯了孩提时的毛病——意气用事、眼高手低。对此，外公深感意外也十分为你担忧。年轻人事务繁杂，恐电话或短信与你交流扰你工作，特手书一封，望乖孙闲暇时候细细阅读，多多自省。

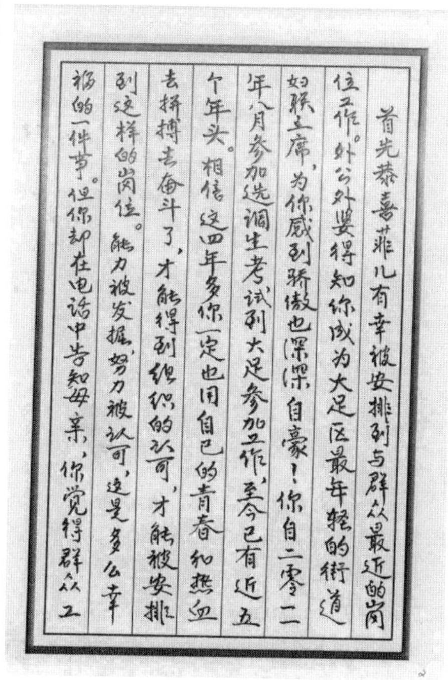

首先恭喜菲儿有幸被安排到与群众最近的岗位工作。外公外婆得知你成为大足区最年轻的街道妇联主席，为你感到骄傲也深深自豪！你自二零二年八月参加选调生考试到大足参加工作，至今已有近五个年头。相信这四年多你一定也用自己的青春和热血去拼搏去奋斗了，才能得到组织的认可，才能被安排到这样的岗位。能力被发掘，努力被认可，这是多么幸福的一件事。但你却在电话中告知母亲，你觉得群众工

你、接受你。

至于你向母亲提到的身在异乡格外想家，外公觉得你还是不够诗意。外出工作正是你跳出井底、游历山河的契机，何不放下心防去见识祖国的大好河山？只要在我们伟大祖国的范围内，处处都是故乡。

书短意长，望乖孙勤学善思，以更加饱满的热情投入到工作和生活中，取得更好的成绩。待到来年春暖花开，我和外婆一定到大足去探望你。

外公：姜遇滨
2016 年元月

录音报道：

28 岁的姜菲菲是重庆市双路街道的妇联主席，做妇女工作，已有三个年头。

姜菲菲：2015 年的时候我们单位面临一个岗位调整，领导就说，你就去卫生计生岗吧，相当于到了一个窗口部门。比如说我们救助了多少贫困妇女，之前是有

2016年春暖花开时，外公外婆和妈妈如月来重庆大足，解了姜菲菲思乡之苦

一个数据。但是她们到底有多贫困，下来（基层）之后，突然之间，扑面而来的感觉，相当于从二维的变成了立体的。

当时的姜菲菲，无法接受这如“云泥”般的心理落差。

姜菲菲：那时候也才参加工作没多久，不管是穿着，还是谈吐，都更学生气一些。他们可能会尊敬你，但他们不会信任你，很多事情我说，您告诉我，我可以帮您办。人家说，不行，我要去找你们领导。他们觉得我办不成。

工作的意义在哪里？姜菲菲把工作中累积的所有情绪，通过电话倾泻给了在雅安老家的妈妈。

姜菲菲：也没给我外公说，他觉得群众比天大。我跟他抱怨这些肯定是一顿骂。然后我妈妈又跑去跟我外公一顿抱怨。说这都是受你的影响，要不然我到那边去陪她吧。当时（外公）也没阻止我妈，你要去看就去看，但是把这封信给带去。

因为父母常年在外地，姜菲菲从小就跟外公外婆一起生活，直到2011年大学毕业到重庆工作。这些年，外公经常写信给她。得知外孙女的工作遇到了状况，84岁的外公又拿起了笔。推敲文字，拿捏轻重。信，写了好几天。

外公：写一段又把笔搁着，想一会儿。要考虑用词、用句，要考虑成熟一点儿。想好了写一句，有时候写错了又要重新来。

羊年腊月，妈妈从雅安给姜菲菲带来外公的“特产”——一封家书。姜菲菲说，那天晚上，此前的生活、学习、工作，就像按了快进键的影片，在脑子里飞速地转着。

姜菲菲：当时看了以后心里触动挺大的。如果没有那个转折点，那个时候外公当头棒喝一样的家信的话，可能效果是截然不同的。我那天听到一个事，一个阿姨到以前我在的办公室，说找一下你们主任，不是现在那个主任，是你们以前那个很年轻、长得圆圆胖胖的小姑娘。人家问什么事情，她说，不跟你说，我要跟她说。说我长得胖，我还是有点不开心，但是心里面还是挺甜的。

姜菲菲担心远在雅安，患了脑梗、偏瘫的外婆，老人担心外孙女在重庆的工作和生活。今年春天，家里一商量，索性到重庆一聚。

重庆市大足区双路街道，一栋简易居民楼，第十层，是姜菲菲给外公、外婆和妈妈临时租下的房子，怕老人寂寞，还养了一只狗、两只猫。

外公：我们采取具体措施，干脆我们在这儿住一段时间。

姜菲菲：我外公照顾外婆，我妈妈照顾外公和外婆。

在姜菲菲眼里，这条“措施”不过是外公假借“度假”和“监督”的名义，在有限的日子里，再陪自己走一段人生路。

国庆节前，外公就要回雅安了，他想着，下次再来重庆，家里该四代同堂了吧。那样，就太好了。

第五篇　女儿，勿忘本！勿牵挂

作者：刘祎辰

播出时间：2017年9月25日

家书节选：

2002年3月18日，湖南省益阳市夏政达写给留学在外的女儿夏青的家书。

青青：

你好。转眼间，你到马来西亚吉隆坡已有两个月零八天了，我和你妈妈好想你。古人言，儿行千里母担忧。何况你还是一个十六岁的小女孩，从小没出过远门，一下就离我们这么远，我们能不想你吗？每次你妈妈看到你在家中的衣物，总是拿在手里不松手，眼泪流个没完，劝都劝不住。我这一段时间来，要是稍不留神身子面向南方，总要赶紧扭过头去。从益阳到吉隆坡，远隔万里之遥。你可晓得，路有多长，父母爱你的心就有多厚；海有多宽，父母爱你的情就有多深啊！

孩子，其实像我们这样的家庭，就经济条件来看，是很难让你出国的。并且你是我们的独生女，从情感上而言，是多不愿你远离我们身边。无奈你求知心切，只想出外开阔眼界、练好本领。你毅然决然独自去闯了，我们还有什么话可说呢？既然去了，你就安安心心学习吧。

你记得的，你出国的那一天，我送给你了三样珍贵的礼物。一样是我从楼下后院赫山村的田土里挖来的一把泥土，用硬塑料盒装着给你带去；另一样是送给你我珍藏了多年的毛主席坐像；还有一样是专门为你新买的一把二胡。

这些礼物，是叫你无论身在何方、处在何时，一定不要忘了你是中国人、不要忘了你的祖国和故乡！学成以后，一定要回到祖国、回到家乡，奉献你的青春和智慧。只有把祖国的命运和自己的命运联系在一起，个人才有前途、有出息。另外，你七岁就练二胡，现在已考到省级第七级了，多不容易，你可不能荒废啊。

青青，爸爸还有好多好多话要说，怕你学习紧，就写到这里吧。我和你妈妈一

夏政达随身带着女儿的照片

抽签抽到了把角的展位，夏青觉得特别幸运

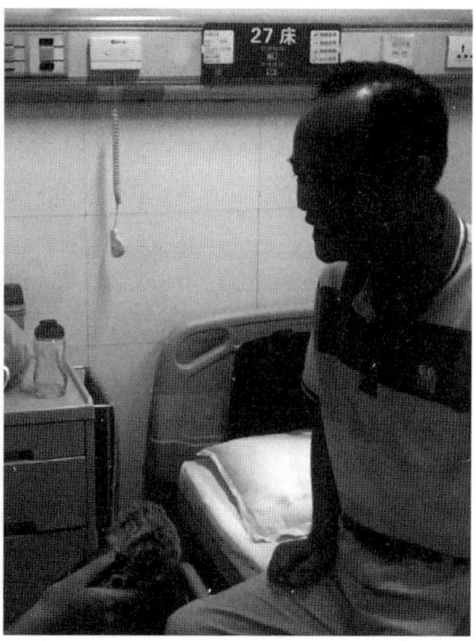

说起女儿，夏政达总是笑着的

切都好，不要挂念。

祝你：学习进步，平安快乐！

爸爸：夏政达
2002年3月18日

录音报道：

湖南长沙，夏政达坐在眼科病房里，等待着第二天的手术。虽然女儿已经回国创业，但他执意不让女儿陪伴床前，只和老伴儿两人一道来到省城治病，随身的公文包里，放着一家人的照片。

夏政达：这是我年轻40多岁的时候，这是她妈妈，她是继承了我们的优点。哈哈。我们不叫她回来，她太忙了。

广东东莞，背着大背包的夏青步履匆匆，专门赶来参加展会。马来西亚是重要的燕窝产地，夏青的公司做的就是燕窝生意。从中国到马来西亚，这条路，当年她走得很坚决。

夏政达：那个时候我们都是不赞成的，因为家庭条件不好，妈妈下了岗。有一天她突然提出来要出国留学，我还发了火的。她说我到外面去，开阔眼界练好本领，将来回来改变落后面貌，你为什么不赞成呢？

夏青：反正小时候就叛逆一点儿，想跑得远一点儿，觉得要干一番大事业。

就这样，年仅16岁，最远只去过长沙的夏青踏上了留学路。这一走，就是11年。"从前的日色变得慢，车、马、邮件都慢"，但许久才能收到的珍贵家书，却是初到异国的小姑娘心里最温暖的期盼。

夏青：刚开始出去感觉什么都不懂，没有安全感，很想家，但我很少哭。那时候还没有电话可以直接打到马来西亚，主要靠写信，应该持续了至少有三四年。写一封信至少要两个礼拜、三个礼拜甚至一个月才收到。

妻子下岗在家，女儿出国留学，身为普通公务员的夏政达感到生活捉襟见肘，但他坚决不希望女儿去打工。

夏政达：因为她是个女孩子，只有16岁多，怕社会很复杂，尤其还没出过远门，我们很不放心。

然而事实上，湘妹子的闯劲儿是拘束不住的。

夏青：学费和生活费前面一两年是父母支持的，到后面我基本上是自己工作。我就帮同学转个学，做做中介，学校返给我们佣金。也做过一些小的贸易，像冰冻的鸡爪，有人有这个需求，我们就把信息卖给人家，赚一点儿好处费。

15 年的时光，白驹过隙。马来西亚、澳洲，又到深圳，夏青辗转多地，父亲当初的三样礼物已经随行李箱丢失在了跨国航班上，成为永久的遗憾。然而父亲希望她回到祖国的嘱托，夏青却始终牢记。

夏青：第一个，我父母在老家，我的根在这边，我很怕有一天“子欲养而亲不在”，因为我离家特别早，所以在家的时间是非常少的。第二个，我觉得中国发展是非常快的，回国机会很好。小时候父母就把我当男孩子养，要求是非常严格的，对我期望很高。每年过年的时候都会写一篇文言文的生日期望，希望我以后要成为一个怎样的人。我记得我小时候住的那个房子，客厅都是挂一墙的文言文作品。

距离开展只剩最后一天，九月的东莞气温依然高达 34 摄氏度，场馆里没有冷气，闷热难当。和别人的展位不同，夏青忙上忙下全靠自己。

夏青：人家都是一个团队过来，成本太高了，所以我基本上一个人在中国跑。

下午，父亲夏政达的手术完成了，夏青一边忙着布展，一边时不时看看手机，她要在约定的时间给父亲打电话。医生建议术后的夏政达每个月注射一针特效药，但一针七千元的费用，让节俭了一辈子的父亲犹豫了，这回做主的还是女儿夏青。

夏青电话：爸爸，我给你讲，那个针一定要打，那是治疗你眼睛最有效的药，虽然比较贵，但先打着……

第六篇　20 年，天涯咫尺

作者：沈静文、万存灵（见习记者）

播出时间：2017 年 9 月 26 日

家书节选：

1997 年，驻守南沙的肖拥军与在湖南省冷水江市家中的妻子陈玲的家书。

玲子：

你好！

读你的来信，心中有一种强烈的感觉：认识你真好！真的庆幸自己军校毕业的第一站就是冷水江，和你初识。没想到就是这样一次不经意的旅行，让自己心有所属。这是不是人们常说的一见钟情？

和你在一块儿，你纯净的笑容，爽朗的笑声和对生活的那份热情，让我受到了很大的感染，心一下有了定力。我突然知道自己想要什么，要做什么，对未来又充满了希望。这是爱情的力量吗？

我已经到新部队快一个月了，环境和工作都在熟悉中。起床、吃饭、训练、学习，说不上累，但也不轻松，每天把自己安排得像个闹钟，没闲着。

你这段时间是不是经常下乡采访？想起上次你下乡中暑的样子，真是心疼！工作当然要干好，但前提是照顾好自己。现在是夏天，气温高，下乡要特别注意防暑，别再生病了。我不在身边，要懂得爱惜自己。

夜深了，做个好梦！

拥军

1997 年 8 月 21 日

拥军：

你好！

今天是国庆节。走在大街上熙熙攘攘的人流中，很容易被浓烈的节日气氛所感染。每逢佳节倍思亲，此时的我愈发地想念你，只是不敢放纵自己的思绪。

昨日收到你的来信，附了一张照片：沙滩上有着灿烂笑容的你，和你在沙滩上画的“I LOVE YOU”的话语，很是开心、感动。熟悉的身影，亲切的面容，感觉你就在身边，向我诉说着什么。虽然，过不了一会儿，你写在沙滩上的字就会被海水冲得无影无踪，可它就这样定格在这张照片上，也定格在我的脑海中。感谢你的这片深情！

这段时间，又要忙演讲，又要准备晚会节目，很累吧？那两支歌唱得如何？还记得在金天大酒店唱的那首《风雨无阻》吗？那是第一次听你唱歌，而且是唱给我一个人听，浑厚而略带磁性的声音，超强的感染力。也许，见面之初，打动我的不仅是你爽朗的个性，真诚的笑容，动听的歌声也是原因之一吧！

又是夜深人静时，长话短说，下次再叙吧！

祝晚安！

玲子

1997年10月1日

肖拥军全家福

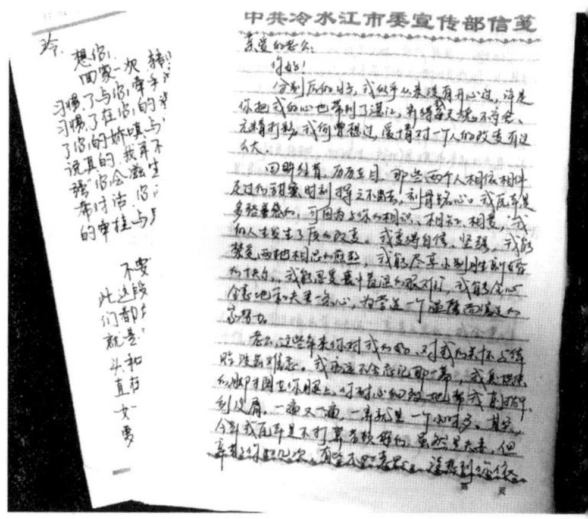

中共冷水江市委宣传部信笺

信的原件

陈玲在工作中

录音报道：

早八点到晚六点，陈玲的工作是编审一份名叫《今日冷水江》的报纸。

湖南冷水江，小小的县城，人人掐着午饭的点回家，陈玲是个例外。她的女儿刚刚考上衡阳一所大学，丈夫肖拥军已在南沙驻守20年。

陈玲：上班的时候事情多一点儿，就充实一些吧，就不会这么孤单，时间好过一些。

家离单位很近，离丈夫却很远。从冷水江到长沙，从长沙到广州，再从广州到湛江的部队大本营，每年，肖拥军回家探亲两个月，陈玲往军营探亲一个月。

陈玲：到长沙坐大巴车，那个时候没通高速，最多的时间花了六个小时。湛江交通也不方便，从广州到湛江慢车要二三十个小时……

1996年年底，陈玲与肖拥军经人介绍开始书信往来，次年，肖拥军第一次加入南沙守备部队，守卫远离大陆的南沙岛礁。二十来岁的爱，以为短暂分离只是漫长相伴中的小插曲。

陈玲：我们是通了半年信以后见了第一面，相处了十天，就觉得差不多可以谈婚论嫁了。然后他回部队了，就到了南沙。他上礁前就说我们第二年回来结婚。他会提前写好20封信，编上号，下面的战友每个星期给我寄一封，好像那个人还在你身边。

陈玲曾以为，孤单是最可大哭一场的理由。谁知柴米油盐，困难接踵而至。1999年，两人的女儿出生。

陈玲：怀孕的时候我的反应比较厉害，反正你跟他说了也没用，吐了之后再继续吃东西呗。那个时候就喜欢躲着一个人哭。那种苦，你说出来好像轻飘飘的。

通信方式更迭，陈玲和肖拥军之间书信的往来不曾中断。同样一如既往的，还有报喜不报忧的习惯。

陈玲：其实他过得很难，守礁很难，他从来没说过。我们两个有太多相似的地方。我女儿最先几年生病的时候，我从来没告诉过他。他回家之后才知道，原来摔了这么大一跤，额头上缝了四针。

肖拥军：事后我还冲她发了脾气，我说为什么不告诉我？我爱人本来这么娇小的个子，为我、为我们这个家庭承担了太多责任和压力。我感觉眼泪就“唰唰唰”地下来了。

陈玲无数次以为，丈夫“马上就会调回”；肖拥军无数次以为，“要尽快想办法回来”。这些都没有实现。20 年的分离，两人都始料未及。

陈玲：就是一种疼，疼得什么样子就想不起来了。当你走过去之后，再回头，也觉得自己很骄傲，我怎么能走过来了呢？这么多年。

肖拥军：在我服役期间，爷爷过世了，外公过世了，包括父母亲的 50 岁、60 岁、70 岁生日，真的很想回家来尽尽做儿子的孝心。也争取过，但是任何一次的争取都因为工作原因，没有成行。

穿过冷水江的红日路、政法路，打开临街的单元门，定睛才看清，昏暗的楼道里堆满邻居家的蜂窝煤。陈玲家不宽敞的两居室里，冷锅冷灶就晾在由阳台改造的厨房里。

陈玲：只有他们两个人回来时候才做饭。我一个人的话，全部都吃食堂的，早饭、中饭都吃食堂，晚饭就吃点儿水果、沙拉、酸奶，或者煮面条，一个人的时候很简单的……

翻看两人 20 年沉甸甸的通信，1 200 多个邮戳见证，远隔千里的寄托和依赖。肖拥军仍有“让你幸福”的壮语，陈玲最期待的，只是能够相守的朝朝暮暮。

第七篇　18 岁，为你祝福

作者：李婧、李佳
播出时间：2017 年 9 月 27 日

家书节选：

2017 年 2 月 3 日，山西省阳泉市毛晓斌、王玲写给女儿毛靖萱的家书。

亲爱的宝贝：

你好，今天是你 18 岁的生日，是一个女孩从少女步入成人的值得纪念的日子，请接受我和你爸爸对你的祝福。

此时的心情，用现在的话来说就是“纠结”，既有对女儿儿时的留恋，又有对女儿成人后的憧憬；此时此刻万千思绪涌上心头，很难用一句话来诠释人世间最美好、最真挚的母女、父女之情。

18 年前的今天，你如约而至。开心，是我们送给你的名字，寓意你是我们全家的欢乐。18 年很长，但又很短，我们一不留意，你就从一个“咿呀”学语的孩子长成亭亭玉立、楚楚动人的大姑娘了。

18 岁是一个人最宝贵的金色年华，是生命成熟的标志，意味着对自己、对家庭、对社会、对国家都将拥有一份神圣的责任，爸妈希望你学会驾驭自己的情绪和思想，逐渐走向理性和成熟。做一个身心健康的人，做一个品格优良的人，做一个快乐的人，懂得变通，学会保护自己，快乐生活、快乐学习。

爸爸妈妈还是要把前辈做人的道理讲给你，或许在今后的人生中对你有所帮助：

感恩与回报：这是做人的准则。

助人与善良：这是做人的美德。

知足与放弃：这是做事的良方。

谨言与慎行：这是处世的哲学。

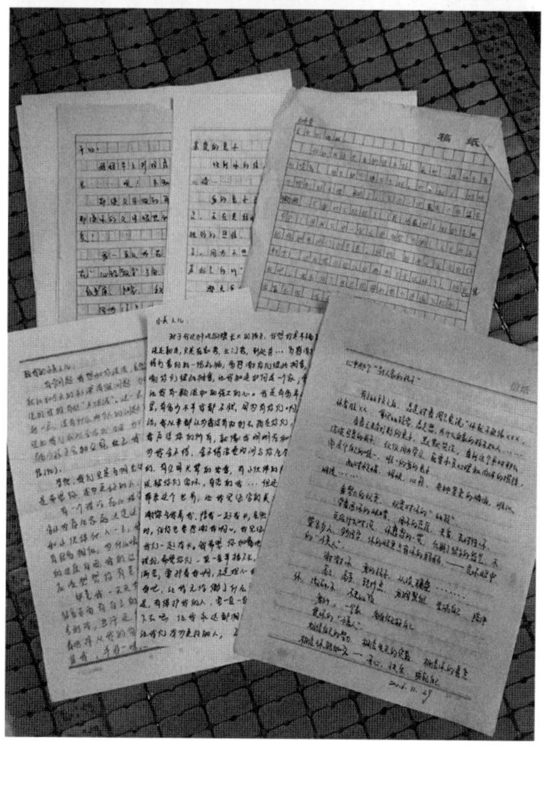

上图：毛晓斌和王玲夫妇

右图：夫妇俩和女儿的部分信件原件

最后，妈妈想抱抱你，对你说：18岁，成人的年龄，青春的年龄，美丽的年龄！祝福你，18岁了！我们为你而骄傲！为你自豪！

爱你的爸爸妈妈

2017年2月

录音报道：

一走进毛晓斌和王玲的家，最显眼的就是客厅沙发后面的照片墙。洁白的墙面上挂着16个大小不一的相框，上面是女儿毛靖萱从蹒跚学步到上高中，一家人的合照。

9月10日，毛晓斌和王玲在浙江绍兴送别了女儿开心，18年来，开心一直在他们身边长大，上大学是她第一次离开家。

王玲：觉得心里空荡荡的，我跟开心讲，妈妈现在“断奶”了。

毛晓斌：心里面也盼着她长大，飞离你身边的时候，反正觉得少了点儿什么。其实对我来说，只希望我的孩子平平安安、快快乐乐地长大，希望她能不辜负这四年的大学生活。

没有女儿的欢笑，家中总显得有些空落落的。王玲一大早就买了饺子馅，和好了面。晚上八点多，丈夫毛晓斌加完班回到家，夫妻俩才开始一起包饺子，言谈间的话题也都离不开女儿。

毛晓斌：正好高考这么一个特殊的时段，也想送给她一个礼物，写信大概写了两天左右。

王玲：其实我觉得18岁成人礼是很神圣的，在孩子成长过程中是有纪念性的，我们就写信给她。还给她买了个大兔子。

通过写信和女儿说说心里话，这是家里一贯喜爱的交流方式，毛靖萱18岁的生日这天，自然也不例外。

毛晓斌：孩子性格比较随我，跟我一样也不太会表达自己的感情。你用书信的话她会回你一封信，她会写得很多很多，就会反映她真实的想法。

毛靖萱：当时收到信哭得稀里哗啦的，因为比较感动。他们有时候会在我人生比较特殊的阶段给我写信，然后教导我一些东西。

毛靖萱是个心思细腻又乖巧的姑娘。翻着这些年来她留下的便签、信件，王玲细数起了女儿曾带给父母的温馨与惊喜。

王玲：那天他们去山东了，她觉得她妈妈美得不行，叫我小美人儿，发短信说我们上高速了，你自己在家，看好家，我们马上就回来了。

毛靖萱：我就想给他们写个小纸条或者给他们写个便签的，或者折个玫瑰花、折个千纸鹤送给她，把它放到床头，等她自己发现。

女儿的善良、孝顺、懂事，与家庭和谐、开明的氛围密不可分，父母的影响通常是润物细无声。

毛晓斌：我们这个家庭比较开明，从小对孩子没有什么特别严的要求，但是也不是很宠，也不是很惯着。

毛靖萱：印象里我爷爷跟我说做人要有志气，我觉得也并不是非要说教，平时就一点点地在教你很多礼节性的东西。

家，因为有爱，才更温暖。

王玲：家庭对我来说就像瓷器，瓷器本身很精致但又必须用心呵护它，不然它容易碎。

毛晓斌：家对我来说是一个港湾，或者说是树的根部。有这个根在，你在外面再累再忙，永远都能让自己回到舒适安逸、可以得到很好休息的地方。

饺子在沸腾的水里浮起来，洋溢着幸福的味道。王玲夫妻俩的晚餐虽然晚了些，但毕竟与家人一起吃才是最重要的。此刻，远在绍兴的女儿毛靖萱已经结束了一天的新生军训，带着对父母的想念与牵挂，开始了新的生活。

毛靖萱：也许是因为我父母相处方式比较好，所以就培养我这样，我觉得很温馨。能生长在这样的环境，我觉得我是一个很幸福的孩子。

第八篇　相信女儿一定会做个好儿媳

作者：周益帆

播出时间：2017 年 9 月 28 日

家书节选：

2014 年，哈尔滨市的刘沐莲写给新婚女儿于常乐、女婿王文峰的家书。

亲爱的女儿：

今天是你 26 岁的生日，也是你婚姻生活的开始。妈妈祝你们幸福！祝你生日快乐！

时间过得真快，转眼女儿都长大嫁人了，妈妈为你们祝福，希望你们把今后的生活经营好。乐乐性格有些急躁，对文峰说话的态度要转变。当然了，对最亲近的人往往不去注意态度，最亲近的人也不会去计较，但是作为妻子，还是温柔一些好，两个人长时间生活在一起会有矛盾，要学会如何去化解。多站在对方的角度看问题、换位思考，相互理解、包容，不要把矛盾闹大，有了矛盾别过夜，不要冷战。对公婆要比对自己的父母好，因为这当中多了一份特殊的亲情。父母年纪越来越大，难免有代沟，当父母的说教不如你意，或者说与你的观念格格不入时，一定不要用语言去抗拒，要倾听、点头答应，之后你们再商量如何去做。文峰的妈妈开朗、豁达，一定会是一个好婆婆，相信女儿也一定会做一个好儿媳。

无论今后发生什么，你们一定要共同面对，坚持你们今天的选择。婚姻是责任，对社会、父母、儿女，对对方，要共同去担负，你们生活得幸福、恩爱，是对父母最大的孝顺。你们都是孝顺的好孩子，妈妈相信你们。

希望我的女儿今后的生活要像名字一样，“常乐”到永远。

再祝你们幸福、快乐！

最后，希望你们将婚姻进行到底！！！

妈妈

2014 年 1 月 15 日

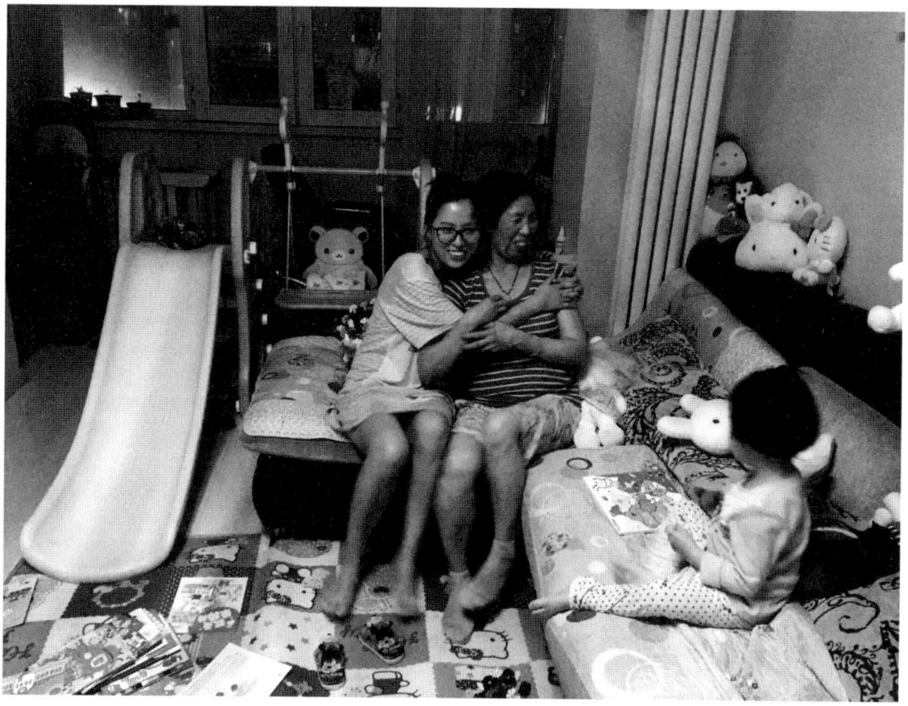

乐乐、妈妈和妙妙

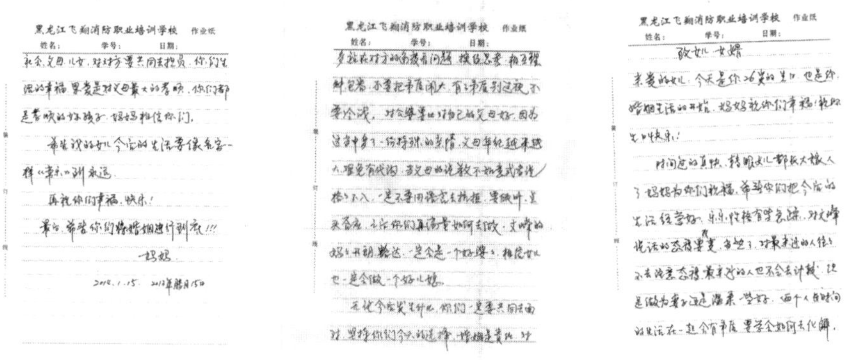

纸质家书

录音报道：

哈尔滨道外区，一栋普通的居民楼。早晨六点半，阳光从东面的窗户透进来。刘沐莲带着外孙女妙妙，开始给一家人准备早餐。

这是刘沐莲最普通的一天。两年前，外孙女妙妙出生，她和老伴就搬来和女儿于常乐、女婿王文峰一起生活。

刘沐莲：现在这阵挺好，起来晚了。前一阵天天三点多起来做饭，四点多就把她领出去了，要不然她妈睡不了觉……上早市，在外面转悠。

常乐是刘沐莲的独生女，从小身体不好，在常乐眼里，妈妈把自己“宠坏了”。

于常乐：真是她惯的。

刘沐莲：我36岁才有的我姑娘，就特别娇，整个大家庭都可娇宠她了。还行，没惯坏，挺好的。

于常乐：惯坏啦。

刘沐莲：现在行，能理解妈妈。

于常乐：我从小身体特别不好，心脏不是很好，小学四年级的时候我妈妈背着我上学，那个时候大概是心脏病最重的时候，老师都让我休学一年，但我妈妈一直坚持送我，就会背着我。

2014年1月15日，女儿常乐26岁生日这一天，和女婿王文峰领证结婚。刘沐莲话在嘴边，不知从何说起，把嘱托和祝福都糅进了这封信里。

于常乐：我之前不知道她会手写，因为她一直在电脑上打字，一点一点自己打。但是她最后打完那次没保存，所以整个人都崩溃了一样。她确实对那封信付出了挺多的心血。

刘沐莲：(电子版的)没有了，我就寻思，我还得嘱咐，反正就是觉得一百个不放心。

常乐跟王文峰以前是同事，乐乐长得漂亮，文峰追得紧。可很长一段时间，刘沐莲怎么看，怎么觉得这小伙配不上自家姑娘。

于常乐：没有头发，个儿矮。

刘沐莲：秃顶，瞅他脑袋我就上火。他在那儿“扑哧”还笑了，就我们那姑爷。

于常乐：反正我老公还行，他没啥脾气。

刘沐莲：没脾气，这一点我觉得这姑爷挺“奸”的，能把我姑娘追到手。看不出来是姑爷，跟儿子似的，一天到晚“妈妈、妈妈”地叫。

于常乐：我妈妈不是反对我俩吗，他第一次上我家大概是“五一”，那时候大家也都劝我妈妈，我妈妈也妥协了，然后我老公来了之后进屋打了一圈招呼，直奔厨房，我妈妈在厨房做饭，他就开始连做饭带忽悠我妈妈。

结婚后，小两口的工作有了起色，常乐考进了检察院，王文峰也换了新单位，日子过得挺红火。

刘沐莲：炸呀，过油的菜，一般都是他做，我是做炖的菜还行，炖牛肉、羊肉啦、红焖肉。乐乐只管吃。

于常乐：能不能做火锅？能不能做烤肉？我还会做焖锅！

王文峰：啊，对，做焖锅。

刘沐莲：（笑）乐乐能干……

刘沐莲信中的嘱托变成了一家人生活的日常。

王文峰：我走了啊。

于常乐：走吧走吧。

王文峰：别摔着啊，妙妙。

刘沐莲：妙妙，跟爸爸再见。

于常乐：妙妙跟爸爸再见，说什么？

妙妙：路上小心！

于常乐：还有呢？注意……

妙妙：注意安全。

于常乐：亲亲爸爸……

一纸家书百镒轻。

于常乐：我在叛逆期间，我俩就是用信交流的。因为那段时间，一说话就吵架。

刘沐莲：嗯，那会儿不说话。

于常乐：每天早上的时候，我在桌子上留一封信，然后去上学，回来的时候，那封信会换成我妈妈的信……

妈妈的书信，曾陪着常乐走过了青春期，挨过了离家的日子。常乐至今都记得，自己在外地念大学时，妈妈每次从哈尔滨给她寄东西，好大一个包裹。

于常乐：棉衣服，一大包吃的，然后有这封信。

刘沐莲：那我忘了……

拿出棉衣、棉裤，再掏出炸鱼、肉肠，最里面，是几页叠得整整齐齐的信纸。

刘沐莲：我亲爱的宝贝女儿你好，第一次长时间远离亲人，妈妈理解你，因为妈妈也曾经历过，但毕竟你还小……

常乐的心里，妈妈刘沐莲吃穿从不讲究。这些年她给妈妈买啥衣服，妈妈就穿啥，妈妈最爱吃啥，也从未提过要求。

在她结婚前，妈妈的世界是她和爸爸，她结婚后，妈妈的世界多了女婿和外孙女。

于常乐：我老公现在就步入老太太生活了，他俩送完孩子天天逛超市。

刘沐莲：总说去超市。哎呀，我说不去，姑爷说去吧！

于常乐：油、米、面、调料……以前我俩上超市，我俩就在楼上买小零食，买饮料，现在我在上面买，他在下面买……我老公就说，媳妇儿一会儿咱俩看看调料去，看看豆油便不便宜……完全就是我妈妈的生活，就被我妈妈影响的……

第九篇　一封永远发不出去的信

作者：冯会玲

播出时间：2017 年 9 月 29 日

家书节选：

2007 年 7 月 26 日，河北省临西县刘淑英写给已经去世的父母的家书。

父母大人：

你们好！这是小女儿第一次给双亲写信，希望你们在天堂静静地倾听女儿的诉说。

爹，娘，我想你们，只有梦境才能给我带来浓浓的亲情体验。

我时常在想，在人们都在为生计发愁，为填饱肚子而奔波的年代，你们靠着多大的信心，顶着多少人的白眼，付出了多少艰苦的劳动，才将四个孩子中的三个培养到高中以上学历，离开了脸朝黄土背朝天的农门。尤其是对我，家中的小女儿，连续三次高考落榜后，我已 21 岁，在农村已是谈婚论嫁的年龄，而我却像一个不谙世事的小女孩，不但不能通过劳动给家庭创造财富，而且还一次次地掏父母腰包去交复读费。我那娇小、一生勤劳、善良的母亲却私下给父亲历数我的优点，劝说父亲让我再复读一年。她还偷偷地拿出家中仅有的 15 元，又借了三家邻居的钱，凑够了 25 元的复读费，对我说，妮儿，明天一早赶快回去复读，趁着你爹还未下定决心不再供你，听娘的话再读一年，只能再读一年。我哭着说，娘，我走了，钱没了，爹会凶您、打您吗？家里这么多事儿需要人干，您怎么办？娘说有我呢，不要再说了，明早马上回校……

我回校后才知道，娘已积劳成疾，我复读不到三个月，她就在病痛中去世了。我闻讯回家，趴在她身上，紧紧抱着她，亲吻着她那蜡黄消瘦的脸……

双亲大人，告诉你们一个特别大的好消息，你们的外孙女昨天收到了首都北京一所名牌大学的录取通知书，我高兴地抱着女儿又蹦又跳，那情景比我当年收到录

刘淑英母亲生前遗照

刘淑英女儿考上大学后的特殊全家福

记者采访刘淑英

取通知书还兴奋。爹娘，你们高兴吗？我想你们一定会在遥远的天国，慈祥地望着我们，祝福着我们。我们虽然天地相隔，但我们息息相通！

爹，娘，我爱你们。

想念你们的女儿

录音报道：

2007年7月，刘淑英写这封信的前一天，女儿刚刚如愿收到了中国传媒大学的录取通知书。她抱着女儿哭一阵笑一阵，高兴得不知如何是好。一家人特地穿着新衣服去照相馆照了张相，照片上，她手里举着女儿的录取通知书，笑意浓浓。那天晚上，她一夜未眠，辗转反侧，想起当年自己收到大学录取通知书的情景，一肚子的话藏在心里，只想写给爹和娘。

刘淑英：这么大的好消息，高兴！但是总觉得亏欠父母的。晚上睡不着，一早他们都还没起来，就一气呵成写了这封信。觉得是一种寄托，也是一种解脱吧，就是发自肺腑的……

刘淑英对爹娘的那份“亏欠”感，非常人所能理解。20世纪80年代，农村贫困家庭吃饭都成问题，哪有钱一次又一次交复读费？可刘淑英大字不识一个的娘铁了心要供女儿考大学，哪怕借钱，哪怕白天黑夜忙碌得不得闲。

刘淑英：娘问我，你觉得娘累不累？我说累，就是因为你累，所以我不想去上学。娘说，你如果不去，你就一辈子像你娘这样累。你再怎么干也没有出路，就是嫁人、生孩子，过完你这一生。所以我父亲说的一句话就是，砸锅卖铁只要你们想上学咱们就让上。

刘淑英的记忆里，瘦小的娘似乎永远在干活。春天搓草腰，夏天打席子，秋天捡棉花，冬天织布、做衣服。复读的日子，刘淑英一月回一次家，第一个月回家，娘还拉着她说，你看咱家棉花收了这么多，卖了钱，够你读书；第二个月，娘捎口信来，说家里农活多，暂时别回家；第三个月还没过完，哪里能想到，再见却是躺在棺材里的娘。那一瞬间，刘淑英心里的天，塌了……

刘淑英：我把遮在母亲脸上的布掀开了。他们不让掀，我说我必须见我母亲最后一面。原先进门就是：娘，我回来了，这回回去我喊谁去？我把被单揭开，我从来没有亲过妈妈，那天我亲了她的脸……

刘淑英后来才知道，积劳成疾的娘得的是爆发性肝炎，就在去世的前一天晚上，娘放心不下的，还是她这个最小的闺女。

刘淑英：老父亲说，你知道你母亲去世头天晚上跟我说什么吗？无论如何要让你跳出农门，你坚决不能在家里，因为你受不了这个苦。

1985年，也就是娘去世后的第二年，刘淑英终于考上了大学，接着顺利参加工作、结婚生子。她把对娘所有的歉疚都补偿给了爹，全力以赴膝前尽孝十几年。后来，爹也走了，再和爹娘相见，就只能在梦里了。

刘淑英：梦见我回我们小院了，父母一个是晒粮食，一个是干什么……我说，娘，我回来了，今天做什么吃啊？

像自己的爹娘一样，刘淑英把一双儿女的教育当成家里顶天的大事儿。如今，她也到了三代同堂的年龄，想起爹娘，想告诉他们的，都是喜事儿。

刘淑英：儿子大学毕业，姑娘研究生已经毕业，我们小外甥也会认字了，跟你交流起来也蛮顺畅的。我们两个慢慢变老，一定要注意身体。

第十篇　同心 50 年，真好！

作者：栾红、杨守华
播出时间：2017 年 9 月 30 日

家书节选：

2017 年 7 月 7 日，安徽省马鞍山市当涂县古稀老人夏传寿、张树华的金婚情书。

小华：

你好！日子过得真快，不知不觉我俩已经相识 60 年了，一晃同学结同心也已经 50 年。

我们俩生儿育女，虽然工作和生活负担很重，物质条件也差，但因为有你这位贤妻良母，我们一家人和睦相处，十分快乐。儿女们长大成人，成家立业，本应该是我们好好享受生活的时候了，可天有不测风云。2011 年 2 月 21 日是一个灾难性的日子，你被检查出了胃癌。这突如其来的苦难，我还是招架不住。六年多了，看到你生活得很好，我倍感欣慰和敬佩。

造化真的爱捉弄人。2014 年年底，你唯一的弟弟突然发病，在医院昏迷一个多月后离开人世。你 96 岁的老妈被这一噩耗击倒，两个月后撒手人寰。

小华，我好担心你，我真怕你过不了这道坎坷。

小华，我好佩服你——你从苦痛中站起来，更加珍爱生命，顽强抗争。

人家都羡慕我们家幸福安康，可“安”字是家中有女人。

华，我的爱妻，在我的心里，你永远是我美丽贤惠的小娘子，下辈子我还要娶你为妻。

华，你愿意吗？

永远爱你的夏
2017 年 7 月 7 日

夫妇读《陪护日记》

比翼双飞（摄于云南苍山洱海）

咱家五美女

金婚婚纱照

小夏：

你好！收到你的来信，我很惊喜！几十年了，想不到又能收到你的信。知道吗？这可是我当年好盼望、好开心的事呀！

有人说，再美好的爱情，也经不起岁月的风霜刀剑，可是，50 年来，我们俩之间丝毫没有这种感觉。

忘不了哦，2011 年那个冷雨凄风的早春，看到你得知我检查出胃癌的消息目瞪口呆、泪如泉涌的可怜样子，我心如刀绞。我倒是忍不住安慰起你来了。接下来的 8 个月 200 多个日夜，你不离不弃，全程陪护。喂饭喂水，接便擦身，硬是用炽热的爱把我从死亡线上拉了回来。

忘不了哦，我 96 岁的老妈得知 63 岁的弟弟去世的消息，一下子病倒了。是你，推着她到医院住院治疗；又是你，亲手推着妈妈的灵柩送了她最后一程。都说女婿是“半子”，你胜过亲生儿子。

传寿啊，你常说，孩子是爱情的结晶。夫妻双方一旦结合，便要信守承诺；有了孩子，更要对孩子负责。在你这个一家之主带领下，我们从两口到四口，再到八口之家，相亲、相敬、相爱。

夫君哦，感谢你用爱把我的伤痛抚摩，让我看到那阳光闪烁。下辈子当然非你莫嫁呀！

永远爱你的华

2017 年 7 月 7 日

录音报道：

安徽，当涂县姑溪河畔。老宿舍楼里，夏传寿的家墙面斑驳，一摞摞书、资料从地上堆到屋顶。从教 40 年，72 岁的他仍笔耕不辍。

家里珍藏着学生们的贺卡、亲友的来信，还有，他与同龄妻子张树华的鸿雁传情。

夏传寿：那个时候写信没有好纸，逮到什么纸就是什么纸。那时候我们把信封撕了，把信留下来了，信封上贴的都是纪念邮票，他们讲留下来现在能值好多钱。哈哈哈！

夏传寿和张树华中学同班，俩人的第一封情书写于 1966 年。那时候，两人分别在合肥和芜湖读大学，在一列火车上重逢，擦出了爱情的火花。

夏传寿：有肉麻话让别人看到了哦。

张树华：肯定有肉麻话……

1966年相恋，1967年结婚，1970年结束两地的日子。四年时间，夏传寿和张树华写下了20多万字的情书，一封封情书被展平，装订成厚厚的一大本，封面上手写着《两地书》。

张树华最爱一边做饭，一边唱歌。她梳着一根大粗辫子，长发及腰，这是夏传寿最爱的发型。六年前，因患胃癌，她的一头长发都掉光了。

张树华：化疗六回，他一直都在我跟前。我住大床，他睡小床。我那张大床150元一个晚上，他那张小床5元一个晚上。他哭了，我说不要哭，怕什么！

夏传寿：我紧张啊，日子这么好，你就这么走？死是最不着急的事情了。

夏传寿和张树华有一儿一女，个个都是高才生。外孙女贺夏从小就是学霸，现在美国康奈尔大学读博士。和万里之外的外孙女定期视频，是老人数着日子，最盼望的事。

夏传寿：宝宝，你看上去挺好的，比在家还胖些、白些，你平时要吃些素菜，不能专门吃荤的。

贺夏：好的。

老人的儿子一家现在南京生活，高铁到当涂只要20分钟，来往方便。女儿就在当涂，方便随时照料。无事一身轻的两位老人又回到了以前的老房子里。

夏传寿：你看外面，天气多好，出去走走，阴了这么多天。

张树华：咱们俩现在快活了，轻松了。

夏传寿：不要考虑那么多，能多活一天就快活一天。

每天散散步，偶尔和老同学们聚聚会。因为彼此相伴，年龄反而成了最不需要在意的事。

夏传寿：我是群主，为同学群取名为“忘了我是谁”。

张树华：忘了我是谁，忘了我们今年有多大年纪了，别管70岁还是80岁，我们还小呢。

夏传寿：根据歌词来的。（和张树华一起唱起来）“我要去跳舞，忘了我是谁，一堆堆的篝火到天亮也不累，我要去拥抱你的美，接过你的哈达，幸福永相随”。

城市声音标识：厦门——声音印象

按语：

这是一个只能听、无法读的作品。纯声音、无解说诠释一座城，这一由台长亲自提出的创意难度之大，一度让我们迟迟无法着手。它首先难在找到一座城市最有特点的、标志性的声音，如今绝大多数城市在声音上的区分已经越来越小，如果不是充分了解它、理解它，更是难以找到；它还难在即便找出了一座城市的独特声音，恐怕越独特，就越不为这座城市以外的人所熟知，如何听得懂？它也难在没有文字串联，各种声音如何有机地组合在一起，传达意义。

《厦门——声音印象》最终一一破解了这几大难题，6分钟的作品，几十段音响，被划分成4个段落，以一首《鼓浪屿之波》贯穿，有主题层次，有逻辑结构，有节奏变化，有情感起伏，令众多听众、网友和专家点赞、叫绝。其意义不仅在于“好听”，更在于音频从作品向产品的转化，《厦门——声音印象》先后在铁路动车、厦门航空、鼓浪屿轮渡等载体上落地，并被中国移动作为彩铃向市场推广。以《厦门——声音印象》为开端，《成都——声音印象》《宁波——声音印象》《雄安——声音印象》相继推出，城市声音标识正逐渐固化为一种新的音频体裁和声音产品。

总策划：高岩

总撰稿：丁飞

顾问：盛坚毅

制作：王敏

记者：周步恒、陈庚等

播出日期：2017年9月3日

正文：无（无文稿，附音频二维码，可扫二维码收听）

图书在版编目（C I P）数据

传承者的牧歌 / 樊新征执行主编 . -- 北京 : 团结出版社 , 2019.1

（用声音记录中国 / 高岩主编）

ISBN 978-7-5126-6924-6

Ⅰ . ①传… Ⅱ . ①樊… Ⅲ . ①文化史—研究—中国 Ⅳ . ① K203

中国版本图书馆 CIP 数据核字 (2019) 第 027120 号

出　版：团结出版社

（北京市东城区东皇城根南街 84 号　邮编：100006）

电　话：（010）65228880　65244790

网　址：http://www.tjpress.com

E-mail：zb65244790@vip.163.com

经　销：全国新华书店

印　装：三河市宏盛印务有限公司

开　本：165mm × 240mm　16 开

印　张：68.5

字　数：1142 千字

版　次：2019 年 1 月　第 1 版

印　次：2019 年 1 月　第 1 次印刷

书　号：978-7-5126-6924-6

定　价：150.00 元（全三卷）

用声音记录中国

高 岩 主编

经济社会卷

奔跑中的回望

执行主编 王 磊

团结出版社
UNITY PRESS

用声音记录中国·经济社会卷
《奔跑中的回望》

出版前言

广播究竟可以怎样？

1996年，我从中国人民大学哲学系硕士毕业进入中央人民广播电台，新闻和广播都是零基础。我的第一个广播作品，题目是“中国传统文化的现代化问题”，主任看到文稿的第一感觉想必是有些“惊诧”，担心这学生今后如何培养。那场景的尴尬令我把那个题目清楚地记到如今，在广播这个行当里摸爬滚打时间越久，我便越发能想象他肯让那篇既无新闻由头、又没有生动案例、似论文非论文的“录音报道”播出去，需要怎样的包容。

2000年，由我主笔的纪念中华人民共和国成立50周年的作品《天安门的记忆》，获得了中国广播电视新闻奖一等奖，文稿被刊登在《中国广播报》头版，一整版。广播报编辑送来报纸的时候坦率地说：“这节目听着那么好，看文字好像没什么啊。”又一次尴尬。但也大概正是从那时起，我清晰地意识到，在各种传播方式当中，音频有其独特的规律。

此后的职业历练中，我曾经关注过音响与广播作品的意境创造，关注过如何通过控制节奏创造作品的风格，关注过音频调查报道与文字、视频的异同……但是随着广播频率不断扩容，尤其是2008年开始的新闻广播全面提速，这些问题成为“细枝末节”。中国之声靠海量信息和快速反应确立了自己的市场地位，在一个七八年的新周期里，一大批视野开阔、头脑灵活、综合素质很高的新生代广播人，通用的表达方式是文字资讯和电话连线。在那个阶段这是再正确不过的选择，就像当年窑洞里的延安新华广播电台，首要的任务是信息传播。

但历史总是螺旋式上升的，当所有传统媒体在移动互联网的飞速发展面前失去了信息传播的速度优势，对传播品质的追求成为专业媒体人不约而同的目标。文字、声音、影像，不同传播方式的“特性”反倒在追求品质的过程中日益得到凸显，大众的归大众，专业的更专业。

遗憾的是，由于传播学教育中音频专业的薄弱甚至缺失，加之广播人对声音本身关注度的断断续续，在音频创作上走弯路的远非我这样一个非科班出身的人。2015年年底，中央人民广播电台在台长的率领下，以前所未有的规模和力度投入声音纪录片《致我们正在消逝的文化印记》的创作。这是一系列纯声音的产品，我们采制了大量的音响，启用了做广播特写最有经验的老编辑，调集了最优秀的播音员和录音师……第一期作品出炉，作为主创的一名年轻记者在录音棚里眼眶湿润，感慨“广播原来可以这样”，其实这已是她从名校新闻专业硕士毕业、在中国之声工作的第五年。

广播究竟可以怎样？这正是我们这套丛书所试图呈现的。声音传播确有其自身的特殊性，它能够在传递主体信息的同时，以独特的方式唤起回忆、构建画面、引发联想、激发情感、触动思考，因此音频创作有其自身的规律。这套系列丛书是从中国之声近十年的节目中选出的250多个优秀样本，文本配合可以扫码收听的音频，可以原原本本地展现创作者的思维过程：怎样运用采访对象的音响、环境音响、音乐音效，如何通过文本的结构实现音频的节奏……我想，无论对于音频从业者还是学界研究者，这都是一个现实的、高水准的、丰富的案例库。

音频有规律，又无定法。入选这套案例集的作品，除了专业水准，也照顾到了作品类型，更看重突破创新。读者从中可以看到前文提及的《致我们正在消逝的文化印记》这样的声音纪录片；可以看到首次将新闻与广播剧结合的新闻广播剧《遇见海昏侯》；可以看到向以德行滋养风气的大师致敬的《先生》；也可以看到全程无解说地解读一座城市的《厦门——声音印象》；可以看到两条线索共同行进、形式独特的《麦收时节：双行线》；也可以看到将书信朗读和采访报道相结合的《家书里的中国》等等。由此可以看到，声音表达有多种可能。

当然，所有作品的一个共同特点是全部出自国家新闻广播中国之声。它们首先是新闻，它们以“声音”的形式，真实地记录着时代、社会和人生。在《我的高考》《再回1976的唐山》里，你听到的将是一部部口述的历史；《深度调查卷》为你展开的则是优秀的广播调查记者，在十年的跨度中刻录下的活生生的社会现实，其复杂、精彩，远超时髦的“非虚构写作”。一转眼，其中很多现象已经沉淀为历史，其中很多细节仍令人唏嘘。

尽管听觉在获取信息的效率上低于视觉，但它是唯一不影响人体其他器官使用的信息接收方式。这种独一无二的“伴随性”，不仅使广播一直拥有庞大的受众基数，也使其成为互联网强烈冲击下最坚强的传统媒介。在世界各国不同的传播环境下，广播市场普遍表现稳健，甚至呈现一定的上升势头。正因如此，音频已经成为当下传媒界普遍关注的领域。这套案例集的出版，或许恰逢其时。

编辑出版这套丛书的过程持续了一年多的时间，其间目录不断修改补充，主要原因是我们在实践中不断地有新创意、新作品出炉，我总希望能把最新鲜的、最有代表性的、最有参考价值的作品收录进来，送给在音频世界中探索的同行，送给对音频感兴趣的学子，也送给我们自己。

昨天，我们把广播做成了这样，明天我们可以将广播做成怎样？

高　岩

2018年6月

序

创新的勇气

评价一部新闻作品，通常有三个维度。一是专业性，二是新闻性，三是创新性。三者之中，以创新性最不易得，也最为可贵。尤其是在传统媒体和新媒体激烈竞争，人人唯新媒体马首是瞻的当下，传统媒体的每一次创新，都令人心生敬意。但，这敬意不是因为坚守阵地的悲壮，而是因为背水一战不断寻求突破的勇气。

是的，创新是需要勇气的。

我们需要勇气敢于舍弃自己熟悉的表达方式，比如《麦收时节：双行线》不是单纯地记录麦收进程，也不是简单的四季行歌，而是大胆地运用了双线并行的结构方式来建构新闻。两条线索共同行进，互相影响，既是特殊的报道结构，同时也代表着农村各种变革的力量相互影响、相互纠缠、交错前进的现实图景。

我们需要勇气去颠覆我们惯常的思维模式。比如面对一座城市，我们通常习惯于在孤立的背景下，单向度从某一个侧面去描摹，却很少想过在时代的大背景下，用庖丁解牛的方式，透视它的肌理，触摸它的脉络，追问它的发展。而《六问珠海》就是以这样颠覆者的姿态，用整整六天的连续报道，开创了广播报道审视一座城市的全新思维模式。

我们还需要勇气去接纳新的传播模式。比如当新媒体以解构的姿态，以更加多样、更加平易近人的传播方式，去占领传播渠道的时候，除了侧目之外，我们还能做些什么？《〈民法总则〉必修课》就是用实例告诉我们，对于新的传播模式、传播规律，我们其实是可以兼容的。即便严肃如《民法总则》，依然可以用一个虚拟的“大民”形象让它变得亲切可感，老少咸宜，不仅适用于传统广播声音传播，也可以在新媒体的战场上一较高下。

收录于本卷中的所有报道，几乎无一例外都闪耀着创新的光芒，他们的作者大都和我一样，从业之初便进入广播这个行当，一直以声音为工具建构自己的新闻梦想。我们和所有的新闻人一样，希望能够用自己的作品记录时代，推动进步，但我们也和其他行业的新闻人不一样，我们珍视声音这一特殊的传播媒介，我们希望用声音建构的作品是精致的、独特的、有新意的、有开创性的，我们从未失去探索用声音表达多种可能性的动力。一代代广播人，就是这样薪火相传，以创新的精神推动广播——这个曾经先锋，如今已经被视为传统媒体的媒介——不断前行和蜕变。

变革的时代，谁也无法预言一种媒介的未来，但创新的勇气永远锐不可当。

王　磊

2018 年 6 月

目　录

独家策划：六问珠海

系列报道：麦收时节：双行线

系列调查：那些大众创业的“玻璃门”

系列报道：高校大学生艾滋病现状调查

系列报道：玉米临时收储政策调查

系列报道：中关村“创客”养成记

系列报道：发力供给侧　创造新动能

系列报道：解码中国式创新

系列报道：电信防骗学院

系列报道：我们骑车吧

系列报道：共享单车，能骑多远？

系列报道：共享单车下半场

系列报道：爸爸、妈妈，回家吧！

系列报道：校园欺凌现象调查

系列报道：春节异乡人

系列报道:《民法总则》必修课

系列报道：驻村日记

灾难报道里的日常生活

独家策划：六问珠海

按语：

在中国之声的历史上，没有任何新闻由头，却用长达六篇的篇幅去解读一座城市，前所未有。

作品时间背景的核心描述是："中国改革提前进入深水区。"

这座百万人口、千万面积的海滨城市，并不是经济总量的高地，也不是行政转身的典范。作为经济特区，它似乎也没有深圳那么"特"。但是集中在它身上的重重争论、重重矛盾、重重思考，或许正折射出我们这个国家将要面临的选择。

策划：高岩

编审：高岩

第一问：速度与质量之间，珠海缘何徘徊？

导语：

党的第十七届五中全会公报中有一句话，被多家媒体摘引为醒目的标题："以更大决心和勇气全面推进各项领域改革。"有评论说："中国改革提前进入深水区。"速度与质量如何选择？机制与体制如何创新？经济发展与人民幸福如何平衡？一系列问题如同30年前一样，再次让我们面临挑战。

站在历史的节点，站在改革的路口，中国之声把关注的目光投向了人口百万、面积千万的海滨城市珠海，今天请听第一问：速度与质量之间，珠海缘何徘徊？

作者：温广为、张丹丽、李谦

播出日期：2010年10月25日

走在珠海的大街上，你会发现，市区里没有一幢像样的综合性百货大楼，没有特区特色的商业步行街和大型电影院。跟国内众多繁华都市相比，珠海这个经济特区，确实看不出"特"在哪儿。

今年的8月26日，是深圳、珠海、厦门、汕头四个经济特区30周年纪念日，在这座小城，甚至没有一点儿庆祝生日的气氛。

珠海市民：在上班的路上我特别留意了一下，街上没有什么装饰彩旗，甚至没有什么红色，跟热闹的深圳形成鲜明的对比。

几天前，在珠海市政协举办的《珠海经济特区思考和展望会》上，深圳大学中国经济特区研究中心主任钟坚直言不讳地说："珠海经济的总量偏小，现在GDP在21个城市中排第十位，在珠三角9个城市中排名倒数第二。"

珠海的GDP近20年来的增长速度不及深圳的一半，这是一个令很多珠海人感到尴尬的数字，但又总会在各种大小会议上被提及。相邻的两个城市，中山市和江门市早在几年前就不把珠海当成竞争对手了，就连非珠三角的城市茂名、湛江2009年的GDP排名也在珠海之前。一直以来，珠海人聊以自慰的人均GDP，也从第一位降到了第四位。于是人们想问：珠海经济到底怎么了？

"而立之年"的珠海回首过去的30年，大家普遍认同的一种说法是，它错过了三次历史机遇。

20 世纪 80 年代末，当全国人民都以穿从广东批发来的“的确良”为时尚的时候，珠海毅然决然地放弃了“三来一补”的劳动密集型加工企业。“绝不破坏环境”的高要求让珠海错过了第一次转型。

20 世纪 90 年代初，当全世界 40% 左右的电子产品都来自中国广东的时候，珠海仍在观望，不为所动，而蓬勃发展的电子信息制造业，让广东省的另一座小城东莞变得家喻户晓。

2000 年，重化工业开始起步。汽车、轮船和飞机三大制造业隆重登场。其中，广州本田就在这时应运而生。

可是，这三次产业转型，珠海全都错过了。

有人说，没有原市委书记、市长梁广大就没有今天美丽的珠海。但直到今天，民间、学界仍对他有另外一种解读：这位任职时间最长的市委书记，令珠海失去了第一桶金，珠海从此步步落后。

对此，今年已经 75 岁的这位当事人并不避讳，他说珠海从一开始就选择了一条不以经济发展总量论英雄的道路。

珠海原市委书记、市长梁广大：我不是让珠海失去第一桶金，我是保住了珠海的第一桶金。良好的环境是用钱买不到的，是人们赖以生存的根本，城市的发展应该按照科学发展观等几个方面协调起来。

今天来到珠海，你会发现，梁广大当初的坚持也是珠海至今未变的本色：市区内外青山绿水，大小山峰都没有任何房地产项目或是商业开发；蓝天白云，珠海市市民没有人会因为担心堵车而要提前出门；160 万的低人口密度，这里没有排队买票的长龙，更不会有广州火车站站前广场人海如潮的壮观景象。

在全国，珠海第一个实现了十二年义务教育，率先建立全民医疗保险制度，人均寿命高出全国人均寿命 7 年，珠海人的幸福指数被人津津乐道。当年珠海被评为世界宜居城市，在入选的 500 个全球城市中，排名第一。珠海人至今享受着这份自豪。

从事教育发展的庄先生几年前从国外留学归来就没再回珠海，在他心里珠海已经不在候选名单里了。

庄先生：珠海这边的配套设施、人才储备肯定不如长三角，我的同学要么在深圳，要么在上海，我个人感觉深圳、东莞充满了活力。

珠海人一直以来也有困惑，保住了环境，经济就不能快速发展了吗？珠海的掌舵人曾经把高科技确定为经济的主打方向，珠海特区重重奖励科技人员在全国成为轰动一时的新闻。然而，这条“看上去很美”的路走起来却十分曲折，30 年来，与兄弟城市相比，珠海在高科技产业上并无突出成果。

由此，争论十分激烈。究竟是要注重质量还是要追求速度？能不能为了追求速度而牺牲质量？所有人都不否认两者要综合考虑，平衡发展，但真正行动起来难免顾此失彼，鱼和熊掌不能兼得。

梁广大：如果只有 GDP 总量一方面增长，其他的都受到破坏，现在可能没有人找你算账，但祖孙后代会找你算账。到今天为止，我认为我们的决策、行为符合国家提出的科学发展观。

北京师范大学珠海分校社会学系主任范时杰：今天是一个高度竞争的社会，对于所有城市来说，提高 GDP 是首要任务，是硬性要求。

GDP 总量的问题就是预赛，如果质量也跟上了，才能进决赛。预赛就是只要你没胜出你就会被淘汰，而且是极为无情地淘汰。你只能眼看着别人去参加复赛。高度竞争的环境下给珠海时间了吗？没有，一秒都没有。

未来只有自己可以决定。“十二五”规划中，我们看到“经济增长方式”的提法变成了“经济发展方式”，未来五年中国将淡化 GDP 目标，面对新的发展机遇，珠海这一次能抓得住吗？

第二问：效率与规范之间，珠海为何不“特”？

导语：

经济特区是中国经济发展的试验田。珠海30年的探索，有成功，也有争议。政府在经济发展中应该扮演什么样的角色？如何通过体制、机制的创新带来高效能的发展？诸多问题在珠海的演绎带给人们的，或许是全局性的思考。

作者：温广为、张丹丽、王娴

播出日期：2010年10月26日

守着珠海最著名的海滨步道情侣路，几米外就是市民的休闲首选野狸岛，评茶师赵伟的茶庄有个好市口，去年又开了新的茶楼，可他还是揪心，茶文化交流协会一直没办起来，茶楼的正餐服务无法经营，和生意有关的几个心愿也一直没能实现。

评茶师赵伟：这栋楼有没有通风系统，不是我们市民能拿得到的，一般人拿不到也办不了。我和工商局交涉过，开个店要办（装）通风系统的事情，要怎么才能办得到？我希望他明示我该怎么做。

赵伟说，他不理解为什么找政府部门办事这么难。而大学园区的方老师甚至听说有更夸张的事情。

方老师：我的一个很好的朋友，投资十几亿元，注册了一个企业，相关手续办了七八年，到现在为止章还没盖完，已经盖了三百多个章，但现在所有的行政审批手续还没办完。

在赵伟和办事人员拍过桌子的珠海市地税局，副局长杨敏这样解释：实际上是老百姓去办事的时候，还没有具备应该具备的条件。办理所有的事情都要具备条件，他们办事往往忽略了中间这一环节。

和这位杨局长的说法不同，珠海市委政策研究室主任赵力坦言，“办事效率问题”在珠海的确存在。

赵力：你说得没错，我完全认同你的观点。这里面有两个方面的原因，一方面是因为这个城市比较休闲，生活节奏比较慢；另一方面，法制化程度比较高，很多事情要依照程序依法办事，导致过程比较漫长。

政府办事效率低让珠海人诟病，也让投资者却步。港珠澳大桥正在修建，和港、澳的距离逐渐在缩短，而香港智经研究中心高级研究员朱文晖曾经对数百家香港投资机构做过调查，即使大桥修通，愿意到珠海投资的香港机构也不多，港商们给出的理由是：珠海行政效率低，审批难。

珠海常住人口 140 多万，公务员人数的统计数字在 2.5 万名左右，他们归属于政府政务公开网站上可查到的 48 个下设局、室，分布在珠海的 8 个行政区域。广东当代经济研究中心主任杨正浒和珠海市政府有过政策研究方面的多次合作，对公务员队伍的不断壮大有着自己的体会。

杨正浒：珠海的趋势是，过去 30 年来队伍不断扩大，起初只有两个行政区——特区和斗门县，后来增加了金湾，现在又有横琴、高栏港、高新区等。

2009 年年底，大部制改革推进珠海，珠海市的政府部门也精简机构。然而，改革的要义却在于机构合并、重组。

珠海市委政策研究室主任赵力：部门精简了三分之一，合并成为大部门，但大部门工作的程序还都是按照原来部门的程序来操作，整个流程并没有改变，这只是形式上的大部制合并，对于真正提高行政效率来讲，没有太大帮助。

对于这样的行政机构的改革，北京师范大学珠海分校社会学系主任范时杰对此也有自己的看法。

范时杰：改革的原则是什么？是机制还是机理？是不是真的把公权力应该做的都规定了，公权力不应该做的都让渡了。一个没有经过讨论和征求意见的方案，怎么能科学呢？今天的大部制在运行的过程当中，弊病丛生。只是简单地把三四个部门合并在一起，然后又把所有的事项加起来重新排列，那有什么用呢？

尽管被一些市民贴上了“办事不力”的标签，在 30 年的特区岁月里，珠海政府还是不乏显著的成绩，珠海机场、高栏港、跨海大桥，珠海的每一个命脉工程都贯穿和凝聚着政府的指引和贡献。吉林大学珠海学院教授、珠海城市发展研究中心主任华本良研究过其中的操作过程。

华本良：珠海政府现在建了港口、机场、公路、桥梁等这些项目，所以负债很多，只能借助一些投资企业平台这样的公司去借贷，去建设。

政府出面招商引资，政府搭桥融资建设，可在杨正浒看来，政府的这些功绩恰恰也是珠海的产业活力一直没有得到激发的重要原因之一。

杨正浒：珠海政府从改革开放到现在一路走来，一直是个非常强势的政府，它在产业政策的选择上、经济发展主动力的选择上等（方面），长期忽视民间力量的培育，严重挤压了企业生存的空间，以至于现在珠海没有多少民营企业。

作为经济特区，“经济”二字是命脉。范时杰建议，珠海市政府不妨在自己扮演的角色中做个选择。

范时杰：今天的政府在经济运行中既是运动员又是裁判员，应该把裁判员这个角色扮演得更好，运动员的角色尽量少出现，但是政府千万不能变成一个教练员。政府不用指导老百姓应该在哪里发展什么，老百姓自己就会做出明智的选择。

政府工作效率低，经济发展管得宽，珠海市政府面对的批评还不少，经济特区的土地并非生长方面的特别土壤，但经济特区的行政、管理需要高效率与改革开放。珠海市政府曾在2000年前后组织百姓“万人评政府”，百姓意见榜上有名的机构虽然改进不少，然而这个措施没能延续。

在中山大学港澳珠三角研究中心副主任袁持平看来，政府行政体制改革、行政效力增强可能需要借助更多的外力，毕竟，拿自己“开刀”并不容易。

袁持平：行政体制改革就面临一个问题，只有内部改制是行不通的，要打破惯性思维，要想从根本上改变，应当不断地推广体制外优先。

第三问：变动中的规划，蓝图怎么成了迷途？

导语：

20世纪90年代初，曾经在珠三角闯荡的人一定还有这样一个印象：“小珠海，大交通”。仅几年时间，珠海就曾先后启动了当时国内最大的国际机场、最大的深水港口、广珠铁路、伶仃洋大桥等，每个项目都投了几十亿元。当时，任何一个大省都不敢同时实施这么多的大项目，而珠海当时只是个百万人口的地级市！20多年过去了，这些“大项目”并没有在珠海的经济发展中派上大用场，它们有的“夭折”了，有的被转让了，还有的半途而废了。珠海在城市规划上不停地变动，这在同类城市中具有代表性。

作者：温广为、张丹丽、李谦

播出日期：2010年10月27日

如果在互联网上搜索“珠海列车时刻表”，你得到的回复是，“抱歉，目前没有珠海始发的列车”。珠海，这个已经发展了30年的经济特区，到现在确实还没有自己的火车站。

下了飞机，除了感叹珠海机场人少，你还会奇怪地发现这个机场是全国唯一一个没有通高速公路的航空港。

就连专程来给珠海特区庆祝30周年的外地记者都会发问：珠海的交通怎么了？

翻开珠海经济特区10年、20年、25年的历史资料总结，你会发现无论是官方、民间还是学界，一直在对珠海特区的经济发展定位争论不休，但有一个声音却无比一致：珠海之所以落后，是由于交通落后！

吉林大学珠海学院工商管理系主任华本良：珠海的交通闭塞，物流成本高，人才也因此会自然而然地聚集到交通比较便利的其他地方。

特区成立之初的“大交通”思路，为何最终变成了“交通难”？有人说珠海当初的做法太超前，在没有中央财政投资的情况下，借债发展已超出了珠海财政的承载力，最终导致力不从心。对此观点，这些大项目的创始人，珠海原市委书记、市长梁广大至今都不认同。

梁广大：实质上，珠海还是很富裕的，只要有市场、有效益，不愁没有丰厚的回报，只是有些人还没有真正地参与到改革开放中来，没有真正了解到底什么是市场经济。

这位目光炯炯有神的75岁老人偶然间也会有些暗淡，充满了遗憾。1998年，梁广大因年龄卸任之后，开工一年多的广珠铁路暂停了；建了四分之一的伶仃洋大桥也停了。政府规划的转向决定了珠海交通的多舛命运，但这还只是开始。

在这之后的10年时间里，珠海的市委书记换了四届，平均每两年多珠海就要换一个当家人。暨南大学产业经济研究院副院长张耀辉曾经直言不讳地指出："珠海每换一届领导，都会有全新的主张。所以珠海的政策缺乏连续性。"

一位多年来致力于珠海经济发展研究的学者举例：

很多人都记得，高栏港有一段时间基本上没人管。很多项目都停滞了好几年。两个领导人轮换、交接之间，很多事情容易搁浅，都想争取个人的功名，置公众利益于不顾，以致高栏港被耽搁好几年。

高栏港，珠三角地区唯一一个能客纳、停靠30万吨级的深水港，它是珠海的拳头，也是珠海的宝贝。不断变化的政策，给高栏港的建设留下了许多曲折的经历。结果在相当长的一段时间里，这个曾令周边城市艳羡的港口，年吞吐量排名不断下滑。

30年来，珠海在不同领导的执政期间，是发展珠江西岸还是珠江东岸，是发展工业还是高新技术产业，是定位"珠澳合作"还是"珠港合作"等风向标，两三年就换一次。难怪有人说发展定位瞬息万变，是中国大多数城市的通病，但珠海似乎病得更严重。

2008年新一任领导班子接力珠海，低调的市委书记甘霖、市长钟世坚提出要打造生态文明新特区，2010年因此成了珠海"大交通建设年"。珠海人发现，珠海开始修路了，"三建两停"的广珠铁路马不停蹄地铺架着枕木，中船400亿元项目选址高栏岛，广珠轻轨亚运前即将通车，珠海的交通再次燃起人们心中的希望。这一次珠海的基础设施建设能否有始有终、坚持到底，没有人再敢下判断，唯有拭目以待!

第四问：特区中的特区，横琴可有怎样的期待？

导语：

横琴岛，是珠海下辖146个岛屿中最大的一座岛屿。横琴新区，是珠海特区中最新的一块。改革开放30年，珠海经济特区再谋发展定位，横琴是一处宝地。2005年10月，国务院总理温家宝在尚未建设开发的横琴岛视察，告诉横琴人，要“谋定而后动”。转眼5年过去了，眺望珠海，横琴是否谋已定、身已动？比邻澳门，横琴和乐能否奏出洞庭弦音？

作者：温广为、张丹丽、王娴

播出日期：2010年10月28日

珠海的10月，是一年中吃生蚝的最好时节，而珠海人最看中的品类，叫作“横琴蚝”。晚餐时间，开车从连通陆地的横琴大桥前往横琴岛，除了刚上环岛公路时有零星几处楼房，沿途没有一座哪怕正在施工的建筑物，开车十几分钟便可到达最热闹的饭庄。

2009年8月14日，国务院正式批复《横琴总体发展规划》，将面积为106.46平方公里的横琴新区纳入珠海经济特区范围。一个星期前，在珠海市政府会议室，面对各行政区和直属单位的一把手，深圳大学中国经济特区研究中心钟坚教授说，珠海发展的新契机在横琴。

钟坚：珠海的未来，“成也横琴，败也横琴”。

这个荒草丛生的岛屿，早在1992年就被广东省定为扩大对外开放四个重点开发区之一，18年后，珠海市科技工贸和信息化局产业政策与规划科孙帆科长告诉记者，现在的横琴坚定地定位在高端服务业。

孙帆：为什么是高端服务业？我们的一些免税政策会落实在横琴，这将会对它的贸易、货品的进出境等产生一些积极的影响。

十几年前就成为改革开放的重点区域，十几年后的定位还只是蓝图，横琴究竟在等什么？珠海市政协副秘书长茹晴说，横琴的面积成倍增加是填海造地的结果，等待是唯一的办法。

茹晴：大、小横琴岛当时只有50多平方公里，两个孤立的小岛，而且可用地只有百分之十，基本上都是山。

填出来的50多平方公里的横琴岛，在横琴新区管理委员会主任牛敬看来，横琴岛只是看上去荒芜，轰轰烈烈的建设正在展开。

牛敬：从去年启动以后，横琴在建的六个大的项目推进都非常顺利。十字门中央商务区、横琴岛澳门商务区、长龙国际海洋度假区，以及整个岛的基础设施建设，还有新家园的建设和多联供的能源燃气站，等等今年总投资就有50亿元，接下来还有六个大的项目（会在）今年年底再次启动。

商务区、新校区、度假区，横琴的这些项目，尚未出世就“定位高端”，紧紧配合珠海市政府当前推进的“三高”产业定位——高端制造业、高端服务业、高新技术产业。不久便又质疑声四起，在北京师范大学珠海分校社会学系主任范时杰看来，对于几乎一无所有的横琴来说，太高的定位其实是可望而不可即。

范时杰：服务业必须要有主体。你服务的对象是谁？横琴岛连人都没有。首先要有实体经济，有了实体经济才能谈到服务业的问题，否则，服务业就没有服务的主体和对象。

在横琴岛和澳门特区之间，只隔着一湾窄窄的海峡。站在横琴岸边的夜色中，对岸的电子显示屏和霓虹灯清晰可见。澳门，不失为横琴开发的关键词之一，新区管委会牛敬主任说，横琴不是简单的新区，它的性质是复杂的、多样的。

牛敬：横琴的开发，要在粤、澳合作和粤、港、澳合作中探索，绝对不是简简单单地发展一个新的珠海区域，它还肩负着很大的政治使命、经济使命。更多的是要在“一国两制”的模式下合作。原来是合作发展，各自发展，今后是融合式发展，你中有我，我中有你。

横琴岛面向澳门的一侧，5平方公里的土地上，已经有推土机开始为澳门大学新校区平整土地。这个先期开工的项目，成为珠海横琴“特殊使命”的开端，而对于这个百余平方公里的“国家级开发区”，中山大学港澳珠三角研究中心副主任袁持平主要担忧的是“政策依存度过高”。

袁持平：横琴的政府官员，主要负责执行，横琴战略性的举措，还是要通过中央政府和省政府来界定。横琴被国务院界定为国家级开发区，如果没有国家的政策支持，资金就不能到位。这是相辅相成的。

传统经济特区中的国家级新区，比邻澳门特别行政区，横琴占尽了天然的优势，也因此背负了多重使命。范时杰教授说：“横琴的时机在当下。”

范时杰：你必须要有作为，不作为肯定不行。关注度、热度是有时效的，它们都在慢慢消退，到时候你就没有特别的优势去吸引了。一旦没有了关注度，横琴的难题就出现了，如何弹好这把“琴”就太难了。

横琴的起跑给珠海带来了希望，也备受社会关注，百余平方公里的岛屿，如何让蓝图变成现实，让多元角色融合共生，我们拭目以待。

第五问：珠海是谁的珠海，幸福城能否留下“新鲜”人？

导语：

珠海作为经济特区走过了整整30年，在这30年间，它用产业的高门槛把建设大军挡在了城市的大门之外。同时，相对缓慢的发展速度也让一批批怀揣梦想的创业者离它而去。如今，生活在这里的人们称珠海为“幸福城”。那么，一个城市的发展究竟需要什么样的人，它又能否留住这样的人呢？

作者：温广为、张丹丽、王娴
播出日期：2010年10月29日

珠海市民1：定居在珠海是因为我们觉得这里是一个可以把工作和生活结合得很好的地方。城市虽小，但挺温馨的，环境也不错。

珠海市民2：我们花二三十元就可以烤点儿鱿鱼丝，喝点儿啤酒，吹着海风。不同的地方，你可能享受的是同样的消费效用，但花的代价是不一样的，这是珠海保留下来的好东西。

珠海市民3：你要是不到珠海，都不知道什么是幸福，珠海是一个幸福之城。

如果需要给城市印一张名片，珠海恐怕要把“幸福”两个字印上最大号的字体。2009年，“中国十大最具幸福感城市”评选，珠海位列第二，这已经不是珠海第一次获此殊荣。

让五湖四海的人异口同声地说出“幸福”，珠海当之无愧：没有污染，没有交通堵塞，没有太大的生存压力，而且，只有140万常住人口的珠海，似乎也没有太大的野心。珠海市委政策研究室主任赵力说，中等城市的定位在珠海不会改变。

赵力：珠海的地域规模，大概适合三五百万人口生活，这要看发展的情况。大的城市就像一个航空母舰，珠海不可能成为航空母舰，将来也不希望成为航空母舰。

幸福不等于没有烦恼。作为经济特区，2009年，珠海在广东省21个城市中，GDP排名第十位，位于“珠三角”这艘旗舰的最末端。

珠海市发改局局长黄锐：今年，省政府希望 GDP 平均增速达到 12.5%，珠海前三季度是 12.3%，全年能不能达到全省的平均数，这对珠海来说还是个未知数。如果我们的 GDP 平均增速低于 12.5%，我们既没面子，也没（钱）袋子。

目前珠海的人均 GDP 在广东省徘徊在第三四位，但珠海有着清晰的目标：到 2012 年，人均 GDP 超过 8.52 万元，继续位居全省前列。要提高人均 GDP，发展高端产业既可以增长经济总量，又能控制人口总数，可谓一举两得。可高端产业得有高端人才，珠海需要的人才，可以细化成几个标签：高科技、高学历、高素质。

珠海市人力资源和社会保障局副局长刘斌：我们将出台旨在促进高层次人才引进的相关政策，高层次人才的引进是今天珠海人才发展最重要的工作。

今年，在高新技术开发区，2 万多平方米的留学人员创业园开始建设，经过历年的引进，珠海记录在案的归国留学人员已经达到 2000 人。但广东当代经济研究中心主任杨正浒在和珠海市政府人保局长期合作调研中却发现，人才的流失相当严重。

杨正浒：在 1992 年前后看珠海的人才结构，一等院校毕业的，从北京、上海等大城市到珠海来的人很多。去人力资源中心随便收一摞简历来看，人才的来源都很好，但这些年完全不一样了，可能一百份简历当中都看不到一个一等院校的人。人才结构的失衡也一直在持续。这些年新来的人越来越少。每年出去的至少有两三千人，都是技术人员或者硕士以上学历、技术含量很高的人。他们的发展方向基本上是深圳和广州。而去年进来的总共才有一千多人。

青山绿水仍在，有的人来了，有的人走了，珠海城市的生活节奏一直都没变。悠闲中的“慢半拍”的生活节奏似乎已经成为珠海人“幸福感”的独门秘籍，但在不少人看来，“慢半拍”的生活节奏也让珠海的产业发展滞后。

杨正浒：产业政策和产业发展方向的选择上，珠海向来是后知后觉的，总是在每一个产业转移到了后期的时候才看清产业的发展方向，才想着赶快留下一点儿什么，总是这样慢半拍。

难道珠海只是养老、度假的胜地？在海滨棕榈树下并不显眼的“特区精神”，难道已经被人们遗忘？实际上宜居与发展并不矛盾，珠海人保局副局长刘斌谈到这个话题还是信心十足。

刘斌：说珠海只适合养老，这是对珠海发展和环境的误读！实际上珠海在人均优势、产业特点上，也都有我们自己的特色。带着你的梦想来这个城市发展，它会成全你对幸福生活的梦想。

“慢半拍”的生活节奏与快速的发展怎样平衡？政府部门正在运筹帷幄，加快城市的步伐，吸引朝气蓬勃的人才。但怎样才能实现？北京师范大学珠海分校社会学系主任范时杰说，给城市加上活力的砝码才有特区的精髓。

范时杰：特区精神不是有了特区就能产生的，特区精神是要在特区建设过程当中，去激励，去鼓舞，去弘扬的。

第六问：拓荒者的选择，是对还是错？

导语：

中国之声这几天推出了独家策划的《六问珠海》的一系列报道，透过珠海发展中的重重矛盾和冲突，探讨了"速度与质量如何选择？""机制与体制如何创新？""经济发展与人民幸福如何平衡？"等一系列改革话题。而所有这些问题的开端，都与珠海的第一任掌门人梁广大有着千丝万缕的联系。《六问珠海》最后一问，记者将带您对话这位融美誉与争议于一身的老人，问：拓荒者的选择，是对还是错？

作者：温广为、李谦、张丹丽

播出日期：2010年10月30日

目光如炬、腰身挺拔是梁广大留给记者的第一印象。近三个小时的采访，老人语气坚定，慷慨直率。

从1983年到1997年，梁广大叱咤珠海政坛16年，市委书记、市长一肩挑。珠海从原来的小渔村发展到现在的世界宜居城市，它的发展不可避免地打下了梁广大的烙印，无论这烙印是深是浅，是好是坏。

见到这位执掌了珠海特区30年一半时间的掌门人，我们的第一个问题就是如何看待珠海的"落后"，珠海GDP增长速度远远落后于珠三角的其他城市，发展速度也远远落后于"孪生兄弟"深圳，就是一个字：慢。对此梁广大并不回避。

梁广大：实际上，慢只是眼前的。真正的大发展还是后面。珠海拥有几大命运工程都是主宰今后上百年的。表面上珠海是慢一点儿，实际上是快，是稳中求进，这是辩证的统一。我从来不认为慢是个问题。有些人喜欢急于求成，但往往会带来负面的影响。资源的损失、生存环境的破坏等都不加以计算。看经济的发展我们往往只计算GDP，我们应该按照科学发展观把几个方面协调起来，这才是真正的大发展。

梁广大在珠海有个绰号叫"梁胆大"。上至当时的中央首长下至村里的渔民，大家都这样称呼他，他们一直认为梁广大的确胆大。他建设的项目都在几十亿元、甚至上百亿元，无论国内银行还是国外银行他都敢借钱，他还前所未有地想把土地收归国有，仅这一项他就花了300多亿元。于是有人说，谁接梁广大的班谁就完蛋了，连60亿元的债务也要责无旁贷地接过去。

于是我们想问他，珠海一直没有发展起来是不是因为没有钱？

梁广大：实际上，珠海不缺钱。作为特区来说，已经走上市场经济的道路了。只要市场有项目，有效益，不愁没有钱。只是现在有些人还没有真正地参与到改革开放中来，他们还只是市场经济的外行。珠海有100多万亩土地，把荒地变宝地，转让出去就有钱了。

敢想敢干的梁广大也因为过于超前的开发大小工程一度被人怀疑，指责他是为了私利，说他把有些项目包给了他的儿子。为此梁广大略带幽默地回应：

梁广大：照他们这么说，那我要娶几十个妻子，才能有这么多的儿子。现在这些舆论让我精疲力尽。

梁广大一方面敢于在小小的珠海挥出一个个大手笔，另一方面又固执地坚决不让破坏环境的企业在珠海发展：比如带动深圳起步的“三来一补”，比如回报较高的化工企业等。

梁广大：台湾两亿多美元的炼铝厂（想在斗门县设厂），当时斗门还很穷，副县长每天来我家里，恳请我批准他们这个工程。我说我正是本着对他们负责的态度才坚决反对的。炼铝厂对环境的破坏性很大，台湾老百姓都不允许这个项目在台湾开发的。如果放在我们这儿，那么整个斗门至少三分之一的土地会受到破坏。类似于这些大项目我取缔了很多。

梁广大在任期间，这样的事情经常发生，仅是大小采石场他就关停了200多家，为此政府赔偿了十几亿元。

梁广大：当时有人说我门槛设得太高了，要不然的话，珠海会发展得很快。那是你们没有经受过这些，没有体会，但我不能做违背良心的事。

梁广大坦言，来到珠海前他曾带领南海县农民闯出了一条致富之路，成为20世纪80年代全国首富县，但几年过去后，当他离开时，土地变质，农民患癌，这些都是肆意开发的结果，今天他如此地坚持，只是希望不再犯同样的错误，无愧于自己的良心，无愧于人民。

梁广大：现在珠海还是青山绿水啊。我离开南海后，深感内疚，愧对农民。可当时没有这个觉悟。所以在珠海的时候，我就决定不能任意地放开，企业进来需要严格地把关。为此，我被别人指责了 20 多年。别人怎么评价就由他去吧，只要我自己问心无愧就好。

关于梁广大，关于珠海，人们至今仍在争论不休，或许这些争论也将发生在更多的中国城市，而最终，这一切都将由历史来审视！

系列报道：麦收时节：双行线

按语：

《麦收时节：双行线》的系列报道于麦收时节推出，这不是一次简单的四季行歌，而是把麦收置于中国农业发展、农村改革、农民转型的大背景下，试图去解码中国的三农脚步，去展望中国三农的未来图景。所谓双行线，不仅意味着农村变革的各种力量在不舍中前行，在纠结中选择，在分裂中成长，在迷茫中探索，仿佛双行线，交织缠绕；也代表着报道中的两条线索共同行进、互相影响的特殊报道结构。这种结构之于报道本身，难度极大，但正因为有难度，这组在形式上突破的报道也才显得更加可贵。

策划：高岩

编审：王磊

最后的麦客

导语：

许多人都有这样的记忆：在还鲜有联合收割机的年代，每逢麦收季节便人手紧张，于是成群结队的麦客就来了……如今，大型联合收割机逐渐普及，传统麦客的身影便很难看到了。今年，麦子又熟了，而麦客的身影，我们还能见到吗？

作者：白杰戈

播出日期：2014 年 6 月 16 日

马万全（歌声）：天上嘛下雨，地下滑呀，走到那路上滑不怕呀……

2002 年 6 月，42 岁的马万全手拿镰刀，在河南巩义的农村一边割麦子，一边唱歌。他和同伴从 700 多公里外的宁夏泾源县赶来，靠帮人收麦子赚钱。日本广播协会（NHK）当年制作的这部纪录片《麦客》就是以他们的职业命名。

今年，马万全已经 54 岁。又到 6 月初，往年麦客们外出割麦子的时候。泾源县黄花乡羊槽村，海拔近 2000 米的六盘山区，阳光炽热，但风还是凉的。马万全说，每年的这几天心就飞走了。

马万全：那个不由人，一到收麦的时候，心就飞走了，家里的活儿都没心思干了。

1980 年包产到户之后，马万全和老乡恢复了祖上外出做麦客的传统，那一年他 20 岁，是第一次出远门。

马万全：包产到户，自由了嘛。可以自己给自己找活儿干，哈哈！

在 6 月的夏天割麦子，他们要尽量避开一天当中温度最高的时候，从凌晨就开始干活。

马万全：月亮，亮亮的，能看见，又凉快。借着月光，凌晨 3 点就起来干。

在 2002 年，4 名麦客一天当中 12 小时能割 6 亩麦子，每个人挣 45 元，这比在家打工要强。但是如果开收割机，半个小时就能挣这么多。同一年，31 岁的李新建开着新买的收割机从河北藁城到河南收麦子，他们被称作“铁麦客”，意气风发。

李新建：如果可以，手头宽裕的话，我就计划再买一台收割机。

“老麦客”受到“铁麦客”冲击，只能在机械施展不开的山区才能找到雇主。并不算富裕的河南农村，也让他们羡慕。

老麦客：你这房子盖得确实挺好的。我们都有点儿羡慕啊！

雇主：这没啥，就是劳动致富呗。

老麦客：你们这儿人均收入大概是多少？

雇主：纯收入两三千元。

老麦客：你们这儿确实不错，我们那地方……不行……

马万全说，出去做麦客，除了挣钱，更让他们看到外面的世界。

马万全：总在家里待着人容易变傻，太老实了，出去之后，人在性格方面都有很大的改变。

但这毕竟是又脏又累的辛苦活儿，当年，他们一度不愿意再被拍摄。

老麦客：绝对不能拍了。把俺拍成这样，感觉太低贱了。

马万全说，他那时候怕熟人在电视上看到，觉得难为情。事实上羊槽村的老乡们真正看到马万全上电视，是通过今年播出的《舌尖上的中国2》，那是编导以12年前的纪录片为线索找到老马，去陕西拍的。在这之前，他已经好几年不做麦客了。

马万全：一开始至少是五六十人、一百人，后来慢慢到只有几十人，三年前再也没人去了，因为挣不到钱了。

传统麦客几乎已经绝迹，而在最早开始跨区机收的河北藁城，收割机的数量也在减少。

李新建：我开收割机的时候，只是我们这一个村，就有四五十台收割机。现在我们一个村，也就只有不超过十台收割机。

李新建没有再买收割机，2002年买的那台，也成了“老黄牛”。

李新建：当时我那台收割机配的发动机是4105，相当于60马力的车，现在120马力的车都出来了，发动机大了一倍。所以那些老的、干得慢的就直接淘汰了。

李新建在2010年卖掉收割机，而马万全还留着祖传的四把镰刀，挂在墙上，已经落满尘土。他家有十五亩地，现在大部分种土豆和蚕豆，经济价值都高过小麦。

马万全的儿子和大哥都有残疾，他是家里的主要劳动力。现在年收入有一万多元，已经好过往年。

记者：房子看起来比那时候新了啊……

马万全家里新装修了一间房，墙上挂着他儿子去年的结婚照。

李新建的女儿也在去年结了婚，家里的房子是2008年建的两层小楼。他买了一辆铲车，在工地干活，家里的五亩半土地，去年承包给了合作社，一家人算是彻底脱离了农业生产。今年麦收，丽阳村只有五台收割机去河南跨区作业，其中两台属于李新建的朋友李国永。

李国永：现在全国各地机器都很多了，有好地儿的话，能去挣点儿钱。有些地方甭管新车、旧车，好多车都在那儿，活儿少，挣钱就少了，就不愿出去了。

随着收割机的增多，当年村民们在公路上抢拦收割机的情形从2006年开始就没再见过，现在反倒要自己找活儿干。藁城市的农机部门不再组织跨区机收，好在这几年李国永已经积累了固定的客户，联系方式从手机电话变成了网络视频。河南荥阳的这个村的1000多亩小麦都包给他收割，10天可净赚四五万元。别人还在田边现金交易，他们已经改用银行转账了。

李国永：现在连种子都是大队里出资的，农户不用自己掏钱。

6月的下午，马万全在拔土豆地里的草。

马万全：这是苦苦菜，在50年代，我们基本上都吃这个菜。

70岁的大哥赶着牛回来，这是他们家最大的希望。马万全不再出远门，麦客，只能成为遥远的记忆。

马万全：一辈又一辈，慢慢传下来。我的下一辈再没人干这个活儿了。哈哈……

从“老麦客”的无奈隐退到“新麦客”的意气风发，再到跨区机收生意的回落，这一切发生在不过短短十几年间，中国农业的机械化生产时代以其不可阻挡之势已经深刻地改变了马万全和李建新等“新、老麦客”们的命运，也必将继续改变更多人的命运。

记者手记：

作为记者，特别怕跟不上时代的变化，但是当我们花了半个月时间，想要找用镰刀收割的“老麦客”，从陕西、湖北再到甘肃、宁夏，结果都一无所获。当我们找到12年前意气风发的跨区机收者，他们也已经卖掉收割机开起了铲车，把自家的地承包给了合作社。即便落灰了毕竟镰刀还在，旧的收割机被淘汰，更新、更强大的收割机还会顶替上来，我希望时间慢一点，让“新、老麦客”曾经的活力和梦想别太快褪色，更希望时间快一点，也许这样他们可以更早地过上更好的生活。

麦田守望者

导语：

当农村的成年劳动力纷纷放下镰刀、锄头，背起行囊奔赴遥远的大城市，开启一段漫漫追梦之旅时，留在家乡的却是行动不便的老人和年幼天真的孩子。又到麦收时节，麦收如何进行？是年迈的身躯继续辛劳，还是召唤城里的孩子们回乡劳作？面对身后熟悉的土地，已过而立之年、在城里打工的人们，是选择继续出走他乡还是留守故土？中国之声特别策划《麦收时节：双行线》，我们带您一起在金色的麦田里阅读时代。

作者：庄胜春、刘军、张建亚

播出日期：2014年6月17日

麦收时节，晚上十点，安徽寿县窑口镇真武村。记者打着手电筒，脚步声几乎吵醒了整个村子。因为之前赶活儿很辛苦，这个晚上，村民们很早就准备休息了。

江俊昌：现在一般吃了饭，洗个澡，八九点就睡了。

记者：早上起得早呗。

江俊昌：大约四点半到五点起床。

江俊昌今年31岁。一年前，他还是中国近三亿农民工中的一员。但为了照顾两个年幼的孩子和年近70岁的父母，去年他带着妻子离开了厦门，告别了十多年外出打工的生活，回家做起了小生意，第一次踏踏实实地张罗家里的夏收。

江俊昌：在厦门的时候睡得晚，有时候加班要到晚上八点左右，吃点儿夜宵，再玩儿一会儿，得到十一二点才能睡觉。在老家就不一样了，躺在床上没多久就睡着了。

记者：感觉太累了是吧？

江俊昌：对。

记者：会不会想念以前在城市里晚上喝啤酒、吃夜宵的日子？

江俊昌：（笑）回来的时间久了偶尔也会怀念一下，毕竟在那儿待了那么久了。

跟夜晚的宁静相比，收割机的轰鸣声，才是大家熟悉的声音。在相邻的安丰塘镇，44 岁的徐明和妻子拥有两台收割机，作为当地合作社农机队八九十个农机手中的一员，过去十年里，他们每年的这个时候都从打工的城市上海回到家中，要忙活十几天，才能收割完几百亩麦田。

徐明：早上四点多就要起来保养机械，工作到晚上九点多甚至十点。签劳动合同的时候都约定好的，每年有两个月的假期，五月底和秋后。

记者：您周围的村民在夏收的时候回来的多吗？

徐明：不多。现在都是留守的多，五六十岁、六七十岁的老年人多。

去年夏收，徐明靠着这份工作，赚了三万多元，比起在上海安装、维修空调每个月四五千元的收入，挣钱的效率高得多。更重要的是，对于他来说，广阔的麦田，饱满的麦穗，始终是值得怀念的。

徐明：要是有富余的土地，我就不打算再外出打工了，在外头还是不方便。

记者：其实跟土地还是有很深的感情？

徐明：那肯定的，农民哪有不爱自己的土地的。

徐明母亲：（笑）您请进来。

记者：您好。

徐明是父母的独子。17 岁就去上海打工。他父亲去世得早，每年农忙时，他的归来都会成为他 70 多岁的母亲最开心的光景。

徐明：过去，夏收全靠人力，现在都是机械操作。

记者：那时候还能跟着忙活忙活儿？

徐明：现在我母亲还跟着收地呢。

徐明母亲：对。（笑）

徐明：农村的老年人不都是这样嘛。

如今的夏收，已经很难再看到农民们拿着镰刀、弯腰割麦的场景了。像江俊昌这样的普通村民，每天的任务就是坐在田里，看着徐明这样的农机手忙活儿，然后将割好的麦子运回家，晾晒，最后再拿出去卖。

白天看到江俊昌时，他正和村民们坐在三轮车上聊天，脸被晒得黝黑，却也有几分悠闲。

江俊昌：现在没有以前那么紧张了，早一点儿、晚一点儿都可以，反正用收割机，耕地有旋耕机……

不当农机手，仅靠家里的几亩地，显然比不上在城里一个月三千多元的收入。所以，江俊昌的父亲为儿子回来感到高兴，但也有点儿担心。

江俊昌父亲：肯定希望他回来。我们年龄大了，忙的时候体力跟不上了，小孩儿回来帮忙肯定好些。

记者：您是希望他出去打工还是留在家里啊？

江俊昌父亲：农闲的时候，还是希望他能出去挣点儿钱。在家光靠地还不行。

江俊昌：家里的收入肯定没有外面多，现在在家里做点儿小生意，卖水果、蔬菜。

记者：怎么样？

江俊昌：哎呀，马马虎虎过日子。

清华大学的一项中国城镇化调查报告显示，70% 的农民工不愿意回乡。但为了家人，江俊昌不得不选择离开城市，适应新的生活。徐明则是例外，他正憧憬着一两年后离开城市、回到农村多承包几块地的日子。

徐明：如果国家真正把土地平整成块了，那样也好管理。现在都有农机站指导。不像以前种地，不讲科学，随心所欲。

徐明的小儿子在县城里上四年级，说到他爸爸可能会回来，虎头虎脑的小子低着头，高兴得咧开了嘴，站在那儿踟蹰不安。

徐明：你把脚放下来。

记者：希望你爸爸回来吗？

徐明小儿子：希望爸爸回来待的时间长一点儿。想他呗！

这就是中国的农村，年幼的孩子希望父母陪在身边，懵懂的青少年总想奔向外面的城市，待到而立之年却猛然发现，他的根仍在自己出生的那片土地。但回还是走，回去了又能怎样，却一时难以回答。

黢黑的夜里，当江俊昌和父母围坐在一起，开心的笑声，在回忆的时刻响起。

江俊昌：刚一毕业，就稀里糊涂跟同学一起去了上海，自己都不知道出去要干什么。

江俊昌父亲：家里人也不知道他干什么去了，还以为他去上学了。

记者：骗老爸？

江俊昌：（笑）

江俊昌父亲：那次他也没闯出什么名堂。

江俊昌母亲：他回来的时候狼狈不堪。他把被子都扔掉了，路费也都花完了，还是找同学借了几十元才能回来的。

江俊昌父亲：那时候他临走时我还给他准备了一床新被子。

记者：你把被子扔到哪儿去了？

江俊昌：我扔掉了，人都快活不下去了，还要被子干吗？（大家笑）

记者：那后来你怎么又出发了？

江俊昌：家里的生活都是这样的。只要一毕业，年轻人都出去打工了。你要是一直待在家里，人家也会笑话啊。

记者：那你这次决定回来了，你是怎么想的？

江俊昌：出去的话，有时候也有点儿舍不得。在家看到老人、小孩儿，他们都很开心，我自然也就开心了。

江俊昌母亲：回来了踏实，对大家都有好处。

江俊昌父亲：心里也觉得高兴。

面对不同的打工经历、不同的未来选择，能够感受到他们的纠结、无奈，当然也包括憧憬和希望。农民耕作方式的改变，城市化大潮的来袭，使得这一切似乎难以避免，更多的人还将面临同样的选择，做出不同的决定。

记者手记：

我是记者庄胜春。见到江俊昌的时候，他正和几个同村的村民坐在三轮车上，看着不远处轰轰作业的收割机。知道我们是记者，他们的疑问首先指向了对面化工厂冒着浓烟的烟囱。麦收时节，村里的头等大事除了收麦子，就是禁烧秸秆。甚至所有干部都取消假日，分组监督。他们的问题是，不让我们烧秸秆可以，但为什么这烟囱还在冒着烟？谁的污染更大？

正像这样，当收割机取代镰刀，当工厂紧连着农田，农民们有所受益的同时却也充满焦虑和疑问。类似的问题还包括，为什么我能在城市里挥洒汗水、赚到更多的钱，却难以在那里扎根？但我觉得自己并不比城里人差。

答案太过复杂。但现实是，他们中的多数人必须面对要不要回农村、回不回得去的问题。报道中的两位主人公殊途同归，但更多的人仍在矛盾中纠结。当我们结束采访和他们道别时，几乎都有这样一个场景：我伸出手，对方却犹豫地说："我的手很脏。"这时候，你也要和他们握手道别，这是一种最起码的尊重。社会也应该给予茫然中的他们更多的尊重。

遥远的麦田

导语：

驶向杭州东的“和谐”号高速铁路列车离开大都会北京后不久，一片片金色的麦田就迎面扑来，让久居城市的旅客感受到了土地的馈赠，也提醒着人们麦收季节正在逼近。对于出门在外的打工者，回家还是留下，成为一种选择，但不是必须的选择。机械化的魔力正在改变着千百年来的劳作方式，也在潜移默化中造成了两代农民工的差别与隔阂。中国之声特别策划《麦收时节：双行线》，我们带您一起在金色的麦田里阅读时代。

作者：季苏平、王成林、何倩

播出日期：2014年6月18日

记者：这一季下来您得准备多少个袋子啊？

农民张连英：得有一百多条吧。

记者：一百多条袋子？

张连英：嗯。

记者：那您有多少亩地呢？

张连英：我有十一亩半地。

记者：十一亩半？

张连英：对。

太阳照在山东聊城东昌府的麦田上，金黄色的麦穗上还留着些许的青色，50多岁的老张（张连英）凭借多年的经验判断，还需要两三天才能收割。即便如此，老张还是提前了几天从打工的地方赶回家里，为麦收做着准备。老张每天都会到自己的麦田边看一看。

记者：那您每天还会到田间地头来看看吗？

张连英：会的，我每天都会到地里逛一圈。

记者：这一片大概是几亩？

张连英：这个是七亩。

记者：用那个联合收割机收的话，七亩地大概要收多长时间？

张连英：大约一个小时吧。

记者：太方便了，当年你们是不是还得自己拿镰刀割麦子？

张连英：对，以前割麦子是很累的！

记者：累到什么程度啊？

张连英：你割一会儿就感觉腰疼，就得站起来缓一下，一天也割不了一畦。

联合收割机的出现，让曾经的“三夏”之苦变得轻松不少，原来十几天的“大战”已然大幅度缩短到仅仅两三天的时间。尽管不放心地里的活儿，老张并不强求自己的儿子小张回乡收麦，而是让他继续留在城里干活儿，城里两天的工钱相当于整个“三夏”收割机的全部费用。其实，小张就在 40 里外的聊城市里打工，6 月初，骄阳似火，在楼顶做防水工并不比收割小麦轻松。

记者：你现在还会干田里的活儿吗？

小张：我会干一部分。

记者：一部分指的是什么？

小张：简单的。

记者：比如说？

小张：拔草复肥。耕地之类的不太会干，也不太懂。

记者：你现在天天晚上回家吗？

小张：天天晚上回家。

记者：这次麦收主要是让你爸爸来做，自己出来打工？

小张：我在外面打工，家里收麦用不着那么多人。

小张有一张和他父亲一样黝黑的脸庞，但他父亲的脸上却多了一道道深深的皱纹。与 20 世纪 70 年代末就开始四处打工的父亲的另一个不同之处是，小张并不满足每天 240 元的工资，他有着年轻人的梦想，等攒够了钱就做自己想做的买卖，而不是一辈子替人打工。

记者：你将来的打算是什么呢？

小张：没钱什么也打算不了。

记者：那你最大的理想就是赚钱了？

小张：对。

记者：你需要赚多少钱呢？

小张：最起码得有一个启动资金吧。

记者：这个目标大致是多少，10 万元？

小张：10 万元有点儿少吧。

记者：50 万元？

小张：差不多吧。

记者：你打算拿 50 万元干什么呢？

小张：做点儿买卖比什么都强。

中午时分，太阳把大地烤得发烫了，老张从麦田里回到村里，正好碰上负责联系收割机的老黄，今年收割机的收割费是 55 元一亩，家里十一亩地总共收割费也就 500 多元，爷俩打工一天就能赚回来，老张觉得很满意。回到家里，老张抱起小孙子，满脸的幸福。

张连英：比以前强多啦，有吃有喝，还有花的，多好啊！

记者：有吃有喝还有花的啊，那您有烦心事吗？

张连英：我没有烦心事，下班回来看着孩子，再累也不觉得累。

40 里外的小张也迎来了中午两个小时的休息时间，和同村的伙伴们一起来到附近的地摊上，买一瓶冰镇啤酒、三个大包子和一碗小米粥，八九元便解决了一顿午饭问题。这顿饭吃得有些不愉快，大家一脸无奈地谈论起从去年到现在依旧被拖欠的工钱。

小张：阳谷的老板是另外一个县城的人。

记者：为什么不给你们工钱？他有钱吗？

小张：不知道，他说他没钱，实际上他有钱，就是不想给我们。

记者：你们怎么知道他有钱呢？

小张：他住着楼房，开着小车，楼上装修得很漂亮。

记者：你们有那个老板的电话吗？

小张：你打一下他电话试试。用我的手机打，他不一定接，用你的手机打给他。（您拨打的电话已停机）停机了，那他可能换手机号了呗。

又一年的麦收时节开始了，为了一年的收成，老张在田里忙碌着，已经 56 岁的他，打算不久后就结束 30 多年的打工生涯，回家侍弄这块熟悉的土地，享受天伦之乐。

记者：但您不准备去城里了吗？

张连英：我不准备去了。

记者：您觉得在外面还是不习惯？

张连英：对，还是在自己家好！

记者：还是在您自己家好啊。

土地让老张感到分外安心，无论走到哪里，只要还有这片土地，他就觉得家还在那里，根还在那里。可小张并不想继续侍弄这块饱含祖辈汗水的土地，他想在父亲把土地留给自己以后，把土地转让出去。

记者：我听你父亲说是准备等他干不动了之后再把地留给你，你会去种地吗？

小张：可能性不大。

记者：为什么这么说呢？

小张：以后这个地不一定是个人的。

记者：现在农村的土地是可以流转的，假如说这个地是你的，你是选择流转还是愿意自己种？

小张：选择流转。

记者：然后自己出来打工赚钱？

小张：对。要是守着那些地，一年收入就那么多，和出去打工差不多。

夏日耀眼的阳光下，收割机开过，金黄色的麦田里瞬间就剩下矮矮的麦茬，老张满足地扎起一个个鼓鼓的粮食口袋。但儿子小张的想法，他并不知道。

这对农民工虽为父子，但差异却十分明显，而这样的差异，显然并不是偶然。有数据显示，2013 年我国新生代农民工有 12528 万人，占农民工总量的 46.6%。54.9% 的新生代农民工在地级以上大、中城市务工，而老一代农民工的这一比例仅为 26%。新生代农民工在外务工的月生活消费支出人均是 939 元，比老一代农民工高出 19.3%。

记者手记：

我是记者季苏平。在采访过程中，老张陪我们一起去聊城大学找在那里打工的儿子小张。父亲站在一边沉默不语，但他的目光却一刻也没有离开过儿子。与“80后”的儿子比较起来，老张更深沉、更加内敛也更加隐忍。在采访结束时，他儿子小张告诉记者他去年的工钱依旧被拖欠，问记者能不能帮他把钱要回来。对这件事儿，老张却只字未提，但据说他被拖欠的工钱比儿子的还多。父子二人一个心有不甘，一个宁愿隐忍；一个积极寻找解决问题的方法，一个宁愿打碎牙往肚里吞。这背后是年龄与阅历的差异，也是知识与视野的差异，更有两代农民工之间注定的那道难以逾越的鸿沟。我在想，若干年后，有一天，小张变成了老张，他会在哪里？又会是什么样子？

同一片田野

导语：

自从推行农村产权制度改革以来，很多农村以“土地流转、企业承租、连片开发”的模式，以社、村为整体将土地流转给农业公司、专合社、种植大户等规模经营，这种变化正在全国各地上演。麦收时节，有人离开了自己的土地，有人选择留守。土地流转给他们的生活带来了哪些变化，哪些烦恼？中国之声特别策划《麦收时节：双行线》，我们带您一起在金色的麦田里阅读时代。

作者：韦雪、任磊萍、管昕、乔晓东、员荣臣

播出日期：2014 年 6 月 19 日

曹宪钊：说实话，我们这段时间的确和你们城里人不一样。有好多工作需要我去做啊。

三年前，曹宪钊在河南省封丘县成立了“亲耕田”土地流转合作社，如今他已经集中了三万多亩耕地。麦收时节，正是一年里最忙的时候。

曹宪钊：收割的时候我要安排仓储，安排人员回收，还要设计流转的土地以后怎么耕种等等这些事情。

坐在村口的尹传月倒是愿意跟我们攀谈。今年麦收，他儿子没有回来，已经 70 岁的他既高兴又有点落寞。

尹传月：我家一共是七口人，俺儿子在新乡开出租车，儿媳妇也在新乡打工，其他孩子也都在城里，家里就剩俺老两口。

记者：那您现在还下地干活啊？

尹传月：我身体特别好，在家也闲不住，我就跟着给他帮帮忙。高兴了我就给他打工，不高兴了我就去玩儿，去打牌。（笑）

尹传月所在的留光镇新店村是“亲耕田”合作社最早进行土地流转的试点耕地。去年，尹传月把家里的七亩多土地全都交给了曹宪钊流转。跟土地打了几十年交道，今年的麦收最让他省心。

尹传月：全部都交给他负责，我啥都不用管，一亩地可收麦子 500 斤，到每年

的7月10日就给你清算。你想要麦子也行，否则，就按市场价给你结算，好比一亩500斤麦子，麦子市值是650元，那就如数给你钱。

除了把土地交给合作社，尹传月自己也受雇于“亲耕田”合作社，他每天都会帮着照料合作社在新店村的1200亩庄稼。

但20年前，尹传月可不像现在这么愿意种地。那会儿，在这个3000多口人的村子里，青壮劳力正成群结队的走出去，尹传月也跟着人潮走进城市。他最远到过新疆，在建筑工地打工，工地上的活儿比麦收还累，但尹传月却不想回来。

尹传月：为啥？就算一亩地一年纯收入是一千元，你出来打工，现在一天都能挣二三百元，搞建筑的话这一季就可以收入两万多元，一季三个月，一个月合六七千元，种地的话，即使麦子丰收也收入不了这么多啊。

工作人员1：今天一个电话接着一个电话。

工作人员2：都是在说收麦的事儿。

曹宪钊（接电话）：你得让他把灯安装上去啊，你开车去了以后，晚上有个灯方便。

同样出身农家的曹宪钊也曾想方设法离开土地，他跑过运输，卖过农资，最终却还是回到了田里。

豫北平原上，麦子已经成熟，放眼望去一片金黄。毫无疑问，今年又是一个丰收年。但小麦哪天收割，存储在哪儿，新流转的土地找谁来种，这些事情都要曹宪钊来定夺。时间一天天过去，问题一个接着一个，曹宪钊声音里带着疲惫和焦灼。

记者：您这会儿要去哪儿？

曹宪钊：我去看建仓库的地方建好了没有。

记者：那仓库是还没建好吗？

曹宪钊：还没建好，他们正建着呢。

合作社目前有三个标准仓库，都是临时建造的。唯一一个获得建设用地批复的仓库还在建设，钢筋骨架刚刚搭好，房顶还没完工，新收割的麦子迫不及待地就被拉了进来。

曹宪钊：现在规模大了，你的粮食、农机具都没地儿放。我们县长他也不敢违背原则啊，有文件规定，尽量不占用耕地。现在国家的政策这么严，谁批了就要担责。

尹传月没有他的老板那么多烦恼。他不用叫儿子回家收麦，也不用排队等收割机，更不用灰头土脸、累死累活地干。尹传月现在觉得轻松了许多，他更愿意把干农活叫作“上班”。他跟曹宪钊签订的三年流转合同明年才到期，他已经开始琢磨起续约的事情。

曹宪钊也有长远的打算。

曹宪钊：我们要流转十万亩土地的话，就要在封丘建一个托管培训中心。

记者：这是干什么的？

曹宪钊：就是培训下面的农技人员、农民，另外我们还准备培训、输出农民工，不用种地了，他们要出去打工，但是如果他们没有技术，出去工作会有点儿困难。

金色的麦田里，曹宪钊和我们匆匆告别，他要去协调仓库的事情。尹传月则坐在田埂上和我们说起了往事，他说外出打工的那些年，他最羡慕田地里荒草丛生的人家。

尹传月：谁在外面打工时间长，谁就挣钱多，谁的地里草就多。

而现在，他的观念变了。尹传月用手指向一片倒伏的麦田，他的语气里满是嘲讽。

尹传月：有的庄稼该浇水也没人浇水，该施肥也没人施肥，有一家人的庄稼就长得不是很好。

土地流转只是土地制度改革的第一步，这场将几亿农民流动起来的改革进程，始终由土地牵引。离开还是回归土地？不同的选择意味着不同的生活方式，甚至不同的生命轨迹。但跟选择什么样的生活相比，更重要的是，农民自此又多了一项选择的权利。在采访中，记者韦雪还有哪些感触？来听她的采访手记。

记者手记：

我是记者韦雪。跟曹宪钊聊天并不是一件容易的事。他说话时语速不快，眼神总有些游离，看得出他心不在焉。确实，有太多的事情都在等着他去处理。曹宪钊需要迅速做出判断，立即给出解决问题的方法，就像他在名片上标注的“董事长”的头衔，这就是他的职责。

如今同村人更习惯称呼曹宪钊为“曹总”，把他的合作社叫作“公司”。就连拿着镰刀的尹传月，向我们描述他每天在田间地头的劳作用的词也是“上班”和“下班”。在这场不可逆转的土地改革中，传统的农耕方式正和现代的企业制度相结合，试图重新唤醒土地。但要把“农民”变为“产业工人”，从传统农耕变为企业经营，显然并不只是改变称呼这么简单。

坐在租用的办公室里，曹宪钊向我们感叹，如果他家宅基地上的房子也能像这间民宅一样，可以在银行自由抵押，如果他能和城里的企业主一样顺利地取得银行贷款，他的烦恼也许会少很多。而让沉睡的土地变成资本，不仅需要曹宪钊这样的先行者自发地去冲破藩篱，也需要细化的配套政策，这样才能将梦想变成现实。

变迁的农场

导语：

2013年，中央1号文件首次提出“家庭农场”的概念，各路资本对这四个字展开了充分的想象。但“农场”的概念对中国人来说并不陌生，这艘诞生于计划经济时代、曾经为工农业建设做出过重大贡献的“巨船”，至今仍默然前行。在这个冬小麦连续实现第十一年增产的初夏，国有农场和家庭农场各自将怎样度过？中国之声特别策划《麦收时节：双行线》，我们带您一起在金色的麦田里阅读时代。

作者：沈静文

播出日期：2014年6月20日

六月的苏南，夏天的气息经过太阳炙烤，在庭院密集的村落里膨胀升腾。对于江苏丹阳延陵镇宝林村的家庭农场主蒋须俊来说，这是一年收获的开始。

蒋须俊：今年的产量比去年高，亩产700斤左右。割麦子，收麦子，插秧，前后至少需要一个月。

2010年，34岁的蒋须俊辞去丹阳一家印刷厂的工作，回到宝林村。他的父亲一度被他的这个决定深深激怒，但最终父亲以142亩良田与儿子达成沉默的谅解；儿子则以父亲的名字“志南”命名农场，完成朴素的致敬。

记者：2010年回来的时候，这块地还是以您父亲为主来种的？

蒋须俊：对，以我父亲为主。

记者：那现在呢？

蒋须俊：基本上现在家里的、田里的活儿也都是我父亲管，我只是辅助。我主要负责外面的事，特别是销售大米这事儿，基本上由我负责。

往北近300公里，越过长江，进入盐城境内，“新曹农场”4个字开始出现在路牌上。这里是地理意义上的北方，天高地阔，阳光坦荡。这里更是真正意义上的“国”字号，一个“国”字，烙下10万亩耕地，2万人口，还有这个农场的当家人——苏垦农发新曹分公司总经理孙继洲——几十年里交织的痛苦和喜悦。

孙继洲：如果说我们是工人，但我们又在种地；说我们是农民，我们又有工会；同时，我们也是在行使政府职能的企业。

蒋须俊的家庭农场是依家而建的，孙继洲则把家迁到了国有农场。早在1954年，王震将军率领刚从朝鲜战场归来的中国人民志愿军第五师在北大荒落下第一铲，农垦，这个国有农场的代表，从此被几代人赋予“屯垦戍边”的特殊使命。

在新曹，这是标准的生产图景。从事收割作业的是约翰·迪尔C230这样来自美国的庞然大物。经过不惜血本的平整作业，单片麦田的面积一目千亩，脑中想象着笨重烦冗的国有农场，一眼望去，却是苏北平原上的奇迹。

记者：从这头到那头大约有多少米呀？

孙继洲：这个不太统一，长的是800多米。

记者：也就是说一辆车可以一下子开过去800多米？

孙继洲：对，最长的有1000米。

这台约翰·迪尔日收300亩小麦，这个速度是300公里外蒋须俊的“洋马”收割机的六七倍。比起国有农场的“大家伙”，蒋须俊的“洋马”可谓袖珍，但却是他最珍视的宝贝。

蒋须俊：我还不太会开这个收割机，后来我请舅舅过来帮忙，他是开拖拉机的，比较内行，开了两天就比较熟练了。主要是收割机太贵了，怕万一弄坏了，花了上万元买的小机器，摔坏了会心疼。

“农”字于国家有着千钧重，但在中国的绝大多数地方，农民，仍然不算是太受尊重的职业。为什么回来种地？蒋须俊当年没有回答父亲，今天再被问起，他直言不讳。

蒋须俊：目前为止种田的收益好像比在外面上班要高。

记者：您爱人挣得多吗？

蒋须俊：不多，我一个月的花销比她一年的工资还高（笑）。

对国有的新曹农场，“挣钱”总是经典的议题。过往峥嵘岁月有多少不可替代的记忆，今天就有多少无法回避的负担。在孙继洲管理的大家庭中，总共160人干活，其中就有80人直接从事田间管理，而靠这个吃饭的却有6000人之多。

孙继洲：我们有6000名职工，现在的五险一金他们都有，医保卡上有1000多元，另外我们还给他们发1000多元。实际上他们不用交任何费用，另外还能挣钱。

记者：从根本上来说还是因为咱们农垦挣钱了。

孙继洲：对。

10 万亩比 142 亩，这是国有新曹农场和志南家庭农场的耕地面积之区别。

记者：如果说一个 100 亩地的家庭农场是一层楼的话，那么咱们现在大概是几层楼?

孙继洲：这个我不太好打比方，反正我们现在和周边农民相比，估计麦稻的亩产量比他们的要高出 200 斤到 250 斤左右。

记者：一亩地?

孙继洲：对，一亩地。家庭农场还是一个过渡期，做个不恰当的比方，我们可能是共产主义的形式，它只是社会主义初级阶段。

亩产比原来高出 250 斤麦稻，这是经营家庭农场的蒋须俊短时间里还不能企及的成绩。即便如此，相比三亩、五亩的小家小户，志南农场在宝林村也已经鹤立鸡群。

蒋须俊：我 2010 年回来包田，我给他开价每亩 500 元，他宁愿 360 元包给外地人，也不愿 500 元包给我。

记者：您觉得是什么原因?

蒋须俊：他应该是觉得心里不平衡吧。

记者：觉得您挣得多了?

蒋须俊：对。

蒋须俊已经是 12 岁孩子的父亲，农事上，他还是尊他父亲为师，但身为人父，他有自己的想法。

蒋须俊：要有可能的话，我还是希望我儿子回来种田。毕竟打工也不是长久之计。乡下还是自由些，收入也可以，这儿的空气也好。不管怎么样，我认为以后种田是最好的职业。

而在国有的新曹农场，新一辈的农民多少让人有些吃惊。

孙继洲：小陈是我们这儿的大学生，扬州大学毕业的，他所学的专业是农业，是我们招过来的。

记者：可能很多父母第一反应是，你都大学毕业了，怎么又去……

孙继洲：种田了？

记者：对，您怎么看待他们这种疑虑呢？

孙继洲：我们可以看看美国的农业、日本的农业，我们现在就是接近于他们。我们的管理干部都是开着小汽车下田的。

6月20日，夏至前最后一天。在江苏南端，蒋须俊在稻田里“嘎嘎”的鸭叫声中，准备迎接结束了期末考试的儿子。

而在靠近山东一侧的新曹农场，万亩麦田染绿，盛夏毒日下，巨大的农机，停至荫蔽处，在少有人经过的空旷里，等待下一季的起早贪黑。

到今天为止，特别策划《麦收时节：双行线》的五篇报道已经全部播完，在这五篇报道当中，我们在两代麦客的身上感受中国农业机械化的滚滚浪潮；在安徽两位农民留与守的纠结中看到土地红利对外出农民工的改变；在父子两代农民工不同的选择中了解中国农民工群体的代际更替；在土地流转的农民和经营土地的商人之间观察土地流转对农业生产方式和农民生活的影响；在国有农场和家庭农场的对比中体会市场之于土地的魔力。

可以说，麦收双行线既是人生的双行线，也是中国农业和中国社会发展的双行线。那么作为这次报道总策划的中国之声记者王磊，他又有着怎样的感悟？我们来听他的策划手记。

策划手记：

我是记者王磊。在今天这样一个新媒体引领新闻热点的时代，“麦收”注定不会是一个大热的话题，但我们最终下决心去触碰它，是因为我们感受到在这样一个急剧变化的、躁动的时代，多么需要从容、冷静的观察。我们相信通过麦收这个窗口，能够透视中国社会的变迁，中国农民的转型，以及未来中国的脉动，而这次报道显然证明了这一点。

尽管做了充分的案头准备，报道采制过程中，我们还是有点儿被动，选题的方向，采访对象的选择，议题的设置都在不断地调整甚至推倒重来。因为中国农业生产方式的转变，经营方式的转变，农民心态乃至人生轨迹的转变，都远远超出了我们的想象。可以说，中国农村已经进入了一个飞速变革的快车道，而且没有回头路。

参与这组报道的5名记者都是“80后”年轻人，他们其实都没有在农村生活的经验，但在滚滚麦浪之间与各种不同身份的“农村人”朝夕相处，日夜攀谈，让他们平生第一次那么真切地了解了乡土中国。我想这也说明一个道理，要想懂得大地的心声，唯有贴近大地，俯耳聆听。

5篇报道显然无法完全透视中国农业和农村的变迁，但我们确定，终有那么一天，我们再也找不出记忆中中国农村的模样，中国农民也不再是你我之前熟悉的身份。到时候，再回头望，我们会发现，原来那时我们就在——巨变的前夜。

系列调查：那些大众创业的“玻璃门”

按语：

2015年，“大众创业、万众创新”出现在了政府工作报告中。上至中央部委，下至地方政府、高等院校，鼓励创新、创业的新举措陆续出台，从公司注册到企业融资，从减轻税负到人才培养，创新、创业的海水与火焰通过数不清的优惠政策越拱越高。创业迎来了罕见礼遇。不过中国之声多名记者历时两个多月的调查发现，在大众创业热情高涨的同时，也有不少人也碰上了“玻璃门”。很多政策和规划看上去很美，但创业者想要真正受益，却被一道道透明的“玻璃门”结结实实地挡住了。这是一组大家都在关注各种创业成功故事时反其道而行之的报道，如何拿捏力度，如何挖掘问题，对于记者而言，是一个不小的考验。

策划：高岩

编审：王磊

该扶持的是“大众”还是“精英”？

作者：张闻

播出日期：2015 年 8 月 17 日

李远（化名），出生在东北工业重镇，大学毕业后一直在老家经营零件加工厂。三十而立过了那么几年，加工业颓势又耗了那么几年。去年他乘着“大众创业、万众创新”的热浪漂在北京，暂时落户在为创业者提供孵化环境而小有名气的“车库咖啡”，每天一杯咖啡钱，获得了免费的办公场所和各种交流机会。可是，喝了一年咖啡，李远手里攥着的“智能开关系统”项目却一直没人投资。

李远：我没有好的工作履历，也没有好的教育履历，我只是普通大学毕业的，十几年来都是做传统行业，也没有在国外留学的经历和互联网的经历。团队看圈子，投资人看了你这个团队明显就不给力。

目前，李远手里开发产品的钱都是自己过去多年的积蓄，眼看资金见底。孵化器的工作人员建议他试着申请一些政府鼓励“大众创业、万众创新”的扶持基金。结果，他了解后就知道自己和企业都“不够格”。记者翻看了上至国家级下至乡镇级的政府中小企业扶持计划，“申请条件”中要求大专以上学历人士占总人数的 30% 以上，这还是明说的申请条件。实际上，越强的教育背景肯定越有优势。

李远：政府部门也是有自己的难处的，因为他们要判断哪些项目比较容易成功，才会帮他们一把，（申请扶持基金）不是那么容易的事。他们没法判断哪些项目是真正值得投资的，只能通过一些比较容易判断的指标，你们这个团队中，有多少个硕士，有多少个博士。举个例子，在上地那儿有一个漫游世纪的孵化器，他们是做面部识别的，那儿的人员背景就非常厉害，都是 IBM、中科院之类的地方出来的，基本上都是硕士以上学历。他们不但没有社会经验，也没有创业经验，也没走什么社会关系，申请的时候马上就报批了，政府按高价给他们四十万元扶持资金，这个本身是好事，但是这个资金还没批下来的时候，这个团队就散伙了。

李远认为，自己的项目有长线发展前景，他又是多年专心踏实创业的，但这些都没办法换算成硬指标。和周围那些名校毕业，在BAT（百度、阿里巴巴、腾讯的简称）工作过一两年的孩子们比，他不像个精英，倒像个四五十岁下岗待业人员。如今，政府针对的“人”的创业鼓励专项，不是冠名“高科技”，就是题为“领军者”。说好的“大众创业、万众创新”，怎么落地就成了“精英创业、高学历人才创新”了呢。

周洋是一名“90后”的年轻人，应该是李远特羡慕的那个群体中的，美国海归，项目是最潮流的3D打印。各路投资都不用你去找，而是让你来挑。这位天津小伙儿在北京顺利地拿到了天使投资，听说还可以申请政府扶持，他也想试试，结果一道门槛就给拦住了。

周洋：政府扶持基金是有局限性的，他只针对北京的企业，但是北京有很多像我们这样的，而且都是没有在京注册成公司。

在北京碰壁的经历，让周洋联想到了过去在天津申请类似优惠政策似乎也有地域门槛。

周洋：天津的很多政府扶持基金也只针对天津的青年人，必须得是天津户口。说还要什么结婚证、离婚证，我们又没有结婚，要这些东西没有必要。他还要你的大学毕业证，而我虽然是在国外上大学，但中途又退学了，所以也没有大学毕业证。

周洋说，现在政府的各种优惠政策、扶持项目太多了，申请过多少他也记不太清了。有的是他不符合条件，有的是他嫌太麻烦。两年前倒是申请到一笔科技型公司的政府扶持基金，可到现在他也没拿到。

周洋：大概是两万元到四万元不等吧，但是从申请到现在已经两年了，我也没有拿到过这笔钱。并不是我没有通过批复，据说是因为排队的人很多，需要分拨分批地发这笔钱。

小伙子抱怨说，申请这个扶持基金，费了很多时间和精力，对于自己的企业发展实在也没起到什么作用，不如作罢，还是靠市场来得痛快。

互联网磨平了世界的边界，让烦琐的过程变得一键轻松，但申请项目这事儿似乎还没能互联网化。

雷落落（化名）是个平时喜欢“瞎琢磨”的“85后”女生。今年年初她破釜沉舟，加盟了一家做互联网信用钱包的创业企业。2月，公司很幸运融到了天使轮，再加上背靠一个靠谱的孵化器，各种扶持政策、投资圈动向，每天都从她耳边嗖嗖地过。本着“搂草打兔子”的精神，公司CEO让雷落落主持申请了不少政府扶持中小企业的基金，有的基金是这样的广告语：“不止投资人任性，政府也任性，你融100万元，我们再送你30万元。”雷落落一边准备材料，一边琢磨，这怎么还是像以前学校里申请科研经费的那一套呢？

雷落落：这不是一个雪中送炭的事儿，而是一个锦上添花的事儿。实际上这些申请扶持基金的团队，他们都是有钱的，这也是审核时一个比较大的标准，基本上它的条件是，你已经拿到钱了，都是在融到天使轮以后再申请一个政府扶持基金。

正如雷落落所说，某创新创业基金的申请要求是这么写的：优先支持获得国家高新技术企业认定或获得A轮及以上风险（VC）投资的技术创新项目；优先支持众创空间、各类孵化器、大学科技园推荐及获得天使投资的创业项目。雷落落告诉记者，递交材料需要天使轮投资方的推荐函，如果有老师告诉他领头投资方“给力”，会使得材料更有说服力。

雷落落：这是要打分的，如果所有投资方都给你推荐函肯定是一个好事。很多项有些权重，比如说投资方的声望，我们要拿到所有投我们的天使轮投资方的推荐函，这个是加分的。或者说是投资方给你多少钱和你能得多少分成正比。

乍一看，政策筛选项目的方式，既合理又严谨：天使和VC都投了，说明你的项目受到了市场认可，这样我们才能相信项目的质量，才敢拿出真金白银。但同时，这个结果又很奇怪，一个处在A轮阶段的企业，至少手握千万级别的融资，政府给的那50万元可有可无啊。而真正急需10万元资金度过成长期的“种子企业”，则很难在这种政府扶持投入中分到一杯羹。更深一步地分析，应该作为杠杆撬动市场投资的政府扶持基金，反而需要市场投资为其筛选扶持项目过程的逻辑已经到了必须转变的“临界点”。

记者在采访过程中多次希望专业人士能够梳理目前各地到底有多少创新、创业类的扶持基金，但一直没有得到确切的答案。国家级、省部级、地市级，以及发改委、财政部、科技部、工信部、农业部等对人的鼓励，对项目的支持……但名目繁多的基金却没有系统化的公布平台，创业者和政策发布者之间信息仍然沟通不畅。如何用好自己手中的真金白银，真正帮助“丑小鸭”变成“白天鹅”，仍有待各级政府部门明确思路。

创业评比的奖金为何缩了水？

作者：丁飞、张闻
播出日期：2015年8月18日

学生1：表里写得很清楚，政府给每个团队多少钱。公示过了半年，突然有几个老师来告诉我们，说给不了你10万元了，只能给5万元。

学生2：我也是只收到5万元，分两次给的，每次给2.5万元。

小张和小刘分别是北京两所大学的学生。去年9月，他们都参加了北京市教委举办的“北京高校大学生创业优秀团队评选”。根据通知，一旦入选，“市教委将给予10万元到20万元的经费支持”。这对于刚踏进创业大门的学生企业来说，是一份太大的“厚礼”。最终，官方发布的评选名单中，共有103个学生企业入选，记者得知，其中有四分之一奖励20万元，其余的奖励10万元。然而直到今年7月，除了有的学生获得的经费从10万元“瘦身”变成5万元，还有一些学生至今没拿到一分钱。

学生3：教委的这个比赛对于学生的吸引力主要是两个，第一个是丰厚的奖励，而且它是不占公司股权的公益性扶持；第二个是他承诺我们给一个大学生创业园的办公区。因此，我们就参赛了。当时官方发布我们得到了20万元等级的奖励。

记者：现在都6月底了，你们还是没拿到钱？

学生3：对。当时我们在得知可以拿到这笔经费了之后，租下了这个办公区，还雇了几个全职的员工，然后突然被告知拿不到这笔钱了，造成我们企业有一段时间资金流特别紧张。

入选名单本来去年10月就发布了，为什么过了一年，跨了一学期，这些学生依旧拿不到钱呢？如此大规模的政府创业经费扶持，钱在其中究竟是如何流动的？

北京一位市属高校就业创业办负责人李老师告诉记者，学校去年6月就拿到了市教委拨付的创业款项，但并不知道后面会有这个评选活动，就先把钱花在其他事情上了。

李老师：6 月那个钱就拨过来了，只说是一个专项款，用于就业创业，你也知道上面给点儿钱，大家就得赶紧花呀，到年底之前花不出去就没法报销啊，于是 6 月把钱都已经分到各个部门去了。去年 10 月参加了这个评选之后，教委一开始也说会单独发一笔钱给创业团队，后来说这个钱已经按人均 350 元发下来了，让学校来出这笔钱，这都到年底了，肯定都花完了。后来，我们只好在请示之后，把这个钱让学生团队今年去报销。

记者：一个团队 10 万元或者 20 万元，有的学校好几个团队，应该也没法全额给学生报销吧?

李老师：据我了解，各个学校也都不能将这 20 万元全额给学生报销，比如有些学校给学生聘请了财务公司或法律顾问，费用也都从这里面支出。

用今年的钱发去年的奖，可是今年 6 月学校才领到新的款项，一个学期转眼又过去了，只好等到 9 月新学期了。但此时，今年的评选已经开始，用一年的经费奖励两年的团队，学校财务压力不算小。而对创业初期的学生，计划中的创业资金整整晚到了一年，影响可想而知。

学生 3：在 2014 年企业就已经采购了设备，到了 2015 年，学校是答应给这笔钱，但要求重新购买别的东西，可是企业的流动资金是有限的，特别是初创企业。

记者在调查中还了解到，即便没有参加创业评选，教育部门还是会下拨部分经费以支持大学生创业。但不少高校负责创业指导的老师却反映说，因为种种门槛的存在，想拿到这笔钱推动创业其实并不容易。

据统计，随着近两年创业热潮的兴起，有创业意愿的学生数量翻了一番。不少高校也将原有的“就业指导中心”，扩大为“就业创业指导中心”。在高校内部，创业可能涉及就业办、团委和教务等多个部门。

2014 年以前，北京市无论部属高校还是市属高校，创业经费都按“专项资金”申请。某部属高校就业创业办负责人徐老师告诉记者，“要拿到这笔钱，实在太难了”。

徐老师：我们是以报项目的形式拿的，报项目要报得特别细致，包括出差的话要去哪个城市，坐什么飞机，航班号是多少，具体多少钱，去几个人，等等，这些在报的时候都要明确下来，可是这是很难明确下来的，而且也很难按照当时报的那样去执行，我们报项目的时候是有点儿苦不堪言的。这个项目跟后面的团队已经没有太大关系了。

记者：也就是说，需要提前一年空想出一些内容？

徐老师：对，很多东西都是凭空捏造的，这个程序特别需要简化。好多学校都遇到这个问题，实际上现在已经衍生出有一些公司在帮学校办理这些事情。

为了简化申报程序，方便学校灵活操作，从去年起，北京市将市属高校的就业创业经费改为每人每年 350 元的定额拨款，也就是说，对这些学校而言，申报不再是个难题。与此同时，在使用上，高校支配经费的自主权也在扩大。学校可以把钱直接转到学生公司账户，也可以由学生拿票报销取现，这些并没有限制。不过某部属高校就业指导中心主任张老师说，采用报销制，还是基本的原则。

张老师：这个钱它不是奖金，是经费，这个从学校账里支出就得用报销制。这些经费都是纳税人的钱，得对钱的使用负责，如果想要很快地拿到钱的话，学生完全可以去找社会上的风险投资，但是风险投资是要占股份的。

但在具体如何报销上，钱到了学校，又不一样了。有的学校简化了程序，学生凭注册公司的发票就可以一次性大额报销，经费到账较快；而有的学校规定，学生不能自主报销，必须一笔一笔由就业创业办老师负责审定，再一同提交财务。某市属高校就业创业办负责人李老师烦恼的是：

李老师：因为财务对的是我们就业中心，不可能完全让学生直接对财务。你得先有一个审核，带着学生去审核。这是一个特别烦琐的事情，我知道有的学校专门请财务公司在做这个。

记者：具体烦琐在哪里呢？

李老师：我们不是财务部门，财务的规定也不是特别清楚。我们决定了给学生团队的钱，具体的发生项目由他们来设计。学生他更不知道什么样的票能用，什么样的票不能用，他来了就更乱了。

记者：所以要一遍又一遍地去办理？

李老师：财务人手也有限，每次去报账就排长队啊，就这样，我们办公室主任一天到晚不干别的事儿，就在那儿排队等着审核。

如此大费周章投出去的钱，是否真的对大学生创业起到了关键作用呢？调查中，有创业学生向记者反映，套取奖励或扶持资金的现象也是有的。

学生 3：至少我是知道的，去年评选出来的团队项目到今年的存活率是非常低的。就是因为有些人他注册了空壳的公司，然后得到了这个奖金。

那么大学生们又希望获得怎样的创业帮助呢？曾经以“碳汇林”项目造福千万农民的南开大学创业学生、2015年“中国青年五四奖章”获得者郭鑫的想法或许代表了很多大学生创业者的想法。郭鑫认为，高校对创业学生最大的帮助，是建设公共服务平台，实现学生和社会的对接，而不是简单地给予资金或奖金。

郭鑫：其实大学生最大的局限是视野不够开阔，他没办法和那么多的投资机构进行对接，也没有丰富的经验跟那些人谈判，那么学校可以做一个学生和社会的中间纽带。仅仅是提供奖金没有什么意义，反而会适得其反，会让学生觉得我什么都不用干，也可以拿到钱，那他可能离商业的增值环境越来越远。创业者最大的需求，是产品的实现和推广，学校与其花大价钱去做创业教育，不如去建设一批公共服务平台，比如资源对接的平台、管道，学校可以先甄别合作方品质，可以帮助学生在离校之前度过这个过渡期。

孵化器还是出租屋?

作者：庄胜春、李竞成

播出日期：2015 年 8 月 19 日

南昌经济开发区一隅，一个气势不凡的大门牌很显眼，园里有十几栋欧式风情的四层别墅式厂房，很少有人进出。还有几只鸡在园区路边啄食。这与门楼上的名字——赛维莱国际企业城，多少有些不协调。

企业城由西班牙 3G 国际集团投资，2005 年 1 月 15 日由南昌三己置业有限公司开工建设。此前宣传称其总占地面积为 1000 亩，首期动工面积为 200 亩，投资 2500 万美元，但记者从三己置业了解到，整个项目占地面积为 196 亩，首期动工面积仅为 32 亩。尽管如此，当年计划这里要引进 IT、文化等高端产业，扶持 500 家小企业创业的豪言壮语还是颇为引人注目的。

刘先生：企业城开业的时候蛮热闹的，好像开发区领导都过来了。

10 年前，刘先生就住在附近，他回忆说，除了开业那天，这里再也没有热闹过——园区大部分时间无人入驻，现在有七八家企业，还算是近年之最。

一年前，刘先生把所在企业分支——南昌巨晶砂轮科技有限公司设在了这里。

刘先生：除了物业清扫，什么配套设施都没有，也没人管，但起码租金便宜些。(我们)总部是在苏州那边，这边只是暂时过渡一下。这里主要是房租便宜，一年的房租差不多只有 3 万元吧，面积有 400 多平方米。

记者：那您这个企业搬到这边来以后，有没有什么优惠政策?

刘先生：没有。

这个砂轮厂，已经是园区里最有技术含量的企业，当年引进高端产业的设想，早就成了镜花水月。

记者：师傅，您这是做什么呢?

凉皮企业员工：做凉皮的，我们搬进来才 20 天。之前这里是做灯泡的企业。

(记者进入另一栋楼)

记者：你们企业就是用这里当仓库？

酒水企业员工：对，上面是办公室。

记者：你们公司是做什么呢？

酒水企业员工：酒水。

一条广为流传的消息是，2004 年，这里是挂牌省级的江西（昌北）小企业基地，但 10 年来，这里几乎没有孵化出一家企业。但记者了解到，这一名号，不仅能给予进驻创业企业物管费、卫生费和治安费等优惠，还能为开发企业带来财政补贴，税收和信贷支持。

不过，当记者向江西省工信委中小企业处负责人提及赛维莱时，对方却表示从未听说，政府机构调整后，他们仅留存了 98 个省级小企业创业基地的名单，其中于 2006 年挂牌的南昌（昌北）小企业创业基地是否就是赛维莱，需找经济开发区确认。对此，南昌经济开发区管委会主任熊一江给出的答复是：没查到相关信息。

熊一江：应该是。因为也是很早以前的事儿。

记者：还能查到有关资料确定这个事儿吗？

熊一江：这个可能查不到。

现在的企业城里，招租公告随处可见。土地出让给开发商后，开发商很快转手卖出。企业城项目预售许可公告显示：项目 2005 年 6 月 1 日拿到许可证，参考售价每平方米 2380 元，使用期限 50 年，仅限售给纳税企业。如今，入驻企业都得找这些户主租房，有的户主甚至干脆把这儿变成了家宅。

户主龚先生：2010 年交的房子。

记者：这要卖多少钱？

龚先生：卖 160 万元，买的时候花了 100 多万元。

南昌经济开发区一位负责人坦诚，一般来说，这类工业地产本来价格就比较低，甚至一些地方会为了招商引资，不仅免费使用土地，还对厂房等设施建设予以补贴。按照规定，省级小企业创业基地的名号还能带来财政、税收、信贷等支持。那么，这些好处流向了哪里？是否有迹可查？对此，前述负责人均未给出答案。对于园区现状，南昌经济开发区多位负责人态度明确：那是企业经营的问题，政府的重点已经转向新一批中小企业园的建设。

现任三己置业总经理王卫国告诉记者，两年前，英万集团接盘企业城，建设方三己置业公司管理层也全部离职。

王卫国：这个项目的定位是比较超前的，但是操作中偏离了方向，也没有按原来的规划施工，使得项目贬值。

长期关注孵化器的中国科学院大学管理学院教授吕本富表示，前些年，各地热衷于推出这样的地产模式孵化器，问题层出不穷。

吕本富：打着孵化器的名号，最后其实做的是地产。这两年应该少多了。国家关于孵化器有了一些认定标准，首先，你得孵化出企业；其次，你的孵化器除了收房租以外，有没有其他的配套服务。

吕本富同时表示，现在一些政府主导的孵化器仍然存在一窝蜂、模式粗放的问题，仅靠低价出租办公楼、厂房，名不副实。

同样在南昌，青山湖区的699创意园里，戴着黑框眼镜、踏着滑板鞋的年轻人随处可见。

这个江西华安针织总厂的旧址，2012年前本已破败不堪。当地政府决定借巢引凤，老厂子摇身一变“小清新”——文化创意产业办公区、咖啡、饭店、商场纷纷落成。

新华安文化发展有限公司策划部经理兰力表示，他们租下这块厂房后，严格按照规划，重点招商文化产业类企业；同时建起一栋孵化楼，以三年免租金的条件引入相关创业团队。

兰力：第一个，创业企业需要好好地成长自己，成长得优秀的话就有可能成为我的商户。第二个，我孵化的这些项目，在园区建设初期需要这些产业来帮我做一些软件、硬件设施的改造。

园区造血，企业输血，孵化器依靠“内循环”不断吐故纳新。

郎艺文化传媒两位年轻的创始人回忆，初入园区时，来自园区各种展览和“邻居”企业的业务，占到其公司总业务的40%之多。

原创版画空间创始人戎凯也感叹，如果不是园区牵线搭桥，他不可能带着他的版画亮相文博会，快速拿到市场订单，打响自己的品牌。

兰力说，随着园区游客越来越多，园区下一步还要打造常态化的创意市集，引入更多创业团队，不仅可以在这儿办公，还可以在这儿直面市场。

曾有地方官员感叹，如果把这150亩土地用来做房地产，政府可以获得10亿元的土地出让收益。而如今，这里的入驻企业已经增加到 70 多家，营业收入也已从 2013 年的不到 1 亿元增至 2014 年的近 5 亿元。

回到赛维莱国际企业城的现场，萧条的一期边上，二期建筑正拔地而起。建设方又在描绘蓝图——二期将综合创业孵化器出租和厂区租售，并引入更多中介服务。

不远处，绿地青年创客社区、创业咖啡馆等项目随处可见。有科技部官员曾透露，全国仅科技企业孵化器目前就超过 1700 家。“大众创业、万众创新”的号角之下，孵化器的得与失，已有前车之鉴。

他山之石，推开大众创业的“玻璃门”

作者：张棉棉、张加宁

播出日期：2015年8月20日

问题一：创业启动资金的难题怎么破?

对于创业者，初创时期的启动资金至关重要，很多创业者希望能够申请到政府的扶持资金。那么，从国外的经验来看，创业的“敲门砖”通常从哪里来呢？

比尔·盖茨无疑是全球最成功的创业者之一。他从哈佛辍学后创办微软，开创了操作系统的新纪元。他的辉煌与传奇，在被后续创业者津津乐道的同时，也像一个远方的标杆，成为无数创业者心中的目标。作为一个被捧上神坛、堪称时代“现象级”的人物，比尔·盖茨在接受采访时却说：在我开始做微软的时候，人家说你是企业家、创业者。我说什么是创业者?我是做软件的。从11岁到17岁我只要写什么都是成功的。我觉得既然这么成功的话，就建立一个写软件的公司吧。后来人家说你得雇人，还要去做预算、卖东西、做账。这些东西都是一点儿一点儿慢慢地学起来的。其实这一切都源于我对软件的梦想。

如果用一句时下流行语概括比尔·盖茨的观点就是：不忘初心，方得始终。不过，话说回来，让“初心”真正成为“现实”才是更为重要的。那么，让这个最初写出的软件程序真正变成知名品牌微软的软件产品，当年的启动资金又来自哪里?美国哈佛大学燕京学社研究员黄万盛介绍，比尔·盖茨当年计算机个人化的设想，在融资过程中同样不是一帆风顺的，最后是由一家美国企业出资赞助。

黄万盛：最后他碰到一个单位，这个单位叫IBM，IBM说不管怎么样这个孩子他有这个想法还是应该支持他，所以给了他100万美元，帮比尔·盖茨建立了一个实验室，于是就有了Windows，有了这个视窗系统。

黄万盛表示，在实施“大众创业、万众创新”的过程中，国家财政资金毕竟有限，应该鼓励企业注资创新创业。企业既可以鼓励在内部创新，也可以直接注资外部的创业。

曾经在德国生活过13年，之后回国创业的青岛隔而固振动控制有限公司总经理尹学军介绍说，像德国这样的发达国家，在创业的过程中更多的是发挥市场这个杠杆的作用，用市场的手段，比如用风险投资提高创业效率，完成“大浪淘沙”的过程。

尹学军：投资方要考虑他的回报率的，自然而然他投资就很谨慎，他投入的量是适度的。这当然也比较公正了。这是从根本上让市场自己来调节，政府做一些引导就可以了，不宜过多地参与，没有市场来做调节的话容易造成一些资源浪费。

问题二：政府支持创业的钱怎么能更有效地被利用?

大众创业、万众创新是政府明确倡导的，近年来，大规模的政府扶持资金不断地下发，但有时却会出现资金在流动中被套取，或者政府本身扶持资金门槛过高、创业者无法轻易获得的情况。究竟怎样才能让政府提供的“希望之火”真正点燃创业者的“创业热情”呢?

从世界经验来说，在创业过程中，眼光放长远点儿，最终还是要靠市场机制来激发创业者的热情。但就中国现状而言，由于经济形势的压力，转型升级迫在眉睫，中小企业发展举步维艰，在当下，政府适当地支持又必不可少。科技部副部长曹健林曾经介绍说，政府主办的创新创业大赛就是一个很好的融资平台。

曹健林：大赛都有一些风险投资，一些大银行、风险投资紧跟其后，凡是大赛获奖者不需要任何抵押就能获得投资贷款，在过去三届创新创业大赛中，已经有100多亿元的授信跟着这一进程。

这种模式的优点是，可以推动有才华的创业者的创业热情，但另一方面，最终大赛的资金如何到位，却还是一个值得思考的问题。那么，如果政府提供的资金直接送至创业者手中，是否就会避免类似问题的出现?实则不然，直接下放的政府资金往往会出现申领门槛过高的问题，甚至有的资金的申领还需要申领者以已拿到其他投资做保证，但这对很多创业初期的人来说，根本就是不太可能的事儿。业内知名孵化器——3W咖啡联合创始人鲍艾乐以近年来她接触到的案例解释说：

鲍艾乐：一般来说，你去申请政府的钱，需要填很多的表格，要有很多资历的证明。但是对创业早期的人来说，可能只有三四个人的超小型公司，其实那个时候你是什么资源都没有的。让他申报时填写这么多的证明，他资历本身就挺不符合他这个阶段的，这可能会造成政府的这些钱流向了比较符合政府申报资质要求的公司。这样的话，这些更需要钱的小型公司他是得不到任何帮助的。

政府用纳税人的钱支持创业者，创业者用起来当然得小心翼翼，谨慎而为。但创业者需要的是“雪中送炭”，而非“锦上添花”，其中，矛盾如何解决？在联想之星执行董事周自强看来，不管是政府主办的大赛资金，还是政府直接提供的资金，出现被套利等问题，这是因为中间环节过于复杂。如果借助民间机构的力量，来评估创业者可能会有效得多。

周自强：我总体认为，政府（的工作）主要还是一个政策的制定、基础平台的搭建。具体到对某一个创业企业的直接资助，其实政府需要花很大的精力去召集专家来评估企业的好与坏，这些都未必是最有效率的，最有效率的应该是要把这些资助在一定程度上与孵化器的运营管理团队直接挂钩。

鲍艾乐则建议，本身学生直接接受政府的资金创业，并不是最明智的选择，由于缺乏经验，失败的概率确实更高些。她建议如果大学毕业生希望创业，可以先考虑加入类似于创业孵化器的这种机构来积累经验，正所谓，磨刀不误砍柴工。

鲍艾乐：我们都是从那个时候过来的，中国的学生绝大多数都还是应试教育（下成长起来的），这样的学生缺乏社会的实践。这样去创业的人，其实挑战的是你的心性，你首先要去拿到钱，然后要去发展公司、发展你的团队，你会遇到各种各样的挑战，学生其实是难以担负创业过程中的这些问题的。这样的话，相当于白白浪费这些人才，所以我所倡导的是，应该让学生更多地加入到一些优秀的创业公司去。

问题三：如何避免“孵化器”变成地产商？

在扶持创业的过程中，“孵化器”被给予厚望，但一拥而上的”孵化器”，有的却在拿到了政府支持的创业资金后，摇身一变成了地产商，这显然让人大跌眼镜。那么，创业“孵化器”究竟该如何发挥作用？

截至去年年底，全国共有各类科技企业的孵化器 1700 家，有观点认为，我国科技企业孵化器的总面积实际可能超过一亿平方米，相当于 30 多个颐和园的总面积。但是在我们之前的报道中，有些冠以“孵化器”“科技产业园”的项目，却在享受优惠政策的同时，沦为了房地产和出租房。美国哈佛大学燕京学社研究员黄万盛表示，孵化器应该是要把有创新潜质的青年人请进来。

黄万盛：美国的孵化器是把蛋放在里面，然后给它温度，给它水分，给它阳光，最后它就变成一只鸟飞出去了。现在我们最大的问题，应该是要从创新出发，而不是从企业出发。如果企业成立了，应该让他到市场上去打拼。现在很多年轻人，有很多创新的潜能，可是没有形成创新企业的能力，包括资本能力、组织能力都不够，我们把他们请进来，我们为他们服务。

联想之星执行董事周自强表示，要想让“创业”小鸟展翅高飞，“授之以鱼，不如授之以渔”。教给创业者能够独当一面、应对各种创业危机的方法，这或许才是他们最想要的。

周自强：联想之星有一个创业 CEO 特训班，有一个比较成体系的培训，针对初创企业的创业者来培训。这实际上是要交流和沟通在创业过程中将要面临的解决问题的具体方法和应对措施。然后你还要帮助他能够把我们的经验变成他自己的经验。

在对比了中美两国的创业现状之后，北京创客空间联合创始人魏乔认为，在孵化器运作中，美国的创业导师制度或许对我国有更大的启发。

魏乔：在美国，我感觉投资人包括导师对创业者的关爱，他们很多时候更像是担负着一种职责：我要帮助这种创业公司去成长。而同时，我看到在国内的孵化器大部分都是去提供联合办公，并没有真正地去辅导创业者如何去突破一道一道的难关。

国内外在创新创业上的经验和做法，无法复制，就像后来者再也无法复制比尔·盖茨的成功一样。同样，一些曾经的经验和做法，也不能够解决我国在“大众创新、万众创业”中遇到的所有现实问题。但是，他山之石，可以攻玉。在全球化大背景下，在创新已经成为一种国家实力的时代，看看身边的齐头并进的竞争者，看清自身的优势与不足，或许能给我们自己带来更多解决问题的视角、思路和启发，共同推开大众创业的“玻璃门”。

系列报道：高校大学生艾滋病现状调查

按语：

艾滋病，象牙塔，这两个词看似很难被联想在一起。然而，卫生和计划生育委员会以及教育部下发的一份通知令人震惊：近年来，我国青年学生艾滋病疫情上升明显，尤其北京、上海、广州等一线城市的高校，都已不再是一片净土。社会对艾滋病的曲解与恐惧，也让这些感染了艾滋病病毒的大学生难以生活在阳光下，有些人甚至因此被剥夺了上学和就业的基本权利。高校大学生艾滋感染者正在遭遇哪些生存困境？面对日渐庞大的这一特殊群体，高校、疾病预防控制中心以及社会公益组织，应该担当什么角色？如何能够携手防控，帮助这些学生走出阴影？看清问题、探讨问题都不难，通过一系列当事人的亲口讲述来触碰敏感问题是这组报道最大的突破。

难以重返的课堂

作者：王楷

播出日期：2015 年 9 月 7 日

今年 21 岁的子铭，在江苏某 211 高校读大二。今年年初，在手术前的血液检测中，他被查出感染了艾滋病病毒。在残酷的现实面前，他还没来得及反应，就又遭遇到了一连串的打击。因为他被感染的消息无意中被寝室室友发现并上报给了学校。

子铭：当时的辅导员找我谈话，然后逼着问我说是怎么感染的，让我最好休学两年。但是我知道休学就意味着回不来了，所以我就坚持说不休学。然后他没办法，就把这事儿告诉校长了。

“史无前例”，子铭的辅导员告诉他，他是他们学校的第一个艾滋感染者，摆在他面前的只有两条路，要么休学两年，要么单独住一间宿舍。

子铭：在医院的时候，医生就跟我说过，有学生感染者被学校知道后，被开除了。那个学生也是被休学，就回不了学校了，等于退学一样。所以当时学校跟我说休学，我就坚持不同意。

感染了艾滋病病毒，再失去了学业，这对于二十岁左右、人生刚刚起步的年轻人来说，就意味着被剥夺了一切。情急之下，子铭想到了对自己病情最了解的南京疾病预防控制中心医生。他对辅导员说：

子铭：我请疾病预防控制中心的人来，跟您讲一下我这个病情吧。然后辅导员就同意了。

疾控中心的两位医生赶到学校，和子铭的辅导员、校医院医生以及校教导处主任进行了长谈。

子铭：疾控中心医生就和他们介绍了这种病情、传播途径，以及感染病毒的学生可以和其他同学一起生活，一起就餐，还有感染者已经服药，病载已经低于检测线，基本上没有了传染性。然后学校就放心了。

学业保住了，但原本成绩优异的子铭，却无法再继续深造。

子铭：我学习成绩挺好的。我当时是以前五名的成绩进学校的，每年都有奖学金，按我的成绩应该可以保研的。然后出了这事儿后，我的辅导员对我说，我的保研资格被取消了。

子铭也许还算幸运。记者了解到，在天津和湖北等地高校，都曾发生过感染艾滋病的学生被逐出校门。还有的高校更荒唐：将感染艾滋病的学生像非典患者一样隔离，通过电脑进行远程教育。

课堂难以重返，学业难以为继，未来更是这些感染了艾滋病的学生不敢想象的。来自重庆的大一学生陆青：

陆青：我特别担心，如果以后找不到工作怎么办？因为现在入职要体检，这样就会被拒之门外。很多单位都会歧视艾滋感染者。因为在我上小学的时候，我爸爸就去世了，我妈妈含辛茹苦把我养大，如果我以后找不到工作，我妈妈这些年的节衣缩食，我这些年的寒窗苦读，完全就都付诸东流了。

不少被采访的学生说，当公务员、进国有企业、当老师……这些体检要求严格的职业不敢奢望。在上海读大二的学生小威学的是公共管理专业，要找对口的工作已经不太可能。

小威：特别害怕找工作时会检查 HIV，现在公务员等好多职业都是要检查 HIV 的。

记者了解，目前《公务员录用体检通用标准（试行）》（以下简称《标准》）的确规定，如患艾滋病就属于体检“不合格”，许多单位参照这一标准拒绝招录艾滋病病毒感染者。人力资源和社会保障部劳动科学研究所所长郑东亮：

郑东亮：关于艾滋病，现在还没有一致的看法，还列在“不合格”这里边。公务员、事业单位，甚至国有企业，都认这个标准。

对此不少专家提出异议。清华大学公共管理学院社会政策研究所执行所长李楯认为，这个《标准》位阶远远低于我国法律和行政法规，明显与国家《艾滋病防治条例》和就业促进法相悖。但实际情况却是，这些学生的就业权利，就这样无情地被剥夺了。

2014 年，我国新报告的所有艾滋病感染者和病人数量为 10.4 万人，不到 2008 年 5.6 万的两倍。然而，同期高校学生艾滋病感染者和病人数量，却翻了将近四倍。

这是什么原因呢？高校怎么就沦为了艾滋病的重灾区？对于这些担心求学和就业受到影响、只能躲在患病阴影里的感染者而言，怎样才能保护他们的合法权益，让他们重返课堂、顺利步入社会？

据教育部体育卫生与艺术教育司巡视员廖文科介绍，从传播途径上来说，过去十年，血液传播和注射毒品传播已经得到有效遏制，而性传播，尤其是男性同性性传播成为最主要的传播途径。

廖文科：感染的比例从2008年到2014年，青年人群性传播的比例过去是55.3%，到2014年上升到了94.5%，几乎是通过性传播途径传播感染艾滋病的。青年学生中，男性同性性传播的比例由2008年的58.5%增加到2014年的81.6%，上升幅度也很大。

由于艾滋病通常被打上“道德”的烙印，这些感染了病毒的学生除了要忍受病痛的折磨，还要忍受世人的白眼与冷落。精神折磨，是艾滋病比其他病症更可怕的地方。消除歧视，这是艰难挣扎于现实中的高校艾滋病感染者一致的呼声。

子铭：只要没有歧视，一切都好。

卫生部预防艾滋病宣传员濮存昕：

濮存昕：歧视是怎么产生的，就是“道德”。大多数有歧视心理的人一定认为，感染者人群在道德上是我不能接受的，这正是阻碍着我们改变这个社会歧视现象的一个最大的阻力。

很多人可能不知道，我国《艾滋病防治条例》中明确规定，任何单位和个人不得歧视艾滋病病毒感染者、艾滋病病人。病人及其家属享有的婚姻、就业、就医、入学等合法权益受法律保护。对于在高校中日益庞大的这一群体，廖文科认为，高校一方面应该有针对性地普及和加强艾滋防控教育，另一方面，要为这些已经感染了艾滋病病毒的学生们完成学业提供方便。

廖文科：作为教育部门，作为学校，要保证受到艾滋病病毒感染的学生上学、就学的权利，不能歧视他们。

难以启齿的秘密

导语：

昨天中国之声播出了特别策划《高校大学生艾滋病现状调查》第一篇，关注了象牙塔里的艾滋病疫情现状。其实，感染艾滋病病毒的学生最害怕的是自己的病情被公之于众，因为这意味着他们将被赶出课堂、可能无法就业以及面对他人的歧视和排挤。然而，卫计委和教育部最近下发的一份通知，更加加深了他们的这种担忧。这是一份要求各地建立学校艾滋病疫情通报制度的通知。要求卫生部门至少每半年向教育部门通报辖区学校学生患病情况；疾病预防控制机构定期向学校通报学生艾滋病疫情；学校与疾控机构共同采取防控措施，并及时向教育部门报告。各主管部门联合防控艾滋病疫情蔓延到象牙塔的初衷无疑是好的。可是记者在调查中却发现，感染艾滋病的学生担心的是，学校知情后能否妥善保护自己的隐私。事实上，由于缺乏了解，部分高校的做法明显忽视了患病学生的隐私权，甚至是好心办了坏事。那么如何摆脱疫情通报制度执行中的尴尬？感染艾滋病的学生的隐私该不该保护？又该如何保护？中国之声系列策划《高校大学生艾滋病现状调查》，今天播出第二期：难以启齿的秘密。

作者：王楷

播出日期：2015 年 9 月 8 日

心歌：由于这个疾病，已经把我和别人划分成了两个世界的人。

说话的人叫心歌，他刚在大学里度过了自己 18 岁的生日。两年前，他被确诊为艾滋病病毒感染者，那时他才上高二。

心歌：我和疾控中心交流过，我是我们这个城市目前发现的年龄最小的确诊感染者。

懵懂的年纪，谁都向往纯洁的爱情。但心歌的爱情，却变成了毒药。在和一个同性网友相识后，心歌这辈子的第一次性行为，改变了他的人生。

心歌：因为那时候什么也不知道，结果就这么“中枪”了。

心歌说，他一直不敢告诉家里人。得知自己感染艾滋病病毒的那段时间，像在夜里孤身一人走过长长的隧道。

心歌：说实话，那段时间我也不知道自己是怎么挺过来的。每天都在想，我到底还能活多久？我活着还有意义吗？我要不要去自杀？就这样纠结了一年多吧。

现在的心歌，已经告别了那段灰暗的时光。他说，随着现代科技水平的进步，艾滋病病毒感染者只要按时服药，能活二三十年甚至更长。现在，他每天和其他同学一样，准点上课，按时吃饭。只是每天晚上固定的服药时间，总有些难挨。

心歌：总是要在同学面前服药。因为我不可能每天都去找一个非常隐蔽的地方偷偷服药，这样很不方便。而且我的药也肯定会放在我的寝室里，总是会被我的同学看见的。一旦有同学问我吃的是什么药，我的隐私就得不到保护。只能美其名曰，我吃的是某种保健品。

心歌说，作为高校艾滋病病毒感染者，他不奢望学校给予特殊的关照，只求自己的隐私不被泄露。

心歌：在学校我会担心我的隐私被泄露。我要是把这个事情说出去，对我没有什么好处，可能还会遭受歧视。因为这个病也就只有三种传播途径，我也不会传播给身边的人，我觉得我不说也没什么影响。

其实，和心歌有着相同想法的高校艾滋病病毒感染者并不在少数。河北学生安林：

安林：其实我还是不太想让学校知道的。因为，如果学校老师知道的话，不一定能保证我的隐私不被泄露。

40 岁的刘闻是陕西一所高校的老师，也是艾滋病病毒感染者。他说，学生感染者的压力比他大得多。

刘闻：如果学校知道了的话，很可能就要让这个学生退学，或者要求学生自动离校。这反而是不太好的结果。现在开明的学校也有，但我估计不多。

隐私泄露，像悬在艾滋病病毒感染学生头顶的达摩克利斯之剑。在社会的不解与歧视当中，他们只有把隐私藏得不见光、不透风，才能保护好自己。南京某高校大三的小城就是不幸的例子，他感染艾滋病的情况不慎被舍友发现，只好在学校的安排下搬出宿舍，单独居住。

小城：同学他们知道后很害怕，这半年来基本都不和我接触。我的辅导员说，即使只有万分之一被感染的概率，也不能和我住在一起。

为了保护艾滋病病毒染者的隐私，我国《艾滋病防治条例》中有明确规定："未经本人或者监护人同意，任何单位或者个人不得公开艾滋病病毒感染者、艾滋病人及其家属的姓名、住址、工作单位、肖像和病史资料以及其他可能推断出其具体身份的信息。”在实际操作中，主动来检测艾滋病感染情况的人群允许匿名检测。如果最终确认阳性，需要进行实名登记、留取身份证信息，疾控中心当然也将严格保密。

但是，艾滋病病毒感染的学生的境遇却不同。卫计委与教育部建立学校艾滋病疫情通报制度之后，感染者的身份信息，将会被直接通报给校方。记者在调查中发现，“我的隐私是否因此会泄露？”成了感染学生中普遍存在的担忧。究竟学校该如何在获得知情权的同时，保护好学生的隐私权？如何让通报制度执行得更加人性化？

既然艾滋病病毒感染者的身份涉及隐私，为何又要建立卫生部门和高校通报疫情制度，把知情权交到高校手里呢？教育部体育卫生与艺术教育司巡视员廖文科：

廖文科：我们一些学校已经有了艾滋病疫情，甚至不止一例，学校不知道有疫情，它就不能引起足够的重视。如果能够及时地把疫情告诉学校领导，我相信学校领导的重视程度会更高。

北京交通大学计生办主任康俊在一线从事健康卫生工作，她对此深有体会。

康俊：我们希望疾控能就定期的疫情给专业人士一个通报。对高校面临的整个公共卫生的状况，我们会有一个比较清醒的认识。这样我们就知道应该在哪个地方多用力。而且不仅是我们，学校各个部门都会联动一起去重视这个事情。这一点我觉得很重要。

然而，校方能够在多大层面上掌握艾滋病病毒感染者隐私，了解了隐私的学校管理者又如何保证不歧视？佑安医院性病艾滋病临床诊疗中心主任孙丽君对此也感到怀疑。

孙丽君：理想是好的。现实中你怎么操作？你真的保证别人不说吗？在你学校里是校医知道还是班主任知道？班主任能保证不歧视吗？

实际上，在如何对待感染艾滋病的学生的问题上，一些高校要么缺乏相应的应对意识，要么就不知如何保护感染者的隐私。例如安排患病学生单独住一间宿舍，这在廖文科看来，并不可取。

廖文科：从保密这个角度讲，不宜单独给他们一个房间，表面上是对他们照顾了，实际上容易暴露他们艾滋病感染者的身份，也容易让他们心理上感觉到我会受到学校的特殊关照甚至是歧视，所以在学校范围内，要让尽可能少的人了解他们感染艾滋病的情况。

那么，该如何做到既要疫情通报又要保护隐私呢?

康俊支招：疾控中心可能出于隐私保护的需要，你可以不告诉我们谁可能是高校里面的感染者，因为一旦公布了以后，感染者面临的社会压力和反歧视压力就会特别大。比如你告诉我，你们学校有几个感染者，但不具体说是谁就行了。

令人心情沉重的消息是，据康俊介绍，北京市海淀区的几所重点高校都已经有了艾滋病病毒感染者，这和近年来我国青年学生艾滋病疫情明显上升的趋势相吻合。

面对近年来正在以几何级数增长的庞大群体，学校、疾控中心、教育主管部门，如何能在有效控制疫情的前提下，让每一个感染艾滋病病毒的学生尽量活得有尊严？首先要做的就是，保护好他们的隐私。

难以弥补的“失语”

导语：

中国之声已经持续两天关注了高校艾滋病病毒感染学生的现状与困境，很多听众会心存疑问，为什么纯洁的象牙塔，竟然沦为艾滋疫情“重灾区”？早在2011年，教育部就联合卫生部下发了《关于进一步加强学校预防艾滋病教育工作的意见》。其中明确提出，到2015年，也就是今年，100%的普通中学、中等职业学校、高等学校要开展艾滋病知识宣传教育，让90%以上的学生掌握艾滋病防治知识。然而记者在调查中却发现，目前在很多高校，这项教育政策仅仅是一纸空文。可以说，正是高校性教育的“失语”与“缺位”，让学生们在初涉成人社会时，少了必要的自我保护意识。为什么大学生性教育开展频遇阻力？到底是什么造成了防艾知识的盲区？请听《高校大学生艾滋病现状调查》第三期：难以弥补的“失语”。

作者：王楷

播出日期：2015年9月9日

夏日的午后，一身白大褂的邵英，把记者引进她的办公室。作为北京佑安医院性病艾滋病临床诊疗中心的护士长，她每天面对很多患者。也正是在这儿，很多年轻大学生拿到自己的HIV检测结果，第一次见到那刺眼的两个字——阳性。

邵英：有些孩子觉得压力特别大，很难接受，痛哭流涕。你看我这儿必须得准备一包纸巾。他没有办法跟同学说、跟老师讲，也没有办法跟家长说。他们很孤单，也很无助。就像在一个井里面，我们得伸手把他拉上来。

余生都要和艾滋病病毒做抗争——让感染的学生们接受这个现实，快速地进入治疗阶段，这并不容易。

邵英：他怎么也没想到这个标签会贴在自己身上，很难接受，觉得这跟做恶梦一样。有时候他告诉我，他觉得这好像不是真的。可这就是事实。

很多被感染的学生会说“没想到”，其实这都是源自对艾滋病的“不了解”。在北京读大学的小文今年20岁，两个月前他陪朋友去做检测。结果别人没事，他自己“中枪”。

小文：当时就觉得，我可能马上就要死了。后来疾控中心跟我讲，其实不会那样。但是自己内心还是挺挣扎的。那天就给我家人打电话，但没有告诉他们我的实情，就说希望他们再要一个孩子。因为我是独生子。我妈妈对我说，他们只要有我就够了，只要我身体健健康康就行，当时我就忍不住哭了。

小文是同性恋。他说，在这个不敢公开身份的圈子里，大部分人通过网络交友相恋，但在与陌生人性接触时，却并没有想到要做好防范。

小文：就是因为没有做好安全措施。因为他好像有家庭，有孩子。所以我以为没有感染的危险。

“凭猜测，靠感觉”，这在公益人士、淡蓝快乐检测室负责人陈子煌看来，是缺乏自我保护意识的表现。

陈子煌：学生本身的自我保护意识比较薄弱。一个学生感染者跟我说，他认为艾滋病是一些生活不检点的人才会得的，我之前的朋友是公务员，他的素质、学历都很高，他应该就不会感染。他们就觉得离艾滋病非常遥远，不会上升到意识层面。

为什么大学生自我保护意识如此薄弱？那些理应出现在大学课堂和课本中的防艾知识呢？多位高校学生感染者表示，他们从未听说。

小文：反正我是没有接受过任何的性教育。

小龙：学校基本上没有性教育。我从小到大都没有接受过性教育。

传道、授业、解惑的大学，却忽视了人生的“必修科目”：性安全教育。陕西某高校教师刘闻，自己也是一位艾滋病病毒感染者，他说校领导往往对性教育闻之色变，避而不谈。

刘闻：没有人愿意谈性教育。如果谈的话，可能社会上有人会认为，这个学校是不是有问题，这事会影响学校招生。

有些高校即使开展性教育，也仅限于每年的12月1日“世界艾滋病日”那一天。陈子煌所在的公益组织曾在高校开展过讲座，但效果不甚理想。

陈子煌：那些学生都不是自愿来的，是学校团委下发通知，每个班要来多少个人，以此来加学分的。

其实，随着社会开放程度的提高，大学生获取性知识的渠道有很多。但如果大学防艾知识课堂持续“失语”，学生们得不到正确的健康教育，很可能误入歧途甚至给他人带来伤害。正如我们看到的结果，青年学生艾滋病疫情明显上升，这些被感染的孩子的人生悲剧已经无法再弥补。

记者走访发现，伴随疫情数字的增加，北京、上海、广州等一些城市的高校，开始逐步重视课堂性教育。事实上对于很多学生而言，这是填补他们青春期知识空白的最好机会。什么样的性教育形式能够得到学生的认可？防艾教育又要避免哪些误区？

中央民族大学红十字会社团负责人马晓旭告诉记者，今年他们组织的防艾知识讲座请来了一位艾滋病感染者现身说法。讲座结束后，新生们的反应令她十分触动。

马晓旭：他本来是要走了，有同学走过去问，我可以抱抱你吗？他说，当然可以呀！这是很出乎我们预料的。

倾听感染者的痛苦与经历，既让青年学生了解到艾滋病的残酷，也让他们加深对自己的认识。此外，由于同龄人在一起更容易消除顾虑，敞开心扉，因此有针对性地进行同伴教育，也成为高校加强防艾工作的一项“利器”。

教育部体育卫生和艺术教育司巡视员廖文科：我们希望通过同伴教育的方式（来进行），就是在同学间或者小的圈子里，我们培训一些骨干，然后骨干让同学、圈里的人通过同伴对他们进行教育，他们更容易接受。

专家认为，高校防艾教育的关键，不仅要弥补学生常识上的缺失，更要与转变他们的人生态度和观念相结合。例如，学习是对自己和他人负责，以及面对诱惑能自我克制等。北京林业大学性与性别研究所所长方刚强调，无论哪种教育形式，都一定要传递正确的理念。有些学校在宣传中把艾滋病和男同性恋人群混同，这样会制造恐惧和歧视。

方刚：只有高危行为，没有高危人群。安全的性行为无论是同性恋、异性恋、性教育工作者还是夫妻之间，都不会传播艾滋病。传播艾滋病的是不安全的性行为。

面对艾滋病疫情在象牙塔中的肆虐，教育部和卫计委日前印发通知，要求各高校在新生入学教育中，要开展不少于一课时的艾滋病综合防治知识教育，从源头进行防范。

廖文科：每一个高校都要面向所有的学生讲解艾滋病知识。要改变我们宣教的形式，这些形式要让青年学生更容易接受，更感兴趣，而不是简单的说教。从内容上讲，除了传统的性知识传播，要有警示性的教育，什么样的性行为容易导致感染，甚至一些疑似不安全的性行为，让青年学生不要存有任何侥幸心理。

将艾滋病病毒逐出校园，需要学校、教育部门、卫生部门、公益组织等共同发力；而改变全社会对感染艾滋病的学生的误解与歧视，并非一朝一夕能完成。如果说曾经的性教育“失语”已经难以弥补，那我们唯愿通过呼吁，让更多的高校领导者能够不再刻意回避日益严峻的现实，让更多的学生了解性健康知识，加大自我保护意识，这样才能够远离艾滋病的侵袭，才能够在阳光下挥洒青春。

系列报道：玉米临时收储政策调查

按语：

《玉米临时收储政策调查》不是一次简单的农产品价格涨跌调查。彼时，玉米临时收储政策刚刚经历了历史性的调整。国家发改委、粮食局、财政部、农发行等部门联合发出通知：国家临时存储玉米挂牌收购价定为每斤1元，这比去年临储价格每斤最多下调了0.13元，这也是自2008年国家推出玉米临储政策以来，临储价格首度出现下调。不要小看这0.13元，它不仅意味着玉米价格下滑，农民收入减少，农业种植结构调整，更意味着国家对玉米种植的补贴政策正在逐渐退出，以此最终解决玉米价格长期倒挂的积弊，理顺整个国家的粮食政策。牵一发而动全身，《玉米临时收储政策调查》从一粒粒玉米看到的是整个中国农业政策的大调整。

策划：高岩
编审：王磊

“跌跌不休”的玉米价格

作者：毛更伟、管昕、刘祎辰、张棉棉、满朝旭

播出日期：2015 年 9 月 21 日

黑龙江省肇东市安民乡胜安村的大玉米已经长到两米多高，一望无际的青纱帐远看已经微微泛出金黄，这是一个丰收的信号，可村民却高兴不起来。

村民姚振全：现在干粮价格可不太好，不到 1.1 元每斤

记者：跟去年比降了？

村民姚振全：降得多了！去年 1.2 元每斤。

村民姚振全今年种了 30 多亩的玉米，全家 5 口人主要收入来源就是种玉米，这回听说玉米降价了，心里着急。

村民姚振全：你都不用细算，种子化肥 9000 元（每垧成本）够用就不错了，0.7 元每斤，以 12000 斤计算，我说的这个还是潮粮，现在再一降价，老百姓一垧地就得赔 1000 元到 1500 元。

比村民消息更灵通的是收储玉米的经销商，当地的收储大户马青春原来把黑龙江玉米都卖到了广东、上海，然而今年他收来的粮只能在黑龙江省就地消化。

马青春：价格一直在下降，实在不行，我可以不挣钱，只能低收低卖。

眼下正是新玉米还未上市、旧玉米价格应该微涨的日子，为什么玉米价格反而一头向下？原因就在于市场上的传言，今年国家临时存储玉米挂牌收购将会取消或者价格下调。

村民：我两个月前就听说没有这个国储粮了。那玉米收购价格肯定有影响，现在心里没底儿。

村民：今年临储政策如果还是 2200 元每吨，我们种粮的积极性还能高点儿，来年玉米收购价格要是降了，就没有种粮的积极性了！谁也不想种地还赔钱。

上周五，消息终于落地，今年国家临时存储玉米挂牌收购价定为 1 元每斤，这比去年临储价格每市斤最多下调了 0.13 元。这也是自 2008 年国家推出玉米临储政

策以来，临储价格首度出现下调。

实行了八年的玉米临储，终于走到了一个重要关口。

国家发改委宏观研究院副主任黄汉权介绍说，其实，当年临储政策推出主要是为了扶持农民。

黄汉权：2000年以来有一段时间粮价很低，特别是2003年有一段时间供求紧张。到了2006年，玉米在国家扶持政策力度加大的情况下，粮食出现连续增产，为了解决农民卖粮难的问题，为了保护农民种粮积极性，保障农民种粮收入，国家就出台了玉米的临时收储政策。当市场价格低于收储价格的时候，国家就通过中储粮或者国有粮食企业去把农民手中的粮食收上来。

临储政策出台之初，的确极大地提高了农民的种粮积极性。在粮库工作了20多年，跟粮农打了半辈子交道的黑龙江省肇东市昌五粮库法人代表冷旭东告诉记者，2008年临储政策的出台是一个重要的分界线。

冷旭东：之前有不少农民都不种地了，都让地荒着，有的种树、种别的农作物，一直到2008年，我深有感触，那会儿临储刚出台，农民都排着队、隔三岔五地卖粮。

种玉米的农民把2008年到2014年的这7年称为“黄金7年”，金灿灿的玉米不仅连年大丰收，价格也一路上涨。然而，今年人们终于看到了玉米价格的天花板。国投中谷期货有限公司研究部副总经理、研究员杨蕊霞认为，下调今年玉米临储价格既是大势所趋也是市场使然。

杨蕊霞：因为这几年内地农产品的市场，尤其是玉米市场连年丰收，这使得内地市场供过于求，由于过去几年内地的临储价格都比较高，现在社会库存积累得非常严重，尤其是每年临储的收购。过去的几年我们看到，整个的期货价格和现货价格没有跌下来的一个原因是国家一直在临储收购了很多的玉米，但是从去年到今年，国家的临储库存一直在增加，显然国家的库存是太多了。即便是有临储收购价在托市，但是现在内地市场完全是一个过剩的趋势，所以从今年上半年开始内地的期货和现货的价格都有一个很大幅度的下跌，这也是几年以来的大行情。

玉米价格下跌，农民的收入肯定会受到影响。但以玉米为主要原料的加工企业应该高兴，但记者在采访中发现，事实并非如此，专用玉米生产赖氨酸的黑龙江成福食品集团有限公司采购经理王辉告诉记者，尽管产品不愁销路，可是企业却要面临停产。

王辉：现在企业不景气，我们现在就是贷款干呢，要是不管这 1000 多名工人，我们早都停产了。就这四五天，把这玉米原料再往下用一些，我们就准备停产了。

原来，水落船低，玉米降价，以玉米为原料的下游产品降幅更大，导致加工企业直接受损。在哈尔滨市双城区，粮食局长杨继祥告诉记者，国储粮库今年甚至还出现了已经拍卖给企业的玉米遭到退货的情况。

杨继祥：已经拍卖了 90 万吨，后期还有 20 万吨，最后人家要求退货了，说因为价格不合适就退了，现在整体玉米价格和销售处于低迷状态。

本来，玉米临储政策的推出是为了保障农民种粮收入，提高农民种粮积极性，可如今，玉米临储价格下调了，农民的收入和种粮积极性肯定会受到影响，而下游加工企业似乎也没有收益。既然如此，那么玉米临储价格为什么要下调？这一政策调整的背后的真正的意愿是什么？明天请继续关注中国之声特别报道《玉米临时收储政策调查》第二篇：尴尬的临时收储。

尴尬的临时收储

导语：

进入七八月以来，市场上的玉米价格连续下滑。在坊间流传了许久的一条传闻，也终于在这个周末“靴子落地”：国家降低了临时存储玉米挂牌收购价格。这是政策实施7年来，收购价格第一次调头向下。临储收购本来是为了保证农民收入的，如今价格下跌，农民收入减少，影响是可想而知的。那么，究竟是什么原因，使政府顶住压力，痛下决心，非调玉米价格不可？调整后，整个链条又将发生怎样的变化？中国之声特别报道《玉米临时收储政策调查》，今天继续播出第二篇：尴尬的临时收储。

作者：刘祎辰、毛更伟、管昕、张棉棉、满朝旭

播出日期：2015年9月22日

刚刚过去的这个周末，新一年的玉米临储价格公布，每斤从去年的1.13元降到了今年的1元，算得上是临储价格自从实施以来的头一回。但合2000元每吨的临储价格在贸易商马青春看来，与进口玉米相比还是有挺大的差距。

马青春：如果要接近市场价就得卖到1800元每吨，因为我们从乌克兰进的玉米1700元每吨。

而在此之前，玉米临储实行了7年，临储价格也连续涨了7年，从2008年的0.74元每斤，涨到去年的最高1.13元每斤。但与此同时，国际上的玉米价格却出现了连续下跌。而这一国际市场形势的变化，也成为旨在避免价贱伤农的临储机制开始出现“梗阻”的时间点。因为从这一刻起，临储托的不再是市场价格的底部，而是进口玉米和国产玉米间倒挂的差价。

来自海关的数据显示，2010年我国进口玉米总量开始出现激增，从2009年的8.4万吨暴增至157.3万吨，此后更是三年连涨，最高达到520万吨。近年来，进口玉米总量虽有回落，但也都保持在250万吨以上。

国家发改委宏观研究院副主任黄汉权表示，原料需求的“用脚”选择可不止在

国产玉米和进口玉米之间。由于玉米进口有配额限制，许多饲料企业干脆选择了弃用玉米。

黄汉权：玉米的用量有 70% 都是用来做饲料，20% 是用来深加工，直接食用的也就只有 10%。因为国内玉米价格高，进口玉米也有配额限制，很多饲料企业就干脆用进口大麦、高粱这些替代的，因为这些没有配额。

而既没有配额指标，也没法找替代原料的部分深加工企业则更是一肚子苦水。黑龙江成福食品集团有限公司采购经理王辉说，今年产品价格较去年下降了近一半，去年的这个时候国内玉米的价格正在上涨，如今他们企业运转全靠贷款。

王辉：现在企业不景气，我们现在就是贷款干呢，我们是今天贷到 100 万元，我就拉回 100 万元的玉米原料。这个市场价格要是不下调的话，所有加工企业都要停产了！

下游加工企业价高，但是有国家临时收储托着，玉米的销路不用发愁。与临储价一样连续上涨的，还有玉米的种植面积。根据《中国统计年鉴》的数据显示，2007 年我国的玉米种植面积不到 3000 万公顷，到了去年这一数字已经增至 3700 多万公顷，到了今年预计还将有 1.3% 的幅度增长。国家发改委宏观研究院副主任黄汉权分析说，这是因为玉米的收益高了。

黄汉权：临储政策是为了提高农民的种粮积极性，应该说这些年来临储在农民增收、粮食从十一连增到今年十二连增等方面还是有很大贡献的。这些年来，玉米的种植面积也是逐年增加，过去都说金豆子，但现在大豆的收益已经比不上玉米了，所以现在东北大豆种植面积就出现了缩减。

产量提高，价格不降，玉米在下游企业也不太受欢迎，那玉米都去了哪里呢？答案是国家临储。记者在东北某省的粮库看到，新建的粮仓正在加紧施工，当地一位官员坦言，这粮食真是多得没地儿存放了。

官员：我不是说只有我这仓库里放不下，而是到了来年，这空地都堆上囤子，没有一点儿空间可存放粮食了。

既然粮食堆得放不下了，那为什么不卖掉呢？说一千道一万，还是价格问题。高于市场价收回来的玉米，要想顺价销售几乎不可能。

某接近临储价格制定部门的知情人士：一方面，如果不顺价销售，国家财政负担会比较大；另一方面，如果降价，那下游收粮企业更没积极性了，因为如果国家高价买、低价卖的话，他还怎么做生意。

在哈尔滨市双城区，粮食局长杨继祥告诉记者，国储粮库今年甚至还出现了已经拍卖给企业的玉米遭到退货的情况。

杨继祥：已经拍卖了 90 万吨，后期还有 20 万吨，最后人家要求退货了，说因为价格不合适就退了，现在整体玉米销售处于低迷状态。

拍卖可以轮流着进行，但粮食却时时刻刻都在由新变陈，新的粮储设备正在建造，可地里的玉米又开始成熟了。国家发改委宏观研究院副主任黄汉权表示，由于临储价量齐增，仓储需求高涨，近年来临储玉米带来的财政资金压力越来越巨大，而且增速惊人。

黄汉权：2014 年财政支出是 1800 亿元，这个数字这几年增速是很快的，因为 2012 年的时候还只是 610 亿元。

销售不佳，仓容不足，财政压力剧增……玉米临储价格政策的“7 年之痒”已经变成国家财政 7 年无法承受之重！表面上看似是进口玉米价格持续下跌导致的，但实质上，正如黄汉权所说，内在的原因是政府对价格的干预阻碍了市场机制。

黄汉权：临储价格这些年是单边上涨，这实际上就是托市。一个正常的市场应该是波动的，才能供需调节，比如生产过剩了，价格就下去了，生产就会得到控制，价格就又上去了。政府一直在托市，市场机制就被阻碍了。现在我们的玉米生产是过度刺激了，然后就恶性循环。

今年的玉米临储收购价格公布以后，国家粮食局表示，之所以定在 1 元每斤，主要是综合考虑国内外市场供求和价格情况，统筹兼顾各方面利益，将临储价格水平尽量贴近市场，使市场在资源配置中起决定性作用以及更好地发挥政府职能，引导粮食价格回归市场。

其实，早在玉米价格调整之前，棉花和大豆已率先在去年相继实施了目标价格补贴改革试点。接下来大家关注的是：国家会有哪些政策尽量帮助种玉米的农民减少损失？此外，其他享受临储政策的作物，例如油菜籽等，也会面临同样的命运吗？明天请继续关注中国之声特别报道《玉米临时收储政策调查》第三篇：站在价格改革的十字路口。

站在价格改革的十字路口

导语：

连续两天，中国之声一直在关注我国的玉米临时收储政策。上周末，今年的玉米临时收储价格公布，为每斤1元，比去年的价格最高降了0.13元。这也是临储政策实施7年以来的首次下降。记者在调查中发现，原本是为保护农民收益的临储价格之所以今年会下调，原因就在于玉米的临储收购价格7年来一路攀升，保证了农民的收入，但付出的代价却不容小觑。一方面，国际玉米价格下调，国内玉米价格却在持续上涨，价格倒挂导致国外低价玉米大举进入国内。另一方面，因为玉米进口有配额限制，一些深加工企业拿不到低价的国际玉米，却又受制于深加工产品的价格下降，因此最后要么赔本赚吆喝，要么弃用玉米作原料。因为有国家的临时收储政策，所以农民的玉米并不愁销路，但最后全都进了国家的粮库，结果导致临储价量齐增，仓储需求高涨，财政资金压力越来越大。如今，玉米的临储价格终于首度下调，这传达了怎样的政策信号？玉米临储政策未来还会延续下去吗？如果要改革，将会采取哪些措施？中国之声特别报道《玉米临时收储政策调查》第三篇：站在价格改革的十字路口。

作者：张棉棉、满朝旭、毛更伟、刘祎辰、管昕、乔仁慧

播出日期：2015年9月23日

黑龙江拜泉县大众乡同庆村村民齐江有十多年种植大豆的经验，但今年春天，虽然明知拜泉县所处积温带不适合种玉米，齐江仍然坚持放弃了种植大豆，而改为种玉米。

齐江：我以前种的都是黄豆，没种过玉米，现在黄豆是每斤1.8元，再种黄豆就得赔钱，现在包地是400元每亩。

可是国家今年公布的临储价格让齐江有些郁闷。现在玉米收购价格降到每市斤1元，这意味着今年的玉米利润将大幅缩水。从种大豆改为种玉米已经费了不少劲儿，难道来年还要再从种玉米改成种别的吗？

在黑龙江省绥化市北林区，一望无际的玉米田在阳光下闪闪发亮，高高的玉米秆上，一颗颗饱满的玉米预示着今年的丰收。北林区农业局局长董思君却在思索着，明年怎么样才能增加农民的收益。

董思君：一方面，一定要调整玉米的品种，让老百姓种一些品质好、含胶质多

的玉米，尽量减少淀粉型的“水苞米”，胶质含量高，好储存。加工企业的效益也要提高，今年这些玉米一定要流通到一些加工企业去，另一方面，要动员农民发展畜牧业。

7年来，水涨船高的玉米临时收储价格，使得很多之前种棉花或者种大豆的农民，放弃了老本行转而种植玉米。然而临储价格的下调，却让很多农民不知所措。

一方面是临储政策导致国家财政不能承受之重，已经走到了改革的十字路口；一方面是需要保证种粮农民的收益，怎样才能保证两者兼顾？

国务院发展研究中心农村经济研究部部长叶兴庆给农民的建议是：调整种植结构。

叶兴庆：要冷静下来，要做适度地调整，给农民发出这样一个信号：要调整种植结构。现在很多不适宜种玉米的地方都在种玉米。也并不是说不让农民种玉米了，而是调整种植结构。比如，我们原来把玉米当成粮食来种植，那今后可能要把玉米当成一种饲料来种植。让农民发展畜牧业，然后以家庭为单位，实现农牧结合，这样，农民的增收问题，农业的生产发展都不至于受到大的影响。

如果说农民调整种植结构是必然，那么临储政策又将何去何从呢？农业部今年曾明确表示，对于玉米、大豆、棉花、油菜籽等农产品，要注重发挥市场形成价格的决定性作用。而2014年棉花和大豆已经相继实施目标价格补贴改革试点，那么目标价格补贴改革将会是临储政策下一步的改革方向吗？

所谓目标价格，是指国家不再兜底收购，农民需要自寻买家，一旦收购价格没有达到政府设定的目标价格，国家将给予补贴。

去年，我国取消了棉花、大豆临时收储政策，随后对部分省区的棉花和大豆进行目标价格补贴试点。与此同时，玉米的临时收储政策却被保留了下来。资深玉米行业分析师刘国良解释说，这是因为我国的玉米和大豆的产量不可同日而语。

刘国良：因为大豆的体量已经很少了，全国一年大概有1千万吨，而玉米是2亿多吨，产量相差20倍，以前我们总觉得玉米是一种主粮，就是说有的情况下还可以拿它当主食来吃。

对于一个拥有上千年农耕历史的民族而言，上至国家，下至百姓，都深知“兜里有粮，心中不慌”的道理。因此，当有人提出通过调整种植面积和比例，来解决玉米产能过剩时，对我国其他粮食安全的担忧自然接踵而至。事实上，目前玉米已经不再是主粮，每年被食用的不到10%，更多的是作为饲料使用。国务院发展研究中心农村经济研究部部长叶兴庆也表示，玉米产量减少并不会影响到老百姓的餐桌。

叶兴庆：我们粮食安全总的方向是：谷物基本自给，口粮绝对安全。所以我们通常把“大米”和“白面”作为我们的核心日标，这个自给率是比较有保证的。

粮食安全的保障，给政策调整提供了空间，那么目标价格补贴会是玉米临储政策改革的下一步方向吗？国家发改委宏观研究员副主任黄汉权坦言，从试点情况看，在操作层面上存在漏洞，可以用“褒贬不一”来形容。

黄汉权：比如有些地方存在农民和收购方联合骗价的情况，因为国家补的是差价，收购方就和农民说，你就尽量把东西卖给我，反正低价损失也不是你的，而是国家的。还比如有成本核算、发放差价补贴方面行政成本偏高等。

国务院发展研究中心农村经济研究部部长叶兴庆也认为，价格手段和财政补贴手段需要统筹考虑。

叶兴庆：价格手段和财政补贴手段确实是需要统筹的，恐怕很难再继续靠二者来维持过去的高收益了，那种方式是难以持久的。

“目标价格”政策并非完美无缺，那么临储政策还有其他的改革途径吗？资深玉米行业分析师刘国良提供了世界第一大玉米生产国——美国的做法。早年，美国也曾经实行过玉米临时收储，但随后被作物保险取而代之。刘国良介绍，美国的玉米保费仍然以政府为主，引入了保险公司，从而尽量减少了玉米补贴被层层盘剥的可能。

刘国良：作物保险，从原理上有点类似于我国的目标价格补贴政策，当然他们的保险执行主体是保险公司，但是保费应该是政府出的，对于农业的保险的力度，实际上比我们小很多，基本上他们还是一种保底的形式，就是保证农民不太亏本就行了。

下一步，不管是目标价格补贴改革还是引进农业保险，在刘国良看来，今年国家暂时先降低一部分临储价格或许正是投出了关键的一个“试金石”。

刘国良：这也要先看一下效果，比如说一年降到两千，同时又不放开、不敞开收购的话，要控制售后质量，再看产品是什么样的效果，然后再决定下一步的政策。

系列报道：中关村“创客”养成记

按语：

每个时代，都有属于自己的英雄。在我们的时代，创业者，无疑是一个英雄辈出的群体。记录他们的成长历程，也是记录这个时代。特别策划《中关村“创客”养成记》，把关注的焦点投入到北京中关村。20世纪80年代，这里作为“电子一条街”曾引领着全国电子技术风潮，如今它是“创业大街”，成了“梦想者的集市”。这组报道不是简单地记录创业故事，而是将创业企业的成长期——种子轮、天使轮、“A轮”、“B轮”作为“横断面”，派出实习生入驻不同阶段的企业亲身体验，再由记者专访创始人进行回应。“零经验”实习生与老总，就像南北两极，这样的观察“对对碰”不但在形式上让人耳目一新，而且激发出不小的火花。

策划：高岩

编审：郭亮

中关村“创客”养成记：从种子开始梦想

作者：王楷、张闻

播出日期：2015 年 11 月 9 日

2014 年 12 月，在国家鼓励大学生创新创业政策带动下，22 岁的大男孩儿李申作为首批尝鲜者，从北京电影学院休学，同年，他注册了自己的公司。与很多早早出来创业的大学生一样，瞄准了身边的“痛点”。李申关注到就业难和招聘难的一个细分市场——学传媒的孩子难找工作。他的种子项目就是帮助这个群体，通过职前培训，然后对接心仪的企业。这样的公司怎么运转？带着好奇，与创始人同龄的实习生鲍晓霞，走进了企业的大门。

鲍晓霞（实习第一天）：早上十点，我到了桃李帮办公室门外却怀疑自己走错了地方，因为门上写着的是大巢国际。屋子分里外两间，大巢国际用比较大的外间，桃李帮就使用大约十几平方米的里间，那儿有一张大桌子，几把椅子，员工都是自带电脑办公。给我的感觉是，一家公司就是李申一个人。

“一个人的公司？”带着实习生的疑问，记者对话了创始人李申。

李申：我父母是不支持我这样做的。他们说，有什么事非要休学呢？这对于传统的家长来说是挺过分的一件事。因为是本质观念上的冲突，所以显然谁也不能说服谁。

记者：他们对创业有概念吗？

李申：我当时休学的时候，我父母对创业基本没有概念，但随着整个社会的变化，他们逐渐对创业有了一些认识。

记者：他们现在支持你创业吗？

李申：不反对，这样就可以了。

确切地说，李申的公司目前全职办公的只有两个人。与很多种子期的企业一样，联合创始人既管财务又管运营，既负责公关又得考虑市场。然而他又不是你想象的那种“光杆司令”，桃李帮的微信群里有几十人会时不时地给李申出谋划策，他们都曾在某段时间参与过他的创业计划，也算是陪着他走过一段路。但据李申说，敢休学、敢对我说想与我并肩作战的人还没有出现。如今，李申仍在帮助母校北京电影学院运营微信和微博。真正剪断这层脐带，“帮主”（桃李帮主人）可能还需要时间。

李申：我在运营方面的能力和北京电影学院给我的实践机会密不可分。电影学院的官方微博在我手里运营了四年，犯了不少错误，给宣传部老师惹了不少麻烦，但也培养了我。

鲍晓霞（实习第二天）：我今天的任务多加了一项，管理桃李帮的官方微博。下面是我从李申那里学到的小技巧：当你要“@”一个人，在输入微博名之后，要敲一个空格，不然系统会将后面跟着的标点之前的文字默认为微博名的一部分。没有对梦想的高谈阔论，这个和我一般大的男孩儿似乎更在意细节和执行。

种子轮的企业清闲吗？创始人李申回应，确实没有大家想象得那么忙碌。“路演”，见投资人的机会并非每天都有。大家围在一起聊怎么颠覆行业也总有激情退散的时间节点。创业一年，李申修正了自己项目的发力点，而且开始接一些运营类的活儿，这既是为企业继续经营找“饭票”，也是在积累标准化媒体人职前培训的经验。目前的现实是，资本寒冬虽然还没有外界传的那么神秘，但他参加“路演”的机会确实比夏天那会儿少了。从春到秋，中关村从来不缺野心勃勃的人，但每次见投资人，却都是一个既让人兴奋又让人失落的轮回。

李申：一开始看到媒体天天报道，谁又融到了多少资金，估值多少亿元，那我自然也想去试试。后来发现资本不是像媒体报道的那么容易，它有很严格的流程，是很审慎地去做每一笔投资。他们就指出过各种各样的问题。

记者：指出过什么问题？

李申：最早是对团队的不认同，团队里当时除了我是从学校出来的以外，其他的都还是在校学生，不能全职地创业；然后是商业模式，当时我们想延续之前的职前培训，但大家都说做教育既辛苦又很难做大，方向上也不被认同。后来我想做真正有一些互联网思维的商业模式，免费招聘，更常态化的、一年四季都需要的这个点去切入。

鲍晓霞（实习第三天）：今天在公司聊到了主要业务——向传媒领域的“菜鸟”提供收费的培训课程。但问题是，谁来负责做培训呢？李申自问自答：请大牛，可能请不来，如果请来了，他比我厉害，我作为创始人会觉得很尴尬。如果请一个没名气的人，谁会付钱来听呢？所以我想，不如我自己来讲。听着他的话我当时在想，一个只有微信公众号运营经验的大学生，他所传授的经验会有哪些人来付费收听呢？

大学生创业，项目落地是瓶颈？记者对话创始人李申时发现，他面临的问题其实是有共性的。首先，大学生对创业毫无经验，对内对外如何成为一个管理者？其次，种子轮企业创业项目，除了点子以外几乎都是一穷二白，需要懂技术的人做出产品。这轮 App、O2O 的创业潮已经把中关村配套技术团队价格炒到了月薪 2 万起，受制于技术的种子期企业多如牛毛。谈到这些烦心事，“帮主”直言不讳。

李申：6 月时找过一个在初创期的技术团队，当时用了一个新技术，但由于很多经验不足，工程一再延期，交不出来产品。后来技术的 Fellowplus 以早期技术入股的方式提供产品、技术及天使轮的投融资支持。真正的产品是从 10 月开始设计、开发，预计可能要等到 12 月了。

想法很多，人很少，钱更少，所以我们才把这样的创业企业称作“种子”。从“种子”越入下一阶段“天使”，“帮主”们还需要找到靠谱的技术，招到踏实的人才，还要做出一份不被投资人问倒的商业计划。他们也许不够成熟，但足够年轻，足够急迫，经得起犯错，却等不了蹉跎。

李申：创业，就是要经过一条湍急的河流。你的游泳能力有多强已经不重要了，因为水流湍急。更重要的是，对面有一座宝库，谁敢游过去，谁就能想办法过去。

中关村有个“21 岁现象”：很多学生在上大三时就开始休学创业，在拥挤的创业大街，侃侃而谈的也大多是些“90 后”。虽然事实上，这些企业中多半不再有机会进军下一阶段“天使轮”，但在“大众创业、万众创新”诸多政策扶持下，他们有了更多选择的机会，梦想的“种子”也有了更多收获的希望。

中关村“创客”养成记：“天使”眷顾下的成长

作者：任梦岩、张闻

播出日期：2015年11月10日

天使轮创业企业，是众多种子轮公司中脱颖而出的佼佼者。想象一下：穷得只剩梦想、技术和点子的年轻人，有一天突然手里被塞了100万元，有人告诉他，拿着这笔钱大干一场吧！这是个洒满金粉的时刻，真的会让人有种天使降临的错觉。以互联网验光配镜为主业的“云视野”创始人张仕郎，去年就经历了这样的闪亮瞬间。那时他刚来北京闯荡几个月，站在中关村创业大街的转角，对公司还没来得及仔细规划，就用自己的专利和口才打动了天使投资人。

张仕郎：其实当时我一点儿都不了解投资圈，当时就有人拉我出来单独谈话，就这样谈谈估值，就成交了，有人有可能会遇到被要求调整商业模式的，但我还没遇到。当时团队就只有我和一个还没毕业的研究生。当时我的方向可能和大家想的不谋而合，所以当时他们就定下来给我投了170万元，当时我就觉得，拿到投资还是挺容易的嘛。

170万元到账后，张仕郎将办公地点搬进了中关村的写字楼，面积虽不大，但总算有了自己的“独立空间”。此外，他还马不停蹄地招聘了销售地推、网站搭建工程师和与企业业务相关的验光师。仅半年时间，公司从五六个人发展到了40多个人。实习生陆敏秋进驻企业时正是盛夏，那也是“云视野”人丁最兴旺的时候。

陆敏秋（实习第一天）：我提前15分钟就来到公司，推开门一看，没想到办公室里已经坐满了人，看了一眼签到表，规定九点半上班，可是大家八点多就来了。销售部的晨会，群情振奋，有谈眼前困难的，也有谈乔布斯、马云的，但提及最多的还是“颠覆”两个字。

为什么会谈到行业的“颠覆”？张仕郎说，这其实就是他创业的初衷。在上大三时，由于眼睛不舒服，张仕郎到医院做检查，结果发现出问题的不是眼睛而是眼镜。原来是眼镜店偷换了他的镜片，修改了瞳距。当年的张仕郎和眼镜店的人掐了桌子，这一掌的后坐力也催生出了一家互联网验光配镜企业。在这位年轻人的理想中，消费者在任何地点都可以体验标准化的验光服务，这也将彻底打破眼镜行业的潜规则。目前的情况是，技术有了，短时间内资金也不是问题，但如何找到稳定的商业模式？让云视野验光的技术被市场认可，这成了绊住他的下一道关卡。

张仕郎：一是上门验光配镜，觉得不可持续；二是远程验光配镜不挣钱。现在就想推出一个在家里验光配镜的业务，这个利润空间觉得还可以，因为这个我们是全球首创。

陆敏秋（实习第二天）：又是一个在争论中开始的早上，同事们是真心热爱这公司，所以才会各抒己见。继续坚持现有模式“卖眼镜”或“卖设备”挣点儿收益，也许就是理想与现实的冲突，在创业时每日交锋的只言片语中，我大概可以听出，公司还没有找到“A 轮”融资，天使轮这口奶早晚有喝完的一天，还在嗷嗷待哺的企业必须自己造血，自谋生路了。

资金难道对于拿到天使投资的公司来说也是短板？对话时记者了解到，融到天使轮 170 万元投资后，张仕郎在去年年底又迅速拿到“Pre-A 轮”的第二桶金。但只有你真正开始干企业，才知道钱有多不经花。40 人的人员工资、办公场地续租、产品批量生产、网站租用服务器等等都要花钱。精打细算之下，张仕郎兜里还有点儿剩余，但用在哪儿，必须拿个狠主意了。几番权衡，他决定裁掉部分地推销售，把公司的主要财力、精力投入到第三种商业模式——99 元家用验光仪。

张仕郎：我现有的钱应该是可以支持我的第三个商业模式的，我觉得每次都会越来越好，虽然说人少了，但是方向更清晰了，之前那个方向是错的，还挺庆幸那个时候没拿到“A 轮”，否则，投资人会逼着你往前冲，投资如果不持续，要么死于“B 轮”，要么死于“C 轮”。

陆敏秋（实习后记）：实习期结束后的一天，翻翻微信通信录，突然想起在云视野实习时结识的一位大哥哥，想问他近况如何，不料却得知他已经离职。两个月间，他个人和云视野都发生了巨大变化，创业大潮中，人来人往。每分每秒，有多少创业者奔赴未知而遥远的梦，又有多少创业者默默承受着失败的痛苦滋味！谁又知道呢？

云视野的未来将会怎样？创始人张仕郎说，创业一年多，他经历了兴奋、失落、再兴奋的心路历程。但不论悲喜，这都是大三那年他委屈地和眼镜店争辩时，怎么也想象不到的格局。中关村逼出了他的潜力，也许也让他意识到了自己的无力。但对于一个创业者来说，仍有动力和激情是比钱更珍贵的燃料和给养。都说天使轮能不能得到投资看创始人，但愿张仕郎的这些“世界第一”可以成为更长久的现实。

张仕郎：原来我们做了全世界第一个远程验光，消费者可以在家里验光配镜了，想想都不可能的啊，我们内测都过了，觉得挺兴奋的。投 100 万元开 1 万家眼镜店，600 万元就开 6 万家眼镜店，彻底把它颠覆了。但是我又发现这个货发过去快递得有几天，又担心运输被损坏了还要重新寄送，就挺麻烦的。就这样，每天都有很多奇思妙想。

清科研究中心调查显示，去年我国天使机构共完成 766 个投资案例，同比增长了近四倍，投资总额超过 5.26 亿美元。也就是说，在中关村也许每天都有被 100 万“砸中脑袋”的年轻人。尽管在如今“互联网 +”火热的大潮中，寻找既有个性、又能盈利的商业模式并不容易，尽管可能会因为经营中的“一着不慎”而“满盘皆输”，这些得到了成长机会的创业者们，仍在用每天超负荷的工作和压不垮的劲头，来向投资人证明这 100 万元不白花，自己的企业将会成为大浪淘沙后留在岸上的一颗金子。

中关村“创客”养成记：A轮过后的春天

作者：柴华、张闻

播出日期：2015年11月11日

“天使汇”位于中关村创业大街的最南端，是一个投资人和创业者的网络对接平台。尽管名字叫“天使”，但这家企业的融资规模早就超过了天使阶段。有超过13万创业者、2600位投资人、200家众创空间，这样的公司日常将会是怎样的热情激昂？可我们的实习生陈伊玲第一天进驻公司，就被泼了小小的一盆冷水。

实习第一天，陈伊玲一路上已经在脑海里无数次地想象：酷炫的办公区，大把的年轻人，欢悦的交谈声，还有英姿飒爽的老板。

到了才发现，两层的天使汇办公区，地方不算大，办公室门牌上的超人、蜘蛛侠的字样给人一种很酷的感觉，但大家都行色匆匆，同事见面似乎都来不及微笑示意，更别提闲谈了。也难怪，落地窗旁桌上的足球布满灰尘，休闲区软塌塌的沙发几乎无人问津，之前想象中那个酷炫的天使汇瞬间破灭了一半。

天使汇不酷炫吗？创始人兰宁羽认为，创业本身就是一件酷炫的事儿。

兰宁羽：青春时光必然要花费在自己觉得最酷炫的事儿上。早在2000年的时候，那是高中毕业的暑假，我做了一个音乐网站，当我们的第一阶段的目标和我们的预期有一点儿差距的时候，投资商就没有继续投资，所以使得这个公司的资金链断了。其实创业这个事儿，我们倒不是认为非得要创造事业，我觉得更多的是要发现问题，发现痛点，解决问题，创造价值的这么一个过程。

实习生陈伊玲从“大家庭”理想到现实“企业”的失落只有短短一下午，兰宁羽从创业理想走到天使汇的今天，却实实在在用了15年。尽管他是标准的“80后”，但在天使汇之前，他已经有了6次创业经历：音乐网站、咨询公司、芯片企业，甚至是传媒公司，这其中有成功也有失败，也许正是这些年与投资人和项目打交道的星星点点成就了天使汇的创业初衷。

兰宁羽：现在如果再从创业天使汇的过程来讲的话，我们在创业过程中依然发现非常多的创业者在创业过程中有很多的困难、痛苦、问题和纠结。我就希望能帮助他们解决这个问题。

实习第二天，就碰上了两周一次的“路演”，陈伊玲挺幸运的。这还是她第一次接触这个词，创业者在前边儿“演”，投资人在底下“瞧”。手里拿着麦克风的少年也就和小陈仿佛年纪。人都散尽了，他们还在和对接的创投经理侃侃而谈，语气诚恳热切！几天后能签订投资意向呢？ 3天还是5天？原来创业不止要有梦，更需要钱。据说，很多“创客”都是这样度过每一天的：一大早就来“路演”，下午再来谈判，每天都激情澎湃，然后又在等待中降温，第二天又要面对新的投资人。

天使汇当初是怎么得到了投资人的认可？兰宁羽说，在中关村，不缺“创客”与投资人，缺的是能让他们“联姻”的红娘。

兰宁羽：最早在2005、2006年那会儿，创业的阶段我也会参加一些会议，在会议上跟投资人互换名片，试图与投资人接触，然后给他介绍我的商业计划，但这个是非常低效的行为。投资人每天都会收到大量的邮件，大量的BP，他不可能都去关注的。

2011年11月，天使汇正式上线运营，由于平台上汇聚了大量优质天使投资人和创业者，一时间，雷军、徐小平、李开复都成了这里的常客。如今家喻户晓的滴滴打车，也曾在天使汇寻求融资，尽管最后没拿到任何投资，但滴滴要融资的消息由此不胫而走，最终成就了今天的打车软件巨头。

兰宁羽：把我们周围的这些投资人，个人投资的偏好、兴趣以及他们对案子的判断力等等，还有他们能够给项目带来资金以外的附加值，这些都展示在网站上，使得创业者非常方便地就能找到这些投资人。同时我们也做了一个很有创意的工具，这个工具使得创业者在提交BP的过程中通过我们的这种引导，写出来的东西能够让投资人看起来觉得还挺专业的。

实习第三天。即使陈伊玲提前20分钟来到公司，但同事们却早已经开始忙了。原来天使汇平台上的一个项目，双方已经达成协议，但投资人就是迟迟不给钱，最后创业者发现投资人“阳奉阴违”，居然把钱投给了竞争对手。仔细想想真是令人不寒而栗，情场上“爱你就为甩了你”的场景在创业路上原来也比比皆是。想想这些弄潮儿，一腔热血，勇往直前，最后有多少都“折”在了这样的“坑里”呢？走出了校园，工作、创业、残酷的竞争，现实就是这么骨感，大学生的身份在这里没有丝毫的优势。

作为中介平台，天使汇怎么甄别这些“害群之马”？兰宁羽说，这也正是企业发展中遭遇的瓶颈，只能靠创业者自己擦亮慧眼。相对于种子、天使企业们的这些磕磕绊绊，兰宁羽最大的优势就是能够直起腰板来说：不差钱。李克强总理考察中关村创业大街那天，兰宁羽和拉勾网、36 氪联合启动了“创业三棱镜计划”，“抱团”支持创业企业发展。目前对于他来说最重要的是，找什么样的人来合作？这恐怕远不止是“有钱”“有缘分”这么简单。

兰宁羽：坦白地讲，创业是一个冒险，你去打造了这么一只海盗船，然后上船的人都是同伙，但不是说谁给你钱你都要卖给他船票，上了这艘船，需要共同去挑战巨大的风浪。所以我们觉得，股权还是一个需要比较严肃、认真对待的事情。我们首先要有共同的愿景、使命和价值观。在运营这个项目的时候，短期内，你不会立刻看到收益和回报，只有当这个企业快速成长，成为一个好的公司，你的这个 1% 股权才能产生价值。实际上我们需要投资人跟我们一样有持久力，这才是一个长线的投资。

和大多数这个阶段的创业者一样，兰宁羽每天的时间也花在“找人才”“聊项目”上。尽管他说，希望有更多的时间用来沉淀、思考，可残酷的现实是，正在经历的这个秋冬时节，创业市场不再那么“人傻钱多”了，留给兰宁羽思考人生的时间也更加宝贵。

2015 年第二季度投融资数据报告显示，创业公司 A 轮至 C 轮淘汰率高达 88%。A 轮融资过后的春天能够暖多久，一时被资本烘托得“高大上”的项目，能否经得住时间的打磨？创业热潮背后的严峻现实也正提醒着创业者们：这是机遇，更是考验。

中关村“创客”养成记：B轮加速度的背后

作者：张闻

播出日期：2015年11月12日

我们经常说，这是一个“看脸”的时代，今天介绍的印奇和他的旷世科技团队，就是这个刷脸时代的技术支持。

2015年3月，马云在德国演示了蚂蚁金服的“SmiletoPay”扫脸技术，大佬对着手机微微一笑，系统立即认出了他那张“外星人脸”，并完成了支付。这项技术就来自旷世科技。“认”出马云来，我也行。但被马云“认”出来，并因此成为支付宝的合作伙伴，还当着全世界人的面，这个不到三十岁、长着一张娃娃脸的印奇是真的了不起。而这家公司的“养成记”也如电脑程序一样精准。三个“清华理工男”决定干一番事业，遂成立公司，第一年做出产品，第二年拿到天使轮，同年更新版上线，第三年拿到A轮，技术产品开始商业化“落地”，第四年拿到B+轮，紧接着推出智能硬件。如何像“标准答案”一样创业？我们的实习生潘安怡带着好奇，“刷脸”进入了他们的“王国”。

潘安怡（实习第一天）：不愧是做人脸识别的公司，门禁系统就得刷脸，朝摄像头笑一笑或者做个鬼脸，入职照片、职位就都显示在大屏幕上了！但仅仅只有门口一个摄像头还不够，办公室里也散布着摄像头，还在每时每刻摄取每个人的工作脸、发呆脸、偷懒脸，最后连同你的名字，通通显示在餐厅的大屏幕上。不得不说，这里简直是一个“宅男”天堂。新装修的游戏室是大家的“心头爱”，如果看到有人若有所思地踮着脚、伸着脖子，你也不要惊讶，他们正在墙上棋盘“杀”一局烧脑的围棋……

把办公室装饰得像美剧一样是为了提高员工的工作效率吗？创始人印奇实在地说，是因为人多而地儿不够了。从2014年底拿到B轮融资后，这个以“清华帮”为班底的精英团队，人员增加到了三倍。工作重心也早已从开始的纯研发向商业应用倾斜。和同门师兄弟合作自然让人倍感放松，但企业发展到一定阶段，想要走得更快更远必须要向多元化方向发展。

印奇：我们三个最早的创始人，其实都是技术背景出身。之前我们整个公司其实具有工程师风格，讲究反应敏捷、快速高效。现在更多是面向商业和企业级客户，还不能急于求成。客户的需求等方面都需要我们有非常好的服务精神。

潘安怡（实习第二天）：昨天深夜，研发团队某“小天才”出门上厕所后，回来却被门禁挡在了外面，一个智能设备公司的工程师被自己的系统“摆了一道”，简直是奇耻大辱，于是他“抄送”全公司，提醒大家。更有趣的是，这封邮件虽是中文却用了编程的格式，开始和结束都加上星号（*）和斜杠（/），每句话都只有短短一行，且精确计算了“被挡在门外后、半夜游荡的时间”。上厕所后被关在门外怎么办？这样的小事也要列个最佳解决方案，这种小题大做就是工程师的思维方式吗？

从百分之百的技术控到完成商业转身有多难？创始人印奇说，很少人懂人脸识别，更别提把技术商业化了。企业还没拿到融资时，他们就尝试过将技术应用在游戏领域。B 轮融资前后，旷世团队开始全面布局社交、金融、地产多个领域。支付宝、世纪佳缘甚至是政府部门都成了他们的客户。印奇坦言，作为未知的商业化之旅的先行者，他们既兴奋又煎熬。

印奇：我们在这些领域，其实都是作为一个行业的领导者和先行者，所以没有可参照的样本。很感性地来说，就是你每天早上起来之后，都不知道公司接下来要干什么。像是在沙漠里行走，每天晚上能看到北极星，你知道你的方向没有错，但具体怎么走、哪里可能有水源等这些问题，完全不知道。每天都像是在沙漠里跋涉，然后就这样走了四年。

潘安怡（实习第三天）：坐在公司大会议室旁边，常有机会看到 CEO 商务会谈时的风采……嗯，从今天来访客户露出的锃亮皮鞋和西装裤一角可以推测，应该和前几批客人一样，又是些成熟的商务人士。从我的位置刚好能够看到身着休闲卫衣和运动裤的 CEO。面对明显不在一个年龄层的客户，他应对自如。不只是 CEO，这家员工平均年龄在 25 岁、研发团队平均年龄只有 23 岁的公司，也常常给我一种“少年老成”的感觉。

年龄会成为谈判桌上的差距吗？印奇的答案是，真正有业务需求的客户，沟通并没有那么困难。确实，无论是内部环境还是外部社交，旷世科技的“极客”们都逐渐走出了自己电脑前的“安全区”。但往后还有更加残忍的商业丛林等待他们去征服。通常来讲，企业进入 B 轮就要开始谋划成为细分领域的老大，这也是一条不能回头的高速路。而对于人脸识别这个“风口”领域，谁不想乘着风飞得更高，但别忘了，风越大眼睛里进沙子的可能性也越高。面对初露端倪的市场乱象，印奇倒也淡定。

印奇：任何一个有价值的、有利益的新兴行业或者是“风口”，在互联网时代，一定是有各种“牛鬼蛇神”拥入的。可能会拥入一些乱象，比如有以很不合理的价格，同时又过度夸张它们的性能指标和数据等一些不太真实的行为。但是我认为这也不可避免，这也是任何一个新兴技术出来的时候，可能都会出现的情况，所以我们也比较坦然。

从纯粹到多元，从技术到商业，4 年时间，旷世科技像青春期的孩子一样一直在快速地成长。令人称奇的是这家公司的 3 人创始团队却一直都没有变。正如印奇所说的，对技术的笃定就像是在沙漠里指引团队前进的那颗北极星吧。

印奇：现在想做的事情，和当年（4 年前）的初心没有什么太大变化，这是让我最骄傲的，我们还是想做一家全球性的人工智能技术公司。人工智能可能在我们积极参与十年到二十年的时间里，会成为一次新的技术革命。基于这个简单的信仰，我们选择一往无前。

从种子、天使、A 轮再到 B 轮，连续四天体验四个不同阶段的企业，讲述四段风起云涌的故事。在中关村创业大街上，这样跌宕起伏的剧情每天都在上演。在 2014 年，大约有 200 个团队在这条街上拿到近 10 亿元的投资。这里的口号是：创业梦想，人人平等。也许街头那些大大小小的创业咖啡厅，会是下一个马云、下一个雷军的事业起点。而中关村，这个曾经辉煌了一个时代的地标，或许将再次迎来另一个时代的辉煌。

系列报道：发力供给侧　创造新动能

按语：

经济报道是广播新闻的一个重要类型，但因其专业性和抽象性，也是难度较高的一个类型。2015年年底，中央提出推进供给侧结构性改革，围绕“三去一降一补”五大重点。虽然任务艰巨，但对症下药，向结构调整求质量、要效益。半年多过去了，一些地区已经探出不少新路子，一些行业的成功经验值得借鉴，一些领域的探索正在全力推进，阶段性的深度观察是主流媒体的必然选择。系列报道《发力供给侧　创造新动能》，采用样本调查的方式，精准判断，精心策划，通过广东佛山降成本、重庆房地产去杠杆、浙江杭钢去产能等等，对供给侧结构性改革的成效进行了深入而生动的解析。

策划：高岩

编审：王磊

佛山制造业的“省钱经”

导语：

“降成本”是供给侧结构性改革的五大任务之一。今年年初，中央经济工作会议制定了帮企业降成本的六招“组合拳”。许多地区已制订降成本计划，例如，广东的目标是，到今年年底为全省企业减负约4000亿元，降低制度性交易成本200亿元左右；在降低要素成本方面，四川一般工商业用电价格每千瓦时降低0.06元，等等。“降成本”就像是给一个跑步的人卸掉负重，让他能更轻松地前进，跑得更快。可是，到底能跑多快多远，也要看跑步人的身体素质。对企业来讲，除了享受“降成本”的政策待遇外，自身也要增强能动性，降低成本、提高效率，焕发企业发展活力。那么，企业自身能降低什么成本？怎么降这个成本？

作者：刘飞、麦婉君

播出日期：2016年8月3日

（车间现场音）“哐”！

这个机器人，我们最主要是用来取代人工上料。

在广东佛山新宝电器公司的一个车间里，传统工人和机器人成了同事。2012年到2014年间，新宝电器的用工工资，曾以15%的速度递增。他们开始尝试用机器人替代人等自动化改造。

该公司监事会主席潘卫东介绍，自动化方面的升级改造，使他们在人力成本上升的情况下，并没有被迫丢掉“成本敏感型”这部分市场。

潘卫东：我们用机器人替代人，那就会做得更极致。我们都是用这种通用型的零部件进行组合，成效非常显著。我们在机器人替代这个领域又更进了一步，我们募投10亿元，其中有3亿元是用于更大范围、更深入的机器人替代。

根据《佛山市供给侧结构性改革降成本行动计划（2016—2018年）》，降低企业招工用工成本的措施之一，就是引导扶持企业开展机器人、智能装备和工业自动化技术改造应用，从而缓解劳动力成本上涨压力。

在此方面，蒙娜丽莎集团股份有限公司也已经初尝升级改造果实。同时，该公司总裁萧礼标也看到了差距和提升的空间。

萧礼标：我们投入一个自动简装机，基本上，我们工人的劳动强度、劳动人手都有一个比较大幅度的下降。跟四五年前相比，单线的工人数量应该减少了三分之一。当然，我们觉得这里还有空间可以去挖掘，因为，现在跟意大利相比，我们的单线劳动工人的数量还是比他们多。

过去，佛山甚至“珠三角”地区的制造业优势之一就是成本低。不过，如今企业自身的降成本并不是要回到过去的低成本。

和过去因为人工等资源便宜，以及规模化带来的低成本优势不同，如今，企业所要追求的降成本不在于少花了多少钱，而是要把钱花在刀刃上，把效率提高——每花一分钱，都要带来更高的利润。

美的集团董事长兼总裁方洪波介绍，过去，美的曾在全国投建了 14 个生产基地，每年有几十亿元的投资全都是在土地、厂房和生产线上。转型以来，其固定资产投入降低了 30%，而在自动化和信息化方面，累计投入 70 亿元；2015 年研发投入有 53 亿元，占营收的 3.8%。

方洪波：制造效率每年提升 15%。过去 5 年，我们的每个经营单位考核指标是关键，这是一定要考核的。也就是说，劳动生产力的增长速度一定要超过人工成本的增长速度。在制造效率方面，我们关闭了十几个生产基地。我们现有使用的厂房面积，计划在未来 5 年，再减少三分之一。这说明效率提升了就有很大的效益空间。

在降低企业能耗成本方面，佛山也是一边给企业“省钱”，一边引导企业要会花钱。

今年起，佛山一般工商业的用电价格，每千瓦时降低 0.058 元；天然气工商业用气价格实行最高限价管理，最高限价为 4.6 元每立方米。

同时，政府方面也提出，推进制造业企业对节能设备、技术和工艺的应用，提高能源使用效率，既节约能源又降低制造成本。

陶瓷业，是佛山制造业中颇具代表性的一个。但它也曾是高耗能、高排放企业的代表。佛山陶瓷企业——蒙娜丽莎公司总裁萧礼标介绍，除自动化外，他们降成本的另一个主要措施就是，进行节能降耗的系列技术改造，以降低能耗和原材料成本。

萧礼标：现在我们整块陶瓷板的用料，单片同等面积来说，它降低的原材料应该超过 40%，在能耗方面也下降了 30% 多。那么除了研发这个薄板之外，我们还研发了另外一个轻质瓷板，它大量采用了我们原来的陶瓷废料磨出来的抛光料，然后回收应用到这个产品上面来。

佛山把供给侧结构性改革和制造业转型升级紧密结合，在全国地级城市中率先发布供给侧结构性改革总体方案。在降成本方面明确提出，力争今年年底，从制度性交易成本、税负成本、运营成本、财务成本等方面，为企业减负约 280 亿元。

同时，佛山的《降成本行动计划》中也提出，在最大程度发挥政策效应的同时，要鼓励企业通过加强自身管理、实施技术改造、实行集约生产经营等方式，主动降低成本。

佛山制造的“数字化生存”

导语：

陶瓷和小家电都是人们日常生活中必不可少的东西。很多产品的产地，也许就来自广东佛山。“佛山制造”这四个字，大家一般都会写。但是，在如今这个信息化时代，一不留神，您可能就给写错了。因为“佛山制造”，要从“制作”的“制”，变成“智能”的“智”了。《佛山市供给侧结构性改革总体方案（2016—2018年）》中提出，鼓励企业投身“互联网+”行动计划，支持企业优化投资结构，推动智能制造、云计算、大数据、物联网等技术发展。在今年的佛山市市政府工作报告中，也将发展“互联网+智能制造”列为2016年的重点工作内容。具有传统优势的佛山制造业，要如何让瓷砖、微波炉和沙发、茶几变得“聪明”起来？

作者：刘飞、麦婉君

播出日期：2016年8月4日

在一块被分割成8小块区域的电子显示屏幕前，蒙娜丽莎集团股份有限公司事业部副总经理张松竹，正盯着原料车间1—10号球模的数据。

张松竹：主要的耗能的每一个设备都有监控，采取互联网+也好，智能化制造也好，实时地采集这些能耗的数据。

这块显示屏所在的地方，是该公司的能源管理中心。而蒙娜丽莎集团股份有限公司是佛山一家主营陶瓷的企业，相比旁边的生产车间，能源管理中心似乎并不是这里的一个标准配置。

张松竹介绍，这确实是一个示范项目，而通过利用和分析这些能耗数据，可以给生产决策提供依据。

张松竹：这个球模转产的时候，能耗怎么样，我们就可以做一些决策，是不是要减少一些转产，或者说做某一类产品的成本的一些分析。以前是靠手工去抄，当然就比较滞后了。比如，我们知道这两个结果有差异，到底是哪里出了问题，查找起来要花很长的时间。

和这里看起来多了一个能源管理中心不同，SKG集团的办公地点似乎少了些什么。作为家电企业，SKG 没有自己的生产工厂。

SKG 集团总裁刘杰说，最初，工厂制造的部分产品就被他们“剪”掉了，由国内外的其他代工工厂生产制造其品牌产品。

刘杰：我们主要是专注于品牌产品的研发和设计，也包括品牌的运营。我们基本上没有涉足组装、制造以及零配件的生产。越是竞争激烈的行业，就越会诞生大量的为你服务的企业。

不做生产制造，却又要参与家电制造市场的竞争，SKG 从一开始就知道要紧盯市场需求。只不过，当时他们所提供的产品是那些所谓的“爆款”。

刘杰：刚开始还是比较简单的，看到市场上什么东西比较有需求、什么东西好卖，我们赶紧找到供应商生产一批出来。

刘杰表示，逐渐地，他们希望凭借智能化、数字化的方式来参与市场的竞争，产品也就因此发生了变化。

刘杰：掌握了用户的需求数据，然后再定向地去做产品企划方案和研发，研发出来之后，再根据投放市场的情况进行用户数据的预测，这就是整个智能化、数字化改革过程。最后再结合实际再生产，哪些地儿的用户在反馈意见的，要及时改进、完善，再次进行迭代。

《佛山市供给侧结构性改革总体方案（2016—2018 年）》中提出，鼓励企业投身“互联网 +”行动计划，支持企业优化投资结构，推动智能制造、云计算、大数据、物联网等技术发展。

在今年的佛山市市政府工作报告中，也将发展“互联网 + 智能制造”列为 2016 年的重点工作内容。佛山正以“互联网 + 智能制造”为主攻方向，加快产业转型升级，加快供给侧结构性改革。

但是，在改革转型的过程中，智能化、数字化水平提高了，而以往的其他“短板”也越发明显。

SKG 的总部在佛山的顺德区，可它的一个数据信息分析团队却不得不设在广州。

刘杰：我们的精准用户行为分析团队在广州，因为人力资源以及当地的配套资源，这种基因在顺德这边是没有的。首先需要引进人才，那他愿意生活在容桂这个农村吗？我们曾经引进一个高管，他周末专门去周边转了一圈说，我不需要这种环境，所以我不可能过来。

佛山市经济和信息化局总工程师马力认为，人才，也是发展过程中最重要的问题之一。她提到，过去一问到佛山企业的困难，首先被提到的就是人才不足。而现在，这个“人才不足”的含义也随着改革和转型而发生了变化。

马力：现在我们在实践的过程中也发现，比如，我们装备制造业是很传统的机械制造业，但是，这块的人才现在都需要有信息化和网络化的能力。一个是需要软件、嵌入式软件开发的人才。与此同时，他要有这种视野和能力，有对互联网知识很专业的一些人来支撑他。要建立一个很好的制造业环境，这其中很重要的一个就是这种生产性服务人才。

加大人才投入的力度，大力发展教育事业，培育发展生产性服务业人才，等等，这些内容都出现在了佛山的“补短板”行动计划中。

同时，这也对市政建设、基础设施、教育，甚至是文化、生态等大环境提出了更高的需求。而越是需要补的“短板”，也就越有着更大的上升空间。

马力：一个企业是直接面向市场需求的，但是它满足市场需求的背后是大量的基础研究，这个基础研究要靠政府投入和参与。因为基础研究的成果不是立竿见影的，我们大量的中小企业和经济的中坚力量是做不了这个的。这同时也是政府创造市场的一个机会。

去产能，下半年须提速加码

导语：

“三去一降一补”是供给侧机构性改革的重点任务，而这其中又以去产能为重中之重。总体任务下达，年度任务分解，各级责任书签订，上半年关于化解过剩产能的工作安排层层推进，煤炭、钢铁产量双双下降。昨天，来自钢铁、煤炭行业化解过剩产能和脱困发展工作部际联席会议的数据显示，截至 2016 年 7 月底，钢铁、煤炭分别完成年度目标的 47% 和 38%。距离今年年底仅余 5 个月，煤炭 2.5 亿吨、钢铁 4500 万吨的目标能否按期完成，工作当中的实际挑战又有哪些？

作者：刘祎辰

播出日期：2016 年 8 月 5 日

（爆破倒计时声）

这是来自杭州钢铁集团半山基地高炉定向爆破现场的声音。这样的场景，随着化解过剩产能工作的不断推进，在不同地方、不同时间相继重复上演着。今年 1 月至 7 月，我国共计压减炼钢产能 2126 万吨，达到了全年化解目标的 47%。但工业和信息化部副部长冯飞介绍，各地区之间进度差别较大。

冯飞：截至 8 月 3 日各地上报的数据，以主体装备拆除或封存为标准，1 月到 7 月，浙江、安徽、陕西、青海四个省已经全部完成任务量；天津中央企业完成任务量超过 60%，达到了完成任务量和时间进度同步的要求；河北、辽宁、江苏、江西、湖北、广东、四川、贵州等省完成 10%—35%；重庆完成 2.3%；内蒙古、吉林、黑龙江、福建、山东、河南、湖南、广西、云南等地区尚未实质性启动有关工作，完成进度为零。

煤炭方面，国家发改委副主任连维良介绍，到 7 月，共完成了目标任务的三分之一强，滞后于时间进度。

连维良：特别是 7 月，退出产能不到 1000 万吨，这个工作进度明显滞后于时间进度。

有观点认为，今年 5 月各地才完成目标责任书制定，前期各地工作的重点主要在于退出标准的制定、配套政策的出台等，因此进度稍慢是可以理解的。不过，国家发改委主任徐绍史强调，不能以签订目标责任书为时间点衡量工作进度，而应该严格按照时间进度来考查，因为化解过剩产能的工作早已部署。但进度较快的某国有煤炭企业也表示，关停矿井本身需要时间，如果动手较晚也难免会落后于时间进度，因此，下半年不排除产能化解的集中达成。

某国有煤炭企业：因为关闭煤矿需要一个过程，首先要把井下形成的工作面彻底采完，然后再把设备撤回来，资产也要撤回。这样，煤矿才能彻底关闭。

任务加码、压力也加码的下半年，化解过剩产能工作应如何提速？徐绍史强调，今年的压减目标具体到每台设备、每个矿点，确保任务完整闭合。近期重庆市已经公示了首批 32 家钢铁企业的名单，并公告具体的设备，以接受社会监督。此外，为了督促各地执行任务不打折扣，各地还将落实月度报告通报制度，做到“一月三报”。

连维良：每月 5 日前，各省区市要报进度、报计划、报执法检查结果。报进度就是报上个月已完成多少，报计划就是报下个月要完成多少，报执法检查结果就是各省、区、市各职能部门开展执法检查发现的两个名单：一个是违法违规企业名单，一个是不达标企业名单，以便全面、准确、适时地把握进度。

此外，为了避免以往化解过剩产能工作中存在个别地区边减边建现象再次出现，住建部副部长冯飞表示，将开展对各地备案钢铁项目的摸底排查。

冯飞：由于国家于 2014 年 10 月下放了钢铁审批权限，一些省也下放到市、县，各地要来一次全面摸底排查，核清各市、县自行备案多少钢铁项目，是否落实等量和减量产能的置换，避免边减边增。

“老”职工的新生活

导语：

钢铁、煤炭行业都是人员密集型企业，妥善安置员工就成为化解过剩产能工作当中的重中之重。一些大型国有企业，几年前可能还因为“铁饭碗”的思想，是竞争激烈的应聘高地，如今却必须要分流安置职工，身处分流大潮的人，不仅是失落这么简单。内部安置一批，转岗就业一批，内部退养一批，公益性岗位托底安置一批，安置的大方向已经确定。但细化到每一个个体，“安置分流”却意味着生活轨迹全然不同的一次变化，是新挑战也是新机遇。中国之声特别策划《发力供给侧　创造新动能》，聚焦去产能，今天播出第二篇：“老”职工的新生活。

作者：刘祎辰、杜震

播出日期：2016 年 8 月 6 日

“生产的时候设备不停地运转，高温钢铁的东西是不容易腐蚀的。所以站在高处看厂房都是有颜色的，很有生机的一种感觉。前几天再去看，很多地方都生铁锈了。心里很不是滋味，方圆百里大的厂区，说停就停了。”

生产了半个多世纪的杭钢集团半山基地彻底关停，在 2015—2016 年的化解过剩产能工作中，几乎是一个标志性的事件。走在已经在慢慢生锈的厂区周围，几乎每一个人都可以跟你讲讲自己原来工作的那个车间所发生的故事，讲述中多少都会流露出这样或那样的不舍。1.2 万多名员工，在半年时间里全部分流。杭钢集团前团委办公室主任吴洪彪说，选择转岗再就业的大部分是青年人。

吴洪彪：当时涉及分流最多的还是青年群体，我们团委都在做这个分流工作。当时我就去了焦化厂，他们办公室打了一个隔断，里面一间是文印室。很多青年都在里面复印证书，然后去外面应聘。见了我都和原来一样很热情地打个招呼，看到那个场景，当时我就情不自禁地想流泪。

在送走了他朝夕相处的青年同事们以后，这个 12 年前只身来到杭州，然后成家立业的东北小伙儿，自己也成了分流安置大军的一员，放弃了内部转岗安置，他选择了自主创业。在杭钢提供的创业园区，100 多名和吴洪彪一样的青年人开始了自己的事业，创业立项70余个。对于选择自主创业的员工，杭钢保留了他们的人事关系，并在6年内为他们提供最低生活保障。

吴洪彪：我现在在做文创，第一个月利润5000多元。创业伙伴都是杭钢的，我感觉人到中年了，有这么一个机会可以拼一拼，这样挺好。可以感受一下不同的人生。

还有很多年轻人，与原单位彻底解除了合同，重新进入了人力市场。许多有化解过剩产能任务的地方政府也组织企事业单位积极为分流职工提供工作岗位。因为职业技能过硬，河南长葛的宋慧慧在回家两个月后，重新进入岗前培训，即将成为一名办税大厅的窗口人员。

宋慧慧：他们帮助下岗工人再就业，我的专业也比较符合他们的要求，而且我也有会计证，所以这个工作很适合我。

如果说离开熟悉的厂区，走向新的职业岗位，对于青年人来说需要的是更多的勇气，那么对于“40后”“50后”群体，尤其是一线作业工来说，则多了一种重新开始的困难。某煤企今年上半年共关停矿井8对，相关负责人为难地说，老员工们宁愿减工资轮岗，也想留在矿上抱团取暖。

负责人：作业工一般都是四十多岁，拖家带口的，这个年龄不太好找工作，他也没有别的技能，这也是现实。他们可以轮岗休息，两个人轮岗，只发一份工资，就是给你一个最基本的生活费，但这也不是长久之计。

对此，相关部门明确，对距法定退休年龄五年以内、再就业有困难的职工，可实行内部退养，达到退休年龄时再正式办理退休手续。但那些转岗有困难，年龄却又未及退养标准的人员又该怎么办呢？河北小伙儿马超一直关注着自己在网上发的帖子，作为一名大型矿业集团的员工，他背后有一支专业技术过硬的骨干团队。他们的矿关了，可他们还有技术，他在网上发帖征求煤矿托管订单。

马超：我们是集团内部整合的矿业工程公司，我们有资质，有技术，带着技术出来干活儿，基本上就是用我们原班人马。

成立服务公司进行技术输出，或者转型新增非煤非钢产业，培训老员工适应新岗位，这同样也是分流安置职工的重要途径。人社部部长尹蔚民曾经预测，今年仅钢铁、煤炭行业化解过剩产能就需要完成80万员工的分流安置，人数之多不免让人联想到“下岗潮”等现象。对此，中国人民大学劳动人事学院教授刘尔铎表示，劳动力市场已经与20年前大不相同：

刘尔铎：现在的一个有利条件，就是在2012年年底劳动力总量开始下降了，找工作没有那么难，这一次产能过剩劳动力还是能够得到妥善解决的。

此外，素有劳动力蓄水池之称的第三产业发展迅速，共享经济等新兴业态也蓬勃发展，创造出的就业方式也远比20年前更加多元化。就拿最简单的网约车来说，滴滴出行日前发布的数据显示，截至目前已有50万过剩产能分流员工成了专职或兼职的网约车司机。

网约车司机：原来一线工人一个月工资5000元左右，但现在效益不行了。现在开滴滴算上补贴一天可以收入300元，年轻人就应该自力更生，过阵子，我还想找个项目，自己创业。

到目前为止，人员安置工作平稳有序，但化解过剩产能过程中的人员安置的挑战仍清晰可见。日前国家发改委在杭州、重庆两地召开煤炭、钢铁产业化解过剩产能交流会，介绍了杭钢经验。与会的不少企业表示深受启发，但同样也有难度。一位企业负责人表示，杭州经济多元化发展，地方政府财力较强，无论是补偿标准还是安置空间都有一定优势，这对于支柱产业单一、化解任务又很重的地方来说，可望而不可即。对此，刘尔铎建议中央财政的奖补政策应有所偏重，同时也可考虑劳动力的跨地区安置。

刘尔铎：不同省份产业分布和财政情况不同，要依省、依地区有区别地对待，要是担心这些财政支持不公平的话，可以直接给企业。另外，可以在地区之间进行劳动力交流，这个地区过剩的劳动力，可以和另外一个严重缺乏劳动力地区进行交流。

而与此同时，分类施策、妥善安置也不仅仅是在地区之间，还在于不同的用工方式之间。记者在采访当中发现，虽然大部分国有企业用工较为规范，但劳务工等分流时，也往往会遭遇劳务派遣公司的责任推诿，造成职工利益受损。对此杭钢的经验是，联合政府各部门形成督促合力。杭钢集团党委副书记任海杭。

任海杭：我们最多的时候有15个劳务派遣公司。当时就是政府组织开会，工商、税务、法院这些十几个部门都来了，跟这些劳务派遣公司洽谈，把责任划分清楚，杭钢是指导，他们是主体，督促劳务派遣公司解决用工问题。

而部分民营企业的用工情况则更为复杂，记者在河北省唐山市，就遇到了一位从民营钢厂被分流下来的工人老李。他表示自己已经被工厂放假回家半年了，但承诺的基本生活费根本没有落实。打工这些年，也从没有上过保险。

记者：协议上不是说给你们500元的基本生活费吗？

老王：没有给过。

记者：承诺过吗？

老王：承诺过！

记者：有劳动合同吗？

老王：有。

记者：有失业保险吗？

老王：什么也没有！

这样的情况并不止在河北存在。陕西省一位煤炭主管部门负责人表示，下一步需要更多关注民营企业分流职工的安置情况。

负责人：他们中很多人都没有交社会保险，都没有签订劳动合同，现在就比较麻烦。那我们还不知道具体人数，这是人力资源和社会保障部牵头，他们在一家一家地核实。我们国有企业占去产能目标户数的三分之二，私营企业占二分之一。

债务破题的三条路径

导语：

化解过剩产能过程中有两大难题：一是人员安置，二是债务处置。如果说前者讲究的是多管齐下的配合，那么，后者的难度恐怕就在于多方权衡的博弈了。化解过剩产能的大战役打响以来，党中央、国务院相关部门多次强调平稳处置债务，也多次表明中国并不存在出现债务危机的可能。面对债务问题，依然有人在等待政府财政的支援，期许所谓刚性兑付；有人开始尝试"债转股"寻找新路；被寄予厚望的资产重组也开始重新加速。哪一条路充满生机，哪一条路荆棘丛生呢？

作者：刘祎辰

播出日期：2016 年 8 月 7 日

来自中国钢铁工业协会的数据显示，2015 年大型钢铁企业平均资产负债率达到 70.6%。与此同时，煤炭行业的平均负债率也接近 70%，山西五大煤炭集团负债率更是高达 81.79%。在此背景下，关停部分产能带来的负债率增加，客观上也使得相关企业的授信更加艰难。

沿海一家企业由于关停了相当数量的产能，今年的负债率直升近 80%，虽然剩余产能技术先进、效率高，且有沿海优势，在续贷时还是遇到了困难。而这样的情况，还不是个例。河南一家煤炭企业就表示，由于信贷迟迟没下来，今年年初还出现了工资"断顿"。去年基本还能保证不拖欠工资，今年开始就出现推迟了一两个月的情况。现在企业资金紧张主要来自银行，贷款额度一旦被收紧，被限制，就会影响企业周转。

某企业：国有企业要向银行贷款，政府肯定要对银行进行一定的干预，否则，银行是不太愿意贷款给煤炭企业的，因为煤炭企业大多是亏损的。

日前，有消息称监管部门近日发文征求意见，表示对响应国家号召、主动去产能、流动资金有困难的钢铁、煤炭企业，银行业等金融机构可以参照相关文件，给予续贷政策支持。但值得注意的是，这并不意味着任何企业都会获得续贷支持。据消息称，持续的经营能力和良好的财务状况是硬标准。也就是说，长期亏损、盈利无望的“僵尸”企业想要继续躺在金融支持上苟延残喘，依然不可能。事实上，在供给侧结构性改革的背景下，今年以来，企业债务违约现象集中出现。截至今年7月底，中国信用债市场共有18家发行主体的38支债券违约，金额高达247.6亿元。其中，国有企业违约比例大幅上升，中央企业与地方国有企业合计占比达58.2%，外资企业和民营企业仅为16.8%和15.4%。以往好似有政府背书一般的“刚性兑付”幻想早已破灭。财政部部长楼继伟日前重申，所谓中央财政和地方财政参与，也就是说系统性或区域性债务风险将对经济造成巨大损失的时候，公共财政不得不介入。

楼继伟：我们要评估企业债务违约给纳税人造成的损失有多大，不能轻言公共财政要进行干预。

也就是说，对于化解过剩产能过程中，钢铁、煤炭企业遇到的流动性困境，政府和金融机构的扶持这条途径是有条件的。有保障、有压力始终是原则。那么，债转股呢？在近期召开的国务院新闻办公室发布会上，发展和改革委员会财金司副司长孙学工表示，在当前的情况下开展市场化债转股，有多方面积极的作用，特别对降杠杆、降企业的成本都有作用。对于这条路，中央财经大学金融学院教授郭田勇表示，去产能是一项系统工程，要按照市场化的方式去产能，债转股一定会有资金困难，但企业的基本面还是可以的，只是出现暂时的困难。

孙学工：债转股要划清界限，不能把一些“僵尸”企业债转股。

而就在半个月前，东北特钢召开2015年第一、第二、第三期短期融资券第三次持有人会议。在此之前的四个月，东北特钢已经累计7次出现实质性债务违约。针对东北特钢希望债转股的意向，投资人现场增加了“不进行债转股”等多个议案。随后，东北特钢做出了不进行单方面债转股的承诺。一位机构投资人代表表示第三次主要是私募资金和PE投资，背后很多是小众散户。

投资人代表：如果债转股，那要怎么转给我的投资人？就算债转股也只是小股东，在这么一个庞大的公司里，我们没有话语权。

对此，长期跟踪债券市场的某业内人士也表示，对于银行等金融机构，作为投资人债务相对集中的情况，债转股的确是可以尝试的方式。但对于投资人分散的情况，债转股就难以达成共识。那么，接下来的第三条路，兼并重组呢？继宝钢集团和武汉钢铁集团重组消息确认后，河北钢铁和首钢集团也传出合并消息。相比于前两种路径，兼并重组中债务问题的缓解只是效果的一个方面，其在重组过程中压减产能的作用也被寄予了厚望。通过兼并重组，让偿债能力有限但仍有转机的企业与有偿债能力、规模较大的企业并表，从而改善资产负债率，获得信贷支持，这是理论上可行的路径，但实际上这对于长期亏损的企业依然行不通。沙钢集团曾经大举重组攻城略地，坐稳了民营钢铁企业的头把交椅，至今负债率仍低于行业平均值，集团总裁龚盛表示，很多企业账面上看负债率是 80%~90%，理清以后就发现达到了 110%~120%，负债率到这种程度的企业内部肯定积累了很多问题，不仅仅是资金问题，那么这样的企业重组是有风险的。

国家金融与发展实验室理事长李扬提醒，单纯的“背靠大树好乘凉”的想法不切实际，重组的内在逻辑一定是资源整合，只有提高竞争力、提高盈利能力才能脱困。

李扬：资产和债务要因此减债是不太可能的，如果重组之后发现有些资产在原来的企业里没有价值，但在现在这个企业里有价值，这样的资产重组才会是有意义的。

是通过政府和金融机构扶持渡过难关，抑或是通过债转股再次轻装上阵？还是通过资产重组获得新生？事实上这三条路，最终还是取决于企业本身是一时困境还是积重难返。李扬坦言，化解过剩产能的过程中势必会淘汰一些企业，不能因为债务问题就裹足不前。因为中国经济经过高速增长的三十多年有能力确保不发生债务危机。李扬介绍，数据显示到 2014 年年底，中国的资产净值是 103.3 万亿，扣除土地资产和非流动性资产，立刻可以拿出来偿还债务的高流动性资产是 28.5 万亿。这个数据公布之后，就有国外研究者援引数据说，中国足可以应对 1.5 次大危机。所以中国发生债务危机的可能性是小概率事件。依法的重组，依法的清偿，依法的破产，对中国市场发展来说是一个浴火重生的新阶段。

重庆楼市调控的“加减法”

导语：

自去年年底，中央经济工作会议将房地产去库存纳入今年工作重点，至今已经半年有余。全国70个大中城市中，有44个房地产库存同比下跌，去库存效果初显。但同时，全国商品房待售面积仍然超过7.1亿平方米；不少地方房价猛涨，“地王”频出。作为既关系供给侧结构性改革成效，也牵挂“百姓安居乐业梦想”的去库存任务，仍需打持久战。中国之声《发力供给侧　创造新动能》，从今天开始聚焦“去库存”，我们将关注重庆的经验和做法。

有数据显示，今年上半年，重庆房地产销售面积和销售额都同比增长20%左右，但是新开工面积却在持续下降。尤其是作为新市民中的“进城农民和外来人口”更是成了购房主力军，购置住房面积达98.84万平方米，和今年年初设立的“新市民”全年购房100万平方米的目标已经相差无几。在完成“去库存”“防泡沫”“稳房价”的多赢目标上，重庆的探索有何借鉴意义？

作者：杜希萌、陈鹏

播出日期：2016年8月11日

宋伟：我在巴南区买了一个两室一厅的房，觉得那儿的环境好一点。

7年多前，宋伟从老家彭水苗族土家自治县来到重庆，找到自己心仪的工作，还在公租房里结了婚。就在不久前，他做了另一个重大决定，首付10多万元，贷款买了一套商品房。

宋伟：我还是想融入这里的生活，重庆也是西南的中心。当时听说国家有政策，开发商有一些去库存的特价清尾房，我买的这套房算下来每平方米合5600元，我们打工也不容易，这个价格、户型都蛮适合我的条件的，于是就决定买了。收房以后我就可以把公租房退了，住自己的房。

根据《中国住房发展报告》测算，按照未来5年1亿人城镇化计算，如果70%家庭、人口在城镇购房，每年以进城务工人员为主体的购房需求就可超过4亿平方米。这些城市的“新来客”已经成为各地去库存的主力军。

但想要和宋伟一样下定决心，并不容易。对很多进城务工人员和农民来说，本身收入有限，银行贷款门槛高，这在城里买房的十几万元甚至几十万元，从哪里来？重庆市房管局发展处处长李永德说，要想让购房需求“加”上来，先要把这些购房人的负担减下去。

李永德：今年我们调低了公积金的缴贷期限，从 12 个月调整到 6 个月。能够让更多进城务工人员更快地进行公积金贷款，配合农业银行做一些农民“安家贷款”。目前来看，“坏”账率非常低，农民工使用公积金还款也是好的。

中国农业银行重庆分行经理王压西说，因为还款时间和办理手续都是按照农民的需求灵活处理，“安家贷款”的发放数量在不断增加。

王压西：农民的收入认定是很简化的手续，收入证明书或者银行流水都可以。另外，我们还提供了适合农民的还款方式，可以按季度，甚至按年来还款，也允许农民提前还款，不收违约金。从今天 3 月推出到 7 月末，重庆就放了 1 万多笔“安家贷款”。

刺激消费需求，除了有钱这个主要前提，还得有富有吸引力的商品设计和完善的消费服务，购房更是如此。孩子上学、老人医疗等住房配套设施、机构乃至房屋质量，这些“拿不准，不放心”的事儿，更是影响“去库存”的重要因素。

受益于重庆提出的“新建小区同步规划建设配套学校”和“所有中小学普惠建设”的要求，作为“新市民”，田军的孩子上了不错的小学，这让他对自己未来的生活更有期待。

田军：现在我的孩子在人和实验小学上学，享受同城里孩子一样的待遇。我们这代人可能就这样了，只要能给孩子提供一个好的环境，真的是很好。

重庆《推进供给侧结构性改革方案》明确指出，重庆要完成 1000 万平方米去库存任务。而在 1 月到 6 月，这个数据已经完成 455.65 万平方米。不过在重庆周边一些远郊区县，库存压力还不小，部分区县的去库存周期比城区高出三四倍。这种因区域不同而出现的楼市去库存“冰火两重天”，同样适用于全国。

李永德表示，除了和大部分地方一样，管住“入口”不放松，重庆还在做一些新的探索。

李永德：主要是重庆周边山区和库区这些位置，总量不大但去库存周期比较长，主要是因为购买需求小。我们在供给结构上做了调整，全市 2016 年到 2017 年逐年减少 10% 的总供应，对于去库存周期长的地方坚决减少供应。我们说的控制，当然不是不搞开发项目，而是说可以做一些调整，比如对库存房做转型利用，跟新兴产业合作，和旅游公司合作开发，等等。

加大对房地产企业和房地产供应量的监测的力度，也是重庆重点工作之一。重庆市城市建设综合开发管理办公室主任张其悦表示，下一步，将对现有房地产企业进行摸底调查，依法依规清理空壳公司和“僵尸”企业，促使房地产企业兼并重组。

去库存步入下一个阶段，清华大学中国与世界经济研究中心主任李稻葵提醒，各地还要做好打持久战的准备。去库存这项工作是先慢后快的，需要给市场一定的时间，要以实际住房需求而非投资需求为真正的服务对象。

房地产去库存调控，单一的政策难以奏效。重庆典型的“大城市、大农村”二元结构，又如何让农民在进入城市、消化库存的过程中没有后顾之忧？明天请继续关注。

进城买房的原动力

导语：

重庆对于进城务工人员等“新市民”的购房支持，带来了实际的效果。这些城市“新来客”在今年上半年购置住房就达98.84万平方米。事实上，全国超过20个省市，都对新型城镇化过程中融入城市的“新市民”出台了不少购房支持措施，但对农民工和不少进城务工人员来说，离开农村进入城市，期待虽多，顾虑也不少。自己的身份被固定在土地上，土地又只能留在农村，留下还是一笔财富，离开了却带不走分毫。说到底，去库存的核心还是人。让这些“心有牵挂”的人走出农村，留在城市，重庆该怎么做？

作者：杜希萌、刘祎辰、陈鹏

播出日期：2016年8月12日

8月，何国全在自己的加工厂里忙着一批薯粉出货。他在外打工十多年，三年前回到重庆。涪陵老家四面漏风的土房让他决定去城里定居，但一想到自己的宅基地和老宅只能慢慢撂荒或者退给集体，他又心有不甘。

何国全：差不多有十年我都没在老家，但房子还在，我想把房子以500元的价格卖给邻居，可他都不想要。

有数据显示，在1997年到2009年，重庆的农村常住人口减少了30%以上。据测算，让这些城市“新市民”完全融入城镇，人均需要配套约100平方米生活居住用地。城市用地因为人口增加而增加，农村土地却动用不得。城市用地和人口要一起增加，地该从哪儿来？在西南政法大学民商法学院教授刘云生看来，从现实情况来看，对于土地和楼市的调控，城市和农村不可分割。

刘云生：实际上整个农村的建设用地是大量闲置的，这就导致土地资源的耗散。同时在城市里，新增用地资源又远远不足。

在重庆试点了九年的“地票”成了城乡土地之间的黏合剂。

按照制度设计，如果进城定居的农民自愿放弃宅基地的使用权，那么将其复耕达到标准后，就有了与城市新增建设用地指标一样的效力。而重庆主城区和区县城新增的经营性用地，则需要用地票来换。复耕多少宅基地，才能增加多少经营性用地。地票的魅力，是让农民的远在山区乡村的每户 0.7 亩的宅基地，产生了商品房一样的财产性收益。这可是解决了何国全的烦心事。

何国全：这个非常值。就拿我那个房子来说，我们那儿是山区，交通太不方便了，要是没有地票的话，我的房子不就只能荒废了吗？

按照规定，地票收益是扣除复耕成本后，由农户与集体按 85：15 分成。重庆市国土房管局耕地保护处处长李萍表示，旧的宅基地复垦之后，扣除了新的居民点新增用地，多余的指标就能通过地票来交易，还可以帮他们解决搬迁费用。

这笔钱到底有多少？重庆农村土地交易所副总裁王晓芹表示，从目前的情况测算，“地票”能给农户带来差不多 10 万元左右的安家费，措施效果最能说明问题。

王晓芹：截止到 2016 年 5 月上旬，累计交易地票 17.7 万亩，累计交易额 353.4 亿元，平均每亩 20 万元左右，市场运行平稳。已经有 9.7 万个转户进城的农村家庭，通过地票把农村土地房屋财产变现。

刘云生认为，让减少农村建设用地与增加城市建设用地，二者与市场挂钩，是地票政策最大的优势。对开发商来说，可以大大节省时间成本和运作成本。这意味着政府、农民都获益了，是一个多赢的格局。

少了牵挂，充实了口袋。农民可以带着自己的财产，轻装上阵，融入城市。留在乡村的又有什么呢？王晓芹的回答是——优质的农田。“我们建立了市、区县、乡镇的工作体系，建立了复垦的技术标准。组织完成了 20 余万亩建设用地的复垦，截至 2015 年年底，累计使用地票 11.75 万亩，对应的新增耕地 10.8 万亩，而建设实际占用的耕地 7.32 万亩，实现了耕地的占补平衡。我们衔接占优补优、占水田补水田的新要求，我们还在继续思考，在探索。”

地票并非为“去库存”而生，但却真实地为其提供了新的解决路径，解决了城市的“土地饥渴症”，也为其注入了新的活力，这都将转化为房地产库存消耗的内生力。

重庆市国土房管局局长董建国说，在城乡土地统一的市场格局下，才能统筹地补不足，调规划，最终让人在城市里留得下，住得好。

董建国：充分采用重点建设项目配置空间，人地挂钩，地随人走，调整空间，地票“落地”增加空间，从而积极配置都市核心区的转型升级和拓展区的新增建设用地的需求，以及生态涵养区的生态恢复需求。

去杠杆，路在何方?

导语:

众所周知，今年我国经济工作的五大任务是去产能、去库存、去杠杆、降成本、补短板。而相比其他几个任务，“去杠杆”显得更为专业和复杂。其实，杠杆率就是债务与GDP之比，不外乎就是四个字“借债还钱”。中国的整体债务率，也就是杠杆率，是不是很高呢?国际社会似乎比我们自己更加担忧，从国际评级机构今年年初以来种种骚动不难看出这种忧虑情绪。不过，药要对症才能治病，中国的杠杆率到底有多高?高在哪里?什么原因?又如何去解决?

作者：柴华、姜文超

播出日期：2016年8月16日

既然是说我国的杠杆率，那么，政府、企业、居民都有着自己的杠杆水平，它们当中哪个是当下中国经济最要紧“去杠杆”的呢?当然是企业。两个月前曝出的东北特钢债务违约事件，成了上半年我国过剩产能行业企业债务问题的一个典型代表。在此之前的四个月，东北特钢已经累计七次出现实质性债务违约。债权人心急如焚，从这位不愿透露姓名的机构投资人代表的话语中展露无遗。

投资人代表：我们很多投资人主要是私募和PE投资，他背后有很多是小众散户，债转股的话，你要怎么转?我觉得没法操作，就算债转股，我们也只是小股东，在这么一个庞大的公司里，我们没有话语权。

说东北特钢只是一个缩影，因为它目前面临的困境在实体领域里更多的企业或多或少都在经历。今年以来，企业债务违约现象集中出现。截至7月底，中国信用债市场共有18家发行主体的38支债券违约，金额高达247.6亿元，已经超过了去年规模的两倍。中国社科院学部委员、国家金融与发展实验室理事长李扬此前就曾公布过一个报告结果称，截至2015年年底，我国债务总额为168.48万亿元，全社会杠杆率为249%，而这其中，非金融企业部门杠杆率就高达131%，如果把融资平台债务加起来，那么，这一债务率更是高达156%。

李扬：中国的债务问题大部分集中在企业部门，企业部门中国有企业部分占比较高，占65%。因此，中国企业解决债务问题就是要密切地和解决国有企业问题联系在一起。这个问题是必须警惕的。

那么，为什么是国有企业？它的债务率又是从什么时候开始涨起来的呢？申万宏源固定收益总部首席分析师范为分析，从2007年以后的4万亿元投资以来，国家经济增长的模式从出口导向型变成投资拉动型。投资拉动就需要大量的借债。所以2007年以后，国有企业或者企业部门的债务率就出现了迅速的增长。

李扬认为，国有企业的债务问题，不是简单的企业问题。由于中国特殊的金融结构，国有企业的债务问题密切地和银行资产问题联系在一起。所以中国的非金融企业债务问题的严重性在于，它的问题与中国金融体系的问题不可分割，中国的金融体系和政府密切相关，所以也会影响到国家财政状况。因此，中国的非金融企业债务问题需要认真对待。

既然有问题，当然需要解决。不良资产在实体经济中相应的就是过剩的产能、过多的库存，如今再也没有了中国经济动辄百分之十几增速的托底，全球经济复苏的步伐似乎更加难以指望。具体怎么办？

国家发改委财政金融司副司长孙学工：从增量方面，首先要控制好增量的债务增长，我们要大力推动多层次资本市场的发展，特别是各类股权市场，这样能够提高股权融资的比重。对存量债务方面，也要针对不同的情况，对“僵尸”企业来说，该出清的要坚决出清，不能再让“僵尸”企业长时间地存活下去。对于一般的高杠杆企业，有很多措施是可以使用的，他可以调整自身的业务结构，他也可以通过兼并重组、盘活存量、调整债务结构等很多的方式来进行杠杆调整。

在浙江绍兴，去年年底还在为自己担保的两家企业资金链断裂、“飞来”3亿元债务而愁眉不展的雅迪纤维有限公司总经理戴叶飞，回忆起“年关难过”的日子，真是苦不堪言。

戴叶飞：基本上我们每周要去政府三四次，哪儿还有什么精力搞生产、搞管理、搞新产品开发？

现在戴叶飞终于可以安心搞生产。作为国内技术领先的氨纶生产企业，公司今年又成功研发了两款新产品，而这一切都要得益于当地银监局、银行、政府及时出面帮助企业重整了债务，目前企业的杠杆率降到了37%。

戴叶飞：目前我们没有对外担保了，债务基本上稳定下来了。现在，我们企业才有精力搞研发、搞生产、搞管理。

当然，在过去，国有企业的债务问题往往通过政府调控、剥离重组等来实现，都是“亲生孩子”，出了问题怎么能不管？也正因如此，刚性兑付成了过去国有企业债权人能够在巨大违约风险面前安之若素的“免死金牌”。时至今日，不可能再让债权人“躺着”解决问题了。

中国社会科学院学部委员、国家金融与发展实验室理事长李扬：不能让这个事情变得一发不可收拾，要控制这个过程。尤其对一些债务重组，有一些恶意违约的企业，它违约之后可能重组，也可能债转股。为避免信用违约后出现市场机制崩坏的情况，所以有关部门要高度重视这个事情，要在合法框架下展开对企业恶意违约行为的监督和制止。

没有了刚性兑付，企业如何去实现“用自己的信用名片去借债，用自己的真实潜力去控制杠杆”呢？想方设法提高直接融资比例的路径可能更为直接。在山东，2012 年成立的齐鲁股权交易中心截至今年 7 月底，已经挂牌了 749 家企业，总市值近 329 亿元，32 家企业成功转至新三板。

山东省发改委主任王忠林：对我省在齐鲁股权交易中心挂牌且进行直接融资的企业，按每户 10 万元给予一次性的补助。还支持地方设立政策性和政府性融资担保机构，对合作银行小微企业贷款损失给予 30% 左右的补偿等政策。

企业杠杆率亟待降低，居民和政府部门则还有不少空间，这就是中国目前杠杆率水平的结构性问题。

银监会审慎规制局副局长王胜邦：居民怎么样来参与企业部门降杠杆，我们现在正在推行的混合所有制改革就可以作为一个参与方式。企业可以发行股票，将他的股权结构进一步分散。还有一个方式就是，将来金融部门也可以做一些工作，比如做一些资产执行票据、一些收益连接票据。总之，方法是多种多样的，关键是我们需要时间，需要耐心，也需要一些创造性的想法。

系列报道：解码中国式创新

按语：

创新，是一步标新立异的跨越，是一段不走寻常路的征程，是推动人类科技进步的重要力量。曾几何时，创新曾经是我们这个国家的痛点，但仅仅几年时间，创新就呈现众多高科技亮点。从长征五号到中国高铁，从“墨子”号到最大单口径射电望远镜，从大飞机“三剑客”到超级计算机，等等，这些当下中国最顶尖的科技成就，也代表着中国科技创新的高度和内涵，其背后的秘密何在？这组报道的方向就是解开中国式创新的密码。

策划：高岩

编审：王磊

剑指苍穹的新型运载火箭——长征五号

导语：

长征五号火箭作为我国新一代大推力运载火箭，本月底，将从天津出发，运往海南文昌，今年内执行首次飞行任务。长征五号虽然在名称、序列上仍然隶属“长征”系列，但它是全新的一型火箭，被认为是我国从航天大国向航天强国迈进的重要标志之一。它到底有哪些与众不同？它又将为中国的航天事业带来哪些改变？

作者：张棉棉

播出日期：2016 年 8 月 8 日

长征五号虽然在名称、序列上仍然隶属“长征”系列，但它是全新的一型火箭，90% 以上都采用了新技术，是目前我国推力最大的火箭。外观上，长征五号最直观的变化是，芯级直径从 3.35 米增加到 5 米，长度接近 57 米，火箭立起来相当于 20 层楼的高度，是名副其实的大力士。

航天科技集团一院天津火箭公司副总经理孟凡新介绍，长征五号的整体性能可以和国际上最先进的火箭水平比肩。长征五号运载火箭是新一代大型运载火箭，它的运载能力是现役运载火箭的 2.5 倍，是一个新设计、新材料、新结构的火箭。长征五号，预示着我国以航天为代表的高技术产业的大力推进，不仅对发展航天事业本身，而且对我国整个工业体系都有很好的牵引带动作用。

长征五号，被认为是我国从航天大国向航天强国迈进的重要标志之一。未来，它将把嫦娥五号、空间站甚至火星探测器等都送入太空。为了实现推力性能和国际同步，长征五号的芯级选择了只有少数国家掌握的、以液氢液氧作为燃料的发动机，替代原有的有毒推进剂。长征五号运载火箭总指挥王珏说，这种新型发动机更环保。

王珏：主动力装置都是全新研制的，而且性能都很高，很有特点，特别是液氢液氧，烧完了就变成水蒸气，称得上是零污染。按照我们的指标，从运载效率来讲，已经达到了国际水平。

在使用新型液氢液氧发动机的同时，长征五号的助推器使用了技术成熟的液氧煤油发动机。4 台全新研制的氢氧发动机在一级和二级火箭上，各装配了 2 台，8 台全新研制的液氧煤油发动机被装配在 4 个助推器上。长征五号起飞时，总推力达 1060 吨，主要来自 8 台 120 吨的液氧煤油发动机。

探月三期总设计师胡浩介绍称，长征五号的发动机比过去的发动机要大很多，过去的发动机都只有 75 吨。

专家打了个形象的比方，120 吨液氧煤油发动机产生的最高压强达 500 个大气压，相当于把上海黄浦江的水运到 5000 米高的青藏高原上，航天科技集团六院副院长周利民说，面对全新的技术，发动机的启动成为难点。

周利民：启动阶段，整个发动机处在一个不稳定的动态过程中，因为转速要从静止状态转到几万转的速度，温度要从常温、从低温状态进入高温，几千 K，控制时序都是以毫秒级来控制的，任何一个程序没控制好、没配合好，都可能导致失败。

有时候你的担心会成为现实。液氧煤油发动机样机研制出来后连着 4 次试车均遭失败，两次启动爆炸，两次燃气系统烧毁。周利民表示，这对整个研制队伍的信心的打击是特别大的，很多人做梦都会梦见爆炸的场景，整天寝食难安。

此时如果止步，一切就无从谈起，创新、攻关、百折不挠，成为研制团队的关键词，半年后，他们终于摸清了液氧煤油发动机试车失败的根源和发生爆炸的不同机理。通过仿真优化，选定了最理想的启动方案和程序后，终于试车成功。

好的发动机加上不同发动机的组合，使长征五号在运载能力上产生“1 加 1 大于 2”的效果，但这只是长征五号创新的一个亮点。此外，火箭芯级、助推器模块化的组合设计，使得长征五号在基本型的基础上，可以组合出六种不同的运载能力，适合不同任务的火箭。这种“搭积木”“模块化”的组合，在降低成本、提高设备的通用性上，效果十分明显。

火箭总指挥王珏：长征五号是两级半的构型，还有一种就是把长征五号的二级取消，但不是简单的取消，因为取消以后，发动机的构型变了，载荷变了，变成一级半构型，这个一级半构型主要是打空间站的，实际上叫长征五号系列火箭，形成了不同的运载能力梯次，根据将来有效载荷的需要，可以进行不同的搭配。

长征五号项目在 2006 年正式批复立项，到今年即将实现首次飞行，用了整整

10 年。科研人员喜欢用“十年磨一剑”来形容这个艰辛的创新过程。有句话说，火箭的能力有多大，航天的舞台就有多大。从 1970 年第一颗“东方红”卫星上天，到近年我国运载火箭的发射频率位居世界前两位，累计成功率接近 98%。这些数字的背后，都贯穿着创新，特别是自主创新。采访中，王珏的一句话让记者记忆深刻：“高技术是买不来的。”或许这就是中国航天在创新中最核心的“密码”。

王珏：现在的航天产品，尽管有一些技术可以通过国外交流获得，但从产品来讲，特别是发动机，都是 100% 的国产。俗话说，高技术是买不来的，有些技术可以借鉴，但产品一定是 100% 国产。

大飞机“三剑客”横空出世

导语：

大飞机被称为“航空工业皇冠上的明珠”。工业能力的提升让中国人有了追寻大飞机梦想的底气。7 月 23 日，我国第一架拥有完全自主知识产权的大型水陆两栖飞机 AG600 完成总装正式下线，全面进入联调联试阶段。这标志着国产大飞机“三剑客”全面亮相进入收获期，这不仅表明我国大型航空装备产业迈入系列化、专业化发展阶段，也标志着中国自主创新正朝着更高、更强、更远的方向发展。另外的“两剑客”，首架大型喷气式客机 C919 是 2015 年 11 月 2 日正式总装下线，大型运输机运 -20 是今年 7 月 6 日正式交付列装空军。那么，“三剑客”的横空出世靠的是什么？他们的到来又将怎样改变这个世界？

作者：郭淼

播出日期：2016 年 8 月 9 日

连日来，上海的天气一直处在“烧烤”模式中，白天最高气温经常直逼 40℃。在这样的天气条件下，C919 飞机副总设计师周良道说，为了力争 C919 今年年底首次飞行的目标，他们使出了浑身解数。

周良道：现在我们都是轮流着上班，通宵达旦。目前，第一架下线飞机正在进行安装调试，第二架静力试验机在浦东祝桥强度所进行相关的验证试验，第二架飞机已经完成全机对接，现在在做改装工作，试飞相关的机组培训也在按计划进行。

C919 是中国首款按照最新国际适航标准研制的干线民用飞机，2008 年开始研制，2015 年正式下线。

C919 最大载客量为 190 座，最大航程超过 5500 公里，相当于能从北京直接飞往新加坡。与同类型的窄体客机波音 737、空客 A320 相比，C919 客机阻力相对小，升阻比要高出 5%，重量要低于 3%，而运营成本也将降低了 10% 左右。周良道说，不少新材料的应用起到了至关重要的作用。比如复核材料主要用在了垂平尾、后机身、活动翼面上，用于减轻飞机的结构重量，也减少了使用周期的全部成本。铝锂合金用在了飞机机身蒙皮上，机翼上用 2024HDT 材料，这对降低疲劳有很好的效果。铝锂合金第一次在飞机上使用是加拿大庞巴迪支线飞机，只有我们在这么大飞机上使用这种材料。确实遇到过很大的困难，用了很长时间、花了很多的精力去克服。

作为我国十六个重大科技专项之一，C919研制过程中克服的技术困难超过100多项，申请专利170余项。为保证大飞机的足够安全，C919还配备了专属“私人医生”——状态监控与故障诊断系统。大型飞机重大专项专家咨询委员会委员吴兴世介绍，这套系统既可以随时监护飞机的健康状态，也可以做到预测和预警。

吴兴世：这套系统有两个好处。一是，当飞机有点小故障时，可以随时向飞行机组提出警告，如果故障比较严重、影响飞行的情况下，它会提示你要及时应急处理，起到监控和预警作用。二是，随着飞机交付使用、数据积累，以及健康和管理等理论与实践的发展，会起到诊断的作用，判断飞机的使用安全和可用目标，相当于人的健康体检。

能实现陆地和水面起降，在20秒内能汲水12吨，一次灭火面积能超过4000余平方米，单次在海上能救50人，速度比救捞船快10倍还要多，以上这些优势说的正是目前全球最大的大型水陆两栖飞机——AG600。AG600总设计师黄领才说，要让一个重50多吨的“重量级选手”在水面高速滑行起降，其中就要突破飞机外形设计上的难关，不仅要保障在水中的阻力小，还要滑行平稳，为此黄领才和他的团队花了整整5年时间才最终攻克。

黄领才：飞机从机头到机尾是没有等直段的，它是个流线型的设计，这对整个飞机在水上动力的影响都非常大。所以无论是在设计上还是在制造上，难度都是相当大的。

AG600的大小相当于一架波音737飞机，其机身长37米，翼展达38.8米。凭借4台自主研制的涡桨发动机提供的强劲动力，AG600最大起飞重量达到53.5吨，而日本、俄罗斯等国的同类型飞机，起飞重量则在40吨左右。吴兴世说，既要在空中飞得漂亮，也要在水上行得自在，AG600这个“大块头”的技术含量并非等闲。

执行距海岸线超过300海里的中远海救援时，直升机航程有限，无法到达，而船舶又要耗时15个小时以上才能到达，远远超出7小时至12小时的最佳救援时间。这时，最大巡航速度可达每小时500公里，最大航程可达4500公里的AG600优势尽显。采访中黄领才告诉记者：虽然外观看 AG600 是飞机和船的“混合体”，但水陆两栖飞机在结构上并非简单的组合就可以实现的。

黄领才：为了保证船体在海面上的安全性和稳定漂浮性，在下面布置了 7 个水密舱，相邻两个水密舱即使漏水，飞机还可以稳定漂浮在海面上。船在水里跑 30 节以上就已经很快了，但这个飞机在离开水面的时候都是将近 100 节的速度，水的冲击载荷非常大，所以飞机的船体结构设计非常复杂。

AG600 飞机从 2009 年立项到总装下线，只用了短短 7 年时间。而对于一架新研测的飞机来说，研制周期一般是 8 年到 10 年左右。大型运输机运 -20 在立项之初，就定下了 5 年首次飞行、8 年定型、9 年交付的目标，今年 7 月 6 日，首架大型运输机运 -20 已正式交付列装空军。

据公开资料显示，大型运输机运 -20 代号“鲲鹏”，作为我国自主研发的新一代大型运输机，可在复杂气象条件下执行各种物资和人员的长距离航空运输任务。

自 2013 年 1 月 26 日首次飞行以来，“鲲鹏”已经在高原、高温、高湿等极端环境下成功试飞，不仅填补了我国没有大型运输平台的空白，也标志着中国成为世界上第 4 个具备大型运输机研制能力的国家。

此前，国务院于 2015 年 5 月 8 日印发《中国制造 2025》提出，到 2025 年迈入制造强国行列，并指出“加快大型飞机研制，适时启动宽体客机研制，鼓励国际合作研制重型直升机；推进干支线飞机、直升机、无人机和通用飞机产业化”。吴兴世说，以国产大飞机“三剑客”为代表的航空航天装备领域的发展，将有助于我国从制造大国向制造强国的转变。

吴兴世：随着三架大飞机以及之前大量军用和民用飞机的研制成功，标志着我国整个航空工业技术体系和物资能力体系的发展，已经走上与国际先进水平基本接轨的新阶段。

目前，“三剑客”家族已全面亮相，下一步中国航空制造业的两大历史性节点将是 AG600 和 C919 的首次飞行。按照计划，今年年底到明年年初，两架大飞机将相继飞上蓝天。中国人的航空梦指日可待!

“触不到”的核反应堆

导语：

7月末，“华龙”一号数字化电站路径图进一步明晰。在国际微堆应用和低浓化会议上，中核集团中国原子能科学研究院也发布了其在数字反应堆领域的最新成果——数字微堆系统。简单来讲，数字反应堆，就是对反应堆进行全方位、全周期的数字化模拟，让它变得看得见、能操作。可以说，数字反应堆是实体反应堆的一个虚拟“替身”。核反应堆，对很多人来说，还是有些神秘而遥远的。有了虚拟“替身”，就可以更直观地展现核反应堆，让人们更好地了解它。不过，虚拟“替身”除了数字化模拟，对反应堆的技术创新发展，它能发挥什么作用？数字微堆以怎样的“新姿态”走进虚拟世界？当数字化撞上核技术，又有怎样的反应？

作者：刘飞

播出日期：2016年8月10日

现场讲解：我们现在已经来到反应堆最核心的部分，塔吊位置是反应堆堆芯。钢筋绑扎在里面，非常密……

“华龙”一号示范工程福清核电5、6号机组的施工中，要搭建2200公里电缆、165公里管道和将近5万吨钢筋。但还有同样数量的管道、电缆是我们看不见的。它们在哪儿呢？

在“华龙”一号设计中，结合了“互联网+”的理念，建立了异地综合协同设计平台。

中核集团核电工程公司设计院副院长荆春宁：核电站有300多个系统，涉及70多个专业，我们的参研人员有1500多人，分别在20多个地点共同来做这个项目。这就需要有“互联网+”的技术，有异地的协同设计平台。

荆春宁介绍，基于该协同设计平台，已经建立了一个数字化的华龙一号核电厂三维设计模型及完整的数据库。数据库里包括所有的核电设备，5万多台/套设备，其中管道165公里，电缆辐射2200多公里。可以说是建了一个数字化的核电站。利用互联网、数字加密、仿真、虚拟现实等技术，解决了不同平台间数据传递和协同的难题。

上月末，“华龙”一号数字化电站路径图进一步明晰；中国原子能科学研究院也在数字化方面取得突破，发布了其在数字反应堆领域的最新成果——数字微堆系统。

现场讲解：现在我们到反应堆大厅里去看一下，这个微堆现在正在运行。你可以“跳”进去看，空格键表示“跳”。

没错，中国原子能科学研究院的工作人员叫记者“跳”进反应堆的冷却水里。的确，这不现实。但在虚拟世界，参观数字微堆的时候，这个可以实现。

记者戴上虚拟现实设备（VR 眼镜），一路穿行，进入反应堆大厅。这就是数字微堆系统能够实现的效果之一。

听起来，像在电子游戏中，但中国原子能科学研究院反应堆工程技术研究部主任杨红义特别提醒，这可不是游戏，在虚拟数字反应堆集成开发环境下，可以对安装、首次临界、运行、应用、退役和安全等进行模拟仿真，解决各环节中的技术难题。

杨红义：所谓退役就是把它拆了，但不能随便拆。这里面有放射性废物的处理和运输问题。如果切成细末，就不太好运输了。所以，有大量优化工作要做。用传统方案，看图纸、用脑思考，有时候感觉力不从心，不但成本特别高，而且经常要反复拆。

实体反应堆的建设，从无到有，是个漫长而艰难的过程。从有形实体到无形虚拟，这种“从有到无”也不简单。超级计算、大数据应用、高精度模拟和高速数据传输等技术都是基础。原来一个反应堆，由于计算能力差，只能把它分成 4~5 块，2 个模型之间用边界条件去对比一下，可能就不太仿真了。现在不用了，现在用一个大块算。块儿大计算的单元就多，原来的计算机根本不行。

如今，很多领域都进行数字化。而对于反应堆的数字化来讲，杨红义表示，最难的还是核工程个性化的部分。研究中子之间的碰撞、中子链式反应放出能量的过程，也是能量在反应堆传输的过程。所以必须完全、纯粹开发另一套软件。从本质上、从物理原理上是不一样的。难度最大的也就是这一套特殊专业软件的开发。

杨红义：软件开发室进行算法开发，是刚成立约一年的新部门。相关研发工作需要软件开发室、超算中心运维团队和工程设计室相互配合。这对研发流程和工作人员来说，都是新的体验。一是反应堆工程本身的设计建设技术，二是虚拟仿真及数字微堆的概念技术。两个团队融合在一块儿，原来基本上不懂、相互也不了解。

中国原子能科学研究院先选择了核工程技术相对成熟的“微堆”进行试水和突破。数字微堆的原理和结构系统相对简单，做起来就容易。麻雀虽小但五脏俱全，目的是对数字反应堆整个概念的一次实践或示范。

杨红义表示，未来技术创新的难点更多的还是在核反应堆工程的软件开发上。

杨红义：我们正在开发各个型号的反应堆，加快建设数字反应堆的相关支撑平台。我认为，数字反应堆和未来智能化的工程技术，对反应堆工程技术的发展是一次机遇和契机。这样，我们就更具竞争力或者有更先进的技术，与世界其他国家分享，加快了“走出去”的步伐。

中国高铁“加速度”

导语：

每天都有1600多组高铁列车驰骋在祖国大地上，从东部沿海到西部高原，高速动车组列车方便了人们的出行，拉近了时空的距离。今年7月的最新数据显示，到2015年年底，中国铁路营业里程达12.1万公里，居世界第二位，高铁营业里程突破1.9万公里，占世界高铁运营里程的60%以上，是世界上高速铁路建设运营规模最大、技术最全面、管理经验较丰富的国家。如今中国高铁已经成为我国领导人出国访问时必带的一张“中国名片”，在海外，高铁也成了中国名副其实的金字招牌，它不仅很好地提升了中国经济的整体形象，同时对带动一批高技术产业发展，促进我国制造业的产业结构升级也起到了重要作用。

作者：郭淼、王伟、柴安东

播出日期：2016年8月13日

7月15日11时20分，我国自行设计研制、全面拥有自主知识产权的两列中国标准动车组，以每小时420公里的时速，在郑（州）徐（州）高铁上成功完成了交会试验，这也是拟运营高铁动车组列车世界上首次实现时速420公里交会和重联运行。中国铁路总公司科技管理部主任周黎感慨道：两列仅相距1.6米的动车组，以超过840公里的相对速度“擦肩”飞驰而过，说明我国已全面掌握高速铁路核心技术，中国高铁总体技术水平不仅跻身世界先进行列，部分技术甚至达到世界领先水平。

周黎：这样高的速度能够验证我们动车组的各项技术、性能和参数，表明中国铁路技术的先进性肯定是无可否认的。

这场惊心动魄的试验也引发各路网友围观，有人惊呼：两车交会的短短1.79秒，注定将成为一个历史性的瞬间，840公里是什么概念，那就是每秒233.3333米，中间产生的“强吸力”有多大，简直难以想象吧！这样的历史性时刻，在我们生活的这个蓝色星球上尚属首次。

12年前的2004年1月，国务院常务会议讨论并原则通过历史上第一个《中长期铁路网规划》，绘就了超过1.2万公里“四纵四横”快速客运专线网。同年，中车四方从国外引进了时速 200 公里的高速动车组，并以此为起点开启了高速动车组的研制之路。中车四方副总工程师吴冬华说，在引进之初，四方股份就坚持引进消化、吸收和自主创新“两条腿”走路，把握创新的主动权。为此，还提出“1∶7”的投资理念，也就是花 1 元引进技术，就要配套投入 7 元进行自主创新。

吴东华：在当今的潮流下，你不创新就意味着你要落后和挨打，无论是从外部还是从内部来说，创新都是一个企业的灵魂。

随后几年里，中车四方的“高速动车”越开越快，抗风沙动车组、永磁高速动车组、出口型动车组等一系列新型尖端高速列车，为中国高铁技术的进步输送源源不断的能量。2010 年 12 月 3 日，我国拥有完全自主知识产权的 CRH380A 高速动车组贴地“飞行”，跑出了 486.1 公里每小时的世界铁路运营试验最高速。中车四方总工程师梁建英坦言，公司每年会拿出销售额的 5% 投入科研，以保证研发的顺利进行。

梁建英：这么大的研发投入，对企业来讲实际上是一种负担，为什么我们企业还愿意付出，因为我们目前是站在这个行业最前端，或者高端，所以我们必须要持续地投入下去，让我们的产品能有一个良性的技术循环、技术保证和技术能力的提升，让我们真正能够实现从曾经的跟随者到现在的并行前进，再到几年以后可以成为真正的领跑者。

中车四方首席技师周勇告诉记者，坚持走自主创新之路不但为企业带来了巨大的经济收益，还赢得了国外同行的尊重。

周勇：1996 年，我非常清楚地记得，我们和德国人合作的时候，感觉差距非常大，2015 年我们去北欧进行技术交流的时候，他们都用中文和我们交流，我们国家在创新技术上、技术能力上的表现得到了国外的一致认可，这种认可产生了对我们的一种尊重。

目前，中国铁路已建立了先进完备的高速铁路技术体系，并形成了技术先进、安全可靠、兼容性强、性价比高的中国特色的高铁。中国铁路国际有限公司董事长杨忠民说，高速列车最小追踪间隔只要 3 分钟。

杨忠民：中国掌握了在各种复杂地质条件和气候条件下建设运营地铁的成功经验，有世界第一条穿越高寒冻土地区的哈大高铁，世界唯一一条热带环岛高速铁路——海南环岛高速铁路，还有在高原、软土、沙漠和复杂山区等地质条件下建造的铁路，例如沪昆高铁、兰新高铁等，都是在不同地质和气候条件下运营的铁路。

而就在今年8月4日，中车株洲电力机车研究所有限公司对外透露，旗下子公司研发的新一代“列车保护神”俗称“黑匣子”已通过了国际最高级SIL4级安全认证，并即将投入市场。中车时代通信信号有限公司总经理方光华表示，这个非常难，国际上能研发这个产品、能达到这样一个等级、要保证列车的安全等能力的国家屈指可数，也就西门子等4到5家吧。

方光华说，这套新系统的研发既是为了满足国内高铁和重载铁路的世界第一体量的需求，也是为中国高铁“走出去”提供强有力的支撑。

方光华：现在国际用户越来越追求“交钥匙”工程，从整条线的建设，包括机车车辆、机车信号、列车控制系统等全都解决了，人家就可以直接用了，这是一种趋势，所以必须研发具有知识产权的东西，这样才有可能让中国走出去的高科技系统具有竞争力，否则只能让别人牵着鼻子走。

为了让物美价适的中国高铁走出国门，为了更好地与世界各国铁路合作。2014年年底，中国铁路总公司组建了中国铁路国际有限公司，搭建了境外业务的工作平台。目前，中国铁路“走出去”项目遍及亚洲、欧洲、北美和非洲，中老铁路、印尼雅万高铁、匈塞铁路、俄罗斯莫斯科至喀山高铁，以及前段时间关注度较高的中泰铁路等一批项目都取得了重大进展。

杨忠民：中国与泰国铁路是两国领导人亲自推动的重大合作项目，2016年6月16日，在曼谷举行的第十一次联委会会议上，双方就政府间协议修订、先行段开工等达成共识，共同制订了总体建设工作计划，推进环评、EPC合同谈判、项目审批等相关工作，力争今年内实现先行段开工建设。

“磨刀石”上建起的“西部大庆”

导语：

8月初，国际油价一度跌破40美元每桶，这让石油输出国组织坐立不安。面对12年不遇的低油价，包括中国“三桶油”在内的石油企业都生活在困顿之中。随之而来的能源安全问题更是受到人们的关注。进入21世纪，我国原油对外依存度迅速增加，2015年首次超过60%，而剩余油气资源中一半以上都是不易勘探开发的低渗透油藏。如何“从石头缝中榨出油”？一场技术革命迫在眉睫。长庆油田曾被国际专家断言“常规技术无法实现经济有效开发”，历经多年联合攻关，中国石油长庆油田分公司等8家单位联合研发的超低渗透油气藏勘探开发技术，不但让长庆油田每年实现油气当量5000万吨以上，更使我国原油对外依存度降低了5%，保障了国家能源安全。

作者：丁飞、张棉棉、金建军、尤青

播出日期：2016年8月14日

苏里格气田位于内蒙古鄂尔多斯盆地，是长庆油田乃至全国产量最大的气田之一。在苏里格第二天然气处理厂，书记何小平指着配气区一排嘶嘶作响的黄色管道告诉记者，标着“陕京线”的就是供向北京和华北地区的天然气。这里如今每天输出天然气1200万立方米，足够1200万个家庭使用。今年开始北京对雾霾治理、环境保护方面要求更高，从八九月开始，苏里格天然气生产任务逐步增加，而每年11月则要进入新一轮的冬季高峰期保供。

何小平：一年四季，我们都没有轻松的时候。

这番景象，实在很难让人想起它当年“勘探开发困难户”的称号。长庆油田所在的鄂尔多斯盆地，油气探明储量丰富，却因油气储层非均质性强和低压、低渗透、低丰度的先天缺陷，几乎早早地被国际专家“判了死刑”，“诊断书”上写着：常规技术无法实现经济有效地开发。中石油长庆油田分公司油气工艺研究院院长慕立俊说，这叫“井井有油，井井不流”，本来有油，可就是不能把油取出来。

慕立俊：中高渗的油藏，油相当于在海绵里；长庆的致密油气藏，油相当于在“磨刀石”里。中高渗油藏相当于车在高速公路上行走，长庆的致密油气藏里的油则像在“羊肠小道”上行走，想把油取出来的难度很大。

如何撬开致密如“磨刀石”一般的油气层？长庆人开始了一场技术攻坚战。打仗，首先要找到“敌人”。在经历多次失败之后，长庆找油人拥有了打开神秘“地宫”的钥匙，他们自主研发了富集区分类评价与产能快速预测技术，从此拥有了一双“火眼金睛”。新的拦路虎是“取油”。把藏在石头里的油弄出来的办法中，最主要的一个就是压裂。简单地说，就是通过技术使岩石破裂，形成人造裂缝，让油气从通道里流出来。

慕立俊：压裂是利用地面高压的一种泵注设备，用高压大排量把液体压到地层里，破开岩石形成裂缝，油就从石头进入裂缝里，从井口流到地面上来。在这个技术研发过程中，关键的工具和材料都实现了自主研发，打破了国外垄断。

最终，长庆人经过反复试验，探索出了包括压裂技术在内的12项技术集成，破解了油气田的“老大难”问题，真的“从石头缝里榨出了油”。冯强汉是长庆油田采气三厂副总地质师，他介绍，经过实验，在全世界几百项技术中找到了适合苏里格的12项技术，如井下节流、水平型压裂，非常规给灶、排水采气等，并将其集成起来，这个集成技术很了不起。

技术革新让长庆油田插上了翅膀。油田的油气产量自2008年每年新增500万吨，相当于新增了一个中型油气田，2013年更是达到5000万吨。去年（2015年），长庆油田年产油气5480万吨，规模属全国第一。建在“磨石刀”上的“西部大庆”，如今向40多个大中城市供气，是以北京为核心的华北地区和陕甘宁蒙区域的气源地。今年年初，“5000万吨级特低渗－致密油气田勘探开发与重大理论技术创新”项目获得国家科技进步奖一等奖。如今，冯强汉还会说，长庆人深知攻关要持续，绝不能“躺着技术睡大觉”。

冯强汉：现在是稳产阶段，又发现了新的困难，第一个问题是，产量递减快，井的寿命很短，稳产三年后气基本上就很少了；第二个问题是，我们虽然有4.5万亿储量，但是只有非常低的20%的采输率，我们还得想办法提高它的采输率。

睁开“观天巨眼”

导语：

在过去的50多年里，美国的阿雷西博望远镜一直无人超越，特别是在用它观测，并发现了引力波后，阿雷西博望远镜再一次名声大振。但在今年7月3日，具有我国独立自主知识产权的国家重大科技基础设施、直径500米的球面射电望远镜“FAST”，在贵州架设完成，跟阿雷西博望远镜相比，“FAST”综合性能提高了约10倍，能看到更远、更暗弱的天体。

作者：潘毅

播出日期：2016年8月15日

“假设你在月球上打电话，‘FAST’可以探测到你的信号”，这是中国科学院国家天文台“FAST”项目总工艺师王启明，对这台目前世界上最大的单口径射电望远镜灵敏度的形容。

中国科学院国家天文台台长严俊：“FAST”望远镜是目前世界上灵敏度最高的望远镜，把我们探测宇宙天体的能力拓展到了137亿年前。

“FAST”的诞生肩负着两大科学使命，分别是巡视宇宙中的中性氢和观测脉冲星，前者可研究宇宙大范围物理学，以此探索宇宙起源和演化，后者可研究极端状态下的物质结构与物理规律。

中科院国家天文台“FAST”项目副总工程师李菂：宇宙这个电磁的波谱很宽，而大量的信息是在光学之外。射电这个波段有些特别的物质，它的射电的信号要远远强于它光学的信号，它在大气层的遮挡比较少，所以它非常适合探测宇宙。

对于射电望远镜来说，口径越大，看得越远。全世界的射电天文学家都追求建造更大口径的望远镜，以提高灵敏度。早在1994年4月，中科院国家天文台就开始了这项工程的选址工作。大口径射电望远镜的选址，地貌要最接近天线锅的形状，这样方便建造，工程量小，不用开山炸石，同时附近5公里至10公里范围内不能有电磁波信号发射。

李菂：真正开始运行的时候，你可以想象它就是在一口直径约500米的锅里有一只直径约300米的碗，这只碗在这口锅里这样运动，等效地构成了一个主动的、可动的，能够克服地球自转的、能够非常准确灵敏地观测太空的一个仪器。

为了给这口“大锅”安家，团队成员几乎把贵州的喀斯特地貌区“挖”了个遍，同时有两路人马独立搜寻，初步确定了300多个候选洼坑。然后又通过计算机模拟工程填挖量，从中选出30多个洼坑进行实地考察，最后才选中了大小适中、深度合适、圆形适于施工建设的“大窝凼”，“大窝凼”的喀斯特地质条件可以保障雨水向地下泄流，不在表面淤积而损坏望远镜。

中国电科集团第五十四研究所反射面单元技术总设计师郑元鹏：望远镜坐落在一个特殊的位置上面，最后确定这个位置上的望远镜的极限风速只有14米，这样望远镜的反射面板可以看到它上面透了很多孔，这个孔的透孔率达50%以上，完全可以渗透雨水，透风也减少了一定风阻。另外还有一个很大的特点，在望远镜底下可以看到透过来的阳光，所以地面的植被还可以照样生长，对环境保护还是很有利的。

2014年7月17日，“FAST”工程一大技术难点开始启动：制造和安装索网。这是世界上跨度最大、精度最高的索网结构，也是世界上第一个采用变位工作方式的索网体系，6670根主索和2225根下拉索完整地拼出了“天眼”的索网。中国科学院国家天文台“FAST”项目总工艺师王启明表示，在望远镜工艺系统中，最闪亮的点就是索网，高应力幅高强度索网，还有空中动光缆都超出国家现有规范，经过许多试验，在国内甚至在国际上都是领先产品。

索网建成之后，反射面安装工程随之开始。反射面是“FAST”望远镜的重要组成部分，共有4450块的反射面板单元。

中船重工武船集团有限公司副总经理王渭龄：4450个单元在吊装转运的过程中，不允许有任何的磕碰。在现场实际应用过程中，武船公司实现了每一个单元的一次精准的装加和提升空中的运输、转接以及全位置的定位。最后全部精准地将4000多块面板定位安装在2000多个球面支点上，从研发到制造，用时两年多，我们才完成了国家天文台交给我们的这个任务。

搜寻地球之外是否还有文明存在，是公众对于这台“观天巨眼”的期待。实际上，这台从材料到工艺基本都是“中国制造”的巨型射电望远镜，未来将为自然科学，尤其是物理学和天文学领域的研究提供一个全新平台，为我国火星探测等深空研究奠定重要基础。

李药：我们是要研究宇宙中间主要物质的组成成分，宇宙的演化和宇宙中间极端物质和场下面的效应。它可以承担深空探测，比如小行星甚至更远一点儿的火星。它建成以后将是中国在某一个射电波段第一次拥有世界上最好的仪器，这让我们真正有了站在世界前沿的一个机会。

跨越宇宙的“悄悄话”

导语：

中国长篇科幻小说《三体》中，由外星人制造的“智子”，可以通过量子链接进行任意距离上的实时通讯，这部红极一时的科幻小说，让不少读者首次接触了“量子通信”的概念。昨天（16日）凌晨，科幻小说里的场景在现实中迈出重要一步——被命名为“墨子”号的中国首颗量子科学实验卫星开启星际之旅。它承载着率先探索星地量子通信可能性的使命，并将首次在空间尺度验证量子理论的真实性。

作者：潘毅、王楷、黄光辉

播出日期：2016 年 8 月 17 日

“墨子”号的发射，到底意味着什么？在量子卫星首席科学家潘建伟院士看来，如果说地面量子通信构建了一张连接每个城市、每个信息传输点的“网”，那么量子科学实验卫星就像一杆将这张网射向太空的“标枪”。当这张纵横寰宇的量子通信“天地网”织就，海量信息将在其中来去自如，并且“无条件”地安全。

潘建伟：从未来的角度上讲，我们希望天上能够有一个通信网络的星座，大概还要有多颗卫星，最后需要配合有一个光纤网络，然后通过光纤网络送到千家万户。这样的话，我们就可以构建一个广域的量子通信网络。

在量子世界中，一个物体可以同时处在多个位置，所有物体都具有“波粒二象性”，既是粒子也是波。两个处于“纠缠态”的粒子，就算相距遥远，只要一个发生变化，另一个会瞬时发生相应改变。正是由于量子具有这些不同于宏观物理世界的奇妙特性，才构成了量子通信安全的基石。

在量子保密通信中，由于量子的不可分割、不可克隆和不可测量的特性，所以一旦被窃听就必然会被发送者察觉并规避。利用好这一特性，将给我们的生活带来巨大的变化。

量子科学实验卫星工程常务副总师兼卫星总指挥王建宇指出，比如说我在中国国内某个地方进行一个秘钥通信，那么就可以通过量子卫星把密钥分发到全球的两个不同的点，那么这两个点就可以做密钥通信了。

王建宇：开始可能国防安全用得比较多，如果这个秘钥确实好的话，马上随之而来的可能是金融、股市，他们有一些保密性特别强的数据，可能就会用到这个技术。当然再过几年，成本降低之后，我们老百姓的银行账号也可以用这种方法来进行保密，这样就避免了一些不必要的麻烦。

此次发射的量子卫星“墨子”号，是中国科学院空间科学先导专项首批科学实验卫星之一，它承担的任务是，在国际首次开展星地高速量子密钥分发、空间尺度的量子纠缠分发和量子隐形传态实验等多项实验。

王建宇：我们一共要做三大方面的实验：第一个是量子密钥分发的实验；第二个是量子纠缠验证实验；第三个是隐形传态实验。后两个更多的意义是在科学实验上，因为这个是天地一体化的方式来验证量子力学的完备性，这个也是全世界物理学家非常看重的。

在潘建伟的学生看来，是潘建伟“几乎单枪匹马地把这个项目进行下去，并使中国在量子领域有了立足之地”。2001 年，潘建伟建立了中国第一个光量子操纵实验室；2003 年，他提出了量子卫星计划；2011 年，41 岁的他成为当时最年轻的中科院院士。

潘建伟：从 2000 年开始，我们就有意识地往国外派遣了不少学生，让他们到各个团队去积累和学习为了完成我们今天这个目标的各种技术。后来，他们都如约回国了，所以我们其实是把各个实验室的好的技术都吸收回来了。

2012 年 8 月 9 日，国际权威学术期刊《自然》杂志以封面标题形式发表了潘建伟团队的研究成果：他们在国际上首次成功实现了百公里量级的自由空间量子隐形传态和纠缠分发，为发射全球首颗量子科学实验卫星奠定了技术基础。

在 2016 年 8 月 16 日的凌晨 1 点 40 分，量子通信的研究迈出了最重要的一步：搭载世界首颗量子科学实验卫星的长征二号丁运载火箭成功发射升空。潘建伟曾经的恩师、奥地利科学院院长、量子物理学家安东·赛林格说：“以前量子传输实验曾经在地面上进行过，比如通过 150 公里长的玻璃纤维电缆。但是这次实验首次在太空进行，这意味着可以比在地面实验长很多的距离间进行。这的确是同类实验中的首次，是一个具有开拓性的项目。”

这一颗完全由我国科学家自主研发的量子卫星，更是突破了一系列高新技术。

潘建伟：在全球来说，纠缠源从来没有上过天，而且目前我们上天的纠缠源的亮度，是全世界最好的纠缠源，除此之外，我们要保证我们的探测器在宇宙射线的辐照之下还能存活，还能够工作长达两年，而这些技术成果都是首次，只有把这很多个首创全都结合在一起之后，才能保证这个量子卫星相关科学任务的顺利完成。

“墨子”号的成功发射和在轨运行，将有助于我国在量子通信技术实用化整体水平上保持和扩大国际领先地位，实现国家信息安全和信息技术水平跨越式提升，有望推动我国科学家在量子科学前沿领域取得重大突破。

潘建伟：“墨子”号的成功发射得益于我们国家这么多年来在航天方面的一些非常好的经验，得益于我们整个强大的科学的基础，以及我们自己在这个小领域或者在本领域的一种前瞻性的布局。所以把这两者结合在一起，我们就很幸运地走到了世界的前列。

计算机里的“博尔特”

导语：

奥运赛场上，博尔特捍卫着人类的速度极限。那么计算机里的“速度之王”是谁呢？不久前，坐落于中国无锡的超级计算机“神威太湖之光”第一次揭开神秘面纱。它的峰值运算首次超过10亿亿次每秒，达到12.5亿亿次每秒，持续性能高达9.3亿亿次每秒，荣登全球超级计算机五百强榜单之首，创造了新的纪录。全球超级计算机500强榜单每半年发布一次，被“神威太湖之光”超越的，是曾经连续六次位列榜首的广州“天河二号”。值得注意的是，“天河二号”用的是美国的英特尔芯片，而“神威太湖之光”用的是“中国芯”，这一次中国终于把CPU的自主知识产权握在了自己手里。不过，虽然超级计算机被称为“国之重器”，听起来“高大上”，但对于普通老百姓来说还是太陌生，拿了第一又怎么样？拿了第一有什么用呢？

作者：姚东明、庄胜春

播出日期：2016年8月18日

记者：这是空调的声音？

廖俊峰：对，机器在运行的时候没有声音，一般都是风扇在响，这个是采用水制冷的，不需要风扇。

想通过声音展现“大个子”的工作状态是个难事儿，四组灰色的机柜就静静地在将近有两个篮球场大的屋子里计算着，有一些蓝色光带点缀其中，科技感十足。

机房外是监控中心，平常并不需要有人值守。工程师廖俊峰告诉记者，他们只需要在楼上办公室的电脑里输入代码，超级计算机就会“乖乖地开工”了。

12.5亿亿次每秒有多快？国家超级计算机无锡中心主任杨广文回忆，这个数字超过了当时榜单报名系统的上限，他们只得改用邮件报名。

杨广文：我们当时提交世界超级计算机Top500的排名时没提交上去，因为他们不支持这么大的计算机，只支持10亿亿次每秒以下的，我们是12.5亿亿次每秒。

1983年，我国第一台超级计算机“天河一号”问世，成为继美国、日本之后，第三个能独立设计和制造巨型机的国家。33年过后，我国不仅占据全球超级计算机

500强速度之首，而且共有167台超级计算机上榜，超过美国的165台，数量名列第一。但是，名次“靓丽”，不代表没有差距。

差距之一，自主知识产权。“十二五”期间，我国支持的两台超级计算机——“天河二号”和“太湖之光”走了两条不同的路线，在“太湖之光”的展示柜里最显眼处摆着的，就是它的心脏——完全自主知识产权的CPU。

廖俊峰：这样1块卡是2个CPU，2块这个板儿放在一起算是1个节点，总共有4万多个节点，相当于有16万个CPU。

可想而知，心脏把持在别人手里，是一种怎样的感受。

杨广文：美国卖给我们的机器，他们都进行严格控制，我们要干什么，我们能干什么，全都是他说了算。不是设定好的程序，还要找个人看守着，自主是国家的需要、战略的需要，当然更是应用的需要。

差距之二，应用。就像制造手机不用ios或者安卓系统一样，运营一个完全自主知识产权的超级计算机，意味着要重建一个超级计算机的生态系统。谈何容易？

杨广文：记得在去年（2015年）7月，清华大学组织了二十几个人的团队来移植一个气候程序，这个程序有160多万行代码，我们没有休假，是利用假期去做这么大的程序移植。7月到9月是无锡最热的时候，没有空调，因为大楼是新建的。大家每天都大汗淋漓，很艰苦。国外超级计算机中心有好几百人，其中大部分是应用人员，但我们的超级计算机中心都是靠计算机来支撑，所以我们要改变思路。

“太湖之光”正式运行2个月来，已经取得60多项应用成果，涉及天气气候、航空航天、海洋环境等19个领域。更强大的运算能力，意味着更广阔的应用场景，廖俊锋负责的就是这样一个气候和灾难监测的项目。

廖俊锋：我们模拟地球气体的流动，运算的时候会把地球切割成很多小块儿，一度是指切块儿的分辨率，之前是100公里，现在在这台机器上可以达到10公里，切分得更细了，有效预测时间也可以达到更长，现在能达到7天到10天左右，之前只能预测3天左右。

杨广文还以今年6月江苏盐城的龙卷风为例表示，有了更强的计算能力，才能捕捉到在小范围内发生的龙卷风来进行研究，帮助提升预测能力。

用杨广文的话说，做基础研究是需要“高大上”的，但除了原来的“高大上”，还要接地气。愿景怎么实现？研究科技创新的杨广文给出的答案是：体制创新。

首先，对接研究机构的机制，让超级计算机成为科研的温床。杨广文表示，未来要推行一种联合实验室机制。

杨广文：因为有些单位和高校对于超级计算机有需求，我们也需要大的程序来操作。联合实验室未来的管理人是应用方，我们就只提供技术支持。

另外，对接企业的机制，让超级计算机成为制造业转型升级的催化器。比如船舶企业，在造船时要针对人家的需求，制定一个数字模拟方案，对船舶本身的形状、抗风能力等做一套设计。两个企业同时去做，模拟的情况清清楚楚的，肯定让投资方信服。模拟描述越精细，他们对计算的需求就越大。杨广文特别希望，用世界上最大的具有自主知识产权的超级计算机算出成果、算出财富来。

在“太湖之光”突破 10 亿亿次每秒的速度极限的同时，完全自主化的百亿亿次每秒超速超级计算机又在无锡、天津、上海等地由三个团队分别开启研制，将于 2017 年年底至 2018 年年初完成样机。追求速度和创新的比赛永远没有终点……

系列报道：电信防骗学院

按语：

电信诈骗，已经成为社会毒瘤。它骗农民也骗商人，骗学生也骗教授，受害者轻则每天接到数个诈骗电话，不胜其扰；重则被骗得倾家荡产，甚至搭上性命。仅 2015 年，全国就发生电信诈骗 59.9 万起，诈骗金额 222 亿元。2016 年 8 月，山东一大学生因遭电信诈骗离世案更是激起了全社会对电信诈骗的声讨。预防电信诈骗，最重要的手段就是媒体要反复宣传。但是，除了新闻报道，媒体还能做什么？《电信防骗学院》用还原真实案例场景的方式，揭秘行骗手段，发布防骗指南，突出了广播的优势，彰显了媒体人的良心。

策划：高岩

编审：樊新征

冒充公安、检察院、法院

作者：吴喆华

播出日期：2016 年 9 月 6 日

冒充公安、检察院、法院等司法机关工作人员行骗，是电信诈骗中最常见、也是危害最大的骗局之一。2015 年年底，贵州一名出纳工作人员被骗 1.17 亿元，而近期“清华大学老师被骗千万元”等案例中，骗子也都自称公安、检察院、法院等司法机关工作人员。

此类骗术常见“套路”是：犯罪分子利用非法改号软件更改来电号码，假冒公安、检察院、法院等机关工作人员，编造受害人银行卡涉嫌洗钱、社保卡被他人冒用、邮寄包裹里藏毒等等，然后以调查为名，以假司法文书恐吓，诱骗受害人向所谓的“安全账户”汇款或者登录“钓鱼”网站转走受害人的卡内资金。

山东德州市的王女士最近就接到了自称社保中心人员的电话。

场景一：

骗子 1：喂?

王女士：喂，谁呀?

骗子 1：我这儿是德州人社局社保中心，你的一张社保卡马上就要停止使用了，因为已经被上海市公安局冻结了。

王女士：我的社保卡？什么案子啊?

骗子 1：我也是刚接到上海市公安局的通知，具体是什么情况，他们会给你打电话。

以上场景，是骗子通用的开场白。为什么会选择社保卡入手？办案民警、德州市公安局徽王派出所所长郭宝华分析认为，现在年轻人在外打工的比较多，不少人办理过社保卡，骗子利用很多人对社保卡领取、发放和平时管理、维护情况不太了解的漏洞，对受害人进行诈骗。

王女士也曾办理过社保卡。她还没回过神儿来，显示上海区号的第二个电话就打来了，这回，对方自称刑侦队警察。

场景二：

骗子 2：是王慧吗？

王女士：我是。

骗子 2：我是上海市嘉定分局刑侦队张国华，警号 003786，你的社保卡已经被我们冻结了，你涉嫌帮助别人转移贪污赃款。

王女士：不可能啊，你搞错了吧，我凭什么相信你是警察？

骗子 2：你可以打“114”查一下，这个来电号码是不是上海市嘉定分局刑侦队的电话！

由于骗子使用了改号软件，王女士随即拨打了“021-114”查询，发现来电号码就是嘉定分局刑侦队的电话，王女士这时候有点儿蒙了，骗子则继续“下套”。

骗子 2：我们是根据上海市检察院的指示来依法调查，下面警方要对你做电子笔录。首先，看一下你的手机电量是否充足？

王女士：我的手机就剩一格电了。

骗子 2：你马上找到充电器，连接好手机。请你到一个独立房间，周围不要有其他人，否则我们要按照干扰警务，追究你的责任。

王女士：我好像听见你的周围有很多人说话。

骗子 2：你不要质疑我们警方，我们警方有很多案件要办。你准备好了，听到“嘟”声，我们就开始对你正式进行电子笔录。

骗子 2：你的身份证号码是多少？

王女士：×××371402198。

这个所谓的“电子笔录”为骗子此后的“行骗”打下重要基础。郭宝华介绍说：“这个电话主要是套取王女士的个人信息，在这期间，他掌握了受害人的姓名、电话、家庭住址和身份证号码及有效期，以及在哪些银行开过账户等个人信息。”

过了一会儿，第三个电话打的是王女士的手机，来电对方变成了检察官。

场景三：

骗子 3：我是上海市检察院检察官牟平，我们检方正在调查一起案件，上海一家邮政储蓄银行的大堂经理陈楠，涉嫌贪污 130 万元的公款，为了掩盖犯罪事实，他把这笔钱转移到了你的社保卡上。

王女士：可我不认识他啊。

骗子 3：他已经把你供出来了，说给了你 11 万元的好处费。

王女士：我不知道这件事情啊，我不认识他！

骗子 3：希望你配合检方的工作，我们马上开庭审理此案，你不相信的话，你可以先上我们的网站看一下，给你四个数字的口令，你输进去。

将信将疑的王女士用手机打开了对方发来的链接，这一看不要紧，可把王女士吓了一跳。网站上是一张冻结管收执行命令，上面赫然盖着上海市人民检察院的公章。紧接着，来自司法机关的假文书，攻陷了王女士的最后一道心理防线。

郭宝华：假文书让受害人产生一种恐惧感，因为在假文书中，不仅写明了王女士的姓名、身份证号码，而且还有王女士的照片，这时，她对这个事儿就深信不疑了。

王女士明明不认识那位大堂经理，她为何还会一步步上了骗子的圈套？

郭宝华：整体来看，骗子在询问被害人的过程中，其实很多地方都是漏洞百出的，但一个人在多个人的心理攻势之下，很容易慌乱，不知所措。

为了证明王女士的清白，骗子要求王女士把所谓的“好处费”11 万元打到指定账户进行查验。这第四个、也是最关键的一个电话来了。

场景四：

骗子 3：你马上把所有银行卡的钱转到一张卡里，然后都打过来我们审查一下资金来源，看究竟有没有 11 万元“好处费”。如没有问题，资金在 24 小时之内返还给你，证明你的清白。

王女士：这些钱我可能要急用。

骗子 3：你应该更担心你的清白。我现在把检察院的账户告诉你，如果你不转的话，后果会非常严重。

王女士：您的账号是……

下午六点，王女士通过农商银行的 ATM 机分两次将 98220 元转到嫌疑人指定的账户。至此，骗子的诈骗阴谋得逞，而骗子很快地就把指定账户的资金转移了。

郭宝华：我们怀疑，骗子指定的账户可以在很短的时间内，通过软件把钱打到第二级账户，再打到第三级账户，每级账户的钱呈几何倍数增加。为了干扰公安机关侦查，几分钟甚至几十秒之内，这些钱就被骗子转走了。

当天晚上，王女士家里人报了警。而骗子得手后还不满足，企图进一步行骗，第二天依旧不断地给王女士打电话，威胁她说，如果不继续转钱的话，公安就会上门抓捕她。这回，王女士用手机录下了一段骗子的真实声音：

骗子：你先回家，准备两套衣服，我会派干警过去接你的，你叫你的丈夫帮你请个律师，你说你没接触这个案件，我们公安机关在帮你调查，你现在跟我说那么多废话，我没办法给你查，知道了吗?

防骗定理：

公安部刑事侦查局副巡视员陈士渠介绍称，一是犯罪分子使用改号软件，来电号码前面一般带有“+”或“0”；二是犯罪分子会让受害人拨打“114”核实所谓公安、检察院、法院等机关的官方电话；三是犯罪分子声称要保密，不能联系家人或任何关系人，去找宾馆或无人的地方接听电话；四是犯罪分子会传真或让登录指定的网站查看有受害人名字和照片的所谓“通缉令”；五是犯罪分子最终要让受害人把钱转到所谓的安全账户，凡有以上任何一种情形，便可判定为电信网络诈骗。

警方提醒：公安、检察院、法院等执法部门不会使用电话方式对涉嫌犯罪的问题进行调查处理，根本不存在所谓的安全账户，凡是用电话或短信让当事人进行汇款、汇审查资金的，一概不要相信。接到陌生人要求汇款、转账的电话时，要立即挂断电话，及时与公安机关取得联系，避免受骗上当。

聊天软件里的假老板

作者：沈静文
播出日期：2016 年 9 月 7 日

冒充领导打电话“猜猜我是谁”的“套路”已是人尽皆知，如今，从电话到 QQ 和微信，骗子的招数也在不断地升级。相比冒充朋友借几百、几千元，骗子们显然更青睐掌握企业大额流动资金大权的会计们，比如武汉某公司财务人员就曾一下子被骗了 500 万元，损失惨重。

此类骗术常见的“套路”是：犯罪分子通过“黑客”程序盗取公司老板微信、QQ，或者冒用公司老板的微信、QQ 头像和名称，向财会人员发送转账、汇款指令，从而达到诈骗的目的。

河北衡水某商贸公司的会计陈女士早上到了办公室，和往常一样打开 QQ 和公司经理进行业务交流。“经理”询问了公司的财务状况、安排了当天的工作任务后，让她给一个账户汇款。

陈女士：“老板”在 QQ 上问我，账户上还有多少钱？我就如实告诉他了，他让我给胡总转账，平时也有这种情况。我就告诉他这得去银行办理，他问大概多长时间能办好？我说要一个小时，他说那你快去吧。

得到指令的陈女士快马加鞭赶往银行，如数转出账上余额 1.2 万元。

陈女士：我打电话给老板，告诉他我已经把他让我转给胡总的钱汇过去了，杨总说他没有让我转钱啊。

听到这里，陈女士吓得一身冷汗。

陈女士：这时候我才突然醒悟，我被骗了。银行的工作人员让我赶紧输入对方的银行卡卡号，把他的银行卡锁住，我照办了，骗子能看到他账户上的钱，但不能把钱取走。

骗子扮演“老板”，足不出户，打字花 5 分钟，入账 1 万多元，看起来挣钱很快。河北省衡水市公安局民警张金友介绍，尽管作案时间短，但犯罪嫌疑人往往酝酿已久。他先进入企业 QQ 群，观察企业老板、会计说话的方式、语气，并记录下来。当有合适的时机，比如老板出差，他就把自己 QQ 特征伪装成老板，向会计发号施令。他直接把银行卡号告诉对方，以让会计转账、结货款等各种理由进行诈骗。

如今，微信已成为公众日常交流重要工具，犯罪分子也升级行骗手段，盯上了微信。与直接入侵 QQ 账号行骗相比，长期蛰伏微信好友再伺机出动，骗子的耐心真可谓“超乎你想象”。

浙江温州某企业会计小琳最近收到一条微信好友添加请求，对方的名字、头像和公司董事长一模一样，她并未怀疑，当时就点击了“同意”。不久后，“董事长”开始通过微信安排工作。

骗子：小琳，账上还有多少钱?

小琳：私人账户上有 6 万多元，公司账户上有 190 多万元。

骗子：我手上有一笔往来款要付出去，我把对方收款账号发给你，你马上汇给对方。

小琳：好。

短短一小时内，小琳根据“指示”汇款两笔，分别是 6 万元和 70 万元。当骗子第三次要求小琳汇出 69 万元时，有些疑惑的小琳致电公司董事长核实情况，董事长称，根本就没有要求过她转账。

温州市公安局刑事侦查支队民警林内乐说，在这起案子里，识破骗局的方法很简单，就是首先要打个电话核实，到底有没有这笔转账、有没有这笔业务往来。

打电话核实，这方法会计应该能想到，骗子显然也想到了。为了防止在电话环节“功亏一篑”，骗子们将微信群的仿真程度推向了“新境界”。

湖北某公司的一名会计李女士近日被拉进了“公司内部”的高端群，群里有董事长和经理等多名高层领导。高层领导之间互动不断，而这些看似工作交流的对话，其实都是专门给李女士设的陷阱。

骗子 1：王董，在忙吗？刚刚打你的电话被挂断了。

骗子 2：现在我这边有个会议，不要打我的电话，有事儿请留言。

骗子 1：好的，您先忙。

骗子克隆的这个“公司微信群”真实度极高，群内的“公司同事”头像、名称等信息都对得上。这些所谓的同事在群里讨论工作，各种你来我往让李女士深信，董事长此时正在外地开会，一大单合同迫在眉睫，但不能接电话，只能使用微信。打消李女士的疑虑之后，“董事长”向她发出了工作指示。

骗子 2：小李，在吗？

李女士：在。

骗子 2：我这边在开会，不方便打电话。你代我联系江苏的蒋总，问一下昨天谈好的合同保证金转过来没有。他的电话是……

李女士：好的。

骗子 2：打了吗？

李女士：他说正在安排转款，需要将你们昨天谈好的合同发到他的邮箱。

骗子 2：好的。

骗子 2：蒋总把款转到我私人账户了，晚点儿我把款转回公司账户上。你现在先安排从公司账上退保证金给他，我这边还在开会，过后我再补上手续，以免影响接下来的合作。

李女士：好的。

骗子 2：看到账户信息了吗？马上办理！

李女士：好的。

就这样，85 万元轻易地就被转走了。

防骗定理：

公安部刑事侦查局副巡视员陈士渠指出，有些犯罪团伙甚至长达数月关注企业财会人员的微信或 QQ，寻找作案机会；有的骗子通过盗号软件和强制视频软件盗取公司老板 QQ 密码并录制对方的视频影像，登录 QQ 将所录制的影像播放给财会人员看以骗取信任，有的财会人员被假冒公司老板拉入所谓的单位微信、QQ 群，群里其他十几名成员均为骗子假冒。这类诈骗手法，财会人员一旦上当，企业账户内的资金往往被骗光，损失惨重，有的企业因此破产。

警方提醒：虽然骗子通过非法渠道获取相关信息、克隆微信或 QQ 名称、头像，但很难复制 QQ 空间、微信朋友圈的文字、图片等内容，仔细辨别即可判断真伪。财会人员在接到企业老板通过微信或 QQ 的转账、汇款指令时，首先一定要向老板当面确认或电话核实。

换号的老熟人

作者：车丽
播出日期：2016 年 9 月 8 日

日常生活中，大家要是换了手机号，通常都会群发短信告诉亲友，而非一一电话通知。如今，这个漏洞也被骗子盯上了。此类骗术常见“套路”是：骗子先通过非法途径入侵用户手机，获取通信录，然后给联系人群发短信，“我换号了，敬请惠存”。取得受害人信任后，再借机以各种理由请求“帮忙”，发送转账、汇款指令，从而达到诈骗的目的。

浙江湖州市市民张宾今年 8 月就接到了这样一条短信：“本人手机号码自今日起进行变更，原号码停用，请惠存此号。”“早上刚起床，我手机里正好有一条未读短信，短信上显示发送人是我的一个亲戚，名字也是对的，说他换了新号码，当时我也没有多想。”

这个号码就这样轻而易举地进了张宾的通信录。当天下午，对方又发来短信，一番家长里短、嘘寒问暖后，随后就向张宾提出借款 30 万元。

张宾：平常我对他也比较信任，当时我银行卡里正好有一笔钱，就用网银把钱转到他银行卡里了。

在网上银行转账过程中，收款人姓名并非张宾的亲戚本人，但这一破绽也并没有引起张宾的怀疑。

张宾：因为我这个亲戚是做生意的，他有时候提供的户名、账号也不一定是他本人的，所以我也没在意。

傍晚，张宾想向亲戚询问，是否收到这笔钱，但蹊跷的是，对方的电话无法接通了。张宾当时感觉有点儿奇怪，就在微信上发消息给他亲戚，亲戚回复说他并没有收到这笔钱，也没有跟他借过钱。张宾当时脑子一片空白，后来跟亲戚进一步核实，他说没有换过手机号，也没有发过信息给他。

由于电信诈骗案件犯罪分子反侦察能力很强，电话号码、银行账号均非本人登记，给调查取证带来一定难度。浙江湖州市长兴县雉城派出所民警王长兴说，破解这样骗局的关键点是，只要涉及金钱往来，一定要打电话和对方核实。

王长兴：如果对方自称是你的朋友或亲戚，他联系你说他的电话号码换了，手机号码或者 QQ 什么都换了，要跟你借钱，或者发一个链接给你，要你查看的时候，最好的方法就是打电话进行确认。

从“猜猜我是谁”到“我换号了”，如今“我是你领导”也开始上演升级版本。事先有了换号短信的铺垫，再加上骗子操当地方言、对受害人个人信息了如指掌，这样的诈骗新花样相比传统诈骗手法，确实迷惑性更强，受害人稍有不慎，就会落入陷阱。

河南信阳的王女士不久前收到一条短信，“为防骚扰，即日起我启用了自己的私人号码，仅限亲朋惠存”，落款是单位领导李某，手机号是以“132”开头的号码。没过几天，王女士接到了这个手机号打来的电话。

骗子：喂，小王吗？

王女士：是您啊！李主任，您有什么事儿？

骗子：没什么，就是想问问你最近在家忙什么啊？

王女士：最近家里事儿挺多的，不过您放心，我一定单位、家里两不误。

骗子：是，是，你要多注意身体……

热络的交谈过后，王女士并没有起疑心。当天下午，她还在单位见到了上午“刚刚通过话”的领导李某，但却错过了求证的机会。第二天，王女士再次接到了这名男子打来的电话。

骗子：喂，小王吗？

王女士：李主任，您说，什么事儿？

骗子：我想找局长办点儿事儿，得送点儿礼物，怎么也得八万元到十万元吧。现在我手头有点儿紧，又不方便让你嫂子知道。你看能不能给我借点儿钱？

王女士：我也没那么多钱，也就只有几千元吧。

骗子：你帮我想想办法吧，能凑多少是多少。咱们都是老同事，我今天下午就可以把借的钱还给你。

王女士：哎呀，老领导难得开一回口，我尽力帮您。

骗子：好，我的账号是……

当天下午，王女士按照对方提供的账户汇了 4 万元。但很快，对方再次打来电话，声称刚才那张卡出了点儿问题。但事情紧急，希望王女士向另一张卡里再汇 4 万元，正是对方第二次汇款的要求，让王女士起了疑心。

王女士：4 万元已经不少了，再叫我汇 4 万元，加起来就是 8 万元，这可不是个小数目。李主任可以找其他同事借啊，或者找亲戚朋友借，为什么总找我一个人借呢？这不太对劲儿啊。

王女士随即报警，警方调查得知，这笔钱已经在异地通过 ATM 机转给了其他两个账号，所幸的是，通过调看银行监控录像和办卡信息，警方成功锁定嫌疑人，追回了这笔钱。

河南信阳市新县公安局副局长匡昭伟介绍，犯罪嫌疑人正是抓住了受害人对单位领导的尊重、信任，甚至是盲从的心理，才导致上当受骗。犯罪嫌疑人实施这类诈骗，一般会有两个手机号，一个是生活号，一个是工作号，他会一直让你联系他的生活号，而不是联系他的工作号。那么你可以联系一下他的工作号，来确认这个领导是真是假，然后你再决定是否汇款。

防骗定理：

公安部刑事侦查局副巡视员陈士渠介绍称，冒充熟人发送“我换号了，敬请惠存”短信诈骗，是“猜猜我是谁”“到我办公室来一趟”电信网络诈骗手法的短信版。目前这类诈骗手法的犯罪嫌疑人已经由过去集中向某个号段逐个拨打电话发展到购买公民个人信息后，在掌握事主姓名、单位、职务、联系方式、社会关系的前提下，利用亲属、上下级等特殊关系进行精准诈骗。

警方提醒：收到手机换号短信要注意鉴别真假，不要轻信，在保存新号码前建议与当事人进行确认，涉及转账等要求需提高警惕，严防被骗。

机票退 / 改签陷阱

作者：潘毅

播出日期：2016 年 9 月 9 日

急着乘坐飞机出行，突然收到航空公司发来“飞机故障、行程延误或取消”的短信时，不少人第一反应是想，如何退票或改签，以免行程受到影响。不过，这样的短信也可能会暗藏陷阱，如果没有核实真伪，直接拨打短信中所谓的“客服电话”，就会陷入骗子的圈套。此类骗术的常见“套路”是：骗子谎称航空公司客服，以机票退 / 改签为由，骗取受害人通过网银或 ATM 机操作，在操作过程中他们让受害者输入的所谓“验证码”，往往就是转账金额。

案情还原：

8 月 25 日清晨 4 点，南京理工大学大二学生小张，正准备前往沈阳坐飞机返校，但手机上一条来自“0085251989644”的短信让她惊出一身冷汗，这条凌晨 1 点发来的短信以东方航空公司的名义告诉小张，她当天即将乘坐的沈阳飞往南京的 MU2827 航班由于机械故障已取消，需要拨打退票电话进行改签或退票，改签成功后还可以获得 200 元的补偿。由于短信准确地注明了自己的姓名和航班信息，小张丝毫没有怀疑，立即和短信上的电话“020-29194565”取得了联系。按电话中的提示选择“改签”后，一位所谓的人工客服接待了她。该客服承诺可以将小张的机票改签到下午或晚上，并称小张需要去银行 ATM 机取“改签的凭条”，只有从 ATM 机中拿到这张凭条才能取票。小张询问对方能否在机场办理改签，对方说，不行。此前没有机票改签经验的小张只好找了一个 ATM 机，那时的她认为，只要插卡验证一下，取出凭条就可以了。

案情解剖：

南京市公安局刑侦局反通信网络诈骗大队民警褚宏伟分析，在类似案件中，犯罪分子掌握了受害人的准确出行信息非常关键。犯罪分子首先通过非法手段获得了订票信息并获得受害人的信任，利用受害人急于购票的心理，先把对方骗到ATM机前，以实施下一步的操作。受害人一旦在这个过程中没有冷静下来分析真伪，就很容易一步一步进入犯罪分子的圈套。

当小张来到ATM机前，再次接通之前的电话后，对方让她报出自己卡内余额，小张提供了自己日常使用的两张余额不多的银行卡余额，却被对方告知无法识别，无奈之下小张拿出了存有自己学费的银行卡。

小张：我说为什么还非要问余额呢，他跟我说是为了避免他公司与我产生经济纠纷，我当时就以为改签需要我补差价，我以为他会扣掉两三百元，不算多，就跟他说了我的卡内余额。

但是骗子随后突然提出，让小张将ATM机切换到英文界面。急于办理改签的小张没有仔细看清英文到底是什么内容，就按照对方指令按了几个键并确认，在弹出的窗口内输入了对方提供的一串数字，对方说这是“改签编号”，之后ATM机打印出一张回执单，显示对方已经将款转走。

25日中午小张到达机场后发现航班并未取消，航空公司也对他表示从未发出过航班取消信息，然而钱已经落入犯罪分子手中。小张回忆，当时骗子让她输入的一串数字就是对方的卡号。褚宏伟分析，犯罪分子会要求受害人在ATM机上将屏幕切换到英文界面进行转账操作，这主要是利用了受害人对英文界面不熟悉，和遇到航班改签或者延误这种退票时的紧张心理。

褚宏伟：请广大人民群众一定要再次通过官方渠道，比如说是官方的网站或者客服电话查询航班的实时动态，以防上当受骗。

除了采用ATM机的英文界面实施诈骗，犯罪分子还会诱骗受害人，尝试高于卡内余额转账，同时骗子主动转入一笔钱来补足差额，在一进一出之间，利用时间差来骗取受害人主动将卡内全部金额转给犯罪分子。

案情还原：

广州的邱先生在一家航空公司官网预定了飞机票，起飞前一天收到了航班取消的短信，被要求通过网银转账，所谓“20元的工本费”，对方在问明邱先生的余额有2.39万多元后，要求邱先生故意转错一笔2.4万元的款项，作为“改签代码”。

对方声称转账失败后会出现一个错误代码，用这个代码可以将航空公司与邱先生的银行卡绑定，便于转账，邱先生为了防止上当，先给自己另外一张卡试转了一下，果然因为余额不足而转账失败，这让邱先生吃了一颗定心丸，他就按照要求给对方转去 2.4 万元，没想到这一次却显示转账成功。邱先生质问对方为何会转账成功，对方谎称公司刚好退了一笔 310 元的机票费给邱先生，随后邱先生打印银行流水发现，骗子抢在邱先生转账之前 3 秒钟给邱先生卡中转了 310 元，补足余额这才转账成功。

防骗定理：

公安部刑事侦查局副巡视员陈士渠提醒，犯罪分子通过非法渠道获得乘客信息后，冒充航空公司工作人员，向订购机票的事主拨打电话或者发送短信，谎称所订的飞机航班延误，建议事主改签或退票，将向事主支付赔偿金或退 / 赔机票费。事主一旦相信，犯罪分子就要求事主按其提示通过手机银行、ATM 机、网上银行等进行操作，输入所谓的操作代码等，从而转走事主银行卡中的资金，当骗取第一笔钱款后，骗子还会寻找各种理由，实施连环诈骗，直至事主银行卡中的钱被全部转光。

警方提醒：如遇陌生号码发送航班异常信息，要求转账汇款，应登录航空公司官网或拨打官方客服电话查询，谨防受骗，ATM 机不可办理机票改签业务。

网络购物后的假客服

按语：

中国之声特别报道《电信防骗学院》，揭秘行骗手段，发布防骗指南，以案说法，帮您擦亮眼睛。

作者：孙莹

播出日期：2016年9月10日

网络购物难免与客服打交道。但消费者与客服见不到面，只在网上聊天、电话联系，骗子就抓住了这个漏洞，实施诈骗。

此类骗术常见“套路”是：犯罪分子通过非法渠道获取消费者网购信息，冒充电商客服打电话或发短信，准确说出事主购物信息、收货地址等内容，博取信任后，以订单出错、商品缺货、产品质量有问题，需要办理退款为由，提供“钓鱼”网站链接，进一步索要受害人的银行卡卡号、支付密码等信息，骗取钱财。

河南的郑先生接到了一条短信，说他网上购物订单因故被冻结，需要联系客服解冻，提供的是常见的“400”开头的电话，信息落款是淘宝客服。郑先生拨通了这个电话。

假客服：您好，请讲。

郑先生：你们是哪儿的客服，是淘宝的吗？

假客服：是的。请问您要办理什么业务呢？

郑先生：我收到一个短信，说我网购的物品由于系统升级，订单失效了是怎么回事儿？

假客服：今天系统出了点儿错，您的订单失效了，我们会把款退给你，然后你再重新购买就可以了。

郑先生：到货的时间不变，但是我得重新下单，是吧。

假客服：对的，那请把你的身份证号和联系方式，提供给我们登记一下。

听到需要提供身份证号，郑先生当即挂断了电话，并随后与网店卖家取得了联系，得知货物已经正常快递到了郑州，订单被冻结完全是子虚乌有。

福建莆田市城厢公安分局刑侦大队民警朱龙德分析，询问身份证号只是骗子诈骗的第一步，当骗子取得事主信任后，通常会利用 QQ 等社交平台发送“钓鱼”网站链接，实施下一步诈骗；而网购退款其实并不需要这些详尽的个人信息。

如果说郑先生的警觉让他逃过了骗子的魔掌，同样是被告知网购订单出现了问题的其他受害人，就没有这么幸运了。

陈先生：他让我登录一个网站，按照他们提供的表格填写我的个人信息，到时候会把钱退给我，当时我就按他们的要求去做了。

操作完成之后，受害人陈先生没等到对方退款，等来的却是银行客户端发来的出账短信，卡里 1 万多元存款不翼而飞了。

无独有偶，刘女士网购后接到一个自称网站客服的电话，建议她用近两年才开始流行的网购付款方式“蚂蚁花呗”付款。

刘女士：客服跟我说快到“五一”了，用“蚂蚁花呗”支付可享受优惠，然后他就给我发了一个链接，点开链接之后，让我重新输入账户和密码，我输入之后，发现我余额宝上的钱全都没有了。

今年 8 月，广州消费者李先生通过手机 APP 下单购买了共计 100 多元的物品，第二天就接到了自称亚马逊客服的电话，说因系统升级导致订单丢失，需要办理退款。李先生赶紧登录亚马逊账户查看订单信息。

李先生：他没有给我网站链接，但我怀疑他说的，我自己打开亚马逊官网，上面显示的信息他都知道，我一看上面就显示那个订单确实不见了。

对方不仅能够明确报出账户信息，还能任意进行修改，李先生至此已信以为真。他按照假客服的引导，进入了从没使用过的“个人主页”，发现上面明确写着订单问题和退款流程，于是按照电话那头的指示，将余额宝里的钱全部转给了对方。不仅如此，李先生还依照假客服的推荐，开通了“支付宝借呗”和招联金融的微贷功能，将所有的信用额度也全部刷光，汇到了对方账户上。

李先生：将 4 万元汇给对方后，我才注意到亚马逊的官网页面上，有一个地方用灰色小字体提醒，说不会通过这个页面来进行退款。这时候我才醒悟过来，马上就去派出所报案了。

福建莆田市公安局刑侦支队四大队大队长李赐贤提醒，其实有多个环节可以避免被骗。

李赐贤：遇到不明的链接，我们不要轻易地点击、打开；如果不小心打开了的话，我们就不要输入个人的身份信息、银行卡号；如果不小心输入了，我们要及时更改银行卡的密码；如果因为点击不明链接，引起手机中毒的话，我们要及时重装手机系统。

防骗定理：

公安部刑事侦查局副巡视员陈士渠建议：第一，案发时间。事主接到此类诈骗电话的时段，一般集中在网购商品提交订单后的一到两天时间内；第二，涉案电话号码。此类诈骗手法所使用的诈骗电话一般是170、171开头的号码；第三，利用社交平台。诈骗分子在电话中取得事主信任后，通常利用QQ、微信这两种社交平台发送“钓鱼”网站链接，实施下一步诈骗；第四，多次询问验证码。当事主提供验证码后，诈骗分子往往以验证超时、操作失误为由，诱骗事主多次提供验证码，从而导致事主银行卡内资金分多次被转出；第五，转账手法多样。诈骗分子诱骗事主点击“钓鱼”网站，盗取银行卡信息，或者指引事主通过第三方支付平台，扫描二维码等方法骗取账款。

警方提醒：网络购物后如果接到需要退款的电话，不要轻易相信对方所述内容，应通过官方途径联系电商或支付平台的官方客服核实情况；不登录来源不明的网络链接；不随意扫描非官网发布的二维码，资金操作要在官方交易平台进行。如遇行骗，请及时拨打“110”报警。

意外的助学金

作者：刘飞

播出日期：2016年9月11日

又是一年开学季，电信诈骗的黑手频繁伸向单纯的学生，尤其是贫困学生群体。不久前，山东临沂女生徐玉玉，被他人以发放助学金的名义，骗走学费近万元。在意识到被骗并报案后，徐玉玉在回家途中呼吸困难，心脏骤停，不幸去世。此类骗术常见“套路”是：骗子通过非法渠道获取学生个人信息后，冒充教育部门工作人员拨打学生或家长电话，告知受害人有“助学金”发放，逐步诱使受害人到银行自助柜员机上按照其指示操作，以此转走受害人银行卡内的现金。

案情还原：

广东佛山的廖某通过网络聊天工具，找到一个盗卖学生信息的卖家，以1200元买到了一份湖北某中学的在读学生资料。之后廖某一伙四人进行了分工，廖某和王某负责冒充学校老师，许某和陈某负责冒充教育局工作人员。通常，此类案件中，骗子的开场白是先报出事主的学校或家庭情况等准确信息，摆出核对事主身份的架势，只等事主点头。

骗子1：是蒋洁的妈妈吗？蒋洁同学这学期成绩很好，获得了3280元的教育基金财政补贴。

事主：是吗？还有补贴呢？

骗子1：您记一个教育局的工作人员电话，具体事宜您和他联系，手机号码是：170170×××××。

案情解剖：

公众印象中，学生家庭或就学信息是学校和教育部门才掌握的，然而，骗子们也可以通过非法渠道进行购买。行骗者以此进行角色伪装，针对性强，可以达到精准诈骗的目的。

广东佛山反诈骗中心苏警官：有的案例是，事主正好前几天接到过教育部门打来的电话，刚过两天嫌疑人就来电话了。有可能是贩卖个人信息的嫌疑人，攻破了相关部门的网站，获取了批量信息。也不排除是事主在手机上点击过来历不明的网站，被植入木马病毒，因此导致存在手机里的个人信息被盗用。

身份被认同后，骗子们就要谈钱了。不过，一开始，不仅不提让事主交钱，而且还要主动给事主钱。

事主：喂，您好，是教育局吗？

骗子2：是，什么事情？

事主：我想问一下教育基金补贴的事儿，我是蒋洁的妈妈。

骗子2：怎么现在才来问！学校没发通知吗？今天最后一天办理，如果今天领不了，明天就不能办了。

事主：今天老师刚通知的！我在外地打工，没在家，您看这怎么弄啊？

骗子2：将补贴转到卡里，在外地也能办，您抓紧时间吧。您拿一张银行存储卡，找一个ATM机，在上面操作。到时候您给我打电话，我告诉您怎么操作，步骤不能错……

事主：好的，谢谢啊！

案情解剖：

略带责备的催促语气，电话那头的“教育局工作人员”似乎也在替学生和家长着急。这种“假好心”常常会让事主放松警惕。苏警官介绍，这都是骗子有意为之，利用家长比较着急的心理，要求家长在急促的环境下操作银行的账户。很多家长就没有在意ATM机上显示的转账等提示。犯罪嫌疑人也会尽量去营造这种急促、紧张的氛围，催促事主要快点输入，不然超出了操作时限就会导致操作不成功。

事主在银行自动柜员机上进行的操作，实际上，就是向骗子的账号进行转账。可是，骗子又是如何做到让事主心甘情愿转账的呢？

案情还原：

骗子2：您把卡插进去了吗？卡里还有多少余额？我做一个记录，等教育补贴到账之后，再查一下，好核对发放金额。

事主：余额是1.355万元。

骗子2：好的。然后您点“跨行转账”，在这个界面操作，输入补贴系统里的学生证号，它的系统会自动识别。我找一下，蒋洁的学生证号是 622×××。

骗子 2：然后您点“其他金额”，进入后输入补贴编号：13548。

骗子 2：您再核对一下编号，核对好就点“确认”。

案情解剖：

其实这只是一台普通的自动柜员机，没法执行什么“神秘”操作。按照骗子一系列的指令，事主就是进行了普通的转账。只不过，整个过程被骗子进行了一番花哨包装。广东佛山反诈骗中心苏警官介绍，所谓“学生证号”，就是犯罪分子提供的收款的银行账号，紧接着，犯罪嫌疑人就会再叫他输入一个“补贴编号”。那么，所谓的“补贴编号”就是之前骗子问的家长卡里的余额。输入所谓的“补贴编号”之后，卡里的钱就转账到了犯罪嫌疑人的账户里。

今年的 4 月 2 日，廖某等人就是用“发放奖学金”这样的“套路”，骗取了事主蒋某银行卡里的 1.3548 万元。而廖某等人事后交代，他们使用这种手法，已经让六七个学生或家长上当受骗。

防骗定理：

公安部刑事侦查局副巡视员陈士渠建议：犯罪分子首先通过非法渠道获取事主个人信息，然后冒充社保、教育、财政、残联等部门工作人员拨打事主电话。准确报出事主姓名等信息，以通知其领取补助金、救助金、助学金为名，诱骗事主到 ATM 机或网上进行操作，骗取事主银行卡内资金。

警方提醒：无论哪个单位发放助学金、补助金等，或者个人提供资助，都不会要求事主到银行自动柜员机或网上进行双向互动操作，也不需要事主持有存款的银行卡到银行自动柜员机操作。如遇类似要求，请先向有关部门咨询，不要轻易按照对方的要求，操作转账。

系列报道：我们骑车吧

按语：

我国曾被称为“自行车王国”。20世纪七八十年代，自行车、手表和缝纫机，曾是姑娘、小伙结婚必备的“三大件”。之后随着城市化发展、汽车大潮的冲击，自行车曾一度没落。而今，自行车再度复兴，性能更优化，选择更多元，一跃成为时尚与环保的代名词。半个多世纪以来，从兴到衰，再到复兴，自行车不仅成为人们情感寄托的符号，更展现了整个中国的发展变化。

未来它能否由“潮流”变成“主流”？自行车如何能在汽车拥堵的马路中“杀”出一条路，获得基本的“路权”？大规模发展自行车，国内相关产业发展还需要哪些扶持？《我们骑车吧》从自行车的前世今生讲起，讲述的不仅仅是自行车的故事，更是创新改变产业发展的传奇。

策划：高岩

编审：樊新征

自行车：前世今生

作者：丁飞、韩萌

播出日期：2016 年 10 月 10 日

问：嘿，还记得你人生中的第一辆自行车吗?

答：我的第一辆自行车啊，那是买的一辆二手车，那时候买不起好车啊。

答：我的第一辆自行车是我爷爷的，车头好重，车身也好高。

答：我的第一辆自行车车身底色是紫色，有一些花纹的。应该是凤凰牌的。

答：我好像是花了一个月还是两个月的工资买的，反正当时挺贵的。

答：我买的第一辆自行车特便宜！骑了大概一年吧，然后就在学校里弄丢了。

问：当时有一辆自行车，是一种什么感觉?

答：很牛啊，当时就觉得家里有辆自行车很自豪。

答：我是结婚娶媳妇的时候才买的。

答：骑的时候，那个车的链条，老是往下掉。

答：早上起来上班的时候一看，一大堆自行车在那儿，回家的时候，也不愁没有车骑，自行车多得足足停了有几百米远。

问：那，你当初是怎么学会骑自行车的?

答：我们那会儿个儿小啊，骑那个“二八”车，我们叫“掏裆”，一只脚踏在那只轮子上，另一只脚踏在这边。

答：那会儿我爸爸妈妈都先在后面推着，中间突然再撒开手，但我不知道，一直骑啊骑，突然发现，后面没人在推了，然后就摔倒了。就这样摔了两次之后我就会骑了。

嘿，还记得你第一次骑车时的模样吗？当你克服恐惧，双脚离地，两只手扶住车把儿左摇右晃，颤颤巍巍，唯恐失去平衡的一刹那，你或许来不及意识，轮子就已成了你的双脚，一个偌大的世界正在向你张开怀抱。

很多人的第一个代步工具，便是自行车。它动力简单，身体带动车身，双手控制方向；架子加上轮子，它扛起你就能走，可随处穿行。那些戴头盔的爱好者们喜欢骑上它感知世界，用身心亲近自然，触碰万物，听说那种感觉“像风一样自由”。

有资料显示，1950年中国第一个全部国产化的自行车品牌“飞鸽”在天津诞生。到20世纪八九十年代，我国自行车的使用达到顶峰，全国自行车保有量近5亿辆。在当年，它既是人们结婚必不可少的“三大件”之一，几乎更是出行的唯一代步工具。50年代出生的上海同济大学教授诸大建不大认同“自行车王国”的说法，他说那是“穷王国”——再远的地方，也只能骑车。

诸大建：那时买一辆自行车要花100多元。我们要下乡挣一年的钱才能买上一辆上海永久牌或者凤凰牌自行车，相当于现在买一辆豪车啊。我记得有一次下雨，我骑车去郊外看望一位老师，我穿着雨衣，雨打下来连头都抬不起来。但还是顶着风雨骑上一两个小时才能到达。自行车不应该是长途的代步工具，但是那时没有其他交通工具啊。

北京男孩儿郑志浩出生在90年代，几年前他第一次骑着他妈妈的车去上学就遭遇了“群嘲”，后来形影不离的哥们儿把他带“入坑儿”，从此迷上了组装和越野。诸教授那代人的代步工具，50年后成了郑志浩等一代年轻人热衷的运动器械。

郑志浩：零部件儿都是从网上订购，然后到那儿他们给组装。他们都是玩家，技术很高，不靠这个挣钱。

记者：这总体下来大概要多少钱？

郑志浩：我那个车比较初级，1万多元吧。带我“入坑儿”的那个哥们儿，他那个车已经花了四五万元啦。你得敢玩这个，因为经常容易摔。不过自行车摔了也没什么大事，车压在身上，我也不觉得疼。翘前轮、翘后轮、双轮跳、兔跳……每天在放学路上都可以边走边跳，一直跳回家。有时间的话就去老山那儿，飞一两米高的高坡、斜坡。其实这个运动跟年龄无关，主要是看你有没有一颗躁动的心吧。

在郑志浩5岁的时候，家里就有了小汽车。那几年，国家大力发展汽车工业，20世纪90年代，从中央到地方出台了一系列措施鼓励“小汽车进家门”。80年代末年产量达600万辆的永久牌自行车，1998年开始亏损，到2000年跌入谷底，面临退市和破产。自行车开始淡出大城市的街头，交通占比甚至低到10%。城市出行模式在10年间，从自行车完全代步变成了小汽车完全代步——多近的地方，大家也要开辆车。

汽车工业在带来经济发展、生活水平提高的同时，也给城市带来了拥堵和污染。进入 21 世纪，上海、深圳、北京、广州先后开始打造城市的慢行交通体系，电动自行车蓬勃发展、公共自行车方兴未艾，“两轮”时代正在回归。上海的诸大建教授发现自己的儿子最近在骑摩拜单车，从家门口到地铁的 2 公里距离，只需花 1 元。目前，这款自行车租赁软件已在北京、上海、广州刮起了一股“橙色风暴”，用户通过手机扫码和定位，便可实现短途出行、随取随放的自行车共享。

诸大建：是因为时尚、新潮，适应现代人的消费理念，让人接受、喜欢之后达到了环保的效果，而不是为了环保而不得不骑自行车。如果它能引领中国城市的单车友好、公共交通的新时代，这才是摩拜单车的社会价值和意义。

在武汉上大学的郑志浩已经有好一阵儿没摸车了。他当年和小伙伴一起建了个群叫“北京高中生自行车联盟”，有 40 多个人，如今不少人已经出国，或分散在全国各地。他盯着因骑车而磨掉的鞋底说，“两轮”承载的是灵魂，怎么着也会再把它捡回来。

郑志浩：上高三时有一年都没玩儿了，现在也好久没骑了，自行车一直在家里放着，也不敢放楼下，轮胎都没气了。我觉得，“两轮”承载的是灵魂，“四轮”承载的只是肉体，我们圈里的人比较认可这种说法。因为“两轮”操控感比较强，能感受风、感受雨，而“四轮”只有方向盘。

经过半个世纪的观察，研究循环经济和绿色经济的诸大建教授说，中国自行车正处在 U 形发展第三阶段的起点，它在向短途出行和环保健身功能靠拢，一个成熟的城市出行模式可以翘首以待。

诸大建：中国的理想模式应该是，一个好的城市，首先应该提倡步行。其次，主要的交通工具应该是巴士和地铁，沟通它们的这段短距离路程应该提倡用自行车，这叫作“骑乘骑”模式。最后，小汽车最好是在低密度、长距离的路程中使用。

尾声：我和自行车的故事

街边采访 1：那时候下课铃一响，我们就疯一样的冲出去，骑上车就往外跑。放学的路上，只要听到后面有拖拉机的声儿就挺高兴，因为就不用自己骑了。然后一只手扶着车把，一只手抓着拖拉机的后挡，让它带着走！

街边采访 2：男生特别爱欺负女生，比如把她的车筐给卸了，把她的车胎上的气门芯给拔了。她放学之后看见了就特别生气，但又不知道是谁干的，完全拿我们没办法（笑）。

街边采访 3：第一次被拔气门芯的时候她就觉得，车胎没气了她也能骑回去！等她骑回去以后，结果发现一条车带子整个都废了。

街边采访 4：我们有时候四五个人一起并排骑，唱什么《还珠格格》的主题曲：轰轰烈烈……那会儿真的太开心了。

街边采访 5：那会儿我爸爸骑自行车带我去公园，我坐在前面那大横梁上，脚放里面被崴了一下，回去之后我妈妈就批评了我爸爸一顿。

街边采访 6：小时候我坐在妈妈的车后面，手正好扶着车座底下那两个减震弹簧，特别舒服。后来越扶越不得劲，觉得硌得慌。后来有一天终于明白，那是因为我长大了，手变大了。

自行车：我为什么不骑

作者：杜希萌

播出日期：2016 年 10 月 11 日

问：嘿，还记得你上次骑自行车时什么感觉吗？

答：我上大学后就没有骑过了，上初中高中的时候骑车主要是为了上学，一门心思想着能早点儿到学校。

答：我不记得了，没什么特别的感觉，因为确实挺累的。

答：我觉得吹着风很爽。晚饭后骑车去兜兜风，真的感觉很好。

问：那你现在为什么不再选择骑车了？

答：道路上中间画了一道线，机动车有时候让你没办法骑，感觉比以前要危险了。

答：有时候骑着骑着，过了一个红绿灯，就没有自行车道了。

答：厦门本来是建了好多自行车道啊，但是整个路就是凹凸不平。

问：你觉得这个城市还需要自行车吗？

答：就算我有自己的小汽车了，偶尔骑个自行车也是很好的选择。

答：在上海这时候梧桐叶都变黄了，你骑自行车从中间穿过去，就感觉更能贴近这个城市了。

答：不能仅仅是“大血管”给机动车用，还是需要有“毛细血管”，那这就需要自行车啊。

周晓辉：1988 年的 10 月 26 日早上 7 点 15 分，是上班的时候，自行车就不断地在增加，从桥上一直挤到了桥下……

就在这一天，摄影记者周晓辉留下了自己人生中最值得称道的一张照片——《上班时间的交通》。

黑白的影像真实再现了那个专属于“自行车时代”的拥堵，熙熙攘攘的人推着

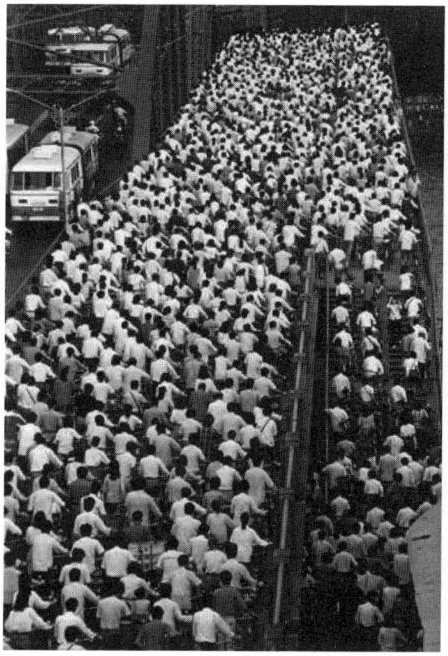

上左：1988年10月26日早晨7时43分，广州海珠桥上挤满了推自行车的“上班一族”，连人行道也被自行车潮“淹没”。周晓辉摄

上右：1998年10月26日早晨7时43分，海珠桥上再也看不到当年汹涌的自行车潮了。周晓辉摄

下图：2008年10月27日早晨7时55分，海珠桥上的自行车已更加稀少。周晓辉摄

车快速地走过海珠桥，像小蝌蚪般密密麻麻。当时，广州一共有 206 万辆自行车，早高峰时段，海珠桥上每小时都有超过 8 万辆的车通过。

周晓辉：自行车多到什么程度呢，非机动车道都挤满了，又像潮水一样把人行道都给占满了。交警就只能把不断地涌上桥的自行车分批放行。自行车都把机动车给包围了。我那时还在想，什么时候汽车也能把自行车包围呢。

社会的飞速发展让周晓辉的想象成了现实，并没有等多久。

1998 年，他重新站在这个位置，镜头里，摩托车已经成了桥上的主力军。又过了十年，小汽车取代了摩托车，成了路上的“主人”。自行车更少了，曾经那么拥堵的自行车道，很多时候没有了自行车的踪影。

周晓辉：当时自行车最兴旺的时候，广州自行车道的面积是超过机动车的。海珠桥当时加建了一段两边的引桥，完全就是自行车道。当时都是用栏杆隔起来的。后来这些都拆掉了，因为没有那么多自行车了啊。

几乎在所有城市里，属于自行车的空间都在被快速挤占。

2014 年，无动力自行车占整个上海交通体系的份额只有 8% 左右。而北京，有统计显示，自行车出行的比例更是由 1986 年的 62% 降低到 15% 以下。

自行车，为什么不骑了呢？

摩拜单车创始人胡玮炜说，自行车出行的需求正在被整个社会系统忽视，当骑行者成为拥堵道路上的“非主流”，权益也随之被边缘化了。

胡玮炜：汽车在非常强势地发展。自行车道都是被机动车、停放车占用的。而且现在城市“大动脉”的路特别多，自行车通过是比较困难的。

市民老马抱怨，不敢骑自行车，是因为不知往哪儿停放。

以前会向你收 0.2 元的看车人如今已经变成了路边停车位的收费者，自行车只能七零八落地停放在人行道上，比较爱惜车的车主会把车牢牢固定在花坛护栏或是电线杆上，大大的车锁透露着些许无奈。

老马：稍微好点儿的车，你骑着感觉挺好，但不知道该往哪儿放，没人给你看着啊。

曾经不少坚决的自行车拥趸，如今也打了退堂鼓。

清华大学城市规划设计院交通规划设计研究所所长段进宇觉得，道路资源有限，自行车“让路”是时代的“优胜劣汰”。

段进宇：这个事情说起来都很容易，道路资源只有这么多，如果需要让自行车通行方便，那可能就要赶走小汽车了。即便从老百姓的角度来说，大部分人可能还是觉得开车是更好的。其实这个也还是很难否认的。

没了“路权”，自行车从便捷变成不便。如今，随着自行车被赋予了时尚、健身、环保的新内涵，更多年轻人又开始骑行上路。面临公众的新选择，“路权”要不要还给自行车?

绿色出行组织“拜客”近三年每到无车日都会征集志愿者重走海珠桥，重温18年前自行车的熙熙攘攘。机构总干事陈嘉俊说，只要明白“自行车并非在与其他交通方式‘PK’”，就能确定“城市需要自行车”这个答案。

陈嘉俊：从某种意义上说，自行车是补充和优化其他交通工具的交通工具。要使公共交通的价值最大化，那必然是需要通过优化自行车还有步行这种交通的微循环的系统来配合。通过优化或者提升自行车交通的品质和出行环境，将会让更多人选择乘坐公共交通。

事实上，早在2013年，国务院就发布了《关于加强城市基础设施建设的意见》，明确要提升自行车交通系统的安全性、方便性和吸引力。但遗憾的是，公众对此感受并不明显。同济大学交通运输工程学院教授陈小鸿认为，倡导绿色出行不能只是“提在嘴上，写在纸上”。

陈小鸿：自行车不仅仅要有路权，而且要有严格的独立路权。在规划设计之初一直到使用管理上，你怎么能够把通行空间固化下来，如果不只是划线而是做机动车与非机动车隔离带，那么被保障的机会就大一些。然后，在通行管理上，要有明确的规则，最简单的例子，谁有权利来划停车格，调整要有什么样的程序，这都要有明确的规定。

对汽车拥堵有着切肤之痛的大城市，已经向自行车伸出了橄榄枝。

上海的目标是“在2020年成为慢行交通高品质的城市”，陈小鸿评估，想“慢”下来可能需要有达到70%以上隔离的自行车道。北京西城区三里河、金融街今年正在打造自行车出行示范区域，29条重点街道清理道路内停车位，增加机动车与非机动车隔离带，11月前将会完成34公里的道路改良。自行车，将会让更多的人想骑、能骑、骑得放心。

改变虽不多，但已经是陈嘉俊和不少人期待的转折点。他说，并不是留恋那个曾经的“自行车王国”，但独属于单车出行的惬意却值得重拾与回味。

陈嘉俊：我们期待的自行车文化是生活化的，我们骑车可以看到城市的风景。让它回归城市，不仅仅是在缓解拥堵，它还有很多元的价值。如果开汽车的人愿意停下来礼让自行车的时候，城市整体的交通出行的心态就会有变化了。

曾经在 20 世纪 80 年代为自行车留下最辉煌影像的摄影师周晓辉有个新计划，要在 2018 年，再拍海珠桥。

周晓辉：年轻一代对于自行车的感觉好像又强烈起来了。再过两年，我觉得自行车会比 2008 年增多。其实，尽管它有兴衰，但自行车从来都没有离开我们的生活，始终贴得很近。

2016 年 10 月 10 日，北京北礼士路一侧的自行车道，被路边停靠的汽车占用。

自行车：换种方式“火”起来

作者：韩萌、丁飞

播出日期：2016 年 10 月 12 日

问：嘿，你有过骑车去远方的经历吗？

答：我从威海骑到荣成（市）。

答：我上初中的时候骑了 100 多公里呀，第一次骑那么远。

答：有一次是去看天鹅，我骑了 50 公里，又冷又饿，后来躺在路边就睡着了。

答：我第一次骑车是在西藏，那边骑自行车的人多，回来我就买了一辆。

我当时是被大学学长拉进来的，他在地图上给我画了小环海的路线，把车子扔给我，就让我一个人玩儿去了。

问：在城市和大自然间穿行，是一种什么样的感觉？

答：一种自由飞翔的感觉。

答：上坡的时候特别累，但特别充实，下坡的时候虽然很轻松，但心里有些害怕。

答：如果每次骑行都可以避开城市道路，直接“飞”到郊外就更完美了。

答：感觉自己在风中驰骋。

答：心中只有终点一个目标。

答：有一种我就是那宇宙中心的感觉。

问：骑行有改变你吗？

答：皮肤更黑了，因为我皮肤本来就黑。

答：骑行是一种全新的生活方式。

答：骑行给我带来很多快乐。

答：骑行可以带来一些朋友和丰富多彩的社交活动。

答：骑行可以去很多平时走路到不了的地方。

答：我的自行车陪伴我好多年了，像我的小伙伴一样。

听说，骑行者心中的圣地，排在前三位的是川藏线、青海湖和台湾岛环岛。而骑行路上必备的三大件便是防摔的头盔、透气的骑行服，和一辆专属自己的自行车。

安徽合肥的杜宇峰，是个声音听起来很年轻，但快50岁的骑行者。他信奉“天下骑友一家亲”——在团队里享受骑行快感。团队有人制作路线图，圈内叫“路书”，乡道怎么走，县道怎么走，省道怎么走，沿途风景、风险评估，等等，一应俱全。老杜说，骑行路上，山路爬坡堪称最难。爬坡既需要体力，又需要技术，还需要有很好的腰部力量。装备其实也很重要，首先就要有一辆好车。

杜宇峰：车子很重要。比如说我的车子才两三千元，和他们上万元的车相比的话，即使我的体力是够的，但最后你还是骑不过他们。他的车子骑着感觉很轻快，好车就是不一样。车身要轻便，现在有铝合金做的架子，也有大家非常喜欢的那种碳架，比较轻而且结实，价格在一两千元到十几万元不等。

可北京姑娘叮当30岁那年一个人去了西藏纳木错湖，她的车子却是在当地租的。五天时间，她骑行330公里，平均海拔4700米。她一路上各种高原反应，跋山涉水，先后遭遇冰雹、大风、爆胎、迷路、掉轮子，但依然坚持了下来。叮当说，最美的风景总在最惨的状况之后，她不喜欢自己和大自然被小汽车的外壳隔开，骑行也不该被装备“绑架”。

叮当：我觉得现在很多户外活动都被装备“绑架”了，很多人都觉得要进行户外活动，首先要专业、要装备。其实没必要搞得那么复杂，好像没有这些东西就没法开始一样。以前我们父辈不也是骑着“二八”车去西藏吗。想骑就去骑喽，试试看你喜不喜欢那种感觉，喜欢就继续，就这么简单。

像叮当这样的骑行爱好者，目前全国有2000多万，并且队伍仍在以每年40%~50%的增长率迅速扩大。老杜钟爱的骑行社团近五年也大量兴起，一开始主要集中在珠三角、长三角、北京，如今正由东向西蔓延。《骑行风尚》杂志主编刘忠波说，骑行人群的壮大，正在对自行车工业发展产生巨大的影响。

刘忠波：骑行人数少的时候，自行车生产就不会很精细化。它只能做出一款车适合各种人骑。将来骑车的人越来越多，自行车生产将会越来越精细，自行车的品种、类型会更多；自行车的生产规模也会越来越大；它的服务、生产、研发和设计都会越来越精致。

黄超，是骑行界传说中的“大神级”人物，这大概是因为他已成功把骑行发展成了事业。接受采访那天，他正在野外进行一趟“寻找香气的旅程”，据说，他要找寻一种叫作“天竺葵”的植物。

正是多年前的一次秘鲁骑行之旅，触发了黄超心中的那份执着。他说，在秘鲁有专业的骑行指导和团队，中国也应该有。于是他回国后，紧锣密鼓地找投资、拉合作，几经周折，终于，在2012年，他的骑行度假基地在云南丽江成立。黄超说，万事开头难，当时没有中国内地人愿意过来。

黄超：在云南丽江骑行度假基地，主要是以骑自行车探险的方式为主，让客人看到一些别人看不到的东西。四年前开始做，起初客户都是外国人，没有中国内地人愿意来参加这个活动。大部分顾客都是欧洲人，法国人和德国人比较多。

黄超说，基地有专业的骑行装备、拥有救护资质的专业指导和完善的后勤团队，只要告诉他想要什么样的路线，钟爱什么样的风景，他就会为你量身定制一段美妙的骑行之旅。近几年国内骑行行业的发展，让他对未来充满了信心。

黄超：这两年就有些内地的客人加入，每年差不多有20%的增长。国人开始意识到他应该去花钱做一项运动，而且这项运动应该是安全的。因为自行车运动还是比较有风险的，比如说你的骑行技术、线路设计等等，所以需要一个专业的向导来带领。

香格里拉、玉龙雪山、青海，两个轮子承载着灵魂与大自然紧紧贴合，这是骑行的独特魅力。双目向前，手肘用力，脚底生风，风景在眼前，经历在身后，这是骑行者的飒爽英姿。而这样的身姿早已不局限在密林或山间，更在城市的高楼林立下。《骑行风尚》杂志主编刘忠波认为，自行车的未来是跨界的，是一种时尚的生活方式。

刘忠波：自行车未来是一定要跨界的。它可以作为一种运动赛事，现在中国的业余赛事每年大概有3000多场；还可以作为一种拓展工具，挑战自己，建设团队；自行车还可以作为一种休闲方式，现在有复古骑行、骑车游胡同；再有就是骑车交友。所以自行车的跨界会越来越多，将来会渗透到人们生活中，成为一种简单、时尚、健康的生活状态。

尾声：骑行永远在路上，说说你的下一个目标吧！

街边采访 1：毕业之前再去一次青岛。

街边采访 2：计划在新疆骑行。

街边采访 3：还没有确定。

街边采访 4：我希望能够骑到一百岁。

街边采访 5：我希望骑车环游世界。

街边采访 6：在退休之后，如果身体允许的话，我就骑一次川藏线。

街边采访 7：明年打算带着中国的顾客去法国，在环法自行车赛之后，我们也去骑一段风景美的地方。

自行车：凤凰涅槃会有时？

作者：沈静文、尤青

播出日期：2016年10月13日

你是否记得，以梦为马的旧时光里，自行车，就是那匹白马。

街边采访：有时间的时候都要把车擦一下，冲洗一下，保养一下，特别是把凤凰的这个牌子擦得特别亮，让别人能看出来这个是凤凰自行车……

街边采访：我当时不愿意骑女式车，要骑男式的那种三角杠的车子，感觉骑上去代表男士的威武。

20世纪80年代，我转业之后参加了工作，花了一两年时间也没买着车。我对凤凰和永久牌的自行车情有独钟，但是很遗憾，一辈子也没骑上。

你是否记得，凤凰、永久，见证了一个时代的爱和枯荣。

街边采访：我是在1983年，买了一辆凤凰牌“二六”自行车，珍惜到下雨天不舍得骑，走着去上班。骑了不到一年时间，后来不小心就给弄丢了，找了好几天也没找到，伤心了好久，因为这辆自行车是我爸爸妈妈攒了好几个月的工资给我买的嫁妆。

街边采访：我爷爷原来就有一辆永久牌自行车，那个后座很硬，所以我爷爷就会在座位上绑一个海绵，那样我坐着舒服。

街边采访：有一次下大雨，我姥爷骑着那个老式的永久牌自行车去接我放学，我们连人带车都摔倒了，当时我鼻子都骨折了。现在我也长大了，姥爷也老了，也骑不动了。

1988年，“两伊战争”结束，中国大陆首例试管婴儿诞生，邓小平说，“科学技术是第一生产力”；也是在1988年，俞跃峰第一次走进上海凤凰自行车厂。22岁的上海小伙儿，29年的自行车厂，一样的风华正茂。

俞跃峰：我们这一代人对这些品牌都是耳熟能详的，都是很了解的，比如永久、凤凰牌自行车，蝴蝶牌缝纫机，上海牌手表，英雄牌钢笔。很多人结婚要备这自行车、缝纫机和手表三大件，并且这些品牌，家喻户晓。我当时就是因为种种机缘巧合，进入这个自行车行业，并不是我对凤凰有特殊的情结。

凤凰、永久、飞鸽等品牌的自行车享誉全国，这是整个自行车制造业的黄金时代。

原上海自行车厂厂长王元昌：那会儿尽管用电很紧张，但是永久牌自行车不能停产的，如果要停产一天，都要得到市政府的批准，一年 365 天基本上都是轮流着转。

时代温度的变化，每个人都有感知。精确的变温时间，却难有定论。凤凰集团副总裁季小兵心中的“危机时刻”，在 20 世纪 90 年代初早早定格。

季小兵：这 10 年期间，企业的份额每年都在递减，直到有一天，大家才意识到，这是市场经济了，刚开始有这个觉悟的时候，企业的份额已经没有了。

巨轮滚滚向前，碾碎无数曾经看似岿然不可动摇的符号。在 10 年前，春节期间的一张硬卧火车票还是社会关系过硬的标志；20 年前，兼具经济实力和社会层次的家庭才会购置电脑；30 年前，学骑自行车是每个少年成长的必修课。我们曾以为，自行车将是伴随我们终生的重要交通工具，恰如自行车车轮与飞机机轮的对比，凤凰牌自行车以及“凤凰制造”的无限荣耀，被裹挟在市场经济起飞的 20 多年里，泥沙俱下。

季小兵：我们最鼎盛的时期大约有 3 万名员工，我们有大大小小 30 个车间，我们从原材料到研发，再到整车，都是全产业链供应。

记者：现在你们还有多少员工呢?

季小兵：现在本部管理的还有员工 200 名左右。现在汽车已经成为人们主要的代步工具，挤占了我们三分之一的市场，电动车又挤占了自行车行业的另外三分之一市场，只剩下一个三分之一市场的缺口还存在于自行车这个领域，那么，做休闲、健康、运动、时尚的这类自行车，又占用了剩下自行车市场的二分之一，还剩下二分之一做代步功能的自行车。现在校园出现校园联盟“ofo”这种公共租赁车，包括现在大街上出现的摩拜，把代步自行车的最后二分之一也削减了。

1992 年，台资企业捷安特来了。一直依赖“五交化”和批发市场渠道的“凤凰”，从未想过对手可以用“专卖店”的方式，在“土”和“洋”、“低端”和“高端”的对比中，把百年老厂钉在了尴尬的位置上。也是在这个 10 年里，上海永久牌自行车公司陷入亏损状态，2001年被民营企业中路集团收购；“飞鸽”则由于债务、人员、机制的重重负担面临生死存亡的考验，从1999年至2006年，经历了两次企业改制。同行竞争，生存空间不断被挤占蚕食，季小兵说，这是传统自行车行业最近20多年安身立命的写照。

季小兵：像三明治一样，被两个面包夹在中间，上面是外资企业、台资企业，下面是一大批活跃的民营企业，传统自行车行业被夹在中间很难过，被两边一挤，就剩薄薄的一层。有很多人问我，我们为什么不做一万元的车子，那种车子市场很好，我说，他们说得都不错。但知易行难，从一个阶段到另一阶段，这过程是需要企业人用很多的资源、很多的时间，以及要付出很多的辛苦和智慧去慢慢培育的。

“为什么不做”，曾经的巨头不断面对这样的诘问。有业内人士透露，目前国内的自行车生产企业，单价在500元以上的自行车几乎全都用的是进口变速器，国内在高端铝合金部件、高端碳纤维部件方面，都缺乏自给能力。全球十大顶级自行车品牌，中国无一上榜。

但在产能过剩的传统自行车行业，凤凰交出的其实是一张不错的成绩单。2015年，在2500万辆规模的代步车市场，凤凰占据100万的份额；2000万辆童车中，就有80万辆凤凰。在“一带一路”沿线的60多个的国家中，凤凰产品已经覆盖37个国家；在非洲、东南亚、中南美等地区，凤凰至今是一张无可替代的中国名片。如今，俞跃峰已是凤凰集团进出口公司总经理。

俞跃峰：从出口的自有品牌来看，在国内的话，凤凰是排第一的。

更多从凤凰时代颠沛而来的人们，还记得“凤凰”曾经空前绝后的50%的市场份额。英雄迟暮抑或凤凰涅槃，都让季小兵感慨万千。

季小兵：我刚才说的，像飞鱼、金狮、五羊全部都倒闭了。目前我们在国有经济当中，还有三个最有代表性的自行车品牌：分别是永久、凤凰和飞鸽。

从生存到赚钱再到创新。在国际市场，凤凰的出口产品结构已由90%以上的传统车转变为现在的80%的休闲运动新品车。在内地，凤凰的产品结构已从单一的传统车发展为以城市车、山地车、公路车、折叠车、雪地车、沙滩车、场地车、跨界车、智能车等各类新型车和高附加值产品为主，多款智能型及新材质产品已形成量产并投放市场。但在季小兵看来，内地市场形势更为复杂。

季小兵：我们有一个说法叫鲇鱼效应，在一桶鱼里放一条鲇鱼进去，这桶里的鱼是不容易死的，而且它活得特别好。对自行车行业来说，鲇鱼太多了，它把桶里其他的鱼都吃光了，剩下的都是一桶鲇鱼了。

记者：现在内地自行车企业一共有多少家？

季小兵：2000 家左右。

记者：成规模的有多少呢？

季小兵：成规模的应该是不到 100 家。

记者：咱们自行车行业的标准是多年不变的吗？

季小兵：其实现在广泛存在企业标准高于国家标准，达标的话，“国标 1994”，行业标准的更换一直跟不上市场发展的趋势。

记者：如果行业标准、国家标准跟上了“凤凰”的标准，客观上会对行业的发展有好处吗？

季小兵：那当然了，会加速行业的“洗牌”。

标准亟待更新，在北京工业大学城市交通学院副院长陈艳艳看来，对自行车行业的扶持政策也有有待填补的空白。

陈艳艳：自行车是城市绿色出行的发展方式，其实它具有跟公共交通一样的地位，实际上是应该支持的，不管是在财税上，还是在其他的政策上，政府可以有适当的倾斜。

今天的上海凤凰企业（集团）股份有限公司，位于上海长宁区福泉北路 518 号。由于城市规划和成本控制，工厂车间早已搬出上海。

这个园区离虹桥机场不远，这里企业林立，园区内摩拜单车随处可见。

记者：到处都是摩拜单车，您是什么感受？

季小兵：我非常肯定这种运营模式、这种思维方式。

记者：2010 年如果咱们没有改革，情况可能会比现在糟糕得多。如果咱们没有参与改革，您觉得对企业会有什么影响？

季小兵：其实企业的路有很多条，如果我们不参与这次改革，企业还有很多可以自我发展和成长的其他道路，条条大路都可以到达成功的彼岸。以前留下了“凤凰”两个字的经典，它是工匠精神；现在的凤凰，核心竞争力就是坚持、坚韧，经历了 30 年市场经济的大浪淘沙，我们还有梦想；未来我们的核心竞争力，是重塑。

最黑暗、最艰难的日子，都已经过去了。

凤凰仍葆有“一路相随、一生相伴”的凌云壮志，但如何以一己之力抵御季节变换、岁月更替，要答问的，不仅是凤凰、永久、飞鸽，也不仅是传统自行车生产企业。

自行车：未来的模样

作者：朱敏、许睿

播出日期：2016年10月14日

问：穿行在城市中，你会选择公共自行车吗？

答：会的，因为特别方便，不用自己管，也不用担心被偷，看上去还挺漂亮的。

答：不会，因为没地方停车，你得找有桩子的地方才能停。

答：现在不是出了一款摩拜单车吗，确实要比其他公共自行车好些。

问：当自行车遇到互联网，你觉得会碰撞出什么火花？

答：应该是一件特别浪漫、有想象力的事儿。

答：我会选择公共自行车，只需下载软件，注册也很简单，交了押金就可以骑走了。

答：随时随地取车、用车，还车时也很方便。

问：你觉得自行车在下一个10年，还会继续陪伴我们吗？

答：我会一直使用下去，自行车应该不会被替代。

答：自行车出行既环保又能起到健身的作用，我觉得很多人会选择这种出行方式。

答：现在路面越来越堵。一两公里的短距离内，开车过去还不如骑自行车或者走路过去方便。

答：自行车伴随我们那么久了，以后可能会有更新型的出现，但自行车应该会一直陪伴我们。

下载一个APP，在附近找到自行车，刷一下二维码，你就可以骑车了。从今年4月起，新晋“网红”摩拜单车，为都市年轻人解决出行“最后一公里”提供了新选择。在北京、上海、广州掀起“橙色风暴”的摩拜创始人胡玮炜，是个留着披肩长发的“80后”姑娘，多年汽车记者的经历，让她敏感地觉察到了“互联网+”自行车市场的空白。

胡玮炜：你买了一辆车，其实只有低于 20% 的时间是在利用它，其他时间要么是停在停车场里，要么堵在路上或者是去找停车场的路上，但如果有一辆自行车，在百米之内就能找到，用半小时，花一元钱就能骑走，我想这是非常便捷的。

随走随停，是摩拜单车区别于市政公共自行车的最大优势。而这优势也会带来麻烦：附近有时找不到车，车辆乱停乱放，成了城市面貌之殇；车身过重，车座固定，成了骑行用户之惑；车辆损耗大，投入不足，成了“摩拜”自身之痛。

与“B2C”自行车共享平台对于成本的考量不同，“C2C”平台则更多是大众的狂欢。几年前，一群爱骑行的北大学生看着校园里大批闲置的“僵尸”车感慨万千，几番合计之后，ofo 共享单车平台在他们手里诞生，最初的单车资源全部来自用户。“我们不生产自行车，我们只是自行车的搬运工”，ofo 公关总监李泽堃说，这是他们的创业理念、更是目标。

李泽堃：有车的人可以把自己的自行车共享到整个自行车系统，让“ofo”来为你运营，你获得的是所有共享单车的免费使用权。这个思维是以“1”换“n”的思维。“ofo”未来是想把已有的自行车连接起来，而不是去生产自行车。

本周初，凭借滴滴的投资，风靡 200 多所高校的小黄车 ofo 终于走出校园，在上海、北京试运营，争夺城市共享单车市场的大蛋糕。

对于在网络平台一夜走红的共享单车，各地管理部门更多释放的是善意。比如上海已有 71 个地铁站及车站旁非机动车收费停车点对摩拜单车免费开放。虽然市政公共自行车的市场因此被挤压得更小，但同济大学诸大建教授认为，这并不矛盾。

诸大建：政府要做的就是规划整个城市空间，如何有利于自行车的发展，这是中国城市的一个重大问题，如果做得好是中国城市革命性的事情。这是政府应该主动做的。摩拜要作为一个引爆点，把中国过去到现在为止的汽车友好的城市转化成公共交通、自行车友好的城市。

互联网呼啸而来，就像一根魔法棒，在改变了传统出行模式的同时，也激发着自行车自身的变革。与数十年前的老式自行车相比，如今的自行车给人最直观的感受是：时尚、轻便、小巧。不仅外形变化大，自行车更是有了“智能芯”，成为百度、乐视、小米等多家互联网科技公司的研发“新宠”。

车把上安一个小型显示器，显示车速、车况等信息，手机通过蓝牙与之连接，爱车的行踪便可了如指掌。这是眼下智能自行车的标准配置。骑酷科技创始人张文瑞说，自行车的智能化不是炫技，而是有着现实的需求。

张文瑞：首先的需求就是锁，然后就是对安全的需求，对尾灯的需求。可能同时还需要接电话。骑车时不太方便拿手机接听，比如说你手机来电话了，车把就会振动，有一些听读的功能都会接入。

智能自行车，英文叫 smartbike，smart 在英文里又有“聪明机灵”之意。在美国特斯拉智能自行车创始人塔科·卡利斯的眼里，一辆自行车应该机灵到能与人交流。

塔科·卡利斯：我们认为，我们可以利用新技术更好地跟自行车沟通。你要求它加速，它就会加速。你开了导航，它就能知道你要去哪儿……

而对于特斯拉、谷歌、奔驰、三星等国际企业而言，智能自行车的研发更是让人“脑洞大开”。一键锁车，车上对讲，指纹识别，智能功能应有尽有，与汽车并无二致。

眼下，智能自行车推广最大的瓶颈在于价格，偏高的定价令普通用户难以接受。但就如智能手机之于我们一样，随着技术的成熟和规模的成型，智能自行车走入寻常百姓家并非遥不可及。小米市场部产品公关经理王浩说，要真正得到认同和普及，除了价格，还要解决数十年来一直困扰自行车用户的防盗难题。

王浩：真正的防盗未来应该是让车无法骑走。未来可能就像汽车钥匙一样，你身上带一个手机，只有手机在附近的时候，车后轮才能转。如果未来公共设施建设完整之后，也可以让车子固定在地上无法取走。

今年愚人节谷歌发布视频，勾勒了无人驾驶自行车的设想。点开遥控，自行车仿佛有个隐形人在操控，自动行驶，判断方向，查看路况，一切自如，可随意在它身上接打电话，电脑办公，或只管尽情感受风的速度。这是现实吗？不，这是触手可及的未来。

尾声：驶向未来的自行车，应该是什么模样?

街边采访1：开发冬天和夏天的功能。冬天的时候可以暖手，夏天的时候如果前面有个风扇还是比较好的，可以降温啊。

街边采访2：可以加一个挡泥板，在雨天时候可以用，晴天的时候可以拆，以后上面还可以加个帐篷。

街边采访3：最好是你一按按钮它就能开，不用我骑，因为我不会骑，哈哈哈……

街边采访4：我骑车的时候可以给我测一下我的心率，或者说我今天的脂肪消耗量，我就不用去健身房了，更多地选择自行车出行啊。

系列报道：共享单车，能骑多远？

按语：

共享单车，如今可谓尽人皆知。橙、黄、蓝、红，各色单车从一线城市一路发展至二三线城市，从精英、白领上下班用它代步“最后一公里”，到如今广场舞阿姨们收拾完道具，也能拿出手机潇洒“扫”一回。但与此同时，加装私锁、推车下河、“大卸八块”等毁坏共享单车的行为也点燃了国民素质的大讨论。此外，共享单车还面临着金融风险、法律困局、管理责任等问题。“共享”怎么样才能成为“常享”，系列报道《共享单车，能骑多远？》在一片火热之中冷静思考。

策划：高岩

编审：樊新征

乱象从生，都是国民素质惹的祸？

作者：沈静文、李欣

播出日期：2017 年 3 月 27 日

这里是北京，国贸桥东、建国路辅路，晚高峰时间。长达百米的公交站区域被多个共享单车群占据，公交车进出口也未能幸免。正常的人行道仅能容纳两人走过。

路人 1：我每天下班都走这条路，反正就是特别拥挤吧。

路人 2：就是感觉挺乱的，我刚过来一看，这儿都摆成这样了！

共享单车举着接驳“最后一公里”的大旗而来，如今却要面对被太多无处安放的单车堵在“一公里外”的尴尬。公开数据显示，摩拜单车和 ofo 的总投放量都已过百万辆，行业的生长速度令人瞠目，但在 ofo 共享单车创始人戴威看来，规模还不够。

戴威：在大城市，北京、上海、广州、深圳，我觉得远远还没有到饱和的状态，随着车辆的增加，车辆的使用效率也是在增加的。如果我们投放更多车的时候，发现每辆车的使用效率在下降了，那么，企业也好，资本也好，都是理性的，不可能那么无限制地投放的。

尽管当家人并不承认，共享单车在很多区域过剩的现实却正摆在公众面前。在摩拜创业之初，自行车容易发生的问题，比如轮胎需要充气，会掉链子，容易生锈……这些都被想到并且规避了。但车本身之外的乱象，却令人始料未及：比如许多城市高峰时间、高峰路段的停车现场，无异于小型灾难。

夏一平：在未来，我们应该通过一个“智能停车点”的方式让大家知道哪个地方是更适合停车的，更好地规范现在用户骑车的一些使用行为。

说话的人，是摩拜单车联合创始人兼首席技术官夏一平。3 月末，摩拜推出“红包单车”，简单来说，用户按照系统指引，将共享单车从“过剩地区”骑向“紧缺地区”，将能赢得红包奖励。用经济手段疏导“单车山”，时势所迫。

夏一平：打个比方，我现在有一辆车被人骑到了七环之外，我如果开一辆专车去接，可能来回的费用是一百多元甚至两百元。但如果我有一种很好的方式能激励用户，正好我有一个用户从那边经过，比如他先从七环骑到六环，然后再有人从六环骑到五环，我每次只需要很小的激励，就可以让用户把车往一个方向调度。

企业疏导的效果如何，尚未可知，用户的普遍感受却是，在这堆积如山的单车中，想找出一辆能骑的，却越来越难。据摩拜广州 2016 年 11 月中旬统计，当期投放的共享单车损耗率达 10%；厦门 ofo 工作人员称，ofo 的损耗率至少达 20%。

用户 1：我看到的是已经被破坏后的后果，黄色的那个扫码牌已经被掰掉了，有的人就是把扫码牌掰掉之后，他自己记得那个密码，它就把车放到自己家楼下，然后专供他自己骑，但是别人都扫不了那个二维码。

用户 2：有时候早晨别人骑过来的车，那个模样还好好的，然后到傍晚的时候就看到：有的车倒在地上，也有的车的车座甚至被别人给拧掉了。还有的车的车胎不知道是被割的还是轧的，都已经破了，轮胎也瘪瘪的。

摩拜单车创始人胡玮炜曾经形容：“有一次我们的单车被扔到了河里，我感觉就好像凶杀案现场一样。”共享单车是人性的试金石？可为什么被损毁的大都是共享单车，而市政公共单车仍然“岁月静好”？随意停放，缺乏管理，运营模式和使用规则的先天缺陷，恐怕与眼前的混乱局面不无关联。

以 ofo 小黄车为例，为了降低成本，单车采用了落后的机械锁，并且没有 GPS 定位，ofo 投资人朱啸虎透露，现在三分之二的机械锁都有漏洞，这直接导致单车管理失控。

ofo 副总裁马野铭：电子锁的成本确实要大大高于机械锁，但公司不是仅从成本考虑。我们公司在产品上也已经开发出了电子锁，陆续在市场上进行投放，因为这个电子锁的研发时间也是很长的。

企业对于破坏共享单车缺乏有力的管控，后期跟踪维护力度又不够，导致单车大面积瘫痪。有记者调查统计，仅 ofo 北京的五个维修点，就发现近 5000 辆损坏车辆。摩拜单车尝试以信用分约束用户，乱停一次扣 20 分，一旦分数低于 80 分，用车成本将按照每半小时 100 元计算。但这仅由一家企业来制定的信用制度，显然约束力有限。

摩拜单车首席技术官夏一平：如果你因为连续破坏共享单车或连续违停而影响

了个人在城市的征信记录，比如，你个人住房贷款额度可能会降低。我们其实一直在呼吁这个事情。

而在中国互联网协会信用评价中心法律顾问赵占领看来，是否将使用共享单车的不良记录纳入征信，尚待商榷。

赵占领：你欠费不交，可能有很复杂的原因，有可能是和商家之间发生了消费纠纷，双方可能各执一词。如果简单地把“欠费”视为一种不诚信的行为纳入征信系统，这是有问题的。

3 月 26 日，博鳌亚洲论坛 2017 分论坛《分享经济：谁来定义？》，主持人追问 ofo 共享单车创始人戴威：“如果失败，如何自嘲？”戴威没有正面回答。而在几个月前，面对同样的问题，摩拜单车创始人胡玮炜给出的答案是，“失败了就当做公益”。

工业时代，单车代步，情怀可嘉，但随之而来的社会乱象，毕竟不是贴了环保标签的理想主义能解决的。上海已发布共享单车标准及服务规范征求意见稿，北京正在加紧制定共享单车指导意见。当规范照进现实，随之滚滚而来的成本、监管以及在拥挤的城市中立足的物理空间，每一个尚待解决的难题，都足以成为雪球滚落前的最后一片雪花。

“伪共享”背后的金融黑洞有多深?

导语:

如今，共享单车是很多人短途出行的首选。使用单车 1 小时 1 元，甚至免费，但押金却高至 99 元，有的甚至 299 元。据不完全估算，共享单车市场的押金、充值余额存量已达数十亿元。这笔钱流向了何处，有没有人监管？大家的押金会不会有一天突然不翼而飞了？中国之声特别策划《共享单车，能骑多远？》，今天播出第二篇:“伪共享”背后的金融黑洞有多深?

作者：张明浩

播出日期：2017 年 3 月 28 日

缴纳押金，充值余额，是时下用户在使用大部分共享单车时的必经流程，但身为 ofo 用户的北京市民刘女士这些天却遇到了“余额退还难”的问题。

刘女士：月初我通过人工客服发起余额退款申请，但是钱没有马上返回来。后来就联系客服，客服说我的账户可能有些问题，暂时没办法退款，但是之前押金很快就退回了，觉得很奇怪。

直到上周末，刘女士的余额还是没有到账。

无独有偶，摩拜用户、上海市民张先生也遇到过类似问题。

张先生：在 APP 上发起押金退还申请，当时界面一直显示系统错误，押金退不回来，后来我联系客服，费了不少周折，大概过了 10 天之后才退给我，超过了他们承诺的最长还款期限。

对于预付押金，我国目前没有法律明文禁止。随着市场规模的不断扩大，每辆车少则 99 元多则 299 元的押金，还有为数不少的账户余额就形成了巨大的“资金池”。

虽然不少共享单车公司对外宣称，对“资金池”的流向做出了限制，但公众的质疑声却一直没有停止，而不久前发生的卡拉单车风波更是将这一问题推向了风口浪尖。

福建莆田本土品牌卡拉单车，在今年年初首批向市场投放了 600 多辆单车，但因车辆设计和用户不文明使用等因素，面世仅10多天，就有超过70%的单车离奇“失踪”。随后，投资方毅然撤资，并转走了部分用户的押金，导致公司运营资金紧张，用户押金退还困难。

这时很多普通用户才真正意识到，原来押金放在别人口袋里可能就真回不来了。不久前，财经评论员叶檀在与摩拜单车CEO王晓峰的一次对话中，向王晓峰发问：20多亿元的押金到底做什么去了？

王晓峰始终没有正面回答这个问题，他仅表示：

王晓峰：299元的押金是没办法完全覆盖制造成本的，这毫无疑问。传统自行车收200元到400元的押金不等，我们只是取了一个中间值。同时，用户在退押金时，绝大多数都是“秒”退，没做任何截留。我们跟招商银行有合作，这是专款专用，这是招商银行过来做的，所以大家应该相信，有规则的限制。

按照摩拜单车CEO王晓峰的逻辑，收取一定的押金是为了能让共享单车市场运营得更健康。

王晓峰：有句话叫作“无恒产者无恒心”，其实押金不会构成用户使用产品的障碍。相反，它可能会对一些用户的不良使用行为有约束作用，如果骑车时捣乱，弄坏了是要赔偿的。

但是，亚太网络法律研究中心主任、北京师范大学教授刘德良指出，共享单车运营模式目前存在的最大隐患在于，单车提供者可能丧失退还押金的能力，如单车提供者破产或将押金挪作他用等。

刘德良：目前来看，大部分都是先收取押金，加上预付费的充值，按照投放和注册用户的数量来看，确实有几十亿元甚至更多资金，一旦出现携款逃跑或者投资亏损，对于注册用户的利益没法保障。

共享单车是共享经济吗？专家给出的答案：并不是。共享经济是利用闲置资源为别人创造价值，并为自己带来回报。共享单车呢？非但没有利用闲置资源，更是把大量的新资源投放到了市场。这样的“伪共享”，它的公司市场主体地位该如何定性？是公共交通公司、租赁公司？还是金融公司？

刘德良教授认为，正是因为缺乏清晰的辨析，导致目前金融风险监管主体的模糊。租赁公司、公交公司、金融公司，这三个公司不是非此即彼，这是新的商业模式，大家需要时间去认识。目前，这些资金如果缺乏监管主体，存在监管漏洞，但基于收取押金的公司，还有充值费用，要保障注册用户的押金或者保证金不被金融风险伤害，应当让它存到中立的第三方，否则，存在自己账户里很难保障注册用户的押金权益。

而就在本月（3月）20日，作为摩拜单车注册地的所在分局，北京市工商行政管理局海淀分局在官网上发布一则消息称，针对近期摩拜单车退款难、处理客户投诉效率低导致投诉量大幅增长问题，分局成立了共享单车问题工作小组，核心要求总结起来就是四个字：加强自律。

自律还是他律？怎么看都像是辩题的正反两面。刘德良教授表示，“防患未然，宜早不宜迟”，应尽快明确监管部门，出台相应细则；基于共享单车公司经营的区域性，可由地方金融监管机构具体执行。

刘德良：化解这种金融风险，应当对它进行监管，让它可持续性发展。未来这些共享公司真正走向可持续的长期发展，形成业务生态链。而不是单纯靠用户，否则风险很大，一旦出现资金链断裂，对市场的运营以及用户的权益将会造成很大的影响。

“烧钱”能坚持多久？

导语：

从免费骑行，到直接给钱，你方唱罢我登场，进入 2017 年，共享单车争夺用户的大戏唱得可谓“锣鼓喧天”。骑共享单车不但不用花钱，说不准还能挣钱——这不由得让人想起当初网约车领域的“补贴大战”和外卖平台之间的“优惠券血拼”。共享单车企业是否已经找到了真正的盈利模式？“烧钱圈地”的竞速赛还能比几轮？中国之声特别策划《共享单车，能骑多远？》，今天播出第三篇：“烧钱”能坚持多久？

作者：潘毅

播出日期：2017 年 3 月 29 日

多高的补贴，才足以左右共享单车用户的选择？有用户认为，“哪辆车离我最近就去骑哪辆，为 0.5 元对着地图找半天车，不值得”。还有人表示，“安装了几个共享单车软件，首先是方便，如果顺路又能省点儿钱更好”。

共享单车瞄准的是“最后一公里”，但是对于普通上班族来说，每次 0.5 元到 1 元的开销足够完成这“最后一公里”的距离，就算一周的骑行费用，可能都比不上滴滴打车当初的一个红包。但是在极客公园创始人张鹏看来，这其实和大家熟悉的“补贴大战”并不一样。

张鹏：骑行免费或者充值返现等，基本上都没有消耗特别多的资源。据了解，红包量并不大，不是每个人骑了都会得到红包。值得注意的是，摩拜跟 ofo 不一样，它内部有 GPS 和智能体系，让别人骑车是有目的性的，比如希望把车从这儿骑到那儿，能降低它的运维成本。

看来这补贴可不是白给的，是用户自己卖力气挣的。很明显，比起补贴用户，共享单车企业的钱还得用在更重要的“刀刃”上。其实在这场攻城略地的拉锯战中，最早见到真金白银的，是自行车制造企业。来自摩拜和 ofo 的巨额订单，让天津的自行车工厂迎来久违的“加班加点”。天津富士达自行车有限公司目前接到 ofo 订单 1000 万辆，已接近整个公司 1400 万辆的年设计产能。今年最关键的是如何再提升产能，因为还会有其他共享单车品牌的订单像雪片般飞来。

富士达副总经理景毅龙分析指出，假如共享单车今年的趋势能够维持全年，预计富士达整个集团全年产量能够突破 2000 万辆。如果没有共享单车这个风口，单靠市场的增长，年产量是不可能在短期达成的。

不过，供应商赚得盆满钵满，对于共享单车企业来说并不见得是好事。据了解，现在整车单价已经较去年 9 月上涨了 30%~40%。景毅龙解释，爆发性增长导致整个自行车生产行业措手不及，引起一些原材料价格的变动。

景毅龙：采购方需求量很大，供应方在短期内接到大批量订单后生产会很紧张，同时也会导致部分零件价格上涨，共享单车零件上涨会导致自行车行业整车生产成本连带上涨。

借势上涨的整车成本成为共享单车企业发展路上的一大拦路虎，而后期的运营维护成本更是一笔不小的开销。杭州市公共自行车交通服务发展有限公司董事长兼总经理陶雪军说，运营、维护才是一笔大开销。按照他们近 9 年的运营经验，要形成合格的产品，仅仅靠 1 块钱 1 小时的租赁费是远远不够的。杭州公共自行车目前有 8 万多辆车，如果前一天晚上放任不去管理公共自行车，就不能确保第二天的正常运行，这也是管理上的难题。共享单车的运营并没有考虑到它后期的经营维护，所以长此以往肯定会出现问题。

费钱费力的不只是共享单车系统的运营维护，还有单车本身的折旧维修。无论是遭遇人为的破坏，还是正常骑行导致的故障，修起来都得花钱。

景毅龙：突出无人维护、结实耐用，不容易掉链子的需求。损耗件就在轮胎及链条方面，但损坏的情况是千奇百怪的，损耗问题需要按情况而定。

财经评论员叶檀曾经和摩拜单车 CEO 王晓峰算过一笔账——1 辆成本 3000 元、每次骑行花费 1 元的共享单车，每天要被骑 5 次，才能达到盈亏平衡点。虽然王晓峰一再说“未公布数据，这只是猜测”，但是仅仅基于推测的结论，就足以说明共享单车面临的压力。

很明显，这笔账一算，如今除了免费骑，还要发红包的共享单车企业，是在赔本赚吆喝。先抢占市场和用户，再用资本整合资源，这是互联网企业惯用的“套路”。据估计，截至目前，摩拜和 ofo 两个公司总融资额都应达到了 6 亿美元以上。“烧钱”之后的盈利模式想好了吗？

摩拜单车 CEO 王晓峰表示：在最早启动项目时，就进行了比较完整地测算和财务模型（分析），要相信腾讯、富士康、淡马锡等投资基金或机构，他们比我们会算账。

极客公园创始人张鹏分析，提高资源运行的效率，在这场共享单车的竞争中将成为胜负手。

张鹏：长期来看，归根结底不是“补贴烧钱”，而是运营效率更高、返修率更低，才是胜出的关键。因为这其中要投入，所以更讲究产品本身的性能、运营的能力，甚至大数据、AI 相关技术的能力。

王晓峰坦承，目前共享单车企业还处于“烧钱”阶段，今后究竟鹿死谁手尚未可知，谈盈利也为时过早。

王晓峰：真正把产品做好了，其实盈利是很自然的事情。

谈及共享单车的未来，ofo 创始人兼 CEO 戴威也信心满满。他表示，到 2020 年，希望自行车变成人们不再购买的商品，只使用它。“我们现在是自行车工厂最大的购买方。车厂生产出来，直接卖给了 ofo，或者连接到 ofo 平台上。”

有媒体以“血战钢锯岭”来形容如今共享单车领域激战之惨烈。在大多数行业经历资本寒冬的时候，共享单车却炙手可热。只是大家都明白，“烧完钱”的那一刻，也将是清场的时刻。在盈利模式变为现实之前，所有谋划都只是纸上谈兵，所有希望也都可能会化为泡影。

张鹏：不用担心“钱被烧完”、模式没法运转。而是最后在不“烧钱”之后，会是何种格局。

突发意外，责任在谁？

导语：

过去一周，用户使用共享单车发生意外的案例集中被爆出。继首例共享单车用户受伤索赔之后，上海一名不满12周岁的小学生在骑行中发生意外不治身亡。有机构近日做了调查，近一半参与调查的网民对共享单车的安全性表达了负面情绪。使用共享单车发生意外，运营方需要担责吗？未成年人使用共享单车，运营方有责任限制吗？中国之声特别策划《共享单车，能骑多远？》，今天播出第四篇：突发意外，责任在谁？

作者：周益帆

播出日期：2017年3月30日

3月中旬，33岁的杭州市民吴先生，在骑行小鸣单车时车把手突然倾斜，摔倒后导致脑梗，目前仍在住院治疗。当事双方就医疗费用等问题仍未达成共识，最终或将通过法律途径解决。

吴先生：医疗费用截止到今天是1.8万元左右，第一次的费用我自行垫付了，第二次是我家人极力要求，他们才付的，付这个钱是因为有责任认定因素，但他们付了1万元后，说他们不负责这事儿，要打官司。

共享单车因质量问题发生事故，这已经不是第一例。1月28日，北京的冯先生在使用ofo自行车时，因车辆刹车失灵，导致面部着地，牙齿当场折断5颗、缺损1颗，唇部、面部受伤严重。冯先生因不满保险赔偿，将ofo运营方诉至法院，被认为是首例共享单车用户索赔案。代理律师唐中成说，在媒体关注之后，ofo公司才与他们取得联系，希望能够达成和解。

唐中成：调解可以，但我们要核算一下调解金额，能否最终达成和解还是未知数。

以ofo为例，应对意外人身伤害的做法是给用户上保险，一类是意外伤害医疗保险，最高可以获得1万元赔偿；一类是意外身残、身故赔偿，可以申请最高50万元赔偿。唐中成担心，随着共享单车的普及，索赔难题会愈发凸显。共享单车的运营者不会轻易地赔付，一般公民个人向保险公司去索赔难度非常大。

中国政法大学民商法教授李显东说，目前此类案件主要还是依据《民法通则》及《中华人民共和国侵权责任法》处理。他认为，进入诉讼程序之后，用户维权依然存在难度，单是用户需要举证自己是在骑行中受的伤就有一定难度。

李显东：共享单车就是出租自行车，按租赁合同的传统要处于适租状态，但租自行车的人本身也有注意不够的义务责任。目前，在法律规定、规范性的规定不详尽的情况下主要是提供证据。有没有损害，可以提供医院证明，牙是不是在骑自行车过程中摔掉的，必须拿出证据来，这些问题看起来很简单，但到了法庭上就很难。

一个更加亟待关注的问题是，如何限制未成年人使用共享单车？尽管法律规定12周岁及以下未成年人不允许在道路上骑行自行车，但现实中，无论是从技术手段还是管理模式上，运营方并没有能够有效地阻止未成年人骑行。造成意外该由谁负责？

今年2月初，深圳一名13岁左右的男孩儿因找到未上锁的ofo单车，骑行后发生车祸骨折。深圳市公安局交通警察局、深圳市教育局以及摩拜、ofo、小蓝、小鸣四家共享单车公司随后发布共同声明：禁止12周岁以下儿童骑共享单车。这一年龄的划定，有法律依据。北京广衡律师事务所律师郭敏介绍，按照《中华人民共和国道路交通安全法实施条例》的规定，驾驶自行车、三轮车在道路上行驶的驾驶人必须年满12周岁。

限制这部分未成年人使用共享单车的第一步，是新用户注册时的认证。小蓝单车公关负责人吕明介绍，企业会跟公安系统合作，身份证的信息如果显示用户是十二周岁以下的用户，企业方将禁止使用。

规范认证并没能阻止事故的再次发生。本周，上海一名年仅11岁的男孩儿因独自骑行ofo单车发生交通事故不治身亡。

目击者称：他们已经转弯了，但事故就在这时发生了。一起骑行的是两个小孩儿。

3月28日，ofo在其微博上发表声明，称已与上海公安和交通管理部门取得联系，并主动提供了相关信息和资料，积极配合相关部门的调查。目前两起未成年人伤害事故，都是在骑行ofo单车时发生的。矛头指向了ofo单车配备的机械车锁。

相比通过芯片与APP相连的智能锁，机械锁的设计给了未满12周岁儿童找到未锁或者未拨乱密码的车辆的机会，身份认证关卡就此形同虚设。

北京用户王女士：很多人骑完车后都不锁，一辆没有上锁的车，别人直接就可以把它骑走，不用解锁，不用扫码，也不用付钱。

未成年人骑车上路发生事故，首先其监护人需要承担责任。但中国政法大学民商法教授李显东认为，类似案例中，责任需要分情况认定。按照《中华人民共和国侵权责任法》，如果因为产品设计出现使用漏洞，平台方也需要承担责任。

李显东：应当注意、能够注意而没有注意，这样都有过错，有过错就应有责任，责任大小应具体问题具体分析。

目前，深圳、上海等地初步对共享单车平台提出了使用身份认证及智能锁的要求，但统一的安全性标准能否在全国范围内执行?

共享单车迅猛发展，意外伤害事故还没有判例可以参照。李显东认为，面对共享单车这个新生事物，应该要尽快立法。

李显东：要依据民法通则，还要依据原来的《中华人民共和国侵权责任法》来制定相关法规。新的法规肯定不会有那么详细、完备的规定，其实就是规范性文件，它不可能是明确的法律和法规。

共享之后，如何“共管”？

导语：

“忽如一夜春风来”，共享单车遍布大街小巷。方便“最后一公里”接驳的同时，但管理和服务相对滞后，乱停乱放、恶意损坏、占用城市空间等问题凸显。共享单车是个新生事物，它的投放、布局、规划、监管涉及多个部门，北京、上海、广州、深圳等地正在酝酿、研究出台针对共享单车的管理办法。共享单车承担着公共交通的功能，却由民间资本运营，政府和企业，管理权责如何理顺？中国之声特别策划《共享单车，能骑多远？》，今天播出第五篇：共享之后，如何“共管”？

作者：吴喆华

播出日期：2017年3月31日

北京市朝阳区八王坟东公交车站是连接通州、燕郊和CBD的交通枢纽，几天前，这里曾因上千辆共享单车聚集，困住了公交车而受到关注。附近上班的白领张女士说，每天晚高峰，这里各种共享单车堆积的情况比较严重。

张女士：有时候确实是，路上停满了这样的单车，这条路本来就这么窄了，从天桥上走下来，底下堆的都是这个车，感觉杂乱无章。

共享单车乱停乱放，这事儿谁来管？北京市交通委指出：共享单车应与普通单车停放要求一致。根据《北京市非机动车停车管理办法》，非机动车公共停车和停车场的管理涉及市政管理、规划、国土房管、公安交通、物价、质量技术监督等六个部门。

这样的管理，也面临尴尬。昨天上午，在八王坟东公交车站记者看到，两侧几百米的距离，多数共享单车摆放比较整齐，仍有十几辆车直接停在了公交车道上，早高峰过去之后才被清理，该公交站附近也没有停放自行车的标识。记者就此向北京市交委12328热线投诉，但共享单车的问题不在其受理范围。

12328：我们这儿受理北京市正规的出租车、地铁、公交车等服务质量问题的投诉。你问一下城管那边是否受理共享单车乱停放的事儿。

北京城管热线“96310”则回复说，关于共享单车乱停放的事儿应该向交通管理部门举报。

96310：共享单车乱停放在非机动车道或者便道上这个问题，以前的话，城管可以负责去协调一下，但是现在，这件事基本上都是由交通部门处理。

记者联系北京市交管局热线“122”，得到的回复是，如果共享单车阻塞了交通，交警就会过去处理。关于乱停放的问题，建议记者向“12345”反映。“12345”接线员告诉记者，建议联系相关的共享单车运营企业。

绕了一圈，停车乱象的问题还得企业自己管。记者看到，在八王坟东公交车站，包括摩拜、ofo、小蓝车在内的企业，会派专人把这里过剩尤其是乱停放的车辆，转移到附近地铁口，摩拜甚至为此增加了夜班人员。

摩拜清理人员：我们只管把自行车拉到地铁口，大家都把车骑到这儿来了，地铁口都没车了啊。

记者：为什么优先拉护栏外面这里的车？

摩拜清理人员：怕造成交通拥堵，里面那些车并不碍事儿。

民间资本进入公共服务领域，方便人们出行的同时，也给城市管理出了个新课题。

首先，共享单车纯属企业行为，从零星出现到大面积铺开，发展速度极快，尚没有相应的准入门槛和规范的流程。

摩拜单车公关负责人曹国星：一般来说我们会跟交委、城管以及公安交通管理局去做沟通和报备，但其实目前还没有很清晰的主管单位，或者说审批的程序。

其次，共享单车的行业标准缺失。目前，只有上海编制了《共享单车团体标准》，其中要求共享单车须配备 GPS 卫星定位装置，但这一标准尚未“落地”。共享单车生产企业，天津富士达自行车有限公司景毅龙说，由于产品定位差异较大，目前，要给共享单车制定统一的产品标准存在一定困难。

景毅龙：成本上千元的产品跟成本才几百元的产品，定位是不一样的，标准又必须是统一的标准，关于这个问题，大家还正在商谈。

杭州的公共自行车是国内最大、输出城市最多的城市公共自行车系统。共享单车与之相比，最大的区别是无停车桩的便利性，而这种无桩，也带来了无序。配套公共自行车，到 2015 年底，杭州建起了 3504 个服务点，杭州公共自行车公司总经理陶雪军并不认可共享单车“随借随还”的理念，他说杭州公共自行车“无桩有站”的创新模式，也正在被共享单车企业借鉴，建立虚拟电子围栏，可以让共享单车“回家”。

陶雪军：共享单车的“随借随还”理念是不可能实现的，首先要解决次序问题，我觉得共享单车的发展理念也在转变，至于到底要不要桩的问题不是最关键的问题，“站”就是公共自行车的“家”，它需要“回家”。因为我们要对它进行清洁、保养和检查，提供合格的产品是需要维护的，这个“家”很重要。

拥挤的都市，留给自行车的空间依然有限。国内发展公共自行车较好的杭州、太原等城市，政府在骑行设施的改善等方面投入也不小。小蓝单车公关负责人吕明说，小蓝单车可以通过特有技术手段，避免车辆大密度的在部分区域过度集中，也希望地方政府能在公共交通和基础设施上加大投入。

吕明：为什么在有些地方产生了拥堵的现象，一定程度上是城市的基础配套设施不够完善，政府更多的是应该把自行车过去十年缺乏的基础设施补上。

共享单车，方便的是用户，赚钱的是企业。有一种观点认为，企业应该花钱建立公共空间；也有一种观点说，很多地方政府每年斥巨资补贴传统公共自行车，这部分钱可否补贴给企业。摩拜单车公关负责人曹国星希望政府能够投入更多的钱来改善骑行环境。

曹国星：其实政府投在传统公共自行车上的这些上亿的钱，是不是可以适当地安排在骑行环境的改善上，比如说公共自行车道的设置和提升，非机动车停车点的设置和提升。

杭州公共自行车的经验是作为城市“最后一公里”的公交配套措施，由杭州公交集团来负责运营这一项目。共享单车到底该由哪个部门管？目前还难以明确。成都、深圳、南京、广州等地出台的有关共享单车的相关管理意见，牵头的都是交通部门。广州市明确将在中心六区城市道路红线范围内设置“自行车停放区”；深圳市明确界定了政府、企业及市民的责任和义务；成都则要求“加大执法力度”，并对全体市民加以约束。有业内人士称，这样的意见并不是法规，执法主体仍不明确，难以“落地”。广州市交通委昨天下午回复说，“主要由所属地区政府做好落实和监督”。

绿色智能，解决“最后一公里”，勾连公共交通网……共享的优势显而易见，从去年10月开始，共享单车进入快速发展期。济南建立全国首个共享单车街区，北京有望根据共享单车“热力图”规划停车空间……从最初进入城市，共享单车企业签下的一份份承诺书，到如今越来越多的企业和政府达成战略合作协议，政府和共享单车企业，正在建立良好的信任和沟通。

ofo 创始人戴威：我现在的体会是，平台要勇于承担责任。不要往后退缩，说这个跟我没有关系。跟政府的沟通、交流过程当中，要选择相信对方，政府现在也鼓励创新。

系列报道：共享单车下半场

按语：

2016年末掀起的“共享单车”风潮，在经历了市场与资本近一年的考验之后，热度正在慢慢退去。新兴行业层出不穷，却从未像共享单车这样影响广泛，颇受争议。它让资本市场为之疯狂，吸引了数十家企业蜂拥而入，竞争之惨烈前所未有；它让骑行者爱恨交加，短距离出行，扫一扫二维码就能解锁实现。上半年还在焦虑，热门地段一车难求，下半年就开始惆怅企业如果倒闭了，押金怎么退；它让管理者始料未及，肆意投放导致单车遍地，只能先堆成“坟场”再求解决之道，行业乱象丛生，究竟该制定什么样的准入门槛。这一年，共享单车行业风云变幻。摩拜和ofo小黄车靠资本的优势，靠疯狂地投放车辆赢了上半场，下半场的发展路径现在还不明朗。站在2017年年末，观察、记录共享单车这一行业的起起落落，展示与之相关的各环节目前真实的状态，探讨它的未来走向，正是这组报道的出发点。五篇报道不同角度，不同侧重，可以看作共享单车行业的调研报告。

谁来清理共享单车“坟场”？

导语：

赤、橙、黄、绿、青、蓝、紫，从2016年开始，共享单车突然席卷全国大城小市。资本的纷纷加注，企业的迅速投放，共享单车队伍的发展、壮大令人难以置信。然而，共享单车从面世之初就饱受诟病，近半年，包括悟空、町町、小蓝、酷骑、小鸣在内的被称为“二三梯队”的共享单车企业已陆续倒闭。过山车式的大起大落，聚集了资本、市场、研究者的惊愕，也给我们留下了沉重的拷问。在经历开盘、加注、高潮之后，共享单车行业的路在何方？这一创新形式经得起市场、消费者和时间的考验吗？一年多来，中国之声一直持续关注共享单车的发展，先后推出特别策划《我们骑车吧》《共享单车，能骑多远？》，今天起，我们将再次聚焦共享单车，推出特别策划《共享单车下半场》，今天请听第一篇：谁来清理共享单车“坟场”？

作者：周益帆

播出日期：2017年12月04日

记者：请问这个车子您是从哪里拖来的呀？

工作人员：从其他地方收过来的，可是这个地方实在装不下了。都快装到那个山里去……

上海浦东，芳华路与方波路的交叉路口，一个近8万平方米的场地，被分割成A、B、C、D四个区域。附近的居民说，每天都有卡车源源不断地送来共享单车。

居民：好像是一辆两三吨的货车，每天都把共享单车拉进去，都是从外边收进来的。

记者：大概有多少啊？

居民：他们说起码有几万辆了。小黄车、红车，反正什么车都有，太多了。

北京海淀区上地联想大厦对面的一处工地上，摩拜、ofo、小蓝等各色单车叠在一起，列成了一个长宽100多米的巨大方阵，多数车子的车身和二维码都没有明显的损坏。

记者：这些单车是从哪儿来的啊？

保安：城管拉来的。都是些乱停乱放的单车。

交通运输部科学研究院副主任、研究员吴洪洋说，共享单车被扣，主要有两个原因："现在已经有十几个省市限制投放了，主要就是限制新增车辆，一旦发现有一些新增车辆，当地城管部门就负责把它收了，这是一种情况。还有一种情况就是乱停乱放的，违规占道经营的，这些也都会被收了。"

在合肥、南京、厦门等多个城市也已出现单车大量堆积的情况，交通、城市管理部门只能临时开辟存放场地，少则几千辆，多则数以万计的单车堆积成山，被称为"共享单车坟场"。

上海市城管系统一位不愿透露姓名的官员告诉记者，目前，上海是由各区政府负责共享单车的管理。一般来说，由交警和城管共同配合，再委托专业队伍代为清理：

"现在很多共享单车都停到马路上或停到人行道上，导致行人很难正常通行，我们叫作"爆点"了。现在我们唯一的处理办法就是，首先把马路上的车先清理到停车场地，然后再等待进行下一步的处理，目前还没有很好的解决办法。"

厦门也是如此。数据显示，仅上个月（2017年11月），厦门市城管部门就清理各类共享单车超过十万辆，接近企业在当地投放单车总量的三分之一。厦门市城管局一位官员说："城管部门牵头，公路局、治安局等相关机构正在参与，共同在等政府开展这个行动。我们有正式约谈共享单车企业，要求他们承担他们应该承担的管理责任。但企业现在投入还不够，所以他们管不过来。"

投放与收缴的背后是抢占市场和城市管理的矛盾。原本应该起引导作用的政府，因为企业力量的缺失，变成了"直接管理者"。上海城管系统官员说，收缴车、存放车都需要多部门的配合，需要投入巨大的资源，但我们不得不管：

"现在我们要协助各共享单车的挪运，没有共享单车之前，我们城管就委托了专业公司去管理这个非机动车乱停的事情。共享单车出来之后，我们也是委托这家公司在日常管理、搬运，但是在收缴的时候，我们也是需要交警配合的，因为要收缴它的话，主体是交警，不是城管。"

企业也面临两难的"经济账"，如果承担起管理责任，就需要在线下增加大量的运维人员。将市场重心放在二三线城市的优拜单车公关负责人武卓说，优拜尽量在进入城市之前，和当地政府做好统筹，来降低可能的支出：

“关于乱停乱放的管理问题，我们企业肯定要增加成本，比如说：增加运营人员，24 小时响应政府号召，像广州、深圳等城市都是半个小时之内必须随时响应。就是我们要派更多的运营人员去负责这件事情，对此，我们也很伤脑筋。”

如果放任不管，车辆就会被收走，这又是巨大的损失。摩拜 CEO 王晓峰此前谈到“共享单车坟场”问题时，算过一笔账：一辆单车的成本是 1000 元，1 万辆车就是 1000 万元的资产。已经被收走的单车，企业能不能拿回来？之后又该怎么处理？似乎现在没人能说得特别清楚。

有消息显示，南京相关部门已经通知各共享单车企业认领暂扣单车，并且按照《道路交通安全法》，每辆车处以 50 元的罚款。目前有两家企业与管理部门取得联系，表示会去认领，但是还没有实质性的进展。上海、厦门等地的交通、城管部门告诉记者，政策规范还在制定中：

“我们目前正在起草相关规范，各个城市都正在进行探索。等规范出台以后，我们再联系各共享单车企业，让他们按照相应的规定、规范将车辆领回。”

小蓝、酷骑、小鸣等处在“二三梯队”的单车企业倒闭，让“单车坟场”问题更为棘手。以小蓝单车为例，据可查资料显示，它在倒闭前，投放量已达到 70 万辆，仅这一家企业，就可能产生数十万辆“僵尸”车：

“比如说清理我们老百姓自己的车子，像废弃的、旧的、“僵尸”车，每隔一个时期我们就会清理一次。一般都由交警、城管一起负责。我们现在在等市里通知，如果通知确实是这些共享单车企业都倒闭了，那就让他们企业自己来清理这些车，否则，就只能政府来组织清理。这个没别的办法，因为它占用道路，影响交通，影响市容。”

交通运输部科学研究院副主任、研究员吴洪洋认为，对于已倒闭企业车辆的处理，现在还处于观望阶段。解决“共享单车坟场”及背后的投放、管理问题，先要建立政府与企业的沟通机制：

“比如小蓝或者酷骑，他们公司发布“我们公司倒闭了，你们随便捡”。第二天就被捡光了。第一，用户还可以用，第二，还可以卖废铁，卖橡胶。他们现在不是不想要，是想要又不想管。这段时间属于双方的一个博弈期吧，前期阶段企业确实是扩张得太快，再加上政府管理滞后，现在就开始逐步地清理，逐步地规范。”

吴洪祥建议，政策的制定应该考虑两方面问题，一方面，政府要为单车提供更多的停放空间；另一方面，企业要通过技术手段来约束用户用车行为：

“企业和政府之间要商量，我们共同设置哪些区域是可以停放的，我们这个需求量是多少，你们来投入的量是多少，然后你的运维人员要保证什么，等等。政府应该做得更多的是增加停车位、停车空间，并根据各个不同地方的需求量的变化，增减相关的停车位。企业要做的就是在线上加强监督，做电子平台和监管平台。用户打开这个 APP，骑车的时候就让你知道哪些地方是可以停的，如果你不在指定的地点停的话，你可能会被扣取一定的信用分等。”

北京上地附近单车暂扣点

上海徐汇区街头交警扣车现场

上海静安区暂扣共享单车存放点

有去无回的押金困局

作者：沈静文、周益帆、万存灵（见习记者）

播出日期：2017 年 12 月 05 日

11 月的最后一天，北京通州，曾经的酷骑（北京）科技有限公司北京总部。

现场用户：注册的时候都没那么多事啊！我的一姐妹儿她一共才骑了一次，还是我推荐她骑的……

门庭冷落，保安懒散但还算警觉。如果说今天的酷骑是蓝海中沉没的轻舟，人去楼空的场面更近似逃逸。在共享单车的巨头游戏中，酷骑的退场不仅黯淡，而且丑陋。今年 8 月起的押金挤兑潮，到 11 月，已经发展为办公室外退押金的千人长队。

现场保安：天天都有七八百人，人多的时候有两千多人……

现场退款者：也有朋友让我帮忙退押金，这个过程还比较坎坷，我给工商局至少打了七八回电话，还有“12345”市民举报热线我也没少打。

邬迪，北京市通州区消费者协会副秘书长。由于酷骑在通州注册，相关投诉被最大范围地集中到了他所在的机构。

邬迪：酷骑单车在全国已支付押金的用户多达 230 万，其中北京有 30 多万。截止到 11 月 30 日，全国的消费者投诉的数量应该是超过 21 万人次了，咱们区消协这儿的投诉量是 1.1 万人次，解决投诉 3125 户。

万分之三千，30% 的解决率，这仅仅是酷骑一个企业。酷骑之前，6 月有悟空单车、3Vbike，8 月有町町单车。酷骑之后，11 月有小蓝单车和小鸣单车，除了岿然不动的摩拜和 ofo，后来者频频出局。共享单车“二线梯队”出局之后，退押金成了涉及千万用户的遗留难题。根据芝麻信用的初步统计，6 家倒闭的共享单车企业已造成用户押金损失超过 10 亿元。七色花曾经开得多盛，如今败得就有多快。小鸣单车前 CEO 陈宇莹坦承：没想到。

陈宇莹：共享单车是非常“烧钱”的，每一辆车就是 750 元吧，每一个城市都投放的话可能就是5万辆车，我们当时预计的是9月底可以把这个风波平息下去，但是9月中酷骑就出问题了，接着小蓝也出问题了，所以就造成现在这个局面。

每名用户99元到299元不等的押金，汇成共享单车企业手中的海量资金池。池中水可随意处置吗？中国政法大学传播法研究中心副主任朱巍说：当然不能。

朱巍：很有可能是企业把用户的押金或者预付款和自己的自有资金进行混同了，一旦自己经营不善，自己的钱没了，顺带就把用户的押金和预付款都给花完了。押金就是用户的钱，只不过是暂时放在企业里，严格意义上来讲，它不能用作他途，只能作为押金。包括资金的沉淀，实际都是用户的、消费者的，是跟企业没有关系的。

以酷骑为例，1600万用户，对应140万辆单车，押金笔数远超单车辆数，金额远超成本。钱来得太轻易，这个行业里或许没有任何人能坐怀不乱。从行业内部对押金的反馈来看，创业之初，可能没几家企业细想过押金能不能动，该不该花的问题，现在被推到风口浪尖的企业的表态也颇为苍白。

国家法官学院原副院长曹三明：关键是看单车企业他是怎么样收取，怎么样使用。如果是正常的、合理的、合法的经营，这是正常的民事行为。但是，他如果把特别巨大的资金挪作他用了，只是把收取押金作为一种变相集资的手段，那这就要另当别论了。从媒体报道来看，共享单车企业在收取押金之后，根本没有实行第三方监管。也有人说他们在银行设立了专用账户，但是考察之后才知道都不是真正意义上的第三方监管。

除了学界、业界，主管部门也曾发出同样的声音。交通运输部运输服务司副司长蔡团结今年5月就公开表态，呼吁对共享单车的押金进行监管。

蔡团结：如果收取押金，要对用户押金和预付资金，设立专门的账户，实施专款专用，接受监督，接受监管，并要求建立、完善押金的退还制度。

话音落地半年多后的今天，杳无回响。此前摩拜CEO王晓峰在接受媒体采访、被追问押金去向时，模糊表示“严格地符合相应的规定，专款专用，如果您还有问题，不能再问我了”，而小蓝单车副总裁胡宇沸在接受采访时直接承认，小蓝单车的押金一大部分是留存用于客户的退款需求，而其他一部分则用于生产车辆。

今年8月，交通部、央行等十部门联合出台的《关于鼓励和规范互联网租赁自行车发展的指导意见》明确提出，要加强用户资金安全监管。有业内人士称，该

被扔在路边的“酷骑”免费单车

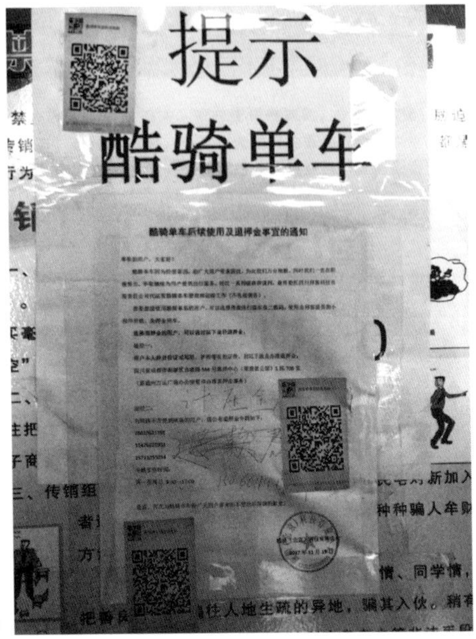

“酷骑”单车退押金通知

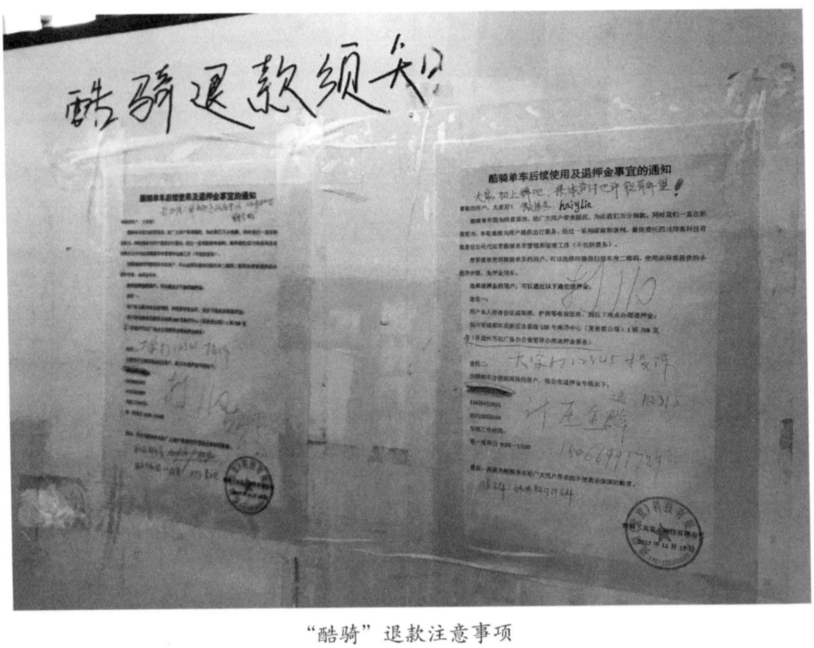

“酷骑”退款注意事项

《意见》不具备强制力。当法律法规的白纸黑字遭遇集体性的漠视，法律法规唯有沉默以对吗？朱巍解释，这恰是法律灰色地带所在。

朱巍：我们国家的《中华人民共和国消费者权益保护法》以及工商总局颁布的《侵害消费者权益行为处罚办法》，实际也有明确的规定，如果不退押金会怎么办。15个工作日内如果企业不退押金的话，按照《中华人民共和国消费者权益保护法》第五十六条规定，处以违法所得一倍以上五倍以下的罚款，如果没有违法所得，应处以50万元以下的罚款，同时可能会吊销营业执照。但是问题在于，等他真的退不了押金的时候，企业都破产了，罚款、关闭企业又有什么用？

比企业与行业初衷更模糊的，恐怕是消费者的维权路径。APP停止更新、服务器下线，消费者想要退回押金只能去公司总部或者上网找“黄牛”。单车企业对解决押金难题态度一直不积极。“大不了一人一辆骑回家”，无论是倒闭的企业，还是实在退不了押金的消费者，都有这样的心态。交通部新闻发言人吴春耕表示，他已注意到近期发生的共享单车“退款难”的情况。

吴春耕：作为交通部来讲，我们会密切追踪相关情况，指导各地交通主管部门配合相关部门，妥善进行处置，提前采取措施防止风险出现。另外，我们也会同发改委、住建部、人民银行、银监会等部门深入调研，在此基础上研究制定相关配套政策、措施，落实地方政府主体责任，保护消费者利益。

更具体的实践指南，却少有人能给出。例如，有律师正号召未能退回押金的消费者以数千人规模通过消协组织发起公益诉讼，但在中消协最近的一次专题座谈上，对公益诉讼的适用，以及相关企业民事、行政、刑事责任的认定，权威专家间仍有相当大的分歧。第三方监管制度迫在眉睫，似乎是唯一的共识。

曹三明：当务之急是要尽快制定有效的实行第三方监管的法律制度。前几年商业银行出台了这样一些规章性的规定，但是并没有实施，层次低，实施力度也不大。这个第三方监管预付金、押金的规范性文件，最起码应该是行政法规。如果出台法律，难度太大，而且时间比较长，应对当前很紧急的状况，恐怕来不及，还是颁布一些应急性的法务比较容易。

王庆坨镇的冰火两重天

作者：杨博宇、贾立梁、刘培辛（见习记者）、郭夏（见习记者）

播出日期：2017 年 12 月 6 日

天津武清西南部小镇——王庆坨，常住人口只有 4 万人，70% 以上的劳动力都干着和自行车有关的活儿，被称为“中国自行车第一镇”。官网数据显示，王庆坨镇民营自行车中小企业有 500 多家，像雷格萨斯自行车有限公司这样还在生产共享单车的企业已是凤毛麟角。

公司生产负责人樊端：现在我上午做的还都是景区的共享单车。

记者：这种车的量大吗？

樊端：不大，都是两三百辆、三五百辆。有订单不怕，只要有订单我都能做出来，关键是现在都没有活儿，你看王庆坨现在有几个工厂干活儿的，都关着门呢。七八月订单开始下滑的，这阵风刮过去了。

时光倒回到去年冬天，这里可不是这般景象。

最忙的时候是刚过完年那会儿，几乎所有的自行车企业都在给 ofo 等大品牌的共享单车做车架子。我们根本买不到零部件，客户的订单都出不了货，零件的价格也是一路飙升，很小的零件，比如说抱闸，从 5 元涨到 8 元了，涨幅很大，拿着钱都买不到东西。

共享单车企业预定但又退单的车子，甚至是出现问题的单车企业再不会拉走的自行车，樊端说，他们都在想办法处理。

樊端：全部拆了，喷漆的，有企业的 Logo 的，别人是不会要的。那就想办法把这些都拆了，看能不能再利用？实在用不了就只能报废。小蓝不是倒闭了吗？零件厂家零件清仓，本来那个车座要十八九元一个。现在我们收回来把它用来做国外市场，九元收过来，可以卖十八九元，我们还有对半利润。

站在雷格萨斯自行车厂门口，能看到一家挨一家的厂房大门紧锁，绝大多数自行车厂都处于停产状态，偶尔能看到货车拉着生产设备离开，这是工厂在搬家。

左上：雷格萨斯车间
右上：雷格萨斯厂房
下图：雷格萨斯办公室里的自行车

樊端：以前本来做一个月能赚6000~7000元，车架厂的技术工一个月都能挣1万多元，现在都赚不到钱了，生产线一个月只能赚3000元，你还要生活开支。车架厂的员工都没活儿干，都回家了。今年很多企业倒闭，干不下去了。当时共享单车企业那么多，生产企业也随之新建了不少，但现在能存活下来，就是厉害的。

距离不远的美邦自行车公司是王庆坨的知名企业，此前有传闻称，美邦接下小蓝单车40万订单。现在，院子里的工人忙着清理设备，办公室的工作人员也不太愿意提共享单车。

工作人员：都没订单了还能干吗啊？这不，生产机器都要给人送回去了，都不干了，只能给人退回去。

当地业内人士透露，今年上半年，无论是整车厂还是零配件厂接共享单车的订单都接到“手软”。共享单车企业只要支付20%~30%的订金，企业就开始生产，不少企业还专门启动了生产线。现在大家接单的态度与之前截然不同。

某车厂老板：我做了这么长时间，客户的订单我从春天就开始做，到现在App还没弄明白。现在如果企业与我合作，定金不能少于85%。不瞒你说，在我这楼上积压了很多货品，他只交给我50%的定金，总共170万元货，我这儿还压了50%呢，直到现在还后悔。

从订单如潮到生意萧条，风光不过半年多。先是北京、上海等多地限制新增共享单车，紧接着悟空、町町、小蓝、酷骑等单车企业陆续倒闭，王庆坨镇自行车企业的日子一天不如一天。当地也有一些自行车厂从未涉足共享单车行业，共享单车挤压了传统自行车零售市场的空间，这是他们来自市场最直接的感知。

某车厂业务人员：门口到处都是共享单车，谁还买车呀，今年4、5月的时候，神话一样的感觉，一下子有那么多的订单，反正是几家欢喜几家愁。

乘着共享单车的过山车，王庆坨镇的中小企业遭受的打击显而易见。在天津，富士达、飞鸽、科林等大型自行车制造企业也同样感受着市场的冷暖。

今年4月，ofo小黄车宣布和全球最大的自行车制造商富士达签署战略合作，ofo表示其每年将获得富士达超过1000万辆的单车产能，占全球单车产能的八分之一，这也是共享单车行业迄今获得的单笔最大产能。

天津富士达自行车有限公司，一个生产车间8条生产线，其中5条正在生产，产出的自行车将外销韩国。

左上：富士达的小黄车生产线
右上：富士达生产车间
下图：王庆坨标牌

公司副总经理景毅龙：这个生产线可以做小黄车也可以做别的车，并不是固定的生产线。共享单车订单过来的时候，我可以分几条线做，如果今天小黄车订单多，那所有的生产线都做小黄车。没有那么多订单的话我就可以做外销或者内销。

景毅龙告诉记者，今年年初，赶上共享单车订单扎堆出货时，货车就会排满厂区道路。冬季本来就是自行车行业的淡季，加之共享单车行业进入"洗牌期"，市场带来的波动无法避免。富士达的外销比例在80%以上，共享单车热潮退去，"阵痛"难免，不过，现在更需要合理调整，理性面对。

景毅龙：实际上今年年初确实很多工厂都来找我合作，做的也确实是蛮多的，小的企业我们首先不合作了，大概年中的时候中型的我们也不合作了。到目前为止，我们最主要的合作方是ofo和Hellobike。其实每年都是"感冒"，但是今年就是"发烧"，今年有共享单车，波动幅度肯定会更大，至于大到什么程度实际上是可调控的，目前单子是少了，并不是说企业就快停业了。后面如果有单子还是要合作的，所以，任何时候都要理性，还要有一些计划。即便你做得再好，市场的波动是没办法完全控制的。

在天津自行车、电动车协会理事长刘学全看来，共享单车的出现，对自行车行业来说是把双刃剑，方便了人们出行，做大了自行车市场，对于行业的转型升级也有促进作用，而不利影响首先在于产能过剩的后续处理，企业虽然有对市场的调节能力，但这一次，过剩的自行车能消化多少还有待时间检验。

刘学全：共享单车冲击了我们这个自行车行业几十年建立起来的传统的销售渠道，没有拿到共享单车订单的这些中小企业，特别是小型一点儿的企业就面临着生存的压力。同时还有一个问题，一旦共享单车企业倒闭，给我们制造业也带来了大量的库存，这也是一个不小的麻烦。现在这些库存有的干脆就滞销在车库里了，现在主要是出问题的几个共享单车如小蓝、酷骑这类。有的工厂在想办法看能不能经过改造，用到其他订单上，否则，也只能是滞留在库里。

此前有媒体报道，小蓝单车拖欠供应商款项高达2亿元，涉及70余家供应商。刘学全表示，共享单车平台拖欠供应链款项的情况的确存在。

刘学全：欠供应链钱的情况是有，现在如果正常运作，有一个账期的问题，比如说一个月或两个月。如果共享单车企业出现问题，这就麻烦了。有的共享单车品牌可能现在最多欠几千万元。据我了解，像酷骑欠天津飞鸽，还有欠旭峰都欠不少钱。这个问题现在还没有一个解决办法。

数量饱和后的管理难题

作者：吴喆华、景明、朱萍、郑澍

播出日期：2017年12月07日

卖力的吆喝声里，夹杂着共享单车的清脆铃声，这里是北京八王坟东公交车站，也是北京最大的共享单车“停车场”之一。每天晚高峰，上千辆共享单车从周边涌来，依靠执勤交警和调度车不断清理，才能给开往通州的公交车留一条“出路”。

用户刘先生：这儿单车特别多，很多车就这样堆着，也没人骑，上面全是一层土，骑之前还要擦一下。

共享单车大体对应三种需求，一是接驳轨道交通，二是接驳地面公交，三是5公里以内的短距离出行。针对前两种需求，中国之声记者在北京选取了知春路地铁站、天通苑地铁站、南锣鼓巷地铁站、大望路八王坟东公交站，记录了共享单车的实际使用情况。

八王坟东站是北京的交通枢纽之一，共享单车明显供大于求。早晨8点半，东西两侧1公里左右的距离，总计约有1600辆共享单车；晚上6点半，这一数字达到了约2200辆，平均1米要停2辆以上单车。某品牌共享单车的运维人员说，夏天晚上的峰值在3000辆左右，用户主要是东四环商圈的上班族。共享单车公司的调度车要将过剩的单车拉走，从晚高峰一直要拉到晚上10点。

运维人员：一直拉着呢，晚上有10多辆调度车在清理，隔一会儿要是不清理，道路就给堵上了。

记者观察，这里早晨留下的1600辆单车中，白天被骑走的极少。早晨9点，记者对该站靠近大望桥方向的265辆车进行标记。到下午5点半，ofo被骑走8辆，新来5辆；摩拜被骑走25辆，新来7辆，265辆共享单车只有12.4%被骑往他处。

八王坟运维人员：关键是没人把车骑走，骑走的少，也就只有十辆、八辆的。

供给过剩还体现在有数百辆车长期无人问津，它们停靠的位置较远，既没人骑也没人清理。

北京知春路地铁站附近上班族集中。12 月 5 日，早晨 8 点半和晚上 6 点半，该地铁站 1 公里内共享单车的数量，分别是 2067 辆和 1852 辆。和八王坟东站需要人力把闲置车辆拉走不同，这里需要不断地补充单车。某品牌共享单车运营人员说：每天流动的有 1000 辆，往这儿送 1000 辆，能骑走 700~800 辆，然后晚上能回来 200~300 辆。

在 9 点到 11 点半之间，记者对该区域一辆摩拜单车进行了取样，其陆续在 9：25、9：50、10：40 被使用了三次。记者发现共享单车的使用频率具有随机性，还受到停放环境的影响，若停放地周围有较多障碍，则该单车的使用率较低。

南锣鼓巷是北京著名的旅游景点之一，冬天对单车的需求并不旺盛，总体上供大于求。上午 11 点，地铁站附近有 137 辆共享单车，傍晚 5 点这个数字是 622 辆。摩拜和 ofo 的运维人员说，车辆以调出为主，增加的车辆大多是游客自己骑来的。

天通苑地区是北京较集中的居住区，该地铁站附近的共享单车呈现明显的潮汐特征，晚高峰严重供不应求。早晨 8 点半，这里约有 820 辆共享单车；晚上 6 点半，只剩下 121 辆，其中包括 100 辆有桩公共自行车，1 辆摩拜坏车和 3 辆 ofo 坏车。

天通苑某品牌单车运维人员：到 5 点左右就没车了。很多市区的人是 6 点下班，到家 7 点到 8 点是高峰期，高峰期连 1 辆都没有了。

根据公开资料，截至今年 9 月，北京市有 15 家共享自行车企业，投放运营车辆达 235 万辆。按照上海自行车协会秘书长郭建荣的算法，常住人口中，每 50 人拥有一辆共享单车比较合适。照此计算，参照去年的常住人口数据，北京仅需要 43 万辆共享单车，供给严重大于需求。

郭建荣：我们讲的是总人口，包括老人和小孩，也包括不会骑车的人。我想这个数据，全国城市都比较恰当。

根据易观千帆提供的北京共享单车 9 月份的市场数据，江西财经大学统计学院博士温有栋测算，北京共享单车市场的饱和率是 113.76%，属于供大于求。他认为，北京有效运行共享单车 138 万辆就能满足需求。

北京城市规划设计研究院交通规划所的高级工程师李爽告诉中国之声记者，按 1 辆单车周转率每天 4 次计算，北京市市民对于共享单车的需求总量约 172 万辆至

八王坟东站附近，废弃的共享单车

八王坟东站的晚高峰，两千多辆共享单车聚集

立水桥下堆积着无人运维的共享单车

201 万辆，以道路空间承载能力来看，城区明显已经容不下目前的单车数量。

从道路空间承载能力考虑，我们假定主要利用人行步道停放，这样的话五环内只能容纳 83 万辆到 104 万辆。

关于北京市共享单车的需求量的三种算法差异很大，但无论是 43 万辆、138 万辆还是 201 万辆，235 万辆这个实际投放量显然已经是超饱和状态了。

按照每 50 人 1 辆共享单车的算法，一线城市和多个二线城市均已饱和，全国已有近 20 个城市暂停共享单车的新增投放。和字面上呈现的已经饱和的数据相比，现实的难题更加复杂。

即便投入数量饱和，投放区域并不均衡，部分地方一车难求的情况仍然存在。以北京为例，80% 单车集中在城区。通州多个地铁站附近难觅共享单车。科学运营，提高单车的使用效率，成为目前市场上留存下来的单车企业努力的方向。

哈罗单车 COO 韩美：地铁站或者核心商圈，我们通过大数据可以提前预估这个地方的使用数量和需求量，防止过度投放，也避免供应不够。

摩拜单车尝试以发红包的方式引导单车的调度，副总裁崔书锋认为，是否饱和不能以总量计算，而是要考虑用户需求。

是否饱和这是一个具体的问题。比如北京西直门它可能还不饱和，但是中关村已经饱和了。这就需要一个合理的调度，就是你的车能够在用户最需要的时间和地点把它调过去，这是一个平台的调度问题。

实际上，共享单车智能运营前路漫漫。在北京，摩拜、ofo 主要是用电动三轮车运输的方式进行调度。在八王坟东站，一辆电动三轮车一次只能装 10 多辆共享单车，再运到不远处的大望路地铁站。晚高峰时，也会有可以装 60—70 辆的小货车加入，即便这样，调度能力也很有限。

运送 ofo 的一位电动车司机说：我们现在有五个调度人员，不堵车 1 个小时差不多能拉三趟，如果堵车就只能拉两趟，拉过去再整齐摆放在那儿。高峰期的时候不敢多拉，一趟拉 10 辆左右，1 个小时我们就拉 100 辆左右。

而天通苑地区那些被骑到小区里的共享单车，需要专人进小区用人工搬运，这种“蚂蚁搬家”的方式更费时费力。

骑回社区的这车就没有周转价值了，我们就派人员进入社区，把车调回来一些，如果不调度，这些人就没有车可骑。

某品牌单车运维人员说，共享单车下半场的竞争，质比量更重要。不过在争夺市场阶段，投放新车是最直接的竞争手段，哪怕是违规投放也要偶尔顶风作案。

整体投放肯定是过剩了，现在两家在竞争，你叫十个人来投放，那我叫二十个人来投放，看谁投放的车多，车少了肯定不行啊。

管不住违规新增车辆，主要还是因为政府部门的监督管理大多靠“肉眼识别”、人工统计，不可能没有漏网之鱼。交通运输部管理干部学院教授张柱庭认为，如果每个企业和政府之间实现了数据对接，不管是总量管控还是实际调度会更加有据可依，甚至可以考虑把能否向政府开放大数据平台，作为共享单车企业的准入门槛。

真正地实现共享大数据下的共享，这些车辆的使用率，停放在什么地方，应该是能监控得到的，这就是我提到的立法想解决的问题，市场准入的门槛，企业如果达不到这个水平的话就不应该允许进入这个市场。

广州市交通委员会近日就共享单车投放问题约谈了摩拜和 ofo 的相关负责人，加强监管已经提上日程。

一个城市究竟要提供多少互联网租赁自行车量才是合理的，这也是个新命题，在企业数据共享方面，目前摩拜已经提供了政府监管账号，ofo 方面也在抓紧账户开设中。接下来，广州市交通部门还将考虑建设行业监管平台，通过接入企业数据，实现对行业的信息化监管。

资本燃烧下的盈利迷思

作者：栾红、吴喆华、刘飞、冯烁、张国亮、陈鹏

播出日期：2017 年 12 月 08 日

12 月 4 日，在乌镇，摩拜单车入选第四届世界互联网大会领先科技成果。摩拜单车联合创始人兼首席执行官王晓峰说："在过去一年多的时间里，我们的确集聚了不少的资本和投入，在开始的两年，公司吸引了超过十亿美元的资本的加入，在未来一到两年，可能在共享交通、共享出行方面依然会是非常大的一个热点。"

同样在 12 月 4 日，哈罗单车完成了 3.5 亿美元 D1 轮融资，蚂蚁金服领衔投资。过去一年内，共享单车行业几乎吸引了市场上大部分的基金公司，共有 30 亿美元的投入，主要投资集中在第一梯队企业。ofo 在今年 7 月完成 E 轮融资，融资规模总体超过 13 亿美元。摩拜则在 6 月完成 E 轮融资，总规模超过 10 亿美元。

成也资本，败也资本。曾经，一夜资本浪潮掀起了"十车争鸣"，如今，也因为融资不畅而只剩下寥寥数家。悟空单车成了倒下的第一批，创始人雷厚义如今重操旧业，继续做现金贷业务。今年 1 月决定进入共享单车行业时，他计算了租车收入，认为毛利率在 60% 以上，并选择了单车企业还未涉足的重庆，拿出了自有的数百万元"拼杀"。不过，他错估了领头企业的铺张速度。仅仅在他投产的 20 天后，重庆大学城就出现了 ofo 的身影。

雷厚义：只有短短 20 天时间，当时我就意识到他们融资的速度太快了，这些投资者都不假思索。拿钱快，铺车快，就像打仗这样。当时我就感觉猝不及防。

雷厚义向各大投资机构投了上百份的投资计划书，基本上都石沉大海。复盘整个项目时，他认为，问题的核心在于资本运作下，共享单车租车模式短期很难盈利，中小企业根本没法参与竞争。

快速"烧钱"扩张，这是一条被滴滴、美团及其他"O2O"行业反复验证过的实用策略。融资、造车、铺车、免费骑车、再融资，五颜六色的单车轮子上燃烧的只有资本。互联网专家王越解释，争取更多的风险投资青睐，抢占高比例的市场份

额，这是中国互联网市场通用的发展路径。

王越：这种竞争方法在整体发展上步伐更快一些。但是在有的成功的背后，也倒下了一大批尝试用这种方式来进行经营的市场参与者。一般来讲，一个新开辟的互联网细分行业，一般只有前三家，有时候甚至只有前两家能够生存下来。

如果说共享单车行业的上半场，靠资本基本分出了胜负，下半场又该靠什么？

目前看，几十亿美元的投资砸进去，并未换来可观的收益。摩拜单车副总裁崔书峰表示，不能未经授权透露更多的公司盈利数据，但盈利模式很明确，就是用户支付的租车费用。

崔书峰：关于单车这个盈利模式很明确。它就是通过给公众提供一个分时租赁的服务，来收取分时租赁的费用。

有人曾算过这样一笔账：一辆共享单车的造价是 1000 多元，使用寿命一般为 3 年，折算到每一天，只需每天骑行三次便可盈利。哈罗单车联合创始人李开逐说，如果企业都不打“免费牌”，的确毛利润不错。

李开逐：因为现在大家都在免费骑车和过度投车，实际上在刚开始时，这个行业模型不错，符合预期。每天每辆车骑行三次就能够支撑业务的健康发展。

风险投资公司看好共享单车行业，舍得下血本投资，对这一行业的盈利模式进行过推演测算。熊猫资本曾在 B 轮领投摩拜单车，合伙人李论和他的同事做了一个五年的财务模型。正是从此开始，摩拜单车走向了资本追捧的风口。这个细致的财务模型甚至包括每辆车的保险费用、开锁的通信费用、丢车率、人员调拨等等面面俱到。只要把最难控制的维护成本控制好，单车分时租赁模式成立不在话下。李论说，实际运营中，摩拜单车比模型中运营得更好，参加完董事会都会心一笑。

李论：我们看了后台数据，也在董事会上讨论过，发现比我们当年预估的还要好。各种成本都在降低。第一，用户对这个共享单车的需求度比我们当年预估的还要高；第二，摩拜这辆车的优秀程度比我们当年想得还要好；第三，我们预估的丢车成本、故障率、维护成本比实际发生的还要低。

盈利模式成立，盈利时间却未到来，因为跟风者众，也因为大家都用免费的手段抢占市场。哈罗单车深耕二线至五线城市，与一些城市和景区签订了独家协议。联合创始人李开逐说，除了景区赚钱，在独家投放的其他城市，哈罗单车依旧以免费赢得用户。

李开逐：你现在提到盈利模式，实际上是没有盈利的。现阶段，大家主要精力都在拓展用户。

ofo 单车的租赁模式更加简单粗暴些：试图用更快的时间铺更多的车来争取更大的竞争力。ofo 小黄车首席产品官陈为月初接受外媒专访时给出了明确的盈利时间表。

陈为：就优先程度而言，我认为最紧要的依旧是扩张，把服务带给更多的人和地方。盈利总是重要的，我们已经在好几个城市实现盈利了，我们的目标是明年实现全面盈利。

快速圈地的逻辑同样适用于共享单车的出海计划。摩拜单车在 11 月提前完成年内进驻全球 200 城计划，ofo 本月（12 月）也宣布进入法国巴黎，这是 ofo 进驻的第 20 个国家。有评论认为，在国外，硬件和运营维护需要更多的投入，而且很难形成国内这般规模效应，共享单车在海外目前不是一个太赚钱的生意。实际情况却有些不同。优拜单车先后进驻加拿大、美国等国家，还拿到了超过 1 千万美元的加拿大基金的融资。优拜单车创始人兼 CEO 余熠觉得，海外单车的收入模型比国内更好。

余熠：比如你在欧洲收的是 1 欧元，在美国收的是 1 美元。单车成本是国内的 2 倍左右，收入规模是国内的好几倍，甚至是 10 倍，所以商业模型会更佳。从政府层面来看，有了中国的前车之鉴，海外政府准入门槛更好，比如发放一些牌照或者提供准入许可，控制单车投放数量。比如在美国某些城市，刚开始只给几千个配额让你去做运营，如果做得好的话再增加。这样市场开始就不可能进入野蛮阶段，有序发展的话，我们优势更大一些。

抢占市场的博弈结束后，共享单车靠什么赢得长远的发展？在近日举办的中消协座谈会上，几乎所有的公司都有意无意地忽视了盈利模式的议题，只强调不会随意挪用押金。随着信用免押金模式渐入人心、押金安全模式的逐渐完善，押金利息模式只能是共享单车过去式。互联网专家王越认为，共享单车会朝着免押金、纯信用，甚至是纯免费的发展路径逐渐演进。

王越：经过一两年的淘汰，或者被收购、整合的方式，就步入了整个行业的下一个阶段。也就是精耕细作，做好内部的整合、产品质量和用户体验的提升，探索兑现方式的第二个阶段。

有数据预测，摩拜单车企业的日订单量超过5000万单，而垄断中国市场的滴滴不过千万单。用户的高频使用让这一行业多了好多种赚钱的可能。

打开摩拜单车App，成就馆卖着口罩、车模、钥匙扣，挂着网易、中粮我买网等的优惠券广告。哈罗单车研发投放解决5公里出行问题的助力电踏车，便是借助原有的单车流量入口。优拜单车创始人兼CEO余熠将共享单车企业定位为互联网企业，而不仅仅是单车企业。

余熠：互联网流量费很贵的，电商平台和金融服务平台赢得用户的话，可能要花很多钱，几十元或者几百元。但我们可以寻找一些比较契合的合作方，大家合作把用户引导到其他平台。比如我中午骑单车去大卖场时遇见你。我估计你是过来吃饭的，我可以向你推荐一些附近的餐馆。类似这种合作是比较有效的。

广告收入，流量收入，大数据收入……共享单车未来可能会叠加更多的业务，但必须以生存为前提。有报道称，摩拜单车和ofo新一轮的融资又要开始了，盈利无期，资本无情。可预期的日子里，生存之战仍在继续。

系列报道：爸爸、妈妈，回家吧！

按语：

2016年重阳节，一份《中国老年人走失状况研究报告》显示：全国一年走失老人约50万，相当于平均每天有1370多位老人找不到回家的路。面对扑面而来的老龄化社会，人们似乎还没来得及做好充分准备。特别策划《爸爸、妈妈，回家吧！》，沿着家、社区、警察、救助站、志愿者一路寻访，从老人走失的每一个节点寻找答案：如何让爸爸妈妈不再走失，怎样让他们安然回家。片头儿女声泪俱下的回忆和呼唤，片尾饱含各种细腻信息的寻人启事和精心制作的音响片花，包裹着一个个让人揪心的故事，将一个沉重而又必须面对的话题铺展开来。

策划：高岩

编审：任捷、樊新征

找不到的回家路

作者：冯会玲、张瑞芳

播出日期：2016 年 12 月 5 日

男：以前，我母亲知道我爱喝豆浆，天天早上到早市给我买豆浆，总跟我说，干活要小心点儿，出去应酬要少喝酒。

女：那时候我们都不舍得买苹果吃，很大的那种黄香蕉苹果，我母亲就上街去买了一个回来给我吃。

女：她没有方向感，成都也挺大的，我都不知道往哪里找。（哽咽声）

李女士拿着母亲的照片，游走在成都的大街小巷。在母亲走失的 31 天时间里，她走过一条条街道，一个个派出所，还有救助站，生怕错过母亲留下的任何一丝痕迹。

李女士：想到她这么辛苦一辈子，现在老了还走失了，真要是发生什么事，我要内疚一辈子。

李女士的母亲患阿尔茨海默病 3 年，46 岁的李女士辞了工作在家专心照顾了她 3 年。1000 多个日夜的艰难，就写在她那刺眼的根根白发上。

李女士：她有时会把她的臭袜子放到锅里去，有时她又用牙刷刷池子，或把鸡蛋藏到枕头下面，她也不愿意洗澡。听说像她这种情况在养老院也是比较遭罪的，我不忍心让她去养老院。

李女士也曾给母亲衣服上缝过写着电话的布条，都让母亲撕了下来。李女士以为出门时牵着母亲的手，进屋后锁上门就能安然无恙，谁知，她就一次忘了锁门，母亲就走丢了。

12 月的成都，雾霾，阴冷，起风下雨的日子，李女士在屋子里更加煎熬不堪。母亲不懂得避雨，咋办？不会跟别人开口要吃的，咋办？更不知道过马路要注意车来车往……

李女士：如果这次能把我母亲找回来，我还想好好照顾她，照顾她一辈子，真的舍不得把她送到养老院去。

在人们还没来得及准备好时，老龄化社会已经来临。目前，我国有1000万阿尔茨海默病患者，每年还在以平均30万的数量增长，这些家庭正经受着和李女士一样的痛苦和无助。

《中国老年人走失状况研究报告》显示，超过70%走失老人出现了记忆力障碍，有些老人几乎毫无征兆地就变成了失智老人，世界在他们眼里似乎突然变得生疏了。

申学林一家住在武汉东湖边一个不起眼的小区里，过着普通的日子，但是这种宁静的幸福，消失在今年5月6日——父亲申社清走失的那个清晨。

申学林：我们当时看着他从公司出来的监控录像，一直在寻找他最后出现的镜头。那是5月6日凌晨1点他在长江大桥的桥墩下面，后来就再也没找到他的身影，我们也不明白他为什么要一直走……

从他工作的公司到儿子的家，一个多小时的路程，申社清走过无数次。5月2日下午，一家人团圆，在一起吃完烧烤，还快活地玩了一会扑克牌。随后，申社清就去公司上班，从此却再也没回来。女婿曾雨清还清晰地记得当时岳父要当外公的喜悦。

曾雨清：“五一”时，我妻子怀孕了，她喜欢吃酸的食物，岳父那么大年龄还爬到我们小区的枇杷树上给她摘枇杷，到处给她找她爱吃的东西。

从湖南邵东农村来到武汉打工养家，申社清把两个儿女都培养成了大学生，还在武汉有了不错的工作，买了房，安了家。有了孙子，外孙也即将出生，申社清用几十年打拼换来的和美日子已经铺展开来，他却一下子从这样的日子里消失了。儿子申学林一直内疚，他说自己并没有意识到父亲老了，需要子女更多的关切和照料。

申学林：我父亲一般很少主动跟我们聊天，他可能有时候把生活的压力憋在心里，怕我们担心。现在回想起来是我太粗心了，应该多跟他聊聊心里的真实想法。

苦苦找寻，未必找得到；找得到的，却又未必回得去。

河北沧州的李明记老人是从养老院悄悄离开的，在外流浪的一年里，他住过涵洞、废品站、垃圾场，尽管好心人帮他找到了自己的女儿，他还是坚决不愿意回家。

女儿：喂，爸爸，您回来吧！

李明记：我回去干什么啊？

女儿：您回来，我给您在村里盖个房子，咱们一起生活，我养着您。

李明记：你有多少钱能养着我啊？

女儿：没有钱我也能养着您。

李明记：我不想现在回去给你找麻烦。

女儿：您别管那些麻烦事，您要是想我，您就回来。

李明记老人被好心人送到救助站，给他买好了火车票，他中途又下了车，一路走回郑州。

李明记：我女儿穷得没办法，她现在赚的那点儿钱还不够她自己花的。

记者：她挣的钱还不够她花的？

李明记：对。

记者：那您以后的生活，您自己怎么安排呢？

李明记：我就捡捡破烂儿，马马虎虎地活一天算一天。

幸运的是，李明记老人碰到了小可姑娘，先是收留他住在自己家里，最近又帮他找到了一份照管流浪小动物的工作，管吃管住还发工资。

然而，并不是每一位走失老人都有李明记老人这样的幸运。《中国老年人走失状况研究报告》显示，走失老人的重灾区，恰恰是在中小城市和西部农村。

养老送终，本是天经地义，如今，却成了许多家庭无法承受之重。他们需要政府和社会伸出援手，共同托起爸爸、妈妈的幸福晚年。

寻人启事：我是郑州的宋智敏，我爸爸宋有文，今年 81 岁，患有老年痴呆，短发，牙齿基本掉光，下身穿一条深蓝色短裤，上身穿白色短袖衬衫，脚穿蓝色塑料凉鞋。2016 年 7 月 26 日走失。

片花：这是爸爸最喜欢喝的茶……这是妈妈最喜爱看的戏……这是爸爸怎么也听不够的相声……这是妈妈每天必看的天气预报……爸爸、妈妈，回家吧！

社区：留住走失的脚步

作者：白杰戈、葛修远、赵阳

播出日期：2016 年 12 月 6 日

“妈妈，您这两天没回来，我心里可着急啊，弟弟妹妹都上街到处找您，心里不是个滋味儿。”

“妈妈，您快回来吧，我们因为找您都快崩溃了。没有您的日子真的不好过。”

“我们所有亲朋好友几十个人，一直在找，无目的地找，坐公交车坐到某一站，感到心慌意乱的，下车找一找，可仍旧没有一点儿信息……”

母亲郑海华走失的第十二天，女儿沈瑛还是没有找到任何线索。

沈瑛边走边说：这十几天我每天都在街上找她，周边县城都找了，像什么大通、平安、乐都……

沈瑛的大哥沈刚说，他和妻子跟 76 岁母亲住在青海西宁城西区。11 月 5 日下午，母亲说要去妹妹家。

沈刚：在西门口，坐 2 路公车，她经常坐那趟车，我就答应让她去了。六七点的时候还没回来，我就着急了，咱们这儿冬天天儿黑得早，我就出门开始找，到 9 点半还没找到，我就给姊妹们打电话。到晚上 10 点我母亲还没回来，我们就直接上黄河路派出所。调监控一看，发现她坐错车了，坐的是 13 路公车，我们一下子就慌了。

他们又通过公交公司，找到了那一辆 13 路公交车的司机和监控录像。

沈刚：她上车后不久就睡着了，坐到终点站了，司机说该下车了，她就下了车。她下车后横穿马路，还问“这是什么地方，纸坊街咋走”。有人随手一指“往那边走”，她就朝别人指引的方向走了，但是那儿周边的监控都坏了……

画面中老人最后的身影，定格在离家直线距离五公里左右的地方。对于患有轻度阿尔茨海默病的郑海华来说，这是城市北郊的陌生地方。

沈刚说，大约四年前，母亲就曾经迷过路，好在遇上了警察。从那以后，家里人想方设法让她出门时带上点标记，但老人并不配合。

沈瑛：我们给她做的家庭住址等信息卡，让她挂在脖子上，她不挂，老是扔掉，发脾气说她没傻，说我们就把她当傻子。后来又给她买定位电子表，她也不带，说她不会走丢，能找到家。

在母亲走丢的前 5 天，沈刚还为这个事情跟她生过气。

沈刚：我说让她戴上定位电子表，她就扔在桌子上了。

不只是郑海华老人，《中国老年人走失状况研究报告》发现，全国城乡老人对定位手环的接受度都很低。但这些记录身份的手环，很可能是老人走失之后的救命稻草。

康华：我带着呢，你看，这个老年机里边有定位服务系统，走到哪儿，我们就定位到哪儿……

西宁市城北区光彩居家养老北川河服务站站长康华手里，就拿着一部这样的手机。原计划这天要给服务站的老人发放，但前两天在其他站点太受欢迎，已经提前发完了。

康华：这个太厉害了，城西区也发这样的手机，在那儿都不够用了，我们这边今天发不了了，暂时没货了。

以前光彩居家养老服务中心给老人定做的是圆形徽章式的信息牌，上面有二维码。

康华：好像防走失牌有点儿不太被认可，差不多 80% 的老人不愿意用这牌儿，但这个手机他们完全认可，老人用它也感觉自信着呢。

截至目前，光彩居家养老服务中心已经免费发放 1200 部这样的手机。按下手机上特设的按键，就可以拨通光彩居家的呼叫中心。

康华：我们有上门理发、保洁、擦玻璃、代办事务、看病、陪医，还可以陪他们去超市里买米、面、油，他只要一按呼叫器，我们就第一时间赶到。

把走失的老人找回来是当务之急，但要从源头上防止老人走失，日常照料是更大的难题。面对失智老人，大部分家庭都力不从心，而最靠近家庭的社区虽然被寄予厚望，但这道社会保障线要发挥作用并不容易。北川河服务站负责的 500 多位老人当中，有 10% 是失智老人，站长康华说，最难的是第一步：化解老人和家属的戒备、疑虑，彼此建立信任。

康华：他们的子女有时候也不能正确地对待这件事，总觉得老人有痴呆症不愿意让别人知道，好像有自卑感似的。这真的有点儿难沟通。就像我给送饭的老人，我差不多天天去，慢慢就觉得他也喜欢我们了，一看见我们过去，他就高兴地说“哎呀，我家的孩子又来了……”

传统观念让很多家庭不愿意把老人托付给社区；资金和人力的现状，也让社区一时根本承担不了这项重任。从2009年开始，北京市陆续建设了2000家“托老所”，但由于运营权交给了并不专业的居委会、村委会，服务内容单一，布局不均衡，目前只有70家存活，其他的“只剩门面”“基本荒废”。

青岛，是老龄化程度仅次于上海的中国城市，一个名为“中英社区失智者照护体系试点”的项目已经在这里启动。除了日间照料中心，社区还建立了相应的安全网络，让所有的服务机构一旦发现问题及时告知家属，将老人走失的可能性消灭在社区层面。项目负责人、北京大学第六医院记忆障碍诊疗与研究中心教授王丽华说，他们的目标是建设友好社区的中国样板。

王丽华：我们的培训包括社区医生、社区护士、社区服务骨干、养老机构骨干。银行、零售商、小区里的服务者要形成一个联盟，共同为生活在社区的老人提供服务。

未来可期，任重道远。

沈刚和沈瑛的母亲郑海华，在走失14天之后被找到，已经没有生命迹象。（报道中他们三个人都是化名）

寻人启事：我是长春的李建文，我妈妈刘福莲，今年65岁，身高1.65米，小脑萎缩，偏瘦，东北口音，短发，身穿红色棉服，2016年11月23日早上从家走失。恳请大家帮忙提供信息。谢谢大家！

片花：这是爸爸最喜欢喝的茶……这是妈妈最喜爱看的戏……这是爸爸怎么也听不够的相声……这是妈妈每天必看的天气预报……爸爸、妈妈，回家吧！

警察：守护你回家

作者：贾立梁、车丽、申丹
播出日期：2016 年 12 月 7 日

“很担心啊！她睡哪儿了，吃东西没有，有没有好心人能给她一瓶水喝，想到这些都心疼。”

“一到过节的时候，她最爱吃的就是烧鸡，她要是吃不上烧鸡，我们心里就很难过了。”

“他不爱说话，在那里一坐就是半天，平时就坐在这个沙发上，现在这个沙发空空的。”

爸爸在闹市转身就不见了，妈妈出门去买个菜，就此天各一方。阿尔茨海默病，让他们不认识亲人，也不认识自己，更没有留下任何信息和线索。这对于不知所措的儿女来说，首先想到的，就是求助于警察。

警察王振：我们现在是机动车巡逻，低速行驶。一边开车一边观察路面情况。随身携带市公安局统一布控下来的指令，有老人走失的情况，电台播报一下老人基本特征，我们用心记下来，路面观察主要是靠民警的一双眼睛。

8 月 3 日深夜，警官王振就是这样在路边“捡”到了患脑萎缩、已经离家 8 天的老人李旺兴。患病 8 年来，李旺兴记忆力逐渐衰退，对于家只有模糊的概念。儿子李晓宾在家里的墙壁上、门上，甚至是挂历上，都写满了“别出去，您会走丢的，这是李旺兴的家”。

李晓宾：我父亲住在四楼，门上贴着他的名字，要不他就去五楼敲人家的门，拿钥匙开人家的门。在我父亲口袋里有我们的电话，有写着他名字的字条。每次去看他，十次中就有八九次拿我当他的老兄弟，但我如果拿我小时候的照片给他看，他就说这是他儿子。

儿子的担忧不幸变成了现实，再多字条也没能留住老人。刚刚过完 75 岁生日，李旺兴走出了自己的家门。

李晓宾：哪怕他抢别人点儿东西，或偷别人点儿东西，或许就能找着了，但他不会这么做！可是他身无分文。

父亲走失的那几天里，儿子李晓宾睡觉都要抓着手机，生怕错过什么。直到3日深夜，穿着白色跨栏背心、鼻梁已经划破的父亲，被路人发现并报警，遇到了（天津市公安局和平分局）南市派出所正在巡逻的民警王振。

王振：大爷，您叫什么名字，给我说一下您的名字？

李旺兴：不知道，就叫“不知道”。

王振：您家住哪儿啊？

李旺兴：……

王振：没有带有身份信息的东西，只能靠问。一开始要好好地问对方，可和颜悦色地问却怎么也对不上茬儿，说话驴唇不对马嘴。不行就横点儿，咱吓唬吓唬大爷，“叫什么？”这下倒行，把名字报出来了，当然是含含糊糊的。我就拿张纸，用笔写出来，“是这个吗？”“是这个。”

王振：（打电话给值班的民警）给我查一下，叫李旺兴的人，旺盛的旺，高兴的兴。看看全市有几个叫这个名儿的，然后再看看走失人口网上有没有相关信息？

值班民警：查着了，走失人口网上有登记这个名字的。

王振：什么特征？

值班民警：上身穿白色跨栏背心、下身穿驼色裤子，胳膊上有伤疤。

王振：应该是这老爷子。我拍个照片给你发过去，如果信息是对的，就赶紧跟他家里人联系，我在现场等电话。

确认无误之后，父亲走失后的第八天，李晓宾在警察的帮助下见到了日思夜想的父亲。

李晓宾：我一看，那就是我爸爸，就赶紧停车，当时我就眼泪哗哗地流，周围还好多人看着。我现在岁数也不小了，别人一看，这是怎么回事，怎么还哭了呢。

之所以能够如此迅速地确认，王振警官表示，得益于天津市公安局的走失人口信息系统。

王振：如果到派出所报走失的情况，信息就通过市公安局指挥中心让全市所有派出所都掌握。只要把指令跟路面上的巡警说一声，巡警做到心中有数，多大岁数老爷子，我们都会尽所有力量去找。

送走失老人回家，首先要确认老人的身份。河南安阳把警务点设在了救助站里，联着人口信息和户籍网，由驻站民警来协助查找走失人员的信息。河南安阳市文良分局交管巡防大队队长张书彬说，这里不仅能联网查询，还能够做 DNA 比对，确认更精准。

张文彬：我们在全国是首创。如果需要查询有关受救助人员的信息，只要是河南省的在这里就可以查了。如果涉及全国的人员信息查询，由我们大队作为委托机关委托安阳市公安局 DNA 信息库给我们做鉴定。

然而，不得不承认在安阳走失的老人是幸运的。能够提供这样一站式查询的警务点，在全国 2041 个救助站中，只是凤毛麟角。承载人口信息网络的光缆价格不菲。

中国政法大学社会学院副教授熊贵彬：几十米、一百米左右距离耗费六万元。反过来分析，一个城市从它就近的派出所拉一条光缆过来，成本完全可以承受，这涉及很多走失人员的家庭。

各地走失人口信息化服务水平更是参差不齐，连公安部的人口信息系统与民政部的全国救助寻亲网都处于独立运行中，打造全国统一的、一站式的寻人网络平台迫在眉睫。

熊贵彬：尤其是走失老人这部分数据，绝大多数地区仅把数据停留在派出所层面。曾经去过一个省会城市，涉及人口走失方面的数据是一年一万左右，包括儿童妇女，还有成年人和老人，但他们没有这样的电子数据，如果要查就要把每一个案件全部都打开，按原始的人工方式去统计。

冬天到了，如果您看到在瑟瑟寒风中的走失老人，希望您能及时报警。能让他们得到临时救助、体味人间的温暖也是可贵的。

民政部社会事务司救助管理处副处长富强：如果发现疑似走失人员，首先要做的就是报警。公安机关会将其引导并护送至救助管理机构，救助管理机构会为其提供基本的食宿等临时救助服务。

寻人启事：我是安徽阜阳临泉的赵端付，我爸爸叫赵守信，他有老年痴呆症，我们把他送到了阜阳养老院里，今年 87 岁，他知道自己的名字和年龄。5 日下午 2

点左右，由于养老院的门没有关，他走丢了。他上身穿着蓝色棉袄，头戴一顶咖啡色帽子。天气这么冷，我现在非常担心他，希望他能早点回家。

片花：这是爸爸最喜欢喝的茶……这是妈妈最喜爱看的戏……这是爸爸怎么也听不够的相声……这是妈妈每天必看的天气预报……爸爸、妈妈，回家吧！

救助站：朝着家的方向

作者：丁飞、张建亚
播出日期：2016 年 12 月 8 日

“我爸爸以前身体非常好，能绕着学校操场跑 8 圈，得了脑梗后就不行了。爸爸，您能快点回来吗，我们很想您。”

“我在上班之前，我妈妈每天都给我把饭做好，我吃完了才去上班。现在想想，心里挺难受的。想吃妈妈做的菜。”

“这已经是我爸爸走失的第十一天了，希望有好心人见到他，能帮忙给他点儿水喝，能主动把他留下，能问他一句是不是找不到家了。”

从安徽马鞍山市市中心往东北方向驱车 5 公里，在秀山脚下北转，再上一座土坡就会发现这座城市唯一的流浪乞讨人员救助站。

有一部分登记备案的滞留人员，照片下面写着“无名氏”。因为精神异常，智力残障，表达不清，除了救助的经过，其他个人信息都是猜测。流浪乞讨的人群中，走失老人有 15 位，占总数的 20%。待在救助站时间最长的一位，已经在这儿住了 3 年多了。

工作人员：他们中有来自贵州、江西、甘肃的。

记者：他们走失到这边来？这么远？

工作人员：现在的城市不比过去的老城市，变化太大了。老人要是糊涂了，坐车就不知到哪儿了。

救助站的楼里既有临时观察室，也有住房。每一间都配有空调、彩电、席梦思床，还有二十四小时热水的独立卫生间。一位老人坐在床边盯着窗外，她背后的墙上不知被谁胡乱写下“不能停止找”的字样。

站长申贵琼：您老家是哪儿的？

周老人：我？我是 jinliu 的。

站长申贵琼：什么？ jinyou 的？ jinyou 村？

周老人：嗯。

站长申贵琼：有空我们再好好谈谈。您告诉我您的家在哪儿，我就把您送回家。

周老人：嗯。

这句听不清的“jinliu”，却已足够让站长申贵琼兴奋。一年多了，老人第一次模糊地讲出自己的家乡。记者翻看她的档案：“无名氏，女，70岁左右，2015年7月23日由涂县救助站护送至我站。”申贵琼每天都会观察，趁老人开心或话多的时候，就问她几遍“您是哪儿的”，只要对方有回答，便是寻家的开始。

站长申贵琼：您知道您姓什么吗？

谢老人：姓谢。

站长申贵琼：叫谢什么？

谢老人：xiexueyi……（反复说了两遍）

站长申贵琼：叫 xiexueyi。我记一下。

有时候沟通不畅，他会停下来，请老人抽支烟，然后换一种问法：问她家附近有什么学校、有什么工厂，或问附近有什么河流。

站长申贵琼：您再想想。我知道您是滁河县的，是滁河县哪个乡？

对方始终没有回答。

站长申贵琼：您那个地方有什么学校？还有什么大工厂？

谢老人：没有工厂。

站长申贵琼：那儿有学校吗？有小学吗？小学叫什么名称？

谢老人：小学我记不清了……

站长申贵琼：您要不要再抽支烟？

谢老人：嗯……那儿有一个师范学校。

这样一遍又一遍反复地询问，是救助站识别老人“家在哪里”最主要的办法。信息细节多一些后，他们就把信息上传至今日头条寻人、全国救助寻亲网和一些站长们的微信群里，等待回复。申贵琼打算对“jinliu”老人做一个“三方会诊”，他请来附近救助站和民政部门的人，集中诊断“jinliu”二字。

两个小时后，三方到齐。

（三方见面寒暄）

周老人：我是 jinliu 滴，我是 jinliu 滴。

申贵琼：高淳 jinliu 的。

其他人：您是哪个县的？

周老人：我……我是 menxia 县的……我是 menxia 县的。

其他人：眉山的啊。

周老人：嗯，menxia 的。

周老人：江宁有个眉山。

接下来，陆续得知老人姓周，家在南京江宁区谷里街道。空白了一年多的信息在一个上午被全部填满，申贵琼难以置信。一小时后，车子经由省道、县道、乡道，到达了 60 公里外的谷里。老人下车，人们看到她身后隔街的建筑上写着：金牛（jinniu）商场。

申贵琼正寻求当地派出所协助时，走失一年多的老人竟被路人一眼认出：

路人：她住在潘家！

申贵琼：噢！潘家你认识是吗？你能带我送她回家吗？

路人：我还在想，怎么这段时间没有见过她。我们开车她经常会拦车，要给她点儿钱。我认识她。

路人：她今天衣服穿得很好，以前可没穿这么好，还胖了……我认识她。

意外的惊喜，让“最后一公里”的寻亲路变得异常简单。在救助站、民警、好心人的陪同下，周老人回到了家。她的儿子被叫到村口，见到母亲点点头，然后攥着发黑的双手低头玩起了手机。患有老年痴呆的老伴走出家门，两人面对面站了许久。空荡荡的家里没有灯，没有门，屋里只有坑坑洼洼的土渣石灰地面，还有斑驳的墙壁和一个勉强能坐的破沙发。但老人站在那里，清楚地对申贵琼说了声：谢谢！

周老人：谢谢！谢谢！

申贵琼：谢谢啊？哈哈！

周老人：我得谢谢你啊！

民警：不要再跑了啊。

周老人：不跑了。（下一句又听不清了）

再暖和的救助站，也是临时落脚的房间；再空荡的土坯屋，也是心里最想回的家。

（申贵琼独白）

申贵琼：寻亲，帮助每一个走失人员找到家，这是外面必须要做的。至于到了家以后，后面的社会保障工作应当怎么去延续，我们会和对方进一步沟通。但是首先我的基本职责——寻亲。

目前，全国共有救助站 2041 家，承担社会生活无着落人员的兜底保障功能。每年 50 万走失老人均被归入这一群体。然而，根据《中国老年人走失状况白皮书》，50 万人中通过救助站实现完整救助的仅有 2 万多人。从救助流程到权责明确，从护理人员配置到精细化服务，我国尚缺乏一套系统的走失老人救助体系。

从救助站到周老人家，这段 60 公里的回家路，用了整整 15 个月。寻亲者报过案，救助站也入了网，为何信息却迟迟无法匹配，只能依靠申贵琼们一遍一遍的口头询问？中民社会救助研究院执行院长宋宗合认为，公安与民政合作，共同打造全国统一的人口报失和查找综合信息平台迫在眉睫。

宋宗合：一个是建立互联网并联，信息互通的效率非常高；第二是建立警务点的驻站系统，警方在救助站直接能够提供信息的查询工作；此外，DNA 比对系统、GPS 定位系统配合去找老人，效果也会非常好。

（救助站现场音）

这天，吃早饭的时候，问有什么工厂、问有什么学校都没问出什么结果的谢老人，突然说出了自己的家乡。申贵琼连忙往各处打电话，高兴地说，这次希望很大，我们赶快出发吧！

（音乐起）

寻人启事：我父亲叫孙正文，在 2011 年秋天走失，走的时候身穿一套秋裤秋衣，那年 82 岁，至今没有下落。这些年我们一直在找，一直没放弃，但直到现在也没有找到，心里总像是压了一块石头。唯一的愿望是，想尽一切办法把老人找回来，好好尽尽孝心。社会上的好心人，有见到者，请通知我，必有重谢，我的电话号码是……爹，早日回家吧！全家人都在盼望您早日回来。

片花：这是爸爸最喜欢喝的茶……这是妈妈最喜爱看的戏……这是爸爸怎么也听不够的相声……这是妈妈每天必看的天气预报……爸爸、妈妈，回家吧！

谢谢你！志愿者

作者：杨宁、陈瑜艳

播出日期：2016 年 12 月 9 日

“我爸爸特别喜欢吃饺子，他吃饺子有个习惯，就是爱生吃大蒜，他总是爱咬一口之后，就拿给我吃，我还记得第一次吃的时候，一大口咬下去辣得我直流眼泪，当时我爸爸就笑了，每次想到那段时光我都忍不住伤心流泪。”

“在我自己吃饱穿暖的时候，心真的是揪着疼。这么冷的天，他能躲在哪儿？”

“我姥姥就是爱吃自来红、自来白，我每年都买一盒自来红、一盒自来白给她送过去，今年，也不知道能不能送给她吃。”

11 月 24 日，小雪。晚上 9：27，北京志援应急服务队接到一个求助电话。35 分钟后，救援队总指挥苏教带队出发。老人已经走失了 6 个小时，夜里的温度跌至零下 7 摄氏度。苏教忍不住说，他们应该再早一点求助，老人能少挨些冻。

今年年初，苏教意外救助了一位走失老人。之后他和队员决定救援队向城市救援倾斜，开始着重寻找走失的老人。苏教说，老人是一个核儿，所有的亲人都围绕着这个核儿。如果老人不在了，这个家族就散了。报警越早，找到老人的概率越大。

8 个小时后，老人被找到。为了表达谢意，家属在临时组建的联络群里发了红包，但没有一个人抢，大家都默默退了群。第二天，老人的女儿打来电话，说她也想成为志愿者。苏教回答了两个字：欢迎。

工作人员：您好，我们是今日头条公益寻人这边的，您家的老人走丢了是吗？

10 个月时间里，“头条寻人”项目的负责人曾华经历了 3400 次这样的寻亲“特殊瞬间”，心绪也在悲喜中交织起落。

惊喜、执着、悲恸……

曾华供职的“今日头条”拥有数以亿计的用户，坐在一群“码农”中间，曾华的工作不是编程序，而是在网络上寻找走失的老人。

曾华：有的人会把我们这儿当作最后一线生机，老人在某一个地点走失了，我们就以这个地点画一个圆，在这 5 公里、10 公里的范围里发布老人走失信息，所有用户都可以收到这条寻人信息，都可以参与寻找老人。

每天都要接听大量的求助电话，曾华能体会电话那头的焦急和心疼。

曾华：我的奶奶得了阿尔茨海默，这个病最后吞噬了她。得阿尔茨海默的人特别容易走失。我奶奶那时走失频率基本上是一个月有三五次。

曾华：她经常对我说她想回家，她的爸爸妈妈在等她。老太太有时候就是喜欢往国道上走，那是她回娘家的必经之路。有一次我真的就在国道上碰到她了，老太太一脸错愕，说，她要回家。

找了丢，丢了找，就这样，曾华在奶奶生命最后的六年时间里经历了几十次寻找。如今，他再也无法找回奶奶，却帮助更多走失老人回家。凭借精准的地域弹窗技术，自今年 2 月寻人项目成立以来，曾华最快的一次是在 5 分钟内就找到了走失者，最多的一天找到 12 人。每次大家在为成功找到一位老人欢呼的时候，曾华总会不自觉地望向窗外。他仿佛看到头发花白、身材瘦小的奶奶正站在呼啸而过的国道车流里，迷茫得像个孩子。

幸运的是，奶奶一辈子生活在小镇，大多数时候会被熟人送回来。更多的老人则迷失在钢筋水泥的城市迷宫中。据不完全统计，目前全国民间救援队已经超过 350 支，寻找走失老人也成为救援队最大的关切和关注，杭州的公羊会就开设有“24 小时急寻热线”，公羊会会长何军还为失智老人定制了一款定位器。

何军：我们已经给老人发放了几千台这样的设备，效果很好，携带定位器，老人就不会再走丢。家属、监护人可以通过手机的 APP 迅速地找到这个人，不需要动用很多社会资源。

杭州的赵阿姨在经历了老伴近 10 次走失后，配上了定位器。

赵阿姨：24 小时要人陪，有的人可能真的感受不到家里有这种病人的困苦。我在家里一转眼就看不见他人了，真是毫没办法，给他写好了三张卡片，放在他身上不同地方，后来还弄了两个定位器，一边一个。

作为救援队队长，苏教依旧在为人力和资金不足而发愁，但他有自己的欣慰。

苏教：截至今年，中国救援已经 13 年了，我自己救过 600 多起，其中搜救老人 100 多起。我女儿现在以我是救援队队长为荣，她作为一个“救二代”，曾经说过大学毕业后就接我的班做救援队队长。

作为“头条”寻人推手，曾华还在寻思如何破解网络寻人在偏远地区收效甚微的现状。从最开始单一的寻人线索推送，现在更多的是线上和线下结合一块去寻人。

作为“二十四小时急寻热线”的创办人，何军还在为一块续航能力更强的定位器电池努力着。

寻人启事：我是贵州兴义的，我爸爸何其贤，今年 75 岁，身高有 1.45 米，他在外出理发时走失，走失时上身穿条纹灰色 T 恤，下身穿灰色裤子，脚穿一双凉皮鞋。联系电话：……

片花：这是爸爸最喜欢喝的茶……这是妈妈最喜爱看的戏……这是爸爸怎么也听不够的相声……这是妈妈每天必看的天气预报……爸爸、妈妈，回家吧！

系列报道：校园欺凌现象调查

按语：

据教育部统计，仅2016年5月至8月，全国上报的校园欺凌事件就多达68起。国家多部委甚至联合发文，要下大力集中治理。

社会现象被突发事件点燃时，其影响常常是惊人的。2016年12月发生的中关村第二小学学生涉嫌欺凌事件引爆网络。

新闻事件背后如果存在普遍现象，抓住时机转向对现象的深层次探讨有时比追寻事件本身的来龙去脉更有意义。《校园欺凌现象调查》以中关村第二小学事件为起点，探讨校园欺凌如何定性？怎样治理？家长、学校、社会各自应该承担什么样的责任？以此促使各方共同思考。

策划：高岩

编审：樊新征

不容忽视的隐痛

导语：

最近，中关村第二小学学生涉嫌欺凌事件引爆网络。一位学生家长称，他孩子被同班同学用厕所的垃圾筐扣头，造成重度抑郁。昨天（13日），中关村第二小学披露事情基本经过及调查情况，认为涉事的三名学生属于正常的同学关系，没有明显的矛盾冲突，该“偶发事件”不足以认定涉事学生的行为构成“校园欺凌”或“校园暴力”。

虽然校方予以否认，但事件的持续发酵无疑让“校园欺凌”一词再次触动了公众敏感的神经。校园欺凌为何愈演愈烈？如何遏制这种恶劣行为、还校园一方净土？

作者：朱敏、刘会民

播出日期：2016年12月14日

王鲁青：他打一下我的头部，然后掐我的脖子，跟我要吃的东西，还要钱。

说话的王鲁青（化名）今年17岁，由于他比较腼腆、老实，从小学四年级开始，就经常成为其他同学欺负的对象。升入初中后，同学的欺辱和打骂不仅没有结束，反而变本加厉。

王鲁青：一个星期被打两三次，有时候碰上他们可能不挨打，但下个星期肯定得挨上一次他们的打。

尽管王鲁青曾向家长、学校和老师反映过自己的遭遇，但并没有得到重视。由于每天都生活在恐惧和不安之中，他因此开始厌学，学习成绩也下降得厉害。

中国青少年研究会副会长陆士帧认为，校园欺凌已经影响到未成年人形成健全的人格的程度。受害者往往会消极地自我认知，缺乏自信，自我评价逐渐比同龄人偏低。这种自信心、自尊心的影响有时会伴随其一生，严重的会导致自杀和产生报复社会的倾向。而施暴者则有盲目的优越感，缺乏理智，脾气越来越暴躁，严重的会造成心理扭曲、变态，成年后形成不良的心理状态，有的甚至会诱发犯罪。

中国青少年研究中心2015年公布的针对10省、市5000多名中小学生的调查报告显示，32.5%的中小学生表示“偶尔会被欺负”，而6.1%的中小学生则表示

“经常被高年级同学欺负”。遗憾的是，很多家长往往会按照惯常思维，认为这只是孩子们之间的“玩笑”而不以为然。

那么，到底什么是校园欺凌？它与嬉笑打闹、恶作剧之间有没有明显界限？西北政法大学教授褚宸舸认为，同学纠纷、校园欺凌、校园暴力三者是渐进的过程。校园欺凌也叫霸凌，它强调自觉的、故意的、重复的攻击行为、操纵行为或排斥行为；偶发的同学之间的恶作剧、开玩笑不是重复的、故意的、自觉的，一般不认为是校园欺凌行为，就是同学间一般的纠纷、矛盾；校园暴力通常要比欺凌造成的伤害程度深，一般来说违反行政法，比如治安管理处罚法或刑法，或者行为主体没达到刑事责任年龄，但实际上已经造成轻伤以上的伤害或者财产比较重大的损失。

今年4月底，国务院教育督导委员会办公室曾下发《关于开展校园欺凌专项治理的通知》。《通知》指出，发生在学生之间的蓄意或恶意通过肢体、语言及网络等手段，实施欺负、侮辱造成伤害的校园欺凌事件，损害了学生身心健康。在北京市青少年法律援助与研究中心主任佟丽华看来，《通知》没有强调行为的重复性，所以涵盖范围更为宽泛。

佟丽华：我赞成这种提法。因为有些即便是单次的但很严重的欺凌行为，也会对受害学生造成严重伤害，所以没有必要过于强调它的重复性。只要发生了故意欺负其他同学的行为，给其他同学造成了伤害，根据《通知》的定义，都应该列入校园欺凌的关注范畴。

由于未成年人对自己的行为缺乏足够认知，不少校园欺凌事件会升级为校园暴力，甚至引发未成年人违法犯罪。根据最高人民法院的统计，从2013年到2015年，我国审结的100件校园暴力案件中，针对人身伤害的暴力占到88%之上，实际造成被害人重伤、死亡等严重后果的高达67%。

今年4月23日凌晨，山西绛县一名15岁的少年张超凡，在网吧被多名同学殴打长达4小时，最终被活活打死。据目击者称，张超凡被殴打的起因，是因为同学让他买东西。目击者告诉记者：

目击者：他们看那个小孩儿不顺眼，就让他买东西，可他没带钱，就不愿意给人买。后来他就被他们打了。

据张超凡的母亲说，事发前，孩子休学在家。家人一直以为他不愿意去学校，只是因为他调皮捣蛋。事发后才知道，原来张超凡在学校里就一直被别的同学欺负。

而就在同一个月，山西稷山县曾发生 1 名高一学生在宿舍内被 11 名同学殴打致死的悲剧。短短 20 天时间，两个未成年人死在同学的拳脚之下，让人震惊而惋惜。最高人民法院关于校园暴力刑事案件的统计报告显示，从涉案阶段看，小学生占 2.52%，初中生占 33.96%，高中生占 22.64%。

最高人民法院中国应用法学研究所副研究员代秋影认为，这与未成年人的身心特点密切相关。青春期的未成年人由于生理发育等客观原因，攻击性较强，冲突事件的引发多少基于情绪而非基于利益。加之青春期的未成年人没有建立足够的同情心和控制力，因此校园欺凌事件和冲突的后果，特别是对受害人的心理伤害巨大。

曾有学者对在媒体上搜集到的 51 个校园暴力典型案例进行梳理，发现有多人参与的案例多达 37 例，且均为多个孩子殴打一个孩子，说明校园暴力有规模化的趋向。令人惊讶的是，女生的施暴行为竟然占到一半比例。同时，校园暴力的形式也更加多样化。除了传统的打骂、勒索之外，还有利用 QQ、微博等网络传播手段进行的言语暴力，上传受害者的视频、照片等网络暴力。

代秋影分析指出，由于法律法规不完善和监管执行不到位等原因，网吧、暴力色情、网络游戏等容易对青少年产生不良影响的场所管理不善，认同、模仿和示范也是部分冲突事件和校园欺凌产生的重要原因。

相比较而言，留守儿童或流动儿童等群体更容易成为校园欺凌和暴力的对象。代秋影还指出，这些缺乏爱的孩子，在成长过程中积压了太多愤怒、仇恨和不满，情绪会逐渐向弱势转移，在一些微小事情的激发下变得“攻击性”特别强，由本来的受害者变为加害者。

中国青少年研究会副会长陆士帧认为，校园欺凌和暴力事件的发生，还与惩罚机制缺位和学校教育缺失相关。他建议，首先，要尽快完善校园暴力立法和执法，明确标准，明确责任主体和追究赔偿责任；其次，要把生命教育和反暴力教育纳入学校的教育体系；最后，对构成校园暴力行为的人员采取矫正、感化、医疗等方式，改善其行为，预防犯罪。

不容忽视的责任

导语：

孩子是祖国的未来，创造良好的家庭、社会和学习环境，使他们健康、快乐、幸福地成长，是我们共同的责任。但是对于涉世未深的青少年来说，规则的意识尚未充分建立，经常由于冲动受到各种伤害。学校、家庭、社会，应如何共同努力构建呵护孩子成长的安全网？

作者：王楷、孙莹

播出日期：2016 年 12 月 15 日

在一段网络曝光的视频中，三名少年群殴六年级男生小东的情景叫人唏嘘愤怒。脚踢，拳打，砖砸，被打者昏倒在地，施暴者仍不放手。这些未成年人暴力相向的程度，让成年人都难以置信。

施暴者：我去，打傻了吧。爽不爽啊，来吧！

被打者小东的母亲：这个村我们肯定待不下去了。我们外地人能到哪儿啊，肯定哪儿都和这差不多。

14 岁的常某是施暴者之一。他的父母也是外来务工人员，他母亲对记者说："看到网上有他打别人视频的时候，他自己就去派出所自首了，也没和我们大人说这事儿。"

记者：他还想上学吗？

常某母亲：他想上学，辍学十多之后天，他就想上学了。

其实无论是施暴者还是受暴者，未成年人在这个过程中，都是受害者。北京西城区检察院检察官赵颍说，事情一旦踏出这一步，就成为"涉罪"未成年人，他的学业肯定就中止了。有可能轻则取保候审待在家里，事情处理完后基本上一年也过去了。他就只能留级或者转校，严重一点儿的情况，他就得一直待在看守所。

一份来自中国青少年犯罪研究会的统计资料表明，近年来，青少年犯罪总数已经占到了全国刑事犯罪总数的 70% 以上，其中 15-16 岁少年犯罪案件又占到了青少年犯罪案件总数的 70% 以上。而这些案件的缘由可能仅仅是因为一些小矛盾。

徐小辰是江苏吴江某中学初中一年级学生，他说，有些同学让人“不舒服”的行为，往往是同学之间产生摩擦的导火索。

徐小辰：同学之间有时候吵到一定程度，再好的朋友也会动手。比如我在好好地看书，他突然过来，用刚洗完的冰凉的手碰我一下，就问他想干吗啊，他说你不服啊，然后就你一言我一语争吵起来。

校园里的拳脚相加抑或精神孤立，如今并非个案。值得注意的是，不少受害孩子的忍气吞声，恰恰助长了校园“小霸王”们无法无天的气焰。由中华女子学院发布的调查显示，不会选择求助的学生占总人数的 48.9%；52.6% 的学生认为，遭遇侮辱、打骂而不报告老师的主要原因是“怕丢脸面，在同学中抬不起头”。

尽管性质恶劣，但现实中由于受害孩子一般伤势较轻，施暴者又是未成年人，因此多按照《中华人民共和国治安管理处罚法》的规定来处理。犯罪成本低，法律干预机制落后等因素，也导致这一现象愈演愈烈。

在中国政法大学青少年犯罪与少年司法研究中心主任皮艺军看来，关键是要将已有的法律用好。

皮艺军：主要还是执行的问题，在观念和理念上要转变。特别是美国洛杉矶的案子反响很大，西方社会采取的是一种零容忍态度。这种零容忍不是我们所说的刑罚，而是对这种事情，哪怕是蛛丝马迹，也应该给予特别严肃的处置。

在很多专家看来，法律的惩罚只是最末端的处置方式。构建和谐校园，必须从源头做好预防工作，建立综合治理机制刻不容缓。

今年 4 月，国务院教育督导委员会办公室下发通知，必须开展专项治理。教育部新闻发言人续梅：

续梅：对地方、对责任督学、对学校开展专项治理都提出了明确要求。比如说，要求学校制定、完善校园欺凌的预防和处理制度、措施，建立校园欺凌事件应急处置预案，明确相关岗位职责，开展学校相关专题教育，开展法治教育，组织教职工学习和执行对于校园欺凌事件预防和处理的相关政策、措施和方法等。

很多涉案未成年人的心理问题往往都比较严重，为此，学校要将心理咨询、心理干预、心理引导等工作放在更重要的位置，把问题消灭在萌芽状态。江苏省中学心理特级教师苏华：

苏华：可以问问他“欺负别人给你带来什么呢？”是因为带来成就感吗，或是体现自己的能力？首先要告诉他他的动机是好的，但是成就感的获得，除了这样的极端方法，还有其他方法，那其他的方法有哪些呢？像这样慢慢引导他怎么样既不伤害别人，也不伤害自己，但也能获得成就感。

而在全国政协委员、小品演员巩汉林看来，青少年存在暴力倾向的原因多和观看网络暴力视频、家庭环境不和谐有关，家庭预防才是根本。

巩汉林：我们总是说"父债子还"。但是在未成年问题上，就应该"子债父还"。要追究家长的责任，因为你是直接监护人，你如果不教育自己的子女，那就只能让法律替你教育。你如果意识不到问题，我们就应该有相应的法律、法规对你进行制裁。

事实证明，建立一个多方联合、社会参与、协调互动、贯穿事件各个环节的综合治理平台势在必行。西北政法大学教授褚宸舸认为，可以建立三级预防体系。他建议，"一级预防"是在事情还没有发生的时候，正常地对学生和老师进行预防，让校园暴力和校园欺凌事件不要发生。褚宸舸说，学校首先应建立畅通渠道，定期排查潜在诱因，为学生提供随时可触及、随时可获得、随时可信任的帮助，防患于未然。"二级预防"是在已出现问题的情况下，对施暴者及时制止、训诫，对受害者及时救助、辅导。"三级预防"则是杜绝可能会持续或反复发生的暴力事件，或因媒体报道带来的二次伤害。

目前在司法实践中，对于有过错的青少年，一般以教育、感化为主，惩罚为辅。然而，由于我国社区矫正体系的不健全，却又让措施很难落到实处，社会力量的引入迫在眉睫。

扬州广陵区法院少年庭庭长徐舒：聚合社会的各方力量，来帮助未成年人。一些热心人士，比如小区里的一些退休的老师、退休的公务员，我认为对于这些人，政府能够给他们一些经济上的支撑。

构建和谐校园，需要家庭、社会、学校形成合力，齐抓共管，构建"宽容而不纵容"的防范体系，只有如此，才能尽快破除暴力事件频发的顽疾，还学生一片蓝天，还学校一方净土。

法治如何发力?

导语:

近年来,拉帮结派,恃强凌弱,少数地方学生之间欺凌和暴力问题时有发生,损害了学生的身心健康,造成了不良社会影响,引起高度关注,近一半的校园欺凌、暴力案件仅仅因发生碰撞、发生口角、开个玩笑,甚至一个眼神等微小日常摩擦事件引起。有效遏制中小学生欺凌和暴力,维护校园安全,是全社会的期望,是党和国家的要求。

最高人民检察院昨天(28日)通报检察机关积极参与防治中小学生欺凌和暴力工作的情况,强调坚持依法公正办理相关案件,宽容不纵容,关爱又严管;最大限度地保护救助被害学生;最大限度地教育、感化、挽救涉罪学生;积极参与防治中小学生欺凌和暴力社会化体系建设。

作者:孙莹

播出日期:2016年12月28日

最高人民检察院发布的典型案例显示,2015年9月,在甘肃省某县中学读高三的17岁的小高,由于看到同学将自己的照片“丑化”并在网上发布,他购买了5克毒鼠药投入本班饮用水的保温桶中。当天,有8名同学喝了这个水,后来小高担心造成重大后果,主动告知大家保温桶中投放了毒鼠药,校方立即将饮用过此水的学生送往医院观察治疗,未造成人员伤亡。小高还能继续他的学业吗?最高人民检察院未成年人检察工作办公室主任张志杰介绍:

张志杰:考虑到高某某是因长期受到同学欺凌而激愤报复,投毒后又立即告诉其他同学,没有发生严重后果,遂做出附条件不起诉的决定,并在经过一定期限的考察后,最终做出了不起诉决定。后来,高某某顺利考上了大学。

而在重庆检察机关办理的周某某、卢某等6人抢劫同学案中,虽然卢某只有15周岁,但由于他是主犯且具备多次抢劫、2次持刀、殴打被害人等情节,依法决定对他提起公诉,被法院判处有期徒刑三年并处罚金。最高人民检察院未成年人检察工作办公室副主任史卫忠:

史卫忠:在办理未成年人案件中,一味单纯地惩罚和打击,对未成年人的消极作用明显,并容易造成交叉感染和重新犯罪,因此要尽量减少不必要的羁押和刑事处罚对未成年人的不良影响。但这并不意味着只要是未成年人实施犯罪就一律从宽甚至不予追究。坚持教育、感化、挽救，不是司法纵容，也不是否定和排斥对未成年人严重犯罪行为的刑事处罚，必要时依法予以惩治也是一种教育手段。

这就是检察机关在办理校园欺凌和暴力案件过程中切实贯彻的宽严相济刑事政策，强调“宽容不纵容，关爱又严管”。2016 年 1 月至 11 月，全国检察机关共受理提请批准逮捕的校园涉嫌欺凌和暴力犯罪案件 1881 人，受理移送审查起诉 3697 人，经审查，不批准逮捕 759 人，不起诉 650 人。

校园欺凌和暴力行为违法与犯罪交织，情况较为复杂，史卫忠分析：

史卫忠：涉案罪名相对集中，主要集中在故意伤害、寻衅滋事、抢劫、聚众斗殴等几类，其中伤害类和侵财类案件所占比重较大。在涉案主体方面，校园暴力以男生为主，女中学生涉及聚众暴力伤害犯罪成为新的增长点，中学生在涉罪未成年人中占比较高。

校园欺凌暴力案件作案动机的简单性和突发性明显，拉帮结派、恃强凌弱现象较为突出。

史卫忠：以陕西西安临潼区检察院所办案件为例，因发生碰撞、口角、开个玩笑，甚至一个眼神等微小日常摩擦事件引起的纠纷占 48.6%，经济、感情纠纷占 37.5%。

检察机关在办理案件的过程中强调，要最大限度地保护救助被害学生，最大限度地教育、感化、挽救涉罪学生。进行双向保护。浙江省一所民办寄宿学校 16 岁的小李，因为琐事，聚集他人对 13 岁的小王实施了聚众猥亵行为，导致小王出现精神异常并转学，且抗拒心理治疗。检察机关迅速安排心理专家以舞蹈老师身份介入干预，持续开展心理疏导。经过近 3 个多月的心理干预，小王发病次数减少，症状减轻，性格也日趋开朗。司法机关同时对小李等涉案未成年人开展帮教挽救。张志杰介绍：

张志杰：2016 年以来，全国检察机关共对被害学生进行司法救助 128 人，法律援助 537 人，心理疏导 476 人，身体康复 311 人。

检察机关在办案过程中，注重深挖并依法严厉打击成年人组织、胁迫、引诱未成年学生实施校园欺凌和暴力犯罪。及时干预、瓦解校园欺凌团伙。四川某高中 16 岁学生小段，在被他人强行收取“保护费”后，以保护自己和朋友为名，纠集在校学生、社会闲散青年共30多名，成立“地下学生会”，并逐渐演变成为强买强卖、打架斗殴、收取“保护费”的校园欺凌团伙。2015年年初，当地检察机关开展检校合作，通过一年帮教，小段不仅解散了“地下学生会”，学习成绩提升500多名，还通过竞选当上班长，并被聘请为“纳爱”少年法治领航员。

史卫忠：办案中我们发现，很多案件最初都是微小的欺凌苗头，后来愈演愈烈，最后甚至构成犯罪，给当事各方造成很大伤害，令人痛心。我们认为，应对校园暴力，“贵在预防，重在抓小、抓早、抓苗头”。

2016年6月，最高人民检察院、教育部联合部署开展了“法治进校园”全国巡讲活动，截至目前，已开展巡讲1.6万多场次，直接覆盖1.2万余所学校和774万余名学生，发放宣传资料近400万册。史卫忠建议老师、家长要与孩子多沟通，尽早关注并发现孩子的异常，及时干预。并指出，“家庭是预防未成年人不良行为的第一道防线”，“父母是孩子最好的老师”。

史卫忠：因为我自己也是一位初三孩子的家长，很多事情感同身受。家长要以身作则，言传身教，以自己的行为告诉孩子，怎样与人相处。如果孩子实施了校园欺凌和暴力行为，态度上不要回避，更不要袒护，要旗帜鲜明地予以批评，明确是非，帮助他们树立规则意识。

他山之石能否攻玉?

导语:

最高人民检察院近日通报了检察机关积极参与防治中小学生欺凌和暴力工作的情况，显示出当前“校园欺凌”现象并不少见，但却并没有得到学校、家长和社会的足够重视。其实，不仅在我国，对世界很多国家而言，校园欺凌不仅是教育系统的顽疾，更是成了严重的社会问题。一些有着多年应对经验的国家，如今已经具备了一套完整的、成熟的规范和方法。他们是怎么做的？有哪些方面值得我们借鉴？

作者：朱敏、孙莹

播出日期：2016年12月31日

本月初，美国内华达州雷诺市一所中学，一名14岁的学生在校园内拿着水果刀四处挥舞，结果被一名校警开枪射中胸部，目前仍未脱离危险。从击伤现场视频拍摄者的口中，我们可以隐约听到“bully”这个词，也就是“欺凌”。

被击伤学生的律师大卫·休斯顿事后表示，几名高年级学生有预谋地要围堵、殴打这名学生，而这名学生正是因为担心自己被围堵、殴打，才带刀上学。

大卫·休斯顿：当时的情形明显应该属于可采取非致命手段控制局面。这明显是一个精神受刺激的学生，希望通过在空中挥舞小刀，让周围人远离他。

这是一起因校园欺凌而引发的悲剧，它再次拉响了美国校园欺凌的警报。据统计，在美国的中小学，平均每5个学生中，就有1个是校园欺凌行为的受害者。在中学生中受害者的比例则更高，平均每7分钟校园内就会出现一起欺凌事件。

频繁发生的校园欺凌行为，不仅是美国教育系统中的一个顽疾，也成了美国严重的社会问题。美国学者杜剑峰表示，为了解决这个问题，美国的学生家长、学校、社会组织、教育科研机构以及政府部门一齐行动，并投入大量资源齐抓共管。

杜剑峰：建立行为规范和惩罚措施，对施暴者进行相应的处罚；许多学校还设立专门项目，有专业的心理咨询师对欺凌受害者进行相关的心理辅导，减轻这类行为给他们带来的心理伤害；除此之外，对学校内涉及欺凌状况的科学性、整体调查和评估也是防止欺凌项目中必不可缺少的一环；学校还投入资源，鼓励校园之外的力量参与进来，不仅同社会机构和政府部门共同建立反欺凌项目，而且鼓励学生家长同孩子及时沟通，引起家长对类似行为的关注。

近日，一篇讲述荷兰女孩儿费姆克如何摆脱校园欺凌的微信文章在朋友圈传开，文章中家长帮助孩子走出欺凌困境的做法也成了中国家长学习的范本。文章的作者，也是费姆克的舅妈魏蔻蔻提到的第一步措施，也是最重要的一步，就是帮助孩子建立自信。“建立自信”说起来简单，做起来并不容易。魏蔻蔻在接受记者专访时提到几个例子。

魏蔻蔻：家里的事情、出去玩儿的事情都让她有参与感。比如家里大扫除，让她也做点儿事。她哪怕扫地扫得不是很好，也要让她自己扫。并且还要对她说：妈妈等你扫完，你扫得很好，你看你今天把墙角都扫得很干净，你非常仔细。家里的人出去玩儿，就让她来准备沙拉。这些小事儿因为参与让她有融入感，她能感到自己的重要性。

魏蔻蔻强调，孩子建立自信的过程常有反复，需要家长有持之以恒的耐心。而家长的所有做法也是在心理医生的专业指导下完成的。魏蔻蔻表示，荷兰的学校和社会机构在这过程中起到了不可或缺的作用。

魏蔻蔻：如果有孩子出现霸凌了，学校就会马上让两个老师进来，让他们来进行观察，国家教育部下面有一个机构叫青少年反暴力中心。学校一旦发现霸凌，所有都要申报到这个机构，机构就会分配专家来参与此事。当然有时也会出现老师和校长不配合的情况，那你就可以直接打这个中心电话求助。

在实际情况中，长期遭受欺凌的孩子很多是实施欺凌孩子眼中的“另类”。在日本，性取向不同于常人的学生就容易成为同学眼中的“另类”。

一名日本同性恋高中生自述：他们会踢我，打我，只是为了把周围人逗笑。从小时候起，我就很多次想过要自杀。我跟老师说，我被欺凌了。老师却说：那是你自己的问题。他们的态度看起来就像是这事儿跟他们没关系或者这事儿不严重。

日本政府去年公布的《儿童和青少年白皮书》显示，日本校园欺凌现象普遍，在为期 6 年的追踪调查中，近 90% 的学童曾遭遇校园欺凌，这其中包括被集体孤立、无视、语言暴力等行为。在日本，一旦被认定为欺凌事件，学校会马上召开会议，收集信息，并详细记录，确认事实，再商讨对策。同时，还要上报教育委员会。教育委员会还将向地方政府首脑报告。比如东京就会报告给东京都知事。

调查完之后，学校会制定解决方案。一位日本中学教师介绍，解决的大体流程是这样：

日本教师：首先要让欺负别人的学生认识到他的行为是欺凌。认识到他自己的行为属于欺凌，这常常会花大量的时间。之后，多数是让学生双方见面，让欺凌者向受欺凌者道歉。但也有不特别安排道歉的情况，只是把事情告知全校学生，让大家共同来讨论这件事。事后，针对学生双方的状况，教师之间要不断地进行信息交流和长期观察。

总的来看，针对校园欺凌的处理问题，以上三个国家都形成了有法可依、学校建立解决机制、社会机构辅助等全方位的处理流程。当然，因各国教育体系与资源的差别，我国无法照搬他国做法。但国际救助儿童会（英国）北京代表处姜敏主任指出，我们至少可以从第一步——正视校园欺凌做起，学校在预防和处置阶段应该扮演更加重要的角色。

姜敏：在我们国内很多学校主要重视学习、考试。如果校园是建立在友爱、包容、无歧视的文化上，很多孩子的问题或者老师的问题就可以解决。在欺凌问题的处置上学校应该制定好一个明确的处理办法和程序。校长应该对欺凌问题负责。对于校园暴力，学校是应该可以做很多事的，在预防和处置上都可以让事态发展有积极的结果，让受害孩子和施害孩子都能健康地成长。

系列报道：春节异乡人

按语：

春节，是中国人一年当中最重要的节日，家人团聚，走亲访友，喜气洋洋，热热闹闹。但是，在这个节日里，总有一些人因为各种各样的原因，不能回到自己的家乡。每个在异乡度过春节的人，背后都有一段或喜或悲的故事。当高铁施工者、网约车司机、城市的打工者、为了儿女“漂”在北京的父母的一段段故事链接起来，又何尝不是一幅生动的当下中国现实的生活图景呢？《春节异乡人》不拔高，不煽情，也不是为了记录而记录。这组报道，把老话题写出了新意，讲的依然是“新城市人”面临的各种问题，但放在了春节这个团圆的时刻，放在了最容易激发人情感的时间点，折射出了社会大变革中人的命运的变化，以及生活在时代变革的当下，“新城市人”复杂的社会情愫。

编审：刘钦、刘黎

三亚淘金者

作者：周益帆
播出日期：2017 年 1 月 28 日

顾客：给我两个不辣的，两个原味的……

河东路川北巷八角楼四楼，出电梯后，正对着的是一家叫“忆青春”的烧烤店。每晚 6 点开始，不太大的店里挤满了顾客，绝大多数都来自东北。

顾客：放点儿辣椒面。咱就对着酒瓶喝呗，你用缸子喝能行吗？太吓人了，这一缸子有一斤酒……

如果不刻意透过窗户看外面的椰子树和热带植物，经常会找不到任何身在三亚的感觉。入冬至农历春节前后，是三亚一年当中最热闹的时候。

店主李小龙：阿姐，要 80 个生蚝，还有扇贝吗？一会儿给我拿些大点儿的扇贝，客人不要小的扇贝……

牛羊肉是从东北进的货，海鲜和蔬菜每天上午 10 点要去市场购买，然后把货拉到烧烤店，最后准备食材，招呼客人直至深夜。这几乎就是店主李小龙每天的生活。

店主李小龙：食材、价格差不多一眼就能看出来。以我们的食材来说的话，很受东北人的喜欢。前两年三亚的人口大概是 70-90 万，前年（2015 年）是 120 万，现在东北人就超过了三亚当地人。

记者：您就靠这一两个月赚点儿钱是不是？

阿姐：对，就靠这一个月！

出租车司机盛小廷，几乎每天清晨四五点出车，要一直忙到晚上 10 点多，1988 年他跟随父母从江苏来到三亚，看着这里的变化，他如今已经习惯说“我们三亚”。

盛小廷：我们三亚这城市并不大，但是有时候堵车也挺严重的。四五年前，这个城市涌进来的外地人就非常多了。（记者：你觉得好吗？还是觉得也挺烦的？）我不会烦，因为那时候人少，你出去都没有人跟你说话的感觉也不好。我认为人多了不是件坏事儿。1988 年我父母把我带过来的时候，没有高速公路的，也没有现在这种柏油路、水泥路。

相比于盛小廷对三亚的适应，同样是在三亚，开出租车的陈师傅，却迫切地希望能早些回到东北老家。

陈师傅：现在我就是担心家里的老人和孩子，特别担心小孩儿，因为家里老人管不住小孩儿，小孩儿就过来了，我又担心老人，让她过来，但她又不愿意，冰天雪地的她自己在家，我又不放心。

陈师傅来三亚的 2010 年，是《国务院关于推进海南国际旅游岛建设发展的若干意见》发布的时候，空气质量好，年均气温 26 度，加上政策利好，陈师傅和爱人觉得这其中有商机。

陈师傅：我来这儿的最终目的是想开家居店，在火车站正对面的那地儿。

在那前后几年，三亚房地产开发投资年增长达 40% 左右，其中，85% 的房产被外地人买走，其中东北人尤其多。“去三亚买个房过年”基本上相当于原来的“给女人买个貂”。

陈师傅：在一个小区里经常会碰见以前的邻居。你想要买到的东西，在这里都能买到，比如，儿童红肠、大理牌面包、东北的大酱、油豆角等应有尽有啊。

这其中，一部分是“候鸟”老人，还有一部分就是像陈师傅和李小龙这样，来三亚淘金的中青年群体。

李小龙：我一开始只是投奔一个朋友来这里的，但真正在这儿待久了，遍地都是朋友，可能是几年前在黑龙江认识的，也有的是几年前在辽宁认识的，还有的是几年前在北京认识的，后来才知道他们都在这里。

外地人多了，经济发展了，乱象也多了。海南本地媒体曾就三亚湾管理发过十几篇报道，标题为《三亚湾脏乱差变菜市场　市民喊话候鸟族：请爱护它》。

记者：所以外地人多也有好处是不是？

阿姐：外地人来了好啊，房价都涨了一大半了。

记者：那是好还是不好啊？

阿姐：我也说不清楚哦……

一南一北，一热一冷，截然不同，大家都在努力适应对方。陈师傅想着等赚点儿钱再回老家，李小龙盘算着等把生意再做大点儿就把妻子、孩子和老人都接到三亚来，几十万的“候鸟”老人每年冬季飞来，夏季再飞走。

陈师傅：在这儿待时间长了以后，东北的一些文化、习俗、性格在这里让人接受不了，因为这里是海南省三亚市，东北人可以来这里生活，但你要入乡随俗，你要把好的习惯带过来，而不要把坏的习惯也带过来。海南当然也需要外地人来带动当地经济、文化的发展。如果外地人都离开了，经济等各方面肯定也还处于落后的状态。

京张高铁工地里的驻守工人

作者：王逸群

播出日期：2017 年 1 月 29 日

从北京市区出发，沿京藏高速一路向北来到八达岭滚天沟，在新建京张铁路第三标段工程所在地，刚刚吃过早饭的白佳宝顶着寒风从宿舍走到简易钢板搭建的技术员办公室，打开了电脑中的 CAD 制图软件，开始了一天的工作。

作为一个本科主修土木工程的“90 后”工人，白佳宝已经把上千张施工设计图以及几十本书籍资料翻阅了好几遍，粗壮黝黑的双手布满皴裂。

白佳宝：旁边是钢结构加工厂，如果我们要做什么东西，首先需要画好一个图纸，做一个交底儿，基本上就是一个简易图纸……

完成设计图后，白佳宝和其他工友来到京张铁路八达岭隧道 2 号斜井。沿着 10 度坡度的辅助导洞步行深入数百米，施工员在钻洞机器的轰鸣声中只能扯着嗓子高声交谈，脚下码放着等待安装的预应力锚杆和锚索，隧道侧面的施工工序图上写着“建精品京张，办精彩奥运”，其间，大型运载车辆穿行不断。

新建京张高铁八达岭长城站，是目前国内最复杂的暗挖洞群车站，虽然车站总长仅为 470 米，但是工程总建筑面积达 4.1 万平方米，各类隧道总长度接近 19 公里。在这样一个庞大而又复杂的工程中，可以说每一个钉子钉在哪里，钉多深，从什么角度钉等这些细节都要白佳宝这样的技术员来监督。

白佳宝：这一根 1.5 米的钻杆，根据钻进去所用的时间，来判定上面岩石的硬度，岩石越硬钻杆就打得越慢。然后要观察打的过程中有没有什么问题，还要控制整体时间，对深度也要把控。

天南海北的工友们相处时间长了，来自内蒙古包头的白佳宝在电话中也说起了“四川普通话”。

白佳宝：电动车坏了喽？车钥匙在杨哥那里吗？

读研究生、考公务员？白佳宝毕业后并没有按父母安排好的路走，而是选择了铁路建筑行业，也曾遭遇来自各方的压力甚至反对。如今，“儿行千里母担忧”，白佳宝的妈妈每天都用微信语音发来了一段段叮嘱，第一次在异乡过年的孩子让她放心不下。

白佳宝母亲的微信语音：那条棉裤你试穿了吗？合适吗？给你寄的食品要打开包装再存放，否则容易变质，要是坏了就直接扔了，不要吃了啊。

虽然对于刚刚参加工作的白佳宝来说，这是他第一次在异乡过年，然而对于这里的大部分铁路工人来说，在外驻守工地过新年已经不算什么新鲜事儿了。

白佳宝：原本买的三日晚上的票，打算回去待几天，但是看现场情况估计走不了了，兄弟们都不走，我也就不走了。

2017 年年底主体工程基本竣工，2019 年全线通车，新京张高铁不仅仅是“八纵八横”高速铁路网中的“京兰通道”的一部分，也是北京 2022 年冬季奥运会的配套交通基础设施，建成后人们从北京到张家口仅仅需要 50 分钟。

工期紧，压力大，一个刚刚参加工作的工人告诉记者，一想到今后可能都要在异乡过年，心里还是有点儿“没底儿”。

工人：这是我长这么大第一次在外地过年。

记者：有心理准备吗？这以后可能就是常态了。

工人：说实话，没有什么心理准备，只能慢慢地适应吧……因为我现在毕竟还没有结婚。

中铁五局京张铁路三标段综合部副部长陈超，虽然同为“90 后”，但他已经结婚成家 3 年多了，并且育有两个孩子，老大两岁多，老二刚满 6 个月。结婚后的 3 年间，陈超都是带着家人在外度过，用他自己的话说：人随项目走，家属随人走。

陈超：比如说这边京张高铁的项目干完了，就要被调走。其他地方中标了，有工程项目要做了，人就得过去，家属也就跟着工程调动一起走。

记者：从 2014 年结婚之后您爱人一直跟着您？

陈超：对，都跟着我。

临近春节，综合部的事儿又多又杂，陈超已经连续加班了好几个晚上。对他来说下班回到员工宿舍，逗一逗他的两个孩子，才是他每天最放松和开心的时候。

家人常在身边，确实有个照顾，但是这样的状态无法长久维持。孩子大了如何安排入学？没有户口上学怎么办？自己的孩子会不会成为特殊的“留守二代”，陈超的内心也很纠结。

陈超：孩子小的时候上幼儿园在这边可能还能将就一下，长大了的话，就只能让我妻子回湖北老家照顾小孩。或者看看我们两家父母谁更方便就把孩子送回去照顾吧。

和陈超同一部门的唐明，是项目部的一名司机，女儿唐雪去年刚刚考上大学。学校放寒假之后，唐雪就同妈妈一起来这里陪爸爸过年。2017 年春运旅客发送量将达 29.7 亿人次，唐明没有加入庞大的返乡潮，而是让家人来了一次“逆迁徙”。

唐雪：来这里陪爸爸过年，当时我就知道爸爸可能不回四川老家过年了。

对于唐雪来说，有父母在的地方就是家。然而新的成长环境尚未熟悉，老家的传统习俗又逐渐忘却。“在城市里，觉得自己是异乡人，回到家乡，还是觉得自己是异乡人”，今年 43 岁的唐明，已经多年未归。

电话另一头的老母亲：喂?

唐明：喂，妈妈。您身体还好吗？今年我们工地上比较忙，不回去过年了，你和大哥、二哥、姐姐他们一起开开心心的……

老母亲：哦……

唐明：我最长连续有 4 年没回老家过年了。

记者：那您的兄弟姐妹们没啥怨言吗?

唐明：嘿嘿……都比较理解我吧。干了铁路工人这一行，我们的工期又这么紧张，都比较支持我吧。

百年前“中国铁路之父”詹天佑主持修建了中国第一条铁路：京张铁路，独特精妙的“人”字形设计，久负盛名。百年后的八达岭，层峦叠嶂，风采依旧，新京张高铁穿越老京张铁路，“人”字形即将变成“大”字形。

中铁五局京张铁路三标段生产部副经理段仕军：我们的整个隧道两次穿越八达岭长城，一次并行水关长城，开通以后的铁路正线，会穿越老京张线，现在京张铁路是一个“人”字形状，新京张穿越后，就成了一个“大”字形了。

从辛亥革命一声枪响，到北洋军阀无数混战，老京张铁路的每一截铁轨，都映射着中国百年发展的历史年轮。詹天佑曾高度评价当时的铁路工人：“非有体力魄力，心灵手敏之人，莫克竣工。”

百年后的今天，新京张铁路开建，白佳宝畅想着乘坐自己修建的高铁回内蒙古老家过年，但是当下的任务，还是要踏踏实实地撸起袖子干，让一锹一铲都要对得起前辈们。对于大多数春节返乡的“候鸟”工人，京张高铁的工人更像是“留鸟”，留在了新京张铁路建设一线的这个家里。

白佳宝：尤其是我们学土木工程的人，可能始终都觉得你要扎根到现场，就是能站在祖国建设的第一线，这让人有一种使命感和荣誉感，这是能激励我努力干活儿的很重要的一个原因。

北京的外地网约车司机

作者：白杰戈

播出日期：2017年1月30日

腊月廿三一大早，老段就开车出门了。车是他去年9月花9万多元买的。

老段：专门为了跑滴滴买的车。

买车三个月之后，北京公布网约车实施细则，除了车辆规格，还要求运营车辆有北京号牌，司机有北京户籍。

记者：您现在这个车轴距之类的规格符合要求吗？

老段：轴距符合，唯一不符合的就是户籍是外地。

老段是重庆彭水人，2002年到北京，先是给一家物流公司开车，后来自己开了一家小搬家公司，还开过“黑车”。滴滴、优步发展起来之后，他又投身网约车司机的行列。

记者：您现在是对北京的路况比较熟，还是对老家的路况比较熟？

老段：对北京的路况比较熟，因为整天都在满城转。老家变化挺大的，要是回重庆的话，我都不知道怎么走。

记者：那您现在觉得自己是重庆人还是北京人？

老段：那当然还是重庆人呗。北京这个地方，只能说是在这里干活、挣钱。

不少外地的网约车司机都回家过年了，有乘客发现打车不像平时那么容易。这一个上午，老段在中关村一带拉了十几单短途的活儿，收入200多元。滴滴平台取消补贴之后，他们的收入明显减少了。

老段：去年最多的时候我一天拉过1000多元的活儿，那个时候补贴多，还不费劲儿，一天的奖励基本上用来加油都够了，现在没有奖励，什么都取消了。

开车回到家，老段用菜籽油和大蒜炝锅，煮一碗挂面，拌着辣酱吃。儿子和女儿离开电视，开始玩手机上的游戏。

这里是北五环外的后厂村，阴暗密集的平房，向东两公里是中关村软件园，距离著名的中关村第二小学的分校只有几百米。因为住房没有合法证件，老段的两个孩子上的都是民办小学。

老段：两个孩子一学期 8000 多元，一年花在孩子身上将近 2 万元吧。房租、电费一个月将近 1000 元，一年就得 1 万元左右。

聚居在后厂村的，有不少是像老段这样做搬家公司和开网约车的重庆人，大部分人已经提前回家过年了。周边还有一些其他行业的外地人，去年就已离开北京，不准备再回来。

老段：好多人都走了。现在走的主要是搞餐饮行业的，目前没走的那部分人都是在北京待的时间比较长的，还不习惯转行。

附近的菜市场也关门了，老段开车到远一些的批发市场去买年货，两个孩子也要跟他去。老段小时候因为家庭变故，耽误了上学，因此他希望跟孩子在一起，让他们在北京上完小学。

老段：现在小孩儿太小，主要是以他们为主，再苦再累我也不在乎那么多。等他们上完小学，到上初中的时候我再想办法。上初中要回老家去上。

儿子骑一辆破解了密码锁的公共自行车，冲到父亲的车前面。

老段：我都不知道他什么时候学会骑自行车的。

女儿：我哥哥六岁就会了。

记者：现在都九岁了？

女儿：对。

老段摇下车窗，叫儿子小心点儿。

批发市场里没有卖活虾的了，老段决定买一盒冻虾。

商贩：您要打包带走的话，我帮您把虾放保温箱里，加上冰块，要带回老家是吧？要几斤？

老段：要 4 斤吧。

商贩：要 5 斤吧！不然装一箱的话，箱子成本就要 5 元。

他说这是他父亲喜欢吃的虾，一定要买。

商贩：4 斤半，160 元行吗？

老段：行。

他又买了 4 箱苹果、两袋东北大米。回到家的时候，天色已近黄昏，夕阳照在后厂村周围的高楼上，把飞机在天空划过的轨迹映照成一条金色。村子旁边的围墙上已经贴出要拆迁的标语。

记者：这儿也要拆迁了吗？

老段：估计今年 5 月要拆。

记者：5 月要拆的话，你们打算去哪儿呢？

老段：还不知道呢。这儿要拆的话，涉及好几千人，仅我们老乡都有好几千人。

5 月，也将是北京的网约车细则正式实施的时候，按规定，没有北京户籍的老段不能再做滴滴司机了。

老段：现在还不知道干什么，实在不行也没办法，我别的也不会干，我们这样的年纪，也没多少文化，也不会玩电脑，真的不知道该干什么。

天色渐暗，老段的妻子做完保洁的活儿也回来了。邻居姑娘听说他们一家人要回老家过年，给两个孩子送来一大包零食，让他们在路上吃。

邻居：你们要回去了，给你们买点儿吃的。

老段：哎呀，买那么多东西干什么。

邻居（对小孩说）：你回去以后要想我啊！

老段：快跟阿姨说谢谢……

两个孩子都出生在北京，只回过两次重庆老家。

老段：今年好像是第三次带他们回老家。

记者：你们喜欢老家还是喜欢这儿？

妹妹不好意思，凑到母亲的耳边小声说：你来告诉他："老家。"（耳语）

记者：哈哈，我听到你说"老家"了。

老段妻子：那你回老家后别哭啊。以前回到老家没几天，她就说她是北京人，要回北京了。都不吃饭，一直就说"我是北京人"，要回北京，在老家天天哭。

老段：他们待不习惯，那边都是老年人，没有小朋友跟他们玩儿，过年回去后，和那儿的小朋友互相也都不认识，平时不在一块儿嘛。

一家人在第二天开着这辆北京牌照的车从后厂村出发。隔了一夜，回到老家重庆彭水，已经是 2017 年 1 月 22 日，农历腊月廿五。北京市统计局在这一天的新闻发布会上介绍，截至 2016 年底，北京市常住人口为 2172.9 万人，比上年末增加 2.4 万人，增长 0.1%，增量比上年减少 16.5 万人，增速比上年回落 0.8 个百分点。

新义乌人

作者：任梦岩、陈瑜艳
播出日期：2017 年 1 月 31 日

对伊朗商人哈米的采访，是在“夹缝”中进行的，采访前，他一直在上海参加项目投标，之后他又匆匆赶回义乌，第二天中午才有时间和记者见面，聊了一会儿又要去参加当地的“汽车爱好者”聚会，第三天还要和几个伊朗朋友再谈一桩生意，之后就要和妻子赶往北京过春节。如此繁忙的时间表，是哈米 14 年前来中国时，怎么也想不到的。

哈米：我离开伊朗已经有快 30 年了，在很多国家待过。现在中国已经算是我待过时间最长的国家。我在日本东京待了 13 年。我是 2003 年来到中国的，我为什么选择中国呢？因为大概在 1995 年，我在日本认识了一位中国女孩，然后过了一两年，我们在 1997 年就结婚，到今年就已经 20 年了。

2003 年，在哈米结婚 6 年之后，他们有了女儿，为了孩子的教育，哈米和妻子从东京市中心六本木的住所搬回北京，当时在日本学心理学的哈米还不知道在中国能做些什么，他在伊朗的弟弟建议，可以在中国做丝巾生意，而杭州和义乌的真丝围巾在伊朗名气最大，就这样，哈米开始了他和义乌的“第一次亲密接触”。

哈米：那个时候我每个月都要跑到杭州和义乌来采购。我一般先坐飞机到杭州，然后从杭州坐 2 小时大巴车到义乌。为了做生意，我到义乌、杭州会待几天，最后再回北京。

坐在义乌曾经的最高建筑“时代广场”的办公室里，哈米回忆起 14 年前他刚来义乌时，既没有出租车，也没有现在这样连绵不绝的小商品城，工作节奏更是“日出而作，日落而息”。

哈米：当时的义乌跟现在没法比，出租车还不多，三轮车当出租车坐，天稍微一黑就没有车了，所以我们习惯下午四五点就尽快回酒店，那个时候福田市场没有现在这么繁华，一两条街上，就只有一两个店面，不像一个市场的样子，但是商品价格方面比其他地方便宜。

慢慢地，哈米在义乌的生意越来越多，每次来义乌待的时间久了，他就从酒店搬进旁边的住宅楼，哈米说，在义乌待的时间越久，发现的商机就越多。

逐渐地，除了丝巾生意，他开始帮助其他外商采购。2006年，他想在义乌办一家自己的公司，这却让当地的官员犯了难，当时还没有外国人在义乌开过自己的独资公司，义乌、金华都不能解决这个问题，哈米还去了杭州、上海等地，最后把文件寄到北京，（经过相关部门同意后）他才开始做起来。

哈米：那个时候，我到政府部门去问，他们说在义乌从来没有外国人办公司，刚开始，很多资料要到别的城市去做认证、盖章、签字等，就这样大概花了8个月时间。还有很多东西是在金华和杭州去办的，因为义乌不是所有的权力都可以自己做主。为了办这个公司，我真的吃了不少苦。

随着公司越办越大，在义乌待的时间越来越多，哈米把妻子和女儿先是从北京接到了杭州，之后又从杭州接到了义乌，正式成了“新义乌人”。

哈米：义乌发展的速度好快，所以，是时候让妻子、孩子也搬到义乌来，这样一家三口就在一起生活了。杭州的生意也可以安排员工做，来了义乌之后就买了房子，买了办公室，就成了一个“新义乌人”。

十多年的打拼，哈米接触的领域越来越多，以义乌为中心，哈米几乎跑遍了全中国所有的省，他的生意从丝巾发展到了浴缸、瓷砖等等，出口业务从伊朗做到了世界各国，而这个跨国公司，总部就设在义乌。

哈米：一开始是围巾，但是很快就有了好多其他生意，比如说地板砖，从广东的福山进货，浴缸、坐便器都是不同的城市的生产商做的。美国、加拿大、欧洲、中东，包括非洲我们都在做，我们最起码在3个国家都有办公室。在迪拜、伊朗，还有在法国巴黎都有我们的分公司。总部是在义乌，别看这是个小地方，完全不能小看的。

除了商人身份，哈米还是当地知名的赛车手，每年会飞到世界各地参加各项锦标赛，在自己的办公室里已经放不下他的奖杯了……

哈米：因为奖杯都放不下了，主要的都在这里。

记者：这都是吗？

哈米：都是。冠军、第三名、第四名都有。这个奖杯是我的第一次（获奖），那个是 2012 年在江苏我拿的冠军。在各个地方都有，但是这个还不是全部，只是一部分。

正说着，采访必须结束了，因为哈米一会儿要去当地赛车协会举办的活动中“露两手”，义乌拉力车队举办的汽车节，哈米要和队友开着他的座驾——经过专业改装后的拉力赛车——进行表演。换上赛车服的哈米，立刻变成了“另外一个人”，漂移，甩尾，烧胎，一样不少。虽然已经 52 岁了，但哈米依旧坚持和比他年轻一轮的朋友一起比赛，虽然妻子也劝过他多次，但哈米认为，这是他生命中不可或缺的一部分。

哈米：因为我非常爱赛车，这让我感觉我是在活着，我觉得还可以做，还可以玩儿。这样就活得有意思，不然的话，天天在过一成不变的日子，那样我觉得会更累，人活着还是要有爱好。因为钱是赚不完的，你再有钱，也会有比你更了不起的人。但是爱好就不一样，你总是愿意跟自己挑战，战胜自我，超越自我。

回到家，哈米和妻子就要准备回北京过年了，虽然伊朗的新年是在春分，要比中国的春节更晚一些，但哈米说，一家人在哪儿，就过哪儿的新年。

哈米：我对中国有很深的感情，所以对我来说，在中国过年也特别重要，只要跟家人在一起，天天都算是过年了。

哈米与妻子王暄在东京相遇，之后回到北京，又从北京到杭州，再从杭州到义乌，虽然现在待的地方越来越小，生意却越做越红火。哈米说，已经感觉不到自己是“异乡人”，义乌早已成为自己的第二个家乡。

哈米：中国既安全又热情，我作为外国人，在中国从来没有感觉到跟中国人有任何区别。因为这是从中国人对我的态度上感觉到的，所以我在中国，从来没有觉得自己是外国人。一直以来，我就把中国当作我的第二个家乡。

移民来到“新故乡”

作者：管昕、朱圣宇

播出日期：2017 年 2 月 1 日

春节前夕，我们来到仓房村，这里已经是远近闻名的香菇种植村，家家户户都种香菇。按理说，过年总该歇一歇了，但这几天，却是村民最忙的时候。种植大户黄国庆，请了几个工人正忙着换装香菇袋料。

记者：您一天能装多少袋?

工人：4500 袋到 5000 袋。

记者：装好以后就可以直接种了?

工人：还得上笼蒸一下。

记者：工序还挺多……

我们在村子里走了一圈，大伙儿都没闲着。村口，一位村民正在和远道而来收香菇的商贩谈价钱。

现场：你想要几斤，你说……

辉县市（隶属河南新乡市）算是豫北比较发达的县级市，仓房村离镇中心很近，去县城也不远。几年前，受移民政策的普惠，家家户户都住上了二层小楼，路灯、柏油路等基础设施，已经改变了农村的旧模样。

在几个有种植经验的老农户的带动下，仓房村的家家户户做起了香菇种植。村民的日子跟在淅川（河南南阳市下辖县）相比，确实好了很多。村民何然说，一个香菇大棚一年的毛收入 3 万多元。

记者：您干这个一年能有多少收入?

何然：像这一袋成本就 3 块多点儿，一袋的毛利润就是 7 块多。

记者：光种香菇，您一年能有多少收入?

何然：那要看种多少。我们这一个大棚一年的毛收入也就是 3 万多块。

记者：您家种几个大棚?

何然：去年种了一个，今年种了两个。种香菇的好处就是，夏天有空，还可以去打零工。

何然算是村里比较能干的年轻人，他学过厨师，香菇种植不忙的时候，就会到镇里的饭店打工当大厨，每个月能有 4000 多元的收入。还有不少亲人在淅川的老家，每年他都会回去几趟。

何然：每年都要回去。我们过年回不了家，一般都是农闲的时候回去，现在正是忙的时候。等过完年，就没事儿了，就可以走亲戚了。

记者：你们现在把这儿当家了吗?

何然：这就是我们家啊!

记者：在这边比在老家那边强吗?

何然：在哪儿都一样。去哪儿都得挣钱，挣了钱才有的花。

对淅川老家的情感，年轻人似乎显得有些淡然，却很务实，他们更在乎眼下的新生活。但村里的老一辈的人，却对老家淅川有着更多的留恋，虽说移民新村也是家，但毕竟老家还有很多难以割舍的亲情。

村民张鹏霄在淅川时就是老师，来到辉县市也在镇上当老师。家里一共有三个孩子，两个儿子和一个女儿都在外读书，家庭负担重些，他感受更多的是，每次回老家淅川，都要花钱、花时间。

张鹏霄：我们一大家人就我们几个过来了，其他的亲戚都在淅川，岳父岳母、哥哥弟弟都在老家。来往倒是不麻烦，就是需要花钱、花时间。

记者：从这儿到那儿 600 多公里，你们都是怎么回去呀?

张鹏霄：从这儿坐车到西川县城，再从县城转车到老家。

村支部书记周学文在一旁算起了这一去一回的盘缠。

周学文：从这里坐（车）到淅川县，一人 150 元，来回就是 300 元，再从县城到村里，来回也得要 50 元，再去亲戚家，一家亲戚就得花 200 多元，十多家亲戚就得花 2000 元至 3000 元。这是风俗习惯，谁家要是有“红白事儿”必须得回去呀。

记者：想家吗?

张鹏霄：天天想家。

记者：有没有把这里当作自己的家?

张鹏霄：肯定是把这儿当家，但是亲戚们都在那里，亲情是很难割舍的。

像张鹏霄这样和亲人天各一方的家庭，在村子里不在少数。村支部书记周学文向我们介绍说：搬迁可不是你想走就能走啊，老家还有亲戚朋友，有的是弟兄两个，假如你家在水位线，我家不在水位线，你就得走，但我不能走，所以很多人家天各一方，那边是老家，这边是新家。

来到新家，仓房村的移民倒不觉得陌生。从淅川到辉县，除了气候、风俗，豫北平原的耕作条件，要比老家强很多。种植大户黄国庆，是当年帮着大伙儿种香菇的带头人。他觉得乡亲们忙得已经顾不上想老家了。

记者：你们来这里有五年的时间了，感觉怎么样，还习惯这里的生活吗？

黄国庆：基本上都已经习惯了！因为大家都有事儿干。种香菇不是个技术活，只要大家用心干，希望大家都能以此发家致富。现在我们都是自己建的大棚，最开始是政府筹钱让我们干的。

我们从村支部书记那里得到一组数据，到目前为止，仓房村的香菇大棚由最初的16座已经发展到现在的120座，村民年人均收入从在淅川时的不到3600元，到现在已超过2.5万元。

种植大户黄国庆和村支部书记盘算着，仓房村的香菇种植必须走规模化种植的路子。

黄国庆：我们预计三年后，将来可以集体种植，集体销售，都能达成共识。像我们现在的香菇质量，都能远销北京、上海、南京等地，现在都是商贩到我们这儿来收香菇，通过郑州航空港物流把货发出去。这样的话，目前我们的香菇产量太少了。

村里一些上一辈的老人感慨，这一代人还对老家淅川有些念想，因为还有老一辈亲人在，下一代的年轻人不见得还会念旧。但黄国庆和村里的年轻人思想开阔，老家还是要惦念，但更重要的是过好当下。

黄国庆：我做梦还想着老家呢，上山砍柴，下水逮鱼。社会发展太快了，吃的、花的都比以前多了，这样的话，还得挣得多。以前在老家的时候，就是挣不到钱，吃用也花不了多少钱，现在是能挣也能花！

回望村庄的城市人

作者：肖源
播出日期：2017 年 2 月 2 日

徐建华：现在乡镇上，也有很多车啊，一到过年期间，这儿都堵车，应该从前面右转……

第二个孩子刚刚出生，在郑州工作了 14 年的徐建华，今年没法回到河南商城县中湾村的老家过年了。腊月廿四，他提前回了老家。这个只有十来户人家的村子里，有他熟悉的人，还有他熟悉的山水草木。

同村村民：什么时候回来的?

徐建华：今天刚到。

同村村民：这里手机信号差，我给你搭个天线，现在在屋里还不能上网。

村里家家户户都是两三层的小洋楼，三米宽的“村村通”水泥路，这些与徐建华记忆中的中湾村大有不同。回村之前，徐建华就在电话里约了一帮同样回家过年的老同学，他们约好了在五叔家聚一聚。

徐建华：郑州没有过年的味，也没有熟人，不太好玩，主要就是我们的根在这里，家乡的山，家乡的水，家乡的土地，这是生我养我的地方。

徐建华的同学：在外面始终觉得自己是个漂着的人，小小的外乡人，没有归属感。

常年不在家，老宅子和责任田名义上还属于徐建华家。

徐建华：几间破房子，多少年都没人住了，以前这都是俺家的，原来这儿有三间厨房，他盖房子的时候占了俺家地基，包括这块地。不会吧，这都被人挖了？这树也是我们家的，也没人管。就像余光中写的《乡愁》一样，其实就像我们乡情，不管是我们儿时的记忆，还是家乡的一山一水，还是我们自己的亲人。虽然我父母都不在了，我老家的房子还在那里，哪怕我不进去，但是看到它，就像看到我的父母一样，这些东西是我们这辈人永远都抹不掉的。

对于徐建华和他的同学们来说，只有回到自己从小长大的村子，那才叫过年。

徐建华：我小时候，过年时要贴春联，村里谁的字写得好，就拿张红纸请人家写，一大屋子人都是来写春联。现在他们都不写了，直接花钱买成品了。还有以前，一家要杀猪都有好几个人来帮忙，大家弄完以后，还做一大锅杀猪菜，然后大人小孩都围坐在锅台边，喝酒，吃肉，那种感觉真的很温暖，很幸福。往年这时候街上玩狮子的、敲锣打鼓的都出来了，现在这里都是静悄悄的。

如今所谓的年味儿，远不如徐建华们记忆中那般浓烈。春节前后，是这个村子一年当中人口最多、也是最热闹的时候。

徐建华：我们回来就是想看看杀猪，打糍粑，好多年都没人做这些了。

村里老人：我们现在在家里都不打糍粑了，都是上街买的。

徐建华：我记得小时候一到打糍粑，家家户户都帮忙一起打，多热闹啊。

村里老人：现在年纪大了，打不动了，那个累人啊！

徐建华：现在不如我们小时候了，好多人都搬走了，小时候比现在热闹些。

在城里找不到年味儿的徐建华，回到山村后才发现，一直珍藏的记忆，早已物是人非。

徐建华：我们上学的时候，走路都会遇到蛇；有时走着走着，从树丛里跑出来一只兔子；我跟我哥哥在我们家门口的小池塘里，一个晚上就能捉到好几斤的泥鳅，你看现在的池塘都干了，像黄鳝、泥鳅基本上都没有了，兔子更不用说了，山上都没有兔子了。

在徐建华的五叔看来，村里的人情，也比以前淡了很多。

徐建华五叔：钱给他绑住了，跳不出钱的这张网。就跟人家讲的笑话一样，在俺湾子，谁有钱，谁辈分就高些。这是说笑话，就是说我有钱，我在村里就有地位，说话有分量些。农村人如果有钱了，肯定也会很大方，也会厚道起来。

春节期间的酒桌上，其乐融融。这里有徐建华他们念念不忘的心灵归宿的标记，也有熟悉了城市的繁华之后，回望生养自己的村庄，那隐约可见的落寞。

徐建华：包括俺哥哥也都是一直想着，等我们都老了还是回老家来住。

徐建华的同学：回老家住还好些，路也修好了，环境也改善了。说实话，现在大家住的环境真不错，家家还都有车。

徐建华：回去了之后我还知道哪一片山是我们家的，哪一块田是我们家的，我小时候在这里都干了什么。在城市里工作以后，我的孩子落户在郑州，我要让他们下一代有更好的生活，这是一种无奈，也是一种责任。

徐建华他们会逐渐老去，村庄也不例外。在城里找不到归属感的这些人，回到村里，也未必能再找到自己的位置。中湾村对于徐建华他们来说，甚至也成了某种意义上的“异乡”。

徐建华：以前在村里，上至80岁的老太太，小到抱在怀里的小孩儿，我们彼此都认识，现在感觉到人情味好像淡了。我们有10来年都没有回家了，就过年回来待几天，年纪大点儿的，我们可能还认识。年龄比我们小的，我们真的互相都不认识了。

徐建华他们都非常清楚，从农村走进城市的这一代人，对于村庄的眷恋，是打在他们身上的标签，至于下一代，中湾，也可能只是一个似曾听过的普通地名。

孩子：我是深圳人，我爸爸也是。

（李健演唱的《异乡人》）……不知不觉把他乡当作了故乡。只是偶尔难过时，不经意遥望远方。曾经的乡音，悄悄地隐藏……

徐建华同学：我说话时的口音，在外面很多人已经听不出我有河南口音了。回到老家，人家还是会说你是南方口音啊，可我儿子，他就听不懂河南话，有时候，我也想半天，怎么样用家乡话来表达我想说的，有时候普通话里也夹杂一两句家乡话。

当年离开中湾村时，徐建华他们正值青春年少，如今，他们都已为人父母。而美好的中湾，或许也只能存在于他们的记忆当中。

徐建华：前几年每到过年期间，我想回家的欲望就很浓烈，但是这几年，每年回来都有小小的失望。现在农村人越来越少，年味儿没有以前那么浓了，可能你回来了以后的感受远远不如你心中所期盼的，但是你还是想回来。

沈阳人的北京新年

作者：吴喆华

播出日期：2017 年 2 月 3 日

老吕是沈阳人，2017 年，是他和妻子来北京的第十九年。在这个二胎家庭里，大儿子畅畅 10 岁，上小学四年级；小女儿悦悦 7 岁，上小学一年级。哥哥至今记得，第一次见到妹妹的场景。

畅畅：我记得在她出生的时候，我在产房外面哭，（记者：为什么？）因为，我总怕爸爸妈妈要她不要我了。

悦悦：担心爸爸妈妈不爱他了。

和北京市超过一半的常住人口一样，老吕的家也在五环外。为了孩子上学，他把市区的房子租出去，换租了一套三居室，距离孩子的学校，走路只需要半个小时，而老吕和妻子在二环上班，路上要花一个多小时。

老吕：我房子所在地的学校不是很理想，在北京市排不上名次，后来我就权衡了一下，攒钱让孩子去上这个私立学校。

因为是假期，兄妹俩能睡到八点多。他们还在梦乡，老吕的母亲——孩子的奶奶就开始在厨房忙碌了。2003 年老吕一结婚，退休的施奶奶就来北京帮助奋斗的小两口料理家务。随着两个孩子相继出生，施奶奶也越来越忙，她在北京一待就是 14 年，每年都在北京过年。

施奶奶：早晨做的是豆粥，很多种豆，有黄豆、绿豆和红豆，加上大枣、花生米熬的粥，醋熘白菜、豆腐等家常菜，在这儿也和在沈阳吃的一样。他们爸爸妈妈回来得都很晚，孩子做作业、吃饭啊，我管的多一些。他们太忙，没有时间。

畅畅和悦悦，从小就生在北京，长在北京，吃着东北菜，说着北京话。偶尔，悦悦也会跟着学校的东北老师学几句家乡话，她觉得很好玩。

畅畅：俗称，叫吃饭，吃主食。

悦悦：可我没有北京口音，我是东北大碴子。老师经常说，你干哈啊，好好学习，你这是干哈呢。

奶奶说，这两个小孩儿应该算是一半沈阳人，一半北京人。老吕说，没有北京户口，始终不踏实，他也说不清孩子是哪里人。

老吕：我们家这孩子，四不像，查户口本，原籍是天津，户口所在地是沈阳，出生地是北京，从小上学都在北京，他们没有任何非北京以外的生活经验，他们认为自己是北京人。但是在同学堆里，比如体检、保险啊，老师今天要统计一个数，京籍的、非京籍的分别举手，慢慢地他们就知道了，尤其是老大，他开始觉得自己跟别的同学还是不一样。

兄妹俩成绩优秀，从小还研习书法。上午九点，吃过早餐，在老吕的监督下，俩人开始裁纸习字。

吕先生：（对畅畅说）这是几尺？我要八张一尺的怎么裁？

吕先生：（对悦悦说）你又分不清正反了吧，纹路呢，要怎么看？

悦悦：我分得清正反。

两个孩子每年的花销占到这个家庭收入的一半。去年，悦悦上学成了家里的头等大事。老吕一家的户口在沈阳皇姑区，悦悦回去可以念重点公立学校，费用还低，但这就意味着要和哥哥畅畅分开。在北京，幼儿园升小学的“五证”制度严格，老吕的材料一度被退回，直到最后一刻，审查才通过，悦悦得以在北京上学，老吕也才松了一口气。练字对于孩子来说虽然枯燥，但磨炼人，除了让孩子修身养性，老吕也用心良苦。

吕先生：为了我女儿上小学的事，让我经受了很大的压力和痛苦，基本一个月都没睡个安稳觉，每天都是无数遍的看“五证”，通没通过审查。她一旦不能在这儿上学，可能一家人就要分开了。没有北京市户口不能在北京市参加北京高考，所以我让这俩孩子学习书法，也是为了多一条可以选择的路，万不得已，可以走艺术类考生这条路。

练完字后，两个小朋友开始写假期作业，对于成绩优秀的畅畅来说，作业已经写完一大半了，他还能帮助妹妹学习，妹妹则帮哥哥做手工作业。

畅畅：以前考试总在 95 分以上，今年马虎了，只考了 85 分（记者：为什么？）。

悦悦：他太马虎了。

施奶奶有高血压，洗完衣服，每天下楼健步走一小时，是她坚持不懈的“放松”。

施奶奶：除了照顾这个家，照顾孩子，我们二老还开始养生。我们现在身体还行，就怕有病，一有病就麻烦了。

施奶奶还有一个女儿和外孙都在沈阳。一年里，大部分时间都在北京照顾儿子一家，小部分时间也回沈阳照顾女儿一家。老人，成了这个家庭最宝贵的劳动力。

施奶奶：我生在东北沈阳。现在孩子还小，也需要老人帮助，家务啊，早晚接送孩子等，等孩子长大了，我们还是更愿意回老家。

午饭，爷爷掌勺做了几道菜：土豆炖肉、地三鲜、炒虾仁、辣白菜。吃着爷爷做的东北菜，畅畅说：“我出生在北京，我妈妈是湖北人，但我仍然是东北人。”

假期最开心的日子，是沈阳的姑姑带着表哥来北京过年。表哥比畅畅大两岁半，在沈阳一所重点小学读六年级，操一口浓重的沈阳口音。姑姑说，他们来晚了。

姑姑：我们沈阳地区虽然考试考得早，但是放假了就开始补课，一天都不停，不补课就担心孩子跟不上，现在大家都一样。

在北京过年，是这个沈阳人一家一年中唯一的一次团聚。对于他们来说，家人在哪里，家乡就在哪里。

姑姑：我一进这个门，就感觉我最亲的人都在我眼前呢。这么多年，这个家人的生活习惯啊，从小到大都是在一起，感觉很舒服。

三个孩子，蹦蹦跳跳着下楼了，畅畅和悦悦带表哥来到小区里一片没有水的池塘，用脚踩石头，这是他们最喜欢的游戏。

畅畅：我们最乐意的就是在这儿玩。

悦悦：以前池塘里有水的时候还有小蝌蚪。

畅畅：现在没有了，小蝌蚪都变成青蛙跳走了。

记者：那你们就踩石头玩？

畅畅：对，像爬山一样，找到一个立足点，再找下一个立足点。

系列报道:《民法总则》必修课

按语:

第十二届全国人大五次会议3月15日表决通过《民法总则》，这也标志着我国编纂民法典的进程朝前迈出了实质性的一步。作为民法典的开篇之作,《民法总则》在民法典中起着统领性作用，规定了民事活动必须遵循的基本原则和一般性规则。可以说，我们每个人从生到死，甚至从生前到死后，每时每刻都与民法有着密切的联系。但《民法总则》的专业性又极强，怎么让普通民众理解《民法总则》将如何影响着你我的生活呢？系列报道从一个虚拟的普通民众大民的这个视角，结合现实当中的真实案例，对《民法总则》进行了通俗易懂的解读。

策划：高岩

编审：樊新征

8 岁孩子能否做主?

作者：侯艳

播出日期：2017 年 3 月 16 日

8 岁的孩子能做主吗?

大家好，我是代表咱们每一个普通民众的大民。今天我非常生气，我们家上二年级的孩子大宝居然把他妈妈的珍珠项链拿去送给他的女同学做生日礼物了，这可是我花了三个月的工资买给他妈妈的呀。我妻子让儿子明天找他同学要回来。可是，这送出去的东西还能要回来吗？看看《民法总则》怎么说。

《民法总则》第十九条：八周岁以上的未成年人为限制民事行为能力人，可以独立实施纯获利益的民事法律行为或者与其年龄、智力相适应的民事法律行为。

我还是不太清楚，还是得请教一下民法专家孙宪忠。孙教授，您看我家大宝已经八岁多了，他送出去的东西还能要回来吗?

孙宪忠：最后是不是还能生效呢？还要看是不是符合他自己的心智标准，我们法律上就是指心理和智力发展的标准。如果说不符合这个，还可以撤销，还可以宣告无效。比如说家里有一个贵重的东西，一只手表或者其他什么，他肯定不可能处分房屋财产，也不可能签大的合同。因为这不符合他自己的心智标准。

所以符合心智标准是个关键。如果我家孩子偷偷拿零花钱买了根冰棍，这钱可是要不回来的。这不，全国人大法律委员会委员郎胜也给我们举了两个例子，听了您就全明白了。

郎胜：比如说，家长给他 5 元，告诉他说今天学校要收什么什么费，让他带给老师，那这个行为就成立了，你不能说是无效的或说他没交。如果他到门口买了冰棍儿，这个行为和他的能力、智力是相当的，他把冰棍儿吃完了，家长不能要求卖冰棍的人把钱退给他，不能说这和他智力不相当，是无效的。

那么，胎儿的权利又有多大呢?

从小待我最亲的大姑姑移民了，手续已经办完，这几天就要出国了。昨天，她拿出家里的两幅古董字画，说要送给我家大宝和二宝做临别礼物，可二宝还在我妻子肚子里呢，这种情况，能收这么贵重的礼物吗？看看《民法总则》怎么说。

《民法总则》第十六条：涉及遗产继承、接受赠予等胎儿利益保护的，胎儿视为具有民事权利能力。但是胎儿娩出时为死体的，其民事权利能力自始不存在。

中国人民大学法学院副院长王轶告诉我，可别小看这母亲肚子里的宝宝，他的权利也不小啊。

王轶：关于胎儿进行遗产继承问题，在现行的继承法中已经有相应规定，就是关于胎儿保留份额的规定，但此次《民法总则》中在遗产继承、接受赠予后面，有一个"等"字，意思就是对胎儿利益进行保护的，并不仅仅局限于明确进行列举的遗产继承和接受赠予。从这个意义上来讲，《民法总则》里所确立的保护胎儿利益规则，对胎儿的保护范围、保护程度都超出了现行民事法律上的规定。

监护人违法了怎么办？

新闻原声：福建省仙游县榜头镇梧店村村民林某某（女）多次使用菜刀割伤年仅 9 岁的亲生儿子小龙（化名）的后背、双臂，用火钳鞭打小龙的双腿，并经常让小龙挨饿……

这新闻看着人心里真难受，这样的人也配当妈妈吗？可怜了孩子啦。这次两会期间，据广东省广州市人大制度研究会常务副会长兼秘书长陈舒说，这几年类似的案例可不少呢。

陈舒：比如广州市儿童医院，有一个小孩儿出生以后患重病，然后被送去儿童医院救治，结果他的爸爸妈妈就把他丢弃在医院了，小孩在医院从几个月已经长到四五岁了，所以这个孩子把医院里的医生、护士叫妈妈，我们看着也很揪心。

在法治社会，这些不尽职甚至严重伤害孩子的父母还没人能管了吗？看看《民法总则》怎么说。

《民法总则》第三十六条：监护人有下列情形之一的，人民法院根据有关个人或者组织的申请，撤销其监护人资格，安排必要的临时监护措施，并按照最有利于被监护人的原则依法指定监护人。其中就包括实施严重损害被监护人身心健康行为的情形。

而且，你可不要以为监护只是父母对子女的义务，成年子女对父母的赡养、扶助和保护的义务同样被写进法律。全国人大代表邓伟对这些规定拍手称快，我们对爸爸妈妈要做的不只是常回家看看。

邓伟：从总体上看，对于监护制度的规定，注重了对我国现实问题的回应，比如说我们人口老龄化的问题。

《民法总则》关于监护制度有专门的一节，具体的规定有 14 条之多，全国人大常委会副委员长李建国简明扼要地为我们概括了监护制度的规定。

李建国：以家庭监护为基础，社会监护为补充，国家监护为兜底，明确了父母、子女间的抚养、赡养等义务，扩大了被监护人的范围。强化了政府的监护职能，并就监护人的确定、监护职责的履行、撤销监护等制度做出明确规定。

好了，今天的《民法总则》必修课先上到这儿，明天继续第二课。

我的信息谁保护？

作者：孙莹
播出日期：2017 年 3 月 17 日

我的信息谁保护？

大家好，我是代表咱们每一个普通民众的大民。今天一大早，我的妻子就收到一条短信，说可以试听免费的胎教课，过了一会儿，我又接到一个电话，问我要不要给大宝报足球课。这一早上我们一起吐槽信息泄露，想当初，大宝刚一出生，各种奶粉、早教、幼儿保健的短信、电话就蜂拥而至，接连不断。现在可好，二宝还在妈妈肚子里，做胎教的就知道了？！我们的个人信息谁来保护？看看《民法总则》怎么说。

《民法总则》第一百一十一条规定："自然人的个人信息受法律保护。任何组织和个人需要获取他人个人信息的，应当依法取得并确保信息安全，不得非法收集、使用、加工、传输他人个人信息，不得非法买卖、提供或者公开他人个人信息。"这里明确说了"个人信息受法律保护"，那究竟能得到什么样的保护呢？北京网络文化管理办公室评议会法律专家朱巍这样说。

朱巍：公民个人信息权写到了《民法总则》之中，这就意味着我国公民个人信息权将首次成为独立人格权写入《民法总则》。在互联网时代，公民个人信息权是网络安全的基础，也是信息权、被遗忘权、数据权等其他相关权的母权，所以这次信息权写入《民法总则》的意义重大，不仅能够更好地保护公民个人信息安全，同时也为未来我国个人信息保护法出台做好了充分准备。

期待个人信息保护加快立法！湖北当阳警方去年侦破的案子：借助"黑客"源头数据，犯罪团伙两年时间内非法买卖公民个人信息多达 6 亿条。而前几天公安部破获的那个团伙，窃取的个人信息竟然多达 50 多亿条，这里面说不定就有你我的信息呢！律师许良光说，我们也应该维权了！

许良光：如果非法出售了哪怕是一条信息，只收益了 0.1 元，同样也要承担相应的法律责任，要受到法律的制裁。当然，作为被透露信息的公民，可以拿起法律的武器，维护自己的权益。

网游装备也是钱?

最近感到有些郁闷，我的网络游戏装备被盗了，想向游戏平台找回，可平台说我的是共享账号，拒绝帮我找回。但我的哥们儿小南说，关于这个，《民法总则》有规定。

小南：我觉得保护网络虚拟财产这一条，法律规定得特别好。因为我之前就花钱买了很多 Q 币，都被盗了，但是又没办法追回来，所以这个法律能保护网络虚拟财产，我觉得对我们这些爱打游戏的人来说就太好了。

看看《民法总则》到底怎么说的：

《民法总则》第一百二十七条：法律对数据、网络虚拟财产的保护有规定的，依照其规定。

朱巍教授告诉我，这条法律意味深长。

朱巍：总则明确了互联网数据权和虚拟财产权都属于民事权利的一部分，体现了这次民法典的编撰具有相当的时代性。同时，也适应了互联网融入民事生活的社会现状。另外，数据权和虚拟财产在未来非常有可能要额外地进行特别法的规定。立法的好处是对新事物必须要有所回应，不能让新型民事权利没有法律上的依托。与此同时，对尚在发展的新型民事权利还有待继续研究。

朱教授还分析，虚拟财产虽然在一定程度上有它的物权属性，但还是跟普通的物品不一样，特别是在继承方面，虚拟财产有强烈的“人身性”。也就是说，这些虚拟财产通常都是跟账号联系在一起的，和虚拟世界里的人际关系、人脉来往密不可分，继承可能会侵犯个人隐私权，所以制定法律还得慎重。

朱巍：国外曾经就有过相关判例，拥有虚拟财产的人去世之后，家属要求继承其虚拟财产，相关网站认为虚拟财产的账号、密码，涉及死者生前的隐私权，死者生前不一定愿意将在虚拟世界交往的信息向世人公布，或向继承人公布，因此最后拒绝提供。这个判例提醒大家，如果把虚拟财产认为是物权，那在继承权方面就可能忽视“人身性质”。

英烈的名誉如何维护?

3月，是学雷锋月，我们家大宝今天起得特别早，说要到学校听语文老师讲英雄烈士的故事。听完课后回来他就问我:“爸爸，老师说保护英烈的荣誉都立法了，你知道吗？”

近年来，社会上确实有各种各样诋毁、诽谤英雄人物，拿英雄人物开玩笑的例子，这的确很过分。之前，我还在广播里听到过“狼牙山五壮士”“邱少云”等英雄人物人格权益被侵犯，甚至告到了法院的案子。最高人民法院民事审判第一庭副庭长冯小光说，侵权者这是损害了社会公共利益。

冯小光：这些英雄人物及其精神，已经获得全民族的广泛认同，是中华民族共同记忆的一部分，而民族的共同记忆、民族精神乃至社会主义核心价值观，无论是从我国的历史上看，还是从现行法上看，都已经是社会公共利益的一部分。

我们再来看看《民法总则》里是怎么规定的：

《民法总则》第一百八十五条：侵害英雄烈士等的姓名、肖像、名誉、荣誉，损害社会公共利益的，应当承担民事责任。

中国人民大学法学院教授姚辉说，言论自由也要受到道德约束，不能冲破法律底线。

姚辉：言论自由并不是为所欲为，想说什么就说什么，这里面有法律的约束、有道德的约束，有公共利益、社会公德的约束，不能冲破法律和道德的底线，不能冲破一个社会公认的、公知的价值观。

好了，今天的《民法总则》必修课就先上到这里，明天继续第三课。

见义勇为致人损害要担责吗？

作者：刘会民

播出日期：2017年3月18日

见义勇为致人损害要担责吗？

大家好，我是代表咱们每一个普通民众的大民。最近，我有件烦心事儿。上个星期，我开车下班途中碰到一位遭遇车祸受伤的老大爷。当时肇事者逃跑了，也来不及叫救护车，我就赶紧把大爷送到了医院。经检查，老大爷的脊椎骨折了。这下可不得了，老大爷的子女都认为他骨折是因为我施救不当造成的，他们坚决地让我赔偿损失。可我是见义勇为、一片好心啊！对了，前几天听说通过的《民法总则》里专门有一条"好人法"条款，我看看它是怎么规定的。

《民法总则》第一百八十四条：因自愿实施紧急救助行为造成受助人损害的，救助人不承担民事责任。

那么，这是不是意味着今后像我这样见义勇为的行为，就不用担心赔偿的问题了呢？咱们来请教一下中国政法大学的朱巍老师。

朱巍：一旦对受助人造成损害的，这里没有强调"重大过失"，更多的是为了鼓励这种救助行为。只要有了这种见义勇为的行为，就不应当让英雄去承担额外的责任。

看来，按照《民法总则》的规定，见义勇为行为是可以享受依法免责的"特殊待遇"的。刚才朱巍老师还提到了"重大过失"的情况。据我了解，原来《民法总则》草案里，这一条后面确实还有一句，说的是，如果救助人存在重大过失，给受助人造成不应有的重大损害，要承担适当的民事责任。但最终，《民法总则》将这样的表述删掉了。为什么要删掉？来听听全国人大法律委员会主任委员乔晓阳的解释。

乔晓阳：一些代表提出，草案修改稿中关于"重大过失"的相关规定，难以免除见义勇为者的后顾之忧，不利于倡导培育见义勇为、乐于助人的良好社会风尚，最终建议删除。经法律委员会研究，赞成这一意见。

原来，《民法总则》也是倡导大家做好事的，这也是人大代表们的主流声音。有了法律做保障，我们再也不用有“救人恐惧症”了。有句歌词写得好：路见不平一声吼，该出手时就出手！乐于助人的事儿，今后大民我还得继续做下去。

亲人一直失联怎么办?

昨天，老家的二婶来我家串门，伤心欲绝地说起了她这几年生活的不易。五年前，二叔和几个同伴出海捕鱼，从此和家里失去了联系，至今下落不明，留下二婶和两个还在上小学的孩子相依为命，日子过得很清苦。眼看孩子们的花销越来越大，二婶想把二叔名下的一套房产和一辆货车变卖了。但二叔生死未卜，这些东西也卖不了啊！为此，二婶让我帮着她想想办法。我曾听别人说过，要是实在找不着人了，好像可以宣告死亡，先看看《民法总则》怎么说的。

《民法总则》第四十六条：自然人有下列情形之一的，利害关系人可以向人民法院申请宣告该自然人死亡：(一)下落不明满四年；(二)因意外事件，下落不明满二年。

二叔下落不明已经五年多，这么说来，完全符合被宣告死亡的条件了。而且《民法总则》还对如何确定被宣告死亡人的死亡日期做出了规定，我们来听听全国人大法律委员会主任委员乔晓阳怎么说。

乔晓阳：被宣告死亡的人，人民法院宣告死亡的判决做出之日视为其死亡的日期；因意外事件下落不明宣告死亡的，意外事件发生之日视为其死亡的日期。

确定死亡的日期又有什么用呢？中国政法大学的朱巍老师，别小看这几句话，对我们的影响还真是挺大的。

朱巍：死亡时间一旦确定，首先，相关的继承就要马上发生。另外，对商业保险的死亡赔偿方面有重要意义，赔偿额、赔偿时间都可以具体化。还有，在这个时间点之后，夫妻中另外的一方再寻找新的幸福，在法律上就没有相关的障碍了。

民事诉讼时效延长了？

去年年初，高中同学小李曾向我借了20多万元，说是要创业开公司。看到小李创业也不容易，原本去年2月就该还我的那20多万元，我也没着急向他要。不过，前几天我妻子提醒了我，说《民法总则》里好像有诉讼时效的规定，借出去的钱要是过了这个时效，可能就要不回来了。20多万元对我来说可不是个小数目，我得赶紧查查《民法总则》。

《民法总则》第一百八十八条：向人民法院请求保护民事权利的诉讼时效期间为三年。法律另有规定的，依照其规定。

为此，我还专门请教了江西省高级人民法院原院长张忠厚。据他介绍，诉讼时效的规定原来就有，新制定的《民法总则》对此又做出了重要修改。

张忠厚：以前诉讼时效一般是两年，比如说你向我借了钱，两年后我知道你不会还我了，我必须在两年内主张，催债或发函都可以。这两年内如果我没有主张，那就失效了。但这次诉讼时效增加了一年，为三年。这是保护公民权益很重要的一个方面。

在诉讼时效方面，还有一个关于受侵害未成年人的特殊条款，这些天媒体上讨论得也比较多，听说不少法学专家还给这条规定“点赞”呢！这到底是什么条款呢?

《民法总则》第一百九十一条：未成年人遭受性侵害的损害赔偿请求权的诉讼时效期间，自受害人年满十八周岁之日起计算。

据中国民法学研究会秘书长王轶介绍，这意味着，未成年人受到侵害后，不用担心索赔时的诉讼时效问题，因为在十八周岁成年后的三年内，受害人仍然可以对加害人“秋后算账”。这样一来，就可以避免受害人因为年龄小而丧失维权的机会。

王轶：这就意味着受害人至少可以在二十一岁之前主张自己的损害赔偿请求权。如果说发生了诉讼时效期间中止或中断的情形，最后计算下来可能还不止二十一岁，这就比较有利于在未成年人时期被侵害的人更有效、更周到地去维护自己的合法权益。

好了，今天的《民法总则》必修课就上到这儿。明天咱们继续第四课。

村委会签合同有效吗？

作者：孙莹

播出日期：2017 年 3 月 19 日

村委会签合同有效吗？

大家好，我是代表咱们每一个普通民众的大民。今天一大早，就接到了在老家当村长的舅舅的电话，说村子里要架桥修路，正在跟施工方谈合同的事儿。可是，签合同要盖谁的章呢？总不能盖舅舅个人的章吧？可是，盖村委会的章，施工方又有顾虑，以村委会名义签的合同能有效吗？湖南省法律顾问秦希燕律师分析，施工方的顾虑是有原因的。

秦希燕：以前，村委会这样的机构，它没有法人地位，没有法律人格，在市场经济中心以它的名义签订的合同是无效的。

听说，《民法总则》已经把村委会定为法人了，是可以签合同的，这涉及全村人的大事可不敢含糊，舅舅托我帮他查查。

《民法总则》第九十六条：本节规定的机关法人、农村集体经济组织法人、城镇农村的合作经济组织法人、基层群众性自治组织法人，为特别法人。

另外，第一百零一条：居民委员会、村民委员会具有基层群众性自治组织法人资格，可以从事为履行职能所需要的民事活动。

架桥修路，这应该属于村委会职能吧？我再咨询一下中国商法学研究会会长赵旭东教授："赵教授，按《民法总则》规定，我舅舅村里要架桥修路，谁出面跟施工方签约比较合适？"

赵旭东：谁来签约呢？因为村民是一个群体的概念，不是一个主体，是个人。但是这个活动又是代表了整个村子，这时就需要一个法律上的主体作为合同的当事人出现，这时候村民委员会就担当了这样一种角色。

赵教授说，居委会、村民委员会有了特别法人资格后，还拥有了独立开展经营业务、开银行账号、申请贷款等权利，打官司也可以独立作为原告或被告了。总之，以前办不了的事儿，如今都能办了。

赵旭东：以往的问题是，居民委员会是一个什么样的组织呢？它是一个法律主体吗？它有权签订这样的合同吗？它签订的合同有效吗？以后要打官司的时候，它能作为原告或被告吗？现在有了这样一个特殊主体的规定，它就有了一个完整的主体身份，就可以参加各种民事活动。

医院做慈善，与赚钱矛盾吗？

最近，我同学阿义在微信朋友圈抱怨，说他想干一番大事业的梦想遭到了打击。他筹资开了一家眼科医院，为当地经济困难的老人免费做白内障手术，同时，也正常给其他病人看病。结果，现在网上有人指责他，说他这是打着慈善的噱头赚大钱。阿义觉得委屈："我们又没有靠政府拨款，也不是靠社会捐助，我得给大夫、护士发工资啊！各种医疗设备不都得花钱吗？日常开销大得很！而且我们一直在履行'给经济困难老人免费做白内障手术'的承诺，我们医院的营利也照章纳税了。"

阿义的委屈，《民法总则》有没有给个说法呢？

《民法总则》第七十六条：以取得利润并分配给股东等出资人为目的成立的法人，为营利法人。营利法人包括有限责任公司、股份有限公司和其他企业法人等。

我觉得，这阿义的医院属于《民法总则》说的营利法人，它做慈善没有错，正常营利也没有错。再来请教一下赵旭东教授。

赵旭东：只要它是以营利为目的，它挣的钱最终是要分配给它的投资者、它的成员，它就属于营利法人，这样的话就不以它是办学还是开医院等具体的活动来划分，这会对我们很多民办的社会组织，如医院、学校、文化团体等提供一个合法的法律形式，它可以正大光明地从事营利性活动，也可能会促进这些领域的社会事业的发展。

我的捐款去哪儿了？

今天我们单位组织捐款，我向妻子申请了 200 元。妻子追问我，这钱捐给谁了？干什么用的？我只知道是捐款给一家基金会，至于这基金会拿着钱干什么了？我还真不知道。基金会肯定属于非营利机构，除了用于慈善，它还能把这钱用到别的地方去吗？我查查民法总则有没有相关规定。

《民法总则》第九十四条：捐助人有权向捐助法人查询捐助财产的使用、管理情况，并提出意见和建议，捐助法人应当及时、如实答复。

《民法总则》第九十五条：为公益目的成立的非营利法人终止时，不得向出资人、设立人或者会员分配剩余财产。剩余财产应当按照法人章程的规定或者权力机构的决议用于公益目的……

这意思就是说，我有权知道、有权查问我个人所捐的钱的去向，而且即使以后这个基金会不办了，也得把我们的捐款用于慈善、公益。赵教授还告诉我，这《民法总则》里所说的营利法人和非营利法人区别可大了！不仅权利能力、行为能力不一样，最简单地说，连纳税的额度都不一样。所以对于非营利法人有着严格的要求，善款善用、专款专用，这就是专为非营利法人设定的红线。

赵旭东：按照《民法总则》的规定，基金会就不能追求以营利为目的的活动，如果有获利，赚了钱，只能用于公益性的活动，而不能分配给它的成员、投资者或者创办人。红十字会是一个典型的非营利性法人，属于公益组织，或者叫作捐助法人，它只能从事公益性的社会活动，就不能进行营利性的活动。

好了，《民法总则》必修课就上到这儿，以后有什么学习心得，大民再和您继续探讨。

系列报道：驻村日记

按语：

我这个年纪的记者，很少有花一个月时间采访一件事的机会，更何况是采访一个偏远贫困的村庄。2017 年 5 月，我受命前往湖北省恩施土家族苗族自治州鹤峰县铁炉白族乡渔山村驻村，用一个月时间，与村民和驻村干部同吃、同住、同劳动。深度体验的采访方式在如今堪称“奢侈”，声音日记的形态也有别于日常的新闻报道，从到达村里的次日上午开始连续播出，原本担心没那么多东西可写，但真的在那儿待下来，觉得满眼都是“料”：有行路难、发展难等宏观问题，也有给具体一户群众做思想工作的曲折故事，有坚强创业的“90 后”，也有乐观豁达的大叔。虽然要克服一些生活条件的不便，采访完之后还经常在晚上再接着写稿、剪辑、录制，直到凌晨才收工。但这样的经历非常难得，也很值得。

三年“游说”成功，老王查皇历定搬迁

作者：白杰戈

播出日期：2017 年 5 月 4 日

5 月 3 日　星期三　农历四月初八　阵雨

下午，跟着鹤峰县政法委驻渔山村的扶贫工作队队长陶必红和驻渔山村第一书记王远涛，去村民老王家。在渔山村今年要完成扶贫易地搬迁的 24 户村户当中，老王家是最后一户。陶必红告诉我，过去三年，他们记不清去了老王家多少次，但是都没有能够说服他同意搬迁。

老王家是用木板搭成的房子，屋里生着柴火，没有开灯。陶必红坐在老王旁边，给他点了一支烟，把我送的收音机也转送给了老王，但是老王还是没有答应。

老王不愿意离开自家的这片山林，还有他自己搭起来的养鸡棚。他是村里有名的风水先生，对房屋的位置很有讲究。将近一个小时之后，鹤峰县政法委常务副书记张厚成，以及铁炉乡副书记、渔山村村委会主任也都来到老王家给他做思想工作。陶必红答应按老王选定的位置，在他家旁边的山坡上建房，并且把路通到新建房门口。

张厚成提议，就这么定下来，进一步建议，明天就“放线”，测量定位。

张厚成：明天的日子好不好？

老王：我跟你说，“放线”的日子我不讲究，我讲究“下脚”的日子……

老王说，不在意“放线”的日子是不是黄道吉日，只关心“下脚”，打地基的日子。他提出的好日子在农历六月，工作队觉得太晚了。

工作队员：要到六月初了……

张厚成：那……有点儿迟。

老王坚持要选在他定的好日子，他说，否则房子建好了他也不会住，宁愿在新房旁边搭个棚子去住。

老王：大不了我不住了，我宁愿在旁边搭棚……

日期的问题几乎成了他的最后一道防线。他说，立夏之后都不行。不过王远涛发现，后天才是立夏。

王远涛：立夏都还没到啊……

老王又翻出两本黄历，陶必红用手机的电筒照着让他查，他终于点头，同意明天“放线”。这个时候又下起了雨，张厚成借着机会说，老王的决定是对的，这是甘露、发财雨。

张厚成：你看，天都因为你的事情落实了，这落的都是发财雨……

老王的妻子拿出一块腊肉在柴火上烧，说要等明天“放线”之后请大家吃。

张厚成怕老王再反悔，也再补充了一句。

张厚成：那老王我跟你讲，这就是门板钉钉子，你别睡一觉起来又反悔……

明天，渔山村最后一家扶贫易地搬迁户的新房建设能不能顺利启动，现在谁也不能确定，留到明天的日记再说。

老王搬迁一日两变，妻子泪洒酒桌

导语：

今年是扶贫攻坚工作的第二年，去年全国实现易地扶贫搬迁 240 多万人，今年的目标是 340 万人。昨天的节目中我们说到，在中国之声记者白杰戈本月驻点的湖北省鹤峰县铁炉白族乡渔山村，驻村干部花了三年时间，终于做通了贫困户老王的思想工作，让他同意搬迁。不过，昨天事情又有了变化。继续来听发自渔山村的驻村日记。

作者：白杰戈

播出日期：2017 年 5 月 5 日

5 月 4 日　星期四　农历四月初九　晴

渔山村雨过天晴，不过原计划给老王家的新房子“放线”，测量定位，又出现了变数。附近水电站建设方的一位负责人拿来图纸，图上显示，方圆 300 米都是水电站工程石料场的征地范围，包括老王家现在房子所在地和昨天选定要建房的位置，以及他家的林地。

工作组人员再次来到老王家，开门见山地告诉他这个变化。老王的妻子在旁边开口了。

她说，这么多人都是为了我们，别让他们为难。于是，老王和工作组人员动身去看他中意的另一处土地。老王觉得在这块地上建房不错，但是周围都是别人家的土地，还要专门修路到门口，协调置换和建设的成本比较大。

乡干部：哎呀，这事儿让人很头疼……

工作组人员回到村委会开会，想到一个新的方案：让老王参与贫困户的集中安置，搬到铁炉白族乡的集镇上。75 平方米的安置房免费入住，被征收的林地还能拿到补偿款。62 岁的老王和妻子可以到更便利的集镇生活，但是要离开故土渔山村，一百多只鸡可能也就没地方养了。

这个变化比较大，老王的远房侄子、邻村的干部大亚也到老王家给他做思想工作。他打通了老王女儿的电话，在广东打工的女儿分别跟父亲、堂哥，以及驻村扶贫工作队的鹤峰县政法委常务副书记张厚成交谈，确认现在的家和土地无法避免被征收，只需要自备家具就能住进集镇上的新房。她同意父亲签协议，去住集镇的安置房。

老王女儿：您就先和他们签协议，先把那个房子要下来。

老王：好，好。

老王女儿：你到时候莫后悔啊。

老王：我没有后悔药。

电话这一头，工作组的乡村干部都鼓起掌。

老王女儿：您确定想好了吗？

老王：想好了。

女儿说，这样也是配合工作，免得干部们为难。父亲夸她不愧是在外面闯荡的人，脑袋瓜子灵活。

工作人员准备了纸和笔，让老王写搬迁的申请书，他有一些字不会写，得一笔一画地教。

厨房里，老王的妻子开始炒菜，老王签字按手印，又把申请书送到妻子手边，让她同样签字、按手印。

饭菜上桌，老王老两口和工作队在下午三点，终于吃上了今天的午饭。

工作队员：祝贺我们老王，把事情搞定……

老王笑着喝到脸红，妻子更是展现出土家族女性的豪气，用碗喝酒，激动得哭了。

战胜癌症，“90 后”回村探索致富路

导语：

说到边远贫困的农村，不少人会想到年轻人都外出打工、家里只剩老人和小孩的状况。不过在湖北鹤峰县铁炉白族乡渔山村，这些年逐渐开始有年轻人返乡，有的照管家里的茶叶加工厂，也有的给村里的建筑工地干活。继续来听本台记者白杰戈发自渔山村的驻村日记。

作者：白杰戈

播出日期：2017 年 5 月 8 日

5 月 7 日　星期天　农历四月十二　雨转阴

夏天，山间的雨水汇集到谷底，很容易淹没农田。为了解决这个问题，渔山村的排水渠这些天正在施工。26 岁的周波开着农用三轮车，给工地拉石料。休息的时候，他到旁边的人家里找水喝，跟我们聊天。

周波上完初中就跟着父亲到外面的工地干活。2014 年，他感觉身体不舒服，到医院检查出淋巴癌。接受放、化疗之后，病情稳定，他回到家里，开三轮车跑运输，在排水渠这样的工地上，一天能赚三四百元。

驻村干部：他很勤劳，意志也很坚强。

周波：没事儿，反正没把我“整”死，我还是要照样活着。

众人笑。

驻村干部：他很乐观……

周波：我害了一场病，没办法……

说起这场病，周波一开始好像很洒脱的样子。后来讲到当年怎么发现生病，那是在他 23 岁的时候，在福建的桥梁工地上做打桩工。

周波：当时，跟几个朋友喝啤酒，突然感觉胸口痛，喝不下去。

说到这儿，他停下来，抬起胳膊，用袖子擦眼睛。

记者：说起以前还是有点儿激动啊。

村民：他毕竟还是个孩子，受那样的打击……

记者：你家里兄弟就你一个？

周波：对，我爸爸妈妈就我一个孩子，如果有弟兄的话还好点，有什么意外的话也无所谓，但就只有我一个孩子。以前从来没有为自己生病哭过，但是害了那场病，我哭了两三次，一般是不会掉眼泪的。老爸老妈老了一大截，就为我的事情担心。我以前一年四季在外面，也不懂事，给家里带来不少的麻烦。

我问周波，去外面打过工之后，觉得村里最缺什么，他说，最缺文化。

周波：没文化，只能干那些体力活儿。

他的未婚妻打算做电子商务，想把山里的竹笋、蜂蜜、茶叶卖出去。

周波：慢慢摸索吧，希望有好的政策，村里、乡里都帮着支持一下，然后她尽她所能去做。

驻村干部：我们正在县里帮他协调，争取名额……下周就业局举行一期培训，到时候你要参加啊。

驻村干部告诉周波，下周县里的就业局会到渔山村，给像他这样的返乡青年做创业培训。预计在明天，（星期一）就来村里。

周波：我现在没读书了，能这样培训一下是好事。

挖煤十年供养出大学生，老饶开办养牛场

导语：

在湖北鹤峰县铁炉白族乡渔山村，村民饶以和赤脚下山卖炭，两脚磨出厚茧，又外出当了十年矿工，把儿子培养成村里少有的大学生。儿子工作之后拿出20万元，为父母办起村里第一家养牛场。一家人要成为村里脱贫致富的带头人。继续来听本台记者白杰戈发自渔山村的驻村日记。

作者：白杰戈

播出日期：2017年5月9日

5月8日　星期一　农历四月十三　晴

立夏刚过，阳光还不算强烈，饶以和在山坡上锄掉杂草，撒下牧草的种子。一头黄牛在旁边摇响铃铛。渔山村地广人稀，不缺种草放牛的地方。

饶以和：人少地多，你想要种多少就种多少，地盘相当多。

饶以和家养了31头牛，是渔山村唯一以养牛为生的人家。牛每天早上被放出去，晚上自己回来，比肉牛长得慢，但是肉质更好。除了可以换钱，它们还是村里的劳动力，免费借给各家去耕地。

饶以和妻子洪久英：他们有好几户人家都把我们家的牛牵去耕地了，现在还有十头牛没有送回家。

记者：收他们钱吗？

饶以和：不收钱，免费为他们服务。

驻村干部：让牛活动一下，肉质会比较好。

记者：相当于给牛提供了一个健身的机会。

饶以和：哈哈，对，我们办这个养殖场，周边的农户都大力支持我们，把玉米渣都送给我们喂牛。

饶以和说，乡亲们也都愿意让他在各家的坡地割草。这个养牛场是2014年办

起来的，将近20万元的启动资金是在昆明当医生的大儿子提供的，他是渔山村少有的大学生。当年为了供养他上大学，饶以和在河北蔚县的煤矿干了十年。更早的时候，饶以和还在渔山村的山上烧木炭，背到山下去卖，怕费鞋，就一路光着脚，脚底磨出厚茧。

饶氏夫妇：那双脚，踩带刺的板栗球都不怕，习惯了。

记者：现在还有那么厚的茧吗？

饶以和：现在没有了，都好了。

现在好了，虽然大儿子不在身边，但是小儿子回到渔山村，照管养牛场，牛的品种就是根据他在湖南当厨师的经验来挑选的。硬化水泥路去年通到了饶以和的家门口，木板房旁边刚刚开始建新房，牛卖出去了八九头。55岁的饶以和已经满头白发，他说，原本只希望儿子以后不要再像自己一样以烧炭、下矿井为生，没想到他们还有更大的出息，这是孩子的造化和福气。

洪久英：反正人活在这个世上就是这样，人是最苦最苦最累最累的，不容易，住在这个偏僻、闭塞的地方，还是要感谢领导、政法委的同志帮我们把路修好了，以前都是烂泥土路。

夫妻俩似乎觉得自己付出的艰辛都是理所应当的，生活得到的改善都是托别人的福。他们也想着要把规模化养殖的经验，向全村推广。

索道停电，村民被困五百米高空无惧色

导语：

在我们的《驻村日记》播出之前，对于“湖北鹤峰县铁炉白族乡渔山村”这个地名，很多人也许没有印象，不过几年前，这里的村民靠索道出行的新闻，曾经受到关注。当年电视画面里跨越峡谷的惊险索道现在是什么样儿？村民们有路了吧？来听记者白杰戈发自渔山村的驻村日记。

作者：白杰戈

播出日期：2017 年 5 月 10 日

5 月 9 日　星期二　农历四月十四　晴间多云

今天坐了渔山村的索道。半个月前刚接到任务的时候，我对渔山村这个名字完全陌生，查资料才发现，2013 年年初，我曾经看到过关于它的电视新闻。

CCTV 片段：渔山村是湖北省最偏远的山村，三面被峡谷包围，通往外界的索道距离谷底将近 500 米，相当于 160 层楼的高度。“小心点啊”，“害怕，带小孩儿或者老人坐在上面，就是不放心”，“最怕那个索道坏了，困在上面”。

当年单独的一根钢索，如今被三根新钢索替代，钢索上浸满黄油，防止生锈。以前用钢筋焊成的“篮子”挂在索道上做载人的轿厢，现在换成钢板的，还加上了挡雨的顶棚。720 米的跨度没有变，不过动力从柴油机换成电机。速度放慢了很多，以往单程只要三五分钟，现在要将近 17 分钟——这些都是为了安全。

从运行的索道上望下去，两侧的山壁上有浓密的树丛，也有裸露的岩石，青绿色的溇水河从谷底流过，看起来只是一条细长的带子。

在 20 年以前，渔山村后山的 200 多村民要出村，得从一侧的山爬到谷底，过了溇水河，再爬上另一侧的山。1997 年建成的索道跨越这两座山，成为他们惊险但是便捷的交通方式。

2013 年年初被媒体关注之后，这条索道在 2013 年底整修成现在的样子。同一年从渔山村后山到铁炉乡的土路建成，200 多村民有了一条自己的路，但是土路不好走，赶时间的人还是会选择坐索道。

村民们告诉我，20 年来，除了一位女士在出发的时候由于脚踩空没有登上铁篮子而滚下山谷之外，索道没有出现过其他安全事故。索道口旁边的标志强调“只运货，不载人”，但是村民的出行需求强烈，很难禁止。这几年有人看了新闻特意来寻刺激，而经常坐索道往返的村民，对这种“惊险”已习以为常。

今天上午，我坐的那一趟索道运行途中，突然停电。

轿厢里载着一位男士，在将近 500 米的空中悬坐了一个多小时。等到故障排除，到达终点时，他只是感叹“冻死了”。我问他是不是吓坏了，他说，“那有什么好怕的”。

他转身跟一位女士打招呼：你老公在那头等着你呢。这位女士欢快地跳上轿厢，催着出发。

女士：走诶！

不过，即便习惯了惊险，也同样在期待改变。跟我同一个轿厢过来的村民，在空中就盘算着土路浇筑成水泥路的进展。

村民：水泥路，应该快修好了……

灾难报道里的日常生活

按语：

2015年6月5日黄昏，我在湖北监利的长江岸边拍了一张“东方之星”被打捞吊起后浮在江面的照片，背景是那一天的夕阳。朋友圈里一位同行评论说：“如果不是里面曾经有着鲜活的生命，它看上去与别的船又有什么区别。”同样的道理，如果不是有跟普通人相似的生活，相通的情感，新闻里那些在灾难中死伤或者幸存的人，也许都只是一个“与我无关”的数字，对受众来说又有什么价值？所以，新闻不只是对事实的报道，也是人和世界的连接，如果有一天你忘记了某场灾难的遇难人数，但还记得灾难中某个人的一段悲喜，那就是我们写这些故事的意义。

舟曲记忆：王伟和张蓉的生死故事

作者：白杰戈、孙崇峰

播出日期：2010 年 8 月 15 日

张蓉，25 岁；王伟，27 岁。2008 年 8 月 8 日，两位年轻人在舟曲相识，今年年初结婚，并且孕育了新生命。但就在今年 8 月 8 日，这对伴侣在特大山洪泥石流灾害中，阴阳永隔。

这里是舟曲县城，白龙江的左岸，对面山上的“藏乡江南，泉城舟曲”八个字告诉我们，这里曾经有多美好。2008 年 8 月 8 日，奥运会开幕的那天，老家就在舟曲的化妆品店店主张蓉和陕西来的武警战士王伟在这个县城相识了。王伟眼里的张蓉，自立、开朗、漂亮、爱笑。

王伟：我媳妇长得特漂亮，反正我觉得她长得特漂亮，爱笑。

今年 1 月 6 日，他们结婚，不久，张蓉就怀孕了，这时王伟已经是武警舟曲县中队的副中队长。跟大多数化妆品店的店主不同，张蓉并不舍得花钱打扮自己，甚至不化妆。

王伟：我媳妇总是穿三四十元的衣服，在兰州东部批发市场买的。她项链、戒指、耳环这些都不戴，也很少打扮自己。

不过，她坚持要给王伟买“乔丹”牌的衣服，在这个小县城，算得上是名牌。两个人的新生活甜蜜幸福，又满怀憧憬。王伟爱做饭，他的 QQ 空间里，已经开始搜集菜谱和婴儿养育指南，准备当爸爸。

王伟：我妻子喜欢吃我做的卤鸡翅，我们刚结婚那段时间，在我们新买的房子那里待了七天，每天都是我给她做饭。

美好的生活，一直持续到 8 月 7 日深夜。11 点多，身在部队的王伟还在电话里问张蓉，记不记得第二天是他们相识两周年的纪念日。突然，窗外的不寻常的声音让王伟中断了电话。

王伟：我感觉不太对劲儿，我就说我先挂了，好像发生泥石流了，我让她当心点儿。

真的是泥石流来了。王伟忙着保护看守所和枪支弹药的安全，没有听到手机铃声。等他看到晚上 12 点 6 分来自妻子的未接来电，再想打电话回去的时候，县城的通信已经中断了。

王伟到现在也不知道，张蓉的那个电话是要告诉他“我们的纪念日到了”还是“我遇到危险了”。他可能永远也不会知道了。

8 月 8 日天亮，王伟才有机会路过妻子、岳父岳母和小姨子住的地方，四层楼房已经全部埋在泥石流下。

王伟：我是第一天探查路线，从这边下来的时候，我往那边看了一眼，发现已经成了平地，我也没找过。

记者：也没再去那儿看过？

王伟：没有。

白天，王伟就在距离妻子被埋的位置六七百米的地方，和战友一起挖掘幸存者、遇难者遗体，或者财物。因为工作忙不能常见面，这对新婚夫妇平时每天晚上都要通电话，时间从十几分钟到两个小时不等。以往两个人期待的温馨夜晚，现在成了王伟自己的无边黑夜。

王伟：以前，特别希望晚上能快点儿到来，到了晚上我们俩就能多说会儿话。现在害怕晚上来，晚上来了我就不知道该干什么，甚至害怕闭上眼睛，感觉一闭上眼睛我爱人老叫我，心里堵得慌，就找个没人的地方，哭上几声，就好了。

张蓉一手创办的“萱姿”化妆品店，到现在还大门紧锁。舟曲县城中心的这条南街，夫妻俩还没有来得及一起多散几次步。如今，王伟独自走过，觉得这条街无比漫长，好像一直走不到头。

他说，无论如何要为遇难的妻子建立墓碑。墓碑要尽量立在舟曲县的最高处，再也不用担心有泥石流威胁。

玉树小伙：梦想飞

作者：白杰戈、杨阳

播出日期：2013 年 4 月 17 日

四月，青海玉树才迎来初春季节。结古镇龙庆路边，有舞曲从店铺里传出来。推门进去，几个顾客在试穿衣服，一个小伙子跟着音乐扭动，跳的是街舞。他就是店主白玛，23 岁，藏族，穿花格子衬衫、牛仔服、尖头皮鞋。

顾客有问题，他就跳着过去招呼。

白玛：有一次他们想要那种红色的外套，我订完货，他们自己过来取的。前面带装饰“Superman”超人的那种，呵呵。

不到 20 平方米的小店，卖的是年轻时尚的服装、鞋帽，店里还摆放着一排旧的卡带式收录机，作为装饰。

记者：这还有一个老式的收录机。

白玛：那边也有。

记者：这是你的兴趣？你自己搜集的。

白玛：是啊，也是我自己的“style”。

记者：哈哈，自己的“style”。

从喜欢的乐队到舞蹈类型，白玛的话里不时夹杂着英文单词。服装店的角落里有一台便携式播放器，播放的是街舞视频。

白玛：我就爱看这些视频。

记者：是从网上下载的？

白玛：对，下载后再转换成 MPG 格式，然后放到这里看。

记者：你很懂啊。

白玛：嘿嘿，我也没怎么上过学……

2010 年“4・14”地震之前，白玛已经在结古镇开了两年的出租车，那个时候，他已经喜欢跟一些朋友跳街舞。

白玛：我那时候开出租车呢，车牌“7499”的一个出租车。后备厢有音响一放，在河边上跳，这是我们的兴趣。

地震损坏了白玛家的房屋和财产，还有亲戚在地震中遇难，跳舞的快乐暂停了。

白玛：废墟之类的都基本清理干净了，但是看着还是会很难过，只好就在帐篷里待着。

2010年8月，他跟朋友合伙开了家服装店。

白玛：服装店是8月开的，搭了一个帐篷，两个人各拿出了两千元，就这样开了一个店。慢慢地，心情有点儿好转了。

在帐篷外面，白玛又重新开始跳舞。

白玛：我天天在铺子门口跳舞。那时候不放音乐，因为那么多人遇难了，放音乐的话对他们不尊敬。有的人看我就像看电视上的犀利哥一样，哈哈，有的人觉得特别好看，觉得好奇会过来看看。

记者：但是会不会有人说你呢？会不会有人觉得，经过了这样的一个灾难，你还在这儿跳舞。

白玛：有啊，他说你怎么有心情跳舞。我说灾难已经过去了，我们活着的人要想开一点儿，我就这样回答他的。

白玛的服装店在一年前离开帐篷到现在的地方，他们一家七口也搬进了新房。他说，很喜欢现在这样自在的工作和生活。

白玛：生意还可以。一个月三四千元吧。反正挺舒服的，没人管我们。不然要是上班的话，很多人管，怎么上班怎么下班。而这里，什么时候下班是我们自己的事儿。

白玛和旁边饭馆的服务员谈起恋爱，跟临近的服装店主也成了朋友。快下班的时间，店里虽然停电了，但是还很热闹。

记者：你现在挣的钱都是自己花还是交给家人?

白玛：交给家里人。我们藏族人有个好习惯，就是挣多少钱都会给家里人，不会存在自己的口袋里。

白玛女友：他很孝顺的，真的，每天晚上都回家去交钱。

记者：每天都交啊?

白玛：自己留一点儿，大概五十块钱吧。

他和同伴的舞也越跳越好，店里的货架上摆着奖状。

记者：还得过奖。

白玛：这是我们队的。六七个人一起。

记者：你们这个队叫什么？

白玛：Dreamfly，梦想飞。

五月是玉树人挖虫草的旺季，但是白玛已经买好了到北京的机票。他想给店里进点儿货，再去北京的街舞学校学习几天。当然，他还会回到玉树，这里新建了康巴艺术中心，还有新的格萨尔广场……各种文化设施。白玛希望这里也能有他的舞台。

白玛：我还想努力几个月，给我们队录个视频。在新寨那边有个台子，特别复古的风格，在那上边跳舞的话肯定特别有感觉。以后要是发展好的话，可以组建个工作室啊，这样也挺好的。所以，加油吧！现在才刚刚开始。

“5·12”地震五周年系列报道：重新做母亲

导语：

今天是“5·12”地震五周年纪念日，也是母亲节。在五年前的地震中，不少母亲失去儿女，又重新孕育生命，绵竹县九龙镇新龙村的黄长蓉就是其中一位。她的女儿在遇难的时候已经怀孕六个月，本来快要当外婆的黄长蓉，在四十多岁的年纪又从头开始当母亲，她给儿子起名叫王俊杰。2009年5月，记者曾经采访刚生下孩子两个月的黄长蓉。四年过去了，几天前，记者再次找到黄长蓉一家。

作者：白杰戈

播出日期：2013年5月12日

王俊杰：叔叔、阿姨……

记者：这就是俊杰吧？都长这么大了。上次见到他的时候才几个月大。现在身体怎么样？

黄长蓉：身体很棒。

从身体虚弱的早产儿长成健壮的四岁男孩儿，黄长蓉为儿子的营养投入不少。

黄长蓉：每天早上要吃两个鸡蛋，一包牛奶，下午回来又喝一包，有时候一天要喝三四包，这还是控制着的，随他自己喝的话，估计得要喝五六包。

记者：现在胃口比较好了。2009年我来的时候，还在担心他的身体弱一些，什么时候开始慢慢好起来的？

黄长蓉：他三个月大的时候开始慢慢好起来的。刚刚九个月就会走路了，十个月就会到处跑。

失去了二十多岁的女儿，又从头开始生养儿子，黄长蓉感叹说，现在养孩子要比以前难得多。

记者：从经济上或者精力上，比你那时候养女儿要花得……

黄长蓉：多，多得多。

女儿那时候只吃五分钱、一毛钱的糖，现在儿子到超市买零食，要挑好的、贵的。

黄长蓉：他尽挑贵的、好吃的买。我们之间的代沟相差得远……

村子里跟王俊杰同龄的孩子，母亲大部分都是二十多岁，那是黄长蓉失去的女儿的年纪。而在黄长蓉家，两代人隔着四十多岁，她说不清儿子的乐趣，也不懂他的课本。

黄长蓉：……他说的，“我把钢拿噻”……不知道是什么。

记者：哈哈，江南 style。

黄长蓉：啊对，我们就是各方面都弄不懂，他就懂，看着电视里跳舞他也喜欢跳。有时候从幼儿园把书拿回来，刨根问底地问“妈妈，这是什么？那是什么”，我都答不上来。

不止这些。黄长蓉今年 46 岁，丈夫王兴林 52 岁，儿子王俊杰现在 4 岁，开始淘气。

黄长蓉：俊杰，不能坐地上，要听话，来吧，妈妈拉你起来……

他在春天的田野边奔跑，黄长蓉要追上他，已经有点儿吃力。

黄长蓉：你不乖噢，站住，把我惹急了，我要打人的啊！

王俊杰：(撒娇声)。

黄长蓉：听话嘛，真是……

记者：你别闹了，你妈妈拖不动你了。

黄长蓉：哎哟，拉不动了。

记者：现在他有多重了？胖胖的。

黄长蓉：四十多斤。

黄长蓉看着王俊杰，有时候恍惚地想起在女儿腹中遇难的外孙。如果没有地震，外孙应该比儿子俊杰还大一点儿。

黄长蓉：我有时候把他当儿子，有时候把他当孙子。

王俊杰也好像比同龄的孩子懂事儿，他知道自己有过一个姐姐和没出生的侄子，知道自己的母亲跟别的母亲不一样。他有时候叫黄长蓉“老妈妈”，有时候还叫她“外婆”。

黄长蓉：我说你是不是嫌妈妈老了啊？他说“我不嫌妈妈老，我喜欢老妈妈，不老的妈妈我不喜欢”，他有时候还叫我“外婆”。

记者：他是怎么想的？

黄长蓉：不知道，我问他谁让他这么说的，他说“我自己想的，我想叫你外婆”。

记者：你听到他这么叫你，心里……

黄长蓉：唉，有时候看着他，心里也很高兴，有时候心里还是有点儿酸。有时候自己在地里干活，寂寞的时候就想着，怎么把他培养成人，想我女儿以前是怎样怎样的，哎哟，反正想的多噢……

黄长蓉在地里干活的时候，想得最多的是以后。她担心等儿子长到二十来岁，正需要解决工作、房子和婚事的时候，她和丈夫已经六七十岁，没有能力帮忙；更担心儿子到时候责怪他们，家庭条件不好还要生他，让他受苦。

不过，至少现在，黄长蓉经过大出血和昏迷，历经磨难生下儿子，是这个家庭最大的动力。黄长蓉照顾庄稼，新房的后院还养了猪、兔子和鸽子，丈夫王兴林就出去打工，想办法赚钱。

黄长蓉：我啥都不希望，也没想过将来能享他的福、让他报答我。我最大的愿望，只是希望把他供养成人，我就心满意足了。

“东方之星”头七祭：幸存的父亲和失去父母的儿子

作者：刘康亮、白杰戈

播出日期：2015 年 6 月 8 日

昨天是“东方之星”遇难者的“头七”，船上的 456 人，目前确认 432 人遇难，14 人幸存，还有 10 人下落不明。谢龙海是 14 名幸存者之一，但是他的妻子至今没有找到。作为一名父亲，谢龙海在 6 月 1 日晚上获救上岸之后没有给儿子打电话，怕打扰他休息。

谢龙海是镇江人，今年 62 岁。退休后，经常和老伴儿出去旅游。最近两年，陆续到过国内外很多地方。5 月 28 日下午，老两口在南京登船，开始他们期待已久的长江之旅。可谁也没有想到，4 天之后，一场突如其来的暴风雨，将这段旅程彻底拖入深渊。

谢龙海：我还算命大，喜忧参半吧。毕竟我的妻子还在船上，有的话，我睁着眼睛都不会再说了，只能是自己顶住、扛住啊。

采访之前，老谢的儿子一再叮嘱我，不要在他爸爸面前提他妈妈的事儿。我怕老人家伤心，问话也非常小心，反倒是老谢自己开门见山。老谢当过兵、教过书、务过农，后来在机关做了好多年干部。可能与他丰富的阅历有关，老谢谈吐间，总是波澜不惊。正是这份冷静，帮助他逃离了这次灾难。

谢龙海：比那个电影里演得还要恐怖，你都来不及反应的。（记者：害怕吗？）也不觉得害怕，就是很恐怖。但是我还是清醒的，我就是一心想要先离开船，也不管到哪个方向了。也可以说是巧合，我碰到了一个救生圈。这个救生圈很大，直径应该有 60 公分，里面有一个人，我用一只手扶在他的后背上，这个时候手和脚还要不停地动，增加浮力啊。

老谢说的救生圈里的那个人，就是来自上海的幸存者胡坚跃。事发前，胡坚跃在甲板上看江景。船体侧翻的那一瞬间，他意外地抓到了一个救生圈，然后拼命地往岸边游去。途中，他遇到了老谢。两人相遇后，彼此都没有说话，直到一艘小船出现。

谢龙海：这个时候我们两个人决定往船上爬，然后我又逮住一根树棍，用树棍敲这个船，喊“救命”。我们不能一起喊“救命”，一个人喊两声，轮流着喊，保持体力。一边喊“救命啊”！一边在挥手。就这样，海警的电筒照到我们了。

被海警救上岸后，老谢做了笔录：6 月 1 日晚上 9 点 10 分，暴雨来临，到船尾收衣服；9 点 27 分左右，船体开始向右倾斜，舱内进水；不到 15 秒的时间，轮船整体倾覆；从离开船逃生到被救，一共漂浮三个多小时。面对警官，老谢竭尽所能，回忆事发前后的每一个时间节点，帮助警方展开调查。

看得出，老谢是个心思缜密的人。获救后，老谢没有立即告诉家人。他怕打扰儿子睡觉。直到天快亮了，他才给儿子打电话。儿子到达监利后，爷俩紧紧地抱在了一起。老谢安慰儿子说：儿子，你妈妈不在了（哽咽），我们还要坚强地活下去。逝者已去，生者还要生存。如果我们两个人都离开了，你更要崩溃了，你要这样想啊！

抵达监利的头几天，和大部分遇难者家属一样，老谢的儿子想冲破封锁到江边去，看一看妈妈落水的地方。不过，每一次都被老谢叫住了。老谢跟儿子说，一切听从政府安排，去了不仅看不到现场，反而影响搜救工作。就在采访当天，前方工作组安排镇江籍遇难者家属到江边凭吊，寄托哀思。老谢没有到场，他让儿子朝着江心鞠了三个躬。

谢龙海：男儿有泪不轻弹。什么叫男人啊？自己要能扛得住啊！怎么才叫扛得住啊？就是遇到这种灾难、突发事件的时候，自己的心态要好。我有苦有泪往心里流，表面上我还要坚强。

同样来自江苏，胡先生的父亲、母亲和三姨、姨夫一起乘坐“东方之星”，现在四个人都没有找到。胡先生说，虽然自己已经成家立业，但现在才知道，没有父母，自己还不能撑起一片天。

在乘坐“东方之星”出发之前一个多星期，胡先生的母亲骑着电瓶车摔了一跤。

胡先生：出发前一个多星期的时候，我妈妈骑着电瓶车，那天没有下雨，地上没有水，也没有沙子、石子之类的东西，但莫名其妙地就摔了一跤，她额头上还摔了一个大包。

但是，她很快养好伤。随后，胡先生的父母和三姨、姨父一起开始这段旅行。

胡先生：我妈妈说这个行程已经定好了，不能再更改，而且是两家人一起去。如果你不去的话，另外一家人会不高兴，这样也不太好。出发前一天她额头上摔的那个淤血就全部散了，就像没有发生过这事情一样。现在我姐还说，当初我妈妈如果摔得严重一点儿，哪怕摔断了手脚，可以救她一命啊。你想，当时我妈妈摔了一跤，我都那么心疼，现在我妈妈都没了。

这条船上的游客大部分都是中老年人，“东方之星”载着他们从南京出发，沿着长江逆流而上。有人用微信朋友圈记录旅途中的生活：打牌、跳广场舞。胡先生还没有看到母亲沿途的照片，因为她的手机关闭了上网功能。

胡先生：我知道她对网络这方面不是很了解，我妈妈说，前段时间她点击更新下载一个什么东西，一下子被扣掉70多元的流量费，所以她就让我把她的上网数据给关了。

胡先生说，他希望能够找到母亲的照相机。

胡先生：应该有照相机的，我们希望不光是亲人的遗体，他们的遗物也能找到，把她的照相机的存储卡还原一下，他们出去玩都会拍照，这样我还能看看他们最后的笑脸。

前两天，胡先生和其他家属终于有机会到江边祭奠。政府安排的车把他们带到沉船上游三公里的码头边，因为江道弯曲，这里看不到“东方之星”，只能隐约看见打捞它的吊臂。胡先生尽量踮起脚望去。

胡先生：我就想看不到的话，哪怕离近一点，再近一点，让父母知道我们来了。昨天我们去的时候，站在江边往前看，什么也没看到，但也算完成了一桩心愿，就是我们到过江边了。

因为现场空间有限，家属们只能一车一车轮流地来，他们大多数是胡先生这样的中年人和青年人，“东方之星”上老年乘客的儿女。他们在现场点燃香支，摆上鲜花和祭品，朝着南方，也就是下游沉船的方向哭诉。

祭品当中有几个苹果压着一张卡片，上边写着：“爸爸妈妈，想你们，回家吧。”

胡先生说，虽然自己已经成家立业，但现在才知道，没有父母，自己还不能撑起一片天。

胡先生：那时候，我妈妈在家里还整天跟我说，“哎呀，现在独生子女政策放开了，你只生一个女儿，将来太孤单。”她希望我再生一个儿子，她说“你怕什么呢？妈妈身体这么好，你去买学区房”。现在我女儿上小学了嘛，所以，我到城里去买了一个学区房，现在还在装修，我妈妈说，“你不用怕，不用担心，什么事情都有妈妈帮你撑着的。将来你的小孩去读小学，我天天去接送，想要小孩你尽管生，生下来我来帮你带”。她其实很想有一个孙子。真的，现在我特别彷徨，我真的不知道以后生活该怎么办？再有了小孩子该怎么办？虽然说我长大了，现在也是一家之主，为我的妻子、我的孩子撑出一片天来。但是，真的当自己失去父母的时候，才发现我这一片天，是根本撑不起来的。这是因为父母帮我们把这个天已经全部撑好了，所以以前我们才会感觉到我们的生活是这么轻松。

胡先生的姐姐带来了老人们生前最喜欢的衣服和鞋，希望他们能漂漂亮亮地离开。

图书在版编目（CIP）数据

奔跑中的回望 / 王磊执行主编 . -- 北京 : 团结出版社 , 2019.1

（用声音记录中国 / 高岩主编）

ISBN 978-7-5126-6924-6

Ⅰ . ①奔… Ⅱ . ①王… Ⅲ . ①中国经济－经济发展－研究②社会发展－研究－中国 Ⅳ . ① F124 ② D668

中国版本图书馆 CIP 数据核字 (2019) 第 027218 号

出　版：团结出版社

（北京市东城区东皇城根南街 84 号　邮编：100006）

电　话：（010）65228880　65244790

网　址：http://www.tjpress.com

E-mail：zb65244790@vip.163.com

经　销：全国新华书店

印　装：三河市宏盛印务有限公司

开　本：165mm × 240mm　16 开

印　张：68.5

字　数：1142 千字

版　次：2019 年 1 月　第 1 版

印　次：2019 年 1 月　第 1 次印刷

书　号：978-7-5126-6924-6

定　价：150.00 元（全三卷）

用声音记录中国

高　岩 主编

深度调查卷

迷局中的追踪

执行主编　刘　钦

团结出版社

用声音记录中国 · 深度调查卷
《迷局中的追踪》

出版前言

广播究竟可以怎样?

1996 年，我从中国人民大学哲学系硕士毕业进入中央人民广播电台，新闻和广播都是零基础。我的第一个广播作品，题目是“中国传统文化的现代化问题”，主任看到文稿的第一感觉想必是有些“惊诧”，担心这学生今后如何培养。那场景的尴尬令我把那个题目清楚地记到如今，在广播这个行当里摸爬滚打时间越久，我便越发能想象他肯让那篇既无新闻由头、又没有生动案例、似论文非论文的“录音报道”播出去，需要怎样的包容。

2000 年，由我主笔的纪念中华人民共和国成立50周年的作品《天安门的记忆》，获得了中国广播电视新闻奖一等奖，文稿被刊登在《中国广播报》头版，一整版。广播报编辑送来报纸的时候坦率地说:“这节目听着那么好，看文字好像没什么啊。”又一次尴尬。但也大概正是从那时起，我清晰地意识到，在各种传播方式当中，音频有其独特的规律。

此后的职业历练中，我曾经关注过音响与广播作品的意境创造，关注过如何通过控制节奏创造作品的风格，关注过音频调查报道与文字、视频的异同……但是随着广播频率不断扩容，尤其是2008年开始的新闻广播全面提速，这些问题成为“细枝末节”。中国之声靠海量信息和快速反应确立了自己的市场地位，在一个七八年的新周期里，一大批视野开阔、头脑灵活、综合素质很高的新生代广播人，通用的表达方式是文字资讯和电话连线。在那个阶段这是再正确不过的选择，就像当年窑洞里的延安新华广播电台，首要的任务是信息传播。

但历史总是螺旋式上升的，当所有传统媒体在移动互联网的飞速发展面前失去了信息传播的速度优势，对传播品质的追求成为专业媒体人不约而同的目标。文字、声音、影像，不同传播方式的“特性”反倒在追求品质的过程中日益得到凸显，大众的归大众，专业的更专业。

遗憾的是，由于传播学教育中音频专业的薄弱甚至缺失，加之广播人对声音本身关注度的断断续续，在音频创作上走弯路的远非我这样一个非科班出身的人。2015年年底，中央人民广播电台在台长的率领下，以前所未有的规模和力度投入声音纪录片《致我们正在消逝的文化印记》的创作。这是一系列纯声音的产品，我们采制了大量的音响，启用了做广播特写最有经验的老编辑，调集了最优秀的播音员和录音师……第一期作品出炉，作为主创的一名年轻记者在录音棚里眼眶湿润，感慨“广播原来可以这样”，其实这已是她从名校新闻专业硕士毕业、在中国之声工作的第五年。

广播究竟可以怎样？这正是我们这套丛书所试图呈现的。声音传播确有其自身的特殊性，它能够在传递主体信息的同时，以独特的方式唤起回忆、构建画面、引发联想、激发情感、触动思考，因此音频创作有其自身的规律。这套系列丛书是从中国之声近十年的节目中选出的250多个优秀样本，文本配合可以扫码收听的音频，可以原原本本地展现创作者的思维过程：怎样运用采访对象的音响、环境音响、音乐音效，如何通过文本的结构实现音频的节奏……我想，无论对于音频从业者还是学界研究者，这都是一个现实的、高水准的、丰富的案例库。

音频有规律，又无定法。入选这套案例集的作品，除了专业水准，也照顾到了作品类型，更看重突破创新。读者从中可以看到前文提及的《致我们正在消逝的文化印记》这样的声音纪录片；可以看到首次将新闻与广播剧结合的新闻广播剧《遇见海昏侯》；可以看到向以德行滋养风气的大师致敬的《先生》；也可以看到全程无解说地解读一座城市的《厦门——声音印象》；可以看到两条线索共同行进、形式独特的《麦收时节：双行线》；也可以看到将书信朗读和采访报道相结合的《家书里的中国》等等。由此可以看到，声音表达有多种可能。

当然，所有作品的一个共同特点是全部出自国家新闻广播中国之声。它们首先是新闻，它们以“声音”的形式，真实地记录着时代、社会和人生。在《我的高考》《再回1976的唐山》里，你听到的将是一部部口述的历史;《深度调查卷》为你展开的则是优秀的广播调查记者，在十年的跨度中刻录下的活生生的社会现实，其复杂、精彩，远超时髦的“非虚构写作”。一转眼，其中很多现象已经沉淀为历史，其中很多细节仍令人唏嘘。

尽管听觉在获取信息的效率上低于视觉，但它是唯一不影响人体其他器官使用的信息接收方式。这种独一无二的“伴随性”，不仅使广播一直拥有庞大的受众基数，也使其成为互联网强烈冲击下最坚强的传统媒介。在世界各国不同的传播环境下，广播市场普遍表现稳健，甚至呈现一定的上升势头。正因如此，音频已经成为当下传媒界普遍关注的领域。这套案例集的出版，或许恰逢其时。

编辑出版这套丛书的过程持续了一年多的时间，其间目录不断修改补充，主要原因是我们在实践中不断地有新创意、新作品出炉，我总希望能把最新鲜的、最有代表性的、最有参考价值的作品收录进来，送给在音频世界中探索的同行，送给对音频感兴趣的学子，也送给我们自己。

昨天，我们把广播做成了这样，明天我们可以将广播做成怎样？

高 岩

2018年6月

序

用初心唤醒初心

盛夏时节，山西和顺，吕鑫煤业露天煤矿滑坡事故现场，荒凉，灰茫，一个陌生人走到记者肖源面前："你是不是在采访？想了解事故的什么情况？上我们的车。"此前，这辆车跟踪了他许久。荒郊野外，上还是不上？

高考前夕，湖北蕲春，有人在学校兜售高考作弊工具，记者刘黎黎和陈振玺闻讯赶去。这是借机诈骗还是真有作弊团伙？三千块钱一块"作弊橡皮"，买还是不买？

7月中旬，河北沽源，如深秋一般，正午的最高气温不过28摄氏度，记者肖源和孟晓光花两天时间探知镇党委书记为女儿办豪华婚礼宴会地点之后，犹豫了！播出之后，书记肯定要被撤职，百年好合的喜事将变坏事！报还是不报？

毕业季，北京复兴门外大街2号，我们的4008000088新闻热线频繁响起，山东的学生打来电话，在高职高专院校的他们被安排去富士康以实习之名超负荷打工。此前一个月，中国之声报道过江苏等地院校的相同情况，同样的选题，记者吴喆华在思考，去了还能做出新意吗？

临近年末，刚采访完辽宁岫岩县养老金莫名中止发放，记者任梦岩和管昕就接到一封来自当地的匿名举报信《辽宁岫岩瞒报洪灾死亡人数》，并附上了40多人的遇难者详细名单。2012年的事，4年过去了，其间没有任何动静，瞒报可能发生吗？山路难行，去还是不去？

纠结，观望，反复，取舍，这是中央人民广播电台中国之声特别报道部记者的日常，现在，这些日常有幸以白纸黑字的方式呈现在您的面前。

这本书里的文字，都曾是电波中的声音。从2009年到2017年，跨度8年，一字一字在中央人民广播电台中国之声《新闻纵横》节目中响亮播出过，播出时长五分钟到七分钟。我听过全部节目，还见证过其中58篇报道的诞生全过程。很巧，记者采制这些稿件一般需要五天到七天，一天的采访化作一分钟的录音，响在听众耳边，现在又按播出时的格式原汁原味地转化成每篇两千多字的稿件，并新增了节目之外的记者采访感言。

如果您关注新闻，翻开目录会发现，不少篇目都曾引领过舆论热潮，当然也有一些稿件放到如今的客户端只会被粗略地看个标题，或许大家的耐受力都提高了，关注的焦点也变了。

在这样一个热点转换极快的时代，我们为什么愿意花一周甚至更长时间去生产一篇报道；在这样一个追求“爆款”的时代，我们怎么继续坚持选题原则和采制标准；采访过程中，埋头写稿时，记者们在想什么？书中有部分答案，有些，我们还在寻找答案。

在讨论内容还是渠道为王的下半场，只想说，“新闻没死”，肩负“澄清谬误，明辨是非”职责的调查记者还在。用我们的初心唤起某些人的初心，不让党和政府的形象蒙尘，我们还在路上。

我怀着自豪和敬意写下上面这些文字。在这样一个注意力稀缺的时代，由衷感谢您打开这本书。如果您能因为我的这些文字再细细读一篇、两篇、三篇，甚至更多，并以此能激发您对记者们的敬意，我将无比欢畅。

刘　钦

2018年6月

目　录

陕西镇巴县修路集资挂钩干部工资
村民不交钱被带走参加法制培训班

按语：

这个关于修路的采访，花了4天时间在路上：坐了很久的车，又爬了很久的山。走访事件涉及的3个村、数十位村民，再向政府部门求证、核实，又连夜赶制录音报道，还好过程没有预想的艰难，而且接触的人也令人难忘。一个国家级贫困县，从村民盼修路，到筹集资款难，再到被扣退耕还林补偿金，甚至被强制上“法制培训班”，报道也许没有尖锐地突出某个环节，但至少还是力争将一系列矛盾逐层展现。后来听说有在交通部门和农村工作的人认可报道的的客观、平衡和写实，这对我来说是很大的褒奖。乡土中国，很多事不是简单的黑与白、善与恶。能从不同人的“苦衷”之中明一个“理”，或许才是有力量的观察。

作者：白杰戈

播出时间：2009年11月12日

汉中市镇巴县位于陕西省南部的大巴山区，是国家级贫困县，一些村庄至今都还没有通公路。今年（2009年）是镇巴县的“交通建设年”，但是期盼修路多年的村民却高兴不起来，因为他们每人都要交1 000多元的集资款。请听央广记者白杰戈发自陕西省镇巴县的报道：

从210国道进入镇巴县泾洋镇，要去草坝、何家营等村庄，只能下车步行上山。山上没有医院，迎面有村民用竹竿抬着生病的妇女走过来，脚下是他们多年踩出来的羊肠小道，有的地方甚至没有路，只是大石头和烂泥滩。一路上要几次踩着石头跨过溪水，下雨之后，很容易滑进水里：

（滑进水里的声音）村民：哎呀！鞋都湿了。

村民说，雨季的时候，这里还有人被雨水冲走。这样一路爬上海拔1 600米到2 000多米的农家，由于山势陡峭，即便是从小就走这条路的年轻女孩，也觉得不容易：

村民：每次走了这条路，脚都要痛好几天。

女孩说，小时候翻山去上学，来回要走三个小时，这样的学生还不少。由于花在路上的时间太长，学校一天只能安排四节课。有视力受损的孤寡老人下山赶集，要带上被子，以便夜里睡在路上：

老村民：我下山赶个场，往返要三四天。

今年，改变现状的机会来了，泾洋镇镇政府决定修路。前天凌晨，记者搭乘一辆四轮柴油车走过这条已经在早年形成土路的松何路，二十多公里的路程花了两个多小时，柴油车在路上行驶的声音也许能反映它现在的坎坷和曲折。（颠簸声）

然而，渴望修路多年的村民，在修路集资的问题上产生了分歧。草坝村和李家坪村的部分村民表示，松何路离自己家并不近，走山路到达松何路的时间，比步行下山到达县城的时间还要长，他们不想走松何路，因此不愿意参与集资；也有村民表示，集资数额太大，无力承受。

村民：群众的观点就是，集资修公路是好事，但让大家少交一点儿集资行不行？

根据泾洋镇提供的数字，松何路全长 25.7 公里，把它铺成 3.5 米宽的水泥路，每公里造价至少 42 万元，中央和省级财政的补贴仅每公里 20 万元，整条路的建设资金，还有 500 多万元的缺口。经过调研，镇政府决定向三个村的近两千名受益村民集资，最初的计划是每人 1 700 元左右，根据村民的意见，下调到平均每人 1 200 元。除了个别五保户之外，从小孩、青壮年到老人，都在需要交纳集资的范围之内。

然而对于大巴山区的村民来说，一家人一年的纯收入很可能还不到 1 000 元：

村民：一年的纯收入，达不到 1 000 元的农户还很多。

记者：如果要交 1 200 元的话，是不是就意味着一年的纯收入都没了？

村民：对，现在人均要交 1 200 元，老百姓都无法生活了。

泾洋镇党委书记魏强也坦言，制定这一标准的时候，已经意识到群众的困难：

魏强：肯定会有一定的难度，我们有充分的思想准备，我们知道在征集资金的过程中会出现很多问题，有的群众能够支持，有的群众也有抵触情绪，甚至还有一部分群众由于家庭困难，交不出这笔钱，这都是我们预料之中的。

尽管如此，集资还是如期进行了。今年 4 月，部分村民接到通知，在集中的几天去信用社领取自己的退耕还林补偿款。村民刚拿到钱，等在一旁的村镇干部就让他们交出一部分钱作为修路集资款。记者看到的几张收据，金额从 300 元、500 元到 800 元不等。村民形容说，当时“不给不行”：

村民：你不给还不行，他们从我手里直接拿走的。

记者：这个存折里有什么钱？

村民：退耕还林补偿款和粮食直补款。

不过，泾洋镇镇长李忠华表示，用退耕还林补偿款交集资，并不是强制性的。

李忠华：必须是他们自愿的前提下才交的集资。

记者：您的意思是通过村镇干部去做村民的思想工作，说服他们这么选择，而这并不是强制？

李忠华：没有强制，强制是行不通的。

但他也承认，有的村民并不是心甘情愿地交钱。

李忠华：可能还有一些人，他尽管交钱了，但心里还是有点儿不太情愿，在所难免吧。

还有村民反映，因为自己没有交集资款，被人强制带走了。64 岁的黄老汉一家 6 口人，一共需要交 7 200 元的集资。

黄老汉：他们强行来收集资款，让我们一家 6 个人交 7 200 元，我们没办法筹到这笔钱，他们就把我儿子黄国华带走了……

黄老汉的儿子就是被带走的人之一。几天后再见到他儿子时，黄老汉忍不住伤心：

黄老汉：我最近一直没见到他，今天才见到……（抽泣）

根据记者向村民和镇政府印证的说法，一共有 11 人被带走参加法制培训班。记者见到了其中的 6 个人，他们说，除了学习法律知识，培训班还有他们不能接受的地方：

村民：限制人身自由。

记者：怎么限制人身自由？

村民：被罚站，把我们身上的东西都收走了。

记者：什么东西？

村民：手机、钱、烟、自己带的食物等等这些东西。

在离开的时候，他们还被要求承认错误并按手印：

村民：写出自己的错误。

记者：比方说什么样的错误？

村民：未及时交纳公路集资，跟干部争论……

记者：跟干部争论也是错误？

村民：对。

记者：承认错误，然后保证在规定限期内把钱交齐？

村民：对。

记者：写完之后要在上面按手印？

村民：嗯，要按手印。

记者：是让你们主动按手印吗？

村民：被强行拉去按的。

泾洋镇党委书记魏强和镇长李忠华说，法制培训班是汉中各县都在开展的活动，根据村民的表现确定参加的人选，这与交不交集资款无关。培训班有正常的作息时间，不会不让村民睡觉和吃饭。而对于限期交集资款并按手印的事情，他们表示：

魏强和李忠华：这个情况我们还不清楚。有可能是他们学习完之后在写认识的时候主动表示了交集资款期限的问题。

镇巴县县政府办公室副主任崔慧勇介绍，由于上级财政对通村水泥路每公里 20 万元的补贴政策截止到 2009 年，为了抓住时机尽可能争取资金，镇巴县把今年定为“交通建设年”，集中上马了一批道路建设工程。但是作为国家级贫困县，除了上级财政的资助，本地很难再有资金投入。在网络论坛上，除了泾洋镇，镇巴县的简池镇、巴庙镇等，也有村民反映修路集资的问题。

今年 9 月 26 日的《汉中日报》报道，镇巴县在乡村干部发动群众参与建设、出资、出力等方面与奖金、工资待遇挂钩。记者采访到的三位村镇干部都表示，因为自己没有完成集资任务而被罚款，包括泾洋镇党委书记魏强和镇长李忠华：

魏强和李忠华：我们俩带头，都被扣钱了。

记者：扣了多少钱？

魏强和李忠华：接近 700 元。在六月底半年考核时扣的。

魏强介绍，对干部的奖惩纳入乡镇财政，不是只针对集资款这件事。他不否认，这样与经济挂钩的奖惩可能造成了村镇干部集资工作的方式、方法问题，但他也强调基层干部的工作难度大，针对村民的各种诉求，泾洋镇有分步解决的计划，希望得到村民和外界的理解。

国务院发展研究中心农村部副部长徐小青认为，在现实的两难困境下，需要政府多想办法筹措资金，加大投入：

徐小青：从道理上、从本质上讲，因为我们在农村地区的基础设施建设的投入太少，而且欠账非常多。按道理说，这应该是政府负责，但是政府财力也有限。不管是中央还是各省，能不能多做一些雪中送炭的事情，多想点儿办法，加大国家的基本建设资金的投入。

前天凌晨1点多，还有村民在记者经过的路边等候，既反映对高额集资的不满，也表达对修路的强烈需求。一位乡镇干部私下对记者表示，面对各种矛盾，也想过放弃修路的计划，把集资款还给村民，这样就少一些困扰。但是，这毕竟不是长远的解决办法。面对政府和村民双方面的资金短缺，贫困山区的路，在何方呢?

后来：

报道播出后一小时内，陕西省委纠风办向中央人民广播电台来电了解情况。当地政府表态将重新搜集村民意见再做决策。中央电视台新闻频道在当天引用录音报道并连线记者跟进事件的进展。

投资 1 500 万使用不到两年

“短命小学”将拆除被指“大手笔”

按语：

“十年树木，百年树人”，政府的规划朝令夕改、“互相打架”，在祥坂小学的命运中扮演着“指挥棒”的角色。节目的播出让祥坂小学教学大楼得以保存，当地政府调整了原有的拆迁规划：原大楼被用作“中央商务区办公室和建设指挥部”，但祥坂小学的学生们依旧没能逃脱被再次搬迁的命运，这一离开便是七年。节目播出时并未使用“史上之最”的字眼，但稿件在网络传播中，祥坂小学被冠以了“史上最短命小学”的称谓。

记者：李谦

播出时间：2010 年 1 月 26 日

福州市台江区宁化祥坂村 157 号——祥坂小学所在地。一尘不染的白色墙体教学楼，整修一新的操场，红绿相间的塑胶跑道，即便外人，也不难看出这是一所刚刚修建好的学校。四年级二班学生卢玮婷的爷爷告诉我们，孩子们刚在新教学楼上了一个学期课，现在通知又要搬走了，不知道今后怎么办？请听央广记者李谦的报道：

祥坂小学已有 100 多年的历史，在附近算小有名气。原来的老校舍只是一幢两层的小楼，非常陈旧，甚至一度成了危房。在当地几届人大代表的不断呼吁下，台江区区政府终于决定投巨资将学校彻底翻新。祥坂小学校长孙明龙介绍：“等于是把旧的教学楼全部推掉了，在原来的地方新修的这所学校。”

在中国建设招标网站上记者看到：祥坂小学教学综合楼工程投资 800 万元；运动场的人工橡胶跑道工程投资 150 万元。孙校长证实，工程总投资 1 500 万元。在祥坂小学运动场地施工工程招标公告上记者还看到，祥坂小学运动场地施工工程由福州市台江区发展计划局批准建设，日期编码是：台政计［2005］024 号。

记者：政府财政拨款是1500万元?

校长：所有的项目加起来最后是这么多。

盖新教学楼的一年多时间里，学生们被安置在一处临时活动房里上课。至今家长们说起孩子曾经在过渡房里读书的日子还心疼不已，家长毛凯文告诉记者："那个临时的活动房都是铁皮屋，屋子的屋顶等都是铁皮做的，夏天的时候太热，很多小孩子都中暑。"

在临时房里度过一年多，学生们终于在2008年9月盼来了一所崭新的校园。五层高的新教学楼一共有32间普通教室，10间专用教室，1间多功能教室。其中校舍面积8 150平方米，人工塑胶操场面积3 401平方米。

新校舍让所有的学生、老师欣喜不已。六年级一班的学生周威说："现在的学校很好，还有塑胶跑道，以前的学校连运动场都没有。"教语文的陈老师也很满意新的办公环境："现在老师的办公室还有中央空调，刚建好的小学不管硬件、软件等都是很不错的啦。"

附近的居民告诉记者，2008年9月10日教师节当天，新校舍的竣工剪彩仪式十分盛大，即便在家里他们也能听到学校传来的锣鼓声。陈秀清的儿子已经在读初中二年级了，当天也被请回母校参加鼓号队的表演，她回忆：那天剪彩，儿子母校的老师让孩子回去参加表演，打鼓的孩子有几十个。儿子回来说，学校这次变化很大，变得非常漂亮了。

2009年9月，学校的操场、绿化等配套设施全部完工。但是就在这个时候，传来了拆迁的消息。台江区教育局局长黄英明说："这儿是一定要拆掉的。这是我们福州市沿江这个地方最好的一个中央商务区。这是市政府的重点工程啊。听说这个地方将会变得非常美丽，这也是福州的品牌，世界之最的一角。"

记者：那就损坏这一块?

黄英明：当然，这一片儿全部都要拆掉。

在距离祥坂小学不到500米的拆迁办指挥部里，墙上贴着一张图纸，上面写着“闽江北岸中央商务中心拆迁范围示意图”。祥坂小学正处于中间很显眼的位置。

刚建好的学校就要拆，家长们不能理解：“这么好的学校要拆了，真的想不通。”学生家长毛凯文说，他的儿子现在在读四年级，这次要是再搬走，等新址落成的时候，孩子也该小学毕业了。一共6年的小学时光，孩子在学校外就读了近4年的时间。

祥坂小学校长孙明龙介绍，就拆迁问题，学校已经和家长进行了几次沟通。12月18日，学校发出了“致学生家长的一封信”告知家长拆迁情况；四年级二班学生卢玮婷的爷爷则参加了最近一次的沟通会，他回忆：“区委跟我们交代说，‘这个学校肯定要撤。你们要转学的，台江区以外的学校不能保证，台江区内的学校我们可以联系。剩下的要搬到闽江学院借给祥坂小学的叫春华楼的地方去上课’。”

经过政府规划批准，投资1 500万元刚刚落成的祥坂小学为何会面临被拆的命运？附近的一位居民毛秀贞的话引人深思：“以前这个学校是破旧的，好不容易建成一所这么好的学校，目前是附近这里最好的一所学校。现在就这么拆毁了。要是合理开发、充分利用资源，浪费的这些钱都可以建几十所山区贫困小学了。”

两年前经政府规划批准，投巨资翻新校园，刚刚建好又重新规划，为建所谓重点工程责令拆除，有关部门的规划为何朝令夕改？资源的浪费由谁来买单？记者将继续调查采访。

后来：

百年学校——祥坂小学称得上命运多舛：2010年搬迁到闽江学院，七年后（2017年）又搬回到原地址，并正式更名为台江区教师进修学校附属小学。

高毒农药在海南仍有销售
问题豇豆为何毒源难除?

按语:

关于食品安全的调查报道，其影响经常是爆炸性的，但采访难度通常也很大。这是一篇追踪第二落点的报道，盖子已经掀开，信息铺天盖地，相关方的警惕性自然会让采访难上加难，我和我的同事正是在这样的背景下取得突破的。调查从田间地头被丢弃的一个个破碎的农药瓶开始。

作者：白宇、陈俊杰

播出时间：2010年2月28日

2010年1月25日至2月5日，武汉市农业局在抽检中发现来自海南省英洲镇和崖城镇的5个豇豆样品水胺硫磷农药残留超标，消息一出，震惊全国。近日，全国各地加大对海南豇豆的检测力度，又有多个地市发现海南豇豆残留高毒禁用农药。海南各级农业主管部门为此展开专项调查，至今尚未发现违规销售高毒农药案例，但记者深入调查后发现，水胺硫磷、甲胺磷等高毒农药在海南仍有销售。请听央广记者白宇、陈俊杰从海南发回的报道:

海南省乐东县是海南豇豆主产区，种植面积共有7万亩左右。在乐东县冲坡镇抱旺村的豆角产地，记者在一段不到100米的田头就捡到多个高毒农药的空瓶，其中包括甲胺磷和水胺硫磷。而早在2004年，海南省就已经明确立法禁止在省内销售和使用这两类高毒农药。当地农民告诉记者，这些农药就是从附近的农药店买来的。

记者：药店有卖的吗?

农民：有。

记者：好买吗?

农民：好买啊，哪个药店都可以买到。

记者：不是说都不让用水胺硫磷了吗？

农民：他们偷着卖的。

知情人告诉记者，这些高毒农药在农药店的柜台上是看不到的，药店老板们明知道卖这些药有风险，但因为成本低，利润高，一直都在暗中销售，但只把这些药卖给熟悉的农民。

记者跟随一位买农药的农民来到镇中心的一家农药店，在药店的马路对面，记者观察到，农民和店主简单说明来意后，店主离开了一会儿，几分钟之后，农民便从这家店里买到了2瓶水胺硫磷，记者看到药瓶上清晰的印有“高毒”的字样和警示标识。

记者：一瓶多少钱？

农民：9元。

发稿前，记者致电乐东县农业局农业执法队陈队长，他告诉记者，乐东已经在全县范围内展开检查，但由于销售渠道的隐蔽，到目前为止，他们还没有掌握有关农药店销售高毒农药的报告。

事实上，除了像水胺硫磷这样的农药在暗中销售外，记者在走访中也发现，像甲胺磷这样的高毒农药甚至摆在了柜台上明码标价销售。崖城镇拱北村的一家药店店主告诉记者，一般浓度不超过30%的甲胺磷就不算高毒农药，是可以公开销售的，执法部门也不会查处。

记者：30%是什么意思？

店主：意思是低毒的。

记者：这个可以卖吗？

店主：可以。

记者在田间走访的结果印证了店主的说法，在崖城地区，记者在田间的药瓶上找到了答案。

记者：我看看你那药瓶是哪种？

店主：这个是高毒农药甲胺磷，这个打下去马上农药浓度就超标了，蔬菜禁止使用这个的。

那么，真的像店主说的那样30%浓度的甲胺磷可以销售？海南省三亚市农业局农业执法支队副支队长邢孔文：

甲胺磷、氧乐果、水胺硫磷不管浓度多少都是不允许销售的、禁用的，而且都要没收、处罚的，罚款不能低于3万元，最高10万元，同时吊销营业执照，还要移交公安部门拘留。

但崖城也同样面临着查处难的问题，三亚市崖城镇副镇长陆仁政表示，他们知道崖城有农药店销售禁用农药，但从2004年至今，始终没有查到过。三亚市农业局农业综合执法支队副支队长邢孔文也向记者表示，三亚市农业部门至今尚未查到农药店销售高毒农药的情况。

高毒农药的存在、流通和使用让海南当地的农民、代购商等都和外省货商蒙受了不小的损失。三亚农业部门对武汉市农业局曝光“问题豇豆”的做法感到特别不理解，他们认为对方不应该这样做。

三亚市农业局农技服务中心检测员：这个是职业道德的问题，对这种事情曝光等于自作自受。他们那边的“问题豇豆”进入三亚市，我们都没有公布。

记者：就是说如果你们对外省的蔬菜水果去做定量检测也能测出农药超标？

检测员：对啊，像冬、夏季的小白菜、大白菜呀，我们也能测出来，有机磷经常也是超标的，这个我们一般就内部通告。我们一直以来都不对外公布。

记者：不对外公布？

检测员：说实话这个行业，大家相安无事就好。

记者：是行业秘密？

检测员：嗯，对。

三亚市农业局综合执法支队副支队长周庆冲：

太不讲人情了，你报道这件事情是不给我们三亚市面子，也是不给农业部的面子。他们可以内部通告啊，应该先给我们打个招呼，我们也好有个心理准备，做到心中有数。

海南“问题豇豆”备受关注，但高毒农药依旧能轻松买到。海南省已经展开大检查，但三亚、乐东等地农业执法部门依旧没有查到违规经营的农药店。

在食品安全的问题上，到底是应该内部沟通，还是应该让公众知情，二者之间我们究竟该如何选择呢?

后来：

报道播出后，人民网、新华网、新浪网、搜狐网、凤凰网等数百家网站对此进行转载并发表评论，中央电视台采用记者稿件并邀请记者连线讲述采访相关情况。

农民将收购的豇豆装车

卖不上价格的豇豆被丢弃在田边

禁止使用的农药水胺硫磷药瓶

高浓度甲胺磷药瓶丢弃在路边

记者在乐东冲坡镇买到的水胺硫磷

禁止使用的水胺硫磷的农药瓶丢弃在田边

农民在市场等待货商收购豇豆

富士康员工“九连跳”
谁是罪魁祸首?

按语:

2010年，富士康员工接二连三的跳楼事件引发了全国，乃至国际媒体的关注。采访之前，我担心一连串跳楼事件会给富士康员工带来阴影，采访难度会很大。但出乎意料的是，厂区非常平静，就像什么事情都没发生一样，员工行色匆匆，年轻稚嫩的脸上看不出任何异样，生活和工作轨迹并没有偏离。谈起跳楼事件，他们说，生死是个人的选择，与别人无关。厂区大门口，每天仍有数千名年轻的应聘者在排队等候面试的机会。悲剧的原因在哪里？新一代农民工抗压能力差、企业的工作强度大、地方政府城市设施配套不完善……这些焦点已经被此前的媒体报道全部覆盖。出现了这么多问题，年轻人为什么仍然对富士康趋之若鹜？亲身体验是最好的采访。我向富士康提出了参观厂区和生活区的要求，出乎意料地获准了。之后看到的一切，颠覆了我对媒体所描述的“血汗工厂”的印象，然而问题却变得更加复杂。

作者：陈俊杰

播出时间：2010年5月17日

全球最大的电子产业专业制造商富士康公司，因在半年之内发生九起员工跳楼事件，造成七死两伤的悲剧而被推到了舆论的风口浪尖。在关注悲剧本身的同时，人们更将目光聚焦在了“九连跳”的背后，是什么让九个年轻的生命选择了与世诀别？我们对此展开了调查。请听央广记者陈俊杰的报道：

流水线上的机器?

2010年5月16日，“九连跳”事件后的第三天，我们赶到了富士康深圳龙华科技园。

凌晨1点，科技园南门。

门前的台球桌旁围满了打球的年轻男女，他们脸上稚气未脱。他们统一着黑色半截袖衬衫，胸前“富士康科技”的字样，证实了他们的身份。

第 9 起跳楼事件并没有影响他们的兴致，大家玩兴正浓。

“那些是由于他自己的原因，不是我们厂里的原因。”员工小赵说，这是自杀者自己的事情，影响不到他们的生活。

一连串的跳楼事件在富士康 40 多万名员工中并没有引起太大的波动。不过，员工们也在反思跳楼频发的原因，员工小刘认为，跳楼自杀是因为公司漠视了员工的需求，缺少关心，员工压力无法释放，最终压垮了脆弱的“90 后”。

“坠楼事件都是心理压力造成的，它（公司）从来不了解员工有什么压力。”小刘说。

“公司了解你们需要什么吗？”记者问。

“从来不过问，它就是为了自己的利益。”小刘带着抱怨的语气。

小刘认为是公司一味追求产量至上的制度有问题：“那些管理人员对员工施加的压力太大了，如果没达到规定的产量，就强迫员工加班。”

员工小张说，累得受不了：“一般加班到十一二点，每个月加 100 多个班，很多人受不了就辞工了。”

已经辞职的小马说，他们就像机器。除了公司的制度问题，基层管理人员粗暴的管理方式也让员工的压力无法释放。

“领导他会解决什么？除非领导和你关系好，他又不是你最好的朋友，也解决不了什么问题。”小刘认为，富士康的管理层太冷漠。持有小刘同样观点的员工不在少数，甚至有人指责富士康是压榨员工的“血汗工厂”。

为什么加入“血汗工厂”？

尽管自杀事件频发，但依旧没有阻止外来年轻人进入富士康工作的期望，每天仍有数千名年轻的应聘者在富士康门口排队等候面试的机会。

“对我们没有影响，是他们自己想不开，想通了就什么事儿都没有了。”应聘者一边排队等候面试机会，一边冷静地谈着最近发生的一连串事件：“作为普通员工你不可能考虑这么多，不能说因为这里有人跳楼了你就不去了。”

跳楼的确没有影响招工，富士康新闻发言人刘坤说：“每天大概有一万多人排队，最多的时候有2万多人，甚至导致交通阻塞，有的年轻人要在这儿排好几天队。”

富士康吸引年轻人的原因到底是什么？

“经济收入保险一点儿，按时发工资。”

“包食宿。”

“医疗、社保都有。”

应聘者们七嘴八舌地回应。

28度的车间

应聘者心目中的富士康到底是怎么样的？我们获准进入园区参观。

从园区南门进入，映入眼帘的是一条四车道的马路，路的两边停满了车，马路两边还有超市、饭店、咖啡厅、德克士快餐，甚至还有建设银行、工商银行、邮政储蓄等金融服务机构。

宿舍楼有三个电梯，楼内很干净。一间8人居住的普通工人宿舍，宿舍内是上下铺，7个小姑娘正在休息。宿舍内有独立的卫生间和浴室，还有中央空调，条件和三星级宾馆的标准间差不多。楼下就是食堂，食堂旁有一个标准的游泳池，池内的水清澈见底。

进入生产车间，需要换上工作服，戴上帽子。车间内没有机器轰鸣的噪声，中央空调将温度控制在28度以内，非常舒适。车间的一角，有一间小型图书室，书架上摆着《孙子兵法》、四大名著、张爱玲的《倾城之恋》，也有企业管理方面的书籍，借书记录上写满借书日期、姓名、归还日期等信息。图书室不远处是一间小型培训会议室，里面摆着几张折叠躺椅，这是给怀孕女工中午休息用的。躺椅旁的桌子上摆着各种趣味游戏道具。

“全国最大的网吧，设施齐全，免费上网。深圳最好的足球场，进口的草皮，塑胶跑道。在深圳的企业要是有1个标准化的游泳池就不错了，我们有5个这样的游泳池。”富士康的工会副主席陈宏方颇为自豪，“我们有富士康的企业大学IE学院，为员工提供专业技能培训，还有学历教育培训，和全国 30 多所高校合作，举办学历班，从中专到博士等不同层次的免费学历教育，目前在读的有 8 020 人。”

失效的热线?

嘟嘟……嘟嘟……“您好，员工关爱中心。”

一连串的跳楼事件迫使富士康重视员工的心理问题，为此成立了“员工关爱中心”，为员工提供心理咨询和安抚工作。热线自从 4 月底开通以来，每天都能接到近百起咨询电话，咨询的内容大多是情感方面的，也有工作方面的。工作人员说，大部分咨询都能顺利结案，但也有遗憾的。5 月 10 日，“七连跳”的卢新也曾经给热线打过电话，并接受了安抚，但最终还是选择了跳楼。

但为什么优良的工作环境，优越的居住条件，优厚的福利待遇，都没能遏制住跳楼事件的频繁发生?

在富士康新闻发言人刘坤看来，一个现实是，2.3 平方公里富士康园区生活着 30 多万人，人与人只能侧肩而行，但这不意味着心理的距离会拉近，产生的后果也不是一个企业能预测和解决的。

刘坤：这里面有很多很复杂的问题，你现在还觉得富士康有问题?

错不在富士康，那错在哪儿呢?

破解“魔咒”的钥匙在哪里?

一份“关于加强富士康及周边区域文化体育设施建设的实施方案”摆在林劲松的案头。林劲松是深圳市宝安区龙华街道宣传文化科科长。

“我们也很为他感到担心，明显有问题。”林劲松紧锁眉头。

问题在哪儿?

“企业内部管理问题，我们没有过多的干涉。”在林劲松看来破解“魔咒”钥匙握在企业的手里。

但政府也不会坐视不管。林劲松手中的这方案是龙华街道办按照上级指示草拟的，方案制定得非常具体，包括建议富士康在员工集中居住区安装若干台自助图书机，完善宿舍区文体设施，甚至建议清湖社区建设1个文化长廊、2个建设路径、2个篮球场、2个乒乓球台，完善清湖社区图书馆，新增120种报刊，开展文艺演出。

林劲松：说实话，这个工作相当复杂。怎么样把30万人管理好，让他们有归属感。

龙华街道办的方案十分细致，细化到了建设几个乒乓球台，几种刊物，但这些措施会起到作用吗？有多少人会去图书馆看书？设施会不会变成摆设？

“我们也刚刚开始做，能不能有效还是个未知数。这是一个很大的系统工程。”林劲松也没有太大把握。

一直关注富士康“九连跳”事件的深圳社科院院长乐正认为，应该跳出富士康，跳出深圳，回到打工者的出生地和成长地去寻找原因。

在珠江三角洲地区的代工制造企业中，从20世纪90年代起，外来务工者的工作压力就很大，然而新生代农民工的承受力远不如他们父辈。“可能他们在家里干活不多，跟父辈相比没有吃苦耐劳的能力以及对打工生活的方方面面应对不足。”乐正说，整个社会都应该进行集体反思。

后来：

报道播出后，深圳富士康又接连发生了7起跳楼事件，媒体公开报道的最后一起时间坐标定位在2014年7月27日，“坠楼者”姓康。

因为连续跳楼事件，代工“老板”苹果、惠普及戴尔等公司予以了关注，富士康不得不采取措施应对，并启动了北迁计划。这个深圳第一纳税大户成了全国各地争相招商引资的香饽饽。廊坊富士康、成都富士康、郑州富士康、重庆富士康、武汉富士康等30多家工厂相继落地。但北迁并没有阻止悲剧的发生，在上述富士康工厂也相继曝出自杀事件。

随着AI技术的成熟，机器替代人工成为富士康现实的选择。2017年，媒体开始纷纷讨论，人工智能会让哪些行业最先失去竞争力。

“真凶”自首三年
被错判的“杀人犯”为何依旧身陷囹圄？

按语：

王子发案从被曝出到尘埃落定，历经两个多月。一起冤案，让一个大家族背负了多年的沉重压力，好在还有家人自始至终的信任并愿意为其不停奔波。给我印象最深的是王子发的侄子王欢，当时他正在读大学，由于广西方言难懂，很多重要环节的采访，都由这个坦诚、健谈的大男孩给我当翻译，之后的许多重要信息也都由他来传递，在我的很多调查报道中都不乏这样的“关键人物”。

作者：刘黎

播出时间：2010 年 6 月 5 日

近 9 年前，广西河池市东兰县青年农民王子发身陷一宗命案，尽管他一直不承认曾抢劫杀人，同时还表示自己也身中 20 多刀，也是受害者，但几年后，王子发仍分别被河池市中级人民法院和广西壮族自治区高级人民法院判处死刑和死缓。在王子发失去人身自由 4 年多后，2007 年 2 月，“真凶”覃汉宝自首。一宗命案出现两个凶手，广西河池警方随即立案侦查。2009 年，河池市中级人民法院先后两次组织开庭审理，但“真凶”自首 3 年后，仍然未见判决结果。请听央广记者刘黎的报道：

目前，王子发仍被关在广西贵港监狱，他的哥哥王子山说，王子发的情绪还算稳定，在狱中主要通过织布进行劳动改造。

王子山：他现在比以前瘦了，身体状况大不如前，视力也下降了，小点儿的东西就看不清了。

王子发被抓时，他的儿子才 1 岁多，现在他的孩子已经是小学四年级的学生，和爷爷奶奶一起生活，孩子的妈妈一直靠外出打工养家。王子山说，得知“真凶”覃汉宝自首后，弟弟王子发就常给家里打电话，询问他什么时候才能出狱回家。

王子山：他经常打电话，既高兴又紧张。“二哥，我的事情怎么样了？啥时候能解决？”他经常这样问。我们很难受，只能跟他这样说：“覃汉宝已经自首了，你在里面老老实实改造。”

覃汉宝案的判决将直接导致王子发无罪释放。那么，覃汉宝案为何久拖不判？黄国生已经为王子发做了九年的辩护律师，他说政法部门给的解释是，牵扯两条人命，需要慎重处理。

黄国生：我说应该先审理王子发的案件，后来他们说，王子发的案子应该往后排，覃汉宝还没判决的话，王子发的案件怎么解决呢，证明了覃汉宝是有罪的，才能判处王子发是无罪的。

黄国生说，王子发入狱时，他在自己的手背上刻了“冤枉”两个字，这两个字至今还清晰可见。案发当时，警方拿出几个关键证据证明王子发有罪，但覃汉宝自首后，这些关键证据又被一一推翻。比如，和王子发被关押在同一个监舍的狱友——证人兰福高给民警的报告及证词证实：王子发在看守所和他关在同一个监舍，曾给他一五一十地讲过杀害吴宗谋的事实。而在覃汉宝案开庭时，兰福高又到庭承认称，自己当年并没有听到王子发说杀害吴宗谋一事，之所以编造谎言，是想借揭发王子发来立功减刑。目前，兰福高已经在狱中去世。而覃汉宝的自首，确实使得“王子发抢劫杀人案”发生了重大变化。

黄国生：在吴宗谋临终之前，公安机关问他的堂弟和儿子，他们说，他们听见吴宗谋跟公安说是王子发杀他的，（覃汉宝案）上一次中级人民法院开庭的时候，他的儿子和堂弟又到庭做证，他们也否认了这个事实，又说吴宗谋当时并没有这么说。

黄国生说，警方作为关键证据的一份笔录，他也提出了异议。

黄国生：这份笔录说，他们问吴宗谋杀他的人是哪里的人、叫什么名字？吴宗谋答说是武篆乡拉乐人，是王子高的弟弟王子发。以前他们都说他进了医院后就不能说话了，可到临死的时候他为什么又能说话了呢？那份笔录询问人、记录人写的都是一个公安部门的人的名字。

广西壮族自治区高级人民法院昨天书面表示，对于王子发案，需要对被害人吴宗谋生前陈述及相关证人、证言等证据来源的合法性、客观性、真实性等进行核实、甄别，案件中存在的诸多疑点还没有得到合理排除。

这份书面回复中，对于“真凶”覃汉宝案件是这么表述的：依照法律规定仅有口供不能定案，必须依法取得相关证据，证明口供的真实可靠才能定案。经检察机关补充相关证据和相关鉴定工作，开庭前准备工作已全部就绪，将于近日依法公开开庭审理。记者昨天致电河池市中级人民法院院长李勇，核实开庭信息。

李勇：原来我听说是星期四开庭，因为我出差在外学习已经半个月了，是不是他们改时间了我现在还不清楚，以公告时间为准吧。

王子发的辩护律师黄国生透露，他得到的内部消息是，案件将于下周二在东兰县法院开庭审理，但他还没有得到正式通知。黄国生说，目前覃汉宝已经羁押回东兰，下周一也会把王子发从贵港监狱押到东兰县准备到庭。

黄国生：覃汉宝以前犯过抢劫罪，刑满以后被释放了，因为这个案子又被捕了，被捕以后是关在河池市，这一次开庭应当是在河池市中级人民法院开庭才对，据说已经把覃汉宝押到东兰来了。

黄国生说，他今天应该会去贵港监狱探望王子发。

黄国生：我要去那里和王子发交代一下，”他们押你过来你要有思想准备，时间久了，有些事情你可能回忆起来很费劲，要仔细想一想再说”。

后来：

2010年8月20日，广西河池市中级人民法院签发决定书，同意河池市人民检察院撤回对王子发涉嫌故意杀人的起诉。同一天，河池市东兰县公安局撤销此案。被错判入狱九年，王子发获得人身自由，10天后得到国家赔偿89万元。这是当时国家赔偿冤错案件的最高数额。不过，在王欢看来，叔叔王子发出狱后的生活并不美好，对一身疾病的王子发来说，再次融入社会并不容易。

太子奶陷入商标转让迷局
全球招募是场骗局?

按语:

从 2010 年 6 月到 2012 年 2 月，对太子奶的关注持续了近两年的时间。从行业报道到后来的舆论监督，李途纯和太子奶商标转让迷局的每一步，都成了我的选题。两次去湖南株洲，数次和李途纯的律师团队联系。其实对我而言，行业报道，尤其是涉及行业的舆论监督报道要吃透、采清楚、讲明白，有一定难度。时隔多年，太子奶采访的每一步突破还历历在目。

作者：刘黎

播出时间：2011 年 3 月 30 日

两年前，太子奶还是中国最大的乳酸菌奶生产企业，如今，太子奶却正走在破产重整的道路上。今年 1 月，太子奶全球招募战略投资人，究竟谁会成为太子奶的新主人至今还是悬念。就在太子奶争夺战进入白热化状态之际，记者调查发现，太子奶最有价值的核心资产——太子奶商标正处于申请转让状态中，受让人是曾经在 2009 年租赁经营太子奶的高科奶业（全名为株洲高科奶业经营有限公司）。请听央广记者刘黎的报道：

两个多月前，太子奶宣布全球招募战略投资者，当时有 11 家对它感兴趣的企业到湖南株洲参加了推介会。太子奶破产重整管理人——北京德恒律师事务所律师陈建宏说，招募战略投资者的谈判还在进行。

记者：现在有没有对太子奶比较中意的企业，有表示这个意愿的吗?

陈建宏：有，但是不太乐观。比较难，但跟这个债务倒是没什么关系。

记者：难在哪儿?

陈建宏：因为我刚到株洲，这几天我把工作了解完以后再谈吧。

太子奶目前负债 20 多亿元，除了土地、厂房，最有价值的资产就是它的商标。有权威机构在 2008 年对太子奶著名的“日出”商标进行了评估，给出的价值是

10.8 亿元，而“太子”商标的价值或还在其上，有意接手太子奶的投资者最看重的自然也是太子奶的商标。然而，太子奶创始人李途纯的代理律师王清辉近日向记者透露，太子奶的两大驰名商标“太子”和“日出”早在去年（2010 年）9 月 30 日就被暗地里申请了转让。

早在 2010 年 7 月，太子奶就进入了破产重整程序，谁有权出让太子奶商标？中咨律师事务所韩传华律师在接受记者采访时解释：破产重整管理人如要对商标权等资产进行处置，是有必要的程序的。

韩传华：能不能卖，怎么卖？是债权人会议决定的，根据债权人会议的决议，比如债权人会议说可以拍卖或者转让给张三，具体在卖的时候，你再报告给债权人委员会，如果没有债权人委员会，就要直接报告给法院。

2010 年 12 月 4 日，太子奶召开了第一次，也是迄今为止唯一的一次债权人会议。太子奶的商标如何能在债权人会议召开前，在 2010 年 9 月就被申请转让了呢？如果这一转让真的成功，对于参与竞争的战略投资人又意味着什么？

记者到国家商标局核实，在其内部网站上，“太子”和“日出”确实处于“转让待审”状态，同时被申请转让的还有太子奶的多个商标。转让申请书上“转让人”都是“湖南太子奶集团生物科技有限责任公司”，受让人都是“株洲高科奶业经营有限公司”。第三方代理组织是“北京邦信阳专利商标代理有限公司”。

记者向多家商标代理公司进行了咨询，对方律师都答复，这种状态下，商标完全可能成功转让。

商标代理公司 1：有双方的资质，有商标转让申请书，还有商标注册证复印件或者原件。

商标代理公司 2：转让的话，双方的基本资料要齐全，双方公司都要盖章，营业执照上也要盖章。

记者：要核实的最核心的是什么？

商标代理公司 3：就是公司要盖章，有执照的副本。一般这只是个形式审查，如果形式上都合乎规范，一般都会予以受理，受理以后一般 6 个月左右就会发一个转让证明。商标转让只要合乎规范的就成立清算组，他如果是持有公司的公章，在你公司没有注销的时候，一般商标局是不进行这项审查的，所以这个转让程序还是可以办下来的。

株洲高科奶业经营有限公司具有湖南省株洲市市政府背景，2008 年太子奶资金链出现问题，2009 年初，高科奶业租赁经营太子奶，现在这种租赁关系已经转变成“委托经营、自负盈亏”，高科奶业甚至还成了太子奶的债权人。同时，它还是太子奶的战略投资者之一。那么，高科奶业为何要这么着急地成为太子奶商标的“受让人”？

李途纯代理律师王清辉分析说：“这样做的目的就是在任何情况下都尽可能地降低自己的风险，任何情况包括：有第三方战略投资者真的愿意来战略重整，这个重整就会成功；另外就是如果重整不成功的话，就只能拍卖，像成都那样的，那就是价高者得啦，它又出得起价吗？”

昨天，记者就此事致电高科奶业董事长文迪波，对方说正在开会，随后挂了电话。转让申请书上的第三方代理机构——北京邦信阳专利商标代理有限公司的联系人也拒绝回答记者的相关问题。

那么太子奶破产重整管理人陈建宏对此是否知情？又持什么态度？

记者：有消息说太子奶的商标已经被转让了？

陈建宏：没有，这是不可能的。怎么会出现这种事情呢？法院都查封了的东西怎么能被转让呢？

记者：可我们看到的转让申请书又是怎么回事？

陈建宏：不是随便放一个转让书在那儿就可以转让的。

记者：我们在商标局看到了这份转让书。

陈建宏：我知道，我们也查到了。

记者：那您去商标局提出异议了吗？

陈建宏：我们为什么要提异议呢？它根本就不可能转让出去的。

不管太子奶商标最终能不能落到高科奶业手里，在进入破产重整程序后，转让太子奶最核心的资产，就不该是高科奶业或者是破产管理人能决定的事。那么，究竟是谁为这次转让申请开出了通行证？

2010 年 7 月，株洲市中级人民法院宣布太子奶进入破产重整程序，并指定北京德恒律师事务所成为其破产重整管理人。不管太子奶的商标转让能否成功，能够向商标局递交这样一个申请本身就非常蹊跷。太子奶商标转让申请是 2010 年 9 月底向国家商标局提交的，这个时间，太子奶应该已经归破产重整管理人管理。那么，在这样一个转让过程中，破产重整管理人承担了怎样的角色？李途纯的代理律师王清辉说，早在2010年10月，他们已经把太子奶商标可能被转让一事通知了破产重整管理人。

王清辉：2010年10月，当时事情还没有严重到目前这个状况的时候，还有一些战略投资者对它感兴趣，有一家战略投资者跟我们表示说想要来重组太子奶，他们找了律师做净值调查，一方面让我们提交一些太子奶的账簿，一方面他们也在查太子奶重要的无形资产——商标的许可情况、有效性等等，结果在国家商标局查到，发现已经被转让了。因为当时我们还没有想到自己要再去做进一步的调查，马上就报告给管理人了，管理人就说已采取了制止措施。

记者咨询的所有代理机构都强调，商标转让审核的核心是公司的公章。按照《企业破产法》的规定，太子奶进入破产重整阶段后，公章应该由破产重整管理人保管。李途纯的代理律师王清辉说，公章应该在管理人手里。

王清辉：管理人从来不否认收取了这个公章。

记者：这个公章从来没有到过高科奶业手里？

王清辉：李途纯被抓了以后，管理人进来之前，可能在他手里，这个不排除。但一旦要做管理人，第一件事情就是要收印章、账簿、资产，如果没有的话就该找我们要，否则的话，就要发公告宣布那个公章作废才行。管理人都没做过这些，那公章就肯定在管理人手里。

王清辉分析，如果转让申请书上转让方的公章不是太子奶破产重整管理人盖上去的，那这个公章就是假的，就可能是高科奶业自己盖上去的。

王清辉：除非现在证明那个公章是假的，否则那就是文迪波他自己盖上去的。

究竟是谁要把太子奶的商标转让给高科奶业？双方的协议价格又是多少？中咨律师事务所韩传华律师说，转让价格也不该是秘密。

韩传华：现在已经不是两个企业之间的事情了，肯定是要告诉债权人，你是通过什么来评估、拍卖、竞价的？怎么得出这样的价格？

国家商标局受理转让申请后，一般的流程需要6个月左右，转让公示审理期马上结束，太子奶商标会变成高科奶业的资产吗？韩传华律师说，面对这样的情况，债权人可以拿出行动。

韩传华：债权人应该有权利向法院申请撤销这个转让。

太子奶商标的未来命运如何？太子奶的破产重整会成为高科奶业的独角戏吗？中国之声将继续关注。

后来：

2010 年，李途纯因涉嫌非法吸收公众存款罪被批捕，太子奶从巅峰跌入低谷。2012 年 2 月 13 日，在羁押 15 个月后，李途纯被无罪释放。从 100 万元起步到最高峰 50 亿元的辉煌，从负债 27 亿元的窘境到重获自由，在十几年的时间里，李途纯和他的太子奶经历了数次过山车式的大起大落。

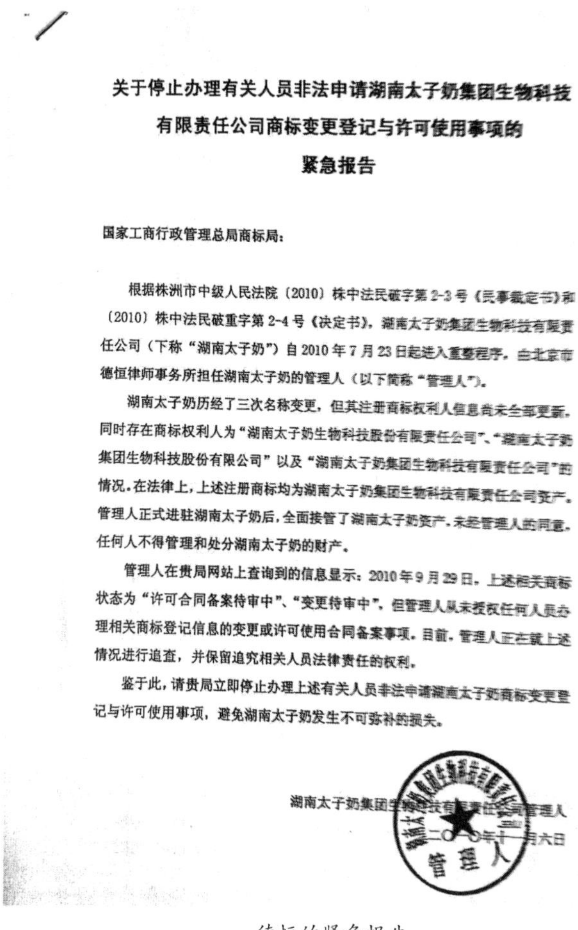

关于停止办理有关人员非法申请湖南太子奶集团生物科技有限责任公司商标变更登记与许可使用事项的紧急报告

国家工商行政管理总局商标局：

根据株洲市中级人民法院（2010）株中法民破字第 2-3 号《民事裁定书》和（2010）株中法民破重字第 2-4 号《决定书》，湖南太子奶集团生物科技有限责任公司（下称“湖南太子奶”）自 2010 年 7 月 23 日起进入重整程序，由北京市德恒律师事务所担任湖南太子奶的管理人（以下简称“管理人”）。

湖南太子奶历经了三次名称变更，但其注册商标权利人信息尚未全部更新，同时存在商标权利人为“湖南太子奶生物科技股份有限责任公司”、“湖南太子奶集团生物科技股份有限公司”以及“湖南太子奶集团生物科技有限责任公司”的情况。在法律上，上述注册商标均为湖南太子奶集团生物科技有限责任公司资产。管理人正式进驻湖南太子奶后，全面接管了湖南太子奶资产，未经管理人的同意，任何人不得管理和处分湖南太子奶的财产。

管理人在贵局网站上查询到的信息显示：2010 年 9 月 29 日，上述相关商标状态为“许可合同备案待审中”、“变更待审中”，但管理人从未授权任何人员办理相关商标登记信息的变更或许可使用合同备案事项。目前，管理人正在就上述情况进行追查，并保留追究相关人员法律责任的权利。

鉴于此，请贵局立即停止办理上述有关人员非法申请湖南太子奶商标变更登记与许可使用事项，避免湖南太子奶发生不可弥补的损失。

湖南太子奶集团生物科技有限责任公司管理人

二〇一〇年十一月六日

德恒的紧急报告

紫金矿业污水渗漏事故重创的不止是汀江

按语：

2010年7月之前，紫金矿业炙手可热。一场暴雨，让紫金矿业成了众矢之的。暴雨冲破了紫金矿业的污水处理系统，将掩盖多年的问题与污水一同冲了出来，之后便是股票停牌、紧急道歉、积极整改。一时间，几十家媒体的记者聚集在上杭，绝大部分媒体都将调查焦点放在了污水池为什么要建在上杭这件事情上，这当然也是必须要关注的。而我则用一周时间聚焦了汀江崩溃的生态系统和被改变的沿岸百姓的生活，这一视角让我接连播发了多篇独家报道。在当地，我们是不受欢迎的人，环保、安监等监管部门视我们如大敌，任何一个信息的核实和确认都要付出极大的艰辛。如何突破？需要的是经验和判断，更需要耐心。

作者：陈俊杰

播出时间：2010年7月20日

2010年7月19日，距离“7·3”紫金矿业污水泄漏事件已经过去了15天，紫金矿业董事长陈景河在上杭县电视台公开向全县人民道歉，表示愿意接受任何形式的处罚。但陈景河的道歉并没有阻止污水沿福建汀江顺流而下，进入广东境内。事实上，更深重的危害并没有随江而去。请听央广记者陈俊杰的报道：

错误的选址

2010年7月19日晚，紫金矿业董事长陈景河的身影多次出现在龙岩市上杭县的电视屏幕中。在长达十分钟的讲话中，他回顾了污染事故的前因后果，并承认公司在管理方面存在的问题。

“我们愿意接受任何处罚，没有任何怨言，只有深深的歉意。”陈景河态度诚恳。

就在陈景河通过电视面向全县人民道歉时，紫金矿业集团网站对外公布，因涉嫌违规披露信息，证监会已对公司展开调查。有关这次环保事故造成的直接、间接经济损失，将在事故调查认定和确定恢复重建方案后对外公布。

不过，记者调查发现，已有相当多证据表明，紫金矿业污水池建在容易发生洪水的同康溪古河道上，这给事故发生埋下隐患。而在事故现场，挖掘机挖出的泥土含沙量很大，甚至还挖出鹅卵石，这样的土质怎么能防渗漏呢？

紫金矿业董事长陈景河承认当年的选址值得反思。这样一个存在巨大隐患的选址工程，却在当年通过了当地环保、规划、勘测等部门的层层审核。对于当年的选址经过，几个部门的负责人都避而不谈。

跨省的污染

有关两次泄漏事故造成的影响和损失的猜测一直没有停止。一份来自广东省环保部门的特急函件披露，受紫金矿业此次污染影响，广东韩江梅州水域的水质告急。此次遭受紫金矿业污染的汀江，是广东省重要内陆河韩江的一个支流，而韩江是汕头、梅州等地居民重要的水源地。

广东省水文局检测到，广东梅州韩江青溪电站近日水体铜含量明显增加，从7月15日的每升0.013 5毫克增加到每升0.023 3毫克，超出了渔业水质标准。从福建方向流下的水铜含量还有进一步增加的趋势，已经对两省跨界河段产生了明显影响，梅州境内河段水质受影响越来越严重，渔业养殖将面临较大风险。

广东省环保部门还建议，福建、广东两省环保部门应建立联合检测机制，互相及时通报信息，共同应对跨界污染。

不敢喝的自来水

污水正在得到处理，但影响却在不断蔓延。

最近几天，如果您到上杭县任何一个政府部门办事，倒茶的接待人员会特地叮嘱这样一句话："我们现在都喝自来水，大家从来都是喝自来水。"

污水流入汀江，江鱼大量死亡，居民担心来自汀江的自来水也含有害物质。同康村村民游梦婷将家里的自来水用来拖地："这水在桶里放几天就会长出像青苔那样的东西，我们现在只用这水洗菜、洗衣服、拖地、冲卫生间。"

一些饭店也不敢用自来水，怕影响生意。

记者：您的门口放了好多桶装水啊，这是做什么用呢?

店主：做冰。

记者：为什么不用自来水做呢?

店主：为了让大家放心，老人家做生意，首先讲的是良心道德。

为了消除居民的担忧，上杭县政府发布消息，截止到 7 月 20 日，汀江水质铜离子、PH 值等指标均达到国家三类地表水标准，可以放心饮用。上杭县政府还号召政府部门工作人员全都饮用自来水。7 月 19 日晚，上杭县电视台还播发了一条新闻，画面是上杭县县政府工作人员站在水龙头前接水的镜头。

消失的六价铬

曾有媒体报道，因受到紫金矿业污染影响，福建和广东交界处水质中检测出化学物质六价铬，这种物质如果超标，会导致癌症。但在福建，有关六价铬的检测却被雪藏了。记者在上杭县街头的政府公告栏中发现，上杭县环境监测站公布了 6 月 26 日的水质监测结果，六价铬的检测位列其中，当时小于 0.05mg/L 的标准值。7 月 3 日泄漏事故发生后，六价铬的检测数据却消失了。

上杭县环保监测站罗伟金站长在回答这个问题时前后矛盾：

记者：六价铬最近有检测过吧？最新的数据能给我们看一下吗?

罗伟金：这个不是很方便 ，这是机密。

记者：紫金矿业事件发生后你们检测了几次六价铬?

罗伟金：那么久了，我想不起来了。最近我们主要抓铜的问题。

记者：也就是说这段时间你们没有对六价铬进行检测?

罗伟金：这段时间是没有检测。

记者：为什么呢?

罗伟金：这个我也不是很好回答。

上杭居民买桶装水

渔民捞起沾满油污的渔网

无法预知的未来

受到紫金矿业泄漏事件影响，上杭县下都乡、中都乡、峰市乡和永定县的洪山乡，沿江村庄都受到影响，鱼类大量死亡。

受影响最严重的上杭县和永定县政府部门组织渔民打捞死鱼，并对他们进行了赔偿。由于江水受到污染，没有了养鱼的营生，也就没有了经济收入，未来该怎么办？渔民们都不太清楚。渔民丘永禄和邱文虎说，他们还想养鱼。

“我就希望政府能尽快把河治理好，我再继续养鱼。现在还没有结论，我们也不敢养。”邱文虎一边摆弄渔网一边说。

6 月中下旬，上杭县县政府在洪水过后发出了鼓励养殖渔民进城务工的通知，但是这在丘永禄等人看来，并不现实。

“我们快 40 岁了，企业老板根本不可能聘用我们了。家里负担这么重，有小孩和老人。”丘永禄说的是实情。

寂静的汀江

自来水和渔民的生计都是能够看得到的影响，而一些变化正在缓慢地发生。

上杭是福建著名的鱼米之乡，漳州地区每三条淡水鱼就有一条来自上杭，紫金矿业污染事件发生后，整个漳州地区的淡水鱼都出现了供不应求的情况，价格一路飙升。就在养殖鱼大量死亡的同时，汀江里的野生鱼也开始出现了浮头现象。

随着死鱼的增加，当地渔民开始担心鱼腐烂变质导致江水二次污染。

站在汀江的渔船上，丘永禄指着江面说：“现在这个水含有很多油污啊，你看这浮子以前是白的，现在都黑了。再看这渔网，都是油污，用手一摸滑滑的。”

出现二次污染的问题引起了上杭县上级单位龙岩市有关部门的关注。龙岩市畜牧兽医水产局下发文件，要求上杭县水产部门及时打捞死鱼，加强鱼类疫情防控，避免影响生态环境。

但影响已经出现。“河里面的青蛙没有了，以前经常能听见青蛙‘呱呱’叫，青蛙、蛇、鸟等动物现在几乎看不到了。”邱文虎说，以前水面经常有水鸟和白鹭掠食，但现在一只鸟都看不到，也听不到鸟鸣。

上杭县地处闽西地区，风光宜人，因为古田会议召开而成为红色革命根据地。那么，如何保护这样一个革命老区的生态环境，让那里的人们能够继续安静、祥和地生活？这应当成为当地政府亟待解决的问题。

后来：

2011 年 1 月，福建省龙岩市新罗区人民法院对紫金矿业集团股份有限公司紫金山金铜矿重大环境污染事故案进行了一审宣判。法院以重大环境污染事故罪判处紫金矿业集团股份有限公司紫金山金铜矿罚金人民币 3 000 万元，紫金矿业集团股份有限公司原副总裁陈家洪等 5 名责任人分别被判处 3 年至 4 年 6 个月有期徒刑。

上杭县县政府在事故后专门成立紫金山矿区环境安全综合监察大队，加大对紫金山金铜矿的现场监管力度。紫金矿业也加大了自身的整改，他们将 7 月 3 日定为紫金矿业的“环境安全日”，并在事故发生地竖起了警示石碑，以儆后人。

事发一年半后，紫金山国家矿山公园隆重开园，园内有植物数十种，令人难以想象的是，在这一片郁郁葱葱的花木之下竟是数以万吨计的尾矿渣。

农民工为讨 3 200 元工资喝剧毒农药，不幸身亡

按语：

小时候我在东北住过几年平房，自己烧过炕，点过炉子。二十年后，当我在零下十几摄氏度和同事陈振玺陪着农民工大哥拎着一桶水，缓缓走过一段上坡路回到他的住处时，一切甚至有些熟悉……可当我走进屋子，看见桶上写着“涂料”的字样，但这里面装的却是饮用水时，才明白这并不是我熟悉的生活。听着工友的讲述，农民工的生活真的太不易了，我的心情难以平静。但我作为一名调查记者，能说话的只有“证据”。我没能见到刘德军一面，直到他去世。但我记住了他的孩子的笑脸，他的女儿在医院对我说，长大了想当一名人民教师。

作者：陈振玺、李谦

播出时间：2011 年 1 月 28 日、1 月 31 日

今天是腊月二十五，还有 5 天就过春节了，然而，河北农民工刘德军却躺在重症监护室里，生命危在旦夕。这名在外打工漂泊了 28 年的农民工，为了讨回自己的工资，竟毅然决然喝下剧毒农药。是什么原因让他为了 3 200 元而选择放弃生命？悲剧背后又折射出什么样的现实问题？请听央广记者陈振玺、李谦的报道：

今天是刘德军住院的第 13 天。天津武警医学院附属医院重症病房，刘德军一直在和死神抗争。

记者：你为什么喝毒药？

刘德军：我找了老板两次，他也不给工钱，第三次我就拿着农药去找他的。

主治医生王晶晶介绍说，刘德军已经出现了肺部功能衰竭、肾功能衰竭，已没有了挽救的可能。

刘德军是河北省玉田县的一位农民工，他的妹妹刘莉告诉记者，2010 年 11 月刘德军在玉田大安镇一家个体运煤户那里做押车小工，运煤的路线是从唐山到北京。运煤车几乎每天都在路上跑，这行业的规定是运煤司机可以轮换，但押车小工昼夜都不换，吃住都在卡车上。

刘莉：哥哥是因为向老板讨要 3 200 元的工资未成，才喝下了毒药。

今年 1 月 16 日，为了要回这笔工钱，45 岁的刘德军在老板王海面前喝下剧毒农药百草枯。记者在大安镇派出所看到的现在已经成为物证的这瓶 200 克的农药，阳光下可以看出瓶里的农药少了三分之一，瓶口还残留着刺眼的绿色药液。有资料显示，5 毫升的百草枯就能致命。最先抢救刘德军的蓟县人民医院急救中心刘大夫说，这百草枯是剧毒农药，根本不可能救活的。

刘德军是家里的长子，他还有一个 11 岁的女儿，是什么原因让他为了几千元就喝下了剧毒农药？

昨天记者从天津驱车 200 公里来到了玉田县。进入玉田县姚辛庄，看到了公路两侧随处可见的汽车修理部门前停的几乎全是大型运输车。不只是运煤的，还有运石料、运水泥的大车，这里有很多搞运输的个体户。

刘德军的老板王海就住在姚辛庄，记者找到了王海。王海告诉记者："他（刘德军）让我给他钱，我说今天不行，明天可以。他说如果那天我不给钱，他就死在我家。"而对于这个过程，刘德军的回忆是："我说：'如果你不给我钱，我就死在你们家门口。'他说：'你要死就赶紧死，死了我给你双份钱。'"

参与办案的大安镇派出所所长胡清华告诉记者，派出所认定，这是一起民事案件。

记者：怎么判断是刑事案件还是民事案件呢？

胡清华：我们局里刑侦部门和法制部门探讨过了，他是自己喝的药，也没人灌他，不是刑事案件，不是公安机关管辖的案件。

大安镇派出所案件调查报告的其中一句话写着："王海与刘德军属于雇佣与被雇佣的关系。"

记者：你们签劳动合同了吗？

王海：没有，我们这儿都没有签劳动合同。

刘德军的姐姐刘凤香说，事发后她曾去找过玉田县劳动监察保障大队，得到的答复是：王海没有工商登记，他是自由人，所以劳动监察保障大队也管不了这事儿。

为了要回 3 000 多元的工钱，刘德军为何不惜以死相拼？事情究竟是怎样发生的？刘德军又是怎样一个人呢？

记者在大安镇派出所相关的调查报告里看到了这段记录：“事发前两天，王海和刘德军因为装煤的多少，在电话里发生了争执。”从这次争吵到刘德军服毒只相隔48个小时，这期间究竟发生了什么？为了继续寻找答案，几经周折记者找到了刘德军曾经住过的一家小旅馆。说是旅馆，其实就是临时活动板房，屋子里没有暖气，跟室外几乎是一个温度。饮用水是用建材市场里装涂料的白桶从房东屋里接来的，早就冻成了冰块。刘德军隔壁房间的杨凤祥也是常年在外打工的农民工，他还原了老刘（刘德军）出事的前两天的情况。

杨凤祥：那天他说他感冒，他说：“杨哥，我想吃你包的饺子。”我说：“中！我给你包！”他就爱吃我包的饺子，他说我包的饺子倍儿好。但他就说他心里难受，老板还欠他几千元的工钱呢。

记者：刘德军的性格怎么样？

杨凤祥说刘德军平时大大咧咧的，心胸特别坦荡，特别宽容。杨凤祥接着回忆说：“第二天他又回来了，他买了四袋龙骨面还有几个鸡蛋。后来他和我说，他要去讨要工钱。”

杨凤祥并不知道刘德军是先买了农药再去要工钱的，他也不理解老板为什么不给刘德军几千元的工钱。

杨凤祥：农民工挣的每一分钱都是用血汗换来的，作为一个老板，你认为不给别人工钱合适吗？

记者：您是跟别的雇主干活儿是吧？你们都签合同了吗？

杨凤祥：没签合同。我们就是卸水泥，工资都是日结。

记者：不签合同就是根据口头协议去工作的，在这儿很普遍？

杨凤祥：对，很普遍。甭管当地人、外地人都是这样的。

采访中，杨凤祥的一句话让记者感到震惊，他说：“服毒是最好的办法了，如果是我，我也这么做，我就死在他们家！”

刘德军还在医院的重症病房，每天近两千元的医疗费已经让这个并不富裕的家庭举步维艰。

记者：你们碰到的最大困难是什么？

刘德军的妹妹刘莉：没钱。我们现在首要任务就是拿钱治病，先把人抢救过来。

事发后，几经交涉，王海给过刘莉2万元，还让刘家打了欠条，算是“借款”，昨天刘莉再次找王海沟通，被王海当面拒绝了，记者在旁边见证了这个过程。

刘莉说每年春节刘德军就会揽下家里全部的活儿，但今年这个年她还不知怎么过。70多岁的老母亲已经知道儿子刘德军喝了农药住院了，但不知道情况这么严重。刘莉说，他们正在考虑是否让刘德军出院，接回河北省兴隆县蓝旗营乡榆树沟村的家，至少让母亲看一眼他儿子，但恐怕母子再也见不着面了。

近年来，经过政府部门的集中整治，普遍的工资拖欠现象已经基本得到遏制。但临近年关，各地欠薪事件仍时有发生，由此引发的恶性事件更令人深思。这起由欠薪引起的自杀事件责任究竟该怎样认定？谁能给这个家庭一个说法？中国之声将继续关注！

后来：

在医院里坚持了13天的刘德军最终还是没能活下来。通过当地政府的协调，裁定刘德军的老板王海给刘德军的家属26万元现金补偿。其中近7万元用作刘德军的治疗费和丧葬费，剩余的留给刘德军11岁的女儿完成学业。

吉林千户农民被迫“让地”

干部进村强行“送钱”

按语：

这个新闻线索来自当地的农民，他们说，有人直接送钱到家，但都被扔了出去。给钱都不要，这个反常的细节吸引了我。随着采访的深入，事件轮廓渐渐清晰：当地政府试图搞规模化经营，希望将农民的土地集中起来，但农民担心生计而不愿意交出土地。农民算了一笔经济账，考虑的是自家的营生。政府也摆出了一堆道理，着眼的是发展全县的农业现代化。政府与农民，孰是孰非？但归根结底，土地流转自由是法律赋予农民的权利。

作者：陈俊杰

播出时间：2011年03月28日

吉林省前郭县为提高粮食产量，2010年远赴甘肃请来龙头企业跨省建设起了农业示范区，并征收农民的耕地集中经营。但是今年（2011年）3月9日，前郭县政府部门的数十名干部来到项目区的青龙山村往农民家里送钱，并强行让没有流转土地的农民在出让土地协议上签字，这种做法遭到了村民的质疑。请听央广记者陈俊杰的报道：

送上门的钱被扔了出去

2011年3月9日一大早，青龙山村民丁红娟突然听到院子里的狗狂叫起来，院子闯进了几个陌生人。

丁红娟：我家的狗就是不停地狂叫，等我出去一看，有八九个人就进我家了。他们说是给滴灌地送钱的，一共是6 696元。那个高个儿的男人让我签字，但我没签。我也没接他给的钱。后来他们把钱放在炕上就往外走。

丁红娟不敢接受对方送来的钱，拿着钱追了出去。

“他们说他们是送钱的，是不会再把钱拿回去的，有的人把手插进兜里，有的人把手背在身后。”无奈之下丁红娟索性把钱扔在了大门外。

送钱的人又把钱捡起来，压在了窗台上，丁红娟又追了出去。

丁红娟：我就拽住了那个开车的人，他还急了，问我要干啥，我让他把钱拿走，可他不愿意。趁另外一个人开车门时，我就把钱扔车里了。

当天上午，青龙山村一共有10户人家被送了钱。村民吕志家被送去了8 000多元，吕志的爱人因为和送钱的人发生争执，犯了心脏病进了医院。

吕志爱人：一个男人推了我一下，我磕在了窗台上，心脏病就犯了。

记者：人都走了吗？

吕志爱人：没走！他们把钱搁在炕上了，后来被我们家人扔出去了，扔在门外满地都是钱，我就想让他们赶紧把这些钱拿走。”

一个颇受争议的征地项目

来村里送钱的是王府站镇和前郭县县政府部门的干部，他们来送钱，是为了要村民们手里的土地。

2010年的11月，前郭县与甘肃农垦集团签订协议，计划在王府站镇建立现代化农业示范区。按照规划，王府站镇下辖5个村的1 374户农民要把承包的1 500公顷，合计2万多亩的基本农田，转让给王府站镇农业生产合作社，再由合作社把土地转给甘肃农垦集团经营。当地部分农民不愿出让自己的土地，这才上演了干部送钱上门的这一幕。

县政府干部集体上门强行送钱在当地造成了不良的影响。时任前郭县县委副书记包瑞明事后表示，县委县政府的确为了农民增收才投资这个项目的，出发点是好的，没有逼迫农民的意思，但他承认部分工作人员在推进土地流转过程中存在不当行为。

包瑞明：干部反复做群众的思想工作，群众还是不接受啊，他们有些操之过急了，不排除有方法的问题，我们已经对相关干部进行了批评教育。我们马上要纠正自己的行为，不要再犯同样的错误了。

送出去的钱政府当天就已经全部收回。

吉林省前郭县位于吉林省西部，由于地处东北“黄金玉米带”之上，每年可以为国家贡献 30 亿斤粮食，是全国十大商品粮基地之一。据报道称，即将在前郭县建设的“现代化农业示范区项目”采用的是膜下滴灌技术，可以使每公顷玉米的产量提高到上万斤，促进农民增收。既然这样，为什么还有农民不愿意流转土地呢？

农民庄金祥算了一笔账：如果同意流转，每年每公顷土地可以获得 7 500 元，但是如果自己种地，每公顷的收益远远超过这个数字。

庄金祥：现在粮食价格市场行情好啊，（每垧）2 万斤玉米按照现在市值 0.9 元每斤计算的话，就是 1 800 元。成本也非常有限，大约 4 000 元就一大关了，这样就能挣到 12 000 元到 13 000 元不成问题。

农民孟宪峰还有另外一笔账，他说，如果加上自己承包的别人的土地，这样下来一年可以纯收入三四万元。

然而，县委副书记包瑞明的算法却与农民的不太一样。

包瑞明：今年苞米价格是每斤 0.9 元，以前粮食保护价是每斤 0.7 元，今年比较特殊，仅拿今年的粮价计算是不科学的，应该按三年的平均粮价计算。

包瑞明说，除去生产成本，每公顷土地纯收入仅为 7 500 元，如遇自然灾害还得赔钱。如果农民同意流转土地就可以直接获得到 7 500 元，加上粮食的直接补助等收入，每公顷可以坐收 1 万元左右。“流转土地的农民就规避了两个风险：一个是自然灾害的风险，旱、涝都和他们没关系；再一个就是市场经济的风险。”包瑞明说，县委县政府的初衷是惠农。

那么对于解放出来的 2 500 多名劳动力，政府又是如何考虑的呢？包瑞明说，一种安置方案就是组织农民外出打工。“农村妇女的家里如有实际困难，不能外出打工的，我们马上投资 1 亿元建一个编织园，这个项目已经落地了，老百姓可能因为没有看到实际的厂子心里没底儿。”包瑞明颇有信心地说。

然而在农民们看来，包瑞明的想法并不现实：“现在出去打工的话，用人企业都有年龄限制，年龄稍微大点儿的人家不聘用你，也挣不了多少钱。现在我们都是四五十岁的人了，又没有一技之长。外出打工对我家来说不现实，不能扔下一家老小不管啊。”

包瑞明说，他们考虑到了农民的难处，也制定了替换方案。

包瑞明：有的农民要是想种地的话，我们在项目区外可以包地让你种，你要是想多种地可以上其他乡镇给你多包地，你想种十垧、二十垧，我们都可以给你解决。

为什么要请外来和尚念经?

尽管有了安置方案，但还是有农民表示不理解，为什么非要把几万亩的良田转包给一家企业？为什么增收带来的好处不留给农民？

包瑞明说，滴灌项目虽然增收明显，但是技术要求非常高，传统的“一家一户”耕种模式不适用滴灌技术。

“实行大垄双行膜下滴灌项目完全是自动化的，是现代农业经营方式，只有让甘肃农垦掌握现代农业技术的人来做，粮食增产才有可能。靠我们一家一户单打独斗的传统方式，粮食是增产不了的，滴灌项目一般人做不了，要掌握滴灌的时间、配方等技术。这是水肥一体化的，水肥一起滴进去，如果配方不合理，就把苗烧死了。”包瑞明认为，不能让农民承担这么大的风险。

包瑞明强调，甘肃农垦集团是前郭县“三顾茅庐”请来的，因为这家企业掌握着世界顶级的滴灌技术。针对农民有永久告别土地的担忧，包瑞明强调，这次征地不是永久性地把农民从土地上赶走，这仅是示范区，五年之后，农民可以继续耕种。

对于青龙山村群众不愿意离开土地的矛盾，包瑞明说，下一步还将继续做农民的思想工作，但县委将充分尊重没有签订流转协议的农民的意愿，不强迫流转耕地。

“让农民观察一年，看看现代化经营的土地怎么样，他们可以感受一下，如果觉得好了，明年我们再让他们做，我们不会逼迫群众的。”包瑞明对这个项目寄予了厚望。

后来：

报道引起了吉林省各级部门的高度重视。吉林省委主要领导做出批示，要求松原市妥善处理。时任松原市委书记蓝军约见了青龙山村农民代表，听取了他们的意见，表示尊重农民的意愿，自愿流转土地。不愿意流转土地的农民保住了耕地。几年后，我有机会再次接触到了青龙山村的农民，得知甘肃农垦集团早已撤离，现代化农业项目依旧没有得到所有农民的支持，而蓝军也正在接受组织调查。

被刨开铺设管道的耕地

被刨开铺设管道的耕地

成都耗资数千万建仿古街区
因“市里不满意”未用即拆

按语：

太古里是成都的新地标，号称“以极其现代的手法演绎传统建筑风格，与历史街道和院落交相辉映”，但在太古里建成之前，这块土地上有过一次失败的建设经历。建或拆好像都不需要理由和交代，我们采访时要去追寻背后的原因却并不容易。报道无法改变几千万元“打水漂”的事实，甚至，这段曲折经历在如今光鲜明亮的太古里面前可能也不值一提。但还是希望它可以作为一个教训，让城市建设和管理者能够在未来少走点儿弯路。

作者：白杰戈、刘黎

播出时间：2011年6月13日

宽窄巷子、文殊院、大慈寺、水井坊，这都是成都市城市总体规划中要保护的四个历史文化街区，也是成都作为全国历史文化名城的重点区域。然而在2008年建成的大慈寺历史文化街区的一期工程，总体面积近万平方米的仿古建筑，在今年三四月被拆除了，且中间存在的三年时间里，几乎没有使用过。为什么耗资数千万元的仿古建筑，建了不用，还要拆掉呢？请听央广记者白杰戈、刘黎发自成都的调查报道：

6月初的成都，幽静的大慈寺周围，工人正在准备材料搭建围挡，围挡内有刚刚拆除房屋之后留下的荒地。附近的市民介绍：

市民：刚刚拆的，那个地方全都拆了。

记者：拆了的古建筑是什么时候建的？

市民：两三年前。马上要重新建，你看到处都围起来了。现在都不知道他们怎么规划的。

被拆掉的仿古建筑在2008年建成，当时成都媒体的报道这样形容：这是一座座两层式的川西风格院落，以青灰色为主调，精心雕刻的廊柱和挂件，平添了一些活泼生动的元素。而今年3月的报道又说，“突突突”的机械声打破了这里的宁静……碎石机的铁臂不停地砸向两间院落的墙体，砖瓦俱下……地上堆满了刚拆下的雕花窗棂和木门。

从建成到拆除的三年时间里，这些仿古建筑几乎没有使用过。对此，大慈寺所在的锦江区危旧房改造中心副主任文劲解释说：“因为大慈寺建成之后的感觉和这个片区自身发展的客观要求，跟政府对这个片区发展预想的要求相比还有差距。”

在大慈寺之前，成都市已经建成了宽窄巷子和文殊院两个历史文化街区，从游客、学者和政府的角度来看，宽窄巷子更胜一筹。但政府官员和专家也都坦承，宽窄巷子的建设水平和效果很难再被超越。成都市规划管理局建筑规划管理处副总工程师郭世伟介绍：

郭世伟：大慈寺建好以后，对那个效果就不是很满意，那时候宽窄巷子的效果已经显而易见了。大慈寺建得不太理想，就准备要整改。

四川省城乡规划设计研究院高级工程师、全国历史文化名城保护专家委员会委员应金华参与了大慈寺街区的规划论证：

应金华：大慈寺街区建了有五分之一的时候，市里领导就不满意，他们感觉这怎么和文殊院一样啊。

记者：市里领导之前应该能看到规划图啊，为什么建成后才说不满意？

应金华：这是锦江区里在操作，建成后市里领导不满意，后来就搁在那儿了，现在又重做方案。

到底是哪方面不足导致大慈寺仿古建筑被叫停，并且最终被拆除呢？

郭世伟：对人来说，第一感觉很重要。第一感觉是由很多因素组成的，有可能是木工做得不好，有可能是材料搭配的比例不当，也有可能是工艺做得差，看上去觉得这个房子“清汤寡水”的，反正观感就不好。

四川省历史学会会长、四川省社会科学院教授谭继和认为：

2008年建成的仿古建筑正在拆除

这个仿古建筑自建成后几乎没有使用过

谭继和：第一期的建筑都是仿照的古建筑，但是说不清楚是什么原因，反正那个建筑看起来像个假的，如果这个街区没建设起来，那么业态也进不去，周围的楼盘也发展不起来，总之就会影响周边的经济发展。

在新建的仿古街区闲置两年多之后，2010 年年底，包括仿古街区在内的大慈寺片区和东大街 9 号地块，总占地面积 7 万多平方米的范围，被著名的太古地产和远洋地产联合买下，成交金额超过 20 亿元。大慈寺街区的建设从政府主导转向企业经营，锦江区危旧房改造中心副主任文劲解释说：

文劲：当时在建设过程中，政府也感觉到，仅由政府为主体、为主角单一运作，政府各方面的资源很难实现价值最大化——历史文化和商业发展的有机融合。我们觉得推向市场之后，政府把握总体规划要求，其他由市场来做更为合适。这个模式、这个思维方式产生以后，就没有再进行新的建设。

而就在这建了又拆的过程当中，损耗了多少钱呢？

记者：这是由区政府还是哪个公司来投资？

文劲：是由我们区的统建办（统一建设办公室）来投资的。

记者：这个资金是政府投的？

文劲：不是政府，是统建办，是企业运作的一个事业单位出资。

记者：一共投资多少？

文劲：这个我不清楚。

记者走访锦江区统建办，3 年前曾经在媒体上介绍大慈寺街区建设的工程科负责人田先生，现在却否认统建办跟此事相关，拒绝回应。不过根据锦江区危改中心提供的数据，拆掉的仿古街区建筑面积将近 1 万平方米，四川省城乡规划设计研究院高级工程师应金华介绍，成都地区仿古建筑施工成本是每平米四五千元，由此推算，造价应该是 4 千多万元，这跟此前媒体报道的“仅土建就将花费 4 千多万元”能够吻合。一建一拆，4 千多万元的投入化为乌有。锦江区外宣办解释说，太古地产和远洋地产 20 亿元的购地款当中，还包括地面这些仿古建筑的款项，政府并没有损失。不过，四川省历史学会会长、四川省社会科学院教授谭继和认为：

谭继和：反正这都是纳税人的钱，也许政府没有损失，但实际上，这些直接或间接的损失都是老百姓的损失。

损失的不止是金钱，从 2004 年开始规划到现在，7 年时间，历经建设和拆除，大慈寺周边还是一片荒地。应金华已经记不清自己参加了多少次讨论会，但规划至今没有通过。成都市规划局 2005 年的控制性详规中对于大慈寺街区建筑风格的要求只是规定“民国和清朝风貌”，限高 12 米。大慈寺地处成都市市中心，紧邻春熙路和红星路商业圈。

应金华：这块地在成都市春熙路大商圈里头，建得太传统不行，但是太现代就不叫历史街区了，历史文化名城的声誉就要受影响。

而保护历史传统和实现商业价值的平衡，要通过一砖一瓦的使用来实现，大慈寺街区面临的挑战还远远没有结束。

后来：

报道播出后，被《南方都市报》等报纸和各大网站全文转载。成都市相关部门感谢媒体的监督和客观报道。

活熊取胆，暴利背后暗藏隐忧

人工熊胆，研制30年为何无法获批？

按语：

和每一位动物保护者的见面采访都在三四个小时以上，“动物福利”“活体引流”等每个名词的解释我都是从头学起。两个瞬间给我印象最深刻：一次是在成都青龙桥见到为被折磨致死的黑熊建立的成片小圆墓碑；一次是在沈阳药科大学，为“人工熊胆”获批奔波了几十年的几位老教师问我：为什么？一边是“明知不可为而为之”，一边是“明知可为而不能为之”，横亘在其中的障碍，仅凭我一己之力、一则报道推翻不了，但希望让更多人听到、看到，也许他们会为此做点什么。

作者：王娴

播出时间：2011年6月25日

福建“归真堂”上市风波之后，“活熊取胆”进入公众视野。当人们用残酷来形容取胆过程时，熊胆制品却依然越来越多地出现在市场中。熊胆到底值多少钱？有什么用？庞大的熊胆产业链背后，又有哪些不为人知的隐患？活熊取胆当真是无法代替的产业？请听央广记者王娴的报道：

从韩国首尔到中国延吉，这个季节的往返机票价格是人民币3 300元，从6月下旬到7月5日的已经全部售空。韩国人喜欢在这个时候到中国东北旅游，和旅行社一起迎客的，还有卖熊胆粉的商人。“每年这时候是旺季，游客都愿意买散装的，论公斤买。”销售人员介绍起产品的销量不无自豪。产品的背后就是养熊场和活熊取胆。

销售员：亚洲最大的养熊场。

记者：亚洲最大的啊？有多少只熊啊？

销售员：3000只。

记者：就是人工插管引流的？

销售员：对，都是引流的。

熊胆粉，用熊的胆汁烘干制成；插管引流技术，20世纪80年代从朝鲜传入中国，从黑熊的胆囊插入导管直接源源不断地引出胆汁。作为二级保护动物，野生黑熊在我国禁止猎杀，人工插管取胆几乎成为熊胆粉的唯一来源。而中国，也是目前已知的唯一一个允许“活熊取胆”的国家。

引流熊胆——暴利背后的隐忧

“插管引流的话，24小时就不停地流出来，一个月得有多少啊。”熊胆粉的拥有者们毫不掩饰充足的胆汁来源，据民间组织的不完全统计，我国有近百个人工取胆养熊场，近万只熊，熊胆粉年产量在30吨左右。“清热、平肝、明目”，中国人对熊胆的功效有着传统的信赖，但在熊胆胶囊、熊胆粉礼盒等等包装上，“解酒护肝”“治疗肝炎”成了最新的“疗效介绍”。关注熊胆产业多年的亚洲动物基金工作人员张晓海说：“一般情况下，胆粉的批发价3 000元至4 000元每公斤，其他的没有熊厂的药厂，他们做的熊胆粉往往每公斤要卖十几万元。所以药厂在这里面的利润是很大的。”

越来越多的人购买昂贵的礼盒馈赠亲友，而它的制作工艺极其简单——烘焙。“都是提炼的、经过正规程序加工的，相关指标都没问题的。”这位熊场老板所说的“相关指标”指的是熊胆类制品中有效成分——牛磺熊去氧胆酸钠含量不得低于23%。即便是这个标准，在药学界的很多学者看来，人工取胆和野生熊胆仍然差异巨大。沈阳药科大学教授王永金就是“活熊取胆制成熊胆粉”的反对者，他指出：“天然熊胆和人工熊胆粉是不一样的。在好的熊胆里，一定是牛磺熊去氧胆酸钠的含量高于牛磺鹅去氧胆酸钠的含量，这是经过我们剖析试验得出的确切结论，而这恰恰是现在的熊胆粉所不具备的。”

药学界关于“人工熊胆”是否有效的讨论仍在继续，“熊胆粉”的疗效有待检验，而“人工引流”的获取方式让黑熊终生带伤，已经遭受众多动物保护者的诟病。

1989 年准备好进入临床试验的“人工熊胆”

“取胆黑熊”胆结石标本

四川成都 黑熊救护中心

用于“活熊取胆”的下压式铁笼

2000 年 7 月，中国野生动物保护协会、四川省林业厅和致力于保护黑熊的“亚洲动物基金”签订协议，解救 500 只养熊场的黑熊到成都郊区一家“黑熊救护中心”。过去 10 年，这里已经接来了近 300 只“引流黑熊”。对于这些“熊胆粉”的生产者，亚洲动物基金的中国区外部事务总监张晓海了解了不少。张晓海说：“这是锯断的牙齿，锯断以后，它继续烂掉了，断裂了；像这种 7 公斤重的结石也是常见的，整个肝脏变得像一个篮球。你可以看得出来，这个熊掌没有走过路，或者是长时间没有走路，熊掌才能干成这样。”胆囊炎和肝胆疾病在这些取胆黑熊中的发病率几乎是百分之百，黑熊救护中心的一块空场，是错落不齐的“墓地”。张晓海说：“熊来了之后，我们很快就给它们做了安乐死，因为你发现它们已经不行了，严重的脱水、患肝癌，或者就是很严重的腹积水，黑熊很痛苦。还有属于病死的。”

一只黑熊在铁笼中被“插管引流”的时间一般在 20 年左右，“病熊”几乎是“取胆熊”的代名词，这已经成为公开的秘密。

胆囊炎和肝癌，胆汁从这样的熊胆中不断流出，为了治病，很多熊场对黑熊使用抗生素治疗。熊胆制品是否安全？成都军区总医院原病理科主任汪盛贤曾经对 49 例“引流取胆”的黑熊熊胆标本做过病理检测实验，在检验结论中写道：“出于对消费者安全的考虑，我们认为人工取胆获得的熊胆制品可能存在潜在的安全风险。”汪教授保留着病理切片和大量实验资料。汪盛贤说：“你看这些，全部都是不正常的，这里有肝癌转移，血管里还有癌细胞，也有到肺里去了的。你看这里很多这样的，正常的肝脏应该是干干净净的。这里面的小点点都是癌细胞；这是慢性胆囊炎了。人工取胆后的熊胆，有出血坏死，还有炎症，因为黏膜都没有了。”现象背后产生的结果在他看来也是自然而然。“时间长了，这个管在里面就可能导致胆管变形、发炎之类的，肝脏、胆管里都可能发生一系列的病变，最重要的就是炎症造成组织坏死。”

熊胆制品安全吗？不少养熊的散户自己也烘焙生产胆粉出售给药厂和经销商。熊胆制品有效吗？和“清热、平肝、明目”的简洁说法比起来，“解酒护肝”之类说法现在看来并没有特别的根据。对黑熊的虐待让“活熊取胆”这个行业显得格外残酷。那么，熊胆可以替代吗？

人工取胆——30年的等待仍然无果

有一种观点认为，熊胆本身就是可替代的。中医周正才说：“还有可以代替它的，没有必要用熊胆，不但我没有用过熊胆，我所知道的、所接触的中医界的朋友们也几乎没有用过熊胆。”但毕竟熊胆在药典中的记录千年有余，如果不采用活熊取胆，熊胆入药就会遭遇绝境吗？其实，活熊取胆的替代品——“人工熊胆”的研制已经持续了将近30年。

“人工熊胆，从开始研究到现在，这么多年了，我已经坚持过来的，一直到今天，从来没间断过。你要是早告诉我不支持、不能批，我早就不干了，这项目早就结束了。”说话的王永金老人今年74岁，是沈阳药科大学原“人工熊胆”课题组的副组长，他口中的“这么多年”大概从20世纪80年代初算起。“1983年的时候国家号召，由于天然熊胆紧缺，希望尽快研究代用品，否则就影响临床和生产应用了。”

1983年8月，“人工熊胆”项目正式立项，沈阳药学院（后改名沈阳药科大学）一批科研人员和辽宁省医药研究所（后改名为辽宁省医药工业研究院）人员共同参与。和人工熊胆一起陆续进入研究的还有人工麝香、人工牛黄、人工虎骨，20世纪90年代末都纷纷投产，人工熊胆难道一直没被研究出来吗？王永金和他的老同事们给记者列了一张时间表，从1983年开始，六年实验室阶段，1990年就经国家药监局审查合格，按照指定的6家药品试验基地医院开展临床试验，1992年报请国家药监局审批。

然而，在1992年之后的十多年中，课题组接到药监局分别在1992年、2002年、2005年提出的3次补充临床试验要求，研究一再进入难关。沈阳药科大学原党委副书记周杰是90年代之后进入课题组的，又要补充临床试验，他首先犯难。周杰说：“到1995年完成了之后，就没经费了。可转给谁谁都不要。这么好的项目没有人要？什么原因？到北京一咨询才知道不能批。大家都认为国家1989年已经批了引流熊胆，不能再批了，所以转让不出去。”每一次药监局对临床研究提出新要求，都意味着接下去几年的返工式的试验。“400多例病例拿不出来了，1995年到2002年，七八年了，物是人非，当时的医生都不在了，有的出国了或者退休了。”3个病种480例资料，多家医院奔走，他们只拿到了100例，剩下的实验重新进行。

十几年时间，项目组的工作场地从学校挪到了校外的研究所，老人们的一个学生姜竹泉投资进来，成为研究所的经营者。几番投入，人员更替，人工熊胆研究仍在继续。2003 年和 2004 年，国家药监局药品审评中心连续下发“补充资料通知”，对课题组来说，最刺眼的字句是“改名”。

王永金：它并不是说肯定不批，就是要求改名后才批。但是我们明白，要改名可能就意味着不批了。不批人工熊胆，你批别的。这像话吗？名儿肯定不能改！我们就做了充分的说明，我写了十几条不能改名的理由，然后报给它了。

“肯定不能改名，改名了就不是熊胆了。”说到激动处，王永金老师掏出手绢擦汗，这么多年的不易，他一言难尽，为了适应要求，研究进展一直跟着国家药物质量标准走。

王永金：他们也说了，质量标准已经符合药审要求。因为国家质量标准一直在修改，我们也跟着不停地修改。

沈阳药科大学原副校长姜琦退休后也一直待在研究所，看老王和老周说“人工熊胆”，他一直保持沉默，直到最后才总结起来。

姜琦：每一个环节，每一个步骤，都是按照国家药品审评中心的严格要求来做的，没有离开它半步。

2007 年之后，项目组的老带头人杨泽民患重病去世，王永金在这几年中给药监局陆续写了 5 封信，他仍然希望等来回音。可批复一直没下来，药监局开了两次会，项目组的人都很关注，然而等到的却是“你们就别研究了”。

周杰：2008 年 11 月开了一次审评会，这个会上提了一些零散意见，提了一些疑问，我们在会上都答辩了，这下应该下文批了吧。2009 年 9 月又开了一次主动质询会，意思就是劝我们别再研究了。

从最后一次提出书面申请到现在，又近 4 年了，课题组的老人们每天还在坚持往研究所跑，通过互联网查询项目审评进展。今年 2 月，进度显示“目前该品种正在中药民族药临床部进行综合评价，汇总报告”，之后再也没有显示任何进展。同样是在国家药监局网站，《药品注册管理办法》已经公示了好几年，技术审评工作时间的执行规定中对于“人工熊胆”适用的“新药审批”时限是 150 天。“在技术审评过程中需要申请人补充资料的，应当一次性发出补充资料通知”的要求也很明确。在“人工熊胆”项目组的老专家们看来，仅这两条，药监局已经违规了。

“一个项目压了4年它还不批，研究工作才五六年，这样下去的话20年也研究不出一个项目，甚至一辈子也研究不完了。”已经84岁的周老说，不得不琢磨，这到底是为什么？老人们还保留着1990年卫生部药政管理局的审批结论——“审评认为在质量标准、长期毒性等方面均已符合药审要求，该品由人工合成制备比人工引流熊胆粉更利于生态平衡”，还有最后一句“目前引流熊胆产量暂已满足药材所需，也请开发时综合考虑”。难道这一句另有所指？

姜琦：一般它会告诉你，市场已经饱和了，你还研究不研究。这在1992年就提出来这么一个问题了。

在国家食品药品监督管理局官方网站上，输入“熊胆”就可以进行相关药品的快速查询，有“熊胆”的药品显示为153项。熊胆粉、熊胆胶囊、熊胆丸是主流，涉及企业上百家，其中不乏福建归真堂、黑龙江黑宝药业等以熊胆粉为主打产品，并因此而起家的制药企业。药监局不批“人工熊胆”难道是在给“引流熊胆”让路？记者多次致电国家药监局，希望就“人工熊胆”审批进展情况采访药品审评中心，但一直没能如愿。药监局新闻处一位工作人员这样“劝告”记者：人工熊胆粉的审批涉及的利益太多，最好不要关注。而对于记者的采访要求一直未予答复。

“人工熊胆”课题组的成员中最年轻的一位老师已经退休，课题组长已经辞世，曾经为课题组跑过多年外联的沈阳药科大学原副校长姜琦一再表达自己的疑惑：“无论如何，如果我们有问题，你可以下正式文件，我们可以修改，可以补充。但不能长期这么压着不下批复文件，在我们搞科研的这些人看来，这是怎么也说不过去的。”

如今，老人们的学生姜竹泉执掌研究所，他说，“等不下去就另谋出路”。

姜竹泉：最多再等一等，到今年年底，如果国家还不批准，我就转到国外合作了，这个没办法。

后来：

由于“归真堂”上市风波受到舆论关注，“活熊取胆”的不合理性不断受到质疑，本文所记录的“人工熊胆”艰难上市之路，研究者们仍在努力，他们和“活熊取胆”背后巨大利益集团的博弈，仍在进行。

哈尔滨“被遗忘的村庄”

按语：

风景秀丽，依山傍水，但公路、汽车、电、邮、自来水等都不通，甚至连社区医院、学校、村委会都没有。生活在这里的人们没有合法有效的身份证件，结婚不能登记，孩子可以随便生，但上不了户口，死后也无法火葬……10多年来，从基层派出所、镇政府，到水库管理处和区政府等各个部门都说不归自己管。2011年盛夏，我走进了这个被世界遗忘的村落——哈尔滨市阿城区的青龙山村。这是一组典型的推进式报道——一边采访、一边播出，心理和身体都要扛得住。这也是我第一次在采访过程中只身一人与涉事部门的数十名相关负责人面对面质证。我今天依然记得那间摆放着长条桌的会议室和围桌而坐的满满两圈的人，以及我和他们每个人的交锋。

作者：白宇

播出时间：2011年8月12日

今年8月，有多名哈尔滨市民向中国之声反映说，因为户籍被哈尔滨公安机关封锁多年，他们变成了没有身份的“黑户”。记者调查发现，这些没有“身份”的人生活在哈尔滨市阿城区一个曾经叫青龙山村的地方。因为没有合法有效的身份证件，他们无法像正常人一样出门工作、上学，甚至生老病死。他们觉得，自己的居住地虽归省会哈尔滨所辖，但村庄就像被淹没在现代文明中的原始部落。请听央广记者白宇的报道：

青龙山村位于哈尔滨市阿城区平山镇内，距哈尔滨市区不足100公里，周边有西泉眼水库旅游区、平山旅游区和一个高尔夫球场，三余村口是通往青龙山村的公路尽头。为了接记者进村，村民们开来了四轮驱动的拖拉机。由于刚下过雨，山间泥路上车辙最深的地方已经没过了膝盖，齐腰深的拖拉机后轮也不时打滑空转，密集的杂草不时划过记者的肩膀。在短短4公里的山间泥路上颠簸了一个多小时后，记者最终抵达了这个封闭的村庄。

上自白发苍苍的老人，下至腰间开裤裆的小孩，都没有身份证、户口。这地方，100 多户人家，一共四五百人，家家都是如此。

带路的村民说，这里居住着 100 多户，共四五百人，因为没有合法有效的身份证件，他们就像生活在现代文明中的原始人。当了 20 多年村支书的黄柏顺告诉记者：20 世纪 90 年代初，因哈尔滨市修建西泉眼水库，青龙山村被划入淹没区，由当时的尚志市划入哈尔滨市，并被要求搬迁安置。黄柏顺介绍，他 1998 年带头响应号召搬迁，但当时的补偿标准还是 1993 年制定的，由于补偿标准过低，资金又难以到位，生产、生活没能妥善安置，已经被强迁的村民又无奈地重返家园，在一片废墟上重新盖起泥瓦房，耕种起至今尚未被淹没的土地。

黄柏顺：我的是一面青的房子，1 平方米是 97 元，要是土房就更便宜了。

记者：工作怎么安排的呢？

黄柏顺：没有给安排。到别的村以后人家土地都分完了，他们给你分的地都是最次的，根本不打粮，没法生活。

村民们向记者出示了 1998 年末有关部门给青龙山村民发出了强迁令，并告诉记者，强迁之后，当地政府在行政区划上撤销了青龙山村，原有房屋被推倒，电路被切断，水井被填埋，原本还算富裕的青龙山村丧失了基本的生活功能。村民们说，正是这一走一回之间，“身份”没了。记者看到，村民们现有的户口簿还是 20 年前的绿皮本，登载的住址是“尚志市帽儿山镇青龙山村”。

闫美华今年 22 岁，没有“身份”让她感到了巨大的生存压力，同时她也觉得很自卑。

闫美华：十九、二十岁就出来了。由于没有身份证，去打工都没人认可，哪儿都不认可。

记者：出过远门吗？

闫美华：没有，出去要身份证，坐火车什么的都要查，寸步难行。银行卡也办不了，结婚都没法登记，像我们村里都是随便结，随便生孩子，没有身份证，没人管，有的生六七个孩子都没人管。

记者：没有身份证，在你心里是什么滋味？

闫美华：黑户呗，就好像世界上根本没有我这个人。

34 岁的梁金德已经是 3 个孩子的父亲，但孩子都没有户口。

梁金德：老大 15 岁，老二 11 岁，老三 10 岁。

记者：你们结婚时登记了吗？

梁金德：没登记。

记者：可生孩子要有准生证呀？

梁金德：现在也没有准生证，都是在家生的。

贾相有今年 45 岁，有 4 个孩子，为了让孩子们能参加中考、高考，他想尽了一切办法。

贾相：我家 4 个孩子上学，老大 2009 年考大学由于没有身份证没考成。老二考学的时候，我托人从派出所把他身份证号找着了，就按身份证号报的名，后来考上了，就做了个假身份证去上的学。老三还有两年考大学，也是没有身份证。老四来年考高中。孩子问我怎么办呀？我都难过得掉眼泪，找哪儿哪儿都不给办。

村民们说，由于没有合法有效的身份证件，正常人应该享受到的权利他们都无法享受，他们的村庄就是一个无政府状态下的原始部落。在这样的环境下，村民们的生活是何以维系的呢？继续来听报道：

记者在村内走访时看到，村里的房子绝大多数是土坯房，历经多年风雨已经破旧不堪。有的窗户已经被下沉的房梁压得变了形，塑料布取代了玻璃。有的房子已经露出了大洞，空荡荡的电线杆依然静立在房前屋后，一口井水漂浮着杂物，鸡、鸭、鹅、狗见到陌生人异常兴奋，孩子们却向记者投来了胆怯的目光。

村民江宝富告诉记者，这里地多，大多数人的日子还算过得去，粮食基本靠自己种，但他有腿疼的毛病，又无法享受农村合作医疗，生活很困难。

江宝富：我吃的东西还不如人家的狗食呢。一年能吃上一袋白面就不错了，平

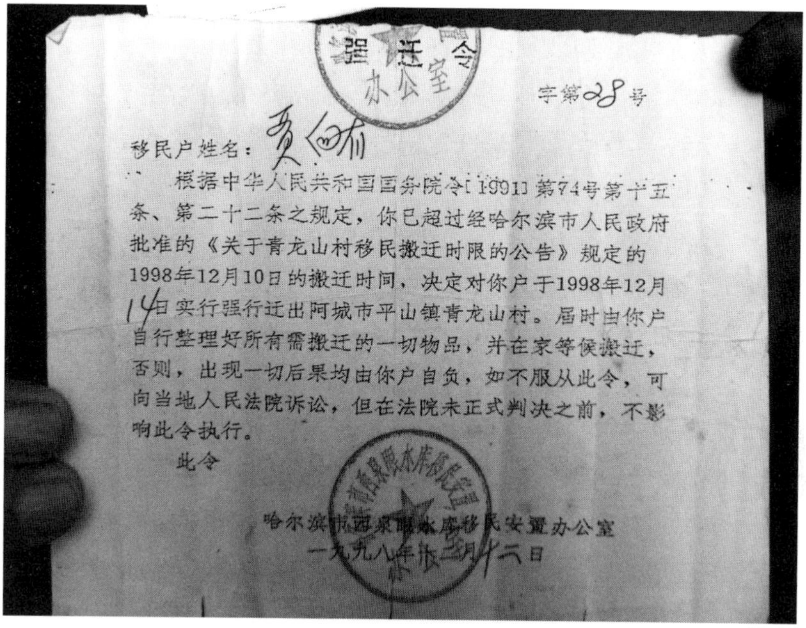

强迁令

字第28号

移民户姓名：[illegible]

根据中华人民共和国国务院令[1991]第74号第十五条、第二十二条之规定，你已超过经哈尔滨市人民政府批准的《关于青龙山村移民搬迁时限的公告》规定的1998年12月10日的搬迁时间，决定对你户于1998年12月14日实行强行迁出阿城市平山镇青龙山村。届时由你户自行整理好所有需搬迁的一切物品，并在家等候搬迁，否则，出现一切后果均由你户自负，如不服从此令，可向当地人民法院诉讼，但在法院未正式判决之前，不影响此令执行。

此令

哈尔滨市西泉眼水库移民安置办公室

一九九八年十二月十二日

强迁令

青龙山村的民宅和老人

村民梁金德在自己的房前一壶浊酒喜相逢，古今多少事，都付笑谈中。

村民梁喜全向记者展示他家的供电系统

青龙山村的民宅和村民

青龙山村的民宅，两侧的墙壁都已漏洞

时就吃点苞米碴子、大饼子。

记者：有菜吗？

江宝富：自己种点儿，但不多。

记者：出去买过菜吗？

江宝富：（惊讶）买菜？！我从来没买过菜。

村里没有自来水，距水库仅几十米的井口旁，村民梁喜全正在用辘轳提水，水桶里漂着一层杂物。

记者：这个水你们会做一些消毒处理吗？

梁喜全：没有处理，就是那么吃，有时候自己弄点白灰放里头，那就算消毒了。

熊智斌今年 57 岁，有 30 多年的党龄，在部队受过两次嘉奖，转业后考取了医师资格证和乡村医生资格证等，回村后当过村长，开过诊所。没有了“身份”后，他觉得自己就像个野人。熊智斌伤心地告诉记者，别的党员都在庆祝建党 90 周年，而他却无法找到组织。

熊智斌：就像一个野人，你到哪儿去干活，还得装得跟个瞎子似的，让别人领着，说这是我家亲戚，咱没身份证啊，连住宿都不行。现在出去好像人家都不承认你是中国人似的。这种滋味，真的难受！现在就跟没娘的孩子似的，你自己感觉是党员，但你找不到组织，党费都没地方去交。

村民们没有了“身份”，生活恍若隔世。这里面的原因究竟是什么？当地有关部门又会给出怎样的答案？谁该来为此负责呢？继续来听报道：

发稿前，村民再次向当地公安机关——哈尔滨市阿城区平山镇派出所询问有关户口和身份的问题。值班民警表示青龙山村在版图上已经不存在了，户口办不了。

村民：您好！平山派出所吧？

民警：对。

村民：我是青龙的村民，我想问一下，户口、身份证能不能给办？

民警：青龙户口办不了。

村民：孩子着急上学，要用身份证啊。

民警：除非你迁出去，迁到别的地方，因为青龙现在在行政上、在中国版图上已经没有了。

值班民警表示，要想有“身份”必须得把户口迁出去。但村民们觉得，1998 年拿着每平方米 97 元的房屋补偿款都很难生活，现在迁出去，别说盖不起房子，就连愿意接收他们的地方都很难找到。他们希望政府能够管一管。

哈尔滨市阿城区平山镇党委副书记刘春鹏告诉记者，青龙山村的问题是 1994 年西泉眼水库动迁时遗留下的历史问题，近 20 年间相关领导不知换了多少届，作为基层政府，他们即便想管也无能为力。

刘春鹏：我们没什么办法，他们现在虽坐落在我们平山的范围内，但对于我们来讲他们已经划出去了，已经不归我们管了。

记者：那他们现在归哪儿管呢?

刘春鹏：哪儿能管着他们呀，他们现在连户口还没着落呢。

记者：但他们在你们辖区里，你们应该管理呀。

刘春鹏：他们要是能接受我们管理也行呀，现在不存在这个问题。他们那儿现在就算是一个空白，除了学生上学，基本的医疗可能在我们这儿还能给提供一点儿，至于结婚什么的都不在我们这儿。他们属于自己管。

记者：现在没有户口的一共有多少人?

刘春鹏：不知道。

刘春鹏介绍，当年平山镇已经为村民们办理了户口迁出手续，青龙山村也已在行政版图上消失了，因此这些依旧生活在平山镇范围内的村民不归平山管。村民们认为，当年的搬迁安置补偿不合理，安置措施不到位，他们在被安置地无法正常生活，这才被迫返回到原来的村庄继续耕种土地，而并没有在安置地办理户口迁入手续。

村民们说，尽管当地政府和他们就搬迁问题至今没有达成一致意见，但解决问题需要依法办事，拿出适应现阶段的具体措施，让村民们的合法权益得到保障，而不应该以“封锁”户口作为要挟的手段，如果有关部门继续对此不闻不问，这里终将成为被遗忘的村庄。

离开青龙山村时，村民们告诉记者，他们现在就想有个合法的“身份”，踏踏实实地过日子，近20年的时光已经消耗掉了一代人的青春，他们想让孩子有个和正常人一样的未来。

有关事件进展情况，中国之声将继续关注。

后来：

报道连续播出后，引起哈尔滨市委、市政府高度重视，以市委副秘书长为组长的调查组成立，对原青龙山村的情况展开调查。哈尔滨市政府要求阿城区做到四个确保：确保返迁移民饮食、饮水安全；确保符合义务教育条件的孩子上学；确保生病的村民及时得到治疗；确保做好防火、防盗等治安稳定工作。

房管局串通学校为假房产发数百本真证
工商银行为假房产发放数千万元贷款

按语：

名下无端冒出了一间房子，这是天上掉下来的馅饼还是陷阱？即将开始崭新生活的小梁被彻底弄蒙了，她需要弄清楚这是怎么回事儿。调查毫不费力：小梁曾经工作过的学校缺钱，学校就“借”用教师名义办理假房产，套取银行贷款。但面对违法事实和由此给当事人造成的损失，学校的态度却非常强硬。我和小梁一起回到了她的老家。我们去了银行、学校，到了房管局，找了县政府，他们都承认问题的存在，但解决不了。

作者：陈俊杰、李禹潼（实习记者）

播出时间：2011 年 9 月 8 日

单县，隶属山东菏泽，是苏、鲁、皖、豫四省八县的交界处，中国实属少见。还有一件事情比单县的地理位置更稀奇。这里的不少中学老师，从来没有买过房，却在不知情的情况下，被人办了房贷，有的还背负着不止一笔房贷，因为还贷不及时，有人名下被记录了多达几十次的不良还贷记录。请听央广记者陈俊杰、实习记者李禹潼的报道：

被蒙在鼓里

小梁，30 岁，山东单县人，就职于北京某知名公司。今年 8 月，她与爱人攒够了首付，打算在河北燕郊买一套房子。没想到，麻烦却跟着喜悦接踵而至。

小梁：买了房，订金也交了，去人民银行总行去打一个征信报告。报告出来后，吓了我一跳，还以为是搞错了，我怎么还有一个贷款呢，还有不良记录什么的。

由于银行记录显示小梁名下有一套房产，开发商拒绝协助办理贷款，如果想买房就要付全款。

小梁说，自己是第一次买房，从来没有从银行贷过款，名下的信用卡也是按时还款从未拖欠，哪儿来的不良记录呢？“我就去查，到底是哪里贷的款？哪个银行？哪个单位？但是我看了上面写着我们学校，第五中学家属院，贷款的银行就是我们当地的菏泽市的工商银行支行。”

小梁现就职于北京某知名公司，之前她曾经是山东单县第五中学的一名教师，但是在任教期间她也没有买过房子。那么，学校家属院内的房子是怎么回事呢？

小梁打电话询问老家曾经一起共事的老教师，得到的答复更让她吃惊。“我问这个款是谁贷的呀？他说是学校。我说学校贷款是干什么？他说当时学校好像是欠人家两千多万元，学校没有钱还账，欠好多银行的款，学校看到有我们的身份证复印件，就用这些证件去银行办了贷款。贷完款还款不及时，出现了不良记录。”小梁终于知道了名下贷款是哪里来的了。

空中楼阁

“解铃还须系铃人”，小梁第一时间就想到找学校解决问题，但结果却出乎意料。“我们副校长给我回了一句话，他说我就算有十分的理儿，官司也打不赢。我给我们校长打电话，他也说：‘你起诉呗，我又没拦着你！当时不是我在任的时候办的事，你想找谁就找谁去。’”小梁怎么都没想到，学校竟然是这样的态度。

无奈之下，小梁开始奔走于单县工商银行和单县房管局之间，她的想法很简单，就是能够尽快消除不良还贷记录，让自己买到房子，但她并不知道，她的调查揭开了一个隐藏在单县多年的秘密。

在单县房管局档案室里，小梁找到了名义上属于自己的，却从未谋过面的购房材料。在一份初始登记申请书上，小梁看到申请人是自己的名字，但那字迹却是那么的陌生。“‘梁’字少了一笔，我自己怎么会写错？”

除此之外，材料里还有一份单县五联中学提交给单县房管局办理房产证的申请书，称单县五联中学因教职工住房紧张，决定 2005 年 5 月在单县郭村镇西村兴建 60 户职工楼。资金个人自筹，采取分批付款的方式。申请书还附带了职工楼的平面图，小梁的名字出现在了平面图上。

但是这份申请书却露出了破绽：一个是小梁以前供职的是单县第五中学，而不是单县五联中学；二是小梁是在 2006 年到单县五中工作的，2005 年 5 月建房时她还没有大学毕业，怎么就以她的名义申办房产证了？小梁说，只有一种可能，这份申请书是后来补交的。

单县房管局依据学校的申请为小梁办理了房产证，但房产证上“房屋坐落”一栏并没有标明详细地址，写的仅仅是“郭村镇西村五楼”。小梁说，房屋登记的“郭村镇西村”是单县五中的校址，但“五楼”又是哪里？

令人费解的是，如此模糊的房产登记信息，怎么会通过房产部门的审查呢？

而在以小梁名义登记的房产证上，关于土地的性质仅表述为国有，但没有国土证号。小梁也没有在房管局找到办理房产证登记需要提交的包括国有土地使用权证在内的五证。（2011 年）9 月 5 日，单县房管局工作人员也对这份奇怪的房产证感到了困惑。

房管局工作人员说：“5 层的砖混的房子，93 平方米。”

“土地证号有吗？”记者问。

“没有土地证号，没有楼号。”

“没有楼号是吧？”

“是啊，只是写着五层！”房管局工作人员也没有见过这样离奇的“空中楼阁”。

在房管局，小梁还意外地发现学校共有 60 名教师存在与自己相同的情况。这些教师因为这莫名的多次不良还款记录，而不能贷款，不能办理信用卡。一位不愿意透露姓名的老师说，他现在的房子是以他儿子的名义贷款买的。

“我用我儿子的名义买的房子。将来还是有问题，我儿子去青岛、去上海买房子怎么办？”这位老师说，虽然解决了眼下的问题，但儿子以后怎么办？要用孙子的名义买吗？那么，孙子又该怎么办呢？

这些奇怪的房产证到底是怎么来的？是谁办的呢？

单县房管局透露，与小梁同一批办理的房产证一共有 60 本，都是由单县五中的财务人员提供教师信息代办的，而初始登记上的签字是财务人员冒用教师们的名义填上去的，甚至还按了手印。而事实上，单县五中在申请书中提到的教职工楼项目根本不存在，也就是说小梁等 60 位老师房产证上注明的楼房根本就是子虚乌有。单县五中在今年 8 月 18 日提交给工商银行单县支行的申请书中承认了弄虚作假。

就是这样 60 本“假房产证”却从工商银行单县支行贷出了 360 万元个人住房贷款。

乱点“鸳鸯谱”

问题不仅于此，9 月 6 日，单县五中工会主席韦安廷承认，被学校冒用身份贷款的老师不止 60 名，实际的数字是 218 名。

工行菏泽分行在给山东省分行关于此事的报告中记载的事实是，2001 年 12 月到 2006 年 3 月，这期间单县五中利用 218 名老师的名义，先后从单县工行贷出了 344 笔总计 1 809 万元的个人住房贷款。

也就是说，有些教师的名字被反复用来贷款。单县五中工会主席韦安廷说，他的名字就被学校用来贷了两次，产生了十多次的不良记录。在一次贷款中，银行需要提供婚姻证明，学校临时凑数，把不相干的老师以夫妻名义报了上去。

“好像欠了工商银行的贷款没及时还，工商银行就把老师名单公布在网上了。公布的时候才发现有的老师和老师压根儿不是夫妻，就按照夫妻名义给贷的款。”韦安廷说：“简直是乱点鸳鸯谱！”

难解的死结

单县五中虚构房产，乱点鸳鸯谱，看起来有些荒唐，但申办手续怎么会通过房管局和银行的层层审查的呢？ 9 月 6 日，单县房管局副局长李道彬给出了这样的解释：“这个是工作人员一时疏忽，原来数据没那么严格。这是集体的，也不是个人行为。当时咱们认为教书育人的老师怎么会欺骗人啊？！”

“一时疏忽”，李局长给出的理由听起来好像说得过去，但他又怎么解释这一疏忽就疏忽了 60 套房子？又怎么解释从 2001 年到 2006 年这 5 年的时间办理 200 多套房产证呢？“这个事情我没法给你答复，我也不清楚，我没经手办的事情我不方便说。”李道彬不想回答了。

按照规定，办理按揭贷款时银行需要审查申请人身份证明、房产证明等材料，并要求本人签字，程序十分苛刻的。单县五中申请房产证日期是在 2006 年 3 月 20 日，房产证的下发日期是同年的 3 月 22 日，银行的放款日期是在房产证下发的第二天。几个日期算下来，房管局办证速度和银行的贷款速度不可谓不迅速。

但是，单县房管局记录单县五中领走房产证的日期却是在 3 月 30 日，也就是说，银行已经放款，房产证却还在房管局。那么，银行是怎么办理审查这些贷款的呢?

冷冰，单县工行副行长，5 年前，他是信贷部的主任，也是单县五中贷款的经手人之一。当得知记者想了解单县五中的贷款问题时，冷冰在电话里拒绝了采访。

事实上，单县工行在事后也意识到单县五中贷款存在的问题，对冷冰的处罚，只是全行通报批评并罚款 2 000 元了事。

从发现到现在已经过去了一个多月，小梁的问题至今还没有解决，名下的房子还在，不良还款记录也在，她不知道自己什么时候能买上房子。她曾经想过通过法律手段解决，但学校领导的一席话让她有些犹豫。

小梁：学校说，如果因为我的揭发，让学校原本隐藏的东西浮出水面的话，到时候我就没办法向我的同学、老师，包括周边的人交代，那么我就是学校的罪人。

“起诉学校就是罪人”，那么在整个虚假贷款事件中，谁才是造成 200 多名老师生活不便的罪人呢? 单县五中、单县房管局、单县工行又都扮演了什么样的角色呢? 谁又能把诚信还给小梁和数百名教师呢?

后来：

报道播出后，小梁的贷款记录和不良还款记录在人民银行征信系统里被彻底删除。而用 218 名老师名义贷出的近 2000 万元贷款也全部归还。调查此事的单县工作组要求银行对这 218 名老师个人名下的贷款重新确定，不属个人贷款的，予以纠正，个人不良信用记录全部删除，保证不影响其按国家政策贷款购房。当年办理贷款的学校责任人和银行经办人均受到了不同程度的处罚。

量少质低杂费多，山西多地爱心煤被“层层剥皮”

按语：

山西——我的故乡，那里最不缺的大概就是煤，山西煤炭的质量在全国更是首屈一指。2011年，省里出台政策，从当年到2015年年底，为低收入农户每年每户供应1吨取暖用煤，这些煤被称为“爱心煤”。结果政策刚出台，执行就走了样。3天时间，2000公里，从南到北纵贯山西。运城、临汾、晋中、忻州、大同等不同地区，执行“爱心煤”政策的花样各不相同，共同之处是质量都不合格。北方的冬天，天黑得早，村里黑灯瞎火，家家户户的门都关得严严实实，但只要我们敲开了门，或者到了小卖部之类的地方，聊起“爱心煤”，大家都有一肚子话要说。而我的感受却交织着悲哀、愤怒和尴尬。

作者：刘黎、李楠

播出时间：2011年11月18日

现在天气一天比一天冷，确保百姓温暖过冬，成了各地政府民生工程的重中之重。在山西，省政府出台了一项温暖人心的好政策，从今年（2011年）到2015年年底，山西的低收入农户，每户每年冬天都将免费领到1吨取暖用煤。

这两天，煤陆陆续续分发到了农户家里，大家却发现，不仅分量不足1吨，煤里还掺着大量的石块和煤矸石，每家每户还得交数量不等的运输费才能领到煤。政府承诺的优质煤到了老百姓手里为什么烧不着？好政策在执行过程中怎么就变了味？请听央广记者刘黎、李楠发自山西的调查报道：

16日下午，虽然下着小雨，但山西翼城南梁镇程公村村口却格外热闹。村民们拿着盖着村委会公章的简易煤票，推着自家的平板车到村口排队领煤。

村民：交了30元的运费，一共900公斤取暖用煤。

几公里外，山西绛县大交镇张村的村民却乐不起来，同样是发取暖用煤，张村的不少村民去镇上的集中发放点——亿丰煤业一看，煤里掺了不少石块，拿回家一烧，根本点不着。村民张先生说，煤票11月底作废，因为煤的质量不过关，亿丰煤业的煤堆成了山，老百姓也不愿意领，村子周边一些做煤炭加工的企业主动上门，花钱买走了煤票。

张先生：老百姓把煤票领了以后，但一看煤不能用，都不愿意拉煤，烧锅炉都不行，不知道怎么回事儿。村里有人收这个煤票，320元一张，就是相当于收走了1吨煤。

河津市的农户们最近也有类似的烦恼。虽然樊村镇张家巷村的多数村民已经把政府发放的取暖用煤领回了家，可试用过后，大家都说这煤不好烧。

村民：烧着的时候就是“噼噼啪啪”的，里面全是石头！打算夹杂着好煤烧。

一入冬，张大爷就花600多元买了1吨煤，家里炉火烧得正旺。捧一把刚领到家的煤添进炉子，“噼噼啪啪”一阵响，火苗却越来越小，七八分钟后，炉火几乎熄灭。

张大爷：现在把政府发的煤倒进来了。可是怎么这么浓的烟？看不见火星了，大概过了七八分钟基本上火就灭了。

在张大爷家的院子里，他把一塑料袋煤倒进水里，洗煤的水虽说也是黑色，但煤块逐渐露出了石头的颜色。拿张大爷买的煤和政府发的煤在同一块砖上画横线，发的煤几乎画不出颜色。

张大爷：洗一下就能看见，这是煤矸石和石头，确定它不是原煤！如果是煤画出来是黑色的，政府发的煤画不出黑色来，自家买的好煤一画就是黑色的。

村民张先生多年来一直跑运输拉煤，他把刚发的煤块拿在手里掂掂分量、看看颜色，就能分辨出这煤不是原煤。

张先生：如果是原煤，它是黑的、发亮的，“近煤者黑”嘛！这煤是青的，它就是石头！拿这块来说，有棱角，才是原煤！但这个就是圆的，过了洗煤厂，就成了圆的了。

且不说掏了15元的运输费，5元的装卸费，村民们对煤的质量更是质疑。樊村镇有村民把政府发的煤送到河津市一家质检机构检测，煤的发热量低位数值仅为每千克3 983大卡。而据媒体报道，山西省省政府要求发到群众手中的煤，发热量不得低于每千克5 000大卡。按照分配方案，河津的煤来自大同同煤集团，樊村镇副镇长闫军学也证实，他们镇是从河津火车站领的煤，他只知道煤来自山西大同，煤炭已经发放到户。

河津市河东铸造有限公司质检中心检验报告

送样单位： 报告日期：2011 年 11 月 9 日

分析编号	样品名称	水分		灰分	内灰	挥发分		焦渣特征	固定碳
		Mt	Mad	Aad	Ad	Vd	Vdsf	CRC	
		%	%		%	%			%
原煤		9.5							

分析编号	样品名称	硫	磷		粘结指数	发热量		机械强度	
		St.ad	St.d	P	Gr.i	Qgiad	Qnetad	M40	M10
		%	%	%		高位	低位		
原煤						4615	3983		

分析编号	样品名称	胶质层指			回收率		
		Y	X	曲线类型	精煤	中煤	矸石
		Mm	mm		1.4	1.4-1.8	1.8

地址：河津市 209 国道铝东路口向南 100 米

化验室主任：薛俊玲

手机：15303595478 13593571966

燃煤检验报告

农户领取的煤堆积在门口，因质量问题无法正常燃烧（田华摄）

山西翼城南梁镇程公村燃煤发放现场

闫军学：我们老百姓肯定既高兴又激动，省里给我们分煤了，想都不敢想。老百姓只管领煤，运输都是河津市里负责的，老百姓不用出运输费。煤的质量也差不多，好着呢！

山西是煤炭资源大省，除了运城，其余 10 个地级市煤炭资源相对丰富，补贴给低收入农户的取暖用煤，均自筹解决。运城市的 120 万吨煤，由同煤集团、焦煤集团等省属五大煤炭集团负责。记者调查发现，不仅是调运到运城的煤炭分量不够，质量不过关，各地级市自筹的煤炭也有问题，甚至有些地市发煤还捆绑了附加条件。

沿着大运高速从运城北上，在山西霍州，师庄乡南庄村的曹老先生一提到政府发的过冬煤就直摇头。通过广播电视的宣传，曹老先生知道省里补贴煤是一户 1 吨，可发到手里的只有半吨即 1 000 斤。村干部解释说，村里实际的农户数大于上报的户数，下发的煤量不够，分到每户的量也就打了折扣。不仅分量少了一半，质量也不过关。

曹老先生：既没保质也没保量！质量呢，石头太多，这个煤不好烧；数量呢，说是 1 吨，结果就发了 1 000 斤。

在山西最北端的大同市，农户们这两天生活的主题也是发煤、领煤。大同需要供应煤的总量近 60 万吨。由大同市地方煤矿和同煤集团按煤炭产量比例分配。其中，我国第三大煤矿国有企业——同煤集团供应近 48 万吨。阳高县北徐屯村的供销社门前，堆满了刚拉来不久的补贴煤，多数村民交了 100 元运费后，并没有急于把煤拉回家。

村民 1：在街上堆着都没人要，都是石头。五六十年了就盼这一天，拉的全是石头，连火都烧不了，我们老百姓有什么办法呢?

村民 2：煤不好！都是石头，火烧不起来，还交了 100 元的运费。

天镇县在山西的最北端，张西河村的许先生今天刚把政府分的 900 公斤取暖煤拉回了家。他捧着颜色暗淡的黑煤块告诉记者，村里人都觉着这煤不光是湿乎乎的，起码有三成都是石块和煤矸石。

许先生：几乎都是面煤，掺的水，并不是原煤，打开都是白茬和石头。

张西河村的多数村民每户掏了 140 元的运费，已经把煤拉回了家。许先生说，村里离大同市 180 多公里，平时也是从内蒙古买煤，大概 1 吨 500 多元。今年冬天政府给我们发煤，本来是好事儿，但在他们这里，却捆绑了一定的条件。

许先生：没有给我们免费，一户收了 140 元的运费，不交就不让领煤。还得一个人交 50 元的合作医疗，不交合作医疗也不让领煤炭。我家四口人，共交了 340 元。

早在今年 8 月 30 日，山西省政府已经下发文件，要从今年开始，对低收入农户供应冬季取暖用煤。沿着大运高速由南向北，3 天辗转近 2000 公里，记者调查发现，在运城、临汾、吕梁、忻州、大同等地级市，在实际发放冬季取暖用煤的过程中，都不同程度地存在分量不足、质量不好等问题。究竟是哪个环节出了问题，老百姓也有自己的想法。

村民：省政府肯定不会给老百姓发烂煤，发下来肯定全是优质煤，可是到了煤场，它们把好煤拉回去后用煤矸石、烂煤一起全部搅和了。

吕梁交城县夏家营镇段村的村民只是听说省里正在给老百姓发煤，村干部这两天给每户村民发了 300 元，煤就不组织运输也不会发了。在山西，1 吨质量不错的原煤起码得要 800—900 元。村民武大爷说，段村 1 100 多户村民，冬天只能烧柴火，或者买些煤泥、蜂窝煤烧，他们还是想要质量过硬的原煤。

武大爷：我们需要很多的煤，冬天家里都要烧煤，谁家也得烤火，原煤是买不起的，一户人家就得三五吨。

发给老百姓的煤究竟是源头有问题，还是中途有人掺了假，掉了包？政府的好政策，怎么就在执行过程中衍生出了种种花样和应对手段？爱心煤为什么会被层层剥皮，利益究竟进了谁的口袋，又该怎么监管？中国之声将继续关注。

后来：

报道播出当天，山西省煤炭工业厅配合省监察厅对煤炭发放过程中出现的分量不足、质量不佳、加收运费等问题展开调查。2011 年 12 月，山西省纪检委、监察厅对爱心煤掺假事件做出处理，25 名责任人分别受到了党纪、政纪处分。时任山西省委书记袁纯清对此表示，处罚绝不放松，一抓到底，取信于民。

改头换面，乱象丛生

北京小升初“占坑班”为何越禁越猛？

按语：

作为记者，这样的文章好像在说“皇帝的新装”。在这个城市，关注中小学教育的人，谁不知道它的存在呢？没有人在公开官方场合承认，谁又敢说它没有发挥巨大的能量呢？最让我深受感触的，并不是从知名学校到教育部门的矢口否认，而是，已经在“占坑班”熬了好几年的小姑娘，说自己特别想上的几个学校，都“不太可能了”。一颗快乐自在的心，是谁毁掉的？是“占坑班”的开班者，还是其他人？但愿有一天回看这篇报道，它已经成为一段过往的历史。

作者：王娴

播出时间：2012年3月20日

一年一度全国“两会”刚刚闭幕，教育均衡、教育公平再次成为代表、委员关注的焦点。政府工作报告重提“继续花大气力推动解决择校、入园等人民群众关心的热点、难点问题”。全国政协十一届五次会议也召开了记者会，专门讨论“促进教育公平、提高教育质量”。

就在最近，有多名北京的听众给中国之声央广新闻热线打来电话，说自己的孩子面临小学升初中的升学难题，无奈之下只得选择培训机构和升学直接挂钩的“占坑班”。家长们说，早就听说教育部门要取缔“占坑班”，可为什么这些机构还是遍地开花？请听央广记者王娴的报道：

周六晚上不到9点，蓝蓝已经开始收拾书包，周末去“占坑班”上课，从四年级起已经成为习惯。蓝蓝说：“现在我是周日上午去上课，到六年级就改成周日下午了，如果我还能考上的话。”蓝蓝在北京海淀区的一所小学上五年级，“如果还能考上的话”是她在谈话中经常强调、补充的。蓝蓝说：“三个小时上四节课，其中两节是奥数，有一半的时间都是考试。每一次都要在年级中重新排名，所以搞不好你下次就考不上。”

每个年级近千名学生，奥数是课程主干，蓝蓝所在的“占坑班”公开的名字叫仁华学校，是北京一家民办教育机构，但接受采访的学生、家长达成的共识是，上仁华学校，是为了升入著名的中国人民大学附属中学读初中。在北京众多学生家长参与的“小升初”网络论坛里，仁华学校被评为北京众多“占坑班”中的“金坑”。“占坑”并被成功“点招”是最终目标。

每个星期都是爸爸开车送蓝蓝去“占坑班”上课。石先生说：“不愿意让她为这些将来根本用不上的东西在这儿纠结。”蓝蓝说：“嗯，反正就是难度增加了，然后可能会学到一些初中、高中才学到的知识，比较难的有什么‘ANM’包含与排除，‘牛吃草’等等都是平时根本学不到的一些知识。”

对于女儿学习经历的讲述，石先生似乎也有不满。石先生说：“每堂课最后都会留几道题，做完了交上去，会做的就做，不会做的也不会给你讲，我觉得现在的‘占坑班’是在选优秀的学生，而不是把你培养成一个优秀的学生。”

北京中关村一座高层写字楼的第八层，是仁华学校的教室所在地。蓝蓝和同学们上课时，教学区和电梯间的玻璃门紧闭，如试图进入，保安会将你挡在门口。接待处通常在显示机构名称的位置用旧报纸贴住。蓝蓝说，之前那里写着“人民大学附属中学培训学校”。

仁华学校王老师说：“你就去找小学，它推荐你来考试，考过了的就来上课，考不过的，自然被淘汰。”（记者：这个淘汰是一个什么过程？）“您别问我，别逼我回答一些敏感话题，其他表面的我都给您说。”记者以咨询入学名义打听“占坑班”的细节，这位自称是仁华学校管理人员之一的王老师说，从仁华学校“占坑”直到被“点招”，也就是提前内定录取至人大附中，是一个“公对公”的过程。王老师说：“我们把名额分配到各个小学，让学校给你名额，我们不对私，只对公。跟班主任搞好关系呗，孩子需要智商，家长需要情商。”进入“占坑班”的玄机，记者拨通人大附中办公室的电话得到了印证。人大附中老师说：“仁华学校是针对小学的，给小学名额。我们不对个人，只对学校。”

蓝蓝的爸爸石先生说，的确，“占坑班”的“名额”是孩子所在小学的老师给的，北京中关村某小学的一位班主任老师告诉记者，在海淀区，也只有为数不多几所重点小学能拿到类似“金坑”的名额。中关村某小学高老师说：“如果现上五年级肯定来不及，奥数太复杂、太难学了，所以肯定四年级或者之前就得上，所谓的

‘占坑班’主要是奥数，给名额的话，也是数学老师给名额。”

在“占坑班”学习了两年，蓝蓝在半年前的分班考试中被分到了仁华分校，瞒着女儿，石先生表达了自己的无奈。石先生说：“一般一年也就推荐个百八十个学生能上人大附中，其他也就没戏了，但是101中学的名额我们又没占上，所以也只能让她在那儿学着。”根据人大附中一位在校老师透露的信息，通过仁华学校直接被“点招”并不容易。“最好的肯定是仁华一班、二班，每隔一段时间考一次试，优中选优，你如想要被人大附中‘点招’的话至少也得是二班的学生，或者前三个班吧，保证你能进去。”

北京市小升初的基本政策是免试就近入学，而所谓的“占坑班”则成了孩子们进入重点中学的重要通道。早在2009年，记者调查的北京市就开始叫停所有公办学校主办的“占坑班”，如果示范学校举办或参与举办“占坑班”，将被取消示范学校称号和资格。记者调查了解到的情况难道是漏网之鱼？“占坑班”的“顶风作案”为什么这么有市场？

离仁华学校不远，“北京101中学培训班”的名字直接透露着它和101中学这所北京市示范学校的关系。负责“占坑班”招生咨询的老师在互联网上公布了她的电话。招生咨询老师说：“现在可以去网上做个插班的登记，大概6月也会有一次插班考试，如果能考上的话就可以来上课。”（记者：那最后“点招”的概率大概有多大？我听说今年“点招”了大概60个名额，是吗？）“差不多吧。你如果能通过暑期班的课程，才有资格被‘点招’，如果没通过暑期班，就只能去想其他办法了。”

在另外一些“占坑班”，报名的方式相对简单些。

老教协：直接到我这儿来报名！

记者：如果要上的话是不是一直跟着上比较好？

老教协：对啊！三年级、四年级、五年级、六年级，接着学呀。你百度搜索一下，西城区老教协都有招生的信息。现在报名就是下学期开学上课。

记者：将来小升初的时候……

老教协：看你成绩了！

记者：但是咱们这儿还是有一定名额的，对吧？

老教协：对！你就学吧！

海淀区的小升初“占坑班”一对一针对初中示范校，与北大附中对应的叫“北大附中为明教育培训中心”，与清华附中对应的叫“清华龙校”，等等。而按照招生老师的指导，“西城区老教协”的学生同时可能获得西城区多所学校的敲门砖。家长们在接受采访时的表达大多类似，闫女士直到女儿六年级才为她报了东城区一所示范校——汇文中学的“占坑班”。闫女士说：“其实我当时是想让孩子信马由缰式地长大，但是最后我还是输给了这个教育体制。一个半小时的课时，要交200元，从经济上讲，我觉得也是一个特别大的负担。”经济负担之下，家长们还是选择了报“占坑班”，尽管其中的名目已经让人眼花缭乱。闫女士说：“这种按部就班地上‘占坑班’，至少孩子可以去努力，可是论效果，又有‘金坑班’‘银坑班’‘钻石班’‘垃圾班’等等。”

去年7月，北京市教委在《关于2011年北京市进一步规范教育收费工作的意见》中明确指出，严禁公办中小学举办或参与民办学校举办与招生入学挂钩的“占坑班”。而早在2010年，北京市教委主任刘利民曾公开表态，坚决清理“占坑班”。上个月23日，教育部再次发文“治理义务教育阶段择校乱收费”时，教育部副部长杜玉波也提到了“占坑班”。杜玉波说：“主要环节是小升初，重点规范与入学挂钩的收费行为以及‘占坑班’等行为，要确保小学生入学和小升初工作公开透明。”

记者采访时，已是2012年春天，仍在开班招生的小升初“占坑班”不止一处，不局限于某一个区县。记者联络北京市教育委员会有关负责人，在采访函中写明“拟就公办学校禁止办有偿培训和‘占坑班’具体情况采访”，遭到明确拒绝。市教委工作人员说：“很明确，他们不接受媒体采访。（记者：您是指具体关于公办学校‘占坑班’……？）就是指具体您发过来的这个函的内容，我也转给了他们，他们非常明确地回复了。”

已经被分到仁华分校，但上人大附中希望并不大的蓝蓝还在继续上着每周的“占坑班”课程，她说，总之还是为了上一所重点中学。蓝蓝说：“其实我特别希望上清华附中、北大附中、人大附中、101中学其中的一个，但是我认为不是特别可能了。”而无奈的爸爸又不得不给蓝蓝报了另外一个“占坑班”，他说，现在已经是关键时刻了。石先生说：“现在家长也不明确，但是应该在五年级下学期就已经‘点招’了，有的可能六年级上学期‘点招’，所以现在这个阶段就很关键了。我上周末又给她报了一个班，就是希望她再努力一下试试。”

后来：

教育改革一直在推进，可现实情况依然错综复杂，一时说不清“后来”。

河南一法官判错案，自称“眼花”
促错案终身追究制度首次问责

按语：

为了不过分引起法官的警惕，我和案件受害人张利强还有他另外两位亲戚一起找到案件主审法官水涛，因为案件涉及三个家庭，大家一起去讨说法也符合常理。水涛倒也不推托，承认判错了，我问他判错的原因，他说“眼睛花了”。报道播出之后，一时间，“眼花法官”成为各大媒体关注的焦点，网络转载率超过500条，飞信客户端有超过10万人点击阅读。“眼花法官”成为百度、新浪微博的热搜词。该报道获得2012年年度全国法制好新闻一等奖。

作者：吴喆华

播出日期：2012年4月17日

去年（2011年）9月，河南省境内发生一起交通事故，三死两伤。负全责的肇事司机被告上法庭，他本来“没有赔偿”，河南省三门峡市陕县人民法院法官却认定他“积极赔偿”，并据此做出了减轻对肇事司机处罚的判决书。请听央广记者吴喆华的报道：

一场车祸，三条人命，三个家庭，瞬间垮塌。

2011年9月16日，山西运城的张利强夫妇开车送19岁的女儿去河南洛阳的一所大学报到，随行的还有张利强的两个小姨子。他们行至河南三门峡境内，连霍高速观音堂路段时，一辆满载货物的重型半挂货车，从后面撞上张利强的现代轿车并碾轧过去。坐在后排的张利强的妻子、女儿、大姨子三人当场死亡，坐在前面的张利强和他的小姨子受伤昏迷。转瞬间，阴阳两隔。

张利强：我当时被撞昏死过去了，大概过了半个小时，感觉有人开车门，把我往下拉，让我走但我走不了，小姨子刚才还和我说话呢，后面怎么就没声儿了（哭）。

事发地的三门峡市公安交通警察支队第六大队，在道路交通事故认定书上明确了责任："肇事司机杨新华未保持安全车速，未降低行驶速度，且未按照操作规范安全驾驶，其违法行为是造成此次事故的原因，应承担事故的全部责任。"

事发三个月后的 12 月 27 日，陕县人民检察院指控被告人杨新华犯交通肇事罪，依法向陕县人民法院提起公诉。经过合议庭审理，今年（2012 年）3 月 6 日，陕县人民法院"判处被告人杨新华有期徒刑两年"。

根据我国《刑事诉讼法》第 136 条的规定，判决宣告后，法院应当及时将判决书送达当事人和提起公诉的检察院。然而，奇怪的是，作为直接当事人的张利强，并没有收到判决书。在家苦等 20 多天后，他才通过聘请的律师，从陕县法院索要了刑事判决书的复印件。如今，回忆起当时第一眼看到判决书的心情，张利强至今依然不能平静：

张利强：把判决书拿过来一看，上面简直胡说八道，什么依据也没有它就敢这么判?!

根据相关法律规定：交通肇事死亡 2 人以上或重伤 5 人以上，负事故全部责任或主要责任的，属于"有其他特别恶劣情节"，处三年以上七年以下有期徒刑。

对于一起造成三死两伤的恶性交通事故，陕县法院在法定刑以下，轻判肇事司机的量刑依据何在？记者看到，陕县人民法院做出的刑事判决书里，"从轻处罚"的原因之一是："被告人积极赔偿受害人家属部分经济损失 90 余万元。"然而，张利强却表示：至今没有收到来自被告人的任何赔偿款项。

记者：你现在还是没有拿到赔偿款是吧？

张利强：没有，什么都没和我们说过，对方人都没来，什么赔偿也没有。

陕县人民法院负责本案的审判长水涛承认：受害人没有得到赔偿，判决和实际不符。而当时他们之所以这样判，也是事出有因。此案涉及刑事附带民事，刑事部分由陕县法院审理，而民事部分则由三门峡市湖滨区法院负责。两年刑期的减轻处罚，正是根据湖滨区法院出具的一份赔偿证明。

水涛：湖滨区法院出了个证明，我就依照这个证明判了。

家属：那边出的证明说的是给这边赔偿款了？

水涛：嗯。

家属：咱这边就根据那边开的证明给下了判决书？

水涛：对，判了。

对于陕县法院的说法，湖滨区法院负责审理此案民事赔偿的法官翟二民，极为不满。翟二民称：他曾经多次拒绝陕县法院以及被告律师提出的赔偿证明的要求，但是陕县法院最后以公函的形式，要求湖滨区法院介绍案件审理情况，据此，他们才开了所谓的“赔偿证明”。如果陕县法院现在推卸责任，那自己就成“冤大头”了。

翟二民：他要是往我这儿推卸责任，那天我就急了。我好不容易好心好意地给他出个证明，他三番五次叫我出证明，我开始是拒绝的，现在他把事儿推到我身上，他是耍我呢！

这是一份怎样的赔偿证明，让出具文书的法官如此动怒？在这份“赔偿证明”里，记者看到了这样的表述：“目前，我院对此案尚未审理终结，据被告人称能够及时赔付被告家属赔偿款近 90 万元。”其中，“被告赔偿被告”的说法明显错误。对此，翟二民认为：虽然这个证明明显有瑕疵，但并没有表明被告人已经赔偿了 90 万元的意思。

翟二民：只能说是我们写得有点儿不认真，写得有点儿瑕疵。证明里的缺陷是“据被告人称”，要赔付多少钱，并没有说已给你赔了 90 万元。这个他称“能够及时赔付被告家属赔偿款近 90 万元”的说法这本身就是错的，证明写的有问题。

记者发现，“据被告人称”中的“据”“称”二字，都是手写体，在打印规整的文书中，惹人注目。值得注意的是，如果没有这两个字，就变成了“被告人能够及时赔付……赔偿款近 90 万元”。被告的辩护律师何天枢一语道破这二字之差的天机：

何天枢：抠掉了“据”“称”二字意思就变了，这意味着湖滨区法院出具了假证明，翟庭长担心就是这种情况，毕竟这是后来手写加上去的，这可不是打印上去的，打印上去的话你去掉前面和后面，距离就显示出来了。

因害怕赔偿证明被陕县法院“做手脚”，4 月 6 日，翟二民专门从陕县法院复印了湖滨区法院开具的这份赔偿证明。

翟二民：我给他们（指陕县法院负责审理此案的工作人员）出具了证明以后，我害怕中间有啥情况，害怕“据”和“称”这两个字里头的内容和最初的内容不吻合。我前两天专门安排人又去把那档案查了一下，并复印了那份证明，害怕我这儿和它又不一致了，咱这办事更要严谨一点儿。

然而，最终发现在陕县法院下达的刑事判决书里，不仅去掉了“据”“称”二字，还把“能够赔偿”改成了“积极赔偿”，至此，作为被告人减轻处罚的依据就产生了——“被告人积极赔偿受害人家属部分经济损失90余万元”。

对于“据”“称”二字的奥妙，陕县法院难道真不明白？审判长水涛表示，判决和事实不符，主要是因为湖滨区法院提供的赔偿证明表述含糊，而当时自己“眼睛花了”：

水涛：他是写了这样一个证明，就是说被告人能保证赔偿最少90万元。

记者：那咱们就认定被告人已经赔偿了？

水涛：他证明写得有点儿含糊，我的眼又花，我一看“能够及时赔付”，以为他写错了，当时我们应该逐字逐句地去看的。

受害人家属聘请的律师毛转江指出：不论有没有“据”“称”二字，陕县人民法院都应该核实被告人的赔偿收据，如此草率判决是极不负责任的。

毛转江：这个湖滨区法院和陕县两级法院，要么是有意的，要么是无意的。湖滨区法院出具的这个证明，可以说是不伦不类，而陕县法院根据这个没有任何意义的证明，把它认定为“已经赔偿”，这就是问题的症结所在。

目前，陕县人民检察院已经向陕县人民法院提出纠错意见，认为本案判决与事实不符，陕县法院决定启动法律审判监督程序，本案或将再审。

后来：

报道4月17日早晨播出，当天上午河南省高级人民法院院长张立勇立即做出批示，要求严肃处理，决不姑息。陕县法院随后重审案件，并召开新闻发布会，追究相关人员责任。最终，涉事法官水涛被刑事拘留，成为《错案责任终身追究办法（试行）》新制度实施后，第一个被追责的法官；陕县法院一把手被记行政处分，也成为新制度实施后第一个被追究责任的基层法院院长。

“眼花法官”水涛曾就职后勤（食堂）管理岗位，后来却被调入审判岗位。在河南省高院2012年5月9日“错案警示日”座谈会、9月17日河南省全省法院第十四次党风廉政建设会等会议上，该案例都成为河南省高院反面典型，警示全省法院系统。

湖北黄冈市蕲春县今年高考考场出现无线电作弊
记者实录作弊播报答案

按语：

其实这个题，说不上是采访，所有的工作都是围绕线人，也就是一个姓周的小姑娘来做的，如果没有她的帮助，一切都没有可能。一个18岁姑娘的正义感和胆识，让我真心佩服。从带着视频设备，去购买无线电作弊设备的现场拍摄，到包里揣着录音机去宾馆调试作弊设备，这个高三姑娘有勇有谋。因为她在当地生活，这次曝光会对她个人有各种意想不到的影响，我们把能想到的风险和后果，毫无保留地和小周以及她的父亲做了沟通，如果他们不愿意共担，我愿意放弃报道。在事件曝光后，保护线人的难度增加，甚至在去天河机场的路上，宣传部的人都在问线人是谁？发稿前，我们写好了证明，希望在必要的时候，把这份证明递交给有关部门，既能保护小周，不至于泄露她作为线人的身份，又能保证她的高考成绩不受影响。总之，保护好线人，是这次调查报道记者的底线。

这是广播记者首次即时捕获高考作弊现场音响，前所未有。这是一次独一无二的采访经历，不可复制。为了维护稳定的高考秩序，节目并未在高考第一天结束时播出，而是以其他形式向上级反映情况。高考结束三天后，节目播出，过程曲折，影响震撼。

作者：刘黎、陈振玺

播出时间：2016年6月12日

高考前夕，中央人民广播电台新闻热线收到听众的电话反映：湖北蕲春有人在兜售无线电作弊器材。记者赶到蕲春暗访调查发现，作弊器材不仅通过熟人圈子销售，在高考开考当天，确实还有人用无线电传输设备传送高考答案。

6月7日上午，记者从耳机里确认听到传送高考答案后，迅速向公安和教育部门反映相关情况，公安、教育部门迅速行动，案件侦破已经取得初步进展。请听央广记者刘黎、陈振玺的调查报道：

提到湖北黄冈，很多人都会联想到高考，因为这些年参加过高考的人几乎都做过来自黄冈的高考练习题。蕲春是黄冈市下辖的一个县，高考前有听众反映，当地有人顶风作案，兜售无线电作弊器材，也有高三学生铤而走险花高价买了设备。记者赶到蕲春调查发现，蕲春实验中学、蕲春第一高级中学等学校都有艺术类考生购买了无线电作弊设备，这在他们的圈子里并不是秘密。

高三学生：他说今年卖的答案非常厉害，就算不考数学也能取得 400 多分，其实我们都知道这不太可靠，可是没办法，就抱着一种试试看的心态去买。

记者联系到一位高三艺术类考生郭同学（化名），他说有熟人向他推销无线电作弊设备，一方面他担心这是借高考之名，欺诈学生；另一方面，如果通过这样的设备，真的能在考场上得到答案，那么更多的学生就失去了公平竞争的机会。由于设备只在熟人之间交易，这位学生愿意帮助记者购买一套设备，以便确认犯罪嫌疑人的真实目的。向郭同学推销作弊器材的也是当地一名姓李的高三艺术类考生，他哥哥的手里就有多套这样的设备。经过多次短信和电话联络，郭同学支付 3 000 元订金后，拿到了作弊器材——一个肉色耳塞，一个白色无线电接收盒以及两个橡皮擦大小的字幕显示设备。郭同学说，在交易现场对方给他详细演示了设备使用的秘诀。

高三学生：如果把耳塞放在右耳朵，就把这个线挂在左边，并绕在腰间，出门前要把开关打开，遇到安检门时就先关一下，进去以后再打开。

6 月 6 日上午，郭同学突然接到通知，要到当地一家宾馆集体试验设备。郭同学赶到宾馆时，房间里已经坐满了人，不仅有出售、调试设备的人，还有多位学生以及学生家长。

买了设备的学生被安排各自带好装备，到卫生间里试验声音是否清晰。整个试验过程只持续了半个多小时，如何确保设备能带进考场，藏在哪里才不会被监考老师发现，这是试验提示的重点内容。

犯罪嫌疑人：耳塞藏在身上，先不要戴，进去以后再戴上，以防老师在安检的时候看见，有的老师知道这些东西。

高三学生：接收器放在这儿可以吗？

犯罪嫌疑人：你这儿不是有个肩带吗？把那个线用肩带固定，然后用胶带粘住。里面最好穿两件背心。

同时，双方明确，这套 15 000 元的设备，除了交 3 000 元订金外，考完一场要再付一场的费用，8 日上午综合科目考试结束后，最后付清所有费用。考场上何时播报答案等细节，双方也做了充分的沟通。

犯罪嫌疑人："橡皮擦"上A、B卷都有。文综是20分钟以后开始报答案，数学是40分钟以后报答案，前面的时间都要自己阅卷，不要发愣。题目的中心思想、重要的信息都会告诉你，你们自己组织语言表达自己的思想，不能有雷同。

离开宾馆前，犯罪嫌疑人提醒同学们，当天下午四点半，带上购买的设备到所在考场再做最后的演练。蕲春县的艺术类考生集中在漕河镇中学考点考试，6日下午四点半，也就是同学们熟悉考场的时间，耳机里果然响起了试验设备的声音，还提示同学们如果听到声音都要给那位姓李的同学回个短信。

湖北黄冈素来以高考成绩优异出名，在蕲春，高三艺术类考生中流传的购买高考作弊设备的行为到底有多少可信度？虽然记者也发现了一伙买卖无线电传输设备的犯罪嫌疑人，他们是在抓住考生希望考取好成绩的心理，大发横财吗？今年高考被形容为"史上最严"的监考，这些人怎么敢顶风作案？高考当天，记者的另一番暗访，揭开了答案。

6月7日上午9点，2012年全国普通高校招生考试正式开考。记者就在蕲春县漕河镇中学的斜对面，准备观察并记录这里的高考全过程。文综考试开始40分钟后，黄豆大小的耳机里果然传来了用普通话播报答案的声音。

播报答案：各位同学，一题选择题，一、选择题：1.宿营、诉说、夙兴夜寐、素昧平生。

确定犯罪嫌疑人在使用无线电接收设备播报考试答案后，记者立刻向当地公安部门报案。从上午9点40分到10点45分，耳机里间断性、无规律地数次传来播报答案的声音。不管是诗词填空还是文言文阅读，耳机里都能寻得到答案。

播报答案：第五小题，孔乙己描写了科举考试失意者的命运。孔乙己，甲乙的乙，自己的己。

播报答案并非绝对按照试题的顺序进行，多数题目的答案，都会加以重复。除了耳机里能清晰地听到播报答案的声音，形似橡皮擦的字幕显示设备同时也在显示试题答案。到文综考试结束时，字幕显示设备共显示了45屏试题答案。因为发现一些年轻人进出漕河镇中学旁的一条小巷，记者怀疑发送高考答案的窝点可能就在小巷里。走近观察后发现，巷子最深处有一些没有完工的在建小楼。

虽然已经向警方报案，7 日下午的数学考试，记者还是守在了漕河镇中学考点。数学考试 15 点开始，55 分钟后，耳机里又传来了播报答案的声音。

播报答案：现在重复一遍答案，选择题第一题 A，第一个选项；第二题 B，第二个选项；第三题 D，第四个选项；第四题 B，第二个选项……

选择题和填空题的答案播报结束后，大约半小时耳机里再没有传来声音。

播报答案：其他答案请同学们耐心等待一下，等一下你们注意下面的大题，不要拔掉耳塞。

大约在交卷前 20 多分钟，开始播报主观题答案。到 17 点整考试结束，考试答案仍未完全播报，直到 17 点 02 分，才仓促结束。

播报答案：时间不够了，我把 20 题重复一遍，a1+a2+a3=-3……

字幕显示设备显示了 17 屏共 22 题考试题的答案。无论是语文，还是数学，无线电设备传输的答案既有客观题也有主观题，语速较慢，还有重复。橡皮擦上显示的答案归类清晰、内容丰富。考试过程中，伴着播报答案的声音，还时不时会听到狗叫声，循着这一线索，记者又走进了漕河镇中学旁的一条小巷，果然在一栋在建的三层小楼门口养了一条狗，小楼外壁上已贴好瓷砖，一楼有铁门，二楼甚至没有安装门窗。小楼门口不远处还停了一辆警车。

在数学考试结束后，当地警方最终发现并端掉了这一利用无线电设备发送高考答案的团伙，一举抓获涉案犯罪嫌疑人 6 名，缴获作弊设备笔记本电脑、发射器各 1 部，对讲机 2 部，未售出接收器 5 部。记者昨晚向湖北省公安厅求证案件侦破的进展情况，宣传处余副处长这样回复：

余副处长：这个团伙的 6 名犯罪嫌疑人已全部抓获归案，还在侦破过程中，还要侦查，比如这些作弊的器材从哪里购置的，会不会还有幕后等这些情况，都还在进一步侦查。

记者已通过蕲春县证实，当地高考并非标准化考场，考场内没有任何视频监控设备。高考阅卷工作已经开始，没有现场证据，不清楚究竟有多少考生买了设备并把设备带进了考场？他们的试卷分数最终如何认定？记者前期采访调查过程中，一些蕲春当地的高三艺术类考生都表示，他们是通过熟人圈子买到的作弊设备。除了已经端掉的犯罪团伙，涉及高考作弊的人员范围会不会还有可能扩大？设备从哪里来？答案又从哪里来？中国之声将继续关注案件的侦破进展。

后来：

蕲春高考作弊调查从接到线索，到买设备，再到录制作弊现场，整个过程并不顺利。从蕲春当地到湖北省，从教育部门到公安部门，对媒体曝光的高考作弊案件的调查并不积极，一直很不情愿地被舆论推着走。公布的查获作弊设备的地点，我们报道前就已经发现；公布的购买设备的名单上仍然只有12个人，并未扩大调查范围。最终有多少名考生使用了作弊设备，又是如何处理的？有关部门也是遮遮掩掩，希望以打太极拳的方式把事情淡化。

烟台富士康雇佣大量未满16岁“学生军”

按语：

传说富士康流水线管理森严，但我借用学生的工牌，趁夜班就进入了富士康生产车间。口含U盘大小的录音笔，闯过三道安检关卡，采访到了富士康生产线上关于学生的年龄、学校、人数等关键信息，印证了富士康招聘未成年实习生的证据，并查实富士康正在赶制的产品是日本游戏机生产商任天堂即将上市的Wiiu游戏机。

作者：吴喆华

播出日期：2012年10月15日

不满16岁的孩子，在家长眼中是还需要呵护的年纪。但是在烟台富士康的生产线上，这些未成年的孩子与成年工人已经没有什么区别，他们一起加班，从夜晚工作到第二天清晨。

9月初，中国之声报道过江苏等地强迫大量大中专院校学生前往富士康实习的实况，富士康也就此做过回应称：旗下工厂的实习生可以随时结束实习并离开工厂。

而时隔不到一个月，中央人民广播电台新闻热线又接到多位来自山东烟台的大学生打来的电话反映，也是从今年9月起，烟台市乃至山东省多所高职、高专院校的学生，被学校安排进当地的富士康（烟台）科技园实习，其中部分学生还不满16周岁。

记者深入现场调查发现，说是实习，其实这些学生在工厂里做的是和普通工人同样的工作，经常需要加班和上夜班。许多学生说他们想回学校，老师却威胁说“不实习就没有学分，也没有毕业证，甚至要被开除”。而当初富士康所谓的“可随时结束实习并离开工厂”的承诺并没有兑现。请听央广记者吴喆华的调查报道：

今年14岁零10个月的小王（化名），就读于烟台工程职业技术学院机械系二年级。9月10日，他和2000多名同学一起，来到富士康（烟台）科技园实习，被安排在车间里做流水线和物流方面的工作。

肖同学：我做物流，主要是帮他们拉货，现在夜班是从 19 点 40 上到第二天早晨的……唉，早晨下班没有确切的时间，什么时候干完活儿什么时候下班，活儿没干完他（线长）不让下班，一般 7 点半才能下班。

上周五，连续上夜班并加班后，小王感觉身体不舒服，找老师请假没有批准，他第三次“旷工”，被厂方开除了。有同学去问学校在富士康的驻点老师，老师的答复是：如果被厂方开除，那么回学校也将被开除。

学生：在这儿被开除了可以回学校吧？

张老师：回学校也要被开除。

学生：回学校也要被开除？

张老师：嗯。

记者了解到，在富士康工厂里，未满 16 岁的学生的工牌比其他人多了一行编号，明显区分出来，而且所有学生进厂时已经提交了身份证复印件。初步统计，烟台工程职业技术学院在富士康实习的学生中，未满 16 岁的共有五六十人，这部分学生也被要求加班和上夜班。

记者：一个月能休息几天呢？

一名未满 16 岁的学生：一天也不能休。

记者：周末两天不休吗？

一名未满 16 岁的学生：那要看产量多不多了，一般情况下，每个周末产量都很多，根本停不下来。

同样在富士康实习的还有山东商务职业学院的学生，10 月 8 日，该校食品、会计两个专业的二年级学生被要求去实习。

学生：必须得去，不去就不给我们发毕业证，还不给学分。

记者：谁说的？

学生：班主任和系主任都说了，否则，说什么我们都不会去的。

因为初中毕业就上高职，山东商务职业学院的许多学生还未成年。

学生：我就是未成年，还不到 18 岁。还有比我岁数更小的。

据了解，“学生军”在富士康实习第一个月的工资是 1 550 元，扣去住宿费和伙食费，剩下 1 000 元左右。夜班和白班三周一轮换。因为需要早到点名和经常加班，实际上富士康的生产线上，经常是两班倒无缝对接。

学生：做苦力流水线的，比较好的可以坐着干活，有的要站 8 到 12 个小时，加夜班、倒班都是这样的。夜班比白班一天多挣 4.5 元，加班的部分是工资的 1.5 倍。

依照我国《劳动法》规定，童工是指未满 16 周岁，与单位或者个人发生劳动关系从事有经济收入的劳动或者从事个体劳动的少年、儿童。现在，在学校的组织下，很多未满 16 周岁的少年、儿童就这样成了烟台富士康的廉价劳动力。

那么，烟台富士康和学校一起强迫这些学生加班加点，是在赶制什么产品？这批学生为什么会来到富士康打工？继续来听报道：

10 月 13 日晚上 8 点，在富士康工厂车间的一条装配线上，十几个大学生穿着白色工作服一字排开，一名帽子上带着蓝色丝带的富士康主管不停地来回走动。

记者：这是在生产什么？

主管：生产游戏机充电器。

记者在车间摆放整齐的包装纸箱上看到英文“Nintendo”商标的字样。一位富士康的多能工说，正在赶工的产品是日本游戏商任天堂的一款游戏机：Wiiu。

记者：这是什么牌子的游戏机？

多能工：Wiiu，也就是任天堂，是日本最大的游戏机生产商。

有资料显示：富士康（烟台）科技园拥有完整的个人电脑、手机和游戏机生产链。根据媒体的公开报道，9 月，部分任天堂在中国的代工工厂停工。近日，日本国内的 Wiiu 组装工厂被一场大火袭击，但任天堂官方表示：不会对 Wiiu 的生产造成影响。

在富士康的 A17 栋二层，记者看到多数是学生模样的面孔，已核实的有淄博职业学院、烟台机械工程高级技工学校、烟台工程职业技术学院的学生。为了赶工日本游戏机以及其他订单，烟台富士康到底招了多少人？

山东商务职业学院一位系主任说：所有的烟台高职、高专院校都被市里下了“死任务”，学校派去最多的有 3 000 多名学生。

记者：咱们学校一共去了多少人？

系主任：我们一共去了300多人，学校派去最多的有3 000多人。我们是分批去，他们是一次性去完。

记者：咱们是有任务的还是可以不去?

系主任：有任务的，这个是烟台市市政府统一的文件，去也得去，不去也得去。

这位系主任坦言：学校也不想派学生去实习，但市里的任务“推不掉”，烟台教育局专门还派了一位科长到富士康厂区。学生去富士康实习算“社会实践环节”，学校为此已经专门停掉了部分课程。

记者：市政府的文件在网上能查到吗?

系主任：网上查不到，市政府给各个学校的院长开了会。开始我们没派学生过去实习，又开了一次会批评我们学校，因为其他学校是“十一”之前就派了，我们想推一推，想尽量不派。

记者调查还发现，为了弥补富士康的用工缺口，除了烟台本地的高校，许多外地学校的学生也来到烟台富士康实习。甚至，烟台市经济技术开发区管委也向开发区各政府部门分派任务，要求必须完成相应的招工任务。为什么政府部门和学校突然对富士康的用工问题如此着急，甚至不惜使用童工?继续来听报道：

记者：旅游局的!

富士康招工人员：填表吧。有多少人?

记者：3个。

10月13日上午，位于烟台富士康科技园门口的招工处，在工人填完报名表后，一名开发区旅游局的工作人员把自己的单位和名字写在报名表的右上角。她说，旅游局有300个的招工任务。

记者：你们要派多少个?

旅游局：我们开发区旅游局要派300个。

据富士康的招工人员介绍，这几天每天都有七八十人来应聘，比平时“多很多”。邻近中午时，一位开发区城管局的工作人员也带着几个工人来到报名处，他们的任务是500人。

城管局：我们局的任务总共好像是 500 个，我们职工才 200 多人，只好一个人派两个。我们是年终考核，必须完成任务，要不就扣我们奖金。

记者：咱们这儿到底缺多少人？

城管局：缺 12 000 人。

富士康是山东省产出规模最大的外资企业，目前园区共有约 8 万人。早在 2010 年，山东省人社厅就专门下发通知协助烟台富士康招工。目前烟台富士康还缺多少人？有消息称："烟台开发区富士康紧急招工 2 万名"。

巨大的招工缺口，人从哪儿来？一位自称有 6 年富士康招工经验的中介人员说，最近有很多政府的工作人员来找他。

记者：他们派一个人给多少钱？

中介：1 个人 700 元。

记者：这么多？

中介：1 个人在富士康干够 3 个月的话返给他 1 400 元啊。

记者：返给谁？

中介：谁派送的就返给谁。

按照这位中介的说法，富士康方面 1 400 元给了送工方，也包括各政府部门和各高校。但是开发区旅游局的工作人员说，他们拿不到钱，听说学校可以拿到钱。

记者：给你们钱吗？

旅游局：不给我们钱，听说政策是给学校 1 个人干 1 个月 100 元，干 2 个月 200 元。

政府部门有没有从富士康拿招工回扣，大批来自各地高校的学生是以怎样的"价格"被学校"卖"给了富士康？答案令人疑惑，但招工仍在继续。记者看到，13 日傍晚，又一批来自山东枣庄职业学院的学生进入烟台富士康，他们抱着被褥在偌大厂区里寻找自己的宿舍，一张张年轻稚嫩的脸像是在问：这是哪里？

我国在 2002 年就发布国务院令，禁止使用童工。而在烟台富士康，在校外实习的幌子下面，学校竟然把大量不满 16 岁的学生当作童工送进企业，强迫他们从事繁重的劳动，不工作就不给毕业证。更让人不解的是，学校竟然表示说这都是政府下达的必须完成的任务。

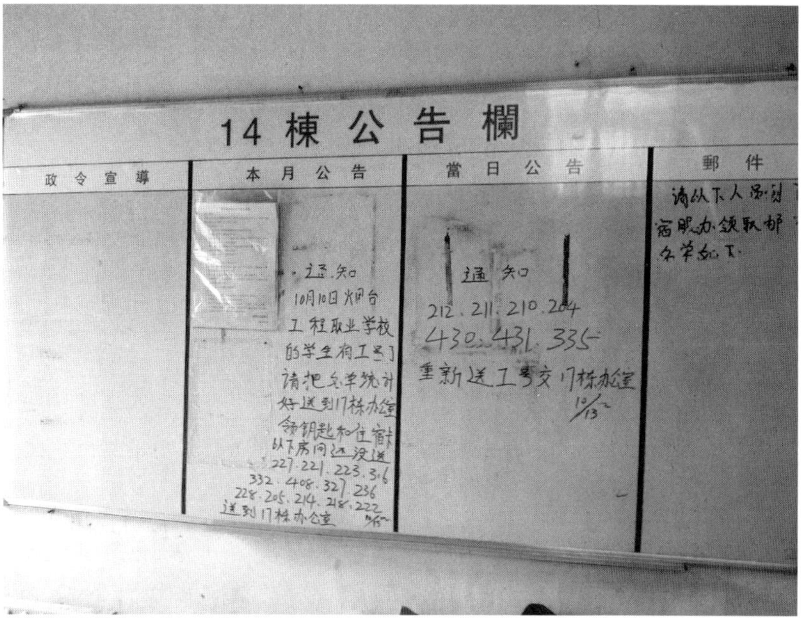

富士康宿舍内部公告栏

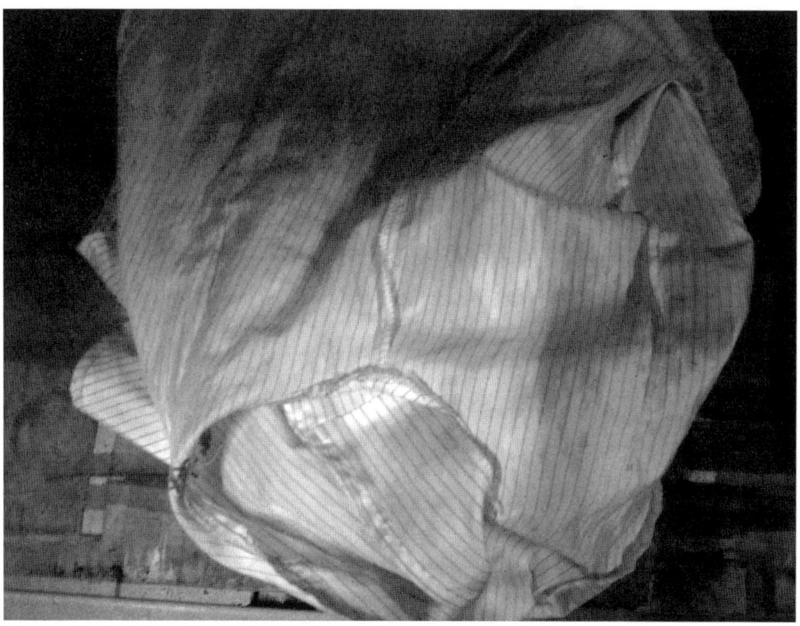

富士康工服

很难想象这令人发指的一幕竟然就发生在21世纪，发生在我们身边。而其中，政府和学校的参与更让人难以接受。我们希望这些不满16岁的少年、儿童早日离开工作繁重的工厂，回到学校，重见阳光。烟台富士康童工的命运，新闻纵横也将持续关注。

后来：

报道播出后，富士康道歉，紧急叫停招聘未满16岁学生，并展开全国范围调查。富士康一位高管告诉记者说："出了这种事情，我该被杀头。"富士康、任天堂均做出回应。富士康回应称：报道属实，承认使用童工。日本任天堂也对事件发表回应称：负有连带责任。英国金融时报、英国广播公司（BBC）、华尔街日报、美国国家公共电台（NPR）、国际金融报等国际媒体跟进报道，国内主流媒体播发评论。《金融时报》报道：富士康表示并承诺展开全面调查，开除任何对此次违法行为负有责任的员工。《华尔街日报》评论：此事引发外界进一步质疑富士康的学生实习项目。

此报道获得第二十三届中国新闻奖三等奖。

山西天脊苯胺泄漏调查

按语：

浊漳河原来是山西长治一条相当清澈的河流，却因为这样一场污染让当地人心惶惶。整个采访历时不短，为了获取水污染指标数值，我们经常坐在原定开发布会的会议室里等到深夜，最后却又被通知发布计划有变。该直言时，请不再讳莫如深，和我有一样想法的记者一定很多，更何况，我还惦记着浊漳河的盛夏漂流，听说很好玩。

作者：王娴、李楠、岳旭辉

播出日期：2013年1月7日至9日

2012年12月31日，山西长治潞城发生苯胺泄漏事故，2013年1月5日，山西省环保厅接到报告。山西省官方数字显示，38.7吨苯胺污染物泄漏，8.7吨流入浊漳河。浊漳河下游的河北邯郸、河南林州、岳城水库、红旗渠等地区饮用水水质安全被关注。请听央广记者王娴、李楠、岳旭辉的报道：

今天（1月7日）凌晨零点五十分左右，关于山西潞安天脊煤化工集团苯胺泄漏事故的第二场通气会在预定时间之后近1小时终于开始。实际上，整个通气会的核心信息，就是介绍了来自水利部海河委员会的漳河上游水质监测的最新结果。

刘大山：非常高兴地向大家宣布一组数据，也是一个好的消息。……充分表明，天脊化工“12·31”事件经过昼夜奋战，克难攻坚，取得了重大成效！

发布消息的是山西省环保厅总工程师刘大山，他在通气会中传递了“目前事故处理取得重大成效”这样一个信息。发布会上也讲到，借这个机会，山西要开展一次化工行业的隐患排查，要求“无缝隙、全覆盖、纵向到底、不留死角”。

实际上，第二场通气会的召开距离第一场只有5个小时，在那之前，昨天晚上8点，指挥部已经开了一次发布会，按照官方说法，苯胺泄漏事故发生在2012年12月31日，这也是事故发生后，有关部门第一次如此密集地发布消息。其中就包括对这起事件的初步处理意见。

刘大山：对潞安天脊“12·31”苯胺泄漏事故直接责任人做出初步处理决定：天脊方元公司总经理陈建温，安全生产副总经理任勇杰，储运车间主任程新生、副主任宋涛已被撤职，待事故调查结束后，再进一步追究相关人员的责任。

四名直接责任人被撤职，但事隔5天后才上报省环保厅，是否属于瞒报，刘大山没下结论。他代表官方表态说，是否存在瞒报，下一步调查工作中会给予回答。

在污染发生地，事故调查处理进展如何？事发现场，河道现状怎样？水质还清，措施是否有效？饮水安全能否保障？关于这次苯胺泄漏，人们还有更多疑问。

6日，陆续有记者出现在天脊煤化工集团门口，但都无法进入。

门卫：这是生产厂区！

记者：不能进，是吗？

门卫：对。

记者：所有的生产车间都在这边？

门卫：对。

记者：这两天所有的生产都是照常进行的，是吗？

门卫：对。

从厂区向浊漳河下游走大约20公里，已经是另一番景象，河边还有村民在放羊。村民：“这两天没有水，开始几天有，现在水库被堵了。没堵水库的时候羊出现了异常反应。”这里是天脊集团排污渠直接通入浊漳河的交汇处。46岁的靳小红正和儿子在河边赶着自家羊群，他说知道这条河就是天脊煤化工的排污渠，可最近刚刚被污染了。

记者：河流被污染了以后有没有人通知你们？

村民：没有人通知。

记者：那你是怎么知道这条河被污染了？

村民：这两天放羊发现羊怀的小羊流产了，不该流产的都流产了。

排污渠的入河口，装着活性炭的编织袋密密麻麻堵住了渠道，河水的颜色也已经看不出什么异常。靳小红对几天前的情景还记忆犹新。靳小红：“四五天前的水是红的，还有泡沫，像洗衣服的泡沫一样，以前不是这样的。”

官方发布中提到，污染物大多被引流到黄牛蹄干涸水库，从水库通往浊漳河的泄洪通道被堵塞之后，库底终于有一层积水浮冰。沿浊漳河流域和黄牛蹄水库，密集分布着村落，听到河水被污染的说法，人们的回答通常含糊，他们说，至今没有得到确切通知。

记者：现在村里通知你们说要注意河水污染、不让放羊了吗？

村民 1：没通知。

记者：你们自己观察的？

村民 1：都是我们自己看出问题了，既没人通知，又没人管。

村民 2：咱老百姓不知道。

事故应急指挥部的官方发布中，“国家有关部门检测结果”已经表明“岳城水库水质未发现苯胺类有机物污染”。同样是昨天，下游的河南省安阳市启动了环境突发事故应急预案，安阳市政府应急办主任刘希杰说，岳城水库检出了苯胺。刘希杰：“从目前监测情况看，我市境内岳城水库、红旗渠等部分水体有苯胺、挥发酚等因子检出和超标。”山西长治市市长张保说，关于河南的数据，指挥部也是通过各方收集而来。（记者：河南方面没有受到水体污染的影响，这个是通过什么渠道得到的消息？）张保：“通过环保部门监测。山西省省厅、长治、河北邯郸、河南安阳等政府部门和地区都有监测。”

岳城水库事关周边百姓饮水安全，山西和河南的官方说法为何有出入？公众对瞒报的质疑在两场官方通气会中也不断被问及。山西省委宣传部常务副部长李高山今天凌晨再次承诺。李高山：“当事的企业、当事的基层政府和部门同志们正在认真地查找原因，把情况弄清楚之后会告诉大家的。我们有专门分管这方面的同志和部门正在抓紧调查和研究。”

从 12 月 31 日上午事故发生，到今天已经是第 9 天，污染物的拦截、补救能否见成效，已经到了关键时期。之前，山西省官方的通报说，沿浊漳河流域山西省境内受污染的危险区域长达 80 公里。

关于山西长治苯胺污染事件，是否瞒报？公众质疑不容敷衍。污染过后，水质何时恢复安全？后续措施能否将水污染隐患根除？

工人正在凿冰

正陆续开展泄洪道冰冻污染物清理工作

晋冀豫界正用活性炭筑坝吸附拦截

晋冀豫界已经建成的几道活性炭拦截坝

7日上午的新闻通气会是近12小时中的连续第三场，天脊煤化工集团苯胺污染事故，有关领导终于出面道歉。山西长治市市长张保道歉，并坦承“没有及时上报省政府”。张保：“对环境污染认识不够、警惕性不高，特别是对苯胺进入浊漳河以后污染危害性估计不足，造成了我们没有及时上报省政府，对此我们表示深深的歉意。”38.7吨苯胺污染物从天脊集团苯胺灌区流出，天脊煤化工集团党委书记王俊彦出现在媒体面前，表达歉意。王俊彦：“事故发生后，我们一开始对事故危害程度认识不够、估计不足，各种因素考虑不周到。在这里，我表示诚恳的道歉。”

12月31日事故发生6天之后，才上报省政府，才被公众高度关注，舆论对瞒报、迟报的质疑一直存在。长治市市长张保在通气会上解释“为什么没有及时上报省政府”，张保：“事发后，企业上报的苯胺外泄量是1—1.5吨，数量比较小，就认为这是一般的安全生产事故，企业完全能用自己的力量处置，没想到当时认为一起一般的、很单纯的安全生产事故能延伸成环境污染的大事故。”张保说，“没想到”，同坐在主席台的山西省环保厅总工程师刘大山表态。刘大山：“无论事故责任涉及哪一级、哪个部门、哪个人，我们都将依法依规，严厉查处，决不姑息。”

按照官方发布的消息，31日的苯胺泄漏污染物，大多排入了长治潞城市的黄牛蹄水库，其余8.7吨顺浊漳河水流往下游50公里，就是山西、河南、河北三省交界处。沿路的不少村庄，都沿浊漳河建屋生活。在阳高乡车当村，村里人还记得前几天浊漳河上漂起的死鱼。村民：“前几天，河里好多死鱼。”（记者：前几天？大约多少天了？）村民：“四五天了。还有人家将鱼捞出来吃了！”听上去，浊漳河流域生活的人们对这场污染事件并没有太多担忧。尽管在他们站着的村口就贴着紧急通知，提醒村民和养殖户暂停使用浊漳河水。

最近几天，河南安阳市环保局环境监测中心工作人员每隔两小时要到浊漳河山西段来取水一次，监测水质。“我们监测主要为了了解污染团流经区所在位置，了解污染团流经过后水质变化情况，为处理水异常情况提供决策依据。”取水点的上、下游，有成群的工人给活性炭装袋并码放进河道，在三省交界处，活性炭几乎拦成小水坝，工作人员说，要再加一道。“这里放活性炭，吸附过滤。”污染已经发生8天，沿浊漳河的治理和吸附没有停，生化环保专家董金狮说，苯胺污染十分顽固。

董金狮："化学物质一旦进入水体后，处理起来确实比较难。苯胺化学物毒性比较大，处理起来难度更大。渗入地下后，河流肯定会污染地下水，还有水生生物、植物，拿来灌溉植物可能会造成根系死亡。"

进入三九天，黄牛蹄水库里结了薄薄一层冰，苯胺污染物让这个废弃的水库重新关闸。没有人解释这些污染物将在这里存放多久，但专家表示，缺乏防渗漏处理的污染物仍会成为将来的隐患。董金狮："长期下去，化学物质不会自然消失，演变的过程中，会产生不同的有害的化学成分。我们叫防渗漏处理，也就是水库地下会渗的这个水最终会慢慢径流到地下，从地下径流到其他水域去，地下水最后灌溉、饮用以及抽地下水有可能会抽出来。"

从黄牛蹄水库到浊漳河入河口，大概10公里的导流渠已经因为水库关闸而断流，渠道底部结满黄色的冰，有穿着天脊集团制服的工人把冰铲到袋子里，说要回厂处理。（记者：你们闻着这个是不是有刺鼻的味道？）工人："有味道。给钱了就得干。"尽管工人们用铁铲不断凿冰，但并不平坦的渠道底部显然很难清理干净。董金狮："现在结了冰比较稳定，但是化掉以后会有隐患。对植物生长、对水生生物的生长都是有影响的。冰化了后再看后续的处理。"路对岸的林地里，薄冰面呈现泼洒状，和残留的苯胺污染水一个模样，春天后，它们或许融化成水，苯胺污染事故后续处理也许还将是一场持久战。

后来：

从"没有问题"到"确认瞒报"，从记者调查到更高级别官员介入，山西天脊苯胺泄漏事故影响了山西、河北两省的用水安全。后续企业相关责任人受到处理，公众最关心的水质安全在连续多日报告无异常之后恢复了正常。但是能否从机制上排除环境影响事件的瞒报，公共卫生事件能否第一时间被公众知晓，显然还有很长的路要走。

黑龙江伊春上访女劳教结束后仍被限制人身自由

按语：

那段时间，人们正在关注信访和劳教制度，而陈庆霞更像是集所有个案于一身的一个被扭曲的个体。因行动受限，并被24小时“照顾”，陈庆霞和我之间的前期联络都是通过陈庆霞住处附近敬老院的老人以及她在湖北的同学等人在中间依次传递信息，甚至是通过传送纸条实现的。仅这一过程就经历了一个月左右的时间。采编过程漫长而艰难，但让我最难忘的是，临行前火车站站长拉着我的手说：“我要知道您是来报道陈庆霞的，不能让您在站台上冻着等车呀！”

作者：白宇

播出时间：2013年1月24日

近日，有黑龙江省伊春市带岭区市民向中国之声反映，一个叫陈庆霞的人因常年上访告状被当地有关部门安置在一所废弃的太平间里，被限制人身自由已经长达3年。2007年，陈庆霞的儿子在当地信访办去北京接人时在混乱中走失，至今下落不明，丈夫目前住在精神病院。记者调查发现，陈庆霞现在下身瘫痪，疾病缠身，生活不能自理。陈庆霞说，她18个月的劳教期几年前就已经结束，但被释放后不久就又被安置到了现在居住的地方，很难轻易离开。记者采访时，房门外24小时有人看守。详细情况，请听央广记者白宇的报道：

在伊春市带岭区一排破旧的平房前，停着一辆没有牌照的白色面包车，车头正对着的房间窗户上贴满了“我告饶了”的字样，房门的一侧装着摄像头，后窗被铁栏杆封闭着，一堆渣土埋掉了窗户的下半截，这就是陈庆霞现在的住处。除了陈庆霞的姐姐每天出入给她做饭、送药外，外人的到来总会引起面包车里人的注意。

陈庆兰：我告诉你一声，我家亲戚来看看我老妹儿。

看守：行，进屋吧。

穿过白色面包车，推开陈庆霞的房门，里面有两张大床、两张桌子和一台电视机，没有厕所，一个由木头椅子改成的坐便器旁，堆放着一包包的纸尿裤，洗衣

陈庆霞住处

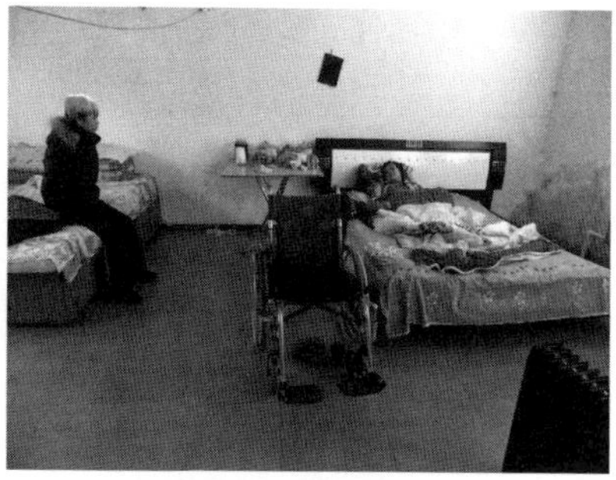

陈庆霞和她的家人

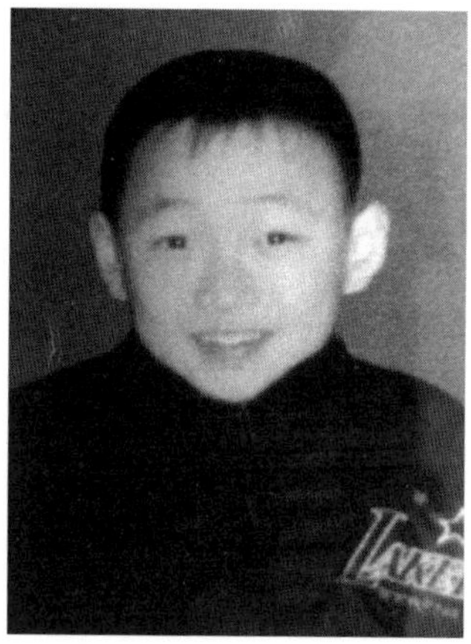

陈庆霞走失的儿子宋吉德小时候的照片

（有知情者请与中国之声取得联系）

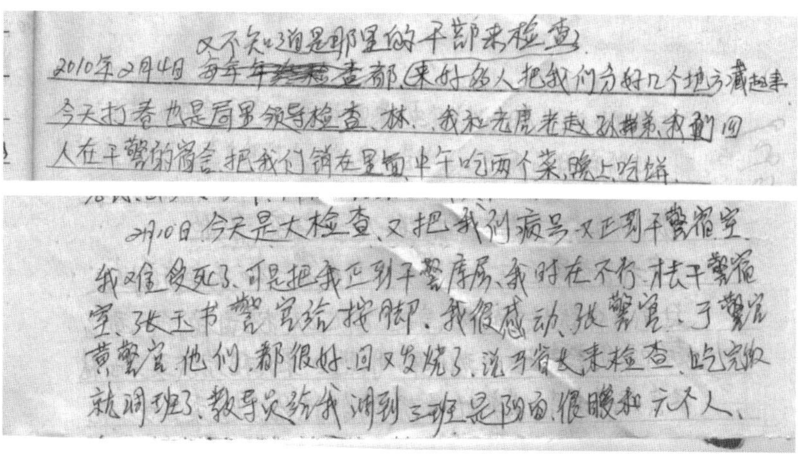

又不知道是哪里的干部来检查

2010年2月4日 [illegible]查 都来好多人 把我们分好几个地方藏起来

今天打春 也是局里领导检查、林、我和老虎 老赵 孙[illegible] 我们四人在干警的宿舍 把我们锁在里面 中午吃两个菜 晚上吃饼

2月10日 今天是大检查 又把我们病号 又[illegible]到干警宿室 我又绝食死了 可是把我[illegible]到干警库房 我[illegible]在不行 林干警宿室 张玉书警官给按脚 我很感动 张警官 于警官 黄警官 他们都很好 回又发烧了 说有省长来检查 吃完饭 就调班了 教导员给我调到三班 是阳面 很暖和 六个人

劳教日记

盆、电饭锅等散落在轮椅旁边的地上。陈庆霞费力地咳嗽着。

陈庆霞：姐姐给我倒点儿水……（咳嗽）

陈庆霞告诉记者，2003年“非典”时，患有“延迟性心因性反应”的她的丈夫毁坏了拦在路口的栅栏，公安机关将其拘留后投送到劳教所，伊春市劳教所因其“患延迟性心因性反应和限定责任能力”予以所外执行，并把人退回到带岭公安局。两个月后，黑龙江省第三医院为他开出了“精神分裂症”的诊断证明。陈庆霞说，见到丈夫时，他身上多处带伤，神志比以前更加错乱，她这才开始上访告状，想为丈夫讨个说法。2007年到北京上访被接回后，劳动教养了18个月，2010年又被送进现在的房间。

陈庆霞：从2007年出事以后就没回过自己的家。关押到劳教所18个月，没让我见家里人。到2010年4月回来就住到这儿了，我没有自由，不让我走，你帮帮我，把我救出去，我实在待够了，在这儿度日如年，晚上都不能安宁啊！实在没有办法了，我再也不上访了，求饶了，不敢喊冤了，喊冤回来就得整死我呀！（哭泣）

陈庆霞：不让走，也不让我出去……

记者：谁不让你走呀？

陈庆霞：外面看着的人，时刻都盯着我，因为我上北京（上访）……想回家……

记者：你现在生病了，要看病怎么办呢？

陈庆霞：姐姐给我买药。只要我一走警察就来了，不让我走。

陈庆霞住处的附近是一家敬老院，老人们向记者证实，陈庆霞至少在这里住了3年。

记者：您是哪年到敬老院这儿来的呀？

敬老院老人：2010年来的，来这儿已经3年了。

记者：您来的时候，陈庆霞在旁边住吗？

敬老院老人：我来的时候她就在这儿呢，一直就在这儿呀，不让出来啊！我们大伙儿都在这儿瞅着，干着急呀，爱莫能助啊！

此时，正对着陈庆霞房门的面包车里，四个女人正在嗑瓜子。

记者：你们这车成宿就在这儿停着呀？

看守：成天成宿的。

记者：你们还排班儿呀？

看守：嗯，排班儿。

记者：一个班几个人呀？

看守：一个班四个人，现在公安局也带班儿。

记者：那我要是现在就给她推走行吗？

看守：不行，绝对不行。

记者：不行怎么办啊？

看守：那公安局就得来了。你要是把她接走，也得通过官方，不通过官方我们没有权限让她走，否则我们就得向公安局汇报。

车里的人告诉记者，他们是带岭区环卫处的工人，看守陈庆霞和环卫部门没关系，但是区里的相关领导要求他们这么做的。

看守：我们这就是上班，这是我们的工作。

记者：工作几个小时呀？我下午来的时候你们几个人不就在这儿吗？

看守：一天一宿，早上七点到明天早上七点。

记者：天天有人在这儿盯着呀？

看守：白天、夜里都有，全天候的。

记者：啥时候没人呢？

看守：啥时候都有人。

看守人员告诉记者，陈庆霞现在住的地方，以前是太平间的一部分。

看守：那边那一排都是太平间，这边一进去是办公室，放花圈，写挽联，等等。

记者：原来这就是整个那一套呗，连太平间，带放花圈、挽联什么的？

看守：对。

附近的出租车司机告诉记者，在当地，陈庆霞的事几乎人人皆知。

司机：带岭这里谁都知道的呀，但谁都无能为力啊。

记者：你敢帮忙把她拉走吗?

司机：这儿有人看守，我们也不敢拉，否则有人找我们麻烦。

昨天下午，陈庆霞的家人来到伊春市带岭区信访办，再次要求接走陈庆霞，但没有获准。她家人说那里的工作人员每次也都答应说去问问领导，但始终没有结果。

陈庆霞家人：我妹妹都在这待 3 年了，2010 年来的这里，我们想把她接回家。

信访办主任董立杰：你要接她去哪儿呀?

陈庆霞家人：去哪儿你就别管了，刑期早就满了，她有自由行动的权利。

董立杰：这个是可以，但她不是残疾人吗?

陈庆霞家人：那你帮忙问问啥时候能走?

董立杰：那我一会儿去看看领导在不在呗。

采访中，陈庆霞告诉记者，2007 年，她带着儿子去北京上访，就在带岭区信访办接人的过程中，12 岁的儿子宋吉德走失了。

陈庆霞：当时我领着儿子去上访，他们是在北京的马家楼去接的我们，信访办杨海峰和一个姓夏的人当时就给我两元，说让我回家，我没要。然后我就走到公交车站，孩子已经上车了，我也正准备要上车。这时他们就把我拽了下来，就把我拽到出租车里，当时我问，我孩子呢?杨海峰就说他负责孩子，但至今下落不明（咳嗽）……

当时到北京接陈庆霞回家的时任带岭区信访办主任杨海峰：

杨海峰：我们的想法是想把他们一起接回来解决问题，后来她执意让孩子先跑，我们也没有办法，后来我们也没赶上那辆车，责任都在她自己。

记者：你们当时去追了那个孩子没有?

杨海峰：当然追了，哪儿能追上啊?当时是辆大客车，天都黑了，车开得很快。

陈庆霞行动受限的背后究竟隐藏着什么？有关部门当年对陈庆霞丈夫的处置是否合法？陈庆霞的双腿又是怎样残疾的？丢失的孩子能找到吗？黑龙江伊春有关主管部门是否知情，又该由谁来对此负责呢？中国之声将持续关注。

后来：

首篇报道网络转载量超过600条。报道播出后当地政府立即成立调查组，陈庆霞终于重获自由，多位责任人被免职并立案调查。记者离开当地到达省城哈尔滨后，当地政府连夜驱车500公里诚恳邀请记者再次回到带岭，帮助政府协调解决与陈庆霞之间的多年“恩怨”。记者返回带岭后，当地区长说：“昨天夜里得知您将返回带岭时，我们是真心感动啊！”经多方协调，带岭区决定按照相关法律规定启动国家赔偿；带岭区政府负责对陈庆霞的生活照料和疾病医治，并继续承担其丈夫在精神病院的治疗费用。鉴于陈庆霞已没有了住房，带岭区为其提供住房。伊春市和带岭区承诺加大对陈庆霞走失的儿子宋吉德的寻找力度。

机场打车遭遇“特许经营”，火车站广场下车得收费
敦煌出租车乱象频出

按语：

旅游城市的出租车行业，是从事调查报道记者通常会遇到的选题。只是这一次，遇到麻烦的不是乘客，而是出租车司机。广播受众中，这是一个庞大的群体；在服务行业中，这又是一个“敏感”的群体，报道必须慎之又慎。坐着出租车在敦煌城里城外跑了几天，接连见证咄咄怪事：去机场只能送客，不能拉客！出租车在火车站以及热门景点下客得交钱！车身有浮土、座套有瑕疵要被罚钱！甚至有司机在20个小时内被查了3次，被罚了400元。我把这一系列“怪现象”做成了系列报道。节目播出后，敦煌市马上发函，提出了七条整改措施。

作者：马文佳

播出时间：2013年6月30日—7月2日

敦煌，这个甘肃省酒泉市所辖的县级市，因为悠久的历史和“石窟、壁画”而闻名于世。此时正值敦煌的旅游旺季，各地游客慕名而来，出租车成为他们接触敦煌的第一个窗口。但不少游客发现，在这里打车会遭遇很多“怪现象”。

比如，在敦煌机场，想打车只能乘坐机场指定的“特许经营”车辆，乘客没法乘坐正规出租车。而到了火车站广场，只要下车就得另交费。游客打车遭遇如此“怪象”究竟为哪般呢？请听央广记者马文佳的报道：

在班机抵达敦煌机场后，顺着通道走到大厅门口，机场广场上并没有“等候出租车”的相关指示牌。走下台阶正对面是一个名为“民航班车乘车点”的棚子。一位佩戴着“敦煌机场安全服务监督卡”的售票员指着停在旁边的一辆中巴车说，要到市区目前只能乘坐班车。

记者：在哪儿可以打出租车啊？

工作人员：那里有班车，班车到市中心敦煌饭店。一个人15元，马上就可以走了。

这时，在机场到达大厅一旁的候机厅门口，驶来几辆前来送客人到机场的出租车。不少刚下飞机的乘客围上去准备等着打车。记者拦下一辆空驶的出租车，准备上车，一位机场工作人员马上过来站在车前阻止。

工作人员：我们特许经营这个地方，就是我们私人承包了。想坐出租车就到机场大门外面去坐。

记者：那我这么多行李怎么办？

工作人员：只能拖着。

无奈之下记者只能下车，一位出租车司机说，把客人拉到机场，然后只能空车回城，这种情况已经不是一年两年了。

出租车司机：正规的出租车不能拉人，只能往那儿送人。乘客下了车，机场工作人员就让我们走，不让我们在这儿待。他就说他们把这儿买断了，我们不能拉人。

这时，现场指挥的交警和机场工作人员，把等着打车的乘客都引向了那个“民航班车乘车点”。班车售票员和司机在一旁催促乘客上车。

工作人员：我都说了，这里的出租车真的不拉人。15元一位，谁要上车？去市里的赶紧上车……

拉着十多位乘客的中巴车行驶了大约20分钟后进入敦煌城区，售票员说，车辆直达敦煌饭店，所有乘客都在这里下车。下车后，售票员和一位身穿酒店制服的工作人员向乘客推销客房。

售票员：没有预订酒店的旅客可以到我们敦煌饭店这边来，三星级的酒店，只要一百多元。你可以先看一下房间……

在民航班车的车票上，盖着“敦煌新干线旅游汽车有限责任公司”的发票专用章。走进敦煌饭店，前台的工作人员说，这个旅游汽车公司和饭店都属于“敦煌市晨光实业有限责任公司”。该汽车公司的一名司机告诉记者，在机场的运营模式是：公司有一辆中巴和一辆小巴运送乘客，另外还从出租车公司转租了两台出租车。除此之外，其他车辆都是公司车队的私家车。

司机：公司名字是叫“晨光实业有限责任公司”，下属的有酒店、旅行社和汽车公司，还有机场这一片。

记者：这个车一天能跑几趟？

司机：每个航班至少1趟，现在一天有13班。

记者：你们就这么几辆车吗？

司机：公司还有别的车，还有去景点的那种小车，这儿的车不够就从那里调车。

记者：哦，其他的就是私家车。那私家车有多少呢？为什么两个航班同时抵达的乘客就打不到车了呢？

司机：公司主要是做散客，其他的车都上景点了，都包走了。

那么，为什么乘客不能从机场乘坐正规出租车？又为什么某个公司就能在机场特许经营呢？

根据敦煌市人民政府网去年10月发布的消息："敦煌机场实现旅客吞吐量26万人次，预计全年旅客吞吐量将突破30万人次大关"。那么，按照敦煌机场全年30万人次的客流量来计算，保守估计其中一半人选择乘坐机场指定车辆，按照基本票价每人15元，那么一年的受益就是225万元。

那么，某个公司如何能够在机场特需经营，从而获得每年百万元的收益呢？对此，敦煌机场管理中心工作人员的解释是，机场的经营权已经被个人承包，乘客乘坐指定车辆很正常。

机场工作人员：机场出租车停车场，专门有人承包了，就只有他们承包的出租车可以在机场载客。

记者：承包的是不是新干线公司？

机场工作人员：对，要求旅客坐他们车，因为他们交租金了。他们负责停车场、负责民航班车、负责收钱。

记者：这样您觉得合理吗？

机场工作人员：规定就是这样的，进去得给人家交费，你不交费不让拉人啊。机场是有国家给的特许经营权的。

这位工作人员并没有讲清楚是怎样的国家规定的特许经营权，可以让个人承包机场线路运营，并且将出租车排除在外。记者随后联系了敦煌市运管处，而这位工作人员则明确表示这种情况不合理，但是他们管不了。

运管处：机场管理中心自己管理的，不让出租车在里面拉客，只允许送客，我们也进不去。

记者：这个情况是正常的吗？

运管处：不正常，本来也是很奇怪。管理中心换了一个老总以后，他定了这个规矩。这方面的投诉已经接到不少了，但是我们处理不了。因为机场不是由敦煌本地地方管理，他们不服从我们管理，我们协调不了这个事儿。

记者：正常情况下我是能够坐出租车走的吧？

运管处：完全可以，车是可以坐的。这个事情你可以打电话向敦煌市政府投诉。

接着，记者几经辗转，联系到敦煌市市政府办公室，一位负责信访的工作人员表示，敦煌机场特许经营是为了方便管理，如果其中有不规范的地方，政府最多只能给出“妥善处理”的建议。

信访局：出租车是限量的，不是所有的出租车都能到机场里面去接人。因为机场比较小，如果不这样限制的话，出租车过多会扰乱机场的秩序。这是机场他们管理的，地方上运管部门只能管理出租车，但是机场归甘肃民航局管。

记者：那究竟是谁把机场的经营权承包下来的呢？

信访局：他们这种管理，我们也真的是没办法，马上就是旅游旺季了，游客打车的问题，他们的确要妥善处理，我们只能给他们建议。

就这样，敦煌机场“特许经营”成为了某个公司的运营垄断的挡箭牌，相关主管部门也因此袖手旁观，从而“乘客在机场无车可打”的现象一直延续至今。

除此之外，如果乘客打车去火车站，在站前广场下车还要再掏钱。距离敦煌城区大约5公里的火车站，由S314省道与城区相连接。如果乘客乘坐出租车进入火车站，在站前广场下车，出租车司机就要交3元的停车费。否则就只能在省道旁下车，然后穿过站前广场进站候车。

司机：要交多少钱啊？

收费员：3元。

司机：我拉乘客到这儿才10元，你向我要3元。

记者：3元是交的什么钱啊？

收费员：停车费。

记者：不用停车，我一下去，车就走。

收费员：只要进火车站就得收费。

收费发票上盖着“敦煌市火车站停车场”的印章。出租车开进火车站大约200米后，可以看到车道用红白色栏杆分成两道，有蓝色的指示牌写着“出租车停车区”。出租车司机刘师傅说，虽然广场里面划着专用停车区，但是想要在这里下客就得要交钱。

出租车司机刘师傅：如果我们要到里面等几个小时，他要收5元我们也没有意见。问题是乘客下了车我们就走，他还要收钱，收的是什么钱？停车费？我总共停了还不到一分钟，比金子还贵。如果不进火车站的话，就只能在那个过道停，让客人在那个地方下车能安全吗？

其实早在14年前，《国务院办公厅转发建设部、交通部等部门关于清理整顿城市出租汽车等公共客运交通意见的通知》中明确规定：“建设、交通部门应会同公安等部门在机场、车站、码头、客流集散地等公共场所，规划、建设城市公共客运交通的专用候车场、站、点，为乘客提供便利。任何单位不得向停车候客的驾驶员收费。”但是在敦煌依旧存在着“机场无车可打，火车站下车要付费”的“怪现象”。“特许经营和停车收费”究竟是相关部门的方便管理之举还是少数人的发财之道？中国之声将持续关注。

后来：

报道播出后，敦煌市市委宣传部致函中国之声表示：从7月8日开始实施七项管理新措施。其中包括：班线车和出租车进入机场、火车站、旅游景区不再收取停车费；各停车场要为班线车、出租车重新划定专用停车区和行车道等内容。

河北贫困县沽源平定堡镇党委书记嫁女宴请近千人
当地多个部门公职人员旷工赴宴

按语：

报道精彩，报道背后的故事更精彩。这篇按语很长，详细讲述了一篇调查报道是如何在线索极不明朗的情况下经由记者“福尔摩斯”式的分析、勘查，最终一击制胜的。

河北沽源，虽是7月中，却如深秋一般，正午的最高气温不过28摄氏度。16日晚6点多，一番摸排，落脚地选在了沽源政府招待所。前台服务员说，这是全县最好的宾馆，每晚280元左右。我对同事孟晓光说：这应该是个贫困县，搞不好还是“国家级”的呢，一扭身，孟晓光还在用手机搜寻其他可能接待大型婚宴的场所。大约11日左右接到线索。有位听众拨打央广新闻热线反映：河北省沽源县书记，将于17日为女儿举办婚礼，摆宴上百桌，宴请近千人。但该听众拒绝我们向其进一步核实相关情况。县委书记？镇委书记？在哪儿办？这个无头线索，就像梦里的美食，大餐就在眼前，张嘴要吃，但梦醒了，勾起了馋虫，落下个辘辘饥肠。

最后，中国之声特别报道部主任刘钦拍板：赌一把！16日中午，中央台河北站派出记者孟晓光，与我一同前往。一路上，两人惴惴不安：当事人是哪一级的党委书记、举办婚礼的地点、婚礼的规模等等一概不知。晓光给我打气：兄弟，精神点儿，这题要采成了，一定是个漂亮的活儿。但旋即又问我：你说，这题能成吗？就这样一路纠结到沽源。吃饭，寻找落脚点。与这两项工作一同展开的，还有核实线索。在寻找落脚的酒店之前，我们已经通过打听，掌握了这些信息：当地能承办千人规模的酒店，不过十来家；一般“当官”的人家办事，排场都不会太小；随礼看交情，少则500元，上不封顶。

当晚，我和晓光分头摸排了沽源五六家酒店，都没有结果。既然是“县书记”，索性就找全县最好的酒店——政府招待所。前台服务员说，招待所地下二层17日确实有场喜宴，不过是给孩子办“满月”。我们去看了，餐厅不大，仅容20桌而已，应该不是这家。安顿好住宿后，我们上网查询沽源县县委书记的姓名及履历，县委书记姓郭。这样，我们再去摸排场所就可以说：来参加郭书记孩子的婚礼。

17日一大早，把剩下的三两家酒店，又逐个走了一遍：有给孩子办婚宴的，但当事人不是政府公职人员；有当事人是政府公职人员的，但是给孩子办的高考谢师宴。我们都灰心了，已经做好无功而返的准备。突然，响起一阵鞭炮声。两人异口同声：有门儿！赶紧去！这是17日上午9点半，距婚礼开始不过1个半小时。经确认，这场婚礼，是沽源县平定堡镇时任党委书记岳树旺，为女儿出嫁办的一场回门宴（根据传统婚嫁习俗，女方出嫁三天后，要在新郎陪伴下，头一次回娘家。岳父岳母要设宴款待新女婿）。幸亏我们两人都出身农村，生活经验告诉我们：小城镇与农村的红白喜事，场面相当混乱，没有人在意你手中有没有请柬，也无人在意你为何在现场无一熟人，这给了我们二人闯现场的胆量。即便如此，在进入现场之前，我们还是进行了一番预演：以你问我答的形式，寻求最合适的暗访对象。当时的问答大概是这样的：

孟：你与这场婚礼的主人是什么关系？

肖：没关系。属于不请自来的，所以手中没有请柬。

孟：没有收到请柬，是怎么知道这场婚礼的？参加婚礼是要“出血”的，为何要这么做？

肖：多方打听的，我大学毕业后在张家口市的一家公司做营销（这解释了为何操着普通话参加一个县城的婚礼），我们老板有意在沽源开分店，想结识岳书记，行个方便。

孟：你们是做什么生意的？

肖：空调。

孟：本地气候所限，根本用不着空调。

肖：可这儿冬天冷，需要采暖，我们就是做取暖设备的。

孟：如何打听礼金数额？

肖：我是外地人，不懂当地“行情”。可问随礼的群众或公职人员，像我们这种情况，一般得随多少礼金。

这些台词都对上之后，我扮作生意人，交了200元的份子钱（打听到的行情是：这样的身份交5000元也不嫌多）。也正是靠着采访前的预演，我堂而皇之地认识了镇政府的工作人员以及前来随份子的各色人等，甚至还在一位热心人士的带领下，与当事人握手道喜。在婚礼现场，我清点了餐桌、包厢数量，随礼的时候，借故在礼簿登记处盯了一会儿，暗中记下礼簿总页数，每页可登记人数，随礼的最低数额与最高数额，装作打电话的样子，拍下了不少照片。并以婚礼宾客的身份，咨询了酒店负责人这场婚礼的规模，每桌的消费标准，等等。这些，都是报道中为婚礼“算账”的前期准备工作。我做这些工作的同时，孟晓光前往平定堡镇政府，了解当天（2013年7月17日，星期三）镇政府是否有人因为这场婚礼而旷工。事后证明，镇政府的暗访经历，才是这起豪华嫁女的致命之处。孟晓光在镇政府，只遇到一位女工作人员，她说：镇政府全体工作人员都去参加岳书记女儿的婚礼了，如果不是因为刚结婚（“新娘不能见新娘”当地习俗），她也去吃喜酒了。言语中，颇有几分惋惜之意。

拿到这些录音之后，我们不敢久留，迅速回到政府招待所，退房后离开。看看时间，不过下午1点。

回京已是当天下午6点。匆忙吃完饭，开始剪辑录音，撰写稿件。凌晨四点半交稿，早上7点13分播出。旋即引发舆论浪潮：网络转载量多达数百次。新华网、人民网、光明网等多家主流媒体网站，均将我台的报道放在首页的显著位置。中国之声的官微发表了全文报道，评论转发近3000次，被《人民日报》、央视新闻官微转载后，累计转载评论量超过1万次。

作者：肖源、孟晓光

播出时间：2013年7月18日

我们首先来听一段来自一个新闻现场的录音。

尊敬的各位领导，各位来宾，大家中午好！非常荣幸和您相聚、相逢、相识在公元 2013 年的 7 月 17 日，美丽漂亮的新娘岳 XX 女士和英俊帅气的新郎王 X 先生的回门庆典的婚礼现场。

主持人（男）：没错，您听到的是来自一个婚礼现场的音响。

主持人（女）：非常容易辨识。

主持人（男）：是的。这是河北沽源县县政府所在地平定堡镇一家饭店昨天举办的一场婚礼。

主持人（女）：嗯，这场婚礼的规模在当地可谓不小，门前两个大型的充气拱门，还有发电机隆隆作响，六门金色礼炮，一字排开。那附近的群众说，这场婚礼，阵势挺大的。那么，到底是什么人在这里举行婚礼呢？我们还是来听一下现场司仪的介绍。

那么在现场我给大家介绍一下，美丽的新娘来自我们沽源县县政府，帅气的新郎在我们沽源县的交通局工作。

主持人（女）：嗯，一位来自县政府，一位来自交通局，看来是两位来自基层的公务员的结合。当然，结婚办喜宴这是再平常不过的一件事了，那么我们为什么要关注这个喜宴呢？我们来介绍一下：首先，这个婚宴女方的父亲是当地平定堡镇的党委书记。其次，来参加婚宴的宾客达到了上千人，据说这个现场有 80 桌之多。再者，前来赴宴的人随礼都在数千元以上，要知道这个沽源县是一个不折不扣的国家级贫困县。而更为离奇的是，当地镇政府的多个部门昨天因为参加这场婚礼而集体放假半天。那么这到底是一场怎样的婚礼呢？我们跟随央广记者肖源、孟晓光去看一看。

据了解，新娘的父亲岳树旺是平定堡镇党委书记。昨天中午，这家酒店的两层餐厅，已经被这场婚礼包了场。一层餐厅摆放了 23 张圆桌，二层摆放了 26 张圆桌，两层共有雅间 33 个，每桌至少 10 人。也就是说，昨天的婚礼至少有七八百人就餐。那么，办这么一场婚礼，需要多少钱？酒店的一位负责人手头有笔账。

老板娘：咱们场地在这儿就是最好的。

记者：最好的？

老板娘：对！

记者：像今天这个规模大概多少钱一桌？

老板娘：菜？他们是自己挑的菜，每桌不到 1 100 元。嗯，有蒸扇贝、左口鱼，还有大虾。

记者：今天一共有多少桌？

老板娘：我们这儿最多能容纳 100 桌。他们现在是订了不到 70 桌。

记者：这个 1 100 元一桌包括烟和酒吗？

老板娘：不包括！就是菜和主食。

记者：烟、酒单算？

老板娘：对！烟、酒都是他们自己的。

以 70 桌计算，仅饭菜一项，这场婚宴就花去近 8 万元。在二楼的餐桌上，每桌摆放一坛红色瓶身、六斤装的燕赵洞藏酒，餐桌上的一个盘子里，还散放着中华牌香烟。

记者：这是好酒呀！

现场人员：打开！

记者：真漂亮呀！燕赵洞藏！3 升，也就是 6 斤！这酒是张家口燕赵长城有限公司生产的，燕京的金玫瑰。这烟是中华！

这家酒厂的一位营销人员告诉记者，这种酒市场价是每坛 1 080 元。

燕赵酒厂营销人员：燕赵洞藏，你要哪款的？

记者：3 升 6 斤装的，红瓶的。

燕赵酒厂营销人员：哦，52 度的。

记者：嗯，多少钱？

燕赵酒厂营销人员：我们市场价是 1 080 元。

这样一算，烟酒一项，又花去近 8 万元。而这还并不包含婚庆主持、烟花礼炮、歌舞表演等杂项费用。保守估计，这场婚宴的花费应该不少于 20 万元。

主持人（女）：在一个国家级的贫困县，办一场花费 20 万元的婚礼，确实也够气派了。据沽源县统计局公布的数据显示，2012 年上半年，全县机关单位职工平均工资是 13 706 元。那如果以此来计算，20 万元的婚礼花费，对平定堡镇的党委

婚礼现场内景

婚礼举办酒店内景

婚礼现场络绎不绝的随礼者

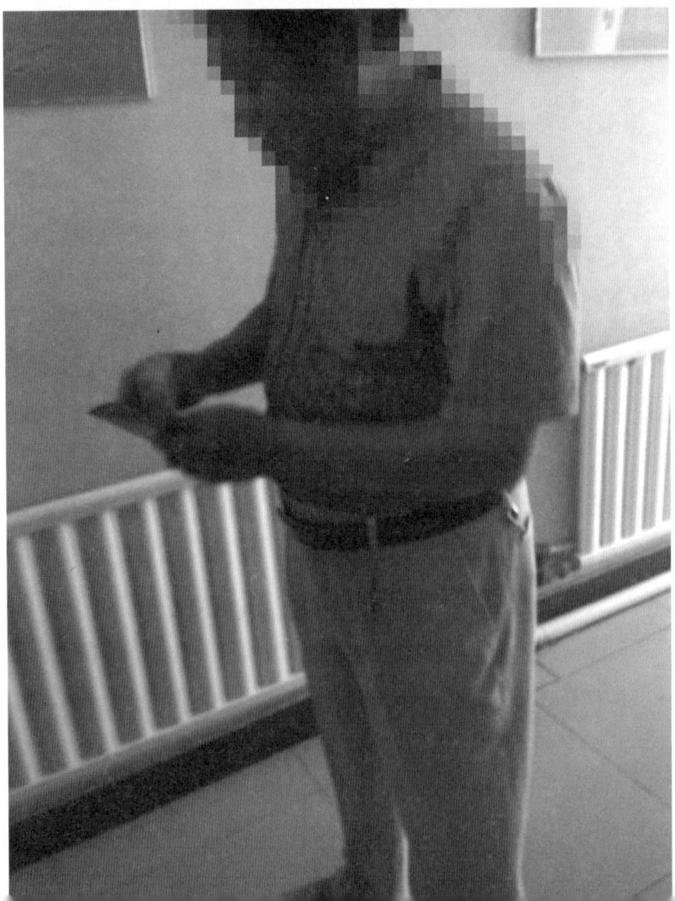

正在封红包的宾客

书记来说，不是一个小数目。那么，他这些钱到底是从哪儿来的呢？我们继续来听记者的报道：

酒店入口处，摆放着两排桌椅，桌上放着大量的红包，桌子旁边有两个50公分见方的红色礼箱。记者注意到，往来随礼的人也不少。每个人现场领取红包，包上现金之后，交给工作人员装订，然后塞入礼箱内，并在礼簿上登记姓名。

而酒店门口，则停满了各种车辆。中午11点20分左右，牌照分别为冀G0073和冀G2083的警车来到现场，上交红包后，两名身穿警服的人员匆忙离开。据群众指认，出席婚礼的还有县政府、法院、交通局、卫生局、森林防火等部门的工作人员。

那么，这场婚礼，主办方能收多少钱？一位政府工作人员说：每人3 000元起步，这是最低！你看我们旅游局拿了1 000元给我登记吧，我让他拿回去，他说咋了，我说最低5 000元，你再回去拿。

而这一标准，也得到了另一位参加婚礼者的证实。

群众：给你这个，你数数看是不是30张！我把这红包塞里边！

记者：我看您给的也不少，有2 000多元？

群众：3 000元，这还算少的。

记者：还算少的？

群众：嗯！

3 000元起步，七八百人，这还并不包含那些只随礼不赴宴的人。如此算来，镇党委书记在昨天，至少有上百万元的进账。而酒店门口，围观群众的说法，也为这一推算提供了依据。

群众：你拿多少钱呢？

记者：我拿了2 000元。

群众：都是这样！他收礼能收百八十万元！

记者：百八十万元？

群众：嗯，一般家庭办酒席还能收30万元呢！这边礼可多了。

一些群众在围观镇党委书记家的婚礼，而另一些群众，则想去镇政府办事儿。上午10点左右，记者在镇政府门口就遇到了一位当地群众。

记者：办什么事呢？

村民：我来填表。现在不填了！

记者：不填了？

村民：人家都坐席去了嘛！

记者：坐席去了，工作人员都不在？

村民：嗯！

记者：那你怎么办？

村民：不办了！下午再说！

上午 11 点，平定堡镇政府，书记、镇长、副镇长、人大主席、武装部、纪委书记等工作人员的办公室，都是大门紧锁。二楼党政办公室仅有的一名工作人员，她告诉记者，整个政府大楼，除了她都去参加党委书记女儿的婚宴去了。

工作人员：今天书记的闺女办喜事呢，估计是坐席去了。现在全楼的人都没在，都去那儿了！

记者：全楼的人都没在？

工作人员：嗯！

记者：他啥时候过去的？还没下班呢？

工作人员：早过去了。这两天太忙了，你要是有事儿，估计你也找不到他（岳书记）。他这两天顾不上。

记者：哦，那老百姓来办事也办不了？下午来了也不行？

工作人员：下午估计也够呛！

离开婚礼现场时，酒店门口的舞台上，一位女歌手在卖力地为这场婚礼歌唱：

我不知道，你是谁？我却知道你为了谁？为了谁？为了……（歌曲《为了谁》）

后来：

2013 年 7 月 19 日，当地政府回应，记者报道的情况属实，岳树旺被免职；7 月 20 日，央视《新闻 30 分》《东方时空》等多个栏目，全文引用了中国之声《新闻纵横》节目中记者的调查录音及照片；7 月 22 日，岳树旺被撤职；同日，张家口市多个区县的多个部门举行为期一周的紧急正风肃纪警示教育活动；7 月 29 日，中央党的群众路线教育实践活动领导小组下发《通知》，通报了此事；同日，中纪委将此事列为8起违反八项规定精神的典型问题之一，向全国发出通报。新华社、人民日报、光明日报等多家主流媒体，就此事发表了社论。

节目成功了，但带给我们的思考并未结束。其实，采访与写稿过程中，我们多次心生恻隐，尤其是当事人送女出嫁时抱女饮泣，那一刻我相信，作为一个父亲，他的眼泪是真诚的。但是，作为党的基层组织的领导干部，这场回门宴，却着实毁了我党的形象与公信：为人民服务，而绝不是鱼肉百姓。作为直接与群众打交道的基层领导干部，他们的形象，就是我党的脸面。单就这一点，当事人被撤职的遭遇，不冤。

2012年底，为端正党风政风，中央出台八项规定与六项禁令，其中要求：各级领导干部要厉行勤俭节约，严格遵守廉洁从政有关规定，严于律己，严禁利用婚、丧、嫁、娶等事宜借机敛财。6月18日，在党的群众路线教育实践活动工作会议上，习近平总书记指出，党内存在脱离群众的现象，集中表现在形式主义、官僚主义、享乐主义和奢靡之风这“四风”上。

2013年7月12日，习近平总书记在西柏坡考察时指出：各级领导干部要响应中央号召，通过“照镜子、正衣冠、洗洗澡、治治病”，切实解决作风上存在的突出问题。而这场婚宴，距习总书记考察河北不过5天的时间。

烟台市慈善总会工作人员酒后驾车肇事逃逸

赔付死者80万元被指用善款

按语：

总觉得当好调查记者的要素之一应该是“演技好”。暗访过程，难免会以事件相关的各种角色切入，而不是以记者的身份不变应万变。有关这个选题，手里拿着核心证据——交警队的责任认定书，以及两份双方签订的协议，脑子里勾画采访过程实际上却花了很长的时间。受害方已经拿到80万元赔偿款，该怎么和家属接触得好好琢磨，毕竟此事涉及敏感的“慈善”二字，想周全才能出手。先在北京，以保监会工作人员核实保险公司赔付情况为由，致电家属了解事件过程，再到烟台当地，以家属亲戚的身份找慈善总会，找交警队，找民政局……真诚地向他们咨询：“有人来核实赔付的情况，事情是不是会有变数，心里实在不踏实……”扮演合适的角色找到当事人，每一步的突破都花了心力。

作者：刘黎

播出时间：2013年8月19日—8月20日

公车、酒驾、逃逸、慈善总会，如果把这几个词放到一起，您会想到什么？这件事儿要从去年10月的一起交通事故说起，烟台市慈善总会的原办公室主任酒后驾驶公车撞死人逃逸。按道理来说，这事儿既该负刑事责任，也得有民事赔偿，不过事情的处理却让人颇为不解，肇事者没被起诉，所赔的80万元被指可能是善款。请听央广记者刘黎的调查报道：

去年10月16日下午4点50分，烟台市市民史占傲正常行走在红旗中路和奇山东街交叉口的人行道上，突然被车撞倒，司机驾车逃逸。路人打电话叫了“120”，家人接到医院打来的电话，才知道发生了意外。史占傲的老伴程新基接受了记者的采访：

记者：你们是什么时候知道他遭受了这个交通意外？

受害人老伴：5点以后。

记者：你们是怎么知道的，是谁给你们打的电话？

受害人老伴：医院吧，他被拉着往医院走，都快到医院了，俺老伴儿告诉他们家里的电话号码。

记者：那就是说您老伴儿快到医院的时候还是有意识的？

受害人老伴：他有意识的，可到了医院后已经没意识了。

程新基说，在医院花了 1 万多元，最终还是没能留住老伴儿。肇事司机是时任烟台市慈善总会办公室主任的王洪涛，出事后，他驾车逃逸。

记者：肇事司机当时是酒驾吗？

受害人老伴：嗯。

记者：他撞了人之后是跑了，还是带着老人去医院了？

受害人老伴：跑了。

记者手中一份烟台市公安局交警支队第一大队在 2012 年 11 月 1 日出具的交通事故责任认定书明确显示几个要点："王洪涛驾驶机动车遇行人正在通过人行横道未停车让行"，"饮酒后驾驶机动车"，"驾驶制动不符合技术标准的机动车"，"肇事逃逸"。办案民警邱警官也认可，因为肇事者逃逸，无法再进一步确定是酒驾还是更严重的醉驾。

邱警官：他是逃逸，这样我们就没法再追究他是酒驾还是醉驾了。

中国政法大学教授洪道德解释，这一行为应当按照交通肇事罪处理，肇事者被处以三年以上七年以下有期徒刑。

洪道德：交通肇事最实质是看你造成的犯罪后果，已经撞死人了，这就已经构成交通肇事了，法律量刑是三年以下；交通肇事以后逃逸的，加重处罚，就不能是三年以下了，而是三年到七年。

事发过后，当事双方签订了赔偿协议，其中一份协议第二条明确表明，受害一方要向公、检、法部门书面声明放弃追究王洪涛任何责任，包括刑事责任、民事责任等。记者从办案民警邱警官处证实，案件确实没有追究王洪涛的刑事责任，交换条件是受害一方拿到更高的赔偿款。

邱警官：交通事故毕竟是一个过失性的犯罪，双方可能都是受害者。双方达成了谅解，移送了检察院，虽然构成犯罪，但是犯罪情节显著轻微，而且得到了受害方的谅解，因此他们决定不予起诉。这个在刑事诉讼法里是可以的，咱们以前的法律是惩罚型的，现在的法律是修补型的，这就要取得当事人的谅解，你就是把肇事司机抓起来，判 10 年，如果受害方拿不到赔偿，社会关系也不会好的。

洪道德解释，这起案件受害人有权利追究被告的刑事责任。

洪道德：交通肇事案件属于公诉案件，当地警方应该立案侦查，从整个案情来讲应该是起诉到法院，法院量刑不会低于三年。

记者：也就是说，条款上所写的免于刑事责任，这点应该是不成立的?

洪道德：没有意义。

烟台市慈善总会是隶属于市民政局的事业单位，不论是慈善总会还是烟台市民政局，对王洪涛现在的状态都讳莫如深。烟台市慈善总会工作人员说，已经半年多没有见到王洪涛了。

慈善总会：他不在这儿办公了，调到别的地方了。

记者：还在咱们民政系统吧?

慈善总会：对。将近一年了，由于他个人的一些事情。

记者：是调走了，还是停职了?

慈善总会：直接调到别的单位去上班了。我们有大半年没见他了。

烟台市民政局办公室工作人员的回复更为隐晦。

民政局办公室：他现在不在他原来的岗位上了，调离了，有点儿特殊原因。

烟台市机构编制实名制信息公示名单显示，王洪涛的名字现在还在烟台市慈善总会办公室的名单里。

酒驾撞人致死还逃逸，最终被免于刑事处罚，交换条件是家属得到了更高的赔偿款，这起案件除了直接忽略了刑事责任，民事赔偿也有蹊跷。

按照双方协议，受害者家属拿到治疗费、死亡赔偿金、丧葬费、抚养费等共计80万元，算是一次性了断。受害人史占傲的女婿接受记者采访：

记者：你们是私了的，是吧?

史占傲的女婿：不是私了，是走程序的。

记者：最终赔了你们多少钱呢?

史占傲的女婿：这是我们私下达成的协议。

记者：保险的部分赔了10万元左右吗?

史占傲的女婿：保险的部分具体赔了多少我也不太清楚，因为保险是他们去办理的，我们跟他们最后协商的所有东西的一个总数。

记者：那就是协议上的数，是吗？

史占傲的女婿：协议上是多少？

记者：协议上是 80 万元。

史占傲的女婿：那就是这个数。

记者手中有两份双方签订的协议，2012 年 11 月 7 日的协议，甲方是受害者家属，乙方签字的两人中有一人是烟台市慈善总会办公室副主任许夫新。第二份是 2013 年 1 月 27 日签订的赔偿协议，甲方是“烟台市慈善总会办公室”，括号王洪涛，甲方签字落款也是许夫新，并留有他的身份证号码，加盖了两个慈善总会办公室的公章。家属理解，盖公章是因为肇事者开的是公车。

史占傲的女婿：那个车是慈善总会的车，是公车，出事后我们一开始都是直接和慈善总会进行谈判的。

记者：就是上面写的那个叫许夫新的人，他出面和你们谈的，是吧？

史占傲的女婿：他是普通的工作人员，我们主要是跟领导谈的。

记者：王洪涛就是他们的一把手，是吗？

史占傲的女婿：对。王洪涛属于慈善总会（办公室）的一把手，直属民政局的。我们主要是跟民政局的一把手谈，慈善总会归民政局管嘛。

记者也找到了在赔偿协议上签字的烟台市慈善总会办公室副主任许夫新。

许夫新：这个不是我的事儿，我作为单位同事来帮忙处理这个事儿。

记者：那您为什么要签这个字呢？

许夫新：签个字很正常，因为我代表单位去处理这个事儿，总得有个人处理吧，我不签字别人也要签字啊。

许夫新解释，按正常的赔偿程序，保险公司只赔交强险部分，11 万元。如果家属起诉追加肇事者的刑事责任，赔偿最多能拿到 52 万元。

许夫新：比方说，我就有一套房，我没钱赔怎么办，卖房又不太可能。那怎么办？咱进去待两年，我该赔多少钱？就 10 万元拿走吧，我没别的钱你也没办法啊！咱这是单位，人、车都是单位的，咱没办法最后只能这么处理，从情义上来说我们已经尽到最大努力了。

许夫新几次用“我们”这个词来解释赔付过程。

许夫新：“保险公司赔多少钱，我们额外赔多少钱，我们多赔了 30 多万元，你明白吧，我们的赔付已经让人满意了。”

中国政法大学教授洪道德听完记者对协议的描述，也感到不解。

洪道德：比方甲方是犯罪嫌疑人本人，或者是犯罪嫌疑人现在不是被拘留了吗，犯罪嫌疑人的亲属，这也能理解，乙方是死者的家属。还有丙方，丙方是单位。如果这么签的话，单位就是一个监管者，或者说是一个见证人。那么现在呢，它只有甲、乙两方，甲方是慈善机构，能这么签吗？从这个协议上面，能看得出来这个钱是由犯罪嫌疑人出的吗！

洪道德进一步解释，出现交通意外事故，即便是公车，也该优先由肇事者个人赔付，个人赔不起的情况下，单位可以出面，但要走法律程序，而不是一出事儿，单位就冲在前面。

洪道德：首先是要犯罪嫌疑人赔，犯罪嫌疑人赔不起的情况下，由这个车主来赔，而且这个过程呢，就不是调解能解决的啦。因为作为单位来讲，它要维护国家财产不流失，那么怎么办呢？就要经过诉讼程序了。车主必须是在肇事者没有能力赔的情况下，车主再出面来赔。而且这个过程通过法院来裁定。

烟台市慈善总会隶属于烟台市民政局，会长由烟台市副市长兼任，常务副会长是烟台市民政局局长。慈善总会办公室工作人员说，他们的每一笔支出都要由民政局局长签字。烟台市慈善总会官方网站显示，总会资产主要来源由捐赠款、会员会费、政府及有关部门的资助、创始资金母本、捐赠资金增值部分等组成。北京师范大学公益研究院院长王振耀解释，钱主要是捐赠款。

王振耀：“大范围而言是捐赠，但是再分，它有理财的收入，投资的收入，也有即使是捐赠款，目前的法律规定，也有 10% 的行政费用，用来应对一些突发事件。”

烟台市慈善总会官网对 2012 年经费收支情况进行公示，2012 年度结余 2.22 万元。七八十万的赔偿款究竟来源于哪里？是肇事者个人赔付？还是真和慈善总会有关？事件进展，中国之声将继续关注。

后来：

报道播出后第二天，烟台市慈善总会发来一份 252 字的情况说明，解释赔偿款和捐赠的善款无关，但提供的证据，具体的钱款数额并不能一一吻合。肇事者该付的刑事责任，也被当地有关部门不了了之。中国之声播发了相关的回应，以及进一步的质疑。

中介高价叫卖北京户口指标
呼吁加强监管堵住黑洞

按语：

这一年，江湖上流传着北京户口值80万元的传说。价格是就医、就学等福利叠加算出来的，但事实证明户口黑市上真的有人开出80万元的价格，并且，真的有接盘侠。通过调查报道，把一个传说的数字坐实并不容易，逻辑链上不能有任何缺口。有个细节令我至今难忘，获得指标的单位想以每个8万元的价格卖出，为单位员工添些福利，而中间人的好处费是50多万元。

作者：栾红

播出日期：2013年9月9日

进入九月，今年（2013年）应届毕业的大学生求职季已经落幕。大部分学生的工作、户口也尘埃落定。可就在这个时候，一些户口中介还在蠢蠢欲动，在网上打出“最后一个北京户口指标、过期不候”等广告，诱惑着还在为留京努力的毕业生们。户口中介们是在攒一个骗局还是在打政策擦边球？请听央广记者栾红的报道。

一名户口中介告诉记者，只要掏钱，落户北京十分容易。

户口中介：北京户口一般是要有就业推荐表、三方协议书，还有你的成绩单，学校统招统分证明，然后加上你的学位证、学历证。然后我报上去。如果批了之后，你就会拿到户口接收函，最后你再付全款。

步骤简单，价格却不菲。

户口中介：本科估计是24万元吧。

为了打消记者的疑虑，中介还告诉记者，直接跟企业签约，在企业上社保，保证过关。

户口中介：必须在这边单位上一年左右社保。因为今年查得特别严，怕人家上面查，就是跟你签了这样的协议。你还是在你单位工作，但是不让你单位给你交社保，你的社保现在在这边单位交。

这名中介不愿意透露企业名称，但反复强调，九月企业指标紧张，只剩下几个名额。两天后，记者再一次联系这名中介，报价已经涨到了 30 万元。

多名倒卖户口者反复强调，9 月是 2013 年毕业生的最后机会。一名自称栾老师的中介就打出了 9 月 5 日之后最后一个名额的广告。

中介：本身这个阶段已经到后期了，正好 9 月 5 日之前还有两个名额，现在已经有人了。如果是本科的话，基本上没戏了。本科生很多，中间调剂也没谱。研究生好一些。偏一些的专业好一些，前两天落户的是食品专业。

网名为“落在北京”的中介告诉记者，2014 届毕业生的落户指标马上就会下来，最早 9 月 10 日。不过因为毕业生还拿不到三方协议书、就业推荐表等资料，本月还无法办理。当记者询问明年毕业生落户会不会涨价时，他的回答是，有指标的企业还没有公布价格，中介不会擅自提高价钱的。

一旦毕了业，再想落户北京，价格更加昂贵。一位专门倒卖此种指标的中介说，他的指标来源是央企，要价 60 万—80 万元，先付一半订金。

花几十万元买一纸户口能否安心？记者以毕业生的身份咨询北京市人力资源和社会保障局，工作人员告诉记者，相关审查严格：毕业生的指标，我们肯定会审核，并且审核会很严格，肯定没那么容易的。

据了解，从企业上报后到毕业生收到接收函，中间需要区人社局和市人社局的两级审核。而学生最终拿到新身份证，更是需要一年时间，绝非中介声称的那么轻而易举。

在落户北京的正规途径中，除了考取公务员、应聘有指标的企业外，还有夫妻投靠、子女投靠、出国留学等方式。因为毕业生落户北京需要企业指标，审核严格，对毕业时间、专业都有要求，以此获利的人操作空间越来越小，所以有些人将其目光投向了其他渠道。请继续听报道：

在百度贴吧户口吧中，打出北京人卖户口的帖子不少。一名只显示发帖人 IP 号的网帖称，手中有一个 47 岁女性的北京户口。记者打电话过去询问，她表示，可以通过假结婚的方式，获得未成年人的户口。

发帖人：上孩子的户口，上到我妈妈的头上，算我妈妈的孩子。跟你老公商量一下吧，跟我妈妈领结婚证。

记者也发现，对于这种方式，中介自己也并不自信，不敢打包票。

发帖人：上户口的话，最低 15 万元，因为我们要现找关系。如果关系好的话，价钱可以少点儿，但是关系不好的话，价钱有些浮动。

一名在网上发帖希望通过假结婚为非京籍人士解决买房问题的男士表示，兼职办理未成年人投靠，解决孩子户口。

发帖人：您必须跟原配离婚。然后再找一个北京人。这样的话，等于我成了孩子的监护人，至少得 10 万元吧。

这名男士表示，这种方式无法解决“假妻子”的户口。

根据北京市的规定，夫妻投靠办理：投靠人具有北京户口，年满 45 周岁，且双方结婚满 10 年；投靠人超过 45 周岁不超过 55 周岁的，双方结婚应满 5 年；超过 55 周岁的，双方结婚应满 2 年。但一名自称是博士后的倒卖者说自己可以突破政策壁垒。

倒卖者：我是博士后，以干部进京的方式到北京，只能通过假结婚形式。像我这样是不受限的，只要去北京工作就给上户口。我去北京工作，连我和我家人的户口，都能调到北京去。

一纸结婚证，大人、小孩户口都解决了，似乎是很划算的买卖。不过，对方开价不低，还需竞价结婚。

倒卖者：我也是通过这种方式赚点儿钱，报价 30 万—50 万元的都有。我把 QQ 留在网上，好多人跟我联系。谁给的价格高就给谁，我也不是中介，就这一个名额。

记者查询《国家人事部博士后管理办法》，发现博士后的确可以携家眷入京，不过需要提供有效的证明材料，并通过公安户政部门的审核。任何一级审核不过关，资料都会被退回。

记者还在多个贴吧看见“圣彼得堡国立技术大学、圣彼得堡国立航空航天大学”读博士回国落户的广告。广告中说，只需 20 万元就可以读在职博士，一年出国 20 天，翻译陪同专人代考，三年毕业。

但记者咨询北京世纪华旅留学中介，工作人员表示，这两所学校都没有在职学历，俄罗斯其他学校也没有，假学历无法享受落户待遇。

教育部网站明确指出，远程教育、网络教育、非学历教育的中外合作办学机构和项目毕业生都不在落户政策范围之内。

这样的价格已经是让大家咋舌了，而且真假还难验。我们记者在采访时发现，现在众多办户口的信息中，大多都是虚假的，户口中介的骗术花样百出、虚构事实、涉嫌诈骗。

此外，委托户口中介买户口还会面临一系列的法律风险，岳成律师事务所岳屾山律师表示：

岳屾山：户口和进京指标是禁止买卖的，它是一种行政资源，是不可以销售的商品，如果买卖则可能构成犯罪。因为根据我国《刑法》规定，像买卖国家机关证件的行为，不管是买的一方，还是卖的一方，都是涉嫌犯罪的，一般来讲可能会处3年以下有期徒刑，情节严重的是3—10年的有期徒刑。

这样的前车之鉴其实已经不少了。以北京市海淀区检察院查办的案件为例，从2010年至今，他们已经查办了25例利用办理户口实施诈骗的案件，批准逮捕25人，总涉案金额高达650万元。

除了以上这些情况之外，还有一种情况需要澄清。按照现行的户籍管理规定，北京市并没有所谓的“个人通过户口对调、投资购房等进京落户的政策”。记者从北京市公安局人口管理总队获悉，针对近年来临近毕业分配时期，网上叫卖户口进京指标的诈骗活动，北京警方已经与人力资源和社会保障部门加强了沟通配合和审批流程监管，严密规范非北京生源高校毕业生在京入户材料的审核程序及标准。近年来，并没有发现诈骗得逞的案例。公安机关也提醒广大非京籍的大学毕业生，不要轻信网上叫卖进京户口指标的这些虚假信息，防止上当受骗。

后来：

报道播出后，北京警方登门了解线索情况，随后打掉一个出售应届大学毕业生进京户口指标犯罪团伙，8名犯罪嫌疑人因涉嫌买卖国家机关公文罪被依法刑拘。

湖南邵阳建议市民配合民意调查
给好评可领 300 元补贴

按语：

这个采访线索是在中央人民广播电台新闻热线中获取的。从核实、获得证据到采访、成稿，说实话，难度并不是很大。但是，在接触中，相关工作人员并不过多掩饰，这或许才是问题真正严重的地方。民意调查成了摆设，而不是真的接受民意的反馈。这篇报道算是独家首发，之后，有不少的跟进报道和评论，当地也叫停了这个做法。

作者：刘飞、彭文卓（实习记者）

播出日期：2013 年 9 月 9 日、9 月 10 日

这两天，很多湖南邵阳市市民都接到了一条短信。短信是邵阳市社会管理综合治理委员会办公室发的。短信中称，接到省里民意调查电话，同时给出了客观公正、积极评价的市民，凭通话记录可以领取误工补贴。接到这样的短信，有邵阳市市民就质疑，这是否就是要让自己在电话民意调查的时候拣好听的说？那么，在民意调查前，邵阳有关部门为何要发这样的短信？为何做调查要给“误工补贴”？请听央广记者刘飞、实习记者彭文卓的报道：

“邵阳人要说邵阳好，家乡才能真的好”，这就是邵阳市综治办所发短信的开头。据多位邵阳市市民反映，邵阳某电信运营商的用户几乎都收到了。市民张先生是 9 月 7 日收到这条短信的。

张先生转述短信内容：邵阳人要说邵阳好，家乡才能真的好。如果你接到省综治办打来的民意调查电话，一定要说邵阳的好话。如果超过 5 分钟凭电话记录单就可以去综治办领取误工补贴。

民意调查之前接到这样的短信内容，按张先生的理解，这就是要他在民意调查中只说好话的意思。

张先生：拿着政府的财政经费来收买人心。就是要邵阳市区的人民只能说邵阳

的好，邵阳不好的方面就不要说。就是省里要打民意调查电话，就不要把实际情况和邵阳不好的东西向上反映，怕对邵阳不利。我觉得这样做不妥。

情况是否如此？据邵阳某下辖区综治办人员介绍，完成省里电话民意调查，凭通话记录可以领取 300 元补贴。

综治办人员：是 300 元一次，号码必须是省里的民意调查电话，其他的都不算数的。

领取补贴时，市民需要提供相关通话记录和身份证件，不需要提供通话内容的录音等材料。那么，邵阳市民是不是一定要在调查时说“好话”，才能拿补贴？对此，邵阳市综治办工作人员解释称，说实际情况就行，发放补贴是为了提高电话调查访问的完成率。

综治办人员：你接到了这个电话，积极配合并参与了回答，实事求是地评价就可以了。我们的目的就是为了提高电话调查访问的接通率，因为访问成功率一直很低，只有百分之六七左右。

但是，除了短信外，还有市民反映，有街道、社区工作人员或民警入户登记，让他们在调查时“说一些好的方面”。

邵阳市民汤先生（化名）：每家每户去登记，也不是我一家。他说省里打电话来问，只说好的，不说坏的。3 分钟以内有 100 元吧。如果通话有 5 分钟以上，就奖励 300 元。到下面乡派出所财政部门去领钱。

不仅如此，有关这次民意调查，有学生家长反映，孩子从学校带回来一份调查本，打分的部分，老师要求都打 80 分以上：

学生家长：一个小册子，前面都不要家长填。我一开始签完字就写了个评语，发现前面怎么还有要打分的？有自然条件、环境卫生、执政好不好等等。小孩说，他们老师说了让他们自己打分，打到 80 分以上，打得越高越好。接到电话超过 5 分钟就可以有几百元，我看了就有点儿气愤。

对于这些现象，邵阳市综治办工作人员只是说，这些也并不是“说好话，能拿钱”的意思。

而对于“邵阳人要说邵阳好，家乡才能真的好”这样的短信内容，某区综治办工作人员给出了如下解释：

工作人员：这个事情是因为，邵阳人嘛，如不说邵阳好，那邵阳怎么有发展前途呢？我们就是鼓励大家多说说邵阳好，也有利于经济发展，招商引资。这些都要靠大家一起来努力了。

邵阳市综治办工作人员则表示，这句话体现邵阳百姓的心愿：

工作人员：这不是让你接受民意调查就说好话的意思，这是建设好邵阳家乡是大家共同的心愿。

后来：

报道播出后，当地此项“补贴”被叫停，并明确要求不得出台任何干扰民意的措施。

特供酒变身“内参酒”
习惯性特权该怎么改?

按语:

采访这个选题时，正好临近国庆假期。“特供酒”在此前已被明令禁止，没想到，我一猛子扎下去之后发现，换了一个“马甲”的“内参酒”在当地见怪不怪，销售也是明目张胆，似乎当地并不认为这样的行为违反了规定。报道被多家媒体转载或跟进，当地落实了调查核实和处理。希望报道能够让一些已经被习惯了的“姿态”变动变动。

作者：刘飞

播出日期：2013 年 9 月 28 日、9 月 29 日

近日，有听众反映，在黑龙江黑河能见到“公安交警特供”酒、“海关特供”酒和“邮储银行内参”酒等产品。

然而，今年 3 月，中央和国家机关关于使用“特供”“专供”等标识物品的做法就已被明令禁止。那么，这些“特供”是虚假宣传的产品还是真的“特供”？在禁令下，为何还有“特供”出现？请听央广记者刘飞的报道：

一位黑河市民反映，在当地，一个叫“鹿源春”的牌子，生产了很多种“特供”酒。

市民：鹿源春酒业商店里摆放着的纸箱上印着“黑河交警特供”酒。你要去商店说来一箱“海关特供”酒，他也卖给你。但不是大张旗鼓的。

这些酒印着“特供”字样，但会不会是虚假宣传?

记者拨通了黑河工商部门的热线电话，工作人员证实，该品牌确实生产了“特供”酒。

记者：黑河市面有“交警”酒之类的，是正规酒吗?

工商工作人员：什么品牌?

记者：鹿源春。

工商工作人员：是，它们生产那种酒。

一位“鹿源春”公司的销售人员给出了几款“特供”酒的报价：

销售人员：海关的酒是240元一箱，都是一乘六的。交警的酒是248元一箱。订购的话，3 000箱起步。

今年3月，国管局等五部门联合下发通知，严禁中央和国家机关各部门及所属行政事业单位使用自行或授权制售冠以“特供”“专供”等标识的物品。

那么，为何还能在黑河见到机关单位的“特供”酒？订购了鹿源春“海关特供”酒的黑河海关向哈尔滨海关报告称：2011年，黑河市市政府要求黑河市域各单位、部门对“鹿源春”公司予以扶持，并口头通知自行订购白酒。

哈尔滨海关赵扬：前年（2011年），黑河市市政府有这么一个要求，支持地方鹿源春酒业有限公司，要求黑河市管辖范围内的所有单位予以支持。

黑河海关表示，定制的白酒用于聚餐和接待；去年（2012年）9月，他们接到禁令通知，才和该公司中止了协议。据知情人士介绍，黑河市市政府有号召，黑河市几个相关部门当时都在“鹿源春”定制了“特供”酒。但记者调查发现，“特供”酒并不只是个遗留问题。“鹿源春”的销售人员说，禁令下来后，他们也能继续定制“特供”酒。

销售人员：上面年年都有政策，但是，底下都有对策，还是照样有人定做。就像邮政的这个酒，才出厂没多长时间，也就一个多月。这款写的“内参”酒。以前不是写“特供”吗，这不现在改成“内参”了。

不写“特供”两个字，而改写成“内参”，但实际还是专供某一单位的酒。叫法变了，但换汤不换药。对于这种现象，国家行政学院教授竹立家表示，不论是真“特供”，还是利用“特供”的名头，都存在危害，要加强监督和问责。

竹立家：“特供”二字以及与特供相关的一些概念，都是利用政府和权力的招牌，是要坚决反对的。专供政府机构甚至个人，是权力腐败的一个渠道，更应禁止，更应反对。这和中央现在“反四风”思路是一致的。

后来：

问题被曝光之后，黑龙江省纪委会同黑河市纪委对“特供”酒情况进行了调查核实。经查，在中央八项规定和黑龙江省委九项规定出台之后，特别是3月18日严禁使用“特供”“专供”等标识商品的通知下发之后，邮储银行黑河市分行仍然接收了500箱“内参”酒。邮储银行黑河市分行的党委书记、行长刘某某被党内严重警告处分。

黑河交警支队表示，黑河蛟龙驾校订购过一批“特供”酒，赞助给黑河市交警支队50箱。黑河市公安局对支队长张某某做出了停职处理决定，黑河市纪委给予其行政警告处分，同时，责成黑河市交警队将50箱白酒折合价款12 400元返还蛟龙驾校。

黑河市商务局、质量技术监督局和工商局都负有监管不力的责任。相关部分责任人分别被给予行政警告、行政记大过和行政记过等处分，共涉及5人。

黑龙江望奎县公安局欠债18年不还
债权人追讨无门

按语：

采访中，我三赴望奎，辗转于望奎县、绥化市和哈尔滨市等多地调查取证，成功化解了有关部门最初的跟踪，如数退还了当地宣传部门压在枕头下的数万元现金，一次次突破了调查取证的瓶颈。“搂草打兔子”这句话放在这儿挺适用，而且，这回打着个大兔子。我在县公安局领导办公室等候采访期间发现，多间领导办公室面积超标，办公家具豪华气派，市场报价动辄超过万元，其中一件书桌的报价高达2.4多万元。经再度深入调查，望奎县公安局购买家具的发票被国税部门认定为“票面信息造假”，望奎县政府采购办证实望奎县公安局的家具采购涉嫌违规、违纪等现象。调查采访的中期，在拿到了“票面信息造假”的证据之后，我和公安局局长有过一次有第三方在场的接触。我告诉他们：“我最讨厌别人骗我”，然后问了一句：“你们的发票不会是假的吧？”答案竟然是斩钉截铁的。就这样，节目断断续续播出了将近一个月！

记者：白宇

播出时间：2013年10月28日—11月28日

2013年10月，有广西桂林、江苏昆山等地的几位听众致电央广新闻热线说：18年前，他们的家乡黑龙江省绥化市望奎县公安局开了一家商贸公司，公安局以商贸公司的名义向他们借款几十万元到俄罗斯种菜，借款时限为一年，但这一借，钱就再也没有归还。

采访中，望奎县公安局政委高军曾明确表示，“不是你拿着红章子说欠款我们就能还”，要还钱得先查清楚当时公安局申办的金盾公司为什么借钱。曾发出支付令的绥化市中级人民法院则表示，依据最高人民法院“注释［2001］8号文件”第十五条规定，法院不能强制执行。请听央广记者白宇的调查报道：

62岁的丛桂兰她丈夫生前是黑龙江省绥化市望奎县公安局民警，据望奎县金盾物资贸易总公司开出的“贷款数据”显示，1995年3月，金盾物资贸易总公司从丛桂兰处共借款4.5万元，还款时间为当年的12月。但出乎意料的是，这笔借款直到丛桂兰以及她丈夫去世也没能要回来。现在，向警方讨债的遗愿落到了丛桂兰的儿子刘达军身上。

刘达军：我们家当时是拿去 4.5 万元本金，我母亲去世之前就把这事儿托付给我了，我就不信咱们这么多的钱拿到那里去，就这么不明不白不还给咱们了。

据盖有望奎县公安局公章的望政公发［1993］9 号文件记载，当年的望奎县公安局主要领导分别被任命为金盾物资贸易总公司的董事长、总经理等职务，文件的主题词为“干部任职通知”。

据了解，除丛桂兰外，马占江、徐晓兰等人当年也都是通过公安局内部的熟人介绍才把钱借给金盾公司的，这个熟人就是时任望奎县公安局巡警大队大队长刘福祯。借出去的钱要不回来，生活逐渐陷入困境，几个借款凭证持有人先后投亲靠友去了异地他乡，大多数时候，他们只能打电话给一直住在望奎县的刘福祯，请他帮忙向公安局讨债。采访中，记者辗转找到了已经 70 岁的刘福祯，他觉得自己很为难：

刘福祯：我的孩子还在公安局上班，但是马占江这 5 万元钱是我给介绍过来的，徐晓兰这 5 万元也是我给介绍过来的，我知道我也有责任，但我现在就是没办法。

刘福祯向记者讲述了当年望奎县公安局成立公司去俄罗斯种菜时的情况。

刘福祯：这些事我完全清楚，当时是望奎县公安局，成立了一个金盾贸易公司，董事长是公安局局长，副局长为董事，总经理是原来的治安科长，他们派劳务去俄罗斯远东那边种菜，据说那一年俄罗斯那边遭冻了，大量大头菜都冻在地里了，可能就没卖出多少钱，当时他们就回来了，之后委托俄罗斯那边的人给卖，就这样过了几年，后来谁也不管了，所以就一直欠着咱们这些人的钱。

刘福祯介绍，1995 年以后，马占江、徐晓兰等人多次向望奎县公安局讨债无果后，于 2000 年 9 月向绥化市中级人民法院申请支付令。支付令要求望奎县公安局自收到本支付令之日起，给付申请人借款、利息、案件受理费等总计 59 万余元。

时任望奎县公安局巡警大队大队长刘福祯：申请强制执行又花了 10 900 多元，

投靠妹妹家的刘达军夫妇

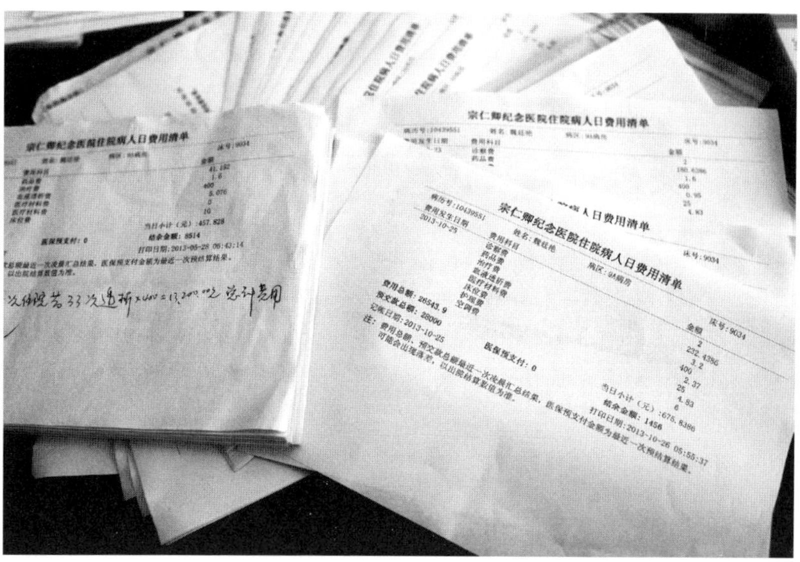

马占江妻子治疗尿毒症的费用单据

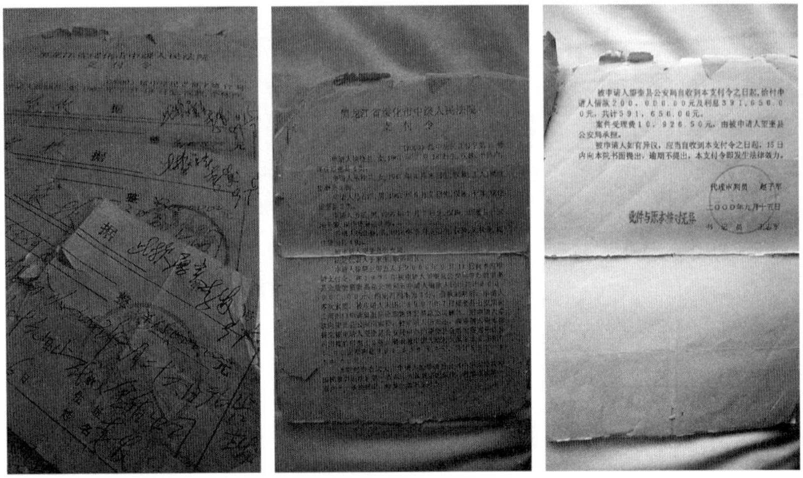

黑龙江省绥化市中级人民法院支付令

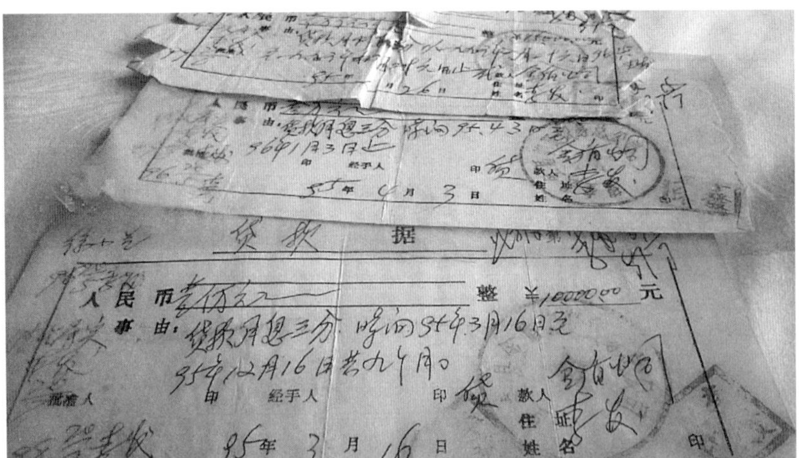

借款人手中保留的借据

在2000年的时候，就应该还给我们61万多元。我们曾经多次到地区政法委、法院、内司委、省高级人民法院，到现在为止，还没有任何执行。

现任望奎县公安局副局长梁正辉向记者证实，公安局借钱未还，确有其事：

梁正辉：是有这个事儿。

记者：到现在为止公安局到底有没有还给人家这笔钱啊？

梁正辉：应该是没还。

望奎县公安局副局长赵金致电局长刘文辉后告诉记者，目前，绥化市政法委已经就此事牵头督办并成立工作组或赴俄罗斯调查。

刘局长说这个事儿由咱们市政法委牵头，成立了一个市级工作组，现在正在落实，他说这个涉及当年金盾公司在俄罗斯种菜，首先需要到俄罗斯做调查，现在这个事儿正在进行中。

据借款凭证持有人马占江等人回忆，1995年他们借钱给公安局时，望奎县的房价是每平方米600多元，那时，5万元能在当地买到一套60多平方米的两居室。然而时过境迁，当年这些生活条件还算不错的年轻人正在慢慢变老。继续来听记者的报道：

借款凭证持有人丛桂兰的儿子刘达军今年已经50岁，他告诉记者，借出去的钱没有要回来，父亲患病后不久就去世了，母亲也已去世，妻子患有心脏病，但只能保守治疗。为了生活，2003年，刘达军从黑龙江省望奎县投奔到远在广西桂林的妹妹家，找了一份景区保安的工作，现在的月工资是1 200元。

刘达军：我当时到桂林的路费都是我妹妹给我邮过去的，而且现在我们在这儿什么也都没有，我在这儿打工只能租房子，这里头的家具都是人家的。说实话，当年我要是有这笔钱，一个是我老婆的病也许能彻底治疗，再一个，我如果能拿回来这笔钱，也许还能做点儿小生意。

另一位借款凭证持有人马占江 ，今年52岁。马占江说，不仅欠款至今没有要回来，为了看病，夫妻俩还卖了房子，欠下不少债。

马占江：2007年的3月10日，也就是正月初七，我的胃大出血，抢救过来之后把胃切除了四分之三。我还患有糖尿病和胆结石，我爱人患了尿毒症，她这个病现在只有一个办法就是血液透析。

马占江说，为了能有人照顾，他和妻子投奔到了在江苏昆山打工的女儿女婿家。现在，每年给妻子治疗尿毒症的费用约14万元，可报销的金额不到5万元，受住院报销的限制，他们一年中有大半年的时间是在昆山宗仁卿纪念医院里度过的，不住院的日子则借宿在女儿老板家的房子里。

记者：您老伴儿住院的时候，您住哪儿呢？

马占江：我得在医院护理她呀，病房有一个小椅子，我在家拿被子、褥子，困了就往那椅子上一躺。

18年来，马占江对这笔欠款始终无力地期盼着。

马占江：这么多年了，多么期盼这钱还我呀，那属于救命钱呢！

昨天，黑龙江省绥化市望奎县公安局政委高军接受记者采访表示，借款凭证持有人18年来的讨债行为属于上访案件，望奎县公安局已引起重视。

高军：这属于上访案件，前一段时间，我们专程把这事儿向市政法委做了汇报，市政法委也在督办这个事情，专门成立了一个调查组，这欠人钱确实是事实，这不是市中院的支付令嘛，我跟刘局长马上准备研究，然后迅速解决这个问题，我们还是很重视的。

面对法院的支付令和盖有公章的借款凭证，高军强调，要还钱得先查清楚当时金盾公司为什么借钱：

高军：不是你拿着红章子说欠款我们就能还，我们也得把这个债务关系理清了，公司怎么成立的，然后怎么去经营的，最后怎么解体的，怎么产生的债务等等，我们要把这些了解清楚了，这笔钱支出、去向，是不是得有依据呀？因为这个欠债关系很复杂，既欠借这几个人的债务，又存在俄罗斯那边种菜欠咱们的债务，而且俄罗斯方面欠咱们的款等事情也很复杂，更何况年代久远。

俄罗斯方面欠公安局的钱可以成为公安局不还钱的理由吗？面对追问，高军表示，望奎县公安局应该还钱，但需要找到他们自己认可的“依据”。

高军：我们是应该还的，但我们必须得有依据才能还。

记者：1995 年到 2013 年，18 年都过去了，你们公安局有没有去了解情况？这么多年依然没有了解清楚吗？

高军：那我不太清楚，我们就准备还款的计划已经跟市里汇报了。

那么，法院的《支付令》和盖有公章的借款凭证不算依据吗？法院又会作何解释呢？绥化市中级人民法院执行局副局长徐立新告诉记者，依据最高人民法院“注释［2001］8 号文件”第十五条规定，法院不能强制执行。

徐立新：按照这个文件的要求，对当时的公安司法机关的经费、房产、车辆都不允许强制执行，今年我们清理这个案件以后就跟市委、政法委进行了汇报，市委、政法委也与望奎县公安局进行了商量、研究，最后责成望奎县公安局必须把这件事情处理好，把这个责任交给望奎县公安局了，因为涉及不能强制的问题，所以法院就没有参与相关执行。

按照望奎县公安局的说法，还款的前提是要找到他们自己认可的“依据”。要“理清债务关系”、要“小心谨慎”。但记者在调查过程中却发现，望奎县公安局在办公室面积超标问题上却一点儿也不谨慎，购买办公家具更是不差钱。

记者在调查采访中发现，望奎县公安局办公大楼内，多间领导办公室面积超标。望奎县公安局政委高军表示，那是由于夜间值班的需要。

记者：这是局长办公室，是吧？

高军：对，我们单位都需要值夜班，夜间是很疲倦的。

记者：这个面积有多大呀？

高军：这个有 30 平方米吧。

记者：您说 30 平方米？你们局长应该用多大的办公室呀？

高军：他应该用 12 平方米的。

高军告诉记者，目前望奎县公安局超标的办公室共有 12 间左右，虽然计划整改，但因为全县都在行动，工人难以排到工期。在望奎县公安局，多间领导办公室内气派的办公家具同样吸引了记者的注意。

记者：这套家具不便宜吧。你们当时买家具的账目有吗？

高军：应该都有。

记者：能调出来我看一下吗？

高军：这个调不出来，财务请假了，现在在天津呢。

记者：你们公安局的财务就他一个人吗？如果他不在，你们公安局的财务就瘫痪了是吗？

高军：这个嘛，等他回来才能说清楚。

依照家具商标，记者联系到广东省中山市派格家具有限公司，该公司负责办公家具的业务经理钟剑锋对照记者拍摄的照片给出了工厂价。

记者：发给你的图片，你一看就能知道是什么规格的吗？

钟剑锋：对，我一看就知道了，因为我们每个型号都是唯一的，那个班台是3.2米×1.2米，还有一个是2.4米×1.2米的，小点儿的2.4米的好像是9000多元，书柜1.3万元，沙发也就是1万多元，这是工厂价格。

根据钟剑锋随后发给记者的市场报价信息显示，望奎县公安局一间领导办公室摆放的大办公桌的单价为24 604元，书柜的单价为16 750元，沙发的单价为14 626元。

有关事件进展，中国之声将继续关注。

后来：

从10月28日到11月28日，历时一个月，该专题成为2013年中国之声独家播出的持续时间最长的新闻热点。

报道播出的同时，望奎县成立了联合调查组。望奎县公安局通过中国之声向当事人公开道歉，首笔归还部分欠款61万元，之后余款全部归还；公安局办公室经过整改，达到上级的有关规定；"气派"的办公家具全部上交到国资部门，由国资部门进行拍卖处理；发票信息造假问题，由于望奎县公安局并不知情，属家具销售方单方面行为，公安局已要求家具销售方开具真实发票；未履行政府采购程序购买"气派"办公桌椅的问题，已既成事实，属违纪行为。

联合调查组最终决定，给予望奎县公安局局长、党委书记刘文辉党内严重警告处分；给予望奎县公安局政委高军党内警告处分；给予望奎县公安局办公室主任屈金武党内警告处分。

河南息县五保户名额有限：申请者需排队“等死”

按语：

记者做调查会接触很多“奇闻”，关键是不仅要证实其真伪，更重要的是厘清其背后的深层原因。

接到群众举报后，我前往当地调查核实。在不同乡村的群众口中，得到了唯一的答案——申请五保户，只能“死一个顶一个”，而且还得缴纳1500元到3 000元不等的费用。我又暗访了东岳镇、曹黄林镇的民政干部。两位民政所工作人员的解释，印证了群众的说法。在拿到大量的证据材料后，我又赶到河南息县民政局，以调查五保供养落实情况的名义，顺利地拿到了该县三年来的五保户人数表，表中显示，该县三年来五保供养人数几乎没有任何变化。根据国家相关法律法规，申请五保供养，既不用排队“等死”，也不用缴纳任何费用，只有四个字：“应保尽保”！

作者：肖源

播出时间：2013年12月2日

五保供养，是我国政府对于在农村生活的丧失劳动能力、没有收入来源、无具备扶养能力的法定抚养义务人的年老、残疾以及未满16周岁的困难人群，设立的一种救助扶养制度。而符合条件享受五保供养的人，就是“五保户”。根据国家相关法律法规的规定，五保供养的原则之一就是，应保尽保。

近日，记者在河南省息县调查时却发现，该县大量符合五保供养条件的困难人群，却迟迟无法得到应有的供养资格。而相关政府部门对此的解释是：申请五保户只能死一个，顶一个。请听央广记者肖源的报道：

曹黄林镇马寨村，地处河南省息县最南端。村子中间的一块菜地上，有两座土坯房，如果不是村民确信地指点，这里丝毫看不出有人居住的迹象。五保户老金就住在这里：

记者：现在有没有家里贫困的但还没有申请上五保的？

老金：还有，60多岁的还有好几个。

记者：那他们情况跟您的相比差不多吗？

老金：对，说他们还能干活，60 多岁了也没申请上。

在老金的指引下，记者找到了同村村民老陈。今年 62 岁的老陈，无儿无女，常年疾病缠身。

老陈：早晨一起来，我的手拿筷子都困难，也没啥亲戚，我就一个人。

老陈说，早在前年（2011 年），他就把申报五保户的材料递交上去了，但一直都没有批下来。

老陈：前年。

记者：前年（2011 年）就申请五保了？

老陈：嗯。

记者：当时村里怎么跟您说的？

老陈：他说没指标了。

记者：没指标了？

老陈：嗯，一问他就说，你得等着外头的哪个五保户死了，你来顶他的。

老陈说，前不久，队里把他的户口本、身份证等证件，都收上去了。因为村里刚死了一个五保户，这就意味着，老陈的五保申请有戏了。

老陈：他说给我办这个五保，会计把我身份证拿去了，他说本大队死了一个五保，他说可以给我顶。

记者：咱们本大队死了一个五保户？

老陈：对。

记者：您这个就能排上了？

老陈：对。

村民们说，本月初，隔壁的八里岔乡，66 岁的村民易立财，申请交上去 3 年了，都没能享受上五保供养，在与村干部交涉的时候，死在了村主任家里。当时，村主任给的解释就是，上面只给村里 8 个指标，一直满员，最近才有空出来的。

村主任：这有才死的五保户，有死的就能申请上，9、10 月才能反馈。

而地处息县最北端的东岳镇，这样的情况，同样存在。符合五保供养条件的老鲁，今年 68 岁，去年刚排上队。

老鲁：公社里说没指标，他说这个指标是省里发下来的，一个大队有多少指标，是有定数的，现在没有了。老家伙不死，年轻人添不上。

群众口中的指标一说，也得到了多个乡镇民政干部的证实：

民政干部1：人不死都找不出符合条件的，也就是说上面不给指标，在这个圈里，只能死一个，添一个，没有其他办法。

民政干部2：我从2009年干到现在，指标一个都没增加，每死亡一个进一个，指标保持不变。

记者：只能有283个五保户，不能有284个？

民政干部：那不行，那要有284个就没人给钱。死亡的可以调整。那指标一直都没有变过。

根据国务院《农村五保供养工作条例》中的规定，所谓五保，是指对符合条件的困难群众，保吃、保穿、保住、保医、保安葬。不过，记者在当地调查时还发现，在息县部分乡镇，五保变成了“四保”，而安葬费用，要由急于申请五保供养的人承担。继续来听报道：

曹黄林镇马寨村的老陈说，虽然自己马上就能排上队了，但为了这个指标，他还额外花了1 500元。

老陈：你抵他的这个名额，还得掏1 500元。

记者：这钱交给谁啊？

老陈：交到村里嘛。村里说乡政府要。

记者：您有这个钱吗？

老陈：我这不也是借的嘛！

曹黄林村的老夏，前年（2011年）排上了队，交了1 100元。在老夏看来，这个五保指标，是自己花钱买来的。

老夏：死一个才能顶一个！顶了他还要钱，我就是掏1 100元买的，村里说这个钱要交到乡里，乡里说交给那个已死的那个人，相当于买人家那个本，你不交钱，人家不给你。

正在等待下一个五保指标的东岳镇村民老徐，如果今年能排上队，要交2 000元。而白店乡群众说，3 000元的五保办理费用，实在拿不出来。

五保供养的条件之一就是，没有收入来源。依法申请五保供养，还要交钱？

对此，当地一位民政干部的解释是，这笔钱不是给政府的，而是交给负责安葬死亡五保户的人。

民政干部：比如说，今年 11 月死亡的，你如果不急于得到这个五保名额也不想交这 2 000 元，那行，你就等到明年这个时候调。否则你就拿着安葬费，交给他（死者）本人。

记者：如果安葬的话，那他本人不都死了吗？

民政干部：他死了人家安葬他不要钱吗？谁安葬就交给谁。按国家规定人家还要领取这一年的供养金作为丧葬费，等于是提前把这一年的供养金作为丧葬费支付给他了。

《河南省实施〈农村五保供养工作条例〉办法》中的确有这样的规定：农村五保供养对象死亡的，一次性支付其原享受的 1 年供养金，作为丧葬补助费。不过，办法中所称的支付丧葬补助费主体，绝对不是其他五保户，而是农村五保供养服务机构或村民委员会。

《信阳市人民政府关于进一步加强农村五保供养工作的通知》中规定，各区县要按规定程序将符合农村五保供养条件的人员，全部纳入供养范围，落实供养待遇。《河南省实施〈农村五保供养工作条例〉办法》中也明确规定，对符合条件且本人提出申请的村民，各级政府部门及村委会应当按规定及时办理有关手续，不得以任何理由拖延或者拒绝办理。

对于息县出现的五保指标一事，县民政部门又是作何解释呢？

对于记者调查中发现的五保指标一事，息县民政局农村低保五保中心主任夏永表示，不存在这种情况。

虽然夏永说，全县五保户的死亡率每年在两三百人左右，但在其出示的息县 2011 年至 2013 年农村五保人数表中，三年来，全县五保总人数只有 3 人的差额。14 个乡镇五保人数没有任何增减。对此，夏永的解释是，乡镇往县里报，县里就给批。

夏永：应保尽保，县级财政全额预算。只要申请者按照条例要求符合农村五保户的条件，乡镇只要一申报，我们就给他办理相关的五保证，兑现发放供养金。

至于申请五保供养要交丧葬费的这项规定，夏永说，按规定丧葬费由政府出，但县财政没有提供相关费用。

夏永：人死亡以后国家规定一次性发放一年的供养金作为丧葬费，县财政前几年一直没有提供相关费用。

而夏永的这些说法，遭到一些乡镇民政干部的否认：

记者：县民政局说咱镇里往上报的话，县里就批是吧？

乡镇民政干部 1：不存在这样的情况。

记者：您是说不存在报了就批这个情况？

乡镇民政干部 1：不存在报了就批这回事。五保只能从死亡里调人。

乡镇民政干部 2：五保户的总人数，一直都没有变化。

一位乡镇民政干部甚至坦言，他所在的乡，符合五保供养条件但仍在排队的，就有 80 多人。

乡镇民政干部：地方没钱，所以他不敢随便增加五保的名额，够条件的全乡共有 80 多个人。

记者：够条件的但还没排上就有 80 多个人。

乡镇民政干部：对！全县有 4 000 多人。

记者：那得排到什么时候啊？

乡镇民政干部：那没办法，只能这样了。

息县五保供养，到底有没有指标限制？申请者要不要缴纳死亡五保户的丧葬费用？多个乡镇民政所与县民政局的说法，为何截然相反？事件进展，中国之声将持续关注。

后来：

明知违反国家相关法律法规，息县为何还要执行自己的“土政策”？第一篇报道播发后，我又连续跟踪报道，客观反映当地政府部门对此事的回应与解释，尽可能平衡地呈现多方观点。既为符合条件而得不到国家五保供养的群众呼吁，又展现地方政府财政吃力，导致供养不足的实际困境。最终，当地政府承诺，在 2013 年 12 月 15 日之前，对全县范围内的所有群众进行一次摸底排查，保证符合条件的困难人群，在 2014 年元旦前，享受到国家五保供养。

数百名农民工工资被拖欠一年多

辽宁法库县政府成“老赖”

按语：

农民工讨薪，五个字浓缩了多少人生的苦涩，尤其是原本应该站在裁判一方的地方政府，成了这笔工资难以兑付的源头。县政府大楼崭新而又有气势，保安身着特勤服警惕地在县领导办公室那一层站岗。我跟随农民工，见证了向政府讨债的种种狼狈。求助媒体也许只是下下策，但却成了他们的上上签。随着法治的不断健全和人口红利的逐渐消退，但愿讨薪新闻不再是一代代调查记者不停去应对的主题。

作者：栾红、任玉茜（实习记者）

播出日期：2013 年 12 月 13 日

又到了年关，对于外出务工的农民工来说，拿着辛苦钱回家过年，是一件幸福的事儿。可是，辽宁省法库县的一些农民却反映他们去年打工赚的钱至今没要回来。农民工遇到了哪些现实问题？又是谁因何原因欠了钱？请听央广记者栾红、实习记者任玉茜的报道：

马永财是辽宁省法库县包家屯乡腰达房村的农民。2011 年，家门口修公路，连接法库县陶瓷城和包家屯粘土矿，公路名叫法包线。为了照顾家人，从 2012 年起，他开始在法包线当修路工。

马永财：去年家里有点儿事，也没出去打工。父母都没了，又赶上我生病，所以就在这儿修路了。

70 岁的孙玉山身体不好，妻子也疾病缠身，家里有八九亩地，却无力耕种。他靠修路打工赚钱给妻子看病：

孙玉山：我家就两口人，老太太 68 岁还有病，也没钱买药。儿子都不在跟前，我也种不了地了，寻思就在家附近打点儿工。

没想到，进入 2012 年后，工地上就再也没发过工资。2012 年 8 月底，工程完工，工资还没到手。腰达房村有60多人在法包线第四标段务工，都是同村村民刘兴学张罗的。现在，包工头刘兴学家里天天都有要账的农民工。

刘兴学：我们家每天都来10多个客人，都是冲我要钱的，干了2年的工程款，到现在一直没给解决。现在还欠这60多人共30万元，仅是人工费，还不包括机械和材料费等。2012年年底给解决了一些，也就是每人分点儿钱过年。现在啥也不给。

除了工资，有些村民还进了些土料卖给施工方，钱款也是有去无回。

在当地村民的指引下，记者看到一间没有院门、没有围墙的平房，平房前左右各有一间小屋，但已废弃，房前铁丝上两件洗过的衣服在寒风中微微飘动。这是村民李艳玲的家。李艳玲的儿子儿媳都曾在法包线打工，当初，家里还借了七八万元进石料卖给施工方，施工方至今未付石料钱，债主却经常上门。

记者：他们来您家要账吗？

李艳玲：人家能不要吗？年关了，一提要账心里就难受。

记者：这两天过来了吗？

李艳玲：过来了，人家打电话天天追，卖点儿粮吧，才卖1万多元。

对村民来说，欠款是救命钱。村民刘永军在工地负责看车，如今还有4 000多元的工资没拿回来。4月他的腿被撞了，至今没钱做手术。

刘永军：我这腿现在花了4 800元，手术都没做，只买了消炎药。（现在）要这两个钱给腿做手术。他们说等两天给我，可一直到现在也没给。

公路建设是政府工程，中标的单位也应该是正规的建设单位。那么，为何农民工干了活儿要不回来钱？又是谁在拖欠这笔钱？政府又是如何监督的呢？请继续听报道。

记者找到了法包线第四标段的负责人刘开明。他表示，第四标段是由本溪钢铁（集团）矿山建设工程有限公司承包，刘开明所带领的工程队又和本溪公司签署了分包合同。农民工都是他们工程队雇的。现在付不出来工资是因为，政府没有按照合同规定付给工程队工程款。

刘开明：没有想到，政府当时说得很好。第一年完成了给你50%，第二年给

30%，第三年给 20%。按照这个计划，原来我们的股东投资就周转开了，如果给了 50%，那我们第一年就不会欠农民工工钱。第二年再给钱我们就给人家机械费了。剩下的就是我们的本金和利益。现在利益、本金都没有了，利息还跟着涨。

记者：后来借的这笔钱，利息还挺高的是吗？

刘开明：对。1 元的利息是 0.1 元。

记者：这笔钱借了多久？

刘开明：2 年了。现在没法算了。政府不守信用呗，就这么点事儿。

刘开明向记者出示了相关合同和法包线合格竣工通车的证明。法包线的建设采取了“BT 模式”，即“建设，移交”，也就是投资方将公路建设好了，政府分期还回投资款。按照合同规定，法库县政府应该在今年年底付清至少 80% 的钱款。

工程队经理孙京说，法库县政府曾经承诺法包线 5 个标段，干得又好又快的标段还能得奖金 100 万元，没想到，工程款至今只付了 38% 左右，还欠 1 800 多万元。

孙京：别说奖金了，本金都拿不回来。人家管我要钱，我就去问他们要，他们总说下礼拜吧，一直推到现在了。2012 年阴历二十七日，给了 40 万元，我就在现场给农民工发了钱。

第四标段工程负责人刘开明也有一肚子苦水。

刘开明：我家里的房子、庄园、汽车都卖了。我现在只能租房住。

记者：现在农民工找了你很多次了吧？

刘开明：找了我很多次了。但是我现在没有钱了，我现在一无所有。

按照施工方的说法，农民工欠薪，施工负责人濒临破产，都是因为法库县县政府违约。记者以农民工家属的身份跟随孙京来到了法库县交通局，交通局副局长王峰一听说要钱，马上就说，近两天能够给解决一些。

王峰：法包线老刘这个农民工工资呢，到时候咱们可以采取特殊途径给你解决点儿。如果这两天来呢，想办法给你 10 万或 20 万元。

孙京：元旦前后能给解决多少？

王峰：顺利的话，这两天能给你解决点儿，具体能解决多少还真说不好。

交通局局长孙云峰也承认拖欠工程款，但他也强调，账上没钱，只能逐步解决。

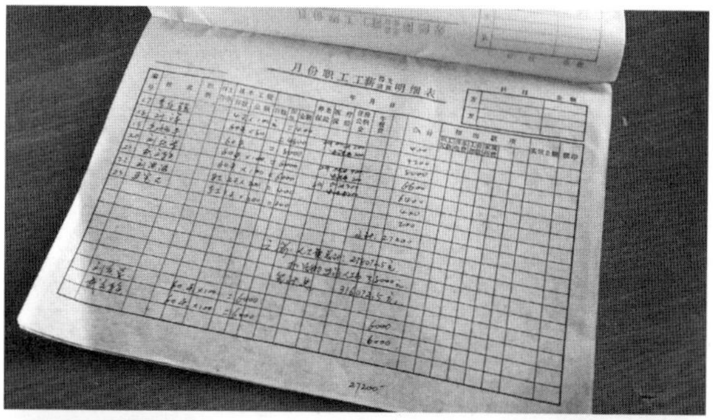

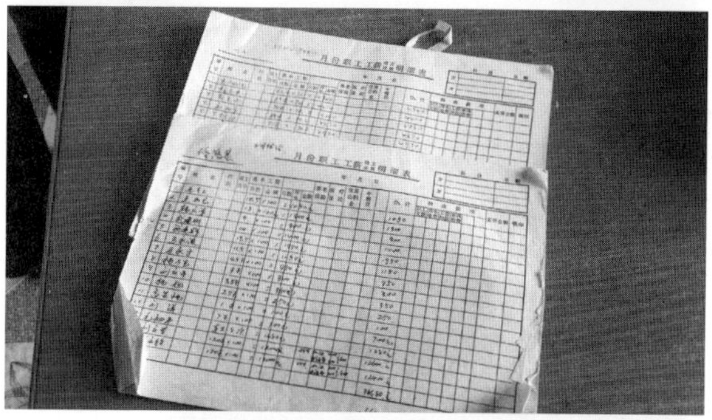

腰达房村60多人应付工资单

李艳玲的儿子负责从山上给工地拉石头，儿媳给工人做饭，石料费加上人工费，现在工地一共欠他们10万块，其中有8万是材料费。李艳玲的老父亲一气之下也病倒在床。

孙云峰：我正在运作呢，正在想办法给你解决。

孙京：年前能给解决多少啊？

孙云峰：那不知道啊，根据情况吧，应该能安排。

王峰：我们尽量吧。

孙京：我现在家都回不了。

孙云峰：我知道。第一步：先看病吧；第二步：如有钱啊，倾斜你点儿。现在得有钱啊，如果钱在我账上，那都给你分了。

翻开 2012 年法库县政府工作报告，县长陈佳标还特意提到法包线改扩建工程总投资 2.35 亿元，也是法库县快速推进城镇化的重点工程之一。路修好了，施工方和工人们却迟迟拿不到工程款，政府既然签了合约，却又违约，到底是缺钱还是另有原因？法库县又将如何解决陷入困境的农民工和建筑商的问题？

后来：

报道播出后第二天，法库县交通局副局长王峰给记者发来反馈：法库县政府立即召开专题会议研究，由县交通局等部门组成核查小组。承诺本月月末前全部解决施工方农民工工资及其他急需资金问题。其余款项将再与施工方进一步核算后尽快支付。当天上午，第四标段经理孙京已经拿到了 35 万元人民币，并连夜发给了农民工，发给了一些患病的农民工家庭以解燃眉之急。

百万游客拥入广西巴马寻求“长寿密码”
违建、污染等问题渐显

按语：

说实话，最初聚焦在巴马的时候，不能说一点儿猎奇的心思都没有。去了之后，看到那里的自然条件确实很让人感觉舒服，即便是在冬天；但是，逃不开的施工噪声和四处挂起的楼宇广告，也让这里有暗涌的浮躁。在异乡人的行为、心愿被过多关注之后，采访中，更希望了解当地原住村民的看法和行动。这当中有熟悉的环境受到冲击后的共性纠结，也有巴马独有的关系利害。除了能够认定的违章、违规外，更希望能听听这些没有定论的村民的心声。这之后，最高兴的是听到自治区相关领导明确指出，发展巴马不能急功近利。

作者：刘飞、邓君洋

播出日期：2013年12月26日、12月27日

广西巴马瑶族自治县，全县27万人，其中百岁以上的“长寿老人”有82人。巴马也被誉为“长寿之乡”。

上百万游客、养生者来到巴马寻找“长寿密码”。大量人口的拥入在不同方面考验和冲击着巴马的承载力。建设混乱、环境污染、配套不足等问题也开始凸显。“长寿之乡”巴马又将如何“长寿”？请听央广记者刘飞、邓君洋的报道：

108岁的黄妈干身体健康，坐在自家屋子里，每天都有到巴马“长寿村”的游客来探望。除了慕名而来的游客，还有不少养生者都定期来巴马长住上一段时间，成了巴马的“候鸟人”。如果向他们询问巴马的情况，很多人都会用到一个词——神奇。而有些说法则神得有点儿玄乎：

“在这儿待了两年糖尿病就好了，不用打针也不用吃药。”

“你有高血糖的话，来这儿也能好，糖尿病患者到这儿治愈效果最好。”

“小分子的水对消化、气管、身体各方面都好。这儿的水不用烧开就能喝，水烧开了以后反而就把矿物质都给破坏了。”

“来这儿不用吃药就能治病。”“生喝泉水、河水效果好。”

“要到百魔洞里吸收地磁，到天坑呼吸负氧离子。”

……

诸如此类的说法还有不少，也因此，来巴马的养生者中有不少人是来养病的。

巴马甲篆乡坡月村村支书黄大尚：有患高血压、糖尿病或其他病的人，甚至有些癌症患者也都来这里。坡月村的水不可能治癌症的，我们这儿更适合养生。

对此，巴马县旅游局局长黄燕飞也表示，巴马打出养生的品牌，但流传的一些所谓的“长寿密码”也太离奇了。

黄燕飞：巴马是挺神奇的，但是别离奇。我们一开始就打养生牌。我们是说，巴马的长寿老人之所以长寿，是水、空气、阳光、地磁，还有一个就是心态。

此外，商贩也打起了治病养生牌。酒水、食品、泡脚的瑶药，都贴上了长寿的标签。其中很多东西就连当地人以前都没见过，难分真假。

坡月村村支书黄大尚：去年才有泡脚等这些养生项目，这个连我也难辨真假。

记者：这不是咱们村的传统吗?

黄大尚：不是我们这里的传统，这些都是用巴马的名号来做的。

记者采访发现，这些“传说”有人信，也有“候鸟人”持保留态度。不论长寿之乡的“长寿密码”是什么，有一点是大家普遍认可也感受得到的，那就是巴马的自然环境。

但是，游客和“候鸟人”的到来，也在不同方面考验和冲击着巴马的承载力。环境污染、配套不足等问题也开始凸显。那么，长寿之乡——巴马怎么让自己更长寿呢?

巴马县旅游局数据显示，预计 2013 年 1 月到 11 月，巴马全县接待游客 258.96 万人次。而这个数字在 2006 年的时候还只有 11 万。旅游发展了，当地村民收入也提高了。

黄大尚：这两年，外地人来了以后，坡月村的收入较之前多了。现在统计，我们这里每年人均收入 5 000 元到 6 000 元左右，以前只有 2 000 多元。

人多了起来，高楼也拔地而起，水却没有以前干净了。盘阳河是巴马人的母亲河。村民说以前河水能直接喝，现在不敢了。

村民：河水表面干净，仔细看上面有一层油。这边没开发的时候，我们渴了就直接喝河水，人多了，建的房子也多了，什么东西都往河里排。

黄大尚表示，旅游给当地带来了经济效益，但当地配套设施跟不上，环境等问题开始凸显，今年，垃圾中转站和污水处理厂建设才提上日程。

黄大尚：带来了经济收入这方面是好的，但是，基础设施跟不上：一个是污水处理；一个是垃圾中转站。

记者：动工了吗？

黄大尚：垃圾中转站动工了。

记者：污水处理厂呢？

黄大尚：还没有。

在采访中，对于巴马发展中显现的问题，住建局、环保局、旅游局都表示没想到巴马会发展这么快。

巴马县环保局副局长李正宽表示，旅游给巴马带来的环境压力是很大的。

李正宽：我们也没想到巴马会发展这么快，一下子那么多高楼大厦建起来了。我们也发觉，旅游的发展带来的环境压力也是非常大的。

从2006年巴马开发旅游到现在，7年过去了，巴马的污水处理厂和垃圾中转站终于开始建设。

旅游局局长黄燕飞表示，由于合理规划滞后，一些问题显现了才治理。

黄燕飞：游客多了，我们这边的公共服务配套设施又滞后。在还没有能够科学地、及时地合理布局和规划的情况下，由于受市场利益驱动，周边群众和来巴马的投资商盲目建房。我们发现以后也开始治理和整改。

今年，广西提出构建以桂林、北部湾、巴马为核心的国际旅游“金三角”。黄燕飞坦言，巴马是国家级贫困县，基础设施起点低。

黄燕飞：在这样的情况下，贫困县发展旅游业就存在很多问题。比如基础设施，尤其是交通，海、陆、空整个交通网络巴马都还没布局好。巴马没有高速公路，也没有铁路，这对旅游业的发展和转型提质可以说是一个瓶颈。

不论基础设施条件如何，作为坡月村的村支书黄大尚观点直接且明确，那就是现在村里必须发展旅游。

黄大尚：现在坡月村基本上都是失地农民，都没有可耕种的土地。那么，现在农民的生活必须靠外地人来这里住。没有外地人来住的人家，生活条件就差得多。

对此，黄燕飞表示，旅游项目的开发必须带动当地村民致富。

黄燕飞：企业进来，有大的项目实施，那么，这个项目所辐射到的村、屯必须和农户捆绑发展，共同富裕。这样，企业来了，游客也有了，收益也增加了。总之，群众能够脱贫致富是我们的最终目的。

在昨天召开的2013年广西全区经济暨城镇化工作会议上，广西壮族自治区主席陈武提出，开发巴马，首先要想好什么不能做。

陈武：巴马的开发要反过来换一个思路。我们说，一个地方的开发要谈项目、引进项目、搞投资、搞建设，但是，对巴马来说，我们首先要想好什么事情不能做，同时要向社会公示。比如造成盘阳河流域污染的行为不能做。原则上盘阳河流域不允许建商品房，因为现在还不清楚承载力有多大。

后来：

广西壮族自治区党委书记彭清华也特别提到了巴马的发展。他说，不要只想着巴马能带来多少GDP，不能急功近利。如果到处都是人，到处都是房子，污水横流，环境受到破坏，那么，长寿最核心的东西就没有了。

赢了官司却遭遇“执行难”
牡丹江爱民区法院表示：法律面前不一定人人平等

按语：

初次见到五十多岁的老邱，他被这个“欠债不还”的官司已经拖了一千多天。这个文化程度并不高的老汉，把案子有关的法条讲得头头是道。其实，这个已经判决过的案子本身没什么争议，就是卡在了执行难。跟着老邱一路暗访，区法院、市中院、信访局……一圈下来，接触到的工作人员，基本都晓得老邱的情况。老邱找他们理论“为什么不按法律办事”，而他们却对老邱说“法律面前也不一定人人平等”。节目播出三天后，法院通知老邱，拖了三年的抵押房产过户手续可以马上办理了。老邱感慨地说，法律到头来还是公正的。

作者：马文佳、于涵（实习记者）

播出时间：2014 年 1 月 24 日— 1 月 27 日

家住黑龙江牡丹江市的邱先生向央广新闻热线反映说，三年前他打赢了一场“欠债不还”的官司，但是牡丹江爱民区法院却一直不给执行，担保房产迟迟不能依法受偿。在各个部门来回讨说法的过程中，他被告知，当地政府暗地里违规干预法院执行裁定。

在近期召开的中央政法工作会议中，习近平总书记强调，禁止干部以权压法，建立制度追究干部干预司法，以最坚决的行动扫除政法领域的腐败现象，坚决清除害群之马。

央广记者马文佳和实习记者于涵，全程记录了邱先生遭遇的法院消极执行和当地政府“以权压法”的过程，法院及信访部门相关负责人的言语中透露的对法律的蔑视令人瞠目。请听央广记者马文佳、实习记者于涵的报道：

老邱打赢了官司，抵押房产却变成“鬼屋”

家住黑龙江绥芬河市的老邱今年51岁，头发花白，药不离身。他说，三年前的那场官司，彻底改变了他的生活。而事情的起因，就是借钱。借款人陈伯明是牡丹江建设医院的院长，也是法人。老邱与陈伯明签署了《借款协议书》，并办理了《房屋他项权证》等手续。老邱从亲戚那里凑了350万，加上另外两位贷款人，一共借给陈伯明650万。但没想到，不到半年，陈伯明就不再还钱。老邱无奈之下，向牡丹江市中级人民法院提交了一纸诉状。

老邱：2011年3月就上中院起诉了。调解完之后，7月8日中院就下达了执行裁定。

因为借款时办理了全套手续，老邱的这场“欠债还钱”的官司可以说赢得没有悬念。接下来就是法院对抵押房屋进行查封、评估以及拍卖等流程。由于抵押物最初由牡丹江市爱民区法院先行查封，按照法律规定，案件就转到这里由牡丹江中院执行。可没过多久，老邱突然接到通知说，已经被查封的房子被人毁坏了。

老邱：被执行人一看这个评估要强制执行了，气急败坏地就把楼给拆了。这房顶也抽走了，门、窗全卸掉了，屋里的设施全倒空了。

牡丹江爱民区人民法院迟迟不协助老邱办理过户手续

老邱说，当时公安部门也抓捕了陈伯明，但也不知什么原因，没几天就把人给放了。他当时顾不上别的，只求能了结官司，然后把亲戚朋友的借款还上。可没想到，这个已经打赢了的官司，往后的路越走越艰难。

老邱：第一次评估完以后，法院迟迟不给拍卖。2012年5月又说这个报告做错了，后来要求重新评估，这样七八个月的时间就白白地浪费了。2013年3月22日拍卖，从担保、评估、拍卖等这些流程，全部都是按法律流程走的，而且走得很艰难，真的苦不堪言。

2013年6月8日，老邱终于收到牡丹江市爱民区法院的《执行裁定书》，其中

被人为损坏的牡丹江建设医院现状

老邱一家专程来到北京向中国之声表达由衷感谢

裁定：申请执行人可持本裁定书到有关机构办理相关产权过户登记手续。可以说，老邱拖了三年的官司终于进入最后一步。但是，爱民区法院却迟迟不协助他办理过户手续。

老邱：按法律规定是六个月执行完毕，可近三年了，我为这个事往法院跑了得有五六十趟，电话打了也有三百多次，他们一直就这么推三阻四拖到现在。

爱民区人民法院：法律面前不一定人人平等

“欠债还钱，天经地义”，更何况法院也出具了相关《执行裁定书》，可具体执行工作一直不能进行，究竟是卡在哪儿了呢？作为办案人的牡丹江爱民区法院执行局副局长刘金君告诉老邱：想要执行，得去找政府。

老邱：这个事儿主要是谁不让执行啊？

刘金君：一个是市委，一个是市政府，两家都不让。

这让老邱一下子糊涂了，明明在法院打官司，执行裁定也下了，为什么现在政府来干涉法院的执行呢？在老邱的一再追问下，爱民区法院执行局局长史国华做出了这样的解释：作为现任院长的陈伯明将房屋产权抵押，但是其中还涉及医院改制之前职工安置的遗留问题，所以目前法院只能等政府的指示。

史国华：现在市里面要给我们下个通知，信访局要给咱们一个指示。

老邱：职工安置遗留问题跟办抵押担保一点儿关系都没有啊。

史国华：一点儿关系都没有，法院就应该严格按照法律规定办。但是，现在市里已经明确说了这事儿，实在没办法。

老邱：法律面前人人平等，这也不平等啊。

史国华：你说得太对了。

根据《中华人民共和国物权法》第一百七十九条规定，抵押权是债权人对债务人或者第三人不转移占有的担保财产，在债务人届期不履行债务或者发生当事人约定的实现抵押权的情形时，依法享有的就该抵押财产的变价处分权和优先受偿权的总称。老邱的官司既然有法可依，为什么还是遭遇了“执行难”？

爱民区法院执行局局长：不听政府的，啥官也别提了

临近年关，距离牡丹江市爱民区法院发出《执行裁定书》已经过去二百多天，老邱和老伴再次来到爱民区法院。执行局局长史国华对老邱说，现在政府还是拦着，从各方利益考虑，法院不可能给他办过户。

史国华：法是为谁服务的？……

老邱：人民啊。

史国华：怎么是人民呢？……我们法院归区政府管，现在谁想当院长，还不是人家说了算，你不能违背政府的意志啊，否则你就只能去看大门。

老邱一家接着跑到牡丹江中级人民法院，向负责信访工作的执行庭副庭长张微反映爱民区法院消极执行的情况，得到的回答却是：无能为力。

张微：你们作为债权人，作为抵押权人，无论如何，你们的权利肯定会受保护的。现在没有去办过户手续，是因为市里明确告诉法院，这个案件暂时先放一放。我们肯定要受党和政府的领导。

牡丹江市信访局：市委领导法院、检察院，不服接着告

最终，老邱决定去趟牡丹江市信访局问个究竟，负责接访的工作人员在了解完情况后，明确告诉老邱：国家有规定，政府不能“以权压法”。

工作人员：我们管不着人家。法院在谁的监督之下？在人大，国务院明文规定，政府不能“以权压法”。我们要干预，那不是跟全国人大常委会和国务院背道而驰嘛。

这些道理老邱听得明白，既然国家规定司法独立，政府无权干涉。那为什么法院还要一拖再拖呢？就在这时，牡丹江信访局督查科王科长翻出一份会议纪要，对老邱说：“市委、市政府的确在过问这件事。”

王科长：这是牡丹江市委常委会的办公纪要。关于建安医院，向中级人民法院发文，要求法院在执行被法院查封的资产中优先清偿企业拖欠职工的各种待遇。我们只是把市委的决定传达给法院。

王科长接着对老邱说，法院执行过户，也得经过信访局的同意。当下想要办过户手续，老邱就得拿出 400 多万，先把职工安置好。

王科长：你要想合理地解决这个事儿，你就拿出一部分钱替职工安置。一开始才 200 多万，现在到今年年底达到 430 多万了。法院去执行的时候，我们也得跟房产部门打招呼，你肯定得给职工割出来一块。

记者：法院都有判决了，为什么具体执行和判决不一样呢？

王科长：法院、检察院都在市委的统一领导下。

记者：可是这个和物权法也不吻合啊？

王科长：那你就起诉政府，告市委呗。

听完这番话，拿着一沓法律文件的老邱怔住了。

许久，他红着眼睛问：赢了官司，法院不给执行让去找政府，现在政府又建议说去法院告市委，这究竟是错在哪儿了呢？

老邱：我五十多岁了，从来不愿掉眼泪……这个楼是抵押财产，我的外债都是亲属拼凑的，这样下去一辈子也还不上了，生不如死啊！

在近期召开的中央政法工作会议中，习近平总书记强调，司法机关是维护社会公平正义的最后一道防线。各级领导干部不要去行使依法不该由自己行使的权力，更不能以言代法、以权压法、徇私枉法。要以最坚决的意志、最坚决的行动扫除政法领域的腐败现象，坚决清除害群之马。老邱遭遇的法院消极执行、政府以权压法的问题，究竟将如何解决？中国之声将持续关注。

后来：

报道播出第二天，牡丹江市委、政法委致函中国之声，对爱民区法院执行难问题进行回应，提出如下整改意见：

1.爱民区法院依法从速执行该案件，按照确权裁定内容，协助当事人办理房产过户手续。

2.市公安部门采取措施加大抓捕力度，尽快将犯罪嫌疑人陈伯明缉拿归案，查明建设医院除抵押物以外财产情况，依法保护 93 名建设医院职工利益。

2014 年 1 月 27 日，也就是节目播出后的第三天，老邱接到爱民区法院通知说，当天上午就可以依法办理抵押房产的过户手续。他期盼已久的过户手续终于可以依法办理。

“刷客”用群聊软件建“代刷好评”公会
淘宝信用体系遭遇危机

按语：

网购时代，谁都有过“买买买”的时候。买的时候看什么？大多数人肯定要看看成交量、好评度。但是，要知道这些“权威”的数据有可能是假的！根据线人提供的线索，记者潜伏在一个刷客公会中，摸清了其中的来龙去脉。其组织的严密和刷单程序的详细设计，让人惊讶。至少作为普通的消费者，是很难发现其中的猫腻的，精挑细选买到的所谓“爆款”，很有可能是刷出来的“假口碑”。打假，势在必行！

作者：马文佳、田婧莹（实习记者）

播出时间：2014 年 3 月 23 日—3 月 25 日

在年交易量过千亿的淘宝，通过“皇冠”“钻石”等信用等级，买家可以直观地判断卖家的信誉度；通过卖家所售宝贝的销量和好评度，买家能轻松选择人气、口碑俱佳的产品。而这一切，都基于淘宝以交易记录为核心的信用体系。

而这样的信用体系与之伴生的还有通过“刷好评、刷信用”的虚假交易。淘宝对此相关的信用清查也一直没有停止。去年年底，马云也曾表示对炒作信用的商家决不姑息。那么，这些“虚假交易”究竟是如何产生的？又为何屡禁不绝？“职业好评师”爆料：关于“虚假交易刷好评”的现实产业链。请听央广记者马文佳、实习记者田婧莹的调查报道：

在一座三线城市生活的小宋（化名）是个“80 后”，白天他经营着一家小店，到了夜晚他则是一名给网店“刷信誉刷好评”的“刷客”。小宋说，不少卖家为了生存、发展，会找他们寻求“不能见光”的“刷单”业务。

小宋：这就好比咱们是卖东西的托儿。你一看这家网店，销量多，信誉好，好评多，这东西肯定不错。人一般都有从众心理。一个店要是信誉度低，销量又不好，你会买吗？

淘宝是以交易记录为核心的信用评价体系，“销量和好评”成为卖家赖以生存的基础。从而“刷信誉”也有了相应需求和生存土壤，“职业刷客”就应运而生了。但是这条卖家寻求的违规发展“捷径”，也一直不断受到淘宝包括商品下架、关闭店铺甚至永久封号的严厉打击。刷客小宋说，淘宝在打击，但卖家有需求，因而他们也能在夹缝中“魔高一丈”。

小宋：狂刷的话淘宝的系统也能监测到，肯定也会发现异常。一般一个支付宝可以绑 5 个号。一个号一个月一般都会要求“周不过五，月不过十五”，就是你每周拍的单子不能超过 5 个，每个月不能超过 15 个。

从网店卖家的“刷好评”需求，到刷客操作刷单，再到买家实际看到的所谓“好评”，这中间究竟经历了怎样的一条从“虚假交易”到“现实信誉”的产业链呢？刷客小宋说，在卖家与刷客之间，最重要一环就是作为中间人的“刷客公会”。

A 是卖家，B 是中间人，C 是拍单做任务的。A 把钱给 B，B 扣掉 25% 的佣金，然后召集 C 去做单子。A 会要求 B，指定相关内容，B 要怎么做，完全按着 A 的要求走。

所谓的“公会”，就是在 YY 语音软件上类似“群聊”的组群，基本人数上限为 1 万人。以刷客小宋所在的公会为例，总人数有三千人左右，全体在线人数保持在一千人上下。公会架构第一层是团，分别有主管、主持和押款管理者。团的下一层分有各组，由组的主持负责发布刷单任务。可以说，“刷客公会”是一个组织严密、分工清晰、人数众多的网上“刷单公司”。

简单地说，公会在接到网店卖家的刷单业务之后，会由主持发布“刷单”任务，由具体“刷客”来接单操作，主持会对刷客进行全程指导和监督。我们还原了刷客接单刷单的基本过程：

主持：我是主持，这是卖家 ID，注意搜索商品，不要直接搜 ID 号，从商品中找出卖家。

刷手：已经找到卖家，已发店铺截图。

主持：好的，正确。接下来选择商品，要浏览网页三到五分钟，要注意网页拉底，从头看到尾。

刷手：已经拉底，是否需要和店主假聊？

主持：需要假聊，暗号是“老板，今天有什么优惠？”注意不要在聊天中提到刷单等等，系统会有监测。

刷手：好的，已经和老板假聊。是否拍单？商品截图已发。

主持：正确。提交订单。

刷手：已支付，已发截图。

主持：好的，收到。晚上 12 点之前支付佣金。

根据刷客小宋提供的截屏资料显示，为了规避淘宝的打击，以及满足卖家的需求，“刷客公会”会发布要求非常细致的刷单任务。在会员培训资料中，关于刷单种类有着详细的介绍：

什么是浏览单？

就是帮助卖家增加浏览，不用拍，店里转转即可，马上就能收到佣金。

什么是立返单？

拍单之后，当天晚上 12 点之前支付佣金。

什么是红包单？

就是我们用淘宝卖家给我们的红包去付款，卖家以账号和验证码的形式给我们，在支付宝付款时输入“领取红包”就可以了。

什么是垫资单？

这是需要你去垫钱支付，如果需要物流，等物流到了，点确认收货，由公会给你返本金和佣金，这种单子佣金最高。如果不需要物流，当天就能返钱的。

刷客公会为了提高“刷单”成功率，会要求刷客尽可能地模拟买家真正的购买过程。并有专门的“空包”物流公司，提供可供淘宝查询的虚假物流记录。

代发空包业务员：代发空包在淘宝网都有物流追踪的，也都有真实底单。直接把发货地址填在网站上，然后拿生成出来的单号发货就可以了。晚上会安排快递公司按照你提供的收货、发货地址进行录入扫描，第二天就会出现你想要的物流了。

“刷单”成功的最后一步，就是写好评。刷客小宋说，要写得真实，就不能只说好，关键要说到买家的关注点上。

小宋：评论必须是好评，比如衣服之类的就说穿着挺舒服、款式不错，物流很快，卖家态度不错等。

刷单成功后，主持会根据任务类型向刷客支付佣金，每单从五角到几十元不等。记者调查发现，刷客小宋所在的公会，涉及卖家客户主要来自淘宝，也有部分天猫商家。公会每小时发布任务数量大约是200个，其中每个任务要求的刷客人数从几十人到不设上限。发布的任务种类，以“红包单”和“垫付单”为主。

刷客小宋表示，他所在的公会人数大约是3 000人。保守估计如果每人只有一个支付宝账户，每个月可以刷单100次，整个公会每月的虚假交易量就是30万次。按平均每单佣金2元计算，这个刷客公会可以向淘宝卖家每月收取60万元的“刷单费”。

而小宋所在的公会，仅仅是YY语音中从事相关业务中的一个。虽然淘宝对于卖家和“刷客”的查处日益严格，但是“做兼职挣外块”的新刷客仍在源源不断地加入。刷客小宋说，想要根除公会基本不可能。

小宋：打击之后，我们再换个频道，又能重新组织起来，因为我们的YY号都是互为好友的，被打散了之后我们还能互相联系起来。

这种“刷客公会”究竟是如何运作的？它会对每天有着巨大交易量的淘宝构成怎样的影响？又会对关注“销量和信誉”的普通买家造成怎样的信任危机？无法见光的“刷客公会”还会给网购带来怎样的危害？中国之声将持续关注。

后来：

在对“虚假交易刷好评”的现实产业链进行调查之后，记者又对组织严密、人员众多的“刷客公会”的运作及其危害进行了调查，并播出了后续报道。报道播出后，阿里巴巴公关部回应表示，淘宝有着非常先进的打击虚假交易的技术手段，但对于打击“刷客公会”等在其他平台提供违规服务的组织，则需要有关部门的配合。买家如果发现卖家有“刷信誉、假好评”的行为，可以随时举报。

“减负教育京八条”实施超一年
为何公办校教师有偿补课仍屡禁不绝？

按语：

“教育焦虑”似乎已经成了一种时代病，并有愈演愈烈的趋势。关于教育改革的调查报道，复杂性往往不在于单一事件，而在于大众心理，这次采访也不例外。其实，北京执行教育“减负”，起码在学校层面来说，在全国范围内应该都是最好的。这个在北京的个案，在不少地方恐怕都不会成为“新闻”。我不知道这所学校的教师从培训机构集体撤出之后，有多少孩子还会继续留在这里补课，也不知道撤出的教师是否会以其他方式去给学生补课。“教育焦虑”或许会持续很长时间，一篇报道能够改变的很有限，但记者天性之一就是“明知不可为而为之”。

记者：马文佳

播出时间：2014 年 4 月 21 日—4 月 22 日

近期有家长向央广新闻热线反映：北京一七一中学初一有超过一半的孩子，周末都在东城区奥星培训班补课。在这里的班级设置按照目前校内建制，而参与培训的老师，也全都是一七一中学的“原班人马”。部分家长担心：校内课程进度快、容量大，孩子如果不补课，很难跟得上。

去年，北京市教委就颁布了中小学减负的“八条禁令”，其中严令禁止学校、校外教育机构等以任何名目组织学生集体补课，严禁公办校及其教师进行课外有偿补课。“减负教育京八条”实施超过一年，为何大规模公办校教师有偿补课仍屡禁不止？请听央广记者马文佳的报道：

秦先生（化名）的孩子在北京一七一中学读初一，他说，“奥星培训学校”对于这个中学的家长来说家喻户晓。到目前为止，初一年级过半数的孩子每个周末都会在奥星补半天的“语、数、外”。孩子上初一的时候，老师就广而告之。后来学校也鼓励孩子们去上培训班，班上总共四十多个人，就有二三十人去参加培训吧。

秦先生说，本来是抱着“随大溜”的心态给孩子报了奥星培训班，可随着学校里“上初一学初二”的课程进度，他逐渐发现，这个校外培训“不上不行”。

秦先生：他们这边进度很快，初一开学不到两个月，初二上学期的数学课程都快要讲完了。一年之内把两年的数学学完，而且很多就是在奥星培训班里讲的，完了之后孩子在课堂上才跟得上老师讲的速度和进程。

秦先生：奥星培训班的授课内容，之所以能够与学校的教学进度如此契合，在秦先生看来，其中的关键在于：老师是一七一中学的“原班人马”。

奥星那边主要还是以在学校的班级形式来编的班，培训班的老师就是学校的老师。平时老师在奥星那边花了五六节课时间讲了某一个重点知识，但在学校讲的时候，老师可能就会很粗略地讲一下。这样的话，没去上奥星培训班的学生学习肯定就很吃力了。

每周日上午在奥星培训学校上三节八十分钟的“语、数、外”，逐渐成为孩子在校内不掉队的有力保障，这让一向主张给孩子减负的秦先生陷入两难。而在一七一中学的线上家长群中，多位家长说，学校不强制学生在奥星上课，但现实问题是，如不去上课，孩子肯定跟不上。有家长认为，这个所谓“自愿报名”的培训学校，其实早已将学生和家长“绑架”。

家长：那么多孩子都到这儿培训，这和上课没什么区别。但如果孩子不去培训班，在学校上课的时候也听不明白。所以，现在小孩学习压力很大，非常累。

那么，这个奥星培训学校究竟是一个怎样的机构呢？一位工作人员介绍说，全年周末和寒暑假都有课程，上课的大都是一七一中学的老师，相比其他辅导班，这里比较有针对性，一学期的收费是每个学生 1848 元。

我们现在的春季班一共是 14 次，一次是 132 个学生，大部分是他们的老师，知根知底，针对性更强一些。着重巩固并加强学生的薄弱环节，这样就比别的同学练的力度更大一些。

从 2013 年年初北京市教委的“八条禁令”，到教育部等五部门联合发布《关于 2013 年规范教育收费治理教育乱收费工作的实施意见》，其中都明确禁止公办校教师在培训机构兼职授课，违反者甚至要面临解聘的严惩。那么，奥星培训学校如何能大张旗鼓地办学？又有多少教师涉嫌违规？

距离北京一七一中学大约一公里的街巷中，在北京精诚文化学校内上课的奥星培训学校，周日早晨七点刚过，就开始陆陆续续有学生来上课。

记者：是一七一中学的老师讲是吗？

学生：对。都是一七一中学的老师。

记者：你们班上的同学（来这里的）多吗？

学生：多，大概有一半吧。

记者：觉得效果怎么样啊？

学生：就是把以后要学的知识提前学一遍。

初一共有十个班，超过三百名学生在南校区上课。给孩子报名的家长多半还是觉得在奥星无论师资还是课程，“含金量”都很高。虽然这学期课程已过半，但是仍有家长“慕名前来”。

家长：我们前一阵没来学，因为上学期报名的时候名额满了，这学期老师说课程越来越紧了，担心孩子跟不上，我们就想来报名学吧。

一位自称是奥星培训学校校长的姓王的工作人员向记者介绍，这里的金字招牌就是有一七一中学老师，而且还是“优中选优的老师”。

王校长：我聘请的老师以一七一中学的老师为主，就是他们的老师教自己的学生。但是我们不聘年轻的、新来的老师。只要是最好的老师，我都给聘回来了。而且学生在这儿跟着学六年的话，效果还是不错的，我们这儿去年考到 600 分的考生就有 70 多人。

关于奥星培训学校的教学质量，这位王校长也很有自信：想要跟得上目前校内的教学进度，不想上奥星都不行。

王校长：在这儿学习的相关课程老师在学校上课都讲，但是老师没工夫深入地讲，也没工夫让学生练习，那你跟不上就是因为消化不了老师所讲的内容。现在，这不又有一些学生因为跟不上了来补报吗。

根据王校长提供的奥星培训学校任教老师的名单，记者把名单上的教师姓名一一在一七一中学官网进行核对，奥星初一共 15 位老师中，就有 13 位和一七一中学在岗教师名字相符，其中包括多位班主任、学科教务主任和教学骨干等。奥星初二、高一、高二培训班任教的老师也是类似情况，尤其是在奥星高一、高二班中，一共 17 位老师全部能在一七一中学官网上找到相同的名字，还都是在岗教师。

在这样一组数字背后，记者还发现，关于一七一中学学生在奥星补课的质疑，早在五六年前就陆续出现在各大论坛板块上，虽然有一届又一届学生在此起彼伏的抱怨声中毕业，但奥星培训学校的规模却越来越大。那么，对于有如此多公办老师参与的奥星培训学校，教委是否知情呢？对此，北京东城区教委民办教育科的工作人员表示：尚不能证明奥星违规。

工作人员：我们也都要求了民办学校，不让聘用公办学校在职的老师。给我们上报的材料也都没有公办老师的材料，全是他们聘的社会上的那些老师的材料。我们没有他们聘用公办老师的证据。

作为北京示范校的一七一中学，学生的成绩是否要靠校外辅导来保证？在各种减负禁令下，为何学校、老师和部分家长仍然乐此不疲的给学生加压？在涉嫌违规的背后，又应该怎样反思目前的中学教育呢？对此，21 世纪教育研究院副院长熊丙奇认为："这个（校外培训）机构显然是违规的，按照目前教育的法律法规来讲，实际上它就打了一个灰色的擦边球。如果说教师利用自己的职务之便，向学生推荐某些教育培训服务从中谋取利益，实际上是违法的。因此在这个问题的处理上还是要注意，怎么样让学生真正拥有一个良好的学习环境，而不是变异、演变成现在学校为了提高学生的分数、升学率，然后绞尽脑汁去构造各种各样的，甚至违规的做法。因此要加大教育系统的监管，根据调查结果追究学校和老师的责任。"

后来：

报道播出后，北京一七一中学表示："经调查，学校确有部分教师利用双休日在奥星培训学校兼职，但均属个人行为。学校已分别找当事教师进行谈话，当事教师都已认识到自己的错误，都表示立即终止在奥星培训学校的兼职，立即解除与奥星培训学校的聘任关系，也承诺不去其他民办教育机构兼职。学校将根据老师认错、纠错的具体情况做进一步的处理。"

江西景德镇市公安局涉嫌从驾校报账 4 700 多万元

按语：

调查公安部门，是需要勇气的。在举报人提供主要的书面证据材料后，我两赴景德镇调查核实此事，先后走访了驾校多任负责人、工作人员及当地群众，证据材料多达近千页，录音证据数十个小时。最终，中国之声《新闻纵横》节目以近 18 分钟的篇幅，通过上下两期报道，将景德镇市公安局如何在 5 年多时间里，从驾校账目上拿走 4 700 多万，公安局为何能从驾校肆意报账划钱，以及公安局、检察院、驾校之间的三角关系等事实，清楚而详尽地呈现在听众面前。

作者：肖源

播出时间：2014 年 5 月 7 日

机动车驾驶学校是培训驾驶技能的社会化机构，公安局则是组织驾驶证考试的主管部门，两者之间本应泾渭分明。不过，近日却有听众反映，江西省景德镇市公安局从 2007 年开始，陆续使用了当地一家驾校账上的 4 700 多万元资金。

这些款项，大多数是以报销水电费、汽油费、购买车辆等名义支出的，甚至还有以住房公积金名义转走的现金。堂堂政府部门，为何能够从一家企业随意支取资金，这家驾校又为何就成了公安局的“小金库”？请听央广记者肖源的报道：

景安驾校原财务人员：这个费用里面包括汽油费、春晚的材料费，还有一些节目光盘、餐费、食品、药品、工具、服装、箱子、化妆品、教学费等等这一共是 32 026 元。

这看着像是艺术剧院的演出费用清单。根据曾经手这些票据的景德镇市景安驾校负责人黄某的说法，这是景德镇市公安局 2011 年，以举办警察节的名义，从驾校“报销”的部分钱款。

据景德镇市公安局官方网站的信息：2011 年 10 月，该局举办第三届瓷都警察节，将举行开幕式、公安民警自行车环城骑行以及专场文艺晚会等多项活动。

黄某的女儿曾在景安驾校担任开票员，她向记者出示的一些发票和清单显示有多张与警察节有关。

景安驾校原财务人员：这一张是 6 万元，这是向艺术剧团租用大屏幕的费用；这又是警察节的 4 万元；这张演出费是 6 万多元。

除了警察节演出的各项用度，从黄家父女出示的票据来看，驾校还承担了市公安局多项开支。

景安驾校原财务人员：这个接待费的清单，这是处领导签字、局领导签字，在民俗村吃饭花了 6 700 多元。这个是市局购米的 8 350 元，也是在我们这里报的。这儿有一笔 10 万元的是宣传费、电费、水费、房屋维修费。这又是一个 9 800 多元的水费，他们每个月都要来报的。这还是 9 月的汽油费用，他们每个月都要报 7 万多元的汽油的费用。

在多张汽油费用发票的背面，均有“市局机关 X 月份保障用油”“在驾校报，陈志华”的字样。但，这还不是全部。黄某称，市公安局还曾多次以景安驾校的名义，购买车辆供公安局使用。

景安驾校原校长老黄：买了十几部小车，因为他用我个体工商户的执照去买车就不需要审批，他拿我个体户的组织机构代码去登记，也不需要审批，后来转到公安局之后省纪委就打电话来问这件事，我说是公安局用我个体工商户的名义搞变通。

黄某向记者提供的 2007 年至 2013 年的账簿显示，在五年半的时间里，景德镇市公安局经景安驾校拿走的钱款，达 4 700 多万元。

景安驾校原财务人员：2007 年全年他们用了 600 多万；2008 年给了他们 300 多万，有几笔存入小金库，有几笔是报销的；2009 年 1 月有一笔钱是 100 多万吧，现在他们清理小金库了，以后他们就直接报账了，华达购物卡 5 500 元，然后购瓷器 13 200 元。买车的费用分别是：2009 年差不多是 600 万元；2010 年是 500 多万元；2011 年是 600 多万元；2012 年是 1 600 多万。这还有一笔拿走了 1 000 万元，他们说拿这个去建警校了。

作为一家社会化办学的驾驶员培训机构，景安驾校为何要给景德镇市公安局不断地报销各种费用？景安驾校与公安局究竟是什么关系？继续来听报道：

采访中，黄某特意向记者出示了自己留作纪念的警官证，并告诉记者，景安驾校的前身是景德镇公安局创办的“公安驾校”，他则以公安局办公室副主任的身份兼任驾校校长。

2004 年 5 月 1 日《中华人民共和国道路交通管理法》正式施行，其中第二十条明确规定：机动车的驾驶培训实行社会化，任何国家机关以及驾驶培训和考试主管部门不得举办或者参与举办驾驶培训学校、驾驶培训班。

就在这部法律正式实施的前两天，景德镇市公安局发出了一份与驾校的“脱钩函”。

景安驾校原财务人员：这是一个公函，原市公安局机动车驾驶员培训学校，于 2004 年 4 月 28 日与市公安局脱钩，本驾校经济独立，自主经营，与市公安局无任何隶属关系，全部财产从即日起已由市公安局组织办公室财务部门、审计部门进行审计、核算、清算，原市公安局财产分期归还，今后驾校与市公安局无任何经济往来。特此函告!

但是从黄某提供的账目来看，市公安局与这所驾校不但有经济往来，而且一直在持续。当月，景德镇市驾校挂牌，黄某不再担任公安局办公室副主任，只担任市驾校的校长。但是，黄某的警察身份并没有改变，2007 年 3 月，黄某从公安局退休，也就是说，从 2004 年至 2007 年的 3 年间，黄某一直以公职人员的身份，担任着驾校的企业负责人。

2013 年 4 月 27 日，黄某父女二人，被景德镇市人民检察院以侵吞国有资产，涉嫌贪污为由，予以逮捕。但黄某坚称，驾校已经做了变更，属于黄某个体经营，因而不存在侵吞国有资产的行为。

而在黄氏父女被拘留之前一个月，也就是 2013 年 3 月 26 日，景德镇市公安局向市检察院出具了一份情况说明，其中写道：

景安驾校原财务人员：由于上级要求政法机关不能办企业，当时公安办案经费紧张的原因，市公安局虽下文与驾校脱钩，但未办理任何财产移交和过户手续，仍在驾校采取报账制和上缴费用等方式支出经费（除 2012 年上缴财政 1 000 万元，2013 年上缴财政 350 万元之外，其他均在驾校报账支出）。目前该驾校的资产，均属我局所有。

这份文件至少说明以下问题：

第一，市公安局明知法律不允许其举办或参与举办驾校，但仍承认驾校为公安局所有；

第二，市公安局在驾校支出经费，且只有 1 350 万元依法上缴财政；

第三，市公安局与驾校脱钩只是表象，实质上仍然密不可分。

国务院 2006 年颁布的《公安机关组织管理条例》中规定，公安机关应当将各项罚、没收入和行政事业性收费收入全额上缴财政。地方政府应将公安机关经费列入财政预算，实行全额保障。

而《人民警察法》中也明确规定，不得违法收取费用，不得从事营利性的经营活动。这些票据是真实发生过的公安局与驾校经济往来的证明吗？如果是，那么，法律明确禁止公安机关参与举办驾校，景德镇市公安局为何推翻之前的脱钩文件，声称驾校是公安局的资产？公安局不经财政直接从驾校报账用钱，向驾校收取法律规定之外的费用，该作何解释？

昨天下午，就这些问题，记者前往景德镇市公安局提出正式的采访申请。但在票据上多次签写“同意在驾校报”的副局长称，他不在局里。

副局长：你是采访公安局，还是采访我私人，或是找我了解情况？

记者：找您了解一些情况。

副局长：你是找我分管的部门的情况，还是我个人的情况，还是公安局的情况？

记者：公安局有一些账目是通过驾校报的，驾校的这些单子上面有您的签字，写着“在驾校报”的一些字样，我们就想向您核实一下，这些字是不是您签的。

副局长：这个事儿啊，你稍等一下行吗？我在外面。

随后，公安局装财处的一位负责人将记者接到办公室，但明确表示只是暂时接待，不接受采访。半小时后，记者又被从装财处送到了政治部。在景德镇市公安局新闻中心足足等待了 5 个小时，多次交涉之后，政治部的负责人表示，需要请示市里的宣传部门，然后才能决定是否接受采访。

截至发稿时，公安局依然没有给出明确的说法。

这所后更名为景德镇市景安机动车驾驶员培训中心的驾校，究竟是公安局的产业，还是黄某个体经营的企业？如果是公安局的下属企业，显然违反了法律规定。

如果不是公安局的下属企业，公安局又凭什么从驾校直接报账拿钱，且绝大部分资金不走财政？事件相关进展，中国之声将持续关注。

后来：

报道播出当天，江西省公安厅即明确表态，已派调查组驻扎景德镇市公安局深入彻查此事。

江西赣州寻乌县行政事项与结扎挂钩
多地听众反映存在相同问题

按语：

2014年，不通当地方言的我，辗转来到江西赣州寻乌县，假扮成外地嫁过来的媳妇儿，要在本地开超市，前往寻乌县人口和计划生育委员会了解政策，这里也是强制结扎手术的指定地点。走出办公室，一个与我年纪相仿的女人弯着腰，被老公搀扶着，脸色惨白。我问："您是刚做完结扎手术吗？"对方轻轻地点头。那个瞬间，至今难忘。（2016年1月1日，全面二胎政策正式实施。"强制结扎"这样的现象大概也将永远成为历史了。）

作者：周益帆

播出时间：2014年6月16日

近日，央广新闻热线接到了听众反映称，在江西赣州寻乌县，符合计划生育政策的新生儿想要上户口，父母一方必须要进行结扎手术。按照国家法律，各级人民政府应当创造条件，保障公民知情选择避孕节育措施。寻乌县各个部门如何违反政策？请听央广记者周益帆的报道：

陈先生老家在江西省赣州市寻乌县菖蒲乡，在户籍登记上，陈先生夫妻双方都是农民，之前两个人生育了一个女儿，按照《江西省计划生育条例》第九条规定，在领取《再生一胎生育证》后，可以再生育一胎。2010年，陈先生和妻子领取了二胎准生证，新生命在第二年降临：

陈先生：家里添人肯定高兴啊，儿女双全，这在农村家庭，算是很圆满的了。

陈先生：但小孩的户口一直没上，我一开始没把这事儿放心上，以后再说嘛。

如今，陈先生和妻子在外地开了间小型工厂，生活越来越稳定，夫妻俩希望把儿子带出去上幼儿园，于是，落实户口便成了头等大事。

根据江西省的政策，婴儿出生后，带着《出生医学证明》、父母的居民户口簿、居民身份证、父母的《结婚证》，到婴儿父亲或母亲常住户口所在地公安派出所申报出生登记，就可以上户口了。于是，这几日陈先生便带着所有的证件，来到菖蒲乡派出所，令他没有想到的是，派出所工作人员告诉他，证件不全。

派出所工作人员：缺少计划生育证明。

陈先生：计划生育证明?

派出所工作人员：到计生办去开。

陈先生：计划生育证明要到计生办去开。

记者：今天办不了?

派出所工作人员：你开了计划生育证明才可以办。

计划生育证明指的是基层计划生育管理部门为规范管理和服务，记载公民婚姻、生育、节育等情况的凭证。陈先生来到离派出所不算太远的菖蒲乡计划生育办公室，一位姓谢的工作人员表示，办证很快，但前提是，陈先生的妻子要先接受结扎手术。

记者：今天开不了这个证明?

乡计生办：你没有结扎就开不了证明。

记者：不是说不用结扎吗?

乡计生办：用！怎么会不用！

记者：有政策说不用。

乡计生办：哪个政策说不用？到县里面去做完手术以后再过来开这个证明。

记者：去县医院做手术?

乡计生办：在县计划生育服务站，做完以后你就把这个证件拿过来，就给你开一张计划生育证明，你就可以直接到派出所上户口了。

不管是《中华人民共和国人口与计划生育法》，还是《江西省人口与计划生育条例》中都明确规定：实行计划生育，以避孕为主，并且国家和各级人民政府应当创造条件，保障公民知情选择安全、有效、适宜的避孕节育措施。因此，陈先生怎么都想不通，为何在老家，政策就变成了强制结扎？带着陈先生的疑问，记者来到了寻乌县人口和计划生育委员会，一位男性工作人员表示，整个寻乌县，都是这样的情况：

记者：头胎是女儿，二胎是儿子。

县计生办：也要结扎。

记者：但是符合政策呀。

县计生办：符合政策也要结扎。我们这儿都要这样。

记者：只要户口落在寻乌县都要结扎？

县计生办：对。

记者：做结扎手术的话，带什么东西来呢？

县计生办：你只需要带身份证就可以。医药费等他们都会帮你出。

记者：赣州其他地方也要这样吗？

县计生办：对，都是这样。

在寻乌留车镇已经实施了结扎手术的刘女士说，小孩出生后不久，乡政府和计生工作人员到家里来过多次，要求做结扎手术。刘女士的丈夫向记者出示了《计划生育证明书》，证明是由寻乌县计划生育服务站出具，一张薄薄的粉红色纸条，被塑封起来，大概格式为："x 乡 x 村委会，x 同志响应政府的计划生育号召，已于 x 年 x 月 x 日光荣地实行了结扎手术。特此证明。"

留车居民：前年我妻子也做了结扎手术！

记者：你为什么让你妻子做结扎手术呢？

留车居民：她已经生了一个男孩，后来又生了一个女孩，不允许再生了嘛！乡政府、计生办催着让做结扎手术。那个时候天气还很热啊，想凉快一点儿再去都不行，何况那时候我们还忙着收稻谷没时间去呢！

记者调查发现，在寻乌，不仅是新生儿落户的办理，包括村委会、居委会等在内的基层组织，甚至将工商营业执照、农村危房改造等行政事项的办理，都与计生政策相挂钩。我们继续来听报道：

刘女士的丈夫说，之所以让妻子早早地做了手术，除了为给孩子上户口，还有一个重要原因：在寻乌，需要结扎手术相关证明的地方太多。比如，他们的邻居在县城开了一个小餐馆，办理工商营业执照时，就被要求出示结扎证明。

王先生：基本上好多事情，你都要通过那个计划生育证明才能办成，我现在到寻乌县城开个饭店办营业执照，都要出示计划生育证明。

寻乌县工商行政管理局的工作人员说，结扎证明并不是他们强制要求的，而是居民在办理所需证件的过程中，如果需要通过基层有关部门，例如村委会或者居委会，就要有结扎证明。记者以办理食品流通许可证需要居委会盖章的名义，咨询了寻乌中山居委会一位工作人员。

记者：还要结扎证明什么的吗？

居委会：是，计划生育证明、结扎证明都要啊。

记者：我是符合二胎政策生的。

居委会：那也要有那些证明，户口本、结扎证都要。

记者：办食品流通许可证也要结扎证？

居委会：对，我们要看结扎证的。

另外，在菖蒲乡的一些村，结扎还与农村危房改造补助款的发放联系了起来。没有结扎的村民，即使向村里提交危房改造申请，也会直接被淘汰，黄田村村委会工作人员说，结扎了，很多事才好办：

第一批报上去的时候就是这样的，你计划生育义务还没有完成，地方上的很多事情都要跟计划生育挂钩。

今年的 4 月 16 日，寻乌县召开了《全县人口计生工作调度会》，来自会上的消息："寻乌县从 2011 年以来，连续三年被江西省人民政府授予全省人口和计划生育工作先进县荣誉称号"，但是，这样的荣誉来自基层组织将"结扎"与各项政策相关联，是否已构成权利要挟？

法律专家岳屾山：他们这种情况应该属于有某些事项应该依法向行政机关进行申请，然后行政机关给予办理的情形，根据法律规定，行政机关做出某项行政行为的时候，应该是按照法定的依据和法定的条件来进行。如果说，在这个事项之上没有法定的依据必须要求做结扎的话，而行政机关却以此作为一个条件，来设定一个行政事项或者来进行审批的话，那就属于一种违法行政。因为法律没有授权的时候，行政机关是不可以任意地增设或设置条件的，当事人可以申请行政复议或行政诉讼来主张自己的权利。

计划生育是我国长期坚持的基本国策，然而江西寻乌县基层组织将计划生育与多项行政行为挂钩，以此来完成计生指标，显然让政策走了样。对此，相关部门将如何回应？中国之声将继续关注。

后来：

报道播出后，寻乌县县委宣传部给中国之声发来答复函，表示相关部门已组成调查组。经过核实，相关单位确实存在违规行为，对报道中提到的问题将立刻整改。

国家卫生计生委在节目播出第二天给中国之声发来反馈，再次强调：国家卫生计生委坚决反对以任何形式的强制措施开展计划生育工作。要求各地认真贯彻落实人口与计划生育法和计划生育技术服务管理条例，以人为本，推进避孕方法知情选择，引导群众选择安全、有效、适宜的避孕节育措施，保障群众的合法权益。此外，国家卫生计生委将会同相关部门加强工作指导，加强督促检查，纠正入户与上环结扎等挂钩的错误行为和做法。

沈阳违规“土豪大院”被曝光后仍顶风修缮
弟弟村长、书记一肩挑

按语：

在沈阳市京沈高速高花入口往东，有一座大院，四周用红墙和绿水划界。这条深三米、宽四米的小河，被当地村民称为“护城河”；这座大院，被网友称作“土豪大院”。2013年10月，我独家报道过这座违规的“土豪大院”，当时引起了中纪委的关注。沈阳市铁西区回应称，该项目属于农业观光项目，别墅属于违规建设、违法用地，要求立即整改。有关部门对大院建设者赵国富处以41.8万元罚款，相关责任者共9人受到党、政纪处分。近一年过去了，“土豪”仍在别墅里居住，未完工的大院仍在修缮，甚至过年期间，“土豪”还发出了一家人在大院团聚的照片。难道所谓的整改只是一纸空文？

2014年7月10日，我再次回访“土豪大院”。凌晨4点多，我从大院的围墙较低处翻过。5点多“土豪大院”陆续进入十几个工人开始施工，我假扮油漆工人，才得以拍照取证。此刻，赵国富正在别墅中睡觉。早晨6点，管家发现了正在拍照的我，把我带进别墅。我顺势亮明身份，赵国富当即承认还在继续施工，并在别墅中居住。

作者：吴喆华

播出时间：2014年7月10日

“土豪大院”的主人赵国富以“农业观光园”项目为幌子，未批先建，将农业项目变成了私人花园。中国之声2013年10月报道了此事，之后沈阳市铁西区多个有关部门组成专门工作小组随即展开调查，认为“土豪大院”的建筑属于违规建设、违法用地，省、市纪委也介入调查。

但是，如今大半年的时间过去了，仍有当地村民向中国之声反映，这个所谓的“土豪大院”并没有因有关部门的调查而停止施工，而是依旧顶风修缮、违法建设。并且大院的亭、台、楼、阁已经修缮完毕，仿古建筑上还雕刻有“五脊六兽”，赵国富甚至也已经入住。事实是否如此？央广记者吴喆华近日再次来到“土豪大院”实地调查，请听央广记者吴喆华的报道：

2013年10月21日，中国之声对“土豪大院”的违规建筑进行曝光后，据中央纪委监察部网站消息，有关部门对其下发了《责令停止违法行为通知书》。沈阳市规划和国土资源局开发区分局执法大队王铎强调，“土豪大院”部分建筑属于违法占地，已经从严进行罚款，并勒令其停止建设。

王铎：他没取得土地使用相关手续的情况下，就占地建设了，按照土地法的规定，就对他处以了40多万元的罚款。当时给他下了个通知，并责令停止一切施工行为。

从2013年12月开始，“土豪大院”所在的张福安村，就陆续有村民向中国之声反映，消停了一阵后，“土豪大院”又动工了。村民赵群说，2013年10月的时候“土豪大院”还是“半成品”，现在已经是“成品”了。

赵群：自从上次媒体报道完咱们村的“土豪大院”之后，停了一小段时间，但是后来一直在里面偷着干，现在这个别墅已经修建成功，上次播报的时候亭台楼还是“半成品”，现在彩绘、涂料，还有仿古建筑都建完了，这个别墅已经是“成品”了。

事实是否如此？本周一（7日）清晨，记者来到这里时发现，路面整修完毕，2013年只是搭建了简单结构的七八个凉亭已经修葺一新。现场仍有十几个工人在施工。面对记者的提问，工人们言语谨慎。

记者：什么时候完工啊？

工人：马上完工。

记者：早上那么早就开工啊。

工人：嗯。

记者：就剩一个亭子没完成了是吗？

工人：是。

“土豪大院”正中的一座仿古建筑，去年只有基本框架，现在红灰相间，已经粉刷完毕。仿古建筑屋檐上的“五脊六兽”，隔着水塘，与三层别墅相望。现场工人说，目前只剩下一些收尾工作了。

记者：这个什么时候干完？

工人：马上。

记者：这是修的什么？

院内修建的别墅

“土豪大院”水塘和别墅

“土豪大院”外修有“护城河”

工人：古建筑，咱也不懂，咱只管干活，马上就完工了。

除了修葺完毕的凉亭、仿古建筑、拱桥，连池塘中的水草、荷叶都剪修一新。半个足球场大小的鱼塘四周，每一根栏杆上都雕刻了小石狮。在大院的正中，一座鹅黄色蓝顶的三层别墅周围，篮球场、花坛也都修建完毕。村民赵群说，这就是赵国富的私人花园，当地村民称之为“小皇宫”。

赵群：他这个亭、台、楼、阁、庙宇等和咱们故宫的建筑一样。

早晨6点多，赵国富在别墅中告诉记者，大院中没有新建建筑物，他仍在抓紧办理土地使用相关手续。

赵国富：前几天市纪委来找我，让我停止施工。你们也看见了，我没有新建任何建筑物，只是完善我建完的凉亭，画点儿画，铺点儿砖而已。

记者：你的路铺平了，亭子也都建好了。

赵国富：对。

无论赵国富找怎样的理由解释，“土豪大院”已经完工，赵国富也成为了这座豪宅的主人——这已是不可否认的事实。那么“土豪大院”到底有多大面积，为什么一个以农业观光园立项的项目，却成了赵国富的个人别墅花园呢？继续来听记者的报道：

“土豪大院”到底有多大面积？记者分别乘坐两辆出租车对“土豪大院”的占地面积进行两次测量：南北围墙长0.8公里，东西围墙长0.5公里，占地面积约600亩。

司机：计程器显示的公里数应该没什么误差的，因为这车胎是原厂胎，这是1.3公里，800米乘以500米。

据了解，这个“土豪大院”以“沈阳绿嘉泓舍农业观光项目”立项，张福安村村民赵群说，这里根本不是与农业观光相关的项目，就是赵国富的私人花园。

赵群：如果这个是农业园或者观光园就应该以农业为主，你得建农业大棚，种植水果、蔬菜，以供游客采摘。他这个根本没有体现一点儿农业园或观光园的建筑特色。他的别墅除了主人根本不允许外人进入。

大院的门卫告诉记者，这里根本没有农业观光园，不准外人进入。

记者：能进去转转吗？

门卫：不允许进。

记者：这不是一个观光园吗？

门卫：没有观光园，不让进。

赵国富说，他在张福安村的工厂比较多，因此经常在这里居住。

记者：你把农业观光园当成你住的地方了？

赵国富：不是，这是我的办公楼。

记者：但是我早晨 6 点来，你就在这儿了？

赵国富：我在这儿住是正常的，下面是车库，我住上面。

有村民告诉记者，赵国富一家人就在大院过的年，宴请亲朋时，有人把赵国富一家人过年合影的照片发到朋友圈，并配文称“我在‘土豪大院’祝朋友们马年吉祥，都沾沾土豪的喜气”。

据了解，2000 年以来，赵国富在张福安村的土地总占地面积为 848.81 亩，目前 478.4 亩用地均保持原地貌，也就是说有 400 多亩土地撂荒。据了解，“土豪大院”的土地并没有征地手续，和赵国富相比，张福安村的多数村民手中的土地少得可怜，赵国富的弟弟赵国强在村中“村长、书记一肩挑”。对此，村民意见很大。

柏树玉：俺老百姓停耕八年了，一年就给每户 1300 元，这根本没法儿生活。他村长、书记一肩挑，都他说了算。

张福安村的“土豪大院”，到底是农业项目还是私人别墅？对违规行为的处罚，相关部门是否只罚款了事？纪检部门的调查结果为何迟迟不向社会公开？中国之声将持续关注。

后来：

沈阳市经济技术开发区做出如下处理意见：第一，对赵国富违法建筑执行罚没；第二，继续对相关部门责任人追究党、政纪责任；第三，赵国富的弟弟赵国强在张福安村担任村党总支书记兼村委会主任，鉴于其对违法修缮未报告、未制止，免去赵国强的村党总支书记职务。

该报道获得 2013—2014 年年度中国广播影视大奖。

河南武术锦标赛被指“批发”国家二级运动员

按语：

高考特长生加分饱受诟病。如果某地的特长生是“批量生产”的呢？河南漯河中学集中出现了一批体育特长生，官方表示，这些因获得国家二级运动员资质进而得到高考加分的考生，绝大部分都是实至名归的。对此，公众普遍持质疑态度，但谁也不知问题出在哪里。我的采访没有从漯河开始，而是直奔赛事举办地——河南新乡，从根儿上刨起。通过调查赛事举办地的两所学校负责人、学生家长、新乡市体育局等，最后将疑点锁定在新乡市武术协会主席身上。

作者：肖源

播出时间：2014年7月14日

河南省高考录取工作正在进行，提前批录今天截止。说起今年的河南高考，绕不开前一阵闹得沸沸扬扬的加分事件。据媒体报道，截止到7月10日，河南有738名考生已取得国家二级运动员资格，其中53名高考体优生主动放弃了加分资格。凡是主动放弃加分资格的考生，按高考正常程序录取。

看似高考加分事件就此画上句号。但近日河南新乡一个论坛上的一篇帖子，却再掀波澜。发帖人指称：产生445名国家二级运动员的那场武术锦标赛，项目设置有问题，而新乡市武术协会执行主席闫志国，则是“幕后策划者”，并且与新乡的多所高中签订保过协议：如果学生拿不到国家二级运动员资格，全额退款。这篇网帖反映的内容属实吗？

一场800人参加的武术锦标赛，其中就有564人达到国家二级运动员标准，最终有445人获批。而此前广受争议的漯河中学高考加分事件中，过半的加分考生，都出自同一场比赛——河南省2013年青少年传统武术锦标赛。包括媒体人在内的社会公众，普遍觉得这事儿不合常理。但蹊跷之处何在？近日，记者前往赛事举办地河南省新乡市，一探究竟。请听央广记者肖源的调查报道：

赛事的举办地新乡市，其中新乡一中64人拿到加分，河南师范大学附中22人拿到加分。

新乡一中高三年级主任朱连新：报名比赛的有68人，最后通过比赛获得名次的有64人。以前从来没有过，今年是第一次。

河南师范大学附中高三年级主任侯老师：学校共有22人参加比赛，他们全部拿到了二级运动员证。

说起这场赛事，就不得不提当地论坛那篇帖子中矛头所指的那个人——闫志国。

新乡市体育局的工作人员说，闫志国是新乡市武术协会的主席：

记者：闫志国到底是做什么工作的？

体育局工作人员：他是新乡市武术协会主席嘛！

但是，新乡一中方面却表示，闫志国其实是武术学校的人。

记者：当时闫志国是以什么身份来的，他就是武术学校的校长吗？

朱老师：我不知道他是不是校长。

记者：反正他是武术学校的人？

朱老师：对。

而河南师范大学附中则明确表示，闫志国就是武术学校的法定代表人：

记者：你认识闫志国这个人吗？

河南师范大学附中：应该是德治武术学校的校长。

在新乡市武术协会的官网上，一则介绍闫志国个人经历的文章表明：1998年7月，闫志国创办了新乡德治少林文武学校。可是，闫志国这武术协会主席和武术学校校长的双重身份，又能说明什么问题呢？

记者从新乡市体育局拿到的河南省2013年青少年传统武术锦标赛秩序册上看到，闫志国的第三重身份——赛事组委会副秘书长及竞赛组组长。

那么，这个竞赛组在这场赛事中能起到什么作用？北京体育大学武术学院教师黄康辉说，竞赛组至少可以决定运动员的资格审查和分组，同时下发规程，做一些赛会的所有安排。

记者：竞赛组能决定运动员的分组吗？

黄康辉：这个是可以的。竞赛组主要就是编排、分组，决定运动员的出场顺序等等。

上面的这段报道，说明一个问题：在一个省级武术锦标赛上，如果一个人，有多重身份，既是武术学校的负责人，又是当地武术协会的主席，同时还能决定整个赛事的运动员分组等等。这至少就有既是教练又是裁判的嫌疑。

而记者在调查中发现，这种嫌疑的确无法避免。赛事秩序册显示，新乡市共有110名运动员参赛，均来自新乡市武术协会的代表队。根据赛事要求，所有参赛队员必须在同一系列中同时选报拳术、器械各一项；每组10名以上运动员参赛，取前六名；8人到10人的取前五名；5人到7人的取前四名。

而秩序册中，河南省的64个代表队、800名运动员参赛，分200个赛组。绝大部分赛组的参赛人员在10人以下，相当一部分为6人比赛组。那么，“猫腻”会不会就出在这报名条件与分组当中呢？继续来听报道：

这是一场什么样的比赛？新乡市体育局纪检组长牛刚说，作为全市体育工作的主管部门，同时又是赛事的举办地，新乡市体育局被不合常规地排除在赛事承办单位之外。

组长牛刚：这个比赛是河南省体育局和河南省武术管理中心主办的，新乡市科技学院承办的，是在新乡市一中进行比赛，所以说我们体育局的人没有参与。

记者：但是我看南局长和一位副局长都在组委会里面。

组长牛刚：在组委会里面不见得就参加这个比赛，行政领导就是挂了个名儿。

查询成绩册，就会发现蹊跷之处：参加女子太平锤拳的6人，其中前三名获奖，后三名成绩为零，（备注）不予评分；同样的6个人还参加了女子太平锤刀比赛，在拳术比赛中成绩为零的后三名学生，在刀术比赛中位列前三。也就是说，6人同时参加拳术、器械的两场比赛，有3人拿到拳术名次，另3人拿到器械名次。这样的成绩，在新乡武协代表队中，至少有13组。

新乡市有队员参赛的两所中学表示，闫志国所在的德治少林文武学校，曾与学校和学生家长签订协议，每个学生缴费1.2万元，武术学校保证学生能拿到国家二级运动员证书，否则退款。

河南师范大学附中教师：经过一年多的培训以后，他参加比赛，达到了这个标准，才给他发二级运动员证。

记者：当时咱们学校签这个协议的目的是什么？

河南师范大学附中教师：保证学生利益。比如说我们交了培训费，得保证我们能拿到证书。

记者：闫志国是向学生家长保证了，拿不到二级运动员证的话，他就会退费？

新乡一中教师：是的，他向我们保证，如没有拿到证书的话，费用退给学生。

闫志国与两所中学之间签订了保证学生拿到二级运动员证书的书面协议，这一点，也得到了新乡市体育局方面的证实。

记者：新乡一中跟闫志国之间也有书面协议是吧？

新乡市体育局纪检组长牛刚：有。协议我都让人给我复印了，他们都去新乡一中落实了。

记者：一中和师大附中的两份协议是一样的吗？

牛刚：协议内容基本差不多。

但是，为这场武术锦标赛提供比赛场地的新乡一中方面，在接受记者采访时，却断然否认有书面协议的存在：

新乡一中教师：实际上不存在什么协议，他们武校有这个能力，当然不可能免费培训，至于他们怎么运作的，咱也不清楚。学校只是给你提供信息、提供平台，由家长、学生他们自己去选择，他们给武校缴费，咱们学校给他们提供场地。

不过，一位顺利得到加分的学生家长，却否认了学校仅提供信息和场地的说法：

学生家长：当时是学校（年级）主任代收的培训费，然后主任应该是交给他们（武术学校）了吧。我没有直接跟武术学校接触，等于学校给代办这事儿，我们连这个（加分）项目都不知道。

那么，闫志国与两所中学之间签订保过协议，这份底气又是从何而来呢？会不会是因为他知道自己将在这场比赛中担任重要角色？这两天，记者就相关问题，多次拨打闫志国的电话，并发短信表明身份与采访意图，但闫志国均未做出回应。针对网络上流传的那篇举报帖，新乡市体育局方面也组织调查。调查结果如何？继续来听报道：

新乡市体育局纪检组长牛刚说，初步调查结果表明，市体育局在核发国家二级运动员证书的过程中，没有违规之处：

组长牛刚：传统武术新乡是100个名额，这些人必须拿他们的身份证、程序册，参加比赛的次序册以及当时参赛的资格等证明材料，这些东西他们科室是严格进行了审查。另外，参加这个比赛有取得二级证也就是符合条件的前三名的，我们必须得给他们颁发相关证书。

处处符合规定，结果却不合常理。“反常即妖”，但“妖怪”在哪儿？

纪检组长牛刚说，调查中，闫志国曾有过这样的一种说法：

牛刚：针对这个情况当时我找闫志国谈话时问过，我说你这个成功率也太高了，他很直截了当地说了他们也是在研究规则。他的意思就是比赛设那么多项，我们的教职员要组织学生报项，但是报过的项前三名才能拿到证书。

记者：等于说他们是利用了规则。

牛刚：对，他们搞体育的会研究一些规则，至于他们研究规则里面是不是有漏洞，我真的不好说。

不过，牛刚也表示，就新乡市体育局目前掌握的情况看，要说这场赛事中有明显的违法、违规之处，也有些牵强：

牛刚：不是说他们有违规什么，他们学校就是针对这个比赛，然后召集学生参加闫志国的这个培训，他在培训当中可能收了一些费用。他培训完以后以武术协会（的名义）参加了传统武术比赛。而闫志国并不是直接收他们的钱、给他们办的这个证。

而新乡一中与河师大附中方面均表示，这些参赛学生，的确是经过一年课余训练，达到标准后才拿到相应的证书，并进而获得高考加分。

新乡一中教师：我们是实实在在看到他们训练，通过也是很严格的。

记者：在哪儿训练的？

河师大附中教师：有时候在学校，有时候在外面。学生也很辛苦，并不是传言说的那样用钱买的证书。

新乡市体育局青少科的工作人员坦陈，前两年，新乡市每年审批的国家二级运动员，也就十来个人，今年却高达 101 人，其中 100 人都来自传统武术项目。

当地一位懂行的学生家长认为，与竞技体育明晰的标准不同，传统武术因为种类庞杂，导致冲级相对简单：

学生家长：不是所有的武术裁判都懂所有的拳种，不懂怎么会判？我所了解的运动员可不是这么容易。竞技体育那么难，传统武术竟然那么轻松，不合乎常理。

我女儿从一年级开始练的，到高一才拿到二级，咱十几年刻苦训练，多不容易。

而北京体育大学武术学院的一位教师也表示，其实，传统武术想要拿到国家二级运动员的资格，没有三五年的严格训练，基本不可能。

老师：省里有时候举办很多次比赛，都没有冲级，如果有一帮学生可能要面临考学，他们为了考学就要做一系列的工作，但如果像这么多人同时通过，显然不是太正常。

记者：武术要达到国家二级运动员标准，一般要经过多长时间训练呢？

老师：武术素质比较好的，也得练个两三年，但时间短了肯定不行，一般国家二级运动员，练个三五年达到这个水平应该没问题。

根据河南省招办信息公示，全省今年享受国家二级运动员（含）以上高考加分的人数为 738 人。而这场武术锦标赛中所诞生的国家二级运动员，就占了今年全省二级运动员总人数的 60%。

这是一场神奇的比赛，但神奇背后的蹊跷之处，该作何解释？闫志国的三重身份，对这场赛事的结果，起到了什么作用？而作为赛事主办方的河南省体育局与河南省武术协会，在这场赛事中又扮演了什么角色？体育加分真的有漏洞可钻吗？有关事件进展情况，中国之声将持续关注。

后来：

节目播出后，迅速被新华网、人民网、光明网、央视网、新浪、搜狐、腾讯、网易等多家媒体广泛转载。当地政府部门承认，赛事项目设置上存在的漏洞是产生诸多问题的根源。河南省当即成立由四部门组成的联合调查组调查此事，严查 2013 年的那场赛事中出现的问题，在这些问题调查清楚之前，将无限期推迟举办 2014 年武术赛事。2015 年初，国家教育部出台新规，取消包括体育特长生在内的 5 类全国性高考加分项目。

辽宁北镇民政局干部参与非法经营公益性公墓

按语：

老百姓把对墓地价格飞涨的不满，归结为一句“死不起”的抱怨。官员利用墓地进行利益寻租，可想而知会激起怎样的民愤。在辽宁北镇市，有十多家公益性公墓，均存在超高价格、超大面积、跨区域公开出售等问题。而非法经营背后，就有民政干部、公安干部的身影。我们先后走访了当地的殡仪馆、殡葬服务机构、公墓附近的村庄、四家规模较大的公墓，甚至还走访了当地很吃香的风水先生，获取了大量的、一手的素材。随后，我们又以买墓者的身份，来到北镇市民政局，采访了民政局局长以及参与经营的民政干部，他们对当地的公墓乱象毫不讳言。民政局局长在其办公室里，当起了记者与非法经营公墓的民政干部之间的“掮客”。

作者：肖源、郭威

播出时间：2015年4月4日

明天是清明节，是各地同胞祭祀祖先、踏青扫墓的日子。在这个祭奠亡人的日子里，有一些商家却大肆违法敛财。比如，在辽宁省北镇市，就有一家所谓的公益性公墓，公开对外经营。公益性公墓，本应是不以营利为目的，为公民提供安放骨灰的社会福利设施。北镇市的这家公墓，为什么公然违法？据这家公墓的销售人员说，他们的老板有后台、有背景。果真如此吗？请听央广记者肖源、郭威的调查报道：

“龙岗福园，是一座福泽后代的风水宝地，位于全国五大镇山，医巫闾山中段东侧……历史上大辽帝国有九位皇帝，其中就有四位葬于此地……公墓手续完备、合法，设有高、中、低档各种墓穴……”

这是北镇市龙岗福园官网上的宣传片广告。这个有着三间大牌楼的公墓，大门左右两侧，有可容纳数百辆汽车的停车场。大门口的醒目位置，挂着一个“公益性公墓”的牌匾。

用公墓销售人员的话说，这里是上风上水的宝地，价钱自然不低：

销售人员：萧太后和皇家后代全葬在这儿了，而且咱这公墓后面全都是皇陵。这边是 52 800 元的，那边是 95 800 元的。这个占地面积大，2 米乘 2.5 米的。

销售人员说，这个公墓是经过各个部门审批下来的，手续齐全，合法。

销售人员：经过林业、水利、森林、环保等国家各部门审批了我们才建这公墓的。经营性公墓和我们公益性公墓的收费标准是不一样的，我们是不会乱要价的。

记者：哪儿的人都能从这儿买，是吗?

销售人员：可以，只要你出示死亡证明。

清明节快到了，销售人员说，最近生意很火爆。

销售人员：这一天都卖好几个，这都是这两天卖的。两年内能达到这样的标准，可见我们是有一定的实力的。

这种实力，来自公墓的老板，也就是销售人员口中的潘先生：

销售人员：为什么这两年我们能销售出这么多呢？我们在全北镇可以说是首屈一指。

记者：你们老板是谁啊，叫什么名字?

销售人员：潘国鼎。你也不用找我们老板，就找民政局殡葬管理所的所长。

《辽宁省关于实施城乡公益性公墓建设工程的意见》中明确要求，公益性公墓不以营利为目的，每个墓穴不得超过 0.8 平方米。省财政对公益性公墓还安排了 20 万到 200 万不等的财政补助金。公益性公墓本来是解决老百姓身后事的惠民工程，北镇市对城乡公益性公墓的定价，最高档墓位售价 6 900 元。但龙岗福园却以数万元的高价，公开对外出售公益性墓位。

北镇市公开叫卖公益性墓地的情况，也曾多次被媒体曝光，然而，龙岗福园的行为却依然在公开进行。销售人员所说的潘国鼎，究竟是“何方神圣”？

当地一位自称与龙岗福园过从甚密的“风水先生”说，潘国鼎是北镇市民政局的干部：

风水先生：我一年领到龙岗福园来买墓位的人就得有三四十个，老板都很给我面子。大老板潘国鼎是民政局稽查大队的。龙岗福园现在投资得有 4 000 万了，哪个墓穴都得四五万元，现在本金已经回来了。

而北镇市民政局的一位工作人员也证实，民政局殡葬管理所的负责人就是潘国鼎：

记者：潘国鼎是老板吗？

民政局工作人员：对，他是老板。

记者：他不是咱民政局的干部吗？

民政局工作人员：是。他负责殡葬管理所。

殡葬管理所这个负责查处违反殡葬管理法规案件的执法部门，负责人真的是违法经营公益性公墓的幕后老板吗？

在北镇市民政局，潘国鼎对于其“裁判员”与“运动员”的双重身份，毫不遮掩：

潘国鼎：咱那环境，包括停车场，我用三年建成的。没错，是公益性的。公益性的也可以往外卖，这事儿市长也知道。我们这儿手续都齐全，建设局、林业局、土地局都批准了，我们还有政府的会议纪要呢。

北镇市市领导是否知道龙岗福园的事，不得而知。但北镇市民政局的负责人却了然于心。早在2014年，当地媒体曝光北镇的公墓乱象时，民政局局长才国忠就曾在媒体上公开表态：

才国忠：我们的殡葬管理所也加大了处罚力度，先后三次下发了通知。下一步我们要进行专项整改，要专项治理。

然而，清明前夕，记者以买墓者的身份找到民政局，才国忠局长却充当起了买墓者与潘国鼎的中间人：

才国忠：潘所长那儿挺有龙脉的，特别好。你最高价能给多少？

记者：我们也不懂啊，就听局长您的吧。

才国忠：那就最低价4万元吧。

以查处违反殡葬管理法规案件为职责的民政部门，领导干部一手拿着国家财政的工资，一手做着自己明知违法的买卖。这还不是北镇公墓乱象的全部。记者在北镇采访时发现，只有50多万人口的县级市，就有14家具有相当规模的，且公开对外销售的公墓。而真正手续齐全的经营性公墓，却只有一家。超面积、高价格、违法经营的现象，普遍存在。

北镇街头公开叫卖公益性的公墓宣传车

梁山公墓办公处

花果山公墓外景

以“花果山公墓”为例，单价上万元的墓穴，已经算低档的了。花果山公墓销售人员：这个是8000多元的，欧式的，0.7平方米，这两个分别是0.8平方米和1平方米的，价位在10 800元和12 800元。这个价位高点儿，还没定价，可能是7万到8万元之间，这个占地面积大，1.5米乘1.5米。

梁山公墓的销售人员，则拿出了3月下旬的销售单：

销售人员：你看这上面都是新卖的：3月22日，2万多元的；3月23日，4万元；3月24日，2.5万元；最近卖的还有7万元的。哪天卖出的都不少于5个。

用围墙圈起来的梁山公墓里，不乏一些5平方米以上的家族墓穴。这位销售人员说，如果愿意自修自建，他们还可以帮忙从当地人手中买地。

销售人员：你想要从农民个人手里买块地，自己修（坟）也行。连修坟带买地也得10多万元。

包括花果山、梁山、龙岗福园在内的多家墓园，事实上都是公益性公墓。《辽宁省关于实施城乡公益性公墓建设工程的意见》中明确要求，公益性公墓不以营利为目的，每个墓穴不得超过0.8平方米。然而，这里多家公益性公墓的营收行为，在北镇市尽人皆知：

销售人员：我们这儿的公墓都是个人投资建的，也都是公益性公墓。这儿的公墓不少呢。北镇这里唯一一个营利性的公墓就是辽幽，其他全是打着公益性的旗号。

当地一位业内人士如此总结北镇市的公墓乱象：他们都说是公益性的，但要价都不低，10多万元、几十万元的，甚至还有上千万元的。但是政府既然批了，也建完了，它（政府）就不能动已建好的墓穴。

辽宁省政府为推进惠民公益殡葬建设，三年来安排财政补助资金6亿—7亿元，免征公益性公墓的营业税。然而，辽宁省为减轻群众负担，满足群众安葬需求所做的种种努力，最终肥了别人的腰包。监管部门任由违法行为滋生蔓延，甚至参与违法活动。北镇市的公墓乱象，到底还要持续多久？

后来：

报道播出后，当地政府承诺：彻底整顿辖区内多年来存在的公益性公墓经营乱象，查处参与违法经营公益性公墓的党政干部，保证公益性公墓的民生保障性质，充分保障当地居民殡葬需求。4月7日，北镇市民政局党委书记、局长才国忠被免职，接受进一步的党纪、政纪调查；民政局殡葬管理所所长，因涉嫌玩忽职守罪被刑事拘留；其他涉案公职人员也被调查。

信阳男孩被救助半年离奇死亡
三大疑点引舆论追问

按语：

中国之声的第一篇报道发表于2015年4月30日，当地警方称，尸检结果将在5月10日前公布，但直到5月27日，当地成立的联合调查组仍未对外披露任何消息。我感到事情的复杂性，随即赶赴当地展开深入调查。报道播发后，再次成为舆论热点。但我们没有止步于当地的调查结论为何迟迟未到，而是将视角放在了这起事件中暴露出哪些制度缺陷。中国之声的持续追问，最终推动公安部出台相关规定，细化涉及未成年人案件的接警处警流程。如果警方或者救助站能够可以通过联动信息平台，及时通知男童父母前来认领，悲剧是否会避免？但很多事情没有如果。

作者：管永超

播出日期：2015年4月30日、5月1日、5月27日

4月初，中国之声连续报道了河南信阳13岁男孩走失半年后离奇死亡，家属质疑孩子是在救助站受虐待饿死的事件，引发社会广泛关注。事发后，当地成立由纪委、政法、民政等部门组成的联合调查组，并要求迅速查清事实真相，依纪、依法严肃处理，调查处理情况及时对社会公布。民政部也对外表示，密切关注此事，指导善后。

在各方政府部门的关注下，当地很快启动调查程序。家属也被告知，4月30日尸检结束后，相关结果将在10天左右公布。然而，距离媒体集中曝光此事已近一个月，调查结论仍未能如期公布。这是什么原因呢？请听央广记者管永超的报道：

推开王新红和其妻子刁秀租住的房门，迎上来的是一只健壮、活泼的小狗。王新红夫妇在寻找儿子的途中，捡回了这只患有皮肤病的小狗，刁秀说："捡回来的时候，它还很小，身上的毛都烂完了。我和老公找儿子的时候，他非要给它捡回来，给它买药，天天给它洗澡，之后小狗慢慢长大了，我们每次找小孩回来都能看到它，我老公说这个小狗感觉有点儿像我们的儿子，可爱好动。"

眼看小狗一天天恢复健康，他们的独子强强（化名）却再也不会回来。苦苦寻找半年之后，等到的却是冷冻在太平间里的儿子蜷曲的尸体，目测约 30 斤左右。事后家属了解到，走失的强强当天就被派出所发现，并于次日上午送到救助站。很快，家属到另一个派出所报警，求助寻找儿子。无论是派出所，还是救助站，距离强强父母居住的位置都很近，关联的信息却没能帮助强强找到回家的路。

在媒体的关注下，当地成立联合调查组，但等待调查结果的过程中，让痛失爱子的王新红夫妇觉得度日如年。王新红说，他们多次找到负责侦办此案的信阳市公安局羊山分局，得到的答复都是：等。

王新红：那个尸检报告，他们开始说十天之后公布结果，十天后我们去问他们，他们又说得半个月，我们总共去了三趟，总说还得十天。

信阳市民政局之前的通报称，3 月 31 日，强强被救助站送进信阳市第一人民医院，医院诊断强强有“营养不良、贫血、急性胃炎、头面部软组织挫伤、多器官功能障碍综合征”等疾病。4 月 18 日，在住院第 19 天后，强强突然出现血压、心率下降，不久便抢救无效死亡。

对于这样的诊断证明，强强妈妈刁秀始终难以相信。“我只想知道我的小孩在救助站是怎样被照顾的，这么活泼的小孩，他只是智商低点儿，半年的时间，不可能就生这么多的病。”

记者随机采访了几位王新红夫妇的街坊邻居，侧面了解强强生前的身体和智力状况。说起强强给人的印象，邻居们说的最多就是他长得胖。

记者：孩子看起来瘦吗?

邻居甲：不瘦，胖嘟嘟的。能吃、能喝，肯定健康。

记者：你们平时觉得这孩子正常吗?

邻居乙：正常，那孩子长得胖，丰衣足食的，街坊邻居对他都很好。之前没听说他有病，走起路来活蹦乱跳的。

邻居们确认，强强走失前身体健壮，虽智商确实不如同龄的孩子，但可以与人进行基本的交流。半年后，信阳市公安局的法医做尸检时，强强的亲属看到他的尸体是这样的：“身上的伤，光脸上都有十几处；他身上的伤至少有 50 处。最清楚地看他那个伤是在解剖前，在公安局的法医鉴定时，法医有一个尺子，每一处伤都拿尺子放上去拍一次。光拍照就用了几十分钟。最严重的伤可以露出骨头，小伤都是破皮的、血斑。我当时问法医，法医在解剖前对我说，说这太残忍了，解剖这样的还是首例。”

记者就此向信阳市公安局求证，未得到积极回应。尸检中，家属看到的伤，是否可以推断强强生前遭受过虐待，在最终尸检报告出来之前，还不能下此定论。不过，一位参与对强强进行病理分析的知情人士透露，强强生前病得很重。“这个小孩有病，且病得很重。现在可以确定有营养不良、结核病等。而且我估计他可能生活不能自理，应该是长期卧床，肯定是站不起来的，因为他背后很多地方都有褥疮。”

强强生前医院的诊断、法医病理学的初步分析，和走失前强强的身体状况相差甚远。走失前体重 90 斤左右，死亡时不足 30 斤。导致强强半年内，迅速消瘦的原因是什么？强强生前是否得到了基本的救助和应有的救治？救助站代养点新天伦老年公寓负责人曾在接受媒体采访时表示，“因为救助站总欠他们的钱，新天伦已经不和救助站合作了”。

这位负责人所称的“欠费”，是当地财政未及时拨付还是被挪用甚至贪污，暂时不得而知。当地民政部门也没有公布新天伦老年公寓，是通过何种方式成为救助站代养点的。

此外，信阳公安系统的失踪报案和捡到孩子的信息，是否及时按照公安部规定，上传到公安网上？种种谜团，都有待联合调查组及时给出明确答案。信阳市市委宣传部副部长熊本山说：“尸检报告拿到湖北去了，还得等几天。调查组的结论基本上也快出来了，我们准备最近几天就要出结果。当时他们说尸检报告一个星期就出来有点不太准确，结果还要拿到湖北去化验。我们专门有几位同志跟着一块儿去了，最多三四天就可以带回来。联合调查组的情况基本上出来了，我们很快就发布消息，和尸体解剖化验结果一块儿公布。”

后来：

根据当地公布的尸检报告和调查结论，公安局、救助站、医院等救助环节都存在失职行为，共有 18 名公职人员受到党纪、政纪处分，信阳市救助站站长被撤职。民政部对此事高度关注，新闻发言人公开回应社会关切，河南省民政厅派员参与调查。

河南邓州硬指标征收社会抚养费

收不够干部凑

按语：

调查报道获取重要证据的途径，除了核心当事人，还有关键文书。到当地采访后，走访了包括反映问题的当事人在内的多人。最关键的一着棋是在尝试多种渠道后，拿到了书面证据。之后，当地人口和计划生育委员会组织了调查。调查结果如报道里所呈现："对于这一问题，邓州市表示，已查阅刘集镇近三年征收案卷，发现2例以村干部名义开具的正规的社会抚养费专用票据。"这也就是采访中记者所发现的问题票据的数量。

作者：刘飞、邓诗如（实习记者）

播出日期：2015年5月11日

社会抚养费本是政府对不符合生育政策的当事人征收的一笔费用。就是说，谁超生谁交。至于要交多少，是按照超生胎次、收入等情况来定。

但是，在河南邓州市刘集镇，却有村干部反映，每年社会抚养费交多少，是镇里摊派下来的任务，完不成任务就要由村干部垫付。

其实早在2011年就有媒体曝光，河南邓州下发"红头文件"对各乡镇办下达征收社会抚养费的任务指标。有村民认为此举是"逼民超生"。

那么，这次又是什么样的情况？请听央广记者刘飞、实习记者邓诗如的报道：

孙大姐是邓州市刘集镇某村妇女主任，她说今年3月之前，村里都没有统计过有多少需要缴纳社会抚养费的"超生户"，每年也不按这个来收钱。

孙大姐：乡里每年一下达超生费的任务，大家就千方百计开始凑钱。

记者：他们怎么定的啊？都不知道有多少人超生，他们让咱们收多少？

孙大姐：他们按照人口比例，不管谁超生。

刘集镇某村2014年下半年的征收任务是8万多元，该村周姓村支书证实，每年分配的征收数额和村里实际超生情况并不相符，可能更多也可能更少。

记者：他们是每年跟咱们通知一个数额？

周姓村支书：每年超生的，他们应该是有一个估算，如果发现超生的多了，超过估算这个数，那下达的数额就多一些。

《河南省社会抚养费征收管理办法》中规定，征收数额依据生育胎次、当地人均收入、个人实际收入等来确定。

但是，刘集镇一名去年卸任的村支书说，每半年镇上会下达给各村一个征收数额，基本上是按人头分的。

卸任村支书：有人说是按人头征收，村里一个人 55 元。5 月刚收完，9 月又开始了。他并没有摸底，都是派任务。乡政府就是要征收这笔费用，他们不管你下面有没有超生的。

2011 年就曾有媒体曝光，邓州市计生部门发“红头文件”给各乡镇下达征收社会抚养费指标。多名刘集镇的村干部表示，这之后，镇里分派任务都是打电话或开会口头通知。

虽然没有通知文件，但记者辗转查看到一份在刘集镇财政所存档的《刘集镇 2014 年社会抚养费现金计算表》，表里列有刘集镇 26 个村的“任务”数额和 9 月 10 日前收缴完成情况等信息。该现金计算表“任务”一列显示，此次刘集镇各村合计征收任务为 170.05 万元。

一位镇财政所的相关负责人证实了这份表格的真实性。

记者：这个表里显示的数额是不是咱们乡里的任务？

财政所知情人士：对。这就是今年的任务，只是改了一下数字你就得按照现金计算表里分派的“任务”数来征收社会抚养费，至于能不能完成任务，那是各村自己的事儿。

该负责人表示，财政所工作人员只管记账核算，任务数额多少不是由财政所来定的。

财政所知情人士：这是乡里提供的关于计划生育的账目。2013 年的征收任务是 180 多万元，2014 年是 170 多万元。

而据 2011 年，原国家人口计生委《关于进一步规范社会抚养费征收管理工作的通知》规定，不得向乡镇、村或个人下达社会抚养费征收指标。

据了解，刘集镇26个村的社会抚养费征收任务，每半年征收一次，任务少的也有1万元，多的近12万元。但是，征收工作也并不是那么容易。采访中，多位村干部表示，从真正的征收对象，也就是俗称的“超生户”那里，几乎收不上来什么钱。不够的部分，通常就得由村干部垫付。这个社会抚养费到底该不该由村里来收、由村干部来垫付?

刘集镇某村妇女主任孙大姐说，现在上户口不用村里出证明了，也不必要缴款发票了，征收社会抚养费比以前更困难了。

孙大姐：户口都上了，你去找他们要钱就没那么容易了。他不认为是超生了罚款，他认为要上户口才给你交这个钱，否则他不愿意。

而如果不能按照镇里的任务上交社会抚养费，有村干部表示，有人因此辞职或被辞职。

村干部：管理区书记每次都给我们打电话通知，没完成任务的得赶紧，完不成任务你就写辞职报告。你“主动”辞职还好一点儿，要是党委研究决定开除你，那不更丢人。以前就有人因交不上来社会抚养费而被辞职了。

记者：那咱们村里干部有没有因为这个被辞职的?

村干部：有，治安主任就是因为不愿意垫这个钱而被辞职的。

所以，为了不被“辞职”，很多村通常的做法是，由村干部来分摊、垫付收不上来的部分款额，以此来完成“任务”。

某村会计介绍，村干部垫付了这个钱，村里就会给他开一个收条。

村会计：任务一分下来，没人交了村干部就先垫着。村干部交来钱，我开票写成借款或者是欠款，下面都写着垫资超生费任务及交垫资人的姓名。

厚桥村原村支书亚俊太手里就有一沓厚桥村村委会开给他的垫付条。例如，2014年5月30日的一张垫付条上写着“今欠，亚俊太垫支上交镇2014年春季超生费任务”等字样。

从4月开始亚俊太就不再继续担任村支书的职务。

亚俊太：你交不上来钱，那你就辞职。镇里给我打电话就说，你没完成任务，但别人完成了，谁完成了，我们就宣布谁主持工作。

现在，厚桥村的工作由另一名村委委员主持。因完不成社会抚养费征收任务而免职村干部的情况，未得到刘集镇相关领导确认。但对于村干部垫付的情况，刘集镇党委副书记闫永照称，这是因公垫付。

闫永照：到现在还是有没有完成任务的，这个我也没别的办法，以前的任务大家还研究，出个方案，给个说法。这个实际上你是因公垫的钱，我只是给你我的建议，毕竟这几十万不是一个小数目。

而根据社会抚养费征收相关规定，村民委员会要配合做好征收工作，但并不应该是征收主体。各地不得向村或个人下达征收指标，也不得将征收社会抚养费同单位或个人利益挂钩。

除此之外，按照规定，征收社会抚养费应当向当事人出具统一票据。也就是说，村里不应承担征收社会抚养费的责任。而记者调查发现，为了完成任务，村干部垫付也造成了相关手续混乱的情况。按规定，征收社会抚养费，必须向征收对象出具由省财政部门统一印制的专用票据。这个票据是要开给当事人的。那么，如果是村干部垫的钱，这个票又开给谁呢？

据刘集镇部分现任和时任当地村干部介绍，他们的做法是，超生户或垫付村干部先把钱交到村里，由村里给他们开收据，之后，村里再把钱交到镇里，由镇里开具专用票据，这个票据入村里账目。

某村会计：农户交了，就给他们开收据。村干部交来的钱，我就开成借款或者是欠款，写上垫资人的姓名及垫资超生费任务数额。

亚俊太：我们把钱交到乡里，乡里给我们开了个票，那个票不能给罚款人，因为那个要上账，账上你得有手续。

按照国家规定，社会抚养费的专用票据上要记载缴款夫妇的名字和缴款金额，但是，村干部垫付的社会抚养费，没有对应的当事人，票据怎么开？对此，刘集镇一名去年卸任的村支书透露，为了完善手续，有些缴纳社会抚养费专用票据上的人名、数额和实际超生、征收情况不符：

某村支书：交了钱要有名单，没交钱的超生户，可以先写上他的名字，但不让他知道他的罚款已被垫付，否则他以后就不交钱了。

记者：那要是人数不够呢？

某村支书：可以把数额写大点儿，一个人应收 8 000 元的，可以写成 2 万元，这样总数才能对上。

记者：把开的那个票额凑成乡里给咱们的这个总数？

某村支书：对。村里还拿那个票据下账。

其他村的一名村会计也表示，专用票据上的数额和实际征收情况不符，只是为了和征收任务数额相等。

村会计：乡里开的那个罚款收据与实际缴纳款额不符。比方说你实缴款了5 000元，但是我上乡里开票的时候，就可以开8 000元，甚至开1万元，为了要凑这个76 900万元这个数。乡里开的票只能反映我们今年交的总款数，反映不了农户实际交款数。

此外，记者发现，有些专用票据上直接写了村干部的名字，而非超生户当事人。对此，刘集镇副书记闫永照则解释称，这种情况是超生户把钱给了村干部，村干部替当事人交的。

闫永照：干部去开票的时候就说是替他的亲戚交的，甚至说是替超生户交的，超生户把钱已经给他了。

可是，如果按此解释，就意味着超生当事人交了钱，但专用票据上却写村干部的名字，但这无法证明当事人已经缴纳社会抚养费。闫永照并未对此做出进一步解释。

对于以上问题，邓州市人口和计划生育委员会法制科徐科长表示，已对此事展开调查，预计本周内将公布结果。

徐科长：我们知道这个情况以后，即刻成立了一个调查组，现正在调查。财务、纪检、信访都参加了，为了核实这个情况，他们乡里也在做调查，有问题就要整改。乡里财政、村里财政，包括超生对象的数量、缴纳情况等都要进一步核实。

而对于记者提出的关于征收手续、票据中所显示的问题，该负责人表示，还不能确认具体是什么情况，需要调查、核实。

后来：

邓州市进行调查以后表示，镇对村的任务是在摸完底的基础上形成的，村干部垫付是由于怕工作落后等原因。此后，邓州市反馈称，已查阅刘集镇近三年征收案卷，发现2例以村干部名义开具的正规社会抚养费专用票据。邓州市调查组，已责令对“错开票垫资抚养费”做退款处理。

中储粮安徽一库点“打白条”
两千多万粮款轻易被挪用

按语：

调查报道对于记者的一个巨大吸引力，是顺着一个线头，你不知道会拉出怎样一条“大鱼”来。这次调查，起初并未料到，在农户追讨粮款的背后，涉及国家粮食托市收购政策的制度漏洞。至今记忆犹新的是，第一篇调查报道播出的当天中午，中国储备粮管理总公司就在官网声称：“不存在打白条的问题，鉴于相关媒体报道与事实不符，损害了国家粮食托市收购的信誉，也给中储粮安徽分公司造成了严重负面影响，将保留追究法律责任的权利。”应对如此强势的反击，最大的自信是来自扎扎实实攥在自己手里的证据链。真相永远不会被掩盖。央广记者的调查一经播出，立即成为舆论热点，新华社、央视等媒体相继跟进，国家粮食局相关负责人也及时赶赴当地介入调查。

作者：管永超、刘军

播出日期：2015年7月14日、17日、20日、30日，2015年12月10日

定远是安徽省有名的产粮大县，此时正是当地水稻施肥、病虫防治的季节。而对定远县一千多名农户来说，由于没有拿到去年的粮款，今年的粮食生产很难再精耕细作。近日，当地群众向中国之声反映，去年夏粮收购时，将收获的粮食卖给了中储粮，除了几张中储粮开出的“白条”，至今没能拿到粮款。农户少则被拖欠2万元，多则被拖欠5万元至7万元，是很多农户去年全部的家庭收入。拖欠资金共计2 500多万元。

中央曾多次发文强调，夏粮“托市收购”要及时结算农民粮款，不得“打白条”。按照相关规定，粮食收购资金是由中国农业发展银行保障，专款专用，由中国储备粮管理总公司统贷统还。可以说，这笔资金是由国家财政来兜底的。那么，中储粮本该在去年就支付给农户的粮款去哪儿了呢？请听央广记者管永超、刘军的报道：

站在自家的稻田里，望着“营养不良”的稻秧，定远县西卅店镇双桥村郑重

（化名）有些无奈。

郑重：如果我们有钱的话，可以直接去买肥料。庄稼就不会长成这样了。

郑重老少三代共种有 30 多亩地，去年，小麦和稻谷收成不错，按照国家“托市收购”的价格出售，能收入 10 多万元。但去年卖的粮款连一分钱都没拿到，今年播种、施肥所需的花费只能靠赊账。

郑重：如果不靠赊账，这粮食生产就成问题了。有的禾苗都变黄了，就是因为没有施肥。

记者：你们这方圆几公里，有多少户是这样的情况？

郑重：我们这个庄上可能没有拿到粮款的多，大概 95% 都没有拿到。没有钱，我们的生活该怎么办呢？

记者走访了定远县朱湾镇、永康镇、西卅店镇等多个乡镇，类似现象在当地较为普遍，有的乡镇临近的多个村民小组，没有一户拿到去年的粮款。不少永康镇的村民告诉记者，他们的粮食去年都卖给了中储粮，很多农户直接把刚收获的粮食，拉进中储粮滁州直属库设在定远县的收储点——安徽省民生米业有限公司的仓库里。

村民：粮食都卸到 7 号仓了。

记者：当时你卖粮食的时候，给你收据了吗？

村民：给了。

记者：开的是中储粮的，还是民生米业的收据？

村民：是民生米业的。

记者：按道理说，应该是一手交粮，一手交钱。当时你向他们要钱了吗？

村民：当时他们说一个月之后结粮款，后来就一直往后推脱了。总共欠我三四万多元。

按照国务院颁布施行的《粮食收购条例》规定，“国有粮食收储企业收购粮食，应当即时向售粮者本人支付售粮款，不得拖欠”。国家粮食局财政司去年夏粮收购时，也发文强调，“不得给农民打白条；也不得将农业发展银行贷款挪作他用；要依据农民交粮的实际情况，当场如实填写统一规范的收购凭证”。

但在调查时记者发现，中储粮开具的票据中混杂着民生米业开出的验粮结算单。刘师傅曾是民生米业的工人，他告诉记者，去年如果不是中储粮来挂牌收粮，他就不会把粮食拉到这里来，因为2013年的粮食收购款，民生米业就没有兑付给他。

记者：哪张单子是中储粮的？

刘师傅：就这个。

记者：这个单子有什么不一样？

刘师傅：是用中储粮单子换的。应该是3 950元，但只给了我2 000元，这儿写着还欠1 950元，就开了这个暂欠单。我们卖给中储粮几万斤粮食，都是经过民生米业，粮款也都是从民生米业这儿结。

不少村民和粮食经纪人向记者出示了去年卖粮时拿到的票据，上面写着：中央储备粮滁州直属库最低收购价粮食入库检验检斤结算单，关于售粮人、过磅记录、等级单价等基本信息记载清楚，票据下方有检验员、司磅员、入库验收的人名印章，而付款员处为空白。

有经验的粮食经纪人说，这些由人工填写的结算单是违规开出的，正规的结算单应是电脑打印的。一位被拖欠了500多万粮款的粮食经纪人告诉记者，中储粮委托民生米业收购的后期，他们谎称电脑坏了，只能开手写的收据。

粮食经纪人：2014年12月接近尾声的时候，他们说电脑坏了，没给我开票。

记者：那拿什么凭证说粮食进仓库了呢？

粮食经纪人：我们有民生米业的过磅单，这也是凭证，后期转为民生米业给我们开的票。

根据定远县政府公布的统计数据，民生米业2014年在为中储粮、中粮（新粮公司）代收、代储业务中，拖欠粮食经纪人21户，欠款2 300多万元；农户138户，欠款230多万元，合计2 500多万元。记者了解到，每一个粮食经纪人背后都涉及几十户甚至上百户农户。

“一手交粮，一手交钱”，这是中央多次发文强调的储备粮交易原则，而在中储粮滁州直属库的粮食收购中却形同虚设。中储粮滁州直属库相关负责人在接受记者采访时坚称，粮款是直接打给了每一个售粮者。而不少农户和粮食经纪人却表示，从未收到过粮款。那么，粮款究竟在哪个环节出了问题？我们来继续听记者的报道：

记者向中储粮滁州直属库负责民生米业收储库点的一位马科长求证，马科长却保持沉默，不予回应。昨晚，记者再次致电中储粮滁州直属库主任王忠发和滁州直属库监管科科长金绍宏，他们均表示，去年的粮食收购款都兑付给了售粮者本人。但截至发稿前，记者未能看到相关账单。

王忠发：我们是自主收购、自主打款、自主开票，谁卖粮就打给谁。比如说你是经纪人，就把钱打给你，你又把钱转给民生米业的项目去（参与）融资。融资贷款断了，于是他就拿他们的钱（粮款）去（还）融资了。

记者：你们这个钱没有通过民生米业来发放吧?

王忠发：没有，这跟他们没关系。

记者：你们应该是有账的吧?

王忠发：有的，我们内部有要求，有管理的。

而令人感到蹊跷的是，记者在暗访时，中储粮滁州直属库负责民生米业收储库点的马科长曾向粮食经纪人表示，希望他们可以宽限还款日期，款还是由民生米业来偿还，中储粮在背后支持，用来年的仓储费用偿还之前的债务。

马科长：这个租仓、存粮、收购等这些费用进来后，就可以还款了。靠政府来扶持，靠我们收粮来扶持。

国务院颁布施行的《粮食流通管理条例》等相关文件均有明确规定，租赁的社会收储企业资产负债率不得到高于70%。而有知情人透露，早在2013年，民生米业的资金周转就已经亮起红灯。

定远县政府在向上级汇报群众反映此事的回复中称："造成拖欠粮款原因：一是中储粮滁州直属库在民生米业收购粮食中将粮款打到售粮经纪人、农户的结算卡后，民生米业私下与售粮户达成协议，向售粮户借款；二是中储粮租赁民生米业仓库收购粮食后，将粮款支付给了民生米业，民生米业未能及时兑付给售粮经纪人。"回复中还提到："民生米业将全部资金投入房地产开发，因房地产市场不景气，资金暂时不能回笼，所欠售粮户款项不能如期偿还。政府已经责令民生米业与所有售粮经纪人签订还款协议，分期、分批偿还债务。"

对于中储粮的说法和定远县政府的公开回复，记者随机采访到的多位农户和粮食经纪人均予以否认。

农户：这不属实。

记者：你们跟民生米业签订过协议吗？

粮食经纪人：没有。

记者：那你们的粮款有没有借给过民生米业？

粮食经纪人：也没有。

记者了解到，数百户农户曾向有关部门反映这一问题，定远县副县长杨锋平参与了调查处理。杨锋平告诉记者，中储粮没有把粮款直接打给售粮户。

杨锋平：民生米业为中储粮代储、收购粮食以后，资金并没有兑付。中储粮可能在资金管理上出了问题，没有把资金直接兑付给售粮户。

中储粮的粮款到底打给了谁？知情人透露，粮款经中储粮巧妙打给了民生米业，民生米业又将粮款偿还了银行贷款以及房地产的项目开发。在接待粮食经纪人的求助时，杨锋平也直指中储粮的不负责任，却又表示无可奈何。

杨锋平：这是对老百姓不负责任嘛。

经纪人：这个粮食我们就是卖给中储粮的。

杨锋平：我知道。这个我很清楚。

经纪人：那么你们都采取了什么措施呢？

杨锋平：我能采取什么措施呢？我又管不了它，要不你们去找中储粮。

不少农户和粮食经纪人拿着中储粮打的"白条"，多次向中储粮安徽分公司反映，至今都未收到任何反馈。有关事情进展情况，中国之声将继续关注。

后来：

报道播发后的第三天，国家粮食局发出紧急通知，严查任何形式的"打白条"行为，立即对各地兑付粮款情况进行全面排查，并要求中储粮等粮食企业要担负起不向农户"打白条"的主体责任。国家粮食局有关领导赶赴安徽定远调查后表示，"基层企业执行国家托市收购政策走样，中储粮企业监管严重失职，目前正在研究兑付粮款的方案和问责的具体意见"。国家粮食局特意对中央人民广播电台的监督报道表示感谢，并肯定央广记者细致的、敬业的工作作风。大约两个月后，被拖欠粮款的一千多名农户拿到了粮款。2015 年 12 月，国家粮食局出台《粮食收购资金筹集和兑付管理暂行办法》，从制度层面堵住了粮款被挪用的漏洞。

河南郸淮公路“烂尾”六年

上亿银行贷款疑被私人套取

按语：

采访中，我对相关部门在该项目的招商、贷款等环节存在的失职、失责感到吃惊。这么大的一个重点项目，当地政府招商来的公司，却是一个毫无公路建设经验的投资公司；而对套取银行贷款、拖欠民工工资等问题，有关部门的监管又是如此无力。事出反常必有鬼，这个鬼恐怕不小。

作者：管永超、李凡

播出日期：2015年8月7日、8月10日、8月11日

常言说得好，“要想富，先修路”。对一个地方来说，修路架桥是一件兴商润民的好事，更是一件利国利民的大事。很多时候，群众就是有再大的困难，都会想尽办法为修路让道。但近日，有群众向中国之声反映，河南周口郸淮一级公路开工近6年，数次停工造成的修路成本增加不说，处于“烂尾”状态的道路，也给当地群众出行、生活带来较大影响，不少群众多次向有关部门反映，至今未能解决。

郸淮公路，是一条连接周口市郸城县至淮阳县的主要道路。相关资料显示，郸城至淮阳一级公路改建工程项目，2009年经河南省发改委批准立项，是河南省“十一五”期间在周口市的重点建设项目之一。项目东西横向全长52.1公里，按双向四车道一级公路标准设计，主体路面结构采用沥青混凝土。概算总投资9.63亿元，其中银行贷款7亿元，自筹资金2.63亿元。建设总工期为24个月，预计2010年5月开工，2011年年底建成通车。

2009年至2015年，每年的周口市政府工作报告都将郸淮公路作为重点推进项目。市县两级政府专门成立项目指挥部，市县主要负责人多次到项目现场办公，强力推动项目建设。如此被重视的项目，为何会“烂尾”呢？请听央广记者管永超、李凡的报道：

“这条路修了5年了，去年的现在这个时间，把之前的道路两边加宽之后，由

于没上油面，上面有一层水泥渣子，天天尘土飞扬，已经持续一年了。”说话的这个人叫张伟，年纪轻轻的他敢闯敢干。受国家惠农政策的影响，他在老家郸城县宁平镇张集村办起了唯葡家庭农场，选好的位置就在郸淮一级公路旁。本想着路顺了会给生意带来利好，谁知这条迟迟修不好的“烂尾路”，让他亏了不少本钱。

张伟：现在我地里投了一两百万元了，效益上不来，去年我损失几十万元。现在种的西瓜、葡萄都长得不好，我去年种的草莓全部扔完了。这些都是因为这个路。

张伟告诉记者，他的农场主要种植葡萄、草莓，另外套种西瓜、甜瓜等这些经济作物，有些需要靠叶子的光合作用，才能成长得更好。但从郸淮公路上刮来的尘土，让作物的叶子上总是像盖了一层厚厚的“灰棉被”。

张伟的农场门口所在的这段路，属于郸淮一级公路一标段，目前土建工程已经结束，但油面还没有铺，每次车辆驶过，总是灰尘肆虐。这给居住在道路沿线的群众，带来较大影响。

群众甲：我们就住在这北边，距离道路那么远，屋里还都是灰。

群众乙：他说要加宽，到现在还没有完成，这都好些年了。

群众丁：现在这条路修得时间太长，到处都是尘土。

郸淮公路的修通，对郸城县和淮阳县的经济发展将会有深远影响，但让当地群众感到失望的是，这条本该在 2011 年年底就竣工通车的高级公路，至今都没能修通，项目进展十分缓慢，工程建设时断时续。

河南郸淮公路建设有限公司是投资方专为建设郸淮一级公路成立的业主单位，于 2008 年注册成立，注册资金 2.43 亿元。其中，北京赛德投资有限公司出资占注册资金 40%，北京旺世中星国际实业有限公司占注册资金 60%。在项目实施中，郸城县公路局却发现，经过“千挑万选”的投资方，是一个不靠谱的投资公司。

郸城县公路局局长徐晖：他对这个工程管理方面是一大漏洞，他不懂工程管理。第一，他的领导换得比较勤，从 2010 年到今年总共换了四任领导了；第二，工程时间长，成本增大，利息增高，资金链断裂；第三，资金链的断裂影响了征地拆迁，尤其是淮阳境内的 20 公里的范围。

淮阳县交通局副局长李立峰也介绍说，从 2010 年至今，由于投资公司应拨付的征地拆迁资金迟迟没到位，郸淮一级公路建设时断时续，有时连政府成立的指挥部也联系不到河南郸淮公路建设有限公司的负责人。

李立峰：这边动员会逐层都开了，但钱没到位。没有人对接，项目又搁浅了。我们以淮阳县淮郸项目指挥部的名义，下了两次督办通知，过了春节想下通知都找不到人了，对接不上了。

对于项目进展缓慢的原因，除了郸淮公路建设有限公司存在的自身因素外，周口市交通局副局长刘哲还给出了这样的解释。

刘哲：因为这条路批复立项以后，要征地拆迁，它所占用的土地规模比较大，我们省里没权批，国土厅要报到国土部，审批的环节比较多。主要是收费站的因素又对项目公司投资有一些影响，2009 年国家取消二级单位收费站，同时国家的文件还限制一级公路收费站的规模，这对项目公司投资的信心是有影响的。

但对于相关部门的说法，已经数次变更负责人的郸淮公路建设有限公司，现任副总经理程万民表示不能认同，但对于具体原因，又不愿意透露详情。

程万民：原因比较多。我觉得他们的这种说法，也不是特别合适，银行差我们的钱也没有往下放啊。

2008 年，郸城县委、县政府向周口市市政府提出了建设郸淮公路的意见。经周口市市政府授权，周口市交通局通过公开招标选择了项目投资人。2009 年，河南省发改委批复立项，同意郸淮一级公路按收费公路进行建设。2010 年，周口市市政府与投资方北京赛德投资有限公司签订《投资框架协议书》，周口市交通局与项目公司——河南郸淮公路建设有限公司签订了《特许权协议书》。

来自周口市交通局的数据显示，郸淮一级公路共分 6 个标段，目前 5 标段、6 标段尚未动工，已完成的总体工程量只在 50% 左右。而银行已为这个项目发放贷款 6 亿元。已投入的资金数额和已完成的工程量是否匹配呢？继续来听记者的报道：

实际上，凭借着和当地政府签订的投资框架协议，河南郸淮公路建设有限公司以郸淮一级公路 25 年的车辆通行费收费权做质押担保，从河南省农村信用社联合社拿到了授信 7 亿元的项目贷款。河南省农村信用社联合社周口市办公室相关负责人说，目前他们已经放出 6 亿元贷款。

“周口的 4 亿元全放完了，总共放 6 亿元了，申请的是 7 亿元，剩余的资金郸淮公路也申请过，因为这边牵涉郸城县联社，包括周口、焦作那边还得申请，省里得统一协调这个事儿，因为这是 20 多个县共同参与的。”

但负责施工的多个标段负责人表示，银行放出的 6 亿元银行贷款和目前郸淮一级公路已完成的工程量严重不匹配。这一点，也得到了郸城县公路局局长徐晖的证实。

记者：一般情况下 50 多公里的公路多长时间能够修成？

徐晖：一级公路都是跨年度，2 年之内。

记者：但这条路修了 6 年。您觉得银行已投入的资金和这条路修的进度双方匹配吗？

徐晖：目前 6 亿元加资本金，共 8 亿多元，这个比例有点儿落差。应该说跟总预算相差不大，目前路况淮阳境内 20 公里没有完成，路基工程、桥涵都没有完成，当然有一定落差了。

记者调查还发现，不仅这条路迟迟没有修通，项目各标段已完成的工程款，也迟迟没有结清，且数额较大。

某标段负责人老杨：他们一直欠着我们的钱，我们欠着底下员工的钱，加上我们的保证金、工程量款，还欠我们 2 000 多万元，到现在也没有解决，生活都过不下去了，天天都有要账的。

不只是老杨，其余几个标段的项目施工方，均被拖欠了少则几百万元，多则上千万元的工程款。据郸淮一级公路 1—4 标段的负责人粗略统计，他们共被郸淮一级公路业主单位，拖欠已完成的工程款数额高达 1 亿元。另有 6 000 多万元履约保证金，也没能按工程进度退还各标段施工方。

多位知情人士估算，目前各标段已拿到的工程款共计 1.68 亿元，加上征地拆迁、银行利息等资金费用，郸淮公路至今支出应不超出 5 亿元。如果其自筹资金 2.43 亿元到位的话，加上银行贷款 6 亿元，应有 8.43 亿元的资金已投入到郸淮公路上。其中多出的数亿资金哪儿去了？不得而知。

对于这一现状，郸城县农村信用合作联社理事长黄玲对前来反映问题的某标段负责人表示，这笔贷款，银行感到很被动，却又无能为力。

黄玲：有好多情况我们也很无奈，联社从来没有这样放过贷款，也没有见过这样被动的一个局面，从来没出现过这样的情况。说实话，这条路给老百姓也造成了很大的影响，这违背了咱们修路的初衷，违背了信贷政策支持这个初衷，本来是件好事，现在老百姓怨声载道。

黄玲还介绍说，起初投资方从政府拿到这个项目，就打有自己的“小算盘”。

黄玲：民营企业修路，当时是为了一级公路可以收费，其实修个二级公路就行了，郸城到淮阳段加宽，花个一两亿元就行了。但是二级公路没收入谁还投这个钱呢，所以他为了收费修了50公里。

从目前暴露的问题来看，地方政府、河南农信社和投资方已陷入“剪不断，理还乱”的利益纠葛中。问题的源头出在哪儿了？投资方是如何从周口市市政府手中拿到这个项目的？又是怎样从银行贷出了7亿元资金？已拿到的银行贷款是否专款用到了修路上？

有关事情进展，中国之声将继续关注。

后来：

报道引起河南省省委、省政府高度重视，时任河南省省长的谢伏瞻批示强调，各相关单位要依法采取措施，挽回损失，尽快解决问题。河南省省政府随即就此事召开了省长办公会，敲定整改方案，并决定除依法追责外，想办法对这条“烂尾路”尽快复工。

2016年1月26日，国家统计局党组书记、局长王保安涉嫌严重违纪，接受组织调查。2016年3月11日，经河南省省委批准，河南省农信社原理事长鲁轶涉嫌严重违纪，接受组织调查。2017年9月中纪委录制播出的《巡视利剑》第四集透露：该项目的投资人为前国家统计局局长王保安的四弟王红彪，王保安在担任财政部部长助理期间，利用职务影响帮助其四弟王红彪，通过时任河南省农信社理事长的鲁轶，违规贷出数亿元银行贷款。

2016年国庆，郸淮公路正式通车，惠及河南周口郸城、淮阳两县数百万人口。

山东济宁某地拖拉机造假成产业链

假产品！假手续！假证件！谁来监管？

按语：

如今，大规模的制假窝点已经很少见了。但这次采访再次印证了我的一个经验，“永远有些事超乎你的想象”。山东省济宁市嘉祥县的两个村子，各种品牌、规格、成色的拖拉机密密麻麻排满了街巷，家庭作坊式的收购、维修、拼装、翻新、销售已成完整产业链，质量存疑、真假难辨的拖拉机正从这里发往全国各地。有不少买家心存侥幸出手购买，车到手后才发现，既无法落户上牌照，也不能正常使用，而且从车辆发票、合格证到卖车人的姓名、住址、身份等信息全部都是假的。小小的村子，哪儿来的胆量生产这么多的假车？

这是一组疲于奔波的报道，从内蒙、宁夏上当受骗的农民一路倒查到山东嘉祥拼装假拖拉机的那两个村子，调查范围纵跨 1300 公里。这一年，记者们都有了新媒体的概念，我也不例外，所以在采访过程中，不仅采制了声音素材，还录制下了宝贵的视频资料。

作者：白宇

播出时间：2015 年 8 月 11 日

近日，有宁夏、内蒙古、黑龙江等地的农民向中国之声反映说，他们在山东济宁购买拖拉机后发现自己上当受骗了。他们说，自己是从网上看到济宁的拖拉机低价销售的消息后才到当地看车、付款交易的，但车辆被托运回老家后他们发现，这些车质量残次、手续存疑，既无法落户上牌照，也不能正常使用，而且从车辆发票、合格证到卖车人的姓名、住址、身份等信息全部都是假的，他们先后多次到济宁寻访、维权，但至今没有结果。请听央广记者白宇的报道：

宁夏回族自治区石嘴山市平罗县的农民王兴其家，有一台东方红、两台约翰迪尔拖拉机都被盖上了床单，尽管这样，橡胶轮胎还是被晒爆了皮。

王兴其：买来之后都还没有使用，基本上就动弹不得了。你看，这个轮胎已经都爆皮了，现在一挂挡，后桥就“叽里呱啦”根本动不了，这就属于报废品。

王兴其专门请平罗县农机推广站对这几台拖拉机进行了现场调查，结果为“功率不足、滴机油、柴油机高温变红、牵引架断裂”等情况。

调查员景占和：你看发动机，平面也不平，发动机号也不规则，这应该是人工用榔头敲上去的。这是液压悬挂装置，这就已经折了，这明显就是质量问题。

刘军是王兴其的妹夫内蒙古乌海市的农民。他告诉记者，2014 年 11 月，他和王兴其在山东省济宁市嘉祥县段庄村一户农民家里看过车后，在济宁市任城区的同辉物流公司把三台拖拉机共计 15 万元的货款交给了卖车人，同时又付给物流公司 1 万元托运费。

刘军：从网上看到信息以后，当时打电话咨询，他跟我们说，在他那儿购车的话，因为山东省、市里、他们村里也都有补贴，所以那个车便宜，有正规发票、合格证，手续齐全，这样我们才去的。他还说他是从嘉祥县农机公司买的车，他从中套点儿补贴。我们看到他手续齐全，发票、合格证也都有。

拖拉机被托运回宁夏后，王兴其和刘军拿着购车发票、合格证等材料到平罗县农机监理站落户、上牌照，但被工作人员拒绝了。

监理站审验员李彩霞：像这种发票一看就是假的，正常的发票比这个纸薄，颜色要浅，这个颜色特别深，而且机打发票背面都能印出来，这个没有。这种合格证首先这个颜色不对，而且这个外表比较粗糙，我一看就是假的，这就给他们驳回了。

此时，卖给他们车的人已经失去联系。

刘军：我打电话联系卖给我车的那个人，但是没联系上。

2015 年 4 月，黑龙江鹤岗的郭女士在网上看到山东嘉祥低价出售拖拉机的信息后，花了 16 万元购买了一台约翰迪尔 JD1354 拖拉机，收到货后才发现上当了。

郭女士：从卸车的地儿开到我们家，距离相当近了，那发动机就异常地发热了，这油箱比正常油箱小很多，油箱盖连过滤网都没有，大架子号也没有，发动机号和拖拉机不是一体的，在一个绿牌上，那是后放上去的，然后喷的绿漆。我们开着就拐个弯儿，那个轮胎印就黢黑黢黑的，我用手摸了一下，那个黑的胶皮都粘我手上了，正常情况下只有急刹车的时候才能这样呢。

比王兴其和刘军稍幸运的是，郭女士和她爱人第一时间拨通了卖车人的电话，但卖车人的嚣张态度让他们震惊。

郭女士：为啥没有大架子号？

窦坊村内的拖拉机维修车间

窦坊村一角

被骗农民购买的伪劣拖拉机

人为劣拖拉机上晒爆皮的轮胎

卖车人：因为马力达不到，所以把大架子号用油漆给抹了。

郭女士：我就想退货，来回的运费由你们来承担，完了你把路费给我报销了，就可以了。

卖车人：对不起啊，没有这样的事儿，你们过来之后，是验过车的，你运回去了，又说不中用。

郭女士：你当时没有告诉我这车是仿的。

卖车人：那谁也不会给你这样说。你说要退货，退回来我们现在也没钱给你，我们又买车了，也不能指望这一台车赚钱啊。我实在告诉你，那些证件也都是假的。

郭女士爱人：就连我去的地方都不是你家！是不是?

卖车人：对。你根本找不到我的，我都不在山东济宁，我也不是山东济宁人，你要知道，穷途末路的人都是这样。不管怎么样，咱们还是和平解决这个事儿。

按照卖车人的意思，所谓“和平解决”就是“照方抓药”，把这台拖拉机再卖出去。当然，造假的远不止拖拉机。

卖车人：你换个地方，然后卖出去不就行了吗?

郭女士爱人：那我要是卖出去，别人也会来找我啊?

卖车人：你不给他留任何信息，怎么找你啊?

郭女士爱人：那我得把车开哪儿去啊?

卖车人：你开到邻村或隔两个村的地方也可以啊。你放在别人家那儿卖，卖了之后谁也不知道你是谁。你就用假的身份证在小点儿的手机卡代销点办一个手机号码。

郭女士爱人：你的名字也是假的吧?

卖车人：这个你清楚就行了，好吧。

郭女士爱人：咱俩说了半天，我得知道你的真实姓名啊。

卖车人：呵呵，这个就不方便告诉你了。

卖车人在电话中透露，他只是个中间商，并不负责拖拉机的拼装和翻新。此后，这个卖车人的电话再也无法拨通。

而在这段时间里，王兴其和刘军已经先后四次来到山东济宁，一个个骗局背后的真相陆续浮现在他们面前。

关于农机补贴：据嘉祥县农机管理局出具的证明材料显示，王兴其和刘军购买的这三台拖拉机“不是我县农机购置补贴农业机械”。

关于购车发票：发票显示的主管税务机关为济宁高新技术产业开发区国家税务局，但经高新区国税局“金税三期”系统查询，这三张发票“未查询到流向”。济宁市国家税务局工作人员对照发票做出了详细的解释：

未查询到发票的流向，意思就是国税局并没有这张发票，这是凭空造出来的。咱山东省就没有这个代码，如果代码一致，发票不会出现一模一样的号码。这些信息都是假的，有这个高新区的证明，你就可以直接去公安机关报案了。

记者调查发现，不仅王兴其和刘军提供的购车发票上“发票代码”和“发票号码”完全一致，就连黑龙江鹤岗的郭女士提供的购车发票上的“发票代码”和“发票号码”也和王兴其、刘军的一模一样，而这些发票的左下角都盖有圆形的“济宁市多民农业机械有限公司财务专用章”。

在济宁市多民农业机械有限公司，工作人员对持假发票前来咨询的人已经司空见惯了。

刘军：这是多民农业机械有限公司?

工作人员：是。

记者:（对刘军说）你拿那个章给他们看一下。

工作人员：假发票?

记者：对。

工作人员：您在哪儿买的。

记者：您给看一下是不是您这儿的?

工作人员：我不用看，你从谁手里买的，你就找谁去。

记者：这个章是你们的吗?

工作人员：不是我们的，我们的章是椭圆的，他这个税号、账号、开户行都不对。

一切都是假的，那么，制假的源头究竟在哪儿呢?

根据刘军的回忆，记者前往嘉祥县段庄村一带走访摸排。段庄村位于338国道西侧，记者沿贾海村一带进入并未发现异样，但在段庄村临近窦坊村附近，一台台破旧的拖拉机开始陆续出现在眼前。转过一道狭窄的弯路，进入窦坊村后，各种品牌、型号的拖拉机在街巷两侧、房前屋后密密麻麻排列着，有的破旧不堪、支离破碎，有的完好如新。在这里，家庭作坊式的收购、维修、拼装、翻新、销售已成产业链。这些质量存疑、真假难辨的拖拉机正从这里发往全国各地。

记者：你这车卖吗？

村民：有人买了。

记者：还有吗？

村民：这个。

记者：多大的？

村民：950。

记者：这个咋卖的？

村民：3.8 万元。

村民窦义军告诉记者，村里的车一般只卖给车贩子，不向个人售卖。

窦义军：我们这儿一般不外卖，全是卖给车贩子的，一般不卖给自由户。

记者：我看你们村里家家户户都干这个啊。

窦义军：改装车的没几家，规模大点儿的有 10 来家，他们那些都是小作坊。

记者：你家算是大的还是小的？

窦义军：一般吧。这都是改装的，90 改的 100；四驱都改成 1004 或 904，改成 904 就可以，买了 854 改成 904，改了就跟新车一样，全部是这样。

记者：你这个手续都齐全吗？

窦义军：可以给你办，一般不愿意办，特别是发票，怕出问题。咱卖的这个货也不正规，说白了就是想骗老百姓的一点儿钱。

院子里，窦义军的家人正在清洗废旧的配件，一些零散的机器正待组装成完整的拖拉机。

记者：你把旧车收上来，然后攒这一个像这样的新车得花多少钱？

窦义军：2 万多元收购的。

记者：那你自己再添置东西呢？

窦义军：也得 2 万元。

记者：你家一年能卖出去多少台？

窦义军：差不多 200 台。

据窦义军出示的营业执照显示，他的经营范围为农机维修和农机配件销售。

另一位不愿透露名字的窦姓村民则告诉记者，他家主要做二手四驱拖拉机，常年发往新疆石河子等地。

村民：二手我做的是四驱的二手车，常年发往新疆、石河子，就是一洗一刷，漂亮点儿就卖了。

在当地，窦坊村“造假车”似乎是个公开的秘密。国家三令五申还是屡禁不止。

调查采访中，记者跟随王兴其、刘军完整记录了他们在山东济宁第四次寻求帮助的经过。根据卖车人提供的身份证复印件上的住址，王兴其和刘军首先来到嫌疑人住址所在地的辖区派出所——嘉祥县疃里镇派出所：

警官：你不应该来疃里报警。

刘军：可他是这儿的人。

警官：那你也不应该来这儿报警。

刘军：那我应该去哪儿?

警官：应该在案发地——济宁报警。

在济宁市任城区南张派出所，民警为刘军做了详细的询问笔录，并表示会将相关情况及时向上级反映。

警官：你谈价、看车，都是在嘉祥，只不过你托运时经过我们辖区了，你经过内蒙的地方也很多，你主要交易都是在嘉祥完成的，这里涉及一个管辖问题。今天收了材料然后我们往上报，我个人意见，你这个应该属于嘉祥经侦管。

嘉祥县公安局经侦大队：

警官：这就是生产假冒伪劣产品啊，这个归治安大队管。

嘉祥县公安局治安大队：

警官：你可以在这儿报案，但是我建议你从你们当地做一个车的鉴定，鉴定这个车是伪劣产品，鉴定完以后你把鉴定结果给我们寄回来。这样我们现在就安排人把这情况做个询问笔录，你也不用来回跑了，收到鉴定结果以后我们马上立案，把立案通知书寄给你，等我们抓住嫌疑人以后再联系你。

王兴其和刘军都只有小学文化水平，面对未来，他们不知所措：

刘军：因为在农村，都是种地为生，也不富裕。就想承包点儿地，改善一下生活，想办法跟亲戚朋友那儿还借了8万元，当时给人是0.02元的利息，现在的情况，这钱也还不上啊，因为家里生活也比较困难，借给我钱的人也是每天上门来要钱，我都不知道该怎么办了。

有关事件进展，中国之声将继续关注。

后来：

节目播出后2个小时，是的，2个小时！当地立即展开联合执法，一举端掉制假窝点。

中国国际美博会医疗美容产品乱象多

设备仿造、缺证引人忧

按语：

如果不是东北一家医疗美容设备生产企业的负责人提供线索，缺少“爱美之心”的我不大可能会去关注美容产品领域的问题。走进去，才知道这个市场有多大，又有多混乱。各类美容相关违禁品在美博会等展销平台上大行其道，似乎已成为行业内公开的秘密，部分消费者和参展商对违法违规行为的熟视无睹，也让人感到吃惊。一边是乱象丛生、缺少有效监管的美容产品，一边是追求经济利益的展会主办方和虚火旺盛的会展经济，美博会上暴露出来的问题并不是单一的，带给我们的冷思考也应是多层次的。

作者：刘会民、郑澍

播出时间：2015 年 9 月 6 日

9 月 4 日上午，为期三天的第 43 届中国国际美博会在广州琶洲会展中心拉开序幕。中国国际美博会号称是中国美容、美发、化妆品行业的风向标，而本届展会近 12 000 个标准展位、3 800 多家参展企业的集中亮相，更是刷新了多项美容化妆品展览纪录。

但是，记者走访发现，在展会的参展商品里，一些违规生产的医疗美容器械及美容产品等充斥其间，公开售卖。而这些商品一旦在使用过程中出现问题，肯定会给消费者的人身、财产安全造成严重威胁。那么这些违规生产的器械和产品为什么能够公开叫卖？请听央广记者刘会民、郑澍的报道：

走到琶洲展馆三楼的 11.3 号展厅门口 ，耳边就响起激光美容设备工作时的声音。这是一个专门展示美容仪器设备的展厅。在入口旁的一个展位上，厂商的工作人员正在用他们生产的激光祛斑设备，向周围的参观者做演示。只见工作人员左手拿着一个塑封的宣传册，右手拿着仪器，“啪”的几声过后，宣传册封皮上就留下了几个被激光灼烧后的印记。见记者在展位前驻足，工作人员立刻上前介绍他们的产品。

工作人员：这些是目前国际上最好的脱毛设备。它的治疗项目包括脱毛、祛斑、嫩肤、去红血丝、祛痘等等。

根据我国《医疗器械监督管理条例》的规定，这种用作医疗美容的医用激光仪器设备，按照工作原理、功率等方面的不同，分别属于第二类和第三类医疗器械产品。这两类产品均需要到食药监部门申请注册后才可以进行生产和销售。那么，这位工作人员推荐的激光产品，是不是符合这样的要求呢？

记者：这个有注册证吗？

工作人员：这个没有。

记者：那这个美容院能用吗？

工作人员：没关系，我们公司做了 20 年了。这台设备 2014 年 9 月上市以来，销售量在 1 000 台左右。

这位工作人员介绍说，他们企业在行业内小有名气，这次参展也是下了大手笔。场地的费用加上人员的食宿成本，总共花费 300 万元左右。在这个展厅里，企业大面积的展位就有 4 个，展出的设备有上百台。不过，这些设备大部分都是没有注册证的。

工作人员：做了这么多年了，全系列所有项目大概有 200 台，所有能用到的关于面部皮肤的我们公司都有。

记者：有注册证的有多少？

工作人员：不超过 10 个。这儿有 200 多台设备，但其中 100 多台是无创伤的，是不需要证件的。

看到记者仍对产品有些顾虑，这位工作人员向记者提出了建议。

工作人员：现在做美容院行业，这种设备百分之百是必不可少的。如果你要做这块儿的话，不用顾虑这些。当有人检查的时候，你就掩盖一下仪器。

在展厅里，类似的激光医疗设备还有不少，四周激光脉冲的“啪啪”声此起彼伏。其他厂商的类似产品有没有注册证，情况会不会好一些呢？记者来到展厅中部另外一家美容设备生产企业询问，得到了同样的回答。

工作人员：我们那台仪器现在卖 20 多万元，也可能下回就卖到 40 多万元。我这是实话实说。

记者：有注册证的少，是吗？

工作人员：太少了，有注册证的至少也要 60 万—70 万元。如果你实在不放心，我都可以给你套一个证。如有问题也可以找我们公司。

这位工作人员说，如果确实需要设备的注册证，他们可以帮忙套证。所谓“套证”，就是套用其他已注册设备的证书，就像套车牌一样，也显然是一种弄虚作假的行为。另一家厂商的刘经理透露，这种证书造假的情况也是比较普遍的。

刘经理：绝大部分设备产品都没证。要么就给你拷贝的证，你也无从知晓，大部分厂商都是这样做的。这注册证在网上一查就知道真假，但一般没人去查。

刘经理说，真正有注册证的设备要经过多个程序的检测和临床试验，研发成本会高出不少，但安全性会好一些。不过，刘经理还表示，他售卖的产品虽然没有注册证，但只要按照要求操作，一般也不会出问题。

刘经理：你买这个设备的时候我会告诉你实话，这机器是没证的，怎么操作也会教你。你们自己小心操作，一般情况下是不会出事的，除非你们工作人员不按照要求操作。

记者：没证的话，操作就得小心点儿？

刘经理：对，你自己小心一点儿也不会有多大的事儿。

看来展会上这种违规生产和销售的激光美容设备还真是不少。据了解，我国对医疗器械是按照风险程度实行分类管理的。这些激光美容设备，很多都属于第三类医疗器械，也就是具有较高风险，需要采取特别措施严格控制管理以保证其安全性。

通过刚才记者的调查，不免让我们担心使用者的人身安全。而实际上，从展会上调查的情况来看，让人担心的还远不止这些。记者调查发现，一些厂商的美容设备竟然是仿造的国外产品，而且堂而皇之地摆在展厅售卖。在一家售卖超声刀美容设备的展位前，厂商工作人员对仿冒的产品丝毫不避讳。

工作人员：这款是医疗版的。医疗版是 1 ∶ 1 仿美版的。真正的医疗版要 40 多万元。不过现在超声刀都选择这款比较好。

记者：这款多少钱呀？

工作人员：这款是 3 万多元。

与前边的激光美容设备类似，工作人员坦承，这些仿冒的设备同样手续不全。

记者：这个有注册证吗？

工作人员：没有。这款不用注册证的，属于医疗美容。

记者：是不用还是没有啊？医疗器械应该都有证啊？

工作人员：你要正宗的医疗版的话，是有注册证的。

记者：多少钱啊？

工作人员：现在最低价是45万元，以前是65万元。

除了医疗美容设备，展区里还有大量的养生、抗衰等美容产品在销售，有些甚至还是违禁品。记者看到商家在售卖多种国外的美容产品，其中就包括一种叫作“美思满”的人体胎盘提取液。

由于人体胎盘提取液属于生物制品，可能携带传染病等病原体，而且“美思满”针剂在我国没有经过食药监部门的注册，这种注射针剂在国内是禁止销售的。在来历不明的情况下违规使用，具有较大的安全隐患。媒体对此也多有报道。但这家厂商的负责人似乎对此并不在乎。

记者：这些东西有进口的批文吗？

负责人：有批文的东西在这里卖不了。有批文的贵啊！中文版的，有批文的2 000元，没批文的200元，有批文的只有国产的。国家规定的要中英文对照的。

工作人员：要有中文说明书，还要有英文说明书。

在主办方的宣传里，中国国际美博会是一个全产业链覆盖，聚集全世界的高端展商、买家和业内专业人士，与国际时尚界接轨的平台。同时，也是业内人士实现一站式采购计划的理想地。但记者仅在部分展馆的调查中，就发现了前面这些问题，这不得不让人生疑——这样的展会，果真能让业内人士、让消费者安心地采购吗？

后来：

随后的两篇报道，进一步揭示了这些违法、违规美容产品经过哪些程序进入展会，以及展会主办方对参展的违法、违规产品是怎样的态度，分析了违法、违规医疗美容器械泛滥成灾背后的深层次原因。

首篇报道播出的当天上午，广东省食品药品监管局即派出监管人员前往现场进行巡查，发现少数化妆品存在未经注册或备案等问题，并确认展会举办者在审查入场化妆品的合法性方面，未履行好审查职责。根据巡查情况，广东省食品药品监管局表示，将会同广州市食品药品监管局约谈展会举办者，要求其规范展会行为，履行好审查入场化妆品的合法性职责，并要求广州市食品药品监管局核查该次展会所涉及的医疗器械生产企业并留存样品，做好后续跟踪工作。

丽江黄金周旅游统计数字庞大，商家为何喊遇冷？

按语：

作为中国商业开发较早的古镇，丽江的旅游乱象饱受诟病。2015年“十一”黄金周，我带着另外一个选题来到这里，想顺便看看小长假期间的旅游市场。以往火爆的古镇，那几天异常冷清，当地的纳西人跟我说：“如果市场不改变，我们丽江就真的完了。”我问：“谁造成了今天的局面？商业和人文，究竟能不能调和？”这个问题，分别抛给了当地政府、旅游业从业者和普通百姓，没有明确又统一的答案，但所有人都在怀念几十年前的丽江。我很赞同马帮后代王四堂的话：不管如何发展，魂都要在。

作者：周益帆

播出时间：2015年10月7日—9日

今天是国庆小长假的最后一天，此时此刻，相信不少外出旅游的朋友正在返程的途中。不知道您这个假期去哪儿玩了，人多不多？有一个来自于国家旅游局的统计数据显示，截至10月6日17时，全国纳入监测的125个直报景区点共接待游客338.23万人次，这个数字还是很庞大的。

各个热门旅游景点的游客数量也被当地的旅游部门监测，比如说来自云南丽江假日办、丽江市旅游发展委员会官方的数据显示，10月3日，到丽江旅游的人数达到了9.86万。但是，在不少商家的直观感受中，这个庞大的数字在丽江并没有转化为购买力，甚至很多人用“惨淡”来形容今年黄金周的市场。请听央广记者周益帆的报道：

在丽江市旅游发展委员会网站上，关于这个小长假丽江的游客数量最近的一条信息更新停留在10月3日，其中写道：到丽江的游客数为9.86万人，一日游游客为3.76万人，宾馆酒店的床位出租率为75.33%，旅馆、招待所为85.57% 。进入玉龙雪山景区及束河古镇游览的游客数量，都在1.5万人左右。

但是，可观的流量数据，在商户那里似乎没有转化成利润。

大研古镇七一街崇仁巷40号，是陈欣经营的“人和春天客栈”，12年前，他从泸沽湖来到丽江，租下了两个院子，一共差不多700平方米，上院养花、下院养鱼，不过十几间客房，在这个黄金周都没能住满：

陈欣：按道理来说10月4日是黄金周最旺的时候，你看街上人多不多？

记者：以您客栈的入住率来说呢？以前最旺的时候……

陈欣：最旺的时候2012年、2013年黄金周每年有上万人露宿街头。现在街上连车都不堵了。

记者：今年你们客栈订满了吗？

陈欣：没有呀，现在一年比一年差。

大研古镇里所剩无几的纳西族人李君兴，在最繁华的五一街主干道，坚守着祖辈从1875年传下来的老院子：

李君兴：我们这条街是五一街的主街，意味着什么？前方也就是东面开发好的一大片客房，所有游客都得经过这一条街。最多的时候有3万人。

记者：今年是不是感觉人比较少？

李君兴：那肯定是，我没出门都感觉到了。

从大研古镇往北去，束河古镇的商户们，也感觉这个黄金周不太好。吴先生在中心区域青龙桥边经营着一家咖啡馆：

记者：以前也这样，还是只有今年……

吴先生：今年非常不好，游客少，也不消费，以前很多人来而且都买东西，今年都不怎么买了。

专门做游客生意的小巴司机陈先生也深有感触。

司机：今年国庆生意特别淡，相比以往的黄金周来讲，今年是最淡的。

记者：为什么？

司机：不知道。

游客那里，也有些困惑，刘小姐和她的弟弟每个假期都外出旅游，今年他们选择了云南，刚从大理来到丽江。

姐姐：大理那边人很多好热闹。这边古镇都没什么人，不知道为什么。

弟弟：大理镇上人山人海。

丽江市旅游发展委员会主任和仕勇说，从监测的数据看，客流量没有减少，商家的感受可能跟此前暑期游客分流有一定关系：

今年暑期的时候，自驾车的客人比较多，所以有很多客人选择了错峰旅行。

而在不少人看来，另外一个重要的原因，是此前出现过或依然存在的诸如“辱骂游客事件”“宰客”“出租车要价高”等一系列问题所带来的负面影响，正在逐步凸现。

以出租车为例，早在2014年7月，丽江市出租车联合协会召集出租车主集体在“规范出租车经营行为”承诺书上签名、按手印，承诺今后出租车规范经营。但这个黄金周，无论是机场、景区还是市内，包括出租车在内的营运车辆依然流行“一口价”，有媒体援引丽江交通运输局运政处的数据，10月1日至4日期间，丽江出租车被投诉的数量已经达到60辆，而整个丽江的出租车总数只有776辆。

司机：束河指挥部120。

记者：你们不打表吗?

司机：白天打表，晚上不打。

记者询问机场的工作人员：

记者：你们这儿的出租车都不打表吗?

机场工作人员：他们往城里走的时候是固定价，每辆都是100元。

记者：丽江的规定还是他们自己的规定?

机场工作人员：出租车协会的规定。

束河古城北门外停靠的城乡小巴：

记者：我到花马街加油站那儿多少钱?

司机：他们30元，你一个人出20元。

记者：不是才3公里吗?

司机：那你想出多少？我们一般单去花马街都是40元一趟。

丽江市内出租：

记者：您是打表吗?

司机：一般都10元。

北京游客郭迎说，出来玩，肯定会做好心理准备，但是到了景区，高昂的价格还是让她和朋友有些惊讶：

郭迎：他们给你介绍的景点你不去还好，不然的话就挺贵的。中间去了一下茶马古道，收我们60元一个人，我们只在下面看了一下花海吧，虽然面积比较大，但还是觉得比较贵，茶马古道那边骑马的话，贵点儿的要1000多元一个人。

更令人担心的，是丽江旅游发展的可持续性。游客的消费力不如从前，但是在丽江，经商的成本越来越高，为了保证自己的利润，有客栈老板甚至表示，推荐有回扣的景点、带客人买东西，已成为他们营生的一部分。

客栈老板：以前觉得我的生活很轻松，你自然会对游客友好很多，因为你压力没那么大。现在我要挣回我的收益、租金，同时还要有回报，总体就会造成一个恶性循环。简单地说，我希望除了房费以外，我是不是能额外挣到些钱来弥补一下。羊毛出在羊身上，我要把这个成本转嫁到游客身上。仅靠客房收入现在不足以支撑我的开销，怎么办呢？我要推荐他去玩点儿什么、买点儿什么，以此增加我的额外收益。没有办法，不是每个人都愿意做这种事情，主要是成本太高了。

在丽江，经商成本有哪些？为何上涨幅度让商家难以承受？中国之声将继续关注。

后来：

不只是在丽江，云南的旅游问题一直饱受诟病，陆陆续续有各种丑闻曝出。2017年，云南以壮士断腕的姿态着手净化旅游环境，提升旅游满意度。

五常大米掺假调查

按语：

在五常市的很多天，我一边逛各县米业工厂，一边找线人，而且这个线人必须是行业内的人，但是谁愿意跳出来“反水”呢？租车，带来了突破。租车行老板的亲戚就是五常市规模宏大的一家米业工厂的老板。听说我来买米，而且数量极大，他很热情地为我办理租车，并推荐我去他亲戚家买米，还跟我讲起真米和假米的掺杂比例。不过，我拒绝了去他亲戚家，这期间他一直给我发短信。第四天，我以采购不顺为由，同意去他亲戚的工厂看看，他喜出望外，跟他亲戚打电话热烈推荐了一番。租车行老板亲自开车送我，路上，他跟我讲起这几年的心路历程，说他最讨厌被骗，做生意被骗之后，才勉强开了个租车行，然后他突然踩了脚刹车问我：你不会骗我吧？然后他接着又问：你不是记者吧？

稿子播出以后，我对这个线人其实有些内疚，不过为了公共利益，也只能跟他说声对不起。后来，这个线人去了山东，他曾给我打过一个电话，他并没有质疑我的做法，反而又给我提供了山东的一个线索。

作者：吴喆华

播出时间：2015年11月17日

11月初，黑龙江五常大米大量上市。黑龙江省、哈尔滨市、五常市三级政府，今年展开了针对五常大米史上最为严厉的打假专项整治行动，已经扣押涉嫌假冒五常大米213吨，假冒五常大米包装物42万件，24家企业被立案调查。

重拳打击之下，是否还有漏网之鱼？记者近日对北京和哈尔滨等地的批发市场、超市，以及米店进行了暗访，仍发现部分地方明目张胆销售涉嫌掺假的五常大米。请听央广记者吴喆华的调查报道：

周日傍晚，记者来到北京市新发地粮油交易厅，“北京市黑龙江五常大米处”底商销售人员告诉记者，最便宜的五常稻花香只有2.75元每斤，其实就是普通大米。

销售人员1：那么便宜肯定不纯啊，我们一看就知道了。

每斤2.8元，是新发地市场官网11月10日给出的“东北五常香米”最低价格，“北京劲旺稻珍科技有限公司”底商销售人员告诉记者，新发地出售的五常稻花香大多都不纯。

销售人员2：最普通的稻花香都得170多元（50斤装），合3.4元每斤，其实这都不纯，就这200多元（50斤装）的都不纯。

北京一顺宏达粮油商贸有限公司底商的销售人员说，纯正的五常大米本身价格高，加上运费，在这里不好卖。批发市场是五常大米掺假的重灾区，中小型超市以及门店也成为大米掺假的藏身之所。哈尔滨市南岗区“焱隆超市”总店，标有“五常稻花香”字样的大米有六七种之多，价格从每斤3.8元到每斤10.25元不等。

超市销售：你要纯的稻花香或者长粒香的话，那每斤得达到7元以上。这每斤才不到4元，不是特别纯。

记者发现，和部分超市相比，一些专门经营五常大米的门店，销售掺假五常大米由明转暗。在哈尔滨市“屯民米行”连锁店，销售人员告诉记者，门店并不出售掺杂的五常大米，但可以请示领导另外商量。

在五常市区的“农家新鲜米店”，销售人员说，店里只售卖纯正稻花香。如果客户购买量大，老板可以帮忙用“龙洋16”大米进行掺混，真假难辨。

销售人员：我家就是纯的五常稻花香，要是掺混的话我也没法袋装，你要是有袋我可以帮你掺混。这就跟稻花香一模一样，不太容易分辨。

专家指出，“稻花香2号”才能代表正宗的五常大米。记者在五常市走访发现，今年“稻花香2号”水稻的收购价格，多数在每斤2元到2.6元之间，水稻出米率基本只有50%多，也就是说，一斤稻花香大米的裸米价格，不包括加工和包装费用，最低每斤也得近4元，而有机种植、河水灌溉的稻花香成本价更高。

官方数据显示，2014年，五常市可出产大米约71.4万吨，但业内人士估算，全国市场上标售的“五常大米”至少有1 000万吨。那么，巨大的市场空缺从何而来？记者在五常市杜家镇、小山子镇、卫国乡、二河乡等地暗访近一周发现，五常大米的造假乱象由明转暗，部分米业仍用425、假长粒等米种兑掺“稻花香2号”，打着五常大米的旗号对外售卖。继续来听报道：

哈尔滨“焱隆超市”销售的“五常大米”

北京新发地市场销售的“五常大米”每斤只要3元左右

记者以超市采购员的身份在五常市调查，却经常听到这样的内情：

农民：你根本找不到纯的稻花香，大家都一样掺兑。

在距离五常市区较近的杜家镇，多家米业盘踞，记者也看到印有“市场监督”字样的执法车和警车排查。杜家镇的多数米业负责人出言谨慎，并询问记者是谁介绍过来的。拉林河米业负责人说，他们稻花香出厂价是 3.6 元每斤。

拉林河米业：纯的稻花香出厂价是 3.6 元每斤。

经过一番试探，记者获得了旺达米业负责人的信任。在生产车间，记者看到一袋袋印有“稻花香”字样的大米整齐罗列，准备发往包头。负责人说，这些大米是稻花香与其他米以 5 ∶ 5 的比例勾兑的，出厂价是 3.65 元每斤，他还多放了一点儿稻花香。

旺达米业负责人：我们这里的稻花香的比例最少也占到 70% 左右。

记者：你不是说 50% 吗?

旺达米业负责人：我是这样说，但是我做的时候都要把比例调高点儿，这样它味道更好点儿。

记者：你们家大米都发往哪里?

旺达米业负责人：哪儿都有，如包头、上海、苏州、杭州、四川等地。

稻花香里掺其他品种的米，行话也叫作“对流米”。五常市小山子镇“屯民米行”的负责人贾经理告诉记者，可以一半稻花香一半其他米兑掺，出厂价格只要 3.6 元每斤，还可以贴防伪标识。

贾经理：是你提供包装还是用我们的?

记者：你们有稻花香的包装吗?

贾经理：有啊。

记者：兑掺的话，“稻花香 2 号”占多少比例啊?

贾经理：一半稻花香。

记者：5 ∶ 5 的“对流米”最低多少钱每斤?

贾经理：3.6 元。

记者了解到，一般稻花香掺假有三种途径：第一，是以俗称“龙洋 16”、425、假香等当地产的便宜品种充当“稻花香 2 号”出售。第二，不同品种的米兑掺，可能是加工前的稻子兑掺，也可能是裸米兑掺后包装。纯稼贡品牌的负责人告诉记者，他们品牌的产品没有掺假，但是他可以联系一家中小型的加工厂进行定制，在这家工厂里，他向记者详细解释了掺假过程。

纯稼贡负责人：我磨米的时候，这边倒两袋，那边倒一袋，提升机再将粮食一搅拌，搅拌匀了再灌塞，然后进入四道碾子，最后再刨光、再提升。

经过多次色选、抛光之后的假稻花香米，即便是五常当地人，也难辨真假。还有一种掺假的方式，则是提供包装和资质，由经销商进行掺假。五常市目前有93家大米生产加工企业被国家质检总局核准使用“五常大米”地理标志，五常市基源米业位列其中。该米业一位负责人告诉记者，他们不生产掺兑米，但是可以提供包装给经销商。

基源米业负责人：总共400多家，其中90家都可以提供包装，你想要什么样的包装都可以定制，生产许可证等这些手续都可以提供给你。

五常市背荫河镇何禾米业的负责人告诉记者，他们不销售掺兑的大米，但是销售白袋包装的大米，经销商购买之后可以自己掺兑。

黑龙江省北大仓米业有限公司，隶属于黑龙江北大仓企业集团，该企业一位负责人代国庆告诉记者，四成稻花香掺兑六成425，价格每斤3.1元左右。也可以按照客户的要求做配比，但是建议稻花香应在四成以上，掺假的比例无法在合同上体现，只能是“君子协定”。他们使用配米机，这就能够保证掺兑比例。

代国庆：我有配米机，他们有的连配米机都没有，他们自己都不知道掺兑比例是多少，别人就更不用说了。

假如经销商以每斤3.4元或更高的价格签合同，大米掺兑之后，实际成交价只有每斤3.2元的话，其中每斤的差价，北大仓米业收款之后还能“返还”给经销商的个人账户，他说这也是业内潜规则。

代国庆：比如咱们说好了3.2元每斤，但签合同的时候就写3.4元每斤，你要是出3.7元，我就给你返0.6元，你要出3.3元我就给你返0.1元，如果出现差额税需要你自己交，但我能保证你的额外收益，这是我与人合作的宗旨。

“五常大米香天下，天下大米乱五常”。黑龙江省今年决定“打一场五常大米品牌营销与保护的硬仗”，严打之下，五常大米掺假为何屡禁不止？

根据黑龙江省政府网站的数据，五常是全国单季水稻生产第一大县，已发展合作社4 200家、家庭农场112家、专业大户428户、农业企业327家、大米加工企业293家、年加工能力达到560万吨。按此计算，五常地区71.4万吨的稻花香年产量，不到所有企业年加工能力的五分之一。

一位匿名大米加工厂的负责人告诉记者，如果这些米业只加工稻花香，两个月就无米可磨，为了维持全年的生产，必须掺假。

匿名大米加工厂负责人：如果大家全种稻花香，也不过100万吨左右。五常的米业上千家，如果全部运作起来，用不了1个月就磨完了。谁家都要贷款4、5千万元，他如果只干1、2个月就没有活儿了，那他就得想办法维持全年生产，想办法赚钱。

一方面政府严打五常大米掺假的行为，另一方面正规企业按照旧有模式难以维持生产。仅有93家企业获得五常大米的地理标志授权，那么其他的米业如何生存，这不仅是米业需要面临的难题，更有待政府部门来破解。

匿名大米加工厂负责人：一直都在查，但也没法杜绝，如果真要是严查狠打，那上千家米业都得停产，将会导致信贷危机。

后来：

报道播出的背景，是黑龙江省严打五常大米掺假。播出的第二天，五常市回应称，下一步将加大对掺杂使假企业打击力度，对现有加工销售企业全面检查，实行米企检查监管常态化。挖掘违法线索，集中打击曝光，震慑不法分子。但是，可能出于地方保护或者对于五常大米品牌的保护，官方并没有公开承认问题的存在。五常市市场监督管理局相关负责人还说，五常的米业可以采用两种合法的方式生产，一是生产加工纯五常大米，需要执行的是更高的标准——GB/T19266-2008；二是生产加工外地大米，或五常大米与其他大米掺兑，这类产品执行国家大米质量标准是GB1354-2009。也就是说，允许企业将五常大米和其他大米兑掺，但禁止兑掺米使用五常大米的包装。但对于外地批发市场、超市销售的假包装的五常大米，五常市市场监督管理局相关负责人说，五常市也很难实施监管。

不管你查或不查，市场上的带有五常大米包装的廉价大米就在那儿；不管你认为包装规范不规范，带有五常大米包装的廉价大米已经发往全国各地。企业生产或许可以打擦边球，但政府部门的回复不能打擦边球，否则严打变成假打，就算制定再多的标准，五常大米也很难度过信任危机。

深圳光明新区“12·20”特别重大滑坡事故调查
五大环节悉数失守

按语：

2015年12月20日，深圳光明新区发生滑坡灾害，舆论很快判断，这是一起“人祸”。作为身处改革开放前沿，无论经济发展水平还是行政管理能力均领先全国的深圳，为何发生这样的事故？对此我们进行了全方位的调查。12月25日晚，有关部门召开新闻发布会，确认此次滑坡灾害不属于自然地质灾害，是一起生产安全事故，深圳市主要领导鞠躬道歉。官方定性结论一出，我们立即于26日一早播出了调查报道，深度剖析事故中的五个环节——企业和群众举报未被重视；项目涉嫌非法转包；停工令未执行；运营方超期经营；环评报告未引起重视，指出这场“人祸”本可避免，但这五环节却全部失守，将事故的责任明确为中标方、运营方、监管方和光明新区城管局，并指出城管局在事件中“既当裁判员又当运动员”的角色缺位、错位。

作者：吴喆华、管昕、杨振

播出时间：2015年12月26日

今天是深圳光明新区发生“12·20”滑坡灾害后的第7天，昨天，国务院调查组经调查认定，此次滑坡灾害是一起收纳场渣土堆填体的滑坡，不是山体滑坡，不属于自然地质灾害，是一起生产安全事故。由安全监管总局牵头的国务院事故调查组已经成立，由安全监管总局局长杨焕宁担任组长，立即开展事故调查工作，依法、依规严肃追责。此前，调查组由国土资源部部长姜大明任组长。

截至24日的统计数据，滑坡事故一共造成33座建筑被掩埋、75人失联，90家企业、4 630名人员受到影响。昨晚，记者从权威人士处获悉，导致滑坡的“原因复杂，影响因素很多”，但发生事故，“肯定是什么环节出了问题”。那么这场事故原本是否能够避免，哪些环节可能失守？请听央广记者吴喆华、管昕、杨振的报道：

失守环节一：企业和群众两年来曾多次举报，有关部门未引起重视

深圳柳溪机械设备有限公司董事长熊立斌告诉记者，两年来，泥头车每天排队往山上运渣土，他多次向环保局投诉过“扬尘过大”的问题。

熊立斌：这么高的山，能填一百多米吗？几百辆车排着队往上面运渣土，两年时间，我们一直在报警，环保局都在投诉，但无人理会。

附近红坳村的村民也对此苦不堪言：

蒋先生：灰尘太大了，天天往这儿运泥土，我们都报了很多次警了，附近派出所都知道的！

记者查询到，早在2014年9月24日、10月22日，深圳新闻网就两次报道了“光明红坳村泥头车占道堵路，噪声扰民”的问题。光明街道办回复称，新区城市管理局审批同意在凤凰社区红坳村原采石场设立余泥渣土临时收纳场。街道执法队表示，将加强对该路段的巡查监控力度，对泥头车沿途撒漏污染路面等违法行为进行查处。

从这些举报中可以看出，街道办、环保、城管、公安等部门，都对泥头车排队运土上山的情况知情，最终却不仅没有治理好扬尘，更没有对余泥渣土临时收纳场做好安全预警和防范措施。

失守环节二：项目涉嫌非法转包

卫星图片显示，出事的红坳余泥渣土临时收纳场，2002年时还是采石场；2008年采石场荒废，坑底大量积水，2013年已形成一个小水库；2014年，采石场已成为渣土填埋场。

2013年7月23日，深圳光明新区政府采购中心发布招标公告（招标文件编号：GMCG2013027693），8月7日，深圳市绿威物业管理有限公司中标。但该企业早在招标当天（7月23日），就和深圳市益相龙投资发展有限公司签订“合作协议”，以75万元的价格将经营权转让。

绿威公司负责接待媒体的刘女士告诉记者，近期无法联系到公司法人代表张如

滑坡事故现场

记者在深圳“12·20”滑坡事故现场采访

菊。对于转让协议早在中标半个月前就已签订：

刘女士：任何一个公司在合作之前肯定会先谈好一些事情，然后才能开始操作。

记者：如果你们没有中标呢？

刘女士：那合同就失效，这应该是双方之间的约定吧。

这份协议中并没有明确甲方中标失败之后的解决方案及条款。其中第五条指出："在经营活动中，若出现安全事故等重大意外，均由乙方负担。"

刘女士：所有的管理权都是归深圳市益相龙投资发展有限公司的，我不知道我们公司还有这个项目，我们公司好像也没有参与过任何的管理。

国家招标、投标法明文规定，中标人不得向他人转让中标项目。但上述招标公告中却规定，"允许将施工项目分包给有专业施工资质的企业"。发包单位、中标单位和后来实际运营单位三家之间"默契十足"。北京岳成律师事务所律师岳屾山表示，招标过程可能存在恶意串通，但出了事故中标单位和实际运营单位都要担责。发生安全事故，则涉嫌重大责任事故罪，直接责任人将承担刑事责任。

岳屾山：因为他是违法转包，那么协议就是无效的，里面的条款也就是无效的，发生事故以后就要由中标人和实际作业人共同对外承担相应的责任。

记者了解到，实际运营方益相龙公司的有关负责人已被警方带走，法人代表龙华美的电话无人接听。今年 9 月，该公司从原地址绿化大厦搬进国鸿工业园，拥有一栋七层办公楼，与龙华新区城管、规划等诸多政府部门为邻。目前，该公司大门紧闭，外人无法进入。

失守环节三：监管方多次预警，停工令均未执行

2015 年 7 月，光明新区城管局招标采购红坳收纳场的监管项目，深圳市建星项目管理顾问有限公司以 95 万元中标（项目编号：GMCG2015031516）。建星公司主要任务是协助光明新区城管局全面履行项目监管义务。该公司卞姓负责人表示，公司 9 月 21 日进场后发现有"现场填土密实度不够""有轻微沉降"等诸多隐患，并向光明新区城管局递交日报、月报，要求立即整改。

卞姓负责人：没有监测和检测单位，同时发现第三级平台有轻微沉降，我们当

时在月报和专题报告里也提出了这些问题，把相关情况第一时间反映给了城管局，城管局同时也对他们进行了约谈。

据介绍，今年 12 月 16 日，就在事发前 4 天，他们会同城管局、绿威公司、益相龙公司，给红坳余泥渣土临时收纳场下达了停工令，要求按照建星公司的整改方案做出整改，危险不消除不得开工。但这份由城管局下达的停工令并未起到约束性作用。卞姓负责人称，停工令下达后的 17 日、18 日，他们发现红坳收纳场仍有大量车辆进场倾倒渣土，不久，也就是 19 日、20 日恰逢周末，不幸事发。

卞姓负责人：城管局、运营管理单位、我们建星公司、工程建设单位等开会讨论，要求他们停工，并下发了正式停工令。

失守环节四：运营方超期经营

公开资料显示，红坳余泥渣土临时收纳场的使用期限截至 2015 年 2 月 21 日。然而至 12 月 20 日事发时止，该收纳场至少被超期使用超过 10 个月。

建星公司工作人员介绍，实际上红坳收纳场早于 2014 年 1 月就已开始运营。2015 年 9 月建星公司进场之时，已累计完成设计填土量的 60%，即 150 万立方米。以致监管单位对于光明新区城管局半路招标表示疑惑，这个项目之前是否被有效监管不得而知。

卞姓负责人：这个项目我们进场的时候已经填埋了 60% 了，前期的工程质量我们是没办法进行判断的。我们不清楚政府为什么要招我们做监管，当时招标的时候也没告诉我们当时项目是什么进度。

失守环节五：环评报告未引起重视

直到今年 1 月 12 日，中标单位深圳市绿威物业管理有限公司才提交《建设项目环境影响报告表》。报告显示，该项目环境风险主要是坝体溃坝风险，并特别提醒，“发生溃坝风险主要可能对北侧柳溪工业园和混凝土有限公司的安全造成一定的影响”。而此次事故正是涉及恒泰裕、德吉程、柳溪三个工业园区。

事故中，余泥渣土的主管单位、运营项目的发包方、监管项目的发包方都是光明新区城管局。既从发包中获得收益，又花钱聘请第三方监管，光明新区城管局有“既当运动员又当裁判员”之嫌。记者昨天来到该单位采访时，光明新区城管局办公室工作人员表示：对不起，根据上面的规定不能接受采访。

按照深圳市的行情，一车渣土 250 元，在过去的两年多时间里，巨大的收纳场到底收纳了多少钱？这些钱又去了哪里？有待调查组的最终调查结论。

柳溪公司熊立斌：都是利益关系嘛，政府不作为，玩忽职守，这就是人为造成的灾害。

在昨晚举行的发布会上，广东省省委副书记、深圳市市委书记马兴瑞代表深圳市市委、市政府向所有遇难者表示哀悼，向所有遇难和失联人员家属、受伤人员和其他受灾群众以及全社会做出诚恳道歉！并表示坚决拥护上级对这次事故的定性，积极配合事故调查组展开调查。

马兴瑞：根据事故调查结论和处理意见，将依法、依规、依纪，该负什么责任就负什么责任，该接受什么处理就接受什么处理，该处理什么人就处理什么人。

后来：

事件发生半年多后，2016 年 7 月，国务院批复了广东深圳光明新区红坳余泥渣土临时收纳场“12・20”特别重大滑坡事故调查报告。国务院调查组认定，这起事故是一起特别重大生产安全责任事故。

调查组对 110 名责任人员提出了处理意见。其中，司法机关已采取刑事强制措施的 53 人。调查组另对 57 名相关责任人员提出了处理意见：建议对深圳市市委、市政府 2 名现任负责人和 1 名原负责人等 49 名责任人员给予党纪、政纪处分，其中厅局级 11 人、县处级 27 人、科级及以下 11 人；建议对深圳市市委、市政府主要负责人等 2 名责任人员进行通报批评，对深圳市有关部门的 6 名责任人员进行诫勉谈话。调查组还建议责成广东省省政府向国务院做出深刻检查，责成深圳市市委、市政府向广东省省委、省政府做出深刻检查。

调查报告中特别提到，事故中存在中标企业违法转包、收纳场违法违规运营等问题，印证了本篇调查报道中的全部内容。

商标局被吐槽“证明难”
打印一张《商标注册证明》需半年

按语：

因为缺纸，国家工商行政管理总局商标局半年打不出来一张商标注册证明，这听着像笑话，但却实实在在地发生了。我亲身体验了办证全程，发现了三个问题，一是办证贵：一个商标100元，有些企业一次性申请一两百个商标，要几万元；二是周期长：办一张证明一般要半年，对于准备上市的企业来说，“黄花菜都凉了”；三是不靠谱：证明办下来之后，不是去办事大厅领，商标局非得以挂号信的方式寄出。节目播出以后，三个问题都解决了。

作者：吴喆华、王楷

播出日期2016年4月14日

因缺纸半年打不出来一张商标注册证明的国家工商行政管理总局商标局，近日再次被多位律师在朋友圈集体吐槽，这次说的是申请《商标注册证明》的事儿。据反映，申请《商标注册证明》费用高，手续多，时间长，还有可能收不到证明。既然商标局被吐槽办事效率低，那么有没有更快、更靠谱的方式呢？记者发现，在中国商标大楼附近，聚集着不少代理机构，甚至在服务大厅门口，也有三五个专门的业务经理招揽客源。本应该是商标局优化的服务，竟然被代理机构“优化”了。

律师们说，企业因为上市等需求，要去商标局开具书面的《商标注册证明》,。但是开这份证明，首先时间可能长达半年，商标局只以挂号信的方式寄出，不少企业收不到；而且费用高，一份证明收费100元，有企业为此要花数万元。开份《商标注册证明》为啥收费这么高、这么难？ 请听央广记者吴喆华、王楷的报道：

“目前为止商标局是让我感到最头疼的部门！”律师李女士（化名）在朋友圈的吐槽被多位同行点赞。李律师说，国家工商行政管理总局商标局出具的《商标注册证明》，能够查询商标的所有人是否变更、商标是否在使用期限内等信息，这份证明很重要。

李律师：在企业上市或者再融资，或是企业做资本运作的时候，特别是 IPO 的时候，按规定证监会要求查询企业的商标、专利这些主要的无形资产。

企业的商标注册信息，其实在商标局的官网上就可以查到，但查询前，“中国商标网”会要求用户必须先同意这样的免责声明：“查询所涉及的商标注册信息仅供参考，无任何法律效力。”也就是说，查询企业的商标注册信息，具有法律效力的只有商标局出具的《商标注册证明》。

律师们反映说，开《商标注册证明》，费用太高。一个商标 100 元，有些企业光开证明就要交高达数万元的费用。

李律师：你要查 100 个商标就是 1 万元，我有的客户（拥有商标数量）比较多的，一查就是几百个，比如 300—400 个，就是三四万元。

张律师：某些企业一下子申请了 100—200 个商标，查一次要花费几万元，我觉得这个成本对于企业来说也是挺高的。

记者昨天来到位于北京马连道的中国商标大楼，一层服务大厅的值班主任给了记者一张申请《商标注册证明》的材料，里面规定，“一个类别出具商标证明费为 100 元人民币”。

记者：一个商标算一个类别？

值班主任：对啊，一个商标一个类别。

记者：那要查 100 个呢？

值班主任：那就 100 乘以 100。

其实商标的查询信息网上都有，但是纸质的证明盖上商标局的章就要收费 100 元。李律师吐槽，“简直是在打劫”。

那么高收费能否换来优质的服务呢？另一位张律师（化名）吐槽说，首先，商标局要求提供的材料非常烦琐，商标局规定，“一份申请出具一件商标注册证明”，这意味着申请人可能要交多份申请材料。

张律师：每一个查询商标都要提交一套独立完整的材料，主要包括商标注册人的申请表、营业执照，还有经办人的身份证明、授权委托书等，每个商标提交一套，比如我要查 100 个商标，我要提交 100 套资料。有必要提交这么多吗？这个我觉得是可以优化的。

李律师则在朋友圈吐槽，“这种方式既给企业增加负担，又不节能、不环保”。价格高，手续多，那么《商标注册证明》多久能办下来呢？据规定：“商标局一般在三个月内核发《商标注册证明》。”商标局服务大厅值班主任告诉记者，实际上，需要三到六个月。

值班主任：大约要三到六个月，三个月之内肯定出不来。

两位律师抱怨说，如此长的查询周期，太耽误事儿了。

记者：对咱们企业上市有没有影响？

李律师：有影响啊，等查下来，时效性都过了，我补材料时间很短，审计数据出来后我很快就报到证监会了，但证明每次都晚半年或者晚三四个月下来。

张律师：比如说我们一个项目要查企业注册情况，证明六个月才下来，错过了实际需求的时间，我也不知道为什么需要查这么长时间。

被集中吐槽的还有《商标注册证明》的领取方式，申请人不能直接去大厅领证明，而是商标局以挂号信的方式寄出。

值班主任：一般都是挂号信。

记者：时间会不会挺长的？

值班主任：流程就是这样的。

据律师反映，既交材料又交钱，最终这张证明还有可能收不到。

张律师：挂号信的方式现在大家已经很少使用了，回函的方式是以企业营业执照上的地址为准，现在可能日常办公或者负责人的办公地点和营业执照上的地址不能完全吻合了。他们说只能寄到这个地址，这样的话，我们把钱交了，资料也递交上去了，但是并没有收到反馈结果。

李律师：有很多客户都出现过没收到的情况，有一些是（查了几次）从来没有收到过，但据我了解其注册地址、办公地址和提交给商标局的收件地址都是一致的，我也不知道是什么原因。

记者带着律师们提出的问题继续来一探究竟：

听说记者是来打听申请《商标注册证明》的，几位代理机构的经理凑上来告诉记者，如果不找代理机构，证明或许六个月都申请下不来，但他们最快只需要一个月。

经理：他这儿没准儿，有时候六个月都下不来。有一年我去办最快一个月就下来了，最慢三个月也下来了。他们这儿最慢是六个月，最快是三个月。

时间虽然短，但是费用增加了。通过代理机构办理，除了要交每份 100 元的证明费，还要给代理机构一定的费用。这位经理告诉记者，如果委托他们办理，那一份证明就要交 200 元，这还是优惠价。

经理：代理费是每份 100 元，加上证明费 100 元，总共 200 元每份证明。

这位经理强调，找代理机构很划算。按照商标局的规定，如果申请人注册了 100 个商标，要申请 100 份《商标注册证明》，就要提交 100 套申请材料，但代理机构只需申请人提供一套申请材料。而且服务大厅每天就对外开放六个小时，找代理机构还能省去客户来回奔波办理的麻烦。

经理：你多少商标就出具多少营业执照加盖公章，你给我多少份都行，给我一份我也可以给你办妥。

在商标局那儿原本以挂号信的邮寄方式，到了代理机构这儿，也变成了快递。

经理：我直接上这儿来领，到时候我给你快递过去，我一周领一次。

记者发现，除了价格更高，在申请《商标注册证明》的时间、材料、投递方式上，代理机构都做了“优化”，商标局也的确允许可以委托通过代理机构来申报。

记者询问为何代理机构能够加快速度办理，这位经理说，他们走的流程不一样，和商标局的关系也不一样。在这位经理给记者递上的名片里，写有“××中国商标局备案代理机构”。有律师吐槽说，商标局办事效率低下，苦了申请人，却养活了代理机构。

经理：整个中国的相关的客户都上这儿来找代理，你说生意能不好吗。

针对媒体此前报道的因缺纸“半年拿不到一张证”的情况，国家工商行政管理总局表示，5 月底前将前期积压的《商标注册证明》全部发放给注册人，并将认真总结教训，优化流程，提高效率。那么，申请《商标注册证明》的流程和效率什么时候能够优化和提高？中国之声也将持续关注。

后来：

4 月 14 日报道播出以后，4 月 18 日国家工商行政管理总局商标局公开表示致歉，并表示将采取一系列整改措施。针对报道，国家工商行政管理总局商标局局长许瑞表表示，已采取整改措施，提高工作效率。第一是改变出具方式，以前出具的是书面法律文书，这次采取通过商标档案打印件加盖商标局专用章的方式，予以证明；第二是简化手续，以后注册人如果要求出具《商标注册证明》，只需持身份证明和注册号就可以到大厅来办理，立等可取。

办理《商标注册证明》，时间从半年到“立等可取”，费用从高达数万元到免费，一篇调查报道能起到这样的推动作用，不能不说是记者的职业骄傲。

大学生魏则西生前原音重现
曾撰文谴责百度和医院

按语：

涉及医患关系的报道，向来敏感、棘手，尤其该事件牵扯部队医院。但是，该事件是2016年舆论关注度最高的新闻之一，中央主流媒体理应发出客观权威的声音。中国之声的报道并非首发，但中国之声是最及时地、最全面地、最深入地解读该事件的媒体之一。从百度在此事件中的责任，到公立医院是否该承包，再到魏则西之死的主因，等等，均发出了客观权威的声音。这组报道，我最大的感悟是：舆论越是纷纷扰扰，越需要客观冷静。追问真相，同时也不能忘记传播常识。

作者：管永超

播出时间：2016年5月1日

昨天，一篇关于百度搜索和医院的微信文章刷爆朋友圈。一位刚刚去世不久的年轻人魏则西，引起了全国网友的关注。同时，也将百度搜索竞价排名和公立医院对外承包科室等乱象，再次推上了风口浪尖。

21岁的大学生魏则西，生前被查出患恶性肿瘤，辗转多家医院，病情不见好转。后来通过百度搜索找到北京某三甲医院，在花光东筹西借的20多万元后，却不幸去世。魏则西生前曾在知乎撰文，详细讲述此次经过，并称这种生物免疫疗法，在国外早已因“效率太低”被淘汰。

知乎贴文发出后，魏则西之死迅速引发舆论普遍关注。涉事方百度公司在其官方微博两次紧急回应，称魏则西去世之后，他们就立即联系其父亲进行慰问和哀悼。而昨天深夜，魏则西父母通过媒体发表声明，对百度此次回应表示“非常气愤”，称“百度和医院至今从未和他们联系”。

针对各种传言，魏则西父母对媒体表示，他们不想得到任何补偿，也不想起诉任何机构和个人。对于百度和医院，也没有任何仇恨。更不想被卷入商业纠葛中。魏则西之死，究竟暴露出医疗行业中哪些沉疴痼疾？请听央广记者管永超的报道：

“大家好，我是魏则西，今年21岁。我在读大二的时候，发现自己身患恶性肿瘤。经过一年多的治疗，我经历了常人无法想象的巨大痛苦，我的家庭也不堪重负，但我不想死。我21年的奋斗和努力，还没有化作光和热，我还有梦想，想看看这个广大的世界，还想经历自己完整的人生，成就自己的事业。因为我是父母的独子，我无法想象，如果我现在就死去，我的父母将会怎样度过他们的晚年。还有这么多关心我，爱护我的朋友，我对这个世界有太多的眷恋和不舍，希望大家可以帮助我，让我度过这个人生中最大的恶难，然后继续我的人生，去经历这个广大的一切！”

这段魏则西生前发表在网络上的视频（文字），如今已是格外珍贵。这名年仅21岁的年轻人，终究没有逃出病痛的折磨，在今年4月12日因呼吸衰竭离开人世。

为了不让更多的人再上当受骗，他在知名网问答社区——知乎上“你认为人性最大的‘恶’是什么”的问题下回答，并发长文详述自己身患一个名叫“滑膜肉瘤”的罕见绝症后，通过百度搜索到北京一家三甲医院，花去20万元之后，才发现这家医院宣称从美国引进的“生物免疫疗法”，早已被国外淘汰。昨天下午，魏则西的父亲在接受《法制晚报》采访时说，魏则西确实是从百度搜索中找到这家医院的。

魏则西父亲：他们宣传说他们是全国生物免疫治疗的医中翘楚，说他们的设备都是从美国进口的，再加上有媒体的报道，你能不信吗？当时我儿子写那篇文章的初衷，就是要告诉大家，这个技术不是世界最先进的，而是美国20年前就淘汰的技术。

魏则西父亲表示，魏则西当时已经将生的希望，完全寄托在这家医院所谓的从斯坦福引进的“生物免疫疗法”上。

我们当时是倾其所有去接受治疗的。20多万元对老百姓来说是很大的一笔费用，但为了治疗也得千方百计去筹钱，百度上宣传得又那么好，医院在科室门口还有滚动播出的宣传片，上面还说能保证我儿子活20年。我们就这么一个儿子，他又那么优秀，不要说花那20万元，为了儿子我们会不惜一切的。

在生命的最后时光，魏则西是怎么发现这家医院宣称的“生物免疫疗法”是个骗局的？魏则西父亲告诉记者，是一位在美国的中国留学生，经过了解后，告诉了魏则西真相。

魏则西父亲：有一个在美国的中国留学生，他们在探讨历史的过程中，就聊到了魏则西的病。大概过了半个月，魏则西说，这个技术美国20年前就不用了，没什么疗效，是骗人的。当时我们已经倾家荡产了，还借了那么多外债。魏则西知道这个事情的时候，已经做过了4次化疗，25次放疗，吃了几百服中药，3次手术，他生病24个月期间住了20次医院。

根据网络广泛流传的贴文中的图片显示，输入关键词，涉事医院就排在百度推广的第二位，点击链接进入显示的是这家医院的所谓官方网站，网站宣称引进了肿瘤生物治疗领域的代表技术，采用DC免疫治疗以及CIK免疫治疗消灭癌细胞，可达到延长生存期。昨天下午，记者在百度搜索关键词“软组织肉瘤”，已找不到百度推广的相关医院信息。

但网友继续追查医院域名注册信息发现，这家网站注册单位性质为个人，单位名称是康新医院投资管理有限公司。多家媒体调查还发现，这家公司的背景是“莆田系医院”。多位不愿透露姓名的医生告诉记者，以“莆田系”为背景的民营医院，多年来已让整个民营医院行业名誉扫地，广受业界诟病。

记者注意到，魏则西在知乎上的文章发表于今年（2016年）2月，之后在知乎社区中不断发酵。百度于4月28日第一次做出回应，称：“第一时间进行了搜索结果审查，该医院是一家公立三甲医院，资质齐全。”5月1日凌晨，百度再次做出回应，称：“正积极向相关部门递交审查申请函，希望相关部门能高度重视，立即展开调查，全力支持魏则西家属通过法律途径维权。”

康新医院投资管理有限公司和这家北京三甲医院，是什么合作关系？是否如外界所说，以“莆田系”为背景的医院，承包了这家公立医院的相关科室。截至目前，医院方面未做出任何回应。

那么，21岁的魏则西所患绝症是一种什么病？“生物免疫疗法”对治疗肿瘤医学界有何评价？在这起事件中，应该如何看待百度扮演的角色？来继续听记者的报道：

河南省肿瘤医院肿瘤内科副主任、医学博士陈小兵告诉记者，魏则西患的“滑膜肉瘤”是软组织肉瘤的一种，发病率不高，整体治愈率远远小于50%。

陈小兵：整体来讲，这个病发病率不高，但是恶性程度很高，特别是年轻人得了病之后，很容易误诊，一旦确诊之后，要尽量地争取手术。

陈小兵表示，生物免疫治疗，虽然是继手术、化疗、放疗之外，治疗肿瘤的第四大治疗手段，但他认为不能以此作为治疗这种病的主要治疗手段。而且，发达国家的临床治疗已不再使用这种治疗方法。

陈小兵：在国外，美国、欧洲也确实在过去做过一些探索。但是当下主流的医院和机构，已经逐渐把这种治疗手段淡化了。

北京大学肿瘤医院一位不愿透明姓名的权威专家指出，大部分肉瘤不适合免疫治疗。

权威专家：绝大多数肉瘤，包括滑膜肉瘤，免疫治疗目前都没有显示有效的证据。实际上，大部分肉瘤不适合免疫治疗。显然它是现在很多肿瘤的发展方向，但是在很多肿瘤的治疗中，免疫治疗效果确实不太令人满意，它既是大家努力的方向，但也是难点，也比较混乱。

陈小兵在接受记者采访时也明确表示，国内生物免疫治疗存在夸大宣传等诸多乱象，尤其是临床治疗掺杂商业因素后，科技救人的底线被击破。

陈小兵：坦率地讲，国内在这方面监管确实有乱象，这是事实！卫计委就这个治疗手段有专门的要求，有明确规定的动作，它带有很大的临床研究的性质，但是很多地方开展起来以后，就过于夸大宣传，有一些商业因素参与进去之后就不太好！

中国政法大学传播法研究中心副主任朱巍表示，根据相关规定，关于治愈率等夸大治疗效果的说法，用于广告宣传是法律明令禁止的。

针对魏则西事件，不少网友直言痛斥百度搜索通过竞价改变搜索结果的商业模式。朱巍表示，百度的法律责任，应理性判断。

朱巍：百度要承担一定的社会责任，包括法律赋予它的对做百度推广的商家事先审核的责任。这个责任，百度已经向社会公开，它得到了三甲医院相关资质的函。虽然这个函被证明是真实的，百度的审核责任尽到了，但是后面出现的问题还需要深入探讨。

朱巍还在网络撰文指出，此事件中，涉事医院是真正的责任主体。不过，新广告法落实确实不到位，医疗广告存在大量违法行为，监管部门应联合执法，严厉整治。朱巍还透露，国家工商行政管理总局正在制定互联网的广告管理规定，管理办法中很可能会对所谓的竞价排名和互联网广告做进一步的规范，并在立法中更加细化和明确化。

目前，针对魏则西事件，涉事的公立三甲医院没有做任何公开回应。事件定性，还有待主管部门的权威调查。魏则西走了，但他的遭遇，暴露出的行业痼疾能否早日康复？值得社会深思。

后来：

魏则西事件持续发酵，国家网信办会同国家工商行政管理总局、国家卫生计生委成立联合调查组进驻百度公司，对此事件及互联网企业依法经营事项进行调查并依法处理。卫计委、中央军委后勤保障部卫生局、武警部队后勤部卫生局也联合对武警北京市总队第二医院进行调查。

黑龙江青冈县一镇政府挪用、冒领村民危房补贴
统一口径糊弄调查组

按语：

调查报道有时候需要使巧劲儿，有时候全凭笨办法。接到线索后，我们赶赴当地调查，试图以线索为起点，扩大调查范围，但实地采访发现调查难度相当大。我们先后摸查了青冈县其他乡镇，临近的望奎、海伦等多个县，均没有收获。在永丰镇，记者挨家挨户走访了村民，终于找到了核心当事人，拿到了关键性证据，最终将永丰镇镇政府挪用、冒领危房补贴一事完整、翔实地呈现。

作者：肖源、杨博宇

播出时间：2016 年 5 月 16 日

从 2009 年开始，中央多部委联合下发文件，政府给补贴，要求对农村的危旧房屋进行改造，而黑龙江省在这件事情上，走在了前面。2008 年，黑龙江省出台政策，将全面改造全省范围内的泥草房，同时，政府将下发补贴款给改造泥草房的农户。

但是，近日有黑龙江省青冈县的一些群众反映，这个县的永丰镇镇政府，截留、冒领了数百户村民的危房改造补贴款。时至今日，依然有许多已经改造过危房的村民，没有领到任何补助。惠农资金，真的就这么轻易地被领走了吗？请听央广记者肖源、杨博宇的报道：

青冈县前进村的赵玉生（化名），常年在外打工。前几年，家里的旧房子被拍照了，据说是因为政府有补贴政策。

赵玉生告诉记者：“村里、镇里的干部领着我们镇上照相馆的人来拍的照。照房子我们还花了 20 元。照相的时候他们说，国家很可能会有政策，但是之后就没信儿了。我们就以为是没啥变化呗。”

去年六月间，他突然接到村干部的通知，要“对一对口径”：“2015 年 6 月 20 多日，村干部到我家来说，如果上面有人来查问你拿没拿到危房改造这笔钱，让咱

们说拿到了。关键是还没改造房子呢，人家可能会问你，没改造房子你怎么能拿到钱的呢？村干部就让我们说，我们准备到镇里去买房。我们一听这肯定有问题啊。”

同样接到通知的，还有同村村民老戴。只是，老戴最终也没等到处理结果，在今年春节后，突发疾病去世。这是老戴生前的一段录音：“支部书记给我打电话说，老戴啊，上面要问你泥草房改造的钱得没得着，你就说得着了。我说没得着钱让我说得着了，那我不亏得慌。他说你放心吧，这事儿以后我给你处理。”

老戴此前曾表示，村支书打完电话第二天，上面就来了调查组，“来了三四个人，把账目全都拿来了，我看见我的名字还在上面呢，但那字也不是我签的”。

前进村村民赵玉生说，他是村里为数不多的与调查组接触过的人。

赵玉生介绍：“在调查组那里我看到了一张收据，上面签着我的名字，说是已经领到危房改造补贴金一万元，我们村大概一共有几十户吧。一种是像我这样的，有危房没改造的，另外还有一种就是他改造了房子的，但没得到补贴，也有他的名字；并且有一些人是已去世的，有些人是在村里多少年都没见的，甚至在外面都不知道死活的，然后人家就用你的名字，说你的房子已经被改造了。”

今年 3 月 16 日，黑龙江省纪委在其官网上，通报了 9 起侵害群众利益的不正之风和腐败问题。其中就有青冈县永丰镇前进村村民们反映的这些情况。通报中主要的信息有两点：第一，该镇政府同时存在挪用和套取危房改造补助金的问题；第二，镇里的主要领导干部被免去职务。通报中说，2013 年 8 月，永丰镇政府将危房改造补助资金 110 万元借给开发商赵某某用于小城镇建设长达 525 天，致使 148 户危房改造户未及时得到补助金。同时该镇政府还存在套取危房改造补助金问题。2015 年 11 月，该镇原党委书记谷万方、原镇长张德军均受到党内严重警告处分和免职处理，其他相关责任人也受到了党纪、政纪处分。至于镇政府套取了多少补助款？这些被套取的款项又有没有返还上级财政，通报中没有提及。

无论是泥草房改造，还是危房改造，中央以及黑龙江省都有明确的程序性要求，也就是补助结果必须在村务公开中公布。永丰镇镇政府显然没按照规定来执行，同时又存在明显的违纪。那么，这些村民还能得到补助款吗？那些危房还没得到改造的村民还能安心地住上房吗？

永丰镇党委书记毛选林说，被挪用和冒领的补助金，都用在了中心村城镇化建设当中。在毛选林看来，这部分钱就是用在中心村城镇化建设当中了，为降低楼价，补给开发商了。

王选林：我们这个楼按照正常市场价将近 1 500 元每平方米。但是通过降低价格，也是想让老百姓受益，降到 1 150 元每平方米，有的甚至降到 900 元每平方米，这也是让住楼户得到了实惠。

青冈县的一位干部认为，当初镇里的干部也是想给群众办好事，问题就在于，本来应该是针对符合危房和泥草房改造的村民的补贴，被“普惠”了，也就是一部分不符合条件的群众，也享受了这项补贴。至于这些款项是如何被挪用和套取的，套取了多少资金，省纪委的通报中没有提及，青冈县方面也没有做出解释。当地一些村民说，现在所谓的查处，老百姓也不知道其中的具体情况。

村民：在我们老百姓来看，这件事儿也是不了了之了。政策下来之后，要求得非常严，必须得有一户一档案，然后你得公示。而在我们县、我们镇，这都是一笔糊涂账。这还是一笔不小的款额，在我们一个镇里，听说就有 480 户被截留、冒领，这就高达 480 万元。

当地的一些群众认为，出现这样的状况，主要就在于村务、政务不公开。老百姓无从知晓政府下达的惠农政策等具体事项。

群众：国家费劲儿、花大力气给老百姓发补贴、办好事，想让老百姓富起来，你说你们来拍照还得我们花钱，这也太假公济私了。

在永丰镇前进村的小卖店里，贴着一份“青冈县农村危（泥草）房改造补助申请审批流程”。小卖店老板说，这是去年调查组下来之后贴上去的。在当地多个村子走访期间，很多村民都说，知道危房改造有补贴，但不知怎么申请，也有的申请了，但一直没有见到补贴款。

前进村村民赵玉生说，如果不是上面来了调查组，他也不知道自己的危房已经“被改造”了。

赵玉生：我们村就有调查组来抽查的，别的村连告状的人都没有，因为老百姓不知道啊。他很可能已经被冒用了，但是他不知道。2014 年 9 月 10 日我的补贴就被冒领了，如果没有调查组，普通的老百姓根本没有权利和机会看到镇里的账目。

永丰镇党委书记毛选林说，事发之后，镇里也十分重视此事。

毛选林：村干部要进村入户，要把该处理的事情处理好，包括补助申请流程要公示等；有认识不到位的要重新提高认识，要重新开村民代表会；等等。

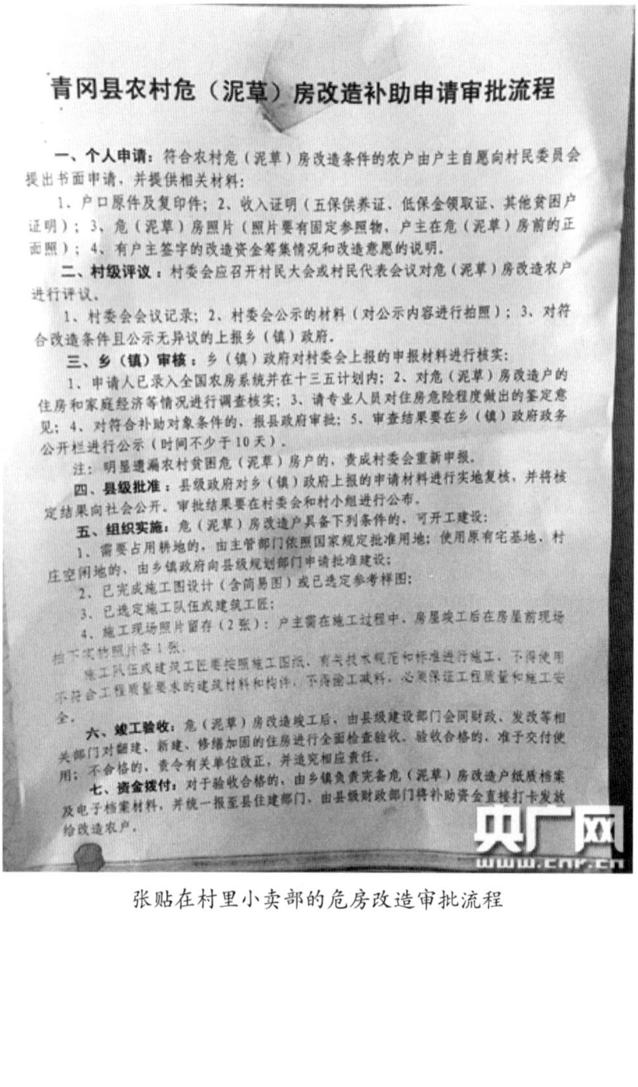

青冈县农村危（泥草）房改造补助申请审批流程

一、个人申请：符合农村危（泥草）房改造条件的农户由户主自愿向村民委员会提出书面申请，并提供相关材料：

1、户口原件及复印件；2、收入证明（五保供养证、低保金领取证、其他贫困户证明）；3、危（泥草）房照片（照片要有固定参照物，户主在危（泥草）房前的正面照）；4、有户主签字的改造资金筹集情况和改造意愿的说明。

二、村级评议：村委会应召开村民大会或村民代表会议对危（泥草）房改造农户进行评议。

1、村委会会议记录；2、村委会公示的材料（对公示内容进行拍照）；3、对符合改造条件且公示无异议的上报乡（镇）政府。

三、乡（镇）审核：乡（镇）政府对村委会上报的申报材料进行核实：

1、申请人已录入全国农房系统并在十三五计划内；2、对危（泥草）房改造户的住房和家庭经济等情况进行调查核实；3、请专业人员对住房危险程度做出的鉴定意见；4、对符合补助对象条件的，报县政府审批；5、审查结果要在乡（镇）政府政务公开栏进行公示（时间不少于10天）。

注：明显遗漏农村贫困危（泥草）房户的，责成村委会重新申报。

四、县级批准：县级政府对乡（镇）政府上报的申请材料进行实地复核，并将核定结果向社会公开，审批结果要在村委会和村小组进行公布。

五、组织实施：危（泥草）房改造户具备下列条件的，可开工建设：

1、需要占用耕地的，由主管部门依照国家规定批准用地；使用原有宅基地、村庄空闲地的，由乡镇政府向县级规划部门申请批准建设；

2、已完成施工图设计（含简易图）或已选定参考样图；

3、已选定施工队伍或建筑工匠；

4、施工现场照片留存（2张）：户主需在施工过程中、房屋竣工后在房屋前现场拍下实物照片各1张。

施工队伍或建筑工匠要按照施工图纸、有关技术规范和标准进行施工，不得使用不符合工程质量要求的建筑材料和构件，不得偷工减料，必须保证工程质量和施工安全。

六、竣工验收：危（泥草）房改造竣工后，由县级建设部门会同财政、发改等相关部门对翻建、新建、修缮加固的住房进行全面检查验收。验收合格的，准予交付使用；不合格的，责令有关单位改正，并追究相应责任。

七、资金拨付：对于验收合格的，由乡镇负责完备危（泥草）房改造户纸质档案及电子档案材料，并统一报至县住建部门，由县级财政部门将补助资金直接打卡发放给改造农户。

张贴在村里小卖部的危房改造审批流程

黑龙江省纪委监察厅通报青冈县永丰镇的违规行为

但是，在当地多个村庄走访中，村民们反映，青冈县的危房改造过程中，很少有召开村民评议大会的，也没有见到对危房改造补贴结果的公示。甚至在青冈县政府的官网上，记者也没有查询到关于危房改造补贴审批情况的任何信息。发生在青冈县永丰镇的这起事件当中，关于镇政府冒领危房改造补贴的户数和金额，以及如何处理冒领的款项，我们无法从公开的渠道中获知。而当地很多老百姓现在最大的担心是，由于被镇政府冒用了危房改造名额，等他们真正需要进行危房改造时，还能不能享受到国家的政策。

值得一提的是，与永丰镇政府挪用危房改造补贴金一起被省纪委通报的案件中，还有林口县柳树林场套取危旧房改造资金 80 多万元，五大连池市和平镇政府工作人员帮助骗取农村危房改造补助金，给国家造成经济损失上百万元。涉农资金被套取、挪用、骗领的现象，为何如此频发？有关事件的进展，中国之声将持续关注。

后来：

节目播出后，青冈县方面承认报道中所反映的问题属实，并承诺立即整改，并向群众做好说明解释工作。

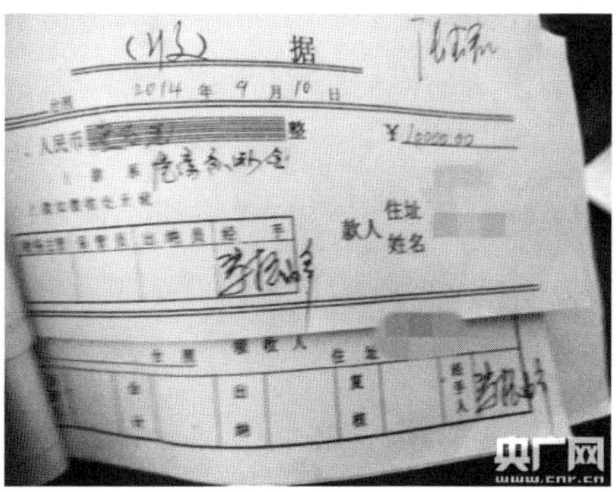

当地村民从调查组处获得的“被冒领”的单据

前进村真正的泥草房依然为数不少

三亚大东海海滩三年溺亡 28 人成“夺命海滩”
家属状告景区未尽责任

按语：

关于旅游安全的案件近年越来越频发。台里一位同事将听众寄来的材料送到了办公室，转交到记者手上时起初并未引起注意。后来做功课搜集资料，竟然发现从 2012 年到 2015 年，大东海水域至少有 28 人溺亡。报道以“8·15 溺亡案”二审开庭为契机，来关注大东海景区旅游安全。不管法院最终判决景区承担多少责任，失去的生命无法重来。

作者：周益帆、杨博宇

播出时间：2016 年 5 月 19 日

大东海，是离海南省三亚市区最近的海湾，有“水暖沙白滩平”的美名，这里常年人流如潮。2001 年起，三亚市市政府将大东海部分区域内 20 年经营管理权，以 1 800 万元的价格承包给注册不久的三亚大东海经营管理有限公司，由此，大东海成为三亚唯一一个承包给企业经营的海滩。

尽管经营企业的利润可观，但大东海的景区安全，却没有因此得到保障。据不完全统计，过去三年间，至少有 28 人在这里溺亡。去年 8 月，三名成都游客溺亡，被认为是大东海景区最严重的一起溺水事故。

然而，三亚大东海经营管理有限公司却拒绝对此承担责任，相关部门也将此界定为“意外事件”。溺水者亲属将大东海公司诉至法庭，这究竟是“意外”还是“责任事故”？请听央广记者周益帆、杨博宇的报道：

进入五月，大东海景区的海况已不如冬季平稳。这个国家 4A 级景区，除了常规的“禁止下海”警示牌之外，还有每天通过不同颜色的旗帜，提示下海的安全性：红色代表禁止下海；黄色代表危险；绿色代表安全。尽管最近两天，景区都用了黄色旗帜提示风险，下海游泳的人依然很多。有游客表示：海况挺好，稳当还没有浪花，水质也好。

大东海水质干净、沙滩细腻，但本地人并不建议大家来这里游泳，这个海域暗流、漩涡流较多，溺水事故频发："每年春天浪大，有暗流，游回来很费劲，一着急就容易呛着。"

据不完全统计，从2012年至2015年三年间，在大东海溺亡的人数已达到28人。2015年8月15日那一天，成都游客杨春梅的丈夫易勇刚和两个外甥在这里溺亡。

当年，易勇刚的外甥孙童刚考上中国海洋大学，外甥鞠易坤也已读大二，晚辈们学业有成，是值得庆祝的好事，于是一家七口人来三亚旅游。订的酒店就在大东海旁边。当天下午，除易勇刚的母亲留在广场休息外，另外六人到大东海景区内玩，大家选择往沙滩东侧走，易勇刚、杨春梅夫妇和女儿在沙滩上拍照，外甥孙童、鞠易坤以及外甥女李兰心渐渐远离他们的视线。孙童的父亲孙尚斌说："他们拍照的过程中发现，三个孩子离他们稍微远了一点儿，杨春梅就让易勇刚叫他们回来，这个时候，三个孩子只有一个孩子的头还看得见，易勇刚只是把小女孩李兰心拉住了，另外两个男孩溺水了。"

易勇刚在救两个孩子的过程中，溺水不治身亡。孙童的父亲孙尚斌在事发后，赶到了三亚。在事发海滩东侧，孙尚斌看见了一道垂直于海面的铁丝网，将完整的沙滩分为东西两片区域，但是这道网并不能完全起到阻隔的作用：它没有延伸至海水中，还有20多米的沙滩，这使得游客可以轻松通过。

孙尚斌表示：作为一个游客，顺着海岸边走，难以发现那个所谓的隔离网，也不知道这个所谓的景区范围到底在哪儿。

亲属们找到三亚市市政府，希望厘清事件责任。然而，这片海滩的经营管理权，已经在2001年，被三亚市市政府承包给当时成立不久的三亚大东海经营管理有限公司，1 800万元承包20年。三亚信访局协调家属与三亚大东海经营管理有限公司协商。大东海经营管理有限公司始终不认为自己存在责任。

公司环保总监宋秀军认为，公司没有必要承担此次事故的责任。

宋秀军：因为不是我们所管辖的区域，而且是不受我们控制的区域，在我们有人员管理的泳区里边这么多年也没有发生溺亡事件。

那时，家人们才知道那道栅栏，是景区与驻地单位间的隔离网。直至今日，尽管三亚市市政府将分隔的栅栏又向海的方向延长了几十米，但在熟悉大东海景区的

景区内各种提示牌

大东海景区内的警示牌

泳区安全规定

被铁栅栏隔开的事发区域

人看来，依然没什么用处。

对于“8·15”溺亡案，安监等部门也出过一个报告，同样认定这是一起游客自行下海游泳而导致的“意外事件”。但家属们认为，大东海公司依然存在过失。孙尚斌提出了几个质疑：一、设置的标识是否齐全，是不是让人足够知道该怎么做；二、如果游客的行为有违规的地方，你是不是采取了相应的措施来进行制止、劝阻；三、这个隔离网到底能不能起到相应的作用。

同时，家属认为现场救护也存在问题。三亚市一位被邀请来做调解工作的法官曾建议由大东海公司垫付丧葬费，以后如果打官司再说。家属表示，当时公司方面要求他们签署免责协议，否则就走法律程序。协商就此中断。2015 年 9 月，溺亡者家人将大东海经营管理有限公司告上法庭，要求被告承担侵权责任及丧葬费等赔偿，但一审法院三亚市城郊人民法院驳回了原告所有诉讼请求。家属提起上诉。

昨天（18 日）上午，“8·15 溺亡案”二审在三亚市中级人民法院开庭，双方对究竟是“意外”还是“事故”各执一词。而争议的焦点在于，大东海公司声称所做出的安全警示工作到底是不是充分的，这一系列防范工作能否有效地阻止游客进入危险区域？

溺亡者家属代理律师许浩认为，从《侵权责任法》的角度来说，管理方存在过错的情况下，需要承担责任。从《旅游法》的角度来说，大东海公司也应评估潜在危险。

许浩表示：根据《旅游法》第 42 条规定，景区开放前，应该进行安全风险评估，还应采取相应的措施。在一审中，被告方主张尽到了安全保障义务，但他没能举证已经过安全评估和已采取相应的措施。

但是，大东海公司方面辩称，对所管辖范围内的区域已经做出了充分的警示，尽到了安全管理的职责。在景区，警示牌五花八门，有景区自己立的，还有安监立的，还有些落款是边防派出所。

宋秀军：除了安监立的，剩下的都是我们立的。为什么把边防派出所拉进来，是因为劝阻的时候游客不听劝，起个威慑作用。

同时，宋秀军表示：“游客免费自由进出该景区，虽然公司有经营管理权，但没有经营游泳业务，更没有执法权，不能强行要求游客。因为没有执法权，现在就仰仗边防派出所协助管理，毕竟是一个开放式的景区。如果这是一个封闭式的景区，我认为就不会出现这么多问题，大东海从2000年到现在一直就是开放景区。”

上诉人代理律师许浩认为，免费并非免责理由，大东海公司所谓的提醒形同虚设，如果穷尽了技术手段和设备，仍然不能阻止溺亡的发生，是不是就应该考虑关闭景区。

许浩：按他们的说法，分三类：红色旗帜表示不能下海，黄色表示危险，绿色表示可以。今天沙滩上遍布十几面黄色旗帜，但是海里都是游客，工作人员说今天可以下海，那就意味着黄色旗帜失去了警示意义。风急浪高就能解释一切事故吗？大东海沙滩是不收费的，但辅助设施是收费的，以免费沙滩带动周边经营。作为任何一个消费者，即便免费（也必须要有安全保障），开放景区对游客最基本的（义务）就是保障人身安全，不能说免费就没有保障义务。

昨天的庭审没有做当庭认证和宣判，法庭表示：待庭后合议庭评议后择日进行宣判。

国家行政学院法学部杨伟东教授认为，这起事件中，溺亡者家属与大东海公司间的责任认定，需要看相关证据能否显示大东海公司尽到了足够的提示义务，如果没有尽到提示义务，大东海公司需要承担民事责任。更关键的是政府等相关部门对危险的评估。

杨伟东：旅游、安监等相关管理部门对景区本身的设置、管理是不是到位，实际上是不能游，或者提示不能游，但大家还是照样游，这样对景区管理或者游人都会带来困惑。如果是以能不能下水作为一个风景区的标准，这就是一个至关重要的问题。风险如果经常发生，在带有不确定性的因素下，政府一开始适不适合批准把一个风景区作为一个公共场所。

按照三亚市市政府和大东海经营管理有限公司的管理经营合同，从2011年起，大东海公司要以151万元作为基数，向三亚市市政府上缴有偿使用费，每三年做一次递增，递增幅度10%，直至合同期满。此外，宋秀军透露，大东海公司已经在此投资三四亿元。也就是说，对于政府部门来说，关闭大东海景区，恐怕不是件容易的事。那么，对于频发的溺亡事故，三亚的安监、旅游等部门又将如何回应？会不会考虑关闭景区？中国之声将继续关注。

后来：

二审庭审结束后，记者联系采访了三亚市旅游委，相关负责人表示，作为旅游主管部门，一直督促大东海公司加强管理和宣传。但是，风高浪急的大东海还适不适合作为一个开放式景区来经营，相关部门似乎也说不好。三亚市安监局相关负责人也坦言，由于地处市中心，将大东海景区海滩封闭起来进行管理不太现实，而在目前这样的开放式经营管理模式下，如何做好游客的安全防范工作也还在探索中。2016年8月19日，三亚市中级人民法院对此案进行了公开宣判。法院撤销了此前的一审判决，认定三亚大东海经营管理有限公司未尽到安全保障义务，承担部分责任。

北京实验二小白云路分校塑胶操场散发异味
家长质疑操场污染导致学生大规模出现身体不适

按语：

2015—2016年，各地频繁爆出学校塑胶跑道有质量问题，没想到最近的一起距离央广不到2公里。

有人问过我："塑胶跑道真的有那么大的毒性吗？毒从哪里来呢？"我们尝试调查过，但施工涉及的环节太多，化学物质又不断反应和挥发，终究无法简单说清。但可以肯定的是，在孩子的健康面前，重新铺设的流程和花费都是必需的选择，这是我们成年人的责任与义务。

作者：周益帆

播出时间：2016年6月3日

近日，北京第二实验小学白云路分校的多名学生家长向中国之声反映，自己的孩子出现流鼻血、头晕、恶心等症状，在医院检查血象后，有不少项目超标。家长们怀疑孩子身体出现异常和学校的塑胶跑道有关，已经向学校和北京市西城区教委提出拆除跑道的要求。为保护隐私，对部分采访对象的声音做了处理。请听央广记者周益帆的报道：

家长：三二班共有30多个孩子，其中就有27个孩子身体出现异常，高达70%。

六一儿童节后的第二天，北京第二实验小学白云路分校的几名家长聚在一起，他们在做学生身体异常情况的统计。在他们提供给记者的一份表格中，158名孩子中，一半以上的孩子在最近半年有过流鼻血的症状，37%有过头晕，另外还有皮肤瘙痒、皮疹等症状。成成的妈妈说，孩子不舒服已经持续了好几个月。

成成的妈妈：从今年2月开始，频繁地流鼻血，流完之后嘴里还吐血的那种症状，然后我们就去医院做检查，结果是过敏性鼻炎、过敏性咽炎，是污染物所致。我问医生，什么是污染源呢？他建议我们去查一个过敏源检测，我们就到医院检测了所有的过敏源，还查不出问题来，但现在孩子又起小疹子。

5 月 28 日，学校要办运动会的前两天，家长们被请到学校开会。

家长：当时我去学校时就闻到了一股味道，我觉得很严重，就去问校长，有没有人反映有孩子流鼻血，当时我们好几个家长都在反映这个问题。

第二天，成成的妈妈发现自己鼻子也出现了血丝，联想到自己孩子的症状，她有些担忧，于是便建立了一个微信群，里面有相熟的十几名家长都说自己的孩子也出现过类似症状。

家长：我们孩子是 4 月初开始，基本上持续了一周，天天流鼻血，我那时候以为是季节变化引起的，就在家里自己处理了。我是周四开的家长会，周五去的医院，相隔一个月的时间了，但我们的血象都是超标的。

群里的家长越来越多，达到 500 人上限，另外几十名家长只能重新再开通一个微信群。不少家长趁着六一儿童节放假，带着自己的孩子到医院做检查。

家长：就查血液末梢的，孩子有时候眼睛不舒服，有点儿胸闷，我一直以为是换季引起的。现在查血也没什么大事，但是这是安全隐患，总这样下去的话时间长了肯定对健康有影响。

王先生的孩子在读二年级，检查结果也出现了异常。

王先生：血小板本来正常值应该是 100—300，但是这个孩子在 500 以上，血小板比积应该是 0.114—0.282，他的是 0.363，白细胞相对还正常，正常应该是 10，他的是 10.48。

家长们认为，异味来源正是学校在去年暑假期间铺设的塑胶操场。可查到的公开信息显示，白云路小学的操场改造由西城区教委招标。

家长：塑胶操场是去年暑假铺的，但是过完暑假就是 9 月了，温度不会有那么高，当时还有一些味道，我们以为是正常的味道，接下来到 10 月就很冷了，温度低了，我们也闻不到味道，开家长会进校园之后我们才意识到，味道有多大，问题有多严重。

在家长们提出异味来源可能正是影响孩子健康的原因后，学校在 5 月 28 日、29 日，在操场上喷涂了一种名为“绿草地”硅 PU 的建筑材料。家长们认为这种做法是在掩盖问题，于是联名向校方提出五项诉求，其中包括：出示原塑胶跑道操场的检验合格报告；拆除塑胶跑道；如果学生身体检测发现跟学校装修及操场改造相关联的健康安全问题，学校及相关方承担相应的法律责任及经济赔偿责任等。

从昨天开始，学校同意如学生感到身体不适，可在家自主学习，一些孩子已经停课。几天来，家长代表、学校及西城区教委就以上诉求进行商谈。

西城区教委工作人员：教委特别重视，今天上午教委的主管主任还带着相关部门去商量这件事，但是我还没得到消息。

昨天下午，记者致电第二实验小学白云路分校校长杨东燕，但未能接通。此前杨东燕对家长表示，操场作为国有资产，如果拆除，按程序必须出具检测结果不合格的报告，只要经过检测，证明不合格立刻拆除。

杨东燕：正在往下推进。因为教委已经给了要求，如果现在这个操场真是有问题，必须铲除，这个不用商量，即使家长没有这个诉求，政府也会这么做，现在是要如何证明它是有问题的？因为他们前期提供的是没问题的，现在我们学校和家长要一块儿成立一个第三方检测，目前我们就在研究如何进行第三方检测，我们现在也争分夺秒地在想办法，不会耽搁。

家长们目前正在汇总梳理权威检测机构，希望能够尽快推进检测。昨天深夜11点多，多位家长接到学校老师的通知，今天停课一天，后续教学安排另行通知。塑胶跑道究竟有没有问题，又是不是孩子们的健康杀手？中国之声将继续关注。

后来：

2016年6月23日，教育部网站刊登有关负责人的问答表示，教育部要求立即叫停在建和拟建的塑胶跑道的继续施工，重新对其招标过程及相关合同进行审查，进一步明确质量与安全要求，在确保施工质量万无一失的基础上方可继续施工。

2016年9月4日，教育部通报校园塑胶跑道综合治理工作情况：全国中小学共有塑胶跑道68 792块，其中2014年后新建的18 977块，目前正在建的4 799块，其中停建的2 191块，已经铲除的93块。

2016年11月，在北京白云路小学操场风波引发关注的五个月后，我突然又收到家长的消息："孩子所在的教室都安装了新风系统，也配置了净化器，操场的塑胶改成了砖面，虽然孩子上篮球课还要佩戴护膝，但现在终于放心了。"

中央民族大学三名河南籍学生涉冒名顶替，被取消学籍

按语：

跟以往的舆论监督报道相比，这起事件没有“明确的受害者”。跟同类新闻相比，它也缺乏罗彩霞、王娜娜那样的具体鲜明的人物命运。地方招生办公室尽力回避，学校也不愿插手此事，除了记者，几乎没有人想要说出真相。但一则处分背后暗藏的严重舞弊问题，不应该含糊了事，也不应该被时间掩盖。整组报道持续近一个月，以下收录其中第三篇。

作者：白杰戈、周益帆

播出时间：2016年6月23日

今年6月初，中国之声报道了中央民族大学认定三名2012级的本科生入学资格弄虚作假，取消他们的学籍。记者进一步采访证实，这三名学生都来自河南周口市。周口市招生办公室的负责人表示，三名考生从报名到录取的过程都没有问题，其中两个人是在被录取之后，将自己的入学资格转让给了其他人。河南省招生办公室回应说，坚决支持中央民族大学严肃查处考生入学资格作假的行为。本台报道之后，他们也再次要求市、县招生办公室对相关情况进一步核查。但是，这起发生在四年前的高考入学资格造假事件，截至目前，除了三名学生被取消学籍之外，没有其他相关人员被追究责任。周口市招生办公室也没有回应，具体哪个环节出了问题？请听央广记者白杰戈、周益帆的报道：

据中央民族大学介绍，这三名河南籍的学生是在2012年入学之后的英语分班考试等环节出现异常，学校跟河南省招生办公室沟通，商请协助调查认定。河南省招生办公室给中国之声的书面回应说，在2013年3月收到中央民族大学招生办公室的公函之后，调出了这三名学生的高考原始试卷，并且在当月寄到中央民族大学，这些试卷可以作为认定考生“入学资格作假”的重要证据。河南省招生办公室表示，他们还责成市、县招生办公室组织了调查，没有发现考生报名和考试环节违规的证据。这三名学生都来自周口市，当地招生办公室的一名负责人介绍，其中两

个人是在被录取之后，将自己的入学资格转让给了别人。

周口招生办公室负责人：2012 年入学，2013 年省里给我们发了函要求协查，接到通报之后，我们做了正式调查。这三名学生考试期间一切都是正常的，然后有两个人觉得自己被录取的专业不理想，不想上这个专业，其中一名学生是让自己的姐姐去了，另外一名学生是让自己的老表去了。

这名负责人没有介绍转让的过程是否涉及财物交换。根据中央民族大学公布的 2012 年在河南省的各专业录取分数，其中两名考生的成绩在 596 分到 600 分之间，另一名考生是艺术类专业，文化成绩的分数线不到 400 分。

周口招生办公室负责人：考试的时候一切都正常，这是考完以后入学的事儿。

记者：身份证之类的是怎么弄的？

周口招生办公室负责人：这我们就不知道了，我们只负责考试的部分。

记者：就是说考试确实是他 / 她本人考的，只不过他 / 她把这个录取的资格给了别人了？

周口招生办公室负责人：对，叫冒名顶替上学嘛。

记者：那这还是挺大一个工程的，各种资料都要逐个对应上啊。

周口招生办公室负责人：对，而且第二年，他也不可能再用他原来的身份去报考了。

记者：考上了没去上学的这两个人，后来怎么样了呢？

周口招生办公室负责人：现在我们查不到，因为他们已经不用原来的资料信息了。

记者：他 / 她的身份就都让出去了？

周口招生办公室负责人：对，身份都没有了。中央民族大学要是不把他们的相关资料注销，那他们的学籍就还在那儿，无论我们怎么查，结果也都是一样的。

周口市招生办公室的这名负责人介绍，2013 年调查开始之后，两名非艺术类专业的学生就离开了中央民族大学。

周口招生办公室负责人：他们就没有再去民族大学上学了。

记者：他们自己也意识到事情败露了吗？

周口招生办公室负责人：一开始调查这个事儿，他们就没去上学了，等于是自动退学了，学校并没有给他们办退学手续。

记者：他们是不是也听到一点儿风声？

周口招生办公室负责人：调查了嘛，他们家里人也都会被问及此事。

其中一名男生的同学在5月底对中国之声证实，他在大学一年级就离开学校了，社交应用信息显示在国外留学，但点名册和毕业名单上还有他的名字。

同学：因为点名册从来没有更新过，每次点名的时候都会点到这个同学的名字。前一段时间看到毕业的名单上还有他的名字，大家才又想起来了。

据称，另一名女生也已经出国上学，她的同学没有接受采访。中央民族大学的知情人介绍，取消这两名学生学籍的通知书都是由家长到学校来领取的。

第三名学生是艺术类专业的女生，她一直在中央民族大学读到大四，被取消学籍之前已经通过毕业设计和答辩，知情人说她一度拒绝在处理通知书上签字。周口市招生办公室的负责人表示，他们在2013年的调查中，没有认定这名女生违规。

周口招生办公室负责人：还有一名学生呢，我们查了没问题，这个学生也不承认是冒名顶替，坚称自己没有作弊。我们把这个结果报给了省里，她一直不承认，我们也没有办法。

这名女生是从鹿邑县第三高中毕业，校长和教导处工作人员查到了她被中央民族大学录取的记录，但是没有她的照片等具体信息。鹿邑县招生办公室的一名负责人表示知道学生被取消学籍的事儿，但没有透露详情。

记者：2012年考过去的。

鹿邑招生办公室负责人：我知道这事儿。但是具体情况我也不太了解。

鹿邑县相传是春秋时期思想家老子的故里，曾经属于周口市，2014年成为河南省直管县。

周口市招生办公室的负责人说，他们对于这三名学生的协助调查在2013年就已经完成，不清楚中央民族大学为什么到今年才做出处理决定。

周口招生办公室负责人：调查了之后报告交给省里了。但是不知道中央民族大学为啥当时没有做出处理。

中央民族大学党委宣传部部长朱雄全6月初对中国之声回应说：

朱雄全：涉及的时间、人数，还有沟通协调、调查认定等多方面的因素，所以调查时间较长，但学校始终是严肃、认真、全面、细致、高度负责的。还涉及涉事学生的配合问题，不能够随便下定论，得讲事实、讲依据。

河南省招生办公室表示，2013 年的调查中曾经要求考生所在地的招生办公室提供考试时的录像等考务资料，但是因为中央民族大学发来公函的时候，2012 年的高考已经结束 9 个多月，超过了国家规定的半年保存期，这些资料没有留存下来。河南省招生办公室坚决支持中央民族大学严肃查处考生入学资格作假的行为。本台的报道在中国之声和央广网播发之后，他们也再次要求市、县招生办公室对相关情况进一步核查。不过截至目前，这起发生在四年前的高考入学资格造假事件，除了三名学生被取消学籍之外，转让入学资格的学生不知所踪，也没有相关部门人员被追究责任的消息。2003 年，周口市沈丘县的女生王娜娜被别人冒名顶替上大学，事件在今年被媒体曝光。周口市招生办公室的工作人员表示，担心再有关于周口的类似新闻报道，压力很大。

昨天，记者提出查阅这三名考生的资料，周口市招生办公室的主任王凤英没有正面回应，另一位负责人再次强调，从报名到录取过程都没有问题。

记者：当时调出这些资料来看的时候，有没有发现有什么不对或者有疑点的地方？

周口招生办公室负责人：报名这环节肯定是没问题，要是有问题都报不上名，录取也一样没问题。

记者：那当时你们最终的结论，问题是出在哪个环节？

周口招生办公室负责人笑着摆手，没有回答记者的提问。

后来：

报道首播后被媒体广泛转载，中央电视台、新华社等媒体先后跟进采访。不过，各媒体均未能做出更进一步的报道，事件的完整真相尚未大白于天下。

外地救护车北京违规“趴”私活

长期违规跨区域从事长途转运

按语：

央广几代调查报道记者都有过跟黑救护车战斗的经历。2016 年最热的 7、8 月，我们先来到北京儿童医院，辗转在电梯按键的夹缝中找到了几张提供黑救护车的名片，逐个打过电话之后，我们确定，这些黑救护车应该有固定的集中点，并且在各个医院间穿梭。之后，我们分别前往 301 医院、积水潭医院、协和医院等进行暗访。

作者：周益帆、伊雪（实习记者）、肖淼（实习记者）

播出时间：2016 年 8 月 30 日

中国之声近两天来持续关注了“北京三甲医院附近再现黑救护车，缺乏监管暴露安全隐患”，除了完全由私人营运的黑救护车，记者在调查中发现，还有一类是登记在外省市基层医院名下的正规救护车，长期在北京各医院附近趴活儿。河北卫生计生委方面表示，因缺乏顶层设计，只能在发现后责令相关医院进行整改。山东方面已对相关医院展开调查，初步了解可能是挂靠车辆。对于长途非急救转运的违法车辆，应该如何管理？请听央广记者周益帆、实习记者伊雪和肖淼的报道：

尽管媒体此前多次曝光，但在北京积水潭医院新街口分院、北京儿童医院、协和医院等三甲医院附近，依然存在黑救护车的踪影。这些车，一类由商务车简单进行内部改装，另一类从外观到内部的设施，基本与正规救护车没有什么区别。

业务员：那个有呼吸机的比较专业。还有大夫和护士。

记者：你也有那个车吗？

业务员：我也有。那个十元，这个四元。

记者在调查中还发现了更具迷惑性的一类车辆——车牌号直接由字母加“120”组成。五棵松附近一家三甲医院西门外的社会停车场内：

业务员：我们是医院里面的。

记者：医院的？我看你那个车牌好像还是“120”的。

业务员：对呀，都是医院的。

通过查询，记者发现，这个业务员所说竟为实情。这辆长期停在北京三甲医院的外地车，车主为河北邢台新河县总工会职工医院，车辆信息为“救护车”。也就是说，这是外地基层医院救护车在北京趴活。一些类似车辆甚至开进了医院院内，积水潭医院内一辆河北牌照救护车，车主为河北石家庄高等医学专科学校冀联校区医院。交警方面表示，这辆车有多个违章记录：

交警：它有若干条违法记录，它就没在石家庄待过，一直在北京朝阳区停留。

昨天，记者多次联系涉事医院。河北两家涉事医院对车辆归属进行否认。

石家庄高等医学专科学校冀联校区医院工作人员：我们医院没有这个车。

邢台新河县总工会职工医院工作人员则表示，车已经卖了。但是为何车辆信息没有做变更，对方没有回应。

山东菏泽卫生计生委医政科工作人员表示，经查询，隶属郓城世平医院的这辆救护车没有纳入市急救中心管理：

山东菏泽卫生计生委医政科工作人员：它不是我们“120”急救中心纳入管理的车辆，也没有经过郓城县卫生计生委的审批，车主自己到交警队盖的章。

郓城宣传部副部长刘考勇说，具体如何处理，要等调查结果出来：

刘考勇：我们正在调查，我们还没有见过这辆车，明后天我们去看看。经初步了解，这辆车不是医院的人员开的。我们也要以此为契机来排查类似的情况。

类似的排查及打击工作，河北省在2014年就组织过。根据可查的公开报道，当时，石家庄对全市1 780辆医用救护车进行了统计摸底，仅该市就注销“假救护车”29辆，但仍然无法彻底杜绝。

河北省卫生计生委医政科工作人员王磊：我们这几年针对此事也一直在搞专项行动——救护车的非法营运的专项行动。现在确实存在一些个人买了车以后挂靠到医疗机构的这些情况，非法营运这种行为现在在天津、北京都有。我们2014年也排查过一次，然后把非法机构的救护车进行备案，但要彻底杜绝这些违法行为，这远远还不够。

王磊认为，虽然国家卫生计生委在2013年出台了《院前医疗急救管理办法》，其中规定急救中心（站）和急救网络医院不得将救护车用于非院前医疗急救服务。但是针对黑救护车以及挂靠医院的这类车究竟怎么惩罚，缺少具体的顶层设计：

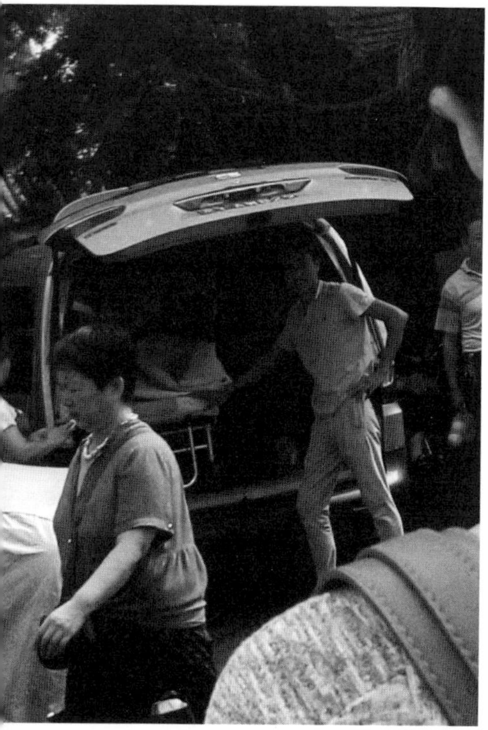

积水潭医院外黑救护车

五棵松外地趴活救护车车内

外地趴活救护车

积水潭医院内的外地趴活救护车

王磊：因为这个从国家层面上没有具体的顶层设计，也没有出台相关的规章制度，我们发现以后只能责令医院整改，现在罚款是没有依据的，只能是责令你过户，或者到交管部门去注销。具体的行政处分，也只能由当地行政部门进行处理。

从市场角度来看，非急救类转运又存在实际的供需矛盾。有专家指出，非急救类转运不属于“120”救护车的调度任务，在转诊过程中，下级医院转运救治条件有限，上级医院又没有必须派车的责任，尽管各地都在推进非急救类转运的业务，但是依然不能满足病患需求。上海市政协常委王禄宁此前针对上海市做了一个统计，仅上海，每年就有 8 万到 10 万人需要高质量、专业化的特殊转运服务。而记者采访中，黑救护车人员业务繁忙，也印证了北京在这方面同样存在较大的需求。中国卫生法学会常务理事郑雪倩认为，对于黑救护车的整治，宜疏不宜堵：

郑雪倩：出现这种情况，一个是市场需求，另一个是利益驱动，还有一个是没有制度和法规的约束。这种需求，你不能一味地打压，实际上从“120”的角度来看，作为救护车的管理上是不允许的，它不属于“120”的立法范围，但它应该是从为社会提供服务的角度来解决。它跟“120”的边界怎么处理？责任由谁来承担？从政府层面来看，首先应该考虑建立相关的政策、制度和法律、法规。

北京大学公共卫生学院教授周子君提出，政府层面上，应抓住两点来进行管理：

周子君：政府管两件事情，现在明确归政府管的：一个是车辆本身的安全；再一个是车辆医护人员配置的安全，比如说那些医生、护士，假如从事急救的话，你得有一定的资质才能从事这个工作。政府抓住这两点了，剩下的你就可以适度地处置，像这种特殊服务的话，你要用满足老百姓需求的方式来解决。

今年 3 月，京、津、冀地区成立了一个医疗转运联动平台，目的就是确保三地患者在前期得到专业转运、就医协助，在进入恢复期后，由各地急救中心委派车辆及时将病患安全转回当地，但是平台的运转如何更成熟、能不能在更大的范围内推广，还需要医疗、交通等相关部门统筹考虑。

后来：

稿件播发之后，据称“趴活儿”的外地救护车已被地方处罚，但类似的车辆，其实之后我还见过几次。而这样的车辆究竟一共有多少，不得而知。

记者暗访西安“一日游”乱象
投诉至旅游局称：“管不了”

按语：

2016年黄金周，中国之声特报部记者被分派到各热门景区采访。我与记者杨博宇前往华山。采访两天之后，我们决定去看看西安的一日游旅游市场：我交钱参团暗访，他在景点附近接应我。当时，对于我们能了解到什么，其实并不清楚。但到了第一个景点——秦陵地宫，看到粗制滥造的模型，顿时觉得问题严重：提升旅游品质是社会这些年一直在呼吁的话题，西安作为文化古都和旅游名城，为何还要建这么多假冒景点？随着行程的推进及对其他“一日游”产品的了解，我们发现，当地旅游监管部门难辞其咎。

作者：周益帆、杨博宇

播出时间：2016年10月7日

今天是“十一”小长假的最后一天，不少外出旅游的朋友已经在返程途中，不知道大家都去了哪些地方？旅游体验如何？连日来，多路央广记者在各个热门景点探访旅游行程及景点质量。这次，记者来到了古城——西安，暗访一天发现，这里的“一日游”堪称古怪、混乱：西安火车站拉客情况严重，车辆违规营运，旅游景点粗制滥造、捆绑销售坑骗游客乱象频出。请听央广记者周益帆、杨博宇的调查报道：

西安火车站广场上，志愿者正在组织游客排队，按秩序到旅游公交点乘车，巡逻车、警察以及志愿者比平日里多了很多。但这并没有彻底遏制随街拉客的情况：

工作人员：去不去兵马俑？兵马俑、华清池……你现在根本坐不上公交车，光排队都得花2小时，回来还都没有车，你跟我走的话，带你去华清池、兵马俑等一共三个景点，只需花20元。

随后，记者被带到了车站旁的一个停车场内，工作人员丝毫不回避围栏外的巡逻车，介绍起所谓的“东线”旅游线路：秦陵地宫、世界八大奇迹馆、鸿门宴遗址、项王营及兵马俑。

工作人员：这些景点都是旅游公司、旅游局精挑细选出来的。也是国家4A级旅游景点，鸿门宴和项王营两大景点合在一起……

客满之后，导游以车无法开出停车场为由，让所有游客换乘到停车场外的一辆大巴车上，随后车往临潼驶去。

导游：今天的所有门票实行代办，到景点以后我们实行签单制，每10个人给旅行社积1分，月底旅行社拿返利，如今这个年代您应该能理解，回扣无处不在，所以您既来之，则安之。

经过约40分钟的车程，大巴车拐进秦陵北路，这条处于秦始皇陵和华清池之间的不宽的道路上，基本上是由人造景点及所谓的玉石、丝绸馆组成，堪称“仿古一条街”，每个景点都停满了旅游大巴，甚至还有很多不允许从事旅游服务的白色面包车。

大巴车先在秦陵地宫门口停下，馆内解说员对一楼墙壁上的图案进行讲解后，带领游客下楼，据她说，景点是根据司马迁记载，利用现代技术对秦始皇陵进行了还原：

解说员：现在大家看到的地表富丽堂皇的宫殿是刚修好第二年就被楚霸王项羽的一把火全部烧毁，后只剩下秦始皇的陵墓，陵墓的真实位置就在我馆以东的7公里处。

所谓的地宫，只是一个200多平方米的地下空间，逼仄昏暗，四周几乎都是蜡像制品，中间的空地是一个沙盘，里面是很小的兵马俑模型，旁边还摆了一个棺椁：

解说员：这是秦始皇的棺椁，但是是蜡像做的。

围绕这个沙盘转一圈之后，游客便被带到了出口，整个景点行程大约15分钟。

随后，大巴车往东行驶几分钟后，又在一个名为世界八大奇迹馆的地方停了下来，里面同样都是蜡像和仿制品。

解说员：这里处于第四王朝法老胡夫的墓室，位于墓室中央部位的是法老胡夫的棺椁，旁边都是陪葬品……王后的墓室规模比法老墓室规模略小，这里还配有哀乐，向我们反映了王后死后全国笼罩在哀愁的氛围之中……

兵马俑彩绘工艺复杂、上色讲究，但是在这个八大奇迹馆里面，兵马俑模型统统被化成了“双眼皮、红嘴唇”，几位外地游客看完有些困惑：

游客：哦，这个就是兵马俑？……不像……

下午1点左右，我们被旅行团带到这条街上的一家玉石店吃饭，院子里停了20多辆大大小小的旅游车，车牌号就是他们的团号。记者随机问了几位游客，他们都是从火车站被拉来的。

游客：我们是在火车站被他们拉上去的。火车站特别多这样的大巴车。

下午2点，导游以骊山及华清池景区部分景点不开放、行程安排紧张为由，带领大家乘坐骊山索道，并在一个免费观景平台短暂停留后，就匆匆赶往另一个景点——鸿门宴遗址。这里同样停满了旅游车：

导游：来，乘坐5291的旅客……

遗址内的画像和展品令人啼笑皆非，例如，一件展品在这里被标注为四羊方尊，但中国国家博物馆的专家告诉记者，四羊方尊专指现今收藏在国博的、于湖南宁乡出土的那件商朝晚期青铜器。

十几分钟的游览之后，游客被带到了紧挨着鸿门宴遗址的项王营，项王营为鸿门宴遗址的捆绑销售景点，连环套路也从这里开始：导游简单讲解了项羽逃离鸿门宴的故事后，便将大家带到一个所谓的全国唯一一尊男貌男身的观音像前：

导游：大家来到这儿，怎样把福气带回家呢？佛像下面供了一个佛篮，里面就是我之前跟大家说的鸿门锦囊，来到这儿的朋友都可以随缘拿一个。

解说员表示，国庆期间游览的人们非常幸运，有一位四川峨眉山来的师父帮大家免费解签。随后大家被带到对面的般若堂，一个戴眼镜、穿僧袍的人坐在佛像旁的凳子上给大家逐一解签：

师父：你像一只燕儿一样，到外面去飞翔……你是一只小燕子，要好好学知识……

出了门，就是一个卖香的摊儿，花99元买香，就可以再从篮子里拿一对蜡烛交还给里面的师父，师父会给一张据称是开过光的卡片。

工作人员：拿一根蜡烛。拿进去……哎，你不要拿，你没有点香。

记者：点香了才能拿是吗？

工作人员：对。

记者：香多少钱？

工作人员：99元。

这一系列行程结束之后，已是下午 5 点，游客们才被带往秦始皇帝陵博物院。等发完门票、进入博物院已经是晚上 6 点，离闭馆只剩 1 个小时的时间。不少游客觉得十分不值。那么这些粗制滥造的景点，是谁建造的？合乎规定吗？旅游管理部门怎么看？我们继续来听报道：

记者在陕西旅游政务网查询发现，一日游景点中，令人啼笑皆非的秦陵地宫、世界八大奇迹馆及鸿门宴遗址为 3A 级景区，项王营无法查到，所有门票价格加起来应该在 310 元左右。整个行程中，除了兵马俑景点给游客提供了门票，其余的均没有门票且没有与游客签订任何旅游合同。

临潼旅游局工作人员：地宫和八大奇迹馆都是私人景点，鸿门宴遗址应该是 3A 级景区，项王营我还不太清楚。

在多个旅游网站上，去过这几个景点的网友中，90% 多的人认为，自己看到的是山寨景点，被骗了，而项王营送锦囊、解签、卖高价香更是旅游公司一直以来的套路。

就此，记者致电西安旅游局，工作人员态度恶劣，表示以上都是正规景点，只要导游说明了行程中有这些景点，旅游局就管不了，有问题找运管。

旅游局工作人员：我没去过，我只是告诉你，这个是正规景点，我不知道你去的是不是正规的，我也不知道里面有什么。

记者：有那么多非正规的旅游车在那里从事旅游活动，也不归你们管吗？

旅游局工作人员：旅游局管不了这些车辆，旅游局管的是星级景区、导游和旅行社。

一位在火车站拉客的人说，平日里仅他们一家每天就可以发 20 班车，而从旅游景点的情况来看，一天至少上万人来到这些地方。火车站附近的运管人员表示，他们只管车，旅游的管不了。

运管人员：鸿门宴遗址、地宫都是假的，都是骗人的，你要看兵马俑也得找正规的旅行社，否则你看到的也是假的。这种大巴也是旅游车，我们只管车营运，旅游我们就管不了了。

根据国家旅游局对景区的分类规定，3A 级景区要具有很高的历史价值、文化价值、科学价值，或其中一类价值具省级意义，而类似于秦陵地宫及世界八大奇迹馆这样的地方，是如何被评上3A级景区的，这种评级需不需要监管？中国之声将继续关注。

后来：

这组报道一度引发热潮，很多受众看了我们的图片和音频之后说："我们当时也是被带去过这些地方，还奇怪兵马俑怎么都长这样！"当地政府随后对这几个景点做了处理，特别是其中3家3A级景区被摘牌。不过，我们期待更多监管能够早于媒体监督之前，更多社会责任能够摆在盲目营利之上。

黑龙江北安市棚改项目多处违规操作
涉嫌套取专项资金数千万

按语：

“北安市市政府有组织、有预谋地策划实施套取国家和黑龙江省棚户区改造专项资金数千万元，其中存在大量虚报冒领的情况”，这是一条爆炸性的新闻线索。在初步掌握证据材料后，我们实地走访了涉事的棚改项目，采集到包括建筑开发商、安置居民，以及政府棚改办、财政局、住建局等多方面的声音，并向省政府办公厅下属的企业创业投诉中心去函，核实调查报告的真实性，最大程度地保证了基本事实的准确、客观。

作者：肖源、迟嵩

播出时间：2016 年 10 月 13 日

棚户区改造是中央政府为了改造城镇危旧住房、改善困难家庭住房条件而推出的一项民心工程。东北，尤其是黑龙江，由于其特殊的地理和历史原因，需要改造的危旧住房面积较大。据统计，“十二五”期间，黑龙江棚户区改造 173 万套，棚改总量居全国前列。

以北安市为例，2009 年到 2012 年的四年间，政府申报的棚改数量 1.3 万多户。但近日，记者掌握的一份调查报告却显示，北安市这四年的棚改数据中，有近一半的不真实的成分。当地在棚改过程中，多处违规，甚至违法操作，涉嫌套取中央和省里的棚改专项资金数千万元。请听央广记者肖源、迟嵩的报道：

在黑龙江流传着这样一句顺口溜：招商引资，就是“JQK”（扑克牌字母）。先用优厚的条件把企业“勾”进来，“圈”块儿地给企业，等投资到位之后再狠狠地“剋”企业。

在黑龙江商人郑军看来，他就是被北安市市政府玩了一把“JQK”，导致完全由他出资建设的项目，不仅血本无归，每天还背负着 7 万多元的利息。2011 年，郑军在北安注册了盛惠公司，参与到庆华棚户区改造项目当中来：

郑军：整个北安庆华棚户区改造是一个大项目。这个庆华一村项目是其中的一部分，然而北安政府在运作项目的过程中就出现资金短缺，这个项目就以对外招商引资的形式，吸引社会资金来帮助棚户区改造这个项目。

郑军说，整个项目都没有按照《国家重大建设项目招标投标监督暂行办法》的有关规定，没有招投标手续。而且，在签订合同时，突然出现了一个叫作振北公司的开发商：

郑军：这个项目签完之后，他又让我跟振北公司签合同，我问为什么要跟振北签呢，他说振北也是属于政府的，是一样的。我当时没太计较，就又跟振北签了一个协议，实际上这项目涉及3个协议，挺混乱的。

随后，郑军注册的盛惠公司，便借用振北公司的房地产开发资质，着手庆华一村项目的建设。那么，这个振北公司又是“何方神圣”呢？

郑军：振北是属于政府的公司，跟北安城投公司是一个性质的，由于城投公司没有开发资质，他们又注册了一个有开发资质的振北房地产开发公司，以这个公司名义来做这个项目。

工商登记信息显示，北安市振北房地产开发有限公司是一家成立于2009年的自然人独资企业，法定代表人叫何英，注册资本两千万元。记者手中一份《关于对北安市庆华棚户区一村改造项目联合检查情况的报告》显示，振北公司实际是北安市棚改办以副主任何英个人的名义注册成立的公司，代表政府主导庆华棚户区整体改造项目。这份报告落款为“联合检查组”，并未加盖公章。

采访中，北安市的多位领导干部向记者证实，黑龙江省省政府的确由企业投诉中心牵头，省政府法制办、住建厅、审计厅、公安厅等多部门组成的联合调查组，在今年4月来北安调查庆华棚户区一村改造项目的问题。

北安市棚改办副主任杨宵文说，振北公司的何英去年已退休，退休前在市建设局工作。振北公司完全是何英自己花钱注册的自然人独资企业，与北安市市政府无关：

记者：您刚才说何英之前是建设局的干部？

杨宵文：她的职务是工人，不是干部。

记者：她是从财政领工资吗？

杨宵文：是从财政开支。

记者：既然她是从财政领工资，那能以她的个人名义成立私营公司吗？

杨宵文：这个我就不太清楚了。

而北安市市政府职能部门的一位负责人对于杨宵文的回答，报以大笑：

市政府职能部门负责人：这一切都是城投公司操控的。实际上就是政府干的，只不过是用个人名义而已。

网络上的公开资料显示，在北安市的多个政府招投标项目监督人中，都有何英的名字。黑龙江省人事厅和建设厅2007年发布的一个表彰决定中，何英的职务是北安市建筑工程管理处主任。北安市市委组织部2011年3月发文，调整棚改领导小组成员，何英是棚改办公室副主任。

一个从财政列支工资的人，怎么能成立营利性的自然人独资企业?！一个从财政列支工资的人，又哪儿来的两千万资金，去注册一家房地产开发公司?！北安市市政府为何大费周折，以棚改办副主任个人的名义，成立这家所谓的自然人独资的振北公司？在北安市的庆华棚户区改造项目中，真相究竟是什么？继续来听报道：

实际投资建设庆华一村棚改项目的商人郑军说，北安市之所以要这么做，就是打着棚户区改造的名义，套取中央和省里的专项资金。名义上，庆华棚改项目的专项资金都拨付到了由北安市市政府实际控制的振北公司名下。如此一来，这些专项资金就脱离了监管：

郑军：他把项目转给企业，然后他拿着这个协议到上一级批报项目之后来享受政策，所有建设、开发等手续都落在振北名下了。

记者：但实际上是……

郑军：振北公司名下的投资都是我投资的，他们没有任何投资。

记者：国家所有的补贴全落在振北公司了?

郑军：对，我没有享受到国家的政策。

北安市市政府职能部门的一位负责人，部分地证实了郑军的说法：

市政府职能部门负责人：因为政府不可以直接操作项目，咱好不容易争取下来的的项目，就想把它落实了。国家给了政策，但也不能交给个人去办，所以就以政府工作人员的个人名义注册了振北公司。

《关于对北安市庆华棚户区一村改造项目联合检查情况的报告》直言："2009年

至2012年四年间，中央和黑龙江省省政府按照北安市申报的庆华棚户区1.3万多户拆迁计划，累计下达专项资金近2.5亿元。”但这其中，存在虚报套取中央预算内和省级配套工矿棚户区专项资金的问题，涉及金额高达数千万元。记者手中一份落款为“省政府企业和创业投诉中心”向省领导汇报该棚改项目存在问题的报告显示，庆华棚改区一村改造项目，中央和省财政下达专项资金合计7 251万元。这份报告概括的该项目存在的头一个问题就是“北安市市政府虚报套取工矿棚户区专项资金数千万元”。不过，这两份报告都没有公章。

记者于9月底多次联系黑龙江省企业投诉中心，并于9月29日，按照对方要求，提出正式的采访申请，并附上调查报告，核实报告的真实性、求证北安市市政府的说法。前天，也就是10月11日下午，企业投诉中心给出了这样的答复：

企业投诉中心负责人：我们经请示相关的领导，也是正式地给你一个答复，按照我们中心的政策规定、职责要求，对于我们正在办理的案件，不接受采访，也不会对相关的内容进行核实。

记者：不核实这份文件的真假？也不做任何回应？

企业投诉中心负责人：对，按照我们的职责要求，就是到此为止了。

中央和黑龙江省里配套的项目资金去向是个谜。还有一个谜那就是，北安市在2009年到2012年这四年间，实际完成棚改的总量究竟是多少？据黑龙江省省政府联合调查组的报告明确指出，2009年至2012年，在庆华棚户区改造项目中，北安市申报了13 633户拆迁计划，实际仅回迁安置7 371户，两者相差近一倍。而更大的差距在于2012年，上报计划拆迁安置4 266户，实际仅回迁安置628户，两者相差近七倍。

到目前为止，我们不知道记者所掌握的调查报告的真实性，也不知道北安市在庆华棚户区改造项目中，究竟存在多少问题。联合检查组的报告其中还有这样的内容：“我中心先后11次电话督办，北安市始终没有上报结果。”我们不知道本该用于民心工程的专项资金，到底去了哪里？更不知道是什么力量在与制度和法律博弈？

后来：

报道受到中央高层领导的关注，责成黑龙江省省委、省政府严肃彻查此事。

甘肃一钢铁厂未批先建
以去产能名义建新厂

按语：

去产能，中央多次强调。但是在甘肃省兰州市皋兰县，兰鑫钢铁却串通当地政府，巧立名目，以去产能的名义又增加了新的钢铁产能——生产螺纹钢。为了找到证据，记者蹲守在厂区外，和货车司机攀谈，拍下了车辆正在运输企业本不该生产的“螺纹钢”，找到了关键证据。采访期间先是被跟踪，让我有些忐忑；再是遭“利诱”，说“只要不报道，什么都好说”。

作者：任梦岩

播出时间：2016 年 11 月 16 日

11 月 20 日，兰州市启动机动车单双号 24 小时限行措施，公交车免费为市民提供服务，出重拳保卫“兰州蓝”。然而中国之声记者却得到举报称，正当兰州市下大力气整治环境污染时，在兰州市皋兰县，当地支柱企业——兰鑫钢铁有限公司却在违规生产。

记者实地采访调查发现，这家企业本该在去产能的大背景下，先淘汰旧厂两台电弧炉，才能建设新的精密铸造工厂。实际上，兰鑫钢铁该去的产能没去掉，新工厂就直接上马生产，而且在没有规划许可的情况下违规生产。从中央到地方，去产能是必须要抓好的硬任务，为何皋兰县县政府却对兰鑫钢铁开了绿灯？请听央广记者任梦岩的报道：

举报人称，按照甘肃省工信委要求，兰鑫钢铁有限公司要先淘汰旧厂两台电弧炉之后，才能建设新的精密铸造工厂，可企业并没有淘汰旧厂，却又直接建起了新厂：“新厂建成以后老厂依然没有被淘汰，工信局备案文件都已经过期，但是老厂还在生产。新厂是为优质铸造生铁而批的，优质生铁用于加工企业，制造螺母或者其他材料，但是目前为止实际成品是螺纹钢。”

举报人提供的甘肃省工信委文件显示，2013 年 1 月，为治理大气污染，同意皋兰兰鑫钢铁有限公司异地搬迁到皋兰县黑石川现代高载能产业园，淘汰原有两台50吨电弧炉，改造建设优质铸造项目。项目建成后，由兰州市工信委组织相关部门检查验收合格才能投入生产。

11月22日晚，记者来到皋兰县黑石川乡，发现相距不远的兰鑫钢铁的新厂在灯火通明地生产，原本该被淘汰的老厂也在生产，厂门口还停着多辆准备拉货的卡车。

皋兰县工信委一位负责人告诉记者，按照原计划，兰鑫钢铁建新厂是为了生产铁水等上游加工材料，之后就地销售给黑石川工业园内的其他企业，因为手续问题，工业园里目前只建起了兰鑫钢铁一家企业，厂里生产的铁水没处消化，只能继续让兰鑫钢铁用铁水生产钢材："当时兰州制定了大气污染"兰州蓝"工程——出城入园。根据规划，兰州市市区里37家铸造企业全部都要搬迁到黑石川工业园区。让兰鑫钢铁建优质铸造生产线，给它提供铁水等上游产品。由于2014年，兰州市所有土地手续停办，当时已经谈成了17家企业的搬迁问题，由于土地手续停办，这些工厂全都要停建，因此也就消耗不了铁水。兰鑫已投资十几亿元，半年后甚至将会面临破产，能怎么办？"

这位负责人介绍，当时兰鑫钢铁也是政府招商引资项目，按照规定不能再生产钢材，但企业已经投资十几亿元建起新厂，生产的铁水却无处消化，只能让它继续生产，实际上在自我消化，算是自救措施。而且兰鑫钢铁是皋兰县的纳税大户，为了企业的发展和当地几千名员工的工作，也只能让它继续生产，旧厂该关停的设备也就一直运转至今。"兰鑫钢铁的发展给兰州市做了贡献。全县税收兰鑫就占十几个百分点。实际上企业也确实太困难了。产能过剩的问题，我们也配合国家政策，该淘汰就淘汰，现在我们响应出城入园的政策，由于土地手续停办，这些铸造企业想入园还没法建成，怎么办？"

规划好的黑石川工业园为何会突然被国土部门叫停？皋兰县国土资源局主管业务的一位副局长告诉记者，工信局规划的1 000多亩地的工业园占用的都是农业用地，按照规定，他们不能审批。"不管规划成什么园区，我们只能按照工业园引进来的具体项目才能报批土地。我们要照顾整个县域的平衡发展，不可能把1 500亩土地直接批给这一个项目工程。"

兰鑫钢铁一位负责人向记者表示，企业响应政府招商引资才来建设的，结果自已建好了，配套项目没跟上，只能用目前的方式维持生产。而且企业也向当地政府请示过，该淘汰的老厂在经过一段时间的过渡后，计划在2018年再拆除。“我们本来计划在2018年淘汰。这是整个规划，国家没要求每个企业都要去产能，我们也没拿过国家的补贴。”

举报人向记者出示的另一份材料显示，兰鑫钢铁新建的精密铸造工厂2013年施工并投产，但项目的《建设工程规划许可证》开具日期却是2015年，也就是说，兰鑫钢铁新建的工厂完全是“先开工后补的手续”。按照相关程序规定，企业要在拿到《建设工程规划许可证》《工程施工许可证》后才能开工建设。

按照2013年甘肃省工信委允许兰鑫钢铁建设精密铸造项目的通知，项目建成后必须由兰州工信委组织相关部门验收才能投产。皋兰县工信委分管该项工作的冯副主任对此这样回复：“这些还不太清楚，因为这个不归我们部门管，我也没参加验收。建设过程中要经住建局验收，设备问题应该有相关部门负责。”

记者：哪个部门负责验收设备呀，依据省工信委出的文件，那应该是你们工信部门负责啊。

冯副主任：我们只是陪同专家一块儿验收。

记者：省里来验收了吗？

冯副主任：具体我也不太清楚。

违规生产的实施，皋兰县规划局是知情的，一位工作人员说，他们根据情况进行了处罚。兰鑫钢铁一位负责人在接受采访时多次强调，他们现在有了相关手续。

记者：住建、规划等手续都办完了吗？

负责人：只要企业开工需要的这些手续都有。

记者：罚款已交了？

负责人：没交罚款，所有手续我们都有。

如今，规划在农业用地上的黑石川工业园只留下了当初为引进17家企业平整过的一片片荒地。兰鑫钢铁新建工厂生产的铁水由企业自行消化，成品卖到外地后可赚取利润。记者离开兰州时，为了保卫“兰州蓝”，单双号限行仍在继续，污染指数，却从记者刚到时的优良，变成了轻度污染。

后来：

报道播出后，兰鑫钢铁被罚款20万元，并被责令停止生产。皋兰县县长、工信局局长被处以党纪、政纪处分。兰州市市政府、皋兰县县政府对此事做出检讨。相关报道被有关部门当作去产能期间的违规典型案例。

辽宁岫岩瞒报洪灾死亡人数
通报8人实际被指38人

按语：

当我手里拿着这份写着死亡、失踪38人的名单时，心里一直在怀疑它的真实性。官方通报的死亡、失踪8人，与此相差过于悬殊，当地真敢这样做吗？决定出发前往辽宁采访的那一刻，我和记者管永超依然觉得这次采访可能就是一场空。但是，随后几天的采访，我们被事实震惊了。找到当年事发地，一路边打听边采访遇难者家属，在家属的帮助下，原本以为很困难的寻访，变得相对轻松，按照38人名单上的地址挨个寻找，3天内找到了70%。

作者：任梦岩、管永超

播出时间：2016年12月12日

2012年，受台风“达维”影响，辽宁省8月3日至4日遭遇入汛以来最强降雨过程，多地出现致灾暴雨。其中鞍山市岫岩满族自治县普遍受灾，根据当地政府官网8月6日消息：据不完全统计，目前岫岩死亡5人、失踪3人。之后，再无死亡、失踪人数的公开通报。

但近日，有当地村民匿名给中国之声寄来一份死亡人员名单。根据这份名单记载，共有38人在岫岩“8·4洪灾”中遇难，遇难者的姓名、年龄、家庭住址等信息，均被详细地统计在内。

这份名单统计的遇难者，大多集中在岫岩县的偏岭镇、牧牛镇、哈达碑镇等乡镇，而这几个乡镇正是当时灾情最严重的地方。为了核实名单的真实性，记者分成两路，逐一进行了核对。这份名单是真，是假？当地政府为何瞒报死亡人数？洪灾中到底有多少人遇难？请听央广记者任梦岩、管永超的调查报道：

杨福珍是牧牛镇南马村于家卜居民组村民，她在那场洪灾中失去了3位亲人：丈夫、大儿子和大儿媳，大儿子两口子死后留下一个4岁的孙女。记者找到杨福珍时，她反复念叨，还好有个小儿子，都不知道这几年是怎么挺过来的。她坐在炕上，边包饺子边给记者讲述那个和亲人生离死别的夜晚。

杨福珍：我当时领着孙女爬上山，我就在树林里、在山边喊我们家这几个人的名字：于太铭、于学久、陈美玲……但始终也没有动静。

杨福珍称，发大水前，村里为解决吃水问题在她家屋后挖了一条深沟填埋自来水管道，但没及时用水泥浇筑或者用土夯实，导致暴雨来临时，其亲属为加固对岸的鸡舍而陷入深沟。最后，3 人的遗体在村民的帮助下被陆续找到。

杨福珍：我的大儿子就被洪水冲到离我们家不远的地方，被树给拦住了。第二个找着的是我丈夫。接着第三天，别人就发现了我的大儿媳妇。

一家 3 口人突遭意外，在杨福珍看来，不仅仅是天灾，更是相关部门不负责任造成的人祸。她为此向各级部门反映并要求赔偿，始终未能得到支持。

记者查看了于太铭、于学久、陈美玲 3 人的死亡注销证明，户口本登记事项变更和更正记载也显示，这 3 人死于 2012 年 8 月 4 日。经记者核实，牧牛镇共有 8 人死于洪灾。而在哈达碑镇，至少有 11 人死亡。这 11 人的身份信息均和死亡名单上统计的信息一致。哈达碑镇大魏村六道居民组村民张希全告诉记者：

记者：发大水您家有几个人遇难？

张希全：俺家有 3 个人。

记者：都是您的什么人？

张希全：我媳妇、我儿媳妇和我孙女。一口人给我们 2 万元的抚恤金，不让上报。

记者：当时是村里领导跟您这么说的？

张希全：不是村领导，是哈达碑镇镇政府领导。

在哈达碑镇沟汤村沈河居民组，记者找到了死亡名单上的侯颖、唐文东、唐文友的直系亲属唐文生。唐文生是侯颖的丈夫，也是另外两人的亲哥哥。他告诉记者：

记者：那你们的家人遇难了，谁不允许你往外说的？

唐文生：是村书记不让说的。

在石灰窑镇同江峪村大川居民组，村民唐兴和向记者证实，他的 3 岁孙子也死于那场洪灾。村干部对于唐兴和的孙子遗体的处理，始终让他没想明白。

唐兴和：村干部花 1000 元雇一个人把我孙子遗体背到山上去了，用汽油给烧了，他不敢往火葬场运，这样不就暴露了洪灾遇难的人数嘛。

记者：你们认为镇政府并没有上报真正的遇难人数？

唐兴和：肯定是没上报，否则，怎么会不让去火葬场呢。还用花 1 000 元雇人吗？

根据名单显示，重灾区之一偏岭镇在洪灾中共死亡 7 人。记者实地走访，共核实了其中 6 人的身份，与名单一致，另外 1 人因无法找到其家属而尚未得到核实。

这 7 人当中，仅偏岭镇丰富村，在洪灾中就死亡 5 人。丰富村二组村民鞠忠诚告诉记者，2012 年 8 月 4 日，他的妻子梁金凤和叔伯嫂子王兴珍，死于当天凌晨大雨导致的泥石流：

鞠忠诚：从 8 月 3 日的晚上 9 点我就开始巡逻，当时在场的，加上死去的和活着的共 23 人，当场死了 2 人。”

鞠忠诚带着记者来到了四年前被泥石流冲垮的房屋现场，至今房屋仍旧保留着当晚的场景，泥土、石块和屋里的生活用品裹挟在一起。鞠忠诚说，当时，他的妻子梁金凤和亲戚王兴珍，就是在这里被泥石流掩埋的：

鞠忠诚：前后时间不过 10 秒，她俩就遇难了。梁金凤死的时候才 44 岁，王兴珍死的时候 66 岁，直到现在我都忘不了这事儿。

记者实地核实到了 27 人，其他死亡人员所在的乡镇，由于路途太远，记者未能一一走访。此外，名单中还有 3 人的信息不完整，无法核实。即便如此，已通报死亡人数和实际死亡人数也相差悬殊。来继续听报道：

这份记录着 38 人死亡的统计名单可信度极高。从记者实地核实到的 27 人来看，无论是姓名、年龄，还是家庭住址等信息均和实际的一致。

多位村民告诉记者，当地政府瞒报洪灾死亡人数的事情，在岫岩早已不是什么秘密。家住岫岩县县城附近的一位村民说：“当时报的是死亡 8 人，差距太大了。我们知道的就不止这个数。我们都有亲戚住在牧牛镇的、哈达碑镇的，谁家有亲戚死了，心里都有数。”

记者检索相关资料发现，在论坛、贴吧等社交媒体上，至今还可以看到 2012 年、2013 年网友质疑岫岩“8·4 洪灾”死亡人数的相关贴文。当地对死亡人数的通报情况是怎样的呢?

记者查询了当地权威媒体 8 月 4 日到 9 月 1 日的新闻报道，提过一次对死亡人数的通报，只是在 8 月 6 日的一则报道中称，“据不完全统计，目前岫岩死亡 5 人、失踪 3 人”。8 月 12 日，辽宁省防汛抗旱指挥部通报称，“据初步统计，辽宁省有 59 个县（市、区）、259.4 万人受灾，截至目前，暴雨导致 10 人死亡、4 人失踪”。

之后，在各级媒体的报道中都查询不到对当地死亡人数的通报。此外，无论是 2013 年岫岩县的县政府工作报告，还是鞍山市的市政府工作报告，对 2012 年的工作回顾中，均未提及“8·4 洪灾”死亡人数。

一位遇难者亲属说，通报死亡人数和实际死亡人数差别这么大，他们不知道上级政府到底拨下来多少救济款，他们也不知道应该领到多少丧葬费和安置费。“我在想，他们为什么欺下瞒上? 岫岩县发生的这次洪灾，如果镇政府如数上报死亡人数，我们至少会得到应得的国家补偿（救济）。他们瞒报的原因是什么呢? ”

国务院 2011 年修订颁布的《国家自然灾害救助应急预案》和民政部制定的《自然灾害情况统计制度》，均对自然灾害的应急响应和信息报告、信息发布有明确的规定。其中规定，信息发布要坚持实事求是、及时准确、公开透明的原则。灾情稳定前，受灾地区县级以上人民政府减灾委或民政部门应当及时向社会滚动发布自然灾害造成的人员伤亡等情况。

但从当地政府官网和权威媒体发布的消息来看，关于洪灾死亡人数的信息并未及时发布。北京师范大学公益研究院院长王振耀曾参与我国救灾制度的起草，他表示，一般的自然灾害，不涉及行政问责。

“灾情信息不应该有保密这种情况，这么多年第一次听说还有人不报、瞒报? 死亡 30 人以上的灾情，要启动四级应急响应，民政部就得派人去灾情现场。”王振耀分析，瞒报自然灾害的死亡人数，要么是地方领导对相关问责规定不熟悉，要么就是有其他因素。

根据相关规定，“对在自然灾害救助工作中玩忽职守造成损失的，严重虚报、瞒报灾情的，依据国家有关法律法规追究当事人的责任，构成犯罪的，依法追究其刑事责任”。清华大学公共管理学院副院长彭宗超认为:“地方完全可以公布或者上报实际的死亡人数，获得及时的、足够的救助。但他们为什么不报呢? 因为一旦死亡人数到 30 人以上，就变成特别重大的自然灾害，这里面说不清楚有没有人为的责任。除了天灾，可能会有人为的对防灾减灾的疏忽。他们害怕上面追责。”

岫岩县县政府为什么要瞒报死亡人数？“8·4洪灾”当地究竟有多少人遇难？灾难预警是否及时有效？是否有人玩忽职守？虽然事件已过去四年多，但社会依然需要一份负责任的权威通报。中国之声将继续关注。

后来：

报道播出后近半年，辽宁省公布调查结果，确认2012年的“8·4洪灾”确实存在瞒报情况，时任鞍山市副市长、岫岩县县委书记和县长均被撤职。

系列报道：亮剑“黑广播”

按语：

2016年11月11日，中央军委主席习近平、国务院总理李克强签署命令，公布修订后的《中华人民共和国无线电管理条例》，自2016年12月1日起施行。这次条例修订的重要目的是维护良好的无线电波秩序，保持电磁环境和谐、有序，新版条例中针对伪基站、“黑广播”的打击力度明显加大。那么，“黑广播”到底危害有多大？“黑广播”为何多年来无法完全治理清除？其背后有哪些利益链？新《条例》对于这些问题如何“亮剑”？“望”“闻”“问”“切”“治”，这五篇报道力图把问题讲透。

第一篇：亮剑“黑广播”：“黑广播”有多恶？

作者：肖源、王成林、王利、景明

播出时间：2016年12月19日

以无线电波传送声音的广播，作为一种媒介工具，自从20世纪问世以来，就以传播迅速、受众广泛、成本低廉、感染力强等优势，成为大众媒介的最佳形态。但是，近年来随着技术不断革新，信息渠道多样，物流方式便捷，一些人把获取不法利益的黑手，伸向了广播领域。给群众生产生活、政府行政管理，甚至国家安全带来了极大的“空中电磁”干扰。

12月1日，新修订的《中华人民共和国无线电管理条例》正式实施，条例的重要目的，就是维护良好的无线电波秩序，保持电磁环境和谐、有序，其中对“黑广播”的打击力度明显加大。这将为无线电事业健康发展提供良好的法律环境。从今天起，中国之声推出系列调查报道《亮剑“黑广播”》。今天播出第一篇：《“黑广播”有多恶？》。

无线电频谱资源归国家所有。由于这种资源的有限性，我国实行统一规划、合理开发、科学管理、有偿使用的原则。其实，对于什么是“黑广播”，很多听众恐怕不是特别了解。简单地说，只要是没有经过国家有关部门的批准，就通过广播，向不特定的群众播送信息的，我们都可以称它是“黑广播”。那么，“黑广播”到底有多恶劣呢？请听央广记者肖源、王成林、王利、景明的报道：

“黑广播”离您有多远？在一些地方，打开收音机自动搜索，很快就能听到这样的广播内容：

“黑广播”1：现在正赶上千草灵芝丹大型的减免活动，这是“国家医保局”给咱们进行的大型补贴，还剩最后两天，如果马上参与就能获得 990 元的优惠价，否则就得花 3 960 元购买……

“黑广播”2：把他血液里的垃圾清理干净，给他把原来淤堵的血管打通，然后再给他连上断裂受损的脑神经线，他这病就康复了……

在这些所谓的“广播节目”里，有主持人、有专家，有“现场听众”连线，听起来这与正规的广播电台节目没有什么区别。持续半个小时以上的节目，除了广告，没有其他。他们倾力宣讲的，要么是“一种药治千种病”的灵丹，要么是“千种药专治一种病”的妙药。而所采用的手段，要么是打着“国家医保局”这样根本不存在的机构报销的旗子，要么是打着“年终特惠，马上涨价”的幌子，诱惑群众购买那些所谓的保健品，甚至还有根本不在国家药物目录里的所谓药品。

这些所谓的“广播”节目，严重影响了听众的收听感受：

河南听众：这种节目没法听，除了广告没别的，连他们是哪个电台、主持人是谁都没有告知，那些所谓的专家，都称为张主任、王主任之类的。

黑龙江听众：买回去之后吃了根本没有效果，想投诉或退货都不行。因为他们也没有正规的售后，也没打算给你提供售后。所以基本上是花高价买到的是假药，无法退货不说，关键是危害了身体健康。

事实上，在不少地方，还能听到更不堪入耳的节目，我们尽力挑选相对合适的部分录音：

“黑广播”1：欧美引进的 KUB 全方位数字智能检查，首先要查是什么原因让他只有不到十公分……

“黑广播”2：坚决响应国家的号召，严厉打击保健品和一些伪劣药品，蒙骗广大男性消费群体。由中华性学会还有国家食品药品监督管理局，联合咱们国药……

“黑广播”3：他自己也买药吃过，吃了都挺好，不吃了之后，就完全不行了……

“黑广播”4：重振男人自信，还给女人幸福……

类似这样的节目，往往出现在深夜，但也有一些地方，全天24小时不间断地播放着这种内容低俗、表述粗鄙的广播：

安徽听众：（调台）101.0、101.3，对，你看，“一律免费”。101.6，“现仅需180元便可治疗阳痿早泄”。102.1，这个台说话的人声称自己是名医生。106.8也是这样的，是肥东地区的。93.5是中国之声，93.5附近是90.5，几乎全是类似这样的广播。

湖北听众：作为一个未婚人士，听到这种广播感觉好尴尬呀！特别有时候在出租车上，前面是司机，我一个女生在后面听到这个就感觉很不好意思。

河南听众：特别是在车上有小孩儿的时候。本来是在听一个正规的频率，突然间就被“黑广播”侵入了。就放那些很淫秽的广播，又不能随便停车、下车，只能是赶紧关掉广播。

“黑广播”对群众造成的危害，绝不止以上这些。在很多地方，“黑广播”就设置在居民楼的楼顶上，很多没有正规生产厂家的发射器，会产生相当大的电磁辐射量。

山东省泰山区无线电管理办公室主任刘德胜：这个辐射确实对群众的身体健康危害很大，特别是对小孩、对孕妇、对老年人，你要在天线附近待时间长了，会感到头晕。我一开始也不知道它危害到底有多大。我就把天线放在阳台上，阳台上有那个油毡，不一会儿，1 000瓦的功率，天线和油毡的接触面就冒烟了。这是相当厉害的！

这些林林总总的“黑广播”形态，也给正规的广播电台节目，造成了极大的冲击和负面影响。

湖北人民广播电台工作人员：他们原来是一个频率固定播出，现在他们不断地变换频率，甚至利用我们国家批复的正规播出频率的边缘部分，或者干脆就用我们的呼号在播出。对我们正常的广播频率影响非常大。我们也不断地接到市民、听众给我们打来的电话，说你们电台怎么敢播出这样的内容？其实那根本不是我们电台播出的内容。

黑龙江人民广播电台工作人员：如果要是不限制和取缔“黑广播”的话，它会扰乱正常的信息发布和新闻舆论的引导。它增大了地方政府管理的成本和难度，因为“黑广播”是潜在的社会矛盾制造者和传播者，如果一旦因为它的宣传而制造某方面社会矛盾，地方政府要在后面花大力气做善后和说明解释工作。

这些年来，“黑广播”干扰民航航班飞行的事件也时有发生。

中国民航东北空管局黑龙江分局设备监控室主任李金淑：现在所遇到的干扰一般都是空中干扰，干扰情况如果严重的话，机组可能就无法听清管制指令，甚至会导致机组和管制员失去联系，所以这个对飞行安全的影响是巨大的。

这些未经报备审批的不法分子私自架设的“黑广播”，对群众生活和社会安定危害巨大。但一些地方的正规广播电台，也存在不经报备审批，私开频率或者挤占频率的问题。个别区县级广播电台，也有长时间播放严重违反法律法规的药品、保健品广告。

在多地采访期间，记者发现，“黑广播”不但离我们很近，而且数量十分庞大。仅武汉市，这种非法调频的“黑广播”，至少就有9个；安徽省今年以来查处“黑广播”178起；黑龙江省今年缴获“黑广播”230套；山东省截至11月底打掉“黑广播”窝点304个，查扣“黑广播”设备484台；而仅10月这一个月，全国无线电管理机构就查处“黑广播”违法犯罪案件高达252起。

面对肆意蔓延、愈演愈烈的“黑广播”，难免有一些群众，会有这样的疑问：“从9月到现在，我觉得频率不是越来越少了，而是越来越固定了，这三四个月的时间都过去了，主管部门基本上没有任何作为，他们难道不听吗？还是他们没收到？没有收到这样的投诉？！”

但在多地采访中，记者也能听到主管部门大致相同的看法——人机分离，查处相当难。甚至即便人赃俱获，也不好处理。

安徽省无线电管理部门负责人：我们无线电管理机构只是对他的频率是否合法进行管理，我们可以侦测、定位发射点在什么地方，抓人就是公安部门负责，销售是由工商部门管，所以这是一个综合的、多部门的联合行动。

山东省某地公安局民警：现在没有制定相关法律依据，什么叫情节严重？什么样的情节，归行政管、归无线电管理办公室管，什么样的情节又归刑事管，这些都没有相关的界定。

“黑广播”的危害，我们有了一个大致的了解。但是，在现在这么严厉的全国性打击的专项活动展开期间，“黑广播”的电波也没有明显减弱的态势，甚至在个别地方，还在变本加厉。那么，是什么样的动机与诱惑，让“黑广播”背后的这些“黑手”停不下来呢？明天，请听系列调查报道《亮剑“黑广播”》，第二篇：《“黑广播”有多富？》。

第二篇：亮剑“黑广播”：“黑广播”有多富？

作者：任梦岩、贺威通、左爱甫、毛更伟、迟嵩
播出时间：2016 年 12 月 20 日

通过收音机，身处全国各地的听众都能实时收听到我们从北京的直播间里为您播出的节目。但不知道您有没有这样的经历，有时候打开收音机搜索频道，却经常听到一些“不正经”的内容，从销售保健品到各种“灵丹妙药”，有的内容简直不堪入耳。

近年来随着我国对药品、医疗领域广告的要求越来越严，一些攫取不法利益的商家，开始自行架设“黑广播”，入侵广播电台频率、播放非法广告。中国之声推出的系列调查《亮剑“黑广播”》，今天播出第二篇：《“黑广播”有多富？》。让我们随执法人员一起探寻，是什么样的动机与诱惑，让“黑广播”背后的这些“黑手”停不下来？请听央广记者任梦岩、贺威通、左爱甫、毛更伟、迟嵩的报道：

“黑广播”是什么？也许您打开收音机调台时，经常会收到一些这样的信息：

“黑广播”1：吕院长您好，我现在的症状已有 10 年了。关键是不能从根本上解决问题，10 年了，这个病症反复发作，不见好转。咱们爱迪养心口服液不通过胃肠，直接通过血液……

这些广播，大多能覆盖方圆一二十公里，通过隐蔽的广播发射装置，非法占用广播频段，入侵我们的收音机。不仅干扰了正常的广播节目和民航频段，污染咱们听众的视听，还让那些已购买产品的听众，直呼上当。来自天津的刘先生说，听“黑广播”后他购买了一款“包治百病”的盐藻产品，结果发现就是胡萝卜素制成的，白花了不少钱。

刘先生：广告宣传的内容很丰富，包治百病什么的。购买之后发现说明书里根本没有显示盐藻的成分，只有维生素 E 和 β 胡萝卜素，β 胡萝卜素从胡萝卜里很容易摄取，也很便宜，可我买的这个很贵，一瓶是 298 元。

天花乱坠的描述，再加上“通过收音机传出来”这样看似正规的渠道，不明白这背后原委的消费者，难免上当受骗。这违规电台是如何进入你我收音机的呢？为什么违规售药的机构能够随意开设“电台”？

一位曾经参与过“黑广播”架设、做过销售推广的人道出了其中的“奥秘”：

参与者：广播设备没有限制，淘宝随便都可以买到，播放时人机分离，违法成本低。

记者：你怎么控制这个主机的开关？什么时候播放？每次播放多长时间？

参与者：不一定，有时候是从网上买的遥控开关。只需发送短信就可以控制开关。

记者：一个多少钱？

参与者：不到 200 元。

多地的公安执法人员告诉记者，“黑广播”之所以屡禁不绝，除了背后不法商家希望通过违法手段营利外，专业的广播设备可以随意销售而不受限制，也是原因之一。记者在淘宝网、阿里巴巴网等电商渠道搜索广播设备，能轻松找到多家大功率广播设备销售商家。广州一家企业告诉记者，经常有人向他们购买 1 000 瓦、能覆盖方圆 20 公里的大功率广播设备。

商家：有 1 000 瓦的，还有更大的，也有 500 瓦的，1 000 瓦能覆盖 20 多公里，500 瓦能覆盖 15 到 20 公里。

记者：功率太大了，警察会查吗？

商家：有人用过啊，我不知道你们当地的情况，他们都没有被警察抓过。

另一家河南商丘的厂商，不仅出售广播设备，还包揽“全套服务”，给设备定制频段、安装定时播放器，这些“黑广播”的必备产品，他们都可以定做：“在你们当地找个空频段，我们给你加工定做，出厂之前我们全部给你调试好。你们把天线架设好之后，你要是需要定制播放的话，这里就要加个定制播放器，这样就可以定时、定点播放而不需要人工操作了，然后这个必须保持开机状态。”

记者只花了半天工夫，就在淘宝上找到了多家可随时定制“黑广播”全套设备的商家。湖北省公安厅刑侦总队视频侦查支队副支队长顾伟告诉记者，他们刚刚查处的一起案件，就是使用了这些从网络上购买的设备，租个高层房间，架设隐蔽天线，一套“黑广播”频率就完成了。成本不过是两三万元，而这背后的利润却高得惊人：

顾伟：设备都是通过网络购得，我们通过办案了解到他们这个是暴利。架一个电台的成本并不高，利润却是成本的好几倍，甚至数十倍。目前他只交代了 17 万元，实际上远远不止这个数。

通过搜索，记者找到了几家违规医药经销商，他们除了经销补肾药品外，还可以直接提供录制好的“黑广播”音频，药品进价是 180 元，却以 860 元卖出。

经销商 1：30 期的音频，有两个版本，一个播放三个月疗程，另一个播放四个月疗程，用哪个都行，音频肯定是够用的，它这个宣传得不错，正常一个小时能有七八个听众吧。

经销商 2：一盒药进价是 180 元，三个月疗程的要购 30 盒，对外卖 860 元一盒。

至于产品的质量，一位保健品厂商代表说，他们的产品通过了国家的 QS 认证，绝对不会有事，至于产品功效方面，这是很概念化的了：“我们这个产品质量当然是没有问题的，我们只是对产品的效果和功效方面，进行了一些渲染和美化，实际上，这是很概念化的东西。”

一位从事过“黑广播”产业的人员告诉记者，他开了家药房，为了增加产品的销量，他又在厂商的推荐下，开始利用“黑广播”做广告，每一套“黑广播”都有自己的广告剧本，播出时留有专门的联系电话，等消费者来电咨询、购买，每个月除去给工人的佣金外，能赚 5 万—10 万元：“黑广播”就是卖药，厂家租用我们的设备，然后播放他们的药品广告，最后给我们一部分提成。这一套成本是 120—150 元。第一次卖价是 990 元，第二次卖价是 330 元。我们有相关的广告语，每月营业总额可达 60 万—70 万元。”

一边是低廉的违法成本加高额的利润收入，另一边却是高昂且复杂的查处成本，这使得“黑广播”容易上路，很难下马。安徽省经信委无线电管理处处长张旭翔认为，仅靠“头痛医头、脚痛医脚”的方法，不能彻底杜绝“黑广播”的存在，要找到利益链条顶端，让“黑广播”无利可图，而这需要公安部门、无线电管理机构、工商部门乃至食品药品监督管理局等机构的多方合作才行：

张旭翔：他们形成了一个利益共同体，一天的收入相当的丰厚，一天最多能够收入两千元。在这么大的利益面前，彻底杜绝比较难，他们没有什么成本，处罚难度又很大，手段又不断翻新，形成了一个完整的产业链。还有就是他们产、供、销一体化，形成了一个非法的利益链，只是制止某一个环节是很难根除的，必须要综合查处，从源头上开始治理。

根据《中华人民共和国刑法》第二百八十八条的规定：“违反国家规定，擅自设置、使用无线电台（站），或者擅自使用无线电频率，干扰无线电通讯秩序，情节严重的，处三年以下有期徒刑、拘役或者管制，并处或者单处罚金；情节特别严重的，处三年以上七年以下有期徒刑，并处罚金。”该法规只对广播设备的使用者进行处罚，对于“黑广播”设备的生产者、贩卖者却没有相关的处罚规定。广播设备制作工艺比较简单，要求的生产环境条件也较低，除了网上可以随意出售的产品外，相关技术人员只需要购买零件就能攒出一台发射装置。面对高额的利润和低廉的成本，“黑广播”就在这样的土壤中发展、壮大。那么我们的相关监管部门又该怎么办？请听明天播出的第三篇：《“黑广播”有多鬼？》。

第三篇：亮剑“黑广播”：“黑广播”有多鬼？

作者：王逸群、杨博宇、李凡、陈庆滨

播出时间：2016 年 12 月 21 日

近年来“黑广播”的违法犯罪呈现高发态势，“黑广播”干扰了正常的无线电通信秩序，给我们的生产、生活带来了很大的负面影响。今年全国各地都展开了大规模的打击“黑广播”行动。到 11 月底，全国公安机关共捣毁“黑广播”窝点 1 998 个，查获“黑广播”违法设备 3 239 台，查处违法犯罪人员 632 名。可以说打击“黑广播”，取得了一定的成效。

然而我们也要承认，亮剑“黑广播”，依旧任重道远。“黑广播”“数量多、影响坏、治理多年未绝迹”，仍然是摆在我们眼前的现实问题。记者在采访中发现，近年来“黑广播”呈现出一些新特点，给治理打击行动带来了新挑战。中国之声推出的系列调查《亮剑“黑广播”》，今天播出第三篇：《“黑广播”有多鬼？》。让我们随执法人员来到查处“黑广播”的现场，共同探寻“‘黑广播’治理难”的答案。请听央广记者王逸群、杨博宇、李凡、陈庆滨的报道：

“生理健康、药到病除、男科医院……”近日河南郑州一个播出频率为 99.2 赫兹的广播，引起了当地有关部门的注意。经对比，这是一个没有经过批准就播送广告的“黑广播”，一场与“黑广播”的较量就此开始。

经初步判断，和很多狡猾的“黑广播”一样，“黑广播”99.2 也是架设在市中心高楼林立的高层小区。郑州市无线电管理局工作人员称，这样“黑广播”既扩大了覆盖面，又方便躲避查找和监测。

无线电管理局工作人员：因为市区高楼太多，反射信号太多，方向定位的时候比较乱，也容易误导。高楼多的地方“黑广播”就多了，他们把天线设在楼顶，覆盖传播距离比较远。

不过监管部门还是有办法找到这个猖狂多日的 99.2 频率“黑广播”的，郑州市无线电管理局首先使用固定监测站确定大致方向，然后进行定点摸排。周一下午 3 点半，执法人员终于定位到了“黑广播”99.2 所在地：中州大道农业路西好莱坞小区。但是“黑广播”到底具体架设在哪里呢？执法人员表示，近年来狡猾的“黑广播”为了躲避查处，“隐蔽化、小型化、小功率化”特点越来越明显，其发射天线也从高层楼顶转到了住户的窗户外，甚至涂有伪装色。

执法人员：有的“黑广播”设置的地方非常隐蔽，不好找，比如说附近有十几幢高楼，天线要是设置在房间阳台上或者窗户上，就得逐一排查，那就要花费很长时间去行动。

见招拆招，为了定位“黑广播”，执法人员通常采用灵活的监测车以及更加便携的手持监测仪器进行定位，但是依旧需要仔细地、耐心地逐个摸排。

走到好莱坞小区的楼下，无线电管理局工作人员手持的便携监测仪器显示屏中，“黑广播”信号越来越强，电频值达到了70分贝，其播出内容语言淫秽、不堪入耳，极具诱导、欺骗性。

“黑广播”99.2背景音：如果现在预约成功呢，可以享受减免最低收费580元，原价收费3 860元……

无线电管理局工作人员：比如说这个99.2，可以通过这个手持监测仪器确定它大致在哪个方向。

为了最终确定“黑广播”具体在哪一个房间、哪一个住户家中，一些地方的执法人员除了逐个摸排，还想出一些“妙招”，比如通过“断电法”和“水、电表对比法”来确定“黑广播”的最终位置。

在该小区B座29层，执法人员发现2911户的水表、电表有些异常——用电量很大，但是用水量却几乎没有。为了进一步确定，工作人员将2911户的电表开关关闭。

执法人员：应该就是这个2911户，断电试试。（“咔嗒”一声拉断2911电闸。）

“黑广播”99.2背景音：东方50……制……药……（“黑广播”声音断断续续，最终声音消失。）

无线电管理局工作人员：如果不确定，就断电试试，没有信号了就确定了，打不开电表箱就找物业配合。这不，刚才断电了，“黑广播”99.2现在已经没有声音了。

虽然确定了“黑广播”的具体位置，但执法人员又遇到了第三个障碍：无人开门，无法正常进入房间。记者梳理发现，各地违法犯罪人员，大多把“黑广播”架设在无人常住的出租房内，“入户难”问题普遍存在。

执法人员：有的人用假身份证登记信息，准确定位房间后，承租人一般不会来开门，公安机关只能强行开锁入户，没收非法广播设备。

经过与小区物业沟通，郑州市公安局犯罪侦查局请开锁公司打开了2911户的房门。空荡荡的房间内，放着一台银灰色的无线电广播发射机，发射机上插着一个存储U盘，并且还连接着一台远程遥控手机和一根架设在窗外的白色天线。但是，现场并没有发现相关违法犯罪嫌疑人。

记者从各地了解到，人机分离、远程智能遥控技术、定点播放或者自动播放，是近年来“黑广播”的新特点，其主要目的就是为了逃避查处、躲避监测。

黑龙江省刑侦总队民警张睿：很多时候，我们到现场只是发现有一套设备，没有一个可以顺向侦查的真实的信息。

山东省泰安市泰山区无线电管理局办公室主任刘德胜更是坦言，打击“黑广播”却无法在现场找到人，是治理“黑广播”中遇到的一个主要难点。

刘德胜：作为咱们的职能来说，只能把这种“黑广播”设备没收，找不到人也没法对他进行处罚。

经过拍照取证等手续，郑州市无线电管理局工作人员现场尝试打开了这个无线电广播发射机，通过发射内容和广播频率的对比，初步确定与此前调查的99.2频率“黑广播”相匹配。

“黑广播”：……生殖男科研究院，是一所集科研、诊疗、康复为一体的……

记者：播放器正在播99.2频率?

执法人员：这个播出的内容，跟咱们现在查处之前的调查结果是一样的，是匹配的。

执法人员按照法律程序，当场将相关设备拆除扣留，并且在房间门口贴上了无主器材（设备）拆除、证据保存公告以及清单。而就在房间门口，大家又发现了一个“智能GSM手机卡防盗报警器”。现场工作人员称，随着打击“黑广播”的力度加大，违法人员的反侦查意识也越来越高。

无线电管理局工作人员：他们反侦察意识加强了，我们一进来报警器就报警，违法人员就知道被发现了，再一听“黑广播”没信号了，也知道机器被收走了。

此外，还有某地市无线电管理局工作人员透露，违法人员甚至通过不正当手段阻挠查处，例如无线电监测车被安装追踪器等。不过更多时候，违法人员还是采取变换播出频率或者播出时段的方法来躲避监测，有时候甚至“打一枪，换一个地方”。

湖北广播电视台广播工作部副主任王俊健：现在“黑广播”出现了一些变换播出频率的手法，原来是一个频率固定播出，现在它不定期地、不断地变换频率，甚至利用我们国家批复的正规播出频率的边缘部分，有的干脆就用我们的呼号在播出。

目前郑州市 99.2 频率“黑广播”的相关案件已移交公安部门进一步调查处理。据介绍，今年郑州市已经成功查处了 30 多个“黑广播”窝点。但是记者从其他地方了解到，打击“黑广播”因程序问题往往需要协调多个部门，还要联系物业、业主等，因此导致执法时间消耗过长，效率不高。“九龙治水”的现实难题依旧有待进一步解决。

安徽省某市无线电管理局工作人员：每起案件都有不同的特点。能抓到犯罪嫌疑人的还是占少数，有的抓到人了，但也需要各个部门形成合力，一致认为确实这是违法的，而且要视情节是否造成严重的后果才能够最终定性，相关犯罪嫌疑人才能够入刑。

违法人员幕后不露面、场所天线隐蔽、远程遥控防打击，为了获取非法巨额利润，诡计多端的“黑广播”可以说是绞尽脑汁、花样百出。那么，“黑广播”治理多年未能绝迹，其根源到底在哪里？“黑广播”蔓延多时，病根又在哪儿？请听明天播出的第四篇：《“黑广播”有多赖？》。

第四篇：亮剑“黑广播”：“黑广播”有多赖？

作者：潘毅、贺威通、王利、张磊

播出时间：2016 年 12 月 22 日

“黑广播”危害一方，无论是它的传播方式对正常无线电通信秩序的破坏，还是其传播的内容、推销的产品对老百姓生命财产的威胁，更严峻的是，“黑广播”常常被电信网络新型违法犯罪分子所利用，成为他们实施诈骗的工具。

从 2015 年 10 月 30 日起，国务院打击治理电信网络新型违法犯罪部际联席会议，在部署打击电信网络新兴违法犯罪专项行动时，特别将“黑广播”违法犯罪活动列为打击治理的重点，在全国范围内掀起了打击“黑广播”违法犯罪工作的高潮。摸清“黑广播”非法产业链上的每一个环节，分清责任，对于连根拔除“黑广播”这根毒草至关重要。中国之声推出的系列调查《亮剑“黑广播”》，今天播出第四篇:《“黑广播”有多赖?》。我们来跟随记者捋一捋,“黑广播”的非法利益链为什么这么顽固,斩草除根为什么这么难?请听央广记者潘毅、贺威通、王利、张磊的报道:

2013年最早一例“黑广播”违法犯罪案件被发现,2014年下半年以来此类犯罪大幅增长。目前,除了西藏,全国其他各省、自治区、直辖市都曾发现“黑广播”违法犯罪的踪迹。虽然无线电管理部门、广电部门以及公安机关持续对其进行打击,但是背后延展的产业链,使得此类犯罪难以根除。

公安部刑事侦查局电信网络犯罪侦查处主任科员郭威:他们有专门搞销售的,有专门买“黑广播”设备之后联系、租用场地的,然后播放广告,最后获取利润,已经形成了一种违法犯罪的产业链。

由于“黑广播”成本很低,但处罚难度很大,加上已经形成了一个完整的产业链,如果只是针对其中任何一个环节单独进行打击,都难以将其连根拔除。

安徽省经信委无线电管理处处长张绪翔:他们是从设备厂家购买设备,现在主要是网购,然后组装成成套的设备,有一些不正规的医院给他们提供广告,他们只要正常广播就行了,做广告的商家或不正规的医院会给他们一定的费用。这就已经形成了一个利益共同体。

“黑广播”的使用、发射环节,无疑是这条黑色产业链上最重要的一环。然而在这一环节,“人机分离”最让办案民警束手无策。

黑龙江省刑侦总队、反诈骗中心民警张睿:我们监测到信号以后,无线电管理局和公安机关两家联合出警,但是很多时候,我们到现场只是发现有一套设备,并没有一个可以顺向侦查的真实的信息。

在以往的执法过程中,即使公安机关收缴了这些“黑广播”的相关设备,但是犯罪嫌疑人依然逍遥法外。而且在湖北省公安厅刑侦总队视频侦查支队副支队长顾伟看来,这种“非接触犯罪”带来的不仅是打击上的困难,还有定罪量刑上的困境:

顾伟:你要获取法庭上需要的相关证据,特别是刑事证据,才可以定罪量刑。因为违法分子只承认房子是他租的,不承认设备是他放的,在这个问题上我们也很无奈。

在违法犯罪的“黑广播”上游，是“黑广播”设备的提供商。在原先科技不发达的情况下，制造这类设备还存在一系列技术门槛，然而随着科技的进步、电子元件的普及，加上制造设备的技术人员的增加，对于设备提供环节的治理也愈发困难。

郭威介绍：我们还没有完全查清“黑广播”犯罪的源头，因为前期我们查到了在东北地区有几起重大的串案，发现“黑广播”设备就是从辽宁鞍山的某些地方出厂的。由于这个地方有好多国有的生产无线电的企业，企业改制之后，很多下岗工人师傅自己开设出好多小作坊，有些有生产许可证，但有些没有，“黑广播”设备就是由这些小作坊提供的。

而这些非法设备提供商，为了规避法律的约束、逃避执法打击，很少将成品直接组装好，而是以零件的形式存放，这也给执法带来巨大的困难。

山东泰山区公安分局刑侦大队副大队长马鸣：现在卖成品的人很少，绝大部分都是组装，他们只提供电子元件的零部件，像按钮电路板、散热片等，根据客户的需求来供应产品。比如，我生产散热片，你网上下单，我给你设计好你所要的尺寸、大小，至于这个元件你用在什么设备上、起什么作用，我就不关心了。

犯罪分子利用“黑广播”非法所得的收益，到底是挣的谁的钱？除了利用“黑广播”进行电信诈骗犯罪活动，卖假药成了他们最主要的获利途径。一位曾经参与过“黑广播”经营的人士告诉记者，5 万元成本的“黑广播”设备，仅用四个月，卖药的销售额就能高达 60 万—70 万元，其中数 10 万元进了他的口袋：

参与过“黑广播”经营的人士：“黑广播”就是卖药，厂家就是租你的设备，然后播放他的药广告，给你部分提成。这一套成本是 120—150 元左右，总的成本估计只需 5 万元。我还开了一个药房，还可以自己销售一部分药。

然而在实际办案过程中了解到，受害人往往并非直接与“黑广播”犯罪分子完成交易，而是非法药品生产企业利用“黑广播”做广告、兜售药品，再集中向“黑广播”犯罪分子支付一笔广告费。非法药店、非正规医院这些“广告主”，与“黑广播”犯罪分子勾结成利益共同体，成为犯罪链下游的摇钱树。目前，虽然这些企业、作坊成为公安机关倒查“黑广播”窝点的重要线索，但是在打击取缔方面，也依然面临困境。

公安部刑事侦查局电信网络犯罪侦查处主任科员郭威：对租用“黑广播”发射

药品广告的这类生产企业，我们发现，一类就是专门生产这种假药的企业，实际上就是零散的窝点，还有一部分是民营的医院，这类还比较多，我们打击、整顿它，目前还是比较困难，这些就导致了“黑广播”屡禁不止、此消彼长的局面。

目前，公安部依托国务院部际联席会议制度与成员单位建立了打击治理“黑广播”违法犯罪的工作机制，以及打击治理“黑广播”快速通报制度，推动对“黑广播”犯罪的“全链条”打击。郭威认为，有关成员单位应该发挥自身的职能优势和技术优势，认真履职确保实效：

郭威：比如说在工作机制中要求无线电管理部门、无线电监测部门、民航部门、新闻出版广电部门，它们的职责任务是发现监测和定位“黑广播”，然后及时通报公安机关。公安机关负责把这些线索进行摸排，而且要及时捣毁窝点，查缴设备，抓获犯罪嫌疑人，并依法起诉。工商部门就负责根据各部门提供的情报对“黑广播”设备生产销售者进行查处，对相关企业进行处罚。质监总局负责对这些没有取得生产许可证的非法生产企业进行查处。

就在12月20日，最高人民法院、最高人民检察院、公安部发布的《关于办理电信网络诈骗等刑事案件适用法律若干问题的意见》中的相关规定为进一步打击“黑广播”提供法律依据。其中明确，在实施电信网络诈骗活动中，非法使用“伪基站”“黑广播”，干扰无线电通信秩序，符合刑法第二百八十八条规定的，以扰乱无线电管理秩序罪追究刑事责任。同时构成诈骗罪的，依照处罚较重的规定定罪处罚。《意见》还对认定共同犯罪的标准做出规定，最高人民法院刑三庭副庭长李睿懿表示：“明知他人实施电信网络诈骗犯罪，而为他人提供公民个人信息、提供银行卡或手机卡、提供‘伪基站’设备、提供互联网接入或者支付结算、提供场所或者交通等帮助行为的，以诈骗共同犯罪论处。”

对“黑广播”犯罪进行“全链条”打击，让“黑广播”断了设备，绝了钱路，才能彻底铲除“黑广播”赖以滋生的土壤。逐步完善的打击治理机制与日益健全的法律制度织就的天罗地网，正使得“黑广播”的生存空间越来越小。

12月1日，新修订的《中华人民共和国无线电管理条例》正式实施，其中对“黑广播”的打击力度明显加大。我们之前的“望”“闻”“问”切”，由表及里分析了“黑广播”的症状，那么新规到底开出了怎样的治理“药方”，能否药到病除？

请听明天播出的第五篇:《“黑广播”有多险?》。

第五篇：亮剑“黑广播”:“黑广播”有多险?

作者：张棉棉、潘毅、焦莹

播出时间: 2016 年 12 月 23 日

连续五天，中国之声聚焦“黑广播”给人们的生活带来的危害，大到“影响航空秩序”，小到“骚扰人们的生活”，设置“黑广播”的人明知私设电台是非法的，但为追求高额利润，不惜铤而走险，致使非法“黑广播”屡禁不止。仅今年 2 月至 10 月，全国无线电管理系统启用设备 3.5 万次，无线电监测车 1.3 万车次，各地查处“黑广播”案件 2 500 余起，缴获“黑广播”设备 2 000 余套，查处利用“黑广播”干扰民航通信的案件达 27 起。

为了将“黑广播”的毒瘤连根拔除，国家一年来打出系列组合拳，2015 年 8 月，通过《刑法修正案九》降低构成扰乱无线电管理秩序罪的门槛，并增设加重情节的量刑档次; 2015 年 10 月，成立了国务院打击治理电信网络新型违法犯罪部际联席会议办公室; 2016 年 11 月，工信部又公布了对无线电管理条例的修改意见。就在前不久，最高人民法院、最高人民检察院、公安部还联合发布《关于办理电信网络诈骗等刑事案件适用法律若干问题的意见》。多措并举之下，为治理“黑广播”布下了一张纵横交错的“天网”。

中国之声系列调查《亮剑“黑广播”》，今天播出第五篇:《“黑广播”有多险?》。来听记者张棉棉、潘毅、焦莹的报道:

今年 2 月，空军航空兵某师所属某场站通信连对空台长路海彬在例行开机试线检查时，话筒里不时传来阵阵嘈杂声，断断续续还能听到音乐和药品推销广告。长期以来，这些传播半径最多能达到 10 公里、设备功率高达 1 000 瓦的“黑广播”的出现，严重影响了军用、民航飞机的无线电信号接收及正常通信。不仅是机场，天文台、气象雷达站这些地区也是受“黑广播”影响的重灾区，为此，最新修订的

《中华人民共和国无线电管理条例》中，首先为它们加上了一个“保护罩”。

工信部无线电管理局局长谢存：新增电磁环境保护的措施，规定建设射电天文台、气象雷达站、机场等需要电磁环境特殊保护的项目，在已建射电天文台、气象雷达站、机场周边区域不得新建阻断无线电信号传输的高大建筑设施，任何无线电发射设备对船舶、航空器、铁路机车专用的无线电导航、遇险救助和安全通信等涉及人身安全的无线电频率产生有害干扰时，应当立即消除。

除了加强自我保护，还要主动出击。工信部政策法规司副司长范斌介绍，今后要大力推行型号核准制度，型号核准就像市场的通行证，如果没有经过政府部门核准或备案的广播设备在市场上将无立锥之地，不能流通。这就从源头上对“黑广播”进行围堵，精准切除“黑广播”设备的销售、购买的“毒瘤”：

范斌：设备管理方面，完善生产无线电发射设备的型号核准制度，并结合打击“伪基站”、“黑广播”的经验，明确销售应当取得型号核准发射设备进行备案。

据了解，一个“黑广播”的设备成本大约在几千元到1万元不等，但是，以卖假药举例，一服药少则几百元，在过去，如果被抓到，最多被罚款5 000元。暴利之下，很多犯罪分子铤而走险。但是，现在根据新《条例》，对惩罚措施提高了一百倍。

范斌：新《条例》加大了违法行为的惩戒力度，将擅自设置电台罚款上限由原来的5 000元提高到50万元，对不按照电台执照的规定而使用电台的，吊销电台执照，没收违法所得，并处以10万元以下罚款等处罚措施。对非法无线电发射活动，要求暂扣设备，查封电台，实施技术阻断，提高违法成本。

私自安装“黑广播”一本万利，此前相关责任的逃脱却较为容易。今年上半年，在山东济南，记者随执法人员来到了一个居民小区。经过定位，最终在房主和专业开锁人员的协助下，执法人员才进入一所民宅，但房间内根本没有人住的迹象，床上摆着一个类似VCD的播放设备，阳台处则悬挂着一根外置天线。“因为人机分离，犯罪分子可以远程操作，所以往往只能查到机器。”济南市文化执法局执法二处处长侯方玲无奈地说。

侯方玲：这是他的主机，那个是发射机，还有室外天线，整个设备就这么简单。他可以通过手机远程控制开机、关机。

犯罪分子操作“黑广播”时人机分离，这就需要各个部门协调配合，才能有效实现打击效果。然而在过去，常常是工信系统拿着设备检测到了“黑广播”，又需要重新协调出警人员，而对于设备的监测或内容方面还要再请其他部门进行界定，中间缺乏有效沟通，就让犯罪分子有了可乘之机。

为此，国务院打击治理电信网络新型违法犯罪部际联席会议办公室，今年先后在北京、南京召开了三次打击治理电信网络新型违法犯罪的专项行动推进会，对打击治理“黑广播”违法犯罪工作做出明确要求，明确了打击重点，要求强化工作措施，重点突击。同时，新《条例》也将各部门的分工责任更加明晰化。

工信部无线电管理局安全处处长陈季华：新《条例》进一步明确了无线电管理工作在国务院、中央军委的统一领导下分工管理、分级负责的原则。比如新《条例》规定了无线电管理机构在无线电监测、检查工作中发现擅自设置、使用无线电台涉嫌违法犯罪活动的，应及时通报公安机关并配合调查处理。

公安部刑事侦查局电信网络犯罪侦查处主任科员郭威表示，一年多来，部际联席会议办公室对“黑广播”的打击活动要求各部门不再各自为政，而是要协同作战。

郭威：我们明确责任，要求各地各级联席会议办公室，要求他们守土有责，勇于担当。在中央层面是23个部委，在各个地方也是20多个成员单位，各个地方略有不同。“黑广播”这类犯罪的影响和危害是有地域性特点的，它不像别的非接触性的远程犯罪。所以我们要求各地根据本地实际制定工作方案，调配力量，严厉打击。

从中央到地方纵向管理，层层深入，横向从产业链的各个环节也都将加强管控。工信部无线电管理局局长谢存说，按照新《条例》，质量监督部门、工商行政管理部门将配合无线电管理机构，对生产、销售的无线电发射设备进行监督检查，并及时向无线电管理机构通报发现的违法生产、销售无线电发射设备的行为，然后再和执法部门协调出警。各部门齐抓共管，这是“九龙治水”，而不是多头共管，换句话说，将形成合力，纵横交错的治理网络将使“黑广播”无所遁形。

谢存：目前更多的是在“伪基站”和“黑广播”的设备使用环节，我们跟公安部门在打击方面发力比较多。下一步要针对生产、销售环节，我们将积极与工商、质检部门联合展开工作，使得全产业链加强治理。

此外，2015年8月通过的《刑法修正案九》降低构成扰乱无线电管理秩序罪的门槛，并增设了加重情节的量刑档次，最高提到了7年。最高人民法院、最高人民检察院、公安部本月还发布《关于办理电信网络诈骗等刑事案件适用法律若干问题的意见》，其中明确指出，明知他人实施电信网络诈骗犯罪，而为他人提供“伪基站”“黑广播”等设备、提供互联网接入或者支付结算等，以诈骗共同犯罪论处。最高人民法院刑三庭副庭长李睿懿说，这是让治理“黑广播”等电信诈骗有法可依。

李睿懿：对电信网络诈骗犯罪进行有效打击，必须斩断其犯罪链条，综合惩治，确保全方位打击，不留死角。

“黑广播”有多险？面临各种查处和多部门联合重拳，私自开设“黑广播”者生存险象环生。就在截稿前，记者从相关部门了解到，昨天下午4：30，相关部门接到投诉电话，有“卖药”的“黑广播”干扰了军队航空频率，此后，北京市无线电管理部门联合北京市文化执法总队迅速查找到干扰源在房山区，并在一处居民楼的楼顶发现了“黑广播”源头，从接警到清除设备只用了短短5小时，接下来将进一步追查设备的所有者。在此，我们也奉劝那些觊觎“黑广播”暴利、不惜铤而走险的人尽快悬崖勒马，否则等待你的不仅是破灭的发财梦，还有深深的铁窗！

后来：

2017年6月27日，最高人民法院、最高人民检察院公布了《关于办理扰乱无线电通讯管理秩序等刑事案件适用法律若干问题的解释》，并于2017年7月1日起正式施行，为打击治理“黑广播”等违法犯罪行为提供了法律依据，也为查处此类案件定罪量刑划定了法律“红线”。

司法解释第一、第二、第三条对擅自设置、使用“黑广播”“情节严重”和“情节特别严重”的情形做了规定，还就非法生产、销售“黑广播”“伪基站”等无线电设备的定罪量刑标准，明确了出具相关司法证据报告的主体，为进一步打击治理“黑广播”违法犯罪提供了强有力的法律依据。

司法解释第四条规定，非法生产、销售无线电设备3套以上的或非法经营数额5万元以上的，都可认定为“情节严重”。而实施前款规定的行为，数量或者数额达到前款第一项、第二项规定标准5倍以上，或者具有其他情节特别严重的情形的，都应当认定为刑法第二百二十五条规定的“情节特别严重”。

国务院取消的审批在海口“复活”

市住建局称要守当地规矩

按语：

海口市住建局联合当地行业协会，将已被国务院取消的“住建师资格认定”复活了！要求所有装修公司的设计师必须考取该认定，否则施工队无法进入小区施工。我跟着装修公司，前往海口市室内装饰装修协会“走了一遍流程”，协会热情地介绍了他们的服务，虽然考证本身不花钱，但必须经过培训才能考证。而海口市住建局的工作人员更是明确地告诉记者：虽然全国都已经取消了该资格认证，但“来海口就要遵守海口的规矩”。

作者：任梦岩

播出时间：2017 年 2 月 13 日

据中国之声《新闻纵横》报道，2015 年 3 月，国务院发文取消了 67 项职业资格许可和认证事项，其中就包括了室内装修企业经常需要办理的“装饰项目经理”和“室内设计师”等多项资格认定。

然而近期，有听众致电央广新闻热线称，海南省海口市却以红头文件的形式，要求海口市内的装修从业人员，必须在海口市室内装饰装修协会办理诚信档案，前提条件首先要获得这些 2015 年就已经被取消的资格认定。没有获取的，就要在他们那里缴费、培训。否则不让装修队进小区。为什么国家三令五申，而海口市却我行我素呢？请听央广记者任梦岩的报道：

今年是庄先生在海口经营装修公司的第 8 年，在今年年初，他的装修工人突然被小区保安拦住了，被告知需要办理《海口市室内装饰装修企业信用档案认证书》和《海口市室内装饰装修执（从）业人员认证书》，才可以入场装修。对于这两个证书，庄先生和其他从业者一样都是一头雾水。为什么一个行业协会，可以命令全市的小区物业呢？这两个证书又是什么？

“关于信用档案，国家应该有专门的征信体系，你作为一个行业协会，有什么资格评价？这个企业给你交了费（就行），难道它都有诚信了吗？如果我们不交费，就都没诚信？”庄先生提出质疑。

在海口市室内装饰装修协会，庄先生被告知，为了配合海口市的“创建全国文明城市和卫生城市”的双创整治活动，海口市住房和城乡建设局以红头文件的形式，要求全市的装修企业都要建立诚信档案，从业人员要获得从业证书。而红头文件的执行单位，却交给了这家海口市室内装饰装修协会。

更令庄先生费解的是，获得这两个证书的条件，居然是要取得国家早已废除的“装饰项目经理证”和“室内设计师证”。

庄先生告诉记者：“在办理证书的过程当中，装饰协会又说，你们公司成立这么久了，最起码要提供两个装饰项目经理证和一个室内设计师证。我就说这个政策从2015年年初，国务院就发文禁止办这些培训班、考这些证了。住建局为什么出红头文件，把这个权力给一个装饰装修协会？干涉装修企业和装修业主的自由。”

海口市的从事装修行业的王先生也遇到了同样的问题，让他无法理解的是，这么多年来，海南省从来没有出台过类似的规定，而且住建局作为国家机关，为什么要把权力交给一个行业协会？国家早已废除的资质认定，为什么又被海口市捡了起来？

王先生道出其中秘密：“这个协会本身就属于一个社会组织，他根本没有任何权力约束我们。但是，现在海口市住建局给他下发了这个红头文件，因为住建局控制着物业，所以物业他一执行，我们企业就没有办法。”

带着疑问，记者以从业者的身份来到海口市室内装饰装修协会，在一栋写字楼的10层，记者看到，该协会与海口市室内装修行业“双创”整治办公室，是两块牌子，一套人马。一位自称“高工”的协会工作人员告诉记者，虽然国家早已废除相关资格，但是海口市出于“双创”需要，还要求办理：“海口市2017年1月1日开始，要形成行业的规范管理。虽然国家早已取消证件考试，但至少市场上现在需要这种认证，否则我怎么认定你这个公司到底有没有相关的合格的从业人员。”

另外一位工作人员强调，办理海口市行业协会要求的证书，他们虽然分文不取，但是必须要有早被取消的“项目经理证”和“室内设计师证”才行，国务院虽然已发文要求取消这两个资格认证，但是在他们这里，只要交钱，就能拿到证书：

“主要是为了规范企业，你得按照我们政府规定的去办。我们不收办证费用。但要取得项目经理证、室内设计师证就要报名学习，这个是要收费的。”

随后记者称自己刚入行，之前没考过任何资格认定，协会的工作人员随即给记者介绍了一位“舒爱华校长”，她自称是当地一所技术培训学校的校长。企业想要拿证书，可以先在他们这里参加培训，室内设计师每人交 2 000 元培训费，项目经理每人交 1 800 元，一个小型企业需要 1 个设计师证和 2 个项目经理证。只要你愿意交钱，可以“加快办理”这两个证书。

而办理证书的资格，一个是海口市行业协会自己的所谓“职业资格认证”，另一个，居然是国家早已明令取消的建筑装饰设计师资格证。

这名舒校长介绍：“我们这儿的证书分两种。一个是我们海口市装饰行业协会自己颁发的证书，还有一个就是中国建筑装饰协会培训中心颁发的毕业证书。需要填一个表格，提供照片、身份证复印件等。我就很快组织专家团队进行评审了，评审如果不合格我们也不收费。”

这位舒校长坦言，之前海口行业协会颁发的证书没有权威性，现在有住建局的红头文件支持，办证的人更多了：“以前，因为行业协会只是一个社会团体，它没有政府的支持。之前那个证书的权威性肯定没法跟现在比。现在因为是政府行为，所以权威性是完全不同的。我们现在培训的这一期项目经理就有 80 多个。”

一个项目经理，在这里参加培训就要交 1 800 元，有了红头文件，仅一期就培训了 80 多个人，收入十几万元。据庄先生粗略估计，按照他们的要求，全海口市需要项目经理证的人就有将近 1 万。

记者看到这位舒校长名片上显示她还有其他身份，一张名片的两面，分别印着“海口市室内装饰装修协会秘书长”“室内装修行业‘双创’工作整治办公室工作人员”等职务名称。在同一间办公室里，记者还发现了海口市住建局工作人员的工位，而在住建局工作人员工位的对面就是该装饰装修协会的培训教室。

2017 年 2 月 8 日，国务院常务会议强调，“坚决取消事业单位不合理收费，坚决杜绝中介机构利用政府影响违规收费，行业协会、商会不得强制企业入会或违规收费”。

而根据记者在海口市室内装饰装修协会的采访，把住建局的红头文件当作摇钱树，把本不需要缴费的认证与国家早已取消的资格认定强制挂钩，国家已取消的资格认定，他们又重新创立一个新的资格认定。那么，海口市住建局，为什么将权力交给了一个行业协会？而自己的工作人员就在协会里办公，他们对此事真的不知情吗？

在海口市住建局，记者见到了负责相关业务的张利民处长。他向记者表示，建立两个档案和认证的初衷，是把原本无序的海口装修业规范起来，而且建立档案，政府要求不能收费："我们在搞'双创'过程中，发现装修行业出现了很多问题，根本不知道现在有多少家装修公司。现在只要在工商局注册，两个氓流子就可以从事装修工作了，造成的后果是很严重的。我们统计了一年的投诉量已经有上千例，所以我们现在要把这个行业从业人员规范起来，这是硬性指标。"

但是，张处长对于协会利用认证收取培训费一事却表示，虽然这不是政府的宗旨，但只要物价局认可，协会就可以收费："培训和建档虽没有必然联系，它可能利用建立档案，要求他们参加培训，但这不是政府的宗旨。只要企业的培训收费，符合物价局的收费标准、合理收费就可以了。"

可问题的关键在于，国家早已取消了相关资质认定，上级行业中心也不再对这些资质做年审，如果要参加培训，似乎只有海口市行业协会这一家可选。那么，为什么海口市住建局，要把权力交给一个行业协会呢？在其他地方可以自由工作的装修工人，为什么到了海口就必须要参加培训，还要缴费呢？国家早已取消了行业相关资格认定，为什么海口市行业协会又要新增资格认定，并且强制用红头文件来推行呢？

张处长说，在海口就要遵循海口的规矩："因为这个行业要执证上岗，不允许一般的从业人员从事装修工作，这是我们政府的宗旨。我坦白地告诉你，在海口就必须遵循海口的规矩，这是'双创'整治。"

国务院早在2015年就取消的职业资格许可，又在海口市复活，变成了企业从业的标注。海口市住建局工作人员和海口市室内装饰装修协会在同一个办公地点办工，强制认证早已被撤销的认证资格，又自行新增一批资格认证，利用住建局的红头文件推销培训班从中收取费用。张处长的回答是："海口的规矩"。当海口的规矩遇到国家的要求，张处长的回应非常明确。

后来：

报道播出后，海南省领导高度重视，海口市纪委介入调查，海口市住建局负责行业协会管理的某处长被发现有收受贿赂的违法行为，被开除党籍、开除公职。海口市室内装饰装修协会被取消。

盐业体制改革实施40天，多省查扣外地食盐

按语：

政策变动过程中各利益主体的反应，常常会成为调查报道记者观察的对象，由此产生的好作品，会精细地刻画出大历史的小细节。国务院公布的《盐业体制改革方案》于2017年1月1日实施，这就意味着取消了在中国存在了2 600年的食盐专营制度，其历史意义毋庸赘言，引发的各种不适也不可避免。2017年春节刚过，我在地方记者站同事的帮助下，陆续走访了河南、江苏、山东、贵州、山西、浙江等多个省。采访了盐业定点生产企业、地方盐业公司、多个省级盐业主管部门以及中国盐业协会，客观记录了盐业体制改革政策实施40天以来暴露出来的一系列问题。

作者：肖源、李凡

播出时间：2017年2月15日

今年1月1日开始，盐业体制改革进入实施阶段。其中最大的亮点，就是在完善盐业专营制度的前提下，允许食盐生产企业进入市场销售经营领域，并且放开此前的跨区域限制，也就是说现在可以跨省卖盐了。但40多天以来，却有河南、安徽、江苏、陕西、山西、贵州、浙江等多个省查扣了外省的食盐定点生产企业运来的食盐。记者调查发现，对于“盐改新政”的理解，企业和政府主管部门各执一词，这可能是出现问题的关键所在。请听央广记者肖源、李凡的报道：

山东肥城精制盐厂河南区域的负责人陈先生说，为了应对盐业体制改革实施给市场带来的新变化，公司从2016年下半年就开始布局：

陈先生：之前的食盐生产企业只负责生产，政府统一对销售进行计划调拨，分配给各地的盐业公司，由当地的盐业公司在当地进行销售。现在，盐改政策允许我们具备省级食盐批发的企业进行跨省销售。

陈先生说，根据厂里对国家的盐改政策精神以及工信部、发改委联合下发的系列文件的理解，肥城精制盐厂在河南、安徽等省可以自建销售网络：

陈先生：根据我们成熟的市场网络渠道和资源开发等组建的情况来看，我们就

可以在当地进行开发，在当地聘用业务人员，然后进行食盐销售网点的组建和配送等相关工作。

1月1日，盐改政策实施，但在1月2日开始，陈先生所负责的区域内就出现了食盐被当地盐业管理部门查扣的情况。至今，仅在河南、安徽等省的市、县就已有780吨食盐被查扣。

陈先生：比较典型的一起查扣事件就是在河南的新野县，在1月2日我们从山东肥城精制盐厂到当地备货的过程中，刚到这个当地的仓库门口，当地盐业执法人员就把我们的车拦住了，强行把我们的货扣下了。各个厂家、企业都在争抢这个市场，我们耽误了接近两个月，一旦我们不能正常销售，其他盐厂的产品进去之后，就会占有这个销售网点。

陈先生可能没想到，事实上，但凡试图向外省开拓市场的其他食盐定点生产企业，都碰到了和肥城精制盐厂同样的困境。

2016年12月30日，贵州遵义的盐业部门，扣押了重庆盐业集团发往当地的300吨食盐；江苏等多地盐务局曾在6天的时间里，查扣了中国盐业总公司的19批中盐牌食盐产品。

中盐皓龙公司的一位区域经理：江苏、浙江、福建、广东、江西、湖南、湖北、四川、山西、陕西，都出现过类似的情况。主要是地级市以及县城查扣的比较多。我们的手续都非常齐全，他们不管你是10吨、20吨、30吨，就直接拿封条一贴，不允许你再行动。

祁正兵是河北唐丰盐业有限公司江苏地区销售负责人。一个多月以来，他代理的食盐，仅在南京地区就被查扣了100余吨，兴化、如皋、连云港等地也是处处碰壁："国家是放开政策了，但是地方的盐业公司开出了很多的阻挠条件，他们就不允许你进入他们当地的市场。我们在江苏兴化、连云港、泗阳、如皋等地，他们只要查到盐就全部没收，还要罚款。"

祁正兵说，与对外地盐的苛刻要求形成鲜明对比的，是当地的盐业管理部门对本地盐的宽容："我们以前卖的都是淮盐（江苏本地食盐），我卖淮盐的时候什么手续都没有，也没人管。我卖唐山盐就有人管了。上海的盐业公司在南京卖也被查，上海盐的产品质量等各方面做得很好，但是中盐的、久大的都被查扣了。"

食盐生产企业认为自己跨省卖盐合理合法，它们的依据是2016年年底，工信部联合发改委下发的《关于加强改革过渡期间食盐专营管理有关工作的通知》。通知规定，省级食盐批发企业可以跨省备货，省级以下食盐批发企业可以在省内跨区备货。取得批发许可的食盐定点生产企业，可以通过自建物流系统等方式，开展食盐销售经营活动。

既然有依据，中央盐业体制改革也是要在一定程度上引入竞争机制，有条件地激发食盐市场活力，那么，各地的盐业主管部门又为何查扣食盐定点生产企业运来的食盐？继续来听报道：

查扣了山东肥城精制盐厂30吨食盐的河南新野县盐业局表示，查扣这些食盐的法律依据是，《食盐专营办法》和《河南省食盐管理条例》：食品安全是“一地一证”的制度。盐厂卖盐是合法的，只要有食盐批发许可。但是到当地以后，必须取得当地行政许可。

已经取得省级食盐批发许可的企业，跨省卖盐，还需要哪些行政许可呢？当地盐业稽查部门的一位工作人员是这么向肥城精制的工作人员解释的：“你连食品经营许可证、食盐批发许可证都没有，你们公司即使有食盐批发许可证，你也得到当地工商部门注册，最起码你得有工商营业执照，你要是办公司的话你还得去税务局，这都是必不可少的手续。”

但在肥城精制盐厂河南区域负责人陈先生看来，在当地办理行政许可手续等要求，违背中央的盐改精神。他认为，各地盐业局之所以这么要求，就是因为盐改引入的竞争机制，打破了当地盐业公司的垄断地位：

陈先生：当地的食盐市场是由当地的盐业公司负责配送、销售，当地的盐业公司跟当地的盐业局是一家，运营和执法是合二为一的，所以说我们的盐进去之后，对他们的市场格局会有冲击。这样他们就通过盐业局稽查大队这种身份和手段，去设置种种行政壁垒进行干预，甚至强行查扣。

河北唐丰盐业公司江苏区域负责人祁正兵，也持同样的观点：

祁正兵：盐的价格就是利益。2016年12月他们的盐的价格是5 150元一吨，我们的盐进来以后，只卖到3 000元一吨。牵扯到了他们的利益，价格悬殊太大了，他们的盐的销售量也下降了。

在采访中，几乎所有的盐业主管部门都不认可这种观点。河南省盐业管理局的一位工作人员称，一些食盐定点生产企业，为了降低企业运营成本，抢占市场，将食盐转卖、再批发给没有资质的企业或个人，实质上是增加了食盐批发企业数量，这就违背了国家不再新增食盐批发许可证的规定。这是多地查扣食盐的真正原因：

比方说一个生产企业，委托一个代理商，一下子销售给代理商几百吨盐或者几十吨盐，这个代理商要是再批发给其他零售商户，这个中间企业，相当于有实际批发行为了，但是它没有批发的资质。生产企业如果大批量地销售给个体工商户，个体工商户又再销售给零售商，这也是一个食盐批发行为了。如果不对这种销售模式进行规定的话，那么就可能出现很多这样的批发企业，就很难再监管了。

山东省盐业管理局盐政稽查总队副总队长迟小结进一步解释，这些食盐定点生产企业为了抢占市场，以加盟、授权经营等形式广设转、代、批点，也是违背国家盐改政策的。

迟小结：食盐定点生产企业到处召开所谓的招商会，以加盟、授权经营的形式，广设转、代、批点，并以保证金和押金等名义，收取大量的预收货款。这是与国家的盐改政策和相关的法律法规相违背的，它们即便与代理加盟商签了这个合作协议，很有可能无法正常地开展经营。但是厂家又向代理加盟商收取了大量的预售货款，这样的话，很有可能给代理商带来一定的经济损失。

此外，各个省或同一个省的不同地区，食盐加碘量是不同的，目前跨省卖盐的食盐定点生产企业却没考虑这一因素。

迟小结：以山东省来讲，有部分高碘地区，不需要食用加碘盐，但是消费者也买了加碘盐。作为销售方来讲，不了解这个地方是不是属于高碘地区，或是不是需要供应加碘盐。它也不管这些，谁买它都卖。最近我们发现这种情况也很普遍。

对于查扣的行为，食盐生产企业与主管部门分歧较大。究竟是食盐生产企业在钻政策过渡期的空子，还是管理部门打着执法的招牌在保护地方的利益？中国之声将继续关注。

后来：

报道得到工信部和发改委相关负责人的肯定，发改委有关领导向记者反馈：报道全面客观。一周后，发改委通过中国之声独家发声，传递以下两条信息：第一，各级盐业主管部门在前期存在设置行政壁垒的现象；第二，2017 年年底以前，全部行政层级的盐业部门和盐业公司必须要政企分开。这是国家层面首次给出的盐业体制政企分开的时间表。

日本核辐射区食品流入我国

跨境电商、海外购等是主要渠道

按语：

调查报道的选题通常可遇而不可求。但每年的“3·15”，我们往往要围绕消费者权益保护做命题作文，不是凑热闹，而是有些报道在特殊的时间节点会更有影响力，更有利于推动问题的解决。2017年“3·15”，我追踪的线索是“日本核辐射区食品流入我国”。为此，我先后两次赶赴深圳，网购了大量涉嫌来自日本核辐射区的麦片、奶粉、酱油、大米等。但在正面采访涉事企业的时候，对方却拒绝出示相关的海关报关单、原产地证明等，采访一度陷入僵局。关键时刻，政府监管部门出面，调查取证才得以继续。最终查明，跨境电商是这些涉嫌遭受核辐射区食品流入国内的最主要渠道。在很多监督领域，媒体和政府都不是全能的，不妨互相借力，形成合力，方能事半功倍。

作者：肖源

播出时间：2017年3月16日

随着互联网的兴盛，网络也成了越来越多的老百姓购物的主要渠道，尤其是一些国外产品，通过互联网，就可以实现“足不出户，买遍全球”。大米、奶粉等国外食品占据了国内消费者跨境购物的相当一部分份额。

但是，这些国外食品真的安全吗？近日，记者调查发现，有相当数量的来自日本核辐射区的食品，正在通过跨境电商、海外购等方式流入我国。而我国政府主管部门早在2011年，就明令禁止日本核辐射区的十个都县的食品、农产品进入我国销售。请听央广记者肖源的报道：

今年2月，我国外交部就日本福岛核辐射问题，多次发布安全提醒。外交部新闻发言人表示，对日本福岛核泄漏及其对海洋环境、食品安全和人类健康产生的影响，任何一个负责任的政府都会持续高度关注。

2011年3月11日，日本福岛核电站发生重大核泄漏事故。此后围绕核污染及应对措施，事件备受国际舆论的关注。“福岛后遗症”的阴影一直难以散去。当年，国家质检总局就下发文件，来自日本福岛、栃木、新泻、东京都等10个都县的食品、食用农产品和饲料，不得进口入境。

但记者调查发现，国内相当数量的电商平台，都有销售涉嫌来自日本核辐射地区的食品。来自深圳市市场稽查局方面的信息，包括京东商城、淘宝、一号店、亚马逊中国、当当网、中粮我买网、国美在线、苏宁易购、虹领巾等电商平台，都有销售一款产于日本的“卡乐比”牌麦片，其中相当一部分的产地来自栃木，也就是禁止进口的十个都县之一。

虹领巾跨境电商体验店销售人员：是保税区那边发货邮寄过来的，可以邮寄到你家，这个卖得还可以。

FRESTA跨境电商体验店销售人员：网上好像也没有现货，在天猫或者淘宝上有，可以从日本直邮到这边来，在天猫上直接下单的话，直接邮寄到你家。

事实上，很多商家非常清楚对于国家明令禁止进口日本核辐射区的食品这个规定。

电商：这个食品是来自东京都的，说实话，只要是日本的食品，好多都不敢卖。你也知道，由于日本那边核辐射的影响，不让进口食品，有一些食品是通过保税区进来的。

据深圳市市场稽查局方面的统计，近五年来，仅在深圳，通过淘宝平台销售卡乐比麦片就达百万包。而淘宝平台全国此类麦片销售店铺达到上千家，月销量数十万包。

一位经营日本进口食品的经理说，市场上只有很少一部分商家不做这种生意：“卡乐比麦片的原产地属于辐射区，市场上有很多人在卖，因为国家是禁止售卖辐射区食品的，但只有很少一部分商家不愿意卖。”

通过半年多的调查，近日，深圳市市场稽查局对深圳市有棵树旗下的深圳海豚跨境科技有限公司立案调查。据该公司负责人介绍，其公司是中国进口母婴用品最大的供应链平台，为国内众多的电商提供货源，也是目前国内供应卡乐比麦片的最大批发商。

深圳市市场稽查局工作人员：就我们目前掌握的数据来看，他们已销售了20多万包。其销售的方式主要分为两种：一种是销售给他的下游的批发商，譬如说云集，还有一些微店、微商等；另外一种方式，就是他通过海豚供应链的网站，销售

和光堂婴幼儿奶粉，生产者地址为日本栃木

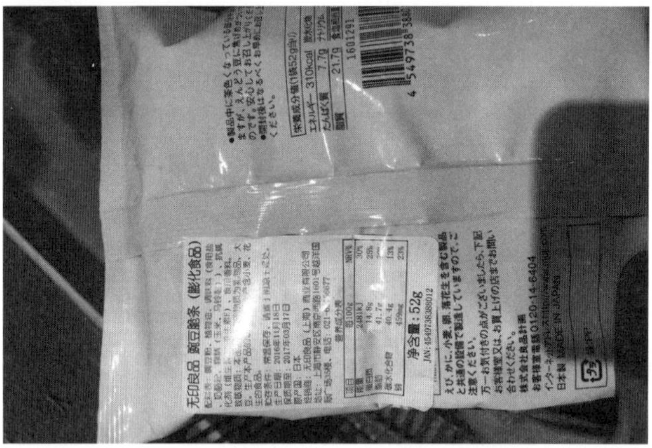

无印良品食品，中文标签下，生产地址为东京都

执法部门查获的部分涉嫌来自日本核辐射区的食品，而这些，在国内都可以通过网购顺利买到

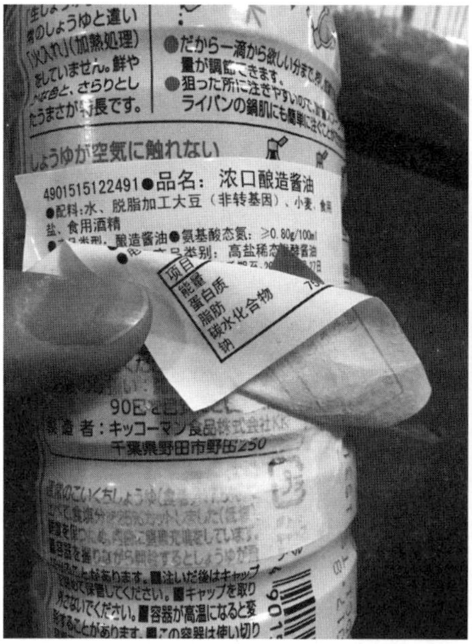

日本产酱油，撕开中文标签，
生产地址为千叶县

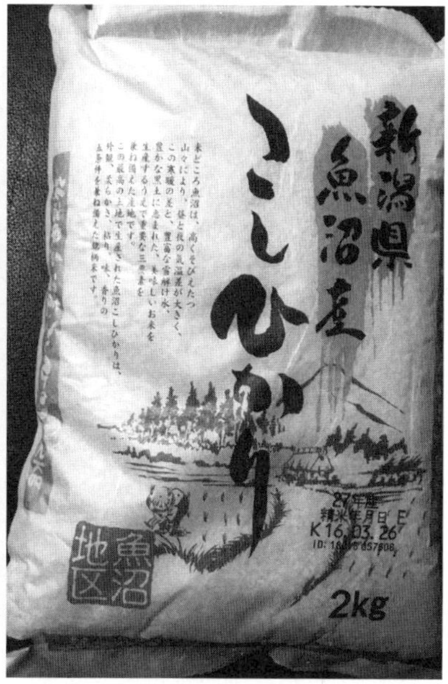

日本产大米，生产地址为新
潟鱼沼地区

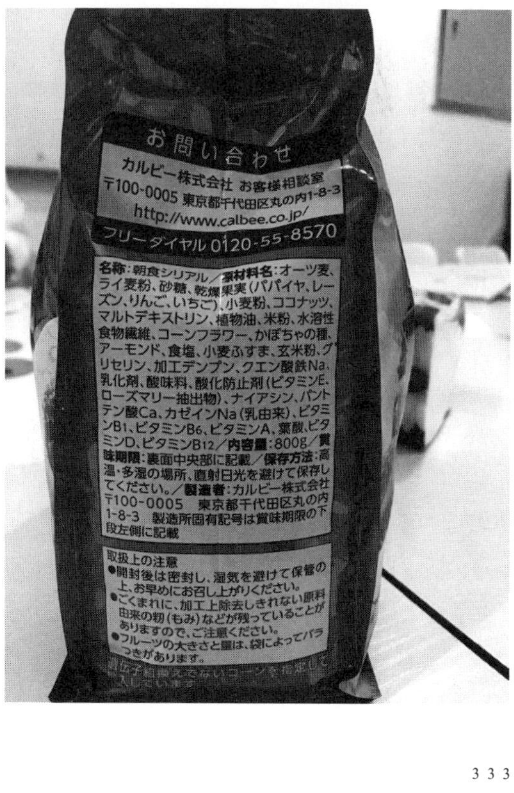

卡乐比麦片，包装注明产地为东京都，
包装袋正面生产工厂为枥木县

给了一部分的个人消费者。他们也承认了，无论是销售给二级的批发商，还是销售给个人，这个产品最终都是流向我们大陆的个人消费者。

在电商平台上销售的涉嫌来自日本核辐射区的食品，卡乐比麦片只是其中一例。根据深圳市市场稽查局发起的“清云行动”，网上销售的日本核辐射区食品种类繁多，有大米、啤酒、饮料、膨化食品，甚至还有婴幼儿奶粉。那么，国家明令禁止进口的这些食品，又是怎么越过层层监管，流进国门的呢？继续来听报道：

据深圳市市场稽查局工作人员介绍，目前，他们查获的涉嫌来自日本核辐射区的食品，种类繁多：“这个和光堂奶粉的制造商叫和光堂株式会社，它的注册地址在栃木县，而栃木县就属于十个禁止进口地区之一。这个白米饭，上面也标明了是北海道产的大米。但是撕开中文标签就可以看到制造商是佐藤食品株式工业会社，其地址是在新潟县东区保町。”而这一现象，也正在从线上蔓延到线下。

无印良品的食品专柜，日文标签显示产地是东京都。而销售人员表示，没听说有什么核辐射地区这回事儿.

销售人员：这个是日本产的。

记者：具体什么地方？有些地方是有核辐射的。

销售人员：怎么可能有核辐射？

深圳市永旺超市，也有大量的涉嫌来自核辐射地区的食品。

深圳市市场稽查局执法人员：这些产品都有中文标签。但是如果制造商的注册地址是在禁止进口核辐射区十个县之内的话，信息都会被中文标签所遮盖。

既然国家明令禁止进口，这些来自日本核辐射区的食品又是怎么流进国内市场的呢？全球易购公司实体店的一位工作人员坦陈，她也听说过不能卖日本部分地区的食品，但公司说没有问题：“我们也害怕，担心这些食品给消费者带来危害。可我们公司相关负责人说，这些食品都是正常通过海关的，如果不合格，海关就不可能允许。”

深圳经典仁源贸易有限公司的一位负责人表示，货品在香港中转是渠道之一：“由于日本那边核辐射的缘故，不让进口食品，不让报关，怎么办？既然不能通过海关，只能先到香港然后再到深圳，在香港中转的量还是相当大的。”

而深圳海豚跨境科技有限公司的负责人表示，公司进口的食品是通过保税区进来的："跨境电商首先是先把货大批量地进到国内保税区，这时还没有进行交税，等到客户下单了有一个包裹出去的时候，再交税。我们在天津、深圳、杭州都是有保税区仓库的。"

深圳市市场稽查局的执法人员表示，据他们调查，跨境电商是这些核辐射区食品流入国内的主要途径："主要是通过保税区的仓库以及海外直邮的这两种形式来进行销售，当产品在进入保税区仓库的时候，是不需要经过检验、检疫等部门的检测的，基本上也是处于一个空白监管的范围。通过这种方式，再把食品再销售给消费者的时候，是没有经过我们国家检验、检疫部门进行食品安全检验检疫的。"

后来：

深圳市市场稽查局已经对涉嫌售卖来自日本核辐射区食品的一百多家营业主体，正式立案调查。

宁夏医科大学总医院为民营医院“揽生意”
千名公职人员集资入股

按语：

“历史遗留问题”是不少被监督对象应对舆情的强硬借口，有些事情的解决也真的会因此变得遥遥无期，面对这类采访，不仅要弄清事情的原委，更要理清当下的责任。堂堂自治区最著名的公立医院，千名公职人员集资入股民营医院，并因此在公立医院执业过程中为民营医院招揽生意，这样一个凭常识就能判断的“不正当利益输送”，本不该存在任何借口。

作者：管永超

播出时间：2017年5月8日、8月22日

今年5月，中国之声连续报道了宁夏医科大学总医院被指为民营医院“揽生意”、两家医院关系暧昧的新闻。记者调查发现，总医院的多位中层干部入股民营的宁夏慈济医院，患者认为总医院的大夫涉嫌“假公济私”。报道播发后引起各界关注，宁夏卫计委及时回应称，两家医院关系复杂，将派出多部门组成的调查组，进驻总医院展开全面调查。

近日，宁夏卫计委公布调查结论。宁夏卫计委认定，总医院存在“违规参与慈济医院设置、公职人员违规持有民营企业股份、部分医师违反多点执业和行业作风规定”等违规、违纪问题，责成宁夏医科大学总医院立即终止与宁夏慈济医院的管理关系，并要求慈济医院停业整顿。请听央广记者管永超的报道：

宁夏医科大学总医院，在宁夏地区声名远播，它拥有方圆五百公里内80%优质的医疗资源。患者到这里来看病，就是冲的总医院的牌子，但今年5月，当地多位患者向央广反映称，他们到总医院去看病，大夫却开字条介绍他们到一家民营的宁夏慈济医院去看病。不少患者难以理解：“作为患者来说，既耽误了时间，又要多花钱挂号。”

两家医院到底是什么关系？此前，从宁夏医科大学总医院办公室、医务处，到

宁夏卫计委有关部门给出的答案，都不一致。

根据宁夏卫计委近日公布的调查报告，2015 年 9 月，宁夏医科大学总医院与慈济医院签署合作框架协议，确定托管关系，慈济医院每年支付宁夏医科大学总医院医疗收入 2% 的管理费，因未制定实施细则，没有执行。但慈济医院院内门诊由宁夏医科大学总医院副主任医师以上职称的专家坐诊，住院部医师由总医院相应科室各级医师组成的诊疗组参与诊疗。

宁夏卫计委参与调查的相关负责人介绍：通过查财务等账目文件，发现慈济医院给医科大学总医院的那些专家支付了坐诊费，给相关部门的负责人发放了劳务津贴，而且会议纪要里有科室收入结余中加大提成比例的记录。

宁夏卫计委的调查报告中披露，总医院科主任级别领取的劳务津贴为每月 2 000 元。而对于提成比例，心血管内科、皮肤科等科室提成比例为 40%，其余科室是 30%。慈济医院手术费 50% 返科室，剩余 50% 才归慈济医院收入。

宁夏卫计委参与调查的相关负责人介绍，他们还发现总医院存在多处违规、违纪问题，尤其是 1 000 多名公职人员违规持有民营医院的股份。

宁夏卫计委参与调查的相关负责人：总医院违规参与宁夏慈济医院的设置，1 000 多名公职人员违规持有民营医院的股份，在慈济医院执业总医院的医师违反多点执业和行业作风的有关规定。并且，我们在调查时还发现，慈济医院的人员资质根本不符合医疗机构的基本标准。

慈济医院是北京金加得投资有限公司申请，2013 年 8 月，经宁夏卫计委批复，同意设置、批准筹建的营利性综合医疗机构。但其工商登记显示，慈济医院共有 7 名股东，而其中有 6 名来自宁夏医科大学总医院。慈济医院法人代表徐克宁，时任宁夏医科大学总医院副院长。那么，慈济医院的设立，总医院扮演了什么角色？

宁夏卫计委参与调查的相关负责人说：卫生行政部门审批的是由北京金加得投资有限公司来设置这个医院，而不是宁夏医科大学总医院。结果一个月以内，北京金加得投资有限公司就撤资了，根据总医院的会议纪要，自始至终都是总医院在设置这家民营医院。

经调查，来自总医院的 6 名股东，均为在编在职或者退休职工。但这 6 人是代持股人，所持股额由宁夏医科大学总医院 1 591 名工作人员集资组成，出资员工与注册股东签订协议书，每个员工投资入股金限额为 5 万元以内。

此外，根据宁夏卫计委的调查，宁夏慈济医院共有124名执业医师，其中122名为宁夏医科大学总医院的医师，均已多点执业备案，122人中有10人是总医院的退休医师，注册护士60人，药师8人。

宁夏卫计委参与调查的相关负责人：只有2人是在慈济医院注册的医师，其余的122人的第二个执业地点都是慈济医院，这就完全不符合医疗机构设立的基本标准。

宁夏卫计委还调查了慈济医院的患者来源情况。调取2017年1—5月住院患者1 189人的信息，电话回访了67人，其中31人首诊在宁夏医科大学总医院，然后由总医院的医师介绍到慈济医院检查治疗。

宁夏卫计委认定，宁夏医科大学总医院是慈济医院的实际管理方，利用公立医疗资源为职工谋福利。慈济医院给总医院相关负责人发放劳务津贴、支付科室提成等，违反了医疗卫生行风建设的相关规定。责成宁夏医科大学总医院立即终止和民营医疗机构的类似管理关系。继续来听记者的报道：

中国之声持续关注此事后的7月19日，宁夏卫计委官方发布消息，要求宁夏慈济医院整改停业三个月。其间不得开展门诊业务、收治新病人。

宁夏卫计委参与调查的相关负责人：就我们调查中发现的问题，我们立刻就对它进行校验，给慈济医院三个月的整改期，到时候如果慈济医院人员资质等还不够相关行业标准的话，就吊销慈济医院的卫生执业许可。

记者近日来到慈济医院，虽然大门照常开着，但慈济医院的门卫告诉记者，最近医院不接诊，让过段时间再来。

目前，宁夏医科大学总医院正在整改过程中，违规集资入股民营企业的员工，已经全部完成了清退，代持股人拥有的80%股份，已转手给宁夏朔方控股股份有限公司。根据工商登记显示，8月8日，双方完成了工商登记变更。

根据宁夏卫计委的要求，总医院在慈济医院多点执业的持股医师，已经注销了在慈济医院的执业地点。而对于各方质疑，宁夏医科大学总医院院长杨银学在接受记者采访时称："整个事件中，没有损害到病人的利益，很多病人都是跑了几百公里来总医院看病，正是因为这样一个小型的民营医院，才能及时到专家门诊看病。"

总医院方面向记者提供了5份院长办公会议纪要，时间跨度为2012—2016年。这些文件中记载，慈济医院从设立到人事任命，都经过总医院领导班子的集体研究决定。其中2014年2月的一次会议记录是，同意在编在岗职工以委托投资的形式，参与宁夏慈济医院的股金筹集活动。

杨银学：问题就在于职工的股权在报道之前还没有来得及转出去，因为2013年政策允许职工集资入股民营医院，2015年政策不允许了，2016年就开始转，可八千万的股权哪有那么容易就转了呢？

杨银学称，起初总医院参与设立慈济医院，是为了解决外地患者到总医院来挂专家号难的问题，恰逢当时的相关政策允许医疗机构间的合作和帮扶，才有了员工集资入股民营医院这件事。而在2015年的时候，宁夏回族自治区纪委出台相关文件，不允许公职人员投资办企业。杨银学表示，他们没有收到纪委印发的文件，他们的医务人员属不属于公职人员，也没有理解透彻。对此，宁夏卫计委参与调查的相关负责人说："宁夏医科大学对他们进行整顿。他们当时已经在清理工作了，说明他们知道这个事儿，但是还没有退股。但至少有一个态度，逐步退掉或着手去执行，但是直到我们去调查的时候，八千万股权还仍然被公职人员持有。"

公立医院和民营医院的合作，红线在哪里？

宁夏卫计委参与调查的相关负责人说：公立医院可以办非营利性的机构，但是不允许再办营利性的机构，核心是非营利性医疗，而慈济医院在当时办许可时就是营利性的医疗机构。

宁夏卫计委已将部分公职人员违规持股、违反行业作风等问题，移交宁夏医科大学进一步调查处理。作为总医院的直管单位，宁夏医科大学党委、纪委对此事是什么态度，是否负有一定责任？记者就此联系了宁夏医科大学党委宣传部部长，但未给予明确答复。

随着宁夏医科大学总医院和慈济医院的全面脱钩，各方关注可以画上句号。但此事引发的相关问题带给医改的启示，仍值得有关部门总结和思考。

后来：

从患者向央广新闻热线反映，到宁夏卫计委最后做出结论，时间跨度长达三个月。记者抽丝剥茧持续追问，引起宁夏回族自治区区党委、区政府的高度重视。8

月 22 日，中国之声《新闻纵横》独家播出了宁夏卫计委对此事的调查结论。出人意料的是，8 月 25 日 16 时许，宁夏纪委对外公告：宁夏医科大学总医院院长杨银学涉嫌严重违纪，目前正接受组织审查。

中储粮襄阳库挪用上千万粮款
数万吨储备粮权属引争议

按语：

很多调查报道，首先并不是采访，而是学习专业知识。有了2015年中储粮安徽定远库点挪用粮款的报道经验，这次调查相对顺利得多。但由于这个选题还涉及一些新的专业知识，比如政策粮和储备粮的区别，中央储备粮和省级储备粮的区别，以及粮食储存管理办法，等等，这些知识都需要有所了解。除了文件上的相关规定，还要请教专业人士弄清实际操作的情况。最终，记者通过乔装打扮，充当买粮经纪人，通过关系进入中储粮封闭仓库，亲眼看见并真实记录了粮食的霉变现状，为这次调查报道提供了强有力的证据。

作者：管永超、左艾甫

播出时间：2017年7月6日

近日，不少湖北襄阳的农户及粮食经纪人向央广新闻热线反映称，在2013年中、晚稻“托市收购”过程中，中储粮襄阳直属库“假租仓、真委托”，违规将襄阳直属库万宝粮油收储库点，由租仓库点变为委托库点，导致上千万粮款遭挪用，上百户种粮农民追讨粮款多年无果。

此外，襄阳直属库将万宝同时期收购入库的贸易粮就地划转为政策粮，且该库点存在“一仓混装”的现象。这都是国家粮食局等主管部门三令五申、严令禁止的。目前，这批粮食还陷入权属之争，涉及四方利益相关人，中储粮襄阳直属库和农发行襄阳市分行也在争夺粮权归属。而由于粮款、粮权等问题多年未妥善解决，万宝收储库点本该两到三年就轮换的省级储备粮已严重发霉变质。本该专款专用的粮款，最终流向了何方？请听央广记者管永超、左艾甫的报道：

数百名农户卖粮却至今拿不到粮款

今年64岁的郝文双是襄阳市襄州区双沟镇郝营村人，2013年，他将收获的部分小麦卖给了同村的粮食经纪人郝文平，可7 000元的粮款至今都没拿到。

郝文双：我至今都没有拿到这个粮款，能怎么办？也不能每天逼着向他要吧。但我买肥料、日常开支也都等着用钱啊！

郝文平是郝营村附近小有名气的粮食经纪人。理解他的村民认为他遇到困难了，原因是2013年下半年他将小麦卖给了镇上的万宝粮油有限公司，但对方没有给他兑付粮款。几年来他努力筹措资金偿还了不少粮款，尚欠30多家农户共计30多万元。枣阳市七方镇的粮食经纪人高宗民也是同样的遭遇。

高宗民：我只是个小小的粮贩，都是一家一户收上来的粮食。到目前为止，我涉及的有上百户农民，万宝欠我粮款300多万元。

记者走访了双沟镇附近的多个村庄，挨家挨户采访了近20户种粮农民，他们均在2013年7月到12月间，通过粮食经纪人，将小麦或者稻谷卖给了万宝粮油有限公司，但他们都没有拿到粮款，有的农户被拖欠粮款7 000多元，有的则被拖欠粮款高达6万多元，大多是该农户当年所有的种粮收入。

襄阳直属库“假租仓、真委托”引爆粮款兑付风险

拿不到粮款的农户及粮食经纪人，想要拉回粮食，却发现仓库都已挂上粮权公告牌，有的仓库挂的是中央事权粮，有的仓库对外公告说是湖北省级储备粮。中央事权粮，产权属于国务院，省级储备粮产权属于湖北省省政府，任何单位和个人不得用于抵押、质押、担保和清偿债务。这让粮食经纪人难以理解，当初他们卖给万宝的粮食本来是贸易粮，怎么这批粮食就成了“托市收购”的中央事权粮和省级储备粮？

粮食经纪人刘海林：我卖的是贸易粮，水分、杂质跟托市粮要求的水分、杂质是不一样的，我们不是按照托市粮指标卖的。我们手里的票据可以证明。

根据粮食经纪人高宗民提供的入库凭证，2013年11月17日他卖给万宝粮油

有限公司的一车优质稻，水分 15.5、杂质 6.3，价格 1.35 元每斤，万宝开具的入库单显示，这批粮食拉进了万宝收购点一库的 13 号仓。而同时，襄阳直属库在万宝收购点租赁的 13 号仓库，正在收储最低保护价粮。两种性质的粮食，价格、指标都不相同，怎么都进入了 13 号仓?

在 2013 年中晚稻收购过程中，万宝收购库点是中储粮襄阳直属库租库收购的库点之一。万宝粮油有限公司是一家民营企业，其作为租仓库点，是中储粮湖北省分公司、湖北省粮食局、中国农业发展银行湖北省分行共同确定的。按照相关规定，租仓库点的托市收购，中储粮襄阳直属库必须派出至少 5 名工作人员，直接进行收储和管理。而在实际操作中，襄阳直属库在万宝收储库点却是“假租赁、真委托”。时任万宝粮油有限公司副总经理杜章程说，收购时，襄阳直属库并没有派人来。

杜章程：襄阳直属库把中储粮的收购原始单据，交给万宝粮油有限公司，万宝雇了四个人，从派出所调取户口簿名单，编造几个人名说他们是卖粮的，又叫他们冒充卖粮人在领款一栏签字。谎称粮款已经以现金的形式结算了，收购单据写了五个人的名字，收购、结算等一栏写的都是襄阳直属库，这样看起来好像是他们自己在收购，钱也付给了农民。

根据湖北省高级人民法院的判决文书，襄阳直属库承认是“假租赁、真委托”。此外，襄阳直属库方面的代理人在法庭上陈述称：“襄阳直属库私自将租仓变为委托收购，因为租仓收购是自行收购，粮款是现实发放，所以只能现金交易，而变更为委托收购后，如果资金通过银行转账就有可能被确定没有委托收购的违规行为。”

商品贸易粮就地划转成最低保护价粮

托市收购的粮款本该专款专用，这笔粮款最终流向了何方？襄阳直属库事后在给记者的回复中称，粮款已基本付清，万宝粮油有限公司也确认收款。但记者获得的一份录音透露，襄阳直属库和万宝粮油有限公司主要负责人涉嫌挪用 1 000 多万元粮款。这份录音记录了 2015 年 8 月 2 日，时任襄阳直属库主任宫志刚主持召开的一次内部会议。

宫志刚和时任直属库副主任江波、贸易部经理张刚在一起算账说："一起动用的稻谷款共计 1 700 万元，其中欠周玉梅 600 万元，直属库欠随州同星饲料厂 1 000 多万元，用小麦抵了一部分，最后还欠随州同星饲料厂 350 万元，都是用了万宝的这笔稻谷款，再加上空库 300 多万元……"

襄阳直属库的"假租仓、真委托"，导致掌控整个收购、结算环节的万宝粮油有限公司，"就地划转"将贸易粮变成了"托市收购"的最低保护价粮。在农户及粮食经纪人转而向襄阳直属库追讨粮款的过程中，却发现更多的违规隐藏在深处。

根据中储粮总公司关于 2013 年中晚稻最低收购价政策问答，承担最低收购价收购任务的收储库点，严禁从现有库存陈粮中划转或移库，不得挤占、挪用收购资金；收购的粮食要做到分性质、分品种、分等级、分年限等单独存放，不得混合存放。

"一粮四卖"：谁才是粮食的主人?

7 月 1 日，记者以买粮人的身份，跟随两位粮食经纪人，一起进到万宝收储库点储存省级储备粮的 7 号、8 号、11 号粮库，以及襄阳直属库对外公示存放的最低保护价粮的 12 号、13 号仓库。记者在 13 号仓库看到，两个品种的粮食储存在一个仓库里。

时任万宝粮油有限公司副总经理杜章程还向记者透露：12 号仓里面都是稻谷，但是有省级储备的，也有中储粮的。虽然是一个品种，但两个管理单位的粮食在一个仓库里。13 号仓还存在小麦"一女二嫁"的现象，一批粮食既是省级储备粮，又是中储粮的轮换备用粮。

2013 年年底，万宝粮油有限公司资金链断裂，已资不抵债。其后，法人代表及总经理因涉嫌集资诈骗被刑事拘留。此时，卖给万宝的贸易粮的粮权早已发生变化，粮食经纪人发现储存在仓库的粮食，也陷入几方争夺的权属纠纷中。

粮食经纪人从法院及农发行襄州分行获得的两份证据显示，万宝收储库点的 13—1 号、13—2 号仓内的粮食，既是襄阳直属库的轮换备用粮，又是农发行湖北省分行、湖北省粮食局负责收储监管的省级储备粮。记者和几位粮食经纪人一起来到农发行襄阳市分行，一位副行长表示，他们的确和直属库在这批粮食的权属问题上有纷争。

副行长：对我们各方来说，都要维护自己的权益，粮食经纪人要维护权益，农发行也要维护贷款的权益，中储粮也要维护权益，现在这种情况只有通过政府来解决。

直属库和农发行相关负责人都说这批粮食是他们的。而粮食经纪人认为，既然他们没有拿到粮款，这批粮食应该是属于他们的。而有合同显示，这批粮食还被万宝粮油有限公司抵押给了一家借贷公司。算上这家借贷公司，这批粮食是“一女四嫁”。

面临追讨粮款的农户及粮食经纪人，襄阳直属库并非是采取了主动解决问题的方式，而是试图欺上瞒下。2015 年 8 月 2 日的襄阳直属库内部会议录音，透露了这一点。

时任襄阳直属库副主任江波在会上表示：高宗民、刘海林、郝文平他们都是在 13 号仓卖的粮食，我们要达成共识、统一口径，以此应对上级分公司、粮食局和新闻媒体或者联合调查组的调查。

省级储备粮已发霉变质：做饲料都成问题！

粮权、粮款纠纷，让本该储存两到三年的托市稻谷，迟迟未拍卖出仓，2013 年收储至今，已近 4 年。记者对几个仓库内的存粮分别进行了取样。7 号仓取样的是小麦，8 号仓、11 号仓取样的是稻谷。取到三袋粮食样品后，记者找到一位拥有粮油检验资格的资深检验员。

通过这位检验员的感官检验：8 号仓、11 号仓的稻谷，成色发暗、霉变，结块、有异味，将稻壳剥开以后，米粒泛黄、发黑；7 号仓的小麦有严重异味，霉变率、虫蚀率、生芽率和不完善率目测达 50% 左右。

这位资深检验员表示：这些粮食当作饲料都不合格了！几个指标都超标了。

按照《湖北省地方储备粮管理办法》，地方储备粮实行均衡轮换，储存的粮食不得超过 3 年。而 8 号仓内的粮食已超过 5 年未轮换。

时任万宝粮油有限公司副总经理杜章程：这批粮食是2008年收的，收了以后放在万宝的油脂储备库里。2010年，万宝有了省级储备粮的储备资格，但当时没有资金再收购新粮，就把油库的稻谷拉到了8号仓，抵的是省级储备粮的指标。之后，这批粮食就没有动过了。

近日，粮食经纪人又发现襄阳直属库存在的问题，向湖北省粮食局进行了反映。湖北省粮食局有关处室的相关负责人称，涉及中央事权粮的问题，他们无权查处。

湖北省粮食局有关处室的相关负责人：托市收购是国家粮食收储政策，执行主体是中储粮，我们只能协调指导，如果要监督检查，我们只有在受到国家粮食局的委托的情况下才能查中储粮，否则我们查不了中储粮。

昨天，湖北省粮食局相关处室给粮食经纪人回复称，他们已经在准备材料，计划给省粮食局党组汇报此事。

天下粮仓，粮安天下。党中央、国务院始终高度重视粮食安全战略，粮食安全实行省长责任制。同时，中央不断出台利好措施，提高农民种粮积极性，维护种粮农民利益。但个别基层收储库点在执行国家“托市收购”过程中，却视国家粮食主管部门三令五申的禁令为一纸空文。

2013年中储粮襄阳直属库违规“托市收购”的背后，还有多少违规、违纪甚至违法行为隐藏在深处？有待权威部门的进一步核查。有关事情进展，中国之声将持续关注。

后来：

2017年7月7日，国家粮食局通过官方网站回应，称高度重视此事，当即进行专题研究，责成湖北省和中储粮总公司等有关方面从速彻查，抓紧采取必要措施妥善处置。当日，国家粮食局会同有关单位组成督导组赶赴湖北襄阳进行督查、督办。目前此事涉及的农户已全部拿回被欠粮款，粮食经纪人的粮款也已基本兑付完毕。中储粮襄阳库、湖北省粮食局等责任主体单位，涉及的相关负责人已受到相应处罚。8月底开始，国家粮食局等多部委发出通知，在全国范围内展开粮食安全隐患排查。

北京积水潭医院一医生揽活院外做手术

患者利益受损向谁主张？

按语：

涉及医患关系的负面新闻影响大，发酵快，一旦出现问题，很容易让本已十分紧张的医患关系雪上加霜。所以近些年，负责任的媒体对医患关系的报道普遍倾向于谨慎，但这不等于无视问题的存在。北京积水潭医院声名远播，全国各地患者慕名而来，个别医生的不当行为，不仅伤害了患者，更损害了医院的形象。听众通过央广新闻热线反映，“北京积水潭医院的一名主任医师将多名患者推荐到某民营医院做手术”。顺着这一线索深入调查就发现，其背后是北京多家公立医院的个别医生打着多点执业、医联体的幌子，欺骗患者的违规行为，如不及时制止，很容易引发医患矛盾，使公立医院丧失公信力。

作者：管永超

播出时间：2017年8月6日、8月9日

近日，北京的一名患者向中国之声反映称，他2016年12月因右手中指骨折，在北京积水潭医院手外科挂号求诊，主治医生称医院无法接诊，推荐他去一家名为北京国济中医医院的民营医院进行手术。但术后至今，手指都没有恢复正常。积水潭医院的大夫称国济中医医院是积水潭医院的分院。但积水潭医院院方称，两家医院没有任何关系。受损的患者利益该向谁主张？请听央广记者管永超的报道：

2016年12月，北京的杨先生因右手中指骨折，在北京积水潭医院手外科挂号求诊，最后，他选择挂了手外科主任医师朱伟的号。

杨先生：朱伟是主任医师，特意花了100元挂的他的号，上网查了一下，得知他工作已经30多年了，所以对他特别信任。

杨先生回忆称，主任医师朱伟在接诊后对他表示，当时做手术需要排队等待，推荐他去北京国济中医医院进行手术，声称北京国济中医医院是积水潭医院分院，并且承诺他会亲自给杨先生做手术，随即给杨先生一张字条，字条上手写着国济中医医院一位负责接洽的名叫陈主任的联系电话，还有“右中指粉碎骨折”字样以及朱某的签名。

杨先生：朱伟说国济中医医院是积水潭医院的分院，让我赶紧到那里办住院手续，他明天亲自给我做手术去。

杨先生说，他到了北京国济中医医院四层住院部，看到门外挂有“北京积水潭医院手外科技术联合体”的牌子，当时便相信那是积水潭医院分院。但杨先生从网上搜索后发现，北京国济中医医院为一家民营医院，两家医院到底是什么关系，一直让杨先生感到怀疑。

杨先生：为什么积水潭医院的医生要把我介绍到这儿来，住院的时候我问过那儿所有的病人，他们全部是积水潭医院介绍过来的。都是同一个理由：你这手术在这儿做不了，我给你介绍一家医院，你去了就能做手术。

杨先生出示的今年 3 月 5 日所照的 X 光片结果显示：右手各骨骨密质减低，第三中节指可见骨折线，证明骨折处并没有愈合迹象。杨先生回忆，手术开始后一个多小时朱伟都没出现。在杨先生的再三要求下，朱伟才匆匆赶来，但是迟迟未给他做手术。后来是另一位名叫赫少鹏的医生给杨先生做了手术。

因为我当时也担心出问题，没敢睡。手术床位上贴的主治医生的名字并不是朱伟，等我出院时病历上写的主治医生又和我病床上贴的主治医生姓名不一样，而是另外一个人。

北京积水潭医院是一家三甲公立医院，其官网显示，朱伟是该医院手外科副主任、主任医师。朱伟在接受记者采访时承认，自己确实曾介绍患者去北京国济中医医院，但他表示之所以这样做，是因为这家医院是积水潭医院的分院。

朱伟：这儿是来自全国各地的病人，有些病人骨折严重、急需手术的，我们就介绍他们去分院做手术。

根据医生朱伟当时留给杨先生推荐其转诊的字条，记者以患者名义拨打了北京国济中医医院一位负责接洽的陈主任的电话，他在电话中称两家医院属于技术合作。

记者：是北京积水潭医院手外科朱伟大夫介绍过来的。

陈主任：哦，你好！具体的费用肯定比积水潭医院要便宜，这个你明白了吧？

记者：是朱伟大夫亲自做手术吗？

陈主任：是的，朱主任的病人都是他亲自给做手术，谁给看的病就是谁给做手术。

记者：咱这医院和积水潭医院是什么关系呀？

陈主任：我们是手外科和手外科的一个技术合作，也就是技术帮扶和合作。

两家医院之间到底是什么关系？是技术合作还是有隶属关系？记者和杨先生一起到积水潭医院医务部反映这一疑问。北京积水潭医院医患办相关负责人表示，积水潭医院与北京国济中医医院没有官方合作，从医院管理的角度是不符合医院规定的。

那么，杨先生的手术是不是朱伟大夫亲自做的呢？出院时，杨先生拿到的北京国济中医医院手术记录上写着：手术医师丁占云，医生助手赫少鹏。而在杨先生的记忆中，所谓的手术医师丁占云在整个手术过程中都没有出现过。国济中医医院副院长卢晨在接受记者采访时称，朱伟是被聘请来的技术指导，并没有亲自做手术，医院也给了他会诊费。对此，朱伟在接受采访时却否认自己拿了会诊费。

在杨先生看来，他的手指骨折手术做得并不成功。由于骨折处依旧疼痛难忍，今年5月杨先生再次拍了X光片，也再次找到积水潭医院医生朱伟进行检查。

杨先生：他说我这骨头还是没长上。我跟他说我这中指是往左歪着的，他就拿绷带把我这中指使劲往右勒。那骨头本身没接上，他往右勒也不是办法呀。

对于手术效果，国济中医医院副院长卢晨表示，患者仍在恢复期，不能定性，但可以帮忙找专家为他治疗，并愿意给杨先生一笔安抚金。但直至目前，事情仍未得到解决。

对于杨先生的遭遇，中国卫生法学会常务理事郑雪倩认为：“杨先生是在那家医院（国济中医医院）出的问题，按照我国现在的法律，就应该由就诊的医院来承担责任。给他转到别的医院的这个行为，如果医生拿了回扣，就另当别论，这和手术的后果是不是有必然的关系，我们不好判断，只有让专家来判断。如果主治医生拿了回扣，那要从医德医风上来处罚他。”

记者了解到，积水潭医院相关负责人表示医院会严肃调查处理，进一步规范科室管理，杜绝这种事情再发生。而丰台区卫生局相关部门也对杨先生表示，对国济中医医院处以计分处罚，杨先生病历上的手术医师丁占云承认没有参与过手术，将对其警告处分。

中国医师协会医疗风险管理专委会常委李惠娟表示，对于医生外出会诊的管理相对宽泛，对医生的处罚有限。但作为患者杨先生来说，目前仍是疼痛难忍，怨气难消。他不知自己的遭遇，到底该由谁负责?

后来：

中国之声的报道播出后，北京积水潭医院回应称，北京国济中医医院和积水潭医院没有合作关系，当事医生违反相关转诊规定，医院已于2017年3月对当事医生进行了暂停执业资格、扣罚三个月奖金、医师定期考核不合格等处理。三个月后，涉事医生作为退休高级专家被全职返聘，恢复坐诊。丰台区卫生局对辖区所管的北京国济中医医院予以不良计分处罚，对未参与手术却在病历上签字的大夫予以警告处分。

山西和顺一露天煤矿滑坡事故致多人死亡，隐瞒不报

按语：

2017年8月12日，央广新闻热线接到群众匿名举报，记者从北京出发跟山西记者站副站长岳旭辉、记者贺威通在阳泉会合。随后兵分两路，展开调查。从调查开始矿方利诱记者未遂，转而跟踪恐吓，到政府部门接连“辟谣”并抓捕所谓的“造谣网民”，再到矿工家属三缄其口，我们始终全力以赴。在多家媒体无功而返的情况下，我们仍然没有放弃，反复梳理并分析线索。最终于8月14日晚7点，成功找到一名遇难者。15日，矿方负责人被迫向当地警方投案，承认煤矿滑坡造成4人死亡、5人失踪。当天，和顺县县委、县政府公开做出深刻检讨，承认“前期调查中工作不深入、不细致，导致出现重大失误，延误了抢险救援”。8月15日当天，被埋矿工终于获得全面救援。重大事故瞒报真相，在央广的独家调查之下浮出水面。8月15日、16日两天，央广关于此事的报道成为独家信源，领跑全国媒体。

作者：肖源、岳旭辉、贺威通

播出时间：2017年8月15日

今天上午，山西省和顺县县政府发布通告，8月11日下午3点到5点之间，该县吕鑫煤业一采区发生滑坡事故，至少造成4人死亡，5人失踪，5台挖掘机被埋。目前，和顺县公安局已将吕鑫煤业法定代表人、总经理高阳控制。目前，人员核实与抢险救援工作正在进行中。

此前，中国之声曾接到群众匿名举报，举报称该矿发生重大事故，10多人遇难。随后，记者前往当地调查。8月12日，和顺县县政府部门通报，吕鑫煤业一采区确实发生滑坡事故，但没有造成人员损伤；8月13日，和顺县警方发布通报，网民郭某因散布与吕鑫煤业有关的不实信息，已被依法行政拘留。同日，和顺县人民政府、国土局也发布通告，再次确定滑坡事故没有造成人员伤亡和机具毁坏。请听央广记者肖源、岳旭辉、贺威通刚刚从当地发回的调查报道：

事故发生后不久，央广新闻热线就接到群众匿名举报：山西和顺县吕鑫煤业发生大面积滑坡事故，已经挖出6具遇难者遗体，至少有10多人遇难，多台生产车

辆被埋。

8月13日，记者尝试前往矿区现场查看，但通往吕鑫矿业的两条道路，均有多名年轻男子把守，拒绝记者进入现场。随后，该矿的一名负责人杨迎军将记者带至和顺县县政府外宣办公室，并当着工作人员的面，接受了记者采访。

杨迎军：从那天下午5点左右煤矿就开始滑坡，第二天早上六七点基本上就稳定了，随即开始制定方案，现场勘测。煤炭部门紧跟着就进去查看现场。

记者：11日到12日，或是直到事发之前，咱这个矿区有人在作业吗？

杨迎军：下面就不能作业了，本身下面全是水坑。这次滑坡是斜着滑的，下面不可能有人。县里煤炭部门、国土部门都去看那些图片，图片里面滑坡石块砸的挖掘机之类的，在我们现场根本不存在，和我们现场完全不相符。

8月12日，和顺县煤炭工业局发布情况说明称，煤炭工业局现场询问了值班矿长阴永亮、附近作业人员和工程队开票员，称滑坡发生在8月11日下午5点左右，到12日早上7点基本稳定，该地点无人员和机具作业，没有人员伤亡。8月13日和顺县人民政府、国土资源局也通过互联网平台发布通告，确定未造成人员伤亡和机具毁坏。

至于网友所传的矿方封锁道路和消息，杨迎军说，不存在。

杨迎军：我们的现场还在那里。你说怎么可能封锁消息？

记者：现在传媒技术这么发达，也不太可能。

杨迎军：对，不可能封锁。

记者：现在里面还在抢险吗？

外宣办负责人：他们正在施工，不存在抢险。

但是，网络上的举报依然没有停歇。多名网友发布了这样的信息：滑坡造成6名挖掘机司机、9名工程车司机、1名加油车司机、3名现场管理人员、5名修理工等当场被埋，具体人数不详，抢险面临更危险的塌方可能，无法立即将遇难人员和机械挖出。并称吕鑫煤业已经强制封锁消息，周围现场各路口封闭，抢救机械、车辆的人员出入都必须封查手机。网名为“郭晓华Home”的网友表示自己当时在现场：“愿意出来做证，伸张正义。”对此，和顺县公安局8月13日通报称，经初步调查，民警在山体滑坡现场未发现有人员伤亡和机具损毁的情况。在事件调查过程中，百度贴吧网民郭某因散布谣言、发布虚假消息涉嫌虚构事实扰乱公共秩序，现已被依法予以行政拘留。

记者向和顺县县政府部门提出要采访“传谣”的网民郭某，但政府部门工作人员称，已查实郭某不在现场，他只是传播谣言。但目前还在调查，不便采访郭某。

昨天上午，在吕鑫煤业负责人杨迎军的带领下，记者来到发生滑坡的煤矿采区。现场大面积滑坡，低洼处有大量积水。现场停放有多台挖掘机、铲车等工程车辆，但没有任何抢险救援的迹象。

杨迎军：你看，这是工作面，他们在这儿干活，滑坡在那里。

记者：滑坡是在那个水塘上面吗？

杨迎军：对，在水塘上面。

记者：这是哪儿来的水？

杨迎军：26日开始下雨，最底部全是雨水。这儿接了这么多水，下面不可能有人干活，谁敢去水坑里干活呢？

矿方“坦诚”面对媒体，和顺县多个政府部门屡次表示没有人员伤亡。至此，从表面上看，这只是一起普通的滑坡事件。但是，在当地采访过程中，记者被多人、多车连续跟踪。昨天下午，又有网友在网络上发消息称，昔阳县三都村的冯志宏在此次事故中遇难。继续听记者的调查报道：

在昔阳县三都村村委会门口张贴的农业补贴发放清册中，记者发现了冯志宏的名字。经多方打听，记者找到了冯志宏的家，家里看不出任何丧葬的迹象。聚集在冯志宏家中的一位亲友与记者有这样的对话：

记者：这是冯志宏的家吗？

女：不是呀。我不知道他是谁，你们又是谁？

记者：冯志宏在哪儿？

女：不知道呀，在太原打工呢，有事吗？

记者：在太原打工？有人说他不在了？

男：不会啊。

女：在啊。前几天他还给我打电话让我来看戏。怎么啦？怎么说他不在了？

记者：你有他的电话吗？我给他打个电话。

2017 年 8 月 14 日下午，在昔阳县三都村走访遇难者家属

女：为什么要给他打电话？

记者：因为现在有人说他不在了。

女：没有这回事儿，我每天都跟他联系的。

记者：你刚才不是说你不认识他，你怎么又和他联系？这不就是他家吗？

女：你要干什么？我就是来串亲戚的。我们不知道，跟我们没有任何关系。

在三都村走访期间，多位村民都表示，冯志宏不在了。

一位知情人士说：冯志宏开的是加油车，上面塌方了以后，他开的加油车还没来得及撤退，但是被埋得不深。

在知情者的带领下，记者找到了为冯志宏设在村外的灵堂，其中有两幅挽幛上写着：志宏同志一路走好。但冯志宏是不是在这次滑坡中遇难的，目前没有得到矿方和官方的证实。和顺县县政府部门一位负责人表示，截至今天下午 2 点，政府还没掌握任何一名遇难者的身份。

一位知情者称，矿方在事发后，将家属安置在距和顺县近百公里之外的平定县的一家宾馆。在这家宾馆，记者了解到，12 日左右，宾馆第八层全部房间都被包了。而在一段录音中，有这样的内容：“发生这样的事情谁都不愿意。这是大矿，坡度大，又赶上下大雨，人在最底下不好找。新买了 5 台挖掘机，滑坡下面有 100 多米深。不过请家属放心，我们正在全力挖。”

今天上午，和顺县县政府发布消息，今天凌晨0点52分，吕鑫煤业法定代表人、总经理高阳到和顺县公安局投案。和顺县县政府部门一位负责人今天多次向记者表示：所有人全被煤矿蒙蔽了。

今天下午，和顺县下起了雷阵雨，这可能会给滑坡现场的抢险救援增加难度。

山西省省委、省政府对此事高度重视，副省长贺天才带领省直部门相关人员已在现场指导抢险救援。市县两级已成立抢险救援指挥部，成立了7个工作组，进一步核实人数，搜救失踪人员，人员核实和事故抢险救援工作正在进行中。

后来：

节目播出后第五天，国务院安全生产委员会办公室在全国范围内通报此次事故，山西省省委办公厅、省政府办公厅联合发文通报，对晋能集团山西煤炭运销集团和顺吕鑫煤业公司煤矿滑坡事故相关责任人严肃问责，目前已对10人采取先期组织措施，其中5人被撤职，5人被免职。

同时，对晋中市、和顺县相关管理部门，晋能集团的相关人员，近期参与过吕鑫煤业安全检查的相关部门人员，没有认真履职尽责到位的，均由事故调查组严肃问责，给予相应处分。

图书在版编目（CIP）数据

迷局中的追踪 / 刘钦执行主编 . -- 北京 : 团结出版社，
2019.1

（用声音记录中国 / 高岩主编）

ISBN 978-7-5126-6924-6

Ⅰ . ①迷… Ⅱ . ①刘… Ⅲ . ①社会问题—研究—中国
Ⅳ . ① D669

中国版本图书馆 CIP 数据核字 (2019) 第 027119 号

出　版：团结出版社
（北京市东城区东皇城根南街 84 号　邮编：100006）
电　话：（010）65228880　65244790
网　址：http://www.tjpress.com
E-mail：zb65244790@vip.163.com
经　销：全国新华书店
印　装：三河市宏盛印务有限公司

开　本：165mm × 240mm　16 开
印　张：68.5
字　数：1142 千字
版　次：2019 年 1 月　第 1 版
印　次：2019 年 1 月　第 1 次印刷

书　号：978-7-5126-6924-6
定　价：150.00 元（全三卷）